CHARLES DICKENS

ALMACÉN DE ANTIGÜEDADES
CANCIÓN DE NAVIDAD Y OTROS CUENTOS
HISTORIA DE DOS CIUDADES

Copyright © EDIMAT LIBROS, S. A.
C/ Primavera, 35
Polígono Industrial El Malvar
28500 Arganda del Rey
MADRID-ESPAÑA
www.edimat.es

Colección: Obras selectas
Título: Charles Dickens
Obras incuidas:
    Almacén de antigüedades
    Canción de Navidad y otros cuentos
    Historia de dos ciudades
Introducción: Ivana Mollo
Traducción: Realizada o adquirida por equipo editorial
Diseño de cubierta: Juan Manuel Domínguez
Impreso en: Artes Gráficas Cofás

ISBN: 978-84-9794-153-2
Depósito legal: M-42149-2012

INTRODUCCIÓN

Ivana Mollo

«Aquí toca ese otro aspecto del vivir del pueblo que nadie ha mostrado como él; porque su destino era mostrar que no hay cerveza como la del festín de un pobre ni placeres como los suyos.»

G. K. CHESTERTON, *Charles Dickens*

La obra del inglés Charles Dickens (1812-1870) ha sido ampliamente difundida y leída desde sus primeras publicaciones hasta la actualidad, cuando las reediciones de sus novelas continúan siendo éxitos de venta. Dickens ha sido un hombre de perfil popular, que produjo desde y para la cultura urbana que se consolidaba en la Inglaterra del siglo XIX tras los grandes cambios socioeconómicos que sobrevinieron con las revoluciones burguesas desde el siglo XVII.

Es tal vez este rasgo, el hecho de captar y capturar las formas de lo urbano, y con ellas la experiencia de la ciudad con sus opacidades, encuentros y desencuentros favorecidos por su misma estructura, lo que hoy en día se considera como un elemento distintivo y renovador de Dickens en virtud de ser parte de una revolución que también fue lingüística. «La novela —escribe Aránzazu Usandizaga [1]— inventa el nuevo mundo a la vez que la identidad moderna, y relata sus contradicciones y ansiedades más ocultas. Por primera vez un género se compromete con la originalidad temática, y el relato se centra en el destino individual de personajes cualquiera, no príncipes o nobles.» A esta tendencia debe sumársele el aporte individual. En el caso de Dickens, fue «el primer escritor victoriano que concibió e intentó la creación de una visión orgánica y completa de la vida contemporánea y que abordó los problemas técnicos que conllevaba tal intento» [2]. Dickens escribe de acuerdo a una realidad y a una experiencia: la ciudad y la cultura urbana, y su forma se adecua a su contenido.

Al mismo tiempo que los temas de sus historias recorrían las calles de un Londres neblinoso, sucio, ruidoso y en pleno crecimiento industrial, las giras de lectura por las distintas ciudades, que convocaban grandes multitudes, y la forma de escritura serializada, es decir por entregas dentro de publi-

---

[1] ARÁNZAZU USANDIZAGA: «La novela inglesa en el siglo XVIII», en Jordi Lovet (ed.): *Lecciones de literatura universal. Siglos XII al XX*, Barcelona, Cátedra, 1995, p. 432.
[2] FÉLIX MARTÍN (ed.): *Historia de la literatura inglesa II*, Madrid, Taurus, 1988, p. 257.

caciones periódicas, hicieron que Dickens lograra un contacto directo y muy cercano con el público lector. Dice Chesterton[3] que, aunque a algunos sectores de la crítica literaria no les interesara su obra —actitud que se remonta a otras épocas—, si es cuestionable el hecho de que forme parte de la literatura, en cambio no lo es su lugar dentro de la historia de Inglaterra. Ha sido líder de multitudes y ha conseguido lo que a muchos estadistas les resulta imposible: convocar al pueblo. Si bien hoy su nombre está situado junto a los grandes de las letras inglesas, como Chaucer y Shakespeare, la popularidad que gozó en vida es inimaginable en nuestros días. Desde que comenzara con sus primeros escritos, Dickens ofreció al gran público de las ciudades la recreación humorística y caricaturesca del mundo real, una ficción de realidad, y su figura saltó de la marginalidad a la primera plana gracias al éxito rotundo de sus primeras tiras cómicas.

Dickens es Inglaterra y pertenece a su historia. Es venerado dentro de su país tanto como Mark Twain lo fue y lo sigue siendo en Estados Unidos. Chesterton dice que Dickens abordó al pueblo como a dioses y que les devolvió su propia imagen. «Las noches febriles robadas al sueño, las caminatas desatentadas en la oscuridad, los cuadernos cubiertos de notas, los nervios en trizas», porque tenía la capacidad de apelar, dentro del juego de lo real cotidiano, a las emociones más extremas. Con el tiempo y la experiencia, sus creaciones fueron modificándose hacia formas más elaboradas desde el punto de vista de la trama y fue volcándose desde la caricaturización hacia el realismo. Estas obras, que pertenecen ya a la madurez del escritor y que se ubican desde su bisagra entre etapas creadoras, la famosísima *David Copperfield* (1849-1850) en adelante, han sido las que la crítica especializada ha retomado como verdaderas piezas de análisis.

Fue un gran orador y un adalid de la tribuna de conferencias, una práctica que desarrollaba mediante giras de lectura por distintos sitios y que afianzaba su popularidad. En ellas se desempeñaba como un actor, gesticulando e impostando la voz de acuerdo con los requerimientos de la historia. Durante su último viaje por Estados Unidos, supo llevar esta práctica por el extenso territorio, invitando a otros escritores, como el ya mencionado Mark Twain, a copiar su estilo y sus modos de acercamiento popular.

Dickens era muy exuberante en el vestir y aparecía muy afrancesado: chaquetas de terciopelo y chalecos de colores extraños. En aquella época, según cuenta Chesterton, los hombres usaban pantalones «de forma de barril, de aspecto casi de turco; amplias chalinas, chaquetas cortas y sueltas y largas patillas». También solía lucir sombreros blancos y largas batas. Físicamente era un hombre menudo, llevó una cabellera rizada de pelo oscuro y también barba recortada y bigote. Tenía la tez pálida, pero sus ojos vivos se correspondían perfectamente con la excentricidad de los personajes y voces

---

[3] G. K. CHESTERTON: *Charles Dickens*, Valencia, Pre-textos, 1995. Esta biografía, una de las mejores traducidas al español, se ha utilizado como guía para el presente escrito, por lo que, cada vez que aparezca este nombre, la referencia indica el libro citado en esta nota. Los números de páginas se omiten por ser la referencia temática de fácil acceso dentro del texto y para evitar sucesivas llamadas.

que imitaba cuando se subía la tribuna del conferenciante. Le gustaba el ritual de la bebida, la cerveza, el vino, el coñac, y en sus novelas rueda la cerveza y los placeres del alcohol aunque él no haya sido un gran bebedor.

INFANCIA Y ADOLESCENCIA

Charles John Huffam Dickens nació el día 7 de febrero de 1812 en Landport, Portsea, aunque los recuerdos de su infancia, recreados en muchas de sus obras, se localizan en la localidad de Chatham, adonde llega con sólo cinco años y permanece hasta los diez. Desde el año 1822 y hasta 1860 vivirá en Londres y en su vejez se retira a una casa de campo cercana a Chatham cuyo nombre es Gad's Hill. La vida de Dickens, dice Chesterton, como si de una peregrinación a Canterbury se tratara, transcurre a lo largo de los caminos de Kent.

Si bien su familia pertenecía la clase media y durante los primeros años de vida del pequeño Charles gozaron de una buena posición económica, su padre, John Dickens, un empleado de la Pagaduría de la Armada, no solía hacer buenos negocios y habían tenido que superar varios embates económicos. Estos recuerdos, como muchos otros hechos que vivió en primera persona y que iremos destacando a lo largo de este escrito, están recogidos en la que fue, tal vez, su novela más autobiográfica: *David Copperfield*.

En 1824 su familia toca fondo y llega la ruina. Charles, como hijo mayor, debió abandonar el colegio y ponerse a trabajar en una fábrica de betún mientras su padre ingresaba en prisión. De un día para otro, el niño se halló inmerso dentro de un ambiente viciado, «en una fábrica siniestra, donde —según cuenta Chesterton— desde la mañana hasta la noche, había que pegar etiquetas perpetuamente iguales en botellas de betún perpetuamente iguales».

Estas experiencias marcaron a fuego su personalidad y, con el tiempo, empezaron a fermentar en sus visiones particulares y recurrentes de la pobreza, opresión y soledad, como así también en la idea de la niñez robada en nombre de la responsabilidad y el destino. Las nefastas experiencias de la fábrica salieron a la luz tardíamente, cuando pudo hacerse cargo de su propio pasado y contar una parte de su vida en el episodio *Murdstone and Grinsby* de *David Copperfield*. Dice Chesterton que Dickens no solía contar lo que le había tocado vivir en la niñez y que poco a poco, y con el tiempo, las recurrencias y los tratamientos de algunos temas en el conjunto de sus obras hicieron eclosión en esta novela, su «retrato del artista adolescente». En el fondo, Dickens «sentía que tal agonía tenía algo de obsceno».

Dickens visitaba a su padre que estaba preso en la cárcel una vez por semana. Un incidente dentro de la fábrica y la intromisión del padre, una vez que estuvo libre, hicieron que Dickens abandonara aquel sitio desagradable y horrendo para sus escasos años. Fue su padre quien respaldó y ayudó al niño para que retomara sus estudios y regresara a la escuela contra los deseos de su madre que deseaba que volviera a trabajar. Finalmente, con quince años, culmina la escuela.

Ya en su juventud, Charles Dickens comienza a desempeñarse como ayudante en un despacho de procuradores en Baltimore, y fue en el desarrollo mismo de su trabajo que advirtió que no quería continuar trabajando allí y que deseaba comenzar con tareas de periodista. La experiencia lo relacionó con mundos y personajes que también aparecen reflejados en sus escritos: las leyes y el parlamento. Tras el sacrificio del trabajo y el cansancio del día, Dickens sacaba tiempo de donde no había y desarrollaba por las noches su labor de periodista. A fuerza de inquebrantable voluntad, se formó como taquígrafo y reportero, y comenzó a trabajar para *The True Son, The Mirror of Parliament* y *The Morning Chronicle*. Desde allí, conoció este mundo, sus oficios y saltó a la fama.

Las contrariedades de la niñez habían forjado en Dickens un carácter ambicioso. Algunos críticos han señalado que la visión de Dickens de la vida es demasiado rosa u optimista. Chesterton reconcilia y justifica esa visión: «Dickens coincide espiritualmente con los pobres, o, lo que es lo mismo, con la gran masa del género humano [...]. Y prácticamente se puede comprobar que aquellos poetas y jefes políticos que proceden del pueblo y cuyas experiencias han sido realmente aleccionadoras y crueles, son la gente más jocunda del universo.» Esta idea, cierta o no, es la que acompaña no sólo a Chesterton, sino a muchos de los que intentan explicar el humor como una capacidad exclusivamente relacionada con las circunstancias personales.

Ya hemos mencionado, en el párrafo referido a las características particulares de las novelas de Dickens, que la «vivencia» de la ciudad es determinante tanto en la temática como en la forma que adoptan sus escritos. Dickens experimentó lo urbano cuando, de adolescente y a la salida de la fábrica, se perdía por las calles de Londres. De ahí la materia prima para sentir el hábito de la metrópoli, el clamor de lo popular, el ejercicio de una nueva sensibilidad y de una nueva forma de vida. Más adelante y en la intimidad, el proceso creador lo conducía al retrato sarcástico de los protagonistas, al aspecto de los rincones de un Londres conocido. Sus personajes poblaron sus calles y habitaron cada recoveco que él había experimentado, «vivido y no visto», según sugiere Chesterton, que es como los lugares quedan prendidos en la memoria y aptos para recrearse en la ficción.

PRIMEROS ESCRITOS

La pasión por la literatura se despierta en Dickens, según cuenta Chesterton, desde muy pequeño: «Siendo todavía niño, había escrito para él solo, y por divertirse, algunos bocetos de gentes extravagantes. [...] Llenó un cuaderno con notas de ese estilo. No sólo eran apuntes de personas sino de lugares, y los lugares podían resultar para él casi más personales que las personas mismas.» Uno de ellos fue publicado en 1833 en el *Old Monthly Magazine* y más tarde en *Evening Chronicle*, una edición del diario del mismo nombre. Tras haber cosechado un modesto éxito, aparecerán publicados como *Sketches by "Boz" (Esbozos por "Boz")* y constituyen la entrada de Dickens en la literatura. Representan y se caracterizan, en palabras de Chesterton, por ser «la pintura, comprensiva y a la vez caricaturesca de la clase media más modesta», y continúa: «en todos esos pequeños cuadros y semblanzas advertimos, tanto en el autor como en los personajes, el rastro de ese mezquino sentido de procedencia social que constituye el solo pecado grave de la burguesía de Inglaterra».

No está de más decir que los comienzos literarios de Dickens pertenecen al teatro, que a partir de 1832 fue actor profesional y en 1833 comenzó a colaborar en revistas y periódicos. La gran aceptación y repercusión de sus escritos favorecieron la edición de *Esbozos por "Boz"* y en poco tiempo aparecerán sus *Pickwick Papers*, también por entregas como casi todas las novelas de Dickens, y algunas obras teatrales centradas en temas relacionados con el trabajo, la pobreza y la niñez.

Las circunstancias de publicación de *Pickwick Papers* se han visto rodeadas de intrigas debido a la muerte de su ilustrador Robert Seymour. Se admite, siguiendo a Chesterton, que ambos desarrollaron un trabajo conjunto y Dickens utilizó los personajes inventados por el dibujante, pero su aportación en el campo literario fue una creación personal. *Pickwick* ha constituido para Dickens un escalón de ascenso hacia lo máximo a que podía aspirar entonces. La obra, que no podría considerarse una novela, aparecía por entregas y siempre se tenía la sensación de que los personajes podían seguir su vida al concluir un relato y de que nunca el punto final era el último. *Pickwick* estuvo muy influenciado por el teatro contemporáneo de entonces, la novela inglesa del siglo XVIII y algunos clásicos extranjeros como el *Quijote*. En este sentido, reforzamos la hipótesis de Williams cuando sugiere las interrelaciones y los recursos múltiples utilizados dentro del campo simbólico de lo popular, entendido como un espacio de intercambio y heterogeneidad constante.

Su carrera continuaba a un ritmo intenso. En 1836, y tras haber sufrido un fracaso amoroso con María Beadnea, se casa con Catherine Hogarth, hija de un periodista escocés de reconocido prestigio llamado George Hogarth. Ese mismo año renuncia a su puesto en el periódico y acepta editar una revista mensual llamada *Bentley's Miscellany*. Allí comienza a aparecer, por entregas y durante dos años, su *Oliver Twist*. La obra fue interrumpida por la muerte de María Hogarth, una de las cuñadas predilectas de Dickens. *Oliver Twist*, comenzada en 1837, fue acabada en 1838, año en que también apareció publicada la primera entrega de *Nicholas Nickleby*, la última de estas novelas seriadas que podrían considerarse representativas de la primera época de la producción de Dickens.

La serialización o escritura por entregas se mostraba como una forma posible de continuar con la escritura, y siguiendo el modelo de sus publicaciones anteriores, escribe *The Old Curiosity Shop, Almacén de Antigüedades* y *Barnaby Rudge*. Éstos fueron años de inmenso trabajo y empresas colosales. Planeó hacer una revista literaria de grandes aspiraciones que recibió el nombre *El Reloj de Maese Humpphrey*. De este proyecto sale la novela que aquí presentamos, uno de los títulos más conocidos que apareció semanalmente durante los años 1840-1841. Su título confirma la idea de Chesterton que sirve de clave para toda la obra de Dickens: «Sus novelas arrancan de alguna sugerencia espléndida de las calles. Y los comercios, acaso las más poéticas de todas las cosas, a menudo sirvieron para que se le echase a volar la fantasía. Por esa puerta penetraba Dickens en lo novelesco.»

DICKENS EN ESTADOS UNIDOS

En 1842 viaja de vacaciones a Estados Unidos donde fue recibido como una celebridad. Sus andanzas y su ejemplo por las tierras americanas han influido en personajes ilustres como Mark Twain. Además, allí se reunió con Poe y con Irving. Dickens planeó este viaje con la emoción de un niño, porque ante todo, era un gran demócrata y creía que Estados Unidos era una tierra bendita para los hombres libres. Sin embargo, al llegar se sintió completamente defraudado en sus ideas y su desilusión comportó un desencanto. Se vio abrumado de elogios que terminaron por crisparle los nervios. Dice Chesterton que «fue la vacía, la mecánica reiteración lo que aguijoneó y puso en pie su sentido del humor; como una fiera preparada a saltar sobre la presa, se irguió bruscamente el león de su risa. La había oído novecientas noventa y nueve veces y, de pronto, comprendió que era mentira».

La idea a la que hacemos referencia es aquella que reza que los norteamericanos vivían en una democracia perfecta, que su país era pujante y provechoso, que los estadounidenses eran hombres libres, que él era un gran escritor, un personaje célebre, un hombre increíblemente bienvenido. Fue esto lo que Estados Unidos reiteradamente y a cada paso le dio y lo que causó su irritación. Aunque bien es cierto que sucedió un hecho decisivo que hizo que todo esto cobrara la forma del rechazo: el debate sobre las regulaciones de la propiedad intelectual de la literatura inglesa. La misma era objeto de piratería y no había leyes claras sobre los derechos de autor. En una conferencia de reconocidas autoridades literarias a la que Dickens estaba invitado, sale el tema, él manifiesta su opinión y se opone a todos los presentes.

De regreso a Inglaterra en 1842, y tras la revisión de sus escritos de viaje, compone sus *Notas americanas*. Dentro de ellas, Dickens no hace mención del gran problema que le había llevado a descubrir —en palabras de Chesterton— «lo tiránica que puede ser una democracia». Sin embargo, el verdadero y más poderoso embate contra Norteamérica lo hace en 1843, cuando publica la primera parte de una novela llamada *Martin Chuzzlewit*, considerada como una verdadera sátira del mundo norteamericano. Estas obras no fueron bien recibidas en Estados Unidos y fueron poco leídas en Gran Bretaña, de manera que significaron un fracaso en la trepidante carrera de Dickens. Pero en 1843, y tras la publicación de su conocidísima *A Christmas Carol (Canción de Navidad)*, recupera el fervor y la admiración de los lectores.

DICKENS Y NAVIDAD

«Dickens se sentía en simpatía con los pobres, dando a la palabra simpatía su sentido griego y literal; sufría mentalmente con los pobres; las cosas que le irritaban son las mismas que a ellos irritan.»

G. K. CHESTERTON, *Charles Dickens*

Mientras Dickens estuvo en Italia, viajando, conociendo y escribiendo, se fueron gestando las famosas narraciones de Navidad. Como dice Chesterton: «Cuentos de Navidad en las ciudades inglesas, llenos de niebla, de nieve, de granizo y de felicidad». Dickens disfrutaba de la Navidad, de aquellas tres acciones que Chesterton denomina «esa trinidad compuesta de comer, beber y rezar». Si bien en todo el continente europeo constituye una fiesta de alegría y religiosidad, en Inglaterra, específicamente, la Navidad conlleva la alegría de vivir la religiosidad. Estas obras desarrollan reflexiones alrededor de la avaricia y de la caridad dentro de las paredes que sirven de refugio al frío del invierno. Retomando la cita que acompaña este apartado, Dickens supo apoderarse de la voz del «*substratum* social» y de la «subconsciencia de tal *substratum*», porque «divulga la secreta irritación de los humildes». En todos los cuentos de Navidad aparece otra característica que Chesterton destaca en su excelente artículo dedicado a ellos; esa característica recibe el nombre de *cosiness*, y se mantiene esta voz porque no se ha encontrado una traducción correcta. *Cosiness* hace referencia al «bienestar y la felicidad doméstica que depende de la incomodidad circundante».

Seguramente los lectores hayan tenido la oportunidad de ver las versiones televisadas de *Los Cuentos de Navidad*. El avaro Scrooge, dice Chesterton, transforma nuestros espíritus, nos hace sentir la Navidad como antes hemos dicho que cualquier novela de Dickens nos hace sentir nuestra cotidianidad y nuestras emociones corrientes. Lo más importante de estos cuentos no es el vuelco de la soberbia y avaricia de este personaje, sino la relación y la atmósfera que lo rodean.

DICKENS REGRESA A INGLATERRA

Haciendo un repaso de la vida de Charles Dickens, hemos visto cómo su infancia estuvo marcada por la localidad de Chatham, por una situación familiar económicamente holgada que al poco tiempo se quiebra interfiriendo en su propio destino, por su ingreso, aún siendo un niño, en una fábrica, por sus visitas a la cárcel donde se encontraba su padre, por su culminación de la escuela y su paso por los periódicos, por sus comienzos literarios, por su inmensa producción, sus novelas por entregas, su éxito repentino, su popularidad, su viaje por América, su desilusión, sus críticas, sus notas, sus refugios en Italia, sus Navidades inglesas.

Cuando en 1845 vuelve a Londres se hace cargo de la dirección de *The Daily News*, un periódico que él mismo había concebido con algunos puntos en común con aquel otro proyecto gigantesco que se llamó *El Reloj de Maese Humphrey* y donde apareció por entregas la novela que tenemos el agrado de acercarles en esta oportunidad. Pero esta vez sus fuerzas no eran tan arrolladoras y dejó el incipiente plan para desplazarse a Suiza e intentar escribir *Dombey and Son (Dombey e hijo)*. Durante el proceso de redacción, y tras la experiencia de su estadía en Italia, siente las limitaciones de no estar en la ciudad en la que transcurre la historia. Esta especie de quiebra afectaría a su producción marcando un corte entre los comienzos y sus mejores y más logradas producciones, de acuerdo con las exigencias del género, entre las que cabe destacar su *David Copperfield*. Chesterton dice que, paulatinamente y desde este momento, la caricaturización de los personajes se va reduciendo y se va transformando en un escritor cada vez más realista.

Dombey e Hijo (1846-1848) cierra una etapa en la producción de Dickens y se atreve a experimentar con recursos literarios que serán explotados más adelante. *David Copperfield* (1849-1850) inaugura una nueva categoría de ficción. Esta producción, una suerte de autobiografía novelada, recoge incidentes de su infancia, su familia y sus problemas más extraordinarios. Sin abandonar la exageración, un rasgo constante de la inventiva del autor, estos personajes son mucho más reales que cualquier otro que haya concebido. Chesterton dice: «*David Copperfield* es la respuesta que un gran fabulista da a los realistas.»

Durante los años 1850 a 1859, Dickens llevó adelante un proyecto periodístico llamado *Household Words,* donde aparecían semanalmente artículos literarios, poesías y otros escritos de temas de interés. Este proyecto se continuó con *All The Year Round,* cuya circulación abarcó los años que van desde 1859 a 1888. En esta etapa, y serializados dentro de estas publicaciones, aparecieron los siguientes títulos: *La historia de Inglaterra contada a un niño* (1851-1853), *Tiempos difíciles* (1854), *Historia de dos ciudades* (1859), *Grandes esperanzas* (1860-1861) y los ensayos reunidos en *Reprinted Pieces* (1858) y *The Uncommercial Traveller* (editado en 1861, pero corregido y ampliado posteriormente). En la década de los cincuenta, Dickens continuó también la escritura de novelas marcadas por una creciente actitud realista. Tal es el caso de *Casa lúgubre* (1852-1853) y *Little Dorrit* (1855-1857).

Sus últimas novelas están bastante alejadas de aquel Charles Dickens que escribió *Pickwick Papers* y sus personajes nada tienen que ver con la hiperbolización y la ridiculización. Es la época de cambio de estrategias de escritura y, como dice Chesterton, del nacimiento de un nuevo Dickens. Desde *Dombey e hijo* elaboró una trama central a la manera de las «novelas canónicas», y esta capacidad fue copando todas su narrativa.

Dentro del ámbito personal, en 1856 compra Gad's Hill Place, aquella casa donde había pasado su infancia. Tras una crisis matrimonial, se separa de su esposa y en 1858 se enamora de Ellen Teman, una actriz de 18 años que representaba una obra suya. Durante los años 1867 y 1868 vuelve a viajar a Estados Unidos y realiza una gira de lectura por las ciudades con mucho éxito y grandes beneficios económicos. Pero, al mismo tiempo, sufre un accidente y su salud comienza a deteriorarse. Muere en 1870 en su casa, Gad's Hill Place, y su cuerpo está enterrado en el Poet's Corner, el rincón de los poetas de la abadía de Westminster.

ESTRUCTURA, PERSONAJES Y RECURRENCIAS TEMÁTICAS

Las novelas de Dickens están, en su mayoría, atravesadas por un eje que contrapone la intimidad cálida del hogar a la sordidez, soledad y pobreza de las ciudades, desde donde, sin embargo, se puede valorar ese encierro doméstico. Ambos ejes se repercuten mutuamente y actúan reforzándose entre sí. En *Almacén de antigüedades*, la novela que presentamos, es la calidez del hogar honrado de Kit lo que nos llena de ternura frente a la sordidez del almacén donde habita la pequeña Nelly y su abuelo, es el calor de la chimenea o el trozo de pan que acompaña a la comida, frente al desplazamiento entre las callejuelas huyendo de las miradas, o el resplandor de una luz en la lejanía no es más que una ventana iluminada que da cabida a los huéspedes cansados. Al mismo tiempo, todos los personajes de sus creaciones se caracterizan por su presencia y por su realidad. Tanto principales como secundarios entran y salen con una autoridad magistral y quedan para siempre dentro de nuestros recuerdos. Es el caso de la señora Jarley, la responsable de las figuras de cera que ayuda a la pequeña y a su abuelo, como el director de la escuela que cae rendido de caridad ante la pareja de ambulantes. Todos gozan de un gran atributo gracias a su propia voz, porque antes de ser presentados, los personajes de Dickens hablan, y es por sus palabras que accedemos a sus particularidades. Tal vez el caso más interesante dentro de esta novela sea el perverso Daniel Quilp, a quien solamente podríamos juzgar y desenmascarar por algunos de sus parlamentos y sin necesidad de presentación. Por ejemplo, cuando descubre a su mujer criticándolo con unas amigas: «Lo mejor que tiene esta mujercita mía es la mansedumbre, la dulzura. Es tan humilde que no tiene voluntad propia», o cuando inicia su cruzada contra el leal Kit creyendo que de esta manera se irá liberando de los que se interpongan entre él y la fortuna del viejo, y por su boca suelta las más duras infamias. Es curioso cómo el personaje de Quilp cumple todos los requisitos de un perverso. Es desagradable, y lo sabe, pero tiene todo el poder para burlarse de los demás a los que ataca con sus armas: la palabra. Las preguntas e intervenciones de Quilp dejan al descubierto a un ser miserable.

Otra de las peculiaridades que tienen estos personajes es su hiperbolización. Están exagerados en su individualidad y guardan siempre fidelidad a sí mismos. La pequeña Nelly es demasiado buena, consciente, agradecida; el viejo es un obsesionado cuyo amor no lo deja entrar en razones; Kit es honrado, su familia es de corazón noble y nunca olvida a quienes fueron buenos con ellos; Daniel Quilp es siniestro, pretende una venganza un tanto absurda y la lleva adelante sin importarle nada más.

La novela que estamos presentando posee una estructura determinada por su misma circunstancia de publicación: la serialización. Por eso los capítulos son cortos y con definiciones temáticas que quedan resumidas en su título. Esta novela, que apareció durante el transcurso del año 1840, está dividida en dos grandes ejes temáticos *La Odisea de Nelly* y *El descanso tras la lucha*, y ambos hacen referencia a la historia de los dos personajes alrededor de los cuales se mueven y justifican los demás. Ambos están, a su vez, divididos en capítulos de escasa extensión donde se narra un hecho concreto referente a una situación determinada.

La historia abre con un narrador que cuenta, para ponernos en situación, con dos de las grandes debilidades de Dickens: la noche y la ciudad. La noche, que todo lo opaca y disimula, comporta un movimiento que conocen quienes circulan por sus calles y, al mismo tiempo, «es —relata el narrador en el capítulo primero— más benévola que el día que muy a menudo destruye sin compasión las más gratas ilusiones». Al narrador le gustan la noche y la calle. Parece que, como dice Chesterton, Dickens conocía perfectamente la calle y tenía las llaves de sus misterios, ya que «por la noche —asegura—, la calle es como una gran mansión herméticamente cerrada».

Las debilidades antes referidas se relacionan con una preocupación característicamente *dickesiana*: pobreza y soledad de rostros, desprotección, un anciano que vaga huidizo, una niña huérfana deseada por un rufián inescrupuloso. Una vez presentados los personajes, a partir de un recurso teatral, la historia continúa por sus propias voces. La primera persona que venía contando desde su perspectiva la situación de los personajes cambia por un narrador omnisciente que continúa con el relato.

Los personajes infantiles de Dickens suelen desarrollar una comprensión del mundo misteriosa y propia. Es posible encontrar personajes autobiográficos que guardan alguna relación con los hechos que signaron la infancia del escritor y que aparecen recurrentemente. Por ejemplo, la figura de la pequeña Nelly remite a la historia de su cuñada Mary Hogarth que muere aún siendo muy joven; o el encarcelamiento por deudas y estafas, como el que soportó su padre cuando él aún era un niño y debía visitarlo en la prisión, constituye un episodio en la vida de Kit. Pero volviendo a Nelly, emblema de la novela que aquí nos convoca, podríamos afirmar que sobresale del marco de esta historia en particular para tornarse en un elemento inconfundible dentro del universo *dickesiano*. Los parlamentos que hablan de ella suelen considerarla como una pequeña santa que se hace cargo de su destino: «Todo estaba limpio y ordenado, aunque pobre, y la niña se encontraba a gusto en medio de aquella atmósfera de amor y alegría a que estaba tan poco acostumbrada.» Representa a una niña precoz y madura, demasiado buena y con un sentido del deber que excede a sus escasos años. Fue un personaje que suscitó grandes contrariedades y sentimentalismos, cuya vida tortuosa nos sume en una pena profunda. Tal vez por la candidez de su corazón, tal vez por su conocimiento de la fatalidad, tal vez por las imágenes de sus pequeños pies sangrantes de la huida.

Kit es otro de los personajes prototípicos de una niñez arrollada por «esa blanda coacción de la "mansedumbre", ese esnobismo de los pobres respetables» según las palabras de Chesterton. Su hogar, formado por la madre y los hermanos, recupera esa suerte de dignidad limpia y ordenada, como así también la inmensa honradez de los pobres: fieles, nobles y de un corazón absolutamente generoso. Los pobres desean compartirlo todo y los ricos desean sus posesiones y sus cuerpos. El perverso Quilp cree que tiene todo el poder y se va haciendo con la casa intentando el gobierno material pero también corporal de la pequeña.

Los personajes van descubriendo su destino miserable, siniestro o feliz. Si el viejo nos había parecido un pobre anciano preocupado por su nieta, no deja de serlo, pero sabemos que no tiene nada que ofrecerle y que, vencido, se dedica a jugarse los últimos recursos, endeudándose con el nefasto Daniel Quilp y siendo totalmente débil en sus impulsos.

LA NOVELA EN INGLATERRA

«Para él no había felicidad sin las calles. La misma mugre y el humo de Londres le parecían adorables y llenan sus cuentos de Navidad como de un vaho vivificador.

El los cielos de Sur se le aparecía la niebla de su gran ciudad, colgada en la distancia, como una nube en el ocaso, y le punzaba el deseo de sumirse otra vez en ella.»

G. K. Chesterton, *Charles Dickens*

La literatura de Dickens, sobre todo sus últimas novelas, se enmarca en lo que Harold Bloom llama «la novela canónica»[4]. Esto equivale a decir la novela con todas las letras tal y como la entendemos actualmente y de manera generalizada. Para Bloom, la hija arcaica de un género en decadencia como el de caballerías toca sus límites como forma en el siglo XX, con autores como James Joyce, Franz Kafka, William Faulkner, Thomas Mann o Virginia Woolf, entre otros. Pero antes de esto, el género había pasado por su apogeo con escritores como: Jane Austen, Stendhal, Victor Hugo, Honoré de Balzac, León Tolstoi, Gustave Flaubert, Émile Zola y, por supuesto y dentro de este ilustre muestrario del género, Charles Dickens.

La novela surge como género literario diferenciado en el siglo XVIII. Hablar de la novela significa hacer mención no sólo del hecho literario, sino de las condiciones de posibilidad (ideológicas y materiales) para que ésta surgiera y se desarrollara en un momento determinado y bajo parámetros específicos. Algunas de las razones que explican la abundancia de escritura en prosa que estalla en la Inglaterra de entonces podrían enunciarse genéricamente como la revolución mercantil y burguesa, que tiene lugar y se ve favorecida por la gran expansión marítima de la «Reina de los Mares» y los avances de la industria y el comercio. Estos movimientos económicos repercutieron en la organización social. Inglaterra llevó adelante un proyecto colonialista que incluía a personas de distintos ámbitos y ayudó a la formulación de un universo simbólico nuevo. «El colonialismo —explica Usandizaga[5]— provoca el enriquecimiento de personas de origen muy diverso en la escala social, y la aparición de una clase nueva, la de los comerciantes, cada vez más rica y poderosa.» Al mismo tiempo, desde los tiempos de la Guerra Civil de Oliver Cromwell, la reforma social continúa progresando y poco a poco las nuevas clases sociales van obteniendo su representación parlamentaria. «Esta nueva clase —continúa Usandizaga—, cada vez más aposentada en Inglaterra, con medios y tiempo para leer, va poco a poco imponiendo sus intereses ideológicos y culturales que difieren profundamente de los de las clases tradicionalmente acomodadas, es decir, la aristocracia.» La novela es un género principalmente burgués que representa y se ve representado en un tipo de literatura básicamente centrado en las nuevas experiencias, en las normas morales y de comportamiento convencionalmente adecuadas y alejada de las complejidades intelectuales de los escritos o estudios clásicos, líricas o épicas del mundo grecorromano. Por lo que no es arriesgado decir que los cambios dentro del plano material, los beneficios del comercio y la disposición de una nueva configuración social ayudaron en el delineamiento de un público lector diferente.

---

[4] Harold Bloom: *El canon occidental*, Barcelona, Anagrama, p. 323.
[5] A. Usandizada: *op. cit.*, p. 430.

El auge del empirismo, como paradigma científico filosófico del XVIII, también afectó decisivamente, y como no podría ser de otro modo, el terreno literario. Estas ideas repercutían en las formas de percepción de las cosas ya que, dentro de esta doctrina, los conocimientos se fundaban básicamente en la experiencia. Para los representantes de este movimiento, entre los que se encuentran nombres tan reconocidos como Locke o Hume, «el conocimiento se vincula ahora por vez primera rigurosamente a los procesos inductivos en vez de a los deductivos, y se cree alcanzar el saber únicamente a través de los sentidos porque la persona es como una *tabula rasa* sobre la que se imprime la información que poseemos, que procede exclusivamente de lo que suministran los sentidos»[6]. Estos procesos llegan a la literatura, que se ve afectada por un nuevo tipo de análisis y explicación. Cada uno de los detalles se mira con lupa, se indaga; se necesita una respuesta que recaiga en una justificación racional científica o moral social.

Al mismo tiempo, y siguiendo los argumentos de Usandizaga, la reforma protestante ayudó al descubrimiento de la dimensión privada[7]. Este ámbito íntimo, que la literatura clásica no había indagado, se relaciona con otro factor que ayudó al crecimiento y desarrollo del género: la aparición de la mujer lectora, que sumida dentro del espacio doméstico, ayuda y condiciona las nuevas formas literarias bastante alejadas de la lírica clásica o de los dramas[8]. Estos nuevos relatos apelan a un nuevo tipo de identidad, de la que a la vez se nutren y a la que se refieren. La novela actuó como programa y desarrolló normas de conducta y comportamiento social que favorecían las condiciones dadas y las explicaba sumiéndolas en una ficción.

La novela, como hemos dicho antes, fue ante todo un fenómeno de clases en ascenso económico con escasa tradición intelectual, pero también, y relacionado con lo anterior, fue un fenómeno popular que supo adecuarse a los cambios que supuso la gran revolución industrial y burguesa que desajustó las condiciones sociales y culturales de los hombres. Existe en la escritura de Dickens un elemento propio de este cambio político y social que hemos mencionado y que recae, básicamente, en la revolución industrial del siglo XVIII. Ese elemento es la experiencia de la ciudad, siendo que con el crecimiento y el desarrollo de los núcleos urbanos, las representaciones culturales sufrieron un desplazamiento. La novela aparece como un territorio dispar entre la alta cultura de elite y la cultura tradicional del pueblo inglés, campesino y rural, que recrea, según las palabras de Raymond Williams, «una respuesta popular auténtica a las nuevas condiciones de vida, a través

---

[6] *Ibidem.*

[7] Dice USANDIZAGA, *op. cit.*, p. 430: «La religión protestante fomenta y normaliza el acceso a dimensiones desconocidas de la individualidad, y suministra una retórica precisa para establecer el diálogo con Dios a través de la propia intimidad.»

[8] El surgimiento de la mujer lectora tiene que ver con la estructura económica. Explica USANDIZAGA, *ibidem*: «La mujer que no ha tenido nunca acceso a las universidades ni estudios superiores, carece de la preparación necesaria para apreciar los textos literarios clásicos más difíciles. [...] Durante el siglo XVIII el bienestar económico creciente de las clases medias y la abundancia de servicio doméstico en sus nuevas mansiones, permiten a la mujer mucho tiempo libre.»

de la cual y de muchas maneras, el pueblo describía esas experiencias sin precedentes y reaccionaba ante ellas»[9].

Dickens aparece como un representante en este proceso de recreación de la cultura popular. Las antiguas diferenciaciones entre lo folclórico, vinculado a lo rural campesino, y lo aristocrático, relacionado con la elite culta y formada, van perdiendo eficacia en las nuevas sociedades definidas por otra movilidad. Dice Williams: «A través de muchos estadios transicionales hemos llegado a culturas diferentes, que ya no se definen como "folclóricas" o "aristocráticas" sino, significativamente, como "popular" o "alta"»[10] y más que una distinción, en la sociedad moderna, «estas dos entidades o categorías implican mucho más una relación que una separación». Es decir, la cultura popular no reemplaza a la cultura folclórica por ser la nueva forma simbólica que representa a aquellos que no pertenecen a la clase alta, sino que la cultura popular se ofrece a todos y es representativa de una nueva forma o experiencia: la ciudad. La cultura popular no está, como la folclórica, separada de la alta cultura, sino que es un terreno de relación constante y de intercambio favorecido por el mismo territorio que le sirve de soporte: el núcleo urbano.

A pesar de haber puesto a Dickens como uno más de los representantes de la novela canónica, su intromisión dentro de esta lista sugiere un análisis y un matiz. Primeramente, porque no es lo mismo adentrarse dentro del universo de *Bleak House (Casa Desolada),* que representa los intereses creadores de la última época, que de *The Old Curiosity Shop (Almacén de antigüedades),* que se sitúa dentro de sus primeras producciones. Segundo, porque siguiendo el análisis de Williams, si bien es un representante de la gran tradición de la novela en Inglaterra, «crea un nuevo tipo de novela al compartir, producir y consumir los bienes de la cultura para la que escribía». Esta explicación es útil y necesaria en el momento de situar al autor dentro de la tradición de la gran novela culta, a la que obviamente no pertenece, ya que los moldes formales que definen el género no encajan en el corpus integral de sus ficciones. Dice Williams que cada uno de los rasgos que definen la novela tradicional se transforma en una acusación contra Dickens: no desarrolla los personajes, sino que éstos son «planos y exagerados»; aparecen mostrados directamente y no presentados gradualmente; sus comentarios no son análisis sino exposiciones de sentimientos repentinos y toda la psicología está dentro de sus propias palabras. Dickens debe explicarse dentro de otro proceso y dentro de otro marco de significación: «Dickens podía escribir un nuevo tipo de novela —una ficción, la única capaz de aprehender un nuevo tipo de realidad— justamente porque compartía con la nueva cultura urbana popular ciertas experiencias y respuestas decisivas»[11]. La ciudad es el gran escenario donde los personajes cobran vida, y más que la ciudad, su propia experiencia: «su método creador —continúa explicando Williams— se deduce de esa nueva realidad y comprendemos que es la

---

[9] RAYMOND WILLIAMS: *Solos en la ciudad,* Madrid, Debate, 1997, p. 31.
[10] R. WILLIAMS: *op. cit.,* p. 33.
[11] R. WILLIAMS: *op. cit.,* pp. 35-36.

única, o, al menos, la manera principal, en que unas experiencias sin precedentes podían ser captadas o sopesadas».

Al mismo tiempo y en relación con lo anterior, es interesante mencionar que Dickens escribe en o mirando hacia Londres aun cuando esté en Italia, Suiza o Francia. Mueve su ficción por las callejuelas, la humedad, la lluvia o las ventanas de su niñez. El exilio o la añoranza suelen ser buenos inspiradores de los escritores que utilizan la literatura para viajar a las particularidades de sus ciudades desde el interior de sus recuerdos. Chesterton dice que Dickens, fuera de Inglaterra, «es el inglés en su patria», que mientras pasaba una temporada en Italia, «bajo la luz del sol meridional, seguía pensando en el fulgor de los hogares del Norte». La ciudad en Dickens es, en palabras de Raymond Williams, «hecho social y paisaje humano y lo que allí se dramatiza es una estructura de sentimiento extremadamente compleja» [12].

CRONOLOGÍA DE SUS OBRAS

Sketches By "Boz" (Esbozos por "Boz"): Recopilación de los mejores artículos periodísticos que Dickens escribió cuando trabajaba como reportero en 1836.

1836: Contrae matrimonio con Mary Hogarth.
The Pickwick Papers (Los papeles de Pickwick) (1836-1837).
Oliver Twist (1838).
Nicholas Nickleby (1838-1839).
The Old Curiosity Shop (Almacén de antigüedades) (1840-1841).
Barnaby Rudge (1840-1841).
1842: Viaja a Estados Unidos.
American Notes (Notas americanas) (1843).
Martin Chuzzlewit (1843-1844).
1843: Viaje a Italia.
A Christmas Carol (Canción de Navidad) (1843).
1846: Funda el *Daily News.*
Dombey and Son (Dombey e hijo) (1848).
David Copperfield (1850).
1850: Funda el semanario *Household Words.*
Bleak House (Casa desolada) (1853).
Hard Times (Tiempos difíciles) (1854).
Little Dorrit (Años felices de la pequeña Dorrit) (1856-1857).
1859: Dirige el semanario *All The Year Round.*
A Tale of Two cities (Historia de dos ciudades) (1859).
Great Expectations (Grandes esperanzas) (1860-1861).
Our Mutual Friend (Nuestro amigo común) (1864-1865).
The Mystery of Edwin Drood, comenzada en 1870, queda inacabada por su muerte.
1867-1868: Segundo viaje por Estados Unidos.

---

[12] R. WILLIAMS: *op. cit.*, p. 13.

Almacén de antigüedades

PRIMERA PARTE

LA ODISEA DE NELLY

CAPÍTULO PRIMERO

NELLY Y SU ABUELO

Viejo como soy, tengo predilección por los paseos nocturnos, aunque (¡gracias a Dios!) adoro la luz y bendigo —como todas las criaturas— la saludable influencia que ejerce sobre la Tierra. En verano, cuando estoy en el campo, suelo salir tempranito por la mañana y vagar todo el día y, a veces, aun semanas enteras; pero cuando estoy en una ciudad, pocas veces salgo a pasear de día.

Dos factores han contribuido a hacerme caer en esta costumbre: mis achaques, que la oscuridad disimula, y mi afición a reflexionar sobre el carácter y profesión de los transeúntes. La brillantez y las ocupaciones del día claro se avienen mal con ese estudio: rostros que pasan como ráfagas ante la luz de un farol o un escaparate, se prestan mejor a mis reflexiones que vistos ante la luz del Sol; y, si he de decir la verdad, la noche es más benévola que el día, que muy a menudo destruye sin compasión las más gratas ilusiones.

Ese incesante ir y venir, ese movimiento continuo de algunas calles en las cuales parece mentira que puedan vivir los enfermos, obligados a oír tantas pisadas, tantas voces, tanto ruido ensordecedor, me inducen a pensar en lo que sería estar inmóvil en un cementerio ruidoso, sin esperanza de descansar jamás.

Como mi propósito ahora no es detenerme a explicar mis paseos, de los cuales he hablado únicamente porque la historia que voy a narrar tuvo su origen en uno de ellos, pongo fin al preámbulo.

Una noche que vagaba sin rumbo fijo por la ciudad abstraído en mis meditaciones, fui detenido en ellas repentinamente al oír una pregunta proferida por una vocecita dulce y de simpático timbre, cuya significación no entendí, pero que parecía dirigida a mí. Me volví y hallé a una preciosa niña que me suplicaba le encaminara a una calle muy lejana del lugar donde nos hallábamos.

—Está muy lejos de aquí, hija mía —le dije.

—Ya lo sé, señor —respondió con timidez—, porque he venido desde allí antes, esta misma noche.

—¿Sola? —le pregunté sorprendido.

—Sí, señor: eso no me importa; pero ahora estoy algo asustada, porque me he extraviado.

—¿Y por qué te has dirigido a mí? Supongamos que te engañara...

—Tengo la seguridad de que usted no haría eso; es usted tan anciano y anda tan despacio... —añadió la pequeña.

No puedo describir la impresión que me produjo esta frase, dicha con tanta energía, que hizo brotar lágrimas de los ojos de la niña y temblar todo su cuerpecito.

—¡Ven! —le dije—. Voy a llevarte allá.

Me dio la mano con la misma confianza que si la hubiera conocido en la cuna y empezamos a andar. La pequeña ajustaba sus pasos a los míos, pareciendo que era ella la que me guiaba y protegía a mí, antes que yo a ella. De cuando en cuando me miraba furtivamente, como si quisiera asegurarse de que no la engañaba, y a cada mirada parecía aumentar su confianza.

En cuanto a mí, puedo decir que tenía tanto interés y curiosidad como la niña; porque era una niña ciertamente, aunque su apariencia infantil parecía efecto de su pequeñez y su delicada constitución. Aunque pobremente vestida, no revelaba miseria ni descuido, y su atavío respiraba limpieza y cierto gusto.

—¿Quién te ha enviado sola tan lejos?

—Una persona muy bondadosa para mí, señor.

—¿Y para qué?

—Eso no puedo revelarlo, señor —dijo la niña.

Había en el tono de esta respuesta algo que me hizo mirar sorprendido e involuntariamente a aquella criatura, pensando a qué obedecía aquella excursión y lo preparada que estaba para responder a mis preguntas. Sus penetrantes ojos parecían leer mis pensamientos, pues al mirarla yo, respondió inmediatamente que no había mal alguno en lo que hacía; pero que era un secreto tan grande, que ni aun ella misma lo sabía.

Todo esto fue dicho franca y sencillamente, con esa ingenuidad propia de la verdad. Seguimos andando y me habló familiarmente todo el camino, pero sin decirme nada de su familia ni de su hogar, excepto que íbamos por un camino nuevo para ella, que suponía sería más corto.

Yo, entre tanto, formaba en mi mente mil planes para averiguar lo que aquello significaba; pero los rechazaba apenas concebidos, avergonzado de querer valerme de la inocencia o la gratitud de la niña para satisfacer mi curiosidad. Quiero a los niños y considero como un don de Dios obtener su afecto puro y desinteresado; su confianza me fue muy grata y procuré conservarla mereciéndola.

Todo esto, sin embargo, no era razón para que me abstuviera de conocer a aquella persona que tan desconsideradamente la había enviado sola y de noche a tan larga distancia; y como era fácil que apenas llegara a un sitio conocido de ella se despidiera de mí, privándome de la oportunidad que ansiaba, rehuí las calles frecuentadas y me interné por las menos conocidas; así es que la niña no supo dónde estábamos hasta llegar a la misma calle en que vivía. Batiendo palmas alegremente, y corriendo delante de mí, mi amiguita se paró junto a una puerta esperando a que yo llegara: después llamó.

La mitad de la puerta tenía cristales, sin que hubiera tablero alguno de madera o hierro que la protegiera, cosa que yo no noté al pronto por la profunda oscuridad que reinaba en el interior. Después de llamar dos o tres veces, se sintió ruido como de alguien que se moviera dentro, percibiéndose al fin a través de los cristales una débil luz que oscilaba según iba acercándose el que la llevaba, y que caminaba despacio por entre los innumerables objetos esparcidos por la habitación, lo cual me permitió conocer a la persona y saber qué clase de tienda había tras aquella puerta.

Era un hombre anciano y pequeño, de cabello canoso, cuyas formas, aunque alteradas por la edad, ofrecían el aspecto delicado de las de la niña. Sus ojos azules eran iguales también; pero allí terminaba toda semejanza, porque su rostro estaba surcado de profundas arrugas y revelaba una gran ansiedad.

La habitación donde aquel hombre se movía era uno de esos recintos donde se amontonan sin orden ni cuidado infinidad de objetos antiguos que ocultan bajo una capa de polvo su inapreciable valor; situadas generalmente en sitios retirados de Londres, esas tiendas ofrecen el aspecto de prenderías, a fin de evitar robos y de no excitar envidias. Cotas de mallas que parecían envolver el espíritu de algún guerrero, tallas fantásticas sacadas de antiguos claustros, oxidadas armas de diversas clases, figuras retorcidas de porcelana, marfil, hierro y madera, tapices y muebles raros cuyos dibujos parecían un sueño fantástico; todo se mezclaba en revuelta confusión en aquella miserable tenducha. El maciento aspecto del hombre que se adelantaba estaba en perfecta armonía con el de la tienda; parecía que él mismo había rebuscado las casas deshabitadas, las tumbas, las iglesias antiguas y había recogido con sus propias manos los objetos que mejor le convenían. No había un solo objeto en aquella colección que desentonara del cuadro; ninguno más viejo que su dueño.

Al abrir la puerta me miró atónito; sorpresa que no disminuyó al fijarse en la niña. Una vez franqueada la entrada, la pequeña se dirigió a él llamándole abuelo y le contó la historia de nuestro encuentro.

—¡Cómo, hija mía! —exclamó el anciano acariciando sus cabellos—. ¿Perdiste el camino? ¿Qué hubiera sido de mí si llego a perderte, Nelly?

—No me hubiera perdido, abuelito; ya habría encontrado el camino —respondió la niña animosamente.

El viejo la besó, y después, volviéndose a mí, me suplicó que entrara y cerró cuidadosamente la puerta.

Una vez dentro de aquella tienda que había entrevisto desde la calle, entramos en una pequeña trastienda, en la cual se veía otro cuartito pequeño, que indudablemente era la alcoba de Nelly, porque había un lecho tan pequeño y lindo, que parecía ser de alguna hada. La niña tomó una bujía y entró en aquel recinto, dejándonos solos al viejo y a mí.

—Debe usted de estar cansado, señor —me dijo el anciano arrimando una silla al fuego e indicándome que tomara asiento—. No sé cómo darle las gracias.

—Basta con que tenga usted más cuidado con su nieta de aquí en adelante, buen amigo —le respondí.

—¡Más cuidado! —exclamó el viejo con penetrante voz—. ¿Más cuidado, cuando jamás ha habido quien ame a una niña más de lo que yo quiero a Nelly?

Dijo esto con tanta sorpresa, que no supe qué responderle; tanto más cuanto que una debilidad y vacilación en sus movimientos y una expresión de angustia en su semblante me demostraban que aquel hombre no era, como yo había creído antes, un imbécil o un viejo que chocheaba.

—Creo que usted no considera... —empecé a decir.

—¿Qué no considero? —gritó el viejo interrumpiéndome—. ¿Qué no la considero? ¡Qué poco sabe usted la verdad! ¡Nelly, Nelly!

Sería imposible que hombre alguno, en cualquier forma de lenguaje que usara, expresase más vehementemente su afecto que lo hizo el anticuario en aquellas cuatro palabras. Esperé a que siguiera hablando; pero cogiéndose la barba entre las manos, y moviendo la cabeza, permaneció silencioso mirando al fuego.

Entre tanto, salió de nuevo la niña con el rostro excitado por la prisa que seguramente se dio para volver con nosotros. Llevaba sus hermosos cabellos castaños cayendo en bucles sobre el cuello y empezó a poner la mesa para cenar. Me sorprendió ver que era la niña la que lo hacía todo, pareciendo que no había más gente en aquella casa. Aproveché un momento en que estaba ausente e hice una indicación al viejo sobre ello, a lo cual me contestó diciendo que pocas personas eran más dignas de confianza y más cuidadosas que Nelly.

—Me da pena ver a los niños ocupando un lugar como personas mayores —respondí a aquel viejo egoísta—; eso les hace perder en sencillez y candor, dos de las mejores cualidades con que el Cielo los ha dotado, y los obliga a participar de los dolores y necesidades de la vida antes que de sus alegrías.

—Los hijos de los pobres participan de pocas alegrías; hasta los placeres más sencillos cuestan dinero —respondió el viejo.

—Pero usted no es tan pobre como todo eso —añadí.

—No es mi hija, señor —replicó el viejo—. Su madre, que lo era, era pobre también. Yo no ahorro nada, ni siquiera unos cuartos, aunque vivo como usted ve; pero ella será un día rica y gran señora —añadió cogiéndome un brazo y hablándome casi al oído—. No piense usted mal de mí porque tiene que trabajar; lo hace con alegría y sufriría al pensar que yo quería que otra persona me cuidara. ¡Qué no considero! —volvió a repetir—. ¡Bien sabe Dios que esa niña es el único objeto, el único cuidado de mi vida! ¡Y sin embargo, no me protege!

Al llegar aquí volvió Nelly, y el viejo, rogándome que me acercara a la mesa, no dijo más.

Apenas habíamos empezado a cenar, cuando sonó un aldabonazo en la puerta, y Nelly, riendo a carcajadas con esa risa ingenua de los niños, dijo que seguramente sería Kit.

—Esta locuela —añadió el abuelo— se ríe siempre del pobre muchacho.

La niña rió más aún y yo no pude menos de sonreírme, simpatizando con ella.

El viejo fue a abrir y a poco volvió con Kit, que era un muchacho feo y tosco, de boca enorme, mejillas encendidas, nariz respingona y una expresión eminentemente grotesca en el semblante. Al ver a un extraño, se detuvo en la puerta y empezó a dar vueltas entre las manos a su sombrero viejo, desprovisto de todo rastro de alas, sosteniéndose ya sobre una pierna, ya sobre otra, y mirando de soslayo a la trastienda.

Desde aquel momento obtuvo Kit mi simpatía, porque comprendí que era la única alegría de la vida de Nelly.

—Estaba lejos, ¿eh, Kit? —preguntó el viejo.

—En un maldito callejón extraviado y me costó no poco trabajo hallar la casa.

—¿Traerás hambre?

—¡No que no! ¡Ya lo creo!

Hablaba de un modo tan cómodo, que era natural excitase la hilaridad de cualquiera, y mucho más la de aquella niña que vivía entre elementos tan poco en armonía con ella. Kit, que sabía el efecto que causaba, procuró conservar la serenidad; pero no pudo más y concluyó por reír a carcajadas. El viejo volvió a su abstracción, sin preocuparse de lo que pasaba, y yo noté que la niña, al cesar en su risa, tenía los ojos impregnados de lágrimas, exteriorizando así la ansiedad que había dominado anteriormente en aquel sensible corazoncito. En cuanto a Kit, se aplicó a devorar un gran trozo de pan y carne, regados con un buen vaso de cerveza.

El viejo se volvió a mí de repente, y como si contestara a alguna pregunta que yo acabara de hacerle, me dijo con un suspiro:

—¡No sabía usted lo que decía cuando me dijo que no tengo consideración con ella!

—No debe usted preocuparse tanto por una frase fundada solamente en apariencias, amigo mío.

—¡No, no! —añadió el viejo—. Ven, Nelly.

La niña se acercó a su abuelo y le abrazó.

—¿Te quiero, Nelly? Responde, ¿sí o no?

La niña respondió sólo con caricias.

—¿Por qué sollozas? —prosiguió el viejo oprimiéndola más y más y mirándome—. ¿Es porque sabes que te quiero y te disgusta la duda que parece envolver mi pregunta? Bueno, bueno; quedamos en que te amo tiernamente.

—¡Sí, sí! —respondió apresuradamente la niña—. Kit está seguro de ello.

Éste, que engullía metiéndose en la boca tres cuartas partes del cuchillo con la habilidad de un prestidigitador, se detuvo al oír la alusión y gritó:

—Nadie será tan necio que lo niegue.

Después siguió comiendo a dos carrillos.

—Mi niña es pobre ahora —prosiguió el abuelo—, pero llegará un día en que será rica. Este día tarda, pero llegará seguramente, como ha llegado para otros que no hacen más que derrochar. ¡Cuándo me tocará a mí disfrutar de la riqueza!

—Yo soy feliz así, abuelito —murmuró la niña.

—¡Bah! ¡Bah! ¿Qué sabes tú? Pero, ¿cómo has de saberlo? —y siguió murmurando entre dientes—: ¡Ese día tiene que llegar, estoy seguro; tal vez es mejor que tarde!

Después, teniendo aún a la niña sentada sobre sus rodillas, cayó en su anterior estado de mutismo e insensibilidad a cuanto le rodeaba. Como era casi medianoche, me levanté para marcharme, y esto le sacó de su abstracción.

—Un momento, señor —me dijo, y volviéndose hacia Kit—: ¿Aún estás aquí, y son casi las doce? Vete ya y sé puntual por la mañana, porque hay que trabajar; pero antes da las gracias a este caballero, porque sin su cuidado, tal vez mi niña se hubiera perdido esta noche.

—Y la hubiera encontrado yo, señor, aunque hubiese estado bajo tierra.

Y abriendo la boca y cerrando los ojos otra vez, salió después de despedirse de todos.

Una vez solos, y mientras Nelly quitaba la mesa, el anciano me dijo:

—Parece que no he dado a usted las gracias por el inmenso favor que me ha hecho esta noche; pero debo manifestarle que se lo agradezco sincera y cordialmente, y lo mismo mi Nelly. No quiero que usted se marche creyendo que soy indiferente a su buen proceder; no, ciertamente.

—Estoy completamente seguro de que no es así, después de lo que he visto. ¿Me permitirá usted, sin embargo, que le haga una pregunta? —le dije.

—¿Cuál, señor? —respondió el viejo.

—Esta niña enfermiza, tan hermosa e inteligente, ¿no tiene quien la cuide sino usted? ¿No tiene amigas o compañeras?

—No —respondió el viejo con ansiedad—; ni tampoco las necesita.

—Tengo la seguridad de que usted obra según cree conveniente; pero, ¿no teme equivocarse en sus cuidados respecto de una criatura tan tierna? Soy viejo también y comprendo que no podemos entender a la juventud.

—No puedo ofenderme por lo que usted me dice, señor. Es verdad que en muchas ocasiones yo parezco un niño, y ella, una persona madura; pero, dormido o despierto, noche y día, sano o enfermo, esa niña es el único objeto de mi vida. Si usted supiera el cuidado que me inspira, seguramente me miraría con distintos ojos. Esta vida es muy pesada para un viejo, pero al fin está la meta y hay que llegar a ella.

Viendo su excitación e impaciencia, tomé mi abrigo, resuelto a no añadir una palabra; pero me sorprendió ver que Nelly, tomando otro, esperaba con un sombrero y un bastón en la otra mano.

—No son míos, hijita —le dije.

—No; son de mi abuelo.

—Pero, ¿va a salir ahora?

—Sí —dijo la niña sonriendo.

—¿Y qué haces tú, monina?

—¿Yo? Pues quedarme aquí, como de costumbre.

Atónito miré al anciano, que estaba poniéndose el gabán, y después, a la preciosa figurita de la niña. ¡Sola! ¡Sola toda la noche en aquel sombrío y retirado lugar! Ella no pareció notar mi sorpresa; ayudó a su abuelo a ponerse el gabán, y tomando una bujía, nos alumbró al salir. Cuando llegamos a la puerta de la calle, levantó su carita para que yo la besara, y después corrió a su abuelo, que la abrazó al despedirse de ella, diciéndole en voz baja:

—Duerme bien, Nelly; que los ángeles te guarden y no te olvides de rezar.

—No, abuelito; ¡las oraciones me gustan tanto!

—Ya lo sé; ya lo sé. ¡Dios te bendiga mil veces! Vendré temprano por la mañana.

—No tendrás que llamar dos veces, abuelo. El aldabón me despierta aunque duerma profundamente.

Con esto se separaron; la puerta quedó asegurada con un tablero que Kit había corrido antes y con los cerrojos que Nelly pasó por dentro. El viejo se detuvo unos momentos hasta que todo quedó en silencio. Una vez satisfecho, empezó a caminar despacio, y al llegar a la primera esquina se paró mirándome y diciendo que, como íbamos en opuesta dirección, debíamos despedirnos. Yo quise detenerle, pero él, con más ligereza de la que podía esperarse a sus años, echó a andar, volviendo dos o tres veces la cabeza, como para asegurarse de si le observaba o seguía a larga distancia. La oscuridad de la noche favoreció su deseo; poco después estaba fuera del alcance de mi vista.

Permanecí en el sitio donde nos habíamos despedido, sin querer marcharme y sin darme cuenta del porqué de este deseo. Al fin pasé varias veces por delante de la tienda; me paré, escuché: todo estaba en silencio. Aunque me detuve otra vez, no me resolvía a marcharme, pensando en todos los peligros que podían amenazar a la niña: incendio, robo y hasta asesinato; parecía como si presintiera que al dejarla había de ocurrirle algún mal. Sonó la una y, después de mil reflexiones, tomé el primer coche que pasó vacío y llegué a mi casa.

Sentado en una mecedora, volví a caer en mis meditaciones. Todo era agradable; un fuego animado y confortable, la lámpara con luz brillante, la habitación limpia y agradable a la vista; ¡qué contraste con todo aquello que había dejado momentos antes! ¡Y aquella niña, sola, sin más protección que la de los ángeles, obligada a pasar la noche en una miserable tenducha! No podía dejar de pensar en ella. Temiendo llegar demasiado lejos en mis reflexiones, resolví acostarme y olvidarlo todo; pero desperté una porción de veces, pensando siempre en lo mismo, viendo ante mis ojos aquella tienda sucia y destartalada, con sus cotas de malla y, dentro de ellas, los esqueletos de los que las usaron; sentía la polilla corroer y aserrar la tallada madera, y en medio de todos aquellos restos de tiempos lejanos, la hermosa niña durmiendo con sueño tranquilo y soñando alegremente.

CAPÍTULO II

FEDERICO Y RICARDO

Más de una semana estuve luchando con el deseo de hacer una segunda visita al sitio que abandoné, como anteriormente digo, y por último, determiné presentarme allí de día. Pasé dos o tres veces por delante de la casa y di varias vueltas por la calle con esa vacilación propia del que sabe que su visita es inesperada y que tal vez no sea muy agradable. Al fin, comprendiendo que estando la puerta cerrada los de dentro no podrían verme e invitarme a entrar, por mucho que pasara, me decidí de una vez y pronto me hallé en el interior de la tienda de antigüedades.

En la trastienda, el viejo y otra persona parecían discutir en alta voz; pero al sentir que alguien entraba, se callaron súbitamente: el anciano se levantó presuroso y, acercándose a mí, me dijo que se alegraba mucho de que hubiera ido.

—Nos ha interrumpido usted en un momento crítico —me dijo señalando al hombre que estaba con él—; ese perillán me asesinará un día de éstos: ya lo habría hecho si hubiera tenido valor para ello.

—¡Bah! —añadió el otro—. También usted me tragaría vivo si pudiera; eso lo sabemos todos.

—Creo que podría si lo intentara —dijo el anciano volviéndose débilmente hacia él—. Si pudiera deshacerme de ti con juramentos, plegarias o palabras, lo haría. ¡Qué tranquilidad tan grande el día que no te vea más!

—¡Ya lo sé; ya lo sé! —repuso el otro—. Pero a mí no me matan rezos ni palabrerías; así es que vivo, y pienso vivir mucho.

—¡Y su madre murió! —gritó el viejo apasionadamente—. ¡Esa es la justicia del Cielo!

El otro le miraba, entre tanto, burlonamente balanceándose en su silla.

Era un joven de veintiún años o cosa así, hermoso y proporcionado, aunque la expresión de su rostro era muy desagradable, y tenía en su aire, y hasta en su modo de vestir, algo insolente, algo que repelía.

—Justicia o no justicia —dijo el joven—, aquí estoy y estaré hasta que me parezca conveniente irme; a menos que me saquen a la fuerza, lo cual estoy seguro de que no ocurrirá. ¡Quiero ver a mi hermana!

—¡Tu hermana! —murmuró dolorosamente el viejo.

—¡Claro! Usted no puede deshacer el parentesco; si pudiera, ya haría mucho tiempo que lo hubiera hecho. Quiero ver a mi hermana; usted la tiene encerrada amargando su vida con sus disimulados secretos, y pretendiendo quererla, la mata usted a fuerza de trabajo, ahorrándose así unos cuantos chelines cada semana y añadiéndolos al montón de dinero que tiene ya. Quiero verla, y la veré.

—¡Vaya un moralista para hablar de las amarguras de la vida, y un espíritu generoso que puede hablar contra el dinero! —dijo el viejo volviéndose hacia mí—. ¡Un pródigo que ha olvidado todos los lazos que le unían con los que tienen la desgracia de contarle en su familia, y hasta con la sociedad entera! Además —continuó, acercando sus labios a mi oído—, es un embustero, porque sabe cuánto quiero a su hermana, y, sin embargo, lo niega ante un extraño, sólo por mortificarme.

—A mí no me importan los extraños, abuelo —dijo el viejo, cogiendo al vuelo las últimas palabras—, y creo que a ellos les importa un bledo de mí, y que lo mejor que pueden hacer es cuidarse de sus asuntos y dejarme a mí en paz con los míos. Tengo un amigo que me aguarda en la calle; y como parece que he de esperar largo rato, con permiso de ustedes, voy a llamarle. Se asombró, y llamó varias veces a alguien que parecía invisible y que necesitó mucha insistencia para decidirse a entrar.

—Ricardo Swiveller —dijo el joven empujándole dentro—. Siéntate, Dick.

—¿Está el viejo de buen talante? —preguntó Ricardo a media voz.

—¡Siéntate! —repuso su amigo.

El señor Swiveller obedeció, y sonriendo dijo algunas frases burlescas para suplicar que dispensáramos el descuido de su traje, añadiendo que no había estado bien de la vista, expresión con la cual dejara entender delicadamente que había estado borracho.

—Pero, ¿qué importan esos detalles —prosiguió Ricardo—, cuando el fuego sagrado de la amistad vivifica los corazones? ¿Qué importa, cuando el espíritu se expande con los valores del opalino licor y ese momento es el más feliz de nuestra existencia?

—No tienes necesidad de pronunciar discursos aquí —dijo su amigo tocándole el brazo.

—Federico —gritó el señor Swiveller—, al sabio le basta una palabra: podemos ser felices y buenos sin riquezas. No añadas una palabra más. —Y después, al oído—: ¿Está el viejo en buena armonía?

—No te importa —replicó Federico.

—Eso es verdad. ¡Prudencia, amigo, prudencia!

Después, como reservándose un gran secreto, guiñó los ojos, cruzó los brazos, se recostó en su mecedora y miró al techo con suma gravedad.

No sería descaminado creer que aún no habían pasado los efectos de aquella afección a la vista a que había aludido Swiveller al oír sus desatinos y observar sus maneras.

Su traje se hallaba en el mismo estado que si se hubiera acostado sobre él. Consistía en un chaquetón pardo con muchos botones, un pañuelo de cuadros en el cuello, un chaleco listado y unos pantalones blancos muy sucios. Del sombrero no hablamos, porque había quedado reducido a la más mínima expresión. Con este atavío heterogéneo se recostó en una butaca, como hemos dicho, y unas veces entonando con chillona voz algunos compases de una canción insulsa, otras callando repentinamente, siguió mirando al techo.

El anciano también se sentó mirando a su nieto y al amigo con aire que parecía revelar ser impotente para tomar una resolución y que se había decidido a dejar que hicieran lo que tuvieran por conveniente. Federico, no lejos de su amigo, recostado sobre una mesa, parecía indiferente a todos, y yo, que comprendía la inutilidad de mi intervención, aunque el anciano había acudido a mí con palabras y gestos, procuré hacerme el distraído mirando los objetos que estaban puestos a la venta y prestando muy poca atención a los reunidos en la trastienda.

No duró mucho rato el silencio. Swiveller, después de favorecernos con varias melodías y con mil seguridades de que su corazón tendía a la montaña y de que sólo aguardaba su caballo árabe para llevar a cabo grandes actos de valor y lealtad, dejó de mirar al techo y la emprendió con el estilo prosaico, otra vez volviendo al tema anterior:

—Federico, ¿está el viejo en buena armonía?

—¿Te importa? —volvió a decir éste.

—No; pero, ¿está? —repitió Dick.

—Sí; pero, ¿qué importa que lo esté o no?

Con estas palabras el señor Swiveller se animó, y entrando en conversación general, procuró llamar nuestra atención hablando sobre diversos asuntos, y dando su opinión sobre cosas triviales y nimias, hasta que su amigo le mandó callar.

—No interrumpáis al orador —añadió Ricardo, y siguió perorando sobre las excelencias de la buena armonía en las familias, con grandes y exagerados ademanes, hasta que paró en seco y se puso en la boca el puño de bastón, como si quisiera evitar que una palabra más quitara el efecto a su discurso.

—¿Por qué me persigues así? —preguntó el anciano a su nieto—. ¿Por qué traes aquí esa clase de amigos? ¿No te he dicho muchas veces que mi vida es un tejido de abnegaciones y de angustias, y que soy pobre?

—¿No he dicho a usted mil veces también que no lo creo? —respondió el nieto.

—Has escogido tu camino: síguelo —murmuró el viejo—. Déjanos a Nelly y a mí seguir nuestra senda de afanes y trabajos.

—Nelly será pronto una mujer, y, educada por usted, olvidará a su hermano si no le ve con frecuencia —respondió Federico.

—Procura que no te olvide cuando quieras que se acuerde de ti, cuando tú vayas descalzo por el arroyo y ella pasee en magnífico carruaje.

—¿Quiere usted decir que heredará su dinero? ¡Qué propio es eso de un pobre!

—Y sin embargo —murmuró el viejo bajando la voz y hablando como el que piensa alto—, ¡qué pobres somos!; ¡que amarga es nuestra vida! Pero hay que tener paciencia y esperanza.

Estas palabras, dichas casi entre dientes, no llegaron a oídos de los jóvenes. Swiveller creyó que eran un comentario de su discurso, porque tocó con el bastón a su amigo haciéndose observar. Después, descubriendo su error, mostró disgusto y manifestó deseo de marcharse inmediatamente, pero en aquel instante se abrió la puerta y apareció Nelly.

CAPÍTULO III

EL DINERO DEL ENANO

Detrás de la niña entró un hombre de cierta edad, de facciones duras y horrible aspecto; tan bajo de estatura, que podemos llamarle enano, aunque su cabeza y su semblante parecían propios del cuerpo de un gigante. Tenía los ojos inquietos y astutos, los bigotes y la barba parecían de crin, y su piel era de ese color terroso que no parece jamás limpio ni sano. Lo que hacía más grotesca su expresión era la risa lúgubre que casi siempre vagaba en sus labios, dándole el aspecto de un perro jadeante. Su traje consistía en un sombrero alto de copa, un traje oscuro muy usado, un par de zapatones y un sucio pañuelo, que había sido blanco, tan arrugado y torcido, que dejaba al descubierto su descarnado cuello. Las manos, bastas y callosas, estaban muy sucias, y las uñas, largas y amarillas, parecían garfios.

Tuve tiempo de observar todo esto, porque no se fijó en mí y porque ni la niña ni el enano dijeron nada en los primeros momentos. Nelly se acercó con timidez a Federico y le dio la mano; el enano miró fijamente a todos los presentes, y el anticuario, que no esperaba en modo alguno aquella visita, pareció desconcertado.

—¡Hola, amigo!, ¿tiene usted aquí a su nieto? —dijo el enano después de observar atentamente al joven.

—Ciertamente que no lo tengo, pero está aquí —exclamó el anciano.

—¿Y ése? —prosiguió el enano, señalando a Swiveller.

—Es un amigo suyo.

—¿Y ése? —continuó, encarándose conmigo.

—Un caballero que fue lo bastante amable para traer a Nelly la otra noche, cuando se perdió al volver de casa de usted.

El hombre chiquitín se volvió hacia la niña como para reñirla o manifestar su asombro, pero como Nelly hablaba con su hermano, se calló e inclinó la cabeza para oír mejor.

—Nelly —decía el joven entre tanto—, te enseñan a odiarme, ¿eh?

—¡No, no! ¡Qué idea! —exclamó la niña.

—Entonces, ¿te enseñan a quererme?

—Ni lo uno ni lo otro. Nunca me hablan de ti; esa es la verdad.

—Debo agradecerlo —prosiguió Federico mirando al abuelo—. Lo agradezco, Nelly, y te creo.

—Pero, de todos modos, te quiero mucho, Federico —dijo la niña.

—Lo creo, Nelly; lo creo.

31

—Te quiero y te querré siempre —repetía la niña emocionada—, pero te agradecería mucho que no disgustaras al abuelito, que no le aborrecieras haciéndole desgraciado; entonces, te querría más aún.

—¡Bueno, bueno! —dijo el joven inclinándose para besar a la niña y retirándose después—. Anda, vete; has sabido la lección: no hace falta que lloriquees. Nos separaremos en paz y como buenos amigos, si eso es lo que quieres.

Federico permaneció callado, siguiendo con la vista a la niña hasta que entró en su cuarto y cerró tras sí la puerta; después, volviéndose al enano, exclamó de repente:

—El señor...

—¿Se refiere usted a mí? —preguntó el hombrecillo—. Me llamo Quilp. Puede usted recordarlo perfectamente, porque no es largo: Daniel Quilp.

—Perfectamente, señor Quilp. Entonces —prosiguió el joven—, ¿tiene usted influencia con mi abuelo?

—Alguna —respondió Quilp enfáticamente.

—¿Sabe usted alguno de sus secretos y misterios?

—Unos cuantos —prosiguió Quilp con sequedad.

—Entonces, haga usted el favor de encargarse de decirle de mi parte que vendré siempre que se me antoje en tanto que tenga a Nelly consigo; y que si quiere librarse de mí, tiene que dejar marchar a mi hermana primero. Le diré que no tengo sentimientos, que no quiero a Nelly; pero deje usted que diga lo que quiera. Necesito que esa niña recuerde que existo y la veré cuando me plazca; ese es mi tema. Hoy he venido aquí para ponerlo en práctica y vendré cincuenta veces con el mismo objeto, y siempre con el mismo éxito. Dije que esperaría hasta lograr mi objeto: se ha cumplido y mi visita termina. Vamos Dick.

—Espera —murmuró éste cuando su amigo se dirigía hacia la puerta—. ¡Señor...!

—Estoy a sus órdenes —exclamó Quilp, objeto de aquella exclamación.

—Antes de abandonar esta alegre y animada escena, estos iluminados salones —dijo Swiveller—, me permitiré, con su permiso, hacer una ligera observación. Vine en la inteligencia de que el viejo y mi amigo estaban en buena armonía.

—Continúe usted —exclamó Daniel, viendo que el orador interrumpía su peroración.

—¿Me permite usted decirle al oído media palabra, señor?

Y sin esperar permiso, Ricardo se inclinó hacia el enano y le dijo al oído, pero en voz que todos los presentes pudimos oír:

—El santo y seña de ese viejo es «¡horca!»

—¿Qué? —preguntó Quilp.

—¡Horca, señor, horca! Ya lo sabe usted —prosiguió Swiveller tecleando en los bolsillos de su chaleco.

El enano manifestó con un movimiento de cabeza que había comprendido. Swiveller le hizo una seña de inteligencia, y al llegar a la puerta tosió para llamar la atención del enano y recomendarle con gestos el más inviolable secreto. Después de esta pantomima, salió detrás de su amigo.

—¡Es un placer tener parientes! Afortunadamente, no tengo ninguno —murmuró el enano—. Y usted tampoco debía tenerlos —añadió dirigiéndose al anciano—, si no fuera tan débil como una caña y casi tan insensible.

—¿Qué quiere usted que haga? —murmuró el viejo algo desesperado—. Es muy fácil hablar y mofarse, pero no es tan fácil obrar.

—¿Sabe usted lo que yo haría si estuviera en su lugar? —dijo el enano.

—Sin duda, algo violento.

—Ha acertado usted —dijo el hombrecillo satisfecho con aquel cumplimiento y frotándose las manos—. Pregunte a mi señora, a la linda señora Quilp, la obediente, la tímida, la cariñosa señora Quilp. Pero ahora recuerdo que la dejé sola y estará con gran ansiedad hasta que vuelva. Aunque no lo dice, sé que no está en paz cuando no estoy en casa; para que lo diga, es preciso que la obligue a hablar claro diciéndole que no me enfadaré. ¡Está muy bien educada la señora Quilp!

¡Qué horrible estaba aquel hombre frotándose las manos con gran prosopopeya y dándose aires de importancia! Después, metiéndose la mano en el bolsillo, sacó algo, que entregó al anciano diciéndole:

—Lo he traído yo mismo, porque, siendo oro, era demasiado pesado para Nelly y podían robárselo; por más que debe acostumbrarse a todo para cuando usted falte.

—En eso estoy —respondió el anciano—; más espero vivir mucho aún.

—Así lo espero —dijo el enano, como si fuera un eco, aproximándose a su oído—. Me gustaría saber en qué emplea usted su dinero, porque, como hombre astuto, sabe usted guardar muy bien su secreto.

—¡Mi secreto! —exclamó el anticuario—. Sí, tiene usted razón; lo guardo muy bien, perfectamente bien.

Y no dijo más, pero tomó el dinero y escondió la cabeza entre las manos como un hombre abatido. El hombrecillo le observó atentamente mientras que entraba en su cuarto y ocultaba el dinero en un armario, y después se despidió diciendo que su esposa estaría ya con cuidado.

—Adiós, pues, amigo —dijo—: mis recuerdos a Nelly, y espero que no se extravíe otra vez, aunque ese extravío me haya proporcionado un inesperado honor —continuó, saludándome y saliendo inmediatamente.

Yo había tratado de marcharme también en varias ocasiones, pero el anciano me había detenido y, cediendo a sus instancias, permanecí en la tienda examinando unas preciosas miniaturas y algunas medallas que sacó para que las viera.

Poco después salió Nelly de su cuarto y, sentándose junto a la mesa, se puso a coser. Aquella habitación ganaba mucho vista a la luz del día; las flores que perfumaban el ambiente, un pajarillo que cantaba alegremente en su jaula y la corriente de juventud y frescura que parecía desprenderse de la niña e inundar la casa; todo contribuía a darle un aspecto simpático y alegre. Era curioso, aunque no agradable, mirar después a aquel anciano encorvado, seco y arrugado, y reflexionar sobre todo pensando en lo que podría ocurrirle a aquella niña débil y sola si su abuelo muriese; débil, viejo y achacoso como era, servía de protección a la niña.

El viejo, tomando una mano de Nelly y hablando en alta voz, pareció responder a mis reflexiones.

—Estaremos mejor, hijita; tenemos reservada una fortuna que yo ambiciono sólo para ti. Te ocurrirían tantas desgracias si quedaras en la pobreza, que comprendo que no puede ser así.

Nelly miró a su abuelo atentamente, pero sin responder palabra alguna.

—Cuando pienso en los muchos años, muchos para tu corta vida —prosiguió el anciano—, que has vivido sola conmigo, en esta monótona existencia, sin amigas, sin compañeras de tu edad, sin placeres infantiles, separada de todos los miembros de tu familia, excepto este pobre viejo, temo que no he obrado bien contigo, Nelly.

—¡Abuelo! —exclamó la niña con gran sorpresa.

—No intencionadamente; no, Nelly, ¡bien lo sabe Dios! Siempre he creído que iba a llegar muy pronto un tiempo en que pudieras contarte entre las niñas más hermosas, más animadas y sobrepujarlas a todas. Y aún lo espero, hija mía; aún lo espero. Pero si entretanto tuviera que dejarte, temo mucho que no te he preparado para las luchas del mundo; ni más ni menos que lo está ese pajarillo. Pero, oigo a Kit: ve y recíbele, Nelly; ve.

La niña se levantó y echó a correr, pero volvió de pronto y abrazó a su abuelo. Después salió corriendo más aprisa aún para ocultar sus lágrimas.

—Una palabra, señor —me dijo el anciano al oído—: he hablado así porque la conversación que tuvimos hace unos días me ha hecho pensar mucho. ¡Ojalá que todo haya sido para bien y pueda triunfar aún! He sido muy pobre, y quisiera preservar a mi hijita de todos los sinsabores y amarguras de la pobreza, que llevaron a su madre a la tumba antes de tiempo. Esté usted seguro de que será rica y tendrá una fortuna. No puedo decir más ahora, porque Nelly vuelve.

Parecía tan seguro, había tanta fuerza de convicción en su acento, que no me era posible entender el misterio que allí se ocultaba: sólo me lo expliqué pensando que la avaricia era el móvil de su conducta. Más tarde pude observar que el anciano salía también aquella noche y que la niña quedaba sola una vez más dentro de las sombrías paredes de aquella casa.

Y ahora, lector, cesando en mi papel de introductor de personajes en esta novela, me despido de ti, dejando que hablen y obren por sí ellos mismos.

CAPÍTULO IV

UN TÉ EN CASA DE LA SEÑORA

Los esposos Quilp residían en Tower Hill, y allí lloraba la señora la ausencia del señor cuando éste salió para hacer el negocio de que hemos hablado anteriormente. El señor Quilp no tenía oficio ni carrera conocidos, aunque se ocupaba en una multitud de cosas; era administrador de varias casuchas, prestaba dinero a marineros y gente baja, tenía parte en algunos negocios no muy limpios y otra multitud de cosas por el estilo.

Su habitación en Tower Hill, pequeña y reducida, tenía solamente lo indispensable para ellos y una alcobita para su suegra, que, como es de suponer, estaba en perpetua guerra con Daniel Quilp, a quien no por eso dejaba de tener un miedo horrible. Todos los que vivían cerca de él le temían mucho, pero nadie sentía los efectos de su ira como la señora Quilp, una mujer bajita, pequeña y delicada, de ojos azules, que habiéndose unido al enano en uno de esos momentos de locura no escasos entre las mujeres, pagaba prácticamente todos los días la pena de su ligereza.

Hemos dicho anteriormente que la señora Quilp lloraba en su morada la ausencia de su marido, pero no lloraba por cierto sola, pues, además de su madre, había unas cinco o seis vecinas que por casualidad habían ido llegando a la hora del té; ocasión muy propicia para charlar en aquella habitación fresca, alta y resguardada del sol. No hemos de extrañar, pues, que se detuvieran, teniendo además el piscolabis un sabroso aditamento de manteca fresca, pan tierno, mariscos y berros.

Es natural que estando reunidas tantas señoras, la conversación recayera sobre la propensión del sexo fuerte a dominar y tiranizar al débil, y acerca del deber que tenía éste de resistir y volver por sus derechos y dignidad. Era natural, por cuatro razones: primera, porque siendo joven la señora Quilp y sufriendo las brutalidades de su marido, era de esperar que se rebelara: segunda, porque era conocida la inclinación de su madre a resistir la autoridad masculina; tercera, porque cada una de las concurrentes creía manifestar así la superioridad de su sexo y de ella misma entre las demás, y cuarta, porque, estando acostumbradas las allí reunidas a criticarse unas a otras, una vez reunidas en íntima amistad no podían hallar asunto mejor que atacar al enemigo común.

Movida por todas estas consideraciones, una señora gruesa dio margen a la conversación preguntando por el señor Quilp; a lo que respondió su suegra que estaba perfectamente bien, que nada le ocurría y que «yerba mala nunca muere». Todas las señoras suspiraron a coro, movieron la cabeza con dignidad y miraron a la señora Quilp como si fuera una mártir.

—¡Ah! —dijo la que primero habló—; usted debía aconsejarla, señora Jiniver, puesto que es su madre y conoce mejor que nadie lo que debemos a nuestro sexo.

—Cuando mi pobre esposo vivía —añadió la señora Jiniver—, si se hubiera atrevido a decirme una palabra más alta que otra, le habría...

La buena señora no terminó la frase, pero movió la cabeza con un aire tan significativo, que sustituyó perfectamente a las palabras que faltaban, y fue tan bien entendido por todas, que hubo quien agregó—: ¡Eso mismo hubiera hecho yo!

—Afortunadamente, ni usted ni yo tenemos necesidad de eso —dijo la suegra de Quilp.

—Ninguna mujer la tendría si fuera consecuente con su sexo —agregó la señora gruesa.

—¿Lo oyes, Isabel? ¿Cuántas veces no te he dicho lo mismo, pidiéndotelo casi de rodillas? —dijo la señora Jiniver a su hija.

La pobre Isabel se ruborizó, sonrió y movió la cabeza con aire de duda. Esto fue la señal para un clamoreo general, que, empezando en ligeros murmullos, fue creciendo y, hablando todas a un tiempo, se convirtió en un ruido semejante a un enjambre de cotorras. Animadas con la conversación, dieron un nuevo ataque al té, al pan, a la manteca y demás comestibles, aunque diciendo al mismo tiempo que su decepción era tal, que no podían probar otro bocado.

—Es muy fácil hablar —dijo la señora Quilp con sencillez—, pero tengo la seguridad de que si yo muriera mañana, Daniel hallaría en seguida quien quisiera casase con él.

Una indignación general acogió estas palabras. ¡Casarse con él! ¡Que hiciera la prueba! Una viuda aseguraba que hasta la pegaría si se dirigía a ella.

—Perfectamente —añadió Isabel—: es muy fácil, como decía antes, hablar; pero Quilp tiene tal ángel cuando quiere, que la mujer más hermosa no podría resistirle si yo muriera; y siendo libre, se dirigiría a ella. Lo aseguro.

Ante esta seguridad, todas se ofendieron, como dándose por aludidas, y diciendo: —¡Qué pruebe y veremos!— Y, sin embargo, todas criticaron a la viuda que quería pegarle y murmuraron al oído de su vecina más próxima que la tal viuda era una estúpida dándose por aludida con lo fea que era.

—Mamá, sabes que es cierto lo que digo, porque hablamos de ello muchas veces antes de casarme —dijo la señora Quilp—. ¿Verdad, mamá?

La señora Jiniver se encontró en un apuro, porque ella había contribuido en gran parte a convertir a su hija en señora Quilp y no quería que creyeran que su hija se había casado con un hombre que otras hubieran rechazado. Por otra parte, exagerar las buenas cualidades de su yerno sería disminuir la causa de su discusión; así es que, tomando el mejor partido posible, reconoció su poder de seducción, pero le negó el derecho a mandar, y con un cumplido a la señora gruesa llevó la discusión al punto en que había empezado.

—Lo que ha dicho la señora de Jorge es razonable —dijo la anciana—. ¡Si las mujeres fueran consecuentes! Pero Isabel no lo es y eso es una lástima.

—Antes de consentir que Quilp me gobernara como la gobierna a ella —dijo la señora Jorge—; antes que estar siempre atemorizada ante un hombre, como le pasa a Isabel, sería capaz de matarme, dejando escrita una carta para decir que me mataba él.

Al oír estas frases, otra dama pidió la palabra, y añadió:

—El señor Quilp será un hombre muy agradable, y de ello no tengo duda alguna, puesto que su mujer lo afirma, y ella es quien mejor debe de saberlo; pero la verdad es que no puede decirse que sea hermoso ni joven precisamente, siendo así que Isabel es joven, guapa y, sobre todo, mujer.

Esta última cláusula, pronunciada con marcado tono, produjo murmullos entre los oyentes, cosa que animó a la oradora, la cual continuó diciendo que si un marido así fuera además huraño y poco razonable con su mujer, sería necesario...

—El caso es que lo es —agregó la suegra dejando la taza sobre el plato y sacudiendo las migas que habían caído sobre su falda—: es el tirano mayor que existe en el mundo. Mi pobre hija no se atreve a disponer ni siquiera de su conciencia y tiembla apenas le oye. Con una palabra, con un solo gesto, la asusta tanto que no se atreve a pronunciar una frase siquiera.

Aunque todas las presentes lo sabían perfectamente, puesto que Quilp había sido el tema de todas las conversaciones hacía más de un año en aquel barrio, el anuncio oficial, digámoslo así, levantó una protesta unánime y ruidosa. Dijeron unas a otras: —¡Ya lo había dicho yo hace tiempo!; y las otras a las unas: —¡Nunca lo hubiera creído a no oírlo con mis propios oídos! Algunas adujeron ejemplos de lo que ellas habían hecho en parecidos casos, y terminaron por agobiar a una de las damas presentes, que era soltera, con razonamientos y consejos para que no se casara. Con la confusión, no habían observado que Daniel Quilp en persona se hallaba en la habitación mirando y escuchando aquel inmenso vocerío en contra suya.

—Sigan ustedes, señoras —dijo Daniel—. Querida Isabel, suplica a estas damas que se queden a cenar con nosotros y trae alguna cosita agradable y ligera.

—Yo..., yo no las invité al té, Daniel —murmuró la pobre mujer—; ha sido una casualidad...

—Mejor, señora, mejor. Las reuniones imprevistas son siempre las más agradables —dijo el enano frotándose las manos con tanto ardor, que parecía querer arrancarse la suciedad que se había incrustado en ellas.

—Pero, ¿qué?, ¿se van ustedes? No, no; les suplico que se queden.

Sus hermosas enemigas movieron la cabeza indicando que declinaban la invitación y buscando sus respectivos abrigos y sombreros, dejando la palabra a la señora Jiniver, la cual, encontrándose en el cargo de paladín, hizo un esfuerzo para cumplir su misión y dijo:

—¿Y por qué no han de quedarse a cenar, si mi hija quiere?

—Seguramente —añadió Daniel—, ¿por qué no?

—Me parece que no hay nada malo ni deshonroso en cenar —prosiguió la señora Jiniver.

—Seguramente que no —agregó Quilp—, a menos que se coma langosta o algún otro manjar difícil de digerir.

—Pero tu no querrás que tu mujer padezca por ese estilo ni por ningún otro —continuó la suegra.

—¡No, de ninguna manera! —dijo el enano.

—Creo que mi hija tiene libertad para hacer lo que quiera.

—Ciertamente. La tiene, señora Jiniver, la tiene —continuó Quilp.

—Debe tenerla, por lo menos —añadió la suegra—, y la tendría si pensara como yo.

—¿Por qué no piensas como tu madre, hija mía? —dijo el enano dirigiéndose a su mujer— ¿Por qué no la imitas, puesto que sabe honrar a tu sexo? Tengo la seguridad de que deberías hacerlo. —Dirigiéndose otra vez a su suegra, añadió:

—Parece que no está usted bien, señora madre. Se ha excitado usted mucho hablando. Esa es su debilidad. Váyase a acostar. ¡Váyase, por favor!

—Me iré cuando quiera, Quilp; antes no.

—Tenga usted la bondad de irse pronto. Pero prontito, ¿eh? —insistió el enano.

La pobre mujer le miró furiosa, pero no tuvo otro remedio que salir, sufriendo que la echara del cuarto y cerrara la puerta delante de todas las amigas que salían de la casa. Quilp quedó solo con su mujer, que se sentó en un rincón, temblorosa y con los ojos fijos en el suelo, en tanto que él, en pie, parado delante de ella y cruzado de brazos, la miraba largo rato sin pronunciar palabra.

Al fin, rompiendo el silencio y relamiéndose los labios como si tuviera delante un dulce en vez de una mujer, dijo:

—¡Deliciosa criatura! ¡Monina! ¡Rica!

La señora Quilp sollozaba; conociendo la índole de su marido, parecía tan alarmada por estas frases de cariño, como si hubiera manifestado su furor con actos de violencia.

—¡Qué alhaja! ¡Qué tesoro! —continuó Quilp—. Vales más que un cofrecillo de oro engastado con perlas, diamantes, rubíes y toda clase de piedras preciosas. ¡Cuánto te quiero!

La pobre mujer temblaba de pies a cabeza; miró a su marido implorando misericordia, después bajó la cabeza y continuó sollozando.

—Lo mejor que tiene esta mujercita mía es la mansedumbre, la dulzura —prosiguió el enano inclinándose hacia ella y poniéndose más horrible aún, si es posible—. Es tan humilde que no tiene voluntad propia, a pesar de tener una madre tan insinuante.

Agachándose poco a poco, llegó a colocar su horrible cabeza entre los ojos de su mujer y el suelo, y exclamó:

—¡Señora Quilp!

—¿Qué quiere, Daniel?

—¿No soy hermoso? ¿No sería el más hermoso del mundo si tuviera patillas? ¿No soy agradable, aun como soy, a las mujeres? ¿Lo soy, señora mía: sí o no?

—Sí, Quilp; sí —respondió la pobre mujer, fascinada por sus miradas y sin poder separar su vista de los horribles gestos que hacía el enano; tales, que sólo pueden concebirse en malos sueños. Por último, no pudo menos de lanzar un grito al verle dar un salto sobre ella y decirle con ojos extraviados:

—¡Si te encuentro otra vez hablando con esas madamas, te como!

Con esta lacónica amenaza, acompañada de un gesto horroroso, Quilp puso término a la escena. Después pidió a su mujer que quitara de allí los restos del convite y llevara ron, agua fría y cigarros; se sentó en una silla de respaldo muy inclinado y colocó las piernas sobre la mesa.

—Siento deseos de fumar, querida esposa, y es fácil que pase aquí la noche. Siéntate cerca de mí, por si acaso te necesito.

La señora Quilp respondió con el consabido «bueno», y el pequeño rey de la creación tomó su primer cigarro y mezcló el primer vaso de grog. Se puso el Sol, salieron las estrellas, la habitación fue envolviéndose en tinieblas sin más luz que la del cigarro y aún seguía Quilp en la misma posición, bebiendo y fumando con su impasible sonrisa, que se cambiaba en un gesto de inmensa delicia cuando su mujer hacía algún movimiento involuntario de inquietud o de fatiga.

CAPÍTULO V

LAS CONFIDENCIAS DE NELLY

No sabemos si el señor Quilp durmió o sólo cabeceó, pero lo cierto es que se pasó la noche entera fumando, encendiendo un cigarro en los residuos del anterior, sin necesitar fósforos ni bujías. Los toques del reloj, hora tras hora, no parecían afectarle en lo más mínimo, y lejos de sentir sueño, parecía más despabilado cada vez; los únicos movimientos que se notaban en él eran como de risa solapada y artera, aunque silenciosa, cuando oía sonar las horas, y los necesarios para fumar o beber.

Al fin lució el día, y la pobre señora Quilp, tiritando de frío, abrumada de fatiga y falta de sueño, apareció sentada pacientemente en su silla, elevando de cuando en cuando los ojos para pedir clemencia a su amo y señor, y tosiendo ligeramente para manifestar que aquella penitencia era sobrado larga y penosa; pero su amable esposo fumaba y bebía sin parar mientes en ella, y sólo se dignó reconocer su presencia cuando se sintió en la calle esa actividad, ese ruido que indican que el día es bien entrado ya. Aun así, tal vez hubiera continuado el mismo estado de cosas, a no haberse sentido en la puerta unos golpecitos que anunciaban que alguien quería entrar.

—¿Cómo, mujercita mía, es ya de día? Anda y abre la puerta, querida esposa.

La obediente mujer descorrió el pasador y entró su madre. Creyendo que Quilp dormía aún, entró apresuradamente; pero al ver que estaba despierto y todo igual que cuando se marchó al anochecer, se detuvo sorprendida.

Nada de esto escapó a la penetrante vista de aquel monstruo, que, comprendiendo perfectamente lo que pasaba en el ánimo de su suegra, se puso más feo aún en el colmo de la satisfacción y la saludó con acento de triunfo.

—¿Cómo, Isabel —dijo la anciana—, no te has acostado? ¿No habrás estado toda la noche...?

—¿Sentada? —agregó Quilp terminando la pregunta de su suegra—. Sí, precisamente.

—¡Toda la noche! —exclamó la señora Jiniver.

—Sí, toda la noche. Supongo que no se ha vuelto usted sorda —dijo Quilp riéndose—. ¿Acaso hay mejor compañía para Isabel que su marido? ¡Ja, ja...! El tiempo ha pasado volando.

—¡Eres un animal! —dijo la señora Jiniver.

—¡Vamos; vamos! —dijo Quilp torciendo el sentido en que hablaba su suegra—. No le ponga usted motes. Es mi mujer, y si se le ocurre evitar que me acueste, entreteniéndome toda la noche, no es para que usted, en su afecto hacia mí, se enfade con ella. ¡Vamos; beba usted conmigo! Quiero agradecerle su interés convidándola.

—Muchas gracias, no lo acepto —exclamó la buena mujer con una expresión tal como si quisiera dar de puñetazos a su yerno—. Muchas gracias.

—¡Alma agradecida! —murmuró el enano—. ¡Isabel!

—¿Qué quieres? —murmuró tímidamente la paciente.

—Ayuda a tu madre a hacer el almuerzo. Tengo que ir al muelle esta mañana y cuanto antes almuerce, mejor.

La suegra quiso manifestar que se rebelaba, sentándose en una silla con los brazos cruzados, demostrando así que no quería hacer nada; pero su hija le habló al oído, y su yerno le indicó que si se encontraba mal, podía ir a la habitación de al lado. La buena mujer se levantó y empezó diligentemente los preparativos requeridos.

Quilp empezó a hacer su tocado, sin dejar de escuchar atentamente el más mínimo rumor de palabras que pudiera salir de la habitación próxima, y oyó cómo la señora Jiniver le llamaba monstruo y villano.

Después de algunos incidentes estuvo preparando el almuerzo: huevos duros, sardinas, berros, pan, manteca y té. Quilp lo devoró casi sin masticar; bebió el té hirviendo, sin pestañear siquiera; mordió el tenedor y la cuchara hasta torcerlos; hizo, en una palabra, tantas cosas extraordinarias, que las pobres mujeres, asustadas, empezaron a pensar si era realmente un hombre o si sería una bestia. Por último, Quilp, dejándolas asustadas y casi fuera de sí, se marchó al muelle y, tomando una lancha, se dirigió al almacén que al otro lado del río llevaba su nombre. Una vez allí, entró en el despacho, se quitó el sombrero, se reclinó en el escritorio y procuró dormir, tratando así de desquitarse de la falta de sueño de la noche anterior con una larga siesta.

Larga podía haber sido, pero no lo fue, porque apenas llevaba durmiendo un cuarto de hora, cuando el criadillo del almacén abrió la puerta y asomó la cabeza; Quilp, que tenía el sueño ligero, le sintió en seguida y se incorporó diciendo:

—¿Qué quieres?

—Ahí fuera le buscan a usted.

—¿Quién?

—No lo sé.

—¡Pregúntalo! —dijo Quilp cogiendo un pedazo de madera y tirándoselo al muchacho con tal fuerza que lo hubiera pasado mal a no haber desaparecido antes de que le alcanzara—. ¡Pregúntalo, perro!

El muchacho, no atreviéndose a entrar otra vez, envió en su lugar a la persona que buscaba al enano.

—¿Tú, Nelly? —exclamó éste.

—Sí —dijo la niña, vacilando entre entrar o retirarse, asustada por el aspecto de Quilp, que acababa de despertarse, con el cabello en desorden y un pañuelo amarillo atado a la cabeza, que le hacía parecer más horrible aún—. Soy yo, señor.

—Entra —dijo Quilp sin moverse del escritorio—. Entra, pero antes mira sí ahí, en el patio, hay un chico andando de cabeza.

—No, señor —respondió Nelly—, anda con los pies.

—¿Estás segura? Pues bien, entra, y cierra la puerta. ¿Qué te trae por aquí, Nelly?

La niña sacó una carta y la entregó a Quilp que, sin cambiar de postura, alargó una mano y, cogiendo la carta, procedió a enterarse de su contendido.

La niña se quedó parada tímidamente, con los ojos fijos en el semblante de Quilp mientras éste leía la carta, mostrando que desconfiaba de aquel hombre y haciendo esfuerzos al mismo tiempo para no reírse al ver su inverosímil aspecto y su grotesca actitud. Se notaba también en la niña una ansiedad penosa pensando en la respuesta, que lo mismo podría ser favorable que adversa.

Se veía claramente que Quilp mismo estaba perplejo, y no poco, al leer el contenido de aquella carta. A los dos o tres renglones, abrió desmesuradamente los ojos con horrible expresión; poco después movió la cabeza, y al llegar al final se puso a silbar, manifestando así su sorpresa y su disgusto. Una vez leída, la dobló y la dejó a un lado; se mordió despiadadamente las uñas de los diez dedos; la leyó otra vez, y esta segunda lectura fue tan poco satisfactoria, al parecer, como la primera, porque se sumió en profunda meditación. Al salir de ella volvió a morderse las uñas y miró con insistencia a la niña, que, con los ojos clavados en el suelo, se preguntaba lo que haría después.

—Oye —dijo al fin con una voz tan extraña o inesperada que la niña tembló como si hubieran disparado un cañonazo junto a su oído—. ¡Nelly!

—¡Señor!

—¿Sabes qué dice esta carta?

—No, señor.

—¿De veras? ¿Palabra de honor?

—Palabra de honor, señor Quilp.

—¿Querrías morirte antes de saberlo? —añadió el enano.

—No lo sé —repitió la niña.

—Bueno —respondió Quilp, comprendiendo que decía la verdad—. ¿A qué diablos vendrá esto? ¡Aquí hay un misterio!

Esta reflexión hizo que se rascara la cabeza y se mordiera las uñas una vez más, dulcificándose su semblante con algo que, aunque en otro cualquiera hubiera sido un gesto de dolor, en él era una sonrisa. Cuando Nelly le miró de nuevo, vio que el enano la contemplaba con sus astutos ojillos.

—¡Qué bonita eres, Nelly! Muy bonita. ¿Estás cansada?

—No, señor. Tengo prisa por volver porque el abuelo estará inquieto hasta que vuelva.

—No tengas prisa, Nelly, no necesitas correr —añadió Quilp—. Vamos a ver: ¿te gustaría ser mi número dos, Nelly?

—¿Ser qué, señor?

—Mi número dos, mi segunda señora Quilp —respondió el enano.

La niña se asustó, pero manifestó no entenderle, lo cual, notado por Quilp, hizo que se explicara con más claridad.

—Serías la segunda señora Quilp cuando muera la primera, querida Nelly —dijo el enano guiñando los ojos—; serías mi esposa. Supongamos que la señora Quilp vive aún cuatro o cinco años; entonces tú tendrás buena edad para ser mi mujer. ¡Ja..., ja...! Sé buena niña, Nelly, y un día de estos tendrás el alto honor de ser la señora Quilp de Tower Hill.

La niña tembló al pensar en aquella temerosa perspectiva; el enano se rió, sin preocuparse de su alarma, bien porque encontrara una delicia especial en asustar a alguien, bien porque le pareciese grato pensar en la muerte de su mujer y en la elevación de una segunda a su título y categoría, o bien porque, por razones particulares, quisiera ser agradable y complaciente en aquella particular ocasión.

—¿Quieres venir a casa y ver a mi esposa? Te quiere mucho, aunque no tanto como yo. ¡Vamos ahora!

—Tengo que irme; mi abuelo me dijo que fuera en cuanto usted me diese la respuesta a su carta.

—Pero aún no te la he dado, Nelly —repuso el enano—, y no puedo dártela sin ir a casa; así es que forzosamente tienes que venir conmigo. Dame el sombrero, que está en aquella percha, y vámonos, nena.

Quilp saltó del escritorio al suelo y ambos salieron del almacén. Una vez fuera, lo primero que se presentó a su vista fue el chico del almacén, que rodaba por el suelo en compañía de otro muchacho de su misma edad, luchando y pegándose fraternalmente.

—¡Es Kit! —dijo Nelly palmoteando—. Vino conmigo. Dígale usted que se levante, señor Quilp.

—Voy a decírselo a ambos —agregó el enano entrando a buscar una vara—. ¡Hala, muchachos, fuera! Voy a daros un estacazo a los dos, así juntitos.

Y uniendo la acción a la palabra, descargó algunos golpes dignos de un salvaje sobre los indefensos muchachos.

—¡Voy a poneros blandos a fuerza de golpes; tengo que poneros la cara negra!

—¡Tire usted esa vara o le saldrá mal la cuenta! —murmuró el muchacho, tratando de escaparse—. ¡Tire usted la vara!

—¡Acércate, perro, y te la romperé en la cabeza —exclamó Quilp con fiereza—. ¡Un poco más cerca, más cerca aún!

Pero el chico declinó la invitación y esperó un instante de descuido de su amo. Entonces dio un salto y trató de quitarle la vara, pero Quilp, que estaba siempre alerta, esperó a que el muchacho, creyendo que no le veía, estuviera bien sujeto a la vara y entonces la soltó. El pobre chico cayó de cabeza, recibiendo un golpe terrible. El éxito de esta maniobra agradó tanto al horrible enano que estuvo un rato riéndose a carcajadas, como si hubiera oído el más gracioso chiste.

—¡No importa! —murmuró el pobre niño restregándose la cabeza—. ¡Ya verá usted si otra vez pego a alguien que diga que es usted más feo que todos los monstruos que se ven a perra grande la entrada!

—¿Quieres decir que no lo soy?

—No, señor.

—¿Entonces, por qué luchabais así? —preguntó Quilp.

—Porque ese chico lo dijo; no porque usted no lo sea.

—Porque tú dijiste que la señorita Nelly era fea —aulló Kit—, y que ella y su abuelo tenían que hacer lo que tu amo quisiera. ¿Por qué dices eso?

—Lo dice porque es un tonto; y tú dices lo que dices, porque eres listo: casi demasiado listo para vivir, Kit, a menos que te cuides mucho —dijo Quilp con modales tranquilos, pero con gran malicia en la boca y en los ojos—. Toma esa moneda y di siempre la verdad. ¡La verdad siempre, Kit! Y tú, perro, cierra el despacho y tráeme la llave.

El otro muchacho al cual se dirigía esta orden, hizo lo que le mandaban, y recibió en recompensa un puñetazo en la nariz, que le hizo llorar. Después el señor Quilp tomó un bote y se fue con Nelly y Kit.

La señora Quilp se preparaba para dormir un poco, pensando que su esposo tardaría, cuando sintió sus pasos en la puerta. Apenas si tuvo tiempo de coger una labor cuando éste entró, acompañado de la niña. Kit había quedado abajo.

—Aquí tienes a Nelly Trent, querida —dijo Quilp—: dale un bizcocho y una copita, porque ha hecho una larga caminata. Que se esté aquí contigo mientras yo escribo una carta.

La señora Quilp miraba sorprendida y temblorosa a su marido, no pudiendo comprender a qué obedecía aquella inusitada generosidad, y a un gesto del enano, salió tras él de la habitación.

—Escucha lo que te digo —dijo Quilp—. Trata de hacerle decir algo sobre su abuelo: lo que hace, como viven, etc. Tengo mis razones para querer saberlo, si puedo. Las mujeres sabéis hablar mejor que nosotros y tú tienes finura para ir sacándole lo que quiero saber. ¿Me oyes?

—Sí, Daniel.

—Pues ve.

—Pero eso es engañar a esa niña candorosa; ya sabes que la quiero. ¿Por qué pretendes que abuse de su confianza?

El enano soltó un espantoso juramento y miró alrededor como buscando algún instrumento para infligir el condigno castigo a su esposa, por su desobediencia. La sumisa mujer le suplicó que no se enfadara y prometió cumplir sus órdenes.

—Ya lo sabes —murmuró Quilp a su oído, pellizcándole un brazo al mismo tiempo—, averigua sus secretos; sé que puedes. ¡Y acuérdate de que yo lo estoy oyendo! Si no eres lista, haré crujir la puerta, ¡y pobre de ti si tengo que hacerlo muchas veces! ¡Vete!

La señora Quilp salió como le ordenaba su amo, el cual se escondió tras la puerta entreabierta puerta, y aplicando el oído, se preparó a escuchar atentamente. La mujer no sabía cómo empezar la conversación, hasta que el ruido de la puerta, obligándola a no dilatar más el silencio, la hizo preguntar:

—¿Cómo es que vienes a ver al señor Quilp tantas veces?

—No sé, eso es lo que yo pregunto a mi abuelito.

—¿Y qué te dice?

—Nada, suspira y baja la cabeza; parece que está triste y tan abatido que, si usted le viera, estoy segura de que lloraría. No podría usted evitarlo: lo mismo me pasa a mí. Pero, ¡cómo rechina esa puerta!

—Sí, se moverá con el viento —respondió la señora Quilp mirando hacia allá—; pero antes, ¿no estaba así tu abuelo?

—No, señora —dijo la niña afanosa—, antes éramos muy felices y él estaba siempre alegre y satisfecho. No puede usted figurarse qué cambio tan grande ha sufrido.

—Siento mucho que sea así, hija mía —dijo la señora hablando con sinceridad.

—Muchas gracias, señora —contestó la niña besándola—. Siempre ha sido usted muy cariñosa conmigo; yo no puedo hablar de estas cosas con nadie, excepto con el pobre Kit. Aún soy feliz, y tal vez debería estar más contenta, pero no puede usted figurarse cuánto sufro al verle tan alterado.

—Cambiará otra vez, hija mía, y volverá a ser como antes —dijo la señora Quilp.

—¡Dios lo quiera! —continuó la niña—. Pero hace tanto tiempo que está así... Me parece que he visto moverse esa puerta.

—Es el viento —murmuró Isabel—. Sigue, hija mía. ¿Cómo está?

—Pensativo y disgustado —dijo la niña—. Antes, por la noche, sentados junto al fuego, leía yo y él escuchaba. Otras veces hablábamos y me contaba cosas acerca de mi madre. Solía tomarme sobre sus rodillas y trataba de hacerme comprender que no estaba en la tumba, sino en otro país mejor y más hermoso, donde no hay nada sucio ni feo. ¡Qué felices éramos entonces!

—¡Nelly, Nelly! —dijo la pobre mujer—. No puedo oírte llorar y verte tan triste. ¡No llores!

—Lloro pocas veces —repuso la niña—, pero he estado conteniéndome tanto... Y además, creo que no estoy buena, porque cedo a esta debilidad. Pero no me importa referirle a usted mis penas, porque sé que no se lo contará a nadie.

La señora Quilp volvió la cabeza sin responder palabra.

—Entonces —prosiguió la niña— paseábamos de cuando en cuando por el campo entre los árboles, y cuando volvíamos a casa, la hallábamos más agradable aún por efecto del cansancio y pensábamos que era un hogar muy hermoso. Ahora no paseamos nunca, y aunque es la misma casa, parece que está mucho más oscura y más triste.

Al llegar aquí se detuvo la niña, y aunque la puerta crujió más de una vez, la señora Quilp no dijo nada.

—No crea usted por lo que le digo que el abuelito es menos cariñoso conmigo: creo, por el contrario, que me quiere más cada vez. ¡No puede usted figurarse lo cariñoso que es!

—Estoy segura de que te quiere mucho —dijo Isabel.

—Sí, sí —respondió Nelly—; al menos, tanto como yo a él. Pero aún no le he dicho a usted el cambio mayor que he notado en él. No descansa más que lo poco que durante el día puede dormir en una butaca; todas las noches sale de casa, y generalmente no vuelve hasta la mañana. ¡No se lo diga usted a nadie, por favor!

—¡Nelly!

—¡Chist! —dijo la niña poniendo un dedo sobre sus labios y mirando alrededor—. Yo le abro por la mañanita antes de amanecer, pero anoche mismo vino tan tarde que ya era de día. Traía el semblante lívido, los ojos sanguinolentos y le temblaban las piernas. Después de acostarme otra vez, le oí quejarse; me levanté, entré en su cuarto y le oí decir que no podía sufrir aquella vida, y que, si no fuera por la niña, es decir, por mí, desearía morirse. ¿Qué haré Dios mío? ¿Qué haré?

La niña, abrumada por tanta pena y ansiedad, rompió a llorar al ver la simpatía de su amiga y se arrojó en sus brazos.

El señor Quilp entró de pronto y manifestó gran sorpresa al encontrarla en aquel estado, cosa que hizo a la perfección buscando el efecto. Una larga práctica de fingimiento le había hecho ser un admirable cómico.

—¿No ves que está cansada, Isabel? —dijo el enano torciendo los ojos para indicar a su esposa que siguiera en su papel—. Su casa está muy lejos del muelle y, además, se asustó viendo reñir a dos granujas. ¡Pobre Nelly!

El enano, queriendo acariciarla, le dio unas palmaditas en la espalda, y por cierto que no pudo hallar procedimiento mejor para reanimar a la niña, porque un deseo instintivo de sustraerse a aquella caricias la hizo dar un salto y declarar que ya estaba tranquila y que iba a marcharse.

—Será mejor que te quedes aquí y comas con nosotros —dijo el enano.

—Muchas gracias; hace rato que salí de casa, y es ya hora de volver —contestó Nelly secándose los ojos.

—Está bien, Nelly; vete si lo prefieres. Aquí tienes esta carta; solamente le digo que mañana o pasado iré a verle y que no puedo hacer hoy el asunto que me encarga. Adiós, Nelly, ¡Eh, Kit! Ten cuidado de ella, ¿oyes?

Kit ni siquiera contestó a tan inútil advertencia, y después de mirar a Quilp como para interrogarle por el llanto de Nelly y manifestar su deseo de venganza, siguió a su joven ama, que se despedía de la señora Quilp, y emprendieron el camino de regreso a la tienda.

—Preguntas a la perfección, esposa mía —murmuró Quilp tan pronto como estuvieron solos.

—¿Qué más podía hacer? —preguntó tímidamente la pobre mujer.

—¿Qué más podías haber hecho? Menos quería yo que hicieras. ¿No podías haberlo hecho sin parecer un cocodrilo?

—Me da mucha lástima esa niña, Daniel. Creo que he hecho bastante. He abusado de su confianza, puesto que la he animado a hacer sus confidencias creyendo que estaba sola. ¡Que Dios me perdone!

—¡Bastante tuve que mover la puerta para que te decidieras! Has tenido la suerte de que ha dicho lo que yo necesitaba saber, porque si no, tú hubieras pagado el chasco. Puedes agradecer a tu buena estrella que sepa lo que sé. Basta de este asunto y no me esperes para comer; de modo que no necesitas molestarte mucho.

CAPÍTULO VI

LA PROPOSICIÓN DE FEDERICO

—Federico —decía Swiveller en su habitación de Drury Lane—, recuerda la canción popular ¡*Adiós a las penas!*, cubre los disgustos con el velo de la amistad y pásame ese dorado vino.

—Pásame ese vino, Federico —volvió a decir sin más preámbulos, viendo que éstos no habían hecho mella en su amigo.

El joven Trent, con gesto impaciente, alargó el vaso y cayó otra vez en el profundo mutismo y quietud anteriores.

—Federico, voy a contarte algo sentimental, apropiado a la ocasión —dijo Swiveller.

—¡Me marea con tanta charla, Dick! ¡Siempre estás alegre! —murmuró al fin Federico.

—Pues qué, señor Trent, ¿ha olvidado usted el proverbio que dice que se puede ser sabio a pesar de estar contento? Yo estoy muy conforme con eso. Habla, hombre, habla; estás en tu casa.

Con esto, Ricardo Swiveller dio fin de su vaso y empezó otro, y después de probarlo con delicia, propuso un brindis a una compañía imaginaria.

—¡Caballeros, por el éxito de la antigua familia de los Swiveller y por la buena suerte del caballero Ricardo en particular! —exclamó el orador con énfasis—. ¡El caballero Ricardo, que gasta el dinero con sus amigos y no se preocupa de las penas! ¡Hurra! ¡Hurra!

—¡Dick! —exclamó Trent volviendo a sentarse después de dar dos o tres paseos por la habitación—. ¿Querrías hablar en serio dos minutos si te enseño un modo de hacer fortuna con poco trabajo?

—Ya me has enseñado muchos, pero siempre tengo vacíos los bolsillos.

—Éste es diferente; ya dirás lo contrario antes de mucho tiempo —dijo Federico acercando su silla a la mesa.

—¿Has visto a mi hermana Nelly?

—Sí, ¿y qué? —contestó Dick.

—Es bonita, ¿verdad?

—Seguramente. Hay que reconocer que no se parece a ti —respondió Dick.

—Pero, ¿es bonita? —repitió su amigo impaciente.

—Sí, es bonita. ¡Muy bonita! Estamos en ello, ¿y qué?

—Voy a decírtelo —prosiguió Federico—. Probablemente, el viejo y yo estaremos como el perro y el gato hasta el fin de nuestros días, y no puedo esperar nada de él. ¿Supongo qué ves claro eso?

—Un murciélago lo vería, aun de día y con sol.

—Es claro también que el dinero íntegro será para ella. Ahora, escucha: Nelly tiene cerca de catorce años.

—¡Hermosa niña para sus años, pero algo pequeña! —replicó Ricardo con indiferencia.

—Déjame continuar; pronto acabo. Voy al objeto de esta conversación —dijo Trent, algo amostazado por el poco interés que Swiveller manifestaba.

—Conforme —agregó éste.

—La niña es muy sensible y, educada como lo ha sido, puede persuadírsela fácilmente. Me propongo imponerle mi voluntad; no por fuerza, no ¿Hay algo que te impida casarte con ella, Dick?

Ricardo, que contemplaba su vaso mientras su amigo decía enérgicamente las anteriores frases, quedó consternado al oír la última y sólo pudo decir:

—¿Qué...?

—Que si hay algo que lo impida; que si no puedes casarte con ella.

—¿Va a cumplir catorce años? —preguntó Dick.

—No digo que te cases ahora mismo —exclamó Federico airado—. Digamos dentro de dos años, o tres, o cuatro. ¿Tiene cara de vivir mucho el viejo?

—Parece que no —murmuró Dick—, pero no puede asegurarse nada. Tengo en el condado de Dorset una tía que se está muriendo desde que yo tenía ocho años y aún no ha cumplido su palabra. Son tan fastidiosos los viejos, que quieren salirse siempre con la suya; no puede uno echar cuentas con ellos.

—Entonces, vamos a estudiar el asunto por el lado más feo. Supongamos que vive.

—Seguramente —repuso Dick—; ahí está el quid.

—¿Por qué no persuadir a Nelly a que se case secretamente contigo? ¿Qué crees que saldría de eso?

—Una familia y una renta anual nula para mantenerla —dijo Ricardo después de reflexionar.

—Te aseguro que el viejo sólo vive para ella, que sus energías y sus pensamientos son sólo para la nena y que sería más fácil que me adoptara a mí, que reñir con ella y desheredarla por un acto de desobediencia. No podría hacerlo. Cualquiera que tenga ojos lo ve.

—Sí, parece poco probable —murmuró Dick.

—Parece improbable, porque lo es; porque es imposible y absurdo —exclamó Federico con más energía aún—. Si quieres hacerlo más imposible todavía, basta con reñir conmigo (en broma, por supuesto). Tocante a Nelly, ya sabes que una gotita de agua horada una piedra. ¡Deja el asunto en mis manos! ¿Qué nos importa, pues, que el viejo viva o muera? La cosa es que tú serás el único heredero de una sana fortuna, que gastaremos los dos, y dueño de una hermosísima y buena esposa.

—¿Supongo que no hay duda de que es rico? —preguntó Dick.

—¿Duda? ¿No oíste lo que dijo hace unos días, cuando estábamos allí? ¡Eres capaz de dudar del Sol, Dick!

Sería enojoso seguir esta conversación en su artificioso desenvolvimiento y ver cómo fue interesándose el corazón de Ricardo Swiveller. Bástenos saber que la vanidad, el interés, la pobreza y demás miserias le obligaron a mirar con agrado la propuesta. Los motivos de parte de Federico eran más profundos de lo que Ricardo creía, pero como se irán desarrollando sucesivamente, no necesitamos indicarlos ahora. Diremos solamente que las negociaciones se llevaron a cabo de modo satisfactorio para ambas partes, y que el señor Swiveller empezaba a decir en términos floridos que no tenía ninguna objeción seria que oponer a su casamiento con una rica heredera, cuando un golpecito en la puerta y el obligado «adelante» pusieron término al discurso.

Se abrió la puerta, pero nadie entró: sólo se vio un brazo enjabonado y se percibió un fuerte olor de tabaco, procedente de un estanco que había en el piso bajo. El brazo era de la criada de la casa, que acababa de sacarlo de un cubo de agua con que limpiaba la escalera, para recoger una carta dirigida al señor Swiveller.

Al ver la dirección, Dick palideció, y más aún cuando empezó a leerla, comprendiendo entonces que con tanta conversación se había olvidado de ella.

—¡*Ella!* ¿Quién? —preguntó Trent.

—Sofía Wackles —dijo Ricardo.

—Pero, ¿quién es?

—Es todo lo que mi fantasía quiere que sea —dijo Swiveller echando un trago largo y mirando gravemente a su amigo—. Es hermosísima, divina; tú la conoces.

—Ya recuerdo —dijo su amigo sin preocuparse—; ¿qué quiere?

—¿Qué, caballero? —contestó Ricardo—. Entre la señorita Sofía Wackles y este humilde individuo que tiene el honor de dirigiros la palabra, se han cruzado sentimientos tiernos y ardientes, honrados por supuesto. La diosa Diana no es más particular en su conducta que la señorita Sofía; os lo aseguro.

—¿Qué debo creer de todo eso que me dices? Supongo que no le habrás hecho la corte.

—Hacerle la corte, sí; prometerla nada, no —dijo Dick—. No puede demandarme por incumplimiento de promesa. Yo nunca me comprometo por escrito, Federico.

—Pero, ¿qué dice esa carta?

—Solamente me recuerda que esta noche teníamos que asistir a una pequeña reunión de unas veinte personas, señoras y caballeros. Tengo que ir, para aprovechar la ocasión de ir despejando la costa y porque me gustaría saber si dejó la carta ella misma en persona.

CAPÍTULO VII

LA FAMILIA WACKLES

Una vez terminado el negocio, el señor Swiveller recordó que era hora de comer, y no queriendo que su salud se deteriorara con abstinencia forzosa, envió un recado al restaurante más próximo pidiendo que sirvieran inmediatamente dos cubiertos, petición que el amo del restaurante, conociéndole bien, se negó a atender, diciendo que si quería comer fuera allí y, mediante cierta cantidad determinada, podría comer cuanto quisiera. No se desanimó Dick y envió otro recado a otro restaurante más retirado, observando una política zalamera que surtió el efecto requerido, pues en seguida enviaron un servicio completo con todo lo necesario para una abundante comida, a la cual se aplicaron ambos amigos con grande alegría.

—¡Ojalá que el presente momento sea el peor de nuestra vida; el hombre se conforma con tan poca cosa... después de comer! —dijo Ricardo.

—Espero que el dueño del hotel se conformará con poco —añadió su amigo—. Me parece que no puedes pagar esto.

—Pasaré por allí después y arreglaré la cuenta —añadió Dick guiñando los ojos de un modo muy significativo—. Todo se ha acabado, Federico, y no hay siquiera resto de ello.

Efectivamente, poco después llegó el mozo, que oyó con gran disgusto las explicaciones de Swiveller y, por último, se marchó bajo promesa de que pasaría por el restaurante a cierta y determinada hora. Una vez ido el mozo, Ricardo sacó de su bolsillo un grasiento libro de memorias y escribió dos renglones.

—¿Es un recordatorio por si te olvidas de pasar por allí? —dijo Federico con sorna.

—No, precisamente —respondió imperturbable Ricardo mientras escribía con afán—. Apunto en este libro las calles por donde no puedo pasar de día cuando están abiertas las tiendas. La comida de hoy es de Longetere y me compré un par de botas en Queen Street la semana pasada; así es que únicamente puedo llegar al Strand por una sola bocacalle y esta noche tendré que comprar un par de guantes. Las calles están tan cerca unas de otras que, como mi tía no me mande un regalito, dentro de un mes tendré que salir seis o siete leguas fuera de la ciudad para ir a algunos sitios.

—¿Tienes esperanza de obtener dinero de tu tía? —preguntó Trent.

—No —respondió Swiveller—. Generalmente, tengo que escribirle seis cartas; pero ahora hemos llegado a la octava sin que le hagan efecto. Mañana escribiré otra vez, lloroso y arrepentido, una carta de efecto seguro.

Ricardo, mientras hablaba así, guardó la cartera, y Federico, recordando que tenía algo que hacer, se marchó dejándole entregado a sus meditaciones sobre la señorita Sofía y a las libaciones del dorado licor.

—¡Es muy duro que tenga que abandonar así, de repente, por causa de la hermanita de Federico, a la señorita Sofía. Creo que lo mejor será no obrar precipitadamente... Pero si he de dejarla, lo mejor es hacerlo de pronto, no sea que me comprometan y tenga que pagar la multa. Además, hay otras razones...

Una vez decidido a terminar con Sofía, armaría una cuestión, buscaría un pretexto e inventaría un motivo de celos. Era necesario ir a verla. Después de perfilar un poco su atavío, dirigió sus pasos a Chelsea, donde vivía el precioso objeto de sus meditaciones.

La señorita Sofía Wackles vivía con su madre y dos hermanas, y dirigía un colegio de niñas; hecho que atestiguaba una placa redonda colocada en la ventana del piso bajo, en la que se leía en lindas letras de adorno: «Colegio de Señoritas». Alguna que otra educanda de pocos años, de nueve y media a diez de la mañana y llevando un libro debajo del brazo, se esforzaba para tirar del cordón de la campanilla.

Las tres hermanas y la madre desempeñaban las diversas clases del colegio, simultaneándolas con los quehaceres domésticos. Melisa, la mayor, tendría unos veinticinco años; Sofía, la segunda, veinte, y Juana, la menor, dieciséis. La madre era una excelente señora de sesenta años.

A aquella casita de gente trabajadora y distinguida dirigió sus pasos Ricardo Swiveller. La familia de Sofía no veía con buenos ojos los galanteos del joven, y la misma Sofía se veía en un conflicto entre él, que no acababa de decidirse, y un comerciante en flores, que tenía preparada una declaración, para hacerla en la primera ocasión favorable. De ahí la ansiedad que le hizo llevar ella misma la nota que vimos leer a Dick.

—Si tiene intención formal de tener esposa, y medios de mantenerla, tendrá que decirlo ahora o nunca —decía la madre a la hija menor.

—Si me quiere de veras, me lo dirá esta noche —pensaba Sofía.

Pero todos estos pensamientos y seguridades no afectaron lo más mínimo a Ricardo, toda vez que no lo sabía. Torturaba su mente para buscar algo en que fundar celos, y deseaba que Sofía fuera en aquel momento menos bonita de lo que era, cuando se presentó la familia y con ellos el vendedor de plantas, llamado Cheggs, y una hermana suya, que abrazó y besó a la señorita Sofía, murmurando a su oído que esperaba no haber llegado demasiado pronto.

—¿Demasiado pronto? No por cierto, amiga mía —exclamó la señorita Sofía.

—Alejandro tenía tanta impaciencia por venir, y me ha mareado tanto, que es un milagro que no estuviéramos aquí a las cuatro. No podrá usted creer que estaba vestido ya antes de comer y que toda la tarde ha estado mirando el reloj y dándome prisa: todo por causa de usted únicamente, amiga mía.

Sofía se ruborizó, y lo mismo el señor Cheggs, a quien la madre y las hermanas de la señorita colmaron de atenciones, sin preocuparse de

Swiveller. Esto era lo que él quería para hacerse el enfadado, pero habiendo causa y razón, cosas que él iba a buscar, suponiendo no encontrarlas, se enfadó de veras, pensando que el señor Cheggs era un imprudente.

Sin embargo, Ricardo bailó con Sofía, aventajando así a su rival, que estaba sentado en un sofá solo y aburrido, teniendo que contentarse con ver moverse en la danza la espiritual figura de su amada. Después Ricardo, animado tal vez por las anteriores libaciones, hizo tales ejercicios de agilidad, que todos los concurrentes quedaron atónitos; la señorita Cheggs aprovechó la ocasión para decir al oído de Sofía que la compadecía por verse obligada a soportar tan ridícula criatura y que temía que Alejandro quisiera darle una lección de cortesía. Al mismo tiempo hizo que se fijara en éste, que la contemplaba con ojos llenos de amor y de rabia.

—Usted debe bailar con la señorita Cheggs —dijo Sofía a Dick después de haber bailado dos valses con Alejandro y haber demostrado que admitía sus obsequios—. ¡Es tan amable! Y su hermano es delicioso.

—¡Delicioso, eh! —murmuró Dick—. Y deleitado, diría yo, según el modo como mira hacia cierto sitio.

La hermana pequeña (obedeciendo ciertas instrucciones) se acercó a Sofía, diciéndole que mirara cuán impaciente y celoso parecía estar el señor Cheggs.

—¿Celoso? ¡Me gusta la libertad! —dijo Ricardo.

—¡Libertad...! —murmuró Juanita—. Tenga usted cuidado, señor Swiveller, no sea que le oiga y le dé a usted que sentir.

—¡Juana! —gritó Sofía.

—¡Claro! —exclamó la hermana—. Creo que el señor Cheggs puede estar celoso si quiere; creo que tiene tanto derecho como otro cualquiera, y aun si me apuran, diría que más. Tú debes de saberlo bien, Sofía.

Este complot tramado entre Sofía y su hermana Juanita con objeto de inducir a Ricardo a declarar su amor, surtió el efecto contrario. Juana hizo su papel tan a la perfección, que Dick se retiró, cediendo la dama al señor Cheggs. Cruzáronse entre ambos miradas de indignación.

—¿Quería usted hablar conmigo, señor Swiveller? —dijo Cheggs acercándose a él—. Aquí estoy, pero suplico a usted que se sonría, para no despertar sospechas.

Dick, sonriendo con socarronería, miró a Cheggs de arriba abajo, fijándose en todos los detalles de su atavío, y después, rompiendo abruptamente el silencio, dijo:

—No señor, no quería.

—¡Hum! —murmuró Cheggs—. ¡Tenga usted la bondad de sonreír! Quizá no tenga usted nada que decirme *ahora*, pero tal vez quiera hacerlo en alguna otra ocasión. Creo que sabe usted dónde puede encontrarme cuando me necesite.

—Ya lo averiguaré cuando llegue el caso.

—Entonces, creo que no tenemos que hablar más, señor.

—Exactamente, caballero.

Aquel tremendo diálogo terminó quedando pensativos y cabizbajos ambos interlocutores. El señor Cheggs se acercó a Sofía y Swiveller se sentó en un rincón aparentando mal humor.

Cerca del rincón donde se sentó Dick, estaban sentadas la madre y las hermanas de Sofía; la señorita Cheggs se acercó a ellas diciendo:

—¡Qué cosa está diciendo Alejandro a Sofía! Bajo palabra de honor, creo que quiere casarse con ella.

—¿Qué es lo que le ha dicho, hija mía?

—Muchas cosas. No puede usted figurarse de cuántas cosas han hablado.

Ricardo creyó conveniente para él no oír más, y aprovechando un intermedio en el baile, durante el cual el señor Cheggs se acercó a la madre de Sofía, se encaminó a la puerta, pasando junto a Juanita, que estaba muy ocupada en *flirtear* con un caballero anciano. Cerca de la puerta halló a Sofía, excitada aún por las atenciones de su pretendiente, y se detuvo para cambiar con ella unas ligeras frases de despedida.

—Mi barco está en la orilla, mi nave está en la mar; pero no quiero pasar por esta puerta sin deciros adiós, señorita —murmuró Ricardo tristemente.

—¿Se va usted? —dijo Sofía, disgustada por el efecto contraproducente de su estratagema, pero aparentando indiferencia.

—Sí, me voy, sí. ¿Os extraña?

—No, solamente que aún es temprano —dijo Sofía—, pero usted tiene derecho a obrar según le convenga.

—¡Ojalá que hubiera hecho siempre eso! —respondió Dick—. Así no hubiera pensado en usted, señorita Wackles, creyéndola sincera. Era feliz creyendo a usted leal y buena, y ahora sufro viendo que me equivoqué y sintiendo haber conocido a una mujer de semblante tan hermoso, pero de corazón tan falso.

Sofía se mordió los labios y fingió buscar con la vista al señor Cheggs, que tomaba limonada en el otro extremo de la habitación.

—Vine aquí —continuó Ricardo, olvidando la causa real de su ida a la reunión— con el alma henchida de esperanzas y me voy con la desesperación de ver que han sido segadas en flor.

—Tengo la seguridad de que no sabe usted lo que dice, señor Swiveller —dijo Sofía mirando al suelo—. Siento mucho que...

—¿Cómo puede usted sentir nada poseyendo el corazón de Cheggs? Buenas noches, y dispense usted que haya estado algún tiempo pendiente de sus afectos. Creo que usted se alegrará de saber que hay una niña buena, hermosa y rica que sólo espera tener unos años más para poder ser mi esposa. Buenas noches, señorita.

—Una cosa buena sale de todo esto —se dijo Ricardo al llegar a su casa—: el plan de Federico sobre la hermosa Nelly, en el cual estoy dispuesto a ayudarle con todas mis fuerzas. Mañana se lo contaré todo; y como es tarde, voy a callar y a tratar de dormir.

El sueño acudió a sus párpados apenas lo llamó: pocos minutos después soñaba que era esposo de Nelly Trent y dueño de sus riquezas, y que el primer acto de poder que ejecutaba era comprar el jardín del señor Cheggs y arrasarlo por completo.

CAPÍTULO VIII

SE DESCUBRE EL MISTERIO

La niña, en su confidencia con la señora Quilp, había descrito muy pálidamente, por cierto, la tristeza que la rodeaba, la nube de pesar que envolvía su hogar, despojándolo de toda clase de alegrías. Era difícil poder explicar lo que sentía y, por otra parte, temía ofender al anciano a quien tanto quería; por tanto, se hallaba impotente para hacer la más mínima alusión a la causa principal de su pena y ansiedad.

No eran los monótonos días, todos iguales, sin una persona que pudiera comprenderla; no era la ausencia de los placeres propios de su edad, ni el desconocimiento de los detalles de su infancia lo que embargaba el corazón de Nelly; únicamente la debilidad y la excesiva delicadeza de su espíritu fueron la causa de su llanto. Ver al pobre anciano agobiado por una pena secreta agitarse y hablar solo, esperar el desenlace todos los días, sabiendo que estaban separados del mundo, sin que nadie se interesara o preocupara por ellos, era causa bastante para abatir y entristecer a un corazón viril; ¡cuánto más el de aquella niña sola y en aquel ambiente tristísimo!

El viejo creía que Nelly estaba siempre igual. Cuando se separaba un momento del fantasma que le acompañaba siempre, hallaba a su nieta con la sonrisa en los labios, con palabras cariñosas, con el mismo amor y cuidado que habían brotado siempre de su corazón; y así, el abuelo no se preocupaba: le bastaba, leer la primera página de aquel infantil corazón, sin cuidarse ni pensar siquiera en la triste historia que yacía oculta en las demás hojas, y se decía satisfecho que su hijita, al menos, era feliz.

Feliz había sido una vez. Sus ligeros pies se movían ágilmente por aquella habitación, cuidando y arreglando aquellos tesoros que envejecían ante su presencia infantil, y que formaban parte de su vida. Su persona y sus cantos contrastaban con aquella caducidad casi prehistórica. Ahora todo estaba triste y la niña no se atrevía a cantar siquiera, pasando muchas largas veladas sola y pensativa, sentada junto a una ventana, mirando sin ver y sintiendo agobiada su mente por multitud de ideas sombrías y lúgubres.

Bien entrada la noche, la niña cerraba la ventana y se metía en la tienda pensando en aquellas horrorosas figuras, que le daban mucho miedo y que a menudo veía hasta en sueños. Temía encontrar a alguna que, vuelta a la vida y animada con propia luz, le saliera al encuentro asustándola horriblemente. Estos temores desaparecían apenas se hallaba en su alcobita, con su aspecto familiar y una hermosa lámpara encendida. Oraba fervorosamente por el viejo, pidiendo a Dios que le diera la tranquilidad y felicidad que había perdido, y después ponía la cabeza en la almohada y lloraba hasta que se dormía. Solía despertar varias veces antes que fuera de día, creyendo oír la campanilla, e iba a responder al toque imaginario que había oído en sueños.

Una noche, la tercera después de su entrevista con la señora Quilp, el abuelo, que se había sentido mal todo el día, dijo que no saldría de casa. Los ojos de la niña brillaron de júbilo, amargado después al ver cuán enfermo y cansado parecía estar el anciano.

—Han pasado dos días, hija mía; dos días enteros —dijo el abuelo—, y aún no ha venido la respuesta. ¿Qué fue lo que te dijo Quilp, Nelly?

—Exactamente lo que te dije —abuelito—, respondió la niña.

—Sí —dijo el viejo débilmente—. Pero dímelo otra vez, que no me acuerdo. ¡Tengo la cabeza tan débil! ¿Nada más sino que se vería conmigo al día siguiente, o el otro a más tardar? Eso también lo decía en la carta.

—Nada más, abuelito. ¿Quieres que vuelva mañana? Iré temprano y estaré de vuelta antes de la hora del almuerzo.

El anciano movió la cabeza y atrajo hacia sí a la niña suspirando dolorosamente.

—No serviría de nada, hija mía. Si me abandona en este momento, estaré arruinado; y lo que es peor aún, te habré arruinado a ti, porque lo he aventurado todo. Con su auxilio, podría recobrar todo el tiempo y el dinero que he perdido; toda la amargura que he sufrido, y que me ha puesto en el estado en que estoy, desaparecería así; pero sin su ayuda, no habrá salvación para nosotros. ¡Si tuviéramos que mendigar...!

—¿Y qué, si fuera así? —dijo la niña con valor—. Podemos mendigar y ser felices.

—¿Mendigar... y ser felices? ¡Pobre niña!

—Querido abuelo —dijo la niña con una energía que brillaba en sus encendidas mejillas, en su temblorosa voz y en sus nerviosos gestos—, creo que ya no soy una niña; y si lo fuera, no importaría para suplicarte que mendiguemos, o que trabajemos al aire libre para ganar una mísera pitanza, antes que seguir viviendo aquí.

—¡Nelly! —exclamó el abuelo.

—Sí, sí; todo antes que vivir como vivimos —continuó la niña más enérgicamente aún—. Si estás triste, dímelo para estar triste yo también; si estás enfermo y abatido, yo te cuidaré y confortaré; si somos pobres, lo seremos juntos; pero déjame que esté siempre contigo, de día y de noche; que no vea yo que estás preocupado y enfermo y no sepa por qué, pues voy a morirme de pena. Querido abuelito, dejemos esta casa mañana mismo y pidamos de puerta en puerta.

El viejo ocultó la cara entre sus manos llorando; la niña, sollozando también, le abrazó sin poder hablar más.

Esta escena y estas palabras no debían ser vistas y oídas por más oídos y ojos que los de los protagonistas de ella; pero fueron escuchadas por un espectador que, entrando sin que le vieran, se colocó detrás del viejo y, obrando según lo que él consideraba perfecta delicadeza, permaneció inmóvil, sin interrumpir la conversación con palabras o ruido. Era Daniel Quilp en persona, que, cansado y fatigado, se sentó en una silla a la manera de un mono, actitud predilecta para él y que le permitía escuchar y ver cómodamente cuanto pasaba ante sus ojos. Al fin el anciano, mirando en aquella dirección, le vio y quedó atónito.

La niña, al ver aquella repugnante figura, lanzó un grito de espanto. Quilp no se desconcertó por aquel recibimiento y conservó su primitiva posición, sin hacer más saludo que un ligero movimiento de cabeza. Por fin el anciano pudo hablar y le preguntó cómo había llegado allí.

—Por la puerta —respondió Quilp—: no soy tan diminuto que quepa por el ojo de la cerradura. ¡Ojalá lo fuera! Quiero hablar con usted privadamente. Que no haya nadie aquí, amigo; de modo que «adiós, querida Nelly».

La niña miró a su abuelo, que besándola en las mejillas le dijo que se retirara.

—¡Ay, qué rico beso! —dijo el enano relamiéndose—. ¡Y sobre el sitio más sonrosado!

Esta observación ayudó a Nelly a marcharse antes. Quilp la miró socarronamente y, cuando se cerró la puerta, felicitó al viejo por tener una nieta tan linda.

El anciano respondió con una sonrisa forzada y disimuló su impaciencia; pero Quilp, que se complacía en atormentar a cualquiera que estuviese a su alcance, continuó explayándose en aquel asunto, alabando más y más los encantos de la niña.

—Pero, ¿qué es eso, amigo? —exclamó de pronto saltando de la silla y sentándose como una persona—; ¿está usted nervioso? Le juro que jamás hubiera creído que los viejos tenían la sangre tan viva. Yo creía que tenían frío siempre, y así es natural que sea. Usted está malo, por fuerza, amigo.

—Creo que sí —dijo el anciano llevándose las manos a la cabeza—. ¡Me arde! Tengo muchas veces algo a que no sé qué nombre dar.

El enano no respondió, pero observó atentamente al anciano, que dio unas vueltas por la habitación y volvió luego a sentarse, permaneciendo con la cabeza inclinada sobre el pecho algún tiempo, hasta que al fin dijo:

—Dígame usted de una vez si me ha traído más dinero.

—¡No! —respondió Quilp.

—¡Entonces —dijo el viejo con desesperación mesándose los cabellos—, la niña y yo estamos perdidos!

—Amigo —dijo Quilp mirándole fijamente y dando palmadas sobre la mesa para atraer la atención del atontado viejo—, deje usted que hable claro y juguemos limpio; usted ya no tiene secretos para mí.

El pobre viejo le miró asustado.

—¡Qué! ¿Se sorprende usted? ¡Es natural! Pero téngalo bien entendido: sé todos sus secretos; ¡todos! Sé que las cantidades que le adelanté han ido... ¿Digo la frase?

—¡Ay! —exclamó el anciano—. Dígala usted si quiere.

—A la mesa de juego —prosiguió Quilp— en un nocturno garito. Ese era el hermoso plan que usted ideaba para restaurar su fortuna; ésa era la certísima fuente de fortuna y riqueza donde usted quería enterrar mi dinero (si yo hubiera sido tan tonto como usted cree); ésa era la mina de oro, el Eldorado que usted esperaba, ¿eh?

—Sí —murmuró el anciano envolviéndole en sus abatidas miradas—; eso era, eso es y eso será hasta que deje de existir.

—¡Que me haya engañado así un miserable jugador! —dijo Quilp mirándole iracundo.

—No soy jugador —gritó el viejo con fiereza—. El Cielo es testigo de que jamás jugué por amor al juego y de que cada vez que apuntaba a una carta pronunciaba dentro de mí el nombre de esa huérfana, suplicándole que me concediera la suerte; cosa que nunca hizo. ¿A quién protegía el Cielo? A los que jugaban conmigo; ¡canallas que se disputaban las ganancias, despilfarrándolas después en el mal y propagando el vicio! Si yo hubiera ganado, todas mis ganancias hubieran sido para una niña pura, para endulzar su vida y hacerla feliz. Así se hubiera evitado algo de miseria, algo de pecado. En un caso así, ¿no hubiera usted creído, como yo, que tenía el derecho de ganar?

—Cuando empezó usted esa locura —preguntó el enano, subyugado un momento por la amargura y tristeza del anciano.

—¿Cuándo empecé? —preguntó éste pasándose la mano por la frente—. No recuerdo. Seguramente fue cuando comencé a notar lo poco que tenía ahorrado, el mucho tiempo que se necesitaba para ahorrar algo, lo poco que necesariamente me restaba de vida y, sobre todo, lo triste que sería dejar a mi niña expuesta a los rudos embates del mundo sin lo necesario para resistir los dolores de la pobreza. Entonces fue cuando empecé a pensar en ello.

—¿Después de haberme hecho empaquetar a su nieto embarcándole? —dijo Quilp.

—Poco después de eso. Pensé mucho en ello, y durante meses enteros no pude apartarlo de mi mente ni aun en sueños. Entonces empecé a jugar; al principio, ni buscaba ni experimentaba placer en ello. Ese afán sólo me ha producido días de ansiedad y noches de vigilia; he perdido la salud y la tranquilidad del espíritu, y se han aumentado mis penas y mi debilidad.

—Perdió usted el dinero que arriesgó al principio, y después acudió a mí. Mientras yo creía que usted aumentaba su riqueza, lo que hacía era perderla y empobrecerse cada vez más. Así es que hemos venido a parar en que yo soy poseedor de un recibo que acredita ser míos cuantos bienes posee usted aún —dijo Quilp levantándose y mirando alrededor, como para asegurarse de que todo estaba en su sitio. Después añadió:

—Pero, ¿no ha ganado usted nunca?

—¡Jamás! —repuso el anciano—. Ni siquiera recuperé lo que arriesgaba.

—Siempre he creído —prosiguió el enano— que si un hombre juega mucho, tiene necesariamente que ganar o, por lo menos, no perder.

—Y así es —gritó el viejo saliendo repentinamente de la especie de estupor que le dominaba—, así es. Yo lo he creído desde el principio; lo he sentido, y tengo la seguridad, ahora más que nunca, de que debe ser así. He soñado tres noches seguidas que ganaba una inmensa fortuna y antes jamás lo soñé, aunque lo intentaba. ¡No me abandone usted ahora que va a sonreírme la suerte! No tengo más amparo que usted. ¡Ayúdeme, pues, déjeme probar esta última esperanza!

El enano movió la cabeza encogiéndose de hombros.

—¡Quilp, bondadoso y tierno amigo, mire usted esto! —dijo el viejo sacando unas tiras de papel del bolsillo y cogiendo el brazo del enano—. Mire usted estos números, resultado de largo cálculo y penosa experiencia. Tengo que ganar. Únicamente necesito un poco de ayuda otra vez. ¡Unas cuantas libras, por pocas que sean, Quilp!

—El último préstamo fueron sesenta —dijo el enano— y las perdió usted en una noche.

—Ya lo sé —murmuró el viejo—. Ese ha sido el peor asunto, pero entonces no había llegado aún mi época de buena suerte. ¡Considere usted, Quilp, que esa niña quedará huérfana! Si yo fuera solo, moriría con gusto; quizá anticiparía ese bien, que generalmente se considera como mal, pero ahora no puedo. Todo lo que he hecho ha sido por ella. ¡Ayúdeme usted por ella, ya que no sea por mí!

—Siento mucho decir que tengo una cita en el centro —dijo Quilp sacando su reloj con tranquilidad perfecta—; de otra manera hubiera tenido mucho gusto en acompañar a usted hasta que se tranquilizara.

—¡Pero Quilp, amigo Quilp! —murmuró el viejo agarrándolo de los faldones—. Hemos hablado muchas veces de su pobre madre; eso es quizá lo que me estremece ante la idea de la pobreza. ¡No sea usted cruel conmigo! Usted ganará más que yo. ¡No me niegue el dinero para realizar mi última esperanza!

—No puedo hacerlo —dijo el enano con inusitada política—; aunque le diré que me engañó la precaria situación en que vivían ustedes, a pesar de ser los dos solos...

—Todo era para ahorrar dinero y aumentar la fortuna de mi nieta.

—Sí, sí, ahora lo entiendo —añadió Quilp—; pero iba a decir que, engañado por esa situación, por su miseria, por la reputación que tiene usted entre los que le creen rico y las repetidas frases de que usted duplicaría o triplicaría mis préstamos, hubiera adelantado a usted lo que necesitaba, y aun ahora lo haría con una sencilla firma, si no me hubiera enterado inesperadamente de su secreto.

—¿Quién se lo ha dicho a usted? —exclamó el pobre hombre—. ¿Quién lo ha sabido a pesar de mis precauciones? ¡Dígame usted el nombre, la persona!

El enano, comprendiendo que si hablaba de Nelly se descubriría todo el artificio de que se había valido y que quería tener secreto porque no le reportaba ningún bien el publicarlo, no aventuró una respuesta y se limitó a decir:

—¿Quién cree usted que ha sido?

—Sólo puede haber sido Kit; me espiaba y usted le habrá hecho hablar.

—¿Cómo ha podido usted pensar que fuera el chico? —dijo el enano con acento compasivo—. Sí, ha sido Kit. ¡Pobrecillo!

Y diciendo así, saludó amistosamente y se despidió. Se detuvo después de franquear la puerta, murmurando con extraordinaria alegría:

—¡Pobre Kit! Creo que él fue el que dijo que yo era un enano más horrible que los que enseñan en las ferias por una perra grande ¡ja, ja...! ¡Pobre Kit!

Y continuó su camino riendo disimuladamente.

CAPÍTULO IX

EL HOGAR DE KIT

Daniel Quilp no entró ni salió de la tienda del anticuario sin que alguien le viera. Ese alguien, oculto en el quicio de la puerta de una casa vecina, no apartaba los ojos de la ventana donde solía sentarse Nelly, retirándolos sólo de tarde en tarde para mirar el reloj de alguna tienda y volver a fijarlos aún más atentamente en el punto de observación. Cerraron las tiendas, y ya el que esperaba perdió la noción del tiempo, hasta que, después de oír sonar en una torre cercana las once y las once y media, comprendió que era inútil esperar más y se decidió a marchar sin volver siquiera la cabeza, temeroso de ceder a la tentación de quedarse más tiempo todavía.

Con paso precipitado cruzó el misterioso individuo muchas calles y callejas, hasta que llegó a una casita en la que se veía una ventana iluminada; levantó el pestillo y entró.

—¡Dios mío! —gritó una mujer saliendo precipitadamente—, ¿qué es eso? ¡Ah!, ¿eres tú, Kit?

—Sí, madre, yo soy.

—¡Qué cansado vienes, hijo mío!

—El amo no ha salido esta noche; así es que ella no se ha asomado a la ventana —dijo Kit sentándose triste y disgustado junto al fuego.

Aquella casa y aquella habitación eran de pobrísimo aspecto, pero tenían ese aire de limpieza y comodidad que puede brillar siempre en cualquier hogar de gente ordenada y trabajadora. Cerca de la chimenea se veía un robusto niño de dos o tres años, despierto y tan tranquilo como si no pensara en dormir jamás, y en una cunita, un poco más lejos, dormía un pequeñuelo. La pobre madre, a pesar de lo avanzado de la hora, trabajaba planchando afanosamente una gran cantidad de ropa. La semejanza entre la madre y los tres hijos era perfecta.

Kit empezó a enfadarse al ver a su hermano jugando y sin pensar en dormir, pero miró al chiquitín y después a su madre, que estaba trabajando sin quejarse, desde que empezó el día, y comprendió que era más noble y generoso estar de buen humor.

—Madre —dijo Kit tomando un plato con carne y pan que estaba dispuesto para él desde mucho antes—, ¡cuánto trabajas! Seguramente no hay dos como tú.

—Creo que hay muchas que tienen que trabajar más, hijo mío —dijo la señora Nubbles, y añadió—: En ese armario está la cerveza, Kit.

—Gracias, madre, por este refresco.

—¿Me has dicho que no ha salido tu amo esta noche?

—Sí, madre, ¡suerte peor!

—Por el contrario, creo que debes decir que es buena suerte, porque así no ha quedado sola la señorita Nelly.

—¡Ah, había olvidado eso! —repuso Kit—. Decía que era mala suerte porque he estado esperando desde la ocho sin poder verla.

—¿Qué diría la señorita si supiera que todas las noches, cuando se cree sola sentada junto a la ventana, tú estas vigilando en la calle y que jamás vuelves a casa, por cansado que estés, hasta que tienes la certeza de que ha cerrado la casa y se ha acostado tranquilamente?

—No importa lo que dijera —dijo Kit, ruborizándose—. Como nunca lo sabrá, no podrá decir nada.

La madre siguió planchando en silencio y, al acercarse al fuego para coger otra plancha, miró al muchacho, pero no dijo nada. Vuelta a la mesa, mientras limpiaba la plancha en un trapo, añadió:

—Ya sé yo lo que alguna gente diría.

—¡Tonterías! —repuso Kit, suponiendo lo que iba a decir su madre.

—Tengo la seguridad de que alguien diría que estabas enamorado de ella.

Kit sólo respondió a esto diciendo a su madre que se callara y haciendo figuras extrañas, con los brazos y piernas, y gestos de simpatía. No encontrando en estas demostraciones la tranquilidad que esperaba, tomó un gran bocado de pan y carne y un buen trago de cerveza, artificios que, atragantándole, hicieron que su madre cambiara de conversación, aunque sólo por un instante, porque poco después añadió:

—Hablando seriamente, Kit, porque, como puedes comprender, antes sólo era en broma, creo que obras muy bien en hacer lo que haces sin que nadie lo sepa; aunque espero que la señorita lo sabrá algún día y te lo agradecerá mucho. Verdaderamente, es cruel dejar a la pobre niña sola allí toda la noche; no me extraña que el viejo no quiera que te enteres.

—El amo no piensa que obra mal —dijo Kit— y no lo hace con intención. Estoy seguro de que si creyera que no obra bien, no lo haría por todo el dinero del mundo. No, no lo haría; le conozco bien.

—Entonces, ¿por qué lo hace sin querer que tú lo sepas? —preguntó la madre.

—Eso es lo que no sé. Seguramente no me hubiera enterado si no hubiera puesto tanto empeño en tenerlo oculto, porque precisamente lo que me hizo sospechar fue su interés en despedirme de noche mucho más pronto de lo que generalmente acostumbraba. Eso fue lo que excitó mi curiosidad. Pero, ¿qué es eso?

—¿Hay alguien en la puerta? —exclamó la madre alarmada.

—No, es alguien que viene, y con prisa —dijo Kit escuchando—. ¿Será que habrá salido el amo, después de todo? Y aún puede haberse prendido fuego a la casa.

El muchacho se quedó perplejo unos momentos sin poder moverse. Los pasos se acercaron; una mano abrió violentamente la puerta, y la niña, pálida y sin aliento, vestida apresuradamente con algunas prendas heterogéneas, se presentó en la habitación.

—¡Señorita Nelly! ¿Qué pasa? —gritaron a un tiempo madre e hijo.

—¡No puedo detenerme un instante! Mi abuelo se ha puesto muy malo; le encontré desmayado en el suelo.

—Voy a buscar un médico —gritó Kit cogiendo su sombrero—; vuelvo en seguida.

—¡No, no! —exclamó Nelly—. Hay uno ya; no hace falta nada. Es que... no te necesita ya; que no debes volver más a casa.

—¡Qué...! —murmuró Kit.

—¡Nunca más! —añadió Nelly—. No me preguntes por qué, porque no lo sé. ¡Por Dios, no me lo preguntes, no te entristezcas y, sobre todo, no te enfades conmigo! Yo no tengo la culpa.

Kit la miró con los ojos desmesuradamente abiertos y abrió y cerró la boca muchas veces sin poder articular palabra.

—Se queja y trina contra ti —dijo Nelly—. No sé lo que has hecho, mas espero que no sea muy malo.

—¡Yo...! —murmuró al fin Kit.

—Dice que tú eres la causa de sus males —replicó la niña con ojos llorosos—. Tan pronto te llama, como dice que no te presentes delante de él, porque se moriría al verte. Te pido por favor que no vuelvas; he venido para decírtelo, suponiendo que sería mejor que viniera yo misma que enviar a un extraño. ¡Oh Kit! ¿Qué será lo que has hecho? ¡Tú, en quien yo confiaba tanto; casi el único amigo que tenía!

El desgraciado Kit miraba a su ama cada vez más asombrado, inmóvil y silencioso.

—He traído el sueldo de esta semana —dijo la niña dirigiéndose a la señora Nubbles y dejando sobre la mesa un paquetito— y un poquito más, porque siempre ha sido bueno y generoso conmigo. Espero que cumplirá bien en otro sitio y que no se apesadumbrará mucho por esto. Siento muchísimo separarme así de él, pero no hay más remedio; tiene que ser así. Buenas noches.

Y con las lágrimas surcando sus mejillas y temblando de pena y sobresalto por la aflicción de su amigo, la caminata que acababa de hacer y tantas y tantas sensaciones dolorosas o tiernas, la niña se dirigió a la puerta, y desapareció tan apresuradamente como había entrado.

La pobre madre, que no tenía motivos para dudar de su hijo, sino para confiar en su sinceridad y honradez, se quedó sorprendida al ver que éste no alegaba nada en su defensa. En su mente se dibujaron visiones de crímenes, robos y ausencias nocturnas, y rompió a llorar pensando si las razones que le daba, y que tan justas parecían, de sus ausencias, no serían disculpas para ocultar una conducta deshonrosa. Kit veía a su madre llorando amargamente; pero, atontado por completo, no dijo una sola palabra para consolarla. El niño pequeño despertó llorando, el mayorcito se cayó de su silla, la madre lloraba más cada vez y Kit, insensible a todo aquel ruidoso tumulto, permanecía estupefacto.

CAPÍTULO X

LA FIDELIDAD DE KIT

La monótona quietud y soledad del hogar de Nelly estaban destinadas a desaparecer para siempre. A la mañana siguiente, el anciano deliraba y tenía fiebre, y así pasó varias semanas en peligro de muerte. Entonces entraba y salía mucha gente en aquella casa, y en aquel continuo ir y venir, la niña estaba más sola que nunca; sola en su alma, sola en su afecto por el que se consumía en el lecho, sola en su pena y en su cariño. Día tras día y noche tras noche se la veía junto a la cabecera del anciano, que permanecía insensible a todo, anticipándose a sus necesidades, escuchando cómo la llamaba y expresaba su ansiedad y cuidado por ella, asunto constante de sus delirios.

La casa no era ya suya; hasta la habitación donde yacía el enfermo la debían a la benevolencia de Quilp. Pocos días después de declararse la enfermedad del anciano, se posesionó del terreno con todo lo que había allí, en virtud de documentos legales que pocos entendieron y nadie se cuidó de discutir. Asegurado ya ese paso importante para Quilp, mediante la ayuda de un procurador que fue con él, procedió a instalarse en la casa, a fin de afirmar sus derechos ante cualquier eventualidad inesperada, y procuró hacer aquella morada todo lo cómoda posible para su gusto.

Por de pronto cerró la tienda, para no preocuparse del negocio en aquellos momentos, y se apropió la silla más hermosa y más horrorosa e incómoda para el procurador. Aunque la habitación que escogió para sí estaba lejos de la del enfermo, dijo que era preciso evitar el contagio con una fumigación constante y consideró prudente pasarse el día fumando. Obligó al procurador a hacer lo mismo; considerando que no era bastante aún, llamó al muchacho del almacén y le ordenó sentarse con una enorme pipa fuera de su habitación, con mandato expreso de no quitársela de los labios bajo ningún pretexto. Después de estas disposiciones, Quilp saboreó su satisfacción y dijo que se encontraba a gusto.

Tal vez el procurador hubiera estado a gusto también si no hubiera habido dos detalles en contra: el asiento de su silla, que era duro y resbaladizo, y el humo del tabaco, que le mareaba y descomponía; pero como era hechura de Quilp, y tenía mil razones para estar bien con él, trató de sonreír lo más agradablemente posible.

Quilp miró a su amigo y, viendo que le lloraban los ojos con el humo de la pipa, que temblaba y que procuraba echar el humo lo más lejos posible, se frotó las manos de gusto.

—¡Fuma, perro! —exclamó volviéndose al muchacho—. Llena la pipa otra vez y fuma hasta consumir la última brizna, si no quieres que ponga la boquilla en la lumbre y te abrase con ella la lengua.

Afortunadamente, el muchacho era capaz de fumarse un estanco entero si alguien se lo regalaba; así es que sin murmurar gran cosa, hizo lo que le mandaba su amo.

—¿Qué, Brass? —decía después el procurador—. ¿No se siente usted Gran Turco con esta deliciosa fragancia?

El señor Brass contestó que, efectivamente, se sentía casi potentado; pero pensó para su capote que el susodicho Gran Turco no era digno de envidia, por cierto.

—Esta es la manera de librarse del contagio —decía Quilp—; así se evitan todas las calamidades de la vida. Todo el tiempo que estemos aquí, lo pasaremos fumando. ¡Fuma, perro —dirigiéndose al muchacho— o te hago tragar la pipa!

—¿Estaremos aquí mucho tiempo, señor Quilp? —preguntó el procurador cuando el enano acabó de reñir al muchacho.

—Supongo que tendremos que estar hasta que se muera ese anciano que está arriba.

—¡Ji, ji, ji! ¡Qué bueno! ¡Qué agradable va a ser esto! —dijo Brass alborozado.

—¡Fume, fume! —dijo Quilp—. ¡No se pare! Puede usted hablar fumando.

—¡Ji, ji, ji! —volvió a reír Brass mientras emprendía de nuevo la odiosa tarea—. Pero, ¿y si se pusiera bueno?

—En ese caso, estaremos hasta entonces solamente.

—¡Qué bueno es usted, señor Quilp, estando aquí hasta entonces! —dijo Brass—. Otras personas se hubieran llevado los enseres en cuanto la ley se lo permitiera; hubieran sido duras como el mármol. Otras personas hubieran...

—Otras personas no charlarían como un loro —interrumpió el enano.

—¡Ji, ji, ji! ¡Qué cosas tiene usted, señor Quilp! Es usted muy gracioso.

El centinela, que fumaba en la puerta, interrumpió la conversación diciendo, sin quitarse la pipa de los labios:

—Ahí baja la chica.

—¿La qué... perro? —dijo Quilp.

—La chica —repitió el muchacho—; ¿está usted sordo?

—¡Oh! —dijo Quilp conteniendo el aliento y respirando después ruidosamente—, ya arreglaremos después una cuentecita los dos. ¡Hay algo que te espera, amiguito! Hola, Nelly, preciosa mía ¿Cómo sigue el abuelo?

—Está muy malo —respondió llorando la niña.

—¡Qué bonita eres, Nelly! —dijo Quilp.

—Muy hermosa, señor, muy hermosa —añadió Brass—. ¡Encantadora!

—¿Ha venido la nena a sentarse en las rodillas del viejo Quilp o a acostarse ahí dentro en su cuartito? —dijo Quilp con el tono más amable que pudo encontrar—. ¿Qué va a hacer la linda Nelly?

—¡Qué amable es con las criaturas! —dijo Brass como para sí, pero de modo que lo oyera Quilp—. ¡Da gusto oírle!

—No voy a quedarme aquí, señor Quilp —murmuró Nelly—; tengo que sacar unas cuantas cosas de ese cuarto y ya no volveré a bajar más.

—¡Vaya un cuarto bonito! —dijo el enano mirando adentro cuando entró la niña—. ¡Parece un dosel! ¿Estás segura de que no volverás a utilizarlo?

—Segura —respondió la niña saliendo con unas cuantas prendas de vestir en el brazo—. ¡Nunca más, nunca!

—Esa niña es muy sensible. ¡Qué lastima! —dijo Quilp—. La camita es una monada: creo que podrá servir para mí.

El señor Brass apoyó la idea, como hubiera apoyado otra cualquiera, y el enano probó a ver si cabía en aquel lecho echándose de espaldas, siempre con la pipa en la boca. Hallándolo blando y cómodo, determinó usarlo como lecho de noche y como diván de día, y para llevar a cabo este propósito, no se levantó ya de aquella ideal camita. El procurador, que estaba muy mareado, aprovechó la ocasión para tomar un poco el aire y, una vez repuesto, volvió a emprender la tarea de fumar, hasta que se quedó dormido.

Así tomó posesión el enano de su nueva propiedad. Después, ayudado por el procurador, hizo un minucioso inventario. Afortunadamente para éste, tuvo que salir algunas horas cada día para atender a los demás negocios, aunque nunca faltó de noche. Los días pasaban, el viejo no adelantaba ni empeoraba y Quilp empezaba a impacientarse.

Nelly evitaba todo motivo de conversación con el enano y huía apenas oía su voz. Vivía en un temor continuo, sin poder decir lo que la asustaba más, si los gestos de Quilp o la sonrisa de Brass, y no se atrevía a salir del cuarto de su abuelo. Únicamente de noche, tarde, en medio del silencio, se atrevía a abrir una ventana para respirar el aire puro.

Una noche que estaba más triste que de costumbre, porque su abuelo iba peor, oyó pronunciar su nombre en la calle; miró y reconoció a Kit.

—¡Señorita Nelly! —dijo el muchacho muy bajito.

—¿Qué quieres? —preguntó la niña.

—Hace mucho tiempo que quiero decir a usted una cosa, pero esa gente no me deja entrar. Usted no creerá, seguramente, que yo merezco que me hayan despedido, ¿verdad, señorita?

—Tengo que creerlo, porque si no, ¿cómo es que mi abuelito está tan enfadado contigo?

—No lo sé —repuso Kit—, pero puedo decir honestamente que no he hecho nada que pueda perjudicar a usted o al amo, y siento que me echaran cuando solamente he venido a preguntar cómo seguía.

—Nunca me han dicho que has venido. No lo sabía y jamás hubiera consentido que te echaran.

—Gracias, señorita, me alegro mucho de saberlo; pero yo estaba seguro ya de ello. —Y añadió después—: ¡Qué cambio para usted, señorita!

—Sí, sí —repuso la niña.

—También él lo notará cuando se ponga bueno.

—¡Si se pone bueno alguna vez, Kit! —dijo la niña sin poder contener las lágrimas.

—Se pondrá bueno, señorita, estoy seguro. No se apure usted, señorita Nelly.

Estas palabras de consuelo, aunque pocas y sencillas, animaron a la niña, que dejó de llorar.

—Hace falta que usted le anime, señorita, para que no la vea triste; y cuando tenga usted ocasión, interceda por mí.

—Me dicen que no debo nombrarte siquiera en mucho tiempo; así es que no me atrevo. Y aunque me atreviera, ¿de qué serviría, Kit? Ahora somos muy pobres; apenas si tenemos pan que comer.

—No pretendo que me empleen ustedes otra vez. ¿Cree usted que he estado tanto tiempo a su lado únicamente por lo que ganaba? ¿Cree usted que yo vendría en esta ocasión a hablar de eso? Vengo por algo muy distinto. Si usted pudiera hacerle comprender que he sido un criado fiel, que me he portado siempre bien, quizá no se ofendería conmigo por... ofrecerle mi casa, que, aunque pobre, es mejor que ésta con toda esa gente dentro, hasta que encuentren ustedes algo mejor.

La niña no podía hablar. Kit, satisfecho por haber dicho ya lo que no sabía cómo decir, encontró la lengua más expedita y continuó:

—Tal vez será pequeña e incómoda, pero está muy limpia; aunque algo ruidoso, no hay otro patio mayor que el nuestro en la barriada. No tema usted por los niños, que son buenos. El cuartito que da a la calle, en el piso alto, es muy bonito. Procure usted hacerle aceptar, señorita Nelly; no piense usted en el dinero, porque mi madre se ofendería. Dígame usted que tratará de que acepte; prométamelo, señorita.

Antes de que la niña pudiera responder a tan elocuente y sincera oferta, se abrió la puerta de la calle y Brass gritó con airada voz: «¿Quién está ahí?» Kit echó a correr. Nelly, cerrando la ventana suavemente, se ocultó en su habitación.

No tardó mucho en salir también Quilp, que miró desde la acera de enfrente todas las ventanas de la casa y la calle de arriba abajo, y viendo que no había nadie, juró y perjuró que tramaban un complot contra él, que procuraban robarle y que pronto tomaría sus medidas para deshacerse de aquel asunto y volver a su hogar.

La niña, escondida, oyóle vociferar y no entró en su cuarto hasta que sintió que Quilp se metía en el lecho.

La conversación que tuvo con Kit, aunque breve, dejó una grata impresión en su ánimo. Entregada a los serviles cuidados de manos mercenarias, el afectuoso corazón de la niña agradecía el consuelo de un espíritu cariñoso y leal, aunque estuviera dentro de un cuerpo tosco como el de Kit.

CAPÍTULO XI

LA PARTIDA

Pasó la crisis y el anciano empezó a mejorar, recobrando, aunque muy lentamente, la conciencia de sí mismo. No se quejaba de nada. Se distraía fácilmente, parecía un niño y hallaba suficiente alegría en sentarse junto a Nelly y cogerle las manos, o besarle la frente, o jugar con sus cabellos. Dio algunos paseos en coche, siempre con Nelly al lado, y aunque al principio el ruido le mareaba algo, no sentía sorpresa ni curiosidad por nada.

Un día estaba sentado en una butaca, y Nelly en un taburete junto a él, cuando sintieron un golpecito en la puerta.

—¡Adelante! —dijo el anciano, seguro de que era Quilp, el amo entonces, y que, por tanto, podía entrar.

—Me alegro de ver que ya está usted bueno, vecino —dijo el enano levantando la voz para que le oyera bien—. Así, espero que arregle usted sus asuntos cuanto antes y que busque sitio donde vivir.

—Cierto, cierto —dijo el anciano—. Cuanto antes será mejor.

—Comprenderá usted que apenas me lleve los muebles será imposible habitar aquí.

—Dice usted la verdad. Y Nelly, ¿qué dice? ¡Pobrecilla! ¿Qué hará ahora?

—¿De modo que lo tendrá usted en cuenta, vecino?

—Ciertamente —respondió el anciano—, no nos detendremos.

—Eso creo —dijo el enano—. He vendido ya todo lo de la tienda y no he sacado lo que esperaba, pero no ha sido mal negocio del todo. Hoy es martes. ¿Cuándo podremos hacer la mudanza? No hay prisa, pero... ¿podremos hacerla esta tarde?

—No, el viernes —dijo el anciano.

—Conforme, pero en la inteligencia de que no la retrasaré ni un día más —agregó el enano— por ningún concepto.

—Bueno, lo tendré presente.

Quilp quedó sorprendido al ver la tranquilidad con que el anciano tomaba el asunto, pero le fue imposible hacer ninguna objeción y se despidió felicitándole por su buena salud. En seguida fue a contar a Brass todos los detalles de la entrevista.

El anciano pasó dos días indiferentes a todo, recorriendo la casa maquinalmente sin preocuparse de su próxima partida. Llegó el jueves y continuó en aquel estado apático y silencioso, pero al llegar la noche se operó en él un cambio, y empezó a llorar; llanto que aligeró su agobiado espíritu. Tratando de ponerse de rodillas, pidió a Nelly, que estaba sentada junto a él, que le perdonara.

—¡Perdonarte, abuelo! ¿De qué? —dijo Nelly impidiendo que se moviera—. ¿Qué tengo que perdonarte, abuelito?

—Todo lo pasado y todo lo que te ocurra, Nelly; todo lo que hice mal.

—¡No nos acordemos ya de eso, abuelo! Hablemos de otra cosa.

—¡Sí, sí! Vamos a hablar de una cosa de que hablamos hace mucho tiempo; meses o semanas, o días. ¿Qué era, nena?

—No sé lo que quieres decir, abuelo.

—Me he acordado hoy. Toda la conversación ha venido a mi mente sentado ahí. ¡Bendita seas, Nelly!

—¿Por qué, abuelito?

—Por aquello que dijiste de mendigar, nena. Hablaremos bajito, porque si se enteran de nuestro proyecto esos de abajo, dirán que estoy loco y se separarán de mí. Mañana nos marcharemos.

—¡Sí, vámonos! —dijo la niña con alegría—. Vámonos, y no volvamos nunca aquí. Prefiero ir descalza por todo el mundo antes que permanecer aquí más tiempo.

—Nos iremos —dijo el anciano—; caminaremos por campos y bosques, iremos por la orilla de los ríos y confiaremos en Dios. Tú y yo volveremos a ser felices olvidando este tiempo como si no hubiera existido nunca.

—Seremos muy felices; como jamás lo hubiéramos sido aquí —murmuró la niña.

—Mañana —prosiguió el anciano— muy tempranito, sin que nos sientan, nos marcharemos sin dejar señales de adónde vamos; dejaremos todo esto, y seremos libres y felices como los pájaros. ¡Pobrecilla! Estás pálida y ojerosa: tus cuidados por mí y la falta de aire libre te han puesto así, pero mañana empezarás a recobrar los colores y la alegría.

El corazón de la niña latió impulsado por el amor y la esperanza, y no pensó en el hambre, la sed, el frío ni el sufrimiento. Solamente vio la libertad, la vuelta a la vida de unión y confianza con su abuelo, un paréntesis en aquella soledad en que vivía y la salud del anciano; ninguna sombra negra enturbiaba aquel horizonte de felicidad.

El anciano durmió tranquilamente algunas horas, que la niña empleó en hacer los preparativos de marcha, consistentes en recoger unas cuantas prendas de ropa de cada uno y un bastón para apoyarse, y en hacer una última visita a sus antiguas habitaciones.

¡Cuán diferente era aquella partida de lo que tantas veces pensó! Nunca pudo soñar que abandonaría su casa con tanta alegría y, sin embargo, la pena invadió su alma al ver por última vez aquellas paredes, entre las cuales tanto había sufrido.

Pensó en su cuarto; aquel cuartito donde tantas veces había orado y que tendría que dejar sin volver a verlo siquiera, porque lo ocupaba el odioso enano. Aún quedaban allí algunas cosas, pequeñeces que hubiera querido llevarse; pero era imposible. Se acordó de su pajarillo y lloró por no poder llevárselo, hasta que, sin saber cómo, se le ocurrió la idea de que tal vez iría a manos de Kit, que lo conservaría como recuerdo suyo y como prenda de gratitud. Este pensamiento la tranquilizó y pudo descansar un poco. Al fin empezó a brillar la luz del día y entonces se levantó y se atavió para el viaje.

Después despertó a su abuelo, que se preparó en pocos minutos, y dándole la mano, bajaron con cautela, temerosos de que el más ligero ruido despertara a Quilp. Al fin llegaron abajo y le oyeron roncar. Con gran trabajo descorrieron el mohoso cerrojo, pero cuando ya se creían libres, vieron que la puerta estaba cerrada con llave y que ésta había desaparecido. La niña recordó entonces que una de las enfermeras le había dicho que Quilp dejaba siempre las llaves sobre la mesa de su cuarto y, temblando, se decidió a ir a buscarlas.

La expresión horrible del semblante de Quilp paralizó de terror a Nelly, pero tuvo ánimo para coger la llave y, después de mirar una vez más aquel cuartito y aquel horroroso monstruo, se reunió con su abuelo, sin que ocurriera ningún incidente que lo impidiera. Abrieron silenciosamente la puerta y salieron a la calle.

—¿Por dónde? —preguntó la niña.

El viejo, sin saber qué decir ni qué hacer, miró primero a la niña, después a la derecha, luego a la izquierda y otra vez a la niña; luego movió la cabeza sin saber qué partido tomar. Desde aquel momento, Nelly, constituyéndose en guía y protectora de su abuelo, le dio la mano y, resuelta, sin vacilar, trazó su plan. Empezaron a andar.

Era el amanecer de un día de junio: ni una nube empañaba el limpio azul del cielo, coloreado con las suaves tintas de la aurora. Las calles estaban casi desiertas aún, las casas y las tiendas, cerradas, y la saludable brisa matinal caía, como aliento de ángeles, sobre la ciudad dormida.

El viejo y la niña atravesaron tan silenciosos lugares, emocionados de placer y de esperanza. Una vez más estaban solos: todo era nuevo y agradable; nada les recordaba, a no ser por el contraste, la monótona vida que habían dejado. Torres y campanarios reflejaban el Sol naciente; todo resplandecía, y el cielo, envuelto aún en las brumas matinales, miraba con plácida sonrisa todo lo que tenía debajo.

Los dos peregrinos caminaban sin saber a dónde irían, mientras la ciudad iba saliendo de su sueño.

CAPÍTULO XII

SWIVELLER CHASQUEADO

Daniel Quilp, de Tower Hill, y Sansom Brass, de Bevis Mark, en la ciudad de Londres, dormían inconscientes de peligro alguno, hasta que un aldabonazo dado en la puerta de la calle, repetido y elevado en sonoridad hasta parecer una batería de cañonazos, obligó a Daniel a despertarse, creyendo que había oído un ruido, pero sin pensar en molestarse para saber lo que era. Mas como seguía el ruido, haciéndose más importuno cada vez, Quilp empezó a darse cuenta de la posibilidad de que alguien llamara a la puerta y gradualmente fue recordando que era viernes, y que había mandado a su esposa que le esperara temprano.

También había despertado Brass, después de removerse en extrañas posturas, y viendo que Quilp se vestía, se apresuró a hacer lo mismo, poniéndose los zapatos antes que los calcetines, metiendo las piernas por las mangas y cometiendo otras equivocaciones propias de todo el que se viste deprisa y bajo la impresión de haberse despertado súbitamente.

Mientras el procurador se vestía, el enano lanzaba imprecaciones contra sí mismo, contra todo género humano y contra todo cuanto le rodeaba, hasta que Brass sorprendido le preguntó:

—¿Qué pasa?

—¡La llave! —dijo el enano mirándole fijamente—. ¡La llave de la puerta! Eso es lo que ocurre. ¿Sabe usted dónde está?

—¿Cómo voy a saberlo yo, señor? —repuso Brass.

—¿Que cómo va usted a saberlo? ¡Pues vaya un abogado! ¡Un idiota! Eso es lo que es usted.

No queriendo meterse en aquel momento a demostrar que la pérdida de la llave no tenía nada que ver con sus conocimientos acerca de la ley, el procurador sugirió humildemente la idea de que pudo dejársela olvidada por la noche y que seguramente estaría en la cerradura.

Quilp aseguraba lo contrario, fundándose en que se acordaba de haberla quitado, pero admitió que era posible y, gruñendo fue a la puerta, donde, como puede suponerse, estaba la llave.

Al poner la mano en la cerradura, Quilp se quedó atónito viendo que el cerrojo estaba sin correr; en aquel momento sonó otro aldabonazo más fuerte aún. El enano, exasperado y queriendo descargar su enojo sobre alguien, determinó salir de repente y administrar una corrección amable a su mujer por armar aquel escándalo tan de mañana, no dudando que era ella la que estaba allí.

Abrió la puerta de repente y cayó sobre la persona que en aquel momento volvía a levantar al llamador; pero, en vez de encontrarse con alguien que no opusiera resistencia, apenas cayó en brazos del individuo a quien había tomado por su mujer, sintió que le descargaban dos golpes en la cabeza y otros dos en el pecho, y comprendió que luchaba con alguien tan diestro como él y del cual no podía desembarazarse. Entonces y sólo entonces se dio cuenta Daniel de que tenía delante a Ricardo Swiveller, que le preguntaba si quería más mojicones.

—Hay todavía más en el depósito —dijo Swiveller en actitud amenazadora—, y se ejecutan las órdenes con prontitud. ¿Quiere usted más? No diga usted que no, si lo quiere.

—Creí que era otra persona. ¿Por qué no decía usted quién era?

—¿Por qué no lo preguntaba usted, en vez de salir como una furia? —dijo Ricardo.

—¿Era usted el que llamaba? —preguntó con un gruñido el enano.

—Sí, yo era —respondió Dick.— Esa señora empezaba a llamar cuando yo llegué; pero como llamaba muy despacito, he querido servirla.

Y al decir esto, Ricardo designaba a una señora que se mantenía a cierta distancia temblando de miedo.

—¡Ah! —murmuró el enano lanzando a su mujer una mirada felina—; ¡ya sabía yo que tú habías de tener la culpa! Y en cuanto a usted, caballero, ¿ignora que hay un enfermo en la casa y que pueden molestarle esos golpes que da? ¡Si parece que quiere usted derribar la puerta!

—¡Diablo! —murmuró Ricardo—. Pues eso es lo que quería; creí que se habían muerto los inquilinos.

—Supongo que habrá usted venido con algún objeto —dijo Quilp—. ¿Qué es lo que desea?

—Quiero saber cómo sigue el señor —repuso Swiveller— y hablar a Nelly. Soy amigo de la familia; es decir, de uno de la familia, lo cual viene a ser lo mismo.

—Pase usted, entonces —repuso el enano—. Ahora usted, señora, pase delante.

La señora Quilp titubeó, pero su esposo insistió en que pasara delante de él y no tuvo más remedio que obedecer, sabiendo que no era por etiqueta, sino para aprovechar la ocasión de darle unos cuantos pellizcos. El señor Swiveller, que no estaba en el secreto, se sorprendió al oír algunos ayes apagados y volvió la cabeza, pero como vio a la señora detrás de él, no hizo caso de las apariencias y pronto olvidó el caso.

—Ahora, querida esposa —dijo el enano cuando estuvieron dentro—, sube arriba y di a Nelly que la esperan.

—¡Parece que está usted en su casa! —dijo Ricardo, que ignoraba con qué atribuciones estaba allí Quilp.

—Estoy en mi casa, joven —repuso el enano.

Dick reflexionaba sobre lo que querían decir estas palabra y, más aún, sobre lo que significaba la presencia de Brass en aquel lugar cuando la señora Quilp, bajando apresuradamente, dijo que estaban vacías las habitaciones.

—¿Vacías, tonta? —murmuró el enano.

—De veras, Quilp —respondió temblando la pobre mujer—. He estado en todas y no he encontrado a nadie.

—¡Eso explica el misterio de la llave! —dijo Brass con cierto énfasis dando palmadas.

Quilp, arrugando el entrecejo, miró a Brass, miró a su mujer y miró a Swiveller, pero como ninguno pudo darle explicaciones, corrió arriba, de donde pronto volvió confirmando la noticia.

—¡Vaya una manera de marcharse! ¡No decir una palabra a un amigo tan bueno y tan íntimo como yo! Es seguro que me escribirá o que dirá a Nelly que escriba. Seguramente lo harán; Nelly me quiere mucho.

Ricardo le miró atónito, con la boca abierta, y Quilp, volviéndose a Brass, le dijo que aquello no influiría para nada en la mudanza. Porque, como usted sabe —añadió—, ya sabíamos que se iban hoy, pero no tan temprano ni tan en silencio. Habrán tenido sus razones.

—¿Y adónde diablos han ido? —preguntó Dick, más sorprendido cada vez.

Quilp movió la cabeza y frunció los labios como indicando que lo sabía, pero no podía revelar el secreto.

—¿Y qué quiere usted decir al hablar de mudanza? —volvió a preguntar Ricardo.

—Pues que he comprado los muebles —añadió Quilp—. ¿Y qué hay con eso?

—¿Es que el viejo ha hecho fortuna y se ha retirado a vivir tranquilamente en algún sitio pintoresco, a la orilla del mar? —preguntó Dick lleno de asombro.

—Quiere guardar el secreto, a fin de no recibir las visitas de un nieto cariñoso o de los amigos del nieto —añadió el enano frotándose las manos—. Yo no digo nada; pero, ¿no es esa la idea que cruzaba por su mente?

Ricardo Swiveller se quedó anonadado ante esta imprevista circunstancia que desbarataba sus proyectos. Había ido, sabiendo la enfermedad del anciano, a hacerse presente, para ir preparando a Nelly, y se encontraba con que ésta, su abuelo y las riquezas habían desaparecido sin que hubiera podido dar un solo paso en su proyecto.

Daniel por su parte se sintió mortificado con aquella fuga, suponiendo que el viejo tenía algún dinero, y quería librarle de sus garras.

—Bueno —dijo Ricardo con disgusto—, supongo que es inútil mi permanencia aquí.

—Completamente —respondió Quilp.

—¿Tendrá usted la bondad de decirles que he venido?

—Ciertamente, se lo diré la primera vez que los vea —repuso Quilp.

—¿Tendrá usted la bondad de añadir que esta es mi dirección —dijo Dick sacando una tarjeta— y que estoy en casa todas las mañanas?

—Ciertamente —volvió a decir el enano.

—Mil gracias, caballero. Y quitándose el sombrero para saludar a la señora Quilp, salió de la tienda haciendo piruetas.

Ya habían llegado varios carros para cargar los muebles, y algunos hombres robustos y fornidos empezaban a transportarlos. Quilp mismo trabaja-

ba con ardor y su mujer le ayudaba en aquella pesada tarea, cargando objetos y recogiendo al pasar alguna caricia de Quilp. El mismo Brass, colocado
en la puerta para responder a las preguntas de los vecinos curiosos, no pudo
librarse tampoco de algún saludo.

La casa estuvo pronto vacía, y Quilp, sentado como un jefe africano
entre pedazos de estera, cacharros rotos y fragmentos de paja, papeles, etcétera, almorzaba tranquilamente pan, queso y cerveza, cuando observó que
un muchacho miraba desde la puerta. Seguro que era Kit, aunque sólo le vio
la nariz, le llamó por su nombre y entonces el muchacho entró preguntando
qué quería.

—Venga usted acá, señorito. ¿De modo que tu amo y la señorita se han
ido?

—¿Adónde? —preguntó Kit, mirando alrededor con sorpresa.

—¿Quieres darme a entender que no lo sabes? ¡Vamos!, dime adónde
han ido.

—Yo no lo sé —respondió Kit.

—¡Vamos, basta de bromas! ¿Quieres hacerme creer que no sabes adónde han ido, saliendo esta mañana sin que nos enterásemos de ello, apenas se
hizo de día?

—Pues no lo sé —murmuró el niño en el colmo de la sorpresa.

—¿No rondabas la casa como un ladrón hace unas cuantas noches?
Entonces te lo dirían.

—No —respondió Kit.

—¿No? Pues, entonces, ¿qué te dijeron?; ¿qué era lo que hablabais?

Kit explicó el objeto de su visita y la proposición que había hecho a
Nelly.

—Entonces —dijo el enano recapacitando— supongo que irán allá.

—¿Cree usted que irán?

—Tengo la seguridad —añadió el enano—. Ahora bien, cuando vayan,
quiero saberlo. ¿Me oyes? Dímelo, que ya te daré algo. Quiero hacerles un
beneficio, pero no puedo mientras no sepa dónde paran.

Kit iba a decir algo no muy agradable para el enano, cuando el muchacho del almacén salió con una jaula en la mano diciendo:

—Aquí hay un pájaro; ¿qué hacemos con él?

—Torcerle el pescuezo —dijo el enano.

—No, no haga usted eso; démelo a mí —dijo Kit.

—¡Sí, como que voy a dártelo! —dijo el otro muchacho—. El amo dice
que le retuerza el pescuezo y voy a hacerlo.

—¡Venga aquí el pájaro! —rugió Quilp—. Vamos a ver quién lo gana, y
si no, yo mismo le retorceré el cuello.

Sin esperar más, los dos muchachos emprendieron la lucha mientras
Quilp, con la jaula en la mano, los animaba a pelear con más vigor. Eran bastantes iguales en fuerzas, pero al fin Kit, dando un buen puñetazo en el
pecho de su adversario, le dejó caer, y de un salto se acercó a Quilp y recogió la jaula.

Sin detenerse llegó a casa, donde su madre, alarmada al verle con la cara
ensangrentada, le preguntó lo que había estado haciendo.

—He estado luchando por un pájaro y lo he ganado, eso es todo.

—¡Por un pájaro!

—Sí madre, el pájaro de la señorita Nelly; aquí está. Querían matarlo delante de mí, pero no pude consentirlo. ¡Buen chasco se llevaron! Voy a colgarlo en la ventana, madre, para que vea el Sol y se alegre. ¡Canta más bien! —Y clavando un clavo en alto, colgó la jaula diciendo:

—Ahora, antes de descansar voy a salir para comprar alpiste y algo bueno para ti, madre.

CAPÍTULO XIII

UN PROTECTOR DE KIT

Kit pasó algunos días buscando trabajo. A cualquier parte que se dirigían sus pasos, siempre se encontraba en el camino con aquella tienda donde tanto había gozado y sufrido.

Ya no podía temer un encuentro con Quilp, pues estaba vacía y cerrada; un cartelito en la puerta indicaba que estaba desalquilada, y unos muchachos desharrapados habían tomado posesión del escalón de entrada y daban fuertes aldabonazos en la puerta, riendo al sentir el eco que los golpes producían en el interior vacío.

Kit caminaba unas veces despacio, otras, apresuradamente. De pronto vio venir por una bocacalle un grupo de jinetes que avanzaban lentamente por el lado de la sombra, pareciendo que iba a pararse en todas las puertas; pero todos avanzaron, y Kit no pudo menos de pensar mientras pasaban: «Si alguno de esos caballeros supiera que no hay nada que comer en casa hoy, tal vez se le ocurriera enviarme a algún recado para darme una propina.»

Estaba fatigado de andar y andar sin encontrar nada que hacer, y se sentó en un escalón para descansar. A poco vio venir un cochecillo de dos ruedas, tirado por una jaca y guiado por un caballero anciano, junto al cual iba sentada una señora anciana también, chiquitita y hermosa. Al pasar el coche junto a Kit, éste se quitó el sombrero y saludó; el caballero le miró y detuvo el coche, con gran alegría de la jaca, que iba dando saltos.

—¿Quiere usted que tenga cuidado del coche, señor? —preguntó Kit.

—Tenemos que bajar en aquella calle; si quieres venir hasta allí, te encontrarás con algo.

Kit le dio las gracias y obedeció con alegría la indicación del caballero.

El caballito dio un bote y fue a tropezar con el poste de un farol; dio dos o tres saltos y se quedó parado, obstinándose en no querer seguir adelante. A un latigazo del amo, la jaca salió al trote, y no se paró ya hasta que llegaron a una puerta donde había una placa en la cual se leía: «Wintherden. Notario.» Allí descendió el caballero y dio la mano a la señora para que bajara también. Ambos entraron en la casa, habiendo antes recogido un gran ramo de debajo del asiento.

El sonido de voces que hablaban en un salón del piso bajo que tenía abiertas las ventanas, cerradas solamente por persianas, dio a conocer que los visitantes habían entrado en aquel salón, que sin duda era la oficina del notario.

Primero hubo saludos mutuos; después, la entrega del ramo, porque una voz dijo: —¡Qué hermosísimo! ¡Qué fragancia!

—Lo he traído en honor de la ocasión, señor —dijo la dama.

—Una ocasión que me honra por cierto, señora —añadió el notario—. He recibido a mucha gente, señora; a mucha. Unos son ricos ahora y no se acuerdan de mí; otros vienen y me dicen: «¡Ay, señor Wintherden! En esta oficina, en este mismo sillón, he pasado las horas más gratas de mi vida.» A todos los he recibido con gusto; a todos he aconsejado y ayudado; pero a ninguno le he podido asegurar un porvenir tan brillante como al hijo de ustedes. Sus artículos son admirables. Tráigalos usted, Chuckster.

—¡Qué feliz me hace usted diciéndome eso! —respondió la dama.

—Lo digo, señora, y lo diré en alta voz, porque lo creo como hombre honrado; porque creo que desde la más alta montaña hasta el más ínfimo pajarillo, no hay nada más perfecto que un hombre bueno o una mujer honrada.

—Todo lo que el señor Wintherden diga de mí —añadió una débil vocecilla—, puedo decirlo yo de él con toda seguridad.

—Es también una feliz casualidad que ocurra precisamente el día que cumple veintiocho años. Confío, señor Garland, que podremos felicitarnos mutuamente por este suceso.

El caballero replicó que estaba seguro de ello; se dieron la mano y, cuando terminaron, el anciano dijo que, aunque él no debía decirlo, creía que no había otro hijo mejor para sus padres que Abel Garland.

—Nos casamos ya de alguna edad, señor, esperando hasta tener cierta renta, y hemos tenido la gran bendición de tener un hijo tan obediente y cariñoso siempre. ¿No tenemos motivos para estar contentos y satisfechos?

—Sin duda, señor, sin duda —respondió el notario simpatizando con el anciano—. Únicamente cuando contemplo una felicidad así, es cuando me arrepiento de haberme quedado soltero.

—Abel no es como los demás jóvenes, caballero —dijo la dama—. Se complace en nuestra compañía y está siempre con nosotros: jamás ha estado ausente un día entero. ¿Verdad, Garland?

—Cierto, querida, cierto —replicó el anciano—. Excepción hecha de cuando fue a Margate con el profesor de su colegio un sábado y volvió el lunes enfermo de tanto como se divirtieron.

—Ya sabes que no estaba acostumbrado y no pudo resistirlo —dijo la señora—, y, además, no estaba con nosotros.

—Eso era, eso —repuso la vocecilla que se había oído antes—. ¡Estaba tan triste pensando que estábamos lejos y separados por el mar!

—No es extraño —dijo el notario—, y eso habla en pro de los sentimientos de este joven. Pero vamos al asunto. Voy a estampar mi nombre al pie de esos artículos de Abel, y el señor Chuckster será testigo. Colocando mi dedo sobre este sello azul, declaro —no se alarme usted, señora, es solamente una fórmula— que los considero como míos. Abel pondrá su nombre en el otro sello, repitiendo esas mismas palabras, y quedará terminado el asunto. ¿Ven ustedes con qué facilidad se hacen estas cosas? ¡Es un chico de provecho!

Pasó un intervalo de tiempo, durante el cual se suponía que Abel escribía, y después se sintieron otra vez ruido de pasos, despedidas y apretones de manos, sin faltar tampoco algunos brindis. Poco después el señor Chuckster se asomó a la puerta y dijo a Kit que los señores iban a salir.

Y salieron, efectivamente. El señor Witherden conducía a la dama con extremada cortesía, y detrás, padre e hijo cogidos del brazo seguían a corta distancia. Abel era un joven de aspecto especial, vestido a la antigua; parecía tener la misma edad que su padre y se parecía mucho a él, excepto en que su padre era de fisonomía franca y abierta, y él tenía cierta timidez, rayada en el encogimiento.

Ambos esposos se colocaron en sus asientos. Abel subió a una pequeña caja que había detrás, hecha a propósito para él, y saludó sonriendo a todos, desde su madre hasta la jaca. Costó mucho trabajo obligar a ésta a ponerse en condiciones de marcha, y una vez conseguido, el anciano echó mano al bolsillo para buscar medio chelín y entregarlo a Kit.

El anciano caballero no tenía medio chelín, ni Abel, ni la dama, ni el notario, ni siquiera Chuckster, el pasante. El caballero creía que un chelín era demasiado; pero, como no había tiendas donde cambiarlo, lo dio íntegro al muchacho, diciéndole al mismo tiempo con afectuoso tono:

—Tengo que volver el lunes próximo a la misma hora. Si estás aquí, puedes ganarte otro.

—Muchas gracias, señor —respondió Kit—. Tenga usted por seguro que estaré.

El coche se puso en movimiento, y Kit, apretando su tesoro, fue a comprar ciertas cosas que hacían falta en su casa, no olvidando al maravilloso pájaro, y dándose prisa, por temor de que Nelly y su abuelo llegaran a casa antes que él, idea que le ocurría siempre que estaba en la calle.

CAPÍTULO XIV

ERRANTES

Una sensación mezclada de angustia y esperanza agitó varias veces a la niña mientras recorrían las calles de la ciudad la mañana de su partida, creyendo ver a Kit; y aunque se hubiera alegrado mucho de poder darle las gracias por la oferta que le había hecho noches antes, descansaba cuando al llegar cerca de la persona que había creído ser Kit, veía que no era él. Tener que decirle adiós, hubiera sido insoportable para ella; su abatido corazoncito se rebelaba ante ese sacrificio.

Los dos peregrinos, unas veces cogidos de la mano, otras cambiando sonrisas y miradas animadoras, prosiguieron su camino en silencio. En aquellas calles desiertas y brillantes de luz había algo solemne, no profanado por las huellas del hombre ni las necesidades de la vida.

Cruzaron calles y plazas, pasaron por barrios más pobres y llegaron a las afueras de Londres. Allí, en una hermosa pradera, se sentaron para descansar y, sacando las provisiones que tuvieron la precaución de poner en una cestilla, hicieron un frugal almuerzo.

—Abuelito —dijo la niña saliendo de su abstracción—, parece como si se me quitara un gran peso que tenía encima de mí, para no volver a tenerle nunca más. No volveremos allá, ¿verdad, abuelo?

—No, hija mía, nunca. Tú y yo somos libres ahora, Nelly; no nos cogerán otra vez.

—¿Estás cansado, abuelo? ¿Te ha fatigado la larga caminata?

—Ya no me cansaré nunca, nena ¡Vamos! Tenemos que ir más lejos aún, mucho más; estamos demasiado cerca para poder estar tranquilos.

La niña se lavó las manos en las frescas aguas de un estanque y refrescó sus pies antes de emprender de nuevo la marcha. Después lavó a su abuelo y le secó con su propio vestido.

—No puedo hacer nada; parece que me abandonan las fuerzas. No te separes de mí, Nelly: prométeme que no me abandonarás nunca. Te he querido siempre, y si te perdiera, ¿qué sería de mí? ¡Tendría que morirme!

Y colocando la cabeza sobre el hombro de la niña, gimió lastimeramente. Unos días antes la niña hubiera llorado también; pero entonces le consoló con palabras cariñosas, riéndose de pensar que pudieran separarse y animándole alegremente. Una vez tranquilo, se durmió como un niño.

Despertó descansado y emprendieron de nuevo el camino por hermosas carreteras rodeadas de prados y huertas, oyendo el canto de las aves y aspirando los perfumes del ambiente.

Llegaron a campo abierto; un grupo de casitas aquí y allí era lo único que interrumpía los interminables campos. Más lejos, haciendas y casas de labor; después, carretera con prados a ambos lados, y más allá, campo abierto otra vez.

Caminaron todo el día y por la noche durmieron en una pequeña posada donde alquilaban camas a los transeúntes. A la mañana siguiente emprendieron la marcha de nuevo y, aunque se sentían cansados al principio, pronto se reanimaron y siguieron animosamente adelante.

Descasaban con frecuencia algunos minutos solamente y seguían, sin haber tomado en todo el día más que un ligero desayuno. Cerca de las cinco llegaron a un grupo de cabañas; la niña se acercó, dudando si les permitirían descansar un poco y tomar leche. Tímida y temerosa de una negativa, tardó en decidirse, sin saber en cuál entrar, hasta que al fin, viendo que en una de ellas estaba sentada a la mesa toda una familia, se decidió y entraron.

Aquella familia, compuesta del matrimonio y tres robustos muchachos, los acogió con alegría apenas la niña expuso su deseo. El hijo mayor corrió a traer una jarra de leche, el segundo acercó dos sillas y el pequeño miró a los viajeros sonriéndose.

—¡Dios le guarde, señor! —dijo el amo de aquella cabaña— ¿Van muy lejos?

—Sí, señor, mucho —respondió la niña, contestando por su abuelo.

—¿Vienen de Londres?

—Sí, señor —añadió Nelly.

El aldeano dijo que había estado en Londres muchas veces, pero que hacía unos treinta y dos años que no había vuelto y que seguramente habrían ocurrido en la ciudad muchos cambios.

Llegó la leche, y la niña, sacando su cesta, escogió lo mejor que en ella había para que su abuelo hiciera una comida abundante.

Los aldeanos añadieron algo, tratándolos con gran cariño y obsequiándolos lo mejor que pudieron.

Todo estaba limpio y ordenado, aunque pobre, y la niña se encontraba a gusto en medio de aquella atmósfera de amor y alegría a que estaba tan poco acostumbrada.

—¿A qué distancia estará la primera aldea o ciudad que podamos encontrar? —preguntó Nelly al aldeano.

—Como cosa de unas dos leguas, pero no se irán ustedes esta noche.

—Sí, sí —dijo Nelly apoyando a su abuelo, que decía:

—Tenemos que ir aprisa, sin detenernos, aunque lleguemos a medianoche.

—Es una buena tirada, caballero. Es verdad que hay una buena posada allí; pero parece que está usted tan cansado que, a menos que tenga usted mucha necesidad de llegar...

—Sí, sí, tengo mucha —murmuró el anciano.

—Tenemos que irnos —dijo Nelly rindiendo su voluntad al incansable deseo de su abuelo—. Se lo agradecemos mucho, pero tenemos que marcharnos. Estoy lista, abuelo, cuando gustes.

La aldeana, que había notado que uno de los pies de la niña sangraba, no los dejó marcharse sin curárselo cuidadosamente. Nelly, al ver tanto cariño y tanto cuidado, no pudo demostrar su agradecimiento más que con un «Dios se lo pague». Temiendo que sus ojos dejaran paso a un torrente de lágrimas, no se atrevió a decir má y, después de muchos saludos y algunas lágrimas de los aldeanos, se separaron para no volver a encontrarse ya.

Escasamente habrían andado un cuarto de legua despacio y penosamente, cuando sintieron detrás de ellos ruidos de ruedas y, volviéndose a mirar, vieron un carro vacío que se aproximaba apresuradamente. El carretero, una vez cerca de ellos, paró el caballo y dijo a Nelly.

—¿Son ustedes los que han estado en una cabaña allá abajo?

—Sí, señor —respondió la niña.

—Me han encargado que les lleve a ustedes en mi carro, ya que llevamos el mismo camino. Deme usted la mano y suba, buen hombre.

Aquel carro, a pesar de los saltos que daba en la carretera, fue para ellos blando como un carruaje de lujo; el más delicioso paseo en carretera abierta no les hubiera gustado más, porque estaban tan cansados, que no sabían cómo hubieran podido llegar a pie. Nelly, reclinándose sobre un montón de paja, se durmió inmediatamente y no despertó hasta que la súbita parada del carro y la voz del carretero diciendo que el pueblo estaba al final de una calle de árboles que se hallaba a la vista, le hicieron comprender que habían llegado.

CAPÍTULO XV

POLICHINELAS EN EL CEMENTERIO

El carretero les había indicado un atajo por el cementerio, siguiendo el cual llegarían mucho antes al pueblo, y por aquel atajo siguieron Nelly y su abuelo, precisamente cuando el Sol se ponía.

Al llegar al cementerio, se internaron en él, porque era mucho mejor terreno y podrían andar más cómodamente. Cuando llegaron a la iglesia, hallaron a dos hombres, que, sentados sobre la hierba, estaban tan entretenidos que no habían visto a los que se acercaban.

Los trajes y muñecos esparcidos en derredor de ellos, y especialmente una figura de arlequín que descansaba sobre una tumba, daban a entender que aquellos hombres eran saltimbanquis de esos que se exhiben en las ferias y romerías, y que, al parecer, estaban allí para reparar algunos desperfectos de sus muñecos.

Cuando los viajeros estuvieron junto a ellos, los dos hombres levantaron la cabeza y, dando una tregua a su trabajo, saludaron a la niña y al anciano e hicieron algunas observaciones sobre la semejanza del viejo con algunos muñecos.

—¡Cómo es que vienen ustedes a hacer eso aquí! —preguntó el viejo sentándose y mirando con alegría los polichinelas.

—Porque tenemos que dar una representación en la posada esta noche y no podemos sacar esos muñecos tan estropeados.

—¿No? —dijo el viejo haciendo señas a Nelly para que escuchara—. ¿Y por qué no?

—Porque destruiría la ilusión y quitaría todo interés. ¿Daría usted una perra por ver a ese canciller sin peluca? Seguramente que no —dijo el hombre que hasta allí había hablado.

—¡Qué bien! —dijo el anciano atreviéndose a tocar uno de aquellos cuerpos rellenos de serrín—. ¿Va usted a enseñarlos esta noche?

—Esa es mi intención, buen hombre, y si no me equivoco, Tomás Codlin está calculando al minuto el tiempo que hemos perdido en conversación desde que usted está aquí. No te apures, Tomás, que no puede ser mucho.

El señor Codlin habló entonces y, medio gruñendo, dijo:

—A mí no me importa, si no perdemos la entrada; si tú estuvieras enfrente del telón y viendo las caras del público como yo, lo conocerías mejor.

Después, arreglando los muñecos en la caja como quien los conoce bien y no les tiene consideración ninguna, sacó uno y se lo enseñó a su amigo diciéndole:

—Mira, mira qué roto está el traje de Judit. Supongo que no tendrás hilo ni aguja.

El otro movió la cabeza, contemplando dolorosamente la grave indisposición de un personaje tan principal, y declaró que no tenía medios de repararla.

La niña comprendió lo que pasaba y, queriendo ayudarlos, dijo tímidamente:

—Yo tengo hilo y agujas en mi cesta. ¿Quiere usted que lo arregle? Me parece que lo haré mejor que ustedes.

Ni aun el mismo Codlin tuvo nada que oponer a aquella proposición tan razonable. Nelly, de rodillas junto a la caja, hizo un primor en el traje, dejándolo como nuevo.

Mientras estaba ocupada en la compostura, el saltimbanqui la miraba con gran interés, y cuando acabó le dio las gracias, preguntándole si iban de viaje.

—Creo que no seguiremos esta noche —dijo la niña mirando a su abuelo.

—Si quieren ustedes una posada, pueden ir a una en que paramos nosotros; es buena y barata: aquella casa blanca que se ve a lo lejos.

El viejo, a pesar de su cansancio, no hubiera tenido inconveniente en pasar la noche en el cementerio si se hubieran quedado allí sus nuevos amigos, pero como éstos se marchaban, accedió a la indicación que le habían hecho y se pusieron en marcha todos juntos; el viejo, junto a la caja de muñecos que el saltimbanqui llevaba sujeta al brazo por medio de una correa; Nelly, cogida de la mano de su abuelo, y Codlin, detrás cerrando la marcha.

Los posaderos, un matrimonio muy gordo, no tuvieron inconveniente en recibir dos nuevos huéspedes. Alabaron la hermosura de Nelly y se sintieron inmediatamente inclinados a su favor. No había más gente que los dos titiriteros; así que la niña se alegró mucho de estar en un sitio tan tranquilo. La posadera se quedó atónita al oír que venían de Londres y tenía gran curiosidad por saber adónde iban, pero comprendiendo que aquel asunto molestaba a la niña, no insistió.

—Esos dos señores han pedido la cena para dentro de una hora. Me parece lo más prudente que ustedes cenen con ellos y, entretanto, voy a darles a probar algo muy rico; tengo la seguridad de que les sentará bien después de todo lo que han andado ustedes hoy. No, no mire usted hacia su abuelo, porque después que usted beba, le daré a él también —dijo a Nelly.

Poco después todos se fueron a un establo vacío, donde iba a tener lugar la representación. Tomás Codlin, el misántropo, tomó asiento entre las cortinas que ocultaban los hilos de las figuras y, metiéndose las manos en los bolsillos, se dispuso a responder a todas las preguntas de Guignol y a pretender que era su mejor amigo.

Al terminar la representación, todos aplaudieron hasta romperse las manos y mostraron su satisfacción contribuyendo liberalmente a la cuestación voluntaria que se hizo después. Nadie rió tanto ni con tanta gana como el viejo; a Nelly no se la oyó, porque apenas se sentó, inclinando la cabeza sobre el hombro de su abuelo, se quedó dormida tan profundamente que fueron inútiles cuantos esfuerzos hizo el viejo para despertarla a fin de que participara en la común alegría.

La cena estaba muy buena, pero Nelly estaba tan cansada, que no pudo comer, aunque no quería retirarse hasta dejar a su abuelo acostado y tranquilo.

Éste, sin preocuparse ya por nada, estaba sentado escuchando con la sonrisa en los labios todo lo que decían sus nuevos amigos, y únicamente cuando éstos se retiraron a su habitación, consintió en seguir a la niña y acostarse.

La habitación que les dieron era un desván dividido en dos compartimentos, pero como no esperaban nada mejor, la encontraron buena. El viejo estaba inquieto y suplicó a Nelly que se sentara a su lado, como lo había hecho las noches anteriores; la niña obedeció, sin retirarse hasta dejarle dormido.

En su cuarto había una ventanita muy pequeña, y la niña, una vez allí, la abrió y respiró el aire en el silencio de la noche. El espectáculo de la iglesia medio derruida, de las tumbas a la luz de la Luna y de los árboles que murmuraban, la pusieron más meditabunda todavía; cerró la ventana y, sentándose sobre el lecho, empezó a pensar en su vida futura.

Tenía algún dinero, pero era muy poco, y cuando se acabara, tendrían que pedir limosna. Tenía también una moneda de oro, que en un apuro le sería de mucha utilidad; lo mejor sería esconderla y no sacarla, a menos que fuera de absoluta necesidad y no tuvieran otro recurso.

Una vez tomada esta resolución, cosió la moneda dentro del forro del vestido y se acostó más tranquila, durmiéndose profundamente.

CAPÍTULO XVI

ADELANTE

La brillante luz de un nuevo día, entrando por la diminuta ventana, la despertó muy temprano. La niña se asustó al hallarse entre aquellas paredes y objetos desconocidos, y creyó al pronto haber sido transportada durante el sueño desde la tienda hasta aquel sitio; unos minutos de reflexión le bastaron para recordar todo lo que había ocurrido últimamente. Saltó del lecho confiada y llena de esperanzas.

Aún era temprano. El viejo dormía y Nelly salió a dar un paseo por el cementerio, andando sobre la hierba cubierta por el rocío, poniendo gran cuidado en no pisar las tumbas. De cuando en cuando se paraba a leer algunos epitafios que le llamaban la atención; uno entre todos le preocupó más que los otros: era el de un joven que había muerto a los veintitrés años, cincuenta y cinco años atrás. Unos débiles pasos le hicieron volver la cabeza y vio a una mujer, inclinada por el peso de los años, que se paraba al pie de aquella tumba, suplicándole que leyera lo que allí decía. La niña lo leyó y la anciana le dio las gracias, diciendo que hacía muchos años que tenía aquellas palabras impresas en su corazón, pero que ya no podía verlas.

—¿Es usted su madre? —preguntó la niña.

—Era mi esposo, hija mía. Te extraña, ¿verdad? No eres la primera que se sorprende. Sí, yo era su mujer; la vida no ofrece menos cambios que la muerte en muchas ocasiones.

—¿Viene usted a menudo aquí? —preguntó Nelly.

—En verano suelo venir muchas veces. Hace años venía todos los días, pero eso era hace mucho tiempo ya. ¡Bendito sea Dios! Hace cincuenta y dos años que no quiero más flores que las que recojo de esta tumba: son las que más me gustan. ¡Qué vieja me voy haciendo!

La niña dejó de recoger flores y, despidiéndose de la pobre anciana, volvió a la posada, donde encontró a su abuelo vestido ya.

Poco después bajaron a almorzar y encontraron a los saltimbanquis, que recibían felicitaciones de todos por el éxito de su representación.

—¿Adónde piensan ustedes ir hoy? —preguntó a Nelly al jefe de Codlin.

—Aún no lo sé, porque no lo hemos decidido todavía —respondió la niña.

—Nosotros vamos a la feria, a las carreras de caballos. Si van por ese camino, y quieren ir en compañía nuestra, podemos ir juntos. Si prefieren ir solos, díganlo ustedes con entera confianza y no volveremos a molestarlos.

—Iremos con ustedes —dijo el anciano—. Con ellos, Nelly, con ellos.

La niña reflexionó un momento y, considerando que muy pronto tendría que mendigar, no podía en verdad hallar lugar más conveniente que aquél, donde iba a reunirse una gran muchedumbre; así, pues, se decidió a ir hasta allí en compañía de ellos. dio las gracias a aquel buen hombre por su ofrecimiento y, mirando tímidamente a su compañero, dijo que irían con ellos, si no tenían inconveniente en que los acompañaran, hasta el lugar donde se verificaban las carreras.

—¡Inconveniente! Vamos, Tomás, sé amable una vez —dijo su compañero— y di que prefieres que vengan con nosotros. ¡Di que te agrada, hombre!

—Eres demasiado atrevido, Trotter.

—Pero, ¿viene con nosotros, sí o no?

—Que vengan —dijo Codlin—, pero podías dar a entender que les hacías un favor.

El verdadero nombre de Trotter era Harris, pero había ido convirtiéndose en el poco eufónico de Trotter con el prefijo Short (corto), que le había sido concedido a causa de sus pequeñas piernas; mas como Short Trotter resultaba muy largo, siempre le designaban por uno solo, llamándole ya Trotter, ya Short. [Dispénsenos el lector esta digresión, necesaria para la claridad de nuestro relato.]

Terminó el almuerzo. Dodlin pidió la cuenta y, dividiendo el total en dos partes, asignó una a Nelly y su abuelo, y reservó la otra para él y su compañero. Una vez pagado y en disposición de marcharse, se despidieron de los posaderos y emprendieron su viaje en unión de nuestros amigos.

Cuando llegaban a algún pueblo, Short tocaba en una trompeta fragmentos de canciones burlescas, en ese tono propio de polichinela y su esposa. Si la gente se asomaba a las ventanas, Codlin plantaba la tienda de campaña en el suelo y daba una representación tan pronto como era posible, decidiendo de su extensión y condiciones la cuestación probable que veía en perspectiva.

Así anduvieron todo el día, estando aún de camino cuando la Luna empezó a brillar en el cielo. Short entretenía el tiempo con bromas y canciones, tratando de pasarlo lo mejor posible, en tanto que Codlin, cargado con la tienda de campaña, maldecía de su suerte lleno de pesar.

Se pararon a descansar junto a un poste indicador del camino y Codlin, soltando la tienda, se sentó dentro, desdeñando la compañía de los mortales y ocultándose a su vista. De pronto vieron dos sombras monstruosas que se acercaban hacia ellos por una revuelta del camino. A la vista de aquellas gigantescas sombras, que hacían un efecto terrible entre las proyecciones de los árboles, la niña se estremeció de miedo; pero Short, diciéndole que no había nada que temer, se llevó la trompa a los labios y dio un toque, que pronto fue respondido por un alegre grito.

—¿Quién va? —gritó Short en alta voz.

—¡Nosotros, Grinder y compañía! —dijeron a un tiempo dos voces estentóreas.

—Acercaos, entonces —volvió a gritar Short.

85

La compañía del señor Grinder consistía en un joven y una señorita subidos en zancos, y Grinder mismo, que caminaba sobre sus piernas, llevando a la espalda un tambor. Ambos jóvenes vestían traje escocés, pero como la noche estaba fresca y húmeda, el joven llevaba una manta que le llegaba hasta los tobillos y se tocaba con un sombrero de hule; la señorita iba envuelta en una capa vieja de paño, y llevaba un pañuelo atado a la cabeza. Grinder llevaba sus hermosas gorras escocesas, adornadas con plumas negras como el azabache, colocadas sobre el tambor.

—¿Vais a las carreras? —preguntó Grinder, que llegaba sin aliento—. También nosotros. —Y dio la mano a Short saludándole amistosamente.

Los jóvenes estaban muy altos para saludar según costumbre, y lo hicieron a su modo: el joven cogió el zanco derecho, y le dio unos golpecitos en la espalda; la señorita hizo sonar la pandereta que llevaba en la mano.

—¿Dónde está tu socio? —preguntó Grinder.

—Aquí estoy —dijo Codlin presentándose en el proscenio con una expresión pocas veces vista en aquel lugar—, dispuesto a ver a mi compañero asado vivo antes de marcharnos de aquí.

—No digas esas cosas en ese sitio, dedicado a cosas alegres; respeta la asociación, Tomás, aunque no respetes al socio —dijo Short.

—Respetando o no respetando, digo que no iré más allá esta noche. Si tú quieres ir más lejos, vas solo: yo iré únicamente hasta el parador de los Areneros. Si tú quieres venir, vienes; si no, lo dejas. Si quieres irte solo, te vas, y veremos cómo te las compones sin mí.

Y diciendo así, Codlin desapareció del escenario y se presentó inmediatamente fuera de aquel teatro ambulante, se lo echó a cuestas y empezó a andar con gran agilidad.

Como toda discusión hubiera sido inútil, Short no tuvo más remedio que despedirse de sus amigos y seguir a su compañero; parándose después junto al poste, vio cómo se alejaban aquellos titiriteros, ambulantes como él mismo. Cogiendo su trompeta, soltó al aire unas cuantas notas como saludo de despedida y corrió a toda prisa siguiendo a Codlin, llevando de la mano a Nelly y animándola para que no se rindiera, toda vez que pronto hallarían un descanso para aquella noche. Estimulando al viejo con la misma perspectiva, consiguió que fueran aprisa para llegar pronto al parador, tanto más apreciado entonces, cuanto que la Luna empezaba a ocultarse tras algunas nubes que amenazaban deshacerse en un torrente de agua.

CAPÍTULO XVII

LA HOSTERÍA DE LOS ARENEROS

El parador de los Areneros era una pequeña posada muy antigua, con una muestra que representaba a tres muchachos areneros con enormes jarros de cerveza y bolsas de oro, colocada sobre un poste al lado opuesto del camino.

Los viajeros habían visto aquel día una porción de carromatos que se dirigían hacia el pueblo donde debían verificarse las carreras; tiendas de gitanos, pabellones con útiles para jugar, mendigos y vendedores de todas clases; todos iban en la misma dirección: así que Codlin temía no hallar alojamiento en aquella posada. Este temor le hizo aligerar el paso, a pesar de la carga que llevaba, hasta que estuvo muy cerca. Allí tuvo la satisfacción de ver que sus temores eran infundados, porque el posadero estaba en pie junto al poste, mirando tranquilamente las gotas que empezaban a caer, y no había ruido de gente, toques de campanillas, ni ese eco ruidoso que indica que en una casa hay mucha gente.

—¿Está usted solo? —preguntó Codlin dejando la tienda en el suelo y limpiándose la frente.

—Solo todavía, aunque espero tener gente esta noche —dijo el posadero mirando al cielo—. ¡Eh, muchachos, que venga uno a recoger esta tienda! Dese prisa en entrar, Tomás, que dentro hay un buen fuego; cuando empezó a llover mandé que lo encendieran y da gloria verlo.

Codlin siguió al posadero y vio que no había exagerado. Un gran fuego ardía en la chimenea y una gran cacerola hervía sobre las brasas. El posadero atizó la lumbre y las llamas lamieron la cacerola, que, una vez destapada, esparció un sabroso perfume por la habitación. Codlin se estremeció ante aquel espectáculo, se sentó junto a la chimenea y sonrió preguntando débilmente:

—¿Cuándo estará eso listo?

—Pronto —respondió el posadero consultando su reloj—; a las diez y media.

—Entonces —agregó Codlin—, ve por un buen jarro de cerveza y no consientas que nadie traiga un bizcocho siquiera hasta que llegue esa hora.

El posadero fue a buscar la cerveza y pronto volvió con un enorme jarro, que calentó dentro de una vasija de zinc, hecha a propósito para esa operación, y lo presentó a Codlin cubierto de espuma en la superficie, una de las cualidades más apreciadas en la cerveza.

Tranquilizado con la bebida, Codlin pensó en sus compañeros de viaje y dijo al posadero que estuviera a la mira, porque pronto debían llegar. La lluvia caía a torrentes, azotando las ventanas, y tal era el cambio que se había operado en Codlin, que más de una vez expresó su ardiente esperanza de que no serían tan tontos que quisieran mojarse.

Al fin llegaron, calados hasta los huesos y en un lamentable estado, a pesar de que Short había cubierto a la niña con su capa lo mejor que pudo. Apenas si podían respirar: tal era la carrera que habían dado. Tan pronto como el posadero sintió los pasos, destapó la cacerola. El efecto fue instantáneo: entraron con caras animadas, aunque el agua que caía de sus ropas dejaba charcos en el suelo. Las primeras palabras de Short, fueron: «Qué olor más delicioso.» En una habitación bien caldeada, y cerca de un buen fuego, se olvida pronto la lluvia y el barro. Cambiaron de calzado y de trajes, y una vez secos, se acomodaron, lo mismo que antes había hecho Codlin, cerca de la chimenea, no volviendo a acordarse de sus penas anteriores sino para compararlas con el presente estado de beatífica delicia. Nelly y su abuelo, restablecidos con el calorcillo y la comodidad del asiento, se durmieron apenas se sentaron.

—¿Quiénes son? —preguntó el posadero.

Short movió la cabeza dando a entender que no lo sabía.

—¿Y usted, lo sabe? —volvió a preguntar dirigiéndose a Codlin.

—Yo tampoco —replicó éste—, pero supongo que no son cosa buena.

—No son malos —añadió Short—, tengo la seguridad de ello. Voy a decir lo que me parece: que el viejo no tiene la cabeza sana.

—Si no tienes nada más nuevo que decir —dijo Codlin mirando el reloj—, lo mejor será que pensemos en la cena, sin distraernos.

—Escúchame antes, si quieres oír —insistió su amigo—. Creo además que no están acostumbrados a esta vida; no quieras hacerme creer que esa hermosa niña está acostumbrada a vagabundear como lo hace estos días.

—¿Y quién dice que lo esté? —murmuró Codlin, mirando otra vez al reloj y después a la cacerola—. ¿No pueden pensar algo más apropiado a las presentes circunstancias, en vez de decir cosas para contradecirlas después?

—Quisiera que te dieran de cenar, porque sé que no estaremos en paz hasta que cenes. ¿No has visto la ansiedad del viejo por ir siempre adelante, adelante? ¿No lo has notado?

—Sí. ¿Y qué? —murmuró Codlin.

—Pues que se ha escapado y ha persuadido a esa tierna y delicada niña que tanto le quiere para que le guíe y le acompañe, quién sabe adónde. Pero eso no voy a consentirlo yo.

—¡Que no vas a consentirlo! —gritó Codlin mirando de nuevo su reloj y mostrando gran impaciencia—. ¡Vivir para ver!

—No —repitió Short enfáticamente y acentuando cada palabra—, no lo consentiré. No puedo dejar que esa niña caiga en malas compañías, entre gente que está en malísimas condiciones para estar cerca de ella; así es que apenas indiquen un plan para separarse de nosotros, tomaré mis medidas para detenerlos y entregarlos a su familia, que, con toda seguridad, estará poniendo anuncios por todas las calles de Londres para reclamarlos.

—Short —dijo Codlin, que había estado impaciente hasta allí, pero que estaba más tranquilo y menos apático—, es posible que tengas muchísima razón en lo que dices. Si hay alguna gratificación —y tiene que haberla forzosamente—, acuérdate, Short, de que somos socios en todo.

Su compañero apenas si pudo indicarle con un movimiento de cabeza que estaba conforme, porque la niña despertó en aquel instante y ambos se separaron, aparentando hablar de cosas indiferentes.

Poco después se oyeron pasos extraños fuera y pronto entraron cuatro perros flacos, uno tras otro, guiados por otro viejo, achacoso y de aspecto lúgubre, que parándose cuando el último llegó a la puerta, se levantó sobre sus patas traseras y miró a sus compañeros, los cuales se pusieron inmediatamente en fila en la misma posición que el guía. Aquella jauría iba adornada con sendas mantas de colores vivos: uno de los canes llevaba una gorrita en la cabeza, atada cuidadosamente debajo de la papada, pero que se le había caído a un lado sobre la nariz y le tapaba un ojo completamente. Las mantas estaban chorreando y desteñidas, y los perros, mojados y sucios. [Con estos detalles hemos presentado al lector los nuevos huéspedes que entraron en la hostería de los Areneros.]

Ni Codlin, ni Short, ni el posadero se sorprendieron lo más mínimo, comprendiendo a una que eran los perros de Jerry, y que Jerry mismo andaría cerca. La jauría se paró pacientemente mirando a la cacerola y olfateando, hasta que se presentó su amo: tomando entonces su postura natural, empezaron a dispersarse por la habitación.

Jerry, el dueño de la jauría, era un hombre alto, con patillas negras y un casaquín de terciopelo. Parecía muy amigo del hostelero y de sus huéspedes, porque los saludó a todos familiarmente. Desembarazándose de una especie de organillo que dejó sobre una silla, conservó un pequeño látigo, con el cual dirigía a su compañía; se acercó al fuego para secarse y entabló conversación con los allí reunidos.

—Supongo que tu compañía no viajará siempre en traje de etiqueta —dijo Short señalando las mantas que adornaban a los perros—, porque eso sería caro.

—No —respondió Jerry—, no es costumbre; pero han estado trabajando hoy en la calle. Traemos un guardarropa nuevo para estrenarlo en las carreras y no valía la pena quitarles esos trajes. ¡Abajo, Pedro!

Esta exclamación fue dirigida al perro que llevaba puesto el gorrito, el cual era nuevo en la compañía y no sabía bien su obligación; así que no hacía más que levantarse o sentarse a cada momento.

El posadero, entre tanto, ponía la mesa; ocupación en que quiso ayudarle Codlin, colocando su propio cubierto en el sitio más conveniente y sentándose ya a la mesa.

Cuando todo estuvo listo, el posadero destapó la cacerola, acción que animó a todos los presentes, y, ayudado por una robusta criada, volcó su contenido en una gran fuente, que colocó después sobre la mesa. Se repartió pan y cerveza a todos los comensales y empezó la cena. Los perros, levantados sobre sus patas posteriores, aullaban lastimeramente, y la niña, compadecida de ellos, iba a arrojarles algunos pedazos de carne, aun antes de empezar a cenar ella misma, cuando se interpuso su amo diciendo:

—No, querida mía; no, ni una brizna. No deben recibir su alimento de otra mano que las mías. Ese —dijo señalando al guía— ha perdido hoy un perro chico y, en castigo, se quedará sin cenar.

El infortunado animal se echó inmediatamente en el suelo y movió la cola, mirando a su amo como si implorara misericordia.

—Otra vez serás más cuidadoso —dijo Jerry cogiendo el organillo y sacando los registros—. Toma, toca mientras cenamos, ¡y cuidado con pararte!

El perro empezó a tocar una música triste; su amo le enseñó el látigo, se sentó en su sitio y llamó a los otros, que a la primera señal se formaron en fila como si fueran soldados.

—Ahora, caballeros, el perro que yo nombre comerá; el que no, se estará quieto. ¡Carlos!

El afortunado animal llamado así, cogió en el aire el trozo de carne que su amo le arrojaba, sin que ningún otro osara moverse; así comieron todos a gusto del amo, en tanto que el castigado tocaba el organillo más o menos aprisa, más o menos alegremente, pero sin cesar un instante.

CAPÍTULO XVIII

NELLY SE DECIDE A HUIR

Antes de que terminara la cena, llegaron al parador dos viajeros más buscando albergue. Habían caminado algunas horas y estaban calados de agua. Uno de ellos era propietario de un gigante y de una dama sin brazos ni piernas, que habían seguido adelante en un carromato; el otro era un caballero silencioso, que se ganaba la vida haciendo jugarretas con cartas y juegos de manos. El primero se llamaba Vulfin y el segundo respondía al apodo de Dulce Guillermo, apodo debido seguramente a la horrorosa expresión de su semblante. El posadero se apresuró a instalarlos y poco después se encontraban ya a sus anchas entre los demás huéspedes de la hostería.

—¿Cómo está el gigante? —preguntó Short cuando, acabada la cena, empezaron a fumar.

—Tiene ya las piernas flojas y cuando a un gigante le flojean las piernas, la gente no se preocupa de él.

—¿Para qué sirven después los gigantes viejos? —volvió a preguntar Short.

—Suelen quedarse en las compañías para cuidar de los enanos —repuso Vulfin.

—Debe de ser caro mantenerlos cuando no ganan nada.

—Sí, pero es mejor mantenerlos que despedirlos y que mendiguen. Si fuera un espectáculo corriente ver gigantes, ¿de qué serviría enseñarles en las ferias?

—Verdaderamente —repuso Short.

—Después de todo, ellos prefieren quedarse con la compañía, y tener alojamiento y comida siempre, mejor que buscarse la vida de otro modo —añadió Vulfin—. Hará cosa de un año que uno, negro por cierto, dejó de compañía y se dedicó a llevar anuncios por Londres; esa vida no le sentaba bien y terminó muriéndose.

El dueño de los perros se mezcló en la conversación, diciendo que le recordaba y que le había conocido.

—Ya lo sé, Jerry —dijo Vulfin con intención—. Ya sé que te acuerdas y que la opinión general fue que le estaba bien empleado, porque estaba arruinándonos.

—¿Y qué hacen con los enanos cuando son viejos? —preguntó el hostelero.

—Un enano vale más cuanto más viejo es. Un enano con el cabello cano y la cara llena de arrugas no infunde sospechas de ninguna clase, pero un gigante que tiene las piernas flojas y se tambalea, es mejor tenerle oculto y que nadie le vea, porque es un descrédito.

Mientras Vulfin y sus dos amigos mantenían esta conversación cerca de la chimenea, el caballero, silencioso y sentado en un rincón, practicaba sus juegos sin preocuparse de las demás personas que allí había, las cuales, por su parte, ni siquiera se fijaban en él. La pobre Nelly, cansada con los episodios de aquel día, pudo persuadir al fin a su abuelo para que fueran a acostarse. Así, pues, se retiraron, dejando a la compañía reunida cerca del fuego y a los perros dormidos profundamente cerca de su amo.

Después de dar las buenas noches a su abuelo, la niña se retiró a su cuarto; pero apenas había cerrado la puerta, cuando sintió unos golpecitos: la abrió y se quedó sorprendida al ver a Tomás Codlin, al cual había dejado abajo, dormido al parecer.

—¿Qué ocurre? —preguntó Nelly.

—Nada, hija mía —repuso Codlin—. Soy amigo tuyo, aunque tú tal vez no lo creas. Tu amigo soy yo, y no el otro.

—¿Qué otro? —preguntó la niña.

—Short, hija mía. Yo soy quien te quiere; yo soy franco, aunque no lo parezca.

Nelly empezó a alarmarse, pensando que Codlin hablaba influido por la cerveza, y no supo qué contestar.

—Toma mi consejo —dijo Codlin— y no me preguntes por qué, pero síguelo. Mientras vengáis con nosotros, consérvate siempre lo más cerca posible de mí. Procura no separarte de nosotros y di siempre que soy tu amigo. ¿Tendrás presente todo esto y dirás siempre que soy tu amigo?

—¿Dónde tengo que decirlo y cuándo? —murmuró inocentemente la niña.

—En ningún sitio determinado; únicamente lo digo porque quiero que tengas la seguridad de que es verdad lo que te digo. No puedes comprender cuánto me intereso por ti y por el pobre señor anciano. Me parece que hay movimiento abajo. No digas nada a Short de lo que hemos hablado. Dios te guarde. Acuérdate de que Codlin es tu amigo y no Short.

Afirmando estas palabras con tono afectuoso y miradas protectoras, Tomás Codlin se marchó de puntillas, dejando a la niña muy sorprendida. Todavía estaba la niña recapacitando sobre tan extraña conducta, cuando oyó pasos otra vez de alguien que titubeaba en el pasillo y que al fin llamó a su puerta.

—¿Quién es? —preguntó Nelly desde dentro.

—Soy yo, Short —dijo una voz junto al agujero de la llave—. Quiero decirte que tenemos que marchar mañana muy temprano, porque si no llegamos a los pueblos de tránsito antes que el de los perros y el jugador de manos, no sacaremos nada. ¿Os levantaréis temprano para venir con nosotros? Ya te despertaré yo.

La niña respondió afirmativamente y oyó que se retiraba. El interés de aquellos hombres la puso en cuidado; tanto más, cuanto que recordaba haberlos visto hablar en voz baja en la cocina y su confusión cuando ella despertó. Como su fatiga era mayor que su cuidado, se durmió apenas se acostó, a pesar de su preocupación.

Short cumplió su promesa y, despertando a la niña con un golpe dado en la puerta, le rogó que se apresurara. Saltó, en efecto, del lecho y llamó al anciano tan eficazmente que ambos estuvieron listos casi antes que el mismo Short, cosa que produjo a éste gran alegría.

Después de un ligero almuerzo se despidieron del posadero y abandonaron la hostería de los Areneros. La mañana era hermosa y templada; el aire, agradable y suave, y los campos, llenos de verdura y de aromáticos perfumes, convidaban a pasear.

La niña encontró la conducta de Codlin muy diferente de la del día anterior, pues apenas se separaba de su lado, excitándola continuamente a confiar en él y no en Short. Esta y otras observaciones ponían más y más en cuidado a la pobre niña.

Al fin, tras un penoso día, llegaron de noche a la ciudad donde debían verificarse las carreras de caballos. Allí todo era tumulto y confusión; las calles estaban llenas de gente, había una inmensa multitud de forasteros, las campanas habían sido echadas a vuelo y se veían banderas en todos los balcones y tejados.

En las posadas y fondas los criados tropezaban unos con otros; los coches y caballos no cabían en las cuadras y estaban en la calle; y el olor de las comidas producía un vapor caliente y molesto. Borrachos, vagabundos y toda clase de gente pululaba por todas partes.

En el real de la feria, una porción de gente trabajaba plantando tiendas y pabellones a la luz de cabos de velas y hogueras medio encendidas, donde hervían pucheros y cafeteras; pero allí, al menos, se respiraba aire más puro y la niña se animó un poco. Después de una escasa cena, Nelly y su abuelo se tendieron en un rincón de una barraca y se durmieron profundamente, a pesar del ruido que hubo toda la noche.

Ya llegaba la hora en que tenían que mendigar. La niña sólo tenía algunos céntimos para comprar pan aquella mañana; apenas despertó, salió de la barraca y fue a los campos cercanos a buscar flores para hacer algunos ramos que ofrecer después a las señoras. Al volver, y mientras hacía los ramos, despertó a su abuelo y, sentándose junto a él, le dijo en voz baja señalando a los dos hombres que dormían en otro ángulo de la tienda:

—Abuelo, no mires a esos hombres mientras te hablo y aparenta que escuchas solamente observaciones sobre el trabajo que estoy haciendo. ¿Te acuerdas de lo que me dijiste antes de salir de casa: qué si supieran lo que íbamos a hacer creerían que estabas loco y nos separarían?

El abuelo la miró sorprendido, y la niña, suplicándole que no hiciera demostración alguna y que callara, prosiguió:

—Yo me acuerdo muy bien, abuelito: no es fácil que lo olvide. Pues bien, esos hombres sospechan que hemos huido de nuestra familia e intentan enviarnos allá tan pronto como puedan. Si tiemblas de ese modo, abuelo, no podremos escaparnos; esta vez, si estás tranquilo, podremos hacerlo fácilmente.

93

—¿Cómo? —murmuró el viejo—. ¿Cómo, querida Nelly? —y añadió después—: ¿Quieren encerrarme en un cuarto frío y triste y encadenarme allí? Me darán latigazos y no me permitirán verte más, Nelly.

—Otra vez estás temblando, abuelo. No te separes de mí en todo el día; no te preocupes, ni te importen esos hombres: está atento de mí únicamente, que ya encontraré yo ocasión de escaparnos. Y cuando llegue el momento, ¡cuidado con que te pares o hables palabra, y no me sigas inmediatamente! Eso es todo lo que tenía que decirte.

—¡Hola!, ¿qué estás haciendo, querida? —dijo Codlin levantándose a medias y bostezando, y después, viendo que Short dormía, añadió en un murmulló—: Acuérdate de que tu amigo es Codlin y no Short.

—Estoy haciendo ramos —respondió la niña— para venderlos en estos tres días de feria. ¿Quiere usted uno como recuerdo?

Codlin quiso levantarse para tomarlo, pero la niña se lo puso en la mano y él a su vez se lo colocó en el ojal de la casaca.

Según fue adelantando la mañana, las tiendas y barracas fueron adquiriendo un aspecto más brillante. Una fila de coches se fue extendiendo por la planicie. Los hombres que habían estado en traje de faena o de diario aparecían con sedas y plumas, con ricas libreas o con trajes de labrador. Gitanillas de negros ojos envueltas en rameados pañuelos buscaban a quién decir la buenaventura, y mujeres pálidas, delgadas y con cara de tísicas seguían a los ventrílocuos y agoreros. Los chiquillos iban de una parte a otra, metiéndose en todo, hasta entre las patas de los caballos y las ruedas de los carruajes, saliendo ilesos por milagro. Los perros bailarines, los de los zancos, la mujer sin brazos ni piernas y el gigantón, y tantos otros espectáculos con innumerables organillos y músicas, salían de los rincones y agujeros donde habían pasado la noche, presentándose libre y descaradamente ante la luz del Sol.

Short condujo a su gente a lo largo del real, tocando su trompeta e imitando la voz de Polichinela; Codlin, con la tienda a cuestas, como de costumbre, no quitaba ojo a Nelly y a su abuelo, que se iban quedando algo rezagados. La niña llevaba al brazo su cestilla llena de flores y algunas veces se paraba, tímida y modesta, para ofrecerlas a algunas señoras que ocupaban los carruajes; pero había allí tantos pobres que pedían descaradamente, gitanas que prometían esposos y otros mil pedigüeños, que aunque muchas señoras movían la cabeza sonriéndose y otras decían a los caballeros que las acompañaban: «¡Mira qué bonita cara!», todas dejaron que la niña pasara, sin pensar que estaba cansada y desfallecida.

Solamente una señora pareció comprender a la niña: una que estaba sentada sola en un lujoso carruaje, del cual habían bajado dos jóvenes que hablaban y reían en alta voz a poca distancia, pareciendo no acordarse para nada de la señora. Ésta rechazó a una gitana que pretendía camelarla, llamó a la niña y, pidiéndole las flores, le entregó una moneda.

Muchas veces pasaron el abuelo y la niña por entre las interminables filas de coches, y muchas también funcionó Polichinela; pero los ojos de Tomás Codlin no se apartaron de la niña, a la cual le hubiera sido imposible escapar a su vigilancia.

Bien avanzado el día, Codlin colocó su tienda en un sitio conveniente. Pronto se reunieron numerosísimos espectadores, que se quedaron completamente absortos con el espectáculo. La niña y el viejo, sentados detrás del teatrillo, meditaban sobre lo que veían, cuando una fuerte risotada causada por alguna salida extemporánea de Short aludiendo a las circunstancias del día la sacó de su meditación, haciendo que se fijara en lo que ocurría a su alrededor.

Si habían de escaparse, aquel era el momento crítico. Short representaba vigorosamente una defensa golpeando a los muñecos, en la furia del combate, contra las paredes de la tienda; la gente miraba embobada y Codlin se reía huraño al advertir desde su sitio que algunas manos, introduciéndose en los bolsillos de otros, sacaban chelines y medios chelines, y los pasaban a los suyos. Aquel era el momento preciso de escapar sin ser vistos; entonces o nunca: lo aprovecharon y huyeron.

Metiéndose entre los carruajes y los grupos de gente, no pararon un solo momento para mirar atrás, y sin hacer caso de los que mandaban detener de cuando en cuando todo movimiento, llegaron con precipitado paso hasta la falda de una colina, tras la cual se encontraron en campo raso.

CAPÍTULO XIX

KIT OTRA VEZ

Día tras día, cuando Kit volvía a su casa cansado de buscar inútilmente alguna ocupación, alzaba los ojos hasta la ventana del cuartito que tanto había recomendado a Nelly, esperando ver algo que indicara su presencia allí. Su deseo y la promesa de Quilp le hacían creer que iría a pedirle asilo bajo el humilde techo que él habitaba, y de la desilusión de cada día brotaba una nueva esperanza para el siguiente.

—Creo que vendrán mañana seguramente, madre —decía Kit colgando su sombrero con aire abatido y suspirando al hablar—. Hace una semana que se fueron; seguramente, no pueden estar fuera más que una semana. ¿Eh, madre?

La madre movía la cabeza y recordaba a su hijo que hacía varios días que decía lo mismo y que, sin embargo, no venían.

—Dices la verdad, madre, como siempre; pero me parece que una semana es bastante para andar errantes, ¿no te parece?

—Demasiado, Kit, demasiado. Pero eso no quiere decir que hayan de volver necesariamente.

Kit se sintió dispuesto a enfadarse por esta contradicción; tanto más, cuanto que ya había pensado en ello y comprendía que su madre tenía razón. Pero el impulso fue momentáneo y en seguida se disipó su mal humor.

—¿Qué habrá sido de ellos, madre? No creerás que han ido hasta el mar.

—No, seguramente no habrán ido a ser marineros —dijo la madre con una sonrisa—; pero no dejo de pensar que pueden haber embarcado para irse al extranjero.

—¡No digas eso, madre! —prosiguió Kit con tono de súplica.

—Temo que esa sea la verdad, hijo mío. Todos los vecinos lo creen así; algunos hasta saben quién los ha visto a bordo de un buque y podrían decirte el nombre del pueblo a donde han ido; cosa que yo no puedo, porque es muy difícil...

—No creo eso —replicó Kit—, no creo una sola palabra. Son un atajo de charlatanes. ¿Cómo pueden saber eso?

—Claro está que pueden equivocarse —añadió la madre—, pero yo me inclino a creerlo, porque dicen que el pobre tenía algunos ahorros en algún sitio ignorado de todos, hasta de ese hombre tan horroroso de que tú me hablas, ese que creo se llama Quilp, y que él y la niña se han ido a vivir lejos para que no se los quiten ni los molesten. Esa versión me parece bastante verosímil y digna de crédito.

Kit se rascó la cabeza apesadumbrado pero admitió que era así y fue a buscar la jaula para limpiarla y poner comida al pajarillo. Su mente fue dando vueltas, hasta que se fijó repentinamente en el caballero que le había dado un chelín y recordó que aquel era el día en que le había dicho que estuviera en el mismo sitio, y era ya casi la hora indicada. Apenas si tuvo tiempo de colgar la jaula, explicar el asunto a su madre y echar a correr precipitadamente al sitio indicado, que estaba muy lejos de su casa. Al llegar allí, comprendió que llegaba con tiempo y se reclinó sobre un poste, esperando que aparecieran el caballero y el carruaje.

Antes de que transcurrieran unos minutos se dejó sentir un ruido de ruedas y apareció el coche con el caballero y la señora, y un ramo semejante al del día anterior. Al llegar a unos veinte pasos de la casa del notario, la jaca, engañada seguramente por una placa de acero indicadora de que allí vivía un sastre, igual a la del notario, se paró negándose a seguir, a pesar de los esfuerzos del caballero para hacerla ir adelante. Comprendiendo la inutilidad de sus arengas al animal, el caballero se bajó. En aquel instante la jaca echó a correr, sin dar tiempo a que bajara la señora, y fue a pararse delante de la casa del notario.

Kit se presentó entonces junto al animal y saludó sonriendo.

—Este es un buen muchacho, digno de confianza, querida —dijo el anciano a su mujer, y saludándole afectuosamente, entraron en la casa, dejándole al cuidado del coche.

A poco, el señor Witherden, oliendo el ramo con insistencia, se aproximó a la ventana y le miró; después se asomó Abel y le miró también; luego aparecieron la señora y el caballero, y también miraron, y después volvieron todos otra vez y le miraron de nuevo, cosa que preocupó mucho a Kit, aunque procuró dar a entender que no lo había observado, distraído como parecía al estar acariciando a la jaca.

No hacía mucho que habían desaparecido los señores de la ventana, cuando salió Chuckster a la calle y, acercándose al muchacho, le dijo que los señores Garland le llamaban y que él cuidaría del coche mientras entraba.

Kit entró confuso en la oficina del notario, porque no tenía costumbre de estar entre personas extrañas y porque los armarios y rollos de papeles llenos de polvo le infundían gran respeto. Además, el notario era un caballero que hablaba fuerte y aprisa y le miraba fijamente; ¡a él, que llevaba un traje tan usado!

—¡Bien, muchacho! —dijo el señor Witherden—, vienes a acabar de ganarte aquel chelín, no otro, ¿eh?

—Sí, señor —dijo Kit, atreviéndose a levantar los ojos—, nunca pensé otra cosa.

—¿Vive tu padre? —preguntó el notario.

—No, señor, murió el año pasado.

—¿Y tu madre?

—Sí, señor, vive.

—¿Se ha vuelto a casar?

Kit respondió, no sin cierta indignación, que su madre era viuda con tres hijos, y que si el señor la conociera, no le ocurriría que pudiera casarse otra vez. Al oír esta respuesta, el notario volvió a meter la nariz en el ramo y murmuró al oído del anciano Garland que el muchacho era todo lo honrado que podía esperarse.

—Ahora —dijo éste después de hacer al muchacho algunas preguntas más— no voy a darte nada.

—Muchas gracias, señor —respondió Kit satisfecho, porque este anuncio le libraba, al parecer, de las sospechas del notario.

—Pero —continuó el anciano— tal vez necesite saber algo más de ti; así, pues, dame tus señas y las apuntaré en mi libro de notas.

Kit dijo dónde vivía y el caballero lo apuntó con lápiz. Apenas si había acabado, cuando se sintió un ruido en la calle y la señora corrió a la ventana, de donde volvió en seguida diciendo que la jaca había salido corriendo. Entonces Kit salió apresuradamente para detenerla y todos los demás le siguieron.

Parece que el señor Chuckster había estado parado en la calle, con las manos metidas en los bolsillos, gritando sin cesar a la jaca: «quieta», «so», «para», y otras cosas por el estilo, que fueron bastante para sacar de sus casillas a una jaca tan indómita.

Sin embargo, como no era mala de condición, se paró pronto y sin ayuda de nadie volvió sobre sus pasos, y se acercó a la casa, con gran admiración de todos los curiosos.

La señora subió al coche y Abel (que era a quien habían ido a buscar) ocupó su asiento, en tanto que el anciano tomó las riendas, y despidiéndose del notario y su ayudante, emprendieron la vuelta, no sin saludar cariñosamente a Kit, que los miraba parado en la calle.

CAPÍTULO XX

DIPLOMACIA DE QUILP

Kit se olvidó pronto de la jaca, del coche, de la señora, del caballero y de todo, excepto de su antiguo amo y de la señorita Nelly, objeto primordial siempre de sus meditaciones. Pensando dónde podrían estar, buscando excusas para disculpar su ausencia y persuadiéndose a sí mismo de que pronto volverían, emprendió el regreso a su casa para continuar la tarea interrumpida y salir después una vez más a buscar trabajo.

Apenas llegó a la calle donde vivía, divisó otra vez a la jaca, más terca y juguetona que nunca, y al joven Abel, sentado en el coche cuidando de ella.

Aunque vio el coche, no pensó un momento en que podrían estar en su casa, hasta que, abriendo la puerta, los vio en conversación con su madre. Ante aquella inesperada visita, se quitó la gorra y saludó lo mejor que pudo, dada su confusión.

—Hemos llegado antes que tú, Cristóbal —dijo el señor Garland sonriendo.

—Ya lo veo, señor —murmuró Kit mirando a su madre como para pedirle una explicación de aquella visita.

—Este caballero es tan amable —respondió la madre a la muda interrogación de su hijo— que se ha molestado en venir a saber si estabas empleado y si tenías una colocación buena, y cuando le he dicho que no tienes colocación alguna, ni buena ni mala, ha sido tan bueno que...

—Necesitamos un muchacho joven en casa —dijeron a un tiempo ambos esposos—, y tal vez tu reúnas las condiciones que necesitamos.

Y empezaron a hacer tantas preguntas, que Kit perdió la lisonjera esperanza que había acariciado momentos antes.

—Como usted comprenderá, buena mujer, tenemos que ser cautos en un asunto como éste, porque somos únicamente tres en la familia, y gente muy tranquila; así que tendríamos un disgusto si después encontramos que las cosas son distintas de lo que habíamos creído al principio.

La madre de Kit respondió a esto que tenía razón y encomió a su hijo, diciendo únicamente la verdad y relatando toda la historia de su difunto padre.

Cuando la madre acabó de hablar, la señora dijo que todo lo que veía y oía merecía su aprobación. Preguntando después acerca del guardarropa de Kit, le dio una cierta cantidad para hacer las reparaciones necesarias y terminaron estipulando que Kit quedaba a su servicio con el sueldo anual de seis libras esterlinas; ítem más: casa y comida en la Granja Abel, en Finchley.

Kit dio palabra de estar en su nueva casa dos días después por la mañana, y el anciano matrimonio, después de dar media corona a cada uno de los pequeñuelos, se despidió, subiendo al carruaje con el corazón satisfecho por su buena obra.

—Madre —dijo Kit entrando en la casa después de ayudar a subir al coche a sus amos—, creo que he hecho mi suerte.

—Así lo creo, hijo mío ¡Seis libras al año!

—Tendrá un traje de señora para los domingos, madre; Jacobo y el pequeñín podrán ir al colegio. ¡Seis libras al año, madre!

—¡Hum! ¡Hum! —gruñó una voz desconocida—. ¿Qué es eso de seis libras al año? —Y Daniel Quilp apareció en la habitación, con Ricardo Swiveller pisándole los talones.

—¿Quién es el que iba a darte seis libras al año? —preguntó Quilp mirando fijamente por todos los rincones—. ¿Lo decía del viejo o de Nelly? ¿Dónde están? ¿Por qué iban a darle ese dinero?

La buena mujer, alarmada ante la inesperada aparición de aquel monstruo, sacó al niño de la cuna y se escondió en el último rincón del cuarto. Jacobo, sentado en su silla, le miraba fascinado, lloriqueando y gritando de miedo, y Quilp, con las manos metidas en los bolsillos, sonreía gozoso viendo la conmoción que había producido.

—No se asuste usted, señora —dijo al cabo de un rato—. Ya me conoce su hijo y sabe que no me como a nadie. Sería conveniente que se callara ese nene, no sea que se me ocurra a mí callarle. ¡Vamos, caballerito; a callar!

El pequeño Jacobo, aterrorizado, calló instantáneamente.

—¡Cuidadito con que te oiga, granuja! —dijo Quilp mirándole fijamente—. Y tú —añadió dirigiéndose a Kit—, ¿por qué no has ido a verme, como prometiste?

—¿Para qué había de ir? No tenía ningún asunto que tratar con usted.

—Oiga usted, señor —preguntó de nuevo a la madre—: ¿Cuándo ha venido el viejo: o ha enviado un recado? ¡Por última vez! ¿Está aquí? Y si no está, ¿adónde ha ido?

—No ha estado aquí, señor —respondió la buena mujer—. ¡Ojalá supiéramos dónde están, porque así estaríamos más tranquilos! Si usted es el señor Quilp, usted debe de saberlo, y eso es lo que hoy precisamente decía yo a mi hijo.

—¿Y eso es lo que dice usted también a este caballero? —preguntó Quilp contrariado señalando a Swiveller.

—Si ese caballero viene a hacer la misma pregunta, no puedo decirle otra cosa, señor, y sólo añadiré que ojalá pudiera.

Quilp había encontrado a Dick en la puerta de aquella casa y supuso que iba a hacer las mismas indagaciones que él. Al contestar Ricardo afirmativamente, comprendió que tenía alguna razón oculta para aquella visita y para la gran contrariedad que pareció experimentar, y determinó averiguarla. Apenas adoptó esta resolución, revistió su semblante de toda la honrada sinceridad de que era capaz y procuró simpatizar con Dick.

—Me contraría mucho esto —dijo—, pero únicamente por mi amistad e interés por ellos. Comprendo que usted tiene razones más importantes y que esta contrariedad le molesta mucho más que a mí.

—Así es —murmuró Ricardo.

—Lo siento mucho, mucho —prosiguió el enano—. Pero ya que somos compañeros en la adversidad, debemos serlo también en el modo de olvidar. Si usted no tiene asuntos especiales que reclamen su presencia en otro sitio, véngase conmigo: fumaremos y beberemos un delicioso licor en un restaurante cercano, a cuyo dueño aprecio mucho.

Swiveller no se hizo rogar y pronto estuvieron sentados en una taberna de aspecto desagradable y de paredes ennegrecidas por el humo de las fábricas vecinas, junto a una mesa sobre la cual había vasos y un jarro lleno de licor, que el enano calificaba de delicioso.

Echándolo en los vasos con la seguridad de una mano práctica, y mezclándolo con una tercera parte de agua, Quilp sirvió su parte a Ricardo Swiveller, encendió su pipa en una bujía, se arrellanó en su silla y empezó a echar humo.

—Es bueno, ¿eh? —dijo, viendo que Ricardo se limpiaba los labios—. ¡Le lloran los ojos, hace usted gestos y no puede respirar! Es bueno, ¿eh?

—¿Bueno? —gritó Dick tirando lo que le quedaba del contenido del vaso y llenándolo de agua—. ¿Usted no querrá hacerme creer que bebe ese veneno?

—¿Que no? —repuso Quilp—. ¡No beberlo! Mire, mire; mire otra vez. ¡No beberlo!

Y se echó al coleto tres vasos seguidos de aquel espirituoso brebaje. Luego, haciendo una mueca horrorosa, chupó su pipa dos o tres veces y, tragándose el humo, volvió a arrojarlo por la nariz en densa nube. Después de este hecho heroico, se acomodó en la posición que antes tenía, riendo a carcajadas.

—¡Echemos un brindis! —exclamó Quilp ejecutando una escala sobre la mesa—. Brindemos por alguna mujer, por alguna belleza, y vaciemos los vasos hasta la última gota. ¡Venga su nombre!

—¿Nombre? —dijo Dick—. El de Sofía Wackles.

—¿Sofía Wackles? —gritó el enano—. ¿La señora Sofía Wackles, que será algún día la señora de Swiveller? ¡Ja, ja, ja!

—Eso se podía decir hace algunas semanas —respondió Dick—; pero no ahora. Va a inmolarse en el altar de Cheggs.

—¡Envenenaremos a Cheggs; le cortaremos las orejas! Su nombre tiene que ser Swiveller o ninguno. Brindaré otra vez por ella, y por su madre, y por su padre, por sus hermanas y hermano, por toda la gloriosa familia de Wackles. ¡Brindo por todos los Wackles! ¡Arriba; hasta las heces!

—Es usted un hombre muy alegre —dijo Ricardo parándose en el momento de llevarse el vaso a los labios y mirando estupefacto al enano—. Es usted muy alegre, pero entre todos los hombres alegres que he conocido, no he encontrado uno que pueda igualarse a usted en las peculiaridades y rarezas.

Esta cándida declaración aumentó las excentricidades de Quilp.

Ricardo, bebiendo, aunque sólo fuera por hacerle compañía, empezó sin darse cuenta a hacerle sus confidencias, y Quilp estuvo pronto en el secreto del plan que habían ideado Ricardo y Federico Trent.

—¡Eso es, eso es! —gritó Quilp—. Cuente usted con mi amistad desde este momento.

—Pero, ¿cree usted que aún hay probabilidades? —dijo Dick, sorprendido por las frases del enano.

—¿Probabilidades? —dijo éste—. Certidumbre es lo que hay; Sofía Wackles será señora de Cheggs o de quien quiera, pero no de Swiveller ¡Mortal afortunado! Ese viejo es más rico que Rostchild. Ya veo en usted el esposo de Nelly Trent, nadando en oro y plata. Cuente usted con mi ayuda para conseguirlo y lo conseguirá.

—Pero, ¿cómo? —murmuró Dick.

—Hay tiempo de sobra para arreglar los detalles. Ya hablaremos despacio. Llene usted su vaso y bebamos.

El enano gozaba lo indecible pensando que aquella sería su mejor venganza y que, una vez casados, él mismo diría a Nelly y a su abuelo la alhaja que tenía por marido y lo mucho que él había trabajado para proporcionársela.

CAPÍTULO XXI

BÁRBARA

Los dos días anteriores al en que Kit debía ir a casa de sus nuevos amos, fueron de gran trabajo y preocupación para su familia. No sabemos si habrá habido algún baúl que se haya abierto y cerrado tantas veces en veinticuatro horas como el que contenía el equipo de Kit. Al fin se entregó el baúl a un carretero y ya no quedó otra cosa en qué pensar sino en dos puntos capitales: primero, si el carretero perdería el baúl, y segundo, si la madre de Kit sabría cuidar de sí misma mientras su hijo estuviera ausente.

—Vamos a ver cómo te mantienes alegre, madre, sin entristecerte porque yo no estoy en casa. Vendré a verte siempre que pueda y te escribiré con frecuencia. Cada trimestre, cuando me paguen, pediré un día de salida; entonces llevaremos a Jacobito a alguna diversión y entablará conocimiento con las ostras.

Kit reía alegremente, y como la risa es contagiosa, la madre, que hasta allí había estado grave y seria, empezó a sonreírse y pronto reía como Kit. Al ruido de la risa, despertó el pequeñuelo, que figurándose que había entre manos algo muy agradable, se puso también a reír y palmotear.

Después de tanta risa, llegó ese período que todos los jóvenes que salen a viajar alguna vez conservan en la mente: besos, abrazos y lágrimas, y Kit, a la mañana siguiente muy temprano, salió «pian pianito» para llegar a buena hora a Finchley. Debemos decir, por si alguien tiene curiosidad por saberlo, que no llevaba librea y que iba vestido con un terno de mezclilla y un chaleco color de canario, botas nuevas y lustrosas y un sombrero tieso y brillante, que si se tocaba con los nudillos, sonaba como un tambor. En este atavío, maravillándose de que nadie se fijara en él, circunstancia que atribuía a la indiferencia de los que madrugan, llegó a Finchley.

Sin ningún acontecimiento digno de mención en el camino, llegó Kit a casa del carretero, donde, como prueba de honradez, encontró su baúl intacto y, cargándoselo a la espalda, echó a andar en dirección a la granja Abel.

Esta era una casita preciosa y de un estilo muy original: a un extremo había un establo lo suficientemente grande para la jaca, con un cuartito encima para Kit; pájaros en bonitas jaulas y blancas cortinas adornaban las ventanas; en el jardín había muchísimas flores que perfumaban el aire con su penetrante aroma y alegraban la vista con sus lindos colores y elegante distribución. Todo en aquella casa, lo mismo dentro que fuera, era perfecto en orden y limpieza, sin que hubiera nada, ni el más mínimo detalle, fuera de su sitio.

Kit miró y admiró repetidas veces todo lo que estaba a la vista antes de decidirse a llamar, pero aun así, tuvo tiempo suficiente por hacer las anteriores observaciones, porque, a pesar de llamar varias veces, nadie acudió a la puerta. Se sentó sobre el baúl, pensando en los castillos encantados, en las princesas reclusas, en los dragones y en tantos otros seres de parecida naturaleza que había leído en los cuentos de niños que se aparecen a los jóvenes cuando van a sitios desconocidos, y ya perdía la esperanza de que se abriera la puerta de uno u otro modo, cuando ésta se abrió silenciosamente y una criadita limpia, modesta, muy arregladita y muy linda, apareció ante Kit diciéndole:

—¿Supongo que usted es Cristóbal?

Kit respondió, levantándose, que efectivamente era él; a lo que la joven añadió:

—Temo que habrá usted tenido que llamar varias veces, pero no podíamos oír porque estábamos cogiendo la jaca.

Kit pensó en lo que aquello significaría, pero como no podía detenerse a hacer preguntas allí, cogió de nuevo el baúl y siguió a la criada hasta la casa, donde pudo ver, por una puerta trasera, al señor Garland llevando en triunfo a la jaca, que (según luego supo) había traído revuelta a toda la familia por espacio de hora y media.

Tanto la señora como su esposo quedaron encantados del aspecto de Kit y le recibieron cariñosamente. Le llevaron al establo y a su cuarto, donde vio que todo era limpio y cómodo, como en el resto de la casa; después, al jardín, donde su amo le dijo que le enseñaría a cuidarlo y que se portaría bien con él si le daba gusto. Una vez que el señor Garland hubo dicho todo cuanto tenía que decir sobre consejos y advertencias, y Kit hecho lo mismo sobre su gratitud y buena voluntad, la señora le tomó por su cuenta y, llamando a la criadita, cuyo nombre era Bárbara, le dio instrucciones para que le llevara a la cocina y le diera algo de comer y de beber.

Bajaron a la cocina, una cocina semejante únicamente a las que Kit había visto en las tiendas de juguetes (tan limpio y ordenado estaba todo), y allí Bárbara le sirvió, sobre una mesa tan blanca como si tuviera mantel, fiambre, pan y cerveza.

La presencia de Bárbara era un obstáculo para que Kit comiera con libertad y, sin embargo, no había en ella nada que impusiera. Era una muchachita que se ruborizaba con facilidad y que estaba tan cortada y tan sin saber qué decir o hacer como el mismo Kit.

Al cabo de un rato que éste había estado sentado, con los ojos fijos en la péndola del reloj, se le ocurrió mirar a un aparador, y allí, entre los platos y fuentes, vio el costurero y el devocionario de Bárbara. El espejito de Bárbara estaba colgado cerca de la ventana, y de un clavo detrás de la puerta pendía el sombrero de Bárbara. Después de fijarse en aquellos mudos testigos de la constante presencia de la joven en aquel lugar, sus ojos buscaron a la joven Bárbara, que, tan muda como ellos, desgranaba guisantes en un rincón, y precisamente cuando Kit admiraba sus pestañas pensando en la sencillez de su corazón de qué color serían sus ojos, ocurrió que Bárbara levantó la cabeza para mirarle y, repentinamente, ambos pares de ojos se bajaron con precipitación, mutuamente confundidos por haberse encontrado.

CAPÍTULO XXII

UN PACTO

Ricardo Swiveller, volviendo a su casa desde el desierto (que tal puede llamarse al delicioso retiro escogido por Quilp) de ese estado que los hombres mal pensados consideran como símbolo de intoxicación, empezó a pensar que quizá había obrado mal haciendo a Quilp ciertas confidencias y que tal vez no era de la clase de personas a quien se pueden confiar secretos tan delicados. Dominado más y más por la borrachera, tiró al suelo su sombrero, gritando que era un desgraciado huérfano, y que si no lo hubiera sido, jamás habrían llegado las cosas a aquel estado.

—Pues déjeme usted ser su padre —dijo alguien a su lado.

Swiveller se volvió al oír aquella voz y, después de mucha observación, se hizo cargo de que la persona que le hablaba era Quilp; Quilp, que en realidad había ido junto a él todo el camino, pero a quien Dick tenía una vaga idea de haber dejado atrás hacía mucho tiempo.

—Usted ha engañado miserablemente a un pobre huérfano —dijo Swiveller solemnemente.

—¡Yo! Yo soy tu segundo padre —replicó Quilp.

—¡Usted mi padre! —exclamó Dick—. En mi sano juicio, suplico a usted que me deje solo al momento.

—¡Qué particular se ha vuelto! —dijo Quilp.

—¡Váyase, váyase! —volvió a decir Dick arrimándose a un poste y haciendo señas de despedida—. ¡Váyase usted, embustero! Algún día puede ser que sepa usted lo que es el dolor de un huérfano abandonado. ¿Se va usted o no?

El enano no hizo caso alguno de estas imprecaciones y Swiveller se adelantó con ánimo de propinarle un castigo, pero cambiando de propósito, o tal vez pensándolo mejor, le cogió una mano y le juró amistad eterna, declarando que de allí en adelante serían hermanos en todo. Volvió a decir sus secretos en alta voz, poniéndose muy triste al hablar de Nelly y haciendo notar a Quilp que la causa de cuantas incoherencias pudieran observarse en su conversación era su gran efecto por ella y no el vino ni ningún otro líquido fermentado. Después, cogiéndole amigablemente del brazo, se marcharon en amor y compañía.

—Soy astuto como una zorra y fino como el corral —dijo Quilp cuando se despidieron—. Tráigame a Trent, asegurándole que soy su amigo, porque creo que desconfía algo de mí, y ustedes dos tendrán hecha su fortuna... en perspectiva.

—Eso es lo malo —repuso Dick—. La fortuna en perspectiva tarda tanto en ser real...

—Pero siempre resulta mayor de lo que parecía —dijo Quilp, oprimiéndole el brazo—. Usted no puede concebir la magnitud de esta fortuna mientras no la tenga en las manos.

—¿Cree usted que no? —preguntó Dick.

—No, estoy seguro de lo que digo —añadió el enano—. No olvide traerme a Trent, soy su amigo, ¿Por qué no he de serlo?

—No hay razón para que no lo sea usted, verdaderamente, y tal vez haya muchas para que lo sea; al menos, no hay nada de extraño en que quiera usted ser su amigo.

Con esto se separaron. Swiveller tomó el camino de su casa para dormir la borrachera y Quilp el de la suya, para dar rienda suelta a su alegría por el descubrimiento que acababa de hacer y por los sucesos que veía desarrollarse en perspectiva.

A la mañana siguiente Dick fue a ver a Federico y le contó en detalle lo que había pasado entre él y Quilp; historia que Trent oyó haciendo grandes comentarios sobre las locuras de Ricardo y sobre los probables motivos de la conducta de Quilp, que por cierto le sorprendía bastante, sin poder comprender por mucho que cavilaba, el interés del enano en el plan de ambos amigos.

Después de reflexionar todo el día sobre este asunto, consintió en acompañar a Dick por la noche a la casa del enano, el cual se mostró muy satisfecho de verle, y con extraordinaria cortesía les dijo si querían acompañarle a tomar ron.

—Creo que hace cerca de dos años que nos conocemos —dijo el enano.

—Casi tres, si no recuerdo mal —añadió Federico.

—Parece que fue ayer cuando embarcó usted para Demerara en la «Mariana» —continuó Quilp—. Me gusta el desorden; yo mismo fui algo desordenado hace algún tiempo.

Quilp acompañó estas frases con horrorosos gestos indicadores de antiguos correteos y calaveradas, que indignaron a la señora Jiniver, la cual asistía a la visita con su hija, y que se creyó obligada a decir a su yerno que no debía hacer tales confesiones en presencia de su mujer. Quilp, sorprendido por tal atrevimiento, la miró con insistencia y después, empinando el vaso, bebió ceremoniosamente a su salud.

—Siempre creí que volvería usted inmediatamente, Federico —dijo Quilp dejando el vaso—; así es que al regreso de la «Mariana», no me extrañó nada encontrarme con usted, en vez de una carta diciendo que estaba arrepentido y contento en la colocación que se le había ofrecido, y me divertí mucho, mucho, con la gracia.

El joven sonrió forzadamente, manifestando que aquel tema no le era muy agradable; mas precisamente por eso Quilp prosiguió dándole vueltas al mismo asunto y añadió:

—Diré siempre que cuando una persona rica tiene dos parientes, hermano y hermana, o viceversa, que depende de ella y adopta a uno rechazando al otro, hace mal.

El joven hizo un movimiento de impaciencia, pero Quilp prosiguió con tanta calma como si discutiera algún asunto de interés general que no afectara a ninguno de los presentes.

—Es verdad que su abuelo se fundaba en ingratitudes y extravagancias, en que le había perdonado ya repetidas veces y en cosas por el estilo, pero yo le decía que ésas eran faltas corrientes y que muchos nobles y caballeros son también unos perdidos: no quiso, sin embargo, hacerme caso y continuó siempre en su obstinación. La pequeña Nelly es una niña encantadora, pero usted es su hermano, Federico; usted es su hermano a pesar de todo y el viejo no puede evitarlo.

—Lo evitaría si pudiera —añadió Federico—; pero como no podemos arreglarlo, por mucho que hablemos, lo mejor será dejar ese asunto.

—Conforme —murmuró Quilp—; yo lo he iniciado con la sola idea de demostrar a usted que soy su amigo y que siempre lo fui, aunque usted no lo crea así. Toda la frialdad ha estado de su parte, Federico; deme la mano y seamos amigos siempre.

El joven, tras un momento de vacilación, alargó su mano al enano, que la apretó un momento entre las suyas fuertemente. Una mirada que el enano dirigió al inocente Ricardo hizo comprender a Federico que se había hecho cargo perfectamente de la posición relativa a cada uno de ellos y determinó aprovechar su ayuda.

Quilp consideró prudente no hablar más sobre aquel asunto, a fin de que Ricardo no pudiera coger algún cabo suelto que revelara al mismo tiempo a las mujeres algo que no debían saber, y propuso una partida de juego.

Jugando y bebiendo pasaron largo rato, hasta que el enano suplicó a su mujer que se retirara a descansar; la complaciente esposa salió acompañada de su madre, que estallaba de indignación. Swiveller se había dormido, y el enano, llevando a Trent al otro extremo del cuarto, sostuvo con él una conferencia casi al oído.

—Es preciso decir solamente lo indispensable de nuestro digno amigo —dijo Quilp señalando al durmiente—. Es un pacto entre nosotros dos, Federico; en cuanto a éste deberá casarse con la preciosa Nelly más adelante.

—Usted lleva algún fin, ¿verdad? —preguntó Federico.

—Por descontado, amigo —agregó Quilp, pensando cuán poco sospechaba Federico su verdadero intento—. Tal vez sean represalias; tal vez un capricho; pero tengo influencia bastante para favorecer y para perjudicar. ¿A qué platillo de la balanza me inclino?

—Al que me favorece —dijo Trent.

—Conforme, Federico —dijo Quilp alargando el brazo y abriendo y cerrando la mano como si soltara un gran peso—. La balanza se inclina a ese lado, pero pueden volverse las tornas; téngalo usted presente.

—¿Adónde pueden haber ido? —dijo Federico.

Quilp movió la cabeza, diciendo que era precisamente lo que hacía falta saber; pero que lo averiguaría con facilidad, y apenas lo supieran, empezarían a poner en práctica su plan, ganándose el afecto de la niña en poco tiempo; cosa no difícil, toda vez que creía pobre a su abuelo, el cual se lo había hecho creer así a los que le rodeaban.

—Yo lo he creído últimamente —dijo Trent.

—También pretendía que lo creyera yo. ¡Yo que sé lo rico que es! —añadió Quilp.

Después de algunas palabras más, volvieron junto a la mesa, y el joven, despertando a Ricardo, le dijo que era hora de irse. Ante tan agradable noticia, Ricardo se levantó en seguida y, después de los cumplidos de reglamento, salieron a la calle.

Quilp, oculto en una ventana, escuchaba la conversación que ambos amigos sostenían al pasar, que por cierto era sobre la inocente esposa de Quilp y sobre el influjo maldito que podría haberla obligado a casarse con aquel monstruo miserable.

Ni Trent ni Quilp, al hacer el pacto, pensaron un momento en la felicidad de Nelly o en su desgraciada, y caso de pensar, se hubieran dicho que Swiveller no intentaba pegar ni matar a su mujer, sino que sería un marido bastante aceptable, después de todo.

CAPÍTULO XXIII

EL MAESTRO DE ESCUELA

Nelly y su abuelo no se atrevieron a detener sus pasos al escapar del real de la feria, hasta que, de puro rendidos, no pudieron seguir adelante. Entonces se sentaron a descansar en un pequeño bosquecillo de árboles, ocultos a la vista de todos, pero oyendo el bullicio de voces, gritos y toque de tambores. Subiendo a la cima de un monte cercano, podían ver hasta las banderas y las blancas cortinillas de los puestos de la feria, pero nadie iba hacia ellos y podían descansar tranquilos.

Pasó algún tiempo antes de que la niña pudiera tranquilizar a su abuelo, que creía ver por todas partes, en las copas de los árboles, entre los arbustos, tras las montañas, gente que le perseguía. La idea de que querían encerrarlos en un sitio oscuro, separándole de Nelly, le dominaba de tal modo que llegó a influir en el ánimo de la niña. El mayor mal que podía ocurrirle era que la separasen de su abuelo; y dominada por la idea de que, fueran a donde fueran, podían cogerlos y de que únicamente estarían seguros ocultándose, perdió el valor que la sostenía.

Esto no es extraño en una niña tan joven y tan poco acostumbrada a la vida que llevaban aquellos últimos días, pero la Naturaleza encierra a menudo en débiles pechos corazones nobles y esforzados; cuando la niña, mirando con ojos llorosos a su abuelo, vio lo abatido que estaba y que ella era su único apoyo, su corazón latió vigorosamente henchido de fuerza y de valor.

—Estamos a salvo, abuelo, y no tenemos nada que temer ya —le dijo animosamente.

—¡Nada que temer! —dijo el anciano—. ¡Nada que temer, si me separan de ti! No puedo fiarme de nadie, de nadie. ¡Ni siquiera de Nelly!

—¡Abuelo, no digas eso! —gritó la niña—. Si ha habido alguien sincero y de buena fe en el mundo soy yo. Tengo la seguridad de que lo sabes.

—Entonces, ¿cómo puedes decirme que estamos seguros, cuando me buscan por todas partes y pueden venir aquí, y cogernos en un momento?

—Porque sé que nadie nos ha seguido. Juzga por ti mismo abuelito; mira alrededor y ve qué tranquilo está todo. Estamos solos y podemos andar por donde nos plazca. ¿Estaba yo tan tranquila cuando nos amenazaba un peligro?

—¡Verdad, verdad! —murmuró el abuelo cogiendo una mano de la niña y oprimiéndosela agradecido—. Pero, ¿qué ruido es ése? —continuó, estremeciéndose.

—Un pájaro que va hacia el bosque y nos enseña el camino que debemos seguir —respondió la niña—. ¿No te acuerdas de que dijimos que iríamos por campos y bosques, por las orillas de los ríos y que seríamos muy felices? ¿Y ahora, con el Sol brillando sobre nuestras cabezas, y rodeados de seres felices y alegres, estamos tristes, sentados aquí, cabizbajos y perdiendo el tiempo? ¡Mira que sendero tan agradable! Ahí vuelve el pájaro; el mismo pájaro de antes, que se va a otro árbol y empieza a cantar. ¡Vamos, abuelo, vámonos!

Se levantaron y siguieron un caminito que conducía a través del bosque; la niña delante, imprimiendo las huellas de sus piececitos sobre el césped y canturreando para animar al viejo, que iba detrás. Se volvía unas veces, alegre, señalando los pajarillos que cantaban en las ramas de los árboles; otras se paraba para observar los reflejos del Sol penetrando por entre las ramas y los troncos.

Continuando con paso tranquilo a través del bosque, la niña fue posesionándose de aquella tranquilidad que antes era solamente ficticia y el viejo dejó de mirar atrás cautelosamente, sintiendo que sus temores se desvanecían.

Al fin salieron del bosque y se encontraron en una carretera. A poco, viendo un poste que indicaba haber un pueblo cerca, resolvieron ir allá.

Anduvieron algunos kilómetros y en la falda de una loma encontraron las primeras casas de una pequeña aldea.

Más allá, hombres y niños jugaban a la pelota, mientras otros los miraban, y nuestros errantes viajeros iba de un lado para otro sin saber dónde encontrar alojamiento. Delante de una casa, en un pequeño jardincillo, vieron sentado a un anciano; pero no se atrevieron a acercarse, porque leyeron un letrero escrito con letras negras sobre fondo blanco encima de la ventana, que decía «Escuela», y, por consecuencia, debía de ser el maestro. Era un hombre pálido y de sencilla apariencia que, sentado en medio de las flores y colmenas, fumaba una pipa delante de la puerta de la casa.

—Háblale, hija mía —murmuró el anciano al oído de la niña.

—Temo molestarle: parece que no nos ha visto —replicó tímidamente Nelly—. Si esperamos un poco, tal vez mire en esta dirección.

Esperaron; pero el maestro, pensativo y silencioso, seguía fumando, sin mirar hacia donde ellos estaban. Era un hombre simpático de aspecto triste, debido tal vez a que todos los habitantes de aquel pueblo estaban divirtiéndose en el campo, y él parecía ser el único que había quedado en la aldea.

Había algo en su porte que denotaba disgusto o intranquilidad, y ese algo impedía a la niña acercarse a él, a pesar de lo cansada que estaba. Al fin el hombre se levantó y dio dos o tres paseos por el jardín; se acercó a la verja y miró al campo; después, tomando de nuevo su pipa, volvió a sentarse tan meditabundo y preocupado como antes.

Cuando nadie venía y pronto iba a hacerse de noche, Nelly, llevando de la mano a su abuelo, se atrevió a acercarse. Cuando el maestro volvió a tomar su pipa y a sentarse de nuevo, hizo un ruidito como para abrir la puerta de la verja, lo que llamó la atención del anciano, el cual, moviendo la cabeza, los miró bondadosamente, aunque algo contrariado.

Nelly hizo una cortesía y dijo que eran unos pobres viajeros que busca-ban albergue para pasar la noche, y que pagarían gustosos en cuanto sus medios lo permitieran. El maestro la miró con seriedad, dejó a un lado la pipa y se levantó instantáneamente.

—¿Podría usted dirigirnos a algún sitio, señor? Se lo agradeceríamos tanto...

—¿Han hecho ustedes un viaje muy largo? —preguntó el maestro.

—Muy largo, sí señor —respondió la niña.

—Eres muy joven, hija mía —dijo a Nelly poniendo una mano sobre su cabeza, y dirigiéndose al anciano—: ¿Es su nieta, buen amigo? —le pre-guntó.

—¡Ay, señor! —murmuró éste—, es el báculo de mi vejez, el consuelo de mi vida.

—Entren ustedes —dijo el maestro.

Y sin más preámbulos, los condujo al local de la escuela, que era a la vez sala y cocina, diciéndoles que podían descansar bajo su techo hasta la maña-na siguiente. Antes de que acabaran de darles las gracias, extendió un blanco mantel sobre la mesa, puso platos y cubiertos, y sacando un trozo de fiam-bre y un jarro de cerveza, les suplicó que comieran y bebieran.

La niña miraba, fijándose en todos los detalles del local, y entre todos los objetos que adornaban las paredes, lo que más llamó su atención fue un gran número de sentencias morales escritas en letra grande, clara y limpia.

—Una preciosa escritura, hija mía —murmuró el anciano.

—¿Lo ha hecho usted? —preguntó Nelly.

No, yo no podría escribir eso ahora; otra mano, tal vez más pequeña que la tuya, lo ha hecho todo. Es un niño muy listo, más que todos sus com-pañeros, lo mismo en los libros que en los juegos. ¡Y cuánto me quiere! ¿Qué extraño es que le quiera yo, si es la alegría de mi vida y de mi clase? ¡Pero que él me quiera tanto a mí...!

Y el maestro se quitó los anteojos y los limpió con el pañuelo.

—Supongo que no le ocurre nada malo, señor —dijo la niña con an-siedad.

—No mucho, hijita. Creí que estaría en el campo jugando. Siempre ha sido el primero, pero no ha ido hoy. Ayer decían que deliraba, pero eso es frecuente en él. De todos modos, es mejor que no haya salido hoy, porque la humedad le perjudica.

El maestro encendió una bujía, cerró las ventanas y la puerta, y después se sentó, cayendo otra vez en profunda meditación. Poco después tomó su sombrero y dijo a Nelly que si quería esperar sin acostarse hasta que volvie-ra, pues quería ir a ver al niño. Nelly accedió inmediatamente.

Poco más de media hora tardó en volver el maestro, que se sentó junto a la chimenea y guardó silencio largo rato. Al fin miró a la niña, y hablándole cariñosamente, le preguntó si quería elevar a Dios una plegaria por un niño enfermo.

—¡Mi discípulo favorito! —dijo el maestro fumando una pipa que había olvidado encender y mirando con pena las paredes de la habitación—. ¡Es una manita muy pequeña la que ha hecho todo eso y ahora se consume en su fiebre! ¡Muy pequeña, muy pequeñita...!

Después de una noche de descanso bajo el hospitalario techo, la niña se levantó, bajando en seguida a la habitación donde habían cenado la noche anterior, y como el maestro se había levantado también y había salido, procuró poner en orden todo el menaje, limpiando y arreglando aquella sala. No bien había terminado, cuando llegó el bondadoso maestro, que le dio afectuosamente las gracias, añadiendo que la mujer que le prestaba aquellos cuidados estaba al lado del niño enfermo.

La niña preguntó cómo estaba, esperando que se encontraría mejor.

—No, hija mía —murmuró el maestro—, no está mejor, y hay quien cree que está peor.

—¡Cuánto lo siento, señor! —dijo la niña.

Después le pidió permiso para preparar el almuerzo, y poco después, habiendo bajado ya su abuelo, todos participaron juntos de aquella comida. El maestro, mientras almorzaban, observó que el anciano parecía estar muy fatigado y que necesariamente debía descansar.

—Si el viaje que tienen ustedes que hacer es largo —añadió—, y no les importa tardar un día más, pueden pasar otra noche aquí. Realmente, tendría un placer en ello, buen amigo.

Y viendo que el anciano, no sabiendo si aceptar o no, miraba a Nelly, prosiguió:

—Me alegraré mucho de que esta niña pase aquí un día más. Si quiere usted ser caritativo con un hombre solitario y descansar al mismo tiempo, deme ese gusto; pero si su viaje apremia, prosígalo con felicidad: yo mismo iré con ustedes parte del camino antes de empezar las clases.

—¿Qué haremos, Nelly? —dijo el anciano sin saber qué partido tomar—. Di lo que hemos de hacer, querida.

No fue necesario mucho para persuadir a la niña, que aceptó la invitación, diciendo que era lo mejor que podían hacer, y queriendo demostrar su agradecimiento al bondadoso maestro, empezó a ocuparse en los quehaceres de la casa. Una vez concluidos, se puso a coser junto a la ventana, mientras su abuelo paseaba por el jardín respirando el perfume de las flores y observando cómo flotaban las nubes en el espacio.

Cuando el maestro, después de poner los bancos en orden, se sentó en su sitio de costumbre, la niña, temiendo estorbar, dijo que se iría al cuartito donde había dormido; pero el maestro no lo consintió y, como parecía agradarle que permaneciera allí, Nelly se quedó, prosiguiendo su labor.

—¿Tiene usted muchos alumnos, señor? —preguntó después.

—Apenas si llenan esos dos bancos —respondió el maestro moviendo la cabeza.

—¿Son listos? —volvió a preguntar la niña mirando los mapas y escritos que pendían de la pared.

—Son buenos, hija mía, pero nunca podrán llegar a hacer nada con eso —respondió con pena el maestro.

Mientras hablaba así, apareció en la puerta una cabecita rubia, y un pequeñuelo, haciendo un rústico saludo, entró y fue a ocupar su puesto en uno de los bancos; puso un libro sobre sus rodillas y, metiéndose las manos en los bolsillos, empezó a contar las chinitas que en ellos tenía, sin quitar, por supuesto, los ojos del libro que simulaba estudiar. Pronto llegó otro, y otro después, y así fueron llegando hasta una docena de muchachos o cosa así, cuya edad oscilaba entre cuatro y catorce años.

El primer puesto, el puesto de honor de la escuela, que debía ocupar el niño enfermo, estaba vacío, como vacía estaba también la primera percha. Ninguno se atrevió a violar la santidad de aquel lugar.

Pronto empezaron las clases, y entre aquel ruido propio de una escuela, el maestro procuraba en vano fijar su mente en los deberes del día y olvidar a su amiguito; pero el tedio de la rutina se lo hacía recordar más y más, y se veía claramente que estaba preocupado y distraído.

Nadie hubiera podido notarlo más pronto que aquellos holgazanes, que se atrevieron a hacer todas las cosas al revés, completamente desmoralizados, aunque cuidando de que el maestro no lo advirtiera cuando por un instante dejaba su preocupación y se hacía cargo de su deber.

—Creo que será conveniente que tengáis vacación esta tarde —dijo el maestro cuando el reloj dio las doce—, pero habéis de prometerme que no haréis ruido o, al menos, que si queréis hacerlo, os iréis lejos: fuera del pueblo, quiero decir. Tengo la seguridad de que no querréis molestar a vuestro compañero de estudios y de juego.

Hubo un murmullo general que mostró el asentimiento de toda la clase.

—No olvidéis lo que os he dicho —añadió el maestro— y lo consideraré como un favor que me hacéis. Divertíos mucho y acordaos de que tenéis una bendición: la salud. ¡Adiós a todos!

—¡Muchas gracias, señor, muchas gracias! —dijeron una porción de voces a un tiempo, y los muchachos salieron despacio y en silencio.

Pero brillaba el Sol, cantaban los pájaros como sólo saben hacerlo en vacaciones, los árboles convidaban a subirse en ellos, la hierba invitaba a correr por ella o a sentarse a jugar. Era más de lo que los muchachos podían resistir: con un alegre salto, el grupo echó a correr gritando y riendo.

—Es natural —murmuró el maestro oyéndolos—. ¡Me alegro mucho de que no me hayan hecho caso!

Pero como es difícil complacer a todo el mundo, muchas madres, tías y abuelas en el curso de la tarde desaprobaron la conducta del maestro, procurando buscar la causa de aquella vacación. Hubo alguna que fue a dar media hora de conversación al maestro para exponerle sus quejas y, no bastando con eso, se las expuso a alguna vecina de modo que volviera a oírlas. Pero nada pudo hacer que el bondadoso maestro dijera una palabra; pasó la tarde sentado junto a la niña, más abatido que antes, pero siempre mudo y sin exhalar una queja.

Al llegar la noche, una mujer llegó apresuradamente a casa del maestro diciendo que fuera a casa de la señora West en seguida.

Iba precisamente a dar un paseo acompañando a Nelly y, sin soltarla de la mano, se dirigieron los dos a casa del niño, donde un grupo de mujeres rodeaban a una anciana que lloraba amargamente.

—¿Se ha puesto peor? —preguntó el maestro acercándose a la pobre anciana.

—Se muere —murmuró aquella mujer—; ¡mi nieto se muere y usted tiene la culpa por hacerle estudiar tanto! ¿Qué voy a hacer, Dios mío?

—No diga usted que yo tengo la culpa —dijo dulcemente el maestro—. No me ofendo, no: usted se halla en un estado lamentable y no sabe lo que dice.

—¡Lo sé, lo sé! —repitió la anciana—. Sé lo que digo. Si no hubiera estado siempre con los libros en la mano, para dar gusto a usted, ahora estaría bueno y sano.

El maestro miró a las otras mujeres, como esperando hallar una palabra cariñosa, pero todas movían la cabeza, murmurando unas y otras que no sabían de qué servía estudiar tanto. Sin decir una palabra más ni dirigirles una mirada de reproche, siguió a otra habitación a la mujer que había ido a buscarle y hallaron a un niño medio vestido que yacía sobre un lecho.

Era un niño pequeño, de rizados cabellos y ojos brillantes, pero con un aspecto celestial, no terreno. El maestro se sentó a su lado, e inclinándose sobre la almohada, pronunció su nombre; el niño se levantó, fijó sus ojos en él y le echó los brazos al cuello, diciendo que era su mejor amigo.

—Siempre lo fui, al menos. ¡Dios sabe que esa era mi intención! —dijo el pobre maestro.

—¿Quién es esa niña? —dijo el muchacho mirando a Nelly—. No me atrevo a besarla, no sea que le pegue mi mal; dígale usted que me dé la mano.

La niña, sollozando, se acercó y le dio una mano, que él retuvo entre las suyas hasta que la soltó, y se tendió otra vez tranquilamente.

—¿Te acuerdas del jardín, Enrique? Tienes que ponerte bueno pronto para ir a verlo otra vez.

El niño sonrió débilmente y puso su mano sobre la cabeza de su amigo. Quiso hablar, pero no salió ningún sonido de su garganta.

Siguió un rato de silencio, durante el cual se oía a lo lejos un murmullo de muchas voces, que el viento traía y dejaba penetrar por la abierta ventana.

—¿Qué es eso? —preguntó el niño abriendo los ojos.

—Los muchachos, que juegan en el campo.

Enrique sacó un pañuelo de debajo de la almohada y trató de agitarlo sobre su cabeza, pero su brazo debilitado no pudo sostenerlo y rogó al maestro que lo agitara en la ventana.

—Átelo usted después a la persiana: alguno lo verá al pasar y pensará en mí —después levantó la cabeza y miró su raqueta, sus libros, su pizarra: todo estaba sobre la mesa de su cuarto; buscó a la niña y preguntó si estaba allí, porque no la veía.

Nelly se acercó y cogió la mano que el niño tenía extendida sobre la colcha. Los dos amigos, maestro y discípulo, se miraron en silencio un momento y se estrecharon en un largo abrazo; después el niño, volviendo la cabeza hacia la pared, se quedó dormido.

El pobre maestro retuvo aún entre sus manos la del niño, sin poder soltarla, aunque sentía que ya era solamente la mano de un niño muerto.

CAPÍTULO XXIV

LA SEÑORA DEL COCHE

Nelly se retiró descorazonada del lecho mortuorio y volvió a casa del maestro, tratando de ocultar a su abuelo el motivo de su dolor y de su llanto. Enrique había muerto, dejando sola a su abuela, que lloraba su prematura separación. Una vez en su cuarto, dio rienda suelta a la pena que la embargaba, no olvidando, sin embargo, la lección que aquel suceso le ofrecía; de alegría por su salud y su libertad; de acción y de gratitud, porque aún vivía en este hermoso mundo para cuidar y amar a su abuelo, cuando tantas criaturas tan jóvenes y tan llenas de esperanza como ella morían continuamente.

Soñó después con el niño, no encerrado en su ataúd, sino jugando con los ángeles y sonriendo alegremente. El Sol, esparciendo sus rayos en aquel cuartito, la despertó a la mañana siguiente, recordándole que debían despedirse del maestro y continuar de nuevo su ruta.

Con mano temblorosa quiso entregar al maestro el dinero que una señora le había dado por las flores en la feria, dándole las gracias llena de rubor al comprender cuán escasa era aquella suma; pero el maestro le rogó que la guardara y, besándola en la mejilla, volvió a su casa después de despedirlos diciéndoles:

—Buena suerte y prosperidad en el viaje. Soy un hombre viejo y solo, pero si alguna vez pasan cerca de aquí, no se olviden de la escuela de esta aldea.

—Nunca la olvidaremos, señor; como nunca dejaremos de agradecer su bondad para con nosotros —respondió la niña.

Después de decirse «adiós» muchas veces, aún volvían de cuando en cuando la cabeza, hasta que, a causa de una revuelta del camino, no pudieron verse ya.

Caminaron todo el día por campos y carreteras, rendidos de fatiga, siguiendo siempre adelante, porque no tenían otro recurso; pero con paso lento y sin ánimo. Al atardecer, llegaron a un recodo del camino que conducía a un campo de labor, y allí, junto a un seto que separaba el sembrado de la carretera, encontraron un gran carro parado, que no habían podido ver antes a causa de la situación del camino.

No era un carro sucio, estropeado y lleno de polvo; era una especie de casa sobre ruedas, con diminutas cortinillas blancas en las ventanas y persianas verdes; las paredes estaban pintadas de rojo, lo cual daba a todo el conjunto un aspecto alegre y brillante. Dos hermosos caballos, desenganchados del tiro, pastaban a corta distancia. Una señora gruesa y bonita, con un gran sombrero con lazos, estaba sentada junto a la puerta tomando té, pan y jamón; todo ello colocado sobre un tambor, exactamente igual que si fuera la mesa más cómoda del mundo.

Ocupada con su merienda, no vio a nuestros viajeros hasta que estaban cerca de ella, y suponiendo que volvían de la feria, preguntó a la niña:

—¿Quién ha ganado la copa de honor?

—¿Ganado qué, señora? —preguntó Nelly.

—La copa de honor que se disputaba en las carreras el segundo día.

—¿El segundo día, señora?

—El segundo día, sí, el segundo día —repitió la señora con impaciencia—. ¿No puedes responder a una pregunta cuando te la hacen con buenos modos?

—No lo sé, señora.

—¡Que no lo sabes! —repuso la señora del coche—. Pues estabas allí, porque yo te vi con mis propios ojos.

Nelly se alarmó al oír esto, pensando si aquella señora estaría en relación con Codlin y Short; pero se tranquilizó al oírla decir después:

—Por cierto que sentí mucho verte en compañía de los Saltimbanquis, esos entes vulgares que sirven de mofa a la gente.

—No estaba allí por mi gusto, señora —repuso la niña—, nos habíamos perdido y aquellos hombres fueron tan buenos que nos dejaron hacer con ellos parte del camino. ¿Los conoce usted, señora?

—¡Conocerlos yo, niña! —dijo la señora con un gesto de repugnancia—. ¡Conocerlos! Eres joven y tienes poca experiencia: esa es la única excusa que tienes para hacerme esa pregunta. ¿Tengo yo traza de ser amiga de ellos?

—No, señora, no —respondió la niña, temiendo haber cometido alguna falta grave—. Suplico a usted que me perdone.

Aunque la señora pareció haberse disgustado mucho por tal suposición, la perdonó inmediatamente, y la niña explicó que habían salido de la feria el primer día, que fueron a la aldea inmediata, donde pasaron la noche, y que deseaban saber a qué distancia se hallaba el primer pueblo.

Al oír que cerca de dos leguas, el rostro de la niña se inmutó y dos lágrimas rodaron por sus mejillas. El abuelo no exhaló una queja, pero apoyándose sobre su bastón, suspiró anhelosamente, y pareció medir la distancia con sus penetrantes ojos.

La señora del coche se disponía a recoger los restos de su merienda, pero notando la actitud de la niña se detuvo y dijo, al tiempo que ésta se detenía:

—¿Tienes hambre?

—No mucha, pero estamos muy cansados: ¡es tan largo el camino!

—Bueno, con hambre o no, lo mejor será que tomen un poco de té. ¿Supongo que no tendrá usted inconveniente? —añadió dirigiéndose al abuelo.

Éste se quitó humildemente el sombrero y le dio las gracias. La señora los hizo subir al coche, pero como el tambor no era una mesa cómoda para dos personas, volvieron a bajar y, sentados en la hierba, participaron de todo lo que la señora había comido antes.

—Voy a hacer más té, hija mía, y podéis comer y beber todo lo que tengáis gana; no hace falta que sobre nada.

Ante la bondad y el deseo expreso de la señora, hicieron una comida abundante, en tanto que la dama daba un pequeño paseo por los alrededores.

Después se sentó en la escalerilla y llamó a su criado, que un poco más lejos terminaba su comida.

—Jorge, ¿crees que dos personas más pesarán mucho en el coche? —le dijo señalando a los dos viajeros, que se disponían a emprender de nuevo el camino.

—Algo pesarán, claro es —dijo Jorge entre dientes.

—Pero no será mucho —objetó la dama.

—Los dos juntos serían una pluma comparados con Oliverio Cromwell.

Nelly, que oyó estas palabras, se sorprendió mucho al ver lo bien informado que estaba aquel hombre acerca de personajes tan antiguos como Cromwell, pero olvidó el asunto completamente al oír que la señora les decía que subieran al coche. Llena de agradecimiento, la ayudó a poner en orden todas las cosas dentro de la casita. Engancharon los caballos y el vehículo se puso en marcha, alegrando con su traqueteo el corazón de la niña.

CAPÍTULO XXV

LAS FIGURAS DE CERA

Cuando el coche estuvo a cierta distancia, Nelly se atrevió a mirar a su alrededor para hacerse cargo de aquella morada. La mitad más lujosa, aquella en que estaba sentada la propietaria, tenía alfombra en el suelo y un triángulo de metal y dos panderetas colgadas en la pared. En un extremo, oculto por cortinillas blancas como las de las ventanas, había una especie de camarote bastante cómodo, que servía de lecho a la dueña del vehículo, aunque se veía claramente que sólo podía entrar en él valiéndose de ciertos ejercicios gimnásticos. La otra mitad del coche servía de cocina y estaba alhajada con una chimenea cuyo tubo salía por el techo, un armario para los comestibles, varios baúles, un gran cántaro de agua y algunos utensilios de cocina y piezas de vajilla pendientes de la pared.

La dueña del coche se sentó en una ventana del lado donde pendían los instrumentos músicos, y Nelly y su abuelo, junto a la de la cocina, entre las humildes cafeteras y sartenes, sin atreverse a hablar hasta que, pasado un rato, empezaron a hacer observaciones sobre el terreno que atravesaban y los objetos que se presentaban a su vista. Pronto se durmió el abuelo y entonces la señora invitó a Nelly a sentarse junto a ella.

—¿Te agrada este modo de viajar, pequeña? —le preguntó.

Nelly respondió que era el más agradable; a lo que la dama agregó:

—Eso consiste en la edad. A tus años, todo es agradable; hay apetito y no se conocen las penas.

La niña hizo para sí ciertas observaciones sobre este punto, aunque asintiendo, como era su deber, a lo que decía la señora, y esperó hasta que ésta le hablara otra vez.

Pero la dama guardó silencio mirando a la niña. Después, levantándose, sacó un rollo de carteles como de una vara de alto y, extendiendo en el suelo uno tan largo que llegaba de un extremo a otro del coche, dijo a Nelly:

—Lee eso, niña.

Nelly, poniéndose en pie, leyó una inscripción en letras negras enormes, que decía: «Figuras de cera de Jarley».

—Léelo otra vez —volvió a decir la dama.

—«Figuras de cera de Jarley» —repitió la niña.

—Ésa soy yo —dijo la señora—. Yo soy la señora Jarley.

Después extendió otro cartel, donde se leía en letras más pequeñas: «Cien figuras de tamaño natural», y otro que decía: «La mejor colección de figuras de cera que hay en el mundo». Luego sacó varios carteles más pequeños, con las inscripciones siguientes: «Ahora se exhiben»; «La única y verdadera colección Jarley»; «Única, sin rival en el mundo»; «Jarley, la delicia de la nobleza y la aristocracia»; «Bajo el patronato de la familia real». Una vez que hubo enseñado a la atónita niña aquellos estupendos anuncios, sacó cuatro ejemplares de prospectos, puestos en música, con aires populares, y otros con diálogos entre el emperador de China y una ostra, y cosas por el estilo.

Después que la niña vio y leyó estos testimonios de su importante posición en el mundo, la señora Jarley volvió a arrollarlos, los guardó cuidadosamente, se sentó de nuevo y miró triunfalmente a la niña diciendo:

—¡No vayas jamás en compañía de esos astrosos saltimbanquis!

—Nunca he visto figuras de cera. ¿Son divertidas, señora? ¿Son más bonitas que los polichinelas?

—¡Divertidas! ¡Bonitas! —gritó la señora Jarley—. Ni son divertidas, ni son bonitas; son tranquilas, clásicas, serias siempre, graves, exactamente igual que la vida real.

—¿Están aquí? —preguntó Nelly, que sintió excitarse su curiosidad.

—¿Aquí, niña? ¿En qué estás pensando? ¿Dónde podrían estar guardadas en este pequeño vehículo, en que todo está a la vista? Van en vagones y las exhibiremos pasado mañana. Como tú vas al mismo pueblo, las verás; es más, creo que no podrás resistir a la tentación de verlas.

—Me parece que no iré a ese pueblo, señora —repuso Nelly.

—¡No! ¿Pues adónde irás? —exclamó la señora Jarley.

—No lo sé aún; ni siquiera sé adónde vamos.

—No querrás que yo crea que vas viajando sin saber adónde vas —prosiguió la señora—. ¡Qué gente más rara! ¿De dónde vienes? Te vi en la feria como gallina en corral ajeno, como si hubieras estado allí por casualidad.

—Y así era, señora —interrumpió Nelly, confusa con tantas preguntas—. Somos pobres y vamos errantes; no tenemos nada en qué ocuparnos.

—Cada vez me sorprendes más —añadió la señora después de permanecer algún tiempo tan muda como sus propias figuras—. ¿Con qué nombre os designaré? ¿No seréis mendigos?

—En verdad, señora, que no sé si somos otra cosa —murmuró la niña.

—¡Dios mío! —exclamó la señora Jarley—. ¡Nunca he visto cosa igual! ¡Quién lo hubiera pensado!

Después de esta exclamación, estuvo callada tanto tiempo que Nelly empezó a pensar que se arrepentía de haberlos protegido y que habían ultrajado su dignidad de un modo irreparable. El tono que la señora empleó al romper el silencio confirmó su sospecha.

—Y, sin embargo, sabes leer, y quizás sepas escribir también.

—Sí, señora —repuso la niña, temerosa de ofenderla con esta confesión.

—¡Qué bueno es eso! —observó la señora—. ¡Yo no sé!

La niña manifestó su sorpresa con un «¿de veras?», al cual la dama no contestó. Guardó silencio por tanto tiempo que Nelly, separándose de ella, se acercó a la otra ventana, donde estaba su abuelo despierto ya.

La señora salió al fin de sus meditaciones y llamó al conductor, que se acercó a la ventana donde estaba sentada, y sostuvo con él una larga conversación como si discutiera sobre algún asunto grave; después llamó a Nelly y a su abuelo, y dijo a éste:

—¿Quiere usted una buena colocación para su nieta? Si acepta, puedo encontrarle una. ¿Qué dice usted?

—No puedo dejar a mi abuelo, señora.

—No puedo separarme de ella —añadió el anciano—. ¿Qué sería de mí solo?

—Me parece que tiene usted bastantes años para saber cuidarse —replicó la señora.

—No sabrá nunca —dijo la niña en un murmullo—. ¡No le hable usted con dureza! Se lo agradecemos mucho, señora —añadió en alta voz—, pero no podemos separarnos, aunque nos repartieran todas las riquezas del mundo.

La señora Jarley se quedó desconcertada al ver cómo recibían su oferta; sostuvo otra conferencia con el conductor y después volvió a dirigirse al anciano:

—Si usted tiene realmente gana de trabajar, tendrá bastante que hacer ayudando a limpiar las figuras, dar los billetes y cosas por el estilo. Necesito a su nieta para enseñar las figuras al público cuando yo esté cansada. Es una oferta digna de tenerla en consideración: el trabajo es fácil y agradable; el público, selecto, y las exhibiciones tienen siempre lugar en grandes salones. Considere usted que es una oferta que tal vez no vuelva a repetirse.

Después la señora Jarley entró en detalles acerca del salario, diciendo que no podía comprometerse a nada hasta ver las condiciones de Nelly y la manera como cumplía sus deberes; pero desde luego daría a ambos alojamiento y alimento sano y abundante.

Nelly y su abuelo consultaron entre sí algunos momentos, mientras la dama paseaba por el estrecho recinto del coche.

—¿Y bien, niña...? —preguntó a Nelly en una de las vueltas.

—Damos a usted un millón de gracias, señora —dijo la niña—, y aceptamos su oferta.

—Nunca lo sentirás, hija mía, estoy segura de ello —repuso la señora—, y una vez terminado el asunto vamos a cenar.

Entre tanto, el coche iba llegando a las desiertas calles de un pueblo. A cosa de medianoche, y como a aquella hora no era fácil hallar alojamiento, situaron el coche en un campo, cerca de las puertas que daban acceso al pueblo, cerca de otro que también ostentaba el nombre de Jarley, y que, habiendo descargado las figuras en el sitio donde iban a exhibirse, estaba vacío. En aquel cocherón arregló Nelly un lecho para su abuelo; ella, como prueba de favor y confianza, iba a dormir con la señora en el coche de viaje.

Después de despedirse de su abuelo, volvía a aquel coche; pero la suave temperatura de la noche le sugirió la idea de detenerse un poco al aire libre. La luna brillaba en el cielo y sus rayos daban de lleno en la puerta. Nelly, excitada por la curiosidad, aunque con cierto temor, se acercó a la puerta y se quedó parada contemplando aquel murallón oscuro, viejo y feo, y pensando cuántas luchas habrían ocurrido allí, cuántos crímenes ocultarían aquellas sombras, cuando de repente, como brotando del lado oscuro de la muralla, salió un hombre. Apenas apareció, fue reconocido por Nelly: ¡era el horrible enano Quilp!

La niña se ocultó en un rincón y le sintió pasar junto a ella. Llevaba un palo grueso en la mano y cuando, saliendo de la sombra llegó a la puerta, se acercó a ella, miró intensamente hacia donde estaba Nelly... e hizo señas a alguien.

¿A ella? No, no era a ella, santo Dios, porque en tanto que, muerta de miedo, no sabía si gritar pidiendo auxilio o salir de su escondite y huir antes de que el enano pudiera acercarse, una figura, la de un muchacho cargado con un baúl a la espalda, salió de la oscuridad.

—¡Más aprisa, granuja! —gritó Quilp mirando a la muralla. —¡Más aprisa!

—Pesa mucho, señor —repuso el muchacho—; harto demasiado aprisa vengo, con lo que pesa.

—¡Que has venido demasiado aprisa! —exclamó Quilp—. ¿Vienes midiendo la distancia como un gusano? Ahí suenan las campanas: son las doce y media.

Se paró para escuchar y, después, volviéndose al muchacho con un aspecto tan feroz que le hizo retroceder un paso, le preguntó a qué hora pasaba por la carretera el coche que iba a Londres.

El muchacho dijo que a la luna, y Quilp, lleno de rabia, exclamó:

—Entonces, hay que ir más aprisa, porque si no, llegaremos tarde.

El muchacho se apresuró cuanto pudo. Quilp iba delante y se volvía a cada momento para darle prisa. Nelly no osó moverse hasta que los perdió de vista completamente; entonces corrió hacia el coche donde dormía su abuelo, como si temiera que el enano sólo con pasar cerca de él le hubiera asustado, pero el anciano dormía tranquilamente y la niña se retiró con sigilo.

Mientras se acostaba, determinó no decir nada de aquel encuentro, toda vez que allí estaban más seguros que en cualquier otra parte, porque el enano no volvería a buscarlos.

La dama patrocinada por la familia real dormía roncando pacíficamente; el lecho de la niña estaba preparado en el suelo del coche y, a poco de entrar, tuvo la satisfacción de oír que alguien quitaba la escalerilla que comunicaba con el mundo exterior. Ciertos sonidos guturales que de tiempo en tiempo se oían debajo del coche y un crujido de paja, en la misma dirección, le hicieron comprender que el conductor descansaba allí y que era un motivo más de seguridad.

A pesar de tanta protección, no pudo dormir tranquila, porque soñaba que Quilp era una de las figuras de cera o que era la señora Jarley, sin ser exactamente la misma cosa, y mil locuras más, propias de una mente extraviada.

Al llegar al coche, se quedó al fin dormida, con ese sueño tranquilo y gozoso que sucede al cansancio de una jornada muy activa.

121

CAPÍTULO XXVI

PREPARATIVOS DE EXPOSICIÓN

Cuando Nelly despertó, era tan tarde que la señora Jarley estaba preparando el almuerzo. Recibió las excusas de la niña con mucha tranquilidad, diciendo que no la hubiera despertado aunque hubiera dormido hasta el mediodía.

—Porque cuando uno está cansado —añadió—, lo mejor es dormir todo lo que se pueda; esa es otra de las bendiciones de la juventud: dormir profundamente.

—¿No ha pasado usted buena noche, señora?

—Pocas veces la paso buena, hija mía —respondió la señora Jarley con cara de mártir—. Algunas veces no sé cómo puedo resistirlo.

Nelly, recordando sus ronquidos, supuso que había soñado que estaba despierta; pero manifestó su sentimiento al oír que no se sentía bien. Poco después empezaron el almuerzo. Luego Nelly limpió y guardó la vajilla, mientras la señora se arreglaba con ánimo de dar un paseo por las calles del pueblo, y le decía:

—El coche tiene que ir para llevar las cajas y es mejor que tú vayas en él. Yo, contra mi voluntad, me veo obligada a ir a pie, porque el público lo espera así. Las personas de cierta categoría no pueden darse gusto a sí mismas. ¿Estoy bien así?

Nelly respondió satisfactoriamente, y la señora Jarley, después de ponerse una porción de alfileres y de procurar verse por completo en un espejo, satisfecha ya de su atavío, emprendió majestuosamente su paseo.

El coche seguía a cierta distancia y Nelly atisbaba tras las cortinillas, deseosa de ver las calles y edificios del pueblo, pero temerosa de encontrar el horrible y maldito semblante de Quilp.

Era un pueblo muy bonito, con casas de diversas clases y construcciones, y en el centro, el Ayuntamiento. Las calles estaban limpias y soleadas, pero tristes y solitarias. De cuando en cuando veían algún transeúnte que parecía no tener nada que hacer, cuyos pasos resonaban en el pavimento dejando un eco. Era como un pueblo dormido; hasta los perros estaban tumbados al sol, y las moscas, embriagadas con el azúcar de las tiendas, olvidaban que tenían alas y permanecían quietas en los rincones de los escaparates.

Al llegar al edificio de la Exposición, el coche se detuvo y Nelly bajó entre un grupo de chiquillos que la contemplaban admirados, suponiendo que era también un ejemplar de la colección. Sacaron los baúles del coche y, sin pérdida de tiempo, entre todos decoraron el salón con tapices y cortinas de terciopelo. Cuando todo estuvo dispuesto, con bastante gusto por cierto, se descubrió la maravillosa colección de figuras, colocándolas sobre una plataforma elevada medio metro sobre el nivel del suelo y separada por un cordón de seda roja del resto del salón, que estaba destinado al público.

Después que Nelly se extasió contemplando aquel magnífico espectáculo de damas y caballeros solos o en grupos, pero siempre con expresión de sorpresa y mirando al espacio con extraordinaria intensidad, la señora Jarley ordenó que todos, excepto Nelly, salieran del salón y, sentándose en un sillón en el centro, entregó a Nelly una varilla de mimbre que ella usaba siempre para designar los personajes y empezó a instruirla minuciosamente en la tarea que había de desempeñar.

—Esta —decía la señora en tono pomposo y declamatorio cuando Nelly tocaba una de las primeras figuras de la plataforma— es una infortunada dama de honor de la reina Isabel, que murió de un pinchazo en un dedo. Observen cómo salta la sangre del dedo, y la aguja con el ojo dorado, como se usaban en aquel tiempo.

La niña repetía dos o tres veces la relación, señalando con su varilla los objetos designados, y pasaban a otra figura.

—Este es Jasper Palmerton, que tuvo catorce esposas y las mataba haciéndoles cosquillas en las plantas de los pies mientras dormían descuidadas.

Así fueron relatando los hechos principales o característicos de todos los personajes. Nelly aprendió tan perfectamente la lección, que pudieron cerrar el salón y retirarse a descansar dos horas antes de abrirlo al público; no sin que la señora Jarley manifestara su satisfacción por tan feliz resultado.

Tampoco se habían descuidado los preparativos exteriores. En aquellos momentos recorría las calles del pueblo un carro conduciendo una figura de bandido que sostenía en sus brazos a una dama en miniatura. Se repartieron prospectos por todas partes, y una vez terminados tan importantes asuntos, la infatigable dama se sentó para comer y beber a todo pasto.

CAPÍTULO XXVII

LA TENTACIÓN

Decididamente, la señora Jarley tenía una gran inventiva y discurrió pronto la manera de que Nelly sirviera también de reclamo. Adornaron con flores artificiales el carro que conducía al bandido, y Nelly, sentada dentro representando una figura decorativa, recorría el pueblo todas las mañanas arrojando prospectos, a los acordes de una trompeta y un tambor.

La belleza de la niña, unida a su distinción y timidez, produjo sensación en aquel lugar; la gente empezó a interesarse por aquella niña de ojos tan hermosos, los chiquillos se entusiasmaron con ella y, constantemente, dejaban en la puerta del pabellón donde habitaba, nueces, manzanas y muchas cosas más. Toda la gente principal del pueblo acudió a ver las figuras de cera; los personajes de más alcurnia se dieron cita allí: cada sesión era un éxito. Aunque el trabajo de Nelly era pesado, encontró en la señora Jarley una persona muy considerada, que no se contentaba con darse buena vida ella, sino que trataba muy bien a todos los que la servían, y como obtenía algunas propinas de los visitantes, propinas que su dueña le dejaba por entero, y su abuelo estaba bien cuidado y ayudaba lo que podía en el trabajo, la niña estaba contenta, sin más disgusto que el producido por el encuentro de Quilp y el temor de encontrarle súbitamente alguna otra vez.

Quilp era la pesadilla continua de Nelly. Dormía en el salón de las figuras y siempre, y sin poder evitarlo, encontraba un parecido entre Quilp y algunas de aquellas caras pálidas, llegando a imaginar algunas veces que el enano se movía dentro de sus vestiduras. Esta preocupación la obligaba a levantarse y encender una luz o a abrir la ventana para tranquilizarse mirando al cielo.

Entonces pensaba en su casa, en el pobre Kit, en su cariño, hasta que las lágrimas brotaban de sus ojos y lloraba y reía a un tiempo.

Otras veces sus pensamientos recaían en su abuelo y se preguntaba qué sería de ellos si él moría o si ella enfermaba. El pobre anciano tenía buena voluntad y hacía todo lo que le mandaban, alegrándose de servir para algo; pero era lo mismo que un niño, tan inocente como el más tierno infante y sin voluntad propia. Nelly se entristecía tanto al verle así, que no podía menos de retirarse para llorar y elevar sus preces al Cielo, a fin de que le restaurara a su condición de hombre vigoroso y consciente. Y sin embargo, aún había de sufrir más.

Una tarde que la señora no los necesitaba, Nelly y su abuelo fueron a dar un paseo. Salieron fuera del pueblo, hasta llegar a unos campos algo distantes, donde se sentaron a descansar, creyendo que podrían volver fácilmente.

Llegó la puesta del Sol, el cielo fue oscureciéndose y solamente los reflejos del crepúsculo, tan largos en Inglaterra en el mes de junio, iluminaban la Tierra a través del denso velo que la iba envolviendo. El viento levantaba nubecillas de polvo, empezó a llover y pronto las nubes se esparcieron por el espacio; se oyó a lo lejos un trueno, brilló el relámpago y, después, en un instante reinó una completa oscuridad.

El anciano y la niña, no atreviéndose a guarecerse bajo los árboles, corrieron por la carretera, esperando hallar alguna casa donde refugiarse de la tempestad, que a cada momento aumentaba en violencia. Empapados por la lluvia y cegados por los relámpagos, seguramente hubieran pasado juntos a una casa solitaria, sin haberla visto siquiera, si un hombre que estaba parado en la puerta no los hubiera invitado a entrar.

—¿Adónde iban ustedes con este tiempo?, ¿querían quedarse ciegos? —les dijo retirándose de la puerta y tapándose los ojos al sentir el resplandor de otro relámpago.

—No habíamos visto la casa, señor, hasta que oímos que nos llamaban —respondió Nelly.

—No me extraña, pero lo mejor que pueden hacer es acercarse al fuego y secarse un poco. Pueden pedir lo que gusten; aunque si no quieren tomar nada, nadie los obligará. Esto es una hostería, «El soldado valiente», muy conocida en estos contornos.

La noche estaba muy templada. Un gran biombo separaba la chimenea del resto de la habitación. Parecía que alguien hablaba al otro lado del biombo, sosteniendo una especie de discusión en voces más o menos destempladas.

De pronto el viejo, manifestando gran interés, murmuró al oído de la niña:

—Nelly, juegan a las cartas. ¿No lo oyes?

—¡Cuidado con ese candil —dijo una voz—, que se transparentan las cartas! La tormenta te hace perder. ¡Juega! Has perdido seis chelines, Isaac.

—¿Los oyes, Nelly?, ¿los oyes? —murmuró el viejo con creciente interés al oír sonar el dinero sobre la mesa.

—Jamás he visto una tormenta como ésta —dijo una voz cascada cuando cesó el ruido de un terrible trueno— desde aquella noche en que el viejo Lucas ganó tanto. Todos dijimos que tenía la suerte del Diablo y yo supongo que en realidad le ayudaba Satanás.

—¿Oyes lo que dicen, Nelly? —preguntó el viejo.

La niña, alarmada, notó el cambio que se operaba en su abuelo: tenía el rostro encendido, los ojos saltones, los dientes apretados, su respiración era anhelante y apoyaba una mano sobre el brazo de Nelly, temblando tan violentamente que la hizo estremecerse bajo su impulso.

—Sé testigo, hija mía, de que yo siempre dije que la suerte viene al fin; yo lo sabía, lo soñaba, sentía que tenía que ser así. ¿Qué dinero tienes, Nelly? ¡Dámelo!

—No, no, abuelo; deja que lo guarde —dijo asustada la niña—. Vámonos de aquí. ¿Qué importa la lluvia? ¡Vámonos, por favor!

—¡Dámelo, te digo! —repitió el viejo iracundo—. No llores, Nelly, no he querido disgustarte. Lo quiero por tu bien. Te he causado mucho daño, pero voy a darte la felicidad. ¿Dónde está el dinero? Tú tenías ayer algunas monedas.

—No te lo doy, abuelo, no te lo doy. Antes lo tiro que dártelo pero es mejor que lo guardemos. ¡Vámonos vámonos de aquí!

—¡Dame ese dinero! —volvió a repetir el viejo con insistencia—. ¡Lo quiero!

La niña sacó un pequeño portamonedas del bolsillo y el viejo se lo arrebató precipitadamente, corriendo al otro lado del biombo. Fue imposible detenerle y la temblorosa niña corrió tras él.

Los que antes hablaban eran dos hombres de siniestro aspecto, que jugaban apuntando sobre el mismo biombo las pérdidas y ganancias.

—¡Cómo, caballero! —dijo el llamado Isaac volviéndose al ver al anciano—. ¿Es usted amigo nuestro? Este lado del biombo es privado.

—Espero no haber ofendido a ustedes con mi presencia.

—¡Voto a bríos! ¡Que si nos ofende usted presentándose sin ceremonia donde un par de caballeros se entretienen particularmente!

—No era mi intención ofender —añadió el viejo—: pensé que...

—Pues no tiene usted derecho a pensar nada. Un hombre a su edad, no debe pensar en estas cosas —murmuró Isaac.

—¡No seas animal! —dijo el otro jugador, que era un hombre gordo, levantando la cabeza por primera vez—. ¿No puedes dejarle hablar?

El posadero, que seguramente había estado esperando a que el hombre gordo hablara, para saber a qué atenerse, metió baza en el asunto diciendo:

—Seguramente, puedes dejar que hable, Isaac.

—¡Claro que puedo, Groves! —añadió Isaac en el mismo tono.

El gordo, que había estado fijándose en el viejo, añadió:

—Tal vez este caballero pensara preguntarnos cortésmente si podía tomar parte en nuestro juego.

—Eso pensaba —repuso el anciano—, eso pienso y eso es lo que deseo.

—¡Ah! Si eso es lo que el señor deseaba, le suplico me dispense. ¿Es ese el portamonedas del señor? Es muy bonito: algo ligero —dijo Isaac echándolo por alto y cogiéndolo con destreza—, pero bastante para entretener a un caballero una media hora o cosa así.

—Haremos una partida de cuatro. Juega tú, Groves, para ser el cuarto —dijo el gordo.

El posadero se acercó a la mesa y ocupó su sitio como quien está acostumbrado a tales contingencias. La niña, presa de mortal congoja, suplicó una vez más a su abuelo que se retirara.

—No, Nelly, nuestra felicidad está en el juego: hay que empezar por poco. Aquí hay poco que ganar, pero ya irá viniendo.

—¡Dios nos proteja! —exclamó la niña— ¿Qué mala estrella nos traería aquí?

—Calla, nena, no hay que ahuyentar a la suerte. Siéntate y mira, mira quiénes son ellos, y quién eres tú. Yo juego por ti. ¿Quién debe ganar?

—Parece que el señor ha cambiado de parecer —dijo Isaac—. Lo siento, pero él sabe lo que le conviene. Quien no se aventura, no pasa la mar.

—¡No, no! —repuso el anciano—. Pienso lo mismo; nadie está más ansioso de empezar que yo.

Hablando así acercó una silla a la mesa: los otros tres se apretaron un poco y empezó el juego.

La niña observaba con mortal ansiedad los progresos del juego. Preocupada con la desesperada pasión que dominaba tan fatalmente a su abuelo, no le importaba que ganara o perdiera, y viéndole exaltado por alguna pequeña ganancia o abatido si perdía, nervioso, febril, se decía a sí misma si no hubiera sido mejor verle muerto. Y, sin embargo, ella era la causa inocente de aquella tortura. Aquel viejo, jugando con insaciable sed de ganancia, no abrigaba un solo pensamiento egoísta: todo era por ella.

La tormenta duró más de tres horas. Los relámpagos habían ido desapareciendo, pero el juego seguía y la presencia de la niña había sido olvidada.

CAPÍTULO XXVIII

LA MONEDA DE NELLY

Al fin el juego tocó a su término, siendo Isaac el único ganancioso que recogió su botín con la prosopopeya del hombre que ha hecho el propósito de ganar sin mostrar sorpresa ni alegría.

El bolsillo de Nelly estaba vacío, pero el viajero aún continuaba jugando solo. Estaba completamente absorto en esta ocupación, cuando Nelly, acercándose a él, le dijo que era casi medianoche.

—¡Mira lo que es la pobreza, Nelly! —dijo el anciano señalando las cartas que tenía sobre la mesa—. Si hubiera seguido jugando, habría ganado. ¡Míralo; míralo!

—Deja eso —repuso la niña—. Procura olvidarlo.

—¡Olvidarlo! —exclamó el abuelo mirando a Nelly cara a cara—. ¡Olvidarlo! ¿Cómo seremos ricos, entonces? Todo lo bueno ha de obtenerse con ansiedad y cuidado. Vamos: estoy pronto.

—¿Sabe usted qué hora es? —dijo el posadero, que fumaba con sus amigos—. Más de las doce.

—Es muy tarde —dijo la niña—. Siento que no nos hayamos ido antes. ¿Qué pensarán de nosotros? Seguramente, darán las dos antes de que lleguemos. ¿Cuánto costará pasar la noche aquí? —preguntó al posadero.

—Dos camas buenas, chelín y medio; cena con cerveza, un chelín; total, media corona —repuso el hostelero.

Nelly tenía aún la moneda de oro cosida en el vestido y, cuando consideró lo tarde que era, decidió quedarse allí, con ánimo de emprender la vuelta por la mañana, alegando para justificar el retraso que la tempestad les impidió volver a tiempo; dijo a su abuelo que le quedaba aún dinero para sufragar aquellos gastos y que debía, por tanto, acostarse.

—¡Si yo hubiera tenido ese dinero hace un rato! —murmuró el viejo.

—Hemos decidido quedarnos, señor —dijo Nelly al hostelero, y el buen hombre, en vista de ello, preparó una cena, que comieron con gran apetito la niña y el viejo.

Como pensaba que partirían muy temprano, Nelly siguió al posadero una de las veces que salió de la habitación y sacando la monada se la dio para que la cambiara. Al volver al sitio donde cenaron, le pareció ver alguien que se retiraba e inmediatamente concibió la sospecha de que habían estado espiándola, aunque no pudo comprender quién, puesto que cuando entró otra vez en la habitación, todos estaban en la misma posición en que ella los dejó minutos antes.

Una joven fue después para conducirlos a su habitación, y abuelo y nieta se despidieron de la compañía, retirándose a dormir después de encargar a la joven que los despertara muy temprano.

Cuando la niña se quedó sola, no se sentía a gusto; no podía olvidar la figura que había visto abajo espiándola. Todos los hombres tenían mala cara: tal vez vivían matando y robando a los viajeros. Después pensaba en su abuelo y en su pasión por el juego. Más tarde le ocurría pensar lo que la señora Jarley creería. ¿Los perdonaría a la mañana siguiente recibiéndolos de nuevo? ¿Por qué se habían detenido allí? Hubiera sido mucho mejor no haberse parado.

Al fin el sueño la rindió; un sueño intranquilo, turbado por innumerables pesadillas; después sintió una pesada somnolencia...; y de pronto le pareció que la figura del pasillo entraba en su cuarto andando a gatas.

¡Sí, allí estaba aquella figura!

La niña, antes de acostarse, había descorrido un poco la cortina, a fin de ver la luz del día cuando amaneciera, y allí, entre la cama y la ventana, se movía silenciosamente. La niña no pudo articular palabra, ni moverse; el terror la había paralizado y permaneció inmóvil observando.

La figura, con mucho sigilo, llegó hasta la cabecera de la cama y su aliento rozó la cara de Nelly; después volvió a la ventana y la niña sintió ruido de monedas. Otra vez volvió la figura, tan silenciosa como antes; dejó junto al lecho las ropas que había tomado y luego, andando otra vez a gatas, desapareció.

El primer impulso de la niña fue huir de su cuarto para no estar sola. Salió al pasillo, y allí, al final, estaba aún la figura. Muerta de miedo, sin poder adelantar ni retroceder, permaneció inmóvil en el pasillo.

A poco se movió la figura, y la niña, involuntariamente, hizo lo mismo, dominada por la idea de que si podía llegar al cuarto de su abuelo estaría segura. La figura seguía adelante y al llegar donde dormía el anciano, entró allí. Nelly concibió súbitamente la idea de que podía matar a su abuelo y corriendo llegó hasta aquel cuarto; se paró en la puerta y, al resplandor de una bujía que estaba encendida, vio que la figura se movía en la habitación. Muda y casi sin sentido, siguió mirando por la entreabierta puerta, sin saber lo que hacía, pero con el ardiente deseo de proteger a su abuelo. Se dominó, recobró algo el perdido valor y, adelantándose, escudriñó la habitación.

Un espectáculo raro se ofreció a su vista.

La cama estaba intacta: nadie había dormido, ni dormía aún allí, y el anciano, el único ser vivo que había en aquel cuarto, con el semblante coloreado por el ansia que hacía brillar sus ojos, contaba el dinero que había robado a Nelly con sus propias manos momentos antes.

Nelly se retiró, volviendo a su cuarto con paso vacilante. El terror que antes había sentido no era nada comparado con el que experimentaba entonces. Ningún ladrón extraño, ningún huésped traidor, ningún bandido, por audaz y cruel que hubiera sido, podría haber despertado en su pecho la mitad del espanto que le había producido el descubrimiento de su nocturno visitante. El anciano, entrando en su cuarto como un ladrón cuando la creía dormida y robándole lo poco que tenía, era peor y mucho más terrible que todo lo que su acalorada imaginación pudiera sugerirle. ¿Y si volvía? Tal vez creyera que aún quedaba algo escondido y volviera a buscarlo. No había cerrojos ni llaves en aquel cuarto. Volver al lecho era imposible. Se sentó y escuchó. Su imaginación la hizo creer que la puerta se abría y no pudo más. Era mejor ir al cuarto de su abuelo y salir de una vez de aquel suplicio. Sería un consuelo oír su voz, verle si dormía. No tenía miedo de su abuelo; aquella espantosa pesadilla tenía que desvanecerse. Volvió al cuarto del anciano: la luz seguía encendida; la puerta, según la dejó ella momentos antes.

Nelly llevaba una palmatoria en la mano, a fin de decir que no podía dormir y que iba a ver si estaba despierto; miró dentro de la habitación y la vio en el lecho; esto le dio ánimos y entró.

El anciano dormía profundamente: su semblante no expresaba pasión alguna; ni avaricia, ni ansiedad, ni apetito desordenado; todo era dulzura, tranquilidad y paz. No existía el jugador, ni siquiera su sombra; no era ni aun el hombre cansado y abatido que desfallecía por el camino: era su abuelo querido, su inofensivo compañero, su cariñoso abuelo.

Al contemplar aquellas facciones serenas, no tuvo miedo; pero la invadió un pesar profundo y se deshizo en lágrimas, que fueron un consuelo para su embargado corazón.

—¡Dios le bendiga! —murmuró la niña besando sus pálidas mejillas—. Comprendo perfectamente que si nos encontraran nos separarían y le encerrarían en algún lugar privado de luz, de sol y de aire. Yo soy su único amparo. ¡Que el Señor tenga piedad de nosotros!

Encendiendo de nuevo su bujía, se retiró tan silenciosamente como había venido y, llegando a su cuarto otra vez, se sentó, pasando así el resto de aquella noche larga y penosa.

CAPÍTULO XXIX

LA SEÑORITA MONTFLATER Y SUS EDUCANDAS

Nelly se quedó dormida al clarear el alba, pero no durmió largo rato, porque la criada, recordando su advertencia, llamó a la puerta muy temprano. Una vez despierta, buscó su bolsillo y halló que no tenía ni un cuarto; todo el cambio que el posadero le dio, había desaparecido.

El abuelo se vistió pronto y pocos minutos después estaban en la calle. Nelly observó que su abuelo la miraba disimuladamente, esperando sin duda que le dijera algo sobre el dinero, y a fin de que no sospechara que sabía la verdad, le dijo con voz trémula apenas habían andado algunos pasos en silencio:

—Abuelo, ¿crees que la gente que había en la posada era honrada?

—¿Por qué no? —repuso el anciano temblando—. Sí, los creo honrados; al menos, jugaron legalmente.

—Voy a decirte por qué. Me han quitado el dinero de mi propio cuarto esta noche. Quizá me lo quitarían en broma.

—¡En broma! —repuso el viejo, más y más alterado—. El que quita dinero, lo hace para guardarlo.

—Entonces, me lo han robado, abuelito —exclamó la niña, viendo desvanecerse su esperanza de recobrarlo.

—¿Y no tienes más, querida? —preguntó el abuelo—. ¿Te han quitado hasta el último céntimo? ¿No han dejado nada?

—¡Nada! —respondió la niña.

—Entonces, tenemos que ganar más; trabajar, hacer algo. No te preocupes de esa pérdida: será mejor no hablar de ello y quizá podamos recobrarlo. No preguntes cómo, pero tal vez ganemos eso y mucho más.

—No digas nada a nadie —continuó el viejo, viendo que Nelly lloraba amargamente—. Todas las pérdidas del mundo no valen tanto como tus lágrimas, hija mía. No llores más y deja esa idea, sin preocuparte por ello; aunque hubiera sido mayor la pérdida.

—Bueno —respondió Nelly—, no lloraré; pero escucha lo que voy a decirte, abuelo. No pienses más en ganancias o pérdidas y no desees más fortuna que la que podamos hacer juntos.

—Vamos juntos, hija mía, tu imagen santifica el juego.

—¿No hemos estado tranquilos desde que olvidaste esos cuidados y emprendimos este viaje, a pesar de no tener casa ni hogar?

—Dices la verdad —murmuró el viejo—. No debo jugar, pero puedo hacer tu fortuna y la haré.

—Recuerda los días felices que hemos pasado, abuelo, libres de miserias y de penas. Si teníamos hambre o sed, una vez satisfecha nuestra necesidad, hemos dormido perfectamente. Recuerda cuántas cosas bonitas hemos visto y cuán contentos hemos estado. ¿Y a qué obedece todo este cambio?

El viejo hizo un movimiento con la mano y le dijo que no hablara más, le dio un beso y siguieron caminando en silencio.

Cuando llegaron al lugar donde estaba instalada la maravillosa colección, supieron que la señora Jarley dormía aún y que, aunque los esperó intranquila hasta las once, se acostó, suponiendo que la tormenta no los habría dejado volver, y que se habrían refugiado en algún sitio para pasar la noche. Nelly arregló el salón y puso todo en orden, teniendo la satisfacción de estar peinada y limpia antes de que la protegida de la familia real bajara a almorzar.

—Tendrás que llevar unos cuantos programas al colegio de la señora Montflater y ver el efecto que hacen. Pocas son las alumnas que han venido todavía y estoy segura de que todas vendrían si lo supieran —dijo la señora Jarley, poniendo ella misma un sombrero a Nelly, declarando que honraba a su dueña (tan linda y arregladita estaba) y dándole instrucciones sobre lo que había de decir y hacer.

Apenas se acercó Nelly a la puerta del colegio, notó que ésta se abría y que salía de la casa una larga fila de señoritas, de dos en dos, con libros abiertos en las manos y alguna sombrilla que otra. Tras aquella procesión apareció la señorita Montflater, que era la directora, entre dos profesoras que, aunque se odiaban mutuamente, parecían adorar a su principal.

Nelly se quedó parada y con los ojos bajos hasta que pasaron todas las educandas, y cuando llegó la directora, hizo una cortesía y le entregó el paquete.

—¿Tú eres la niña de la Exposición de figuras de cera? —preguntó la señorita Montflater.

—Sí, señora —respondió Nelly, que en un momento fue rodeada por las educandas, que la miraban con sorpresa.

—¿Y no crees que es muy malo estar empleada en esos espectáculos? —prosiguió la profesora.

La pobre Nelly, que nunca lo había considerado desde ese punto de vista, se quedó confusa, sin saber qué decir y ruborizándose al ver que era el centro de todas las miradas.

—¿No sabes que es muy malo que te entretengas en ser una charlatana únicamente, cuando podías estar ocupada en alguna fábrica o en algún taller, ganando honrada e independientemente la vida, con un sueldo de tres o cuatro chelines a la semana?

Aquí la directora enristró una serie de máximas y rimas, algunas de su propia cosecha, y hasta improvisadas en el momento, que fueron recibidas con grandes aplausos por todas las educadas y las dos profesoras, que no habían podido apreciar hasta entonces las condiciones poéticas de la señorita Montflater.

Alguien notó que Nelly estaba llorando y todas las miradas se dirigieron hacia ella. Nelly lloraba, ciertamente, y tuvo necesidad de sacar el pañuelo para limpiarse las lágrimas; pero antes de que hubiera podido llevarlo a los ojos, se le cayó de entre las manos. Una joven de unos dieciséis años se apresuró a recogerlo.

—Ha sido Eduarda —exclamó una de las profesoras. Todas admitieron que había sido Eduarda, y ella misma no lo negó.

La señorita Montflater se dirigió a Eduarda, diciéndole con tono severo:

—Es cosa particular el efecto que te inspira la gente vulgar y parece mentira que hagas tan poco caso de mis advertencias.

—No lo he hecho a propósito, señora —respondió una voz dulce—, ha sido un impulso momentáneo.

—Me sorprende que te atrevas a decirme eso. Siempre que encuentras a alguna persona de baja condición, sientes impulso de aproximarte a ella y hasta de ayudarla.

—Debías saber, Eduarda —añadió una de las profesoras—, que aunque sólo sea por el decoro y buen nombre de este establecimiento, no se te debe consentir que contestes así a tus superiores. Si tú no tienes la suficiente dignidad para retirarte de una vocera, debes hacerlo por las demás señoritas presentes, que se estiman en lo que valen.

Eduarda era pobre y huérfana; la enseñaban y la mantenían a cambio de que ella a su vez enseñara a otras lo que aprendía y nadie la consideraba; ni profesoras ni alumnas, ni aun las mismas criadas.

Pero, ¿a qué obedecía la súbita ira de la señorita Montflater en aquella ocasión? Una acción tan sencilla como recoger y entregar un pañuelo, había levantado una tempestad. Era que el ojito derecho de la directora, la gloria de la escuela, la hija de un marqués que honraba con su presencia el establecimiento, por un capricho de la Naturaleza, era fea y torpe, en tanto que Eduarda, la pobre huérfana educada de balde, era hermosa, tenía talento y ganaba de hecho todos los premios. De aquí que la menor acción, el más mínimo movimiento de la joven irritara a la señorita Montflater hasta el punto que hemos visto.

—Retírate a tu cuarto, Eduarda, y no salgas sin mi permiso —dijo la directora—. Y en cuanto a ti —añadió dirigiéndose a Nelly—, dile a tu ama que si tiene la libertad de volver a enviarte por aquí, me dirigiré a las autoridades para que la amonesten, y tú misma, si te atreves a volver, sufrirás un castigo. ¡En marcha, señoritas!

La procesión, de dos en dos, con sus libros y sombrillas, siguió adelante, y la señorita Montflater, llamando a la hija del marqués para que paseara a su lado y poder así tranquilizar su ofendida dignidad, se separó de las dos profesoras, dejando que ambas fueran juntas y se odiaran un poco más, viéndose obligadas a hacerse mutua compañía.

CAPÍTULO XXX

CLAUSURA DE LA EXPOSICIÓN

El disgusto y la rabia de la señora Jarley cuando supo la amenaza de la directora Montflater, no tuvo límites. ¡Ella, la protegida de la familia real, la delicia de la nobleza y la aristocracia, verse expuesta a la vergüenza pública y a las burlas de los chiquillos!

Ideó mil medios de vengarse y de hacer pagar caro a aquella señorita sus atrevidas palabras; pero pensándolo mejor, y tranquilizándose después de algunas consultas con Jorge, el conductor de su vehículo, procuró consolar a Nelly con frases cariñosas, pidiéndole como un favor personal que pensara lo que pensara acerca de la Montflater, no hiciera más que burlarse de ella toda la vida.

Así terminó la ira de la señora Jarley. El disgusto de Nelly fue más profundo, y la impresión que le produjo no desapareció tan pronto, porque se unía a otros motivos de mayor ansiedad. Aquella tarde, como ella temía, su abuelo desapareció, no volviendo hasta bien entrada la noche. Cansada como estaba, abatida en su ánimo, esperó a que volviera, contando los minutos. Y cuando llegó, sin un cuarto, triste, pero altanero aún, sus primeras palabras fueron:

—¡Búscame dinero: lo necesito, Nelly! Te será devuelto triplicado, pero todo el dinero que llegue a tus manos, tienes que dármelo, nena. No para mí (ten presente eso), sino para ti, para usarlo en beneficio tuyo.

¿Qué otra cosa podría hacer aquella desventurada niña sino entregar a su abuelo cuanto tenía, a fin de evitar que robara a su bienhechora? La lucha que sostuvo fue grande. Si lo decía, considerarían loco a su abuelo; si no le daba dinero, lo buscaría él mismo; si se lo daba, ella misma alimentaba aquella locura, que seguiría creciendo así, sin esperanza de curación.

Torturada por esta lucha, cuando el viejo estaba ausente, y temiendo que saliera cuando estaba a su lado, su corazón se iba oprimiendo más y volvían a embargarla las anteriores tristezas, aumentadas con dudas y temores que la atormentaban hasta en sueños.

En medio de su aflicción, pensaba muchas veces en aquella hermosa y dulce joven que apenas había visto, pero cuya simpatía había podido apreciar. Si tuviera una amiga así a quien poder confiar sus penas, se tranquilizaría; pero había una distancia tan grande entre aquella señorita y ella, la humilde narradora de la Exposición, que la señora amistad era un imposible.

Llegaron las vacaciones. Todas las señoritas marcharon a sus casas y la directora se fue a Londres; de Eduarda nadie dijo una palabra. Nelly no sabía ni había ido a casa de algunos amigos o si permanecía en la escuela.

Una tarde, cuando volvía de dar un paseo, pasó por una fonda donde paraban las diligencias, y allí, abrazando a una preciosa niña que bajaba de un coche, estaba Eduarda.

Aquella niña era su hermana, a la cual no había visto hacía más de cinco años y cuya visita le costaba grandes sacrificios; pero su amante corazón ansiaba tener a su lado unos días a aquel ser tan querido, a quien no se cansaba de besar.

Cuando ambas hermanas se tranquilizaron, cogidas de la mano echaron a andar hacia la casa de una antigua criada, donde Eduarda había alquilado un cuarto para su hermanita.

Nelly no pudo resistir el deseo de seguirlas a algunos pasos de distancia y oyó los planes de ambas hermanas para aquellos días. Cuando llegó la noche, sola en su lecho, los ojos de Nelly se cuajaron de lágrimas pensando en las dos hermanas y en la separación que seguiría a aquellos venturosos días.

Siempre que Nelly podía salir, iba a donde creía encontrar a las dos hermanas; a cierta distancia las seguía si paseaban y se sentaba si ellas lo hacían, deleitándose sólo con la idea de estar tan cerca de ellas. Por la noche paseaban junto a las márgenes del río, y allí Nelly, cerca de ellas, hallaba gran consuelo en verlas y oírlas, sin que ninguna de las hermanas se fijara en aquella niña solitaria y triste.

Producto de su imaginación excitada, sentía un consuelo tan grande como si les confiara sus penas y obtuviera de ellas los consuelos que anhelaba su atribulado corazón.

Una noche, al volver a casa, Nelly se encontró con que la señora Jarley había dispuesto terminar las sesiones, según rezaba un cartel, cerrando la Exposición al día siguiente.

—¿Nos iremos de aquí en seguida, señora? —preguntó Nelly.

—Mira, niña —respondió la señora Jarley sacando otro cartel—; lee y entérate; porque ahora que se han cerrado los colegios y la gente rica se va a veranear, tenemos que acudir al público de otra clase, y ése necesita que le estimulen.

Nelly leyó el cartel, que decía así:

«A causa del numeroso público que solicita ver la Exposición, volverá a abrirse mañana, continuando abierta ocho días más.»

Al día siguiente la señora Jarley se instaló tras una mesa muy decorada y ordenó que se abrieran las puertas para que pasara el público, pero aunque éste, parado ante el pabellón, parecía interesarse en general por la señora Jarley, no hizo ningún movimiento que manifestara intención de sacar del bolsillo los sesenta céntimos que costaba la entrada. Fue aumentando el gentío hasta obstruir el paso, pero fueron tan pocas personas las que se decidieron a entrar, que la caja aumentó poco y la señora Jarley sufrió una decepción.

CAPÍTULO XXXI

SALLY BRASS

El curso de esta historia requiere que entremos en algunos detalles relacionados con la economía doméstica de Sansón Brass, y como ningún momento es más oportuno que éste, llevaremos de un salto al lector a Bevis Mark, introduciéndole en una casa pequeña y oscura, residencia de dicho procurador, y que ostentaba dos placas en la puerta. En una se leía: «Brass, procurador»; en la otra: «Se ceden habitaciones.»

En una salida del piso bajo, una mesa desvencijada atestada de papeles amarillos y desgastados por el continuo roce del bolsillo, un par de banquetas a ambos lados de la mesa y un viejo sillón de baqueta colocado junto a la chimenea y que parecía extender sus brazos, que habían sido hollados por muchos clientes; una caja de hierro de segunda mano, donde encerraba declaraciones y otros papeles importantes; dos o tres libros de texto, un tintero de barro, una salvadera y una alfombra bastante deslucida, atestiguaban que aquella sala era el bufete de Brass. Unas cortinas descoloridas por el sol, en denso velo de humo extendido por las paredes y el techo, mucho polvo y algunas telarañas, componían el menaje y decorado de aquella habitación.

Dos ejemplares de naturaleza animal terminaban el conjunto: uno era Sansón Brass, antiguo conocido del lector; el otro era su pasante, ayudante, secretario, administrador, confidente y criticón, todo en una pieza: era la señorita Brass, hermana del procurador, una especie de amazona de la ley, y a la cual no podemos dejar de describir.

Tenía unos treinta y cinco años, una figura delgada y huesuda y un continente resuelto, que si inspiraba afecto de algún admirador, le mantenía también a respetuosa distancia. Cuantas personas se acercaban a ella, quedaban atemorizadas ante su porte. Tenía tal semejanza con su hermano, que si se le hubiera ocurrido la loca idea de vestirse de hombre, nadie hubiera podido decir cuál de los dos era Sansón; tanto más, cuanto que ostentaba bajo el labio inferior cierta prominencia que alguien habría podido tomar por barba, pero que en realidad sólo eran las pestañas, que faltaban en su debido sitio. Su tez era verdosa; su voz, gruesa y rica en tonalidad, una vez oída, era difícil de olvidar. Generalmente usaba un traje del color de las cortinas, abrochado hasta el cuello, creyendo sin duda que la fealdad y sencillez eran el alma de la elegancia. No llevaba cintas en parte alguna, excepto en la cabeza, donde una corbata de gasa oscura se entrelazaba formando una especie de toca de pésimo gusto.

Así era la señorita Brass en su físico. En la inteligencia, era un ser superior. Estuvo dedicada desde su más tierna juventud al estudio de las leyes, no concretándose a la teoría, sino practicando hábilmente todos los menesteres de la oficina, desde la copia perfecta de documentos y expedientes hasta el corte de una pluma. Es imposible comprender cómo semejante maravilla permanecía soltera.

Una mañana, Sansón Brass, sentado en su banqueta, escribía nerviosamente una copia de un proceso, y la señorita Sally, sentada en la suya, cortaba una pluma destinada a extender una factura, que era su ocupación favorita. Largo rato estuvieron en silencio, hasta que la señorita lo rompió diciendo:

—¿Vas concluyendo, Samy? —en los dulces y femeninos labios de Sally, Sansón se convertía en Samy, y todas las cosas adquirían una expresión suave.

—No —respondió su hermano—, si me hubieras ayudado a tiempo, ya estaría hecho.

—¿De veras? —añadió Sally— ¿Necesitas mi ayuda? ¿Pues no dices que vas a tomar un escribiente?

—Voy a tomarlo, porque quiero; para darme gusto, provocativa pécora —dijo Brass poniéndose la pluma en los labios y mirando a su hermana con rencor—. ¿Por qué me fastidias tanto con el escribiente?

Debemos observar aquí que las frases despreciativas que usaba Brass al hablar a su hermana eran naturales en él, que la consideraba como si fuera de su propio sexo y que a ella le hacían el mismo efecto que si la llamara ángel.

—Lo que digo es que, si fuéramos a tomar escribientes porque los clientes lo desean, podíamos cerrar la oficina y dejar el oficio —dijo la señorita, que en nada hallaba más placer que en irritar a su hermano.

—¿Tenemos muchos clientes como el que lo desea? ¡Contéstame! —repuso Brass.

—Mira —prosiguió, viendo que su hermana guardaba silencio—, mira el registro de facturas; señor Daniel Quilp; señor Daniel Quilp; señor Daniel Quilp por todas partes —añadió repasando las hojas—. ¿Puedo rehusar al escribiente que me proporciona diciéndome: «éste es el hombre que usted necesita», y perder tal cliente?

La señorita Sally no se dignó contestar; sonrió levemente y siguió con su trabajo.

—Ya sé lo que es —continuó Brass—: temes no poder meter la nariz en todos los asuntos, como has hecho hasta aquí. ¿Crees que no lo entiendo?

—Supongo que no podrás trabajar mucho sin mí —respondió la hermana—. ¡No me provoques, Samy, y ten cuidado con lo que haces!

Sansón Brass, que en realidad temía a su hermana, se inclinó más sobre su trabajo y, sin responder, escuchaba cómo proseguía ésta:

—Si yo dispusiera que ese escribiente no viniera, no vendría de ningún modo. Eso ya lo sabes; así, pues, no digas necedades.

Brass oyó estas observaciones con gran mansedumbre, pensando para sí que la señorita haría mejor compañera si no procurara fastidiarle tanto.

De repente desapareció la luz que entraba por la ventana, como si alguna persona la obstruyera, y cuando ambos hermanos miraron, se hallaron con Quilp que, acaballado en el antepecho, preguntaba:

—¿Hay alguien en casa? ¿Por dónde anda el Diablo? Brass, ¿vas a ganar algún premio?

—¡Qué gracia! —murmuró el procurador—. ¡Qué excentricidad! ¡Siempre de buen humor!

—¿Es usted, mi querida Sally —prosiguió el enano, mirando a la hermosa—, o es la Justicia con los ojos vendados y sin la balanza ni la espada?, ¿o es el potente brazo de la Ley, la virgen de Bevis?

—¡Qué hombre más original! —repuso Brass—. A fe mía que es lo más extraordinario que he visto.

—Abra usted la puerta —dijo Quilp—, que le traigo aquí... ¡Vaya un escribiente a propósito para usted, Brass! ¡Es un tesoro! Abra pronto, porque si hay algún otro bufete cerca, puede ser que entre en él y no pierdan la ocasión de emplearle.

Probablemente, la pérdida de aquel escribiente importaría un bledo al señor Brass; pero fingiendo gran interés, se levantó, fue a la puerta, e introdujo a su cliente, que llevaba de la mano nada menos que a un personaje tan interesante como Ricardo Swiveller.

—Esa es ella —dijo Quilp parándose y mirando a la señorita—. Esa es la mujer con quien yo debía haberme casado: es la hermosísima Sara; la mujer que tiene todos los encantos de su sexo, sin tener ninguna de sus debilidades. ¡Oh Sara, Sara! Dura como el metal cuyo nombre lleva, ¿por qué no dejar el de Brass y tomar otro apellido?

—No siga usted desbarrando, señor Quilp —murmuró la señorita Sally con áspera sonrisa—. ¿No le da a usted vergüenza decir esas cosas delante de un joven extraño?

—Este joven extraño —continuó Quilp— es lo bastante sensible para entenderme. Es el señor Swiveller, íntimo amigo mío; un caballero de muy buena familia y grandes esperanzas, pero que, debido a ciertas circunstancias de la vida, tiene que contentarse por ahora con la humilde condición de escribiente, no muy envidiable por cierto. ¡Pero qué deliciosa atmósfera!

Esta exclamación era sólo en sentido simbólico: la atmósfera real de aquella habitación estaba tan cargada que Ricardo estornudó dos o tres veces y miró con incredulidad al odioso enano.

—Me alegro mucho, señor Quilp, el señor Swiveller es verdaderamente afortunado teniendo un amigo como usted —dijo el procurador.

—¿Supongo —dijo el enano volviéndose hacia Brass— que este señor entrará en funciones cuanto antes? El lunes por la mañana.

—Ahora mismo, si quiere; sin ninguna duda —repuso Sansón.

—La señorita Sally le enseñará el delicioso estudio de las leyes —dijo Quilp—; será su guía, su amiga, su compañera. Ocupado en este estudio con la señorita Sally, los días pasarán volando.

—¡Qué bien habla! —dijo Brass—. ¡Es una delicia oírle!

—¿Dónde se sentará el señor Swiveller? —preguntó Quilp.

—Compraremos otra banqueta —repuso Brass—. Como no teníamos idea de tener un escribiente hasta que usted fue tan amable que nos lo propuso, y el recinto es tan pequeño, no hay otra; pero compraremos una de segunda mano. Entre tanto, si el señor quiere, puede ocupar mi sitio y empezar haciendo una copia bien hecha de este mandamiento de expulsión. Probablemente, estaré fuera de casa toda la mañana.

—Saldremos juntos —dijo Quilp—: tengo que hablar con usted sobre diversos asuntos de negocios. ¿Puede concederme un ratito para conferenciar acerca de ellos?

—¿Me pregunta usted si tengo tiempo para escucharle? ¡Usted bromea, señor! Tendría que estar excesivamente ocupado para no poder atenderle. No hay muchas personas que puedan aprovechar las enseñanzas y observaciones del señor Quilp; por consiguiente, sería imperdonable que yo desperdiciara la ocasión que se me ofrece.

El enano miró a su amigo sarcásticamente, se volvió para decir adiós a la señorita Sally, se despidió de Dick con un ligero movimiento de cabeza y salió con el procurador, que iba orgulloso de acompañar a su cliente.

Dick permaneció en el escritorio en completo estado de estupefacción, mirando a la arrogante Sally como si fuera un bicharraco y pensando de dónde habría salido aquella horrorosa mujer. Cuando el enano estuvo en la calle montó otra vez en el antepecho de la ventana y miró dentro de la habitación con ojos malignos, chispeantes y burlones.

La señorita Brass, ocupada como estaba con el libro de facturas, no advirtió el estupor de Dick, que la miraba de pies a cabeza con perplejidad estúpida, preguntándose cómo habría venido a estar en compañía de aquel monstruo, no sabiendo si dormía o si estaba despierto. Al fin dio un gran suspiro y, volviendo a la realidad, se quitó el abrigo, lo dobló, se puso una chaquetilla azul y, sin poder dejar de mirarla, se dejó caer sobre la banqueta de Brass profundamente consternado.

Antes de poder empezar a escribir, aún levantó Dick la cabeza dos veces más, fascinado completamente por aquella señorita. Poco a poco se fue apoderando de él un irresistible deseo de arrancarle de la cabeza aquella odiosa toca. Cogió una regla larga que había sobre la mesa y empezó a jugar con ella; en uno de los movimientos hizo saltar la maldita cofia, sin que la inconsciente doncella, que seguía escribiendo y completamente absorta en su trabajo, levantara siquiera los ojos.

Empezó a tranquilizarse. Escribió y escribió desesperadamente; después volvió a coger la regla y alzó la cofia del suelo, le dio unas cuantas vueltas en el aire y la tiró a un rincón con ademán despreciativo.

Así pudo llegar el señor Swiveller a tranquilizarse por completo y escribir media docena de renglones sin volver a coger la regla.

CAPÍTULO XXXII

EL CABALLERO MISTERIOSO

Después de unas dos horas de constante aplicación, la señorita Brass terminó su trabajo, limpió la pluma en el traje verde y tomó un polvito de una tabaquera que llevaba en el bolsillo. Luego se levantó de su banqueta, ató los papeles con un trozo de balduque y, poniéndose el rollo bajo el brazo, salió de la oficina.

Dick había escasamente dado un salto y empezado a danzar, en su alegría por verse solo, cuando se abrió la puerta, reapareciendo la cabeza de Sally.

—Voy a salir —dijo.

—Perfectamente, señora —dijo Dick, añadiendo para sí—, y no se dé usted prisa en volver.

—Si alguien viniera para algún asunto de la oficina, tome usted el recado y diga que el señor que entiende en la materia no está en este momento.

—Lo haré así, señora.

—No tardaré mucho —dijo la señorita Brass saliendo.

—Lo siento mucho, señora —añadió Dick cuando oyó cerrar la puerta—. Me alegraría de que encontrara a alguien que la entretuviera; si la pillara un coche, aunque sin hacerle mucho daño, sería mejor.

Después de manifestar este agradable deseo, con suma gravedad se sentó y empezó a meditar.

—¡Conque soy el escribiente de Brass y escribiente de la hermana de Brass; escribiente de un dragón femenino! ¡Muy bueno, muy bueno!

Quilp me ofrece esta plaza, asegurando que no la perderé; Federico apoya lo que Quilp dice, y me insta a que la acepte. Mi tía cesa en sus remesas y me escribe diciendo que ha vuelto a hacer otro testamento. ¡Sin dinero, sin crédito, sin la ayuda de Federico, que parece haber sentado de repente la cabeza, y con un apremio para que me mude de casa! ¡Dos, tres, cuatro, seis golpes! ¡Es imposible resistirlos! Pero, a pesar de todo, seguiré en mis tonos y veremos quién se cansa antes.

Tomando posesión de la oficina, abrió la ventana y se asomó a ella. Pasó un chico con cerveza y le hizo servirle medio cuartillo; después llegaron tres o cuatro muchachos que hacían recados a varios procuradores y abogados, y los recibió y despachó como si estuviera ya ducho en el asunto. Terminadas todas estas interrupciones, se sentó en su sitio, poniéndose a hacer caricaturas de la señorita Brass y silbando entre tanto.

De repente paró un coche a la puerta y un repiqueteo anunció que la visita era para Brass. Como Swiveller, que no tenía que ocuparse más que en los asuntos de la oficina, no hizo caso de la puerta, aunque sabía que no había nadie en casa.

En esto, sin embargo, se equivocaba Dick, porque después de repetirse los golpes varias veces, la puerta se abrió y alguien con paso pesado subió la escalera y entró en la habitación de encima de la oficina. Swiveller estaba pensando si sería alguna hermana gemela del dragón, cuando sintió tocar a la puerta con los nudillos.

—¡Adelante! —dijo Dick, añadiendo para sí—: Si hay muchos clientes, el asunto se complicará.

—Dispense usted, señor —dijo una vocecita delante de la puerta—, ¿quiere usted enseñar el cuarto que se alquila?

Dick miró y halló a una niña vestida con un delantal que le llegaba hasta los pies, y que quedó tan sorprendida al ver a Dick, como Dick al verla a ella.

—No tengo nada que ver con ese asunto, que vuelvan otra vez —dijo el flamante empleado.

—Haga usted el favor de venir, señor —volvió a decir la niña—. Cuesta dieciocho chelines a la semana, la ropa aparte, y fuego en invierno por chelín y medio diario.

—¿Por qué no lo enseñas tú, que lo sabes mejor que yo?

—La señorita Sally dijo que no lo enseñara yo, porque la gente, al verme tan pequeña, creería que no iban a servirla bien.

—Pero lo verán después —añadió Dick.

—Sí, pero después que lo tomen por quince días no lo van a dejar, porque a nadie le agrada mudarse todos los días.

—¿Eres la cocinera acaso? —preguntó Dick levantándose.

—Sí —dijo la niña—, yo guiso, soy doncella y hago todo el trabajo de la casa.

—Supongo que entre Brass, el dragón y yo hacemos la parte más sucia —pensó Ricardo. Después, poniéndose la pluma en la oreja, como símbolo de su importancia en la casa, se apresuró a recibir al presunto inquilino.

—Creo que usted desea ver esta habitación, caballero. Es muy linda; se ve desde la ventana toda la calle y está muy cerca... de la primera esquina.

—¿Cuánto renta? —preguntó el caballero.

—Una libra semanal —dijo Ricardo aumentando lo estipulado.

—La tomo.

—Las botas y la ropa son aparte —añadió Dick—; el fuego en invierno...

—¡Conforme, conforme! —prosiguió el caballero.

—Hay que pagar quince días adelantados.

—¡Quince días! —exclamó el caballero mirando a Dick de pies a cabeza—. Pienso vivir dos años. Tome, tome diez libras a cuenta y asunto terminado.

—Tenga usted presente, señor, que yo no soy Brass —repuso Ricardo.

—¡Brass! ¡Brass! ¿Y quién dice que lo sea usted? ¿Quién es Brass?

—El dueño de esta casa —dijo Dick.

—Me alegro mucho. Es un hombre propio de curial. ¡Cochero —dijo asomándose a una ventana— puede usted irse! Y usted, lo mismo —añadió dirigiéndose a Ricardo.

Éste quedó tan confuso ante aquel extraño inquilino, que le miró lo mismo que la señorita Sally, circunstancia que no afectó en lo más mínimo al caballero; el cual procedió a quitarse el tapabocas, las botas y toda la ropa, que fue doblando prenda por prenda y metiéndola en el baúl, que ya antes había subido un mozo. Echó los transparentes de las ventanas, corrió las cortinas de la cama, dio cuerda al reloj y con toda la comodidad posible se metió bonitamente en la cama.

—Llévese usted ese billete y que no me llamen ni entre nadie aquí hasta que yo avise —fueron sus últimas palabras.

—¡Pues vaya una casita rara! —dijo Ricardo entrando en la oficina con el billete de diez libras en la mano—. Dragonas en el negocio trabajando como hombres; cocineritas de una vara de altura que salen, al parecer, de debajo de la tierra; gente extraña que llega y se mete en la cama en medio del día sin pedir permiso a nadie. Si fuera uno de esos hombres que se echan a dormir y duermen por espacio de dos años, me habría lucido. Espero que Brass no se ofenderá. Si se ofende lo sentiré, pero después de todo, no tengo nada que ver en el asunto.

CAPÍTULO XXXIII

EL DURMIENTE

Cuando el señor Brass volvió a su casa, quedó muy satisfecho de la noticia que le dio su escribiente, y en particular con el billete de diez libras, que miró y remiró hasta convencerse de que era genuinamente auténtico. Se puso de magnífico humor, llevando su liberalidad y condescendencia hasta invitar a Ricardo a tomar un ponche en ese período indefinido que solemos denominar «un día de éstos» y reconocer que tenía extraordinaria aptitud para los negocios.

En cambio, la señorita Sally mostró gran disgusto, diciendo que, al ver el gran deseo que tenía de alojarse allí, podía habérsele pedido al extraño inquilino doble o triple cantidad. Ni una ni otra opinión hicieron mella en el ánimo de Dick, que con indiferencia completa siguió trabajando.

Al día siguiente Swiveller encontró una banqueta dispuesta para él, pero como tenía una pata más corta que las otras, discutieron unos instantes la manera de arreglarla, cosa que hizo levantar la cabeza a Sally, que trabajaba afanosamente, diciendo al mismo tiempo:

—¿Quieren ustedes callarse? ¿Cómo voy a trabajar con tanta conversación? Y tú, Samy, déjale que trabaje —señalando a Dick con las barbas de la pluma—. Seguramente no hará más de lo que pueda.

El procurador se sintió inclinado a responder una inconveniencia, pero calló por consideración y siguió escribiendo largo tiempo en silencio, de tal modo que Ricardo se quedó medio dormido varias veces y escribió una porción de palabras en caracteres muy extraños, hasta que la señorita rompió el silencio expresando su opinión de que el señor Swiveller «la había hecho buena».

—¿Hecho qué? —preguntó Ricardo.

—¿No sabe usted que el huésped no se ha levantado todavía, ni ha dado señales de vida desde que se acostó ayer tarde?

—Creo que puede dormir en paz y tranquilidad sus diez horas, si le place, señora —repuso Dick.

—Es que empiezo a creer que no va a despertar nunca —observó Sally.

—Es raro, sí —repuso Brass—. Swiveller, usted tendrá presente que ese señor entregó diez libras como parte de la renta de dos años de alquiler del cuarto. Para el caso de que le hubiera ocurrido ahorcarse o cosa por el estilo, sería mejor que lo anotara usted; en un caso así, todas las precauciones son pocas.

Ricardo escribió un pequeño memorándum y lo entregó al procurador, que lo aprobó diciendo:

—¡Perfectamente! Pero, ¿está usted seguro de que ese caballero no dijo más?

—Ni una palabra, señor.

—Recuerde bien. ¿No dijo, por ejemplo, que era forastero en Londres; que no podía dar sus referencias, aunque comprendía que nuestro deber era exigirlas, o que si le ocurría algún accidente, su baúl y cuanto contuviera quedaría a mi disposición en recompensa de las molestias que ocasionara?

—No, señor —dijo Ricardo.

—Entonces, señor Swiveller, sólo le diré que ha errado la vocación y que nunca podrá ser buen curial.

—No, aunque viva mil años no lo será —agregó la señorita Sally—. Después ambos hermanos tomaron un polvito de rapé y se quedaron absortos en profunda meditación.

Siglos le parecieron a Ricardo las horas que faltaban para la hora de comer. Apenas sintió la primera campanada, desapareció para no volver hasta pasadas las dos. Cuando volvió, la oficina quedó impregnada como por magia de un fuerte olor a limonada.

—Aún no ha despertado ese hombre —fueron las primeras palabras de Brass—. Con nada se despierta. ¿Qué haremos?

—Dejarle dormir —observó Ricardo.

—¡Pero si hace veintiséis horas que duerme! Hemos arrastrado baúles encima de su cuarto, hemos dado aldabonazos muy fuertes en la puerta de la calle y nada, no se despierta.

—Tal vez si uno subiera al tejado y se descolgara en su cuarto por la chimenea... —dijo Dick.

—Sí: eso sería excelente, pero hace falta uno que lo haga. Si hubiera alguien lo bastante generoso...

Como Ricardo no se dio por aludido, Brass le invitó a subir para examinar el terreno y, aplicando un ojo a la cerradura, murmuró:

—Sólo puedo ver las cortinas del lecho. ¿Es un hombre fuerte?

—Mucho —respondió Ricardo.

—Entonces sería una cosa muy desagradable que saliera de repente —murmuró Brass, y añadió a voces—: ¡Fuera de aquí, abandonen ustedes la escalera! Soy el amo de mi casa y no me asusta nadie; pero hay que respetar las leyes de la hospitalidad. ¡Hala!, ¡hala!

En tanto que Brass, sin dejar de mirar por el ojo de la llave, pronunciaba estas frases con ánimo de atraer la atención del huésped y la señorita tocaba apresuradamente la campanilla, Ricardo, subido sobre su banqueta a fin de que si el hombre salía enfurecido no le viera, repiqueteó una ruidosa marcha en los paños superiores de la puerta dando golpes con la regla. Entusiasmado con su invención, fue acentuando el concierto hasta apagar el sonido de la campanilla, y la criadita, que estaba parada en la escalera esperando órdenes, tuvo que taparse las orejas.

De repente se abrió violentamente la puerta; la criadita se escondió en la cueva, Sally echó a correr a su cuarto y Brass, que tenía fama de valiente, no paró hasta llegar a la calle próxima, donde, al ver que nadie le seguía, se metió las manos en los bolsillos y empezó a silbar.

Entre tanto, Swiveller, estrechándose todo lo posible contra la pared, miró atentamente al caballero que, parado en la puerta con las botas en la mano como para tirárselas a alguno, juraba y perjuraba horriblemente. Gruñendo venganza se volvía dentro del cuarto, cuando se fijó en Ricardo y le dijo:

—¿Era usted el que metía ese horroroso ruido?

—Únicamente ayudaba, señor —contestó Ricardo mostrando la regla.

—¿Y cómo se atrevían ustedes a molestarme así?

Ricardo manifestó que no era extraño, dado que había estado durmiendo veintiséis horas seguidas, que estuvieran alarmados, temiendo que le hubiese ocurrido algún accidente, y, además, no podía consentir que un hombre solo pagase por dormir como uno y durmiera como dos.

—Verdad, verdad —murmuró el huésped, y en vez de enfadarse con Swiveller, se puso a mirarle con socarronería acabando por decir en respuesta a las observaciones de Dick, suplicándole que no lo hiciera más:

—Entre, entre, granuja.

Ricardo le siguió, entrando tras él en su cuarto, sin abandonar la regla para prevenir el caso de encontrarse con alguna sorpresa; precaución de que se alegró cuando vio que el caballero, sin dar explicación de ningún género, cerró la puerta y dio dos vueltas a la llave.

El huésped abrió su baúl, sacó una especie de caja con patas que brillaba como si fuera de plata, y que tenía varios compartimentos, y en uno echó café, en otro puso un huevo, en otro una chuleta y en otro agua. Colocó debajo una lamparilla de espíritu y, con gran admiración de Dick, en pocos minutos estuvo hecho el almuerzo.

—Agua caliente —dijo, ofreciendo a Ricardo lo que iba diciendo—, ron muy bueno, azúcar y un vaso; mézclelo usted mismo pronto y beba.

El huésped, sin hacer caso de la sorpresa de Ricardo y como hombre acostumbrado a hacer tales milagros sin darles importancia, se puso tranquilamente a almorzar.

—El amo de esta casa es un curial, ¿verdad? —preguntó de pronto.

Ricardo asintió con un movimiento de cabeza.

—¿Y la señora, qué es?

—Un dragón —murmuró Dick.

El caballero no manifestó sorpresa y volvió a preguntar:

—¿Mujer o hermana?

—Hermana —añadió Ricardo.

—Tanto mejor; así puede desprenderse de ella cuando quiera.

—Quiero obrar a mi antojo —prosiguió el caballero después de un rato de silencio—; acostarme cuando quiera, levantarme cuando me acomode y entrar y salir cuando me plazca: que no me pregunten ni me espíen. En esto las criadas son el demonio; aquí sólo hay una.

—Y muy pequeña, por cierto —agregó Dick.

—Por eso me conviene la casa —prosiguió el huésped—: quiero que sepan cómo pienso. Si me molestan, perderán un buen huésped. ¡Buenos días!

—Dispense usted —dijo Ricardo parándose junto a la puerta que el caballero tenía abierta para que saliera—. ¿Y el nombre?

—¿Qué nombre? —preguntó el huésped.

—El suyo, para el caso de que vengan cartas o paquetes.

—Nunca tengo correspondencia.

—Por si vienen visitas.

—No recibo visitas.

—Si ocurre alguna equivocación no será culpa mía, señor.

—No culparé a nadie —dijo el huésped, con tal irascibilidad que Ricardo se encontró repentinamente en la escalera oyendo cerrar la puerta con violencia tras de sí.

Los hermanos Brass habían estado acechando por el ojo de la llave, sin poder oír ni ver nada, porque habían pasado el tiempo altercando sobre quién había de mirar, y, cuando Swiveller salió, corrieron a la oficina para oír el relato de los sucesos.

Ricardo hizo una relación más brillante que verídica de los deseos del caballero, declarando que tenía un repuesto de vinos y manjares de todas clases; que había asado un magnífico solomillo en dos minutos y que sólo con pestañear, había hecho hervir agua: hechos de los cuales infería que era un gran químico o un alquimista, o ambas cosas a la vez, y que su estancia en aquella casa reportaría en su día un gran honor al nombre de Brass y a la historia del barrio.

CAPÍTULO XXXIV

UN MISTERIO

Como el caballero misterioso, aun después de estar algunas semanas en la casa, no quería entenderse con nadie más que con Ricardo y pagaba todo adelantado, daba poco trabajo, no hacía ruido y se levantaba temprano, Dick llegó a ocupar un puesto importante en la familia: el de intermediario entre ellos y el misterioso inquilino, a quien nadie osaba acercarse.

Si ha de decirse la verdad, tampoco recibía muy bien a Dick; pero como éste volvía siempre citando frases en que le llamaba amigo, compañero, etcétera, todo en el tono más familiar y confidencial, mi Sansón ni Sally dudaron un momento de su veracidad.

Por otra parte, Dick había hallado favor en el ánimo de Sally. Educada y criada entre leyes, pues su padre había sido un abogado y al morir la confió a los cuidados de su hijo Sansón, no había tenido más amigos ni relaciones que las propias de la profesión. Era un alma inocente, y cuando fue observando a Dick, cuyas cualidades alegraban aquel triste bufete, quedó prendada de ellas. Dick cantaba de cuando en cuando trozos de ópera, de zarzuelas, de cuplés, de todo; hacía juegos de manos de todas clases y descripciones que en ausencia del señor Brass arrojaban de la oficina el tedio y el fastidio.

Sally descubrió estas cualidades por casualidad e instó a Dick para que no se contuviera en su presencia, cosa que él tuvo bien en cuenta; de aquí nació gran amistad entre ambos. Swiveller empezó a considerarla lo mismo que su hermano, como si fuera otro escribiente, y muchas veces consiguió que le escribiera lo que él debía hacer, servicios que agradecía dándole una palmadita en la espalda o diciéndole que era un compañero endemoniado, un perro fiel y otras lindezas por el estilo, que la señorita Sally recibía con completa satisfacción.

Una cosa preocupaba a Dick: la estancia de la criadita en aquella casa. No salía nunca, no entraba jamás en la oficina, no se asomaba a ninguna ventana, nadie hablaba de ella, nadie iba a verla; parecía habitar bajo tierra y salir a la superficie únicamente cuando sonaba la campanilla de la habitación del misterioso huésped. Entonces acudía allí, desapareciendo otra vez inmediatamente.

—Sería inútil preguntar a la señorita Brass; tengo la seguridad de que terminaría nuestra amistad —se decía Dick a sí mismo—. Daría cualquier cosa, si la tuviera, por saber lo que hace esa niña y dónde la ocultan.

Poco después la señorita Sally se limpió la pluma en el vestido y abandonó su asiento, diciendo que iba a comer. Unos momentos después Ricardo observó que bajaba por una escalerilla a la cueva.

—¡Ah, caramba! —exclamó—, va a dar de comer a la criadita. ¡Ahora o nunca!

Mirando por la barandilla apenas hubo desaparecido la señorita en aquella oscuridad, buscó a tientas el camino y llegó a una puerta que Sally acababa de atravesar llevando en la mano un pedazo de pierna de carnero. Era un lugar triste y oscuro, húmedo y bajo de techo; la chimenea donde se guisaba estaba rellena de ladrillos a fin de que sólo pudiera consumir una escasa cantidad de carbón. Todo estaba cerrado con llave: el carbón, las velas, la sal, la manteca; todo, en una palabra. Un camaleón se hubiera muerto allí desesperado.

La pequeña, en presencia de la señorita, bajaba humildemente la cabeza.

—¿Estás ahí? —preguntó ésta.

—Sí, señora —respondió la niña con voz apagada.

La señorita sacó una llave del bolsillo y abrió una despensa, sacando un plato de patatas más duras que piedras y lo dejó sobre la mesa, diciendo a la criadita que fuera comiendo. Después, afilando bien el trinchante, cortó dos delgadísimas rebanadas de carne y, sosteniéndolas en la punta del tenedor, las enseñó a la niña diciendo:

—¿Ves esto?

La muchacha, que con el hambre que tenía hubiera visto cualquier cosa, respondió que sí y la señorita Sally las dejó en el plato diciendo:

—Entonces, ten cuidadito con decir a nadie que aquí no te dan carne. ¡Come!

La infeliz criatura hizo lo que le mandaban; luego la señorita le preguntó si quería más y, como la niña estaba segura de que era pura fórmula, respondió que no.

—Has comido carne —repuso la señorita Sally resumiendo los hechos—, has tenido toda la que podías comer; te preguntan si quieres más y dices que no. Tenlo presente y no te quejes diciendo que no te dan lo que necesitas.

Con estas palabras, la señorita guardó la carne, cerró la despensa y se quedó observando a la niña hasta que terminó su ración de patatas.

La señorita Brass tenía seguramente algún motivo de queja contra aquella niña, porque no podía estar cerca de ella sin darle algún golpe con la hoja del cuchillo en la cabeza, en la espalda o en algún otro sitio, y cuando ya se retiraba, con gran sorpresa de Ricardo, volvió y le dio una paliza. La pobre niña gimió de un modo como si temiera levantar la voz y la señorita, tomando un polvo de rapé, subió la escalera, precisamente cuando Ricardo llegaba al bufete.

FIN DE «LA ODISEA DE NELLY»

SEGUNDA PARTE

EL DESCANSO
TRAS LA LUCHA

CAPÍTULO PRIMERO

POLICHINELAS EN BEVIS MARK

Entre otras rarezas de que cada día daba alguna muestra, el caballero misterioso tenía la de ser muy aficionado a los polichinelas, tomando un gran interés en sus representaciones.

Si alguna vez llegaba a Bevis Mark el sonido de la trompeta anunciadora de que los saltimbanquis pasaban cerca, se vestía apresuradamente, echaba a correr hacia el sitio donde oía el sonido y pronto volvía con la tienda y sus propietarios frente a casa del señor Brass. El caballero subía a instalarse cómodamente en una ventana y empezaba la función con todo el acompañamiento de tambores y gritos. Estos espectáculos hicieron una revolución en la tranquila barriada de Bevis Marck y la quietud huyó de aquellos lugares.

Nadie, sin embargo, se disgustó tanto como el mismo Sansón, que empleó todos los medios posibles para alejar a aquellos molestos saltimbanquis, aunque sin ofender a un inquilino tan estimable.

—Hace dos días que no hemos tenido por aquí a los saltimbanquis —decía Brass una tarde—: espero que no volverán.

—¿Por qué? —murmuró Sally—. ¿Te perjudican?

—¿Que si me perjudican? —replicó Sansón—. Pues qué, ¿es una cosa agradable estar oyéndolos continuamente, distrayéndonos y haciendo que uno rechine los dientes desesperado? ¿No es un inmenso perjuicio tener la calle interceptada con una pandilla de granujas que deben de tener la garganta de..., de...

—¡Brass! (bronce) —exclamó Swiveller.

—Eso es, de bronce —prosiguió el procurador, mirando a Ricardo para cerciorarse de que no había dicho aquella palabra con mala intención—. ¿No es perjudicial eso?

Sansón paró aquí su invectiva, escuchó un lejano sonido y, apoyando la cabeza en la palma de la mano, con los ojos fijos en el techo exclamó:

—¡Ahí viene uno!

La ventana del caballero misterioso se abrió al momento.

—¡Ahí viene otro! —dijo Brass estupefacto al oír otro sonido.

El caballero bajó de un salto y se lanzó a la calle, dispuesto a hacerlos parar allí. Swiveller, a quien aquel espectáculo divertía mucho, porque le impedía trabajar, y Sally, para quien aquel movimiento era una inusitada fiesta, tomaron posiciones en la ventana, estableciéndose lo más cómodamente posible, dentro de las circunstancias.

Se dio una representación entera, que retuvo a los espectadores encadenados hasta el fin; al terminar, todos sentían esa sensación que sigue a un período de atención sostenida, cuando el huésped, como de costumbre, dijo a los saltimbanquis que subieran a su cuarto.

—¡Los dos! —exclamó, viendo que solamente uno, pequeño y redondito, se disponía a aceptar la invitación—. Suban los dos, que quiero hablar con ambos.

—Ven, Tomás —dijo el hombrecillo.

—No soy aficionado a hablar —dijo el otro—, díselo así. ¿Para qué tengo que ir y hablar, si no tengo nada que decir?

—¿No ves que ese hombre tiene allí una botella y unos vasos? —dijo el otro con insistencia—. ¿Qué esperas? ¿Crees que el señor ese va a llamarnos otra vez? ¡No tienes pizca de educación!

Con estas observaciones, el hombre melancólico, que no era otro que Tomás Codlin, pasó delante de su amigo y compañero, Short o Trotter, y corrió hasta llegar a la habitación del caballero.

—Bueno, amigos míos, lo han hecho ustedes muy bien. Qué, ¿quieren tomar algo? Tengan la bondad de cerrar la puerta.

El caballero señaló dos sillas, expresando con un significativo movimiento de cabeza su deseo de que se sentaran. Los señores Codlin y Short, después de mirarse mutuamente dudosos e indecisos, concluyeron por sentarse en el borde de las sillas que les habían sido indicadas, en tanto que el caballero llenaba un par de vasos y los invitaba a beber con suma cortesía.

—Están ustedes bien tostados por el Sol —dijo el caballero—. ¿Han viajado mucho?

Short hizo un signo afirmativo y sonrió. Codlin hizo un gesto igual, corroborando el aserto de su locuaz compañero con una especie de gruñido.

—¿En ferias, carreras de caballos, mercados y cosas por el estilo, supongo? —prosiguió el misterioso caballero.

—Sí, señor —dijo Short—, hemos recorrido casi todo el oeste de Inglaterra.

—He hablado con hombres de la profesión de ustedes que habían recorrido el Norte, el Este y el Sur; pero no había encontrado uno que viniera del Oeste.

—Nosotros hacemos nuestra ruta por esa parte generalmente en verano, aunque hay muchos días lluviosos, en los cuales no ganamos nada.

—Voy a llenar los vasos otra vez.

—Muchas gracias, señor —dijo Codlin interviniendo en la conversación, que hasta entonces había llevado Short—. Yo sufro mucho en esos sitios, pero nunca me quejo. Short puede quejarse todo lo que quiere, pero si me quejo yo...

—Codlin vale mucho —dijo Short mirándole de soslayo—, pero a veces se duerme, Acuérdate de la última feria donde estuvimos.

—¿Cuándo cesarás de mortificarme? —murmuró Codlin—. Estaba atendiendo mi negocio y no podía mirar a veinticinco sitios al mismo tiempo. Si yo no serví para cuidar de un viejo y una niña, tampoco tú; así, no tenemos nada que echarnos en cara.

—Vale más que no hablemos de eso, Tomás —dijo Short—. Creo que no interesa por ningún concepto a este caballero.

—Entonces, no debías tú haberlo traído a cuento —añadió Codlin—, y suplico a este señor que nos dispense por obligarle a escuchar nuestras querellas.

El caballero había estado escuchando con perfecta tranquilidad cuanto decían los saltimbanquis, como si esperara la oportunidad de preguntar algo, o de encauzar la conversación otra vez hacia el asunto anterior. Pero cuando llegaron al punto en que Short acusaba a Codlin de dormilón, mostró en la discusión un interés creciente, que fue aumentando hasta llegar al máximo.

—Ustedes son los dos hombres que yo necesito —dijo—; los dos hombres que he estado buscando sin poder encontrarlos. ¿Dónde están ese viejo y esa niña de que han hablado?

—Señor... —murmuró Short mirando a su amigo y titubeando.

—Sí, ese viejo y esa niña que viajaban con ustedes, ¿dónde están? Si hablan y lo dicen, tengan la seguridad de que no perderán ustedes nada; al contrario, tendrán más de lo que pueden esperar. Han dicho ustedes que los perdieron de vista en las carreras, según he podido entender. Sabemos su ruta hasta allí, pero nada más; allí parecen perderse. ¿No tienen ustedes algún dato, algo que sirva de clave para encontrarlos?

—¿No te dije siempre —dijo Short mirando con asombro a su amigo— que seguramente andarían indagando su paradero?

—¿Y no dije yo —repuso Codlin— que aquella hermosa niña era la criatura más interesante que jamás había yo visto? ¿No te dije varias veces que la quería y que no sabría dónde ponerla? ¡Preciosa criatura! Parece que la estoy oyendo: «Codlin es mi amigo, Short no», mientras una lágrima de gratitud se escapaba de sus ojos.

Al decir esto, Codlin se limpió los ojos con la manga de su chaqueta y movió la cabeza con aire de pena, dejando que el caballero supusiera que desde que había desaparecido la joven había perdido su felicidad.

—¡Dios mío! —murmuró el caballero—, ¿habré encontrado al fin a estos hombres para saber únicamente que no pueden darme ningún dato? ¡Hubiera sido mucho mejor seguir viviendo con la esperanza de encontrarlos, que haberlos hallado y ver destruidas mis esperanzas de un golpe!

—Espere usted —dijo Short—, un hombre llamado Jerry... ¿Tú conoces a Jerry, Tomás?

—¡No me hables de él! ¿Qué me importa a mí Jerry cuando pienso en mi preciosa niña? «Codlin es mi amigo», decía; «Codlin, no Short».

—Un hombre que se llama Jerry —continuó Short dirigiéndose al caballero—, que tiene una colección de perros, me dijo incidentalmente que había visto a la niña y a su abuelo en algo así como una colección de figuras de cera que por casualidad vio transportar de un lado a otro. Como habían huido de nosotros, y él los vio por el campo, ni traté de buscarlos ni pregunté más. Pero si usted quiere, puedo averiguarlo.

—¿Está en Londres ese hombre? —dijo con impaciencia el caballero—. ¡Dígamelo pronto!

—No, no está hoy; pero estará mañana, porque se aloja en nuestra casa —repuso Short con rapidez.

—Tráigamelo usted —dijo el misterioso caballero—. Aquí hay una guinea: si por medio de ustedes encuentro a esa gente, esta guinea será el principio de veinte más. Vuelvan mañana y no hablen con nadie de este asunto; cosa que creo inútil advertir, porque ya cuidarán de callarse por su propia cuenta. Denme las señas de su casa y retírense ustedes.

Los dos hombres dieron las señas pedidas y se marcharon seguidos de la turba que los esperaba en la puerta. El caballero misterioso pasó dos horas en mortal agitación, paseando arriba y abajo por su habitación sobre las curiosas cabezas de Ricardo Swiveller y Sally Brass.

CAPÍTULO II

PESQUISAS

En tanto que se desarrollaban los sucesos narrados anteriormente, Kit, en la granja Abel, en Fichley, se captaba la voluntad de los señores Garland, de su hijo, de Bárbara y de la jaca, llegando a encontrarse tan a gusto como en su propia casa. Esto no quiere decir que olvidara a su familia y aquella humilde casita donde vivían su madre y sus hermanos. Jamás hubo una madre más alabada por su hijo que la de Kit, que nunca se cansaba de contar a Bárbara las bondades de su madre y las gracias y travesuras de Jacobito. Y en cuanto a su casa, sabía la pobreza que reinaba en ella, comprendía cuán diferente era de la de sus amos y, sin embargo, pensaba en ella gustoso, viéndola en su mente como un paraíso. Con toda la frecuencia posible, según la liberalidad del señor Garland, enviaba a su madre algún que otro chelín; algunas veces, cuando le enviaban cerca, tenía el placer de hacer una escapada para dar un abrazo a aquella madre adorada y a sus hermanitos, siendo la admiración de todos los vecinos, que oían embebecidos la descripción que de la granja, de sus maravillas y magnificencias hacía el buen muchacho.

Aunque gozaba del favor de todos los habitantes de la granja, quien más le distinguía con una predilección notoria era la obstinada jaca, que en sus manos llegó a convertirse en el animal más manso y tranquilo del mundo. Verdad es que a medida que obedecía a Kit se hacía más desobediente e indómita respecto de los demás y que aun guiada por él, solía ponerse juguetona y dar botes, pero Kit logró persuadir de tal modo a la señora de que sólo su genio alegre era lo que la ponía tan juguetona, que si hubiera volcado el coche, hubiera tenido la seguridad de que lo había hecho con la mejor intención del mundo.

Kit llegó a ser una maravilla completa en todos los asuntos relacionados con el establo; un jardinero bastante bueno, un auxiliar muy útil en la casa y un servidor indispensable para Abel, que cada día le daba nuevas pruebas de confianza y aprecio. El notario Witherden le consideraba mucho y hasta Chuckster, el pasante, se dignaba saludarle con aire de agrado y protección.

Una mañana, como de costumbre, Kit enganchó el coche y condujo a Abel a casa del notario. Se disponía a retirarse con el coche, cuando oyó que Chuckster le llamó, diciéndole que le necesitaban en la oficina.

—¿Ha olvidado algo el señorito Abel? —preguntó Kit bajando del pescante.

—No me preguntes —dijo el pasante—, entra y lo verás.

Kit se limpió cuidadosamente los zapatos y llamó a la puerta, que fue abierta instantáneamente por el notario en persona.

—Entra, Cristóbal, entra —dijo el notario. Y después, diriguiéndose a un caballero de cierta edad, grueso y bajo, que estaba en la habitación, añadió:

—Éste es el joven. Los señores Garland, clientes míos, quedaron prendados de él en mi misma puerta. Tengo mis razones para creer que es un buen muchacho y que puede usted creer cuanto le diga. Voy a presentarle a su amo, el señor Abel Garland, un joven escritor muy notable, que trabaja en mi bufete, y amigo particular mío, caballero.

—Para servir a usted —dijo el caballero desconocido.

—Igualmente, caballero —murmuró Abel con dulzura—. ¿Deseaba usted hablar con Cristóbal?

—Sí, si usted me lo permite.

—Con mucho gusto, caballero.

—El asunto que me trae aquí no es un secreto; al menos, no debe serlo aquí —añadió el caballero desconocido, viendo que Abel y el notario se disponían a retirarse—. Se refiere a un comerciante de antigüedades a quien este joven servía y que me interesa mucho encontrar. He estado muchos años ausente de esta ciudad y soy rudo y poco cortés en mis maneras, mas espero que ustedes me dispensarán, caballeros.

—Nada tenemos que dispensar, señor —replicaron a una Abel y el notario.

—He hecho muchas indagaciones en el barrio donde vivió dicho señor, y allí he sabido que este joven le servía; encontré la casa donde vive su madre, y esta señora me encaminó aquí, como el sitio más a propósito para adquirir noticias suyas. Esta es la causa de mi presencia aquí esta mañana.

—Me alegro mucho de que esa causa me ofrezca la oportunidad de verme honrado con su visita —dijo el notario.

—Caballero, habla usted como un hombre de mundo; pero creo que vale usted mucho más —repuso el desconocido—, así que no se moleste en dirigirme cumplidos.

—¡Hum! —tosió el notario—, es usted muy llano, señor.

—Soy llano en todo; en mi conversación y en mis hechos. Si usted halla ofensa en mi trato, ya tendremos ocasión de buscar excusas.

El notario parecía algo desconcertado por la manera como aquel hombre conducía la conversación; Kit le miraba atónito y con la boca abierta, pensando en el modo como le hablaría a él, cuando hablaba así nada menos que a un notario. Sin embargo, no mostró dureza al dirigirse al muchacho, diciéndole apresuradamente:

—¿Espero que no me harás la injuria de creer que hago estas pesquisas con otro objeto que el de servir y ayudar a los que busco? Te suplico que no lo dudes y que confíes en mi palabra. El caso es, caballeros —prosiguió, dirigiéndose al notario y a Abel—, que me encuentro en una posición penosa e inesperada. Me encuentro detenido, completamente paralizado en mis averiguaciones por un misterio que no puedo penetrar. Vine a esta ciudad con un objeto que me interesa mucho, esperando no encontrar obstáculos ni dificultades en mi camino; pero todos los esfuerzos que hago sirven únicamente para envolverme más en las tinieblas: casi no me atrevo a seguir adelante, por temor de que los que busco con tanta ansiedad se alejen aún más. Aseguro a ustedes que si pudieran darme alguna luz en el asunto, no les pesaría; antes estarían contentos si pudieran comprender cuánto la necesito y qué peso tan grande me quitarían de encima.

La sencillez de esta confidencia tocó el corazón del notario, que contestó en el mismo tono diciendo que lo comprendía y que haría cuanto estuviera en su mano para ayudarle.

El desconocido empezó a hacer preguntas a Kit acerca de su antiguo amo, de la niña, de sus costumbres, su soledad y su aislamiento. Las ausencias nocturnas del anciano, la soledad de la niña en aquellas ocasiones, la enfermedad del anciano, su desaparición súbita, Quilp y sus rarezas; todo fue asunto de preguntas, respuestas, discusión y comentarios. Finalmente Kit informó al caballero de que la tienda estaba desalquilada y que un cartel pegado en la puerta decía que los que solicitaran verla acudieran a Sansón Brass, procurador en Bevis Mark, que tal vez podría darle más informes.

—A mí no; no pudo solicitar ver la tienda, porque precisamente vivo en casa de Brass —repuso el caballero.

—¿Vive usted en casa de Brass el procurador? —exclamó el señor Witherden con gran sorpresa, porque le conocía perfectamente.

—¡Ay! —fue la respuesta—. Llegué allí hace unos días, principalmente porque había visto el anuncio de la tienda. Me importa poco el sitio donde había de vivir y creía que tendría más facilidad para obtener informes allí que en parte alguna. Sí, vivo en casa de Brass, cosa que supongo hable poco en mi favor, ¿verdad?

—Eso es cuestión de apreciación —dijo el notario—: su honradez en los negocios es dudosa.

—¿Dudosa? —repuso el otro—. Me alegro mucho de saber que hay duda; yo creí que eso estaba decidido ya hace mucho tiempo. ¿Podría hablar unos minutos privadamente con usted?

El señor Witherden asintió y ambos entraron en otra habitación, en la que permanecieron cosa de un cuarto de hora; después volvieron al bufete, pareciendo hallarse en muy buena armonía.

—No quiero detenerte más —dijo el caballero grueso poniendo una corona en la mano de Kit y mirando al notario—. ¡Pronto te necesitaré! Por supuesto, de este asunto no digas una palabra a nadie, excepción hecha de tus amos.

—Mi madre se alegraría de saber...

—¿Saber qué?

—Lo que se refiere a la señorita Nelly, si no había de perjudicarla.

—¿Se alegraría? En ese caso, puedes decírselo, si sabe guardar el secreto. ¡Pero ten cuidado; ni una palabra a nadie más! ¡Cuidado con olvidarlo!

—Descuide usted, señor —repuso Kit—. No lo diré a nadie. Muchas gracias, señor, y buenos días.

Pero ocurrió que el caballero, en su afán de insistir con Kit para que no dijera a nadie lo que había pasado entre ellos, fue con él hasta la puerta para repetirle la advertencia, y precisamente entonces Swiveller, que estaba parado en la calle, levantó los ojos y vio juntos a Kit y al caballero misterioso.

Fue una casualidad, que ocurrió del modo siguiente: Ricardo iba a un recado de Brass, que era socio de un casino al cual asistía también Chuckster, y al verle parado en la calle, cruzó a la acera de enfrente y se detuvo para hablar con él. En una de las veces que levantó la vista, halló al huésped de Bevis Mark en conversación seria con Cristóbal Nubbles.

—¡Hola! —dijo Ricardo—. ¿Quién es ése?

—Uno que vino esta mañana a ver a mi principal —respondió Chuckster—. Es lo único que sé de él.

—Pero, al menos, sabrá usted su nombre —prosiguió Dick.

—Pues no lo sé tampoco. Lo único que sé es que por causa de él estoy aquí parado hace veinte minutos, por lo cual le aborrezco con odio mortal y le perseguiría hasta los confines de la eternidad, si tuviera tiempo para ello.

Entre tanto, el objeto de esta conversación entró de nuevo en la casa sin que Ricardo lo notara y Kit llegó hasta allí, siendo interrogado por Swiveller con el mismo éxito.

—Es un caballero muy amable —dijo Kit—; eso es todo lo que sé de él.

Esta respuesta excitó la ira de Chuckster, que se desató en indirectas, y Dick, después de unos momentos de silencio, preguntó a Kit adónde iba. Al saberlo, dijo que precisamente aquel era su camino, así que le agradecería le dejara subir al coche. Kit hubiera rehusado seguramente, pero Swiveller, sin esperar su venia, se había instalado ya junto a él; no tuvo, pues, más remedio que fustigar a la jaca y salir a galope, para evitar despedidas entre Chuckster y su consocio.

Como la jaca estaba cansada de esperar, y Ricardo fue todo el camino animándola para que anduviera, apenas si pudieron hablar por el camino; únicamente al llegar a la casa fue cuando aquél habló, diciendo a Kit:

—Es un trabajo duro, ¿eh? ¿Quieres tomar cerveza?

Kit declinó la invitación, pero después consintió y ambos se encaminaron a una cervecería próxima.

—Beberemos a la salud de nuestro amigo sin nombre —dijo Dick levantando la espumosa copa—, ese que hablaba contigo esta mañana, ¿sabes? Yo le conozco; es un buen hombre, muy excéntrico y... ¡sin nombre!

Kit brindó también.

—Vive en mi casa —prosiguió Ricardo—; es decir, en casa del funcionario de quien soy una especie de socio cooperativo. Es un individuo que no se clarea fácilmente, pero le queremos, le queremos.

—Tengo que marcharme, señor, si usted no dispone otra cosa —dijo Kit levantándose.

—No tengas prisa, Cristóbal —repuso el anfitrión—. Vamos a brindar por tu madre.

—Muchas gracias, señor.

—Tu madre es una mujer excelente, Cristóbal —dijo Ricardo—, una buena madre; tenemos que obligarle a que haga algo por tu madre. ¿La conoce?

Kit movió la cabeza y, mirando a hurtadillas al curioso, le dio las gracias y se marchó sin añadir una palabra más.

—¡Uf! —dijo Ricardo sorprendido—: ¡qué raro es esto! Todo lo que se refiere a la casa Brass son misterios. ¡Pero hay que callar! Hasta ahora he hecho confianza con todo el mundo, pero de aquí en adelante procuraré manejarme solo. ¡Es raro... muy raro!

Después de abismarse en reflexión profunda unos minutos, levantó la cabeza y bebió otra copa de cerveza, y llamando después al muchacho que le había servido, le dio unos cuantos consejos sobre la templanza, le encargó que llevara el servicio al mostrador y, metiéndose las manos en los bolsillos, sorprendido todavía, desapareció entre los traseúntes.

CAPÍTULO III

VACACIONES

Aunque Kit tuvo que esperar largo rato a Abel aquella tarde, no fue a ver a su madre, no queriendo anticipar la alegría del día siguiente. Porque el día siguiente era el gran día, el más esperado en aquella época de su vida; era el día en que debía cobrar el primer trimestre, una cuarta parte del sueldo anual de seis libras, que sumaba la respetable cantidad de treinta chelines. Aquel día siguiente tendría media vacación, podría divertirse y Jacobito sabría lo que eran ostras e iría al circo.

Todo contribuía a hacer el día más solemne; sus amos declararon que no le descontarían nada por lo que le adelantaron para su equipo, antes bien, lo considerarían como un regalo que le habían hecho; el caballero desconocido le había dado una corona, añadiendo así cinco chelines a aquella pequeña fortuna; sabía que alguien buscaba y seguía la pista con verdadero interés para favorecer a la señorita Nelly. Además, era también el día de cobranza de Bárbara; ésta tendría media vacación, lo mismo que Kit, y la madre de Bárbara iba a ser de la partida, yendo todos a tomar té con la madre de Kit y entablar amistad mutuamente.

¡Qué contentos se pusieron! ¡Con qué gusto firmaron su recibo cuando el señor Garland, poniéndoles el dinero en la mano, les manifestó individualmente su satisfacción!

Y después la madre de Bárbara, ¡qué satisfecha se mostró de ver a Kit y cómo alabó sus buenas cualidades!

La madre de Kit, por su parte, los recibió espléndidamente. Los pequeños fueron muy buenos, todo fue a las mil maravillas y antes de cinco minutos todos eran tan amigos como si se conocieran de toda la vida.

—Las dos somos viudas —dijo la madre de Bárbara—. Era forzoso que nos conociéramos.

—No tengo ninguna duda —añadió la señora Nubbles—. ¡La lástima es que no nos hayamos conocido antes!

Así continuaron en agradable conversación hasta que llegó la hora de pensar en la función, para la cual tenían que hacer grandes preparativos de chales y sombreros, sin contar con un pañuelo lleno de naranjas y otro lleno de manzanas, que requerían algún tiempo antes de quedar perfectamente atados, dada la tendencia que tenían aquellas frutas a rodar por la mesa. Al fin todo estuvo listo y marcharon con gran prisa.

Llegaron al teatro y, dos minutos después, antes de que se abriera la puerta, medio aplastaron a Jacobito: el pequeño recibió algunas contusiones, la madre de Bárbara perdió el paraguas, y Kit dio un golpe en la cabeza a un hombre con el lío de manzanas porque había empujado a las madres con inusitada violencia, y le armó una trifulca. Una vez sentados, confesando que no podían haber encontrado mejores puestos ni aun escogiéndolos consideraron todo lo sucedido como parte esencial de la fiesta.

La madre de Kit había hablado incidentalmente de Nelly cuando tomaban el té, y Bárbara, en medio del interés que el circo despertaba en ella con los diversos espectáculos que se ofrecían a su vista y que tan pronto la hacían reír como quedarse suspensa, no podía alejar de su mente a la niña.

—Esa Nelly , ¿es tan bonita como la señora que salta las cintas?

—¿Tanto como ésa? —dijo Kit—. ¡Es doble bonita!

—¡Ay, Cristóbal! Yo creo que esa señora es la criatura más hermosa del mundo —dijo Bárbara.

—¡Qué tontuna! —observó Kit—. Es bonita, no lo niego, pero recuerda lo pintada y compuesta que está. Tú eres mucho más bonita que ella, Bárbara.

—¡Cristóbal! —dijo Bárbara ruborizándose.

—Sí, hija mía, y lo mismo tu madre.

¡Pobre Bárbara!

El circo no fue nada en relación con lo que gozaron después en un despacho de ostras. Entraron en un reservado y pidieron tres docenas de ostras de las mayores que hubiera. Kit indicó al camarero que anduviera listo y, cumpliendo el encargo, pronto estuvo de vuelta con pan tierno, manteca fresca y ostras enormes; todo acompañado de un gran jarro de cerveza.

Empezaron a cenar con buen apetito, excepto Bárbara, que declaró que sólo podría comer dos, aunque a fuerza de ruegos pudo llegar hasta cuatro. La nota más saliente de la noche fue Jacobito, que comió ostras como si hubiera nacido sólo para ese oficio y después se entretuvo chupando las conchas. El pequeñín no cerró los ojos en toda la noche, pero estuvo muy quieto, tratando de meterse una naranja entera en la boca y mirando las luces atentamente. En suma, jamás hubo una cena más alegre. Cuando Kit, pidiendo un vaso de algo caliente para terminar, propuso brindar por los señores Garland, difícilmente se hubieran encontrado en el mundo seis personas más felices que aquéllas.

Pero como toda felicidad tiene su término, y como era ya tarde, convinieron en que iba siendo hora de retirarse; así que, después de acompañar a Bárbara y su madre a casa de unos amigos, donde iban a pasar la noche, y de haber hecho grandes planes para el próximo trimestre, citándose para volver a Finchley muy tempranito, Kit y su madre, cogiendo en brazos a los pequeños, se volvieron alegremente a su casa.

CAPÍTULO IV

PREPARANDO EL VIAJE

A la mañana siguiente Kit despertó con esa sensación de cansancio que sigue a un día de diversión y ya no sentía tanto placer al pensar en el próximo trimestre.

Apenas los resplandores del Sol saliente le indicaron que era tiempo de partir para empezar de nuevo sus diarias obligaciones, salió para encontrar a Bárbara y a su madre en el sitio designado de antemano, teniendo cuidado de no despertar a su familia, no sin haber entregado a su madre todo el dinero que le quedaba.

Llegaron a Finchley tan a tiempo, que Kit pudo limpiar perfectamente el caballo y Bárbara ocuparse en los asuntos culinarios antes que los señores bajaran a almorzar; puntualidad que éstos supieron apreciar. A la hora fijada, o mejor aún, al minuto, pues toda la familia era el orden y la puntualidad personificados, Abel salió para tomar el coche que pasaba para Londres, pues Kit tenía que ayudar al señor Garland en un trabajo de jardinería.

—De modo que has hallado un nuevo amigo, ¿eh, Kit? Eso me ha dicho Abel —dijo el anciano.

—Sí, señor, y se portó muy bien conmigo, por cierto.

—Me alegro mucho de oírlo —dijo el caballero con una sonrisa—, pero creo que está dispuesto a portarse mejor aún, Cristóbal.

—¿De veras, señor? Es muy bondadoso al pensar así, pero yo nada he hecho que merezca su atención —repuso Kit.

—Parece que tiene gran deseo de tomarte a su servicio —prosiguió el caballero—. ¡Ten cuidado no te caigas de esa escalera! —añadió, viendo que Kit vacilaba al clavar un clavo, subido en los últimos travesaños de una escalera de mano.

—¿Tomarme a su servicio? —exclamó Kit sorprendido—. Supongo que no lo dice de veras.

—Sí, sí, lo dice formalmente; así, al menos, lo ha dicho Abel.

—¡Nunca he oído cosa igual! —observó Kit mirando a su amo—. Y por cierto que me sorprende mucho.

—Mira, Cristóbal, este es un asunto que te interesa mucho y debes pensarlo —continuó el señor Garland—. Ese caballero puede darte más sueldo que yo. No creo que te trate con más cariño y confianza, no, seguramente no; pero sí que pague mejor tus servicios.

—Bueno —repuso Kit—, ¿qué importa eso?

—Déjame continuar —repuso el anciano—, no es eso todo. Ese caballero sabe que fuiste un criado fiel cuando servías a tus últimos amos, y si, como es su deseo, llega a encontrarlos, seguramente tendrás tu recompensa. Además, tendrías así el placer de reunirte con esos amos a quienes tanto quieres. Tienes que considerarlo todo, Kit, y no tomar ninguna decisión sin pensarlo bien.

Kit sintió un vértigo, un dolor momentáneo; pensando continuar en la resolución que había tomado ya, comprendió que así renunciaba a la realización de sus acariciadas esperanzas, pero su vacilación sólo duró un instante y respondió a su amo:

—Ese señor no tiene derecho alguno para creer que yo voy a dejar a mis señores por irme con él. ¿Cree que soy tonto?

—Tal vez lo creerá más si rehúsas su oferta, Cristóbal —repuso gravemente el señor Garland.

—Pues dejadle que lo crea. Después de todo, a mí me importa poco lo que crea o deje de creer. Estoy seguro de que sería una locura dejar a unos amos tan cariñosos, tan buenos, que me recogieron en la calle pobre y hambriento (más pobre y desvalido de lo que usted puede pensar, señor), para irme con otro amo, sea quien fuere. Si la señorita Nelly apareciera y me necesitara, entonces tal vez pediría a usted permiso para que me dejara verla de cuando en cuando y servirla en lo que pudiera, después de cumplir aquí mis obligaciones. Si aparece, sé que será rica, como decía siempre su abuelo; así, pues, tampoco me necesitará. No, no, no me necesitará —añadió Kit moviendo la cabeza con aire triste—, ¡y bien sabe Dios que me alegraría de que así fuera! Aunque yo la serviría de rodillas.

Kit siguió expresando el agradecimiento que sentía por sus amos con frases muy elocuentes, y no sabemos cuánto hubiera tardado en bajar de la escalera, si no se hubiera presentado Bárbara diciendo que habían llevado una carta de la oficina, que puso en manos de su amo.

—Di al mensajero que entre, Bárbara —dijo el anciano después de leerla, y volviéndose a Kit, añadió—: Veo que no te sientes inclinado a dejarnos y para nosotros sería una verdadera pena separarnos de ti, pero si ese caballero te necesita una hora o cosa así de cuando en cuando, tendremos mucho gusto en concedérselo y esperamos que accederás a sus deseos. Aquí viene el pasante. ¿Cómo está usted, caballero?

Este saludo se dirigía a Chuckster, que respondió alabando las bellezas del país y los encantos de aquella casa, y suplicando le dejaran llevarse a Kit, como decía la carta, a cuyo fin tenía un coche esperando a la puerta.

El señor Garland consintió y propuso a Chuckster tomar un refresco antes de partir.

Cuando llegaron a casa del notario, Kit entró directamente en la oficina, donde Abel le invitó a sentarse para esperar al caballero que deseaba verle, porque había salido y quizá tardaría; predicción que se cumplió, porque Kit comió, tomó el té y se durmió varias veces antes de que aquel misterioso personaje apareciera. Al fin llegó apresuradamente y se encerró en una habitación con el notario; después llamaron a Abel y continuaron la conferencia.

Ya Kit empezaba a preguntarse para qué le necesitarían, cuando le avisaron que entrase también él.

—Cristóbal, he encontrado a tus amos —le dijo el caballero apenas entró.

—¿Dónde están, señor? —preguntó Kit con los ojos húmedos y brillantes de alegría—. ¿Cómo están? ¿Están lejos de aquí?

—Muy lejos —repuso el caballero moviendo la cabeza—, pero me voy esta noche para traerlos y quiero que tú vengas conmigo.

—¿Yo, señor? —exclamó Kit lleno de sorpresa y alegría.

—El lugar donde me ha dicho el hombre de los perros que los vio está a unas quince leguas de distancia, ¿no es eso? —dijo mirando al notario como interrogándole.

—De quince a veinte —repuso éste.

—¡Uf! Si viajo toda la noche, llegaré allí mañana tempranito; pero la cuestión es que, como no me conocen, y la niña teme que quieran coger a su abuelo para encerrarle, necesito llevar a este muchacho, a quien conocen, para que pueda ser testigo de mi benévola intención.

—Sí, sí —dijo el notario—, es preciso que vayas, Cristóbal.

—Dispensen ustedes, señores —exclamó Kit, que había escuchado en silencio esta relación—, pero temo que si esa es la única razón, mi ida produciría probablemente un efecto contraproducente. La señorita Nelly me conoce y confiaría en mí, pero su abuelo no quería verme delante de sí antes de su enfermedad. Yo no sé por qué, ni nadie lo sabe; pero la señorita me dijo que no tratara de verle jamás. Temo que si voy, toda la molestia que usted se toma resultará inútil. Daría cuanto poseo por ir, pero es mucho mejor que no vaya.

—¡Otra dificultad! —exclamó el impetuoso caballero—. ¿Ha habido alguien que encuentre más contrariedades que yo? ¿Hay alguien que los conozca y en quien ellos tengan confianza?

—¿Hay alguien, Cristóbal? —le preguntó el notario.

—Nadie señor, excepto mi madre —respondió Kit.

—¿La conocen ellos? —preguntó el caballero misterioso.

—¡Conocerla! Claro que sí, señor: ella era la que iba con mucha frecuencia para hacer los recados y la querían tanto como a mí. Desde que desaparecieron, está esperando el día que vayan a su casa.

—¿Y dónde diablos está esa mujer? —dijo el caballero con impaciencia cogiendo su sombrero—. ¿Por qué no ha venido? ¿Cómo es que no está aquí cuando la necesitan?

Y el caballero se disponía a echar a correr para obligar por fuerza a la madre de Kit a entrar en una silla de postas y llevársela, pero Abel y el notario le impidieron llevar a cabo tan violenta resolución, persuadiéndole de que podía preguntar a Kit si estaría dispuesta a emprender un viaje tan rápido.

Esta pregunta dio origen a dudas en Kit, a violentas demostraciones en el caballero y a discursos tranquilizadores por parte de Abel y del notario.

Al fin Kit prometió que su madre estaría pronta dentro de dos horas para emprender la expedición y salió escapado, a fin de tomar sus medidas para el exacto cumplimiento de aquella promesa.

Marchó aprisa por calles populosas, por callejones extraviados, por plazas y sitios solitarios, hasta llegar, como siempre que iba por aquellos barrios, a la tienda de antigüedades. Observó su aspecto triste y estropeado, sus cristales rotos, las telarañas que abundaban por todas partes, sin saber cómo había llegado allí, y después de unos minutos emprendió el camino de su casa.

—¿Y si no estuviera mi madre allí? —pensó según iba llegando—. Si no la encontrara, el buen caballero se pondría hecho una furia. ¡Y no veo luz! ¡Y está cerrada la puerta!

Llamó dos veces y al fin se asomó una vecina, la cual le dijo que su madre estaba en una iglesia a la que solía ir algunas noches.

—Haga usted el favor de decirme dónde está, porque necesito verla inmediatamente.

No fue asunto fácil, porque ninguna de las vecinas sabía bien el camino; al fin hubo una que pudo dirigirle y echó a correr como alma que lleva el diablo.

La iglesia era pequeña: sillas y bancos esparcidos por el centro estaban ocupados por algunas personas que dormitaban, sin oír el largo y pesado sermón que un eclesiástico predicaba. Allí estaba la madre de Kit pudiendo a duras penas tener los ojos abiertos después de la vigilia de la noche anterior. El pequeño dormía en sus brazos y Jacobito, a su lado, tan pronto dormía como despertaba sobresaltado, creyendo que el predicador le reñía por dormir.

—Ya estoy aquí —se dijo Kit—; pero, ¿cómo voy a persuadirla para que salga? ¡No se despierta y el reloj sigue corriendo!

Mirando de un lado a otro, sus ojos se fijaron en una silla colocada frente a la Epístola, y allí sentado estaba Quilp, que, aunque no había notado su presencia ni la de su madre, llamó la atención de Kit, que se quedó absorto mirándole.

Al fin se decidió a obrar y, acercándose a su madre, cogió al niño de entre sus brazos sin decir una palabra.

—¡Chist! —dijo luego—. Sal conmigo, que tengo que decirte una cosa.

—¿Dónde estoy? —preguntó la madre.

—En esta bendita iglesia —respondió Kit con mimo.

—Bendita. Verdaderamente no sabes cuán bien me siento estando aquí.

—Sí, madre, ya lo sé; pero vámonos sin meter ruido.

—¡Detente, Satanás, detente! —gritaba el predicador precisamente cuando Kit quería salir.

—¿Ves cómo el sacerdote dice que te detengas? —dijo la madre.

—¡Detente —seguía gritando el cura—, no tientes a la mujer para que te siga! Lleva en el brazo una tierna ovejuela...

Kit era el muchacho más condescendiente del Universo, pero le faltó poco para increpar al predicador. Al fin consiguió llevarse a su madre; en el camino hacia su casa le explicó lo que había pasado en casa del notario y lo que el caballero misterioso esperaba de ella.

La madre encontró una porción de inconvenientes para emprender el viaje: no tenía ropa, no podía dejar solos a los niños y otras mil dificultades, pero Kit las obvió todas y unos minutos después de la hora marcada llegó con su madre a casa del notario, donde una silla de postas esperaba ya a la puerta.

—¡Perfectamente! —exclamó el caballero—. Señora, esté usted tranquila, no le faltará nada. ¿Donde está el baúl con la ropa y demás cosas que hemos de llevar para los fugitivos?

—Aquí. Tómalo, Cristóbal, y ponlo en el coche —dijo el notario.

El caballero, dando el brazo a la madre de Kit, la llevó al coche con tanta cortesía como si hubiera sido una dama de rango y se sentó a su lado.

El coche se puso en movimiento y la señora Nubbles, asomada a una ventanilla, encargaba a su hijo que cuidara de los pequeños.

Kit, parado en medio de la calle, miraba con lágrimas aquella partida. No lloraba por los que se iban, sino por los que volverían. Marcharon a pie —pensaba— sin que nadie los despidiera, pero volverán en ese lujoso carruaje y en compañía de un caballero rico. ¡Se acabaron todas sus penas!

Lo que pensaría después, no lo sabemos; pero tardó tanto tiempo en entrar en casa del notario, que éste y Abel salieron a buscarle.

CAPÍTULO V

LA HUIDA

Dejemos a Kit meditabundo y absorto, y volvamos al encuentro de Nelly, tomando el hilo de esta verídica narración en el punto que la dejamos en el volumen anterior.

En uno de aquellos paseos en que seguía a cierta distancia a Eduarda y a su hermana, paseos que hasta allí habían constituido su único placer, la luz desapareció entre sombras y el día se convirtió en noche. Las hermanas se retiraron y volvió a quedar sola. Sentada en un banco en medio de la quietud de la noche, reflexionaba sobre su vida pasada y presente, y se preguntaba lo que sería la futura. Una separación paulatina iba teniendo lugar entre Nelly y su abuelo: todas las noches, y aun a veces de día, el viejo se ausentaba, dejando a la niña sola, evadía sus preguntas y aun, a veces, su misma presencia; pero sus peticiones de dinero y su agobiado semblante indicaban a Nelly algo muy doloroso para la pobre niña.

Sobre todo esto meditaba el día, o por mejor decir, la noche de que venimos hablando, cuando sintió sonar en la torre de la iglesia vecina unas campanadas que anunciaban que eran las nueve. Se levantó y emprendió la vuelta al pueblo.

Pasando por un rústico puentecillo de madera que conducía a un prado, vio de repente un resplandor muy vivo y, fijándose más, descubrió algo que le pareció un campamento de gitanos que habían encendido fuego y se hallaban sentados o tendidos a su alrededor. Esto no alteró su ruta, porque era tan pobre que nada temía, pero apresuró el paso.

Un tímido movimiento de curiosidad la impulsó a mirar hacia el fuego, y una silueta que percibió interpuesta la obligó a detenerse instantáneamente; pero suponiendo que no era la persona que en un principio creyó reconocer, siguió adelante. El sonido de voces que le parecieron muy familiares, aunque no podía distinguir claramente lo que hablaban, hizo que volviera la cabeza; la persona que antes creyó reconocer estando sentada, estaba entonces en pie, encorvada y apoyada en un bastón. Efectivamente, era su abuelo.

El primer impulso de la niña fue llamarle; después pensó cómo y con quién estaría allí, y por último sintió vivísimo deseo de saber a qué había ido. Se fue acercando a la lumbre y, parada entre los árboles, pudo ver y oír sin peligro de que la observaran.

Allí no había mujeres ni niños, como ella había visto en otros campamentos gitanos; únicamente había un hombre de estatura atlética que, con los brazos cruzados y recostado sobre un árbol, ya miraba al fuego, ya a un grupo de tres hombres que estaban cerca, mostrando gran interés por enterarse de su conversación. En éstos reconoció a su abuelo y a los dos jugadores que había en la hostería en la memorable noche de la tormenta.

—¿Adónde va usted? —decía el hombre gordo al anciano—. Parece que tiene mucha prisa. Váyase, váyase si quiere; usted sabe lo que debe hacer.

—Ustedes me hacen pobre, me explotan y se burlan de mí —exclamó el anciano—; entre los dos van a volverme loco.

La actitud irresoluta y débil del viejo entristeció a la niña, pero continuó escuchando y fijándose cuidadosamente en todos los gestos.

—¡Voto a Satanás! ¿Qué quiere usted decir? —dijo el gordo abandonando la posición que tenía, tumbado en el suelo, y levantando la cabeza—. ¿Que hacemos a usted pobre? Usted sí que nos empobrecería a nosotros si pudiera. Eso es lo que ocurre con estos jugadores quejumbrones y mezquinos. Si pierden, son mártires; pero cuando ganan no consideran que los demás lo son. En cuanto a explotarle, ¿qué quiere usted decir con ese lenguaje tan soez?

Cambió con su compañero y con el gitano algunas miradas que daban a entender que los tres estaban de acuerdo con algún propósito incomprensible para Nelly.

El viejo miró al que antes le hablaba, diciéndole:

—¿Por qué usa usted tanta violencia conmigo? No diga usted que no me explotan.

—No, aquí somos caballeros honrados —añadió el otro haciendo intención de terminar la frase de un modo más demostrativo.

—No le trates con dureza, Jowl —dijo Isaac—. Siente mucho haberte ofendido y desea que continúes con lo que decías antes.

—Lo desea, ¿eh? —repuso el otro.

—¡Ay! —murmuró el viejo vacilando—. Siga usted, siga, es inútil oponerme; siga usted.

—Entonces, prosigo —dijo Jowl— donde quedé cuando se levantó usted tan repentinamente. Si tiene la persuasión de que la suerte va a cambiar, como seguramente tiene que ser, y no tiene usted medios para seguir jugando, aprovéchese de lo que parece puesto de propósito a su alcance. Es decir, tómelo usted a cuenta y cuando pueda lo devolverá.

—Ciertamente —añadió Isaac—, si esa buena señora de las figuras tiene dinero, lo guarda en una caja cuando se acuesta y no cierra su puerta por temor a un fuego, la cosa es muy sencilla; es providencial, podríamos decir. Todos los días van y vienen personas extrañas. ¿Qué cosa más natural que esconderse bajo el lecho de esa señora? Eso es muy fácil hacerlo; las sospechas recaerán sobre cualquiera antes que sobre usted. Le daré el desquite hasta el último céntimo que traiga, sea cualquiera la cantidad.

—¿Tanto tienes? —preguntó Isaac—. ¿Es bastante fuerte la banca?

—¿Fuerte? Dame esa caja oculta entre las mantas —añadió dirigiéndose al gitano, el cual volvió a poco trayendo una caja de caudales, que Jowl abrió con una llave que sacó del bolsillo.

—¿Ven ustedes? —dijo cogiendo montones de monedas y dejándolas caer poco a poco—. Caen como agua. ¿Oyen su sonido? Pues no hables de banca, Isaac, hasta que la tengas tú.

Isaac protestó, diciendo que él jamás había puesto en duda el crédito de un caballero tan leal en sus tratos como el señor Jowl y que su único deseo y el objeto de su conversación había sido ver aquella riqueza.

Así continuó aquella conversación, que tanto excitaba al viejo, hasta que concluyó por dar su palabra de llevar el dinero al día siguiente.

—¿Y por qué no esta noche? —preguntó Jowl.

—Porque es muy tarde y estaría excitado —dijo el anciano—. Tengo que hacerlo con tranquilidad. ¡Mañana!

—Sea mañana, entonces —replicó Jowl—. Vamos a beber a la salud de este buen hombre.

El gitano sacó tres vasitos y los llenó de aguardiente hasta los bordes. El viejo se volvió y murmuró algo mientras bebía. Nelly creyó oír su propio nombre unido a una ferviente plegaria que pareció expresada como una súplica de agonía.

—¡Dios tenga misericordia de nosotros y nos ayude en este trance! —murmuró la niña—. ¿Qué haré para salvarle?

La conversación en voz baja continuó aún algunos minutos y, después, el viejo, despidiéndose de aquellos malvados, se retiró.

Éstos le observaron y, cuando estuvo lejos, cuando se perdió entre las sombras de la distante carretera, se miraron uno a otro y soltaron una carcajada.

—Ha necesitado más exhortación de lo que yo creía —dijo Jowl—, pero al fin es nuestro. Hace tres semanas que andamos tras eso. ¿Cuánto crees que traerá?

—Lo que quiera que sea, ya sabes que hemos de ir a medias —contestó Isaac.

El otro asintió, añadiendo:

—Tenemos que despachar pronto el asunto y marcharnos, porque si no sospecharán de nosotros.

Isaac y el gitano manifestaron su conformidad, y se divirtieron un poco a costa del viejo en una juerga que la niña no entendía; así, pues, procurando no ser vista, emprendió la vuelta y, lacerada en cuerpo y alma por los espinos y matorrales del camino y por los dolores morales que sufría, se arrojó en su lecho apenas llegó a casa.

La primera idea que cruzó por su mente fue huir; huir inmediatamente, alejándose de aquellos lugares, pues prefería morir de hambre en medio del camino, antes que consentir que su abuelo sucumbiera a tan terrible tentación. Después se acordó de que el robo debía cometerse al día siguiente y que, por tanto, tenía tiempo de pensar y resolver lo que había de hacer. Poco después se sintió acometida de un temor horrible, pensando que nada impedía que el hecho se verificara en aquel momento, y ya creía oír en el silencio de la noche gritos agudos. ¡Quién sabe lo que su abuelo sería capaz de hacer si se veía cogido *in fraganti* y sólo tenía que luchar con una mujer! Era imposible sufrir aquel tormento. Corrió al lugar donde se guardaba el dinero, abrió la puerta y miró. ¡Dios sea loado! No estaba allí su abuelo y la dama dormía tranquilamente.

Volvió a su cuarto y procuró dormir; pero, ¿quién podía dormir con aquellos temores? Cada vez la acosaban más, hasta que al fin, loca y con el cabello en desorden, corrió junto al lecho del anciano, le cogió por las muñecas y le despertó.

—¿Qué es eso? —gritó el anciano levantándose sobresaltado y fijándose en aquel semblante cadavérico.

—He tenido un sueño horrible —dijo la niña con una energía que sólo podía darle el terror—, ¡un sueño horrible! Ya lo he soñado otra vez. He soñado con hombres viejos como tú, abuelo, que entraban a oscuras, de noche, en una habitación y robaban a personas que dormían.

El viejo tembló, juntando las manos en actitud de ruego.

—No, no me ruegues a mí —murmuró la niña—, ruega al Cielo para que nos salve de ese peligro. Esos sueños son realidades. Yo no puedo dormir, no puedo permanecer aquí y no puedo dejarte solo bajo el techo donde abrigo tales temores. Levántate y huyamos.

El abuelo la miró como si fuera un espíritu y tembló más aún.

—No hay tiempo que perder, no quiero perder un minuto —dijo Nelly—. Levántate y vámonos. ¡Vámonos!

—¿Ahora? —murmuró el viejo.

—Sí, ahora mismo; mañana sería tarde. El sueño puede repetirse; únicamente la huida puede salvarnos. ¡Levántate!

El anciano saltó del lecho con la frente inundada de sudor e inclinándose ante la niña como si fuera un ángel enviado para conducirle a donde quisiera, se dispuso a seguirla. Ella le tomó la mano y salió delante.

Al pasar junto a la puerta de la habitación donde él intentaba robar, la niña tembló y miró al abuelo. Se asustó al ver su semblante lívido y su mirada avergonzada.

Nelly, llevando siempre a su abuelo como si temiera separarse de él un momento, entró en su propio cuarto, recogió su hatillo y su cesta, y entregó al anciano un zurrón, que éste se sujetó a la espalda con una correa, le dio el bastón y salieron.

Con paso precipitado y sin mirar atrás una vez siquiera, atravesaron varias calles, llegaron a una colina coronada por un antiguo castillo y ascendieron por ella penosamente. Al llegar junto a los muros del ruinoso edificio, la Luna brilló en todo su esplendor; desde aquel venerable lugar engalanado con yedras, musgos y plantas trepadoras, la niña miró al pueblo que dormía hundido en las sombras del valle; al río, que murmuraba en su serpenteante y plateado curso, y soltando la mano que aún retenía entre las suyas, se arrojó al cuello del anciano deshecha en lágrimas.

CAPÍTULO VI

POR AGUA

Pasada aquella debilidad momentánea, la niña se afirmó en la resolución que la había sostenido hasta allí, tratando de conservar en su mente la idea de que huían de la desgracia y del crimen, y de que el buen nombre de su abuelo dependía únicamente de su firmeza, sin que ni una palabra, ni un consejo, ni una mano amiga vinieran en su auxilio. Animó a su abuelo a seguir adelante y no volvió más la cabeza.

Mientras el anciano, subyugado y abatido, parecía doblegarse ante ella como si estuviera en presencia de un ser superior, la niña experimentaba una sensación nueva que la elevaba, inspirándole una energía y una confianza en sí misma que jamás había sentido antes. Todo el peso, toda la responsabilidad de la vida había caído sobre ella y, por lo tanto, ella era la que debía pensar y obrar por los dos.

—Le he salvado —pensaba—, y lo recordaré en todos los peligros y en todas las penas.

La noche seguía avanzando: desapareció la Luna, las estrellas fueron ocultando su brillo y los resplandores del alba aparecieron poco a poco. Después salió el Sol, desvaneció las neblinas y animó el mundo con sus fulgores. Cuando sus rayos empezaron a calentar la Tierra, se sentaron en las márgenes de un río y se quedaron dormidos, sin que Nelly soltara el brazo de su abuelo.

Un confuso rumor de voces, oído en sueños, despertó a la niña, que se encontró con un hombre parado junto a ellos y otros dos en una barca, que parecían sorprendidos de verlos allí.

—¿Qué es esto? —decía uno.

—Dormíamos, señor; hemos andado toda la noche —dijo Nelly.

—¡Vaya un par de sujetos a propósito para andar toda la noche! Uno es algo viejo para eso, y la otra, demasiado joven. ¿Y adónde van ustedes?

Nelly titubeó y señaló al azar hacia Occidente, a lo que el hombre preguntó si quería decir a un cierto pueblo que nombró. Nelly, para evitar más preguntas, respondió que sí.

—¿De dónde vienen ustedes? —fue la pregunta siguiente, y como ésta era más fácil de contestar, Nelly dio el nombre de la aldea donde habían encontrado al bondadoso maestro de escuela, suponiendo que allí cesarían las preguntas.

—Supusimos que alguien había molestado y robado a ustedes, eso es todo. Buenos días.

Devolviéndoles el saludo y sintiéndose libre de un peso, Nelly observó cómo subía el hombre sobre uno de los caballos que tiraban de la barca y que ésta emprendía la marcha. No había ido muy lejos cuando se paró otra vez la barca e hicieron señas a la niña.

—¿Me llamaban ustedes? —dijo Nelly corriendo hacia ellos.

—Pueden venirse con nosotros si quieren —dijo uno de los de la barca—, vamos al mismo sitio.

La niña titubeó un momento, pero pensando que los hombres con quienes había visto a su abuelo podían perseguirlos, en su afán de apoderarse del botín que esperaban, decidió marchar en la barca, para hacerlos perder todo rastro de ellos. Aceptó, pues, la oferta y acercando otra vez la barca a la orilla, subieron a bordo y se deslizaron por el río.

Llegaron a una especie de muelles y Nelly supo allí que no llegarían hasta el día siguiente al punto a donde iban; así es que como no llevaban provisiones de boca, tenían que proveerse de ellas allí. Como tenía muy poco dinero, no se atrevió a comprar más que pan y un poco de queso. Después de una media hora, la barca emprendió de nuevo su camino.

Nelly pasó ratos desagradables oyendo cómo aquellos hombres toscos reñían entre sí por cualquier cosa; a veces hasta disputaban por quién ofrecería un vaso de cerveza, pero con ella eran corteses en sumo grado y la trataban con gran respeto.

Se hizo de noche otra vez y, aunque la niña tenía frío, sus sentimientos respecto de su abuelo la sostenían contenta, pensando que dormía a su lado y que el crimen a que la había impulsado su locura no se había cometido. Este era su gran consuelo en medio de aquellas molestias.

Llegó después un momento en que uno de ellos, borrachos ya, le pidió que hiciera el favor de cantar.

—Tiene usted unos ojos muy bonitos, una voz preciosa y una memoria muy buena. Las dos primeras cualidades están a la vista; la tercera me la figuro yo. Conque cante, cante alguna canción.

—Creo que no sé ninguna, señor —respondió la niña.

—¿Que no? Lo menos sabe usted cuarenta —dijo el hombre en un tono tan grave que no admitía réplica—. Sé que sabe usted cuarenta. Venga una, la más bonita, y ahora mismo.

Nelly, para evitar las consecuencias de irritar a su nuevo amigo, tuvo que cantar algunas canciones que aprendió en tiempos más felices. Pronto se unieron a la suya las voces de los demás tripulantes, formando así un coro cuyas discordantes notas despertaron a más de un soñoliento campesino.

Llegó la mañana y empezó a llover. La niña no podía sufrir el vapor del camarote y la cubrieron con unos sacos embreados que la preservaran de la humedad. Todo el día estuvo lloviendo; la lluvia adquirió tal intensidad, que por la tarde diluviaba torrencialmente.

Por fin la barca atracó en un muelle y los hombres se ocuparon inmediatamente en sus asuntos. La niña y su abuelo, después de esperar en vano para darles las gracias y preguntarles por dónde irían, saltando a tierra y pasando por un callejón sucio y estrecho, llegaron a una calle populosa. Entre el ruidoso tumulto y la lluvia se detuvieron tan confusos y sorprendidos como si hubieran vivido mil años antes y acabaran de resucitar milagrosamente.

CAPÍTULO VII

POR TIERRA Y POR FUEGO

La masa de gente circulaba en dos direcciones opuestas, sin dar muestras de cansancio, sin cesar un momento, ocupada con sus asuntos individuales; sin preocuparse de coches, ni de carros cargados, ni de los caballos que resbalaban sobre el pavimento, ni del choque del agua en los cristales y paraguas, ni de los mil confusos ruidos que son propios de las calles de mucho movimiento en tanto que nuestros dos viajeros, asombrados y estupefactos por la prisa que todos revelaban, y de la que, sin embargo, no participaban ellos, se asemejaban a náufragos que, llevados por las olas del poderoso Océano, se cansaran de ver agua por todas partes, sin poder obtener una sola gota para refrescar sus ardorosas fauces.

Para guardarse de la lluvia se guarecieron bajo el quicio de una puerta, desde el cual observaron a cuantos pasaban; pero nadie pareció fijarse en ellos, ni a nadie se atrevieron a acudir en demanda de auxilio. Transcurrido algún tiempo dejaron aquel lugar de refugio y se mezclaron con los transeúntes.

Atardeció. El movimiento disminuyó y fueron sintiéndose más y más solos al ver que la noche avanzaba rápidamente. La pobre Nelly, temblando a causa del frío y de la humedad, enferma de debilidad y abatimiento, necesitó toda su fuerza de voluntad para seguir adelante, teniendo además que oír las quejas de su abuelo, que le reprochaba el haber abandonado a la señora Jarley y la instaba para volver allá.

No teniendo un cuarto y sin saber qué resolución tomar, volvieron al muelle, esperando que les permitieran dormir en la barca donde habían hecho el viaje; pero hallaron la puerta cerrada y unos perros que ladraban furiosamente los obligaron a retirarse.

—Tenemos que dormir al aire libre —exclamó la niña con débil voz—; mañana trataremos de ir a algún sitio tranquilo donde ganar el sustento trabajando humildemente.

—¿Por qué me has traído aquí? ¡No puedo sufrir esto! Estábamos tan tranquilos... ¿Por qué me obligaste a abandonar nuestra colocación? —rugió el viejo iracundo.

—Porque no quería volver a tener aquel mal sueño de que te hablé, abuelo, y que si no vivimos entre gente muy pobre, vendrá otra vez —respondió la niña casi llorando—. Mírame, abuelo, yo también sufro; pero si tú no te quejas, no exhalaré un lamento.

—¡Pobre, infeliz niña! —exclamó el anciano fijándose en aquel pálido semblante, en aquel traje sucio y estropeado, en aquellos pies doloridos y destrozados—. ¡Para esto he perdido mi felicidad y todo lo que tenía!

—Si estuviéramos en el campo —murmuró la niña—, buscaríamos un árbol copudo y dormiríamos bajo sus ramas, pero pronto estaremos allí. Entretanto debemos alegrarnos de estar en un sitio tan populoso, porque si alguien nos persigue aquí perderá todo rastro de nosotros. Eso es un consuelo, en medio de todo. Mira, abuelito, allí hay un escalón alto, en aquella puerta oscura. Está seco y no hace frío, porque el viento no da en él, pero... ¿qué es eso? —y lanzó un gritó al ver una forma negra que salió de repente del lugar donde iban a refugiarse y se quedó parada mirándolos.

—Vuelvan a hablar —dijo la sombra—, creo conocer esa voz.

—No, señor —respondió la niña—. Somos forasteros, y como no tenemos dinero para pagar por recogernos en algún sitio, íbamos a guarecernos aquí.

Había una lámpara lo bastante cerca para ver la miseria de aquel lugar. La persona que había salido de la sombra llevó a la niña y a su abuelo bajo aquella luz, como si quisiera demostrarles que no tenía interés en ocultarse ni quería cogerlos de sorpresa. Era un hombre de mal aspecto y vestido miserablemente, pero la expresión de su rostro no era dura ni feroz.

—¿Cómo han pensando ustedes en refugiarse ahí? —dijo—, o mejor aún, ¿cómo es que a estas horas andan buscando un refugio?

—Únicamente nuestras desgracias tienen la culpa de todo —murmuró el anciano.

—¿No ve usted cuán mojada y débil está esta niña? Las calles frías y húmedas no son el mejor sitio para ella.

—Lo sé perfectamente, pero no puedo hacer otra cosa.

El hombre miró otra vez a Nelly y tocó su traje, que goteaba por todos los pliegues, y después de unos momentos dijo:

—Puedo dar a ustedes un poco de calor, nada más. Vivo en esa casa —señalando a la puerta de donde había salido—, pero se está mejor dentro que fuera. El fuego está en un lugar molesto, pero pueden pasar la noche cerca de él y en salvo, si quieren confiar en mí. ¿Ven aquella luz?

Ambos levantaron los ojos y vieron un ligero resplandor en el cielo, débil reflejo de un fuego distante.

—No está lejos —dijo el hombre—. ¿Quieren que los lleve allá? Ustedes iban a dormir sobre ladrillos y yo puedo proporcionarles un lecho de ceniza caliente.

Y sin esperar otra respuesta que la alegría que vio en los ojos de Nelly, la cogió en brazos y dijo al anciano que le siguiera. Así caminaron cerca de un cuarto de hora por un sitio que, al parecer, era el más pobre y miserable de la ciudad, teniendo cuidado de salvar una porción de obstáculos que hallaron a su paso. Ya habían perdido la pista del camino por donde habían ido y no vislumbraban el reflejo de la luz en el cielo, cuando de repente la vieron salir por la chimenea de un edificio junto al cual se encontraban.

—Aquí es —dijo el hombre soltando a Nelly y dándole la mano—. No tengan miedo, nadie les hará daño.

Necesitaron confiar mucho en esta seguridad para entrar y, una vez dentro, volvieron a alarmarse ante el espectáculo que se presentó a su vista. Era una fundición de lingotes de hierro y acero, donde se oía un ruido insoportable. Hombres como gigantes manejaban enormes martillos, otros cuidaban de alimentar los hornos encendidos y otros, echados sobre montones de carbón o cenizas, dormían o descansaban del trabajo.

Por entre aquel extraño espectáculo, y en medio de ensordecedores ruidos, la niña y el viejo, guiados por su nuevo amigo, llegaron a un sitio oscuro donde ardía un horno noche y día. El hombre que había estado cuidando del fuego se retiró, y entonces el desconocido, extendiendo la capa de Nelly sobre un montón de cenizas, y mostrándole el sitio donde podía colgar las demás prendas para que secaran, les indicó un lugar donde podían tenderse y dormir. Después él se tumbó delante de la puerta del horno.

La fatiga y el calorcillo hicieron dormirse pronto a la niña, sin que aquel estrepitoso ruido sonara en sus oídos más que como un agradable sonido, y con sus manos enlazadas en las de su abuelo, que dormía cerca de ella, se durmió y soñó.

Al despertar vio que alguien había extendido algunas ropas entre ella y el fuego para protegerla del calor, y mirando a su desconocido amigo, observó que continuaba en la posición que antes tenía. Miraba atentamente al fuego y tan quieto, que por un momento creyó que había muerto. Levantándose con precaución y acercándose a él, se atrevió a murmurar en su oído algunas palabras.

—¿Está usted, enfermo? —le dijo—. Todos están trabajando y usted está tan inmóvil...

—No se preocupan de mí, conocen mi genio. Se ríen de mí, pero no me molestan. Este es mi amigo.

—¿El fuego? —preguntó la niña.

—Está encendido desde que nací, toda la noche la pasamos pensando y hablando juntos.

La niña le miró sorprendida, pero el hombre, mirando otra vez al fuego, murmuraba por lo bajo:

—Para mí es como un libro, el único libro que he leído jamás, y me cuenta muchas historias. Es como una música: conocería en voz entre mil; también veo en él figuras, diferentes caras y diversas escenas. El fuego me recuerda toda mi vida. Estaba exactamente igual cuando yo era niño y rondaba por aquí hasta que me dormía. Aquí murió mi padre, le vi caer ahí, precisamente donde arden esas cenizas. Cuando les encontré a ustedes esta noche en la calle, me acordé de mí mismo tal como yo era cuando mi padre murió y quedé solo, porque mi madre había muerto al nacer yo y eso fue lo que me inspiró la idea de que vinieran aquí. Cuando les he visto a ustedes durmiendo junto al fuego, me acordé otra vez, pero ha dormido usted poco. ¡Échese otra vez, échese!

Así diciendo la llevó otra vez a la ceniza y la cubrió con las ropas que la envolvían cuando despertó, y volviéndose junto al fuego, echó carbón y permaneció inmóvil como una estatua. La niña continuó observándole algún tiempo, pero al fin cedió a la somnolencia que se apoderaba de ella y se durmió tan tranquilamente como si hubiera estado en un palacio encantado y sobre un lecho de pluma.

Cuando despertó, el sol entraba por las ventanas, iluminando con su alegre luz aquel tenebroso lugar, que, por lo demás, continuaba exactamente igual que de noche.

Participaron del almuerzo de su amigo (una escasa ración de café y pan moreno) y después trataron de averiguar dónde había alguna aldea separada de todo lugar concurrido.

—Conozco poco el país, porque rara vez salimos de aquí, pero sé que hay sitios como el que ustedes buscan.

—¿Lejos de aquí? —preguntó Nelly.

—Seguramente. ¿Puede haber algo fresco y frondoso cerca de nosotros? Toda la carretera está iluminada con fuegos como el nuestro; es una carretera negra, muy rara, que seguramente asustaría a cualquiera de noche.

—Estamos aquí y tenemos que seguir adelante —dijo la niña, viendo que su abuelo escuchaba atentamente.

—Gente ruda, caminos que no se han hecho para esos piececitos, mal camino. ¿No pueden volver atrás, hija mía?

—No —respondió Nelly—. Si usted puede encaminarnos, hágalo; si no, no trate de hacernos cambiar de propósito. Usted no puede comprender el peligro de que huimos, ni cuánta razón nos asiste para hacerlo así; si lo supiera, estoy segura de que no trataría de detenernos.

—¡Dios no lo quiera, si es así! —exclamó su desconocido protector paseando sus miradas desde la niña a su abuelo, que con la cabeza inclinada no separaba los ojos del suelo—. Enseñaré a ustedes el camino desde la puerta, lo mejor que pueda. ¡Ojalá que pudiera hacer más!

Luego les enseñó el sitio por donde podían salir de la ciudad y la carretera que debían seguir, entreteniéndose tanto en su explicación, que la niña, bendiciéndole fervorosamente, echó a andar sin pararse a oír más.

No había llegado a la primera esquina cuando su protector llegó a ellos corriendo y, cogiendo una mano de Nelly, dejó en ella dos monedas sucias y mohosas. Eran sólo dos monedas de cobre, pero seguramente parecerían de oro al ángel guardián que presenciara aquella escena.

Y así se separaron: la niña para llevar su sagrada carga lejos de la culpa y la vergüenza; el obrero, para encontrar un nuevo interés en sus cenizas y leer una historia nueva en el fuego.

CAPÍTULO VIII

LLEGA EL SOCORRO

En ninguno de los viajes anteriores habían deseado nuestros viajeros campos y aire libre tan ardientemente como entonces, cuando el ruido, el humo y el valor de la gran ciudad industrial los ahogaba, y parecía hacer imposible la salida de aquel lugar.

—Dijo que teníamos que pasar dos días y dos noches antes de salir de estos lugares —pensaba Nelly—. ¡Oh! Si llegamos otra vez al campo, si salimos de estos horribles sitios, aunque sólo sea para morir, daré gracias a Dios con todo mi corazón.

Sin otro recurso que las dos monedas de su protector, y sin más estímulo que el que le presentaba su propio corazón, la niña se propuso proseguir su viaje valerosamente.

—Tendremos que ir hoy muy despacio, abuelito —dijo cuando iban penosamente por las calles de la ciudad—, tengo los pies destrozados y me duele todo el cuerpo a causa de la humedad que tomé ayer. Vi que nuestro protector nos miraba y seguramente contó con mi estado cuando dijo lo que tardaríamos en el camino.

—¿Y no habrá otro sitio por donde ir? —dijo el anciano.

—Cuando salgamos de aquí, hallaremos lugares preciosos y viviremos en paz, sin tentaciones que nos induzcan al mal, pero hay que sufrir esto.

La niña andaba con más dificultad de lo que quería dar a entender a su abuelo, porque a cada paso que daba aumentaban sus dolores, pero no exhalaba una queja, y aunque el avance fue muy lento, fue avance al fin.

¡Pero cuántas penas y cuántos dolores! Pasaron dos días con un pedazo de pan y durmiendo al raso. La niña tuvo que sentarse para descansar muchas veces, porque sus pies se negaban a sostenerla.

Al llegar la tarde del segundo día, el anciano se quejó de hambre, la niña se acercó a una de la chozas que bordeaban el camino y llamó a la puerta.

—¿Qué quieres? —preguntó un hombre flaco asomándose.

—¡Una limosna, un pedazo de pan!

—¿Ves eso? —preguntó el hombre con voz ronca—. Es un niño muerto. Hace tres meses que nos encontramos sin trabajo más de quinientos hombres. Ese es mi hijo; el tercero que se me muere, y... es el último. ¿Crees que tengo pan que darte?

La niña se separó de la puerta e impelida por su gran necesidad, llamó a otra, que cediendo a la ligera presión de su mano, se abrió repentinamente. Dos mujeres disputaban dentro y hablaban también de su miseria; la niña comprendió que aquel lugar era semejante al anterior, y huyó de allí llevándose al abuelo de la mano.

Muerta de debilidad, con agudísimos dolores que no le permitían andar, siguió adelante, prometiéndose sostenerse mientras tuviera un resto de energía. Por la tarde llegaron, al fin, a otra ciudad.

En el estado que se encontraban, era imposible sufrir la atmósfera de las calles. Mendigaron humildemente en algunas casas, pero fueron rechazados. Procuraron salir de allí lo más pronto posible y ver si en alguna casa solidaria de las afueras tenían compasión de ellos.

Llegaban ya a la última calle de la ciudad. La niña sentía que sus fuerzas se agotaban y que muy pronto le sería imposible seguir adelante, pero de repente apareció a cierta distancia de ellos un viajero que con una ligera maletilla sujeta a la espalda con una correa y apoyándose en un bastón, leía un libro, sin fijarse por dónde iba. Un rayo de esperanza iluminó el semblante de la niña, que, haciendo un esfuerzo supremo, trató de alcanzar al viajero y con voz desfallecida imploró su auxilio.

El viajero volvió la cabeza; la niña, uniendo las manos en actitud suplicante, lanzó un grito y cayó desmayada.

Era el pobre maestro de escuela, que, al reconocer a la niña, quedó tan sorprendido como ésta al ver que era él. Ante aquel inesperado encuentro, quedó silencioso y confundido, sin pensar siquiera en levantarla del suelo. Pero su confusión duró solamente un instante: arrojó el libro y el bastón, y poniéndose de rodillas en el suelo, procuró hacer que la niña volviera en sí por cuantos medios estuvieron a su alcance. El abuelo, sollozando y mesándose los cabellos, le pedía que hablara, que le diera una sola frase, pero la niña continuaba insensible.

—Está completamente desfallecida —dijo el maestro fijándose en el semblante de la niña—; la ha hecho usted andar demasiado, amigo mío.

—¡Se muere de hambre! —murmuró el viejo—, hasta ahora no había podido comprender lo débil y enferma que estaba.

Mirando al anciano con lástima y reproche al mismo tiempo, y suplicándole que le siguiera, el maestro tomó en sus brazos a la niña y echó a andar apresuradamente hasta llegar a una hostería cercana, donde, sin reparar en nadie, penetró hasta la cocina y depositó su preciosa carga en una silla cerca del fuego.

Todos los concurrentes, que sorprendidos al ver aquel triste convoy se habían levantado y los habían seguido, hicieron lo que se suele hacer en tales casos, hablaron, expusieron varios remedios y se movieron de un lado para otro, hasta que llegó la hostelera con un poco de agua caliente y aguardiente, seguida de una criada con sales y otros reactivos que, administrados concienzudamente, hicieron que la niña se recobrara hasta el punto de poder dar las gracias con un débil murmullo a sus buenos protectores y alargar su mano al bondadoso maestro, que cerca de ella la contemplaba con ansiedad. Después las mujeres la colocaron en un lecho, la cubrieron perfectamente para que entrara en calor y enviaron a buscar un médico.

El sabio galeno, sacando su reloj, le tomó el pulso y ordenó que le dieran cada media hora una cucharada de agua y aguardiente muy caliente, que le envolvieran los pies en una bayeta, caliente también, y que le dieran para cenar algo ligero, así como un alón de gallina, un buen vaso de vino y el pan correspondiente, cosas todas que deleitaron a la hostelera, porque era precisamente lo que ella había hecho y dispuesto hasta allí.

Mientras preparaban la cena, la niña durmió tranquila con un sueño reparador. Al servírsela, manifestó disgusto por no tener allí a su abuelo; entonces le hicieron entrar y cenó con ella. Después arreglaron una cama para el anciano en un cuarto junto al de Nelly y ambos durmieron tranquilamente toda la noche.

Entretanto, la posadera acosaba a preguntas al pobre maestro, que podía satisfacer mal su curiosidad, toda vez que él mismo no sabía mucho de aquellos seres abandonados y errantes.

Después dio las gracias a aquella buena mujer, suplicándole que los atendiera bien por la mañana, que él lo pagaría todo, y se fue a acostar, cosa que pronto hicieron también todos los allí reunidos.

A la mañana siguiente, la niña estaba mejor, pero tan débil que necesitaba al menos un día de reposo antes de seguir el viaje. El maestro dijo que aquella detención no contrariaba sus planes y se detuvo también.

Por la tarde, cuando la niña pudo sentarse un poco en el lecho, el maestro entró en su cuarto a hacerle una visita y manifestarle su simpatía.

—En medio de tantas bondades —dijo Nelly—, soy desgraciada pensando la carga que somos para usted. No sé cómo darle las gracias, pues sin su ayuda hubiera muerto en el camino y mi abuelo estaría solo.

—Es mejor que no hablemos de morir, y en cuanto a la carga, he hecho fortuna desde que estuvisteis en mi casa.

—¿De veras? —exclamó la niña rebosando de alegría.

—Sí —murmuró su amigo—. Me han nombrado maestro de un pueblo bastante lejos de aquí y de la aldea donde estaba antes, con el sueldo de treinta y cinco libras anuales.

—¡Cuándo me alegro! —exclamó Nelly—. Le felicito con toda mi alma.

—Ahora voy allá —continuó el maestro—. Me pagan la diligencia y todos los gastos de viaje, pero como tenía tiempo de sobra para llegar, decidí ir a pie, a fin de pasear por el campo. Ahora me alegro mucho de haberlo hecho así.

—Nosotros somos los que debemos alegrarnos —contestó Nelly.

—Sí, sí, seguramente —añadió el maestro moviéndose inquieto en su silla—. Pero tú, ¿adónde vas?, ¿de dónde vienes?, ¿qué has hecho desde que saliste de mi aldea? ¡Por favor, dímelo todo! Conozco muy poco el mundo para poder dar consejos; tal vez tú pudieras dármelos a mí mejor, pero soy sincero y sabes que desde que murió aquel niño que era todo mi amor, todo mi cariño, sólo tú tienes mis simpatías, tú eres el legado que el pobre Enrique me dejó al morir.

La bondadosa franqueza del buen maestro, su afectuosa seriedad y la sinceridad que había en sus palabras, inspiraron confianza a la niña, que le contó toda su vida, toda su historia. No tenían parientes ni amigos, ella había huido con su abuelo para librarle de una casa de locos y de todas las desgracias que tanto temía, aún entonces huía otra vez para librarle de sí mismo, buscando un asilo en algún lugar remoto y primitivo, donde no pudiera caer otra vez en aquella tentación tan temida.

El maestro la oía atónito.

—Esta niña —pensaba— ha luchado heroicamente contra todos los peligros, contra la pobreza y el sufrimiento, sostenida únicamente por la conciencia de que obra rectamente. Y, sin embargo, heroísmos así se encuentran en el mundo: ¿por qué me sorprendo al oír la historia de esta niña?

No nos importa lo que siguió pensando o pudo decir el maestro, pero sí saber que inmediatamente decidió que Nelly y su abuelo irían con él al pueblo a donde iba empleado, y que allí les buscaría alguna ocupación humilde para atender a su subsistencia.

—Lo conseguiremos —decía el maestro muy animado—, es un fin demasiado noble para no conseguirlo.

Arreglaron el viaje para la noche siguiente, a fin de poder tomar una diligencia que pasaba por allí llevando telones y vestuario de teatro. El conductor, por una pequeña remuneración, colocó a Nelly dentro, bastante cómodamente, entre los baúles y envoltorios, y dejó subir a los dos hombres y sentarse a su lado. Aquel fue un viaje delicioso. Un sueño largo y reposado por la noche y un despertar en el campo, oyendo los pájaros y aspirando los deliciosos perfumes que tanto ansiaba la pobre niña. Después, la entrada en otra ciudad, las calles populosas, el tráfico diario; todo sin molestias, descansados y sin sentir fatiga. Nunca hubiera podido creer la niña que un viaje en diligencia eran tan delicioso.

A veces bajaba del coche y andaba algunos kilómetros o bien, obligando al maestro o a su abuelo a entrar dentro y ocupar su puesto, se sentaba junto al conductor y contemplaba a su sabor el paisaje. Así prosiguieron el viaje hasta llegar a una gran ciudad, donde se detuvieron para pasar la noche. Después salieron al campo otra vez y pronto estuvieron cerca del punto de destino.

Antes de entrar en el pueblo, el maestro quiso que hicieran noche en una posada de las cercanías a fin de estar limpios y descansados antes de presentarse a las autoridades.

A la mañana siguiente fueron al pueblo, y el maestro condujo a Nelly y al anciano a una hostería para que le esperaran allí, mientras él iba a ver al alcalde y a buscar alojamiento.

La niña, sentada en la puerta, admiraba los alrededores del pueblo, las ruinas, el campo... y su alma, contenta y agradecida, se expandía en acción de gracias a Dios, que le concedía al fin un lugar de refugio y de descanso.

CAPÍTULO IX

CHASQUEADOS

La madre de Kit y el caballero misterioso, de quien hace tiempo no sabemos nada, salieron bien pronto de Londres conducidos en una magnífica silla de postas tirada por cuatro briosos caballos.

La pobre mujer, preocupada por sus hijos, iba como si fuera a un funeral, pero procuraba parecer tranquila e indiferente a todo.

Esto hubiera sido imposible para cualquier persona, a menos que sus nervios fueran de acero, porque el caballero era un torbellino, no pasaba dos minutos en la misma posición, estiraba las piernas, movía los brazos y se asomaba tan pronto a una ventanilla como a otra, cerrando después los cristales estrepitosamente. De cuando en cuando sacaba del bolsillo un objeto que encendía de repente, miraba al reloj y después tiraba la mecha encendida, sin preocuparse del efecto que podía producir. Hizo, en una palabra, tales extravagancias, que la pobre mujer, asustada, no podía pegar los ojos: iba con el alma en un hilo y pensando que se convertiría en tostón antes de volver a ver a sus hijos.

—¿Va usted cómoda? —decía alguna vez el caballero parándose de repente en uno de sus remolinos.

—Sí, señor, muchas gracias —le contestaba.

—¿De veras? ¿No tiene usted frío? ¿No le molesta nada?

—Sí, un poco el frío, solamente eso —decía la pobre mujer, por decir algo.

—¡Ya me lo figuraba yo! —decía el caballero bajando uno de los cristales delanteros—. Necesita usted algo que la entone. Pare usted en la posada más próxima —decía al conductor gritando—, y pida un vaso de aguardiente y agua bien caliente.

Era inútil que la señora Nubbles protestara que no necesitaba nada. El caballero era inexorable y, cuando agotaba todos los recursos que le obligaban a moverse, ocurría invariablemente que la madre de Kit necesitaba beber algo que la entonara.

Así, viajaron hasta medianoche, hora en que bajaron a cenar. El caballero pidió de todo lo más apetitoso que había en la casa, y como la madre de Kit no comía de todo a un tiempo ni toda la cantidad que le servía, se le puso en la cabeza que estaba enferma.

—Usted está enferma —le decía, sin hacer otra cosa que pasearse arriba y abajo por la habitación.

—Va usted a desmayarse.

—Muchas gracias, señor, estoy perfectamente.

—No, señora, no, sé positivamente que no está usted bien. ¿Cuántos hijos tiene usted, señora?

—Kit y dos más pequeños.

—¿Niños todos?

—Sí, señor.

—Yo seré su padrino.

—¡Pero si ya están bautizados!

—Pues bautícelos usted otra vez, señora. Tiene que tomar un poco de vino generoso.

—No podré beber ni una gota, señor.

—Pues tiene usted que beberlo, porque lo necesita. Debí haber pensado antes en ello.

Y agitó apresuradamente el tirador de la campanilla, pidiendo el vino tan impetuosamente como si fuera para socorrer a uno que se ahogara; después hizo que la pobre mujer bebiera cierta cantidad y la obligó a seguir cenando. Pero sin darse cuenta de ello, se quedó dormida a los pocos minutos, sueño que le duró hasta bien entrado el día, cuando ya el coche rodaba por el pavimento de las calles de un pueblo.

—Este es el sitio —exclamó el caballero bajando todas las ventanillas del coche y gritando al conductor—: ¡Llévenos a la exposición de figuras de cera!

Fustigando a los caballos, que salieron al trote largo, llegaron pronto a un edificio delante del cual había un grupo de gente y allí pararon.

—¿Qué es esto? —preguntó el caballero sacando la cabeza por la ventanilla— ¿Ocurre algo aquí?

—¡Una boda, señor, una boda! —gritaron varias voces a un tiempo.

El caballero misterioso, disgustado al verse blanco de las miradas de todo el grupo, descendió ayudado por uno de los postillones e hizo descender después a la madre de Kit, lo cual hizo que la gente volviera a gritar—: «¡Otra boda!», y alborotaran con vivas y hurras.

—¡El mundo se ha vuelto loco! —dijo el caballero atravesando por entre la multitud con su supuesta esposa—. Espérese un poco aquí, mientras llamo.

Al aldabonazo respondió un hombre muy emperejilado, que se asomó a una ventana y después abrió la puerta, preguntando qué deseaban.

—¿Quién se ha casado aquí hoy? —preguntó el caballero.

—¡Yo! —respondió aquel hombre.

—¡Usted! ¿Y con quién?

—¿Con qué derecho me hace usted esa pregunta? —exclamó el novio mirándole de pies a cabeza.

—¿Con qué derecho? —murmuró el caballero cogiendo del brazo a la madre de Kit, por temor de que se escapara—. Con uno que usted no puede comprender. ¿Dónde está la niña que tienen aquí? Se llama Nelly, ¿dónde está?

Al oír esta pregunta, alguien que estaba en una habitación próxima lanzó un grito, y una señora gruesa vestida de blanco salió a la puerta y se apoyó en el brazo del novio.

—¡Que dónde está! —gritó esta señora—. Eso es lo que yo pregunto: ¿Qué noticias me trae usted de ella? ¿Qué le ha ocurrido?

El caballero dio un salto y se quedó mirando a la señora, que hasta allí había sido Jarley, pero que aquella mañana había dado su mano a Jorge, el conductor. Al fin, saliendo de su estupor, dijo con furia:

—Pregunto a usted dónde está, ¿qué es lo que quiere usted decir?

—¡Oh, señor! —exclamó la novia—. Si viene usted a favorecerla, ¿por qué no ha venido una semana antes?

—¿Pero no... se habrá muerto? —exclamó el caballero palideciendo densamente.

—No, no es tan malo como eso.

—¡Alabado sea Dios! —murmuró el caballero—. Suplico a usted que me deje entrar.

Ambos esposos se retiraron para dejarle entrar y después cerraron la puerta.

—Aquí tienen ustedes una persona que ama más a esos dos seres que a su propia vida —dijo el caballero profundamente afectado— y, sin embargo, no me conocían, pero si alguno de los dos está aquí esta buena señora podrá verlos. Si ustedes dudan de mí y por eso me los niegan, juzguen de mis intenciones si reconocen a esta señora como a su mejor amiga.

—Siempre dije yo que aquella niña no era una niña vulgar —exclamó la señora—, pero siento en el alma no poder ayudar a usted, caballero. Hemos hecho de nuestra parte todo lo que hemos podido y todo ha sido inútil.

Después contaron todo lo que sabían de Nelly y de su abuelo, al cual consideraban trastornado, desde su primer encuentro hasta el momento en que habían desaparecido sin dejar rastro alguno, y todos los comentarios que habían hecho sobre esta desaparición, como igualmente las gestiones que hicieron, aunque inútilmente, para encontrarlos.

El caballero lo escuchó todo con el aire de un nombre abatido y desesperado por el dolor y el desengaño. Cuando hablaron del anciano, pareció afectarse profundamente, hasta el punto de derramar lágrimas.

Después el caballero manifestó que estaba perfectamente convencido de que le decían la verdad y les ofreció un presente por sus cuidados con la desvalida niña, presente que ellos se negaron a aceptar, y el caballero y la madre de Kit se instalaron de nuevo en el coche, que los condujo a una hostería.

Ya se había esparcido por el pueblo el rumor de que la niña que narraba las historias de las figuras era hija de gente rica, que había sido robada en la infancia y que su padre, aquel caballero que no podían decir si era príncipe, duque o barón, la buscaba con afán; todo el pueblo salió a ver, aunque sólo fuera de lejos, a aquel personaje que iba en coche de cuatro caballos.

¡Cuánto hubiera dado por saber, y cuántas penas se hubiera evitado si hubiera podido saberlo, que el abuelo y la niña estaban sentados en aquel instante a la entrada de otro pueblo, esperando con impaciencia la vuelta del maestro!

CAPÍTULO X

UN ENCUENTRO DESAGRADABLE

Al llegar a la hostería, el caballero bajó del coche y dando la mano a la madre de Kit, la ayudó a descender. Así atravesaron por entre la multitud de curiosos que, ávidos de emociones, los contemplaban a su sabor.

Pidieron habitaciones y un criado los condujo a una que se hallaba próxima.

—¿Le gustará esa habitación al caballero? —se oyó decir junto a una puertecilla que había al pie de la escalera, al mismo tiempo que asomaba por ella una cabeza—. Tenga usted la bondad de entrar, haga usted ese favor, caballero.

—¡Dios mío! —exclamó la madre de Kit—, ¡en buen sitio nos hemos metido!

Y tenía razón la pobre mujer, porque la persona que así los invitaba era nada menos que Daniel Quilp. La puertecilla por la cual había asomado la cabeza era la puerta de la cueva y parecía un espíritu maligno saliendo de debajo de la tierra para emprender alguna obra infernal.

—¿Quiere usted hacerme el honor de pasar adelante? —dijo el enano introduciéndose en la habitación.

—Prefiero estar solo.

—¡Perfectamente! —murmuró Quilp desapareciendo por la cueva.

—¿Cómo puede ser esto? —exclamó la madre de Kit—. Anoche mismo estaba ese hombre en la iglesia donde estuve yo y allí le dejé.

—¿De veras? —preguntó el caballero, y dirigiéndose a un mozo añadió—: ¿Cuándo ha venido ese hombre?

—Esta mañana, señor, en el coche correo.

—¿Y cuándo se va?

—No lo sé, señor. Cuando la criada le preguntó hace poco si dormiría aquí, se burló de ella y después quiso besarla.

—Dígale usted que venga, me gustará hablar con él. Dígale que venga en seguida.

—Para serviros, señor —dijo el enano—. He encontrado al criado a la mitad del camino, porque venía ya, suponiendo que se dignaría usted recibirme. Espero que estará usted bien.

El enano aguardó la respuesta algún tiempo, pero como no la recibía, se volvió hacia la señora Nubbles.

—¡La madre de Cristóbal! —dijo—, la señora más digna y más amable, ¡y con un hijo tan bueno! ¿Cómo está toda la familia menuda?

—¡Señor Quilp! —exclamó el caballero.

El enano, aplicando el oído, escuchó atentamente.

—Ya nos hemos encontrado otra vez antes de ahora.

—Ciertamente —dijo Quilp en un movimiento de cabeza—, he tenido ese honor y ese placer. No es cosa para olvidarla pronto, no señor.

—Recordará usted que el día que llegué a Londres y hallé vacía la casa adonde me dirigía, un vecino me encaminó a usted y allá fui directamente sin pararme a descansar un momento.

—Medida seria y vigorosa, pero algo precipitada —dijo el enano imitando a Sansón Brass.

—Encontré que estaba usted en posesión de todo lo que pertenecía a otro hombre, y que ese hombre, que hasta allí todos habían tenido por rico, estaba en la miseria y había sido arrojado de su hogar.

—Teníamos autorización para ello, caballero, teníamos autorización. En cuanto a ser arrojado, no es eso precisamente: se fue por su propia voluntad, desapareció de noche, señor.

—No importa —dijo el caballero misterioso—, la cuestión es que se fue.

—Sí, se fue —dijo Quilp con su exasperante circunspección—. No hay duda de que se fue, la cuestión es adónde. Esa es la incógnita.

—¿Qué he de pensar de usted, que habiendo rehusado darme ningún dato entonces escudándose con una porción de mentiras y evasivas, anda ahora siguiéndome los pasos? —exclamó el caballero mirándole severamente.

—¡Yo seguir sus pasos! —exclamó Quilp.

—¿Que no? —repuso el caballero exasperado—. ¿No estaba usted anoche a una larga distancia de aquí?

—¿Y qué? ¿No estaban ustedes allí también? —dijo Quilp completamente tranquilo—. También yo podría decir que ustedes son los que siguen mis pasos.

—Dígame usted, en nombre del Cielo —dijo el desgraciado caballero—, si sabe el objeto que me trae aquí y si puede iluminarme en algo. Dígame si tiene alguna razón especial para hacer este viaje.

—Usted cree que yo soy brujo —repuso Quilp encogiéndose de hombros—. Si lo fuera, procuraría hacer mi suerte y la haría.

—Veo que hemos hablado bastante —dijo el caballero recostándose sobre el sofá—. Tenga usted la bondad de retirarse.

—Con mucho gusto, señor —repuso Quilp—, con mucho gusto. Deseo a ustedes un feliz viaje... de vuelta. ¡Ejem!

El enano se retiró haciendo gestos horrorosos y cerró tras sí la puerta.

Una vez en su cuarto, se sentó tranquilamente, cruzó una pierna sobre la otra y empezó a repasar en su mente las circunstancias que le habían llevado allí.

Pasando por casa de Sansón Brass el día anterior, cuando el caballero misterioso estaba ausente, tuvo una conversación con Swiveller, quedando así enterado de los pasos de dicho señor y de su entrevista con Kit, e inmediatamente fue a ver a la madre, suponiendo que podría enterarle del asunto que traían los dos, pero como según sabemos ya, esta señora había ido a una iglesia, la vecina que enteró a Kit le informó primero a él y allí marchó, a fin de hablar con ella cuando saliera.

Listo como un lince, se enteró de todo apenas llegó Kit; siguiéndolos a cierta distancia, vio el carruaje y oyó la dirección que el caballero daba al conductor y, sabiendo que un coche correo salía a poco para el mismo sitio, saltó al cupé y tomó asiento en él.

—¡Conque a mí no se me hace caso y Kit es el confidente! —seguía murmurando, mientras se mordía las uñas despiadadamente—. ¿Si creerán que no tengo medios de encerrar a ese buen hipócrita tras los barrotes de una cárcel? Lo primero es encontrar a los fugitivos, después veremos. ¡Aborrezco a toda esa gente virtuosa, a todos, uno por uno!

El enano no quería absolutamente a nadie en el mundo y odiaba al anciano y a la niña en particular porque le habían engañado y eludido su vigilancia.

Pocos momentos después cambió de alojamiento y procuró hacer averiguaciones para descubrir el lugar donde se ocultaban, pero todo fue inútil: no pudo obtener el menor rastro de ellos.

Dejaron la ciudad saliendo de noche y nadie los había visto, nadie los había encontrado, ningún conductor de carruajes, diligencias o carros había visto ni oído a tales viajeros. Comprendiendo la inutilidad de sus gestiones, dejó el encargo a dos o tres personas de dudosa conducta de aquella localidad, prometiéndoles una buena recompensa si podían darle alguna noticia, y se volvió a Londres en la diligencia del día siguiente.

Cuando subió al cupé, el enano tuvo una satisfacción al ver que dentro iba la madre de Kit, circunstancia que sirvió para que la pobre mujer no tuviera tampoco un viaje tranquilo. Tan pronto se asomaba a una ventanilla haciendo visajes, como saltaba al suelo y abriendo la portezuela, mostraba su horrible semblante con una sardónica sonrisa.

Kit, que salió al encuentro de la diligencia para esperar a su madre, quedó sorprendido al ver al enano, que, asomándose por detrás del conductor, parecía un espíritu maligno, incógnito a la vista de todos excepto a la suya.

—¿Cómo estás, Cristóbal? —gruñó el enano desde el cupé—. Aquí todos bien, tu madre viene dentro.

—¿Cómo es que está ese hombre ahí, madre? —preguntó Kit.

—No lo sé, hijo, lo único que sé es que ha estado atacándome los nervios todo el día. Pero no le digas una palabra, hijo, porque es muy malo; ahora mismo está mirándonos y guiñando los ojos ferozmente.

A pesar de lo que su madre le decía, Kit se volvió a mirar a Quilp y le encontró contemplando tranquilamente las estrellas, pero no por eso dejó de dirigirle la palabra diciéndole:

—Espero que dejará usted a mi madre en paz, creo que debería usted avergonzarse de molestar a una pobre mujer, que tiene bastantes penas sin que usted la martirice, ¡monstruo!

—¡Monstruo! —murmuró Quilp para sí con una sonrisa—. Soy el enano más horrible que se podría enseñar por un perro grande. ¡Soy un monstruo! ¡Bueno, bueno!

—Si vuelve usted a molestarla —continuó Kit—, me veré obligado a pegarle—, y sin esperar la respuesta del enano, que por otra parte, no dijo nada, dio el brazo a su madre y echaron a andar todo lo aprisa que pudieron.

Quilp, son semblante tranquilo y silbando alegremente, emprendió el camino de su casa. Al llegar cerca, le pareció ver que las ventanas estaban más iluminadas que de costumbre, y acercándose sigilosamente, le pareció oír murmullo de voces, entre las cuales se oían algunas de hombre.

—¿Qué es eso? —murmuró el celoso enano—¿Reciben visitas mientras yo estoy ausente?

Buscó la llave de su casa que siempre llevaba en el bolsillo, pero no la tenía; así pues, no tuvo más remedio que llamar. Después de hacerlo dos veces muy suavemente, para no alarmar a la reunión, sintió que abrían. Era el muchacho del almacén del muelle, que apenas abrió, se encontró arrastrado a la calle por el enano, que le preguntaba:

—¿Quién está arriba? ¡Dímelo y no chilles, porque te ahogo!

El muchacho indicó la ventana con un gesto tan animado, que su amo asintió tentación de cumplir su amenaza, pero el muchacho, dando un salto, se escondió detrás de un poste y su amo tuvo que ir hasta allí.

—¿Quieres responderme? —le dijo—. ¿Qué pasa ahí arriba?

—¡Si no deja usted que uno hable...! ¡Ja, ja, ja! Creen que se ha muerto usted. ¡Ja, ja, ja!

—¡Muerto! —exclamó Quilp con una horrible sonrisa—. No. Pero, ¿lo creen así realmente?

—Creen que se ha ahogado usted. Como la última vez que le vieron fue a la orilla del muelle y después no le habíamos oído ni visto más, creíamos que se habría usted ahogado.

La perspectiva de poder espiar vivo a aquellos que le creían muerto causó un verdadero placer al enano.

—No digas una palabra de esto —dijo a su dependiente yendo de puntillas hacia la puerta y entrando sin meter ruido—. ¡Conque ahogado!, ¿eh?

Y subiendo sigilosamente, penetró en su alcoba, desde la cual podía ver y oír perfectamente todo lo que pasaba en la sala.

Allí estaba el señor Brass sentado junto a una mesa, donde había papel, pluma y tinta, y una botella de ron, del que él guardaba para sí, del propio Jamaica. Cerca de él estaba la señora Jiniver, con un vaso de ponche delante, y un poco más lejos, la Señora Quilp, su propia mujer, que aunque parecía muy triste también tenía su vaso de ponche y se mecía en una butaca lánguidamente. Completaban la reunión dos marineros, provistos cada uno de su vaso correspondiente.

—¡Si pudiera echar veneno en el vaso de esa vieja, moriría contento! —murmuró el enano.

—¡Ah! —dijo Brass rompiendo el silencio con un suspiro—. ¡Quién sabe si aun ahora mismo no estará observando por alguna rendija desde cualquier sitio, y observando con sus miradas escudriñadoras! Casi me parece ver sus ojos en el fondo de este vaso —añadió volviendo a beber—. Nunca le veremos otra vez, pero la vida es así: un momento aquí y el próximo allá, en la tumba silenciosa. ¡Y pensar que yo estoy bebiéndome su propio ron! —añadió empinando el vaso—. ¡Parece un sueño!

Acercó el vaso a la señora Jiniver, con idea, seguramente, de que se lo llenara otra vez, y volviéndose hacia los marineros añadió:

—¿Han sido también hoy inútiles las pesquisas?

—Completamente, señor —dijeron éstos.

—¡Qué lástima! —exclamó Brass—. ¡Sería un consuelo tan grande tener su cuerpo!

—Seguramente —añadió la señora Jiniver—. Si se encontrara, estaríamos completamente tranquilos.

—Respecto al anuncio dando sus señas personales —prosiguió Brass—, ¿qué decimos? Cabeza grande, cuerpo pequeño, piernas torcidas...

—¡Muy torcidas! —interrumpió la señora Jiniver.

—No hace falta, señora, está en un sitio donde eso es de poca importancia. Nos contentaremos con que sean *torcidas* únicamente.

—Creí que usted quería decir la verdad, sencillamente por eso lo decía —murmuró la señora Jiniver.

—¡Cuánto te quiero, buena madre! —murmuró Quilp para sí.

El procurador y la suegra continuaron discutiendo las señas personales del enano, hasta que llegó el turno a la nariz.

—¡Chata! —dijo la señora Jiniver.

—¡Aguileña! —gritó Quilp asomando la cabeza y enseñando la nariz—. ¿Llaman ustedes chato a esto? ¡Aguileña, y muy aguileña!

—¡Magnífico! —gritó Brass maquinalmente—. ¡Espléndido! ¡Qué hombre tan original! ¡Tiene un don especial para sorprender a la gente!

Quilp no prestó oído a estos cumplidos, ni al susto que el pobre procurador iba dominando, ni a los gritos de su mujer, ni a su suegra, ni al desmayo de aquélla, ni a la huida de ésta; fue a la mesa y cogiendo el vaso apuró su contenido. Después hizo lo mismo con las botellas, hasta que las agotó todas.

—¡Qué bueno! —exclamó el procurador recobrando su presencia de ánimo—. No hay otro hombre capaz de presentarse así. ¡Qué buen humor tiene siempre!

—¡Buenas noches! —murmuró el enano moviendo la cabeza significativamente.

—¡Buenas noches, señor! —añadió Brass yendo hacia la puerta—. Me agrada verle otra vez.

Apenas desapareció Brass, Quilp se acercó a los dos marineros, que le contemplaban con la boca abierta.

—¿Han estado ustedes buscándome hoy en el río?

—Y ayer, señor.

—¡Cuánto trabajo se han tomado ustedes por mí! ¡Muchas gracias, amigos! ¡Buenas noches!

Los dos hombres, sin atreverse a murmurar, salieron de la habitación y Quilp, cerrando la puerta, quedóse mirando a su mujer, que seguía desmayada, como si fuera presa de un mal sueño.

CAPÍTULO XI

QUILP EN SU RETIRO

Cuando la señora Quilp salió de su desmayo, rompió en lágrimas y permaneció silenciosa escuchando los reproches de su amo y señor.

La alegría de haber producido un gran disgusto y la botella de Jamaica que el enano colocó a su lado, amenguaron paulatinamente su ira y le inspiraron el espíritu sarcástico tan frecuente en él.

—¿Conque creías que había muerto? —dijo Quilp—, ¿creías que eras viuda? ¡Ja, ja, ja!

—Lo siento mucho, Quilp —dijo la pobre mujer—, lo siento tanto...

—¿Quién lo duda? —interrumpió el enano—, ¿quién duda que lo sientas mucho?

—No quiero decir que siento que estés vivo y sano, Quilp, sino que me hicieran creer que no existías. Me alegro mucho de verte otra vez, créelo, Quilp.

Aunque parezca extraño, la pobre mujer era sincera y se alegraba de que su marido viviera aún, cosa que no hizo mella en el ánimo del enano, antes bien, le excitó hasta el punto de querer sacarle los ojos.

—¿Por qué has estado ausente tanto tiempo sin avisarme? —exclamó sollozando la desgraciada Isabel—. ¿Cómo puedes ser tan cruel, Quilp?

—¿Que cómo puedo ser tan cruel? Pues porque me da la gana. Seré cruel cuando quiera. Y me voy otra vez.

—¡Otra vez!

—¡Sí, sí, otra vez! Me voy ahora mismo a donde se me antoje, al muelle, al almacén, y haré vida de soltero, dejándote gozar las dulzuras de la viudez.

—Eso no lo dirás seriamente, Quilp —exclamó su esposa sollozando.

—¿Que no? Ahora mismo me voy al almacén, me establezco allí, ¡y cuidadito con que te presentes a horas inconvenientes, porque te trago! Pero me tendrás siempre cerca de ti, observándote como si fuera una culebra. ¡Tomás, Tomás!

—¡Aquí estoy, señor! —gritó el muchacho desde la calle.

—Pues sigue ahí hasta que te avise para que lleves mi maleta. A empaquetarla, señora mía. Despierta a tu madre para que te ayude, ¡despiértala! ¡Pronto! ¡Pronto!

La señora Jiniver, asustada por aquellos gritos, apareció en la puerta a medio vestir, y ambas, madre e hija, obedecieron sumisas y en silencio las órdenes del odioso enano, que prolongó todo cuanto pudo la tarea del equipaje, empaquetando y desempaquetando los mismos objetos diferentes veces. Por fin cerró la maleta y, sin decir una palabra a las pobres mujeres, la entregó a Tomás y emprendió el camino del muelle, adonde llegó entre tres y cuatro de la mañana.

—¡Perfectamente arreglado! —murmuró Quilp cuando llegó a su despacho y abrió la puerta con una llave que llevaba siempre en el bolsillo—. ¡Perfectamente! Llámame a las ocho, perro.

Y sin más explicaciones, cogió la maleta, cerró la puerta en las narices de Tomás y, saltando al escritorio, se quedó dormido profundamente.

A la mañana siguiente dio instrucciones a Tomás para que encendiera lumbre en el patio y preparara café para almorzar, y dándole dinero, le encargó que hiciera provisión de pan, manteca, azúcar, arenques y otros comestibles, con lo cual en pocos minutos quedó dispuesta una sustanciosa comida. El enano se regaló admirablemente, revelando gran satisfacción por aquel modo de vivir, semejante al de los gitanos, y que proyectaba hacer desde hacía algún tiempo tan pronto como tuviera ocasión para ello, a fin de no estar sujeto por los lazos del matrimonio, y tener en un estado de continua agitación y sobresalto a las dos pobres mujeres.

Procurando tener cierta comodidad en el escritorio, salió a comprar una hamaca, dio orden de que abrieran un agujero en el techo para que saliera el humo y, una vez cumplidos estos requisitos, colgó la hamaca y se tendió en ella con inefable delicia.

—Me parezco a Robinsón Crusoe: tengo una casa en el campo, en lugar solitario donde puedo estar libre y sin espías de ninguna clase. No hay cerca de mí más que ratas y entre esa gente estaré como el pez en el agua. Buscaré un muchacho parecido a Cristóbal y le envenenaré. ¡Ja, ja, ja! Todo es negocio. Hay que atender al negocio, aun en medio de los placeres.

Poco después, encargando a Tomás que le esperara, entró en un bote y, cruzando el río, saltó a tierra y fue a un restaurante de Bebis Mark, donde sabía que encontraría a Swiveller, el cual precisamente entonces empezaba a comer.

—¡Dick! —exclamó el enano asomándose a la puerta— ¡Mi discípulo, mi amigo, la niña de mis ojos!

—¡Hola!, ¿está usted ahí? ¿Cómo está usted?

—¿Cómo está Dick? —volvió a decir Quilp—. ¿Cómo está el espejo, la flor de los pasantes?

—Algo disgustado, amigo —contestó Swiveller—, deseando salirme del queso.

—¿Qué es ello? —preguntó el enano avanzando.

—¿No le trata bien Sally? De todas las muchachas hermosas, ninguna como... ¿Eh, Dick?

—Ciertamente que no, no hay ninguna como ella —exclamó Dick comiendo con gravedad—. Es un tormento en la vida privada.

—Usted no sabe lo que dice —murmuró Quilp acercando una silla a la mesa—. ¿Qué pasa?

—No me sientan bien las leyes —añadió Dick—, hay poco líquido y mucho encierro. He pensado escaparme.

—¿Y adónde iría usted, Ricardo? —le dijo el enano.

—No lo sé —murmuró Dick—. Me gustaría que escasearan los gatos. Quilp miró sorprendido a Ricardo esperando una explicación, pero éste, cruzándose de brazos, se quedó mirando al fuego hasta que, saliendo de su mutismo, añadió:

—¿Quiere usted un pedazo de pastel? Le gustará seguramente, porque es obra suya.

—¿Qué quiere usted decir? —dijo Quilp.

Swiveller respondió sacando del bolsillo un paquetito grasiento, y desenvolviéndolo lentamente, sacó una rebanada de *plum cake* muy poco digerible al placer y adornada por fuera con una pasta de azúcar blanco de dos centímetros de espesor.

—¿Qué creerá usted que es esto? —preguntó Ricardo.

—Parece tarta de boda —murmuró Quilp.

—¿Y a quién creerá usted que pertenecía? —añadió Ricardo frotándose la nariz con la pasta con perfecta calma.

—No a...

—Sí —añadió Dick—, no hace falta decir su nombre, toda vez que ya se llama Cheggs, Sofía Cheggs. Espero que usted estará satisfecho y que Federico lo estará igualmente. Entre ustedes dos han hecho la cosa y espero que saldrá a su gusto. ¿Este era el triunfo que yo iba a obtener?

Ocultando la alegría que le producía el disgusto de su amigo, Quilp pidió una botella de vino, medio por el cual obtuvo de Dick la relación completa de todos los detalles del suceso.

—Y a propósito —añadió—, hace un rato habló usted con Federico. ¿Dónde está?

Swiveller explicó que había aceptado un empleo y que en aquel momento estaba ausente por asuntos profesionales.

—Es una lástima, porque he venido exclusivamente para preguntar a usted por él. Me ha ocurrido la idea de que tal vez le conozca el misterioso huésped de Brass.

—No, no le conoce —exclamó Ricardo moviendo la cabeza.

—Ya, ya sé que nunca lo ha visto; pero si le viera, si le presentáramos debidamente, tal vez le agradaría tanto como encontrar a Nelly y a su abuelo. Quizá haría así su fortuna y usted podría participar de ella.

—Pero el caso es que ya se han visto y han sido presentados.

—¡Sí! ¿Quién los presentó?

—Yo —murmuró Dick algo confuso—. Federico me lo indicó.

—¿Y qué ocurrió?

—Que mi misterioso amigo, en vez de deshacerse en lágrimas cuando supo quién era Federico y abrazarle cariñosamente, se puso muy enfadado y le dirigió una porción de insultos, diciendo que él tenía en parte la culpa de que Nelly y su abuelo estuvieran arruinados; en una palabra, casi puedo decir que nos echó de su cuarto.

—¡Qué raro! —dijo el enano pensativo.

—Eso mismo dijimos nosotros, pero es la pura verdad —continuó Ricardo.

Con esto terminó el enano la conferencia y emprendió de nuevo el camino de su escritorio diciendo para sí: —¡Conque ya se han visto! El tal Ricardo quiere jugar conmigo, pero soy más listo que él. No tiene que abandonar las leyes por ahora; le necesito ahí. Puede ser que me convenga alguna vez descubrir al caballero misterioso sus planes acerca de Nelly; pero, por ahora, tenemos que continuar siendo buenos amigos.

Quilp pasó la tarde y parte de la noche bebiendo y fumando, hasta que se tendió en la hamaca, donde se durmió satisfecho.

Cuando despertó por la mañana, la primera cosa que vieron sus ojos fue a su mujer sentada en el escritorio; al verla, lanzó un grito que asustó a la pobre señora.

—¿Qué buscas? —le preguntó—. ¡Me he muerto!

—Vuelve a casa, Daniel; eso no ocurrirá otra vez. Nuestro propio cuidado nos hizo creer todo lo malo.

—¿Vuestro cuidado os lo hizo creer? ¡Bueno! Iré a casa cuando se me antoje y me marcharé cuando tenga gana. Puedes irte.

La señora Quilp hizo un movimiento de ruego.

—¡Te he dicho que no! —gritó el enano—. ¡Y como te atrevas a venir aquí sin que te llame, tendré un perro que te ladre y te muerda; tendré cañones que se disparen cuando te acerques y te hagan pezados! ¿Te vas?

—¡Vuelve, Daniel! —Se atrevió aún a decir otra vez la pobre mujer.

—No —rugió Quilp—, no iré hasta que quiera, por mi propia voluntad. Entonces volveré cuando me parezca, sin dar cuenta a nadie de mis idas y venidas. Allí está la puerta. ¿Te vas?

Quilp dijo esta última frase con tal energía, que la pobre mujer salió como una flecha. Su digno señor estiró el cuello para seguirla con la vista hasta que salió al muelle y, después, satisfecho de haber asegurado su soledad en aquel retiro, lanzó una carcajada y se dispuso a dormir otra vez.

Acompañado de lluvia, barro, humedad, humo, suciedad y ratas, durmió hasta mediodía; luego llamó al muchacho para que le ayudara a vestirse y le subiera el almuerzo; poco después se encaminó de nuevo a Bevis Mark.

La visita no era para Swiveller, sino para Sansón; pero ni uno ni otro estaban en casa, hecho que se hacía notorio a los clientes sujetando a la campanilla un papel escrito que atestiguaba que dentro de una hora estarían en casa. Tampoco estaba la interesante Sally; pero, no obstante, Quilp llamó a la puerta, suponiendo que habría alguna criada en casa.

Pasado un largo rato se abrió la puerta y una débil vocecita murmuró a su lado:

—Tenga usted la bondad de dejar una tarjeta o un recado.

—Escribiré una esquela —dijo el enano entrando en la oficina—; cuida de que tu amo la reciba apenas llegue a casa.

Cuando Quilp doblaba la esquela notó que la criada le miraba asombrada moviendo los labios.

—¿Te tratan mal aquí? ¿Es tirana tu señora? —le preguntó Quilp con cierta ternura.

La niña movió la cabeza afirmativamente y con una timidez tan especial que sorprendió a Quilp.

—¿De dónde viniste? —añadió éste.

—No lo sé.

—¿Cómo te llamas?

—De ningún modo.

—¡Qué tontería! ¿Cómo te llama tu señora cuando te necesita?

—Diablillo —murmuró la niña.

Quilp, sin preguntar más, permaneció un rato en silencio tapándose la cara con las manos y riéndose con toda su alma. Después entregó la carta a la niña y se retiró apresuradamente.

La carta contenía una invitación para que el señor y la señorita Brass fueran a tomar un refrigerio en compañía de Quilp a un restaurante de verano situado a corta distancia del muelle. El tiempo no era muy a propósito para aquel establecimiento, cuyo techado era de apretado ramaje únicamente y, además, estaba muy cerca del Támesis, pero Quilp explicó a Brass que lo había escogido porque sabía cuán amante era de la Naturaleza y aquello era un retiro encantador, casi primitivo.

—Es hermosísimo realmente, señor, muy delicioso y con una temperatura agradabilísima —exclamó Brass castañeteando los dientes de frío.

—Tal vez sea un poco húmedo —añadió el enano.

—No, señor, lo preciso solamente para refrescar la temperatura —dijo Brass.

—Y a Sally, ¿le gusta? —preguntó el complacido enano.

—Le gustará más después de tomar té —dijo la señorita—; así que venga pronto y no nos haga esperar.

—¡Dulce Sally! ¡Encantadora, simpática Sally! —exclamó Quilp alargando los brazos como si fuera a abrazarla.

—¡Es un hombre muy original! —murmuraba Brass—. ¡Es un perfecto trovador!

El pobre Sansón seguía la conversación de un modo distraído, como si no le importara nada, porque tenía un catarro fuerte y había cogido mucha humedad al ir allí: así, pues, hubiera hecho gustoso hasta algún sacrificio pecuniario con tal de poder trasladarse a una habitación resguardada de la humedad y con un buen fuego, pero como Quilp se la tenía guardada desde la escena que presenció en su casa, le observaba con inefable delicia, sintiendo un placer más grande que el que hubiera podido proporcionarle el más suntuoso banquete.

Lo raro del caso es que la señorita Sally, que por su parte hubiera echado a correr de aquel lugar prefiriendo no participar del té, se sintió contenta también apenas notó el disgusto de su hermano. Aunque la lluvia, penetrando por entre el ramaje, caía sobre su cabeza, no exhaló una queja y presidió el convite con imperturbable serenidad.

Después de terminar aquel festín, Quilp recobró su acostumbrada expresión y acercándose a Sansón y tocándole en un brazo le dijo:

—Deseo hablar privadamente con ustedes antes de marcharnos. Sally, escuche un momento. No necesitamos documentos —añadió, viendo que Brass sacaba una cartera del bolsillo—. Hay un muchacho que se llama Kit...

La señorita hizo un signo afirmativo dando a entender que le conocía.

—¡Kit! —murmuró Brass—. He oído ese nombre, pero no recuerdo a quién pertenece.

—Es usted más bobo que una tortuga y más torpe que un rinoceronte.

—Yo le conozco y basta —exclamó Sally, interviniendo en la cuestión.

—Siempre Sally es más lista que usted, Sansón —añadió el enano—. No me gusta Kit, Sally.

—Ni a mí —añadió ésta.

—Ni a mí —dijo también Sansón.

—¡Perfectamente! —exclamó Quilp—. Ya tenemos adelantada la mitad del camino. Tengo con él una cuentecita que quiero saldar.

—Eso basta, señor —dijo el procurador.

—No, no basta —repuso Quilp—. ¿Quiere usted seguir oyéndome? Además de esa cuenta antigua, me amenaza constantemente y no me deja llegar a un fin que sería la riqueza para todos nosotros. Por todo eso y mucho más, le aborrezco mortalmente. Ustedes conocen al muchacho y pueden adivinar el resto. Busquen la manera de quitarle de mi camino y pónganla en práctica. ¿Lo harán?

—Se hará, señor —repuso Brass.

—Déme la mano, y usted Sally... en usted confío mucho más que en él.

No se habló ni una palabra más del asunto, objeto único de aquel convite, y todos se retiraron de aquel delicioso retiro, según Quilp: Sally, sosteniendo a su hermano, que caminaba con dificultad, y Quilp, solo, con apresurado paso, hacia su solitario escritorio, donde, tendiéndose en su hamaca, dormía tranquilamente pocos minutos después.

CAPÍTULO XII

NUEVOS AMIGOS

Largo rato llevaban esperando Nelly y su abuelo, cuando apareció el maestro, muy satisfecho, llevando en la mano un manojo de llaves mohosas.

—¿Ven ustedes aquellas dos casitas antiguas y ruinosas? —preguntó acercándose a ellos.

—Sí —respondió Nelly—, he estado mirándolas mucho tiempo; me gustan mucho.

—Pues aún te gustarán más cuando sepas algo que te diré después.

Y tomando a Nelly de la mano, el maestro, radiante de satisfacción, los condujo al lugar indicado. Después de probar varias llaves, encontraron una que abrió una de las puertas y penetraron en una habitación abovedada que en tiempos antiguos había sido preciosamente decorada, según lo atestiguaban los restos de ornamentación que aún quedaban. Todo tenía allí ese aire solemne propio de las cosas que han resistido a la acción del tiempo.

—Es una casa hermosísima —dijo la niña a media voz, subyugada por aquel encanto.

—Un lugar muy pacífico —añadió el maestro—; temí que no te gustara, Nelly.

—¡Oh, sí! —exclamó la niña—. Es un lugar hermoso para vivir y prepararse para la muerte.

Se apoderó de ella una emoción tan intensa que le fue imposible continuar y sólo débiles murmullos salieron de su boca.

—Un sitio hermosísimo para vivir y prepararse para la vida, procurando recobrar la salud física y moral —añadió el maestro—; porque esta casa va a ser tuya, Nelly.

—¡Mía! —exclamó la niña.

—Sí —repuso el maestro—, y espero que podrás vivir en ella muchos años. Yo estaré cerca, en la casa contigua; pero ésta es para ti y para tu abuelo.

El maestro les explicó que aquella casa estuvo habitada mucho tiempo por una persona casi centenaria que hacía poco había muerto. Como aquella persona tenía el encargo de abrir y cerrar la iglesia cercana, limpiarla y enseñarla a los forasteros cuando quisieran verla, y aún no había solicitado nadie su empleo, podría ser para ellos. El sueldo era escaso, pero lo suficiente para vivir en aquel pueblo tan retirado.

Si reunimos nuestros fondos viviremos espléndidamente —añadió el maestro.

—¡Que Dios le dé a usted todo el bien que merece, señor! —murmuró Nelly.

—Que así sea, hija mía, y que nos proteja a todos en nuestra tranquila vida. Pero ahora tenemos que dar un vistazo a *mi* casa. ¡Vamos!

La casa contigua era muy semejante, pero más pequeña y peor alhajada, viéndose a simple vista que la otra era la que correspondía de derecho al maestro; pero que éste, en su cuidado y atención por ellos, les había cedido la mejor.

Como ambas casas tenían enseres indispensables y una buena provisión de leña, pronto estuvieron arregladas con todo el cuidado y comodidad que permitió el tiempo empleado.

Encendieron las chimeneas y barrieron y limpiaron las habitaciones. Algunos vecinos, enterados de que había llegado el nuevo maestro, le enviaron algunos regalos de los más necesarios en casos semejantes. Cenaron en la que podemos llamar casa de la niña, y cuando concluyeron, sentados junto al fuego, discutieron sus planes futuros. Después elevaron sus preces al Altísimo llenos de gratitud y reverencia, y se separaron, para dormir cada uno en su casa.

Una vez acostado el anciano, cuando todo ruido hubo cesado, Nelly volvió junto a las amortiguadas ascuas y se entregó a la meditación. Gradualmente se había ido operando en ella un cambio: iba espiritualizándose, podríamos decir, sin que nadie notara que al mismo tiempo que se alteraba la salud de su cuerpo, se alteraba también su mente.

Se acostó y soñó con el pobre Enrique, con Eduarda y con su hermana; todos, como si saliera del sepulcro, la llamaban, desvaneciéndose después poco a poco en la penumbra.

Llegó el día siguiente y con él la vuelta a los quehaceres domésticos, la alegría y la tranquilidad de estar instalados ya en un asilo seguro. Trabajaron afanosamente toda la mañana, a fin de poder pasear por la tarde y hacer una visita al rector de la iglesia.

Éste era un verdadero pastor de aldea, anciano sencillo, poco acostumbrado a las cosas del mundo y procurando siempre el bien de las almas confiadas a su cuidado. Recibió perfectamente a sus visitantes y en seguida se interesó por Nelly, preguntándole su edad, su nombre, el sitio donde había nacido y todas las circunstancias de su vida.

Ya el maestro le había contado su historia, añadiendo que no tenían parientes ni amigos y que él la quería como si fuese su propia hija.

—Bueno, bueno —dijo el rector—, accedo al deseo de ustedes, aunque me parece muy joven esta niña.

—La adversidad y las penas la han hecho superior a sus años, señor.

—Dios la ayudará dándole descanso y el olvido de sus penas —dijo el anciano rector—, pero una iglesia antigua es un lugar triste para una niña, hija mía.

—No, señor, no, yo no lo considero así; prefiero el retiro y la soledad —repuso Nelly.

Después de algunas otras palabras cariñosas y de concederles el empleo de guardianes de la iglesia, como solicitaban, el rector los despidió deseándoles mucha suerte y asegurándoles su paternal amistad.

Hacía poco tiempo que estaban en casa hablando y comentando los acontecimientos que los habían llevado a tan feliz resultado, cuando llegó una visita.

Era otro caballero, anciano también, amigo del rector y que vivía con él hacía quince años. Era el espíritu más activo del pueblo, el que arreglaba todos los disgustos y rozamientos que pudieran tener los feligreses entre sí, el que disponía las fiestas, el que ayudaba a los pobres y hacía todas las limosnas, ya en nombre del rector, ya en el suyo propio. Era el mediador, el consolador, el amigo de todo el pueblo en general; no había un solo individuo que no atendiera sus consejos o que no le recibiera en su casa como la bendición de Dios. Nadie se preocupaba de su nombre: los que lo sabían, lo habían olvidado, y todos le conocían por el sobrenombre de «el doctor», sobrenombre que le habían dado al principio los que sabían que había hecho una carrera universitaria. Como el nombre le gustó, lo aceptó sin discusiones, y para todo el mundo había sido y era siempre «el doctor». Ahora podemos añadir que él fue quien había enviado las provisiones de carbón, leña y algunas otras cosas que nuestros amigos encontraron en su nueva morada.

El doctor —pues seguiremos dándole también nosotros este nombre— levantó el picaporte, se detuvo un momento en la puerta y después entró resueltamente, como quien conoce bien el sitio.

—¿Usted es el señor Marton, el nuevo maestro? —preguntó dirigiéndose al bondadoso amigo de Nelly.

—Servidor de usted, caballero.

—Me alegro mucho de verle; tenemos de usted las mejores referencias. Ayer pensé salir a su encuentro por el camino, pero tuvo que llevar un recadito de una pobre mujer enferma, a su hija, que está sirviendo a cierta distancia de aquí, y acabo de volver ahora. Ya sé que esta niña es la nueva guardiana de la iglesia. Me felicito de tener entre nosotros a un maestro que sabe cumplir sus deberes de humanidad hasta ese punto, buen amigo.

—Ha estado enferma hace muy poco tiempo, señor —dijo el maestro, notando que el recién venido miraba a Nelly algo sorprendido.

—Sí, sí, ya lo veo —dijo éste—; ha habido sufrimientos físicos y morales.

—Esa es la verdad, señor —murmuró el maestro.

El doctor miró al abuelo, después miró otra vez a la niña y le estrechó una mano, diciendo:

—Serás más feliz aquí, hija mía; al menos, haremos todo lo posible para que lo seas. ¡Qué bien arreglado está esto! Supongo que será obra de tus manos, pequeña.

—Sí, señor —repuso tímidamente la niña.

—Podremos hacer aquí algunas mejoras —continuó el doctor—, no con lo que hay, sino añadiendo algo. Veamos, veamos lo que hay. —Y seguido de Nelly penetró en las demás habitaciones y después, en casa del maestro.

En ambas casas faltaban ciertos pequeños detalles y objetos, que el doctor se encargó de enviar de un repuesto de desecho que, según dijo, tenía en casa para casos análogos; repuesto que debía de ser muy amplio y variado, porque abrazaba los objetos más diversos que puedan imaginarse.

Los enseres llegaron sin pérdida de tiempo, porque el doctor, pidiendo que le concedieran unos momentos, volvió cargado de rinconeras, alfombras, mantas y una porción de cosas por el estilo, y seguido de un muchacho que iba cargado igualmente. Puesto todo amontonado en el suelo, escogieron y fueron colocando cada cosa en el sitio que la requería, después de mirarla y admirarla, dirigido todo por el doctor, que, según la actividad y el entusiasmo que desplegaba, parecía deleitarse en tal ocupación. Cuando terminó aquella tarea, encargó al muchacho que había ido con él que llevara a sus condiscípulos para presentarlos a su nuevo maestro.

—Son buenos muchachos, Marton; todo lo bueno que puede pedirse, aunque no quiero que sepan que pienso así, porque sería perjudicial —añadió el doctor dirigiéndose al nuevo maestro cuando se marchó el muchacho.

Pronto estuvo éste de vuelta guiando una larga fila de muchachos grandes y chicos, que, presentados por el doctor en la puerta fueron haciendo sucesivamente una serie de reverencias y cumplidos, tales como quitarse la gorra y reducirla al menor espacio posible dentro del puño, y hacer toda clase de saludos; cosa que satisfizo evidentemente al doctor, toda vez que manifestó su aprobación con muchas sonrisas y movimientos de cabeza. En realidad, no ocultó su aprobación tan escrupulosamente como había querido dar a entender al maestro, puesto que hizo una porción de observaciones en voz baja, como murmurando, pero que fueron oídas perfectamente por todos.

—Señor maestro, el primer muchacho es Juan Orven —decía el doctor—; un buen chico, franco y noblote, pero muy precipitado, muy juguetón, ligero de carácter, capaz de romperse la cabeza a cachetes, con lo cual siempre tiene a sus padres sobresaltados. Y aquí para entre nosotros, diré a usted que cuando le vea jugando, no podrá menos de admirarle, porque juega con toda el alma.

Juan Orven se retiró a un lado y tocó el turno de la presentación a otro muchacho.

—Mire usted ese otro muchacho, señor, ése es Ricardo Evans, un chico muy apto para el estudio y con un memorión prodigioso. Tiene mucho talento, además de muy buen oído y una voz preciosa; canta en el coro de la iglesia y es uno de los mejores chicos del pueblo. Pero, a pesar de todo, acabará mal y tengo la seguridad de que no morirá en su lecho, porque se duerme en los sermones; aunque, a decir verdad, señor Marton, debo manifestarle que yo a su edad hacía exactamente lo mismo, porque no podía evitarlo.

Edificado por tan terrible amenaza, se retiró el aventajado alumno y el doctor designó a otro que era muy aficionado a la natación, añadiendo que su afición le hizo salvar a un perro que se ahogaba con el peso del collar y la cadena, en tanto que su amo, un pobre ciego, se retorcía las manos desesperadamente lamentando la pérdida de su guía y amigo.

—Apenas lo oí —añadió el doctor— le envié dos libras, pero no se lo diga usted de ningún modo, porque él no tiene la menor idea de que fui yo.

Así continuó haciendo notar las virtudes y los defectos de cada uno de los alumnos; después los despidió, persuadido de que su seriedad les serviría de correctivo, dándoles un regalito a cada uno y encargándoles que se fueran derechos a casa, sin saltar las vallas ni irse por los campos; orden que, según dijo el maestro en el tono que había empleado hasta allí para los apartes, no hubiera podido obedecer él cuando era muchacho, aun cuando le hubiera ido en ello la vida.

Una vez recibidas tantas pruebas de la bondad del doctor, el maestro se separó de él considerándose el ser más feliz del mundo. Las ventanas de las dos casitas se iluminaron también aquella noche con los brillantes resplandores de un vivo fuego, y el rector y su amigo, pasando por allí al volver de su paseo a la caída de la tarde, hablaron de la linda niña y miraron al cementerio dando un suspiro.

CAPÍTULO XIII

LA IGLESIA

Nelly se levantó temprano y, una vez cumplidos todos sus quehaceres domésticos, descolgó de un clavo un manojo de llaves que el doctor le entregara el día anterior y se fue sola a visitar la iglesia.

El cielo estaba limpio y sereno; el aire, puro, perfumado con los aromas que se desprendían de las recién caídas hojas; un arroyuelo murmuraba con ritmo quejumbroso, y en las tumbas del cementerio que rodeaba la iglesia brillaban las gotas de rocío como lágrimas derramadas sobre los muertos por los espíritus buenos.

Algunos pequeñuelos jugaban al escondite entre las tumbas riendo y gritando. Sobre una recién cubierta habían dejado a un chiquitín de mantillas, que dormía como si estuviera en un lecho de flores. Nelly se acercó y preguntó quién estaba enterrado en aquella sepultura. Un niño le dijo que no se llamaba así, que era un jardín y que allí dormía su hermano, añadiendo que era el jardín más verde y frondoso de todos, y que acudían a él los pájaros, porque su hermano los quería mucho; después miró a Nelly un momento, sonriéndose, y se arrodilló para acariciar y besar el césped, corriendo luego otra vez alegremente.

Nelly, pasando junto a la iglesia, abrió la verja del cementerio y fue a internarse en el pueblo. Un sepulturero anciano a quien habían visitado el día anterior, tomaba el fresco apoyado en una muleta en la puerta de su casa y saludó a la niña al verla pasar.

—¿Está usted mejor? —preguntó ésta parándose.

—Sí, hija mía, afortunadamente estoy mucho mejor hoy.

—Pronto estará usted bien del todo.

—Así lo espero, con la ayuda de Dios y un poquito de paciencia. Pero entra, entra un poco y descansarás.

Y el viejo, con gran dificultad y cojeando, guió a la niña dentro de su casita.

—Sólo hay una habitación abajo. Hace mucho tiempo que no puedo subir escaleras, pero creo que el verano que viene podré.

Nelly se sorprendió oyendo hablar del futuro con tanta tranquilidad a un hombre tan achacoso y tan viejo. Después, recorriendo con una mirada toda la habitación, se fijó en una porción de herramientas que pendían de la pared; el viejo, notándolo, sonrió y le dijo:

—¿Crees que hago uso de todo eso para abrir las sepulturas?

—Eso estaba pensando, precisamente.

—Y pensabas bien, pero sirven además para otros trabajos. Soy jardinero, y cavo la tierra también para plantar seres que no se disgregan y desaparecen, sino que en ella viven y crecen. ¿Ves aquel azadón que está colgado en el centro?

—¿Aquél tan mellado y tan viejo? Sí.

—Ese es el azadón de sepulturero; como ves, está bien usado. Aunque el pueblo es sano, ha trabajado mucho, y si pudiera hablar, contaría todo lo que hemos hecho entre los dos. Yo tengo mala memoria y todo lo olvido.

—¿Y hay árboles y arbustos que crecen y viven, plantados también por usted? —dijo la niña.

—Ah, sí, árboles altos y copudos, pero que no son tan ajenos a la labor de un sepulcro como tú crees.

—¿No?

—No, en mi mente y en mis recuerdos —murmuró el viejo—. Supongamos que planto un árbol para un hombre que después muere; pues ese árbol siempre me recuerda a su dueño, y cuando veo su extensa sombra, recuerdo cómo era en vida de aquel hombre y pienso en mi otra obra, pudiendo decir perfectamente cuántos años hace que cavé su sepultura.

—¿Pero también a veces le recordará a alguna persona viva?

—Sí, pero por cada uno que vive, hay veinte muertos relacionados con él: mujer, marido, padres, hermanos, hijos, amigos...; veinte lo menos. No es extraño que el azadón del sepulturero se melle y se ponga viejo; pronto necesitará uno nuevo.

La niña le miró, creyendo que bromeaba, dada su edad y sus achaques; pero el viejo hablaba seriamente.

—¡Ah! —continuó éste tras un breve silencio—. La gente no acaba de aprender nunca; sólo los que removemos la tierra pensamos así. ¿Y has estado ya en la iglesia, hija mía?

—Allí voy ahora precisamente —dijo Nelly.

—Pues allí, debajo del campanario, hay un pozo muy oscuro y profundo, donde repercuten todos los sonidos, y del cual ha ido desapareciendo el agua poco a poco, hasta el punto de que, a pesar de su profundidad, no se puede ya sacar agua. Si se suelta el cubo, aunque se deslíe toda la cuerda, sólo se oye un golpe en tierra seca y dura, con un sonido tan lejano y lúgubre, que se muere uno de angustia y da un salto, temeroso de caer dentro.

—Será un lugar terrible de noche —exclamó la niña, que escuchaba con gran interés las palabras del sepulturero y le parecía hallarse ya en el mismo borde del pozo.

—Es únicamente una tumba —dijo el anciano—, nada más. ¿Y a quién de nosotros puede extrañar que nuestra vida vaya disminuyendo paulatinamente y acabe por extinguirse? ¡Nadie!

—¿Es usted muy viejo? —exclamó la niña involuntariamente.

—El verano próximo cumpliré setenta y un años.

—¿Y todavía trabaja usted cuando está bueno?

—¿Que si trabajo? ¡Pues claro, hijita! Ya verás mi jardín. Mira por aquella ventana: ese huertecillo lo he plantado y arreglado con mis propias manos; dentro de un año apenas si podrá verse el cielo, tan apretadas estarán sus ramas. En invierno trabajo también de noche. —Y abriendo un armario, sacó unas cajas de madera tallada de un modo tosco, pero con cierta originalidad.

—Algunas personas aficionadas a la Historia o a las antigüedades y a todo lo que pertenece a ellas, gustan de llevarse algún recuerdo de las iglesias o las ruinas que visitan. Yo hago esto con pedazos de roble que encuentro o con restos de ataúdes que han podido conservarse en alguna bóveda. Mira: ésta es de esa clase y tiene cantoneras de metal con inscripciones que serían muy difíciles de leer ahora, por lo borradas que están. En esta época tengo poco surtido, pero el verano próximo estará lleno el armario.

La niña admiró y alabó aquel trabajo, y poco después emprendió la vuelta meditando sobre todo lo que había oído y diciéndose que el sepulturero era el tipo de la loca Humanidad, puesto que, a la edad que tenía, vivía planeando y pensando en el año venidero, achaque propio de la naturaleza humana.

Así llegó a la iglesia y, buscando una llave que tenía un rótulo escrito en pergamino, abrió y entró, sintiendo resonar sus pasos y el eco que produjo el ruido de la llave al cerrar, por todos los ámbitos del edificio.

Era una iglesia notable por su antigüedad y de gran mérito artístico. Parte de ella había sido una capilla particular, y de aquí que se encontraran allí diversas efigies de guerreros yacentes sobre lechos de piedra, revestidos de todas sus armas según las habían usado en vida. Aquellas esculturas antiguas y más o menos destrozadas, conservaban aún su forma y carácter primitivo, demostrando así que las obras del hombre subsisten generalmente mucho más que el hombre mismo.

La niña se sentó entre aquellas graníticas tumbas y meditó unos momentos sobre la inestabilidad de las cosas terrenas, sintiendo que sería agradable dormir el sueño eterno en aquel lugar tan tranquilo.

Después, saliendo de la capilla, se dirigió a una puertecilla que daba acceso a una escalera por donde se subía a la torre y, ascendiendo por ella, llegó arriba a tiempo de admirar la esplendidez de una radiante salida del Sol y un magnífico panorama donde todo era hermoso, todo feliz; el cielo azul, el campo frondoso y verde, los ganados pastando, el humo de las chimeneas saliendo de entre los árboles, los niños jugando; el contraste era notorio: parecía la vida después de la muerte. Y, sin embargo, se estaba más cerca del cielo.

Cuando salió al pórtico de la iglesia y cerró la puerta, los niños se iban ya, y al pasar por la escuela sintió un ruido de voces que indicaban que su protector había empezado sus tareas profesionales de aquel día.

Dos veces más volvió a la capilla de la iglesia aquella tarde, ensimismándose en las mismas meditaciones de la mañana; se hizo de noche y allí siguió sin temor ninguno, como encadenada en aquel recinto, hasta que fueron a buscarla y la llevaron a casa. Parecía feliz; pero cuando el maestro al despedirse se inclinó para besarla, creyó sentir que una lágrima rodaba por sus mejillas.

CAPÍTULO XIV

EL JARDÍN DE NELLY

La antigua iglesia ofrecía al doctor, a pesar de sus múltiples ocupaciones, una fuente continua de interés y distracción, pues estaba haciendo un estudio concienzudo de su historia y sus curiosidades. Muchos días de verano entre sus muros y muchas noches de invierno sentado junto al fuego de la rectoría, podía vérsele escribiendo, ya continuando, ya añadiendo un cuento o una leyenda a su magnífica historia de aquella iglesia. De labios de semejante maestro oyó la niña todas las tradiciones verídicas o imaginarias de los personajes enterrados en la capilla, que fue pareciéndole más sagrada, más llena de virtud y santidad. Era otro mundo, donde no había pecado, ni pena; un lugar de reposo, tranquilo, donde no entraba el mal.

El doctor, después de relatarle cuanto sabía, la llevó a la cripta y le dijo cómo la iluminaban en tiempo de los monjes con lámparas pendientes del techo e incensarios que se balanceaban esparciendo odoríficos perfumes; cómo se arrodillaron allí damas y caballeros vestidos con magníficas telas y alhajas, rezando con sus preciosos rosarios. Después volvieron a subir y le enseñaba las galerías y claustros donde las monjas habían aparecido un momento tras las celosías, escuchando las plegarias que se elevaban en la iglesia y uniendo a ellas las suyas.

La niña conservaba en su mente todo cuando el doctor le decía y, a veces, cuando despertaba de noche, en medio de sus sueños se asomaba a la ventana y miraba a la iglesia vieja y oscura, esperando hallarla iluminada y oír sonidos de voces acompañados por la música del órgano.

Pronto estuvo curado el sepulturero y pudo salir al campo y hacer su vida ordinaria, y él también enseñó a la niña muchas cosas, aunque de un orden diverso. Aún no podía trabajar, pero un día que hubo que abrir una sepultura fue a inspeccionar el trabajo que hacía un hombre algo más viejo que él, pero más ágil y activo, llevando consigo a la niña.

—No había oído decir que hubiera muerto nadie —dijo Nelly.

—Vivía en otra aldea, hija mía —dijo el viejo cuando se acercaron—, a un cuarto de legua de aquí.

—¿Era joven?

—Sí —repuso el sepulturero—, tendría unos sesenta y cuatro años. ¿Verdad, David?

Éste, que estaba cavando afanosamente y que además era sordo, no oyó la pregunta, y el sepulturero, que no podía alcanzarle con la muleta, le arrojó un puñado de tierra a la espalda.

—¿Qué pasa? —gritó David incorporándose.

—¿Cuántos años tenía Betty Morgan?

—¿Betty Morgan? —repitió David.

—Sí —gritó el sepulturero, añadiendo en un tono medio irritado, medio compasivo—: te estás quedando muy sordo, David.

El viejo, soltando el azadón, se puso a cavilar sobre los años que podría tener Betty Morgan.

—Creo que eran setenta y nueve. Sí, porque recuerdo que tenía casi los mismos que nosotros. Tenía setenta y nueve.

—¿Estás seguro de no equivocarte, David? —preguntó el sepulturero muy emocionado.

—¿Qué? —murmuró el viejo. No he oído.

—¡Está completamente sordo! —dijo el sepulturero; y gritó más fuerte aún—: ¡Que si estás seguro de que era esa su edad!

—Completamente —repuso David—. ¿Por qué no he de estarlo?

—Está muy sordo y creo que se va volviendo tonto —se dijo el sepulturero como si hablara consigo mismo.

La niña no podía comprender por qué hablaba así el sepulturero, toda vez que David parecía tan listo como él y era mucho más robusto, pero como aquél no dijo más sobre el asunto, pronto lo olvidó y habló de otra cosa.

—Me decía usted que plantaba árboles y flores. ¿Los planta usted aquí?

—¿Aquí, en el cementerio? No, hija mía.

—He visto algunas flores tan bonitas —dijo la niña—, que creí estarían cuidadas por usted, aunque en realidad no están muy lozanas.

—Crecen según la voluntad de Dios, Nelly, y Él dispone que un cementerio no sea nunca un vergel.

—No le entiendo a usted.

—Las flores indican las tumbas de personas que tienen seres que los aman aún.

—¡Eso es! —exclamó la niña—, y me alegro mucho de que sea así.

—¡Ay! —añadió el viejo—. Míralas, mira como inclinan sus tallos marchitos y agostados. ¿Sabes por qué?

—No —repuso la niña.

—Porque el recuerdo de los que yacen ahí debajo pasa pronto. Al principio cuidan la tumba diariamente, a todas horas; después vienen con menos frecuencia, una vez a la semana o al mes; luego, en períodos irregulares, hasta que al fin no vienen nunca. Por eso las flores se amustian y las plantas florecen pobremente.

—Siento mucho oír eso —murmuró la niña.

—Eso dice la gente caritativa y buena cuando viene a visitar las tumbas, pero yo digo otra cosa.

—Quizá los que viven piensan que sus muertos están en el Cielo y no en la tumba —añadió Nelly.

—Puede ser que sea eso —repuso el viejo.

La niña pensó que, fuera o no fuera así, aquel sería su jardín de allí en adelante; ella tendría cuidado de las flores: la tarea sería muy agradable para ella.

El sepulturero no se fijó en la humedad y brillantez de los ojos de Nelly, preocupado con algo que al parecer la inquieta mucho y que puso en claro cuando David volvió a pasar junto a él poco después.

—He estado pensando, David, que Betty debía de ser mucho más vieja que tú y que yo; no tienes más que ver parecíamos muchachos al lado suyo.

—Ciertamente —añadió David—, era más vieja: lo menos tenía cinco años más.

—¿Cinco? —repuso el sepulturero—. ¡Diez! Me acuerdo de la edad de su hija cuando murió, y ella tenía muchos años ya.

Después de dejar dilucidado tan importante asunto, el sepulturero se dispuso a marcharse de allí en compañía de David.

La niña se dirigió a otro lado del cementerio, y allí, sentada sobre una tumba, la encontró el maestro.

—¿Nelly aquí? —exclamó el buen hombre sorprendido cerrando el libro que leía—. Me gusta mucho verte tomando el sol y el aire; temí que estuvieras en la iglesia, como de costumbre.

—¿Temió usted? —observó la niña—. Pues qué, ¿no es un sitio santo?

—Sí —repuso el maestro—, pero tienes que alegrarte algunas veces. Sí, no me mires así, ni sonrías tan tristemente.

—Si usted pudiera ver mi corazón, no diría que sonrío con tristeza. No hay una criatura en la Tierra que sea más feliz de lo que yo lo soy ahora. Solamente tengo una pena.

—¿Cuál, hija mía? —preguntó el maestro.

—Saber que los que mueren son olvidados muy pronto. Mire usted todas esas flores secas y mustias.

—Pero, ¿tú crees que una tumba abandonada, que una planta seca o una flor mustia indican descuido y olvido? ¿Crees que no hay acciones, hechos, que recuerden mejor a los muertos queridos que todo esto que nos rodea? ¡Nelly, Nelly! Hay mucha gente en el mundo que ahora mismo está trabajando pero cuyo pensamiento está al lado de esas tumbas, por muy olvidadas que parezcan estar.

—No me diga usted más —repuso la niña instantáneamente—. Lo creo, lo siento así. ¿Cómo he podido olvidarlo conociéndole a usted?

—No hay nada bueno que desaparezca; todo el bien permanece; no se olvida del todo. Un muerto querido permanece siempre en la mente y en el corazón de los que le amaron en vida. No se suma un ángel más a las huestes celestiales sin que su memoria viva en los que le amaron eternamente.

—Sí —murmuró la niña—, tiene usted razón, y no puede figurarse el gran consuelo que me ha dado con sus palabras.

El maestro no respondió; tenía el corazón henchido de pena y no pudo hacer otra cosa que inclinar la cabeza en silencio.

Poco después llegó el abuelo de Nelly, y todos caminaron juntos, hasta que el maestro se separó de ellos por ser la hora de empezar sus clases.

—Este es un buen hombre, Nelly —dijo el abuelo mirándole según se alejaba—. ¡Ese sí que no nos hará daño nunca! Al fin estamos a salvo aquí; nunca nos iremos, ¿verdad?

La niña movió la cabeza sonriendo.

—Necesitas descansar, nena. Estás muy pálida, no eres la que eras hace algunas semanas. Este es un lugar tranquilo; aquí no hay malos sueños, ni frío, ni humedad, ni el hambre con todos sus horrores. Olvidemos todo lo pasado y aún podemos ser felices.

—¡Gracias, Dios mío —murmuró la niña para sí—, por este cambio!

—Tendré mucha paciencia —añadió el viejo—; seré muy humilde, muy obediente, si quieres que estemos aquí. ¡Pero no huyas de mí; déjame estar contigo, Nelly!

—¿Yo huir de ti, abuelo? ¿Cómo puedes decir eso? Mira: haremos aquí nuestro jardín; desde mañana trabajaremos juntos, y haremos aquí un vergel.

—¡Buena idea! —exclamó el abuelo—; pero no lo olvides, nena. Empezaremos mañana.

No podemos dar una idea de la alegría del viejo al día siguiente, cuando empezaron a limpiar el cementerio de ortigas y malas hierbas, sacudieron el césped y arreglaron las plantas y arbustos lo mejor que pudieron. Ambos trabajaban con afán, cuando la niña, levantando la cabeza, vio al doctor que, sentado cerca de ellos, los observaba en silencio.

—¡Hermosa obra de caridad! —murmuró el doctor devolviendo a Nelly el saludo que ella le hacía—. ¿Han hecho ustedes todo eso esta mañana?

—Es muy poco, señor —repuso la niña bajando los ojos—, comparado con lo que pensamos hacer.

—¡Buena obra, buena obra! —repetía el anciano.

—Pero, ¿se cuidan ustedes solamente de las sepulturas de los niños y de los jóvenes?

—Ya haremos lo mismo con las demás cuando terminemos con éstas, señor —respondió Nelly volviendo la cabeza y hablando en voz baja.

Era un incidente sin importancia, que podría ser completamente accidental o resultado de la simpatía que Nelly sentía por la juventud, pero pareció afectar a su abuelo, que no se había fijado antes de ello, y mirando a las tumbas y después a Nelly, la llamó a su lado y le pidió que cesara en el trabajo y fuera a descansar. Algo que parecía haber olvidado hacía mucho tiempo acudió a su mente, y no desapareció como otras veces, sino que volvió con insistencia. Una vez, estando trabajando, la niña observó que su abuelo la miraba como si quisiera resolver alguna duda y le preguntó lo que deseaba, pero el anciano acariciándola le respondió que solamente quería que se fuera fortificando y que pronto pudiera ser una mujer perfecta.

Desde aquel día el viejo tuvo una admirable solicitud para Nelly; solicitud que no se alteró un instante: nunca olvidó el cariño y la condición de la niña, comprendiendo al fin todo lo que ésta había sufrido por él y lo mucho que le debía. Nunca más se cuidó de sí mismo antes que de la tierna niña, ni dejó que una idea egoísta apartara su pensamiento del dulce objeto de sus cuidados.

La seguía a todas partes, hasta que, cansada ya y apoyada en su brazo, se sentaban en algún camino o volvían a casa y descansaban junto a la chimenea; poco a poco fue encargándose de aquellas tareas caseras que eran más pesadas o rudas; se levantaba de noche para oír cómo respiraba la niña mientras dormía, y a veces pasaba horas enteras junto al hecho observándola.

—Algunas semanas más tarde hubo días en que Nelly, exhausta, sin fuerzas, aunque con poca fatiga, pasaba las veladas recostada en un sofá cerca del fuego; el maestro llevaba libros y leía en alta voz, y pocas noches pasaban sin que fuera también el doctor y leyera cuando el maestro se cansaba. El viejo escuchaba sin cuidarse de lo que oía; con los ojos fijos en su nieta, si ella sonreía o se animaba al oír alguna historia, decía que era muy buena e inmediatamente simpatizaba con el libro. Cuando el doctor contaba algún cuento que agradaba a la niña, el viejo procuraba retenerlo, y aun a veces salía con él a la calle para que volviera a contárselo, para aprenderlo, a fin de obtener una sonrisa de Nelly cuando se lo repitiera.

Afortunadamente, estas veladas no se repetían con frecuencia; la niña ansiaba el aire libre y prefería a todo pasear por su jardín. También iba mucha gente a visitar la iglesia, y como Nelly siempre añadía un encanto a tan interesante monumento histórico, todos los días acudían algunos visitantes. El viejo se iba detrás de ellos, tratando de oír todo lo que podrían decir de la niña, y como siempre la alababan, encomiando su belleza y su formalidad, estaba orgulloso de su nieta. Pero, ¿qué era aquello que frecuentemente añadían, que le oprimía el corazón, le hacía sollozar y hasta llorar muchas veces oculto en algún rincón? Hasta los extraños, los que no tenían por ella más interés que el del momento, que se iban y lo olvidaban todo al día siguiente, la veían y la compadecían, y murmuraban, al retirarse. Toda la gente del pueblo quería a Nelly, y todos mostraban el mismo sentimiento de cariño y amargura cuando hablaban de ella, y de ternura y compasión al dirigirle la palabra, sentimiento que iba en aumento cada día; hasta los chicos de la escuela, ligeros y aturdidos como eran, la querían tiernamente, lamentándose si no la encontraban al paso al ir a la clase, aunque jamás le hablaban si ella no les dirigía la palabra. Algo había en la niña que les infundía respeto y la hacía superior a ellos.

Llegaba el domingo, y todos los que iban a la iglesia, bien al entrar, bien al salir, hablaban con Nelly y se interesaban por ella; algunos la llevaban un regalito, otros la hablaban cariñosamente.

Los niños eran sus favoritos, y entre ellos el predilecto era aquel a quien habló en el cementerio el primer día que fue. Muchas veces le sentaba a su lado en la iglesia o le subía a la torre; el niño se complacía ayudándola, aunque sólo fuera con la intención, y pronto fueron buenos amigos.

Un día el niño llegó a ella corriendo, con los ojos llenos de lágrimas después de contemplarla un instante, y la abrazó apasionadamente.

—¿Qué pasa? —preguntó Nelly acariciándole.

—¡No quiero que vayas allí, Nelly! ¡No quiero, no! —gritó el niño abrazándola más fuerte.

La niña le miró sorprendida y, separando los rizos que le cubrían la frente, le besó, preguntándole qué era lo que quería decir.

—No puedes irte, Nelly, porque no podremos vernos ya. Los que se van, no vienen a jugar, ni hablan con nosotros. ¡Quédate aquí, así estás mejor!

—No te entiendo —dijo Nelly—, ¿qué quieres decir?

—Todos dicen que serás un ángel, que te irás al cielo antes que los pájaros canten otra vez. Pero tú no quieres irte, ¿verdad? No nos dejes, Nelly, aunque el Cielo es tan bonito, ¡no quieras irte!

La niña inclinó la cabeza y ocultó el rostro entre las manos.

—No puedes sufrir esa idea siquiera, ¿verdad, Nelly? —exclamó el niño llorando—. No te irás, porque sabes lo tristes que nos quedaremos. Querida Nelly, dime que estarás siempre con nosotros. ¡Dímelo, rica, dímelo!

Y la tierna criatura cayó de rodillas delante de Nelly llorando amargamente, en tanto que decía:

—¡Mírame Nelly, dime que no te irás y no lloraré más, porque sé que todos se equivocarán! ¿No me respondes, Nelly?

La niña continuaba inmóvil y silenciosa, sólo un sollozo rompía de cuando en cuando aquel silencio.

—No puedes irte, Nelly —continuaba el niño—, porque no serías feliz sabiendo que todos llorábamos por ti.

La pobre niña separó al fin las manos de su rostro y abrazó al niño. Ambos lloraron silenciosamente, hasta que ella prometió sonriendo que no se iría, que estaría allí y que sería su amiga mientras Dios lo permitiera. El niño batió palmas de alegría y le dio las gracias con toda la efusión de su infantil corazoncito, y cuando Nelly le suplicó que no dijera a nadie la escena que acababa de tener lugar entre ellos, lo prometió solemnemente.

Pero la confianza del niño en las seguridades de Nelly no era completa; muy a menudo iba a la puerta de su casa y la llamaba para tener la certidumbre de que estaba allí. Apenas salía Nelly, era su compañero todo el camino, sin acordarse para nada de los niños que le esperaban para jugar.

—Es un niño muy cariñoso —decía a Nelly pocos días después el sepulturero—; siente mucho y es muy serio, aunque también sabe alegrarse cuando llega el caso. Juraría que ambos habéis estado oyendo el sonido del pozo.

—No, por cierto —respondió la niña—; me da miedo acercarme a él y voy pocas veces por ese lado de la iglesia.

—Ven conmigo —dijo el viejo—, yo lo conozco bien desde niño.

Por una estrecha escalera descendieron a la cripta y se pararon entre los macizos arcos, en un sitio sombrío, donde se percibía un olor penetrante de almizcle.

—Aquí es —murmuró el viejo—. Dame la mano mientras lo destapas, no sea que te caigas dentro; yo no puedo agacharme para quitar la tapa, porque me lo impide el reúma.

—¡Qué sitio más triste y sombrío! —dijo la niña.

—Mira hacia abajo —dijo el sepulturero. La niña obedeció, diciendo luego:

—¡Parece una tumba!

—Yo creo que le abrieron para hacer más triste este lugar y que los monjes fueron más religiosos. Pronto lo taparán, construyendo encima; dicen que lo harán para la primavera próxima.

—Los pájaros cantan en la primavera —pensó la niña aquella tarde cuando, asomada a la ventana, contemplaba la puesta del Sol—. ¡Primavera: estación feliz, hermosa y bendita!

CAPÍTULO XV

ALEGRÍAS DE BRASS

Dos días después del convite que dio Quilp a los hermanos Brass en el Desierto, entró Ricardo Swiveller en el bufete y, quitándose el sombrero, sacó un trozo de crespón negro del bolsillo, lo colocó alrededor de la cinta de aquél y se lo puso otra vez, después de admirar el efecto de la banda de luto. Después, metiéndose las manos en los bolsillos, empezó a pasear por la oficina.

—Siempre me pasa lo mismo —decía—; desde que era niño, todas mis esperanzas se han desvanecido: basta que haya querido a una mujer para que se casara con otro. Pero así es la vida y hay que conformarse. ¡Sí, sí —añadió quitándose el sombrero y mirándolo otra vez—; llevaré luto, llevaré este emblema de la perfidia de una mujer, de una ingrata que me obliga a aborrecer a todo el sexo! ¡Ja, ja, ja!

No habían terminado aún los ecos de su hilaridad, cuando sonó la campanilla de la oficina y Swiveller, abriendo apresuradamente la puerta, se encontró con el simpático rostro del señor Chuckster, su amigo y consocio en el Glorioso Apolo.

—¡Bien tempranito ha venido usted a esta maldita casa! —dijo el recién llegado.

—¡Algo, algo! —repuso Dick.

—¿Algo? —añadió Chuckster con el aire burlón que tan bien sentaba a sus facciones—. ¡Ya lo creo! ¿No sabe usted, querido amigo, la hora que es? Pues únicamente las nueve y media de la mañana.

—¿No quiere usted entrar? —preguntóle Dick—. Estoy solo, Swiveller, solo. —Y haciendo una reverencia, hizo entrar a Chuckster; ambos pasearon dos o tres veces por la habitación saludándose cómicamente.

—¿Y cómo vamos, querido amigo? —dijo Chuckster sentándose y hablando en serio—. He tenido que venir por este sitio para asuntos privados y no he querido pasar sin verle aunque suponía que no le encontraría. ¡Es tan pronto!

Después Chuckster aludió al misterioso huésped, mostrándose ofendido por la amistad que había entablado con su compañero, el simpático e ilustrado pasante Abel Garland, y así pasaron un rato charlando y tomando rapé.

—Y no contento con estar en tan buena armonía con el joven escritor —continuó Chuckster tras una pausa—, ha hecho gran amistad con sus padres y hasta con el jovenzuelo que los sirve, el cual está constantemente yendo y viniendo de su casa a la oficina. Me disgusta tanto ese asunto, que si no fuera por el afecto que tengo a la casa y porque sé que el notario no podría pasarse sin mí, le dejaría plantado. No tendría otro remedio.

Ricardo, simpatizando con su amigo, atizó el fuego de la chimenea, pero no dijo ni una palabra.

—En cuanto al joven lacayuelo —prosiguió Chuckster—, proféticamente aseguro que acabará mal. Los de nuestra profesión conocemos algo el corazón humano, y el muchacho que volvió para acabar de ganarse un chelín, tiene necesariamente que manifestarse algún día tal cual es, en su verdadero aspecto. No tiene más remedio que ser un ladronzuelo vulgar.

Seguramente Chuckster hubiera continuado en el mismo tema hasta quién sabe cuándo, si no se hubiera oído en la puerta un golpecito que pareció anunciar la llegada de algún cliente. Después del obligado «adelante» de Swiveller, se abrió aquélla, dando paso nada menos que al mismo Kit, que había sido hasta allí tema principal de la conversación de Chuckster.

Éste, al oír llamar a la puerta, había tomado una actitud de suprema mansedumbre, se rehízo y miró envalentonado al que así se atrevía a interrumpir su conversación. Swiveller le miró con altivez y esperó sin hablar hasta que Kit, atónito por tal recibimiento, se atrevió a preguntar si el caballero estaba en casa.

Antes de que Ricardo pudiera responder, Chuckster protestó indignado contra aquella manera de preguntar tan poco respetuosa, porque estando allí dos caballeros, no podían saber a cuál de ambos se dirigía; por tanto, debía haber dicho su nombre, aunque él no dudaba de que la pregunta se refería al propio Chuckster y él no era hombre con quien se jugara.

—Me refiero al caballero que vive arriba —dijo Kit dirigiéndose a Swiveller—. ¿Está en casa?

—¿Para qué le necesitas? —preguntó Ricardo.

—Porque si está, tengo que entregarle una carta.

—¿De quién? —volvió a preguntar Ricardo.

—Del señor Garland.

—¡Ah! —repuso Dick con suma amabilidad—. Puedes dármela, y si esperas la respuesta, puedes aguardar en el pasillo.

—Muchas gracias —repuso Kit—, pero tengo que entregarla en propia mano.

La audacia de esta respuesta molestó tanto a Chuckster, considerando ofendida la dignidad de su amigo, que si no le hubiera detenido la consideración de estar en casa ajena, hubiera aniquilado inmediatamente a tan atrevido criado. Swiveller, aunque no tan excitado como su amigo por aquel asunto, no sabía qué hacer, cuando el caballero misterioso puso término a la escena gritando desde la escalera con estentórea voz:

—¿No ha entrado alguien preguntando por mí?

—¡Sí, señor, sí! —repuso Dick.

—¿Y dónde está? —rugió el caballero.

—Aquí —repuso Dick—. ¡Tú, chico! —exclamó dirigiéndose a Kit—, ¿estás sordo? ¿No oyes que te dicen que subas?

Kit, considerando inútil entrar en explicaciones, se apresuró a subir, dejando a los dos socios del Glorioso Apolo mirándose en silencio.

—¡No lo decía yo! —murmuró Chuckster—. ¿Qué piensa usted de todo eso?

Swiveller, que no era malo por naturaleza y no veía en la conducta de Kit ninguna villanía, apenas sabía qué responder a su amigo. La llegada de Sansón y su hermana puso término a su perplejidad, apresurando el término de la visita de Chuckster.

—Y bien, señor Swiveller —dijo Brass—, ¿cómo está usted hoy? Alegre y satisfecho, ¿eh?

—Bastante bien, señor —respondió Ricardo.

—Bueno, entonces estaremos hoy tan contentos como las alondras. Este mundo es hermoso y da gusto vivir en él. Es cierto que hay gente mala, pero si no la hubiera, ¿para que servirían los abogados buenos? ¿Ha habido hoy correo, Swiveller?

—No, señor —repuso éste.

—Bueno, no importa —observó Brass—. Si hoy hay poco que hacer, mañana habrá más. Un espíritu satisfecho siempre alegra la existencia, Swiveller. ¿Ha venido alguien?

—Únicamente mi amigo —dijo Ricardo— y alguien para ver al huésped de arriba, que aún está con él.

—¿Quién ha venido a visitar a ese misterioso caballero? Supongo que no será una dama —prosiguió Brass.

—Es un joven algo relacionado con la notaría del señor Witherden; le llaman Kit, según tengo entendido —dijo Ricardo.

—¡Kit! ¡Vaya un nombre raro! —dijo Brass—. Parece algo destinado a perderse en el vacío. ¡Ja, ja, ja! ¿Conque está Kit arriba? ¡Oh, oh!

Dick miró a la señorita Sally, sorprendido al ver que no trataba de acallar la excesiva alegría de su hermano; pero como vio que, lejos de eso, parecía estar conforme con ella, supuso que habrían engañado a alguien entre los dos y que acababan de recibir el pago.

—¿Sería usted tan amable, Swiveller, que quiera llegarse con esta carta a Peckham Rye? No hay respuesta, pero es una cosa especial y deseo que vaya a la mano. Cargue usted a la oficina los gastos de coche y aproveche el tiempo que le sobre de la hora para dar un paseo. ¡Ja, ja!

Ricardo dobló la chaquetilla que usaba en la oficina, se puso la americana y el sombrero, cogió la carta y salió. Tan pronto como desapareció Dick, Sally se levantó y, saludando dulcemente a su hermano, se retiró también.

Apenas se quedó solo, Sansón abrió de par en par la puerta de la oficina, estableciéndose en el escritorio opuesto a ella, a fin de poder ver a cualquiera que pasara por la escalera, y empezó a escribir con gran interés, tarareando por lo bajo diversos retazos de música.

Largo rato estuvo el procurador de Bevis Mark sentado, escribiendo y cantando, deteniéndose para escuchar algunas veces y prosiguiendo después su tarea. Una de las veces que la interrumpió para escuchar, oyó que se abría la habitación del huésped, que se cerraba después y que alguien bajaba la escalera; entonces dejó la escritura, se quedó con la pluma en la mano, subió el tono de sus melodías llevando el compás como si estuviera absorto en la música y sonriendo de un modo angelical.

Cuando Kit llegó ante la puerta, Brass cesó en su canto y, sin dejar de sonreír, le hizo señas de que se detuviera.

—¿Cómo está usted, Kit? —le dijo el procurador del modo más afectuoso.

Kit, algo avergonzado, respondió cortésmente y, poniendo una mano en la cerradura, se disponía a retirarse, cuando Brass le invitó a entrar amigablemente.

—No se vaya usted aún, Kit, deténgase un poco aquí, si no tiene inconveniente —dijo el procurador con algo de misterio en el tono de voz—. Cuando le veo a usted, me acuerdo de la casita más dulce y linda que he visto en mi vida, y de las veces que iba usted a la tienda cuando estábamos allí. ¡Ah, Kit, las personas que tenemos cierta profesión, tenemos que cumplir penosos deberes algunas veces y no somos dignos de envidia! No, ciertamente.

—Yo no los envidio, señor —dijo Kit—, y no soy el llamado a juzgar en ese asunto.

—El único consuelo que nos queda —prosiguió Sansón—, es que, aunque no podemos hacer cambiar el viento, podemos disminuir sus efectos. En esa precisa ocasión a que he aludido, sostuve una ruda batalla con el señor Quilp, un hombre duro, pidiéndole que fuera indulgente. Pude perder el cliente, pero me inspiró la virtud y gané el pleito.

—No es tan malo como creía —pensó el bueno de Kit cuando el procurador hizo una pausa, como si quisiera dominar una dolorosa emoción.

—Yo le admiro a usted Kit —continuó Brass emocionado—. He visto bastante bien su conducta en aquellos días para respetarle, por humilde que sea la posición que ocupa en el mundo y la fortuna que le tocó en suerte. Nunca miro el traje, sino el corazón que late debajo. El traje es solamente la jaula que lo aprisiona, pero el corazón es el ave ¡Y cuántas de ésas se ocupan sólo en picotear al prójimo a través de sus lujosos alambres!

Esta figura poética, dicha con la entonación y mansedumbre de un humilde ermitaño a quien sólo faltara el tosco sayal para completar el efecto, entusiasmó a Kit.

—¡Bueno, bueno! —prosiguió Sansón, sonriendo como sonríen los hombres de bien cuando lamentan su debilidad o la de su prójimo—. Eso es claro como el agua. Puede usted tomar eso si gusta—. Y Sansón señalaba dos medias coronas que había sobre el escritorio.

Kit miró las monedas, después a Sansón y titubeó sin tomarlas.

—Son para usted.

—¿De quién?

—No importa de quién —dijo el procurador—. Pueden ser mías, si así le parece bien. Tenemos amigos excéntricos que pueden oír, Kit, y no es conveniente preguntar o hablar demasiado, ¿comprende usted? Puede usted tomarlo, eso basta. Y aquí para entre los dos, supongo que no serán las últimas que reciba usted por el mismo conducto. Espero que no. ¡Adiós, Kit, adiós!

Dándole las gracias y reprochándose el haber sospechado de quien en la primera conversación se había mostrado tan distinto de lo que él suponía, Kit cogió el dinero y emprendió la vuelta a su casa. El señor Brass permaneció junto al fuego, ejercitándose simultáneamente en los ejercicios vocales y en la angelical sonrisa que antes había ensayado con tanto éxito.

—¿Puedo entrar? —dijo Sally asomándose a la puerta.

—¡Sí, sí, entra! —contestó su hermano.

—¡Ejem! —tosió la señorita a modo de interrogación.

—¡Hecho! —murmuró Sansón—. Me atrevería a decir que es como si estuviera hecho ya.

CAPÍTULO XVI

SOSPECHAS

La suposición de Chuckster no dejaba de tener cierto fundamento. Una amistad sincera y leal unió al caballero misterioso con los señores Garland, estableciéndose pronto una intimidad entre ellos. Un ligero ataque, consecuencia probable de aquel terrible viaje y del desengaño subsiguiente, dio origen a frecuente correspondencia; de tal modo, que uno de los moradores de la granja Abel, en Fuschley, iba casi diariamente a Bevis Mark.

Como la jaca no se dejaba guiar por otro que no fuera Kit, ocurría que, ya fuera Abel ya su padre el que iba a hacer la visita, Kit era siempre de la partida, y Kit el mensajero que llevaba la correspondencia cuando no había visita. Ocurrió, pues, que cuando el caballero se puso enfermo, Kit iba a Bebis Mark todas las mañanas con la misma regularidad que un cartero.

Sansón, que indudablemente tenía sus razones para esperarle, aprendió pronto a distinguir el ruido de las ruedas y los botes de la jaca tan pronto como doblaban la esquina, y apenas lo sentía dejaba la pluma con la mayor alegría y se frotaba las manos diciendo a Ricardo:

—¡Ahí está ya la jaquita! ¡Qué animal más inteligente! ¡Y qué dócil!

Dick respondía alguna frase de cajón y Brass se subía sobre un taburete para mirar a la calle desde cierta altura, a fin de ver quién iba en el coche.

—Ahí viene hoy el señor anciano Swiveller. ¡Qué hombre más agradable y simpático, y qué buen humor tiene siempre! Es un hombre que honra al género humano.

Después que el señor Garland descendía del coche y subía a visitar al huésped, Sansón saludaba a Kit desde la ventana; algunas veces salía hasta la calle y sostenía con él conversaciones como la que sigue:

—¡Qué hermoso animal! ¡Qué manso!

Kit acariciaba a la jaca pasándole la mano por el lomo y aseguraba a Sansón que encontraría pocos animales como ella.

—Es hermoso —respondió éste— y tiene un instinto sorprendente.

—¡Magnífico! —respondía Kit—. Comprende mejor que un cristiano todo lo que usted dice.

—¿De veras? —preguntaba Brass, que había oído la misma frase a la misma persona y en el mismo sitio una docena de veces, lo cual no impedía que se quedara atónito exclamando—: ¡es maravilloso!

—Poco pensé yo —se decía Kit, cautivado por el interés que el procurador mostraba por el animal— que seríamos tan amigos cuando le vi por primera vez.

—¡Ah, Cristóbal! —proseguía Brass—, la honradez es la mejor norma de vida. Hoy he perdido yo cuarenta y cinco libras por ser honrado, pero al fin redundará en ganancia, estoy seguro de ello. Por eso, en vez de entristecerme, estoy contento.

Kit se complacía tanto con semejante conversación, que muchas veces estaba hablando aún cuando aparecía de nuevo el señor Garland; Sansón le ayudaba a entrar en el coche con muestra de afecto y le saludaba cortésmente. Una vez que el coche desaparecía, Sansón y su hermana, que generalmente se asomaba también, cambiaban una extraña sonrisa, no muy placentera por cierto, y volvían a la sociedad de Ricardo Swiveller, que durante su ausencia había envasado varios ejercicios de pantomima, en tanto que el escrito confiado a su pluma estaba llenos de raspaduras y tachones.

Cuando Kit iba solo, el procurador recordaba que tenía algún encargo para Swiveller en sitios algo lejanos siempre, de los cuales tenía necesariamente que volver al cabo de dos o tres horas cuando menos; tanto más, cuanto que el señor Swiveller no se distinguía por su prontitud en volver cuando salía a la calle. Sally se retiraba en seguida, y el procurador, invitando a Kit para que entrara en el bufete, le entretenía con una conversación moral o agradable para el muchacho, entregándole después alguna moneda. Ocurría esto con tanta frecuencia, que Kit, creyendo que provenía del caballero misterioso, que por otra parte había recompensado liberalmente a su madre por las molestias del viaje, no sabía alabar bastante su generosidad y compraba regalitos para su madre y hermanos, y hasta para Bárbara.

Mientras en la oficina ocurrían los sucesos que acabamos de relatar, Ricardo, que se quedaba solo con mucha frecuencia, empezó a notar que tenía poco que hacer y mucho tiempo de sobra, y a fin de evitar que sus facultades se enmohecieran, llevó una baraja a la oficina y se entretenía en jugar a los naipes con un ser imaginario, cruzando con él cantidades y apuestas enormes.

Como estas partidas eran muy silenciosas, a pesar de los grandes intereses que se aventuraban en ellas, Swiveller creyó oír algunas veces un ligero ronquido o respiración difícil cerca de la puerta, y después de mucha cavilación empezó a pensar que debía de proceder de la criadita, que estaba siempre constipada. Una noche que observó atentamente, pudo percibir un ojo que miraba por la cerradura, y no dudando ya de que su sospecha era cierta, fue sigilosamente hasta la puerta y la abrió rápidamente, sin dar tiempo a la niña para poder retirarse.

—No intentaba perjudicarle a usted, señor, créame —murmuró la niña—. ¡Estoy tan triste abajo! Le suplico que no se lo diga usted a nadie.

—¿Quieres decir que mirabas por la cerradura sólo para distraerte?

—Sí, señor, le aseguro a usted que era únicamente por eso.

—¿Y cuánto tiempo hace que te entretienes así?

—Hace mucho, señor, mucho antes de que empezara usted a jugar a las cartas.

—Bueno, pues entra. No se lo diré a nadie y te enseñaré a jugar.

—No me atrevo, señor, la señorita Sally me mataba si lo supera.

—¿Tienes lumbre abajo?

—Muy poca, señor, unas ascuas solamente —murmuró la niña.

—Como la señorita Sally no puede matarme a mí aunque me encuentre allí, bajaré contigo —respondió Ricardo metiendo las cartas en su bolsillo.

—Pero, ¡qué delgada eres! —prosiguió— ¿Por qué no tratas de ponerte más gruesa?

—No es culpa mía, señor.

—Podrías comer pan y carne —replicó Dick sentándose—. Y cerveza. ¿La has bebido alguna vez?

—Una vez bebí un sorbito.

—¡Vaya una rareza! ¡No haber probado nunca la cerveza! ¿Cuántos años tienes?

—No lo sé.

Ricardo abrió desmesuradamente los ojos y meditó unos momentos; después, encargando a la niña que tuviera cuidado de responder si alguien llamaba a la puerta, salió apresuradamente.

Pronto estuvo de vuelta, acompañado de un muchacho que llevaba en una mano un plato con pan y carne, y en la otra, un gran jarro lleno de algo que olía muy bien.

Ricardo lo tomó al llegar a la puerta, encargando a la niña que cerrara bien para evitar sorpresas, y bajó a la cocina seguido de ella.

—Vamos —dijo Ricardo poniéndole delante el plato—, cómete eso y después jugaremos.

La niña no necesitó una segunda invitación y pronto vació el plato.

—Ahora, bebe de eso —añadió Dick entregándole el jarro—, pero con moderación, porque no estás acostumbrada y podría hacerte daño.

—¡Qué bueno es! —exclamó la niña regocijada, después de beber.

Esta observación agradó sobremanera a Dick, que cogiendo a su vez el jarro, bebió un gran trago. Después se aplicó a instruir a la niña en el juego, cosa que pronto aprendió, porque era lista.

—Ahora —dijo Ricardo poniendo dos medios chelines en un plato y atizando la bujía que iluminaba la reducida estancia, después de barajar y cortar las cartas—, esta es la apuesta. Si ganas, serán para ti; si gano yo, serán para mí. Para entendernos mejor y que parezca un juego de veras, te llamaré Marquesa, ¿oyes?

La criadita asintió con un movimiento de cabeza.

—Vamos, Marquesa, empieza a jugar.

La Marquesa, sosteniendo las cartas muy apretadas con ambas manos, pensó por cuál empezaría, y Dick, tomando el aire alegre y elegante que la sociedad de una marquesa requería, bebió otro traguito y esperó su turno.

Swiveller y la Marquesa jugaron varias partidas, hasta que la pérdida de tres medios chelines, la disminución del líquido y las campanadas del reloj indicando que eran las diez, hicieron comprender al caballero que el tiempo volaba y que sería conveniente marcharse antes de que Sansón y su hermana volvieran.

—Por tanto, Marquesa —añadió Ricardo gravemente—, solicito el permiso de vuestra señoría para guardarme las cartas y beberme el resto de esta cerveza a vuestra salud, suplicando me dispense por tener el sombrero puesto, porque este palacio es húmedo y el mármol de sus suelos y paredes, muy frío, y retirarme después.

La criadita asintió de nuevo sin hablar una palabra.

—¿Dices que van muchas veces al teatro y que te dejan sola?

—Sí, señor; eso creo, al menos, porque la señorita Sally es muy aficionada.

Ya iba Ricardo a retirarse, cuando pensó que sería conveniente charlar un rato con la niña, cuya lengua se había puesto algo expedita con la cerveza, no desperdiciando aquella oportunidad que se le presentaba de enterarse de algunas cosas.

—A veces van a ver al Señor Quilp —contestó la niña a otra pregunta de Dick—, porque el señor no sabe hacer nada solo: siempre pide consejo a la señorita.

—Supongo —prosiguió Dick— que hablan y se consultan en todos sus asuntos, y que se habrán ocupado mucho de mí, ¿eh, Marquesa? ¿Para bien? ¿En buen sentido?

Ésta volvió a sus movimientos afirmativos.

—¡Uf! —murmuró Ricardo—. ¿Será un abuso de confianza, Marquesa, pediros que me contéis lo que dicen de este humilde servidor que ahora tiene el honor de...?

—La señorita dice que es usted muy original y muy divertido.

—Eso no es decir una inconveniencia, Marquesa; la alegría y la gracia no son cualidades que degradan.

—Pero es que también dice que no se puede tener confianza en usted.

—Hay muchas personas que han hecho la misma observación, especialmente mercaderes y comerciantes. ¿Supongo que el señor Brass será de la misma opinión?

La niña afirmó que era aun más severo que su hermana en el asunto.

—Pero, ¡por Dios, no diga usted nada, porque me pegarán después hasta matarme! —exclamó luego, pesarosa de haber hablado tanto.

—Marquesa —dijo Ricardo—, la palabra de un caballero es sagrada. Soy tu amigo y espero que pasaremos muchos ratos en este hermoso salón. Pero me ocurre —añadió parándose en el camino hacia la puerta y volviéndose a la criadita que le seguía con la bujía encendida— que has debido de mirar y oír mucho por las cerraduras para saber todo eso.

—Únicamente quería saber dónde guardaban la llave de la despensa, eso era todo. Y si lo hubiera sabido, no habría cogido mucho, únicamente lo indispensable para mitigar el hambre.

—Entonces, ¿no sabes aún dónde la guardan? —dijo Dick—. Pero, ¡claro es que no, porque, en ese caso, estarías más gruesa! Adiós, Marquesa, hasta la vista, y no olvides pasar la cadena.

Ricardo, comprendiendo que había bebido bastante, emprendió el camino derecho hacia su casa y empezó a desnudarse, meditando entre tanto unas veces sobre la Marquesa y los misterios que la rodeaban; otras, sobre Sofía y hasta sobre la pobre Nelly, hasta que logró dormirse después de dar muchas vueltas en la cama pensando en Quilp, en Brass, en Sally y en el caballero misterioso.

A la mañana siguiente despertó fresco y animado, y después de recibir una esquelita de su patrona intimidándole para que buscara otro alojamiento, fue a Bevis Mark, donde la hermosa Sally estaba ya en su escritorio, radiante y esplendorosa como la virgínea luz de la Luna.

Swiveller reveló su presencia con un saludo y se sentó en su sitio de costumbre.

—Dígame —exclamó de pronto la señorita Sally rompiendo el silencio—, ¿ha visto usted esta mañana un lapicero de plata?

—No he encontrado ninguno en la calle. En un escaparate vi uno muy grueso en unión de un cortaplumas y un mondadientes, pero como estaban entretenidos en conversación, seguí adelante.

—Seriamente —continuó Sally—, ¿lo ha visto usted aquí o no?

—¡Qué simpleza tan grande! ¿Cómo puedo haberlo visto, si acabo de llegar en este momento?

—Simpleza o no, lo único que sé es que no puedo encontrarlo; habrá desaparecido algún día que lo haya olvidado sobre la mesa.

—Espero que la Marquesa no habrá entrado aquí —pensó Ricardo.

—También había un cortaplumas igual —prosiguió Sally—; era regalo de mi padre y también ha desaparecido. Supongo que usted no echará nada de menos.

Ricardo, después de registrar sus bolsillos y convencerse de que todo estaba en su sitio, respondió que no le faltaba nada.

—Es una cosa muy desagradable, Dick; pero, en confianza y sin que Sammy se entere, porque no acabaría de hablar nunca de ello, le diré que también ha desaparecido dinero de la oficina. Yo he notado la falta de tres medias coronas en diversas ocasiones.

—¿Es cierto eso? —preguntó Dick—. Tenga usted cuidado con lo que dice, porque es un asunto muy serio. ¿Está usted segura? ¿No habrá alguna equivocación?

—No, no hay ninguna equivocación, así es —repuso Sally con énfasis.

—No puede haber sido nadie más que la Marquesa —pensó Ricardo soltando la pluma—. ¡Buena la espera!

Mientras más pensaba, más seguro le parecía que aquella infeliz criatura, medio muerta de hambre, se había visto obligada por la necesidad a hurtar lo que encontró a su alcance. Y lo sintió tanto, le molestaba de tal modo la idea de que aquella acción tan grave enturbiara la pureza de su amistad, que deseó mejor saber que la Marquesa era inocente, con más ardor que recibir cincuenta libras de regalo.

En tanto que absorto meditaba en el asunto, Sally movía la cabeza con aire de misterio y duda, cuando se oyó la voz de Sansón entonando una escala en el corredor y en un instante apareció en la puerta tranquilo y sonriente.

—Buenos días, Ricardo. Dispuesto ya a trabajar, ¿eh?, después de un sueño refrigerante y reparador. Henos aquí levantándonos con el Sol para emprender las tareas ordinarias. ¡Qué reflexión más consoladora!

Mientras hablaba así, ostentaba en la mano un billete de veinticinco libras y lo examinaba al trasluz.

Ricardo le oía sin entusiasmarse por aquel aluvión de palabras huecas, cosa que llamó la atención de Brass, el cual, volviendo la cabeza, se fijó en su abatido semblante.

—¿Qué le pasa a usted? Es preciso estar contento para trabajar bien, es preciso estar...

La casta Sara lanzó un profundo suspiro.

—¡Dios mío! —exclamó Sansón—, ¿también tú? ¿Qué pasa señor Swiveller? ¿Qué pasa aquí?

Dick miró a Sally y vio que le hacía señas para que pusiera a su hermana al corriente de lo que pasaba, y como su posición tampoco era muy agradable hasta que se aclarara el asunto, lo hizo así, ayudado de Sally, que corroboró cuanto él decía.

Una viva contrariedad nubló el semblante de Sansón, que, en vez de romper en gritos, como Sally esperaba, fue de puntillas a la puerta, la abrió, miró fuera, después la cerró silenciosamente, volvió de puntillas otra vez y dijo hablando muy bajito:

—Es una cosa penosa y molesta para todos; una cosa extraordinaria, Ricardo. Pero el caso es que yo también he notado la falta de algunas cantidades pequeñas que dejé en el cajón de la mesa últimamente. No he hecho mención de ello, esperando que la casualidad me permitiera descubrir al delincuente, pero no ha sido así. Este es un asunto penoso, señores.

Al hablar así, Sansón dejó el billete que tenía en la mano entre unos papeles que había sobre la mesa, distraídamente, y se metió las manos en los bolsillos. Ricardo lo observó y le suplicó que lo guardara.

—No, amigo mío, no —replicó Brass emocionado—; no lo recojo, lo dejo ahí. Recogerlo, sería manifestar que dudo de usted, cuando, por el contrario, tengo ilimitada confianza. Lo dejaremos ahí, si usted no tiene inconveniente.

Ricardo agradeció mucho la confianza, merecida por cierto, que el procurador le dispensaba en aquellas penosas circunstancias y se sumió en profunda meditación, lo mismo que los hermanos Brass, temiendo oír a cada momento imputar el robo a la Marquesa e incapaz de destruir la convicción que tenía de que ella era la culpable.

Después de unos momentos de reflexión, Sally dio un puñetazo en la mesa exclamando:

—¡Ya sé quién ha sido!

—¿Quién? —preguntó Brass— ¡Dilo pronto!

—¡Qué! ¿No ha habido una persona yendo y viniendo continuamente aquí durante estas últimas semanas? ¿No ha estado esa persona sola algunas veces, gracias a ti? ¡Pues dime ahora que ese no es el ladrón!

—¿Quién es esa persona? —exclamó Brass iracundo.

—Ese que llaman Kit.

—¿El criado del señor Garland?

—Ese mismo.

—¡Nunca! —exclamó Brass—. No puede ser; no lo creeré, aunque me lo juren. ¡Nunca!

—Pues te aseguro que ése es el ladrón —volvió a decir su hermana tomando tranquilamente un polvo de rapé.

—Pues yo te aseguro que no es ése. ¿Cómo te atreves a hacer tal imputación? ¿No sabes que es el muchacho más honrado que existe y que su conducta es intachable? ¡Adelante, adelante!

Estas últimas palabras se dirigían a una persona que llamaba a la puerta de la oficina y que resultó ser el mismo Kit en persona.

—¿Hacen el favor de decirme si está arriba el caballero?

—Sí, Kit —repuso Brass, rojo aún de indignación—, allí está. Me alegro mucho de verle a usted y le suplico que tenga la bondad de entrar cuando baje.

—¡Ese muchacho un ladrón! —murmuró Brass apenas se retiró Kit—; es imposible, con ese semblante franco y abierto. Le confiaría todo el oro del mundo sin cuidado alguno. Señor Swiveller, le suplico tenga la bondad de ir a casa de Brass y Compañía, en Broad Streed, y preguntar si ha recibido un aviso para acudir a una reunión en casa de Painter.

—¡Kit un ladrón! —siguió murmurando—. Sería menester ser ciego y sordo para creer eso—. Y mirando a Sally con ira, echó la cabeza sobre su escritorio como si quisiera aplastar el mundo con su peso.

CAPÍTULO XVII

LA ACUSACIÓN

Cuando Kit bajó de la habitación del caballero misterioso un cuarto de hora después, Sansón Brass estaba solo en su oficina; pero no estaba sentado en el escritorio, ni cantaba como de costumbre. Estaba delante de la chimenea, de espaldas al fuego y con un aspecto tan extraño, que Kit supuso que se había puesto malo de repente.

—¿Le ocurre a usted algo, señor? —le preguntó.

—¿Algo? —exclamó Brass—. ¿Qué si me ocurre algo? ¿Por·qué me hace usted esa pregunta?

—Está usted tan pálido que no parece el mismo.

—¡Pse! ¡Mera imaginación! —exclamó Brass agachándose para remover las ascuas—. Nunca he estado mejor en mi vida, Kit, ni tan contento. ¡Ja, ja! ¿Cómo está nuestro amigo, el vecino de arriba?

—Mucho mejor —repuso Kit.

—Me alegro mucho de oírlo —dijo Brass—; es decir, doy gracias a Dios, porque es un excelente caballero, digno, liberal y generoso. ¡Da tan poco trabajo! ¡Es un huésped admirable! ¿Y el señor Garland? Supongo que está bien, Kit. ¿Y la jaca, mi amiga? Mi amiga particular, como usted sabe.

Kit hizo una relación satisfactoria de la familia de la granja Abel, y Sansón, diciéndole que se acercara, le cogió por la solapa de la chaqueta diciéndole:

—Estoy pensando, Kit, que yo podría hacer algo por su madre. Porque usted tiene madre, ¿verdad? Usted me lo dijo, si no recuerdo mal.

—Sí, señor, la tengo y se lo dije a usted.

—Creo que es viuda y muy trabajadora.

—No creo que exista una mujer más laboriosa, ni una madre mejor.

—Eso es una cosa que toca al corazón; una pobre mujer luchando y trabajando para sacar adelante a sus hijitos es un delicioso cuadro de la bondad humana. Deje usted el sombrero, Kit.

—Muchas gracias, señor, tengo que marcharme inmediatamente.

—Déjelo usted mientras habla un momento —dijo Brass recogiéndolo y revolviendo los papeles sobre la mesa, a fin de encontrar un sitio donde dejarlo—. Estaba acordándome de que tenemos casas para alquilar y necesitamos que cuiden de ellas gentes que muchas veces son personas en las cuales no se puede confiar. No hay nada que nos impida entregar esas plazas a quien queramos, teniendo, además, el placer de hacer una acción buena al mismo tiempo.

Brass, según hablaba, removía los papeles como buscando algo y cambiaba de sitio el sombrero.

—No sé cómo dar a usted las gracias, señor —respondió Kit lleno de alegría.

—Entonces —dijo Brass súbitamente volviéndose hacia Kit y acercándose a él con una sonrisa tan repulsiva que el muchacho, a pesar de su gratitud, retrocedió unos pasos sorprendido—, entonces es cosa hecha.

—Kit le miró asombrado.

—Hecho, está hecho ya —añadió Sansón restregándose las manos—. Ya lo verá usted, Kit, ya lo verá. ¡Pero cómo tarda Swiveller! ¡Es el único para hacer un recado! ¿Querría usted hacerme el favor de quedarse un momento aquí, por si viene alguien mientras voy arriba? Es cuestión de un minuto y tardaré solamente el tiempo indispensable.

El señor Brass salió de la oficina, volviendo unos momentos después, al tiempo que también llegaba Dick, y cuando Kit salía presuroso, a fin de recobrar el tiempo perdido, la señorita apareció en el umbral de la puerta al mismo tiempo.

—Ahí va tu protegido, Samy.

—Sí, mi protegido, si quieres designarle así. Un muchacho honrado si los hay, Ricardo, ¡un hombre digno!

—¡Ejem! —tosió la señora.

—Y te diré —añadió Sansón iracundo— que estoy tan seguro de su honradez, que pondría las manos en el fuego. ¿No va a acabarse esto nunca? ¿Voy a estar fastidiado por tus ridículas sospechas? No tienes en nada el verdadero mérito. Si sigues así, puede ser que sospeche de tu honradez antes que de la suya.

Sally, sacando su tabaquera, miró atónita a su hermano.

—¡Me vuelve loco, señor! ¡Esta mujer me vuelve loco! Marearme y aburrirme constituye parte de su naturaleza, creo que lo tiene en la masa de la sangre. Pero no importa, he hecho lo que pensaba y he demostrado mi confianza en el muchacho dejándole solo en la oficina. ¡Ja, ja! ¡Víbora!

La hermosa virgen volvió a sacar su tabaquera, tomó un polvito y, guardándose otra vez la caja en el bolsillo, miró a su hermano completamente tranquila.

—Tiene mi confianza completa —murmuraba—, y continuará teniéndola siempre. Es... ¡Cómo! ¿Dónde está el...?

—¿Qué ha perdido usted? —exclamó Dick.

—¡Dios mío! —exclamó Brass revolviendo todos sus bolsillos uno tras otro y buscando sobre la mesa, debajo y por todas partes—. ¡El billete de veinticinco libras! ¿Dónde puede estar? Yo lo dejé aquí, aquí mismo.

—¿Qué? —rugió la señora Sally levantándose y dejando caer al suelo una porción de papeles—. ¿Perdido? ¡Veremos quién tiene razón ahora! Pero, ¿qué importan veinticinco libras? Eso no es nada. Es honrado, ¿saben ustedes? Muy honrado, y no es posible sospechar de él. ¡No le acusen, no!

—Pero, ¿no se encuentra? —preguntó Ricardo pálido y tembloroso.

—No, señor, no lo encuentro —repitió Brass—. ¡Mal asunto es éste! ¿Qué haremos?

—No correr a coger al ladrón —dijo Sally tomando otro polvito—, ¡de ninguna manera! Darle tiempo para que lo esconda. ¡Sería una crueldad reconocer que es culpable!

Swiveller y Brass se miraron confundidos y, después, como movidos por un resorte, cogieron maquinalmente los sombreros y se echaron a la calle, corriendo sin cuidarse de los obstáculos que hallaban a su paso como si les fuera en ello la vida.

Kit, que también había ido corriendo, aunque no tanto, les llevaba una gran delantera; pero al fin fue alcanzado en un momento en que se había detenido para tomar alimento.

—¡Deténgase usted! —gritó Sansón poniéndole una mano en el hombro, en tanto que Dick, sujetándole por el otro, decía—: ¡No tan ligero, caballero! ¿Tiene usted mucha prisa?

—Sí, señor, la tengo —dijo Kit mirando sorprendido a ambos caballeros.

—No sé qué pensar. No puedo creerlo, pero se ha perdido en mi oficina un objeto de valor. ¿Supongo que usted no sabe lo que es? —dijo Brass.

—¿Qué dice usted, señor Brass? —exclamó Kit temblando de pies a cabeza—. No supondrá usted...

—¡No, no! —repuso Brass prontamente—, ¡no supongo nada! No diga usted que yo he dicho que usted ha sido. Espero que no tendrá inconveniente en volver conmigo a la oficina.

—Ciertamente que no —murmuró Kit—. ¿Por qué había de tenerlo?

—¡Claro está! —repuso Brass—. ¿Por qué? Si usted supiera la lucha que he sostenido esta mañana por defender su inocencia, me compadecería.

—Estoy seguro de que sentirá usted haber sospechado de mí —dijo Kit—. ¡Vamos, vamos pronto!

—Seguramente; cuanto más aprisa, mejor. Ricardo, tenga usted la bondad de cogerle del brazo izquierdo, yo le cogeré del derecho; porque aunque tres personas juntas andan mal, en las presentes circunstancias no hay otro remedio.

Kit cambió de color al verse sujeto así y quiso rebelarse, pero comprendiendo que sería peor, se sometió y llorando de vergüenza se dejó conducir. Durante el camino, Ricardo, a quien aquella situación molestaba mucho, murmuró en su oído que si confesaba su culpa, prometiendo que no volvería otra vez a hacerlo, no le castigarían; pero Kit rechazó indignado la proposición, y así llegó hasta la presencia de la encantadora Sara, que inmediatamente tuvo la precaución de cerrar la puerta.

—Como este es un asunto muy delicado, Cristóbal, espero que no tendrá usted ningún inconveniente en que le registremos.

—¡Que me registren! —exclamó Kit levantando orgullosamente los brazos—, pero tengo la seguridad de que lo sentirá usted todos los días de su vida.

—Es un asunto penoso —dijo Brass revolviendo los bolsillos de Kit, de donde sacó una heterogénea colección de objetos—. Supongo que no hará falta registrar los forros, estoy satisfecho. ¡Ah! Ricardo, registre usted el sombrero.

—Aquí hay un pañuelo —repuso Dick.

—Eso no es malo ni perjudicial; creo que es saludable, según dicen, llevar un pañuelo en el sombrero.

Una exclamación que lanzaron a un tiempo Dick, Sally y el mismo Kit cortó la palabra al procurador. Volvió la cabeza y vio a Dick parado con el billete en la mano.

—¿Estaba en el sombrero? —gritó Brass.

—¡Debajo del pañuelo, escondido en el forro! —murmuró Dick, anonadado por el descubrimiento.

El procurador miró a Dick, miró a Sally, miró al techo y a todas partes, excepto a Kit, que se había quedado completamente inmóvil y estupefacto.

—¿Qué es esto? —murmuró enlazando las manos—. ¿Es que el mundo se sale de su eje o que hay una revolución sideral en los espacios? ¡Precisamente la persona de quien menos lo hubiera creído, a quien yo iba a beneficiar todo lo posible, a quien aprecio tanto, que aun ahora mismo dejaríale marchar con gran satisfacción! Pero soy un abogado y tengo que hacer cumplir las leyes de mi país. Sally, hermana mía, perdóname. Ricardo, tenga usted la bondad de llamar en seguida a un guardia.

Pronto volvió Dick, seguido del funcionario público, que oyó toda la acusación de Kit con completa indiferencia profesional y se encargó de su custodia.

—Será mejor que vayamos al juzgado inmediatamente —indicó el guardia—, pero es preciso que usted venga conmigo —dirigiéndose a Brass—, y la... —aquí miró a Sally, no atreviéndose a calificarla, porque no podía saber si era un grifo o algún otro monstruo fabuloso.

—La señora, ¿eh? —añadió Sansón.

—Sí, sí, la señora —murmuró el guardia—. Y también el joven que encontró el billete.

—Ricardo, amigo mío —dijo Brass con dolorido acento—, es una triste necesidad, pero la ley lo exige.

—Pueden ustedes hacer uso de un coche, si lo tienen por conveniente —añadió el guardia.

—Oiga usted una palabra antes, señor —exclamó Kit levantando los ojos como si implorara misericordia—. Soy tan inocente como cualquiera de los presentes. ¡No soy un ladrón! Señor Brass, creo que usted me conoce mejor y no debe creer que soy culpable.

—Sí —repuso Brass—, juro que hasta hace unos minutos tenía confianza completa en este joven y que le hubiera confiado cuanto tenía. Sara, hija mía, oigo el coche ya; ponte el sombrero y vámonos. Va a ser un paseo bien triste, por cierto; parecerá un funeral.

—Señor Brass —murmuró Kit, hágame usted un favor: le suplico que me lleven antes a la notaría del señor Witherden, pues allí está mi amo. ¡Por amor de Dios, lléveme allí primero!

—Bien, no sé si podremos hacerlo —exclamó Brass, que tal vez tuviera sus razones para desear hallarse lo más lejos posible de la vista del notario—. ¿Tendremos tiempo, guardia?

Éste repuso que si iban en seguida, tendrían tiempo; pero que si se detenían, sería necesario ir directamente al juzgado.

Al fin se decidieron a entrar en el coche que Ricardo había ido a buscar y entraron todos, llevando aún sujeto a Kit, que, asomado a la ventanilla, parecía esperar la aparición de algún fenómeno que pudiera explicarle si lo que le pasaba era realidad o sueño.

Mas, ¡ah!, todo era real; la misma sucesión de calles y plazas, los mismos grupos de gente cruzando el pavimento en diversas direcciones, el mismo movimiento de carros y coches, los mismos objetos en los escaparates; una regularidad, en fin, en el ruido y la prisa, impropia de su sueño. La historia era verdad: le acusaban de robo y habían encontrado el billete en su poder, aunque él era inocente de hecho e intención, y le llevaban detenido y prisionero.

Absorto en estos pensamientos, imaginando el disgusto de su madre y de sus hermanos, desanimado y sin fijarse en nada ya según se iban acercando a casa del notario, vio de repente, como aparecido por un conjuro mágico, el horrible semblante de Quilp asomado a la ventana de una taberna. Al verle, mandó Brass detener el coche, y el enano, quitándose el sombrero, saludó con una ridícula y grotesca cortesía.

—¡Tanto bueno por aquí! ¿Dónde van ustedes todos: la interesante Sally, Dick el agradable y Kit, el honrado Kit?

—¡Ah, señor! —murmuró Brass—. ¡Ya no creeré más en la honradez!

—¿Por qué no, plaga de letrados, por qué no? —preguntó Quilp.

—Se ha perdido un billete en la oficina y lo encontramos en su sombrero. Se quedó solo unos momentos. La cadena de sucesos está completa; no hay un solo eslabón suelto.

—¡Cómo! —exclamó el enano sacando medio cuerpo fuera de la ventana—. ¿Kit ladrón? ¡Ja, ja, ja! ¡Es el ladrón más feo que puede verse y hasta se podría pagar algo por verle! ¿Eh, Kit? Han tenido ocasión de cogerle antes de que tuviera oportunidad de pegarme. ¿Eh, Kit, eh? —el enano rompió a reír a carcajadas y después prosiguió:

—¿Conque hemos venido a parar en eso, Kit? ¡Ja, ja, ja! ¡Qué desencanto para Jacobito y para tu cariñosa madre! Adiós, Kit, adiós. Mis recuerdos a los Garland, la amable señora y el buen caballero. Mis bendiciones sean contigo, Kit, con ellos y con todo el género humano.

Apenas desapareció el coche, Quilp se tumbó en el suelo en un éxtasis de alegría.

Al llegar a casa del señor Witherden, Brass se bajó del pescante y, abriendo la puerta del coche, con melancólica expresión dijo a su hermana que sería conveniente que entraran ellos solos primero, a fin de preparar a aquella buena gente para el doloroso espectáculo que los esperaba, y así entraron en la oficina del notario ambos hermanos del brazo y seguidos de Ricardo.

El notario, en pie junto a la chimenea, departía con Abel y su padre, y Chuckster, sentado en un escritorio, escribía, sin olvidarse de oír y recoger todo lo que pudiera de aquella conversación.

Brass observó todo esto a través de la puerta de cristales, antes de entrar, y al abrirla notó que el notario le reconocía. Dirigióse a él y, quitándose el sombrero, le dijo:

—Señor, me llamó Brass; soy procurador de Bevis Mark y he tenido ya el honor y el placer de estar en relación con usted en algunos asuntos de testamentaría. ¿Cómo está usted, caballero?

—Mi pasante le atenderá a usted, señor Brass, sea cualquiera el asunto que le traiga —dijo el notario, continuando su conversación con los dos caballeros.

—Muchas gracias, señor —repuso Brass—. Tengo el gusto de presentarle a mi hermana, una colega de tanto valor en una oficina como cualquiera de nosotros. Señor Swiveller, tenga usted la bondad de acercarse. No, señor Witherden —continuó Brass, interponiéndose entre éste y la puerta de su gabinete particular, hacia donde se dirigía aquél—, tengo que hablar dos palabras con usted y le suplico tanga la bondad de oírme.

—Señor Brass —exclamó el notario con tono decidido—, estoy ocupado con estos señores. Si usted se dirige el señor Chuckster, le atenderá lo mismo que si fuera yo.

—Caballeros —dijo Brass dirigiéndose a los Garland, padre e hijo—, apelo a ustedes. Soy un letrado y sostengo mi título mediante el pago anual de doce libras esterlinas. No soy actor, escritor, músico o artista que vienen a pleitear por derechos que las leyes de su país no reconocen. Soy un caballero y apelo a ustedes, ¿es esto legal? Realmente, caballeros...

—Tenga usted la bondad de explicarse brevemente, señor Brass —dijo el notario.

—Sí, voy a hacerlo, señor Witherden. Pronto sabrá usted lo que tengo que decirle. Creo que uno de estos caballeros se llama Garland...

—Los dos —respondió el notario.

—¡Tanto mejor, tanto mejor! —repuso Brass—. Celebro la ocasión que me permite conocer a ambos señores, aunque es muy penosa para mí. ¿Uno de ustedes tiene un criado llamado Kit?

—Los dos —repuso el notario.

—¿Dos Kit? —dijo Brass sonriendo—. ¡Es curioso!

—Un Kit solamente, señor —repuso el notario enfadado—, que está al servicio de ambos señores. ¿Qué le ocurre?

—Únicamente que ese joven, en quien yo tenía una confianza ilimitada y a quien consideraba por su honradez igual a mí, ha cometido un robo en mi oficina esta mañana y ha sido cogido casi en el hecho.

—Debe de haber alguna falsedad en eso —exclamó el notario.

—¡Es imposible! —dijo Abel.

—¡No creo una sola palabra de esa historia! —añadió el anciano Garland. Brass miró de un lado a otro y repuso:

—Señor Witherden, sus palabras son una injuria, y si yo fuera un hombre ruin, procedería contra usted. Respeto las calurosas expresiones de estos dos señores y siento ser el mensajero de tan desagradables noticias. Seguramente no me hubiera colocado yo mismo en esta situación tan violenta, si el mismo joven no me hubiera suplicado que le trajéramos aquí antes de nada. Señor Chuckster, tenga usted la amabilidad de decir al guardia que espera fuera que pueden entrar.

Al oír estas palabras, los tres caballeros se miraron atónitos; Chuckster descendió de su sitial con la excitación de un profeta que anuncia de antemano lo que ha de ocurrir y abrió la puerta para que entrara el desgraciado preso.

Cuando Kit entró, e inspirado por la ruda elocuencia de la verdad puso al Cielo por testigo de su inocencia y su ignorancia acerca de cómo se encontraba el billete en su poder, la escena fue terrible. Todos hablaban sin entenderse, antes de exponer las circunstancias; todos callaron como muertos después de expuestas, y los tres amigos cambiaron miradas de duda y de sorpresa.

—¿No habrá ocurrido que el billete penetrara en el sombrero casualmente, removiendo papeles sobre la mesa o por otro accidente cualquiera? —preguntó el notario.

Se demostró que esto era completamente imposible, y Ricardo, aunque a disgusto, probó que la disposición en que se encontró el billete hacía imposible la suposición de un accidente casual y que fue ocultado a propósito.

—Es un asunto muy lamentable. Cuando llegue el caso, recomendaré al tribunal que sea benévolo con él, en atención a su honradez anterior. Es verdad que antes he notado la falta de ciertas sumas, pero nada hace suponer que él las tomara.

—Supongo —dijo el guardia— que alguno de estos señores sabrá si el acusado tenía más abundancia de dinero estos últimos días que en épocas anteriores.

—Sí —repuso el señor Garland—, tenía dinero, pero siempre me dijo que se lo daba el señor Brass en persona.

—Eso es la verdad —exclamó Kit—, y nadie se atreverá a negarlo.

—¿Yo? —dijo Brass mirando a todos con expresión de sorpresa.

—Sí, señor —prosiguió Kit—, las medias coronas que usted me daba, dejándome entender que procedían de su huésped.

—¡Dios mío! —exclamó Brass—. ¡Esto es peor de lo que yo creía!

—Pues qué, ¿no le daba usted dinero como mediador de alguien? —preguntó el anciano Garland con gran ansiedad.

—¡Yo darle dinero! —repuso Sansón—. ¡Eso es mucho descaro ya! ¡Guardia, será mejor que nos retiremos!

—¡Cómo! —gritó Kit— ¿Quiere usted negar que me lo daba? ¡Por Dios, que alguien le pregunte si es verdad o no!

—¿Se lo daba usted, Brass? —dijo el notario.

—No es esa la mejor manera de mitigar su pena. Si usted tiene algún interés por él, debe aconsejarle que busque otro recurso. ¡Que si yo se lo daba! No por cierto, nunca se lo di.

—Señores —exclamó Kit, comprendiendo repentinamente lo que pasaba—, señor Garland, señorito Abel, señor Witherden, a todos ustedes juro que me lo daba. Yo no sé lo que he hecho para ofenderle, pero lo cierto es que han tramado una conjuración para perderme; no duden ustedes de que es una trama, y resulte de ello lo que quiera, juraré siempre, hasta exhalar mi último aliento, que ese señor puso por su propia mano el billete dentro de mi sombrero. Miren ustedes cómo se inmuta. Si aquí hay algún culpable, no soy yo, sino él.

—Ya lo oyen ustedes, señores —dijo Brass sonriendo—, ya lo oyen ustedes. Ya ven lo feo que se pone el asunto. ¿Es un caso de traición o meramente un hecho vulgar? Tal vez, si no lo hubiera dicho delante de ustedes, habrían creído que es verdad lo que dice.

Con tan pacífica observación refutó el procurador el borrón que Kit parecía haber arrojado sobre él, pero la virtuosa Sara, movida por un sentimiento más fuerte, o siendo quizá más celosa del honor de su familia, se arrojó sobre Kit hecha una furia, sin que nadie se diera cuenta, excepto el guardia que, comprendiendo su intención, retiró a Kit tan oportunamente que toda la ira de la señorita Brass fue a caer sobre Chuckster, antes que nadie lo advirtiera.

El guardia, comprendiendo que el prisionero peligraba y que sería más digno de la justicia conducirle ante el juez, se lo llevó al coche sin más preámbulos, añadiendo que no consentiría que fuera dentro la señorita, la cual no tuvo más remedio que cambiar de sitio con su hermano y subir al pescante. Una vez terminadas todas las discusiones, el coche emprendió el camino del juzgado a toda prisa, seguido por otro carruaje donde iban el notario y sus dos amigos. En la oficina quedó solo Chuckster, profundamente indignado, porque no podía añadir su testimonio a la acusación de Kit.

En el juzgado encontraron al caballero misterioso, que los esperaba impaciente; pero cincuenta caballeros misteriosos no hubieran sido bastantes para salvar al pobre Kit, que media hora después fue encarcelado, si bien un oficial le aseguró amistosamente que no debía abatirse, porque pronto se vería la causa y, probablemente, sería enviado con toda comodidad a otro sitio antes de quince días.

CAPÍTULO XVIII

KIT EN LA CÁRCEL

Digan lo que quieran los moralistas y los filósofos, sería cuestionable asegurar si un verdadero culpable sentiría la mitad de la vergüenza y el dolor que sintió Kit aquella noche, a pesar de ser inocente, pensando que sus amigos podrían creerle culpable, que los señores Garland le considerarían como un monstruo de ingratitud, que Bárbara pensaría en él como un ser vil y miserable, que la jaca se creería olvidada y que hasta su propia madre cedería tal vez ante las apariencias que le condenaban y le creería ladrón como los otros. Pasó una noche horrible, sin poder dormir, paseando por la estrecha celda, presa de la desesperación más profunda, y cuando empezaba a tranquilizarse, acudió a su mente otra idea no menos angustiosa. La niña, la estrella esplendorosa de su triste vida, aquella que siempre se le aparecía como una hermosa visión que había hecho de la parte más miserable de su vida la más feliz y mejor, que había sido siempre tan buena, tan amable, tan considerada, ¿qué pensaría si se enteraba de todo? Al ocurrírsele esta idea, le pareció que las paredes de la celda se separaban y daban paso a otra estancia, lejos de allí, donde estaban el viejo, la niña, la chimenea, la mesa con la cena y todos los detalles que había en la trastienda donde habitaron. Todo estaba igual que en otro tiempo y Nelly misma se reía como solía hacerlo charlando alegremente. Al llegar aquí, el desgraciado Kit no pudo resistir más y se arrojó sobre el pobre y mísero lecho llorando amargamente.

Fue una noche inmensamente larga, pero al fin llegó la mañana y, desvanecida toda ilusión, se encontró en una celda fría, oscura y triste, ni más ni menos que otra celda cualquiera.

Lo único que servía de lenitivo a su pena era la soledad en que se hallaba. Podía acostarse, levantarse y hacer lo que quisiera, sin que nadie le mirara; tenía libertad para pasear por un patio pequeño a ciertas horas, y el carcelero le dijo que todos los días había una hora destinada a recibir visitas y que si alguien preguntaba por él irían a llamarle. Después de darle esta noticia y una escudilla con el almuerzo, el hombre cerró la celda y fue a otra, y después, a otra y otras, para repetir la misma operación.

El carcelero le dio a entender que estaba detenido en un sitio separado de lo que se consideraba como la verdadera cárcel, en gracia de su conducta hasta allí y porque era la primera vez que visitaba el establecimiento. Kit, agradeciéndolo mucho, se sentó y se puso a leer atentamente un catecismo, aunque lo sabía de memoria desde niño, hasta que le sacó de su abstracción el ruido de la llave, que entraba otra vez en la cerradura.

—¡Vamos —dijo el guardián—, véngase conmigo!

—¿Adónde, señor? —preguntó Kit.

—Visitas —respondió brevemente el guardián, y llevándole por una porción de intrincados y laberínticos pasillos y fuertes y seguras puertas, le dejó junto a una reja y se marchó. Cuatro a cinco pies más lejos había otra reja igual, y otra y otra más, colocadas a la misma distancia, y varios guardianes sentados en el corredor leían algún periódico. Detrás de las rejas estaban los visitantes. Kit vio entre ellos a su madre con el niño pequeño en brazos, a la madre de Bárbara y al pobre Jacobito, que miraba a los barrotes de la reja con la misma fijeza que si esperara la salida de alguna ave voladora. Pero cuando vio que quien salía era su hermano, y que al querer abrazarle tropezaba con los barrotes de la reja, rompió a llorar de un modo tan lastimero que partía el corazón; su madre y la madre de Bárbara, que habían estado conteniéndose, no pudieron resistir y lloraron también, y el mismo Kit, completamente emocionado, hizo lo mismo, sin que ninguno de los cuatro pudiera articular una sola palabra.

El guardián, después de leer tranquilamente el periódico, notó que alguien lloraba y, mirando sorprendido, dijo a las madres:

—Señoras, les aconsejaría que no llorasen, porque es perder el tiempo, y que no dejen que ese niño meta tanto ruido, porque es contrario a las reglas de la casa.

—Soy su madre, señor —exclamó la señora Nubbles saludando humildemente—, y este es su hermanito. ¡Ay, Dios mío!

—Bueno —dijo el carcelero—, no podemos evitarlo; pero es conveniente no hacer ruido, porque hay más personas en el rastrillo.

Y siguió leyendo, sin preocuparse de culpables o inocentes. Consideraba el mal como una enfermedad, lo mismo que la erisipela o las calenturas: unos lo tenían, otros no. Eso era todo.

—¡Ay, hijo mío! —exclamó la señora Nubbles abrazando a Kit después de entregar al pequeñín a la madre de Bárbara—, ¡que te vea yo aquí!

—¿Supongo que no creerás que yo he hecho eso de que me acusan? —preguntó Kit con voz ahogada.

—¿Creerlo yo; yo, que sé que jamás has dicho una mentira, ni cometido una mala acción desde que naciste? ¡No, no lo creeré nunca, Kit!

—Entonces —exclamó Kit agarrándose a los barrotes con una fuerza tal que los hizo oscilar—, soy feliz y puedo soportarlo. Venga lo que viniere, siempre habrá en mi copa una gota de alegría; saber que mi madre no duda de mí.

Después todos volvieron a llorar, aunque procurando hacer el menor ruido posible, pensando que Kit estaba encerrado y no podía salir ni tomar el aire, quién sabía por cuánto tiempo. Después la madre se dirigió al guardián diciéndole:

—Le he traído una cosita de comer, ¿puedo dárselo?

—Sí, sí, señora, puede comerlo; pero démelo usted cuando se vaya, y yo tendré cuidado de entregárselo.

—Dispense usted, señor, soy su madre y tendría una gran alegría viendo cómo se lo comía aquí. Supongo que usted también tendrá madre y no le extrañará mi deseo.

El guardián la miró como sorprendido por aquella petición, pero dejando el periódico sobre la silla, fue adonde estaba la madre de Kit, inspeccionó la cesta, se la dio al preso diciéndole que podía comer y se volvió otra vez a su sitio.

Kit, aunque con poco apetito, comió por dar gusto a su madre y entre tanto preguntó por todos sus amigos, sabiendo así que Abel mismo era el que había dado la noticia a su madre, con toda la delicadeza posible, pero sin dar a entender por ningún concepto que creía o no en su culpabilidad. Después Kit, armándose de valor, iba a preguntar a la madre de Bárbara si ésta le creía culpable, cuando el guardián anunció que era hora de terminar la visita e inmediatamente condujeron a Kit a su celda otra vez. Cuando cruzaban el patio llevando en el brazo la cesta que su madre le dejó, un empleado le gritó para que se detuvieran y se acercó a ellos con una botella de cerveza en la mano.

—¿Es éste Cristóbal Nubbles, el que ingresó anoche acusado de robo? —preguntó aquel hombre.

Su camarada respondió que aquél era el sujeto en cuestión, y entonces el de la botella se la entregó a Cristóbal, diciéndole:

—Aquí tienes esta cerveza. ¿De qué te asombras? No tienes que pagar nada por ella, ni convidar siquiera.

—Dispense usted —murmuró Kit—, ¿quién la envía?

—Un amigo tuyo —dijo el empleado—. Dice que la recibirás diariamente, y así será, por cierto, si él la paga.

—¡Un amigo! —murmuró Kit.

—¡Parece que estás en babia! —añadió el hombre—. Lee esta carta y te enterarás de todo.

Kit la tomó y, una vez encerrado en su celda, leyó lo que sigue:

«Beba de esa copa y verá que es un remedio para los males de la Humanidad. Entrego a usted el néctar que brotó para Elena; su copa fue ficticia; la de usted es real y de la marca Barlay y Compañía. Si alguna vez no se la entregan, quéjese usted al director. Suyo Afftmo. R. S.»

—¡R. S.! —se dijo Kit después de reflexionar—. Debe de ser, sin duda, el señor Ricardo Swiveller. Es muy bueno acordándose de mí y se lo agradezco con toda el alma.

CAPÍTULO XIX

UNA VISITA PARA QUILP

Una débil luz, titilando a través de los cristales de las ventanas del escritorio de Quilp, en el muelle, como una lucecilla roja entre la niebla, indicó a Brass que su estimado cliente estaba en casa y que, probablemente, esperaba con su acostumbrada paciencia y dulzura de genio el cumplimiento de la promesa que llevaba al procurador hacia sus hermosos dominios.

—¡Vaya un sitio bueno para pasear de noche y a oscuras! —murmuró Sansón, tropezando por vigésima vez con un canto y cojeando por el dolor—. Creo que los chiquillos remueven diariamente las piedras, con el propósito de que cualquier cristiano se rompa el alma, a no ser que lo haga el simpático Quilp en persona, cosa que no tendría nada de extraño. No me gusta venir por aquí sin Sally: ella sirve para protegerme mejor que doce hombres juntos.

Mientras hablaba así, Brass llegó junto al despacho y, poniéndose en puntillas, procuró observar lo que pasaba dentro, murmurando al mismo tiempo:

—¿Qué diablos estará haciendo? Supongo que bebiendo, poniéndose más fiero y furioso cada vez. Siempre tengo miedo de venir solo cuando la cuenta es algo larga; tengo la seguridad de que no le importaría nada ahogarme y tirarme al río después, cuando la corriente fuera impetuosa. Lo haría igual que si aplastara una rata, y hasta puede ser que se le ocurra como una broma. ¡Calle! ¿Pues no está cantando? ¡Vaya una imprudencia, cantar un trozo de sumario! —exclamó después de oír que Quilp entonaba varias veces el mismo trozo y acababa siempre soltando una carcajada—. ¡Muy imprudente! ¡Ojalá que quedara mudo, sordo y ciego! ¡Ojalá se muriera! —volvió a exclamar, oyendo que el canto empezaba de nuevo.

Después de manifestar esos deseos encaminados al bienestar de su amigo, procuró dar a su semblante su habitual expresión, y esperando que el canto terminara otra vez, se acercó a la puerta y llamó.

—¡Adelante! —gritó el enano.

—¿Cómo está usted esta noche, señor? —murmuró Brass asomándose por una rendija y sin atreverse a entrar.

—¡Entre usted —gritó Quilp— y no se pare ahí estirando el cuello y enseñando los dientes! ¡Entre usted, testigo falso, conspirador y embustero, entre usted!

—Está del mejor humor posible —exclamó Brass cerrando la puerta—, está en vena cómica. Pero, ¿no será eso algo perjudicial, señor?

—¿El qué? —preguntó Quilp—, dígame el qué, Judas.

—¡Me llama Judas! —gritó Brass—. ¡Vaya una broma! Está de magnífico humor hoy. ¡Judas! ¡Qué bueno es eso! ¡Ja, ja, ja!

Y Sansón, mientras hablaba así, se frotaba las manos mirando sorprendido un gran mascarón de proa que ocupaba toda la pared junto a la chimenea, semejante a un ídolo horrible expuesto a la adoración del enano: el traje y los adornos daban idea de que era la efigie de algún famoso almirante; pero sin aquellos aditamentos hubiera podido creerse que era solamente la de alguna sirena distinguida o algún monstruo marino. Llegaba desde el suelo hasta el techo, a pesar de haberle cortado la mitad, y parecía reducir todos los demás objetos de la habitación a las dimensiones de pigmeos.

—¿Lo conoce usted? —dijo el enano, observando las miradas de Sansón—. ¿Encuentra usted la semejanza?

—No, señor: por más que lo miro no veo nada. Algo en la sonrisa parece querer recordarme... Pero no, no veo claro.

Sansón no podía pensar a qué o a quién podría parecerse aquel figurón, si sería a algún amigo o a algún enemigo; pero pronto salió de dudas, porque Quilp, cogiendo un gancho largo que le servía para escarbar la chimenea, le hizo una marca en la nariz diciendo:

—Es Kit, su imagen, su retrato; él mismo, en una palabra. ¡Es el modelo exacto de ese perro! —añadió, dándole golpes a diestro y siniestro.

—Es la pura verdad. ¡Buena idea! —exclamó Brass—. Es su propio retrato.

—Siéntese usted —dijo el enano—. Lo compré ayer. He estado pinchándole, clavándole tenedores en los ojos y grabando mi nombre por todas partes con un cortaplumas; después pienso quemarlo.

—¡Ja, ja! ¡Es una buena diversión! —dijo Brass.

—Venga usted acá, Brass. ¿Qué era lo que me decía usted antes que era perjudicial?

—Nada, señor, nada. Creí que la canción que usted entonaba tal vez sería...

—Sí —repuso Quilp—, ¿que sería qué?

—Algo perjudicial, porque en los asuntos de la ley lo mejor es no hacer alusión alguna a combinaciones de amigos.

—¿Qué quiere usted decir? —repuso el enano.

—Que hay que ser muy cautos, muy prudentes. No sé si interpretará usted bien el sentido de mis palabras...

—¡Interpretar bien el sentido de sus palabras! ¿Qué es lo que quiere usted decir al hablar de combinaciones? ¿He combinado yo algo con usted? ¿Sé yo siquiera lo que usted trama o dispone?

—No, señor, no; de ninguna manera —murmuró Brass.

—Si me mira usted así, haciendo tantos gestos —dijo el enano mirando por la habitación como si buscara el hierro ganchudo—, voy a hacer cambiar esa expresión de mono que tiene usted en el rostro.

—No se salga usted de la cuestión, señor, se lo suplico —exclamó Brass alarmado—. Tiene usted razón, yo no debí mencionar ese asunto, señor; es mucho mejor callar. Cambiaremos de conversación, si usted gusta. Según me dijo Sally, deseaba usted saber algo sobre nuestro huésped. Aún no ha vuelto.

—¿No? —exclamó Quilp encendiendo ron en un platillo y observándolo, a fin de evitar que se desbordara al hervir—. ¿Por qué no?

—Porque —repuso Brass— el... ¡Dios mío, señor Quilp!

—¿Qué pasa? —dijo éste deteniéndose en el momento de llevarse el platillo a los labios.

—Que ha olvidado usted el agua —dijo Brass—. Dispénseme, señor; pero eso está ardiendo.

Quilp sin responder palabra a tanta atención, se llevó el platillo a los labios y bebió deliberadamente toda la cantidad contenida en él, sin vacilar un momento; después de beber aquel tónico hirviente amenazó con el puño al almirante y ordenó a Brass que continuara.

—Pero antes —dijo con su acostumbrado gesto— tome usted una gotita, es muy agradable bien caliente.

—Si puedo obtener un poco de agua con facilidad, aceptaré gustoso, señor —repuso Sansón.

—Aquí no hay agua —dijo el enano—. ¡Agua, para los abogados! ¡Plomo fundido y guijarros machacados son ustedes capaces de tragar! Eso es lo que hay que darles, ¿eh, Brass?

—¡Ja, ja, ja! ¡Qué ocurrencia! ¡Es usted delicioso! —murmuró Sansón.

—Beba usted eso —dijo el enano, que había vuelto a calentar ron—. Bébalo todo y no deje una gota, aunque le abrase la garganta.

El desgraciado Sansón procuró beber poco a poco aquel líquido casi hirviendo. Las lágrimas rodaron por sus mejillas, un color rojizo se extendió por sus pupilas y le acometió un violento acceso de tos, a pesar de lo cual se le oía murmurar con la constancia de un mártir:

—¡Está muy bueno! ¡Delicioso!

Mientras soportaba tan indecible agonía, el enano volvió a renovar su interrumpida conversación, añadiendo:

—Y bien, ¿qué era lo que me decía usted de su huésped?

—Que aún está en casa de los Garland; únicamente ha venido a casa un día desde que empezó la causa, y dijo al señor Swiveller que desde que había ocurrido aquello le era insoportable vivir allí y que le parecía ser en cierto modo el causante de la desgracia. Era un huésped excelente, señor, y espero que no le perderemos.

—¡Bah! —exclamó el enano—. Usted sólo se ocupa de sí mismo. ¿Por qué no ahorra y economiza?

—¿Cómo, señor? Creo que Sara economiza ya más de lo que puede. ¿En qué voy a economizar yo?

—Busque usted bien; échese sus cuentas. ¿No tiene usted un escribiente?

—Que usted me recomendó y del cual estoy muy satisfecho.

—Puede usted despedirle; ahí tiene usted un modo de ahorrarse algo.

—¿Despedir al señor Swiveller? —murmuró Sansón.

—Pues qué; ¿tiene usted algún otro escribiente para que así se sorprenda? —repuso el enano—. Claro está que a ése me refiero.

—¡Palabra de honor que no esperaba eso!

—¿Cómo iba usted a esperarlo, cuando no se me había ocurrido a mí? ¿No le he dicho a usted muchas veces que se lo recomendaba a fin de poder vigilarle y saber dónde estaba, y que yo tenía un plan, una idea en la cabeza, cuya esencia era que la niña aquella y su abuelo, que parecen ocultos en el centro de la Tierra, fueran en realidad más pobres que las ratas, en tanto que Ricardo y su amigo los creían ricos?

—Lo sabía, lo sabía —repuso Brass.

—¿Y olvida usted —continuó Quilp— que no son pobres, que ahora, con ese hombre que los busca, son ricos?

—Comprendo, señor, comprendo.

—Pues, entonces, ¿para qué diablos quiero yo que tenga usted allí a ese muchacho, que a mí no me sirve para nada, ni a usted tampoco?

—He oído decir a Sara muchas veces que no servía para nada, que no podía tenerse confianza en él y que todo lo hacía mal, pero le he conservado por deferencia a usted.

—Hay que ser prácticos, Brass, muy prácticos. Le aborrezco y le he aborrecido siempre por varias razones, y como no necesito servirme de él más, puede ahogarse, ahorcarse o irse al diablo.

—¿Y cuándo desea usted que emprenda ese viaje, señor?

—Tan pronto como termine la vista de la causa.

—Se hará, señor, se hará por encima de todo. ¿Tiene usted algún otro deseo, hay alguna otra cosa en que pueda servirle? —dijo Brass.

—Nada más —repuso el enano cogiendo otra vez el platillo—. Vamos a beber a la salud de Sara.

—Si pudiéramos hacerlo con algo que no estuviera tan caliente, sería mucho mejor. Creo que agradecería más el honor con algo más fresco.

Quilp hizo oídos de mercader a esta advertencia, y Brass, que ya no estaba muy seguro, rodó por el suelo apenas tomó la segunda dosis. Poco después se levantó como si despertara de un sueño y, viendo al enano tendido en su hamaca y fumando tranquilamente, se despidió diciendo que era hora de irse.

—¿No quiere usted pasar aquí la noche? —dijo Quilp—. Me alegraría de tener un compañero tan agradable.

—No puedo, señor —dijo Brass, que se ahogaba en aquella densa atmósfera—. Si fuera usted tan amable que me prestara una luz para ver por dónde voy a cruzar el patio...

—Seguramente —dijo Quilp saltando de su hamaca y cogiendo una linterna, que era la única luz que alumbraba aquella estancia—. Tenga usted cuidado por donde pisa, querido amigo, porque hay muchos clavos de punta. Por allí hay un perro que anoche mordió a un hombre y anteanoche, a una mujer; el jueves pasado mató a un niño, pero fue jugando. No se acerque usted a él.

—¿A qué lado está? —dijo Brass lleno de espanto.

—A la derecha, pero algunas veces se esconde a la izquierda esperando su presa. No puede asegurarse nunca dónde anda. Cuídese usted, que no le perdonaré nunca si le ocurre algo. ¡Se apagó la luz, pero no importa; usted sabe bien el camino, que es todo seguido!

Quilp había escondido la linterna, ocultando la parte iluminada entre sus ropas, y se quedó parado, sin poder contener su alegría al oír los golpes que el procurador se daba con alguna piedra y hasta las caídas que sufría de cuando en cuando.

Al fin logró salir del recinto, y el enano, entrando en su cuarto, saltó una vez más sobre la hamaca para fumar y dormir tranquilamente.

CAPÍTULO XX

LA CAUSA Y EL VEREDICTO

El oficial que había asegurado a Kit en la cárcel que no tardaría mucho en verse la causa, no se equivocó mucho en su afirmación. Ocho días después empezaron las sesiones, y a los dos días de empezadas citaron a Cristóbal Nubbles para que confesara ante el Gran Tribunal si era o no era culpable de haber robado en la oficina del procurador Sansón Brass un billete del Banco de Inglaterra por el valor de veinticinco libras, contraviniendo así los estatutos de la Ley y turbando la paz, la dignidad y la corona del soberano señor y rey.

Cristóbal, en voz baja y temblorosa, declaró que no era culpable.

Dos miembros del tribunal se manifestaron en contra y otro en favor del procesado, y se dio entrada a los testigos.

El primero que entró fue Brass, animado y tranquilo, saludando al fiscal como si le hubiera visto antes y quisiera darle a entender que le preguntara bien; cosa que el fiscal hizo, recogiendo todos los datos que dio el procurador.

Sara se presentó después, confirmando más enérgicamente aún cuanto dijo ante su hermano.

Swiveller, pues él era el que seguía, iba, según alguien dijo al fiscal, dispuesto a favorecer al procesado; así es que aquél procuró estrecharle todo lo posible.

—Señor Swiveller —le dijo cuando Dick terminó su relato procurando ceñirse a la verdad y en favor de Kit—. ¿Dónde comió usted ayer? ¿Cerca de aquí?

—Sí, señor, muy cerca.

—¿Sólo o convidó usted a alguien?

—Sí, señor, sí; convidé a alguien.

—Escuche usted bien y fíjese, señor Swiveller. Usted vino ayer aquí esperando que empezara el juicio, comió usted cerca y convidó usted a alguien. ¿Era por casualidad un hermano del procesado? Diga usted sí o no.

—Sí, era, pero...

—¡Vaya testigo que es usted!

El fiscal, no sabiendo cómo continuar, se sentó y Ricardo se retiró. Juez, jurados y público le veían moverse de un lado para otro acompañado de un muchacho envuelto en un chal, que no era otro que Jacobito, y aunque no podían sospechar la verdad, había algo que les hacía dudar.

Entró luego el señor Garland, que relató cómo tomó a Kit a su servicio sin más informes que los de su madre y sabiendo que había sido despedido sin saber por qué por su anterior amo.

—Pues no revela usted mucha discreción, a pesar de sus años, tomando gente a su servicio sin informes, señor Garland.

El jurado pensó lo mismo y declaró culpable a Kit, que, aunque protestó de su inocencia, fue llevado al calabozo sin cuidarse de sus palabras.

La madre de Kit, acompañada de la de Bárbara, que no sabía hacer otra cosa que llorar, esperaba en el rastrillo para despedirse de su hijo, y el guardián que permitió a Kit que comiera allí, le dijo que aunque creía que le condenaran a trabajos forzados por muchos años, aún podría demostrar su inocencia. Le extrañó que hubiera cometido aquel robo, pero la madre aseguraba que no lo cometió, y el buen hombre, encogiéndose de hombros, murmuró que para el caso ya era igual que lo hubiera cometido o no.

Llegó Kit y se despidió de su madre pidiéndole que se cuidara mucho.

—Dios nos deparará un buen amigo, madre mía —añadió—, y no ha de tardar mucho. Yo espero volver pronto, porque más o menos pronto se probará mi inocencia. Cuenta siempre a los niños cómo ha sido todo, porque si creen otra cosa me apesadumbraré mucho, aunque esté a muchas leguas de distancia. ¡Oh!, ¿no hay una buena alma que socorra a esta pobre mujer? —exclamó Kit, sintiendo que su madre se desmayaba.

Llego Swiveller abriéndose paso entre la gente, la cogió en brazos, saludó a Kit, dijo a la madre de Bárbara que la siguiera y, entrando en un coche que estaba a la puerta, la llevó a su casa y esperó allí hasta que recobró el conocimiento. Después, no teniendo dinero para pagar el cochero, volvió a Bevis Mark en coche y dijo al auriga que esperara a la puerta mientras entraba a cambiarse.

—¡Hola, Ricardo! —le dijo Brass cariñosamente—. ¡Buenas noches!

Monstruosa como parecía la acusación de Kit cuando la hizo, no le pareció entonces lo mismo a Dick y sospechó que su afable principal era capaz de una villanía. Tal vez estuviera influido por las escenas que acababa de presenciar; pero, fuera lo que quisiera, la sospecha era grande y se atrevió a exponer a Sansón en pocas palabras el objeto que le llevaba allí.

—¿Dinero? —dijo Brass sacando el portamonedas—. Ciertamente, señor Swiveller, ciertamente. Todos tenemos que vivir. ¿Tiene usted cambio de un billete de cinco libras?

—No —repuso Ricardo.

—No importa —prosiguió el procurador—, aquí tengo precisamente la suma justa. Me alegro mucho de poder servirle, señor Swiveller...

Ricardo, que estaba ya casi en la puerta, se volvió.

—No necesita usted molestarse en volver por aquí —añadió Brass.

—¿Cómo?

—Sí, señor, un hombre del talento de usted no debe oscurecerse aquí en esta vida rutinaria y triste; el ejército, el teatro, cualquier cosa sentaría mejor a sus facultades, y haría de usted un genio. Espero, sin embargo, que vendrá de cuando en cuando a visitarnos. Sara se alegrará mucho, porque siente que nos abandone, pero le satisface el cumplimiento de su deber para con el prójimo. Supongo que encontrará usted la cuenta exacta. Hay un cristal roto, pero no estipulamos nada para esos casos, así es que lo dejaremos. Cuando nos separamos de los amigos, debemos separarnos generosamente; ese es uno de los placeres de la amistad.

Ricardo no contestó nada a aquella sarta de palabras. Recogió la chaquetilla que se ponía para trabajar y la hizo una pelota, mirando a Brass como si tuviera intención de tirársela; pero poniéndosela debajo del brazo, salió en silencio de la oficina. Después de cerrar la puerta, volvió a abrirla, miró dentro de la habitación unos minutos con la misma gravedad y, saludando con un movimiento de cabeza, desapareció.

Pagó al cochero y volvió la espalda a Bevis Mark, con grandes proyectos para socorrer a la madre de Kit y favorecer a éste.

Pero la vida de los caballeros como Ricardo es muy precaria y, además, aquella misma noche fue atacado de una enfermedad grave, que le hizo pasar muchos días con una intensa fiebre.

CAPÍTULO XXI

RICARDO ENFERMO

El desgraciado Ricardo yacía en el lecho consumiéndose en una intensa fiebre. No podía descansar en ninguna postura, ya que sentía una sed que le abrasaba y no podía mitigarse con nada; una ansiedad mortal embargaba su mente y, presa de horribles pesadillas, aunque no estuviera completamente dormido, veía fantasmas por todas partes, sintiendo todos los terrores de una conciencia negra. Al fin, tratando de luchar y levantarse, le pareció sentirse cogido por varios espíritus malos y cayó otra vez en su sueño profundo, pero sin volver a soñar ya.

Despertó de aquel sueño con una sensación de bienestar más agradable aún que el mismo sueño y fue recordando y dándose cuenta poco a poco de los sufrimientos experimentados hasta allí, pero se sentía feliz e indiferente sin preocuparse de lo que sería de él y volvió a caer en un ligero sopor, del cual le sacó una tosecilla. Sorprendido al ver que no estaba solo en la habitación supuso que habría dejado la puerta abierta cuando se acostó y que alguien habría entrado, pero como su imaginación estaba muy débil, empezó a divagar y le pareció que la colcha que cubría su cama era un campo verde salpicado de flores y otras locuras por el estilo. Otra vez volvió a oírse la tos y el campo volvió a ser colcha, y Ricardo, separando las cortinas del lecho, miró para ver quién tosía.

Era su misma habitación, alumbrada por una bujía, pero con una porción de frascos, vasos y demás enseres que suelen verse en el cuarto de un enfermo, todo muy limpio y arreglado, pero todo diferente de lo que era cuando se acostó. La atmósfera estaba impregnada de olores penetrantes y agradables; el suelo, limpio; la... Pero, ¿qué era aquello? ¿La Marquesa allí?

Sí, allí estaba, jugando a la baraja junto a una mesa y tosiendo, aunque tratando de contenerse para no molestarle.

Swiveller la contempló un instante y, no pudiendo sostener más tiempo la cortina, la dejó caer y permaneció en su posición anterior, reclinado sobre la almohada.

—¡Estoy soñando! ¡No puede ser otra cosa! —se dijo Ricardo—. Cuando me acosté, mis manos estaban gruesas y ahora se puede ver la luz a través de ellas. Si no sueño, es que por arte mágica me han llevado a la Arabia y aún estoy allí, pero no dudo de que estoy soñando.

La criadita volvió a toser.

—Lo más notable es esa tos —pensó Ricardo—. Nunca he oído toser tan de veras en sueños y aún no sé si he soñado eso alguna vez. ¡Otra vez la tos, otra! ¡Pues vaya un sueño raro!

Swiveller se pellizcó un brazo para ver si estaba despierto o dormido.

—¡Esto es más raro aún! Cuando me acosté estaba gordo y ahora estoy en los huesos —murmuró para sí.

Volvió a levantar la cortinilla del lecho y se convenció de que no dormía ni soñaba, pero en ese caso, no podía ser otra cosa sino que estaba bajo el influjo de algún encanto.

—Estoy en Damasco o en El Cairo; la Marquesa es un genio que habrá hecho alguna apuesta sobre quién es el hombre más apuesto del mundo y me habrá traído aquí para que me vean y decidan.

Esta suposición no le satisfizo, sin embargo, y siguió contemplando a la Marquesa, que poco después hizo una mala jugada, y entonces Ricardo gritó en alta voz:

—¡Que vas a perder ese juego!

La Marquesa se levantó y palmoteó.

—¡Sigue el encanto! —pensó Ricardo—. En Arabia siempre dan palmadas en lugar de tocar campanillas o timbres. Ahora vendrá un centenar de esclavos negros.

Pero no entró ni uno solo y resultó que la Marquesa había palmoteado únicamente de alegría, porque después se rió a carcajadas, luego lloró y, por último, dijo, no en árabe, sino en inglés, que se alegraba tanto, que no sabía qué hacer de pura alegría.

—Marquesa —dijo Ricardo con débil voz—, haz el favor de acercarte y ten la bondad de decirme dónde están mi voz y mis carnes.

La Marquesa movió la cabeza y volvió a llorar.

—Todo lo que me rodea empieza a hacerme sospechar que he estado enfermo —dijo Ricardo, empezando al fin a comprender la verdad.

—Y lo ha estado usted —repuso la criadita limpiándose los ojos—; ha dicho muchísimas tonterías.

—¿He estado muy enfermo? —preguntó Dick.

—Casi muerto —murmuró la niña—. Nunca creí que se pondría usted bueno. ¡Gracias a Dios que ha sido así!

Ricardo se quedó silencioso largo rato; después volvió a hablar, preguntando cuánto tiempo había estado enfermo.

—Mañana hará tres semanas —repuso la niña.

Ricardo, sorprendido, volvió a callar, para meditar sobre lo que le había dicho la niña; ésta arregló las ropas del lecho y, al tocarle las manos y la frente y ver que estaban frescas, lloró de alegría y después preparó té y una tostada.

Ricardo la contemplaba atónito y agradecido, atribuyendo su estancia allí a la bondad de Sara Brass, a la cual no sabía cómo agradecer aquella merced. La niña preparó la merienda en una bandeja, le arregló las almohadas para que pudiera incorporarse y después que Ricardo hubo comido con relativo apetito, recogió todas las cosas, arregló otra vez el lecho, puso en orden la habitación y, sentándose junto a la mesa, se dispuso a merendar ella también.

—Marquesa —exclamó Ricardo—, ¿cómo está la señorita Sally?

La niña manifestó en su semblante tal expresión de sorpresa y miedo, que Dick no pudo menos de decirle:

—Pues qué, ¿hace mucho que no la ves?

—¡Verla! —exclamó la niña espantada—. ¡Si me he escapado!

Ricardo tuvo que acostarse otra vez y permaneció así cinco minutos; después, incorporándose de nuevo, preguntó:

—¿Y dónde vives, Marquesa?

—¿Dónde? Aquí.

—¡Oh! —exclamó Ricardo, sin poder añadir una palabra más y cayendo sobre el lecho como herido por una bala. Inmóvil y privado del uso de la palabra, permaneció así hasta que la niña concluyó su merienda, guardó todo el servicio en su sitio y preparó la chimenea; después, haciéndole señas para que se sentara a su lado, y medio recostado entre almohadas, emprendió la siguiente conversación:

—¿De modo que te has escapado?

—Sí —respondió la Marquesa—, y han puesto anuncios en los periódicos buscándome.

—¿Y cómo viniste aquí?

—Porque cuando usted se marchó, no quedaba ya nadie que fuera cariñoso conmigo, porque el huésped no volvía. Yo no sabía dónde encontrar a usted o al señor misterioso, pero una mañana, cuando estaba...

—Mirando por el ojo de la llave —interrumpió Ricardo, notando que titubeaba.

—Bueno, sí... Oí que alguien decía que vivía aquí, que usted se alojaba en su casa y que estaba usted muy enfermo, sin tener a nadie que le cuidara. El señor y la señorita respondieron que ellos no tenían nada que ver en el asunto y la señora se marchó dando un portazo. Aquella misma noche me marché; vine aquí diciendo que usted era mi hermano, me creyeron y aquí estoy desde entonces.

—¡Esta pobre Marquesa ha estado sufriendo tanto por mí...! —murmuró Dick.

—No —respondió ella—, no me preocupo de mí, me puedo sentar cuando quiero y dormir en una butaca. Estoy muy contenta de ver que ya está usted mejor, señor Swiveller.

—Gracias a ti, Marquesa; sin tus cuidados, creo que hubiera muerto.

—El médico dijo que tenía usted que estar muy quieto y que no se hiciera ruido bajo ningún concepto. Creo, pues, que ya ha hablado usted bastante. Descanse un poquito y cierre los ojos, tal vez se quedará dormido. Después se encontrará mucho mejor.

Ricardo, obedeciendo a su pequeña enfermera, procuró dormir, y cuando despertó una hora después, sus primeras palabras fueron para preguntar lo que había sido de Kit.

—Ha sido condenado a trabajos forzados por muchos años, señor.

—¿Y ha sido deportado? ¿Qué ha sido de su madre?

La niña respondió que sí a la primera pregunta y que no sabía nada, a la segunda; pero si supiera que había usted de estarse quieto y tranquilo y sin tener fiebre otra vez —añadió—, le diría... Pero no, no se lo digo ahora.

—Sí, dímelo —repuso Dick—, eso me distraerá.

—¡No, no! —exclamó aterrorizada la criadita—. Cuando se ponga usted mejor se lo diré.

Ricardo, alarmado ya, le pidió que se lo dijera todo, por malo que fuera.

—No, no es malo, no tiene relación alguna con usted.

—¿Es algo que has oído escuchando detrás de las puertas? —preguntó Ricardo tan emocionado que apenas si podía hablar.

—Sí, respondió la niña.

—¿Es Bevis Mark? ¿Conversaciones entre Brass y Sara?

—Sí —respondió la niña otra vez.

Ricardo, sacando un brazo, la sujetó por la muñeca, ordenándole imperiosamente que se lo dijera todo en seguida, porque si no ella sería responsable de las consecuencias, toda vez que no podía soportar aquel estado de excitación y curiosidad. La niña, comprendiendo que sería perjudicial callarse, prometió hablar y contarlo todo si había de estarse quieto y no agitarse.

—Si no me oye usted con tranquilidad, callaré y no diré una palabra más —dijo la niña—. Y ahora, empiezo la relación: Antes de escaparme, dormía en la cocina y la señorita guardaba en su bolsillo la llave de la puerta. Todas las noches bajaba a apagar la chimenea y recoger la llave, y me dejaba encerrada hasta que por la mañana muy temprano bajaba a llamarme. Yo tenía mucho miedo, porque temía que si ocurría un incendio no se acordaran de mí, y siempre que veía alguna llave la probaba, a ver si venía bien, hasta que al fin encontré una. Como apenas me daban de comer, subía por la noche, después que se dormían los señores, para ver si encontraba pedazos de pan, cáscaras de naranja o alguna otra cosa que a veces quedaba en la oficina.

—Apresura el fin del cuento —dijo Ricardo, impaciente ya.

—Dos noches antes del día que pasó todo aquel barullo en la oficina, cuando prendieron al joven, subí y vi que el señor y la señorita estaban sentados junto a la chimenea. Como no quiero ocultarle a usted la verdad, diré que me puse a escuchar y ver si podía divisar la llave de la despensa. El señor Brass decía a la señorita: «Es un asunto comprometido, que puede darnos mucho que hacer; no me gusta nada.» «Ya le conoces —añadía la señorita—, y eres simple no queriendo hacer lo que dispone. No tienes valor ninguno; veo que yo debía haber sido el hombre y tú la mujer. ¿No es Quilp nuestro mejor cliente? ¿No tenemos siempre algún asunto entre manos con él.» «Sí —respondió el señor— esa es la verdad.» «Pues, entonces —respondió la señorita Sally—, ¿por qué no darle gusto en lo que quiere que hagamos con Kit?» «Verdaderamente», murmuró el señor por lo bajo. Luego hablaron y rieron mucho, diciendo que si el asunto se hacía diestramente, no se comprometían en nada. Después el señor Brass sacó del bolsillo un billete y lo enseñó a la señorita diciendo que eran las veinticinco libras de Quilp y que, como Kit iría al día siguiente, procuraría arreglar el asunto escondiendo el billete en su sombrero y dejándole un rato solo. «Enviaré al señor Swiveller a algún recado —dijo el señor Brass— procurando que vuelva cuando Kit esté aquí para que pueda servir de testigo. Si no logramos así lo que Quilp quiere, es que el Demonio no lo consiente.» La señorita Sally, después de reírse un rato, se levantó, y yo, asustada, temiendo que me encontraran allí, eché a correr y me encerré en la cocina.

La criadita había ido excitándose al hablar y no recomendó ya tranquilidad a Ricardo cuando éste, completamente exaltado, le preguntó si había contado aquella relación a alguien.

—¡Cómo había de contarlo, cuando yo misma me asustaba al pensar en ello! —exclamó la niña—. Cuando oí que decían que le habían encontrado culpable de lo que no había hecho y que todo marchaba bien, ni usted ni el huésped estaban allí ya, pero no sé si me hubiera atrevido a decírselo aunque hubieran estado allí. Desde que vine aquí ha estado usted sin conciencia de sus actos; ¿de que hubiera servido haberlo dicho?

—Marquesa, si haces el favor de ver qué tal noche hace y decírmelo, me levantaré —dijo Ricardo dando un salto en el lecho.

—No hay que pensar en eso de ninguna manera —repuso la niña.

—Es preciso —añadió Ricardo—. ¿Dónde está mi ropa?

—Me alegro mucho de que no tenga usted ninguna —dijo la Marquesa—, porque así no puede levantarse.

—¿Cómo? ¿Qué quiere usted decir, señora mía?

—Me he visto obligada a venderla, prenda por prenda, para traer lo que ordenaba el médico. Pero no se enfade usted por eso, porque, de todos modos, está demasiado débil para levantarse y no podría tenerse de pie.

—Temo que tienes razón en lo que dices —murmuró Ricardo dolorosamente—. ¿Qué haré, Dios mío? ¿Qué debo hacer en estas circunstancias?

Después de reflexionar, se le ocurrió que lo más prudente sería hablar inmediatamente con el señor Garland. Era posible que Abel estuviera aún en la oficina, y en menos tiempo del que empleó en pensarlo, escribió las señas en un papel, hizo una descripción verbal de padre e hijo a fin de que la niña pudiera reconocerlos, le recomendó que se guardara de Chuckster y la envió para que trajera tan pronto como fuera posible a Abel o a su padre, a fin de hablar personalmente con uno de ellos.

—Supongo —dijo Dick cuando se marchaba— que no ha quedado nada, ni siquiera un chaleco.

—No, nada.

—Es algo fastidioso —dijo Swiveller—, pero hiciste bien, querida Marquesa. ¡Sin ti, hubiera muerto!

CAPÍTULO XXII

LA REVELACIÓN

La criadita comprendió que era muy peligroso para ella entrar en una barriada donde la señorita Sally podría verla y reclamarla inmediatamente, y tuvo buen cuidado de meterse por la primera calle extraviada que halló al paso, sin saber adónde iba a parar, pero segura de poner entre ella y Bevis Mark la mayor distancia posible.

Después de mil vueltas y revueltas sin poder casi andar, porque llevaba un calzado que se le salía de los pies, y teniendo que pararse en el barrio para recogerlo, exponiéndose así a las burletas de los transeúntes, llegó a la oficina del notario y se dio por satisfecha de todo lo pasado viendo que llegaba aún a tiempo, puesto que los cristales de las ventanas estaban iluminados todavía. Subió los escalones y se asomó por una rendija de la puerta vidriera.

Chuckster, parado junto al escritorio, se arreglaba los puños, la corbata y demás detalles indicadores de que se acercaba la hora de marcharse, frente a un espejito triangular. Delante de la chimenea estaban en pie dos caballeros, uno de los cuales era el notario, según las señas que Ricardo le había dado, y el otro, Abel, que también se preparaba para salir, porque estaba abrochándose el gabán.

La niña decidió esperar a éste en la calle; así tendría la seguridad de que el señor Chuckster no oiría nada, y le diría mejor la comisión que la llevaba allí; bajó, pues, la escalerilla y se sentó en el escalón del portal opuesto.

No había hecho más que sentarse cuando vio llegar un cochecillo tirado por una jaca juguetona y guiado por un hombre que saltó en tierra al llegar junto a la puerta del notario. La jaquita empezó a hacer las gracias que ya el lector sabe, y el hombre, a llamarla con diversos apodos, más o menos adecuados al caso.

—¿Qué es eso? —preguntó Abel, que saltaba embozándose en su tapabocas.

—Que es bastante para hacer perder la paciencia a un santo. Es el animal más indómito que he conocido.

—¡Vamos, vamos! Vera usted cómo se amansa en seguida, hay que conocerlo —repuso Abel subiendo al coche y cogiendo las riendas—. Es el primer día que sale desde que no tenemos al último cochero, porque nadie podía hacer carrera de ella. ¿Está todo arreglado y las luces en su sitio? Perfectamente, muchas gracias, y no deje de venir mañana a la misma hora, por la mañana, para llevar el coche a casa.

Y la jaca, dando algunos saltos, pero cediendo a la presión de las riendas en manos de Abel, emprendió la marcha al trote.

Chuckster estuvo parado en la puerta todo este tiempo, y la niña no se atrevió a acercarse; así que se vio obligada a correr detrás del coche, gritando a Abel que se detuviera; pero como no podía correr y gritar, Abel no la oía y el coche seguía cada vez más ligero, la niña de un salto se agarró a la trasera y, haciendo un gran esfuerzo, saltó al asiento que solía ocupar Abel cuando iba con sus padres, perdiendo para siempre un zapato en el salto.

Abel, que iba preocupado con el cuidado de la inquieta jaca, siguió adelante sin volver la cabeza para nada, bien ajeno por cierto a la extraña figura que tenía detrás, hasta que ésta, una vez recobrado el aliento que había perdido en la carrera, le dijo al oído esta palabra:

—Caballero...

Abel volvió repentinamente la cabeza y, deteniendo la jaca, exclamó algo sobresaltado.

—¡Dios mío!, ¿qué es esto?

—No se asuste usted, señor. ¡He corrido tanto para alcanzarle...!

—¿Y qué quieres de mí?, —preguntó Abel—. ¿Cómo has podido subirte ahí?

—Dando un salto por detrás —respondió la Marquesa—; tenga usted la bondad de seguir adelante y no pararse, pero yendo hacia el centro, a la City, ¿quiere usted? Le suplico que se dé prisa, porque es de mucha importancia. Hay una persona que quiere verle a usted para hablarle de Kit y me ha enviado para que le diga que aún puede salvársele y probar su inocencia.

—¿Qué me dices, niña? ¿Es eso verdad?

—Bajo mi palabra de honor, caballero. Pero vamos más aprisa; he tardado tanto en llegar, que creerá que me he perdido.

Abel, aunque involuntariamente, fustigó a la jaca, y ésta, impelida tal vez por una secreta simpatía, tal vez por un mero capricho, salió al galope sin pararse ni hacer ninguna de sus gracias hasta que llegó a la puerta de la casa donde habitaba Swiveller; allí, aunque parezca raro, consintió en pararse apenas Abel la refrenó.

—Es en aquella habitación —dijo la Marquesa señalando a una ventana donde brillaba una luz mortecina—, venga usted.

Abel, que era una de las criaturas más tímidas que existen en el mundo, vaciló, porque había oído decir que había gentes que llevaban personas engañadas a ciertos sitios para robarlas y matarlas; las circunstancias presentes eran muy semejantes y la mensajera no era muy tranquilizadora, porque el aspecto de la niña era bastante extraño. Su cariño por Kit venció toda otra preocupación y, confiando el coche al cuidado de un pobre hombre que rondaba por allí para ganarse una limosna, consistió que la Marquesa le tomara de la mano y le condujera por la estrecha y oscura escalera.

Su sorpresa fue en aumento al ver que entraban en una habitación mal alumbrada, donde un hombre, al parecer enfermo, dormía tranquilamente en su lecho.

—¡Qué gusto da verle dormir tan sosegado! —murmuró la niña al oído de Abel—. Hace dos o tres días, no hubiera usted podido reconocerle.

Abel no respondió, y, si hemos de decir la verdad, se mantuvo a respetuosa distancia del lecho y muy cerca de la puerta. La niña, que pareció comprender su temor, despabiló la bujía y, llevándola en la mano, se acercó al lecho. El enfermo se despertó y entonces Abel pudo reconocer las facciones de Ricardo Swiveller.

—¿Qué es eso? —exclamó Abel acercándose inmediatamente—, ¿ha estado usted enfermo?

—Muy enfermo —respondió Dick—, a la muerte casi. Si no hubiera sido por esa niña, tal vez habrían ustedes visto mi nombre en la lista de las defunciones hace algunos días. Siéntese usted, caballero.

Abel se quedó al parecer atónito oyendo encomiar así a su guía y acercó una silla a la cabecera de la cama.

—¿Le ha dicho a usted para qué le llamó? —preguntó Ricardo a Abel señalando a la criadita.

—Sí, señor, y estoy atónito; en realidad, no sé qué creer —dijo Abel.

—Más lo estará usted dentro de unos minutos —repuso Dick—. Marquesa. siéntate a los pies de la cama, ¿quieres?, y di a este caballero todo lo que me contaste a mí. Sé concisa y clara.

La niña repitió la historia exactamente igual que la había contado a Ricardo, sin añadir ni omitir nada. Éste, con los ojos fijos en Abel todo el tiempo que duró la narración, tomó la palabra apenas terminó la niña.

—Ya se lo ha oído usted todo y espero que no lo olvidará. Yo estoy demasiado enfermo y débil para hacer ninguna indicación, pero usted y sus amigos comprenderán perfectamente lo que deben hacer. Después del tiempo transcurrido, cada minuto es un siglo. Si alguna vez ha ido usted aprisa a su casa, vaya más aprisa aún hoy, no se detenga a hablar conmigo, márchese. Aquí encontrarán siempre a esta niña, y en cuanto a mí, pueden tener la seguridad de encontrarme en casa durante un par de semanas al menos, porque hay varias razones para ello. Marquesa, acompaña a este caballero.

Abel no necesitó más persuasión, se marchó en un instante, y la Marquesa al volver de abrir la puerta, dijo que la jaca había emprendido la marcha a galope tendido.

—Eso la honra —murmuró Dick—, desde ahora la considero como buena amiga. Y ahora, cena y tráete un jarro de cerveza, pues debes de estar muy cansada. Verte comer y beber me hará tanto bien como si comiera y bebiera yo mismo.

Esta afirmación fue lo único que pudo obligar a la niña a hacer lo que le pedía, y después de cenar con buen apetito y poner en orden la habitación, se envolvió en una colcha vieja y se echó sobre la alfombra delante de la chimenea, en tanto que Ricardo, dormido ya, murmuraba rimas en sus sueños.

CAPÍTULO XXIII

CONFERENCIAS

Ricardo Swiveller al despertar por la mañana al día siguiente, oyó hablar en voz baja en su habitación. Mirando por las cortinillas, vio al señor Garland, a Abel, al notario y al caballero misterioso rodeando a la Marquesa y hablando con ella seria y afanosamente, aunque en voz baja, temerosos, sin duda, de despertarla. No perdió tiempo en hacerles comprender que la precaución era innecesaria, y los cuatro caballeros se aproximaron inmediatamente a su lecho. El anciano Garland fue el primero que, estrechándole afectuosamente la mano, le preguntó cómo estaba.

Dick iba a responder que se sentía mucho mejor, aunque tan débil como era natural, cuando la pequeña enfermera, separando a los visitantes y arreglándole las almohadas, le presentó el almuerzo, insistiendo en que lo tomase antes de cansarse en hablar u oír que le hablaran. Ricardo, que tenía bastante apetito y que había estado soñando toda la noche con piernas de carnero, jarros de cerveza y otras golosinas semejantes, sintió una tentación tan grande al ver aquellas pobres tostadas y aquel té ligerito, que consintió en comer y beber, con una condición solamente.

—Y esa condición es —añadió Dick estrechando a su vez la mano del señor Garland— que me responda usted leal y sinceramente a la pregunta que voy hacerle antes de probar un bocado. ¿Es demasiado tarde ya?

—¿Para terminar la obra que tan noblemente emprendió usted anoche? —preguntó el anciano—. No, palabra de caballero que aún es tiempo.

Ricardo, tranquilo ya en este punto, almorzó con buen apetito, aunque no con más prisa que la mostrada por su leal enfermera en servirle el almuerzo y verle comer. Los ojos de la Marquesita brillaban de alegría a cada bocado que Dick daba a las tostadas, y en honor de la verdad debemos decir que comió todo lo que era prudente, en su estado débil todavía. No terminaron aquí los cuidados de la niña, que salió un instante, volvió con una jofaina y lavó la cara y las manos de Ricardo; después le peinó y le arregló la ropa, dejándole tan acicalado como lo hubiera hecho el más experto ayuda de cámara, y todo en un momento, como si hubiera sido un niño, y ella, su niñera. Cuando terminó el tocado, la Marquesa se sentó en un rincón para tomar su almuerzo, que ya estaba bastante frío, por cierto, y Dick se dirigió a los caballeros diciendo:

—Suplico a ustedes que me dispensen, señores. Cuando se ha estado tan enfermo como he estado yo, se fatiga uno pronto; pero ya estoy en disposición de hablar. Hay pocas sillas, pero pueden ustedes sentarse encima de mi lecho.

—¿Qué podríamos hacer por usted? —dijo el señor Garland bondadosamente.

—Si pudiera usted hacer que esa Marquesa que está sentada almorzando fuera una marquesa de veras —repuso Dick—, le suplicaría que lo hiciera en seguida; pero como eso no es posible, y la cuestión ahora no es saber lo que usted haría por mí, sino lo que hará usted por alguien que tiene más derecho a sus beneficios, le suplico, señor, que me diga lo que piensa hacer.

—Precisa y principalmente hemos venido a eso ahora —dijo el caballero misterioso—, porque pronto recibirá usted otra visita. Suponíamos que estaría intranquilo mientras no supiera por nosotros mismos lo que intentábamos hacer, y antes de proseguir en el asunto hemos venido aquí.

—Muchas gracias, señores —repuso Dick—. Cualquiera que esté en el estado en que me encuentro yo, tiene que sentir ansiedad; pero no quiero interrumpirle y le suplico que continúe, caballero.

—Como no dudamos un momento de la revelación que tan providencialmente nos ha sido hecha por esa niña, tenemos la seguridad de que usando de ella como es prudente, obtendremos el perdón y la inmediata libertad del pobre muchacho; pero dudamos si será suficiente para hacernos llegar hasta Quilp, el principal actor de tan malvada villanía. Comprenderá usted que sería monstruoso dejar que pudiera escaparse, si por cualquier conducto llegara a saber algo. Si alguien se escapa, es preciso que no sea él, de ninguna manera.

—Sí —repuso Dick—, que no sea él, si alguno ha de escapar; pero es mejor que no escape nadie. La ley es igual para todos.

El caballero misterioso explicó después el plan que tenían para obtener una confesión completa de la interesante Sara.

—Cuando sepa que todo lo sabemos, y que está comprometida ya, creemos que no vacilará en condenar a los otros por salvarse ella, y si lo conseguimos, me tiene completamente sin cuidado que ella sea la que escape sin castigo.

Ricardo no recibió este proyecto tan bien como esperaban los caballeros, diciendo que Sara era tan difícil de manejar, o más aún, que el mismo Quilp; que era una especie de metal incapaz de doblarse; en suma, que no era un adversario digno de ellos y que serían vencidos. Pero fue inútil que les instara a emprender otro camino: llegaron todos al colmo de la impaciencia y a ese estado en que los hombres no se dejan persuadir ni atienden a razones. Hablaban y vociferaban todos a un tiempo. Así es que, después de decir a Swiveller que no habían abandonado a la madre y hermanos de Kit, que hasta el mismo Kit continuaba recibiendo su protección, que hasta allí habían estado tratando de aminorar su pena; después de decirle que estuviera tranquilo, porque harían todo lo posible; después de decirle todo eso, añadiendo muchas y cordiales seguridades de afecto que es inútil manifestar ahora, el señor Garland, el notario y el caballero misterioso se retiraron en tiempo muy oportuno, por cierto, porque si no es casi seguro que Ricardo hubiera recaído otra vez con una fiebre cuyos resultados hubieran sido quizá fatales.

Abel se quedó haciendo compañía a Swiveller, que, completamente exhausto, se durmió ligeramente; aunque, a decir verdad, debemos hacer constar que el reloj y la puerta reclamaron más su atención que el desdichado enfermo.

Un ruido en la calle, como un peso enorme que cayera de los hombros de un mozo de cuerda, y que sacudió la casa haciendo tintinear todos los frascos y vasos que había en la habitación, despertó a Ricardo. Abel, apenas oyó el ruido, dio un salto sobre su silla, corrió a la puerta, la abrió y franqueó el paso a un hombre robusto que llevaba un gran cesto y lo descargó en medio de la habitación. Una vez abierto, empezaron a salir de sus profundidades paquetes de té y café, frascos de vino, naranjas, uvas, gallinas dispuestas ya para asarlas, gelatinas y una porción de cosas suculentas y propias para restaurar las fuerzas y abrir el apetito a un enfermo. La niña, que jamás había visto aquel derroche de cosas buenas y que creía que sólo podían sacarse de zapatos de Navidad, se quedó inmóvil, con la boca y los ojos desmesuradamente abiertos y sin poder articular palabra. Ni el mozo, ni Abel, ni su madre, que se presentó allí como si hubiera salido también de la cesta, parecieron sorprenderse lo más mínimo, sino que, andando en puntillas, colocaron todos los paquetes en orden, y la buena señora, llenando la habitación con su presencia, pero sin perder tiempo, sencillamente puso la jalea en tazas, las gallinas en una cacerola en la lumbre de la chimenea, peló naranjas y preparó refrescos, obligando a la niña a beber vino y a comer pezados de carne fiambre, hasta que se dispusiera otra comida más sustanciosa. Todo esto fue tan inesperado y asombroso, que Swiveller, después de tomar gelatina y dos naranjas y ver que el hombre con el cesto vacío dejando todo aquello para que él lo aprovechara, volvió a dormirse, creyendo que empezaba la fiebre otra vez y que volvía a estar en la Arabia de las Mil y una noches.

Entretanto, los tres caballeros habían ido a un restaurante; y pidiendo recado de escribir, almuerzo y una habitación reservada, almorzaron mientras escribían una carta a la señorita Sally Brass suplicándole en términos misteriosos y breves que favoreciera a un amigo desconocido que deseaba tener una entrevista con ella, acudiendo al restaurante lo más pronto posible.

El mensajero a quien enviaron cumplió tan bien su comisión, que diez minutos después apareció la señorita Sally en persona.

—Tenga usted la bondad de sentarse, señora —dijo el caballero misterioso, que fue quien la recibió, habiéndose retirado los otros dos.

La señorita no pareció sorprenderse al ver que su misterioso huésped era quien solicitaba la entrevista, y cuando empezaron a hablar, dijo que suponía que sería para tratar de la habitación, en cuyo caso era mejor que se entendiese con su hermano.

—Eso es muy sencillo —añadió la bella Sara—, paga usted el resto del alquiler hasta expirar los dos años y asunto concluido.

—Doy a usted las gracias por su advertencia, pero no es ese el objeto de mi conversación con usted.

—¿No? —repuso Sally—. En ese caso, sírvase usted darme datos, porque supongo que será algún asunto profesional.

—Tiene relación con la ley, seguramente.

—Pues bien, es lo mismo tratar con mi hermano que conmigo. Yo puedo aconsejar a usted y tomar sus instrucciones.

—Hay otras personas interesadas en el asunto, no soy yo solo, y será mejor conferenciar juntos. Aquí está la señorita Brass, caballeros —dijo levantándose y llamando a sus amigos.

El señor Garland y el notario se acercaron a Sara y se sentaron a ambos lados, dejándola en el centro; ella tomó tranquilamente un polvito de rapé y el notario tomó la palabra, diciendo:

—Señorita Brass, en la profesión nos entendemos perfectamente unos a otros y es mejor decir lo que nos ocurra en pocas palabras. ¿Usted buscaba a una criada que se le había escapado?

—Sí, pero, ¿a qué viene eso? —preguntó Sara.

—La hemos encontrado ya, señorita.

—¿Quién?

—Nosotros, los tres. Anoche mismo; de otro modo, se lo hubiéramos comunicado a usted antes.

—Y ahora que lo sé —exclamó la señorita cruzando los brazos como si fuera a resistir una lucha—, ¿qué más tienen ustedes que decirme? Algo tienen proyectado respecto de ella; la cuestión es que sea verdad y que lo demuestren. Ustedes la han encontrado, según dicen. Pues bien, yo puedo decirles que han encontrado a la criatura más embustera y mala que hay en el mundo. ¿Está aquí? —añadió mirando por todas partes.

—No, no está aquí ahora, pero está segura —repuso el notario.

—¡Ya! —dijo Sara tomando otro polvo de rapé tan iracunda como si aplastara la nariz de su criadita.

—Aseguro a ustedes que de aquí en adelante, estará mejor segura.

—Así lo espero —repuso el notario—. ¿No se le ocurrió a usted nunca hasta que se escapó, que la cocina podía tener dos llaves?

Sally miró sorprendida al notario y tomó otro polvito.

—Sí —continuó éste—, dos llaves, una de las cuales servía para que recorriera la casa de noche, cuando usted la suponía encerrada, y oyera conversaciones confidenciales; entre otras, una especial que ha de referirse hoy a la justicia, donde tendrá usted oportunidad de oírla repetida: la conferencia que usted y su hermano tuvieron la noche anterior a la detención del inocente joven que fue acusado de robo, por una infame maquinación, que no hay términos suficientemente enérgicos para calificar.

Sally tomó otro polvo. Aunque su semblante no revelaba lo que pasaba en su interior, era evidente que había sido sorprendida y que esperaba que le dijeran de su criada cosas muy diferentes.

—Vamos, señorita, veo que sabe usted dominarse perfectamente; pero comprende (no lo dudo) que, por una causa que jamás pudo concebir, se ha descubierto la trama, y dos de los culpables tienen que ser entregados a la justicia. Ya sabe usted las penalidades y trabajos que ha de sufrir, y no es preciso que se lo diga yo; pero tengo que hacerle una proposición. Usted tiene el honor de ser hermana de uno de los mayores bribones que están aún sin colgar. Si me atreviera a hablar así a una señora, añadiría que usted es digna compañera suya por todos conceptos; pero hay un tercero relacionado con ambos, un infame llamado Quilp, que es el alma de esta diabólica estratagema, y que es peor aún que ustedes dos. Suplico a usted que, por consideración a ese hombre, nos revele la historia completa del complot. Debo añadir que, si lo hace, se colocará usted en una posición satisfactoria, sin perjudicar a su hermano, mientras que al presente están los dos gravemente comprometidos, porque contra ustedes tenemos ya suficiente testimonio. Y como es tarde, y el tiempo es oro, le suplico que nos favorezca con su decisión tan pronto como sea posible, señorita.

Mirando a cada uno de los tres por turno y con una sonrisa en los labios, la señorita tomó rapé dos o tres veces, después se guardó cuidadosamente la tabaquera y dijo:

—¿Tengo que decidirme ahora mismo?

—Sí —repuso el señor Witherden.

La encantadora criatura abría los labios para responder, cuando se abrió la puerta y la cabeza de Sansón apareció en la habitación diciendo:

—Dispensen ustedes, señores, y esperen un poco. Sara, cállate y déjame hablar, si quieres —añadió dirigiéndose a su hermana.

—¡Eres un idiota! —murmuró ésta.

—Gracias, hija mía, pero sé lo que traigo entre manos y me tomaré la libertad de explicarme en conformidad con ello. Caballeros, respecto a la conversación que sostenían ustedes, ocurrió que vi a mi hermana cuando venía aquí, y temiendo le ocurriera algún accidente, entré también y he oído todo lo que ustedes han dicho.

—Si no estás loco —interrumpió Sara—, cállate y no prosigas.

—Sally, hija mía —respondió Brass cortésmente—, te doy las gracias; pero continúo suplicando a estos señores que me dispensen.

El notario callaba y Sansón continuó.

—Si quieren ustedes hacer el favor de mirar esto —y levantó una pantalla verde que le cubría un ojo horriblemente desfigurado—, se preguntarán cómo me lo he hecho; si después examinan mi rostro, se preguntarán cuál puede ser la causa de estos arañazos, y si luego observan mi sombrero, verán en qué estado se halla. Caballeros, a todas esas preguntas responderé con una palabra: ¡Quilp!

Los tres caballeros se miraron sin proferir palabra.

—Y digo —continuó Brass, volviéndose hacia su hermana, como si hablara para enterarla a ella— que ha sido Quilp; Quilp, que me hace ir a su infernal morada y se complace en mirar mientras yo tropiezo, caigo, me araño y me descalabro; Quilp, que en todo el curso de nuestras relaciones me ha tratado siempre como si yo fuera un perro; Quilp, a quien siempre odié con toda el alma, pero nunca tanto como ahora. Se burla de mí, después que él fue quien propuso el asunto, y tengo la seguridad de que será el primero en acusarme. ¿Adónde me conducirá esto, señores? ¿Pueden ustedes decírmelo?

Nadie habló. Brass se quedó callado como esperando la solución de un jeroglífico y después añadió:

—Para concluir con esto, diré que es imposible ocultar la verdad; se descubre siempre y es mejor que yo me vuelva contra ese hombre, que dejar que él se vuelva contra mí. Por tanto, si alguien ha de denunciarle, es mejor que sea yo. Sara, hija mía, comparativamente hablando, tú estás libre y yo aprovecho las circunstancias en beneficio propio.

Y Brass reveló toda la historia, cargando toda la culpa sobre su cliente y presentándose a sí mismo como un mártir.

—Ahora, caballeros, yo no hago nunca las cosas a medias; pueden llevarme a donde quieran, y si prefieren que lo haga por escrito, lo haré inmediatamente. Tengo la seguridad de que serán benévolos conmigo porque son hombres de honor y tienen corazón. He cedido a los deseos de Quilp por necesidad, porque contra ello no hay ley, siendo, por el contrario, la necesidad nuestra ley. Acusen a Quilp, castíguenle; me ha hecho sufrir tanto y tan continuamente, que todo me parecerá poco.

Y Brass sonrió como sólo saben hacerlos los parásitos y los cobardes.

—¿Y este es mi hermano? —exclamó la señora Sally levantando la cabeza y mirándole de pies a cabeza con amargura—. ¿Este es el hermano por quien tanto he sufrido y trabajado?

—Sara, hija mía, molestas a nuestros amigos y, además, no sabes lo que dices y te condenas a ti misma.

—¡Sí, cobardón! —dijo la bella doncella—. Ya te entiendo. Temiste que hablara y te ganara por la mano. ¿No sabes que no hubiera cedido por nada en el mundo, aunque me amenazaran con veinte años de encierro?

—¡Je, je! —murmuró Sansón, que en su profundo abatimiento parecía haber cambiado de sexo con su hermana—. Quizá creas eso, pero tengo la seguridad de que hubieras obrado de otro modo. Acuérdate de la máxima de nuestro padre: «¡Sospecha de todo el mundo!»

Los tres caballeros hablaron aparte unos minutos y después el notario señaló a Brass la pluma y el tintero que estaba sobre la mesa, diciéndole que si quería hacer una declaración escrita, podía aprovechar aquella ocasión para terminar el asunto.

—Caballeros —dijo Brass quitándose los guantes—, haré todo lo que pueda en favor de la justicia, pero desearía tomar antes alguna cosa. Inmediatamente avisaron al mozo y le sirvieron un refresco. Después se puso a escribir.

Sara, entre tanto, paseaba por la habitación con los brazos cruzados unas veces y con las manos enlazadas en la espalda otras, hasta que, cansada ya, se sentó, quedándose dormida cerca de la puerta.

Después se ha supuesto con algún fundamento que aquel sueño fue una farsa, porque apenas oscureció se marchó sin que la observaran; pero no puede asegurarse si fue intencionadamente o en estado de sonambulismo, lo único en que todos estuvieron conformes es en que se marchó para no volver.

Hemos hecho mención de la oscuridad y debemos añadir que llegó la tarde que Brass terminara la denuncia escrita y que, una vez terminada, este digno funcionario y los tres amigos tomaron un carruaje y se hicieron conducir a la oficina particular de un juez, que, saludando afectuosamente a Sansón y alojándole en lugar seguro a fin de tenerle a su disposición, despidió a los otros, asegurándoles que al día siguiente se daría una orden de arresto para prender a Quilp y que Kit estaría libre dentro de pocos días.

Parecía que la estrella de Quilp iba a dejar de lucir ya.

Concluido ya el asunto, los tres caballeros se dirigieron a la casa de Swiveller, al cual encontraron tan mejorado, que pudo sentarse media hora en la cama y conversar con ellos. La señora Garland se había marchado hacía algún tiempo, pero Abel continuaba allí. Después de decirle todo lo que había ocurrido, los dos Garland, padre e hijo, se despidieron del enfermo, quedando en su compañía la niña y el notario.

—Ya que se encuentra usted tan bien —dijo el señor Witherden sentándose junto al lecho—, voy a contarle algo que he sabido en asuntos de mi profesión.

—Tendré mucho gusto en oírlo, si no es algo desagradable, señor Witherden.

—Si creyese que lo era, lo dejaría para otra ocasión —repuso el notario—. Diré a usted en primer lugar que mis amigos, esos que han estado casi todo el día conmigo, no saben nada y que su bondad para con usted ha sido completamente espontánea, sin que los indujera a ella interés alguno. Creo que es conveniente que un hombre descuidado y ligero de cascos lo sepa.

Dick le dio las gracias, añadiendo que lo reconocía así.

—He estado haciendo pesquisas para encontrarle a usted, sin poder ocurrírseme que las circunstancias nos podrían en relación. ¿Es usted sobrino de Rebeca Swiveller, soltera, muerta en Cheselbourne, en el condado de Dorset?

—¿Muerta? —exclamó Ricardo.

—Muerta. Si usted hubiera sido otra clase de sobrino, habría entrado en posesión (así lo dice el testamento) de 25.000 libras; pero siendo como es, sólo tendrá usted una renta anual de ciento cincuenta libras. Creo, sin embargo, que, de todos modos, debo felicitarle.

—Señor —murmuró Ricardo riendo y llorando a un tiempo—, felicíteme usted, sí. Aún podré educar a la Marquesa, con la ayuda de Dios, y vestirá seda y gastará lo que quiera, ¡tan seguro como he de levantarme de este lecho otra vez!

CAPÍTULO XXIV

¡AHOGADO!

Ignorante de todo lo que acabamos de narrar en el capítulo anterior, y bien ajeno de la mina que iba a estallar bajo sus pies, Quilp permaneció encerrado en su fortaleza, sin sospechar nada y satisfecho por completo del feliz resultado de sus maquinaciones. Ocupado en la revisión de algunas cuentas, tarea tan en armonía con el silencio y la soledad de su retiro, estuvo dos días sin salir a la calle y, al llegar al tercero, se encontraba tan a gusto que concibió la idea de permanecer encerrado también.

Era el día de la confesión de Brass y, por tanto, aquel en que debía terminar la libertad de Quilp. No pudiendo sospechar la nube que iba a descargar sobre él, estaba contento y satisfecho. Cuando comprendía que se iba engolfando demasiado en los negocios, variaba la monótona rutina de su ocupación aullando, cacareando o haciendo alguna otra operación semejante.

Era un día oscuro y húmedo, frío y triste; la niebla llenaba todos los ámbitos de la localidad con una densa nube y no podían verse los objetos a dos varas de distancia. Los fuegos encendidos a la orilla del río eran insuficientes para iluminar la ruta y, de cuando en cuando, se oía a algún infeliz barquero que gritaba sin saber dónde estaba. Era un día propio para estarse en casa al amor de la lumbre, oyendo narrar historias de viajes o cosas semejantes.

También el enano quiso darse el gusto de tener un fuego encendido para él solo y mandó al muchacho del almacén que llenara la estufa de carbón y se fuera a su casa si quería, porque no le necesitaría en todo el día.

Encendió luces, echó más combustible aún en la estufa, almorzó un bistec que asó él mismo, preparó un gran jarro de ponche caliente, encendió su pipa y se sentó para pasar la tarde fumando y bebiendo.

Un golpecito dado en la puerta del despacho llamó su atención; después de sentirlo dos o tres veces, se asomó a la ventana y preguntó quién era el que llamaba.

—Soy yo —dijo una voz de mujer.

—¿Sólo usted? ¿Y a qué viene usted aquí? ¿Cómo se atreve a aproximarse al castillo del ogro?

—No te enfades conmigo, vengo a traerte algo importante.

—¿Es agradable? —preguntó el enano—. ¿Se ha muerto tu madre?

—No sé lo que es, ni siquiera si es bueno o malo —repuso su mujer.

—Entonces está viva —dijo Quilp— y no se relaciona con ella. ¡Vete a casa otra vez, pájaro de mal agüero!

—Te traigo una carta —repuso la humilde mujer.

—Échala por la ventana y vete —dijo Quilp interrumpiéndola—, porque ni no salgo y te araño.

—No, Quilp, haz el favor de oírme —exclamó llorando la pobre mujer—. ¡Haz el favor, por Dios!

—Habla pronto —aulló el enano, con un gesto horrible—, pero sé breve y ligera. ¿Hablas ya?

—Un muchacho, que no sabía quién se la había entregado, llevó a casa esa carta hace un rato diciendo que era preciso entregártela hoy porque era muy importante. ¡Si quisieras dejarme entrar! ¡No sabes lo mojada que estoy y cuántas veces me he extraviado con la niebla! Deja que me seque un poco junto al fuego, cinco minutos siquiera, y después me iré en seguida. ¡Quilp, palabra de honor!

El amable esposo vaciló un momento, pero suponiendo que la carta requeriría una respuesta y que su esposa podría llevarla, la dejó entrar. La pobre mujer, arrodillándose delante del fuego para calentarse las manos, le entregó una esquela.

—Me alegro mucho de que estés mojada y tengas frío. Me alegro mucho de que te hayas perdido y de que tengas los ojos encendidos de llorar.

—¡Qué cruel eres, Quilp! —murmuró la desgraciada mujer.

—Debí haber conocido la letra: es de Sally —dijo abriendo la carta.

Después leyó lo que sigue, escrito con una una letra clara y bien hecha:

«Samy ha sido interrogado y se ha visto obligado a hacer ciertas confidencias. Se ha descubierto todo y será conveniente que huya usted, porque recibirá alguna visita. Todo está secreto aún, porque quieren sorprenderle. No pierda usted tiempo. Yo he sabido ganarlo y no me encontrarán. Si yo estuviera en su lugar, procuraría que no me encontraran tampoco. —S. B.»

Sería necesario un lenguaje nuevo para expresar los cambios que se operaron en el rostro de Quilp, que leyó y releyó la carta media docena de veces. Estuvo mucho tiempo sin articular una palabra siquiera y, después, cuando la señora Quilp estaba paralizada de terror creyendo que se había vuelto loco, exclamó:

—¡Si le cogiera aquí! ¡Ay de él si pudiera tenerle entre mis garras!

—¿Qué es eso, Daniel? ¿Qué te pasa?

—¡Le ahogaba! —continuó Quilp, sin hacer caso de su mujer—. ¡Qué alegría tan grande echarle al río y burlarme de él cuando saliera a la superficie una y otra vez!

—¡Quilp! —gritó más asustada aún la pobre mujer—, ¿qué es lo que te han hecho?

—¡Es un infame, un cobarde! —murmuró Quilp restregándose las manos muy despacio—. ¡Y yo que creía que la mejor garantía de su silencio era su cobardía y servilismo! ¡Oh, Brass; Brass, mi querido, mi bueno, mi fiel amigo, afectuoso, cortés y encantador! ¡Si pudiera cogerte entre mis uñas...!

Después salió e hizo entrar al criado a quien había despedido unos momentos antes y le dijo:

—Llévate a esa mujer fuera de aquí; llévala a su casa y no vengas mañana, porque esto estará cerrado. ¿Te enteras?

Tomás hizo un movimiento de cabeza indicando que sí y una seña a la señora Quilp para que saliera.

—Pero, ¿qué ocurre, Daniel? ¿Dónde te vas? ¡Dímelo!

—Te digo —exclamó el enano cogiéndola por un brazo— que te marches inmediatamente, porque si no diré y haré lo que es mejor que no diga ni haga.

—¡Pero estás en peligro, Quilp! ¡Por favor, dímelo! —gritó la pobre mujer.

—¡Sí! ¡No! ¿Qué te importa? ¡Vete, vete y no chilles más!

—Dime solamente si es algo relacionado con la pobre Nelly. ¡No puedes figurarse qué noches tan horribles paso!

Fue una suerte para la pobre mujer que el dependiente se la llevara apresuradamente, porque el enano, furioso, cogió un madero y se lo tiró con fuerza; pero rebotó contra la puerta, que se cerraba detrás de los fugitivos en aquel momento.

Una vez solo, el enano tomó grandes precauciones; cerró todas las puertas y apiló tablones tras ellas, dejando descubierta solamente una falsa, por donde pensaba huir, que daba salida a un callejón ignorado y difícil de encontrar en una noche de tan densa niebla; apagó la estufa y se quedó sólo con una bujía encendida.

Después empezó a recoger unos cuantos utensilios que creía necesarios y se los puso en los bolsillos murmurando amenazas de muerte contra su procurador. Bebía ponche a grandes y repetidos tragos, como si fuera agua que no extinguiera la sed de sus ardorosas fauces, y continuaba su soliloquio, emprendiéndola con Sally, a la cual tampoco eximía de castigo en su mente por no haber envenenado, quemado o hecho morir de algún modo secreto al maldito Sansón.

Bebía otro trago y proseguía el tema, echando la culpa de todo lo ocurrido a la pobre Nelly y al viejo chocho, dos malditas criaturas que no podían sufrir, ni aun lejos de él, y a Kit, el honrado y simpático Kit, a quien aún amenazaba de muerte en aquellos momentos críticos.

Sonó un golpe en la puerta del muelle, que poco antes cerró dando un golpe fuerte y violento; después hubo una pausa; luego, más golpes repetidos y sin interrupción.

—¿Tan pronto y con tanta prisa? —murmuró el enano—. ¡Temo que os llevaréis un chasco! Afortunadamente estoy listo ya, gracias a Sally.

Apagó la bujía, cerró tras sí la puerta falsa y salió al aire libre. La noche era tan oscura y la niebla tan densa, que ni aun él mismo pudo hacerse cargo del sitio donde estaba. Anduvo unos pasos y, creyendo que no iba donde quería, cambió de dirección sin saber por dónde ir.

—Si llaman a la puerta otra vez, me orientaré por el sonido —murmuró.

Pero no se sintió el más mínimo ruido; sólo de cuando en cuando se oía ladrar algún perro a lejana distancia y en diversas direcciones.

—Si tropezara con alguna pared o valla —proseguía, alargando los brazos para hallar algún obstáculo—, sabría por dónde ir.

Pero sólo encontraba el vacío y seguía andando completamente desorientado. De pronto tropezó y cayó y, en un instante, se halló luchando con las aguas del río. Entonces oyó llamar otra vez a la puerta y una voz que gritaba llamándole. Conoció la voz: era una voz amiga, de alguien que, extraviado en la niebla, quería guarecerse allí; pero no podía responder, se ahogaba. Estaban allí, muy cerca, pero no podían socorrerle porque él mismo había cerrado e interceptado la puerta del muelle. Respondió con un rugido, pero no servía de nada: una ola se lo llevó envuelto en sus espumas por la rápida corriente.

Luchó. Una vez más se levantó haciendo desesperados esfuerzos, pero volvió a caer insensible y las aguas sólo condujeron un cuerpo muerto.

CAPÍTULO XXV

KIT LIBRE

Caras alegres, voces animadas, palabras de cariño, corazones amantes y lágrimas de felicidad en un hogar tranquilo esperaban a Kit; a Kit, que quería morir de júbilo antes de entrar en él. Sabe que se ha probado su inocencia y que estará pronto libre. Llega al fin la hora de la libertad y el pobre muchacho cae insensible, para recobrar el conocimiento en brazos de su madre, que le esperaba en la granja Abel.

Allí encuentra a todos los seres que ama, todos los que se interesan por él, Abel y sus padres, Bárbara y su madre, todos vestidos como en día de fiesta.

Cuando terminaron los primeros transportes de alegría y cenaron todos pacíficamente y sin prisa, porque habían de dormir también en la granja, el señor Garland llamó a Kit y le preguntó si quería viajar al día siguiente.

—¿Viajar, señor? —exclamó Kit.

—Sí, conmigo y con un amigo que está en aquella habitación.

Kit movió la cabeza murmurando dos o tres veces el nombre de Nelly, como si desesperara de encontrarla.

—Hemos descubierto el sitio donde están y ese es el objeto de nuestro viaje —dijo el señor Garland—. Es feliz y está contenta, aunque enferma; pero esperamos que se curará. Siéntate y oirás la historia.

Kit obedeció a su amo y éste le contó que tenía un hermano viviendo en un pueblo, lejos de Londres, en el campo, en compañía del rector de una iglesia muy notable por su antigüedad, que era su amigo desde la niñez.

Este hermano, bueno y cariñoso, a quien todo el pueblo conocía por «el Doctor», era querido de todos por su caritativa bondad. Nunca hablaba de ello en sus cartas ni hacía mención de los habitantes del susodicho pueblo, pero últimamente había encontrado dos personas, un anciano y una niña, los cuales despertaron tanto su interés, que no pudo menos de hablar de ellos en una carta relatando la historia de su peregrinación, relación que pocos oirían sin derramar lágrimas.

Apenas el señor Garland había recibido aquella carta, concibió la idea de que debían de ser los errantes fugitivos tan ardientemente buscados por el caballero misterioso y a quienes la Providencia había conducido cerca de su hermano. Le escribió, pidiéndole los datos necesarios para desvanecer las dudas que pudieran ocurrir, y aquella misma mañana habían recibido la contestación, que convirtió las dudas en certidumbre. Tal era la causa del viaje que debían emprender al día siguiente.

—Entretanto —prosiguió el anciano levantándose—, necesitas descansar, porque un día como el de hoy es capaz de rendir al hombre más fuerte. Buenas noches, hijo mío, y que el Cielo conceda a nuestro viaje un feliz resultado.

A pesar del cansancio, Kit despertó antes de ser de día y empezó inmediatamente los preparativos para la marcha. Los acontecimientos del día anterior, y especialmente la relación de su amo, ahuyentaron el sueño de sus ojos y durmió mal.

No hacía aún un cuarto de hora que se había levantado, cuando sintió movimiento en la casa, y todos, levantándose también, coadyuvaron a los preparativos de marcha; el caballero misterioso lo dirigía todo y era el más activo de cuantos trabajaban. Al romper el día estuvo todo dispuesto a pesar de que el coche no debía llegar hasta las nueve.

Kit sintió haberse levantado tan pronto, porque no sabía cómo ocupar el tiempo de espera. Bárbara estaba allí y, en realidad, era la menos alegre en toda la casa.

—¡Hace tanto tiempo que estabas lejos de aquí, Cristóbal, y ahora vas a marcharte otra vez! —decía la doncella, por decir algo, al parecer, pero con toda la pena de que era capaz su corazoncito.

—Sí, pero es para traer a la señorita Nelly; piensa en eso. Me alegro tanto de que al fin puedas conocerla, Bárbara...

Bárbara no se alegraba tanto como Kit, aunque no dijo nada, y Kit sorprendido le preguntó:

—Pero, ¿qué es eso, Bárbara? ¿Qué tienes?

—¡Nada! —murmuró ésta haciendo un gesto que contradecía su afirmación. Kit comprendió a Bárbara y besándola le preguntó:

—Bárbara, ¿estás enfadada conmigo?

—¡Oh, no! ¿Por qué he de estar enfadada? ¿Qué te importa por mí?

Pero a Kit sí le importaba y se lo demostró bien pronto, pero Bárbara, diciendo que la llamaban, trató de marcharse.

—Un momento, Bárbara, separémonos amigos. Tú has sido la que me has dado ánimo en todas mis penas; sin ti, hubiera sido más desgraciado aún, pero yo quiero que te alegres de ver a la señorita Nelly, porque me gustará saber que te complaces en todo lo que me complazco yo. Moriría gustoso por prestar un servicio a la señorita y tengo la seguridad de que a ti te pasaría lo mismo si la conocieras, Bárbara.

—Siempre la he considerado como si fuera un ángel —continuó Kit— y cuando la encuentre creo que la veré rodeada de un nimbo de luz. Deseo verla feliz y rodeada de todos los que la quieren, aunque tal vez entonces no se acuerde de mí, pero no importa, estaré contento con verla feliz.

La pobre Bárbara no era de acero. Al oír a Kit expresarse con tanto afecto y respeto, se deshizo en lágrimas, y no sabemos adónde hubieran llegado en su conversación a no haberse sentido las ruedas de un coche, ruido que inmediatamente puso en movimiento otra vez a toda la casa, que hacía poco se había tranquilizado un tanto.

Chuckster llegaba al mismo tiempo con ciertos papeles y dinero para el caballero misterioso, en cuyas manos lo depositó todo, y participando de un ligero almuerzo, hecho a toda prisa, presenció la entrada en el carruaje y la marcha de éste.

Fue un día terrible. Las hojas caían a millares de los árboles impulsados por el viento, que silbaba y las movía en remolinos, depositándolas en montecillos a larga distancia; pero Kit no se preocupaba del viento y cuando llegó la noche, clara y luminosa, pero helada, fue cuando sintió frío y deseó que llegara pronto el término de viaje.

Los dos caballeros, llenos de ansiedad, departían sobre el objeto de aquel viaje, manifestando sus temores y esperanzas y otras veces guardaban silencio.

En una de las pausas de la conversación, el caballero misterioso, que había ido pensativo largo rato, rompió bruscamente el silencio preguntando a su amigo:

—¿Le agradan las historias?

—Como a la mayoría de la gente —repuso el señor Garland, sonriendo—. Si encuentro interés en ellas, me gustan; si no, no; pero siempre procuro atender a ellas. ¿Por qué me lo pregunta usted?

—Se me ocurre una corta narración y voy a entretener el tiempo con ella: es muy breve.

Y, sin esperar respuesta de su amigo, empezó así:

«—Había dos hermanos que se amaban tiernamente. La diferencia de edad, unos doce años, hacía este cariño más fuerte. Ambos pusieron su afecto en un mismo objeto y vinieron a ser rivales sin saberlo.

»El más joven, débil y enfermizo, fue el primero que supo que su hermano amaba a la misma mujer que él; pero aquel hermano le había cuidado y sostenido siempre con perjuicio propio, siendo para él como una madre cariñosa. Queriendo pagar con su sacrificio la deuda de gratitud contraída con su hermano y darle la felicidad a costa de la suya, calló. Su secreto no fue conocido de nadie y salió de su país esperando morir en tierra extraña.

»El mayor se casó, pero pronto se quedó viudo, con una hija que era el vivo retrato de su madre. Puede usted comprender el afecto de aquel padre por su hija, en la cual veía la hermosura reproducida de la muerta amada.

»La niña creció y casó con un hombre que no supo apreciarla: fue muy desgraciada. Aquel hombre destruyó la felicidad y el bienestar de la casa, hasta que la pobre mujer murió tres meses después de enviudar, dejando a su padre el cuidado de dos huérfanos: un hijo de diez o doce años y una niña tan semejante a ella como lo era ella respecto de su madre.

»El hermano mayor, abuelo de estos dos niños, era un hombre viejo ya y gastado, más por la desgracia y las pesadumbres que por el peso de los años. Con los restos de su fortuna estableció un comercio; al principio, de cuadros; después, de antigüedades, objetos a que fue aficionado desde niño y que entonces fueron su modo de vivir en tan precaria existencia.

»El niño fue creciendo, semejante a su padre en cualidades y aspecto; la niña, tan parecida a su madre que, cuando el anciano la sostenía sobre sus rodillas, creía soñar teniendo otra vez a su propia hija. El nieto abandonó el hogar de su abuelo y buscó compañías más a propósito para su carácter que el infeliz anciano y la tierna niña.

»Todo el cariño que aquel hombre había sentido por su mujer y su hija lo concentró en aquella nieta, que vino a ser su único afecto. Es imposible referir los sufrimientos del anciano, sus necesidades y privaciones; temió a la muerte, porque le obligaría a dejar a aquella niña sola y pobre, y esa idea le persiguió noche y día como un espectro.

»El hermano menor viajaba en tanto por países lejanos, maldecido por los que creyeron que su marcha obedeció a otros móviles. Las comunicaciones eran difíciles e inciertas, pero al fin pudo saber, aunque en diversos períodos y con largos intervalos, todo lo que acabo de referir a usted.

»Entonces se acordó de su infancia y de su juventud, de los días felices pasados en unión de aquel hermano querido; realizó sus bienes, arregló sus asuntos todo lo más pronto posible y con bastante dinero para poder vivir cómodamente, con el corazón y la mano abiertos y con una emoción profunda, llegó una noche a la puerta de su hermano.»

El narrador, cuya voz se debilitaba por momentos, se detuvo al llegar aquí.

—Sé el resto —murmuró el señor Garland estrechándole una mano.

—Sí —repuso su amigo—, usted sabe el triste resultado de todas mis pesquisas. Siempre hemos llegado tarde. ¡Dios quiera que ahora no lo sea otra vez!

—Ahora no puede ocurrir eso —repuso el señor Garland—, esta vez los hallaremos seguramente.

—Lo he creído y esperado así —dijo el caballero misterioso—: aun ahora quiero confiar; pero no sé... Un presentimiento triste me agobia, amigo mío, y esta opresión no desaparece, aunque trato de ahuyentarla con razones y esperanzas.

—No me sorprende —añadió el anciano—, es una consecuencia muy natural de las circunstancias por que ha atravesado usted y, sobre todo, de este largo y penoso viaje y de este tiempo tan infernal. ¡Escuche usted cómo silba el viento!

CAPÍTULO XXVI

EL TÉRMINO DEL VIAJE

Al amanecer del día siguiente aún continuaba el viaje y, seguramente, llegaría la noche sin que hubieran arribado al punto de destino, a pesar de haberse detenido muy pocas veces, sólo las necesarias para comer y mudar caballos; pero el tiempo continuaba malo, las carreteras eran pesadas y abundaban en ellas las cuestas.

Kit, entumecido de frío, procuraba entrar en calor pensando en el feliz término de aquel viaje. La impaciencia de los viajeros fue creciendo según avanzaba el día, que no por eso se hizo más corto, y oscureció cuando aún faltaban muchas leguas que correr.

Calmó el viento y empezó a nevar, cayendo copos tan grandes y en tal cantidad que pronto se cubrió la tierra. Dejó de oírse el sonido de las ruedas y las pisadas de los caballos. Todo estaba silencioso: parecía como si, terminado el movimiento de la vida, envolviera a la Tierra un sudario de muerte.

Dos leguas faltaban aún para llegar y el tiempo que tardaron en recorrer aquella distancia pareció un siglo a nuestros viajeros.

—Este es el pueblo, caballeros —dijo el conductor bajando del pescante en la puerta de una posada—. ¡Vaya un tiempecito! ¡Las doce únicamente y parece que el pueblo se ha recogido ya!

Llamaron a la puerta fuerte y repetidamente, pero nadie dio señales de vida: todo continuaba tan oscuro y silencioso como antes. Parecía que se habían muerto todos los inquilinos o que era aquella una casa deshabitada.

—Vámonos —exclamó el señor Garland—, el conductor despertará a esa gente, si puede. Yo no descansaré hasta que sepa que no llegamos demasiado tarde. ¡Vamos, vamos andando, por amor de Dios!

Y así lo hicieron, dejando que el postillón llamara y pidiera las habitaciones que hubiera disponibles en la casa. Kit fue con los señores, llevando en la mano un bulto que al salir de casa había colgado en el coche, la jaula con el pájaro, exactamente igual que Nelly lo había dejado.

Anduvieron a la ventura, sin saber por dónde llegarían al sitio que buscaban, hasta que Kit, viendo luz en una ventana, llamó en la casa para preguntar el camino que debían seguir.

—¡Vaya una noche para hacerme levantar a estas horas! —contestó una voz—. ¿Qué quieren ustedes?

—Siento mucho haberle molestado. Si hubiera sabido que era usted viejo y que estaba enfermo, no lo hubiera hecho.

—¿Cómo sabe usted que soy viejo? —exclamó el otro—. Quizá no lo sea tanto como usted supone, y en cuanto a estar enfermo, hay muchos jóvenes que no están tan fuertes como yo. Por lo demás, dispense usted si he hablado con rudeza al principio, no veo bien de noche y no pude ver que era usted forastero.

—Siento mucho haber obligado a usted a que se levantara, pero aquellos caballeros que están parados junto a la puerta del cementerio son forasteros también; vienen de un largo viaje y desean llegar a la Rectoría. ¿Puede usted encaminarnos?

—¡Vaya si puedo! No en balde soy desde hace cincuenta años el sepulturero del pueblo. Sigan por la derecha, aquella es la calle. ¿Supongo que no traerán ustedes malas noticias a nuestro anciano rector?

Kit respondió negativamente y, dando las gracias al buen hombre, echó a correr, se reunió con los caballeros y, siguiendo la dirección que el sepulturero le había indicado, llegaron a los muros de la Rectoría. Volviéndose para darse cuenta del camino que habían traído, divisaron una luz que brillaba solitaria a cierta distancia, pareciendo salir de un edificio ruinoso, como si fuera una estrella inmóvil y esplendente en medio de la oscuridad.

—¿Qué luz es aquélla? —preguntó el señor Garland.

—Evidentemente, sale de la casa donde viven ellos.

—No pueden estar despiertos a estas horas.

Kit pidió licencia para averiguar quién vivía allí y, llevando la jaula en la mano, partió ligeramente hacia donde brillaba la luz, llegando pronto cerca de la ventana.

Se aproximó sigilosamente y escuchó: no se sentía el menor ruido, ni siquiera la respiración de una persona dormida.

Era muy raro que hubiera una luz encendida a aquella hora sin que nadie estuviera cerca. No podía mirar dentro de la habitación, porque una cortina tapaba la parte inferior de la ventana, pero no se veían sombras tampoco. Dio la vuelta al muro y encontró una puerta. Llamó y no obtuvo respuesta, pero allí se sentía un ruido especial, sin que pudiera determinar a qué obedecía; parecían gemidos sordos, como de alguien que sufriera, pero eran demasiado regulares y constantes; era distinto de todo lo que había oído hasta allí: algo así como un quejido doloroso.

Kit sintió más frío que el que había tenido en todo el viaje en medio del hielo y de la nieve. Llamó otra vez, pero ni hubo respuesta ni se interrumpió el ruido. Apoyó una rodilla en la puerta y una mano en la cerradura y la puerta se abrió cediendo a aquella presión.

No había ninguna lámpara ni bujía en la habitación, pero el ligero resplandor del fuego que ardía en la chimenea le dejó ver una figura encorvada sentada de espaldas a la puerta. Ni el ruido de la puerta al abrirse y volver a cerrarse con un portazo, ni los pasos de Kit, hicieron que aquella figura volviera la cabeza o se moviera. Quieta y silenciosa permaneció, como si no hubiera sentido nada. Era un hombre con el pelo tan blanco como las cenizas de la leña que se extinguía en la chimenea.

Kit habló algo, sin que pudiera saberse lo que dijo.

Ya iba a marcharse; tenía la mano en la cerradura, cuando algo en aquella figura encorvada llamó su atención, un trozo de leña produjo una viva llama y Kit, volviendo donde antes estaba, avanzó unos pasos y se fijó en su semblante. Sí, aunque muy cambiado, le reconoció.

—¡Amo! —gritó poniéndose de rodillas y cogiéndole una mano—. ¡Querido amo! ¡Soy yo, dígame usted algo!

El viejo se volvió lentamente y murmuró con voz ronca y apagada:

—¡Otro espíritu! ¿Cuántos van a venir esta noche?

—No soy un espíritu, amo querido, soy Kit. Y la señorita Nelly, ¿dónde está?

—¡Todos preguntan eso! —repuso el viejo como si divagara—. ¡Todos preguntan por ella! ¡Un espíritu!

—¿Dónde está? ¡Dígamelo usted, por favor, querido amo!

—Está durmiendo allí, más allá.

—¡Gracias a Dios!

—¡Ay! ¡Gracias a Dios! —continuó el viejo—. He orado y pedido mucho mientras ella dormía. ¡Ah! ¿Ha llamado?

—No he oído ninguna voz.

—¡Sí, sí, la oíste; la oyes ahora! ¿Y quieres decirme que no oyes su voz? Kit se levantó y escuchó de nuevo.

—¿No oírla? —murmuró—. ¿Habrá alguien que la conozca mejor que yo?

Haciendo señas a Kit para que se callara, el viejo penetró en otra habitación y, después de una corta ausencia, volvió murmurando:

—Tenías razón, no llamaba, a menos que fuera en sueños, porque aún duerme. Temí que esta luz, demasiado viva, la despertara y la he traído aquí.

Parecía hablar solo, como si no se dirigiera a nadie; después volvió a escuchar un largo rato y al fin, sin preocuparse de Kit, abrió un baúl, sacó algunas ropas de Nelly y empezó a alisarlas con la mano y colocarlas otra vez cuidadosamente, en tanto que murmuraba:

—¿Por qué estás tan quieta, Nelly? Tus amiguitas vienen a buscarte y preguntan por ti, y lloran y sollozan porque no les respondes.

—Este es su traje favorito —seguía el viejo abrazando y besando aquel traje—; lo echará de menos cuando despierte. Lo han escondido aquí, pero yo se lo llevaré: mi niñina no tiene que llorar por nada. Mira estos zapatitos. Son suyos, están tan usados... pero los guarda en recuerdo de nuestro viaje. Casi no tiene suelas y sus pobres piececitos se herían en las piedras, pero no se quejó nunca y andaba detrás de mí para que yo no la viera cojear. Y besándolos, volvió a guardarlos como si fueran una sagrada reliquia.

Kit no podía oír más: tenía los ojos llenos de lágrimas.

La puerta se abrió de nuevo y el señor Garland, su amigo y dos personas más entraron en la habitación. Eran el doctor y el maestro. Aquél traía una lámpara en la mano y, según Kit supo después, había ido a su casa a ponerle aceite un momento antes de que él llegara.

El viejo, volviendo a su sitio, siguió con los quejidos anteriores, sin preocuparse de las personas que habían entrado en su casa. Parecía que nada ni nadie excitaba su interés. El hermano menor se retiró a un lado; el doctor acercó una silla, se sentó junto al anciano, y, después de un largo silencio, se atrevió a hablar:

—¡Otra noche sin acostarse! ¿Por qué no trata usted de descansar, como me prometió?

—¡El sueño huye de mí! —repuso el viejo—. ¡Se ha ido todo con ella!

—Pero si ella sabe que usted no duerme se afligirá mucho y usted no querrá darle un disgusto.

—No, ¡pero hace tanto que duerme! ¿Cuándo despertará? —preguntó el viejo.

—Pronto; feliz y contenta, no sentirá penas ya.

El viejo se levantó, fue otra vez a la habitación de la niña y allí empezó a divagar de nuevo.

Todos los presentes, con el rostro bañado en lágrimas, se miraron unos a otros.

Después salió diciendo que aún dormía, pero que había movido una mano, muy poco, pero la había movido, y que pronto despertaría.

—No hablemos más de su sueño —dijo el maestro sentando al anciano en una silla y sentándose a su lado— hablemos de ella como era en casa, antes de emprender la peregrinación, antes de huir a la ventura.

—Siempre estaba contenta —exclamó el anciano mirando seria y reposadamente a su interlocutor—, tranquila y formal, pero feliz siempre: era de carácter muy alegre.

—He oído decir a usted —continuó el maestro— que en eso y en otras muchas cosas se parecía a su madre. ¿Se acuerda usted de ella?

El viejo sostuvo su mirada serena, pero no respondió.

—O de otra anterior aún, de su esposa de usted —murmuró el doctor—. Han pasado muchos años, pero jamás puede uno olvidar a la madre de sus hijos. Lleve usted sus pensamientos a aquellos lejanos días, cuando era usted joven; cuando, niño aún, amaba usted a otra flor semejante. Recuerde que tenía un hermano, olvidado y alejado hace mucho tiempo, pero que ahora viene a consolarle a usted y a ser el báculo de su vejez.

—A ser lo que tú fuiste una vez para mí —exclamó el menor cayendo de rodillas ante el anciano—; a pagarte con mi constante cuidado, solicitud y amor tu antiguo afecto por mí; a ser tu mano derecha, tu amparo en la vejez y la soledad. Di solamente una palabra que indique que me reconoces. ¡Nunca, nunca, ni aun cuando eramos niños, nos quisimos tanto como te quiero ahora, hermano mío!

El viejo miró a todos, uno tras otro, y movió los labios, pero no habló una sola palabra.

El hermano menor continuó hablando, en tanto que el viejo, poco a poco y sin ser visto, se acercó a la alcoba de la niña y exclamó con labios temblorosos:

—¡Conspiran juntos para que aparte mi corazón y mi afecto de ella! ¡No, no lo conseguirán mientras me quede un soplo de vida! ¡No tengo parientes ni amigos, ni los tuve, ni los tendré! ¡Sólo la tengo a ella, a mi niña, y nadie puede separarnos!

Y despidiéndose de todos con la mano, penetró en la alcoba de la niña. Todos entraron detrás de él sin hacer ruido de pasos, pero sollozando y llorando amargamente.

El silencio de aquella habitación estaba explicado: la niña estaba muerta.

Tenía el rostro resplandeciente, la fatiga y el cuidado habían huido de allí y un reposo celestial parecía embargarla.

CAPÍTULO XXVII

SU TUMBA

A la mañana siguiente, algo más tranquilos ya de la pena y dolor que embargaran aquellos amantes corazones, pudieron oír el relato de sus últimos momentos.

Hacía dos días que había muerto. Todos sabían que el fin se acercaba y murió al clarear el alba. Antes de morir despertó de un sueño largo y reposado, pidió a todos que la besaran y después, mirando al anciano de un modo que jamás podrían olvidar cuantos lo vieron, extendió sus brazos y le estrechó entre ellos. Así murió, abrazada a su abuelo.

Contaron sus conversaciones acerca de aquellas dos hermanas que fueron una ráfaga luminosa en su triste existencia, sobre los niños que eran sus mejores amigos y hasta sobre Kit; el pobre Kit, a quien tanto quería y a quien ya no vería más. Aun entonces le recordaba alegre y riendo, como si desaparecieran sus dolores con aquel recuerdo.

Poco después vino el niño aquel a quien tanto quería Nelly. Traía flores y quiso ver a la niña; no gritaría porque ya sabía lo que era un muerto y no tenía miedo alguno.

Le permitieron entrar y cumplió su palabra, dando una lección a todos.

El viejo, que hasta entonces no había hablado con nadie más que de la niña, y con ella, creyendo que le oía, rompió en lágrimas cuando vio al pequeño y todos los circundantes, comprendiendo que la presencia del niño sería beneficiosa al anciano, salieron de la habitación dejándolos juntos.

El niño, con su inocente charla, le persuadió para que descansara, para que comiera, y el anciano hizo todo lo que el pequeño le decía.

Cuando llegó el día en que tenían forzosamente que sepultarla, el niño se lo llevó consigo para que no presenciara la triste ceremonia.

Era domingo y todo el pueblo estaba de luto.

—¡Vecina! —murmuró el anciano al llegar a la casa donde el niño vivía—. ¿Cómo es que todas las mujeres visten hoy de negro y todos los hombres llevan crespones?

—No lo sé —respondió la buena mujer.

—¿Cómo? ¡Si usted misma lo lleva también! Vámonos, hijo mío, hay que saber por qué es eso.

—¡No, no! —gritó el niño—. Acuérdese de lo que me ha prometido usted. Vamos al campo donde Nelly y yo íbamos tantas veces y no podemos volver atrás.

—¿Dónde está ella? —preguntó el abuelo.

—¿No lo sabe usted? —respondió el niño—. Pues qué, ¿no acabamos de dejarla ahora dormida?

—¡Verdad, verdad! ¡Era ella la que hemos dejado allí! Aunque nada dice, está tan linda como siempre.

Se apretó la frente con la mano, miró alrededor como si despertara de un sueño e impelido por una idea súbita cruzó la calle y entró en casa del sepulturero. Éste y su ayudante estaban sentados cerca del fuego, pero al ver al que entraba, se levantaron y le saludaron con el respeto que su desgracia les inspiraba.

El niño les hizo una señal de inteligencia: fue cuestión de un instante, pero aquello y la mirada del anciano fueron bastante para que comprendieran que tenían que ser prudentes.

—¿Entierran ustedes a alguien hoy? —preguntó el anciano.

—No. ¿A quién habíamos de enterrar? —repuso el sepulturero.

—Eso digo yo... ¡A quién!

—Estamos de vacaciones, señor, no tenemos nada que hacer hoy en el cementerio y nos dedicaremos a cuidar nuestro jardín.

—Bueno, entonces iré a donde quieras, pequeño —dijo el anciano dirigiéndose al niño—. No me engañan ustedes, ¿verdad? ¡He sufrido mucho desde la última vez que nos vimos! ¡Ustedes no lo pueden comprender!

—Vaya usted tranquilo con el niño —murmuró el sepulturero—, y que el Señor los acompañe y los bendiga.

—Vamos, hijo mío. —Y, dichas estas palabras, se dejó conducir pacíficamente en la dirección que el niño quiso llevarle.

Las campanas seguían doblando noche y día como si fueran voces plañideras que lamentaran la pérdida de un ser tan bueno, tan joven, tan hermoso y cuyos días en la Tierra habían sido tan cortos, tan azarosos y tan desprovistos de dulzura y alegrías.

Llegada que fue la hora del entierro, la población entera se unió al fúnebre cortejo: grandes y chicos rindieron el último tributo de cariño a aquella infeliz criatura que tan bondadosa y tierna había sido para con todos. Algunos de sus más asiduos compañeros condujeron a hombros el ataúd para depositar aquel cuerpo angelical en el seno de la madre tierra.

Se encaminaron al templo para rezar algunas preces y al llegar a él, detuviéronse y el cadáver fue colocado en al atrio de la iglesia.

Allí donde solía sentarse para descansar tantas veces, allí recibió las bendiciones y se dijeron responsos; el cortejo siguió adelante hasta llegar a un terreno donde Nelly paseaba con frecuencia antes de morir.

Allí, en una sepultura rodeada de flores plantadas por su propia mano, depositaron su cuerpo; se oyeron muchos sollozos en medio de aquel solemne silencio, se dijeron misas y todos se retiraron; unos llorando, otros comentando los hechos de aquella niña, que en poco tiempo se ganó el cariño, el respeto y la consideración de todo los vecinos del pueblo.

El viejo volvió a su morada muy tarde; el niño, al volver del paseo, le hizo entrar en su casa con un pretexto y le obligó a descansar y dormir en una butaca, junto a la chimenea. Cuando despertó, la Luna brillaba ya, iluminando el espacio.

El hermano menor, que inquieto le esperaba en la puerta, le vio apenas se acercó con su pequeño guía y, avanzando hacia el, le tomó de la mano y, obligándole dulcemente a apoyarse en su brazo, le condujo al interior.

Apenas entró, fue derecho a la alcoba de Nelly y, no encontrando lo que había dejado allí, recorrió toda la casa y la del maestro llamándola a voces por su nombre.

Su hermano le siguió y le condujo de nuevo a su casa, queriendo persuadirle con palabras cariñosas para que se sentara y oyera lo que querían decirle los allí reunidos.

Con palabras de afecto y cariño, con todos los recursos que el amor fraternal y la compasión pueden sugerir, fueron preparándole para comunicarle la triste verdad; pero apenas ésta salió de los labios de uno de ellos, el pobre anciano cayó al suelo como herido por un rayo.

Durante horas enteras perdieron la esperanza de que pudiera vivir, pero el dolor da resistencia y resistió.

Decir los días que pasó el anciano después de saber la pérdida de su nieta, sería repetir lo que saben perfectamente cuantos han pasado por semejante prueba. Todo lo poco que quedaba en él de conocimiento o memoria lo concentró en la niña, sin que jamás llegara a comprender que tenía un hermano. Parecía estar siempre buscando algo perdido y ni ruegos, ni súplicas, ni palabras de afecto tenían valor para él.

Hicieron esfuerzos para llevárselo de aquel lugar, pero todo fue inútil: mientras estaba en aquella casa buscando a Nelly por todas partes, estaba tranquilo; apenas le sacaban de ella, se enfurecía y cuantas eminencias entendidas en la materia le visitaron, dieron a entender que era un caso desesperado.

Tampoco el niño tenía ya influencia sobre él: algunas veces le acariciaba y paseaba con él, pero otras ni siquiera se daba cuenta de su presencia.

Un día se hallaron con que había madrugado y, cogiendo su bastón en una mano y en la otra el sombrerito de Nelly y la cestita que solía llevar ella, se había marchado.

Cuando empezaban a preguntar por todas partes para encontrarle, llegó asustado el niño de la escuela diciendo que le había visto sentado en la sepultura de Nelly.

Allá fueron sin molestarle, pero sin perderle de vista, y cuando se hizo de noche vieron que se levantaba, volvió a su casa y se acostaba murmurando:

—¡Mañana la veré!

Y así continuó por muchos días sentado allí desde la mañana hasta la noche y esperando verla siempre al día siguiente.

La última vez que fue al cementerio era un día espléndido de primavera; al llegar la hora de costumbre y ver que no volvía, fueron a buscarle y le hallaron muerto sobre la sepultura.

Y allí le enterraron, al lado de aquella niña a quien tanto amó, y en el cementerio de aquella iglesia que casi llegó a ser su casa, donde tantas veces elevaron sus plegarias al Sumo Hacedor, duermen juntos el sueño eterno la niña y el anciano.

EPÍLOGO

Sólo resta saber la suerte de algunos de los personajes que prestaron su concurso a esta narración.

Sansón Brass fue instalado por un cierto número de años en un palacio donde otros muchos caballeros se alojaban también con cargo al Estado, llevando siempre en los tobillos un amuleto de hierro, a fin de que no se le entumecieran las piernas a causa del poco ejercicio que hacía.

De la señorita Sally nada pudo saberse en concreto; unos la vieron vestida de hombre y haciendo oficio de marinero; otros, pidiendo limosna, y había quien aseguraba que la había visto buscando las sobras del rancho en los cuarteles.

El cuerpo de Quilp se encontró en el río, horriblemente mutilado. Fue conducido ante la justicia y enterrado a sus expensas.

La señora Quilp no pudo perdonarse nunca su última conversación con Nelly; la muerte de su marido la dejó rica y volvió a casarse con un hombre que supo hacerla feliz.

La familia Garland siguió sus costumbres como de ordinario, sin más novedades que la sociedad de Abel con el señor Witherden y su boda con una joven rica, buena y hermosa. El doctor, al morir su amigo, se fue a vivir en compañía de su hermano y fue un tío cariñoso y un compañero de juegos para los chiquitines de Abel.

Ricardo Swiveller tardó en reponerse de su enfermedad y, al recibir la primera remesa de su renta, compró un magnífico equipo a la Marquesa, a la cual cambió el nombre llamándola con el eufónico de Eufrosina Sfinae. Fue a un colegio costeado por Ricardo y cuando cumplió diecinueve años, no sabiendo que hacer con ella, le entregó su mano, su corazón y su fortuna, convirtiéndola en la señora de Swiveller.

El caballero misterioso, o sea, el hermano menor del abuelo de Nelly, conservó siempre una pena profunda en su corazón; pero no por eso abandonó el mundo, ni dejó de vivir lo más felizmente posible haciendo todo el bien que podía, especialmente a cuantos habían sido amables y buenos con Nelly y su abuelo, sin excluir a uno solo, ni siquiera al hombre que alimentaba el horno de la fundición.

Kit y su madre fueron ampliamente recompensados de los disgustos que habían sufrido; aquél, con un buen empleo, y ésta, con la satisfacción de tener un hijo tan noble y tan amante, que llegó a ser un hombre útil y provechoso a su familia y a su país. Se casó, como es de suponer, con Bárbara. Excusamos explicar la alegría de las dos madres y las lágrimas que derramaron con tan fausto suceso. Tuvieron muchos hijos y todos aprendieron y repitieron después a los suyos la historia de la señorita Nelly y los trabajos y amarguras que él pasó en aquellos días tan tristes.

Algunas veces los lleva a la calle donde vivieron. La tienda no está allí ya, una calle ancha y nueva se ha abierto en aquel sitio; pero hace unas rayas en el suelo y allí, dentro de aquel cuadro, les dice que estuvo la casa.

Estos son los cambios que trajeron unos cuantos años. ¡Así pasa todo, como un cuento que se narra! ¡Pasa y ya no es!

Canción de Navidad
y otros cuentos

I

EL ESPECTRO DE MARLEY

Marley había muerto, no cabía la menor duda. El cura, el sacristán, el comisario de entierros y el presidente del duelo firmaron la partida de su enterramiento. También firmó Scrooge. Y el nombre de Scrooge era prestigioso en la Bolsa, cualquiera que fuese el papel en que pusiera su firma. El viejo Marley estaba tan muerto como el clavo de una puerta.

Esto no quiere decir que yo sepa por experiencia propia lo que hay particularmente muerto en el clavo de una puerta, pero puedo inclinarme a considerar un clavo de féretro como la pieza de ferretería más muerta que hay en el comercio. La sabiduría de nuestros antepasados resplandece en los símiles, sin embargo, y mis manos profanas no deben perturbarla, o desaparecería del país. Me permitiré, pues, repetir enfáticamente que Marley estaba tan muerto como el clavo de una puerta.

¿Sabía Scrooge que aquél había muerto? Indudablemente. ¿Cómo podía ser de otro modo? Scrooge y él fueron socios durante no sé cuántos años. Scrooge fue su único albacea, su único administrador, su único cesionario, su único legatario universal, su único amigo y el único que vistió de luto por él. Pero Scrooge no estaba tan terriblemente afligido por el triste suceso que dejara de ser un perfecto negociante, y el mismo día del entierro lo solemnizó con un buen negocio.

La mención del entierro de Marley me hace retroceder al punto de partida. Es indudable que Marley había muerto. Esto debe ser perfectamente comprendido; si no, nada admirable se puede ver en la historia que voy a referir. Si no estuviéramos plenamente convencidos de que el padre de Hamlet murió antes de empezar la representación teatral, no habría en su paseo durante la noche, en medio del vendaval, por las murallas de su ciudad, nada más notable que lo que habría en ver a otro cualquier caballero de mediana edad temerariamente lanzado después de oscurecer en un recinto expuesto a los vientos —el cementerio de San Pablo, por ejemplo—, sencillamente para deslumbrar el débil espíritu de su hijo.

Scrooge no borró el nombre del viejo Marley. Permaneció durante muchos años esta inscripción sobre la puerta del almacén: «Scrooge y Marley». La casa de comercio se conocía bajo la razón social «Scrooge y Marle». Algunas veces, los clientes modernos llamaban a Scrooge y otras veces a Marley, pero él atendía por ambos nombres. Todo era lo mismo para él.

¡Oh! Pero Scrooge era atrozmente tacaño, avaro, cruel, desalmado, miserable, codicioso, incorregible; duro y esquinado como el pedernal, pero del cual ningún eslabón había arrancado nunca una chispa generosa; secreto, retraído y solitario como una ostra. El frío de su interior le helaba las viejas facciones, le amorataba la nariz afilada, le arrugaba las mejillas, le entorpecía la marcha, le enrojecía los ojos, le ponía azules los delgados labios; hablaba astutamente y con voz áspera. Fría escarcha cubría su cabeza, sus cejas y su barba de alambre. Siempre llevaba consigo su temperatura bajo cero; helaba su despacho en los días caniculares y no lo templaba ni un grado en Navidad.

El calor y el frío exteriores ejercían poca influencia sobre Scrooge. Ningún calor podía templarle, ninguna temperatura invernal podía enfriarle. Ningún viento era más áspero que él, ninguna nieve más insistente en sus propósitos, ninguna lluvia más impía. El temporal no sabía cómo atacarle. La más mortificante lluvia, y el granizo, y el agua de nieve, podían jactarse de aventajarle en una sola cosa: en que con frecuencia «bajaban» gallardamente, y Scrooge, nunca.

Jamás le detuvo nadie en la calle para decirle alegremente: «Querido Scrooge, ¿cómo estáis? ¿Cuándo iréis a verme?» Ningún mendigo le pedía limosna, ningún niño le preguntaba qué hora era, ningún hombre ni mujer le preguntaron en toda su vida por dónde se iba a tal o cual sitio. Aun los perros de los ciegos parecían conocerle, y cuando le veían acercarse arrastraban a sus amos hacia los portales o hacia las callejuelas, y entonces meneaban la cola, como diciendo: «Es mejor ser ciego que tener mal ojo.»

Pero, ¡qué le importaba a Scrooge! Era lo que deseaba: seguir su camino a lo largo de los concurridos senderos de la vida, avisando a toda humana simpatía para conservar la distancia.

Una vez, en uno de los mejores días del año, la víspera de Navidad, el viejo Scrooge se hallaba trabajando en su despacho. Hacía un tiempo frío, crudísimo y nebuloso, y podía oír a la gente que pasaba jadeando arriba y abajo, golpeándose el pecho con las manos y pateando sobre las piedras del pavimento para entrar en calor. Los relojes públicos acababan de dar las tres, pero la oscuridad era casi completa —había sido oscuro todo el día—, y por las ventanas de las casas vecinas se veían brillar las luces como manchas rubias en el aire moreno de la tarde. La bruma se filtraba a través de todas las hendiduras y de los ojos de las cerraduras, y era tan densa por fuera, que aunque la calleja era de las más estrechas, las casas de enfrente se veían como meros fantasmas. Al ver cómo descendía la nube sombría, oscureciéndolo todo, se habría pensado que la Naturaleza habitaba cerca y que estaba haciendo destilaciones en gran escala.

Scrooge tenía abierta la puerta del despacho para poder vigilar a su dependiente, que en una celda lóbrega y apartada, una especie de cisterna, estaba copiando cartas. Scrooge tenía poquísima lumbre, pero la del dependiente era mucho más escasa: parecía una sola ascua; mas no podía aumentarla, porque Scrooge guardaba la caja del carbón en su cuarto, y si el dependiente hubiera aparecido trayendo carbón en la pala, sin duda que su amo habría considerado necesario despedirle. Así que el dependiente se embozó en la blanca bufanda y trató de calentarse en la llama de la bujía; pero como no era hombre de gran imaginación, fracasó en el intento.

—¡Felices Pascuas, tío! ¡Dios os guarde! —gritó una voz alegre.

Era la voz del sobrino de Scrooge, que cayó sobre él con tal precipitación, que fue el primer aviso que tuvo de su aproximación.

—¡Bah! —dijo Scrooge—. ¡Patrañas!

Este sobrino de Scrooge se hallaba tan arrebatado a causa de la carrera a través de la bruma y de la helada, que estaba todo encendido: tenía la cara como una cereza, sus ojos chispeaban y humeaba su aliento.

—Pero, tío, ¿una patraña la Navidad? —dijo el sobrino de Scrooge—. Seguramente no habéis querido decir eso.

—Sí —contestó Scrooge—. ¡Felices Pascuas! ¿Qué derecho tienes tú para estar alegre? ¿Qué razón tienes tú para estar alegre? Eres bastante pobre.

—¡Vamos! —replicó el sobrino alegremente—. ¿Y qué derecho tenéis vos para estar triste? ¿Qué razón tenéis para estar cabizbajo? Sois bastante rico.

No disponiendo Scrooge de mejor respuesta en aquel momento, dijo de nuevo:

—¡Bah! —y a continuación—: ¡Patrañas!

—No estéis enfadado, tío —dijo el sobrino.

—¿Cómo no voy a estarlo —replicó el tío—, viviendo en un mundo de locos como éste? ¡Felices Pascuas! ¡Buenas Pascuas te dé Dios! ¿Qué es la Pascua de Navidad sino la época en que hay que pagar cuentas no teniendo dinero, en que te ves un año más viejo y ni una hora más rico; la época en que, hecho el balance de los libros, ves que los artículos mencionados en ellos no te han dejado la menor ganancia después de una docena de meses desaparecidos? Si estuviera en mi mano —dijo Scrooge con indignación—, a todos los idiotas que van con el «¡Felices Pascuas!» en los labios los cocería en su propia sustancia y los enterraría con una vara de acebo atravesándoles el corazón. ¡Eso es!

—¡Tío! —suplicó el sobrino.

—¡Sobrino! —repuso el tío secamente—. Celebra la Navidad a tu modo y déjame a mí celebrarla al mío.

—¡Celebrar la Navidad! —replicó el sobrino de Scrooge—. Pero vos no la celebráis.

—Déjame que no la celebre —dijo Scrooge—. ¡Mucho bien puede hacerte a ti! ¡Mucho bien te ha hecho siempre!

—Hay muchas cosas que podían haberme hecho mucho bien y que no he aprovechado, me atrevo a decirlo —replicó el sobrino—, entre ellas la Navidad. Mas estoy seguro de que siempre, al llegar esta época, he pensado en la Navidad, aparte la veneración debida a su nombre sagrado y a su origen, como en una agradable época de cariño, de perdón y de caridad; el único día, en el largo almanaque del año, en que hombres y mujeres parecen estar de acuerdo para abrir sus corazones libremente y para considerar a sus inferiores como verdaderos compañeros de viaje en el camino de la tumba, y no otra raza de criaturas con destino diferente. Así, pues, tío, aunque tal fiesta nunca ha puesto una moneda de oro o de plata en mi bolsillo, creo que me «ha hecho» bien y que me «hará» bien, y digo: ¡Bendita sea!

El dependiente, en su mazmorra, aplaudió involuntariamente; pero notando en el acto que había cometido una inconveniencia, quiso remover el fuego y apagó el último débil residuo para siempre.

—Que oiga yo otra de esas manifestaciones —dijo Scrooge— y os haré celebrar la Navidad echándoos a la calle. Eres de verdad un elocuente orador —añadió, volviéndose hacia su sobrino—. Me admira que no estés en el Parlamento.

—No os enfadéis, tío. ¡Vamos, venid a comer con nosotros mañana!

Scrooge dijo que le agradaría verle... Sí, lo dijo. Pero completó la idea, y dijo que antes le agradaría verle... en el infierno.

—Pero, ¿por qué? —gritó el sobrino—. ¿Por qué?

—¿Por qué te casaste? —dijo Scrooge?

—Porque me enamoré.

—¡Porque te enamoraste! —gruñó Scrooge, como si aquello fuese la sola cosa del mundo más ridícula que una alegre Navidad—. ¡Buenas tardes!

—Pero, tío, si nunca fuisteis a verme antes, ¿por qué hacer de esto una razón para no ir ahora?

—Buenas tardes —dijo Scrooge.

—No necesito nada vuestro, no os pido nada ¿Por qué no podemos ser amigos?

—Buenas tardes —dijo Scrooge.

—Lamento de todo corazón encontraros tan resuelto. Nunca ha habido el más pequeño disgusto entre nosotros. Pero he insistido en la celebración de la Navidad y llevaré mi buen humor de Navidad hasta lo último. Así, ¡felices Pascuas, tío!

—Buenas tardes —dijo Scrooge.

—¡Y feliz año nuevo!

—Buenas tardes —dijo Scrooge.

Su sobrino salió de la habitación, no obstante, sin pronunciar una palabra de disgusto. Detúvose en la puerta exterior para desearle felices Pascuas al dependiente, que aunque tenía frío era más ardiente que Scrooge, pues le correspondió cordialmente.

—Este es otro que tal —murmuró Scrooge, que le oyó—; un dependiente con quince chelines a la semana, con mujer y con hijos, hablando de la alegre Navidad. Es para llevarle a una casa de locos.

Aquel maniático, al despedir al sobrino de Scrooge, introdujo a otros dos visitantes. Eran dos caballeros corpulentos, simpáticos, y estaban en pie, descubiertos, en el despacho de Scrooge.

Tenían en la mano libros y papeles y se inclinaron ante él.

—Scrooge y Marley, supongo —dijo uno de los caballeros, consultando una lista—. ¿Tengo el honor de hablar al señor Scrooge o al señor Marley?

—El señor Marley murió hace siete años —respondió Scrooge—. Esta misma noche hace siete años que murió.

—No dudamos que su liberalidad estará representada en su socio superviviente —dijo el caballero presentando sus cartas credenciales.

Era verdad, pues ambos habían sido tal para cual. Al oír la palabra «liberalidad», Scrooge frunció el ceño, movió la cabeza y devolvió al visitante las cartas credenciales.

—En esta alegre época del año, señor Scrooge —dijo el caballero tomando una pluma— es más necesario que nunca que hagamos algo en favor de los pobres y de los desamparados, que en estos días sufren de modo atroz. Muchos miles de ellos carecen de lo indispensable; cientos de miles necesitan alivio, señor.

—¿No hay cárceles? —preguntó Scrooge.

—Muchísimas cárceles —dijo el caballero dejando la pluma.

—¿Y casas de corrección? —interrogó Scrooge—. ¿Funcionan todavía?

—Funcionan, sí. Todavía —contestó el caballero—. Quisiera poder decir que no funcionan.

—¿El *Treadmill* y la ley de Pobreza están, pues, en todo su vigor? —continuó Scrooge.

—Ambos funcionan continuamente, señor.

—¡Oh!, tenía miedo, por lo que decíais al principio, de que hubiera ocurrido algo que interrumpiese sus útiles servicios —dijo Scrooge—. Me alegra mucho saberlo.

—Persuadido de que tales instituciones apenas pueden proporcionar cristina alegría a la mente o bienestar al cuerpo, nosotros nos hemos propuesto reunir fondos para comprar a los pobres algunos alimentos y bebidas y un poco de calefacción. Hemos escogido esta época porque es, sobre todas, aquélla en que la necesidad se siente con más intensidad y la abundancia se regocija. ¿Con cuánto queréis contribuir?

—¡Con nada! —replicó Scrooge.

—¿Queréis guardar el anónimo?

—Quiero que me dejéis en paz —dijo Scrooge—. Puesto que me preguntáis lo que quiero, señores, esa es mi respuesta. Yo no celebro la Navidad, y no puedo contribuir a que se diviertan los vagos; ayudo a sostener los establecimientos de que os he hablado... y que cuestan bastante, y quienes estén mal en ellos, que se vayan a otra parte.

Muchos no pueden, y otros muchos preferirán morir.

—Si prefieren morir —dijo Scrooge—, es lo mejor que pueden hacer, y así disminuirá el exceso de población. Además, y ustedes perdonen, no entiendo de eso.

—Pues debierais entender —hizo observar el caballero.

—No es de mi incumbencia —replicó Scrooge—. Un hombre tiene bastante con preocuparse de sus asuntos, y no debe mezclarse en los ajenos. Los míos me absorben por completo. ¡Buenas tardes, señores!

Comprendiendo claramente que sería inútil insistir, los dos caballeros se marcharon. Scrooge reanudó su tarea con mayor estimación de sí mismo y más animado de lo que tenía por costumbre.

Entre tanto, la bruma y la oscuridad hiciéronse tan densas, que las gentes marchaban alumbrándose con antorchas, ofreciéndose a marchar delante de los caballos de los coches para mostrarles el camino. La antigua torre de una iglesia, cuya vieja y estridente campana parecía estar siempre atisbando a Scrooge por una ventana gótica del muro, se hizo invisible, y daba las horas envuelta en las nubes, resonando después con trémulas vibraciones, como si le castañeteasen los dientes a aquella elevadísima cabeza. El frío se hizo intenso. En la calle Mayor, en la esquina de la calleja, algunos obreros hallábanse reparando los mecheros de gas, y habían encendido una gran hoguera, a la cual rodeaba un grupo de mendigos y chicuelos, calentándose las manos y guiñando los ojos con delicia ante las llamas. Taponados los sumideros, el agua sobrante se congelaba con rapidez y se convertía en hielo. El resplandor de las tiendas, donde las ramas de acebo cargadas de frutas brillaban con la luz de las ventanas, ponía tonos dorados en las caras de los transeúntes. Las pollerías y los comercios de comestibles estaban deslumbrantes: eran un glorioso espectáculo, ante el cual era casi increíble que los prosaicos principios de ajuste y venta tuvieran algo que hacer. El alcalde de la ciudad, en la fortaleza de la poderosa Mansión-House, daba órdenes a sus cincuenta cocineros y reposteros para celebrar la Navidad de una manera digna de la casa de un alcalde, y hasta el sastrecillo que había sido multado con cinco chelines el lunes anterior por estar borracho y sentirse escandaloso en las calles, preparaba en su guardilla la confección del *pudding* del día siguiente, mientras su flaca esposa iba con el nene a comprar la carne indispensable.

Más niebla aún y más frío. Frío agudo, penetrante, mordiente. Si el buen San Dunstan hubiera sólo rasguñado la nariz del espíritu maligno con un tiempo como aquél, en vez de usar sus armas habituales, en verdad que el diablo habría rugido.

El propietario de una naricilla juvenil, roída y mordisqueada por el hambriento frío como los huesos roídos por los perros, se detuvo ante la puerta de Scrooge para obsequiarle por el ojo de la cerradura con una canción de Navidad; pero no había hecho más que empezar:

«Bendígaos Dios, alegre caballero;
que nada pueda nunca disgustaros...»

cuando Scrooge cogió la regla con tal decisión, que el cantor corrió lleno de miedo, abandonando el ojo de la cerradura a la bruma y a la penetrante helada.

Por fin llegó la hora de cerrar el despacho. De mala gana se alzó Scrooge de su asiento, y tácitamente aprobó la actitud del dependiente en su cuchitril, quien inmediatamente apagó su luz y se puso el sombrero.

—Supongamos que necesitaréis todo el día de mañana —dijo Scrooge.

—Si no hay inconveniente, señor...

—Pues sí hay inconveniente —dijo Scrooge—, y no es justo. Si por eso os descontara media corona, pensaríais que os perjudicaba. Pero, ¿estoy obligado a pagarla?

El dependiente sonrió lánguidamente.

—Sin embargo —dijo Scrooge—, no pensáis que me perjudico pagando el sueldo de un día por no trabajar.

El dependiente hizo notar que eso ocurría una sola vez al año.

—¡Una pobre excusa para morder en el bolsillo de uno todos los días veinticinco de diciembre! —dijo Scrooge abrochándose el gabán hasta la barba—. Pero supongo que es que necesitáis todo el día. Venid lo más temprano posible pasado mañana.

El dependiente prometió hacerlo, y Scrooge salió gruñendo. Cerróse el despacho en un instante, y el dependiente, con los largos extremos de su bufanda colgando hasta más abajo de la cintura (pues no presumía de abrigo), bajó veinte veces un resbaladero en Cornhill, al final de una calleja llena de muchachos, para celebrar la Nochebuena, y luego salió corriendo hacia su casa, en Camden-Town, para jugar a la gallina ciega.

Scrooge cenó melancólicamente en su melancólica taberna habitual, y después de leer todos los periódicos, se entretuvo el resto de la noche con los libros comerciales y se fue a acostar. Ocupaba las habitaciones que habían pertenecido anteriormente a su difunto socio. Eran una serie de cuartos lóbregos en un sombrío edificio al final de una calleja, y en el cual había tan poco movimiento, que no se podía menos de imaginar que había llegado allí corriendo, cuando era una casa de pocos años, mientras jugaba al escondite con las otras casas, y había olvidado el camino para salir. Era ésta entonces bastante vieja y bastante lúgubre; sólo Scrooge vivía en ella, pues los otros cuartos estaban alquilados para oficinas. La calleja era tan oscura, que el mismo Scrooge, que la conocía piedra por piedra, veíase obligado a cruzarla a tientas. La niebla y la helada se agolpaban de tal modo ante la negra entrada de la casa, que parecía como si el genio del invierno se hallase en triste meditación sentado en el umbral.

Hay que advertir que no había absolutamente nada de particular en el llamador de la puerta, salvo que era de gran tamaño; hay que hacer notar también que Scrooge lo había visto, de día y de noche, durante toda su residencia en aquel lugar, y también que Scrooge poseía tan poca cantidad de lo que se llama fantasía como otro cualquier hombre de la ciudad de Londres, aun incluyendo —la frase es algo atrevida— las corporaciones, los miembros del Consejo municipal y los de los gremios. Téngase también en cuenta que Scrooge no había dedicado un solo pensamiento a Marley desde que aquella tarde hizo mención de los siete años transcurridos desde su muerte. Y ahora que me explique alguien, si puede, cómo sucedió que Scrooge, al meter la llave en la cerradura, vio en el llamador —sin mediar ninguna mágica influencia—, no un llamador, sino la cara de Marley.

La cara de Marley. No era una sombra impenetrable como los demás objetos de la calleja, pues la rodeaba un medroso fulgor, semejante al que presentaría una langosta en mal estado puesta en un sótano oscuro. No aparecía colérico ni feroz, sino que miraba a Scrooge como Marley acostumbraba: con espectrales anteojos levantados hacia la frente espectral. Agitábanse curiosamente sus cabellos, como ante un soplo de aire ardoroso, y sus ojos, aunque hallábanse abiertos por completo, estaban absolutamente inmóviles. Todo eso y su lividez le hacían horrible; pero este horror parecía ajeno a la cara, fuera de su dominio, más bien que una parte de su propia expresión.

Cuando Scrooge se puso a considerar atentamente aquel fenómeno, ya el llamador era otra vez un llamador.

Decir que no se sintió inquieto o que su sangre no experimentó una terrible sensación, desconocida desde la infancia, sería mentir. Pero llevó la mano a la llave que había abandonado, la hizo girar resueltamente, penetró y encendió una bujía.

Detúvose con vacilación momentánea antes de cerrar la puerta y miró detrás de ella con desconfianza, aguardando casi aterrorizado a la vista del cabello de Marley pegado en la parte exterior; pero no había nada sobre la puerta, excepto los tornillos y tuercas que sujetaban el llamador, por lo cual exclamó: «¡Bah!, ¡bah!», y la cerró de golpe.

Resonó el portazo en toda la casa como un trueno. Encima, todas las habitaciones, y debajo, todas las cubas en el sótano del vinatero, parecieron poseer estrépito de ecos independientes de la puerta de Scrooge, que no era hombre a quien espantasen los ecos. Sujetó la puerta, cruzó el zaguán y empezó a subir la escalera, lentamente, sin embargo, alumbrando un lado y otro conforme subía.

Podéis hablar vagamente de las viejas escaleras de antaño por las cuales hubiera podido subir fácilmente un coche de seis caballos o el cortejo de una sesión parlamentaria. Pero yo os digo que la escalera de Scrooge era cosa muy diferente; habría de subir por ella un coche fúnebre, y lo haría con toda facilidad.

Había allí suficiente amplitud para ello y aun sobraba espacio; tal es quizá la razón por la cual pensó Scrooge ver una comitiva fúnebre en movimiento delante de él en la oscuridad. Media docena de faroles de gas de las calles no habrían iluminado bastante bien el vestíbulo; supondréis, pues, que estaba un tanto oscuro con la manera de alumbrar de Scrooge, que siguió subiendo sin preocuparse por ello. La oscuridad es barata y por eso agradábale a Scrooge. Pero antes de cerrar la pesada puerta, registró todas las habitaciones para ver si todo estaba en orden; precisamente deseaba hacerlo porque persistía en él el recuerdo de aquella cara.

La salita, el dormitorio, el cuarto de trastos. Todo estaba normal. Nadie debajo de la mesa, nadie debajo del sofá; un poco de lumbre en la rejilla; la cuchara y la jofaina, listas, y la cacerolita con un cocimiento (Scrooge tenía un resfriado de cabeza) junto al hogar. Nadie debajo de la cama; nadie dentro de la bata, que colgaba de la pared en actitud sospechosa. El cuarto de los trastos, como siempre. El viejo guardafuegos, los zapatos viejos, dos cestas para pescado, el lavabo de tres patas y un atizador.

Enteramente satisfecho, cerró la puerta y echó la llave, dándole dos vueltas, lo cual no era su costumbre. Asegurado así contra toda sorpresa, se quitó la corbata, púsose la bata, las zapatillas y el gorro de dormir, y se sentó delante del fuego para tomar su cocimiento.

Era en verdad un fuego insignificante; nada para noche tan cruda. Viose obligado a arrimarse a él todo lo posible cubriéndolo, para poder extraer la más pequeña sensación de calor de tal puñado de combustible. El hogar era viejo, construido por algún comerciante holandés mucho tiempo antes, y pavimentado con extraños ladrillos holandeses, que representaban escenas de las Escrituras. Había Cames y Abeles, hijas de Faraón, reinas de Sabá, mensajeros angélicos descendiendo a través del aire sobre nubes que parecían de plumón, Abrahams, Baltasares, Apóstoles navegando en mantequilleras, cientos de figuras para atraer su atención; no obstante, aquella cara de

Marley, muerto siete años antes, llegaba como la vara del antiguo Profeta y hacía desaparecer todo si cada uno de los pulidos ladrillos hubiera estado en blanco, con virtud para presentar sobre su superficie alguna figura proveniente de los fragmentados pensamientos de Scrooge, habría aparecido una copia de la cabeza del viejo Marley sobre todos ellos.

—¡Patrañas! —dijo Scrooge, y empezó a pasear por la habitación.

Después de algunos paseos, volvió a sentarse. Al recostarse en la silla, su mirada fue a tropezar con una campanilla, una campanilla que no se utilizaba, colgada en la habitación, y que comunicaba, para algún servicio olvidado, con un cuarto del piso más alto del edificio. Con gran admiración, y con extraño e inexplicable temor, vio que la campanilla empezaba a oscilar. Oscilaba tan suavemente al principio, que apenas producía sonido; pero pronto sonó estrepitosamente y lo mismo hicieron todas las campanillas de la casa.

Ello podría durar medio minuto, un minuto, mas a Scrooge le pareció una hora. Las campanillas dejaron de sonar como habían empezado: todas a la vez. A aquel estrépito siguió un ruido rechinante, que venía de la parte más profunda, como si alguien arrastrase una pesada cadena sobre los toneles del sótano del vinatero. Entonces recordó Scrooge haber oído que los espectros que se aparecían en las casas presentábanse arrastrando cadenas.

La puerta del sótano abrióse con estrépito y luego se oyó el ruido con mucha mayor claridad en el piso de abajo; después el viejo oyó que el ruido subía por la escalera; después, que se dirigía derechamente hacia la puerta.

—¡Patrañas, nada más! —dijo Scrooge—. No quiero pensar en ello.

Sin embargo, cambió de color cuando, sin detenerse, el Espectro pasó a través de la pesada puerta y entró en la habitación ante sus ojos. Cuando entró, la moribunda llama dio un salto, como si gritara: «¡Le conozco! ¡Es el espectro de Marley!», y volvió a caer.

La misma cara; exactamente la misma. Marley con sus cabellos erizados, su chaleco habitual, sus estrechos calzones y sus botas, y con su casaca ribeteada. La cadena que arrastraba llevábala alrededor de la cintura; era larga y estaba sujeta a él como una cola, y se componía (pues Scrooge la observó muy de cerca) de cajas de caudales, llaves, candados, libros comerciales, documentos y fuertes bolsillos de acero. Su cuerpo era transparente; de modo que Scrooge, observándole, y mirando a través de su chaleco, pudo ver los dos botones de la parte posterior de la casaca.

Scrooge había oído decir muchas veces que Marley no tenía entrañas, pero nunca lo había creído hasta entonces.

No, ni aun entonces lo creía. Aunque miraba al fantasma de parte a parte, y le veía en pie delante de él; aunque sentía la escalofriante influencia de sus ojos fríos como la muerte, y comprobaba aún el tejido del pañuelo que le rodeaba la cabeza y la barba, y el cual no había observado antes, sentíase aún incrédulo y luchaba contra sus sentidos.

—¡Cómo! —dijo Scrooge, cáustico y frío como siempre—. ¿Qué queréis de mí?

—¡Mucho! —contestó la voz de Marley, pues tal era sin duda.

—¿Quién sois?

—Preguntadme quién «fui».

—¿Quién fuisteis, pues? —dijo Scrooge alzando la voz.

—En vida fui vuestro socio, Jacob Marley.

—¿Podéis..., podéis sentaros? —preguntó Scrooge mirándole perplejo.

—Puedo.

—Sentaos, pues.

Scrooge hizo esa pregunta porque no sabía si un espectro tan transparente se hallaría en condiciones de tomar una silla, y pensó que en el caso de que le fuera imposible, habría necesidad de una explicación embarazosa. Pero el Espectro tomó asiento enfrente del hogar, como si estuviera habituado a ello.

—¿No creéis en mí? —preguntó el Espectro.

—No —contestó Scrooge.

—¿Qué evidencia deseáis de mi existencia real, además de la de vuestros sentidos?

—No lo sé.

—¿Por qué dudáis de vuestros sentidos?

—Porque lo más insignificante —dijo Scrooge— les hace impresión. El más ligero trastorno del estómago les hace fingir. Tal vez sois un trozo de carne que no he digerido, un poco de mostaza, una miga de queso, un pedazo de patata poco cocida. Hay más de guiso que de tumba en vuestra voz, quienquiera que seáis.

Scrooge no tenía mucha costumbre de hacer chistes, y según entonces sentíase el corazón, sus bromas tenían que ser chocarreras. Lo cierto es que procuraba mostrar agudeza como medio de distraer su propia atención y ahuyentar su terror, pues la voz del Espectro le trastornaba hasta la médula de los huesos.

Permanecer sentado, con la vista clavada en aquellos ojos vidriosos, en silencio, durante unos instantes, sería estar, según pensaba Scrooge, con el mismo Demonio. Había algo muy espantoso, además, en la atmósfera infernal, propia de él, que rodeaba al Espectro. Scrooge no pudo sentirla por sí mismo, pero no por eso era menos real, pues aunque el Espectro se hallaba en completa inmovilidad, sus cabellos, los ribetes de su casaca, se agitaban todavía como impulsados por el ardiente vapor de un horno.

—¿Veis esos mondadientes? —dijo Scrooge volviendo apresuradamente a la carga, por la razón que acabamos de exponer, y deseando aunque sólo fuera durante un segundo, apartar de él la pétrea mirada del aparecido.

—Lo veo —replicó el Espectro.

—¡Si no lo miráis! —dijo Scrooge.

—Pero lo veo, sin embargo —replicó el Espectro.

—¡Bien! —repuso Scrooge—. No haría yo más que tragármelo, y durante toda mi vida veríame perseguido por una legión de duendes creados por mi fantasía. ¡Patrañas, digo yo; patrañas!

Entonces el Espíritu lanzó un grito espantoso y sacudió su cadena con un ruido tan terrible, que Scrooge tuvo que apoyarse en la silla para no caer desmayado. Pero mayor fue su espanto cuando el Fantasma, quitándose la venda que le ceñía la frente, como si notara demasiado calor bajo techado, dejó caer su mandíbula inferior sobre el pecho.

Scrooge cayó de rodillas y se llevó las manos a la cara.

—¡Perdón! —exclamó—. Terrible aparición, ¿por qué me atormentáis?

—Hombre apegado al mundo —replicó el Espectro—, ¿creéis en mí o no?

—Creo —contestó Scrooge—. Tengo que creer. Pero, ¿por qué los espíritus vuelven a la Tierra y por qué se dirigen a mí?

—A todos los hombres se les exige —replicó el Espectro— que su espíritu se aparezca entre sus conocidos y que viajen de un lado a otro, y si un espíritu no hace tales excursiones en su vida terrenal, es condenado a hacerlas después de la muerte. Es su destino vagar por el mundo —¡oh, miserable de mí!— y no poder participar de lo que ve, aunque de ello participan los demás y es la felicidad de ellos.

El Espectro lanzó otro grito y sacudió la cadena retorciéndose las manos espectrales.

—Estáis encadenados —dijo Scrooge temblando—. Decidme por qué.

—Llevo la cadena que forjé en vida —replicó el Espectro—. La hice eslabón a eslabón, metro a metro; la ciño a mi cuerpo por mi libre voluntad y por mi libre voluntad la usaré. ¿Os parece rara?

Scrooge temblaba cada vez más.

—¿O queréis saber —prosiguió el Espectro— el peso y la longitud de la cadena que soportáis? Era tan larga y tan pesada como ésta hace siete Nochebuenas. Desde entonces la habéis aumentado y es una cadena tremenda.

Scrooge miró al suelo alrededor del Espectro, creyendo encontrarle rodeado por unas cincuenta o sesenta brazas de férreo cable, pero nada pudo ver.

—Jacob —le dijo suplicante—. ¡Viejo Jacob Marley, habladme más! ¡Habladme para mi consuelo, Jacob!

—No tengo ninguno que dar —replicó el Espectro—. Eso viene de otras regiones, Scrooge, y por medio de otros ministros, a otra clase de hombres que vos. No puedo deciros todo lo que deseo. Un poquito más de tiempo se me permite solamente. No puedo reposar, no puedo detenerme, no puedo permanecer en ninguna parte. Mi espíritu nunca fue más allá de nuestro despacho..., ¡ay de mí...! En mi vida terrenal nunca mi espíritu vagó más allá de los estrechos límites de nuestra ventanilla para el cambio, ¡y qué fatigosas jornadas me quedan aún!

Scrooge tenía por costumbre, cuando se ponía pensativo, meterse las manos en los bolsillos del pantalón. Considerando lo que el Espectro había dicho, lo hizo así, pero sin levantar los ojos y sin alzarse del suelo.

—Debéis de haber sido muy calmoso en ese asunto, Jacob —hizo observar Scrooge en actitud comercial, aunque con humildad y deferencia.

—¡Calmoso! —repitió el Espectro.

—Siete años muerto —murmuró Scrooge—. ¿Y viajando todo ese tiempo?

—Todo —dijo el Espectro—, sin reposo, sin paz. ¡Incesante tortura del remordimiento!

—¿Viajáis velozmente?

—En las alas del viento.

—Y habréis recorrido un gran número de regiones en siete años —dijo Scrooge.

Al oír esto, el Espectro lanzó otro grito, haciendo rechinar la cadena de modo espantoso en el sepulcral silencio de la noche.

—¡Oh, cautivo, atado y doblemente aherrojado! —gritó el Fantasma—. ¡No saber que han de pasar a la eternidad siglos de incesante labor hecha por criaturas inmortales en la tierra antes de que el bien de que es susceptible esté desarrollado por completo! ¡No saber que todo espíritu cristiano que obra rectamente en su reducida esfera, sea cual fuere, encontrará su vida mortal demasiado corta para compensar las buenas ocasiones perdidas! ¡No saber que ningún arrepentimiento puede evitar lo pasado! Sin embargo, eso hice yo! ¡Oh, eso hice yo!

—Pero vos siempre fuisteis un buen hombre de negocios, Jacob —tartamudeó Scrooge, que empezaba a aplicarse esto a sí mismo.

—¡Negocios! —gritó el Espectro, retorciéndose las manos de nuevo—. El género humano era mi negocio. El bienestar general era mi negocio: la caridad, la misericordia, la paciencia y la benevolencia, todo eso era mi negocio. ¡Mis tratos comerciales no eran sino una gota de agua en el océano de mis negocios!

Sostuvo la cadena a lo largo del brazo, como si fuera la causa de toda su infructuosa pesadumbre, y la volvió a arrojar pesadamente al suelo.

—En esta época del año —dijo el Espectro— sufro lo indecible. ¿Por qué atravesé tantas multitudes con los ojos cerrados, sin elevarlos nunca hacia la bendita estrella que guió a los Magos a la morada del pobre? ¿No había pobres a los cuales me guiara su luz?

Scrooge estaba espantado de oír al Espectro hablar tan continuadamente, y empezó a temblar más de lo que quisiera.

—Oídme —gritó el Espectro—. Mi tiempo va a acabarse.

—Bueno —dijo Scrooge—. Pero no me mortifiquéis. ¡No hagáis floreos, Jacob, os lo suplico!

—Lo que no me explico es que haya podido aparecer ante vos como una sombra que podéis ver, cuando he permanecido invisible a vuestro lado durante días y días.

No era una idea agradable. Scrooge estremecióse y se enjugó el sudor de la frente.

—Eso no es lo que menos me aflige —continuó el Espectro—. He venido esta noche a advertiros que aún podéis tener esperanza de escapar a mi influencia fatal; una esperanza que yo os proporcionaré.

—Siempre fuisteis un buen amigo —dijo Scrooge—. Gracias.

—Se os aparecerán —continuó el Espectro— tres Espíritus.

El rostro de Scrooge se alargó casi tanto como lo había hecho el del Espectro.

—¿Es ésa la esperanza de que hablabais, Jacob? —preguntó con voz temblorosa.

—Ésa.

—Yo..., yo prefería no ver eso —dijo Scrooge.

—Sin su visita —replicó el Espectro— no podéis evitar la senda que yo sigo. Esperad al primero mañana, cuando la campana anuncie la una.

—¿No podría recibir a todos de una vez, para terminar antes? —insinuó Scrooge.

—Esperad al segundo la noche siguiente a la misma hora. Al tercero, a la otra noche, cuando cese de vibrar la última campanada de las doce. Pensad que no me volveréis a ver y cuidad, por vuestro bien, de recordar lo que ha pasado entre nosotros.

Dichas tales palabras, el Espectro tomó su pañuelo de encima de la mesa y se lo ciñó alrededor de la cabeza, como antes. Scrooge lo conoció en el agudo sonido que hicieron los dientes al juntarse las mandíbulas por medio de aquel vendaje. Se aventuró a levantar los ojos y encontró a su visitante sobrenatural mirándole de frente en actitud erguida, con su cadena alrededor del brazo.

La aparición fue apartándose de Scrooge hacia atrás, y a cada paso que daba abríase la ventana un poco, de modo que cuando el Espectro llegó a ella estaba de par en par. Hizo señas a Scrooge para que se acercara, y éste obedeció. Cuando estuvieron a dos pasos uno de otro, el espectro de Marley levantó una mano, advirtiendo a Scrooge que no se acercara más. Scrooge se detuvo.

No tanto por obediencia como por sorpresa y temor, pues al levantar la mano el Espectro advirtió ruidos confusos en el aire, incoherentes gemidos de desesperación, lamentos indeciblemente pesarosos y gritos de arrepentimiento. El Espectro, después de escuchar un momento, se unió al canto fúnebre y salió flotando en la helada y oscura noche.

Scrooge se dirigió a la ventana, pues se moría de curiosidad. Miró fuera.

El aire estaba lleno de fantasmas, que vagaban de aquí para allá en continuo movimiento y gemían sin detenerse. Todos llevaban cadenas como la del espectro de Marley; algunos (tal vez gobernantes culpables) estaban encadenados en grupo; ninguno tenía libertad. A muchos los había conocido Scrooge cuando vivían. Había sido íntimo de un viejo espectro, con chaleco blanco, con una monstruosa caja de hierro sujeta a un tobillo, y que se lamentaba a gritos al verse impotente para socorrer a una infeliz mujer con una criaturita, a la que veía bajo él en el quicio de una puerta. El castigo de todos los fantasmas era, evidentemente, que procuraban con afán aliviar los dolores humanos y habían perdido para siempre la posibilidad de conseguirlo.

Si tales fantasmas se desvanecieron en la niebla, o la niebla los amortajó, no podía decirlo Scrooge. Pero ellos y sus voces sobrenaturales se perdieron juntos, y la noche volvió a ser como cuando llegó a su casa.

Cerró Scrooge la ventana y examinó la puerta por donde había entrado el Espectro. Estaba cerrada con dos vueltas de llave, como él la cerró con sus propias manos, y los cerrojos sin señal de violencia. Intentó decir «¡Patrañas!», pero se detuvo a la primera sílaba. Y hallándose muy necesitado de reposo, por la emoción que había sufrido, o por las fatigas del día, o por la abrumadora conversación del Espectro, o por lo avanzado de la hora, se tendió resueltamente en el lecho, sin desnudarse, y al instante se quedó dormido.

II

EL PRIMERO DE LOS TRES ESPÍRITUS

Cuando Scrooge despertó había tanta oscuridad, que al mirar desde la cama apenas podía distinguir la transparente ventana de las opacas paredes del dormitorio. Hallábase haciendo esfuerzos para atravesar la oscuridad con sus ojos de hurón, cuando el reloj de la iglesia vecina dio cuatro campanadas que significaban otros tantos cuartos. Entonces escuchó para saber la hora.

Con gran admiración suya, la pesada campana pasó de seis campanadas a siete, y de siete a ocho, y así sucesivamente hasta doce, y se detuvo. ¡Las doce! Eran más de las dos cuando se acostó. El reloj andaba mal. Algún pedazo de hielo debía de haberse introducido en la máquina. ¡Las doce!

Tocó el resorte de su reloj de repetición para rectificar aquella hora equivocada. Su rápida pulsación sonó doce veces y se detuvo.

—¡Vaya, no es posible —dijo Scrooge— que yo haya dormido un día entero y aun parte de otra noche! A no ser que haya ocurrido algo al sol, y que a las doce de la noche sean las doce del día.

Como la idea era alarmante, se arrojó del lecho y a tientas dirigióse a la ventana. Tuvo necesidad de frotar el vidrio con la manga de la bata para quitar la escarcha y conseguir ver algo, aunque pudo ver muy poco. Todo lo que pudo distinguir fue que aún había espesísima niebla, que hacía un frío exagerado y que no se percibía el ruido de la gente yendo y viniendo en continua agitación, como si la noche, ahuyentando al luciente día, se hubiera posesionado del mundo. Esto fue para él gran alivio, porque si todo era noche, ¿qué valor tenían las palabras «A tres días vista esta primera de cambio pagaréis a míster Ebenezer Scrooge o a su orden», etc., puesto que no había días que contar?

Scrooge se acostó de nuevo, y pensó, y pensó, y pensó en ello repetidamente, y no pudo sacar nada en limpio. Cuanto más pensaba sentíase más perplejo, y cuando más se esforzaba para no pensar, más pensaba.

El espectro de Marley le molestaba de un modo extraordinario. Cuantas veces intentaba convencerse, después de reflexionar, de que todo era un sueño, su imaginación volvía, como un resorte que se deja de oprimir, a su primera posición, y le presentaba el mismo problema que resolver. ¿Era un sueño o no?

Permaneció Scrooge en este estado hasta que la campana dio tres cuartos, y entonces recordó, estremeciéndose, que el Espectro le había anunciado una visita para cuando la campana diese la una. Determinó estar despierto hasta que pasara la hora, y considerando que le era más difícil dormir que alcanzar el cielo, quizá era esta la más prudente determinación que podía tomar.

Los quince minutos eran tan largos, que más de una vez pensó que se había adormecido sin darse cuenta y por ello no había oído el reloj. Por fin resonó en su atento oído:

—¡Tin tan!

—Y cuarto —dijo Scrooge contando.

—¡Tin tan!

—Y media —dijo Scrooge.

—¡Tin tan!

—Menos cuarto —dijo Scrooge.

—¡Tin tan!

—La hora señalada —dijo Scrooge triunfalmente—, y sin novedad.

Habló antes de que sonase la campana de las horas, lo cual hizo dando una profunda, pesada, hueca, melancólica. La luz inundó el dormitorio al instante y se descorrieron las cortinas del lecho.

Fueron descorridas las cortinas del lecho, os digo, por una mano invisible. No las cortinas que tenía a los pies ni las cortinas que tenía a la espalda, sino las que tenía delante de la cara. Las cortinas del lecho se descorrieron, y Scrooge, sobresaltándose, medio se incorporó y hallóse frente a frente del sobrenatural visitante al que daban paso, tan cerca de él como yo lo estoy de vosotros, y yo me encuentro espiritualmente junto a vuestro codo.

Era una figura extraña..., como un niño; aunque más que un niño parecía un anciano, visto a través de un medio sobrenatural, que le daba la apariencia de haberse alejado de la vista y disminuido hasta las proporciones de un niño. Su cabello, que le colgaba alrededor del cuello y por la espalda, era blanco como el de los ancianos, pero la cara no tenía ni una arruga, y la piel era delicadísima. Los brazos eran muy largos y musculosos, y lo mismo las manos, como si fueran extraordinariamente fuertes. Las piernas y los pies, que eran perfectos, los llevaba desnudos, como los miembros superiores. Vestía una túnica del blanco más puro y le ceñía la cintura una luciente faja de hermoso brillo. Empuñaba una rama fresca de verde acebo, y contrastando singularmente con este emblema del invierno, llevaba el vestido salpicado de flores estivales. Pero lo más extraño de él era que de lo alto de su cabeza brotaba un surtidor de brillante luz clara que todo lo hacía visible, y para ciertos momentos en que no fuese oportuno hacer uso de él llevaba un gran apagador en forma de gorro, que entonces tenía bajo el brazo.

Y aun esto no le pareció a Scrooge, al mirarle con creciente curiosidad, su cualidad más extraña, sino que su cinturón brillaba, lanzando destellos tan pronto en una parte como en otra, y lo que en un instante era luz se hacía de pronto oscuridad, y así la figura misma fluctuaba en su claridad, siendo ora una cosa con un brazo, ora con una pierna, ora con veinte piernas, ora dos piernas sin cabeza, ora una cabeza sin cuerpo, y de las partes que se desvanecían ningún perfil podía distinguirse en medio de la densa oscuridad en que se fundían, y después de tal maravilla, volvía a ser el mismo, con toda la claridad anterior.

—¿Sois, señor, el Espíritu cuya venida me han predicho? —preguntó Scrooge.

—Lo soy.

La voz era suave y dulce, pero extraordinariamente baja, como si en vez de estar tan cerca de él se hallase a una gran distancia.

—¿Quién sois, pues?

—Soy el Espectro de la Navidad Pasada.

—¿Pasada hace mucho? —inquirió Scrooge al observar su estatura de enano.

—No. La que acabáis de pasar.

Quizá Scrooge no habría podido decir por qué, si alguien hubiera podido preguntarle, pero sintió un deseo especial de ver al Espíritu con el gorro, y le suplicó que se cubriese.

—¡Cómo! —exclamó el Espectro—. ¿Tan pronto queréis apagar, con manos humanas, la luz que doy? ¡No es bastante que seáis uno de aquellos cuyas pasiones hacen este gorro y que me obligan, a través de años y años sin interrupción, a llevarlo sobre mi frente!

Scrooge negó respetuosamente toda intención de ofender, y dijo que no tenía conocimiento de haber a sabiendas contribuido a «confeccionar» el sombrero del Espíritu en ninguna época de su vida. Después se atrevió a preguntar qué asunto le traía.

—Vuestro bienestar —dijo el Espectro.

Scrooge mostróse muy agradecido, pero no pudo menos de pensar que una noche de continuado reposo habría sido más conducente a aquel fin. El Espíritu debió de oír su pensamiento, porque inmediatamente dijo:

—Reclamáis, pues. ¡Preparaos!

Y al hablar extendió su potente mano y le cogió nuevamente por el brazo.

—Levantaos y venid conmigo.

Habría sido inútil para Scrooge hacerle ver que el tiempo y la hora no eran a propósito para pasear a pie; que el lecho estaba caliente y el termómetro marcaba muchos grados bajo cero; que estaba muy ligeramente vestido con las zapatillas, la bata y el gorro de dormir, y que padecía un resfriado. El puño, aunque suave como una mano femenina, no se podía resistir. Se levantó; pero advirtiendo que el Espíritu se dirigía hacia la ventana, le asió de la vestidura, suplicándole:

—Soy mortal y puedo caerme.

—Os tocaré con mi mano aquí —dijo el Espectro poniéndosela sobre el corazón— y podréis sosteneros.

Al pronunciar tales palabras pasaron a través del muro y se encontraron en un amplio camino con campos a un lado y a otro. La ciudad y la bruma se habían desvanecido con ella, pues hacía un claro y frío día de invierno y el suelo se hallaba cubierto de nieve.

—¡Dios mío! —dijo Scrooge cruzando las manos y mirando a su alrededor—. En este sitio me crié. Aquí transcurrió mi infancia.

El Espíritu le miró con benevolencia. Su dulce tacto, aunque había sido leve e instantáneo, se hacía sentir todavía en la sensibilidad del anciano.

Notaba que mil aromas que flotaban en el aire guardaban relación con mil pensamientos y esperanzas, y alegrías, y cuidados, por espacio de mucho, mucho tiempo olvidados.

—Os tiemblan los labios —dijo el Espectro—. ¿Y qué es eso que tenéis en la mejilla?

Scrooge balbuceó, con inusitado desfallecimiento en la voz, que era un grano, y dijo al Espectro que le condujese donde quisiera.

—¿Recordáis el camino? —preguntó el Espíritu.

—¡Recordarlo...! —gritó Scrooge con vehemencia—. Lo recorrería con los ojos cerrados.

—Es extraño que no lo hayáis olvidado durante tantos años —hizo observar el Espectro—. Sigamos adelante.

Siguieron a lo largo del camino. Scrooge reconocía las entradas de las casas, los postes, los árboles, hasta el pueblecito que aparecía a lo lejos, con su puente, su iglesia y su ondulante río. Veíanse algunos afelpados caballitos que trotaban montados por muchachos, quienes llamaban a otros chiquillos que iban en tílburis y en carros del país guiados por agricultores, y se aclamaban mutuamente, hasta que los campos estuvieron tan llenos de armonioso júbilo, que el aire reía al oírlo.

—No son más que sombras de las cosas pasadas —dijo el Espectro—. No se dan cuenta de nosotros.

Los alegres viajeros se acercaban, y conforme fueron llegando, Scrooge los conocía y nombraba a cada uno. ¿Por qué se alegró extraordinariamente al verlos? ¿Por qué sus fríos ojos resplandecieron y su corazón brincó al verlos pasar? ¿Por qué se sintió lleno de alegría cuando los oyó desearse mutuamente felices Pascuas al separarse en los atajos y en los cruces para marchar a sus respectivas casas? ¿Qué era la Navidad para Scrooge? ¡Nada de Navidad! ¿Qué bien le había hecho a él?

—La escuela no está completamente desierta —dijo el Espectro—. Queda en ella todavía un niño solitario, abandonado por sus amigos.

Scrooge dijo que le conocía. Y sollozó.

Dejaron el camino real, entrando en una conocida calleja, y pronto llegaron a una casa de toscos ladrillos rojos con una cupulita coronada por una veleta, y de cuyo tejado colgaba una campana. Era una casa amplia, pero venida a menos, pues las espaciosas dependencias se usaban poco, sus paredes estaban húmedas y mohosas, sus ventanas rotas y sus puertas podridas. Las gallinas cloqueaban y se pavoneaban en las cuadras, y las cocheras y los cobertizos se hallaban asolados por las hierbas. Ni había en el interior más huellas de su antiguo estado, pues al entrar en el sombrío zaguán, y al mirar a través de las francas puertas de muchas habitaciones, se las veía pobremente amuebladas, frías y solitarias. Había en el aire un sabor terroso, una heladora desnudez, que hacía pensar que los que habitaban aquel lugar se levantaban antes de romper el día y no tenían qué comer.

Atravesaron el Espectro y Scrooge la sala y dirigiéronse a una puerta de la parte trasera de la casa. Mostrábase abierta ante ellos y descubría una habitación larga, desnuda y melancólica, a cuya desnudez contribuían hileras de bancos y mesas, en una de las cuales se hallaba un niño solitario leyendo cerca de un poco de lumbre, y Scrooge se sentó en un banco y lloró al verse retratado en aquel niño olvidado, abandonado, como acostumbró a verse en su infancia.

Ni un eco latente en la casa, ni un chillido o un rumor de pelea entre los ratones detrás del entrepaño, ni la caída de una gota de agua de la medio deshelada cañería, ni un suspiro entre las ramas sin hojas de un álamo mustio, ni la ociosa oscilación de la puerta de un almacén vacío, ni un chasquido de la lumbre, que al caer sobre el corazón de Scrooge con suavizadora influencia dieran libre paso a sus lágrimas.

El Espíritu le tocó en un brazo y señaló hacia su imagen infantil atenta a la lectura. De repente apareció en la ventana, por la parte de fuera, un hombre vestido con traje extranjero, al que se distinguía con admirable exactitud; llevaba un hacha en el cinto y conducía del ronzal un asno cargado de leña.

—¡Si es Alí Babá! —exclamó Scrooge extasiado—. ¡Es mi querido Alí Babá! Sí, sí, le conozco. Una vez, por Navidad, cuando todos abandonaron al solitario niño, él vino por primera vez exactamente como ahora le vemos. ¡Pobre muchacho! Y Valentín —continuó Scrooge—, y su hermano Orson, ¡ahí van! ¿Y cómo se llama aquél a quien dejaron dormido, casi desnudo, a la puerta de Damasco? ¿No le veis? Y el paje del sultán, a quien el Genio hace dar vueltas en el aire. ¡Ahora está cabeza abajo! ¡Muy bien! ¡Dadle lo que merece! ¡Me alegro! ¿Qué necesidad tenía de casarse con la princesa?

Verdaderamente, habría producido sorpresa a sus amigos de la City oír a Scrooge dedicar toda la solicitud de su naturaleza a aquellos recuerdos en una voz de lo más extraordinario, entre risas y gritos, y ver su rostro alegre y animado.

—¡Ahí está el loro! —gritó—. Verde el cuerpo y la cola amarilla, con una cosa como una lechuga en la parte superior de la cabeza; ahí está. «Pobre Robinson Crusoe —le decía cuando volvió a su casa después de navegar alrededor de la isla—. Pobre Robinson Crusoe, ¿dónde habéis estado, Robinson Crusoe?» El hombre creía soñar, pero no soñaba. Era el loro, ya lo sabéis. Por ahí va Viernes corriendo hacia la ensenada para salvar la vida. ¡Hala, hala!

Después, con una rapidez de transición muy extraña en su carácter habitual, dijo, lleno de piedad por la imagen de sí mismo: «¡Pobre muchacho!», y volvió a llorar.

—Quisiera... —murmuró, llevándose la mano al bolsillo y mirando a su alrededor, después de enjugarse los ojos con la manga—; pero es demasiado tarde.

—¿De qué se trata? —preguntó el Espíritu.

—De nada —dijo Scrooge—. De nada. Había a mi puerta la noche última un muchacho cantando una canción de Navidad, y me agradaría haberle dado alguna cosa; eso es todo.

El Espectro sonrió pensativamente y agitó una mano, al mismo tiempo que decía:

—Veamos otra Navidad.

A estas palabras, la figura infantil de Scrooge creció y la habitación se hizo algo más oscura y más sucia. Se contrajeron los entrepaños, se agrietaron las ventanas, desprendiéronse del techo fragmentos de yeso, y en su lugar aparecieron las vigas desnudas; pero Scrooge no supo acerca de cómo ocurrió todo esto más de lo que vosotros sabéis. Solamente supo que todo había ocurrido así sin violencia, que él se hallaba allí, otra vez solitario, pues todos los demás muchachos habíanse marchado a sus casas para celebrar aquellos alegres días de fiesta.

Ahora no estaba leyendo, sino paseando arriba y abajo desesperadamente. Scrooge miró al Espectro, y moviendo tristemente la cabeza lanzó una ojeada ansiosa hacia la puerta.

Ésta se abrió, y una niña pequeña, mucho más joven que el muchacho, precipitóse dentro, y rodeándole el cuello con los brazos y besándole repetidas veces se dirigió a él, llamándole «hermano querido».

—He venido para llevarte a casa, hermano querido —dijo la niña palmoteando e inclinándose a fuerza de reír—. ¡Para llevarte a casa, a casa, a casa!

—¿A casa, pequeña? —replicó el muchacho.

—¡Sí! —dijo la niña rebosando alegría—. A casa, para que estés con nosotros siempre, siempre. Papá es mucho más cariñoso que nunca, y nuestra casa se parece al cielo. Me habló tan dulcemente una noche cuando iba a acostarme, que no tuve miedo de pedirle una vez más que te permitiera volver a casa; me dijo que sí, y me envió en un coche a buscarte. Tú serás un hombre —dijo la niña abriendo mucho los ojos—, y nunca volverás por aquí; por lo pronto, vamos a estar juntos todos los días de Navidad y a pasar las horas más alegres del mundo.

—Eres ya una mujer, pequeña Fanny —exclamó el muchacho.

Palmoteó ella y se echó a reír, tratando de acariciarle la cabeza; pero como era muy pequeña y no alcanzaba, echóse a reír de nuevo y le abrazó, poniéndose en las puntas de los pies. Luego empezó a tirar de él, con afán infantil, hacia la puerta, y él, nada disgustado por ello, la acompañaba.

Una voz terrible gritó en el vestíbulo: «¡Bajad el baúl de master Scrooge!» Y apareció el maestro de escuela, que miró ferozmente a Scrooge, con mirada de condescendencia, y le atontó al sacudirle por las manos. Luego los llevó a él y a su hermana a una escalofriante habitación que parecía un pozo, donde los mapas colgados en la pared y los globos celestes y terrestres colocados en las ventanas parecían cubiertos de cera a causa del frío. Una vez allí, sacó una garrafa de vino que brillaba extrañamente y un trozo de macizo pastel y repartió estas golosinas entre los pequeños, al mismo tiempo que enviaba a un flaco criado a ofrecer un vaso de «algo» al postillón, quien le respondió que se lo agradecía al caballero, pero que si era del mismo barril que había bebido antes, prefería no beberlo. Como el baúl de master Scrooge estaba ya colocado en la parte más alta del coche, los niños se despidieron amablemente del maestro, y subiendo al coche atravesaron alegremente el jardín; las ágiles ruedas despedían la escarcha y la nieve que llenaban las oscuras hojas de las siemprevivas.

—Siempre fue una criatura delicada, a quien el simple aliento puede marchitar —dijo el Espectro—; pero tenía un gran corazón.

—¡Sí que lo tenía! —gritó Scrooge—. Tenéis razón. No se puede negar, Espíritu. ¡Dios me libre!

—Murió siendo mujer —dijo el Espectro—, y creo que tuvo hijos.

—Un niño —replicó Scrooge.

—Cierto —dijo el Espectro—. ¡Vuestro sobrino!

Scrooge parecía intranquilo, y contestó brevemente:

—Sí.

Aunque en aquel momento acababan de dejar la escuela tras de sí, hallábanse entonces en las concurridas calles de una ciudad donde fantásticos transeúntes iban y venían, donde fantásticos carros y coches pasaban por el camino y donde había todo el movimiento y todo el tumulto de una ciudad verdadera. Se comprendía perfectamente, por el aspecto de las tiendas, que otra vez era la época de Navidad; pero era de noche, y las calles estaban alumbradas.

El Espectro se detuvo a la puerta de cierto almacén y preguntó a Scrooge si lo conocía.

—¡Conocerlo! —contestó el aludido—. Aquí fui aprendiz.

Entraron. A la vista de un anciano con una peluca de las usadas en el País de Gales, sentado tras de un pupitre tan alto que si el caballero hubiera tenido dos pulgadas más de estatura habría tropezado con la cabeza en el techo, Scrooge gritó excitadísimo:

—¡Si es el anciano Fezziwig! ¡Bendito sea Dios! ¡Es Fezziwig vuelto a la vida!

El anciano Fezziwig dejó la pluma y miró al reloj, que marcaba las siete. Se frotó las manos, se ajustó el amplio chaleco, echóse a reír francamente, recorriéndole la risa todo el cuerpo, y gritó con una voz agradable, suave y jovial:

—¡Ebenezer! ¡Dick!

La imagen de Scrooge, que ya era un hombre joven, entró alegremente, acompañada por la de otro aprendiz.

—¡Dick Wilkins, no hay duda! —dijo Scrooge al Espectro—. Sí, es él. Me tenía verdadero afecto. ¡Pobre Dick! ¡Cuánto le quería yo!

—¡Vamos, muchachos! —dijo Fezziwig—. No se trabaja más esta noche. Es Nochebuena, Dick. Es Nochebuena, Ebenezer. Cerremos la tienda —gritó el anciano dando una palmada.

No podéis imaginar cómo lo hicieron aquellos dos muchachos. Salieron a la calle cargados con las puertas y, una, dos, tres, las colocaron en su sitio; cuatro, cinco, seis, pusieron las barras y las sujetaron; siete, ocho, nueve, y volvieron antes de que pudierais contar hasta doce, jadeantes como caballos de carreras.

—¡A ver! —gritó el anciano saltando del elevado pupitre con admirable agilidad—. ¡A retirar todo, muchachos, para dejar libre la habitación! ¡Vamos, Dick! ¡Vamos, Ebenezer!

¡Retirar todo! Nada había que no quisieran retirar, ni nada que no pudiesen, bajo la mira del anciano. Todo se hizo en un minuto. Todos los muebles desaparecieron como si fuesen retirados de la vida pública para siempre; se barrió y se regó el piso, encendiéronse las lámparas, amontonóse el combustible sobre el fuego, y el almacén se convirtió en un salón de baile cómodo y caliente, y seco, y brillante, que desearíais ver en una noche de invierno.

Entró un violinista con un cuaderno de música, y encaramándose sobre el alto pupitre hizo de él una orquesta y empezó a rascar el violín. Entró la señora Fezziwig, toda sonrisas. Entraron las tres señoritas Fezziwig, radiantes y adorables. Entraron los seis jóvenes cuyos corazones sufrían por ellas. Entraron todos los muchachos y muchachas empleados en la casa. Entró la doncella, con su primo el panadero. Entró la cocinera, con el lechero, particular amigo de su hermano. Entró el muchacho de al lado, de quien se sospechaba que su amo no le daba de comer lo suficiente y que trataba de esconderse de las muchachas, menos de una a quien su ama había ya tirado de las orejas. Entraran todos, uno tras otro; unos tímidos, otros atrevidos; unos graciosos, otros incultos; unos activos, otros torpes; entraron todos de un modo o de otro, y se formaron veinte parejas, cogidos de la mano y formando un corro. La mitad se adelanta y luego retrocede; éstos se balancean cadenciosamente, aquéllos acompañan el movimiento; después todos empiezan a dar vueltas en redondo varias veces, agrupándose, estrechándose, persiguiéndose unos a otros; la pareja de ancianos nunca está en su sitio, y las parejas jóvenes se apartan rápidamente cuando les han puesto en apuro; en fin, se rompe la cadena y los bailarines se encuentran sin pareja. Después de tan hermoso resultado, el viejo Fezziwig, dando una palmada para suspender el baile, gritó: «¡Muy bien!», y el violinista metió el ardiente rostro en una olla de cerveza especialmente preparada para ello. Pero cuando reapareció, desdeñando el reposo, instantáneamente empezó a tocar de nuevo, aunque aún no había bailarines, como si el otro violinista hubiera sido llevado a su casa, exhausto, sobre una contraventana, y éste fuera otro músico resuelto a vencerle o a morir.

Cuando el reloj dio las once se terminó el baile. El señor y la señora Fezziwig tomaron posiciones, cada uno a un lado de la puerta, y dando apretones de manos a todos conforme iban saliendo, les deseaban felices Pascuas. Cuando todos se hubieron retirado, excepto los dos aprendices, hicieron lo mismo con ellos, y las alegres voces se extinguieron y los muchachos quedaron en sus lechos, que estaban detrás de un mostrador en la trastienda. Durante todo este tiempo, Scrooge había obrado como un hombre que no está en su sano juicio. Su corazón y su alma se hallaban en la escena, con su otro «él». Lo reconocía todo, lo recordaba todo, gozaba de todo y sufría la más extraña agitación. Hasta el momento en que los brillantes rostros de su imagen y de Dick desaparecieron no se acordó del Espectro, y entonces se dio cuenta de que estaba con la mirada fija en él, mientras la luz ardía sobre su cabeza con claridad deslumbradora.

—No merece la pena —dijo el Espectro— que estas simples gentes hagan tantas demostraciones de gratitud.

—¿Cómo? —respondió Scrooge.

El Espíritu le indicó que escuchase a los dos aprendices, cuyos corazones se deshacían en alabanza de Fezziwig, y cuando lo hubo hecho dijo:

—¡Qué! ¿No es verdad? No ha gastado sino algunas libras de vuestra moneda terrena: tres o cuatro quizá. ¿Es eso tanto como para merecer esa alabanza?

—No es eso —dijo Scrooge, disgustado por la observación y hablando inconscientemente como su otro «él», no como quien era en realidad—. No es eso, Espíritu. En sus manos está hacernos dichosos o infelices, hacer que nuestra tarea sea leve o abrumadora, que sea un placer o una fatiga. ¿Decís que su poder estriba en palabras y miradas, en cosas tan leves e insignificantes que es imposible contarlas? ¿Y qué? La felicidad que nos proporciona es tan grande como si costase una fortuna.

Sintió la mirada del Espíritu y se detuvo.

—¿Qué os pasa? —preguntó el Espectro.

—Nada de particular —dijo Scrooge.

—Yo creo que os pasa algo —insistió el Espectro.

—No —dijo Scrooge—, no. Que me agradaría poder decir unas palabras a mi dependiente precisamente ahora. Nada más.

Su imagen antigua apagó las lámparas al expresar él aquel deseo, y Scrooge y el Espectro halláronse de nuevo uno al lado del otro al aire libre.

—Me queda muy poco tiempo —hizo observar el Espíritu—. ¡Apresuraos!

Tal exclamación no iba dirigida a Scrooge ni a nadie que estuviera presente, pero produjo un efecto inmediato. De nuevo Scrooge contemplóse a sí mismo. Tenía más edad. Estaba en la primavera de la vida. Su cara no tenía las ásperas y rígidas apariencias de los últimos años, pero empezaba a mostrar las señales de la preocupación y de la avaricia. Había en sus ojos una movilidad ardiente, voraz, inquieta, que mostraba la pasión que había arraigado en él y donde haría sombra el árbol que empezaba a crecer.

No estaba solo, sino sentado junto a una hermosa joven vestida de luto cuyos ojos hallábanse llenos de lágrimas, que lanzaban destellos a la luz que lanzaba el Espectro de la Navidad Pasada.

—Poco importa —decía ella dulcemente—. Para vos, muy poco. Me ha desplazado otro ídolo, pero si al venir puede alegraros y consolaros, como yo había procurado hacerlo, no tengo motivo de disgusto.

—¿Qué ídolo os ha desplazado? —preguntó él.

—Un ídolo de oro.

—He aquí la justicia del mundo —dijo Scrooge—. No hay en él nada tan abrumador como la pobreza, y nada se juzga en él con tanta severidad como la persecución de la riqueza.

—Tenéis demasiado temor a la opinión del mundo —contestó ella con dulzura—. Todas vuestras demás esperanzas se han confundido con la esperanza de poneros a cubierto de su sórdido reproche. Yo he visto desaparecer vuestras más nobles aspiraciones una por una, hasta que la pasión principal, la Ganancia, os ha absorbido por completo. ¿No es cierto?

—¿Y qué? —respondió él—. Supongamos que me hubiese hecho tan prudente como todo eso. ¿Y qué? Para vos no he cambiado.

Ella movió la cabeza.

—¿He cambiado?

—Nuestro compromiso es antiguo. Lo contrajimos cuando ambos éramos pobres y nos sentíamos contentos de serlo, hasta que consiguiéramos aumentar nuestros bienes terrenales por medio de nuestro paciente trabajo. Habéis cambiado. Cuando tal cosa ocurrió erais otro hombre.

—Yo era un muchacho —dijo él con impaciencia.

—Vuestra propia conciencia os dice que no erais lo que sois —replicó ella—. Yo sí. Lo que prometía la felicidad cuando éramos uno en el corazón es todo tristeza ahora que somos dos. No diré cuántas veces y cuán ardientemente he pensado en ello. Es suficiente qué haya pensado en ello y que pueda devolveros la libertad.

—¿He buscado yo alguna vez esa libertad?

—Con palabras, no. Nunca.

—Pues, ¿con qué?

—Con vuestra naturaleza cambiada, con vuestro espíritu transformado, con la diferente atmósfera en que vivís, con vuestras nuevas esperanzas. Con todo lo que hizo mi amor de algún valor a vuestros ojos. Si nada de eso hubiera existido entre nosotros —dijo la muchacha mirándole suavemente, pero con firmeza—, decidme: ¿seríais capaz ahora de solicitarme y de conquistarme? ¡Ah, no!

A pesar suyo, él pareció ceder a la justicia de tal suposición. Pero, haciendo un esfuerzo, dijo:

—No es ese vuestro pensamiento.

—Me causaría júbilo pensar de otro modo si pudiera —contestó ella—. ¡Dios lo sabe! Para convencerme de una verdad como ésa, yo sé cuán fuerte e irresistible tiene que ser. Pero si fuerais libre hoy, mañana, al otro día, ¿puedo creer que elegiríais a una muchacha pobre..., vos, que, en íntima confianza con ella, sólo consideraríais la ganancia, o que, eligiéndola, si por un momento erais lo bastante falso para con vuestros principios al hacerlo así, yo sé demasiado que vuestro pesar y vuestro arrepentimiento serían la indudable consecuencia? Lo sé, y os dejo en libertad. Con todo el corazón, pues en otro tiempo os amé, aunque el amor que os tenía haya desaparecido.

Intentó él hablar, pero ella, volviéndole la cara, continuó:

—Tal vez, la experiencia de lo pasado me hace suponerlo, esto os produzca aflicción. Dentro de poco, muy poco tiempo, ahuyentaréis todo recuerdo de ello, alegremente, como se ahuyenta el recuerdo de un sueño desagradable, del cual surge felizmente la alegría de lo que se encuentra al despertar. ¡Ojalá seáis feliz en la vida que habéis elegido!

Y se marchó.

—¡Espíritu —dijo Scrooge—, no me mostréis más cosas! Llevadme a casa. ¿Por qué gozáis torturándome?

—¡Una sombra más! —exclamó el Espectro.

—¡No más! —gritó Scrooge—. ¡No más! No quiero verla. No. ¡No me mostréis más cosas!

Pero el inexorable Espectro le sujetó por ambos brazos y le obligó a presenciar lo que iba a ocurrir inmediatamente.

Se hallaban en otra escena y en otro lugar, no muy amplio ni muy hermoso, pero lleno de comodidad. Cerca de la lumbre propia del invierno estaba sentada una hermosa muchacha, tan parecida a la anterior que Scrooge creyó que era la misma, hasta que vio que era una hermosa matrona sentada enfrente de su propia hija. El ruido en la habitación era verdaderamente tumultuoso, pues había allí tantos muchachos, que Scrooge, en su estado de agitación mental, no pudo contarlos, y a diferencia del grupo celebrado en el poema, en vez de ser cuarenta niños silenciosos como si sólo hubiera uno, cada uno de ellos hacía tanto ruido como cuarenta. Las consecuencias eran de lo más ruidoso que se puede imaginar, pero nadie se preocupaba de ello; al contrario: la madre y la hija reían de muy buena gana y se divertían muchísimo con ello, y esta última, empezando pronto a mezclarse en los juegos, fue hecha prisionera por los pequeños bandidos del modo más despiadado. ¡Qué no habría dado yo por ser uno de ellos! Aunque yo nunca hubiera sido tan grosero, de ninguna manera. Por todo el oro del mundo no habría yo estrujado sus hermosas trenzas, deshaciéndolas, y respecto de su precioso zapatito, no se lo habría quitado violentamente, así Dios me salve, aunque en ello me fuera la vida. En cuanto a medirle la cintura jugando, como aquellos atrevidos, no me habría atrevido a hacerlo, temiendo que, en castigo, me quedase con el brazo doblado para siempre, a fin de que no pudiera reincidir. Y habríame agradado sobremanera haber tocado sus labios, haberle preguntado algo para hacer que los abriese, haber contemplado las pestañas en sus ojos abatidos, sin producirle nunca rubor; haber dejado sueltas las ondas del cabello, del cual una sola pulgada sería un recuerdo inapreciable; en una palabra: habríame agradado, lo confieso, haber tenido el ágil atrevimiento de un niño y, sin embargo, haber sido lo bastante hombre para apreciar el valor de tal condición.

Pero de pronto se oyó que llamaban a la puerta, e inmediatamente se produjo tal conmoción, que la matrona, con cara sonriente, se dirigió a abrir la puerta en medio de un grupo jubiloso y alegre que saludó ruidosamente al padre, que llegaba a casa precediendo a un hombre cargado de regalos y juguetes de Navidad. Entonces fueron las aclamaciones y la lucha y el ataque contra el portador indefenso; el asalto sirviéndose de las sillas a modo de escalas, para registrarle los bolsillos, despojarle de los paquetes envueltos en papel de estraza, agarrársele a la corbata, colgársele del cuello, darle golpes en la espalda y puntapiés en las piernas con irrefrenable entusiasmo. ¡Las exclamaciones de admiración y delicia con que era recibido el descubrimiento de cada envoltorio! ¡El terrible anuncio de que el más pequeño había sido sorprendido metiéndose en la boca una sartén de muñeca y era más que probable que se había tragado un pavo de juguete pegado en una peana de madera! ¡El inmenso alivio al saber que sólo era una falsa alarma! ¡La alegría, y la gratitud, y el entusiasmo eran igualmente indescriptibles! Poco a poco, los niños, con sus emociones, salieron del salón y fueron subiendo por una escalera hasta la parte más alta de la casa, donde se acostaron, y renació la calma.

Entonces Scrooge fijó su atención más atentamente que nunca, cuando el amo de la casa, con su hija cariñosamente apoyada en él, se sentó con ella y junto a su madre al lado del fuego, y cuando pensó que una criatura como aquélla, tan graciosa y tan llena de promesas, podía haberle llamado padre, convirtiendo en primavera el hosco invierno de su vida, se le nublaron los ojos de lágrimas.

—Hermosa mía —dijo el marido volviéndose hacia su esposa sonriendo—, esta tarde he visto a un antiguo amigo tuyo.

—¿A quién?

—A ver si lo aciertas.

—¿Cómo puedo acertarlo? No lo sé —añadió, riendo a la vez que reía él—. El señor Scrooge.

—El mismo. Pasé junto a la ventana de su despacho, y como no estaba cerrado aún y tenía una luz en el interior, no pude menos de verle. He oído que su socio hállase a las puertas de la muerte, y ahora él se encuentra solo. Completamente solo en el mundo, supongo.

—¡Espíritu —dijo Scrooge con la voz destrozada—, sacadme de este sitio!

—Ya os dije que estas son las sombras de las cosas que han sido —dijo el Espectro—. Si ellas son lo que son, no tenéis por qué censurarme.

—¡Llevadme de aquí! —exclamó Scrooge—. ¡No puedo resistirlo!

Volvióse hacia el Espectro, y al ver que le miraba con una cara en la cual aparecían de modo extraordinario fragmentos de todas las caras que le había mostrado, se arrojó sobre él.

—¡Dejadme! ¡Restituidme a mi casa! ¡No me atormentéis más!

En la lucha —si a aquello podía llamarse lucha, pues el Espectro, con invisible resistencia por su parte, no se alteró por ninguno de los esfuerzos de su adversario—, Scrooge observó que la luz sobre su cabeza brillaba con gran esplendor, y relacionando esto con la influencia que ejercía sobre él, se apoderó del gorro-apagador y con un movimiento repentino se lo encasquetó.

El Espíritu se encogió de modo que el apagador cubrió toda su figura; pero aunque Scrooge lo oprimía hacia abajo con toda su fuerza, no podía ocultar la luz, que brotaba de su parte inferior, iluminando esplendorosamente el suelo.

Notó que sus fuerzas se extinguían y que se apoderaba de él una irresistible somnolencia, y, además, que se hallaba en su propio dormitorio. Hizo un gran esfuerzo sobre el apagador, con el cual se quebró una mano, y apenas tuvo tiempo de tenderse sobre el lecho, cayendo en un profundo sueño.

III

EL SEGUNDO DE LOS TRES ESPÍRITUS

Se despertó al dar un estrepitoso ronquido, e incorporándose en el lecho para coordinar sus pensamientos, no tuvo necesidad de que le advirtiesen que la campana estaba próxima a dar otra vez la una. Vuelto a la realidad, comprendió que era el momento crítico en que debía celebrar una conferencia con el segundo mensajero que se le enviaba por la intervención de Jacob Marley. Pero hallando muy desagradable el escalofrío que experimentaba en el lecho al preguntarse cuál de las cortinas separaría el nuevo espectro, las separó con sus propias manos, y acostándose de nuevo se constituyó en avisado centinela de lo que pudiera ocurrir alrededor de la cama, pues deseaba hacer frente al Espíritu en el momento de su aparición, y no ser asaltado por sorpresa y dejarse dominar por la emoción.

Así, pues, hallándose preparado para casi todo lo que pudiera ocurrir, no lo estaba de ninguna manera para el caso de que no ocurriera nada, y, por consiguiente, cuando la campana dio la una y Scrooge no vio aparecer ninguna sombra, fue presa de un violento temblor. Cinco minutos, diez minutos, un cuarto de hora transcurrieron, y nada ocurría.

Durante todo este tiempo caían sobre el lecho los rayos de una luz rojiza que lanzó vivos destellos cuando el reloj dio la hora; pero, siendo una sola luz, era más alarmante que una docena de espectros, pues Scrooge se sentía impotente para descifrar cuál fuera su significado, y hubo momentos en que temió que se verificase un interesante caso de combustión espontánea, sin tener el consuelo de saber de qué se trataba. No obstante, al fin empezó a pensar, como nos hubiera ocurrido en semejante caso a vosotros o a mí; al fin, digo, empezó a pensar que el manantial de la misteriosa luz sobrenatural podía hallarse en la habitación inmediata, de donde parecía proceder el resplandor. Esta idea se apoderó de su pensamiento, y suavemente se deslizó Scrooge con sus zapatillas hacia la puerta.

En el preciso momento en que su mano se posaba en la cerradura, una voz extraña le llamó por su nombre y le invitó a entrar. Él obedeció.

Era su propia habitación. Acerca de esto no había la menor duda. Pero la estancia había sufrido una sorprendente transformación. Las paredes y el techo hallábanse de tal modo cubiertos de ramas y hojas, que parecía un perfecto boscaje, el cual por todas partes mostraba pequeños frutos que resplandecían. Las rizadas hojas de acebo, hiedra y muérdago reflejaban la luz, como si se hubieran esparcido multitud de pequeños espejos, y en la chimenea resplandecía una poderosa llamarada, alimentada por una cantidad de combustible desconocida en tiempo de Marley o de Scrooge y desde hacía muchos años y muchos inviernos. Amontonados sobre el suelo, formando una especie de trono, había pavos, gansos, piezas de caza, aves caseras, suculentos trozos de carne, cochinillos, largas salchichas, pasteles, barriles de ostras, encendidas castañas, sonrosadas manzanas, jugosas naranjas, brillantes peras y tazones llenos de ponche, que oscurecían la habitación con su delicioso vapor. Cómodamente sentado sobre este lecho se hallaba un alegre gigante de glorioso aspecto que tenía una brillante antorcha de forma parecida al cuerno de la abundancia, y que la mantenía en alto para derramar su luz sobre Scrooge cuando éste llegó atisbando alrededor de la puerta.

—¡Entrad! —exclamó el Espectro—. ¡Entrad y conocedme mejor, hombre!

Scrooge penetró tímidamente e inclinó la cabeza ante el Espíritu. Ya no era el terco Scrooge que había sido, y aunque los ojos del Espíritu eran claros y benévolos, no le agradaba encontrarse con ellos.

—Soy el Espectro de la Navidad Presente —dijo el Espíritu—. ¡Miradme!

Scrooge le miró con todo respeto. Estaba vestido con una sencilla y larga túnica o manto verde con vueltas de piel blanca. Esta vestidura colgaba sobre su figura con tal negligencia, que se veía el robusto pecho desnudo, como si no se cuidara de mostrarlo ni de ocultarlo con ningún artificio. Sus pies, que se veían por debajo de los amplios pliegues de la vestidura, también estaban desnudos, y sobre la cabeza no llevaba otra cosa que una corona de acebo sembrada de pedacitos de hielo. Sus negros rizos eran abundantes y sueltos, tan agradables como su rostro alegre, su mirada viva, su mano abierta, su armoniosa voz, su desenvoltura y su simpático aspecto. Ceñida a la cintura llevaba una antigua vaina de espada, pero en ella no había arma ninguna, y la antigua vaina se hallaba mohosa.

—¿Nunca hasta ahora habéis visto nada que se me parezca? —exclamó él Espíritu.

—Nunca —contestó Scrooge.

—¿Nunca habéis paseado en compañía de los más jóvenes miembros de mi familia; quiero decir (pues yo soy muy joven), de mis hermanos mayores nacidos en estos últimos años? —prosiguió el Fantasma.

—Me parece que no —dijo Scrooge—. Temo que no. ¿Habéis tenido muchos hermanos, Espíritu?

—Más de mil ochocientos —dijo el Espectro.

—Una tremenda familia a quien atender —murmuró Scrooge.

El Espectro de la Navidad Presente se levantó.

—Espíritu —dijo Scrooge con sumisión—, llevadme a donde queráis. La última noche tuve que salir de casa a la fuerza y aprendí una lección que ahora hace su efecto. Esta noche, si tenéis que enseñarme alguna cosa, permitidme que saque provecho de ella.

—¡Tocad mi vestido!

Scrooge lo tocó, apretándole con firmeza.

Acebo, muérdago, rojos frutos, hiedra, pavos, gansos, caza, aves, carne, cochinillos, salchichas, ostras, pasteles y ponche, todo se desvaneció instantáneamente. Lo mismo ocurrió con la habitación, el fuego, la rojiza brillantez, la noche, y ellos halláronse en la mañana de Navidad y en las calles de la ciudad, donde (como el tiempo era crudo) muchas personas producían una especie de música ruda, pero alegre y no desagradable, al arrancar la nieve del pavimento en la parte correspondiente a sus domicilios y de los tejados de las casas, lo que producía una alegría loca en los muchachos al ver cómo se amontonaba cayendo sobre el piso y a veces se deshacía en el aire, produciendo pequeñas tempestades de nieve.

Las fachadas de las casas parecían negras, y más negras aún las ventanas, contrastando con la tersa y blanca sábana de nieve que cubría los tejados y con la nieve más sucia que se extendía por el suelo, y que había sido hollada en profundos surcos por las pesadas ruedas de carros y camiones; surcos que se cruzaban y se volvían a cruzar unos a otros cientos de veces en las bifurcaciones de las calles amplias, y formaban intrincados canales, difíciles de trazar, en el espeso fango amarillo y en el agua llena de hielo. El cielo estaba sombrío y las calles más estrechas se hallaban ahogadas por la oscura niebla, medio deshelada, medio glacial, cuyas partículas más pesadas descendían en una llovizna de átomos fuliginosos, como si todas las chimeneas de la Gran Bretaña se hubieran incendiado a la vez y estuvieran lanzándose al contenido de sus hogares. Nada de alegre había en el clima de la ciudad, y, sin embargo, notábase un aire de júbilo que el más diáfano aire estival y el más brillante sol del estío en vano habrían intentado difundir.

En efecto, los que maniobraban con las palas en lo alto de los edificios estaban animosos y llenos de alegría; llamábanse unos a otros desde los parapetos, y de cuando en cuando se disparaban, bromeando, una bola de nieve —proyectil mucho más inofensivo que muchas bromas verbales—, riendo cordialmente si daba en el blanco y no menos cordialmente si fallaba la puntería. Las tiendas en que se vendían aves estaban todavía entreabiertas, y las fruterías, radiantes de esplendor. Había grandes, redondas y panzudas cestas de castañas, cuya figura se asemejaba a los chalecos de los ancianos gastrónomos, recostadas en las puertas y tumbadas en la calle con su opulencia apoplética. Había rojizas, morenas y anchas cebollas de España, brillando en la gordura de su desarrollo como frailes españoles y haciendo guiños en sus vasares, con socarronería retozona, a las muchachas que pasaban por su lado y mirando humildemente al muérdago que colgaba en lo alto. Había peras y manzanas formando altas pirámides apetitosas; había racimos de uvas, que la benevolencia de los fruteros había colgado de magníficos ganchos para que las bocas de los transeúntes pudieran hacerse agua al pasar; había montones de avellanas, mohosas y oscuras, cuya fragancia hacía recordar antiguos paseos por en medio de bosques y agradables marchas hundiendo los pies hasta los tobillos en hojas marchitas; había naranjas y limones que en la gran densidad de sus cuerpos jugosos pedían con urgencia ser llevados a casa en bolsas de papel y comidos después del almuerzo, y había pescados de oro y de plata.

Pues, ¿y las tiendas de comestibles? ¡Oh, las tiendas de comestibles! Estaban próximas a cerrar, con las puertas entornadas, pero a través de las rendijas daba gusto mirar. No era solamente que los platillos de la balanza produjesen un agradable sonido al caer sobre el mostrador, ni que el bramante se separase del carrete con viveza, ni que las cajas metálicas resonasen arriba y abajo como objetos de prestidigitación, ni que los olores mezclados del té y del café fuesen muy agradables al olfato, ni que las pasas fuesen abundantes y raras, las almendras exageradamente blancas, las tiras de canela largas y rectas, delicadas las otras especies, las frutas confitadas, envueltas en azúcar fundido, capaces de excitar el apetito y dar envidia a los más fríos espectadores. No era tampoco que los higos se mostrasen húmedos y carnosos, ni que las ciruelas francesas enrojeciesen con alguna acritud en sus cajas adornadas, ni que todo excitase el apetito en su aderezo de Navidad, sino que las parroquianas se apresuraban con tal afán en la esperanzada promesa del día, que se empujaban unas a otras a la puerta, haciendo estallar toscamente los cestos de mimbre, y dejaban los portamonedas sobre el mostrador y volvían corriendo a buscarlos, cometiendo cientos de equivocaciones semejantes, con el mejor humor posible, mientras el tendero y sus dependientes se mostraban tan serviciales y tan fogosos, que se comprendía fácilmente que los corazones que latían detrás de los mandiles no se regocijaban sólo por hacer buenas ventas, sino por el júbilo que les producía la Navidad.

Pero pronto las campanas llamaron a las gentes a la iglesia o a la capilla, y todos acudieron luciendo por las calles sus mejores vestidos y con la alegría en los rostros, y al mismo tiempo desembocaron por todas las calles, callejuelas y recodos, incontables personas que llevaban sus comidas a las tahonas para ponerlas en el horno. La vista de aquellas pobres gentes de buen humor pareció interesar muchísimo al Espíritu, pues permaneció detrás de Scrooge a la puerta de una tahona, y levantando las tapaderas de las cazuelas conforme pasaban por su lado los que las llevaban rociaba las comidas con el incienso de su antorcha, que era verdaderamente extraordinaria, pues una o dos veces que se cruzaron palabras airadas entre algunos portadores de comidas por haberse empujado mutuamente, el Espíritu derramó sobre ellos algunas gotas de líquido procedente de la antorcha, e inmediatamente recobraron su buen humor, pues decían que era una vergüenza disputar el día de Navidad. ¡Y nada más puesto en razón, Señor!

Cesaron de tocar las campanas y los tahoneros cerraron, y, sin embargo, era de admirar cómo desaparecía, por efecto de la confección de aquellas comidas, la mancha de humedad que coronaba todos los hornos, cuyo pavimento echaba humo, como si estuvieran asándose sus piedras.

—¿Hay algún aroma peculiar en el líquido de vuestra antorcha con el que rociáis? —preguntó Scrooge.

—Sí. El mío.

—¿Ejerce influencia sobre las comidas en este día? —preguntó Scrooge.

—En todas, sobre todo en las de los pobres.

—¿Por qué sobre todo en las de los pobres? —preguntó Scrooge.

—Porque son las que más lo necesitan.

—Espíritu —dijo Scrooge después de reflexionar un momento—, me admira que, de todos los seres que viven en este mundo que habitamos, sólo vos deseéis limitar a estas gentes las ocasiones que se les ofrecen de inocente alegría.

—¿Yo? —gritó el Espíritu.

—Sí, porque les priváis de trabajar cada siete días, con frecuencia el único día en que pueden decir verdaderamente que comen. ¿No es cierto? —dijo Scrooge.

—¡Yo! —gritó el Espíritu.

—Procuráis que cierren los hornos el séptimo día —dijo Scrooge—. Y es la misma cosa.

—¡Yo! —exclamó el Espíritu.

—Perdonadme si estoy equivocado. Se hace en vuestro nombre, o por lo menos en nombre de vuestra familia —dijo Scrooge.

—Hay algunos seres sobre la tierra —replicó el Espíritu— que pretenden conocernos, y que realizan sus acciones de pasión, orgullo, malevolencia, odio, envidia, santurronería y egoísmo en nuestro nombre, y que son tan extraños para nosotros y para todo lo que con nosotros se relaciona como si nunca hubieran vivido. Acordaos de ella y cargad la responsabilidad sobre ellos, y no sobre nosotros.

Scrooge prometió lo que el Espíritu le pedía, y siguieron adelante, invisibles como habían sido antes hacia los suburbios de la ciudad. Era una notable cualidad del Espectro (que Scrooge había observado a la puerta del tahonero) que, a pesar de su talla gigantesca, podía acomodarse a cualquier sitio con comodidad, y que, como un ser sobrenatural, se hallaba en cualquier habitación baja de techo tan cómodamente como podía haber estado en un salón de elevadísimas paredes.

Y ya fuese por el placer que el buen Espíritu experimentaba al mostrar este poder suyo, ya por su naturaleza amable, generosa y cordial, y su simpatía por los pobres, condujo a Scrooge derechamente a casa del dependiente de éste, pues allá fue, en efecto, llevando a Scrooge adherido a su vestidura; al llegar al umbral sonrió el Espíritu y se detuvo para bendecir la morada de Bob Cratchit con las salpicaduras de su antorcha. Bob sólo cobraba quince *bob*[*] semanales; cada sábado sólo embolsaba quince ejemplares de su nombre, y, sin embargo, el Fantasma de la Navidad Presente no dejó por ello de bendecir su morada, que se componía de cuatro piezas.

Entonces se levantó la señora Cratchit, esposa de Cratchit, vestida pobremente con una bata a la cual había dado ya dos vueltas, pero llena de cintas que no valdrían más de seis peniques, y en aquel momento estaba poniendo la mesa, ayudada por Belinda Cratchit, la segunda de sus hijas, también adornada con cintas, mientras master Pedro Cratchit hundía un tenedor en una cacerola de patatas, llegándole a la boca las puntas de un monstruoso cuello planchado (que pertenecía a Bob y que se lo había cedido a su hijo y heredero para celebrar la festividad del día), gozoso al hallarse tan elegantemente adornado y orgulloso de poder mostrar su figura en los jardines de moda. De pronto entraron llorando dos Cratchit más pequeños, varón y hembra, diciendo a gritos que desde la puerta de la tahona habían sentido el olor del ganso y habían conocido que no era el suyo, y pensando en la comida, estos pequeños Cratchit se pusieron a bailar alrededor de la

---

[*] Nombre popular del chelín.

mesa y exaltaron hasta los cielos a master Pedro Cratchit, mientras él (sin orgullo, aunque faltaba poco para que le ahogase el cuello) soplaba la lumbre hasta que las patatas estuvieron cocidas y en disposición de ser apartadas y peladas.

—¿Dónde estará vuestro padre? —dijo la señora Cratchit—. ¡Y vuestro hermano Tiny Tim! ¡Y Marta, que el año pasado, el día de Navidad, estaba aquí hace ya media hora!

—¡Aquí está Marta, mamá! —gritaron los dos Cratchit pequeños—. ¡Viva! ¡Tenemos un ganso, Marta!

—¡Pero, hija mía, cuánto has tardado! —dijo la señora Cratchit, besándola una docena de veces y quitándole el velo y el sombrero con sus propias manos solícitamente.

—He tenido que terminar una labor para tener libre la mañana, mamá —replicó la muchacha.

—Bueno; es que nunca creí que vinieses tan tarde. Acércate a la lumbre, hija mía, y caliéntate. ¡Dios te bendiga!

—¡No, no! ¡Ya viene papá! —gritaron los dos pequeños Cratchit, que danzaban de un lado para otro—. ¡Escóndete, Marta, escóndete!

Escondióse Marta y entró Bob, el padre, con la bufanda colgándole lo menos tres pies por la parte anterior, y su traje muy usado, pero limpio y zurcido, de modo que presentaba un aspecto muy favorable. Traía sobre los hombros a Tiny Tim. ¡Pobre Tiny Tim! Tenía que llevar una pequeña muleta y los miembros sostenidos por un aparato metálico.

—¿Dónde está Marta? —gritó Bob Cratchit mirando a su alrededor.

—No ha venido —dijo la señora Cratchit.

—¡No ha venido! —dijo Bob con una repentina desilusión en su entusiasmo, pues había sido el caballo de Tim al recorrer todo el camino desde la iglesia y había llegado a casa dando saltos—. ¡No haber venido siendo el día de Navidad!

A Marta no le agradó ver a su padre desilusionado a causa de una broma, y salió prematuramente de detrás de la puerta, echándose en sus brazos, mientras los dos pequeños Cratchit empujaron a Tiny Tim y le llevaron a la cocina para que oyese cantar el *pudding* en la cacerola.

—¿Y cómo se ha portado Tiny Tim? —preguntó la señora Cratchit, después de burlarse de la credulidad de Bob y cuando éste hubo estrechado a su hija contra su corazón.

—Muy bien —dijo Bob—, muy bien. Se ha hecho algo pensativo y se le ocurren las más extrañas cosas que has oído. Al venir a casa me decía que quería que la gente le viese en la iglesia, porque él era un inválido, y sería muy agradable para todos recordar el día de Navidad al que había hecho andar a los cojos y había dado vista a los ciegos.

La voz de Bob era temblorosa al decir eso y tembló más cuando dijo que Tiny Tim crecía en fuerza y en vigor.

Oyóse su activa muleta sobre el pavimento, y antes de que se oyera una palabra más, reapareció Tiny Tim escoltado por su hermano y su hermana, que le llevaron a su taburete junto a la lumbre; mientras Bob, remangándose los puños —¡pobrecillo!, como si fuese posible estropearlos más—, confeccionaba una mixtura con ginebra y limón y la agitaba una y otra vez, colocándola después en el ante-hogar para que cociese a fuego lento; *master* Pedro y los dos ubicuos Cratchit pequeños fueron en busca del ganso, con el cual aparecieron en seguida en solemne procesión.

Tal bullicio se produjo entonces, que creyérase al ganso la más rara de todas las aves, un fenómeno con plumas, ante el cual fuese cosa corriente un cisne negro —y en verdad que en aquella casa era ciertamente extraordinario—. La señora Cratchit levantó la salsa (ya preparada en una cacerolita); master Pedro majó las patatas con vigor increíble; la señorita Belinda endulzó la salsa de manzanas; Marta quitó el polvo a la vajilla; Bob sentó a Tiny Tim a su lado en una esquina de la mesa; los dos pequeños Cratchit pusieron sillas para todos sin olvidarse de ellos mismos, y montando la guardia en sus puestos, se metieron la cuchara en la boca, para no gritar pidiendo el ganso antes de que llegara el momento de servirlo. Por fin se pusieron los platos, y se dijo una oración, a la que siguió una pausa durante la cual no se oía respirar, cuando la señora Cratchit, examinando el trinchante, se disponía a hundirlo en la pechuga; pero cuando lo hizo y salió del interior del ganso un borbotón de relleno, un murmullo de placer se alzó alrededor de la mesa, y hasta Tiny Tim, animado por los dos pequeños Cratchit, golpeó en la mesa con el mango de su cuchillo y gritó débilmente:

—¡Viva!

Nunca se vio ganso como aquél. Bob dijo que jamás creyó que pudiera existir un manjar tan delicioso. Su blandura y su aroma, su tamaño y su baratura fueron los temas de admiración general, y añadiéndole la salsa de manzana y las patatas deshechas, constituyó comida suficiente para toda la familia: en efecto, como la señora Cratchit dijo (al observar que había quedado un huesecillo en el plato), no habían podido comérselo todo. Sin embargo, todos quedaron satisfechos, particularmente los Cratchit más pequeños, que tenían salsa hasta en las cejas. La señorita Belinda cambió los platos y la señora Cratchit salió del comedor —muy nerviosa porque no quería que la viesen— en busca del *pudding*.

Entonces los comensales supusieron toda clase de horrores: que no estuviera todavía bastante hecho; que se rompiera al llevarlo a la mesa; que alguien hubiera escalado la pared del patio y lo hubiera robado, mientras estaban entusiasmados con el ganso... Ante esta suposición los dos pequeños Cratchit se pusieron lívidos.

¡Atención! ¡Una gran cantidad de vapor! El pastel estaba ya fuera del molde. Un olor a tela mojada. Era el paño que lo envolvía. Un olor apetitoso, que hacía recordar al fondista, al pastelero de la casa de al lado y a la planchadora. ¡Era el pudding! Al medio minuto entró la señora Cratchit —con el rostro encendido, pero sonriendo orgullosamente— con el *pudding*, que parecía una bala de cañón, duro y macizo, lanzando las llamas que producía la vigésima parte de media copa de aguardiente inflamado, y embellecido con una rama del árbol de Navidad clavada en la cúspide.

¡Oh, admirable *pudding*! Bob Cratchit dijo con toda seriedad que lo estimaba como el éxito más grande de la señora Cratchit desde que se casaron. La señora Cratchit dijo que no podía calcular lo que pesaba el *pudding* y confesó que había tenido sus dudas acerca de la cantidad de harina. Todos tuvieron algo que decir respecto de él, pero ninguno dijo (ni lo pensó siquiera) que era un *pudding* pequeño para una familia tan numerosa. Ello habría sido una gran herejía. Los Cratchit hubiéranse ruborizado de insinuar semejante cosa.

Por fin se terminó la comida, alzóse el mantel, se limpió el hogar y se encendió fuego, y después de beber en el jarro el ponche confeccionado por Bob, y que se consideró excelente, pusieron sobre la mesa manzanas y naranjas y una pala llena de castañas sobre la lumbre. Después, toda la familia Cratchit se colocó alrededor del hogar, formando lo que Bob llamaba un círculo, queriendo decir semicírculo, y cerca de él se colocó toda la cristalería: dos vasos y una flanera sin mango.

No obstante, tales vasijas servían para beber el caliente ponche tan bien como habrían servido copas de oro, y Bob lo sirvió con los ojos resplandecientes, mientras las castañas sobre la lumbre crujían y estallaban ruidosamente. Entonces Bob dijo:

—¡Felices Pascuas para todos nosotros, hijos míos, y que Dios nos bendiga!

Lo cual repitió toda la familia:

—¡Que Dios nos bendiga! —dijo Tiny Tim, el último de todos.

Estaba sentado, arrimadito a su padre, en su taburete. Bob puso la débil manecita del niño en la suya, con todo cariño, deseando retenerle junto a sí, como temiendo que se le pudiesen arrebatar.

—Espíritu —dijo Scrooge con un interés que nunca había sentido hasta entonces—. Decidme si Tiny Tim vivirá.

—Veo un asiento vacante —replicó el Espectro— en la esquina del pobre hogar y una muleta sin dueño cuidadosamente preservada. Si tales sombras permanecen inalteradas por el futuro, el niño morirá.

—No, no —dijo Scrooge—. ¡Oh, no, Espíritu amable! Decid que se evitará esa muerte.

—Si tales sombras permanecen inalterables por el futuro, ningún otro de mi raza —replicó el Espectro— le encontrará aquí. ¿Y qué? Si él muere, hará bien, porque así disminuirá el exceso de población.

Scrooge bajó la cabeza al oír sus propias palabras, repetidas por el Espíritu, y se sintió abrumado por el arrepentimiento y el pesar.

—Hombre —dijo el Espectro—, si sois hombre de corazón, y no de piedra, prescindid de esa malvada hipocresía hasta que hayáis descubierto cuál es el exceso y dónde está. ¿Vais a decir cuáles hombres deben vivir y cuáles hombres deben morir? Quizá, a los ojos de Dios, vos sois más indigno y menos merecedor de vivir que millones de niños como el de ese pobre hombre. ¡Oh, Dios! ¡Oír al insecto sobre la hoja decidir acerca de la vida de sus hermanos hambrientos!

Scrooge se inclinó ante la reprensión del Espíritu, y tembloroso bajó la vista hacia el suelo. Pero la levantó rápidamente al oír pronunciar su nombre.

—¡El señor Scrooge! —dijo Bob—. ¡Brindemos por el señor Scrooge, que nos ha procurado esta fiesta!

—En verdad que nos ha procurado esta fiesta —exclamó la señora Cratchit sofocada—. Quisiera tenerle delante para que la celebrase, y estoy segura de que se le iba a abrir el apetito.

—¡Querida —dijo Bob—, los niños! Es el día de Navidad.

—Es preciso, en efecto, que sea el día de Navidad —dijo ella— para beber a la salud de un hombre tan odioso, tan avaro, tan duro, tan insensible como el señor Scrooge. Ya le conoces, Roberto. Nadie le conoce mejor que tú, pobrecillo.

—Querida —fue la dulce respuesta de Bob—. Es el día de Navidad.

—Beberé a su salud por ti y por ser el día que es —dijo la señora Cratchit—, no por él. ¡Que viva muchos años! ¡Que tenga felices Pascuas y feliz Año Nuevo! ¡Él vivirá muy alegre y muy feliz, sin duda alguna!

Los niños brindaron también. Fue, de todo lo que hicieron, lo único que no tuvo cordialidad. Tiny Tim brindó el último de todos, pero sin poner la menor atención. Scrooge era el ogro de la familia. La sola mención de su nombre arrojó sobre los reunidos una sombra oscura que no se disipó sino después de cinco minutos.

Pasada aquella impresión, estuvieron diez veces más alegres que antes, al sentirse aliviados del maleficio causado por el nombre de Scrooge. Bob Cratchit les contó que tenía en perspectiva una colocación para *master* Pedro, que podría proporcionarle, si la conseguía, cinco chelines y seis peniques semanales. Los dos pequeños Cratchit rieron atrozmente ante la idea de ver a Pedro hecho un hombre de negocios, y el mismo Pedro miró pensativamente al fuego, sacando la cabeza entre las dos puntas del cuello, como si reflexionara sobre la notable investidura de que gozaría cuando llegase a percibir aquel enorme ingreso. Marta, que era una pobre aprendiza en un taller de modista, les contó la clase de labor que tenía que hacer y cómo algunos días trabajaba muchas horas seguidas. Dijo que al día siguiente pensaba levantarse tarde de la cama, pues era un día festivo que iba a pasar en casa. Contó que hacía pocos días había visto a una condesa con un lord y que el lord «era casi tan alto como Pedro», y éste, al oírlo, se alzó tanto el cuello, que si hubierais estado presentes no habríais podido verle la cabeza. Durante todo este tiempo no cesaron de comer castañas y beber ponche, y de aquí a poco escucharon una canción referente a un niño perdido que caminaba por la nieve, cantada por Tiny Tim, que tenía una quejumbrosa vocecita, y la cantó muy bien, ciertamente.

Nada había de aristocrático en aquella familia. Sus individuos no eran hermosos; no estaban bien vestidos; sus zapatos hallábanse muy lejos de ser impermeables; sus ropas eran escasas, y Pedro conocería muy probablemente el interior de las prenderías. Pero eran dichosos, agradables, se querían mutuamente y estaban contentos con su suerte, y cuando ya se desvanecían ante Scrooge, pareciendo más felices a los brillantes destellos de la antorcha del Espíritu al partir, Scrooge los miró atentamente, sobre todo a Tiny Tim, de quien no apartó la mirada hasta el último instante.

Mientras tanto había anochecido y nevaba copiosamente, y conforme Scrooge y el Espíritu recorrían las calles, la claridad de la lumbre en las cocinas, en los comedores y en toda clase de habitaciones era admirable. Aquí, el temblor de la llama mostraba los preparativos de una gran comida familiar, con fuentes que trasladaban de una parte a otra junto a la lumbre y espesas cortinas rojas, prontas a caer para ahuyentar el frío y la oscuridad. Allá, todos los niños de la casa salían corriendo sobre la nieve al encuentro de sus hermanas casadas, de sus hermanos, de sus primos, de sus tíos, de sus tías, para ser los primeros en saludarles. En otra parte veíanse en las ventanas las sombras de los comensales reunidos, y más allá, un grupo de hermosas muchachas, todas con caperuzas y con botas de abrigo y charlando todas a la vez marchaban alegremente a alguna casa cercana. ¡Infeliz del soltero (las astutas hechiceras bien lo sabían) que entonces las hubiera visto entrar, con la tez encendida por el frío!

Si hubiérais juzgado por el número de personas que iban a reunirse con sus amigos, habríais pensado que no quedaba nadie en las casas para recibirlas cuando llegasen, aunque ocurría lo contrario: en todas las casas se esperaba visita y se preparaba el combustible en la chimenea. ¡Cuán satisfecho estaba el Espectro! ¡Cómo desnudaba la amplitud de su pecho y abría su espaciosa mano, derramando con generosidad su luciente y sana alegría sobre todo cuando se hallaba a su alcance! El mismo farolero que corría delante de él, salpicando las sombrías calles con puntos de luz, y que iba vestido como para pasar la noche en alguna parte, se echó a reír a carcajadas cuando pasó el Espíritu por su lado, aunque fácilmente se adivinaba que el farolero ignoraba que su compañero del momento era la Navidad en persona.

De pronto, sin una palabra de advertencia por parte del Espectro, halláronse en una fría y desierta región pantanosa en la que había derrumbadas monstruosas masas de piedra, como si fuera un cementerio de gigantes; el agua se derramaba por dondequiera, es decir, se habría derramado a no ser por la escarcha que la aprisionaba, y nada había crecido sino el moho, la retama y una áspera hierba. En la concavidad del Oeste, el sol poniente había dejado una ardiente franja roja que fulguró sobre aquella desolación durante un momento, como un ojo sombrío que, tras el párpado, fuese bajando, bajando, bajando, hasta perderse en las densas tinieblas de la oscura noche.

—¿Dónde estamos? —pregunta Scrooge.

—En un sitio donde viven los mineros, que trabajan en las entrañas de la tierra —contestó el Espíritu—. Pero me conocen. ¡Mirad!

Brillaba una luz en la ventana de una choza, y rápidamente se dirigieron hacia ella. Pasando a través de la pared de piedra y barro, hallaron una alegre reunión alrededor de un fuego resplandeciente. Un hombre muy viejo y su mujer con sus hijos y los hijos de sus hijos y parientes de otra generación más, todos con alegres adornos en su atavío de fiesta. El anciano, con una voz que rara vez se distinguía entre los rugidos del viento sobre la desolada región, entonaba una canción de Navidad que ya era una vieja canción cuando él era un muchacho, y de cuando en cuando todos los demás se le unían en el coro. Cuando ellos levantaban sus voces, el anciano hacía lo mismo y sentíase con nuevo vigor, y cuando ellos se detenían en el canto, el vigor del anciano decaía de nuevo.

El Espíritu no se detuvo allí, sino que dejó a Scrooge que se agarrase a su vestidura, y cruzando sobre la región pantanosa se dirigió... ¿A dónde? ¿No sería el mar? Pues, sí, al mar. Horrorizado Scrooge vio que se acababa la tierra y contempló una espantosa serie de rocas detrás de ellos, y ensordeció sus oídos el fragor del agua, que rodaba, y rugía, y se encrespaba entre medrosas cavernas abiertas por ella y furiosamente trataba de socavar la tierra.

Edificado sobre un lúgubre arrecife de las escarpadas rocas, próximamente a una legua de la orilla, y sobre el cual se lanzaban las aguas irritadas durante todo el año, se erguía un faro solitario. Grandes cantidades de algas colgaban hasta su base, y pájaros de las tormentas —nacidos del viento, se puede suponer, como las almas nacen del agua— subían y bajaban en torno de él como las olas que ellos rozaban con las alas.

Pero aun allí, dos hombres que cuidaban del faro habían encendido una hoguera que a través de la tronera abierta en el espeso muro de piedra lanzaba un rayo de luz resplandeciente sobre el mar terrible. Los dos hombres, estrechándose las callosas manos por encima de la mesa a la cual hallábanse sentados, se deseaban mutuamente felices Pascuas al beber su jarro de ponche, y uno de ellos, el más viejo, que tenía la cara curtida y destrozada por los temporales como pudiera estarlo el mascarón de proa de un barco viejo, rompió en una robusta canción semejante al cantar del viento.

De nuevo siguió adelante el Espectro por encima del negro y agitado mar —adelante, adelante—, hasta que, hallándose muy lejos, según dijo Scrooge, de todas las orillas, descendieron sobre un buque. Colocáronse, tan pronto junto al timonel que estaba en su puesto, tan pronto junto al vigía en la proa, o junto a los oficiales de guardia, oscuras y fantásticas figuras en sus varias posiciones; pero todos ellos tarareaban una canción de Navidad o tenían un pensamiento propio de Navidad, o hablaban en voz baja a su compañero de algún día de Navidad ya pasado con recuerdos del hogar referentes a él. Y todos cuantos se hallaban a bordo, despiertos o dormidos, buenos o malos, habían tenido para los demás una palabra más cariñosa aquel día que otro cualquiera del año, y habían tratado extensamente de aquella festividad, y habían recordado a las personas queridas a través de la distancia y habían sabido que ellas tenían un placer en recordarlos.

Sorprendióse grandemente Scrooge mientras escuchaba el bramido del viento y pensaba qué solemnidad tiene su movimiento a través de la aislada oscuridad sobre un ignorado abismo cuyas honduras son secretos tan profundos como la muerte; sorprendióse mucho Scrooge cuando, reflexionando así, oyó una estruendosa carcajada. Pero se sorprendió mucho más al reconocer que aquella risa era de su sobrino, y al encontrarse en una habitación clara, seca y luminosa, con el Espíritu sonriendo a su lado y mirando a su propio sobrino con aprobadora afabilidad.

—¡Ja, ja, ja! —rió el sobrino de Scrooge—. ¡Ja, ja, ja!

Si por una inverosímil probabilidad sucediera que conocieseis un hombre de risa más sana que el sobrino de Scrooge, me agradaría mucho conocerle. Presentadme a él y cultivaré su amistad.

Es cosa admirable, demostradora del exacto mecanismo de las cosas, que así como hay contagio en la enfermedad y en la tristeza, no hay nada en el mundo tan irresistiblemente contagioso como la risa y el buen humor. Cuando el sobrino de Scrooge se echó a reír de esta manera, sujetándose las caderas, dando vueltas a la cabeza y haciendo muecas, con las más extravagantes contorsiones, la sobrina de Scrooge, sobrina política, se echó a reír tan cordialmente como él, y los amigos que se hallaban con ellos también rieron ruidosamente.

—¡Ja, ja, ja! ¡Ja, ja, ja!

—¡Dijo que la Navidad era una patraña, como tengo que morirme! —gritó el sobrino de Scrooge—. ¡Y lo creía!

—¡Qué vergüenza para él! —dijo la sobrina de Scrooge, indignada.

Era muy linda, extraordinariamente linda, de cara agradable y cándida, de sazonada boquita, que parecía hecha para ser besada, como lo era, sin duda; con toda clase de hermosos hoyuelos en la barbilla, que se mezclaban unos con otros cuando se reía, y con los dos ojos tan esplendorosos que jamás habéis visto en una cabecita humana. Era enteramente lo que habríais llamado provocativa, pero intachable. ¡Oh, perfectamente intachable!

—Es un individuo cómico —dijo el sobrino de Scrooge—, eso es verdad, y no tan agradable como debiera ser. Sin embargo, sus defectos llevan el castigo de ellos mismos, y yo no tengo nada que decir contra él.

—Sé que es muy rico, Fred —insinuó la sobrina de Scrooge—. Al menos, siempre me has dicho que lo era.

—¿Y qué, amada mía? —dijo el sobrino—. Su riqueza es inútil para él. No hace nada bueno con ella. No se procura comodidades con ella. No ha tenido la satisfacción de pensar —¡ja, ja, ja!— que va a beneficiarnos con ella.

—Me falta la paciencia con él —indicó la sobrina de Scrooge.

Las hermanas de la sobrina de Scrooge y todas las demás señoras expresaron la misma opinión.

—¡Oh! —dijo el sobrino de Scrooge—. Yo lo siento por él. No puedo irritarme contra él aunque quiera. ¿Quién sufre con sus genialidades? Siempre él. Se le ha metido en la cabeza no complacernos, y no quiere venir a comer con nosotros. ¿Cuál es la consecuencia? Es verdad que perder una mala comida no es perder mucho.

—Pues yo creo que ha perdido una buena comida —interrumpió la sobrina de Scrooge.

Todos los demás dijeron lo mismo, y se les debía considerar como jueces competentes, porque en aquel momento acababan de comerla; los postres estaban ya sobre la mesa, y todos habíanse reunido alrededor de la lumbre.

—¡Bueno! Me alegra mucho oírlo —dijo el sobrino de Scrooge—, porque no tengo mucha confianza en estas jóvenes de casa. ¿Qué opináis, Topper?

Topper tenía francamente fijos los ojos en una de las hermanas de la sobrina de Scrooge, y contestó que un soltero era un infeliz paria que no tenía derecho a emitir su opinión respecto del asunto, y en seguida la hermana de la sobrina de Scrooge —la regordeta, con el camisolín de encaje, no la de las rosas— se ruborizó.

—Continúa, Fred —dijo la sobrina de Scrooge palmoteando—. Ése nunca termina lo que empieza a decir. ¡Es un muchacho ridículo!

El sobrino de Scrooge soltó otra carcajada, y como era imposible evitar el contagio, aunque la hermana regordeta trató con dificultad de hacerlo oliendo vinagre aromático, el ejemplo de él fue seguido unánimemente.

—Solamente iba a decir —continuó el sobrino de Scrooge— que la consecuencia de disgustarse con nosotros y no divertirse con nosotros es, según creo, que pierde algunos momentos agradables que no le habrían perjudicado. Estoy seguro de que pierde más agradables compañeros que los que puede encontrar en sus propios pensamientos, en su viejísimo despacho o en sus polvorientas habitaciones. Me propongo darle igual ocasión todos los años, le agrade o no le agrade, porque le compadezco. Que se burle de la Navidad hasta que se muera, pero no puede menos de pensar mejor de ella —le desafío— si se encuentra conmigo de buen humor, año tras año, diciéndole: «Tío Scrooge, ¿cómo estáis?» Si sólo eso le hace dejar a su pobre dependiente cincuenta libras, ya es algo, y creo que ayer le conmoví.

Al oír que había conmovido a Scrooge rieron los demás. Pero como Fred tenía corazón sencillo y no se preocupaba mucho del motivo de la risa, con tal de ver alegres a los demás, el sobrino de Scrooge les animó a divertirse haciendo circular la botella alegremente.

Después del té hubo un poco de música, pues formaban una familia de músicos, y os aseguro que eran entendidos, especialmente Topper, que hizo sonar el bajo como los buenos, sin que se le hincharan las venas de la frente ni se le pusiera roja la cara. La sobrina de Scrooge tocó también el arpa, y entre otras piezas tocó un aria sencilla (una nonada; aprenderíais a tararearla en dos minutos) que había sido la canción favorita de la niña que sacó a Scrooge de la escuela, como recordó el Espectro de la Navidad Pasada. Cuando sonó aquella música, todas las cosas que el Espectro habíale mostrado se agolparon a la imaginación de Scrooge; se enterneció más y más, y pensó que si hubiera escuchado aquello con frecuencia años antes, podía haber cultivado la bondad de la vida con sus propias manos para su felicidad sin recurrir a la azada del sepulturero que enterró a Jacob Marley.

Pero no dedicaron toda la noche a la música. Al poco rato jugaron a las prendas, pues es bueno sentirse niños algunas veces, y nunca mejor que en Navidad. Cuando su mismo poderoso fundador era un niño. ¡Basta! Luego se jugó a la gallina ciega, y, sin duda, alguien parecía no ver. Y tan pronto creo que Topper estaba realmente ciego como creo que tenía ojos hasta en las botas. Mi opinión es que había acuerdo entre él y el sobrino de Scrooge, y que el Espectro de la Navidad Presente lo sabía. Su proceder respecto a la hermana regordeta, la del camisolín de encaje, era un ultraje a la credulidad de la naturaleza humana. Dando puntapiés a los utensilios del hogar, tropezando con las sillas, chocando contra el piano, metiendo la cabeza entre los cortinones, a dondequiera que fuese ella, siempre ocurría lo mismo. Siempre sabía dónde estaba la hermana regordeta. Nunca cogía a otra cualquiera. Si os hubiérais puesto delante de él (como hicieron algunos de ellos), con intención habría fingido que iba a apoderarse de vosotros, lo cual habría sido una afrenta para vuestra comprensión, e instantáneamente se habría ladeado en dirección de la hermana regordeta. A menudo gritaba ella que eso no estaba bien, y realmente no lo estaba. Pero cuando por fin la cogió, cuando, a pesar de todos los crujidos de la seda y de los rápidos revoloteos de ella para huir, consiguió alcanzarla en un rincón donde no tenía escape, entonces su conducta fue verdaderamente execrable. Porque con el pretexto de no conocerla, juzgó necesario tocar su cofia y además asegurarse de su identidad oprimiendo cierto anillo que tenía en un dedo y cierta cadena que le rodeaba el cuello. ¡Todo eso era vil, monstruoso! Sin duda, ella le dijo su opinión respecto de ello, pues cuando le correspondió a otro ser el ciego, ambos se hallaban contándose sus confidencias detrás de un cortinón.

La sobrina de Scrooge no tomaba parte en el juego de la gallina ciega; permanecía sentada en una butaca, con un taburete a los pies, en un cómodo rincón de la estancia donde el Espectro y Scrooge estaban en pie detrás de ella; pero participaba en los juegos de las prendas, y era de admirar particularmente en el juego de «¿Cómo os gusta?», combinación amorosa con todas las letras del alfabeto, y la misma habilidad demostró en el de «¿Cómo, dónde y cuándo?», y, con gran alegría interior del sobrino de Scrooge, derrotaba completamente a todas sus hermanas, aunque éstas no eran tontas, como hubiera podido deciros Topper. Habría allí veinte personas, jóvenes y viejos, pero todos jugaban, y lo mismo hizo Scrooge, quien, olvidando enteramente (tanto se interesaba por aquella escena) que su voz no sonaba en los oídos de nadie, decía en alta voz las palabras que había que adivinar, y muy a menudo acertaba, pues la aguja más afilada, la mejor Whitechapel, con la garantía de no cortar el hilo, no era más aguda que Scrooge, aunque le conviniera aparecer obtuso ante el mundo.

Al Espectro le agradaba verle de tan buen humor, y le miró con tal benevolencia, que Scrooge le suplicó, como lo hubiera hecho un niño, que se quedase allí hasta que se fuesen los convidados. Pero el Espíritu le dijo que no era posible.

—He aquí un nuevo juego —dijo Scrooge—. ¡Media hora, Espíritu, sólo media hora!

Era un juego, llamado «sí y no», en el cual el sobrino de Scrooge debía pensar una cosa y los demás adivinar lo que pensaba, contestando a sus preguntas solamente «sí» o «no», según el caso. El vivo fuego de preguntas a que estaba expuesto le hizo decir que pensaba en un animal, un animal viviente, más bien un animal desagradable, un animal salvaje, un animal que unas veces rugía y gruñía, y otras veces hablaba, que vivía en Londres y se paseaba por las calles, que no enseñaba por dinero, que nadie le conducía, que no vivía en una casa de fieras, que nunca se llevaba al matadero, y que no era un caballo, ni un asno, ni una vaca, ni un toro, ni un tigre, ni un perro, ni un cerdo, ni un gato, ni un oso. A cada nueva pregunta que se le dirigía, el sobrino soltaba una nueva carcajada, y llegó a tal extremo su júbilo, que se vio obligado a dejar el sofá y echarse en el suelo. Al fin, la hermana regordeta, presa también de una risa loca, exclamó:

—¡He dado con ello! ¡Ya sé lo que es, Fred! ¡Ya sé lo que es!

—¿Qué es? —preguntó Fred.

—¡Es vuestro tío Scro-o-o-o-oge!

Eso era, efectivamente. La admiración fue el sentimiento general, aunque algunos hicieron notar que la respuesta a la pregunta «¿Es un oso?», debió ser «sí»; tanto más cuanto que una respuesta negativa bastó para apartar sus pensamientos de Scrooge, suponiendo que se hubieran dirigido a él desde luego.

—Ha contribuido en gran manera a divertirnos —dijo Fred—y seríamos ingratos si no bebiéramos a su salud. Y puesto que todos tenemos en la mano un vaso de ponche con vino, yo digo: ¡Por el tío Scrooge!

—¡Bien! ¡Por el tío Scrooge! —exclamaron todos.

—¡Felices Pascuas y feliz Año Nuevo al viejo, sea lo que fuere! —dijo el sobrino de Scrooge—. No aceptaría él tal felicitación saliendo de mis labios, pero que la reciba sin embargo. ¡Por el tío Scrooge!

El tío Scrooge habíase dejado poco a poco conquistar de tal modo por el júbilo general, y sentía tan ligero su corazón, que hubiera correspondido al brindis de la reunión aunque ésta no podía advertir su presencia, dándole las gracias en un discurso que nadie habría oído, si el Espectro le hubiera dado tiempo. Pero toda la escena desapareció con el sonido de la última palabra pronunciada por su sobrino, y Scrooge y el Espíritu continuaron su viaje.

Vieron muchos países, fueron muy lejos y visitaron muchos hogares, y siempre con feliz resultado. El Espíritu se colocaba junto al lecho de los enfermos, y ellos se sentían dichosos; si visitaba a los que se hallaban en país extranjero, creíanse en su patria; si a los que luchan contra la suerte, sentíanse resignados y llenos de esperanza; si se acercaba a los pobres, se imaginaban ricos. En las casas de Caridad, en los hospitales, en las cárceles, en todos los refugios de la miseria, donde el hombre orgulloso de su efímera autoridad no había podido prohibir la entrada y cerrar la puerta al Espíritu, dejaba su bendición e instruía a Scrooge en sus preceptos.

Fue una larga noche, si es que todo aquello sucedió en una sola noche; pero Scrooge dudó de ello, porque le parecía que se habían condensado varias Navidades en el espacio de tiempo que pasaron juntos. Era extraño, sin embargo, que mientras Scrooge no experimentaba modificación en su forma exterior, el Espectro se hacía más viejo, visiblemente más viejo. Scrooge había advertido tal cambio, pero nunca dijo nada, hasta que al salir de una reunión infantil donde se celebraban los Reyes, mirando al Espíritu cuando se hallaban solos, notó que sus cabellos eran grises.

—¿Es tan corta la vida de los Espíritus? —preguntó Scrooge.

—Mi vida sobre este Globo es muy corta —replicó el Espectro—. Esta noche termina.

—¡Esta noche! —gritó Scrooge.

—Esta noche, a las doce. ¡Escuchad! La hora se acerca.

En aquel momento las campanas daban las once y tres cuartos.

—Perdonadme si soy indiscreto al hacer tal pregunta —dijo Scrooge mirando atentamente la túnica del Espíritu—, pero veo algo extraño, que no os pertenece, saliendo por debajo de vuestro vestido. ¿Es un pie o una garra?

—Pudiera ser una garra a juzgar por la carne que hay encima —contestó con tristeza el Espíritu—. ¡Mirad!

De los pliegues de su túnica hizo salir dos niños miserables, abyectos, espantosos, horribles, repugnantes, que cayeron de rodillas a sus pies y se agarraron a su vestidura.

—¡Oh, hombre! ¡Mira, mira, mira a tus pies! —exclamó el Espectro.

Eran un niño y una niña, amarillos, flacos, cubiertos de harapos, ceñudos, feroces, pero postrados, sin embargo, en su abyección. Cuando una graciosa juventud habría debido llenar sus mejillas y extender sobre su tez los más frescos colores, una mano marchita y desecada, como la del Tiempo, las había arrugado, enflaquecido y decolorado. Donde los ángeles habrían debido reinar, los demonios se ocultaban para lanzar miradas amenazadoras. Ningún cambio, ninguna degradación, ninguna perversión de la humanidad, en ningún grado, a través de todos los misterios de la admirable creación, ha producido, ni con mucho, monstruos tan horribles y espantosos.

Scrooge retrocedió, pálido de terror. Teniendo en cuenta quién se los mostraba, intentó decir que eran niños hermosos; pero las palabras se detuvieron en su garganta antes que contribuir a una mentira de tan enorme magnitud.

—Espíritu, ¿son hijos vuestros? —Scrooge no pudo decir más.

—Son los hijos de los hombres —contestó el Espíritu mirándolos—. Y se acogen a mí para reclamar contra sus padres. Este niño es la Ignorancia. Esta niña es la Miseria. Guardaos de ambos y de toda su descendencia, pero sobre todo del niño, pues en su frente veo escrita la sentencia, hasta que lo escrito sea borrado. ¡Niégalo! —gritó el Espíritu extendiendo una mano hacia la ciudad—. ¡Calumnia a los que te lo dicen! Eso favorecerá tus designios abominables! ¡Pero al fin llegará!

—¿No tienen ningún refugio ni recurso? —exclamó Scrooge.

—¿No hay cárceles? —dijo el Espíritu devolviéndole por última vez sus propias palabras—. ¿No hay casas de corrección?

La campana dio las doce.

Scrooge miró a su alrededor en busca del Espectro, y ya no le vio. Cuando la última campanada dejó de vibrar, recordó la predicción del viejo Jacob Marley, y, alzando los ojos, vio un fantasma de aspecto solemne, vestido con una túnica con capucha y que iba hacia él deslizándose sobre la tierra como se desliza la bruma.

IV

EL ÚTIMO DE LOS ESPÍRITUS

El Fantasma se aproximaba con paso lento, grave y silencioso. Cuando llegó a Scrooge, éste dobló la rodilla, pues el Espíritu parecía esparcir a su alrededor, en el aire que atravesaba, tristeza y misterio.

Le envolvía una vestidura negra que le ocultaba la cabeza, la cara y todo el cuerpo, dejando solamente visible una de sus manos extendida. Pero aparte esto, hubiera sido difícil distinguir su figura en medio de la noche y hacerla destacar de la completa oscuridad que la rodeaba.

Reconoció Scrooge que el Espectro era alto y majestuoso cuando le vio a su lado, y entonces sintió que su misteriosa presencia le llenaba de un temor solemne. No supo nada más, porque el Espíritu ni hablaba ni se movía.

—¿Estoy en presencia del Espectro de la Navidad Venidera? —dijo Scrooge.

El Espíritu no respondió, pero continuó con la mano extendida.

—Vais a mostrarme las sombras de las cosas que no han sucedido, pero que sucederán en el tiempo venidero —continuó Scrooge—, ¿no es así, Espíritu?

La parte superior de la vestidura se contrajo un instante en sus pliegues, como si el Espíritu hubiera inclinado la cabeza. Fue la sola respuesta que recibió.

Aunque habituado ya al trato de los espectros, Scrooge experimentó tal miedo ante la sombra silenciosa, que le temblaron las piernas y apenas podía sostenerse en pie cuando se disponía a seguirle. El Espíritu se detuvo un momento, observando su estado, como si quisiera darle tiempo para reponerse.

Pero ello fue peor para Scrooge. Estremecióse con un vago terror al pensar que tras aquella sombría mortaja estaban los ojos del Fantasma intensamente fijos en él, y que, a pesar de todos sus esfuerzos, sólo podía ver una mano espectral y una gran masa negra.

—¡Espectro del Futuro —exclamó—, os tengo más miedo que a ninguno de los espectros que he visto! Pero como sé que vuestro propósito es procurar mi bien, y como espero ser un hombre diferente de lo que he sido, estoy dispuesto a acompañaros con el corazón agradecido. ¿No queréis hablarme?

Silencio. La mano seguía extendida hacia adelante.

—¡Guiadme! —dijo Scrooge—. ¡Guiadme! La noche avanza rápidamente, y sé que es un precioso tiempo para mí. ¡Guiadme, Espíritu!

El Fantasma se alejó lo mismo que había llegado. Scrooge le siguió en la sombra de su vestidura, que, según pensó, levantábale y llevábale con ella.

Apenas pareció que entraron en la ciudad, pues más bien se creía que ésta surgió alrededor de ellos, circundándoles con su propio movimiento. Sin embargo, hallábanse en el corazón de la ciudad, en la Bolsa, entre los negociantes, que marchaban apresuradamente de aquí para allá, haciendo sonar las monedas en el bolsillo, conversando en grupos, mirando sus relojes, jugando pensativamente con sus áureos dijes, etc., como Scrooge los había visto con frecuencia.

El Espíritu se detuvo cerca de un pequeño grupo de negociantes. Observando Scrooge que su mano indicaba aquella dirección, se adelantó para escuchar lo que hablaban.

—No —decía un hombre grueso y alto, de barbilla monstruosa—, no sé más acerca de ello; sólo sé que ha muerto.

—¿Cuándo ha muerto? —inquirió el otro.

—Creo que anoche.

—¡Cómo! Pues, ¿qué le ha ocurrido? —preguntó un tercero, tomando una gran porción de tabaco de una enorme tabaquera—. Yo creí que no iba a morir nunca.

—Sólo Dios lo sabe —dijo el primero bostezando.

—¿Qué ha hecho de su dinero? —preguntó un caballero de faz rubicunda con una excrecencia que le colgaba de la punta de la nariz y que ondulaba como las carúnculas de un pavo.

—No lo he oído decir —dijo el hombre de la enorme barbilla, bostezando de nuevo—. Quizá se lo haya dejado a su sociedad. A «mí» no me lo ha dejado. Es todo lo que sé.

Esta broma fue acogida con una carcajada general.

—Es probable que sean modestísimas las exequias —dijo el mismo interlocutor—, pues por mi vida que no conozco a nadie que asista a ellas. ¿Vamos a ir nosotros sin invitación?

—No tengo inconveniente, si hay merienda —observó el caballero de la excrecencia en la nariz—; pero si voy tienen que darme de comer.

Otra carcajada.

—Bueno, después de todo, yo soy el más desinteresado de todos vosotros —dijo el que habló primeramente—, pues nunca gasto guantes negros ni meriendo; pero estoy dispuesto a ir si alguno viene conmigo. Cuando pienso en ello, no estoy completamente seguro de no haber sido su mejor amigo, pues acostumbrábamos detenernos a hablar siempre que nos encontrábamos. ¡Adiós, señores!

Los que hablaban y los que escuchaban se dispersaron, mezclándose en otros grupos. Scrooge los conocía, y miró al Espíritu en busca de una explicación.

El Fantasma deslizóse en una calle. Su dedo señalaba a dos individuos que se encontraron. Scrooge escuchó de nuevo, pensando que allí se hallaría la explicación.

También a aquellos hombres los conocía perfectamente. Eran dos negociantes riquísimos y muy importantes. Siempre se había ufanado de ser muy estimado por ellos, desde el punto de vista de los negocios, se entiende, estrictamente desde el punto de vista de los negocios.

—¿Cómo estáis? —dijo uno.

—¿Cómo estáis? —replicó el otro.

—Bien —dijo el primero—. Al fin el viejo tiene lo suyo, ¿eh?

—Eso he oído —contestó el otro—. Hace frío, ¿verdad?

—Lo propio de la época de Navidad. Supongo que no sois patinador.

—No, no. Tengo otra cosa en qué pensar. ¡Buenos días!

Ni una palabra más. Tales fueron su encuentro, su conversación y su despedida.

Al principio estuvo Scrooge a punto de sorprenderse de que el Espíritu diese importancia a conversaciones tan triviales en apariencia; pero íntimamente convencido de que debían de tener un significado oculto, se puso a reflexionar cuál podría ser. Apenas se les podía suponer alguna relación con la muerte de Jacob, su viejo consocio, pues ésta pertenecía al pasado, y el punto de partida de este Espectro era el porvenir. Ni podía pensar en otro inmediatamente relacionado con él, a quien se le pudieran aplicar. Pero, como, sin duda, a quienquiera que se le aplicaren, encerraban una lección secreta dirigida a su provecho, resolvió tener en cuenta cuidadosamente toda palabra que oyera y toda cosa que viese, y especialmente observar su propia imagen cuando apareciera, pues tenía la esperanza de que la conducta de su futuro se le daría la clase que necesitaba para hacerle fácil la solución del enigma.

Miró a todos lados en aquel lugar buscando su propia imagen; pero otro hombre ocupaba su rincón habitual, y aunque el reloj señalaba la hora en que él acostumbraba estar allí, no vio a nadie que se le pareciese entre la multitud que se oprimía bajo el porche. Ello le sorprendió poco, sin embargo, pues había resuelto cambiar de vida, y pensaba y esperaba que su ausencia era una prueba de que sus nacientes resoluciones empezaban a ponerse en práctica.

Inmóvil y sombrío, el Fantasma permanecía a su lado con la mano extendida. Cuando Scrooge salió de su ensimismamiento, imaginóse, por el movimiento de la mano, y su situación respecto a él, que los Ojos Invisibles estaban mirándole fijamente, y le recorrió un escalofrío.

Dejaron el teatro de los negocios y se dirigieron a una parte oscura de la ciudad, donde Scrooge no había entrado nunca, aunque conocía su situación y su mala fama. Los caminos eran sucios y estrechos; las tiendas y las casas, miserables; los habitantes, medio desnudos, borrachos, mal calzados, horrorosos. Callejuelas y pasadizos sombríos, como otras tantas alcantarillas, vomitaban sus olores repugnantes, sus inmundicias y sus habitaciones, en aquel laberinto de calles, y toda aquella parte respiraba crimen, suciedad y miseria.

En el fondo de aquella guarida infame había una tienda bajísima de techo, bajo el tejado de un sobradillo, donde se compraban hierros, trapos viejos, botellas, huesos y restos de comidas. En el interior, y sobre el suelo, se amontonaban llaves enmohecidas, clavos, cadenas, goznes, limas, platillos de balanza, pesos y toda clase de hierros inútiles. Misterios que a pocas personas hubieran agradado investigar se ocultaban bajo aquellos montones de harapos repugnantes, aquella grasa corrompida y aquellos sepulcros de huesos. Sentado en medio de sus mercancías, junto a un brasero de ladrillos viejos, un bribón de cabellos blanqueados por sus setenta años, defendido del viento exterior con una cortina fétida compuesta de pedazos de trapo de todos los colores y clases colgados de un bramante, fumaba su pipa saboreando la voluptuosidad de su apacible retiro.

Scrooge y el Fantasma llegaron ante aquel hombre en el momento en que una mujer cargada con un enorme envoltorio se deslizaba en la tienda. Apenas había entrado, cuando otra mujer, cargada de igual modo, entró a continuación, seguida de cerca por un hombre vestido de negro desvaído, cuya sorpresa no fue menor a la vista de las dos mujeres que la que ellas experimentaron al reconocerse una a otra. Después de un momento de muda estupefacción, de la que había participado el hombre de la pipa, soltaron los tres una carcajada.

—¡Que la jornalera pase primeramente! —exclamó la que había entrado al principio—. La segunda será la planchadora y el tercero el hombre de la funeraria. Mirad, viejo Joe, qué casualidad. ¡Cualquiera diría que nos habíamos citado aquí los tres!

—No podíais haber elegido mejor sitio —dijo el viejo quitándose la pipa de la boca—. Entrad a la sala. Hace mucho tiempo que tenéis aquí la entrada libre, y los otros dos tampoco son personas extrañas. Aguardad que cierre la puerta de la tienda. ¡Ah, cómo cruje! No creo que haya aquí hierros más mohosos que sus goznes, así como tampoco hay aquí, estoy seguro, huesos más viejos que los míos. ¡Ja, ja ja! Todos nosotros estamos en armonía con nuestra profesión y de acuerdo. Entrad a la sala, entrad a la sala.

La sala era el espacio separado de la tienda por la cortina de harapos. El viejo removió la lumbre con un pedazo de hierro procedente de una barandilla, y después de reavivar la humosa lámpara (pues era de noche) con el tubo de la pipa, se volvió a poner ésta en la boca.

Mientras lo hizo, la mujer que ya había hablado arrojó el envoltorio al suelo y se sentó en un taburete en actitud descarada, poniéndose los codos sobre las rodillas y lanzando a los otros dos una mirada de desafío.

—Y bien, ¿qué? ¿Qué hay, señora Dilber? —dijo la mujer—. Cada uno tiene derecho a pensar en sí mismo. ¡«Él» siempre lo hizo así!

—Es verdad, efectivamente —dijo la planchadora— Más que él, nadie.

—¿Por qué, pues, ponéis esa cara, como si tuviérais miedo, mujer? Supongo que los lobos no se muerden unos a otros.

—¡Claro que no! —dijeron a la vez la señora Dilber y el viejo—. Debemos esperar que sea así.

—Entonces, muy bien —exclamó la mujer—. Eso basta. ¿A quién se perjudica con insignificancias como éstas? No será al muerto, me figuro.

—¡Claro que no! —dijo la señora Dilber riendo.

—Si necesitaba conservarlas después de morir, el viejo avaro —continuó la mujer— ¿por qué no ha hecho en vida lo que todo el mundo? No tenía más que haberse proporcionado quien le cuidara cuando la muerte se le llevó, en vez de permanecer aislado de todos al exhalar el último suspiro.

—Nunca se dijo mayor verdad —repuso la señora Dilber—. Tiene lo que merece.

—Yo desearía que le ocurriera algo más —replicó la mujer—: y otra cosa habría sido, podéis creerme, si me hubiera sido posible poner las manos en cosa de más valor. Abrid ese envoltorio, Joe, y decidme cuánto vale. Hablad con franqueza. No tengo miedo de ser la primera, ni me importa que lo vean. Antes de encontrarnos aquí, ya sabíamos bien, me figuro, que estábamos haciendo nuestro negocio. No hay nada malo en ello. Abrid el envoltorio, Joe.

Pero la galantería de sus amigos no lo permitió, y el hombre del traje negro desvaído, rompiendo el fuego, mostró su botín. No era considerable: un sello o dos, un lapicero, dos botones de manga, un alfiler de poco valor, y nada más. Todas estas cosas fueron examinadas separadamente y valuados por el viejo, que escribió con tiza en la pared las cantidades que estaba dispuesto a dar por cada una, haciendo la suma cuando vio que no había ningún otro objeto.

—Esta es vuestra cuenta —dijo—, y no daría un penique más aunque me quemaran a fuego lento por no darlo. ¿Quién sigue?

Seguía la señora Dilber. Sábanas y toallas, servilletas, un traje usado, dos antiguas cucharillas de plata, unas pinzas para azúcar y algunas botas. Su cuenta le fue hecha igualmente en la pared.

—Siempre doy demasiado a las señoras. Es una de mis flaquezas, y de ese modo me arruino —dijo el viejo—. Aquí está vuestra cuenta. Si me pedís un penique más o discutís la cantidad puedo arrepentirme de mi esplendidez y rebajar media corona.

—Y ahora, deshaced mi envoltorio, Joe —dijo la primera mujer.

Joe se puso de rodillas para abrirlo con más facilidad, y después de deshacer un gran número de nudos sacó una pesada pieza de tela oscura.

—¿Cómo llamáis a esto? —dijo—. Cortinas de alcoba.

—¡Ah! —respondió la mujer riendo e inclinándose sobre sus brazos cruzados—. ¡Cortinas de alcoba!

—No es posible que las hayáis quitado, con anillas y todo, estando todavía sobre el lecho —dijo el viejo.

—Pues sí —replicó la mujer—. ¿Por qué no?

—Habéis nacido para hacer fortuna —dijo el viejo—, y seguramente la haréis.

—En verdad os aseguro, Joe —replicó la mujer tranquilamente—, que cuando tenga a mi alcance alguna cosa no retiraré de ella la mano por consideración a un hombre como ése. Ahora no dejéis caer el aceite sobre las mantas.

—¿Las mantas de él? —preguntó Joe.

—¿De quién creéis que iban a ser? —replicó la mujer—. Me atrevo a decir que no se enfriará por no tenerlas.

—Me figuro que no habrá muerto de enfermedad contagiosa, ¿eh? —dijo el viejo suspendiendo la tarea y alzando los ojos.

—No tengáis miedo —replicó la mujer—. No me agrada su compañía hasta el punto de estar a su lado por tales pequeñeces, si hubiera habido el menor peligro. ¡Ah! Podéis mirar esa camisa hasta que os duelan los ojos y no veréis en ella ni un agujero ni un zurcido. Esa es la mejor que tenía, y es una buena camisa. A no ser por mí, la habrían derrochado.

—¿A qué llamáis derrochar una camisa? —preguntó Joe.

—Quiero decir que seguramente le habrían amortajado con ella —replicó la mujer riendo—. Alguien fue lo bastante imbécil para hacerlo, pero yo se la quité otra vez. Si la tela de algodón no sirve para tal objeto, no sirve para nada. Es a propósito para cubrir un cuerpo. No puede estar más feo de ese modo que con esta camisa.

Scrooge escuchaba este diálogo con horror. Conforme se hallaban los interlocutores agrupados en torno de su presa, a la escasa luz de la lámpara del viejo, le producían una sensación de odio y de disgusto que no habría sido mayor aunque hubieran sido obscenos demonios regateando el precio del propio cadáver.

—¡Ja, ja, ja! —rió la misma mujer cuando Joe, sacando un talego de franela lleno de dinero, contó en el suelo la cantidad que correspondía a cada uno—. No termina mal, ¿veis? Durante su vida ahuyentó a todos de su lado para proporcionarnos ganancias después de muerto. ¡Ja, ja, ja!

—¡Espíritu! —dijo Scrooge estremeciéndose de pies a cabeza—. Ya veo, ya veo. El caso de ese desgraciado puede ser el mío. A eso conduce una vida como la mía. ¡Dios misericordioso! ¿Qué es esto?

Retrocedió lleno de terror, pues la escena había cambiado, y Scrooge casi tocaba un lecho: un lecho desnudo, sin cortinas, sobre el cual, cubierto por un trapo, yacía algo que, aunque mudo, se revelaba con terrible lenguaje.

El cuarto estaba muy oscuro, demasiado oscuro para poder observarle con alguna exactitud, aunque Scrooge, obediente a un impulso secreto, miraba a todos lados, ansioso por saber qué clase de habitación era aquélla. Una luz pálida, que llegaba del exterior, caía directamente sobre el lecho, en el cual yacía el cuerpo de aquel hombre despojado, robado, abandonado por todo el mundo, sin nadie que le velara y sin nadie que llorara por él.

Scrooge miró hacia el Fantasma, cuya rígida mano indicaba la cabeza del muerto. El paño que la cubría hallábase puesto con tal descuido, que el más ligero movimiento, el de un dedo, habría descubierto la cara. Pensó Scrooge en ello, veía cuán fácil era hacerlo y sentía el deseo de hacerlo; pero tan poco poder tenía para quitar aquel velo como para arrojar de su lado al Espectro.

—¡Oh, fría, fría, rígida, espantosa muerte! ¡Levanta aquí tu altar y vístelo con todos los terrores de que dispones, pues estás en tu dominio! Pero cuando es una cabeza amada, respetada y honrada, no puedes hacer favorable a tus terribles designios un solo cabello ni hacer odiosa una de sus facciones. No es que la mano pierda su pesadez y no caiga al abandonarla; no es que el corazón y el pulso dejen de estar inmóviles; pero la mano fue abierta, generosa y leal; el corazón, bravo, ferviente y tierno, y el pulso, de un hombre. ¡Golpea, muerte, golpea! ¡Y mira las buenas acciones que brotan de la herida y caen en el mundo como simiente de vida inmortal!

Ninguna voz pronunció tales palabras en los oídos de Scrooge, pero las oyó al mirar el lecho. Y pensó: «Si este hombre pudiera revivir, ¿cuáles serían sus pensamientos primitivos? ¿La avaricia, la dureza de corazón, la preocupación del dinero? ¿Tales cosas le han conducido, verdaderamente, a buen fin? Yace en esta casa desierta y sombría, donde no hay un hombre, una mujer o un niño que diga: Fue cariñoso para mí en esto o en aquello, y en recuerdo de una palabra amable, seré cariñoso para él.» Un gato arañaba la puerta, y bajo la piedra del hogar se oía un ruido de ratas que roían. ¿Qué iban a buscar en aquel cuarto fúnebre, y por qué estaban tan inquietas y turbulentas? Scrooge no se atrevió a pensar en ello.

—¡Espíritu! —dijo—. Da miedo estar aquí. Al abandonar este lugar no olvidaré sus enseñanzas, os lo aseguro. ¡Vámonos!

El Espectro seguía mostrándole la cabeza del cadáver con su dedo inmóvil.

—Os comprendo —replicó Scrooge—, y lo haría si pudiera. Pero me es imposible, Espíritu, me es imposible.

El Espectro pareció mirarle de nuevo.

—Si hay en la ciudad alguien a quien emocione la muerte de ese hombre —dijo Scrooge, agonizante—, mostradme esa persona, Espíritu, os lo suplico.

El Fantasma extendió un momento su sombría vestidura ante él, como un ala; después, volviendo a plegarla, mostróle una habitación alumbrada por la luz del día, donde estaba una madre con sus hijos.

Aguardaba a alguien con ansiosa inquietud, pues iba de un lado a otro por la habitación, se estremecía al menor ruido, miraba por la ventana, consultaba el reloj; trataba, pero inútilmente, de manejar la aguja, y no podía aguantar las voces de los niños en sus juegos.

Al fin se oyó en la puerta el golpe esperado tanto tiempo; se precipitó a la puerta y encontróse con su marido, cuyo rostro estaba ajado y abatido por la preocupación, aunque era joven. En aquel momento mostraba una expresión notable: un placer triste, que le causaba vergüenza y que se esforzaba en reprimir.

Sentóse para comer el almuerzo preparado para él junto al fuego, y cuando ella le preguntó débilmente qué noticias había (lo que no hizo sino después de un largo silencio) pareció cohibido de responder.

—¿Son buenas o malas? —dijo para ayudarle.

—Malas —respondió.

—¿Estamos completamente arruinados?

—No. Aún hay esperanzas, Carolina.

—Si se conmueve —dijo ella asombrada—, si tal milagro se realizara, no se habrían perdido las esperanzas.

—Ya no puede conmoverse —dijo el marido—, porque ha muerto.

Era aquella mujer una dulce y paciente criatura, a juzgar por su rostro, pero su alma se llenó de gratitud al oír aquello, y así lo expresó juntando las manos.

Un momento después pedía perdón a Dios, y se mostraba afligida; pero el primer movimiento salió del corazón.

—Lo que me dijo aquella mujer medio ebria, de quien te hablé anoche, cuando intenté verle para obtener un plazo de una semana, y lo que creí un pretexto para no recibirme, es la pura verdad: no sólo estaba muy enfermo, sino agonizando.

—¿Y a quién se transmitirá nuestra deuda?

—No lo sé. Pero antes de ese tiempo tendremos ya el dinero, y aunque no lo tuviéramos, sería tener muy mala suerte encontrar en su sucesor un acreedor tan implacable como él. Esta noche podemos dormir tranquilos, Carolina.

Sí. Sus corazones se sentían aliviados de un gran peso. Las caras de los niños, agrupados a su alrededor para oír lo que tan mal comprendían, brillaban más: la muerte de aquel hombre llevaba un poco de dicha a aquel hogar. La única emoción que el Espectro pudo mostrar a Scrooge con motivo de aquel suceso fue una emoción de placer.

—Espíritu, permitidme ver alguna ternura relacionada con la muerte —dijo Scrooge—; si no, la sombría habitación que abandonamos hace poco estará siempre en mi recuerdo.

El Fantasma le condujo a través de varias calles que le eran familiares; a medida que marchaban, Scrooge miraba a todas partes en busca de su propia imagen, pero en ningún sitio conseguía verla. Entraron en casa del pobre Bob Cratchit, la habitación que habían visitado anteriormente, y hallaron a la madre y a los niños sentados alrededor de la lumbre.

Tranquilos, muy tranquilos. Los ruidosos Cratchit pequeños se hallaban en un rincón, quietos como estatuas, sentados y con la mirada fija en Pedro, que tenía un libro abierto delante de él. La madre y sus hijas se ocupaban en coser. Toda la familia estaba muy tranquila.

«Y tomó a un niño y le puso en medio de ellos.»

¿Dónde había oído Scrooge aquellas palabras? No las había soñado. El niño debía de haberlas leído en voz alta cuando él y el Espíritu cruzaban el umbral. ¿Por qué no seguía la lectura?

La madre dejó su labor sobre la mesa y se cubrió la cara con las manos.

—El color de esta tela me hace daño en los ojos —dijo.

¿El color? ¡Ah, pobre Tiny Tim!

—Ahora están mejor —dijo la mujer de Crachit—. La luz artificial les perjudica, y por nada del mundo quisiera que cuando venga vuestro padre viese que tengo los ojos malos. Ya no debe tardar, a la hora que es.

—Ya ha pasado la hora —contestó Pedro cerrando el libro—. Pero creo que hace unas cuantas noches anda algo más despacio que de costumbre, madre.

Volvieron a quedar en silencio. Al fin dijo la madre con voz firme y alegre, que una sola vez se debilitó:

—Yo le he visto un día andar deprisa, muy deprisa, con..., con Tiny Tim sobre los hombros.

—Y yo también —gritó Pedro—. Muchas veces.

—Y yo también —exclamó otro, y luego todos.

—Pero Tiny Tim era muy ligero de llevar —continuó la madre volviendo a su labor—, y su padre le quería tanto que no le molestaba, no le molestaba. Pero ya oigo a vuestro padre en la puerta.

Corrió a su encuentro, y el pequeño Bob entró con su bufanda —bien la necesitaba el pobre—. Su té se hallaba preparado junto a la lumbre y todos se precipitaron a servírselo. Entonces los dos Cratchit pequeños saltaron sobre sus rodillas y cada uno de ellos puso su carita en una de las mejillas del padre, como diciendo: «No pienses en ello, padre; no te apenes.»

Bob se mostró muy alegre con ellos, y tuvo para todos una palabra amable; miró la labor que había sobre la mesa y elogió la destreza y habilidad de la señora Cratchit y las niñas.

—Eso se terminará mucho antes del domingo —dijo.

—¡Domingo! ¿Has ido hoy allá, Roberto? —preguntó su mujer.

—Sí, querida —respondió Bob—. Me hubiera gustado que hubieses podido venir. Os hubiera agradado ver qué verde está aquel sitio. Pero ya lo veréis a menudo. Le he prometido que iré a pasar allí un domingo. ¡Pequeñito, nene mío! —gritó Bob—. ¡Pequeñito mío!

Estalló de pronto. No pudo remediarlo. Para que pudiera remediarlo habría sido preciso que no se sintiese tan cerca de su hijo.

Dejó la habitación y subió a la del piso de arriba, profusamente iluminada y adornada como en Navidad. Había una silla colocada junto a la cama del niño, y se veían indicios de que alguien la había ocupado recientemente. El pobre Bob sentóse en ella, y cuando se repuso algo y se tranquilizó, besó aquella carita. Sintióse resignado por lo sucedido y bajó de nuevo completamente feliz.

La familia rodeó la lumbre y empezó a charlar; las muchachas y la madre siguieron su labor. Bob les contó la extraordinaria benevolencia del sobrino de Scrooge, a quien apenas había visto una vez, y que al encontrarle aquel día en la calle, y viéndole un poco..., «un poco abatido, ¿sabéis?» —dijo Bob—, se enteró de lo que le había sucedido para estar tan triste. En vista de lo cual —continuó Bob—, ya que es el caballero más afable que se puede encontrar, se lo conté. «Estoy sinceramente apenado por lo que me contáis, señor Cratchit —dijo—, por vos y por vuestra excelente mujer.» Y a propósito: no sé cómo ha podido saber eso.

—¿Saber el qué?

—Que eras una excelente mujer —contestó Bob.

—Eso lo sabe todo el mundo —dijo Pedro.

—Muy bien dicho, hijo mío —exclamó Bob—. Espero que todo el mundo lo sepa. «Sinceramente apenado —dijo— por vuestra excelente mujer. Si puedo serviros en algo —continuó, dándome su tarjeta—, este es mi domicilio. Os ruego que vayáis a verme.» Bueno, pues me ha encantado —exclamó Bob—, no por lo que está dispuesto a hacer en nuestro favor, sino por su benevolencia. Parecía que en realidad había conocido a nuestro Tiny Tim y se lamentaba con nosotros.

—Estoy segura de que tiene buen corazón —dijo la señora Cratchit.

—Más segura estarías de ello, querida —contestó Bob— si le hubieras visto y le hubieras hablado. No, no me sorprendería nada, fíjate en lo que digo, que proporcionase a Pedro un empleo mejor.

—Oye esto, Pedro —dijo la señora Cratchit.

—Y entonces —gritó una de las muchachas—, Pedro buscará compañía y se establecerá por su cuenta.

—¡Vete a paseo! —replicó Pedro haciendo una mueca.

—Eso puede ser y puede no ser —dijo Bob—, aunque hay mucho tiempo por delante, hijo mío. Pero de cualquier modo y en cualquier época que nos separemos uno de otro, tengo la seguridad de que ninguno de nosotros olvidará al pobre Tiny Tim, ¿verdad?, ninguno olvidará esta primera separación.

—¡Nunca! —gritaron todos.

—Y yo sé —dijo Bob—, yo sé, hijos míos, que cuando recordemos cuán paciente y cuán dulce fue, aun siendo pequeño, pequeñito, no armaremos pendencias unos con otros, porque al hacerlo olvidaríamos al pobre Tiny Tim.

—¡No, padre, nunca! —volvieron a gritar todos.

—Soy muy feliz —dijo el pequeño Bob—. ¡Soy muy feliz!

La señora Cratchit le besó, sus hijas le besaron, los dos Cratchit pequeños le besaron, y Pedro y él se dieron un apretón de manos. ¡Espíritu de Tiny Tim, tu esencia infantil provenía de Dios!

—Espectro —dijo Scrooge—, algo me dice que la hora de nuestra separación se acerca. Lo sé, pero no sé cómo se verificará. Decidme, ¿quién era aquel hombre que hemos visto yacer en su lecho de muerte?

El Espectro de la Navidad Futura le transportó, como antes —aunque en una época diferente, según pensó; verdaderamente, sus últimas visiones aparecían embrolladas, excepto la seguridad de que pertenecían al porvenir—, a los lugares en que se reunían los hombres de negocios, pero sin mostrarle su otro «él». En verdad, el Espíritu no se detuvo para nada, sino que siguió adelante, como para alcanzar el objetivo deseado, hasta que Scrooge le suplicó que se detuviera un momento.

—Esta callejuela que atravesamos ahora —dijo Scrooge— es el lugar donde desde hace mucho tiempo yo establecí el centro de mis ocupaciones. Veo la casa. Permitidme contemplar lo que será en los días venideros.

El Espíritu se detuvo; su mano señaló a otro sitio.

—La casa está allá abajo —exclamó Scrooge—. ¿Por qué me señaláis hacia otra parte?

El inexorable dedo no experimentó ningún cambio. Scrooge corrió a la ventana de su despacho y miró al interior. Seguía siendo un despacho, pero no el suyo. Los muebles no eran los mismos, y la persona sentada en la butaca no era él. El Fantasma señalaba como anteriormente.

Scrooge volvió a unírsele, y sin comprender por qué no estaba él allí ni dónde habría ido, siguió al Espíritu hasta llegar a una verja de hierro. Antes de entrar se detuvo para mirar a su alrededor.

Un cementerio. Bajo la tierra yacían allí los infelices cuyo nombre iba a saber. Era un digno lugar. Rodeado de casas, invadido por la hiedra y las plantas silvestres, antes muerte que vida de la vegetación, demasiado lleno de sepulturas, abonado hasta la exageración. ¡Un digno lugar!

El Espíritu, en pie en medio de las tumbas, indicó una. Scrooge avanzó hacia ella temblando. El Fantasma era exactamente como había sido hasta entonces, pero Scrooge tuvo miedo al notar un ligero cambio en su figura solemne.

—Antes de acercarme más a esa piedra que me enseñáis —le dijo—, respondedme a una pregunta: ¿Es todo eso la imagen de lo que «será», o solamente la imagen de lo que «puede ser»?

El Espectro siguió señalando a la tumba junto a la cual se hallaba.

—Las resoluciones de los hombres simbolizan ciertos objetivos que, si perseveran, pueden alcanzar —dijo Scrooge—; pero si se apartan de ellas, los objetivos cambian. ¿Ocurre lo mismo con las cosas que me mostráis?

El Espíritu continuó inmóvil, como siempre.

Scrooge se arrastró hacia él, temblando al acercarse, y siguiendo la dirección del dedo leyó sobre la piedra de la abandonada sepultura su propio nombre: EBENEZER SCROOGE.

—¿Soy yo el hombre que yacía sobre el lecho? —exclamó, cayendo de rodillas.

El dedo se dirigió de la tumba a él y de él a la tumba.

—¡No, Espíritu! ¡Oh, no, no!

El dedo seguía allí.

—¡Espíritu —gritó, agarrándose a su vestidura—, escuchadme! Yo no soy ya el hombre que era; no seré ya el hombre que habría sido a no ser por vuestra intervención. ¿Por qué me mostráis todo esto, si he perdido toda esperanza?

Por primera vez la mano pareció moverse.

—Buen Espíritu —continuó, prosternado ante él, con la frente en la tierra—, vos intercederéis por mí y me compadeceréis. Aseguradme que puedo cambiar esas imágenes que me habéis mostrado cambiando de vida.

La benévola mano tembló.

—Honraré la Navidad en mi corazón y procuraré guardarla todo el año. Viviré en el pasado, en el presente y en el porvenir. Los Espíritus de los tres no se apartarán de mí. No olvidaré sus lecciones. ¡Oh, decidme que puedo borrar lo escrito en esa piedra!

En su angustia, asió la mano espectral, que intentó desasirse; pero su petición le daba fuerza, y la retuvo. El Espíritu, más fuerte aún, le rechazó.

Juntando las manos en una última súplica a fin de que cambiase su destino, Scrooge advirtió una alteración en la túnica con capucha del Fantasma, que se contrajo, se derrumbó y quedó convertido en una columna de cama.

V

CONCLUSIÓN

¡Sí! Y la columna de cama era suya. La cama era la suya, el cuarto el suyo, y, lo mejor y más venturoso de todo: ¡el Tiempo venidero era suyo, para poder enmendarse!

—Viviré en el pasado, en el presente y en el porvenir —repitió Scrooge saltando de la cama—. Los Espíritus de los Tres no se apartarán de mí. ¡Oh, Jacob Marley! ¡Benditos sean el Cielo y la fiesta de Navidad! ¡Lo digo de rodillas, Jacob, de rodillas!

Se encontraba tan animado y tan encendido por buenas intenciones, que su voz desfallecida apenas respondía al llamamiento de su espíritu. Había sollozado con violencia en su lucha con el Espíritu y su cara estaba mojada de lágrimas.

—¡No se las han llevado! —exclamó Scrooge estrechando en sus brazos una de las cortinas de la alcoba—. No se las han llevado, ni tampoco las anillas. Están aquí... Yo estoy aquí... Las imágenes de las cosas que podían haber ocurrido pueden desvanecerse. Y se desvanecerán, lo sé.

Sus manos se ocupaban continuamente en palpar sus vestidos; los volvía del revés, los ponía con lo de arriba abajo y lo de abajo arriba, los desgarraba, los dejaba caer, haciéndolos cómplices de toda clase de extravagancias.

—¡No sé lo que hago! —exclamó Scrooge riendo y llorando a la vez y haciendo de sí mismo con sus medias una copia perfecta de Lacoonte—. Soy ligero como una pluma, dichoso como un ángel, alegre como un escolar, aturdido como un borracho. ¡Felices Pascuas a todos! ¡Feliz Año Nuevo a todo el mundo! ¡Hurra! ¡Viva!

Había ido a la sala dando brincos, y allí estaba entonces sin aliento.

—¡Aquí está la cacerola con el condimento! —gritó Scrooge entusiasmándose de nuevo y danzando alrededor de la chimenea—. ¡Esa es la puerta por donde entró el Espectro de Jacob Marley! ¡Ese es el rincón donde se sentó el Espectro de la Navidad presente! ¡Esa es la ventana por donde vi los Espíritus errantes! ¡Todo está en su sitio, todo; es verdad, todo ha sucedido! ¡Ja, ja, ja!

Realmente, para un hombre que no la había practicado por espacio de muchos años, era una risa espléndida, la risa más magnífica; el padre de una larga, larga progenie de risas brillantes.

—No sé a cuántos estamos —dijo Scrooge—. No sé cuánto tiempo he estado entre los Espíritus. No sé nada. Soy como un niño. ¡Hurra! ¡Viva!

Le interrumpieron su transporte de alegría las campanas de las iglesias, con los más sonoros repiques que oyó jamás. ¡Tin, tan! ¡Tin, tan! ¡Tin, tan! ¡Oh, magnífico, magnífico!

Corriendo a la ventana, la abrió y asomó la cabeza. Nada de bruma, nada de niebla; un frío claro, luminoso, jovial; un frío que al soplar hace bailar la sangre en las venas; un sol de oro; un cielo divino; un aire fresco y suave; campanas alegres. ¡Oh, magnífico, magnífico!

—¿Qué día es hoy? —gritó Scrooge dirigiéndose a un muchacho endomingado, que quizá se había detenido para mirarle.

—¿Eh? —replicó el muchacho lleno de admiración.

—¿Qué día es hoy, hermoso? —dijo Scrooge.

—¡Hoy! —repuso el muchacho—. ¡Toma, pues el día de Navidad!

—¡El día de Navidad! —se dijo Scrooge—. ¡No ha pasado todavía! Los Espíritus lo han hecho todo en una noche. Pueden hacer todo lo que quieren. Pueden, no hay duda. Pueden, no hay duda. ¡Hola, hermoso!

—¡Hola! —contestó el muchacho.

—¿Sabes dónde está la pollería, en la esquina de la segunda calle? —inquirió Scrooge.

—¡Claro que sí!

—¡Eres un muchacho listo! —dijo Scrooge—. ¡Un muchacho notable! ¿Sabes si han vendido el hermoso pavo que tenían colgado ayer? No el pequeño, el grande.

—¿Cuál? ¿Uno que era tan gordo como yo? —replicó el muchacho.

—¡Qué chico tan delicioso! —dijo Scrooge—. Da gusto hablar contigo. ¡Sí, hermoso!

—Todavía está colgado —repuso el muchacho.

—¿Sí? —dijo Scrooge—. Ve a comprarlo.

—¡Qué bromista! —exclamó el muchacho.

—No, no —dijo Scrooge—. Hablo en serio. Ve a comprarlo y di que lo traigan aquí, que yo les diré dónde tienen que llevarlo. Vuelve con el mozo y te daré un chelín. Si vienes con él antes de cinco minutos, te daré media corona.

El muchacho salió como una bala. Habría necesitado una mano muy firme en el gatillo el que pudiera lanzar una bala con la mitad de la velocidad.

—Voy a enviárselo a Bob Cratchit —murmuró Scrooge frotándose las manos y soltando la risa—. No sabrá quién se lo envía. Tiene dos veces el cuerpo de Tiny Tim. ¡Joe Miller no ha gastado nunca una broma como ésta de enviar el pavo a Bob!

Al escribir las señas no estaba muy firme la mano; pero, de cualquier modo, la escribió Scrooge, y bajó la escalera para abrir la puerta de la calle en cuanto llegase el mozo de la pollería. Hallándose allí aguardando su llegada, el llamador atrajo su mirada.

—¡Le amaré toda mi vida! —exclamó Scrooge acariciándole con la mano—. Apenas le miré antes. ¡Qué honrada expresión tiene en la cara! ¡Es un llamador admirable...! Aquí está el pavo. ¡Viva! ¡Hola! ¿Cómo estás? ¡Felices Pascuas!

¡Era un pavo! Seguramente no había podido aquel volátil sostenerse sobre las patas. Se las habría roto en un minuto como si fueran barras de lacre.

—¡Qué! No es posible llevarlo a cuestas hasta Camden Town —dijo Scrooge—. Tenéis que tomar un coche.

La risa con que dijo aquello, y la risa con que pagó el pavo, y la risa con que pagó el coche, y la risa con que dio la propina al muchacho, únicamente fue sobrepasada por la risa con que se sentó de nuevo en su butaca, ya sin aliento, y siguió riendo hasta llorar.

No le fue fácil afeitarse, porque su mano seguía muy temblorosa y el afeitarse requiere tranquilidad, aun cuando no bailéis mientras os entregáis a tal ocupación. Pero si se hubiera cortado la punta de la nariz, se habría puesto un trozo de tafetán inglés en la herida y habríase quedado tan satisfecho.

Vistióse con sus mejores ropas y se lanzó a la calle.

La multitud se precipitaba en aquel momento como la vio yendo con el Espectro de la Navidad Presente, y al marchar con las manos a la espalda, Scrooge miraba a todo el mundo con una sonrisa de placer. Parecía tan irresistiblemente amable, en una palabra, que tres o cuatro muchachos de buen humor dijeron: «¡Buenos días, señor! ¡Felices Pascuas, señor!» Y Scrooge dijo más tarde muchas veces que, de todos los sonidos agradables que oyó en su vida, aquellos fueron los más dulces para sus oídos.

No había andado mucho cuando vio que se dirigía hacia él el corpulento caballero que había ido a su despacho el día anterior, diciendo: «¿Scrooge y Marley, si no me equivoco?» Un dolor agudo le atravesó el corazón al pensar de qué modo le miraría el anciano caballero cuando se encontraran, pero vio el camino que se presentaba recto ante él y lo tomó.

—Querido señor —dijo Scrooge apresurando el paso y tomando al anciano caballero las dos manos—. ¿Cómo estáis? Espero que ayer habrá sido un buen día para vos. Es una acción que os honra. ¡Felices Pascuas, señor!

—¿El señor Scrooge?

—Sí —dijo éste—, tal es mi nombre, y temo que no os sea agradable. Permitid que os pida perdón. Y, ¿tendríais la bondad...? [Aquí Scrooge le cuchicheó al oído.]

—¡Bendito sea Dios! —gritó el caballero, como si le faltara el aliento—. Querido señor Scrooge, ¿habláis en serio?

—Si no lo tomáis a mal —dijo Scrooge—. Nada menos que eso. En ello están incluidas muchas deudas atrasadas, os lo aseguro. ¿Me haréis ese favor?

—Querido señor —dijo el otro estrechándole las manos—. No sé cómo alabar tal muni...

—Os ruego que no digáis nada —interrumpió Scrooge—. Id a verme. ¿Iréis a verme?

—Iré —exclamó el anciano caballero.

Y se veía claramente que pensaba hacerlo.

—Gracias —dijo Scrooge—. Os lo agradezco mucho. Os doy mil gracias. ¡Adiós!

Estuvo en la iglesia, recorrió las calles y contempló a la gente que iba presurosa de un lado a otro, dio a los niños palmaditas en la cabeza, interrogó a los mendigos, miró curiosamente las cocinas de las casas y luego miró hacia las ventanas, y notó que todo le producía placer. Nunca imaginó que un paseo —una cosa insignificante— pudiera hacerle tan feliz. Por la tarde dirigió sus pasos a casa de su sobrino.

Pasó ante la puerta una docena de veces antes de atreverse a subir y llamar a la puerta. Por fin lanzóse y llamó.

—¿Está en casa vuestro amo, querida? —preguntó Scrooge a la muchacha.— ¡Guapa chica, en verdad!

—Sí, señor.

—¿Dónde está, preciosa? —dijo Scrooge.

—En el comedor, señor; está con la señora. Haced el favor de subir conmigo.

—Gracias. El señor me conoce —repuso Scrooge con la mano puesta ya en el picaporte del comedor—. Voy a entrar, hija mía.

Abrió suavemente y metió la cabeza ladeada por la puerta entreabierta. El matrimonio hallábase examinando la mesa (puesta como para una comida de gala), pues los jóvenes amos de casa siempre se cuidan de tales pormenores y les agrada ver que todo está como es debido.

—¡Fred! —dijo Scrooge.

¡Cielos! ¡Cómo se estremeció su sobrina política! Scrooge olvidó por un momento que la había visto sentada en un rincón con los pies en el taburete; si no, no se habría atrevido a entrar de ningún modo.

—¡Dios me valga! —gritó Fred—. ¿Quién viene?

—Soy yo. Tu tío Scrooge. He venido a comer. ¿Me permites entrar, Fred?

¡Permitirle entrar! Por poco no le arranca un brazo para introducirle en el comedor. A los cinco minutos se hallaba como en su casa. No era posible más cordialidad. La sobrina imitó a su marido. Y lo mismo Topper cuando llegó. Y lo mismo la hermana regordeta cuando llegó. Y lo mismo todos los demás cuando llegaron. ¡Admirable reunión, admirables entretenimientos, admirable unanimidad, ad-mi-ra-ble dicha!

Pero Scrooge acudió temprano a su despacho a la mañana siguiente. ¡Oh, muy temprano! Si él pudiera llegar el primero y sorprender a Cratchit cuando llegara tarde! ¡Aquello era lo único que le preocupaba!

¡Y lo consiguió, vaya si lo consiguió! El reloj dio las nueve. Bob no llegaba. Las nueve y cuarto. Bob no llegaba. Bob se retrasaba ya dieciocho minutos y medio. Scrooge se sentó, dejando su puerta de par en par, a fin de verle cuando entrase en su mazmorra. Habíase quitado Bob el sombrero antes de abrir la puerta, y también la bufanda. En un instante se instaló en su taburete y se puso a escribir rápidamente, como si quisiera lograr que fuesen las nueve de la mañana.

—¡Hola! —gruñó Scrooge, imitando cuanto pudo su voz de antaño—. ¿Qué significa que vengáis a esta hora?

—Lo siento mucho, señor —dijo Bob—. Ya sé que vengo tarde.

—¡Tarde! —repitió Scrooge—. Sí. Creo que venís tarde. Acercaos un poco, haced el favor.

—Es solamente una vez al año, señor —dijo Bob tímidamente, saliendo de la mazmorra—. Esto no se repetirá. Ayer estuve un poco de broma, señor.

—Pues tengo que deciros, amigo mío —dijo Scrooge—, que no estoy dispuesto a que esto continúe de tal modo. Por consiguiente —añadió, saltando de su taburete y dando a Bob tal empellón en la cintura que le hizo retroceder dando traspiés a su cuchitril—, por consiguiente, voy a aumentaros el sueldo.

Bob tembló y dirigióse a donde estaba la regla sobre su mesa. Tuvo una momentánea intención de golpear a Scrooge con ella, sujetarle con los brazos, pedir auxilio a los que pasaban por la calleja para ponerle una camisa de fuerza.

—¡Felices Pascuas, Bob! —dijo Scrooge con una vehemencia que no admitía duda y abrazándole al mismo tiempo—. Tanto más felices Pascuas os deseo, Bob, querido muchacho, cuanto que he dejado de felicitaros tantos años. Voy a aumentaros el sueldo y a esforzarme por ayudaros a sostener a vuestra familia, y esta misma tarde discutiremos nuestros asuntos ante un tazón de ponche humeante. Bob. ¡Encended las dos lumbres, id a comprar otro cubo para el carbón antes de poner un punto sobre una i, Bob Cratchit!

Scrooge hizo más de lo que le había dicho. Hizo todo e infinitamente más, y respecto de Tiny Tim, que no murió, fue para él un segundo padre. Se hizo tan buen amigo, tan buen maestro y tan buen hombre como el mejor ciudadano de una ciudad, de una población o de una aldea del bueno y viejo mundo. Algunos se rieron al verle cambiado, pero él los dejó reír y no se preocupó, pues era lo bastante juicioso para saber que nunca sucedió nada de bueno en este planeta que no empezara por hacer reír a algunos, y comprendiendo que aquéllos estaban ciegos, pensó que tanto vale que arruguen los ojos a fuerza de reír, como que la enfermedad se manifieste en forma menos atractiva. Su propio corazón reía, y con esto tenía bastante.

No volvió a tener trato con los aparecidos, pero en adelante tuvo mucho más con los amigos y con la familia, y siempre se dijo que si algún hombre poseía la sabiduría de celebrar respetuosamente la fiesta de Navidad, ese hombre era Scrooge.

¡Ojalá se diga con verdad lo mismo de nosotros, de todos nosotros! Y también, como hacía notar Tiny Tim, ¡Dios nos bendiga a todos!

OTROS CUENTOS

SENTIMENTAL

La señorita Crumpton, o, para citar con toda autoridad la inscripción que aparecía en la verja del jardín del *Minerva House*, en Hammersmith, «Las señoritas Crumpton», eran dos personas de una estatura fuera de lo común, particularmente delgadas y excesivamente flacas; tiesas como un palo y de color apergaminado. La señorita Amelia Crumpton «contaba» treinta y ocho años y la señorita María Crumpton admitía tener cuarenta; concesión que era perfectamente innecesaria por cuanto era evidente que, por lo menos, tenía cincuenta. Vestían de la manera más interesante —como si fueran mellizas—; tenían un aire tan feliz y satisfecho como un par de clavelones a punto de echar grano. Eran muy precisas, tenían las ideas más estrictas posibles respecto a la propiedad, usaban peluca y siempre despedían un fuerte olor de lavanda.

Minerva House —«La Casa de Minerva», diosa de la Sabiduría—, dirigida bajo los auspicios de las dos hermanas, era un «establecimiento dedicado a completar la educación de jóvenes señoritas», donde una veintena de muchachas, cuya edad oscilaba entre los quince y los diecinueve abriles, adquirían un conocimiento superficial de todo y un verdadero conocimiento de nada: enseñanza de los idiomas francés e italiano; lecciones de baile dos veces por semana y otras cosas convenientes para la vida. Era un edificio todo blanco, un poco apartado del camino, cercado por una valla. Las ventanas de los dormitorios estaban siempre entreabiertas para que, a vista de pájaro, pudieran admirarse las numerosas camas de hierro, con unos muebles tapizados de blanquísima cotonada, e imprimir así en el transeúnte el debido sentido de la fastuosidad del establecimiento. Al entrar había una sala de visitas —de cuyas paredes pendían un sinnúmero de mapas sumamente barnizados, a los cuáles nadie dedicaba la menor atención— repleta de libros que nunca había leído nadie. Este salón estaba destinado exclusivamente a recibir a los parientes de las pupilas, los cuales, cuando acudían allí, no podían menos que sentirse sumamente impresionados por la gran severidad que emanaba de aquel lugar.

—Amelia, querida mía —dijo la señorita María Crumpton al entrar en la clase una mañana, con su peluca llena de papillotes (acostumbraba a ostentarlos para dar la impresión a las jovencitas bajo su custodia de que su pelo era una cosa real)—. Amelia, he aquí una nota que acabo de recibir, de lo más satisfactoria. No debe importarte leerla en voz alta.

La señorita Amelia, así advertida, procedió a leer la siguiente comunicación con un aire de gran triunfo:

«Cornelio Brook Dingwall, Esquire, M. P.*, saluda atentamente a la señorita Crumpton y se consideraría muy agradecido si la señorita Crumpton se dignara visitarle, siempre que le sea dable, mañana a las trece horas, y que Cornelio Brook Dingwall, Esq., M. P., tiene sumo interés en hablar con la señorita Crumpton de un asunto relacionado con la custodia de la señorita Brook Dingwall. —Adelphi. —Lunes por la mañana.»

—¡Oh, hermana, un miembro del Parlamento! —exclamó Amelia con un tono extático.

—Un miembro del Parlamento, hermana —repitió la señorita María con una sonrisa de deleite; sonrisa que, desde luego, suscitó una burlona risita de todas las alumnas.

—¡Es delicioso! —dijo la señorita Amelia; lo que dio lugar a que todas las pupilas expresaran de nuevo su admiración—. Los cortesanos son los chicos que van a la escuela; las niñas, las damas de la corte.

Un acontecimiento tan importante suspendió en seguida las labores del día. Fue declarado festivo en conmemoración del gran suceso; las señoritas Crumpton se retiraron a sus habitaciones particulares para hablar del asunto; las muchachas más pequeñas discutían de los probables modales y costumbres de la hija de un miembro del Parlamento, y las mayores, que frisaban en los dieciocho, se preguntaban si estaría prometida, si era linda, si sería muy revoltosa y otros muchos síes de igual importancia.

Al día siguiente las dos señoritas Crumpton se presentaron en Adelphi a la hora señalada, vestidas, desde luego, con sus mejores trapos de cristianar, y con el aire más amable que podían aparentar, que no era mucho. Después de haber dado sus tarjetas a un lacayo de aspecto imponente, que vestía una librea flamante, fueron conducidas a la augusta presencia del gran Dingwall.

Cornelio Brook Dingwall, Esq., M. P., era muy altivo, solemne y vanidoso. Tenía, naturalmente, un algo de continencia, pero no era perceptible en lo más mínimo debido a su modo de llevar una corbata tiesa en extremo. Se sentía maravillosamente orgulloso del apéndice de «M. P.» que llevaba su nombre, y nunca dejaba pasar la oportunidad de recordar su dignidad a la gente. Tenía una gran idea de sus propias habilidades, lo que debía de ser un inmenso consuelo para él, ya que nadie más abrigaba tal creencia, y en la diplomacia en pequeña escala y en los asuntos de su propia familia, se consideraba sin rival posible. Era un magistrado de distrito y desempeñaba las funciones que corrían a su cargo con la debida justicia e imparcialidad; con frecuencia caían en sus manos cazadores furtivos, y en ocasiones se encarcelaba a sí mismo. La señorita Brook Dingwall era una de aquellas señoritas que, como los adverbios, deben ser conocidas por sus respuestas a preguntas vulgares y no sirven para otra cosa.

En aquella ocasión este talento individual estaba sentado ante una pequeña librería y una mesa en la que se amontonaban los papeles, sin hacer nada, pero intentando dar la apariencia de que estaba ocupadísimo. Actas del Parlamento y cartas dirigidas a «Cornelio Brook Dingwall, Esq., M. P.», estaban ostentosamente esparcidas por encima de la mesa; a una corta dis-

---

* Miembro del Parlamento.

tancia de ésta, la señora Brook Dingwall estaba sentada trabajando. Una de esas plagas públicas, un chico mal criado, jugaba por la habitación, vestido según la moda más refinada, es decir, con una túnica azul ceñida con un cinturón negro, de un cuarto de pulgada de ancho y abrochado con una gran hebilla que tenía todo el aire de un bandolero de melodrama visto a través de unos lentes de reducción.

Después de una agudeza del dulce muchachito, que consistió en divertirse a sí mismo huyendo con la silla destinada a la señorita María, tan pronto como se colocó para que ella se sentara, las visitantes tomaron asiento, y Cornelio Brook Dingwall, Esq., consideró iniciada la conversación.

—Había mandado llamar a la señorita Crumpton —dijo— como consecuencia de las excelentes referencias que le habían dado del establecimiento que ella dirigía, y que le habían sido facilitadas por su amigo sir Alfredo Muggs.

La señorita Crumpton expresó su agradecimiento a él —a sir Alfredo Muggs—, y Cornelio prosiguió:

—Una de mis razones principales, señorita Crumpton, para desprenderme de mi hija, es que ésta últimamente se ha imbuido de ciertas ideas sentimentales, que tengo muchísimo deseo de que desaparezcan de su joven cabeza.

En ese momento el dulce muchachito a que antes hemos hecho mención se cayó de un sillón, haciendo un ruido atronador.

—¡Qué chico! —exclamó la mamá, que parecía más maravillada de que el «angelito» se hubiese tomado la libertad de caer que de todas sus otras diabluras—. Llamaré a James para que se lo lleve de aquí.

—Amor mío, te ruego que no le eches —dijo el diplomático tan pronto como pudo hacerse oír en medio del aterrador griterío que precedió a aquel hundimiento—. Todo es motivado por la gran genialidad de su espíritu —dijo a manera de aclaración dirigida a la señorita Crumpton.

—Ciertamente, señor —replicó la vieja María, sin comprender en absoluto qué relación podía existir entre la genialidad de un espíritu animal y la caída de un sillón.

Volvió a reinar el silencio, y el miembro del Parlamento resumió:

—Considero, señorita Crumpton, que nada puede tener un efecto más eficaz contra lo que batallamos que el que mi hija disfrute constantemente de la compañía de jovencitas de su misma edad, y como sé que en su establecimiento ha de hallarlas sin duda, sin que contaminen su cabeza, es por lo que me propongo mandarles a la señorita Brook Dingwall.

La más joven de las señoritas Crumpton expuso, en sentido general, los conocimientos que se adquirían en *Minerva House*. María se había quedado de repente sin voz..., debido a un intenso dolor físico. El muchachito, habiendo recobrado su espíritu animal, se mantenía erguido sobre el más delicado de los pies de la directora, con objeto de permitir así que su cara —que parecía una O mayúscula, de aquellas que aparecen en los carteles de teatro con letras encarnadas— se mantuviera al nivel de la mesa, donde se entretenía en hacer unos garrapatos.

—Desde luego, Lavinia será una pensionista —continuó el envidiable padre—, y a este respecto quiero que se cumplan estrictamente mis instrucciones. El caso es que un ridículo amor por una persona de posición muy inferior a la suya la ha llevado a su actual de estado de ánimo. Sabiendo usted esto, y confiándola a su custodia, no tendrá la oportunidad de encontrarse con aquella persona. Por ello, no haré ninguna objeción; es más, incluso preferiría que tomara parte en las fiestas de sociedad que ustedes organizan, y usted convendrá en ello.

Este importante discurso fue de nuevo interrumpido por el buen humor del chico, quien, en un exceso de jovialidad, había roto el cristal de una ventana y por poco se precipita a un espacio contiguo. Se tocó la campanilla para que James viniera por él; sucedió una respetable confusión y un no menor vocerío; se vieron dos piernas azules que estaban dando violentas coces al aire cuando el hombre salió de la habitación, y el jovenzuelo desapareció.

—Al señor Brook Dingwall le gustaría que la señorita Brook Dingwall aprendiera de todo —dijo la señora Brook Dingwall, quien apenas decía cuatro palabras seguidas.

—¡Desde luego! —pronunciaron ambas señoritas Crumptor al unísono.

—Y confío, señorita Crumpton, en que el plan que he ideado se realizará de modo que desaparezcan de la cabeza de mi hija estas ideas absurdas. Espero que usted tendrá la bondad de cumplir, en todos sus puntos, cualquier instrucción que le pase a este respecto.

Se le dieron, naturalmente, todas las seguridades, y después de una larga conversación, conducida por parte de los Dingwall con la gravedad diplomática más correcta y con el más profundo respeto por la de las señoritas Crumpton, se convino, por último, que la señorita Lavinia sería enviada de allí a dos días a Hammersmith, fecha en la que tendría lugar el baile que cada medio año se celebraba en el pensionado. Aquello podría cambiar los pensamientos de la querida muchacha. Y, además, no dejaba de ser una pequeña diplomacia.

La señorita Lavinia fue presentada a sus futuras directoras, y ambas señoritas Crumpton afirmaron que era una muchacha de lo más encantadora; opinión que, por coincidencia singular, siempre emitían ante cualquier nueva pupila.

Se cambiaron cortesías, se expresaron agradecimientos y la conversación se dio por terminada.

* * *

En *Minerva House* se hicieron incesantes preparativos en una magnitud nunca hasta entonces igualada para dar el aspecto más brillante al próximo baile a celebrar. Se dedicó a él la sala más grande de toda la casa, que se decoró con rosas azules hechas de cotonada, tulipas pálidas y flores artificiales de idéntica apariencia natural, confeccionadas por las propias manos de las alumnas. Se retiraron las alfombras, se quitaron las puertas de dos hojas, se sacaron los muebles y sólo se colocaron asientos de paseo. Los lenceros de

Hammersmith se pasmaron ante la improvisada demanda de cintas de tafetán de Florencia y largos guantes blancos. Se compraron a docenas los geranios para hacer ramos con ellos, y un arpa y dos violines se encargaron a la ciudad para acompañar al gran piano que ya poseía el establecimiento. Las muchachas que fueron escogidas para tomar parte en aquel acontecimiento musical y dar un mayor realce al renombre que ya gozaba la escuela practicaban incesantemente, con gran satisfacción por su parte; demasiado, según la opinión del hombre lisiado que estaba apostado en la esquina en demanda de una limosna por el amor de Dios. Y se cruzó una constante correspondencia entre las señoritas Crumpton y los pasteleros de Hammersmith.

Llegó al fin aquella ansiada noche; se ataron muchos cordones de corsés, se anudaron muchas sandalias y trabajaron denodadamente los peluqueros, como sólo puede ocurrir en un pensionado. Las alumnas más jovencitas se metían por todas partes, y de todos lados eran echadas, de común acuerdo. y las mayores, ya vestidas, ya atados los cordones, se adulaban, se envidiaban las unas a las otras, con una seriedad y sinceridad asombrosas.

—¿Qué tal te parezco, querida? —preguntaba la señorita Emilia Smithers, la «bella» de la escuela, a la señorita Carolina Wilson, que era su amiga íntima... porque era la muchacha más fea de todo Hammersmith, y hasta fuera de él.

—¡Oh, encantadora, encantadora de verdad, querida! ¿Y yo?

—¡Deliciosa, nunca me has parecido más hermosa! —replicaba la «bella», ajustándose su propio vestido y sin dedicar la menor mirada a su pobre compañera.

—Espero que el joven Hilton vendrá pronto —dijo una jovencita a otra con expectación.

—Estoy segura de que se consideraría muy halagado si supiera esto —replicó la otra.

—¡Oh, es tan guapo! —exclamó la primera.

—¡Una persona tan encantadora! —añadió una tercera.

—¡Tiene un aire tan *distingué!* —manifestó otra.

—¡Oh! ¿Sabéis una cosa? —dijo otra muchacha, entrando en la habitación—. La señorita Crumpton dice que va a venir su primo.

—¿Quién? ¿Teodosio Butler? —exclamaron todas con arrobamiento.

—¿Es guapo? —inquirió una novicia.

—No; guapo precisamente, no —fue la respuesta general—. ¡Pero es tan inteligente!

El señor Teodosio Butler era uno de esos genios inmortales de los cuales se encuentra una muestra en casi todas las reuniones. Por lo común, están dotados de una voz profunda y monótona; siempre se persuaden a sí mismos de que son personas admirables y que son muy felices, sin saber precisamente por qué. Son muy vanidosos y, por regla general, tienen algunas ideas; pero, en efecto, son considerados como personas muy inteligentes tanto por las muchachas como por los jóvenes. El individuo en cuestión, el señor Teodosio, había escrito un folleto conteniendo algunas consideraciones de peso sobre la conveniencia de dedicarse a esto o a aquello, y como cada frase contenía muchas palabras de cuatro sílabas, sus admiradores dieron por seguro que era un verdadero pozo de ciencia.

—Quizá sea él —exclamaron varias jovencitas cuando se oyó la primera llamada en el timbre de la verja.

Se produjo una pausa impresionante. Llegaron algunas cajas y apareció una joven dama, la señorita Brook Dingwall, ataviada en traje de baile, con una gran cadena de oro alrededor del cuello, y el vestido adornado con una sola rosa; con un abanico de marfil en sus manos, e impresa en su faz la más interesante expresión de dolor.

Las señoritas Crumpton se interesaron por la salud de los otros miembros de la familia con la ansiedad más afectada, y la señorita Brook Dingwall fue presentada, con todas las formalidades, a sus futuras condiscípulas. Las señoritas Crumpton conversaron con sus pupilas en los tonos más dulces, con objeto de que la recién llegada quedara altamente impresionada de su cariñoso trato.

De nuevo sonó la campanilla. Era el señor Dadson, profesor de caligrafía, y su mujer. La esposa iba vestida de verde, con zapatos y adornos en el sombrero que hacían juego, y el profesor de caligrafía llevaba un chaleco blanco, pantalones cortos negros y calcetines de seda del mismo color, que ocultaban unas piernas lo suficientemente largas para dos profesores de caligrafía. Las jovencitas se hablaron entre sí, y los dos recién llegados felicitaron a las señoritas Crumpton, que iban vestidas de color de ámbar y llevaban unas bandas largas que les daban el aspecto de muñecas de bazar.

Se repitieron las llamadas de la campanilla, y llegaron tantos invitados que ya era imposible particularizar; papás y mamás, tías y tíos, los propietarios y guardianes de las diferentes alumnas; el profesor de canto, *signor* Lobskini, tocado con una peluca negra; los tocadores de *pianoforte* y violín; el arpista, en un estado de intoxicación, y una veintena de jóvenes que permanecían en pie cerca de la puerta, cuchicheando entre sí y ocultando de cuando en cuando sus risitas. Un susurro general de conversaciones. Se repartían con profusión tazas de café, de las que hacían buen gasto muchas mamás robustas, que tenían todo el aspecto de las personas que aparecen en las pantomimas con el sólo objeto de que se las derribe a golpes.

El popular señor Hilton fue el siguiente en aparecer, y habiendo tomado a su cargo —cediendo a las súplicas de las señoritas Crumpton— el oficio de maestro de ceremonias, las contradanzas comenzaron con un vigor singular. Los jóvenes que se mantenían en la puerta avanzaron gradualmente hasta llegar a la mitad de la sala, y con el tiempo se encontraron lo suficientemente a sus anchas para consentir en ser presentados a los demás invitados. El profesor de caligrafía danzaba todos los bailes, moviéndose con una agilidad tímida, y su esposa jugaba una partida de *whist* detrás del salón, en una pequeña habitación en la que habían unas cinco estanterías llenos de libros y a la que daban el rimbombante título de estudio.

La interesante Lavinia Brook Dingwall era la única muchacha de las entre allí presentes que parecía no tener ningún interés por los acontecimientos de la velada. En vano se la solicitó para que bailara; en vano se le tributó el homenaje que requería la hija de un miembro del Parlamento. Se mostró inconmovible lo mismo ante el espléndido tenor que era el inimitable Lobskini que ante la brillante ejecución de la señorita Leticia Parsons, cuya expresión en *The Recollections of Ireland* fue unánimemente declarada tan excelente como la que hubiera podido interpretar el propio Moscheles. Ni siquiera el anuncio de la llegada del señor Teodosio Butler pudo inducirla a abandonar el rincón de la sala en donde estaba sentada.

—Teodosio —dijo la señorita María Crumpton, después que el ilustrado folletinista hubo echado el guante a casi todos los miembros de la reunión—, ya es hora de que te presente a nuestra nueva alumna.

Parecía como si a Teodosio no le interesara nada de lo que existe en este pícaro valle de lágrimas.

—Es la hija de un miembro del Parlamento —insistió María.

Teodosio se alarmó.

—¿Cuál es su nombre? —inquirió.

—Se llama señorita Brook Dingwall.

—¡Cielos! —exclamó poéticamente Teodosio en un tono débil como un susurro.

La señorita Crumpton empezó la presentación en la forma debida. La señorita Brook Dingwall levantó la cabeza de un modo lánguido.

—¡Eduardo! —exclamó con un ahogado grito al divisar las bien conocidas piernas enfundadas en mahón.

Por fortuna, como la señorita María Crumpton no poseía una gran dosis de penetración y como, además, una de las diplomáticas instrucciones que había recibido del no menos diplomático señor Cornelio Brook Dingwall era la de no prestar demasiada atención a las incoherentes exclamaciones que, a buen seguro, pronunciaría la señorita Laviana, la codirectora no tuvo el menor barrunto de la agitación que invadió a ambas partes presentadas, y, en su consecuencia, viendo que había sido aceptado Teodosio para la próxima contradanza, dejó a su primo en compañía de la señorita Brook Dingwall.

—¡Oh, Eduardo! —exclamó la más romántica de todas las jóvenes románticas, al tiempo que el pozo de ciencia tomaba asiento a su lado—. ¡Oh, Eduardo! ¿Eres tú?

El señor Teodosio aseguró a la querida criatura, en un tono de lo más apasionado, que no tenía conciencia de ser otro más que él mismo.

—Entonces, ¿por qué... este disfraz? ¡Oh, Eduardo M'Neville Walter, lo que yo he sufrido por ti!

—Lavinia, escúchame —murmuró el héroe en un arranque poético—. No me condenes sin haberme oído. Si algo de lo que emana de la miserable criatura que yo soy puede ocupar un lugar en tu corazón, si algo, a pesar de ser tan vil, merece tu atención, recuerda que una vez publiqué un folleto (cuyos gastos de impresión corrieron de mi cuenta), titulado: *Consideraciones acerca del plan de acción relacionado con la eliminación de los derechos sobre la cera de tas abejas.*

—¡Lo recuerdo, lo recuerdo! —sollozó Lavinia.

—Este —continuó el enamorado galán— era un tema por el que tu padre se había apasionado.

—¡En efecto, cierto! —repitió la sentimental criatura.

—Lo supe —continuó Teodosio en un tono dramático—. Lo supe... y le mandé un ejemplar del folleto. Se interesó en conocerme. ¿Podía yo confesar mi verdadero nombre? ¡Nunca! No; asumí el nombre que tú has pronunciado tantas veces con cariño. Bajo el nombre de M'Neville Walter me dediqué a aquella causa; como M'Neville Walter gané tu corazón; con la misma reputación fui arrojado de tu casa por los lacayos de tu padre, y sin ninguna reputación me ha sido dable verte. Ahora volvemos a encontrarnos, y yo te declaro con orgullo que soy Teodosio Butler.

La jovencita pareció quedar perfectamente satisfecha con estos argumentos y dedicó una mirada llena de afecto al inmortal defensor contra los derechos sobre la cera de abejas.

—¿Puedo esperar —dijo él— que la promesa que interrumpió el violento comportamiento de tu padre será renovada?

—Vayamos a reunirnos con los danzantes —replicó Lavinia, como una consumada coquetuela, porque las muchachas a los diecinueve abriles pueden permitirse la libertad de coquetear.

—¡No! —replicó el de las piernas de mahón—. No me moveré de este sitio y me retorceré con la tortura de la incertidumbre. Pero... dime, ¿puedo esperar?

—Puedes.

—¿Repites aquella promesa?

—La repito.

—¿Tengo tu permiso?

—Lo tienes.

—¿Completamente?

—Bien lo sabes —replicó Lavinia sonrojándose.

Los gestos del interesante rostro de Teodosio Butler expresaron su arrobamiento.

* * *

Podríamos extendernos sobre las circunstancias que sobrevinieron; cómo el señor Teodosio y la señorita Lavinia bailaron, charlaron y suspiraron todo el resto de la velada, y cómo esto causó la delicia de las señoritas Crumpton; cómo el profesor de caligrafía continuó retozando como un caballo y cómo su esposa, por un capricho inexplicable, abandonó la mesa de juego del pequeño saloncito y persistió en desplegar su verde tocado en un lugar visible del salón; cómo la cena consistió en pequeños emparedados en forma triangular, presentados en bandejas, y una tarta a guisa de variante; en fin, cómo los invitados consumieron agua caliente disfrazada con vino y limón y unas motitas de nuez moscada, a cuyo brebaje daban el pomposo nombre de *negus*. Sin embargo, pasaremos por alto estos y otros detalles para describir una escena de mayor importancia.

Quince días después del baile, Cornelio Brook Dingwall, Esq., M. P., estaba sentado ante la misma librería y ante aquella mesa de la habitación que describimos al principio. Encontrábase solo y en su rostro se dibujaba una expresión de concentración y solemne gravedad: estaba redactando una *Nota para la mejor observancia del lunes de Pascua de Resurrección.*

El lacayo golpeó ligeramente la puerta; el magistrado despertó de sus ensueños y fue anunciada la señorita Crumpton. Se concedió permiso a esta señorita para penetrar en el *sanctum*; María se deslizó dentro y, habiéndose sentado con mucha afectación, se retiró el lacayo y la profesora quedó sola con el miembro del Parlamento. ¡Oh, cómo echaba ésta de menos la presencia de un tercero! Incluso hubiese sido un alivio la compañía del terrible caballerito que concurrió a la primera visita.

La señorita Crumpton empezó el dueto. Suponía que la señora Brook Dingwall y el lindo muchachito disfrutaban de excelente salud.

Desde luego, gozaban de ella. La señora Brook Dingwall y el pequeño Federico se encontraban en Brington.

—Le agradezco mucho, señorita Crumpton —dijo Cornelio en el tono más digno—, su atención en visitarme esta mañana. Tenía la intención de trasladarme a Hammersmith para ver a Lavinia; pero sus informes eran tan tranquilizadores y los deberes que me impone mi representación en la Cámara son tan numerosos y agobiadores, que me obligaron a aplazar mi visita una semana. ¿Cómo está mi hija?

—Muy bien, señor —murmuró María, temiendo confesar al padre que la joven se había escapado del pensionado.

—¡Ah! Estoy viendo que el plan que yo ideé incluso le proporcionará un «buen partido».

Esta era una excelente oportunidad para confesarle que ya había encontrado el «buen partido». Pero ello era superior a las escasas fuerzas de la desgraciada codirectora.

—¿Ha perseverado usted estrictamente en la línea de conducta que tracé, señorita Crumpton?

—Estrictamente, señor.

—Me decía usted en su comunicación que el estado de ánimo de mi hija había mejorado notablemente.

—Mucho, en verdad; sí, señor.

—Lo celebro. Estaba seguro de que así sería.

—Pero temo, señor —dijo la señorita Crumpton con emoción—, que el plan no haya resultado exactamente como deseábamos.

—¿Cómo es eso? —exclamó el profeta—. ¡Dios me bendiga, señorita Crumpton! Usted parece alarmada. ¿Qué es lo que ha sucedido?

—La señorita Brook Dingwall, señor...

—Sí, señora...

—Ha huido, señor —añadió María, con una viva demostración de que optaba por desvanecerse.

—¡Huido!

—Se ha fugado, señor.

—¿Fugado? ¿Con quién? ¿Cuándo? ¿Adónde? ¿Cómo? —chilló el agitado diplomático.

La palidez natural del rostro de la infortunada María pasó por todos los tonos del arco iris, mientras dejaba un pequeño paquete encima de la mesa.

El padre lo abrió con precipitación: era una carta de su hija y otra de Teodosio. Dio una rápida ojeada a sus contenidos: «Cuando ésta llegue a tus manos... gran distancia... recurro a tus sentimientos... cerca de abejas... esclavitud, etc.» Hundió la frente entre sus manos y paseó por la habitación a grandes pasos, presagiadores de horribles tormentas, con gran alarma de la infeliz María.

—Ahora, fíjese bien en lo que voy a decirle: desde hoy —dijo Brook Dingwall, parándose súbitamente ante la mesa y golpeándola con los nudillos—, desde este instante nunca permitiré, cualquiera que sean las circunstancias, a un hombre que escribe folletos entrar en otra habitación de esta casa... si no es la cocina. Daré a mi hija y a su esposo una renta anual de ciento cincuenta libras, pero jamás volveré a mirar sus rostros. y tenga presente, señora, ¡caramba!, que votaré una moción en favor de la supresión de las escuelas dedicadas a perfeccionar la educación de las jóvenes.

* * *

Transcurrió algún tiempo desde esta apasionada declaración. Y, en la actualidad, el señor y la señora Butler viven rústicamente en un hotelito cercano a Balls Pond, agradablemente situado en la inmediata vecindad de un campo... sembrado de ladrillos. No tienen hijos. El señor Teodosio se da un aire de mucha importancia y escribe incansablemente; pero a consecuencia de una importante combinación de su editor, ninguna de sus producciones ve la luz. Su joven esposa empieza a pensar que la miseria ideal es preferible a la desdicha real, y que un matrimonio llevado a cabo con gran premura y lamentado en muchas ocasiones, es la causa de la desgracia más importante que nunca pudo imaginar.

Después de maduras reflexiones, Cornelio Brook Dingwall viose obligado a admitir, aunque de mala gana, que el funesto resultado de sus admirables combinaciones debía atribuirse no a las señoritas Crumpton, sino a su propia diplomacia. De todas formas, se consuela a sí mismo, como otros diplomáticos de ínfimo orden, con la idea de que si bien su plan no tuvo éxito... hubiera podido tenerlo. *Minerva House* continúa en tal estado y las señoritas Crumpton siguen disfrutando del tranquilo y sosegado goce que produce el dirigir una institución dedicada al perfeccionamiento de la educación.

MUERTE DE UN BORRACHO

Estamos seguros de que no hay nadie que tenga la costumbre de pasearse por los barrios más populosos de Londres y no recuerde entre sus «conocidos de vista», como decimos con frase familiar, a algún ser de aspecto desastroso y abyecto, cayendo cada vez más por grados casi imperceptibles en la abyección y que, por lo andrajoso y mísero de sus trazas, no provoque una fuerte y penosa impresión a aquel con quien se cruza. ¿Existe por ventura alguien, mezclado con la sociedad o que por sus ocupaciones tenga que mezclarse de cuando en cuando, que no pueda recordar los tiempos en los cuales algún desdichado cubierto de harapos y cochambre, que ahora va arrastrándose con toda la escualidez del sufrimiento y la pobreza, había sido un respetable comerciante, o un oficinista, o un hombre de vida próspera, con buenas perspectivas y medios decentes? ¿No puede alguno de nuestros lectores recordar entre la lista de sus conocidos de algún día, a algún hombre caído y envilecido, que perece sobre el pavimento, en hambrienta miseria y de quien todo el mundo se aparta fríamente y que se defiende a sí mismo de la inanición nadie sabe cómo? ¡Dios mío! Demasiado frecuentes son, por desgracia, tales casos, que reconocen una causa —la embriaguez—, esa avidez por el lento y seguro veneno que triunfa de toda consideración; que deja a un lado todo: mujer, hijos, amigos, felicidad y salud, y precipita locamente a sus víctimas en la degradación y la muerte.

Algunos de estos hombres han sido empujados por el infortunio o la miseria hacia el vicio que los ha degradado: la ruina de sus esperanzas, la muerte de algún ser querido, la tristeza que consume poco a poco, pero que no mata, los ha aturdido, y presentan el lamentable aspecto de los locos, muriendo lentamente por sus propias manos. Pero la mayor parte se ha sumergido conscientemente en aquel golfo donde el hombre que entra ya no sale más, sino que cae cada vez más hondo, hasta que ya no hay esperanzas de salvación.

Un hombre de éstos estaba una vez sentado junto al lecho donde su mujer se moría, teniendo a sus hijos arrodillados en torno suyo, mezclando sollozos por lo bajo con inocentes plegarias. La habitación era pobre y destartalada, y bastaba una ligera ojeada para convencerse de que aquella forma pálida que iba perdiendo la luz de la vida era víctima del dolor, la necesidad y las ansiosas preocupaciones que habían apesadumbrado su corazón un año tras otro. Una mujer más anciana, con el rostro cubierto de lágrimas, sostenía la cabeza de la moribunda, que era su hija. Pero no era hacia ella a quien la agonizante dirigía su pálido rostro. No era a su mano, que aquellos fríos y temblorosos dedos apretaban: oprimían el brazo de su esposo. Los ojos, a punto de ser cegados por la muerte, se posaban en su faz, y el hombre se estremeció ante su mirada. Su traje estaba sucio y roto, su rostro congestionado y sus ojos sanguinolentos. Había sido reclamado desde alguna infame orgía al lecho de dolor y muerte.

Una tenue luz a un lado de la cama proyectaba una débil claridad sobre el grupo y a su alrededor dejando el resto de la habitación en tinieblas. El silencio de la noche reinaba fuera de la casa y la quietud de la muerte dominaba en el aposento. Un reloj colgaba de la pared, en un repostero; su quedo tictac era lo único que rompía aquel profundo silencio, de una manera solemne, ya que todos aquellos que lo oían sabían que antes de dar otra hora aquella pobre mujer habría muerto.

Es terrible esperar la llegada de la muerte, saber que se ha desvanecido toda esperanza y que no hay salvación, y estar sentado contando las horas temerosas de una larga noche, larga, larga..., como sólo saben los que velan a los enfermos. Hiela la sangre oír los secretos más caros al corazón —secretos guardados largos años—, y que ahora confiesa el desesperado e inconsciente ser que tenemos delante, y saber que toda la ciencia de este mundo no sirve de nada para arrebatar a aquel ser querido a la muerte. Muchos relatos han sido hechos por los moribundos; relatos de culpa y de crimen, tan espantosos, que los circunstantes han huido del lecho del enfermo con horror y espanto, a no ser que les haya herido la locura por lo que oyeron. y más de un desgraciado ha muerto solo, delirando sobre cosas que harían retroceder al más osado.

Ninguno de estos relatos tenían que oírse al lado del lecho ante el cual unos niños se arrodillaban. Sus sollozos y llanto medio ahogados rompían el silencio de la miserable habitación. Y cuando, al final, la mano de la madre se aflojó y, mirando sucesivamente a los hijos y al padre, intentó en vano hablar cayendo hacia atrás, sobre la almohada, todo quedó tan silencioso que parecía que había caído en un profundo sueño. Se inclinaron sobre ella; la llamaron por su nombre, suavemente al principio, y luego en los tonos agudos y profundos de la desesperación, sin que la pobre mujer pronunciase una palabra. Auscultaron su pecho, pero no se percibió ningún ruido. Buscaron su corazón, pero ni el más débil latido fue perceptible. ¡El corazón se había roto y ella había muerto!

El marido se desplomó sobre una silla al lado del lecho y cruzó sus manos sobre la frente, que le ardía. Miró a sus hijos, pero cuando sus ojos llorosos se encontraban con los suyos, desfallecía bajo las miradas. Ninguna palabra de consuelo llegaba a sus oídos, ninguna mirada amable se fijaba en su rostro. Todos se apartaban de él y le evitaban, y cuando, al fin, salió de la habitación, nadie le acompañó ni intentó consolarle.

Habían pasado los tiempos en que algún amigo le habría acompañado en su aflicción y algún pésame sincero le hubiera consolado en su dolor. ¿Dónde estaban ahora? Uno por uno, amigos, conocidos, sus más remotas relaciones habían abandonado al borracho. Sólo su mujer se le había mostrado siempre adicta, lo mismo en la dicha que en la desgracia, en la enfermedad y en la pobreza. ¿Y cómo le había correspondido él? Le habían arrancado de la taberna para llevarle a su lecho de muerte sólo al tiempo justo de verla morir.

Salió bruscamente de su casa y anduvo deprisa por las calles. Remordimientos, miedo, vergüenza, todo se confundía en su mente. Aturdido por la bebida y azorado con la escena que acababa de contemplar, volvió a entrar en la taberna que hacía poco había abandonado. Una copa sucedió a otra. Su sangre se exaltó y la cabeza empezó a darle vueltas. ¡Muerta! Todos tenemos que morir, pero, ¿por qué ahora ella? Era demasiado buena para él; sus amistades lo decían a menudo. ¡Malditos sean! ¿Acaso no la habían abandonado y dejado llorando en su casa? Bien... Estaba muerta y quizá era feliz. Mejor que así hubiese sucedido. Otro vaso... y otro... ¡Viva! La vida era alegre mientras duraba, y él quería disfrutar de ella lo más posible.

Pasó el tiempo; los cuatro niños que ella le dejara se hicieron mayores. El padre continuaba siendo el mismo aunque más pobre y más harapiento, con aire más disoluto, pero siempre idéntico, firme e irremediable borracho. Los muchachos, que vivían en estado casi salvaje, le habían abandonado. Sólo quedaba la hija, que trabajaba rudamente y que, con amenazas o golpes, le proporcionaba a veces algo para la taberna. De manera que él seguía su camino habitual y se divertía de lo lindo.

Una noche, a eso de las diez, y como la muchacha hubiera estado enferma algunos días y sólo tuviese escaso dinero para beber, dirigió sus pasos hacia su casa pensando que si quería que ella estuviese en disposición de proporcionarle dinero era preciso que la enviase al médico de la parroquia o, en todo caso, se enterase de qué la aquejaba, cosa que hasta entonces no había hecho. Era una noche húmeda de diciembre, soplaba un viento frío y penetrante y caía la lluvia pesadamente. Mendigó unos cuantos medios peniques a un transeúnte y después de haber comprado un panecillo, ya que le interesaba conservar la vida a su hija, siguió adelante tan deprisa como el viento y la lluvia se lo permitían.

A espaldas del Fleet Street hay una serie de patios pequeños y estrechos, que forman una parte de Whitefriars; a uno de éstos dirigió sus pasos.

Los vericuetos por donde se metió podían, en cuanto a suciedad y miseria, competir con el rincón más oscuro del antiguo santuario en sus aspectos más inmundos y hampones de todas las épocas. Las casas, de una altura de dos a cuatro pisos, tenían el sello indeleble que una larga exposición a la intemperie, la niebla y el moho pueden causar a un edificio construido con los más discordes y groseros materiales. Las ventanas tenían en vez de cristales, papeles, y por cortinas, los más estrafalarios guiñapos; las puertas se salían de sus quicios; por doquier se veían palos y alambres para tender la ropa, y voces de borrachos y ruido de altercados salían de cada casa.

Una lámpara solitaria en el centro del patio estaba apagada, fuese por la violencia del viento o por obra de algún habitante que tenía excelentes razones para oponerse a que su vivienda llamase demasiado la atención, y la única luz que caía sobre el roto y desigual pavimento procedía de unas miserables velas que aquí y allá lanzaban pálidos destellos, en casa de aquellos potentados que podían permitirse tanto lujo. Un arroyo de porquería corría por el centro del pasadizo, cuyo desagradable olor era más intenso a causa de la lluvia, y, a medida que el viento silbaba a través de las viejas casas, las puertas y postigos crujían sobre sus quicios y las ventanas batían con tal violencia que a cada momento parecía que amenazasen con destruirlo todo.

El hombre que hemos seguido hasta esta madriguera caminaba en la oscuridad, tropezando a veces, a punto de caer en el arroyo o en otros afluentes producidos por la lluvia y que acarreaban toda suerte de desperdicios. La puerta, o mejor dicho, lo que quedaba de ella, estaba abierta de par en par, por la conveniencia de los numerosos vecinos, y por ella nuestro personaje emprendió la ascensión por la vieja y estropeada escalera hasta la guardilla.

Sólo le faltaban para llegar uno o dos escalones cuando la puerta se abrió, y una muchacha, cuyo aspecto demacrado y mísero sólo corría parejas con la vela que su mano procuraba ocultar, asomó ansiosamente la cabeza:

—¿Eres tú, padre?

—¿Quién tenía que ser entonces? —replicó el hombre con mal humor—. ¿Por qué tiemblas? Poco he podido beber hoy, porque donde no hay dinero, no hay bebida, y donde no hay trabajo, no hay dinero. ¿Qué demonios te pasa?

—No me encuentro bien, padre, no me encuentro bien —respondió ella, estallando en lágrimas.

—¡Ah! —replicó el hombre en el tono de una persona que se ve obligada a tener que reconocer algo muy desagradable—. Tienes que ponerte mejor, porque tienes que ganar dinero. Anda al médico de la parroquia y que te dé alguna medicina. Para eso le pagan, ¡maldito sea...! ¿Por qué te plantas así en la puerta? Déjame entrar.

—Padre —murmuró la muchacha—, Guillermo ha vuelto.

—¿Quién? —exclamó el hombre con un sobresalto.

—¡Calla! —replicó ella— Guillermo; mi hermano Guillermo.

—¿Y qué se le ofrece? —dijo el hombre haciendo un esfuerzo para contenerse—. ¿Dinero? ¿Comida? ¿Bebida? Ha llamado a una mala puerta, si es así. Dame la vela, tonta, ¡no te voy a pegar!

Y le arrancó la vela de la mano y entró en la habitación. Sentado en una vieja caja, con la cabeza apoyada en las palmas de las manos y los ojos fijos en un miserable fuego que ardía en el suelo, estaba un joven de unos veintidós años, míseramente vestido con una chaqueta y unos pantalones viejos y ordinarios. Tuvo un sobresalto cuando su padre entró.

—Cierra la puerta, María —dijo el joven precipitadamente—. Cierra la puerta. Parece como si no me conocieses, padre. Tiempo ha que me echaste de casa; también lo habrás tenido para olvidarme.

—¿Qué necesitas ahora? —dijo el padre, sentándose en un taburete al otro lado del fuego—. ¿Qué quieres?

—Ocultarme —replicó el hijo—. Me encuentro en un mal paso; eso es todo. Si me cogen voy a bailar en el cabo de una cuerda. Y es seguro que me cogen a menos que me esconda aquí.

—¿Quiere decir que has robado o matado? —dijo el padre.

—Sí; eso es. ¿Te asombra, padre? —replicó el hijo mirando fijamente a los ojos del hombre, pero éste los esquivó, bajando la vista al suelo.

—¿Dónde están tus hermanos? —preguntó después de larga pausa.

—Donde no pueden estorbarte —contestó su hijo—. Juan se ha ido a América y Enrique murió.

—¡Muerto! —exclamó el padre estremeciéndose.

—¡Muerto, sí! —dijo el joven—. Murió en mis brazos, de un balazo, como un perro. Se lo disparó el jefe de una casa de juego. Cayó para atrás y su sangre me salpicó las manos. Corría como agua de su costado. Se sentía débil, se le nubló la vista, pero pudo arrastrarse por la hierba y se arrodilló, rogando a Dios que si tenía a su madre en el cielo, Él escuchase sus ruegos en favor de su hijo menor. «Yo era su favorito, Will —dijo—, y me alegra pensar que cuando ella se estaba muriendo, yo, que no era más que un niño y que sentía que se me rompía el corazón, me arrodillé a los pies de su cama y di gracias a Dios por haberme hecho tan bueno para con ella, pues nunca hice brotar lágrima alguna de sus ojos. ¡Oh, Will! ¿Por qué se llevaron a ella y padre se quedó?» Estas fueron sus palabras próximo a morir —dijo el joven—. Tómalas como gustes. Tú le pegaste en la cara, en un acceso de borrachera, la mañana que nosotros huimos, ¡y este es el final de todo!

La muchacha lloraba, y el padre, hundiendo la cabeza entre sus manos y apoyando los codos sobre sus rodillas, la balanceaba de un lado a otro.

—Si me cogen —continuó el joven—me llevarán ante el jurado y me ahorcarán por homicidio. No me pueden seguir las huellas hasta aquí si tú me ayudas, padre. Tú, si quieres, me puedes entregar a la justicia, pero si no lo haces, permaneceré aquí hasta que pueda escaparme al extranjero.

Durante dos días los tres permanecieron encerrados en la habitación destartalada, atreviéndose apenas a moverse. A la tercera noche la muchacha se hallaba mucho peor que nunca, y los pocos mendrugos que tenían se habían concluido. Era necesario que alguien hiciese algo. Y como ella no podía salir por su pie, salió el padre. Era ya casi noche cerrada.

En la parroquia le dieron una medicina para la hija y una pequeña ayuda pecuniaria. A la vuelta ganó seis peniques guardando un caballo. Y regresó a su casa con medios suficientes para tirar dos o tres días.

Pasó por delante de una taberna. Titubeó un instante, pero volvió atrás, volvió a titubear y, al fin, entró. Dos hombres, de quien no se había dado cuenta, estaban acechándole. Ya se disponían a dejarlo todo, desesperados de dar con la pista, cuando aquellos titubeos llamaron su atención, y al verle entrar en la taberna le siguieron:

—Beberá conmigo, maestro —dijo uno de ellos, ofreciéndole una copa de *whisky*.

—Y también conmigo —dijo el otro, vaciando su copa y volviéndola a llenar.

El hombre pensó en sus hijos hambrientos y en los peligros que corría Guillermo. Pero esto no significaba nada para el borracho: bebió, y la razón le abandonó.

—Hace una noche húmeda, Warden —murmuró uno de ellos a su oído, en el momento en que se disponía a marcharse después de haberse gastado la mitad de su dinero del que, quizá, dependiera la vida de su hija.

—La noche más apropiada para que nuestros amigos puedan esconderse, maestro Warden —observó el otro.

—Siéntese —dijo el que había hablado primero, llevándoselo a un rincón—. Nos hemos preocupado mucho por el chaval. Hemos venido ex profeso para decirle que todo está a punto; pero que no podemos dar con él, ya que no sabemos dónde está metido, puesto que no nos dio sus señas, cosa que no tiene nada de particular, porque él mismo, cuando vino a Londres, no sabía concretamente a dónde dirigirse.

—No, ciertamente —respondió el padre.

Los dos hombres cambiaron una mirada.

—Hay un barco en el muelle que zarpa a medianoche, cuando la marea esté alta —resumió el primero—, y le llevaremos a él. Su pasaje está tomado a nombre de otro, y, lo que es mejor, pagado. Ha sido una buena suerte encontrarle a usted.

—Grande —dijo el segundo.

—Una grandísima suerte —profirió el primero, haciendo un guiño a su compinche.

—Otra copa, maestro. ¡Deprisa! —dijo el personaje primero.

Y, cinco minutos después, el padre, en su inconsciencia, había puesto a su hijo en manos del verdugo.

El tiempo se arrastraba lento y pesado, mientras los dos hermanos, en su pobre escondrijo, escuchaban el menor ruido con ansiosa atención. Al fin, un paso torpe y fuerte resonó en la escalera; llegó al rellano, y el padre irrumpió en la habitación.

La muchacha advirtió que estaba borracho y avanzó hacia él con la vela en la mano, para cogerle, pero se paró bruscamente y con un fuerte chillido se desplomó en el suelo: había visto la sombra de un hombre. Ambos entraron rápidamente. En seguida, el joven era preso y maniatado.

—Hecho todo sin ruido —dijo el uno a su compañero— gracias al viejo. Levanta a la muchacha, Tom, ¡Vaya, vaya! No sirve de nada llorar, niño. Todo se ha acabado y ya no tiene remedio.

El joven se detuvo un instante ante su hermana y luego se revolvió fieramente hacia su padre, quien había rodado hasta la pared y, apoyado en ella, contemplaba al grupo con la estupidez propia del borracho.

—Óyeme, padre —dijo en un tono que estremeció a éste hasta la médula de los huesos—. Mi sangre y la de mi hermano caerán sobre tu cabeza. Yo nunca he recibido de ti ni una buena mirada, ni una palabra cariñosa, ni cuidado alguno y, vivo o muerto, no he de perdonarte. Muere cuando quieras o como quieras, que yo estaré a tu lado. Te hablo como un hombre muerto y te advierto, padre, que tan seguro como un día te veré ante el Hacedor, igualmente comparecerán allí tus hijos, cogidos de la mano, pidiendo justicia contra ti.

Levantó sus manos esposadas en un ademán de amenaza, fijó sus ojos en el tembloroso padre y salió despacio del aposento; jamás ni su padre ni su hermana le vieron ya en este mundo.

Cuando la pálida y triste luz de la mañana de invierno penetró en la sucia ventana de la habitación maldita, Warden despertó de su pesado sueño y se halló solo. Se levantó y miró a su alrededor; el viejo colchón de lana en el suelo, estaba intacto; todo se hallaba como recordaba haberlo visto la víspera y no había signo alguno de que nadie, exceptuando él mismo, hubiese ocupado la estancia aquella noche. Preguntó a los inquilinos y a los vecinos, pero nadie supo darle razón de su hija; ni la habían visto ni oído. Vagó por las calles y escudriñó todos los rostros miserables de los grupos que se agolpaban a su alrededor. Pero sus pesquisas fueron infructuosas y volvió a su cuchitril de noche, desolado y lleno de pesadumbre.

Por espacio de unos días continuó estas investigaciones, pero no halló la menor traza de su hija ni un solo eco de su voz. Por último, ya sin esperanzas, abandonó la persecución. Hacía tiempo que se había preocupado de la probabilidad de que ella le abandonase e intentase ganar su pan con tranquilidad en cualquier sitio. Le había abandonado, al fin, para vivir sola. Apretó los dientes y la maldijo.

Mendigó su pan de puerta en puerta. Cada penique era gastado de la misma manera. Pasó un año; el techo de una cárcel era el único que le había dado cobijo por unos meses. Durmió bajo los puentes, en los depósitos de ladrillos, dondequiera que hubiese algún refugio contra el frío y la lluvia.

Una amarga noche cayó sentado sobre un peldaño; se sentía débil y enfermo. Un desgaste prematuro producido por la bebida y la disolución le había dejado en los huesos. Sus mejillas estaban enjutas y lívidas; sus ojos turbios y hundidos y las piernas temblorosas. Una fría lluvia le calaba hasta los huesos.

En aquellos momentos las escenas, ha largo tiempo olvidadas, de su vida mal empleada, se atropellaron, rápidas, en su cabeza. Recordó cuando tenía un hogar —un alegre hogar— y todos los que lo habitaban y formaban un grupo a su alrededor; hasta las figuras de sus hijos parecía que las tocaba y las oía. Miradas que hacía tiempo diera al olvido se fijaban largamente en él; voces ya acalladas por la tumba, sonaban en sus oídos como los tañidos de las campanas de la iglesia del pueblo. Pero sólo era un instante. La lluvia batía furiosamente contra su cuerpo y el frío y el hambre volvían a asaltarle atrozmente.

Se levantó y arrastró sus débiles miembros unos pasos. La calle estaba silenciosa y desierta, y los escasos transeúntes pasaban a toda prisa y su voz se perdía entre la tempestad. De nuevo un frío intenso le traspasó hasta el alma y le heló la sangre en las venas. Se acurrucó en el quicio de una puerta e intentó dormir un poco. Pero el sueño había huido de sus ojos turbios y apagados. La cabeza divagaba de una manera extraña, pero estaba despierto y con el conocimiento íntegro. El barullo, bien conocido, de la alegría causada por la embriaguez sonaba en sus oídos: la copa tocaba a sus labios, la mesa estaba cubierta de ricos manjares, y él los veía desde allí; sólo le bastaba alargar la mano y tomarlos..., pero sólo era una ilusión; se daba cuenta de que estaba solo y sentado en la calle desierta, contemplando cómo las gotas de lluvia golpeaban contra las piedras; que la muerte se le acercaba por momentos y que nadie se preocuparía de socorrerle.

De pronto, sobresaltóse: había oído su propia voz en el aire de la noche, no sabía cómo ni por qué. «¡Oye!» Un sollozo. Otro. Sus sentidos le abandonaban; palabras a medio formar, incoherentes, se escapaban de sus labios, y sus manos querían desgarrar su carne. Se volvía loco; gritó, pidiendo auxilio, hasta que la voz le faltó del todo. Levantó la cabeza y miró a lo largo la inacabable calle. Recordó que proscritos de la sociedad como él, condenados a vagar día y noche por estas calles miserables, a veces habían perdido la razón a causa de su soledad. Se acordó de haber oído decir años antes que un pobre sin hogar había sido sorprendido en una esquina afilando un cuchillo herrumbroso para clavárselo en el corazón, prefiriendo la muerte al inacabable y doloroso ir y venir de un lado a otro. En un instante fue tomada su resolución y sus miembros recobraron nueva vida; corrió, corrió desde donde se hallaba y no se detuvo hasta llegar a la orilla.

Se arrastró sin ruido por los escalones de piedra que llevan al pie del puente de Waterloo, hasta la orilla misma. Se acurrucó en un rincón y retuvo el aliento mientras pasaba la ronda. El corazón de ningún prisionero no ha sentido nunca transportes iguales ante la esperanza de una libertad y vida nueva como la mitad del júbilo que sintió este infeliz ante la perspectiva de la muerte. La guardia pasó cerca de él, pero no fue visto, y aguardando a que el ruido de los pasos muriera en la lejanía, descendió con cautela y se plantó bajo el oscuro arco que formaba el muelle del río.

La corriente refluía y el agua se movía a sus pies. La lluvia había cesado, el viento estaba en calma, y todo, por el momento, estaba quieto y silencioso, tanto que, cualquier ruido en la otra orilla, aun el chapoteo de las aguas contra las barcas allí ancladas, podía ser oído perfectamente. La corriente era lánguida y perezosa. Formas extrañas y fantásticas emergieron del río y le hicieron señas de que se acercase; ojos oscuros y brillantes asomaron del agua con gesto burlón por sus dudas, y cavernosos murmullos a su espalda le empujaban hacia adelante. Entonces retrocedió unos pasos, luego recorrió un trecho y saltó desesperadamente, cayendo en el agua.

No habían pasado cinco segundos cuando volvió a subir la superficie de las aguas, pero, ¡qué cambio habían experimentado en tan breve tiempo sus pensamientos y sentimientos! La vida; sí, la vida de cualquier forma, con pobreza, miseria, hambre, ¡todo menos la muerte! Luchó y bregó con el agua y quiso gritar en las angustias de su terror, pero la maldición de su hijo sonó en sus oídos. Una mano que le diesen y estaba salvado... Pero la corriente se le llevó, bajo los arcos del puente, y se hundió en ella.

Aún pudo subir y luchar por la vida. Por un instante, un solo instante, los edificios de los muelles de la orilla, las luces del puente, a través del cual la corriente le había llevado, el agua negra y las nubes rápidas fueron visibles para él distintamente, pero se hundió de nuevo y otra vez volvió a salir. Llamas brillantes cayeron del cielo a la tierra y se agitaron ante sus ojos, mientras el agua atronaba sus oídos y le aturdía con su ruidoso mugido.

Una semana más tarde, un cuerpo apareció en la orilla, unas millas más allá; era una masa informe y horrible. Sin ser identificado ni llorado por nadie fue trasladado a la tumba. Y hace tiempo que su cadáver se ha descompuesto allí.

EL VELO NEGRO

Una velada de invierno, quizá hacia fines del otoño de 1800, o tal vez uno o dos años después de aquella fecha, un joven cirujano, recientemente establecido, se hallaba en un pequeño despacho, escuchando el rumor del viento, que empujaba la lluvia en sonoras gotas contra la ventana y silbaba sordamente en la chimenea. La noche era húmeda y fría, y como él había andado durante todo el santo día por el barro y el agua, ahora descansaba confortablemente en bata y zapatillas, medio dormido, pensando en mil cosas. Primero en cómo el viento soplaba y de qué manera la lluvia le azotaría el rostro si no estuviese cómodamente instalado en su casa. Después, sus pensamientos recayeron sobre la visita que hacía todos los años para Navidad a su tierra y a sus amistades e imaginaba que sería muy grato volver a verlas y en la alegría que sentiría Rosa si él pudiera decirle que, al fin, había encontrado a un paciente y esperaba encontrar más, y regresar dentro de unos meses para casarse con ella y llevársela a su hogar, en donde alegraría las veladas junto a la lumbre y le estimularía para nuevas tareas. Luego empezó a hacer cálculos de cuándo aparecería este primer paciente o si, por especial designio de la Providencia, estaría destinado a no tener jamás ninguno. Entonces volvió a pensar en Rosa y le entró sueño y soñó con ella, hasta que el dulce sonido de su voz resonó en sus oídos y su mano, delicada y suave, se apoyó sobre su espalda.

En efecto, una mano se había apoyado sobre su espalda, pero no era suave ni delicada; su propietario era un muchacho corpulento, con una cabeza redonda, el cual por un chelín semanal y la comida había sido empleado en la parroquia para repartir medicinas y hacer recados. Como no había demanda de medicamentos ni necesidad de recados, acostumbraba a ocupar sus horas ociosas —unas catorce por día— a sustraer pastillas de menta y dormirse.

—¡Una señora, señor, una señora! —exclamó el muchacho, sacudiendo a su amo para que despertase.

—¿Qué señora? —exclamó nuestro amigo, aún medio dormido—. ¿Qué señora? ¿Y en dónde?

—¡Aquí! —replicó el muchacho, señalando la puerta de cristales que conducía al gabinete, con una expresión de alarma que podría atribuirse a la insólita aparición de un cliente.

El cirujano miró hacia la puerta y se estremeció también a causa del aspecto de la inesperada visita.

Se trataba de una mujer de singular estatura, vestida de riguroso luto y que estaba tan cerca de la puerta que su cara casi tocaba con el cristal. La parte superior de su figura se hallaba cuidadosamente envuelta en un chal negro, como para ocultarse, y llevaba la cara cubierta con un velo negro y espeso. Estaba en pie y erguida, y aunque el cirujano sintió que unos ojos bajo el velo se fijaban en él, ella no se movía ni mostraba darse la menor cuenta de que él la estaba observando.

—¿Viene para una consulta? —preguntó el cirujano titubeando y entreabriendo la puerta.

Ésta se acabó de abrir, pero no por eso se alteró la figura, que seguía siempre inmóvil.

Luego inclinó la cabeza en señal de asentimiento.

—Haga el favor de entrar —dijo el cirujano.

La figura dio un paso adelante; luego, volviéndose hacia donde estaba el muchacho, el cual sintió un profundo horror, pareció dudar.

—Márchate, Tom —dijo el joven al muchacho, cuyos ojos grandes y redondos habían permanecido abiertos desmesuradamente durante la breve entrevista—. Corre la cortina y cierra la puerta.

El muchacho corrió una cortina verde sobre el cristal de la puerta, se retiró al gabinete, cerró la puerta tras él e inmediatamente se puso a mirar por la cerradura.

El cirujano acercó una silla al fuego e invitó a su visitante a que se sentase. La figura misteriosa se adelantó hacia la silla, y cuando el fuego iluminó su traje negro el cirujano observó que estaba manchado de barro y empapado de agua.

—¿Se ha mojado usted mucho? —le preguntó.

—Sí —respondió ella con una voz baja y profunda.

—¿Y se siente mal? —inquirió el cirujano, compasivamente, ya que su acento era el de una persona que sufre.

—Bastante mal. No del cuerpo, pero sí moralmente. Aunque no es por mí, por mi interés, por el que he venido. Si yo estuviese mala no iría por el mundo a estas horas y en una noche como ésta, y, si dentro de veinticuatro horas me ocurriese lo que me ocurre, Dios sabe con qué alegría guardaría cama y desearía morirme. Es para otro para quien solicito su ayuda, señor. Puede que esté loca al rogarle por él. Pero una noche tras otra, durante horas terribles velando y llorando, este pensamiento se ha ido poco a poco apoderando de mí, y aunque me doy cuenta de lo inútil que es para él toda asistencia humana, ¡el solo pensamiento de que puede morirse me hiela la sangre!

Había tal desesperación en la actitud y en la manera de expresarse de esta mujer que el joven, poco curtido en las miserias de la vida, en esas miserias que suelen ofrecerse a los médicos, se impresionó profundamente.

—Si la persona que usted dice —exclamó levantándose bruscamente— se halla en la situación desesperada que usted describe, no hay que perder un momento. Voy con usted en seguida. ¿Por qué no consultó usted antes al médico?

—Porque hubiera sido inútil y todavía lo es ahora —repuso la mujer, cruzando las manos.

El cirujano contempló por un momento su velo negro, como para cerciorarse de la expresión de sus facciones que tras él se escondían; pero era tan espeso que le fue imposible saberlo.

—Se encuentra usted enferma —dijo amablemente—. La fiebre, que le ha hecho soportar la fatiga que es evidente sufre usted, arde dentro. Llévese esa copa a los labios —ofreciéndole un vaso de agua— y luego explíqueme, con cuanta calma le sea posible, cuál es la dolencia que aqueja al paciente y cuánto tiempo hace que está enfermo. Cuando conozca los necesarios detalles para que mi visita le sea útil iré inmediatamente con usted.

La desconocida llevó el vaso de agua a sus labios sin levantar el velo; sin embargo, lo dejó sin haberlo probado, y prorrumpió en llanto.

—Conozco —dijo sollozando— que lo que le digo a usted parece el delirio de una fiebre. Me lo han dicho otras veces, aunque sin la amabilidad de usted. No soy joven, y dicen que cuando la vida va hacia su final, la escasa que nos queda nos es más querida que todos los tiempos anteriores, ligados al recuerdo de viejos amigos, muertos hace años, de jóvenes, niños quizá, que han desaparecido y la han olvidado a una por completo, como si estuviese muerta. No puedo vivir ya muchos años; así es que, desde ese aspecto, tiene que resultarme la vida más querida; aunque la abandonaría sin un suspiro y hasta con alegría si lo que ahora le cuento fuese falso. Mañana por la mañana, aquel del que le hablo, aunque desearía ardientemente pensar de otra manera, se hallará fuera de todo humano socorro, y a pesar de ello, esta noche, aunque se encuentre en un terrible peligro, usted no puede visitarle ni servirle de ninguna manera.

—No quisiera aumentar sus penas —dijo el cirujano—, haciendo un comentario de lo que me acaba de decir, o apareciendo como deseoso de conocer algo que, comprendo, desea usted ocultar. Pero hay en su relato algo que no puede conciliarse. La persona que me dice, está muriéndose y no puedo verla, cuando mi presencia le sería de algún valor. En cambio, usted teme que mañana sea inútil y, con todo, ¡quiere que entonces le vea! Si él le es tan querido como las palabras y la actitud me indican, ¿por qué no intentar salvar su vida sin tardanza antes de que el progreso de su enfermedad haga que no sea posible?

—¡Dios me asista! —exclamó la mujer, llorando amargamente—. ¿Cómo puedo esperar a que un extraño quiera creer lo que parece increíble, aun a mí misma? ¿No querrá usted visitarle, señor? —añadió levantándose vivamente.

—Yo no digo que me niegue a visitarle —replicó el cirujano—. Pero le advierto que, de persistir en tan extraordinaria demora, incurrirá en una terrible responsabilidad si el individuo se muere.

—La responsabilidad será siempre grave —replicó la desconocida en tono amargo—. Cualquier responsabilidad que sobre mí recaiga acepto y estoy pronta a responder de ella.

—Como yo no incurro en ninguna —agregó el cirujano—, si accedo a la petición de usted, veré al paciente mañana, si usted me deja sus señas. ¿A qué hora se le puede visitar?

—A las nueve —respondió la desconocida.

—Usted excusará mi insistencia en este asunto —dijo el cirujano—. Pero... ¿está él a su cuidado?

—No, señor.

—Entonces, si le doy instrucciones para el tratamiento durante esta noche, ¿podría usted cumplirlas?

La mujer lloró amargamente y replicó:

—No, no podría.

Como no había grandes esperanzas de obtener más informes con la prolongación de la entrevista y deseoso de no herir los sentimientos de la mujer, que ya se habían convertido en irreprimibles y penosísimos de contemplar, el cirujano repitió su promesa de acudir a la mañana siguiente y a la hora indicada. Su visitante, después de darle la dirección, abandonó la casa de la misma forma misteriosa que había entrado.

Es de suponer que tan extraordinaria visita produjo una gran impresión en el joven cirujano, y que éste meditó durante largo tiempo, aunque con escaso provecho, sobre las circunstancias del caso. Como casi todo el mundo, había leído y oído hablar a menudo de casos raros, en los que el presentimiento de la muerte a una hora determinada había sido adivinado. Por un momento se inclinó a pensar que el caso presente era uno de éstos; pero entonces se le ocurrió que todas las anécdotas de esta clase que había oído se referían a personas que fueron asaltadas por un presentimiento de su propia muerte. Esta mujer, sin embargo, habló de un hombre, y no era posible suponer que un mero sueño le hubiese inducido a hablar de aquel próximo fallecimiento en una forma tan terrible y con la seguridad con que se había expresado. ¿Sería acaso que el hombre tenía que ser asesinado a la mañana siguiente, y que la mujer aquella, cómplice de él y ligada a él por un secreto, se arrepentía y, aunque imposibilitada para impedir cualquier atentado contra la víctima, se había decidido a prevenir su muerte, si era posible, haciendo intervenir a tiempo al médico? La idea de que tales cosas ocurrieran a dos millas de la metrópoli le parecía absurda. Ahora, su primera impresión, esto es, que la mente de la mujer se hallaba desordenada, acudía otra vez a su imaginación, y como era el único modo de resolver el problema, se aferró a la idea de que aquella mujer estaba loca. Ciertas dudas acerca de este punto, no obstante, le asaltaron de cuando en cuando, durante una pesada noche sin sueño, en el transcurso de la cual, y a despecho de todos los esfuerzos, no pudo expulsar de su imaginación perturbada aquel velo negro.

La parte más lejana de Walworth, aún hoy, es un sitio aislado y miserable. Pero hace treinta y cinco años era casi en su totalidad un descampado, habitado por alguna gente diseminada y de carácter dudoso, cuya pobreza les prohibía aspirar a un mejor vecindario, o bien cuyas ocupaciones y maneras de vivir hacían esta soledad deseable. Muchas de las casas que allí se construyeron no lo fueron sino en años posteriores, y la mayoría de las que entonces existían, esparcidas aquí y allá, eran del más tosco y miserable aspecto.

La apariencia de los lugares por donde el joven cirujano pasó la mañana siguiente, no era muy a propósito para levantar su ánimo o disipar la ansiedad o depresión que le había despertado aquella singular visita. Saliendo del camino real, tenía que cruzar por el yermo fangoso, por irregulares callejuelas, donde acá y allá una ruinosa y desmantelada casa de campo se desmoronaba en el abandono. Algún árbol miserable y algún hoyo de agua estancada, sucio de lodo por la fuerte lluvia de la noche anterior, orillaban el camino de cuando en cuando. Y a intervalos, un raquítico jardín, con algunos tableros viejos sacados de alguna villa de verano, y una vieja empalizada arreglada con estacas hurtadas de los setos vecinos, daban testimonio de la pobreza de sus habitantes y de los escasos escrúpulos que tenían para apropiarse de lo ajeno. En ocasiones, una mujer de aspecto enfermizo aparecía a la puerta de una sucia casa, para vaciar el contenido de algún utensilio de cocina en la alcantarilla de enfrente, opara gritarle a una muchacha en chancletas que había proyectado escaparse, con paso vacilante, con un niño pálido, casi tan grande como ella. Pero apenas si se movía nada por aquellos alrededores. Y todo el panorama que se veía vagamente a través de la niebla ofrecía un aspecto solitario y temeroso, de acuerdo con el paisaje que hemos descrito.

Después de afanarse a través del barro y del cieno; de realizar varias pesquisas acerca del lugar que se le había indicado, recibiendo otras tantas respuestas contradictorias, el joven llegó al fin a la casa que se le había designado como final de su misión. Era una casita baja, de aspecto desolado y poco prometedor. Una vieja cortina amarilla ocultaba una puerta de cristales al final de unos peldaños y los postigos de la salita estaban entornados. La casa se hallaba separada de las demás y, como estaba en un rincón de una corta callejuela, no se veía otra por los alrededores.

Si decimos que el joven dudaba y que anduvo unos pasos más allá de la casa antes de dominarse y levantar la aldaba de la puerta no diremos nada que tenga que provocar la sonrisa en el rostro del lector más audaz. La policía de Londres, por aquel tiempo, era un cuerpo muy diferente del de hoy; la situación aislada de los suburbios, cuando la fiebre de la construcción y las mejoras urbanas no habían empezado a unirlos al cuerpo de la ciudad y sus alrededores, convertían a varios de ellos, y a éste en particular, en un sitio de refugio para los individuos más depravados. Aun las calles de la parte más alegre de Londres se hallaban entonces mal iluminadas. Los lugares como el que describimos estaban enteramente abandonaos a la luna y las estrellas. Las probabilidades de descubrir a los personajes desesperados, o de seguirles el rostro hasta sus madrigueras, eran así muy escasas y, por tanto, sus audacias crecían proporcionalmente y la conciencia de una impunidad relativa cada vez se hacía mayor por la experiencia cotidiana. Añádanse a estas consideraciones, que hay que tener presente que el joven cirujano se había pasado algún tiempo en los hospitales de Londres y, si bien ni un Burke ni un Bishop habían alcanzado todavía su gran notoriedad, sabía, por propia observación, cuán fácilmente las atrocidades, a las cuales el último dio su nombre, pueden ser cometidas. Sea como sea, cualquiera que fuese la reflexión que le hiciera dudar, lo cierto es que dudó; pero siendo un hombre tan joven, de espíritu fuerte y de gran valor personal, sólo dudó un instante. Volvió atrás y llamó con suavidad a la puerta.

Se oyó un leve susurro, como si una persona, al final del pasillo, conversase con alguien del rellano de arriba. Después se oyó el ruido de dos pesadas botas y la cadena de la puerta fue levantada con suavidad; ésta abierta, y un hombre alto, de mala facha, con el pelo negro y una cara, según el cirujano declaró después, tan pálida y desencajada como la de un muerto, se presentó, diciendo en voz baja:

—Entre, señor.

El cirujano lo hizo así, y el hombre, después de haber colocado otra vez la cadena de la puerta, le condujo hasta una pequeña sala interior, al final del pasillo.

—¿He llegado a tiempo?

—Demasiado temprano —replicó el hombre.

El cirujano miró a su alrededor, con un gesto de asombro, no exento de inquietud.

—Si quiere usted entrar aquí —dijo el hombre que, evidentemente, se había dado cuenta de la situación—, no tardará ni siquiera cinco minutos, se lo aseguro.

El joven entró en la habitación; el hombre cerró la puerta y le dejó solo.

Era un cuarto pequeño, sin otros muebles que dos sillas de pino y una mesa del mismo material. Un débil fuego ardía en el brasero; fuego que hacía inútil la humedad que se infiltraba por las paredes. La ventana, que estaba rota y con parches en muchos sitios, daba a una pequeña habitación con suelo de tierra y casi toda ella cubierta de agua. No se oía el menor ruido, ni dentro ni fuera de la casa. El joven doctor tomó asiento cerca del fuego en espera del resultado de su primera visita profesional.

No habían transcurrido muchos minutos cuando percibió el ruido de un coche que se aproximaba y poco después se detenía. Abrieron la puerta de la calle, oyó luego una conversación en voz baja, acompañada de un ruido confuso de pisadas por el corredor y las escaleras, como si dos o tres hombres llevasen algún cuerpo pesado al piso de arriba. El crujir de los escalones, momentos después, indicó que los recién llegados, habiendo acabado su tarea, cualquiera que fuese, abandonaban la casa. La puerta se cerró de nuevo y volvió a reinar el silencio.

Transcurrieron otros cinco minutos y ya el cirujano se disponía a explorar la casa en busca de alguien a quien pudiera avisar que estaba esperando, cuando se abrió la puerta del cuarto y su visitante de la pasada noche, vestida exactamente como en aquella ocasión, con el velo bajado como entonces, le invitó por señas a que le siguiera. Su gran estatura, añadida a la circunstancia de no pronunciar una palabra, hizo que, por un momento, pasara por su imaginación la idea de que podría tratarse de un hombre disfrazado de mujer. Sin embargo, los histéricos sollozos que salían de debajo del velo y su actitud de pena, hacían desechar esta sospecha, y él la siguió sin vacilar.

La mujer subió la escalera y se detuvo en la puerta de la habitación de enfrente para dejarle entrar primero. Apenas si estaba amueblada con una vieja arca de pino, unas pocas sillas y un armazón de cama con dosel, sin colgaduras, cubierta con una colcha remendada. La luz mortecina que dejaba pasar la cortina que él había visto desde fuera hacía que los objetos que había en la habitación se distinguieran confusamente, hasta el punto de no poder percibir el objeto sobre el cual sus ojos reposaron al principio. En esto la mujer se adelantó y se puso de rodillas al lado de la cama.

Tendida sobre ésta, muy arrebujada en una sábana cubierta con unas mantas, una forma humana yacía sobre el lecho, rígida e inmóvil. La cabeza y la cara se hallaban descubiertas, excepto una venda que le pasaba por la cabeza y por debajo de la barbilla. Tenía los ojos cerrados. El brazo izquierdo estaba tendido pesadamente sobre la cama. La mujer le cogió una mano.

El cirujano, rápido, apartó a la mujer y cogió esta mano.

—¡Dios mío! —exclamó, dejándola caer involuntariamente—. ¡Este hombre está muerto!

La mujer se puso en pie vivamente y estrechó sus manos.

—¡Oh, señor, no diga eso! —exclamó con un estallido de pasión rayano en la locura—. ¡No podría soportarlo. Algunos han podido volver a la vida cuando los daban por muertos. ¡No le deje, señor, sin hacer un esfuerzo para salvarle! En estos instantes la vida huye de él. ¡ Inténtelo señor, por todos los santos del cielo!

Hablando así, frotaba precipitadamente, primero la frente y luego el pecho de aquel cuerpo sin vida, y en seguida golpeaba con frenesí las frías manos que, al dejar de retenerlas, volvieron a caer, indiferentes y pesadas, sobre la colcha.

—Esto no servirá para nada, buena mujer —dijo el cirujano suavemente, mientras le apartaba la mano del pecho de aquel hombre—. ¡Descorra la cortina!

—¿Por qué? —dijo la mujer, levantándose con sobresalto.

—¡Descorra la cortina! —repitió el cirujano con voz agitada.

—Oscurecí la habitación expresamente —dijo la mujer, poniéndose delante, mientras él se levantaba para hacerlo—. ¡Oh, señor, tenga compasión de mí! Si no tiene remedio; si está realmente muerto, ¡no exponga su cuerpo a otros ojos que los míos!

—Este hombre no ha muerto de muerte natural —observó el cirujano—. Necesito ver su cuerpo —y con vivo ademán, tanto que la mujer apenas se dio cuenta de que se había alejado, abrió la cortina de par en par, y, a plena luz, regresó al lado de la cama—. Ha habido violencia —añadió, señalando al cuerpo y escrutando atentamente el rostro de la mujer, cuyo velo negro, por primera vez, se hallaba subido.

En la excitación anterior, se había quitado la cofia y el velo y ahora se encontraba delante de él, en pie, mirándole fijamente. Sus facciones eran las de una mujer de unos cincuenta años, y demostraban haber sido guapa. Penas y lágrimas habían dejado en ella un rastro que los años, por sí solos, no hubieran podido dejar. Tenía la cara muy pálida. Y el temblor nervioso de sus labios y el fuego de su mirada demostraban que todas sus fuerzas físicas y morales se hallaban anonadadas bajo un cúmulo de miserias.

—Aquí ha habido violencia —repitió el cirujano, evitando aquella mirada.

—¡Sí, violencia! —repitió la mujer.

—Ha sido asesinado.

—Pongo a Dios por testigo de que lo ha sido —exclamó la mujer con convicción—. ¡Cruel, inhumanamente asesinado!

—¿Por quién? —dijo el cirujano, cogiendo por los brazos a la mujer.

—Mire las señales del asesino y luego pregúnteme —replicó ella.

El cirujano volvió el rostro hacia la cama y se inclinó sobre el cuerpo, que ahora yacía plenamente iluminado por la luz de la ventana. El cuello estaba hinchado, con una señal lívida a su alrededor. Como un relámpago, se le presentó la verdad.

—¡Es uno de los hombres que han sido ajusticiados esta mañana! —exclamó volviéndose con un estremecimiento.

—¡Es él! —replicó la mujer, con una mirada extraviada e inexpresiva.

—¿Quién era?

—Mi hijo —añadió la mujer, cayendo a sus pies sin sentido.

Era verdad. Un cómplice, tan culpable como él mismo, había sido absuelto, mientras a él le condenaron y ejecutaron. Referir las circunstancias del caso, ya lejano, es innecesario y podría lastimar a personas que aún viven. Era una historia como las que ocurren a diario. La mujer era una viuda sin relaciones ni dinero, que se había privado de lo más preciso para dárselo a su hijo. Éste, despreciando los ruegos de su madre y sin acordarse de los sacrificios que ella había hecho por él —ansiedades en el ánimo y privaciones corporales—, se había hundido en la disipación y el crimen. Y el resultado era éste; para él, la muerte, por la mano del verdugo, y para su madre, la vergüenza y una locura incurable.

* * *

Durante varios años el joven cirujano visitó diariamente a la pobre loca inofensiva. Y no sólo calmándola con su presencia y sus atenciones, sino procurando, con mano generosa, por su comodidad y sustento. En el destello fugaz de su memoria que precedió a la muerte de la desdichada, un ruego por el bienestar y dicha de su protector salió de los labios de la pobre criatura desamparada. La oración voló al cielo, donde fue oída, y la limosna que él dio le ha sido mil veces devuelta; pero entre los honores y las satisfacciones que merecidamente ha tenido no conserva recuerdo más grato para su corazón que el de la historia de la mujer del velo negro.

EL DESAFÍO

La pequeña ciudad de Gran Winglebury se halla situada a cuarenta y dos millas de Hyde Park Corner. Tiene una larga, apartada, calle Mayor, con un gran reloj blanco y negro en la pequeña Casa de la Ciudad, de color rojo y, siguiendo para arriba, un mercado, una cárcel, una sala de reuniones, una iglesia, un puente, una capilla, un teatro, una biblioteca pública, una posada y una estafeta de correos. La tradición nos habla de una «Pequeña Winglebury» más abajo, en cierta encrucijada distante de allí dos millas, y como sea que antaño, un sucio pedazo de papel, que podía suponerse que originariamente había sido una carta, en el que una viva imaginación podía leer la palabra «Pequeña», fue pegado con el fin de que lo reclamase el remitente, en la soleada ventana de la estafeta de correos de Gran Winglebury, de donde desapareció solamente al caerse en pedacitos a causa del polvo y de su extremada vejez, la leyenda pudo tener algún fundamento. La creencia popular se inclina a dar este nombre a una pequeña depresión al final de un llano cenagoso de dos millas de longitud, colonizada por un carretero, cuatro indigentes y una cervecería; pero aun esta autoridad es tan débil que hay que aceptarla con todas las reservas, tanto más cuanto que los propios habitantes de aquel hoyo coinciden en afirmar que jamás tuvo nombre alguno, desde las más remotas edades hasta nuestros días.

«Las Armas de Winglebury», al lado opuesto del edificio del reloj, es la principal posada de Gran Winglebury, posada del comercio, casa de correos y oficina de aforo, todo en una pieza; la casa del partido «Azul» durante las elecciones y palacio de justicia durante sus sesiones. Allí tiene, asimismo, sus cuarteles el Club de Whist «Azul» de Winglebury, en oposición al Club de Whist «Búfalo» de Winglebury, que radica en la otra casa, un poco más abajo, de la misma calle. Cuando un prestidigitador, escultor de muñecos de cera o concertista comprende a Gran Winglebury dentro de su circuito, inmediatamente se anuncia por toda la ciudad que don Fulano de Tal, confiando en la generosa acogida que los ciudadanos de Gran Winglebury le han concedido siempre, se ha permitido la libertad de alquilar la sala de reuniones anexa al parador de «Las Armas de Winglebury». La casa es espaciosa, con la fachada de ladrillo y piedra; un vestíbulo grande y hermoso, adornado con plantas de hojas perennes, que termina en el mostrador y una estantería con un espejo donde se exhiben una serie de requisitos a punto de ser servidos con el fin de llamar la atención del recién llegado y excitarle el apetito. Puertas opuestas dan acceso al café y a la sala de comerciantes, y una caprichosa escalera —tres escalones y un rellano, cuatro escalones y otro rellano, un escalón y otro rellano, media docena otro y así sucesivamente— conduce a las galerías de dormitorios y laberintos de sala y salitas denominados «reservado», donde uno puede proporcionarse el placer de estar solo viendo entrar a cada instante a un nuevo sujeto que, azorado, entra por error, y luego vuelve a salir, abriendo todas las puertas del piso hasta dar con su propio aposento.

Tal es hoy el parador de «Las Armas de Winglebury», y tal era un tiempo —no interesa saber exactamente cuándo—, dos o tres minutos antes de la llegada de la diligencia de Londres. Cuatro caballos engualdrapados —el relevo para una diligencia— estaban en un rincón del patio, rodeados de un animado grupo de postillones con sombreros de hule y blusas, enfrascados en una discusión sobre caballos; seis mozos andrajosos permanecían un poco más lejos, en pie, muy atentos a la conversación de tan altos personajes, y completaban la escena unos cuantos ociosos alrededor del pesebre, aguardando la llegada de la diligencia.

Hacía un día caluroso; la ciudad sentíase postrada y soñolienta y, con excepción de estos pocos desocupados, no se veía alma viviente. De pronto, las fuertes notas de una corneta rompieron la monotonía de la calle en silencio, y la diligencia entró, chirriando sobre el pavimento desigual, con un ruido suficiente para hacer parar el gran reloj de la torre. Se bajaron los estribos, se abrieron las puertas, salieron los criados, se acercaron los palafreneros y los postillones, los mozos harapientos y los desocupados, y desengancharon los caballos, que sustituyeron por otros, armando con todo ello gran ruido.

—Hay una señora —dijo el guardia.

—¿Quiere la señora hacer el favor de bajar? —preguntó la camarera.

—¿Hay reservados? —inquirió la dama.

—Ciertamente, señora —contestó la camarera.

—¿Este es todo su equipaje? —inquirió el guardia.

—Nada más —replicó la dama.

Otra vez subieron los estribos, se sacaron las gualdrapas de un tirón. «¡Adelante!», se oyó y, en efecto, el coche reanudó su marcha. Los desocupados aguardaron hasta que volvió la esquina —uno o dos minutos— y se fueron. La calle quedó de nuevo desierta y la ciudad, por contraste, parecía más quieta que nunca.

—¡La señora, en el número veinticinco! —gritó la patrona—. ¡Tomás!

—Voy, señora.

—Acaba de llegar una carta para el señor del diecinueve. El limpiabotas del *Lion* la ha dejado. No espera respuesta.

—Una carta para usted —dijo Tomás, dejando la carta en la mesa del número diecinueve.

—¿Para mí? —preguntó el número diecinueve, alejándose de la ventana, desde donde había contemplado la escena de la diligencia.

—Sí, señor... —los camareros siempre se expresan dejando la frase en el aire—. Sí, señor; el limpiabotas del *Lion*... la dejó en el mostrador. La señora dijo que era para el número diecinueve, don Alejandro Trott... Su tarjeta está en el mostrador. Creo que es usted, señor.

—En efecto, Trott es mi apellido —repuso el número diecinueve, rompiendo el sobre—. Puede usted marcharse.

El camarero corrió la cortina de la ventana y se retiró —porque un camarero siempre tiene que hacer algo cuando se retira—. Arregló, además, unos vasos de la mesa, sacudió el polvo de un sitio que estaba limpio, se restregó las manos con fuerza, marchó decididamente hacia la puerta y desapareció.

El contenido de la carta era desagradable en extremo, si bien míster Alejandro Trott la esperaba. La dejó sobre la mesa, volvió a tomarla y se paseó por el reservado, intentando, aunque en vano, tararear una canción. Le fue imposible. Por fin, se dejó caer en una silla y leyó la siguiente carta en voz alta:

«León Azul y Calentador del Estómago
Gran Winglebury
Miércoles por la mañana.

»Muy señor mío: Inmediatamente que descubrí sus intenciones, abandoné nuestro despacho y le seguí a usted. Conozco el objeto de su viaje, que nunca se llevará a término.

»No conozco aquí ningún amigo en cuya discreción pueda fiarme. Esto no será, con todo, un obstáculo para mi venganza. Jamás Emilia Brown se verá expuesta a las solicitaciones mercenarias de una sabandija, odiosa a sus miradas y despreciable para los demás; no quiero someterme mansamente a los ataques clandestinos de un bajo fabricante de paraguas.

»Señor mío, desde la iglesia de Gran Winglebury una vereda conduce, a través de cuatro prados, hasta un sitio solitario conocido por los habitantes de la población con el nombre de *Stiffun's* Acre —míster Trott tuvo un sobresalto—. Le esperaré solo, a las seis menos veinte, mañana por la mañana. Si tengo la decepción de no verle a usted por allí, tendré el placer de venirle a buscar con una fusta. Horacio Hunter.

»P. S—. Hay un armero en la calle Mayor, y no le venderá pólvora después de anochecido. Usted ya me entiende.

»P. P. S.— Hará bien en no encargar mañana su desayuno antes de que nos hayamos visto; podría ser un gasto inútil.»

—¡Miserable canalla! ¡Ya sabía yo que tenía que pasar! —exclamó el aterrorizado Trott—. Ya dijo mi padre cuando me lanzó a esta expedición que Hunter me perseguía como el Judío Errante. Bien mirado, es un mal asunto casarse por mandato de los viejos y sin el consentimiento de la muchacha. Pero, ¿qué dirá Emilia si me presento a ella, jadeante, huyendo de esta infernal salamandra? ¿Qué debo hacer? ¿Qué tengo que hacer? Si me vuelvo a Londres, estoy perdido para siempre: pierdo la muchacha y, lo que es peor, el dinero. Si voy a casa de los Brown en la diligencia, Hunter me perseguirá con una silla de postas, y si me presento allí, en este Stiffun's Acre —otro sobresalto—, estoy tan muerto como los muertos. Lo he visto tirando al blanco en la galería de Pall-Mall y, de seis balas, alojó cinco en el segundo ojar del chaleco de aquel monigote, y la que no acertó le tocó la cabeza.

361

Con estos recuerdos reconfortantes, míster Alejandro Trott se repitió otra vez: «¿Qué debo hacer?»

Largas y profundas fueron sus reflexiones; con la cabeza entre las manos estuvo largo rato sentado, pensando en el mejor camino a seguir. Su poste de dirección mental señalaba hacia Londres. Pero pensó en la cólera de su progenitor y en la pérdida de la fortuna que míster Brown padre había prometido a míster Trott padre; la joven miss Brown tenía que ingresarla en las arcas de míster Brown hijo. Después, el nombre de Brown era legible en el mencionado poste; pero las palabras de Hunter resonaron en sus oídos. Al fin, se leyeron en rojo las palabras: A *Stiffun's Acre*, y entonces míster Alejandro Trott decidió adoptar un plan que, mientras tanto, había madurado.

Primero y principal despachó al segundo limpiabotas del hotel al «León Azul y Calentador del Estómago», con una caballeresca nota dirigida a míster Horacio Hunter, explicando que se hallaba sediento de destrucción y que tendría el placer de matarle a la mañana siguiente sin falta. Hecho esto, escribió otra carta, y requirió la presencia del otro limpiabotas, porque en su hotel había dos. Llamaron modestamente a la puerta.

—¡Entre! —ordenó míster Trott.

Pasó la cabeza de un hombre, colorada y con un solo ojo, el cual, siendo por segunda vez intimidado a entrar, fue seguida por un cuerpo y unas piernas y una gorra de pieles que pertenecía a la cabeza.

—¿Es usted el primer limpiabotas? —inquirió míster Trott.

—Sí, el primer limpia —dijo una voz saliendo de detrás de una funda de terciopelo con botones de madreperla—. Eso es, el de la casa; el otro es mi ayudante, para recados y trabajos sobrantes. Para botas altas y botines, un servidor.

—¿Es usted de Londres? —preguntó míster Trott.

—Guiaba un coche de plaza —replicó lacónicamente.

—¿Y por qué no lo hace ahora? —preguntó míster Trott.

—Corrí demasiado y pasé por encima de una mujer —respondió deprisa el limpiabotas.

—¿Conoce usted la casa del alcalde?

—Creo que sí —replicó el limpiabotas, como si tuviese alguna razón para acordarse.

—¿Cree usted que podría arreglárselas para llevar allí una carta? —interrogó Trott.

—Quizá, sí —respondió el limpiabotas.

—Pero esta carta —dijo Trott, cogiendo con una mano una nota sin precisar el gesto y mostrando con la otra una moneda de cinco chelines—, es anónima.

—¡Ah!... ¿Qué? —interrumpió el limpiabotas.

—Anónima; no debe saber quién la ha escrito.

—¡Oh, ya, ya! —respondió el hombre con mirada maliciosa, pero sin manifestar ninguna repugnancia en aceptar el encargo—. Ya veo; ¿con qué...? —y su único ojo se paseaba por la habitación como en busca de una linterna sorda y una caja de fósforos—. Pero, oiga —continuó, desviando el ojo de su investigación y dirigiéndolo a míster Trott—. Oiga, él es un abogado y tiene mucha influencia en el Condado. Si tiene usted algún resentimiento en contra suya, mejor haría en no pegarle fuego a su casa, aunque no sé si sería el mejor favor que usted podría hacerle.

Hizo un movimiento como para tragarse algo.

Si míster Trott se hubiese hallado en cualquier otra situación, su primer acto hubiera sido echar a puntapiés a aquel hombre, o por lo menos a palabras; dicho en otros términos, hacer sonar el timbre, llamar al patrón y expresarle su deseo de que el limpiabotas se marchase con la música a otra parte. No obstante, se contentó con doblarle la propina y explicarle que la carta únicamente se refería a cierto peligro de transgresión de la paz pública. El limpiabotas se retiró firmemente decidido a guardar el secreto y míster Alejandro Trott se sentó ante un lenguado frito, chuletas a la Maintenon, vino de Madera y postres variados, con más tranquilidad que cuando recibió la carta de desafío de Horacio Hunter.

La señora que se había apeado de la diligencia de Londres apenas estuvo instalada en el número veinticinco y hubo introducido algunas modificaciones en su indumentaria de viaje, redactó una nota para Joseph Overton, *esquire*, abogado y alcalde de Gran Winglebury, requiriendo su inmediata presencia para un asunto de la más alta importancia —intimación que el digno magistrado atendió sin la menor tardanza.

En efecto, el abogado, después de abrir varias veces tamaños ojos y lanzar unos cuantos «¡Dios me bendiga!» y otras expresiones más de sorpresa, descolgó de una percha su sombrero de anchas alas, en el pequeño despacho que daba a la calle, y echó a andar a toda prisa por la calle Mayor hacia «Las Armas de Winglebury»; donde, por el vestíbulo y las escaleras, se vio acompañado por la patrona y una tropa de camareras oficiosas hasta la puerta de la habitación veinticinco.

—Diga al caballero que entre —dijo la dama a la más próxima de ellas que habían penetrado en la habitación con el anuncio.

Y, en su consecuencia, le fue dicho al caballero que entrase.

La señora se levantó del sofá; el alcalde avanzó un poco, y ambos se estuvieron mirando por espacio de uno o dos minutos. El alcalde tenía ante sí a una dama de aspecto jovial, de unos cuarenta años, ricamente ataviada, y la dama, un caballero de aire pulido, unos diez años mayor, vestido con calzón corto de tela, levita negra, cuello, corbata y guantes.

—¡Miss Julia Manners! —exclamó el alcalde por fin—. ¡Estoy extrañado de verla!

—Es poco amable, Overton —replicó miss Julia—. Porque le conozco lo bastante para no sorprenderme por nada que usted haga, y usted bien podría devolverme la cortesía.

—Pero..., esto de fugarse..., fugarse actualmente... con un joven... —dijo con cierta reprobación el alcalde.

—¿Acaso quería usted que me fugase con un viejo? —fue la fría réplica que obtuvo.

—Y, además, pedirme a mí..., a mí entre todo el mundo..., un hombre de mi edad y representación..., alcalde de la ciudad..., que colabore en la trama.

¡Y qué trama! —exclamó con enojo Joseph Overton, dejándose caer sobre un sillón y sacando de su bolsillo la carta de miss Julia, como para corroborar que se le había pedido aquel favor.

—Ahora, Overton —replicó la dama—, necesito ese favor; que usted me ayude, y usted me ayudará. En vida de mi antiguo, pobre y querido amigo míster Cornberry, que... que...

—Que se tenía que casar con usted, y no lo hizo porque murióse antes. y que le dejó a usted, sin el engorro de tener que cargar con su persona, todos sus bienes —completó el alcalde.

—Bien —replicó miss Julia, sonrojándose un poco—, en vida del pobre viejo, sus bienes tuvieron el engorro de la administración de usted, y lo que me maravilla es que no muriesen de consunción, como su dueño. Usted, por aquel entonces, se ayudó a sí mismo; ayúdeme usted ahora a mí.

Míster Joseph Overton era un caballero y hombre de mundo; además de esto, procurador, y comoquiera que ciertos recuerdos confusos de unas mil o dos mil libras distribuidas y apropiadas por equivocación pasaron por su mente, tosió en señal de ruego, se sonrió, permaneció silencioso unos minutos y, al fin, inquirió:

—¿Qué quiere usted que haga?

—Voy a decírselo —replicó la dama—; a decírselo en dos palabras. Mi querido lord Pedro...

—¿Este es el joven? —interrumpió el alcalde.

—Este es el joven de la nobleza —replicó la dama, recalcando la última palabra—. Lord Pedro teme extraordinariamente el resentimiento de su familia, y por esto hemos decidido que él me rapte. Él ha dejado Londres, así para evitar toda sospecha como para visitar a su amigo, el honorable Augusto Flair, cuya casa, como usted sabe, se halla a unas treinta millas de aquí; le acompaña sólo su tigre favorito. Nos arreglamos para que yo viniese aquí, en la diligencia de Londres, y en cuanto a él, dejando atrás su coche y su tigre, vendrá a encontrarme lo más pronto posible, esta misma tarde.

—Muy bien —observó Joseph Overton—, y aquí se puede encargar una silla de postas para llegar hasta Gretna Green* juntos, sin necesidad de la intervención de terceros, ¿no es así?

—No —replicó miss Julia—. Hay razones para suponer —el querido lord Pedro no es considerado como demasiado prudente por sus amigos, y han descubierto su afecto hacia mí—, es de suponer, digo, que inmediatamente que sea descubierta su presencia, se organizará su persecución. No; para escapar a la cual, tanto como para no dejar rastro, quiero que en esta casa se crea que lord Pedro sufre una perturbación mental, aunque inofensiva, y que yo, sin que él lo sepa, aguardo su llegada para trasladarle en una silla de postas a cualquier manicomio privado, Berwick, por ejemplo. Si no me exhibo demasiado, creo que me las puedo arreglar para pasar por su madre.

---

* Pueblo de Escocia, donde vivía el famoso herrero que tenía el privilegio de casar a las parejas sin otro altar que su yunque y sin más ceremonia ni requisitos.

Por la cabeza del alcalde pasó la idea de que podía exhibirse tanto como gustase sin ningún peligro de ser descubierta, pues doblaba los años de su futuro esposo. No obstante, prefirió callarse, y la dama prosiguió adelante.

—Lord Pedro ya conoce el arreglo; todo lo que necesito de usted es acabar de dar la sensación de la verdad, interponiendo su influencia en esta casa, añadiendo a esto las razones de por qué me llevo al joven. Y como sería inconveniente que yo le fuera a visitar hasta entonces, quiero que vaya usted a verle y enterarle de que, por ahora, todo marcha bien.

—¿Ha llegado ya? —interrogó el alcalde.

—No sé —contestó la dama.

—Entonces, ¿cómo voy a saber quién es? —preguntó Overton—. Porque, naturalmente, no dará su nombre en el mostrador.

—Le he recomendado que, a su llegada, le escribiese a usted una nota —replicó miss Manners—. y para impedir que el proyecto sea descubierto, que escribiese en términos misteriosos y bajo nombre supuesto, dando el número de su cuarto.

—¡Dios me bendiga! —exclamó el alcalde, poniéndose en pie y buscando en sus bolsillos. ¡Es extraordinario! Ha llegado... cierta carta, dejada en mi casa de manera misteriosa, precisamente antes de la de usted... No sabía qué hacer con ella y, ciertamente, no me podía figurar eso... ¡Aquí está!

Y Joseph Overton sacó de un bolsillo interior de su levita la carta de Alejandro Trott.

—¿Es letra de su señoría?

—¡Oh, sí! —replicó Julia—. ¡Qué bueno es y qué puntual! No he visto su letra más que una o dos veces; pero me consta que escribe con unos caracteres irregulares y grandes. Este raro, querido y noble joven, ya sabe usted, Overton...

—Sí, sí —replicó el alcalde—. Caballos y perros; juego y vino; actrices, puros; la cuadra, la habitación de los actores, el salón, la taberna, y la Asamblea Legislativa, a la postre.

Y prosiguió el alcalde:

—Dice así la carta: «Señor: Un joven de la nobleza, en el número diecinueve de "Las Armas de Winglebury" está a punto de cometer un locura mañana por la mañana a primera hora. [Claro; quiere decir casarse.] Si a usted le preocupa la paz de esta ciudad y la conservación de una o, quizá, dos vidas humanas...» ¿Qué querrá decir esto?

—Que se halla tan impaciente por la ceremonia que se moriría si surgiera algún obstáculo, y puede ser que yo también —replicó la dama con gran complacencia.

—¡Oh, claro! [¡No tema!] Bien... [«...*dos vidas humanas; hágalo partir esta misma noche [está impaciente]. No tema hacer esto bajo su responsabilidad; porque mañana las razones serían demasiado claras. Recuerde: número diecinueve. El nombre es Trott. No demore su resolución; la vida y la muerte dependen de su prontitud.*»] [Un lenguaje, ciertamente, apasionado.] ¿Le podré ver?

—Hágalo —replicó miss Julia—, y anímele a representar bien su papel. Temo por él. Dígale que sea prudente.

—Pierda usted cuidado —dijo el alcalde.

—Tome todas las medidas.

—Así lo haré.

—Y añada que he pensado que lo mejor es encargar la silla de postas para la una de la noche.

—Muy bien —replicó el alcalde por última vez. y, meditando sobre lo oscuro de la situación en la cual le había colocado el destino y las viejas amistades, manifestó al camarero su deseo de que se sirviese anunciarlo al huésped del número diecinueve.

Al serle anunciado: «Un señor desearía hablar con usted», míster Trott se vio obligado a suspender a medio camino el vaso de Madeira que estaba a punto de beberse en aquellos instantes; a levantarse de su silla, y a retirarse unos cuantos pasos hacia la ventana, como para asegurarse una retirada ante la eventualidad de que el visitante asumiese la forma de Horacio Hunter. Una rápida mirada a Joseph Overton le tranquilizó. Con toda cortesía indicó al visitante una silla. El camarero, después de hacer algún ruido con la botella y unos vasos, se marchó, y Joseph Overton, dejando su sombrero de anchas alas en una silla próxima e inclinando cortésmente el cuerpo hacia adelante, inició el asunto diciendo en voz baja y cautelosa:

—Su señoría...

—¿Eh? —dijo míster Alejandro Trott, alzando la voz con el aire inexpresivo y raro de un sonámbulo que grita.

—¡Chis! ¡Chis! —advirtió el cauteloso procurador—. ¡Claro! Tiene razón... Nada de títulos... Mi nombre es Overton, señor.

—¿Overton?

—Sí, el alcalde de aquí... Usted me ha mandado hoy mismo una carta con una información anónima...

—¿Yo, señor? —exclamó Trott con mal disimulada sorpresa, porque, como cobarde que era, de buena gana hubiera negado la paternidad de la carta en cuestión—. ¿Yo, señor?

—Sí, sí, usted, señor mío; ¿no es verdad? —respondió míster Overton, enojado por lo que él suponía un exceso de desconfianza—. La carta, o es de usted o no; en el primer caso hay que hablar sobre el asunto; pero si no es suya, no tengo más que decir.

—¡Aguarde, aguarde! —dijo Trott—. La carta es mía, yo la escribí. ¿Qué debo hacer? Aquí no tengo ningún amigo.

—Naturalmente, naturalmente —dijo el alcalde con tono alentador—. No podía haber obrado más acertadamente. Bien; es necesario que usted parta esta misma noche en una silla de postas. Cuanto más haga correr el cochero a los caballos, mejor. No deja usted de ser un perseguido.

—¡Dios me asista! —exclamó Trott poseído de terror—. ¿Pueden pasar tales cosas en un país como éste? ¡Esta hostilidad incesante y fría!

Enjugóse el sudor que la cobardía le hacía caer frente abajo y contempló despavorido a Joseph Overton.

—Ciertamente, es enojoso —observó el alcalde con una sonrisa— que en un país libre no pueda uno casarse con quien quiera sin que le persigan como a un criminal. Sea como sea, en este caso la dama consiente, y aquí está lo principal, después de todo.

—¡La dama consiente! —repitió maquinalmente Trott—. ¿Cómo sabe usted que consiente?

—¡Vaya, esta es buena! —dijo el alcalde, dando un golpecito amistoso sobre el brazo de míster Trott con su sombrero de anchas alas—. La conozco desde hace años y si alguien pudiese tener la más remota duda, le aseguro a usted que no debe tener ninguna.

—¡Dios mío! —exclamó míster Trott, pensativo—. Todo esto es extraordinario.

—¡Bien, lord Pedro! —dijo el alcalde poniéndose en pie.

—¿Lord Pedro? —repitió Trott.

—¡Se me olvidaba, míster Trott! Sí, Trott. Muy bien, ¡ja, ja, ja! Bien, señor, la silla estará a punto a las doce y media.

—¿Y cómo me las voy a arreglar hasta entonces? —inquirió míster Trott—. ¿No sería mejor que estuviese vigilado para salvar así las apariencias?

—¡Ah! —replicó Overton—. ¡Muy buena idea por cierto! Voy a mandar a alguien en seguida. Y si usted opone alguna resistencia a entrar en la silla de postas, mejor que mejor... Algo así como si no quisiera que se lo llevasen ¿No le parece?

—Cierto —dijo Trott.

—Bien, monseñor —dijo Overton en voz baja—, hasta entonces; deseo a usía muy buenas tardes.

—¿Monseñor? ¿Usía? —exclamó Trott otra vez, retrocediendo dos pasos y mirando con indecible asombro al alcalde.

—¡Ja, ja, ja! Muy bien, monseñor. ¿Haciéndose el loco? Muy bien, pero que muy bien. ¡Una mirada extraviada! ¡Esencial, monseñor, esencial! Buenas tardes, míster Trott... ¡Ja, ja, ja!

—El alcalde está decididamente borracho —se dijo a sí mismo en voz alta míster Trott, volviendo a sentarse en su silla, en actitud reflexiva.

«He aquí un tipo más listo de lo que me había creído, ¡este joven noble! Representa su papel con rara perfección», pensaba Overton, dirigiéndose al mostrador de la fonda para completar su maniobra, maniobra que fue realizada al momento. Cada palabra del cuento que les contó fue creída sin titubeos y, acto seguido, el limpiabotas tuerto fue delegado para personarse en el mismo número diecinueve y allí custodiar a un supuesto loco hasta las doce y media de la noche. Obedeciendo a estas órdenes, el más excéntrico personaje se armó con un garrote formidable y se presentó, con su habitual ecuanimidad de maneras, en el departamento de míster Trott, en el que entró sin pedir permiso, y sentóse con toda calma en una silla cercana a la puerta, mientras que para matar el tiempo procedía a silbar una canción popular con una gran satisfacción aparente.

—¿Qué haces aquí, bribón? —preguntó míster Trott, aparentando indignación.

El limpiabotas marcó el compás con la cabeza mientras miraba plácidamente a Mr. Trott de pies a cabeza, sonriéndose con lástima y silbando un *adagio*.

—¿Has venido por orden de míster Overton? —inquirió Trott, algo extrañado por la conducta de aquel hombre.

—Esté tranquilo el amiguito —respondió con calma el limpiabotas—, y calle la boca...

Y siguió silbando.

—¡Ah, ten esto presente! —gritó míster Trott, deseoso de representar la farsa de su firme voluntad de luchar en duelo si se lo permitían—. Protesto contra mi detención. Niego que tenga intención de batirme con nadie. Pero como es inútil esforzarse contra el número, permaneceré quieto.

—Será mejor —observó el plácido limpiabotas, meneando el bastón de una manera expresiva.

—Con mi protesta —añadió Alejandro Trott con aparente indignación e interior regocijo—. Con mi protesta.

—¡Oh, cierto, cierto! —respondió el limpiabotas—. Lo que usted guste; me alegro mucho; solamente que habla demasiado, lo que es peor para usted.

—¿Peor para mí? —exclamó Trott esta vez con fingida sorpresa—. Este hombre está borracho.

—¡Calma, amiguito! —le aconsejó el limpiabotas, entregándose a un ejercicio de pantomima con el bastón.

—O loco —prosiguió Trott, un tanto alarmado—. Salga usted de aquí, y diga que me manden a otro.

—No me da la gana —replicó el limpiabotas.

—¡Fuera de aquí! —gritó Trott, tocando la campana con violencia, pues empezaba a sentir nuevamente miedo.

—¡Suelta la campana, miserable loco! —dijo el limpiabotas, arrastrando a Trott hasta su asiento y blandiendo su bastón—: ¡Quieto, miserable! ¡Que no se sepa que en la casa hay un loco!

—¡El loco es él! ¡Él es el loco! —exclamó, aterrorizado míster Trott, mirando fijamente el único ojo del pelirrojo limpiabotas con expresión del más grande horror.

—¿Loco? —replicó el limpiabotas—. ¡Caramba! ¡Vaya un loco vengativo! Oye, desventurado. ¡Ah!, ¿no quieres?

Como míster Trott intentase ir hacia la campanilla, un ligero estacazo cayó sobre su cabeza.

—¡Respeta mi vida! —exclamó Trott juntando sus manos en un ademán de súplica.

—¿Para qué quiero yo tu vida? —replicó el limpiabotas desdeñosamente—. Aunque pienso que sería un acto de caridad si alguien te la quitara.

—¡No, no, de ninguna manera! —interrumpió el pobre míster Trott con precipitación—. ¡No, de ningún modo! Ya me estaré quieto... Yo...

—¡Muy bien! —dijo el limpiabotas—. Es una mera cuestión de gustos. Cada cual lo que le plazca. De todos modos, lo que yo quiero decir es esto: usted se está quieto aquí en esta silla y yo quietecito ahí en la mía; si usted no se mueve yo tampoco me muevo. No le quiero hacer daño; pero si mueve una mano o un pie antes de las doce y media, le voy a alterar su fachada de tal modo que la próxima vez que se mire al espejo tendrá que preguntarse cuándo se marchó de la ciudad y cuándo podrá regresar a ella.

—Sí, sí; como guste —respondió la víctima de la equivocación.

Míster Trott se sentó y el limpiabotas enfrente de él, con el palo pronto para apalearle.

Las siguientes horas fueron largas e interminables. La campana de la iglesia de Gran Winglebury había dado apenas las diez, y aún tenían que transcurrir con toda probabilidad dos horas y media antes de que llegase ayuda. Por espacio de media hora el ruido producido al cerrarse las tiendas dio cierta apariencia de vida a la ciudad e hizo la situación de míster Trott algo más soportable. Pero cuando cesó todo este ruido y no se oyó nada excepto el chirrido de alguna silla de postas que entraba en el patio para cambiar de caballos y luego se marchaba, o el golpear de los cascos de aquéllos en la cuadra, fue casi imposible soportar el tiempo. De cuando en cuando el limpiabotas se levantaba para despabilar las velas que daban una luz débil; pero al instante volvía a sentarse, y comoquiera que hubiese oído decir, en alguna parte, que la mirada humana ejerce un efecto apaciguador en los locos, tenía su único órgano de visión constantemente fijo sobre míster Trott. El desgraciado, a su vez, contemplaba asimismo a su compañero, hasta que sus facciones se volvieron más y más indistintas —su cabellera gradualmente menos roja— y la habitación más oscura y confusa. Míster Alejandro Trott cayó en un sueño profundo, del que fue despertado por el ruido de unas ruedas en la calle y el grito de: «¡Silla de postas para el veinticinco!» A esto se oyeron pasos en las escaleras; la puerta de la habitación fue abierta rápidamente y míster Overton entró, precedido de cuatro robustos camareros y de la señora Williamsom, la gruesa patrona de la posada «Las Armas de Winglebury».

—¡Míster Overton! —exclamó míster Alejandro Trott saltando de su silla como un loco—. ¡Mire a este hombre, señor; considere la situación en que me he visto durante tres horas! La persona que me mandó como guardián es un loco. ¡Sí, un loco furioso, rabioso...!

—¡Bravo! —exclamó Overton.

—¡Pobre desgraciado! —dijo la compasiva mistress Williamsom—. Los locos siempre se figuran que lo están los demás.

—¡Pobre desgraciado! —exclamó míster Trott—. ¿Qué diablos quiere usted decir con este «pobre desgraciado»? ¿Es usted la patrona?

—Sí —contestó la robusta mujer—. No se excite, pues sería una lástima. Cuide de su salud, ¡vaya!

—¿Excitarme yo? —gritó míster Alejandro Trott—. ¡Sería un milagro que aún pudiera tener aliento para excitarme! He estado a punto de ser asesinado en el espacio de tres horas por este monstruo de un solo ojo y cabeza de alcornoque. ¿Cómo se atreve usted, señora, a tener un loco en su casa para asaltar y aterrorizar a sus huéspedes?

—¡Jamás quise tener otro! —dijo la señora Williamsom lanzando una mirada reprobadora al alcalde.

—¡Magnífico, magnífico! —exclamó Overton, envolviendo a míster Trott en una gruesa capa de viaje.

—¿Magnífico, señor? —exclamó Trott en voz alta—. ¡Si es horrible! El solo recuerdo de lo que me ha ocurrido me da escalofríos. Antes prefiero cuatro duelos en tres horas que pasarme todo este tiempo sentado frente a frente de un loco.

—Continúe, milord, mientras baja las escaleras —murmuró Overton—. Su cuenta está pagada y su equipaje abajo en la silla —y añadió en voz alta—: Camareros, el señor está listo.

A esta señal los camareros se situaron en torno de míster Alejandro Trobt. Uno le cogió por un brazo, el otro por el otro, un tercero les precedía con una vela y el cuarto seguía con otra. El limpiabotas y la patrona formaban la retaguardia. Y así bajaron las escaleras, mientras míster Trott expresaba con voz débil, ya su fingida oposición a marcharse, ya su real indignación por haber sido encerrado con un loco.

Míster Overton les esperaba junto a la silla de postas. Los postillones estaban ya en el pescante y algunos huéspedes y otra gente diversa formaban un grupo para contemplar la marcha del «señor loco». Míster Alejandro Trott tenía ya un pie en el estribo cuando observó a alguien sentado en la silla y completamente envuelto en un manto como el suyo, y que la poca luz le había impedido ver antes.

—¿Qué es esto? —preguntó en voz baja a Overton.

—¡Chis, Chis! —rogó el alcalde—. ¡La otra parte, naturalmente!

—¿La otra parte? —exclamó Trott dando un paso atrás.

—Sí, ya lo descubrirá usted pronto. Pero haga ruido si no quiere que sospechen de nosotros por hablar tanto en voz baja.

—¡No quiero meterme en esa silla! —protestó míster Trott, a quien de nuevo le asaltaron sus temores con más violencia—. Me van a asesinar. Me van...

—¡Bravo, bravo! —murmuró Overton—. Voy a empujarle dentro.

—¡Es que no quiero ir! —exclamaba míster Trott—. ¡Socorro, socorro, me llevan contra mi voluntad! ¡Es un complot para asesinarme!

—¡Pobrecillo! —exclamó mistress Williamsom.

—Ahora, muchachos, a escape —gritó el alcalde empujando a Trott y cerrando de un golpe la portezuela—. Arriba, tan aprisa como se pueda, y a no detenerse por nada del mundo hasta la parada siguiente. ¡Muy bien!

—¡Los caballos están pagados, Tom! —gritó mistress Williamsom.

Y a todo galope marchó la silla, con una velocidad de catorce millas por hora, con míster Alejandro Trott y miss Julia Manners, cuidadosamente encerrados dentro.

Míster Trott permaneció acurrucado en un rincón de la silla y su misteriosa compañera de viaje en el otro durante las primeras dos o tres millas; míster Trott se arrimaba más y más a su rincón a medida que sentía que su compañera se le iba acercando e intentaba en vano lanzar una ojeada sobre la cara furibunda del supuesto Horacio Hunter.

—Ya podemos hablar —dijo al fin su compañera de viaje—. Los postillones no pueden oírnos ni vernos.

—No es la voz de Hunter —pensó Alejandro con estupefacción.

—Querido lord Peter —dijo miss Julia cariñosamente, poniendo su brazo sobre la espalda de Trott—. Querido lord Peter; ¿ni una palabra?

—¡Cómo! ¡Es una mujer! —exclamó Trott asombrado y en voz baja.

—¡Ah! ¿Qué voz es ésta? —dijo Julia—: No es la de lord Pedro.

—No. Es la mía... —dijo Trott.

—¿Suya? —exclamó miss Manners—. ¡Un hombre desconocido! ¡Cielo santo! ¿Cómo ha llegado usted hasta aquí?

—Sea quien fuere ya habrá podido usted observar, señora, que ha sido en contra de mi voluntad —replicó Alejandro—. Porque yo hice bastante ruido cuando me metieron dentro.

—¿Le mandó a usted lord Peter? —interrogó miss Manners.

—¡Dios confunda a lord Peter! —exclamó Trott con rabia—. No conozco a ese señor. No he oído decir nada de él hasta esta noche, que he sido lord Peter para el uno y lord Pedro para el otro. Voy a llegar a creer que estoy loco de veras, o que sueño.

—¿Y adónde vamos? —preguntó la dama.

—¡Y qué sé yo, señora! —replicó con frialdad Alejandro Trott, pues los acontecimientos de aquella noche le habían aturdido por completo.

—¡Alto! ¡Alto! —exclamó la señora, bajando los cristales delanteros de la silla.

—Un momento, querida señora —dijo Trott, volviendo a subirlos con una mano y sujetando con la otra a miss Manners—. Existe aquí un gran error; permítame, durante este viaje, hasta la próxima posada, que explique mi parte en el asunto. Hemos de hacer el trayecto entero; usted no puede quedar abandonada a estas horas de la noche.

La señora consintió; la equivocación fue mutuamente explicada; míster Trott era joven, poseía unas patillas sumamente prometedoras, un sastre intachable y una insinuante habilidad; sólo le faltaba valor, pero, ¿quién lo necesita con tres mil libras al año? La dama poseía esto y más; necesitaba un joven esposo, y el único camino que se ofrecía a míster Trott para reparar su error era una rica esposa. En consecuencia, llegaron a la conclusión de que hubiese sido una lástima que tantas perturbaciones y gastos no hubieran servido para nada. Y que, puesto que habían hecho tanto camino, podían llegarse a Gretna Green y casarse. Así lo hicieron. Y la inscripción siguiente en el libro del famoso herrero fue la de Emilia Brown y Horacio Hunter. Míster Hunter devolvió a su mujer a su casa; pidió perdón, y fue perdonado, y míster Trott hizo lo propio con idénticos resultados. Y lord Peter, que se había pasado todo el tiempo bebiendo champaña y corriendo una carrera de obstáculos, se volvió a casa del honorable Augusto Flair y bebió más champaña y corrió otra carrera de obstáculos, y se mató en una caída. En cuanto a Horacio Hunter, adquirió a sus propios ojos una gran reputación de valor valiéndose de la cobardía de Trott, y todas estas circunstancias se descubrieron con el tiempo y se anotaron cuidadosamente. y si cualquiera de ustedes pasa una semana en «Las Armas de Winglebury», allí le explicarán la historia del duelo de Gran Winglebury.

LA FAMILIA TUGGS, EN RAMSGATE

Hace tiempo que habitaba en una calle estrecha, por la parte de Surrey y a tres minutos del puente viejo de Londres, un tal míster Joseph Tuggs. Se trataba de un hombrecillo moreno, de cabello lustroso, ojos vivos, piernas cortas y el tronco de considerable masa y espesor, a contar desde el botón central de su chaleco, por delante, hasta los ornamentales de su chaqueta, por la parte posterior. También la cordial mistress Tuggs era corpulenta, así como su hija única, la cumplida miss Carlota, que iba adquiriendo una agradable gordura parecida a la de su padre en los años mozos, que encantaba los ojos y conquistaba los corazones. Míster Simon Tuggs, su único hijo, el único hermano, por tanto, de miss Carlota Tuggs y ésta, eran tan diferentes de cuerpo como de espíritu, diferencia que se extendía a todos los miembros de aquel hogar. Su cara alargada y cierta tendencia a la debilidad de sus interesantes piernas hablaban mucho en favor de sus disposiciones románticas. El más pequeño rasgo de estos caracteres no deja de presentar interés para los temperamentos observadores. Solía nuestro joven héroe presentarse en público calzado con unos zapatos que le venían grandes y con calcetines de algodón negros. Y llamaba la atención que casi siempre llevase un cuello negro, sin corbata ni adorno de ninguna naturaleza.

No hay profesión tan útil ni ocupación tan meritoria que escape a los mezquinos ataques de la vulgaridad. Míster Joseph Tuggs era droguero. Puede creerse que un droguero está por encima de la calumnia; pero no: los vecinos le tildaban de cerero. Voces envenenadas por la envidia aseguraban que vendía el té por cuartos de pinta, el azúcar por onzas, el queso por rajas, el tabaco a puñados y la manteca a pastillas. Por lo demás, estas habladurías no hacían mella en los Tuggs. Él se ocupaba de la sección de droguería y su esposa de la mantequería. Miss Tuggs y míster Simón Tuggs llevaban los libros de su padre y atendían a su vida particular.

Una hermosa tarde de primavera se hallaba el joven sentado ante su escritorio —un pequeño pupitre rojo— cuando un desconocido se apeó de un coche de alquiler y entró presuroso en la tienda. Vestía de negro y llevaba un paraguas verde y un saco azul.

—¿Míster Tuggs? —preguntó.

—Me llamo Tuggs —replicó Simon.

—Es el otro míster Tuggs a quien debo hablar —dijo el recién llegado, mirando hacia la puerta de cristales de la trastienda por donde asomaba tras de la cortina la faz redonda de míster Tuggs, padre.

míster Simon hizo un gracioso gesto con la pluma, como invitando a su padre a que saliese y míster Joseph Tuggs, con gran prontitud, desapareció de detrás de la cortina y se plantó ante el desconocido.

—Vengo del Temple —dijo el hombre del saco azul.

—¿Del Temple? —repitió mistress Tuggs, abriendo la puerta de la trastienda y mostrando a miss Tuggs, o sea a su hija.

—¿Del Temple? —exclamaron a la vez miss Tuggs y Simon.

—¡Del Temple! —exclamó también míster Joseph Tuggs, poniéndose pálido como un queso de Holanda.

—¡Del Temple! —repitió el hombre del saco—. De parte de míster Cower, el abogado. Míster Tuggs, le felicito. Señoras, les deseo toda suerte de prosperidades. ¡Hemos ganado!

Y el hombre se desembarazó de su paraguas y de los guantes para estrechar la mano de míster Tuggs.

Apenas habían sido pronunciadas las palabras «hemos ganado», cuando míster Simon Tuggs se levantó del barril en que estaba sentado, abrió desmesuradamente los ojos y la boca, trazó en el aire unos ochos con su pluma y, por último, cayó en brazos de su ansiosa madre y se desmayó, sin la más ligera causa o pretexto aparentes.

—¡Agua! —gritó mistress Tuggs.

—¡Ánimo, hijo mío! —exclamó míster Tuggs.

—¡Simon, querido Simon! —exclamó miss Tuggs.

—Ya me encuentro mejor —dijo míster Simon Tuggs—. ¡Qué victoria! —y, acto seguido, para probar que se encontraba mejor, volvióse a desmayar y fue introducido en la trastienda por el resto de la familia y el hombre del saco.

Para cualquier espectador casual la escena hubiese carecido de sentido. Pero quien conociese la misión del recién llegado y, además, hubiera estado al corriente de los nervios irritables de Simon Tuggs, la hubiese encontrado muy natural. Se trataba de la solución de un largo pleito por motivo de una herencia, solución inesperada, de resultas de la cual míster Joseph se veía en posesión de veinte mil libras.

Una larga deliberación tuvo lugar por la noche en la salita: deliberación sobre los futuros designios de los Tuggs. La tienda cerró más temprano que nunca, y fueron muchos los golpes aplicados en vano sobre la puerta por diversos compradores, ya para adquirir un cuarto de pinta de té, o de medio pan, o de un penique de pimienta que tenía que «pagarse el sábado», pero que la fortuna había decidido que tuviesen que pagarse en otra parte.

—Tenemos que dejar el negocio —dijo miss Tuggs.

—¡Oh, sin duda! —exclamó mistress Tuggs.

—Simon tiene que ser abogado —terció míster Joseph Tuggs.

—Y firmaré «Cymon» en el futuro —añadió su hijo.

—Y yo me llamaré Carlota —dijo miss Tuggs.

—Y me llamaréis «mamá» y al padre «papá» —prosiguió mistress Tuggs.

—Sí, y «papá» abandonará sus vulgares costumbres —añadió miss Tuggs.

—Me preocuparé de ello —respondió complaciente míster Tuggs, que en aquel momento se hallaba comiendo salmón en escabeche con un cortaplumas.

—Tenemos que dejar la ciudad inmediatamente —dijo «Cymon» Tuggs.

Todo el mundo encontró que esta era una condición previa para su categoría social. Y se suscitó esta cuestión: ¿Adónde ir?

—¿A Gravesend? —sugirió míster Joseph Tuggs.

La idea fue desechada por unanimidad: Gravesend era demasiado poco.

—¿A Margate? —propuso mistress Tuggs.

—¡De ningún modo! Allí sólo hay tenderos.

—¿A Brighton? —dijo míster Cymon Tuggs oponiendo una objeción irrefutable. Todos los coches habían volcado durante las últimas tres semanas y cada coche había tenido un promedio de dos pasajeros muertos y seis heridos, y en todos los casos los periódicos habían opinado «que no podía atribuirse la culpa al cochero».

—¿A Ramsgate entonces? —propuso míster Cymon con aire pensativo. ¡Magnífico! ¡Qué estúpidos habían sido por no habérseles ocurrido antes! Ramsgate era el único sitio adecuado, el mejor lugar de todos.

Dos meses después de esta conversación, el vaporcito que hacía el servicio entre la *City* de Londres y Ramsgate iba alegremente río abajo. Su bandera flotaba al viento; la banda tocaba unas piezas de música y la conversación entre los pasajeros era alegre y animosa; no había por qué maravillarse: los Tuggs se hallaban a bordo.

—¿Encantador, no? —dijo míster Joseph Tuggs, que vestía una levita color verde botella, provista de un cuello de terciopelo y que se cubría con un sombrero viejo de color azul, alrededor del cual ostentaba una cinta dorada.

—¡Alegra el alma! —replicó míster Cymon, que ya practicaba sus estudios de abogado—. ¡Alegra el alma!

—¡Una mañana deliciosa, caballero! —dijo un señor con aire de militar, que llevaba un sobretodo azul, abotonado hasta el cuello, y pantalones blancos con trabillas.

Míster Cymon Tuggs asumió la responsabilidad de replicar a la observación de aquel desconocido:

—¡Celestial! —exclamó.

—¿Es usted un entusiasta de las bellezas de la naturaleza, caballero? —preguntó el señor de aire marcial.

—En efecto, lo soy —replicó míster Cymon Tuggs.

—¿Ha viajado mucho? —preguntó el otro.

—No mucho —contestó míster Cymon Tuggs.

—¿Ha estado en el continente? —volvió a preguntar el marcial personaje.

—No —contestó míster Cymon Tuggs con un acento como si quisiese dar a entender que había llegado a medio camino pero que se había vuelto atrás.

—Usted, naturalmente, cree que su hijo debe dar *le grand tour*, ¿verdad caballero? —dijo el de aspecto marcial dirigiéndose a míster Joseph Tuggs.

Como éste no supiera lo que significara el *grand tour*, ni en dónde se fabricaba este producto, se limitó a contestar:

—¡Naturalmente!

No había acabado de pronunciar esta palabra cuando se le acercó una joven con manto de seda color pulga y botas del mismo color. Sus tirabuzones eran negros, así como sus ojos, y debajo de sus cortas faldas exhibía unos tobillos irreprochables.

—¡Walter querido! —exclamó la joven.

—Sí, Belinda, mi amor —contestó el marcial caballero a la damisela de los negros ojos.

—¿Por qué me has dejado tanto tiempo sola? —añadió ésta—. ¡Con lo que me han molestado esos jovencitos con sus miradas impertinentes...!

—¿Cómo? ¿Qué? —exclamó el belicoso personaje con tal énfasis que hizo apartar a míster Cymon Tuggs los ojos, que tenía fijos en la dama—. ¿Qué jóvenes son ésos y en dónde están? —preguntó el caballero, apretando los puños y echando una ojeada a los que se hallaban a su alrededor fumando sus cigarros.

—¡Cálmate, Walter, te lo ruego! —dijo ella.

—¡No! —replicó el personaje.

—¡Repórtese, caballero! —rogó a su vez míster Cymon Tuggs—. No vale la pena llamar la atención.

—No, no, claro, no vale la pena —insistió la dama.

—Pues me calmo porque quiero —replicó su enérgico acompañante—. Dice usted bien, caballero. Le doy las gracias por su oportuna observación, que me ha salvado de cometer un homicidio.

Abrió sus puños y estrechó la mano de míster Cymon.

—Mi hermana, caballero —dijo míster Cymon Tuggs, quien lanzó una mirada de admiración a miss Carlota.

—Mi esposa, señora —dijo el marcial desconocido presentando a la dama de los ojos negros.

—Mi madre, la señora Tuggs —dijo míster Cymon.

El presunto capitán y su esposa murmuraron frases amables de cortesía, y los Tuggs procuraron mostrar el tono más desenvuelto que les fue posible.

—Walter querido —dijo la dama de los ojos negros, después de charlar media hora con los Tuggs.

—Sí, ¡amor mío! —exclamó su marido.

—¿No te parece que este caballero —dijo con una inclinación de cabeza a míster Cymon Tuggs— se parece extraordinariamente al marqués Carriwini?

—¡Dios mío, y tanto! —respondió el militar.

—Me llamó la atención en el momento en que le vi —añadió la damisela, contemplando con intención y aire melancólico el enrojecido rostro de míster Cymon Tuggs.

Éste miraba a todos y, viendo que todos le miraban a él, no sabía qué hacer.

—Exacto, el aire del marqués —dijo el caballero.

—¡Extraordinario! —suspiró la damisela.

—¿No conoce usted al marqués? —inquirió el marcial personaje.

Míster Cymon pronunció una negativa.

—Si le conociera —continuó el presunto capitán— sabría cuánta razón tiene para enorgullecerse con el parecido. Es un hombre elegantísimo y muy simpático.

—¡En efecto! —exclamó Belinda vivamente.

Cuando sus miradas se cruzaron con las de Cymon Tuggs, ella bajó la vista con evidentes señales de confusión.

Todo era alegre gratitud lo que en aquellos momentos experimentaba la familia Tuggs. Y cuando, en el curso de la conversación, resultó que Carlota Tuggs era el facsímil de un título del parentesco de míster Belinda Waters, y mistress Tuggs el propio retrato de la duquesa viuda de Dobbleton, no tuvo límites la satisfacción que todos ellos sintieron por haber adquirido una relación tan amable y amistosa. El capitán condescendió inclusive, abandonando por breves momentos su dignidad, a compartir con míster Joseph Tuggs un pastel de pichón y una botella de jerez que tomaron en la cubierta, y una amena conversación se entabló entre los presentes, ayudada por tan agradables estimulantes, hasta que llegaron a los muelles de Ramsgate.

—¡Adiós, querida! —dijo mistress Waters, despidiéndose de miss Carlota Tuggs, un momento antes de que el barullo del desembarco diera principio—. La veremos en la playa por la mañana y, como creo que antes encontraremos alojamiento, espero que seremos inseparables en muchas semanas.

—¡Oh, así lo espero! —contestó miss Tuggs enfáticamente.

—¿El equipaje, caballero? —dijeron a la vez una docena de hombres de blusa.

—¡Adiós, amigo! —dijo el capitán Waters.

—¡Adiós! —dijo su mujer—. ¡Adiós, míster Cymon!

Y, con una presión de su mano que lastimó la del pobre muchacho y puso sus delicados nervios en tensión, desapareció entre la turba. Se vio un par de botas color pulga subiendo las escaleras del muelle, un blanco pañuelo agitándose y unos brillantes ojos que relucieron. Los Waters se habían marchado y míster Cymon Tuggs se hallaba solo en un mundo sin entrañas.

Silenciosa y distraídamente siguió el demasiado sensible mozo a sus respetables padres, y a una turbamulta de blusas y carretillas de mano sobre el muelle, hasta que el ruido que se produjo a su alrededor le devolvió a sí mismo. El sol brillaba con fuerza; el mar ondeaba alegremente; grupos de gentes iban de un lado a otro; las damiselas fisgoneaban; las señoras de cierta edad charlaban; las niñeras paseaban sus encantos, y sus pequeños amos corrían aquí y allá, deslizándose por entre las piernas de la concurrencia de la forma más bulliciosa y juguetona. Se veían también viejos que miraban con prismáticos y jóvenes sirviendo ellos mismos de objeto, con sus camisas de cuello abierto; señoras con sus sillas portátiles y sillas portátiles arrastrando inválidos; grupos aguardando en el muelle a otros grupos que venían en el vapor; en una palabra, no se oían más que conversaciones, risas, saludos y bullicio.

—¿Un coche, señor? —exclamaron al mismo tiempo catorce hombres y seis niños en el momento en que míster Joseph Tuggs, a la cabeza de su tropa, ponía los pies en la calle.

—Ahí está el caballero, por fin —dijo uno, tocándose el sombrero con burlona cortesía—. Muy contento de verle, señor; le hemos aguardado seis meses. ¡Sea servido de subir el señorito, si gusta!

—¡Lindo coche y buen caballo trotador! —dijo otro—. Catorce millas por hora; los objetos se hacen invisibles ante su velocidad.

—¿Un coche grande para el equipaje, señor? —gritaba un tercero—. ¿Un coche grande?

—¡Aquí está su coche, caballero! —murmuró otro aspirante a ser su cochero, subiendo al pescante y obligando a su viejo caballo a que imitase un imperfecto paso largo—. ¡Señor, mírele; manso como un cordero y fuerte como una máquina de vapor!

Resistiendo, con todo, a la tentación de emplear los servicios de cierto derrengado vehículo de color verdoso, forrado de roto y místico calicó, y después de haber depositado el equipaje, el animal que iba entre las varas describió círculos en la calle por espacio de una hora hasta que, al fin, consintió en marchar en busca de alojamiento.

—¿Cuántas camas tiene? —gritó mistress Tuggs desde el coche a la mujer que le abrió la puerta de la primera casa donde se exhibía un rótulo anunciando que había habitaciones por alquilar.

—¿Cuántas necesita la señora? —fue, naturalmente, la réplica.

—Tres.

—¿Quiere usted subir, señora?

Bajó mistress Tuggs. La familia estaba encantada. ¡Espléndida vista del mar desde las ventanas! Una breve pausa. Mistress Tuggs volvió. ¡Una salita y un colchón!

—¿Por qué diantre no lo dijo al principio la tía ésa? —inquirió míster Joseph Tuggs algo enojado.

—Lo ignoro —respondió su esposa.

—¡Miserables! —exclamó el nervioso Cymon.

Otro cartelito. Otra parada. La misma pregunta. Idéntica respuesta. Exacto resultado.

—¿Qué significa esto? —interrogó míster Joseph Tuggs, ya fuera de sus casillas.

—Lo ignoro —repitió la plácida mistress Tuggs.

El cochero murmuró no sé qué a manera de explicación, que a él le pareció satisfactoria, y continuaron el viaje en busca de nuevas desazones.

Ya había anochecido cuando el coche —que se había movido durante todo este tiempo no precisamente con ligereza— después de haber trepado a cuatro o cinco colinas perpendiculares, se detuvo a la puerta de una casa polvorienta, con una ventana salediza desde la cual podía divisarse una hermosa vista del mar... sacando medio cuerpo fuera y exponiéndose a caerse al santo suelo, mistress Tuggs saltó del coche. Una sala en el entresuelo y tres habitaciones con camas en el piso superior. Casa doble. La familia en el sitio opuesto. Cinco niños alborotando en la sala de visitas y un pequeñuelo, al que habían echado fuera por su mala conducta, chillando en el corredor.

—¿Cuáles son sus condiciones?

La señora de la casa pensaba cómo podría añadir una guinea. Así es que tosió ligeramente y eludió la respuesta, como si no hubiese oído.

—¿Cuáles son sus condiciones? —repitió mistress Tuggs, alzando la voz.

—Cinco guineas al mes, señora, con asistencia —replicó la patrona.

La asistencia significaba poder tocar la campanilla tanto como gustasen por propia diversión.

—Algo caro es —dijo mistress Tuggs.

—¡Oh, no; no, señora! —replicó la dueña con una sonrisa de piedad ante la ignorancia de los usos y costumbres que tal respuesta suponía—. ¡Muy barato!

La autoridad no admitía discusión. Mistress Tugss pagó una semana adelantada y alquiló las habitaciones por un mes, y una hora después, la familia se hallaba instalada tomando el té en su nueva residencia.

—¡Magníficos *camerones*! —exclamó míster Joseph Tuggs.

—Camarones —rectificó míster Cymon, mirando con severidad a su padre.

—Bueno, entonces, *camarones* —dijo míster Joseph Tuggs—. *Camarones* o *camerones*, da lo mismo.

Míster Cymon miró a su padre con lástima mezclada de malignidad.

—¿Da lo mismo, padre? ¿Qué diría el capitán Waters si oyera semejante vulgaridad?

—O bien, ¿qué pensaría la buena mistress Waters —añadió Carlota— si viera a madre, es decir, a mamá, comiéndoselos enteritos, con cabeza y todo?

—¡No puedo soportar tal pensamiento! —exclamó míster Cymon con un sobresalto—. «¡Qué distinta —pensó— de la duquesa viuda de Dobbleton!»

—Una hermosura de mujer mistress Waters. ¿No, Cymon? —preguntó Carlota.

Una ligera excitación nerviosa se apoderó de míster Cymon Tuggs al exclamar:

—¡Un ángel de bondad!

—¡Hola! —dijo míster Joseph Tuggs—. ¡Hola, Cymon, hijo mío, ten cuidado! Es una señora casada, ¿sabes? —y guiñó un ojo con aire de perspicacia.

—¿Qué? —exclamó Cymon con súbita cólera—. ¿Qué sucede para que se me tenga que recordar esta nube en mi felicidad y la ruina de mis esperanzas? ¿Por qué he de ser atormentado con tantas miserias? ¿No basta con.... con...? —el orador se detuvo; pero si fue por falta de palabras o de aliento, es cosa que no pudo saberse nunca.

Había una solemnidad tan imponente en el tono de su arenga y en el aire con que el romántico Cymon, como conclusión, agitó la campanilla y pidió una palmatoria, que impedía toda réplica. Se dirigió dramáticamente a la cama, haciéndolo el resto de la familia media hora después, en un estado de extraordinaria preocupación y perplejidad.

Si el muelle había presentado a los Tuggs una escena de vida y bullicio cuando por vez primera desembarcaron en Ramsgate, dicha sensación fue superada por el aspecto que presentaba la playa a la mañana siguiente. Era un día hermoso, claro, resplandeciente y soplaba una ligera brisa. Estaban allí las mismas señoras, los mismos caballeros, muchachos, niñeras, telescopios y sillones portátiles. Las señoras hacían labor o vigilaban o leían novelas, los caballeros leían periódicos o revistas, los niños abrían hoyos en la arena con palas de madera y los llenaban de agua; las amas, con sus críos en brazos, corrían hacia las olas y luego huían de ellas, y, de cuando en cuando, una embarcación partía con alegres y comunicativos pasajeros, o bien regresaba con pasajeros completamente callados y visiblemente incómodos.

—¡Oh, nunca en mi vida...! —exclamó mistress Tuggs cuando ella y su marido, con sus dos hijos —ocho pies calzados con zapatos amarillos— estaban sentados en sendos sillones de mimbre, los cuales, situados en la arena, pronto se hundieron sus buenos tres palmos—. ¡Oh, nunca en mi vida...!

Míster Cymon, desplegando un gran esfuerzo personal, desarraigó, arrancó las sillas y las colocó más atrás.

—¡Cómo! ¡Bendito sea Dios! ¡Mirad cómo suben allí esas señoras! —dijo míster Joseph Tuggs en el colmo de su asombro.

—¡Dios mío, papá! —exclamó Carlota.

—¡Allí, allí, querida! —dijo míster Joseph Tuggs.

Y, realmente, cuatro señoras, con sus bañadores, subían las escaleras de la máquina de bañarse. El caballo se metió dentro del agua. La máquina dio la vuelta; se sentó el conductor, y las cuatro jovencitas se cayeron al agua, dando otros tantos chapuzones que se oyeron distintamente.

—¡Vaya, «esto» es singular! —exclamó míster Joseph Tuggs, después de una penosa pausa.

Míster Cymon tosió ligeramente.

—¿Cómo? ¿Unos hombres por allí? —exclamó mistress Tuggs con acento de espanto.

Tres máquinas, tres caballos, tres chapoteos, tres vueltas, tres caídas, tres señores divirtiéndose en el agua como tres delfines.

—¡Vaya, «esto» es singular! —dijo míster Joseph Tuggs por segunda vez.

Miss Carlota tosió y luego sobrevino otra pausa, que fue agradablemente interrumpida.

—¿Cómo está usted, querida? La hemos buscado toda la mañana — dijo una voz a miss Carlota Tuggs.

Su propietaria era mistress Waters.

—¿Cómo están ustedes? —dijo el capitán Waters con cierta melosidad.

Luego tuvo lugar el más afectuoso cambio de saludos.

—¡Belinda, amor mío! —dijo el capitán Waters poniéndose los lentes y mirando al mar.

—¡Sí, querido! —replicó su mujer.

—¡Allí está Harry Thomson!

—¿Dónde? —dijo Belinda, poniéndose a su vez los lentes.

—Bañándose.

—¡Por Dios, así es! No nos ve, sin duda.

—No; presumo que no nos ve —replicó el capitán—. ¡Dios me bendiga; es particular!

—¿Qué? —interrogó Belinda.

—¡También está Mary Golding!

—¡Por Dios! ¿Dónde?

Otra vez funcionaron los lentes.

—¡Allí! —dijo el capitán, señalando a una señora en traje de baño, de las que antes habían merecido un comentario de parte de los Tuggs.

—¡Así es! ¡Cierto! —exclamó mistress Waters—. ¡Qué curioso es que los hayamos visto juntos!

—Mucho —respondió con frialdad el capitán.

—Es lo regular aquí, ya lo ve —murmuró Cymon Tuggs a su padre.

—Lo veo —reconoció éste—. Extraño, ¿eh?

Míster Cymon asintió con la cabeza.

—¿Qué piensan hacer esta mañana? —interrogó el capitán—. ¿Vamos a almorzar a Pegwell?

—¡Con muchísimo gusto! —terció mistress Tuggs.

Nunca había oído hablar de Pegwell; pero la palabra «almorzar» había sonado agradablemente en sus oídos.

—¿Y cómo iremos? —añadió el capitán—. Hace demasiado calor para ir a pie.

—En un coche —murmuró míster Cymon.

—Creo que con uno tendremos bastante —dijo míster Joseph Tuggs en voz alta, inconsciente de la falta de corrección que cometía—. O bien en dos, si les parece.

—A mí me daría lo mismo un borriquillo —dijo Belinda.

—¡Oh, y a mí también! —repitió como un eco Carlota Tuggs.

—Bien; para nosotros un coche, y dos borricos para ustedes —resumió el capitán.

Pero surgió una nueva dificultad: mistress Waters declaró que sería inconveniente para dos señoras el ir solas montadas en burro. El remedio era obvio: quizá el joven míster Tuggs sería tan galante que quisiera acompañarlas.

Míster Cymon Tuggs se sonrojó; sonrió, se hizo el perplejo y protestó débilmente que él no era jinete. La objeción fue vencida. Se encontró rápidamente un coche y tres burros —que el propietario declaró que se componían «de tres partes de sangre y una de avena»— que fueron alquilados.

—¡Hala, Kimi! —gritó uno de los dos muchachos que seguía para empujar a los borricos, después de que Belinda Waters y Carlota Tuggs fueron debidamente izadas, empujadas e instaladas en sus respectivas sillas.

—¡Hi-hi-hi! —chillaba el otro detrás de míster Cymon Tuggs.

El burro echó a andar, golpeando con los estribos contra el talón de las botas de míster Cymon, las cuales casi se arrastraban por el suelo.

—¡Arre, arre, burro! —gritó nuestro personaje tan bien como pudo, en medio del traqueteo de su montura.

—¡No vaya al galope! —le gritó la esposa del capitán Waters, detrás.

—¡Mi asno quiere entrar en la taberna! —gritó miss Tuggs, que era la más rezagada.

—¡Hi-hi-hi! —chillaban ambos muchachos a la vez, y los asnos corrían como si no tuviesen que detenerse nunca.

Pero todo se acaba en este mundo; hasta el galope de los asnos se para con el tiempo. El animal en el que míster Cymon cabalgaba, hallando profundamente incómodos los tirones que le daban al bocado, cuyo sentido se le escapaba, se dirigió de súbito a una pared de ladrillo y expresó su desazón dando violentamente con una pierna de míster Cymon sobre la ruda superficie. La caballería de míster Waters, con todas las apariencias de hallarse poseída de un espíritu juguetón, se tiró en un abrir y cerrar de ojos de cabeza contra un seto y negóse a moverse. En cuanto al cuadrúpedo montado por miss Tuggs, expresaba su deleite y buen humor plantando firmemente en el suelo sus patas delanteras y tirando coces con las traseras.

Esta brusca interrupción de la rápida carrera ocasionó, naturalmente, alguna confusión. Las señoras estuvieron chillando unos cuantos minutos, y, por lo que se refiere a míster Cymon Tuggs, aparte del natural y subsiguiente daño físico, tuvo el sufrimiento moral de no poder acudir en auxilio de las damas a causa de su pierna firmemente aprisionada entre el animal y la pared. Los esfuerzos de los muchachos, auxiliados por el ingenioso expediente de retorcer la cola del más terco de los asnos, resolvió la situación en plazo más breve del que se esperaba, y el pequeño pelotón avanzó lentamente a la vez.

—¡Dejémoslos hacer! —dijo míster Cymon Tuggs—. Es cruel guiarlos excesivamente.

—Muy bien, señor —replicó uno de los muchachos, haciendo una mueca significativa al otro, como si entendiese que la crueldad se aplicaba más a ellos que a las caballerías.

—¡Qué día tan hermoso, querida! —exclamó Carlota.

—¡Encantador, encantador, querida! —repuso mistress Waters—. ¡Qué vistas tan hermosas, míster Tuggs!

Cymon miró a Belinda mientras respondía:

—¡Una hermosura!

La señora bajó los párpados y dejó que su montura quedase algo rezagada. Cymon Tuggs, instintivamente, hizo lo mismo.

Hubo un breve silencio, únicamente interrumpido por un suspiro de míster Cymon Tuggs.

—Míster Tuggs —dijo de pronto la dama en voz queda—. Míster Cymon, ¡soy de otro!

Míster Cymon expresó su asentimiento ante una afirmación tan imposible de contradecir.

—Si no lo hubiese sido... —resumió Belinda, y se calló.

—¿Qué? ¿Qué? —dijo míster Cymon con toda la seriedad del mundo—. No me torture. ¿Qué quiere usted decir?

—Si no lo hubiese sido —prosiguió mistress Water—, si en mis tiempos pasados hubiese sido mi destino conocer y ser amada por... un joven de noble aspecto.... por un alma gemela..., por un espíritu hermano..., por uno, en fin, capaz de experimentar y apreciar los sentimientos que...

—¡Cielos! ¿Qué oigo? —exclamó míster Cymon Tugs—. ¿Es esto posible? Puedo creer con mi... ¡Ale, ale! —esto último, desprovisto de sentimentalismo, fue dirigido al borrico, que, con la cabeza metida entre las patas, parecía examinar ansiosamente el estado de sus herraduras.

—¡Hi-hi-hi! —gritaron los chicos detrás.

—¡Ale, ale! —repitió Cymon Tuggs.

—¡Hi-hi-hi! —insistieron los muchachos.

Y sea porque el animal se indignase por el tono de las órdenes que le dirigía míster Tuggs, o que se alarmase por el ruido que hicieron las botas de los delegados de su amo, o, finalmente, que ardiese en noble emulación de aventajar a los demás asnos; en fin, por lo que fuere, lo cierto es que a la segunda serie de «¡hi-hi-hi!» se arrancó con tal celeridad que el sombrero de míster Cymon se despegó de su cabeza, y él en persona se halló en un santiamén ante el Pegwell Bay Hotel sin tener que tomarse la molestia de desmontar, ya que el asno le lanzó hábilmente por encima de sus orejas a la puerta misma del restaurante.

Grande fue la confusión de míster Cymon Tuggs cuando le pusieron en pie entre dos camareros y considerable la alarma de míster Tuggs padre al ver a su hijo, e indecible la congoja de mistress Waters viendo el caso.

Pronto se llegó a la conclusión de que el daño no había sido cosa del otro jueves; además, ¡la excursión había sido tan deliciosa...!

Míster y mistress Tuggs, junto con el capitán, habían ordenado ya la comida en el jardín de atrás. Pequeños platos de grandes camarones, mantequilla dentro de agua, panecillos y botellas de cerveza negra. El cielo no tenía una nube; cerca de su mesa se veían macetas con flores y parterres de césped; el mar, desde las peñas hasta el horizonte, estaba completamente tranquilo; se divisaba todo con nitidez: los barquitos, con sus velas, pequeñas por la distancia y lindas como pañuelitos de batista. Los camarones eran deliciosos, la cerveza mejor y el capitán mejor todavía. Mistress Waters estaba de buen humor después del almuerzo persiguiendo, primero, a su marido sobre el césped, entre las macetas de flores; luego a míster Cymon Tuggs y después a miss Tuggs, y riéndose como una loca. Pero como el capitán ya dijo, todo esto no tenía importancia. ¿Quién podía imaginarse que ellos iban a estar allí? Aunque no lo supusieran los del hotel, ellos podían ser gente vulgar. A lo que míster Joseph Tuggs exclamó:

—¡Seguro, seguro!

Luego bajaron por las escaleras de madera y se dieron un paseo al pie del acantilado, y miraron los cangrejos, las algas marinas y las anguilas, hasta que fue tiempo de sobra de emprender el regreso a Ramsgate. Finalmente, volvieron a subir las escaleras; mistress Waters era la penúltima y míster Cymon Tuggs el último, el cual observó que los pies y tobillos de mistress Waters eran más perfectos de lo que él se había imaginado.

Llevar un asno hacia su habitual residencia es cosa muy distinta y mucho más fácil que llevarlo en dirección contraria. Esto requiere una gran dosis de previsión y presencia de ánimo; hay que anticiparse a los numerosos vuelos de su imaginación; mientras que, en el primer caso, todo lo que hay que hacer es soltarle las bridas y depositar una ciega confianza en el animal. Míster Cymon Tuggs adoptó el último expediente a su regreso, y sus nervios estaban tan alterados por el viaje, que oyó indistintamente que todos se daban cita para el anochecer en la biblioteca-sala de fiestas.

La biblioteca estaba abarrotada. Había la misma gente que por la mañana estuviera en la playa y la víspera en el muelle. Se veían unas señoritas vestidas de marrón con brazaletes de terciopelo negro, vendiendo artículos de fantasía en la tienda y presidiendo los juegos de azar en la sala del concierto; niñas casaderas y mamás arregladoras de casamientos jugando y paseando, bailando y flirteando; algunos elegantes haciendo el sentimental con patillas, o el bravo con bigotes. Mistress Tuggs vestía de color ámbar, miss Tuggs de azul celeste y míster Waters de color rosa. El capitán Waters con sobretodo galonado; míster Cymon Tuggs con escarpines y chaleco bordado en oro; míster Tuggs, padre, se adornaba con levita azul y camisa plisada.

—¡Números tres, ocho y once! —proclamó una de las jovencitas de marrón.

—¡Números tres, ocho y once! —exclamó como un eco otra jovencita también vestida de color marrón.

—¡El número tres se ha adjudicado! ¡Números ocho y once! —dijo la primera.

Y repitió como en un eco la segunda:

—¡Números ocho y once!

—¡El número ocho ya está, Ana María! —observó la primera.

—¡Número once! —gritó la segunda.

—Todos los números están adquiridos; señoras, hagan el favor... —dijo la primera.

Los que tenían los números tres, ocho y once, así como los demás que tenían también números, se pusieron alrededor de la mesa.

—¿Quiere usted tirar, señora? —dijo la diosa presidencial, pasando el cubilete de los dados a la hija mayor de una robusta señora que tenía cuatro hijas.

Se hizo un profundo silencio entre los mirones.

—Tira, Juanita —dijo la robusta señora.

Hubo una interesante mímica de vergüenza, un pequeño rubor, un pañuelo de batista y un murmullo hacia una hermana menor.

—Amelia, hija mía, tira por tu hermana —prosiguió la robusta señora, y volviéndose a un caballero que parecía un anuncio ambulante del aceite de Mascassar, dijo así—: ¡Juana es tan modesta y comedida! Pero no puedo enfadarme con ella por esta razón. ¡Una muchacha sin arte ni trampa es tan cordial...! Con frecuencia he deseado que Amelia se le pareciese más.

El caballero de las patillas murmuró una aprobación.

—¡Ahora, querida! —prosiguió la robusta señora.

Miss Amelia tiró los dados. Ocho para su hermana y diez para ella.

—¡Bonita figura la de Amelia! —murmuró la robusta señora a un jovencito delgaducho.

—¡Guapa!

—¡Y tan graciosa! Yo opino como usted. No puedo menos de admirar esta vida, esta animación. ¡Ah! ¡Ojalá pudiese la pobre Juanita parecerse a mi Amelia!

El joven expresó cordialmente su asentimiento. Tanto él como el individuo anterior, estaban contentos.

—¿Quién es ésta? —preguntó Cymon Tuggs al capitán Waters en el momento en que una mujer bajita hacía su entrada con un sombrero de terciopelo azul con plumas, acompañada por un hombre gordo que llevaba pantalones negros ajustados.

—Mistress Tippin, de los teatros de Londres —contestó Belinda, después de consultar el programa del concierto.

Cuando cesaron las palmas y los bravos que saludaron su aparición, la inteligente señora Tippin procedió a cantar la popular cavatina «Dejadme hablar», acompañada al piano por míster Tippin; después de lo cual éste cantó una canción cómica, acompañado al piano por su señora. Los aplausos que siguieron hubieron de ser superados por el sonido que produjo unas variaciones de guitarra de miss Tippin, acompañada *sotto voce* por míster Tippin.

Así pasó la velada; así transcurrieron los días y las veladas de los Tuggs y los Waters durante seis semanas. Playa todas las mañanas, burro al mediodía, muelle después del almuerzo, concierto por la noche y siempre la misma gente por todas partes.

Era la noche en que se cumplían las seis semanas. La luna brillaba claramente sobre el mar tranquilo, que respiraba contra los altos y agudos acantilados, con el rumor justo para arrullar el sueño de los viejos peces, sin estorbar a los jóvenes, cuando se distinguieron dos figuras —o se habrían podido distinguir si alguien las hubiese mirado— que se hallaban sentadas en uno de los bancos de madera que existen en la orilla occidental del acantilado. Ya la luna había estado subiendo por espacio de dos horas por el cielo y las dos figuras aún seguían sentadas. El grupo de los rezagados había disminuido y se había dispersado; la música de los músicos ambulantes ya se había extinguido; una luz tras otra había ya aparecido en las ventanas de diferentes casas en lontananza; unos tras otros habían pasado por allí, dirigiéndose a su puesto solitario, y todavía seguían sentadas las dos figuras. Parte de las dos siluetas estaba en la sombra, pero el claro de luna caía de lleno sobre unas botas de color pulga y unos calcetines de algodón. Míster Cymon y la esposa del capitán Waters estaban sentados en el banco. Estaban callados, contemplando el mar.

—Walter va a llegar mañana —dijo mistress Waters, rompiendo tristemente el silencio.

Míster Cymon Tuggs suspiró igual que una bocanada de viento a través de un bosque de grosellas, mientras replicaba:

—¡Ay, sí; volverá!

—¡Oh, Cymon —repuso Belinda—, el casto deleite, la feliz calma de esta mana de amor platónico es demasiado para mí!

Cymon estuvo a punto de insinuar que a él le parecía demasiado poco; pero se contuvo y murmuró palabras ininteligibles.

—¡Y pensar que este relámpago de felicidad —exclamó Belinda— se ha perdido para siempre!

—¡Oh, no digas para siempre, Belinda! —exclamó el excitable Cymon, mientras dos lágrimas resbalan por sus pálidas mejillas—. ¡No digas para siempre!

—Es preciso —replicó Belinda.

—¿Por qué? —interrogó Cymon—. ¡Oh! ¿Por qué? Una amistad platónica como la nuestra es tan inofensiva que hasta tu esposo no podría oponerse a ella.

—¡Mi esposo! —exclamó Belinda—. ¡Cuán poco le conoces! Es celoso y vengativo; feroz en la venganza y loco en los celos. ¿Quieres que te vea asesinado ante mis ojos?

Míster Cymon Tuggs, con voz velada por la emoción, expresó su horror a ser asesinado ante los ojos de cualesquiera que fuese.

—Entonces, déjame —dijo mistress Waters—, déjame esta noche para siempre. Es tarde; tenemos que volver.

Míster Cymon Tuggs ofreció con aire triste su brazo a la dama y le dio escolta hasta su alojamiento. Cuando llegaron, se detuvo en la puerta; sintió una presión platónica en la mano.

—¡Buenas noches! —exclamó, titubeando.

—¡Buenas noches! —respondió con sobresalto la dama.

Míster Cymon Tuggs volvió a dudar.

—¿Quiere entrar el señor? —dijo la criada.

Míster Tuggs dudó. ¡Oh, qué duda! Sin embargo, entró.

—¡Buenas noches! —replicó míster Cymon Tuggs cuando se vio en el salón de la casa.

—¡Buenas noches! —repitió Belinda—. Y si en cualquier época de mi vida, yo... ¡Chitón!

La dama se calló, mirando fijamente, con ojos en los que se hallaba pintado el horror, la fúnebre figura de míster Cymon Tuggs. Se había oído llamar por dos veces a la puerta de la calle.

—¡Es mi marido! —exclamó Belinda al oírse abajo la voz del capitán.

—¡Y mi familia! —añadió Cymon Tuggs cuando oyó la voz de los suyos por la escalera.

—¡La cortina, la cortina! —exclamó mistress Waters, señalando a la ventana de la que colgaban, dejando muy poco espacio en medio, unos cortinones de algodón estampado.

—Pero yo no he cometido ningún mal —dijo titubeando Cymon.

—¡La cortina! —replicó frenética la dama—. ¡Serías asesinado!

Esta última apelación a sus sentimientos fue irresistible, y el atemorizado Cymon se ocultó detrás de la cortina con rapidez de polichinela.

Entraron el capitán, Joseph Tuggs, mistress Tuggs y Carlota.

—Querida —dijo el capitán—, el teniente Slaughter.

El sonido de sus espuelas, junto con una voz ronca, fueron escuchados por míster Cymon como avanzando y dando gracias por el honor que se le hacía por la presentación. El sable del teniente rozó el suelo al sentarse aquél a la mesa. Míster Cymon sentía como si le faltase la razón.

—¡Brandy, querida! —dijo el capitán.

¡Qué situación! ¡Y por toda una noche! Y míster Tuggs estaba oculto detrás de la cortina, sin atreverse a respirar!

—Slaughter —dijo el capitán—, ¿un cigarro?

Míster Cymon Tuggs nunca había fumado sin tener que retirarse inmediatamente enfermo y no podía oler el humo del tabaco sin sentir violentas ganas de toser. Trajeron los cigarros; el capitán era un gran fumador, como Slaughter y como Joseph Tuggs. La estancia era pequeña, la puerta estaba cerrada y el humo llenó la habitación y se abrió paso hacia la cortina. Cymon Tuggs cerraba las narices, retenía su aliento. Inútil. Sobrevino la tos.

—¡Dios bendito! —exclamó el capitán—. Le pido a usted perdón, miss Tuggs. ¿Le molesta el humo?

—¡Oh, no; de ninguna manera! —dijo.

—Le hace a usted toser.

—¡Oh, no, no!

—Acaba usted de toser ahora mismo.

—¿Yo, capitán Waters? ¡Señor! ¿Cómo puede usted decirlo?

—Alguien ha tosido, pues... —dijo el capitán.

—Yo así lo creo —añadió Slaughter—. Pero lo ha negado.

—Lo habré soñado —dijo el capitán.

—Quizá —comentó Slaughter.

Continuaron fumando. Más humo, otra tos, pero esta vez violentamente.

—¡Qué raro! —exclamó el capitán mirando a su alrededor.

—¡Singular! —repuso el inconsciente míster Joseph Tuggs.

El teniente Slaughter miró primero a una persona y después a otra, con misterio; luego, dejó su cigarro sobre la mesa y, acercándose a la ventana en puntillas, con el pulgar de la mano derecha señaló a la cortina.

—¡Slaughter! —exclamó el capitán, levantándose de la mesa—. ¿Qué significa esto?

El teniente, por toda réplica, levantó la cortina y descubrió a míster Cymon Tugg, pálido de miedo y por haber contenido su tos.

—¡Ah! —exclamó el capitán furiosamente—. ¿Qué es lo que veo? Slaughter, ¡el sable!

—¡Cymon! —gritaron los Tuggs a la vez.

—¡Perdón! —dijo Belinda.

—¡Platónico! —suspiró Cymon.

—¡Mi sable! —bramaba el capitán—. ¡Slaughter, suélteme! ¡Quiero matar a este canalla!

—¡Socorro! —chillaban los Tuggs.

—¡Agua! —pedía Joseph Tuggs.

Y míster Cymon, juntamente con las damas, formaban un bello cuadro, desmayándose a su vez.

Mucho quisiéramos ocultar la desastrosa conclusión de aquella amistad de seis semanas. Un incómodo formulismo y una costumbre arbitraria, prescribe que no puede existir historia sin final. No nos queda, pues, otra alternativa. El teniente Slaughter trajo un mensaje: el capitán Walters quería ini-

ciar una acción judicial. Míster Joseph Tuggs se interpuso. Slaughter nego-
ció. Cuando míster Cymon Tuggs se recobró de la afección nerviosa que le
habían producido las circunstancias y sus mal colocados afectos, se halló con
que su familia había perdido una agradable amistad de seis semanas, que su
padre tenía mil quinientas libras menos y Waters mil quinientas libras más.
El dinero fue pagado con el fin de echar tierra al asunto, pero se corrieron las
voces, y no faltó quien afirmó que jamás se dieron víctimas más fáciles que
las que hallaron en los Tuggs, en Ramsgate, los tres famosos aventureros:
Waters, su esposa y el falso teniente Slaughter.

HISTORIA DE DOS CIUDADES

LIBRO PRIMERO

Devuelto a la vida

CAPÍTULO I

La época

Eran los mejores tiempos, eran los peores tiempos, era la era de la sabiduría, era la era de la insensatez, era la época de la creencia, era la época de la incredulidad, era la estación de la Luz, era la estación de la Oscuridad, era la primavera de la esperanza, era el invierno de la desesperación, nosotros lo teníamos todo ante nosotros, nosotros no teníamos nada ante nosotros, estábamos yendo todos directamente al Cielo, estábamos yendo todos directamente por otro camino: resumiendo, la época se parecía tanto a la actual que algunas de sus autoridades más ruidosas insistían en su existencia recibida, para bien o para mal, en el grado superlativo de comparación solamente.

Había un rey con una gran mandíbula y una reina con el rostro poco agraciado en el trono de Inglaterra; había un rey con una gran mandíbula y una reina con un rostro bello en el trono de Francia. En ambos países estaba más claro que el cristal para los señores del Estado mantener los panes y los peces, que las cosas en general estaban ordenadas para siempre.

Era el año de Nuestro Señor de mil setecientos setenta y cinco. Se reconocieron revelaciones espirituales en Inglaterra en ese período favorable, como en éste. La Sra. Southcott ha llegado recientemente a su bienaventurado veinticinco cumpleaños, de quien un soldado profético del Regimiento de caballería había anunciado la sublime aparición anunciando que se hacían planes para consumir a Londres y Westminster. Incluso el fantasma del camino del Gallo había sido acallado sólo hace una docena de años, después de espetar sus mensajes, como los espíritus de este mismo año pasado (deficientes sobrenaturalmente en originalidad) espetaron los suyos. Simples mensajes en el orden terrenal de sucesos habían llegado últimamente a la Corona y Pueblo ingleses desde un congreso de súbditos británicos en América: los cuales, extraño de contar, han demostrado ser más importantes para la raza humana que cualquier comunicación recibida a través de cualquiera de los pollos de la nidada del camino del Gallo.

Francia, menos favorecida en general sobre cuestiones espirituales que su hermana de escudo y tridente, bajó rodando la cuesta con suma suavidad, haciendo dinero de papel y gastándolo. Con la orientación de sus pastores cristianos, se entretenía además con logros humanos tales como sentenciar a un joven a que le cortaran las manos, arrancarle la lengua con tenazas y quemar vivo su cuerpo, porque él no se había arrodillado bajo la lluvia para hacer honor a una sucia procesión de monjes que pasaba dentro de su campo de visión, a una distancia de unas cincuenta o sesenta yardas. Es bastante probable que, con las raíces echadas en los bosques de Francia y Noruega, hubiera árboles creciendo cuando ese sufridor fue llevado a la muerte, marcado ya por el Leñador, el Destino, para que cayera y se viera en tablones, para hacer cierto armazón móvil con un saco y un cuchillo en él, de historia terrible. Es bastante probable que en las bastas dependencias de algunos labradores de las duras tierras adyacentes a París, se hubieran resguardado del tiempo aquel mismo día, carros toscos, salpicados de barro rústico, olfateados alrededor por cerdos y en los que se posaban las aves de corral, que el Granjero, la Muerte, ya había apartado para que fueran sus volquetes de la Revolución. Pero ese Leñador y ese Granjero, aunque trabajan incesantemente, trabajan en silencio, y nadie les oía según andaban con pasos sordos: puesto que albergar cualquier sospecha de que ellos fueran despiertos, iba a ser ateo y traidor.

En Inglaterra, apenas había orden y protección para justificar tanta vanagloria nacional. Robos atrevidos de hombres armados y asaltos en vía pública tenían lugar en la misma capital cada noche; a las familias se las advertía públicamente que no salieran de la ciudad sin sacar sus muebles a los almacenes de los tapiceros por seguridad; el salteador de caminos en la oscuridad era un comerciante de la Ciudad a la luz, y, al ser reconocido y desafiado por su amigo comerciante al que detuvo en carácter de «el Capitán», le disparó con gallardía en la cabeza y se fue cabalgando; el correo fue abordado por siete ladrones y el guardia disparó a tres matándolos, y luego le mataron de un disparo los otros cuatro, «como consecuencia de quedarse sin munición»: después de lo cual el correo se robaba en paz; a ese magnífico potentado, el Alcalde de Londres, le hizo pararse y pagar en Turnham Green a un salteador de caminos que saqueó a la criatura ilustre a la vista de toda su comitiva; prisioneros en cárceles de Londres libraban batallas con sus carceleros y la autoridad de la ley disparaba trabucos entre ellos, cargados con perdigones redondos y balas; los ladrones cortaban cruces de diamantes de los cuellos de señores nobles en los salones de la Corte; mosqueteros entraban en S. Giles en busca de bienes de contrabando y la muchedumbre disparaba contra los mosqueteros, y los mosqueteros disparaban contra la muchedumbre, y nadie pensaba que cualquiera de estas incidencias se salieran de lo común. En medio de ellos, el verdugo, siempre ocupado y siempre peor que inútil, al que se requería constantemente; ahora colgando a largas filas de criminales variados, ahora colgando a un ladrón en sábado que había sido cogido el martes, ahora quemando a gente a mano en Newgate por la docena y ahora quemando panfletos en la puerta de Westminster Hall; hoy, quitando la vida de un asesino atroz y mañana de un ratero desdichado que había robado al chico de un granjero una moneda de seis peniques.

Todas estas cosas, y miles como ellas, iban a entrar y salir del querido año de mil setecientos setenta y cinco. Rodeados por ellas, mientras el

Leñero y el Granjero trabajaban desatendidos, aquellos dos de grandes mandíbulas y aquellas otras de rostro poco agraciado y de rostro bello, pisaban con bastante agitación y llevaban sus divinos derechos con la mano alta. Así hizo que el año de mil setecientos setenta y cinco les condujera a su Grandeza y a miles de pequeñas criaturas (las criaturas de este crónica entre el resto) a lo largo de los caminos que había delante de ellos.

CAPÍTULO II

El Correo

Era el camino de dover, en un viernes por la noche a finales de noviembre, el que había delante de las personas con quien tiene que ver esta historia. El camino de Dover se sitúa, en lo que se refiere a él, más allá del correo de Dover, como si avanzara pesadamente hacia la Colina de Shooter. Caminaba cuesta arriba en el fango al lado del correo, como hacía el resto de los pasajeros; no porque a ellos les hiciera la menor gracia el ejercicio de caminar bajo esas circustancias, sino porque la colina, y los arneses, y el barro, y el correo, eran todos tan pesados, que los caballos habían tenido que detenerse ya tres veces, además de haber tirado del carruaje una vez atravesando el camino con el intento sedicioso de hacerle regresar a Blackheath. Sin embargo, riendas, fusta y cochero y guardia en combinación, habían leído ese artículo de guerra que prohibía un propósito por lo demás fuerte en favor del argumento de que algunas bestias están dotadas de Razón, y que el tiro había capitulado y vuelto a su deber.

Con cabezas bajas y colas temblorosas, trituraron su camino a través del grueso barro, avanzaban resbalando y tropezando a ratos como si se estuvieran cayendo a trozos en las juntas más grandes. Cada vez que el conductor les dejaba descansar y les hacía levantarse con un precavido «¡So, so-ho!» el jefe cercano agitaba con violencia la cabeza y todo lo que había encima de él —como un caballo inusitadamente enérgico—; negando que el carruaje pudiera subir la colina. Siempre que el jefe hacía este ruido, el pasajero se ponía en marcha, como podía hacerlo un pasajero nervioso, y se llenaba de inquietud por dentro.

Había una neblina húmeda en todas las hondonadas y había vagado en su tristeza hacia la colina, como un espíritu malo, buscando descanso y sin encontrar ninguno. Una neblina húmeda y muy fría hacía su camino lento atravesando el aire en oleadas que visiblemente se seguían y se extendían una a otra, como harían las olas de un mar malsano. Era lo suficientemente espesa como para tapar cualquier cosa de la luz de las lámparas del carruaje y a éstas de su propio funcionamiento y unas cuantas yardas de camino; y el hedor de los caballos de labor humeaba en él como si ellos la hubieran hecho toda.

Otros dos pasajeros, al lado de éste, iban caminando lentamente hacia la colina por el lado del correo. Los tres iban arropados hasta los pómulos y sobre las orejas y llevaban botas altas. Ninguno de los tres podía haber dicho, por algo que vio, como eran cualquiera de los otros dos, y cada uno se ocultaba de los ojos de la mente de sus dos compañeros debajo de tanta ropa casi como de los ojos del cuerpo. En aquellos días los viajeros eran muy cautelosos para confiar a corto plazo porque cualquiera en el camino podía ser un ladrón o estar asociado a ladrones. Respecto a los segundos, cuando cada destino y taberna podía producir a alguien pagado por «el Capitán», comprendiendo desde el dueño hasta el anodino más bajo del establo, era lo más probable con seguridad. Por tanto el guardia del correo de Dover pensaba para sus adentros el viernes por la noche de noviembre de mil setecientos setenta y cinco, avanzando pesadamente hacia la Colina de Shooter, según iba en su posición particular detrás del correo, sacudiendo los pies y manteniendo un ojo y una mano en el cofre de mano que llevaba delante, donde un trabuco cargado estaba colocado encima de seis u ocho pistolas de caballo cargadas, depositadas sobre un fondo de alfanje.

El correo de Dover estaba en su agradable situación normal de que el guardia sospechaba de los pasajeros, los pasajeros sospechaban unos de otros y del guardia, todos ellos sospechaban de todos los demás y el cochero no estaba seguro de nada excepto de los caballos; respecto al ganado él podía haber tomado juramento con clara conciencia sobre los dos Testamentos de que no eran apropiados para el viaje.

—So, so —dijo el cochero— ¡So! Un empujón más y estaremos en la cumbre y será tremendo para ti, porque he tenido problemas suficientes para hacer que lo consigas— ¡Joe!

—¡Hola! —contestó el guardia.

—¿Qué hora tienes, Joe?

—Diez minutos, bueno, pasadas las once.

—¡Mi sangre! —exclamó el cochero irritado—, y no estamos en la cumbre de Shooter todavía. ¡Tst! ¡Ya! ¡Sigue!

El caballo enérgico, reducido con la fusta en una negativa de lo más decidida, hizo una subida difícil y los otros tres caballos siguieron su ejemplo. Una vez más el correo de Dover pasó apuros, con las botas de sus pasajeros aplastándose a su lado. Ellos habían parado cuando el carruaje se paró y le hicieron compañía. Si cualquiera de los tres hubiera tenido la audacia de proponer a otro que caminara un poco a la cabeza en la neblina y oscuridad, se hubiera puesto en el camino de ser disparado al instante como un salteador de caminos.

El último arranque llevó al correo a la cumbre de la colina. Los caballos se detuvieron para respirar de nuevo y el guardia bajó para hacer poner un calzo a la rueda para el descenso y abrió la puerta del carruaje para permitir que entraran los pasajeros.

—¡Tst! ¡Joe! —gritó el cochero con voz de advertencia, mirando abajo desde su cabina.

—¿Qué dices, Tom?

Los dos escucharon.

—Digo que un caballo a medio galope sube, Joe.

—Y yo digo que es un caballo a galope, Tom —replicó el guardia, dejando su asidero de la puerta y subiéndose con agilidad a su sitio— ¡Caballeros! ¡En nombre del rey, todos!

Con esta rápida orden levantó su trabuco y se mantuvo a la ofensiva.

El pasajero que figura en esta historia estaba en el peldaño del carruaje entrando; los otros dos pasajeros estaban cerca detrás de él y a punto de seguirle. Él se quedó en el peldaño, mitad dentro del carruaje y mitad fuera de él; ellos se quedaron en el camino más abajo de él. Todos miraron del cochero al guardia y del guardia al cochero, y escucharon. El cochero miró atrás y el guardia miró atrás, e incluso el jefe enérgico levantó las orejas y miró atrás, sin contradecir.

La calma como consecuencia del cese del ruido sordo y marcha del carruaje, añadida a la calma de la noche, produjo mucha tranquilidad verdaderamente. El jadeo de los caballos transmitía un movimiento trémulo al carruaje, como si estuvieran en estado de agitación. Los corazones de los pasajeros latían con la suficiente fuerza quizá para ser oídos; pero de todas formas la pausa de tranquilidad era expresión audible de la gente sin aliento y de mantener la respiración y tener el pulso acelerado por la expectación.

El sonido de un caballo a galope se acercaba veloz y con furia cuesta arriba.

—¡So, so! —gritó el guardia tan alto como pudo tronar—. ¡El de allí! ¡Alto! ¡Dispararé!

De repente se frenó el paso y, con muchos salpicones y a trancas y barrancas, habló una voz de hombre desde la neblina.

—¿Es ese el correo de Dover?

—¿Y qué le importa lo que es? —contestó el guardia—. ¿Quién es?

—¿Es ese el correo de Dover?

—¿Por qué quiere saberlo?

—Quiero a un pasajero, si es.

—¿Qué pasajero?

—Jarvis Lorry.

Nuestro pasajero de la historia expresó en un momento que ese era su nombre. El guardia, el cochero y los tros dos pasajeros le miraron con recelo.

—Quédese donde está —dijo el guardia a la voz de la neblina— porque, si yo cometiera un error, nunca podría corregirlo en su vida. Que el caballero de nombre Señor Lorry conteste directamente.

—¿Qué pasa? —preguntó el pasajero entonces con una forma de habla suavemente temblorosa—. ¿Quién me quiere? ¿Eres Jerry?

«No me gusta la voz de Jerry, si es Jerry —masculló el guardia para sus adentros— Él es más ronco de lo que me gusta, es Jerry.»

—Sí, Sr. Lorry.

—¿Qué pasa?

—Un despacho enviado para usted desde allá. T. y Co.

—Conozco a este mensajero, guardia —dijo el señor Lorry bajando al camino, ayudado desde atrás con más rapidez que cortesía por los otros dos pasajeros, quienes inmediatamente se metieron en el carruaje, cerraron la puerta y subieron la ventana—. Puede acercarse; no hay ningún problema.

—Espero que no, pero no puedo hacer eso de la «Nación segura de ello» —dijo el guardia en un soliloquio áspero—. ¡Hola!

—¡Bien! ¡Hola! —dijo Jerry más ronco que antes.

—¡Acércate a un paso! ¿De acuerdo? Y si tienes pistolas en esa montura tuya, no dejes que vea que tu mano se dirige a ellas. Porque soy un demonio en un error rápido y cuando cometo uno toma la forma de Acero. Bien ahora vamos a verte.

Las figuras de un caballo y de un jinete se acercaron lentamente atravesando la neblina en remolinos y llegó al lado del correo, donde estaba el pasajero. El jinete se detuvo y, levantando los ojos hacia el guardia, le pasó al pasajero un papel plegado pequeño. El caballo del jinete estaba sin aliento y tanto caballo como jinete estaban cubiertos de barro, desde los cascos del caballo al sombrero del hombre.

—¡Guardia! —dijo el pasajero, en un tono de bastante confianza.

El guardia vigilante, con la mano derecha en la culata de su trabuco levantado, la izquierda en el cañón y el ojo en el jinete, contestó de manera cortante:

—Señor.

—No hay nada que temer. Pertenezco al Banco de Tellson. Tiene que conocer el Banco de Tellson de Londres. Voy a París por negocios. ¿Puedo leer esto?

—Si ha de ser así, hágalo rápido, señor.

Lo abrió a la luz de la lámpara del carruaje de ese lado y leyó (primero para sí mismo y luego en voz alta:

—Espere en Dover a la señorita. No es largo, ya veis, guardia. Jerry, di que mi respuesta fue: «DEVUELTO A LA VIDA.»

Jerry se sobresaltó en su montura.

—Es una respuesta brillante y extraña, también —dijo él, con su voz más ronca.

—Devuelve el mensaje y ellos sabrán que recibí esto igual que si escribiera. Haz tu camino lo mejor que puedas. Buenas noches.

Con esas palabras el pasajero abrió la puerta del carruaje y entró; sin la ayuda precisamente de sus pasajeros compañeros, quienes habían ocultado rápidamente sus relojes y monederos en sus botas y ahora estaban fingiendo estar dormidos. Sin un propósito más firme que escapar al peligro de originar cualquier otra clase de acción.

El carruaje avanzó pesadamente de nuevo con espirales más espesas de neblina que se cerraba alrededor según comenzaban el descenso. El guardia pronto volvió a poner su trabuco en su cofre de mano y, habiendo mirado el resto de su contenido y las pistolas complementarias que llevaba puestas en su cinturón, miró a un cofre más pequeño debajo de su asiento en el que había unas cuantas herramientas de herrero, un par de antorchas y un barril de pólvora, puesto que él iba provisto de esos complementos por si las lámparas del carruaje se apagaban con el aire o la lluvia, lo que ocurría alguna vez; él sólo tenía que encerrarse dentro, mantener el pedernal y las chispas de acero bien alejadas de la paja y obtener una luz con una facilidad y seguridad tolerable (sí tenía suerte) en cinco minutos.

—¡Tom! —susurró sobre el tejado del carruaje.

—Hola, Joe

—¿Oíste el mensaje?

—Sí, Joe.

—¿Qué te parece, Tom?

—Nada en absoluto, Joe.

«Es una coincidencia también —pensó el guardia—, porque a mí me pareció lo mismo.»

Jerry, abandonado en medio de la oscuridad, desmontó entretanto, no solamente para aliviar a su caballo agotado, sino para limpiarse el barro de la cara y sacudir la lluvia del ala de su sombrero, que podía tener medio galón. Después de estar parado con la brida sobre el brazo tan salpicado, hasta que las ruedas del correo ya no se oían y la noche era de nuevo muy tranquila, se dió la vuelta para bajar caminando la colina.

—Después de galopar desde Temple Bar, vieja dama, no confío en tus patas delanteras hasta que no estés en llano —dijo este ronco mensajero mirando a su yegua—. «Devuelto a la vida.» Es un mensaje brillante y extraño. ¡Más de eso no te hubiera convenido Jerry! ¡Estarías en un brillante mal camino si volver a la vida fuera ponerse de moda!

CAPÍTULO III

Sombras en la noche

Un hecho maravilloso para reflexionar: que cada criatura humana está constituida para ser ese secreto profundo y misterioso para todos los demás. Una consideración solemne, cuando entro en una gran ciudad por la noche: que cada una de esas casas agrupadas en la oscuridad encierra su propio secreto; que cada habitación de cada una de ellas encierra su propio secreto; que cada corazón que late en los cientos de miles de pechos de allí, es, en alguno de sus aspectos, ¡un secreto para el corazón que tiene cerca! Algo de la atrocidad, incluso de la Muerte misma, se refiere a esto. Ya no puedo pasar las hojas de este querido libro que amaba, y en vano espero leerlo todo con el tiempo. Ya no puedo mirar en las profundidades insondables de este agua, donde, cuando luces pasajeras brillan en ella, yo he llegado a ver tesoros enterrados y otras cosas sumergidas. Estaba fijado que el libro se cerraría con un resorte, para siempre jamás, cuando hubiera leído sólo una página. Estaba fijado que el agua estaría encerrada en una helada eterna, cuando la luz estuviera jugando sobre su superficie y yo estuviera en la ignorancia en la costa. Mi amigo está muerto, mi vecino está muerto, mi amor, el cariño de mi alma, está muerto; es la inexorable consolidación y perpetuación del secreto la que estaba siempre en esa individualidad y que llevaré en mí hasta el fin de mi vida. En cualquiera de los cementerios de esta ciudad por la que paso, ¿hay una persona durmiendo más inescrutable para mí de lo que son sus ocupados habitantes, en su personalidad más interna, o de lo que yo soy para ellos?

Respecto a esto, su herencia natural y que no ha de ser alineada, el mensajero a caballo tenía exactamente las mismas posesiones que el Rey, el primer Ministro de Estado o el mercader más rico de Londres. Igual que con los tres pasajeros encerrados en el reducido espacio de un viejo carruaje de correo que avanza pesadamente, ellos eran misteriosos los unos con los otros, igual que si cada uno de ellos hubiera estado en su propio carruaje y seis, o su propio carruaje y sesenta, con la amplitud de un condado entre él y el siguiente.

El mensajero bajó cabalgando a trote sin prisas, parando con bastante frecuencia en tabernas del camino para beber, pero mostrando una tendencia a reservarse la opinión y a mantener su sombrero ladeado sobre los ojos. Tenía ojos que concordaban muy bien con esa decoración, siendo de superficie negra, sin profundidad de color o de forma y demasiado juntos —como si temieran ser descubiertos en algo, sencillamente, si se mantenían demasiado apartados—. Tenía una expresión siniestra, debajo de un viejo sombrero de ala como una escupidera de tres esquinas, y por encima una gran bufanda para la barbilla y la garganta que descendía casi hasta las rodillas del que la llevaba. Cuando se detuvo para beber, se quitó esta bufanda con la mano izquierda, sólo mientras vertía su licor con la derecha; tan pronto como lo hizo, se tapó con la bufanda de nuevo.

—¡No, Jerry, no! —dijo el mensajero, insistiendo sobre el tema según cabalgaba—. Esto no sería para ti, Jerry, Jerry, honrado comerciante, ¡no se adaptaría a tu línea de negocio! Devuelto. ¡Que reviente si no pienso que él había bebido!

Su mensaje le desconcertó hasta tal punto que de buen grado se quitó el sombrero varias veces para rascarse la cabeza. Excepto en la coronilla, que estaba calva irregularmente, tenía el pelo tieso, negro, estaba recortado por todas partes y bajaba creciendo casi hasta la nariz ancha y gruesa. Era como la obra de un herrero, mucho más como la parte superior de una pared con muchos pinchos que una cabeza de pelo, que los mejores jugadores de saltar por encima podrían haberle rehusado por ser el hombre más peligroso del mundo para pasar por encima.

Mientras trotaba de regreso con el mensaje que iba a entregar al vigilante de noche en su garita de la puerta del Banco de Tellson, de parte de Temple Bar, quien iba a entregarlo a autoridades mayores del interior, las sombras de la noche tomaban tales formas para él como surgían del mensaje, y tomaban tales formas para la yegua como surgían de sus temas privados de inquietud. Parecían ser numerosas porque ella respingaba ante cada sombra del camino.

En ese momento el carruaje del correo avanzaba pesadamente, traqueteaba y daba tumbos por su tedioso camino, con sus tres compañeros inescrutables dentro. De la misma manera para ellos, las sombras de la noche se revelaban a sí mismas en las formas que sugerían sus ojos adormilados y pensamientos errantes.

El Banco de Tellson continuaba en el correo. Como el pasajero del banco —con un brazo levantado por la correa de cuero, que hacía que lo que había dentro evitara que se golpeara con el pasajero siguiente, y llevándole a su rincón cada vez que el carruaje daba una sacudida particular— se quedaba dormido en su sitio, con los ojos medio cerrados, las pequeñas ventanas del carruaje y la lámpara del carruaje brillando débilmente a través de ellas y el voluminoso paquete de pasajero de enfrente, se convirtió en el banco e hizo un gran negocio. El golpeteo de los arreos era el tintineo del dinero y se aceptaban más efectos en cinco minutos que incluso en Tellson, con todas sus conexiones extranjeras y nacionales, pagaba en tres veces el tiempo. Luego, las cámaras fuertes subterráneas, en el Tellson, con sus valiosos depósitos y secretos tan bien conocidos para el pasajero (y no era poco lo que sabía él sobre ellos), se abrieron delante de él y entró por ellas con las llaves grandes y la vela ardiendo débilmente, y las encontraba seguras, y firmes, y sólidas, y tranquilas, igual que cuando las había visto por última vez.

Pero aunque el banco estaba casi siempre con él, y aunque el carruaje (de una manera confusa, como la presencia del dolor bajo el opiato) estaba siempre con él, hubo otra impresión habitual que nunca dejó de circular durante toda la noche. Iba camino de sacar a alguien de una tumba.

Ahora bien, cuál de esa multitud de rostros que se mostraban ante él era el verdadero rostro de la persona enterrada, las sombras de la noche no lo indicaban; pero todos eran rostros de un hombre de cuarenta y cinco años y se diferenciaban principalmente en las pasiones que expresaban y en lo espantoso de su estado desgastado y debilitado. Orgullo, desprecio, desafío, obstinación, sumisión, lamentación, se sucedían uno a otro; variedades de mejillas hundidas, color cadavérico, manos y figuras descarnadas. Pero el rostro era en general un rostro y cada cabeza era blanca antes de tiempo. Cientos de veces el pasajero adormilado preguntaba a este espectro:

—¿Cuánto tiempo enterrado?

La respuesta era siempre la misma:

—¡Casi dieciocho años!

—¿Había abandonado toda esperanza de que le sacaran?

—Hace mucho tiempo.

—¿Sabe que ha sido devuelto a la vida?

—Ellos me dijeron eso.

—Espero que desee vivir.

—No puedo decir.

—¿Se la mostraré? ¿Vendrá a verla?

Las respuestas a esta pregunta eran variadas y contradictorias. Algunas veces la contestación entrecortada era «¡Espere! ¡Me moriría si la viera demasiado pronto!» Algunas veces, se rendía en una tierna lluvia de lágrimas y luego un «Lléveme ante ella.» Algunas veces miraba fijamente y con perplejidad, y luego un «No la conozco. No comprendo.»

Después de tal conversación imaginaria, el pasajero en su fantasía cavaría y cavaría, cavaría (ahora con una pala, ahora con una llave grande y ahora con sus manos) para sacar a esa criatura desdichada. Fuera por fin, con tierra por la cara y el pelo, de repente desaparecería en polvo. El pasajero volvería en sí entonces, y bajaría la ventana, para captar la realidad de la neblina y de la lluvia sobre sus mejillas.

Sin embargo, incluso cuando tenía los ojos abiertos ante la neblina y la lluvia, ante la luz que se movía procedente de las lámparas y el seto del borde del camino cediendo por las sacudidas, las sombras de la noche del exterior del carruaje caerían en la procesión de sombras de la noche del interior. El verdadero banco de Temple Bar, el verdadero negocio del día anterior, las verdaderas cámaras fuertes, el verdadero correo urgente enviado tras él y el verdadero mensaje devuelto, todos estarían allí. Fuera del medio de ellos, se levantaría el rostro fantasmal y él le abordaría de nuevo:

—¿Cuánto tiempo enterrado?

—¡Casi dieciocho años!

—Espero que desee vivir.

—No puedo decir.

Cavar, cavar, cavar, hasta que un movimiento impaciente de uno de los dos pasajeros le reprendiera para que subiera la ventana, metiera bien su brazo por la correa de cuero e hiciera conjeturas sobre las dos formas dormidas, hasta que su mente perdiera su conciencia de ellos y ellos de nuevo pasaran dentro del banco y de la tumba.

—¿Cuánto tiempo enterrado?

—¡Casi dieciocho años!

—¿Había abandonado toda esperanza de que le sacaran?

—Hace mucho tiempo.

Las palabras estaban todavía en sus oídos como si se acabaran de decir —tan claras en sus oídos como nunca palabras habladas lo habían estado en su vida— cuando el pasajero cansado fue consciente del amanecer y descubrió que las sombras de la noche se habían ido.

Bajó la ventana y miró la salida del sol. Había una cadena de tierra arada con un arado sobre ella donde se había dejado la noche anterior cuando los caballos fueron desyuntados; más allá un tranquilo bosquecillo en el que muchas hojas de un rojo ardiente y un amarillo dorado todavía permanecían sobre los árboles. Aunque la tierra estaba fría y húmeda, el cielo era claro y el sol salía brillante, plácido y hermoso.

—¡Dieciocho años! —dijo el pasajero mirando al sol— ¡Creador misericordioso del día! ¡Ser enterrado vivo durante dieciocho años!

CAPÍTULO IV

La preparación

Cuando el correo llegó con éxito a Dover, en el curso de la mañana, el mozo del Hotel Royal George abrió la puerta del carruaje como era su costumbre. Lo hizo con cierta ceremonia y floritura porque un viaje de correo desde Londres en invierno era un logro para felicitar a un viajero aventurero.

En ese momento había sólo un viajero aventurero al que felicitar porque a los otros dos les habían dejado apearse en sus respectivos destinos al borde del camino. El mohoso interior del carruaje, con su paja húmeda y sucia, su desagradable olor y su oscuridad, se parecía más a una caseta de perros grande. El señor Lorry, el pasajero, sacudiéndose la paja, una maraña de sobrecubierta peluda, sacudiéndose el sombrero y las piernas cubiertas de barro, se parecía más a una especie de perro grande.

—¿Habrá mañana un paquebote para Calais, mozo?

—Sí, señor, si el tiempo lo permite y el viento es tolerable y bueno. La marea ayudará bastante sobre las dos de la tarde, señor. ¿Cama, señor?

—No me acostaré hasta la noche, pero quiero una habitación y un barbero.

—¿Y desayuno, entonces, señor? Sí, señor. Por aquí, señor, si le parece bien. ¡Mostrad la Concord! La maleta del caballero y agua caliente para la Concord. Quitad las botas al caballero en la Concord. Encontrará un buen fuego de carbón, señor. Traed al barbero a la Concord. ¡Movimiento allí, ahora, para la Concord!

Siendo asignada siempre la habitación Concord a un pasajero del correo y yendo los pasajeros del correo siempre cubiertos desde la cabeza a los pies, la habitación tenía un extraño interés para el establecimiento del Royal George, que aunque sólo una clase de hombre se veía entrar en él, toda clase y variedad de hombres salían de él. Por tanto, otro mozo y dos porteros y varias criadas y la dueña, estaban todos holgazaneando por casualidad en varios puntos del camino entre la Concord y el café, cuando un caballero de sesenta años, vestido formalmente con ropa marrón, muy desgastada pero muy bien cuidada, con grandes puños cuadrados y grandes solapas en los bolsillos, pasó de largo camino de su desayuno.

El café no tenía ningún otro ocupante, aquella mañana, que el caballero de marrón. Su mesa de desayuno estaba colocada delante del fuego, y cuando se sentó, con su luz brillando sobre él, esperando la comida, lo hizo con tanta tranquilidad que podía haber estado sentado para su retrato.

Parecía muy ordenado y metódico, con una mano sobre cada rodilla y un reloj llamativo marcando un sonoro sermón debajo de su chaleco de solapas, como si enfrentara su gravedad y longevidad a la ligereza y evanescencia del fuego avivado. Tenía una buena pierna y presumía un poco de ello, porque sus medias marrones se ajustaban de una manera lisa y ceñida, y eran de una textura excelente; sus zapatos y hebillas, también, aunque sencillos, eran elegantes. Llevaba puesta una extraña peluca pequeña, blonda crespa, lacia, colocada muy ajustada en la cabeza; es de suponer que la peluca estaba hecha de pelo, pero vista desde más lejos era como si estuviera tejida de filamentos de seda o cristal. Su ropa interior, aunque no de excelente calidad de acuerdo con sus medias, era tan blanca como las crestas de las olas que rompen en la playa vecina o los puntos de vela que destellan con la luz del sol allá en el mar. Un rostro inhibido y tranquilo normalmente se iluminaba todavía más debajo de la curiosa peluca con un par de ojos brillantes y húmedos que tenían que haber costado a su dueño, en años pasados, algunas penas para ejercitar la expresión serena y reservada del Banco de Tellson. Tenía un color saludable en las mejillas, y su rostro, aunque arrugado, mostraba pocas señales de ansiedad. Pero quizá los empleados solteros de confianza del Banco de Tellson estuvieran ocupados principalmente en las atenciones de otras personas, y quizá las atenciones de segunda mano, como la ropa de segunda mano, se quiten y pongan fácilmente.

Completando su parecido a un hombre que está sentado para su retrato, el señor Lorry se quedó dormido. La llegada de su desayuno le despertó, y dijo al camarero, según movía su silla:

—Deseo que preparen alojamiento para una joven dama que puede venir hoy aquí en cualquier momento. Podría preguntar por Jarvis Lorry o podría preguntar solamente por un caballero del Banco de Tellson. Por favor, hágamelo saber.

—Sí, señor. ¿El Banco de Tellson de Londres, señor?

—Sí.

—Sí, señor. Con frecuencia tenemos el honor de recibir a sus caballeros en sus viajes de ida y de vuelta entre Londres y París, señor. Muchos viajes, señor, en la Casa de Tellson y Company.

—Sí. Somos tanto una empresa francesa como una inglesa.

—Sí, señor. ¿No acostumbra a viajar mucho, creo, señor?

—No en los últimos años. Hace quince años que vinimos... que vine de Francia por última vez.

—¿De veras? Eso fue antes del tiempo que llevo aquí, señor. Antes del tiempo que lleva nuestro personal aquí, señor. El George estaba en otras manos en esa época, señor.

—Creo que sí.

—Pero apostaría, señor, a que una Casa como Tellson y Company estaba floreciendo hace cincuenta años, sin hablar de hace quince?

—Podría triplicar eso y decir ciento cincuenta y no estaría muy lejos de la verdad.

—¡Desde luego, señor!

Redondeando la boca y los dos ojos cuando se distanció de la mesa, el camarero cambió la servilleta del brazo derecho al izquierdo, adoptó una postura cómoda y se quedó contemplando al huésped mientras comía y bebía, como desde un observatorio o una torre de vigilancia, según la costumbre inmemorial de camareros de todas las épocas.

Cuando el señor Lorry hubo terminado su desayuno, salió a dar un paseo por la playa. La ciudad de Dover, un poco estrecha, sinuosa, se ocultaba de la playa y su cabeza entraba en los acantilados calizos, como un avestruz marino. La playa era un desierto de montones de mar y piedras rodando desordenadamente, y el mar hacía lo que le gustaba, y lo que le gustaba era la destrucción. Rugía a la ciudad y rugía a los acantilados, y hacía bajar la costa, locamente. El aire entre las casas era de un sabor piscatorio tan fuerte que uno podría haber supuesto que pescado enfermo subía a meterse en él, igual que la gente enferma bajaba a meterse en el mar. Se había hecho una pequeña pesquería en el puerto y muchos paseos por la noche, y mirando hacia el mar: especialmente en esos momentos en los que la marea sube y es casi pleamar. Pequeños comerciantes, quienes no hacían ningún negocio, algunas veces conseguían grandes fortunas incomprensiblemente y era sorprendente que nadie en el vecindario pudiera soportar al farolero.

A medida que el día caía en la tarde, y el aire, que había sido lo suficientemente claro a intervalos para permitir que se viera la costa francesa, para cargarse de nuevo de neblina y vapor, los pensamientos del señor Lorry parecían nublarse también. Cuando estuvo oscuro se sentó delante del fuego del café, esperando su cena como había esperado su desayuno; su mente estaba ocupada cavando, cavando, cavando, en los carbones rojos vivos.

Una botella de buen clarete después de cenar no daña al excavador en los carbones rojos, sino que, por el contrario, tiende a echarle del trabajo. El señor Lorry había estado sin hacer nada durante mucho tiempo y había apurado su último vaso de vino con un aspecto de satisfacción tan completo como nunca se encuentra en un caballero de edad de complexión lozana que ha dado fin a la botella, cuando un ruido de ruedas subió por la estrecha calle y entró rodando con gran estrépito en el patio de la posada.

Él dejó el vaso intacto.

—¡Esta es la señorita! —dijo.

A los pocos minutos entró el camarero para anunciar que la señorita Manette había llegado desde Londres y desearía ver al caballero del Tellson.

—¿Tan pronto?

La señorita Manette había tomado algo en el camino y no pidió nada entonces, y estaba muy ansiosa por ver al caballero del Tellson inmediatamente, si él lo deseaba y le venía bien.

El caballero del Tellson no había dejado nada por ello a excepción de vaciar su vaso con un aire de desesperación impasible, fijando su extraña peluca pequeña blonda en las orejas y siguiendo al camarero hasta la estancia de la señorita Manette. Era una habitación grande, oscura, amueblada de una manera fúnebre con crin negra y cargada de pesadas mesas oscuras. A éstas les habían dado aceite y más aceite hasta que dos candelabros altos sobre la mesa del centro de la habitación se reflejaban con melancolía en cada ala; como si ellas estuvieran enterradas en tumbas profundas de caoba negra y ninguna luz de la que hablar se podía esperar de ellas hasta que fueran extraídas.

La oscuridad era tan difícil de penetrar que el señor Lorry, eligiendo su camino sobre la alfombra turca muy gastada, supuso que la señorita Manette estaba, por el momento, en alguna habitación adyacente, hasta que, habiendo pasado los dos candelabros altos, vio en pie para recibirle en la mesa situada entre ellos y el fuego, a una dama joven de no más de diecisiete años, con capa de montar, y sosteniendo todavía en la mano su sombrero de paja de viaje por la cinta. Según se detuvieron sus ojos sobre una figura bonita, delgada, baja, abundante pelo dorado, un par de ojos azules que se encontraron con los suyos con una mirada curiosa y una frente con capacidad singular (que recordaba lo joven y tersa que era) de levantarse y fruncirse en una expresión que no era exactamente de perplejidad, o de asombro, o de alarma, o simplemente de una atención fija inteligente, aunque incluía las cuatro expresiones (cuando sus ojos descansaron en estas cosas, un parecido vívido repentino pasó ante él de una niña a quien él había tenido en sus brazos en la travesía de ese mismo Canal, con tiempo frío, cuando el granizo ventiscaba fuertemente y el mar subía. El parecido pasó, como un soplo, por la superficie del adusto espejo de detrás de ella, sobre cuyo marco una procesión hospitalaria de cupidos negros, algunos sin cabeza y todos lisiados, estaban ofreciendo cestas negras de frutos del mar Muerto a divinidades negras de género femenino) e hizo una reverencia formal a la señorita Manette.

—Ruego tome asiento, señor —con una voz joven muy clara y agradable, de acento algo extranjero pero muy poco en realidad.

—Beso su mano, señorita —dijo el señor Lorry, con los modales de una época más antigua; entonces hizo su reverencia formal de nuevo y tomó asiento.

—Recibí una carta del Banco, señor, ayer, informándome de alguna noticia o descubrimiento...

—La palabra no es importante, señorita; cualquier palabra servirá.

—... sobre la pequeña propiedad de mi pobre padre, a quien nunca vi, murió hace mucho tiempo.

El señor Lorry se movió en su silla y echó un vistazo inquieto hacia la procesión hospitalaria de cupidos negros. ¡Como si ellos tuvieran alguna ayuda para alguien en sus absurdas cestas!

—... considerando necesario que yo fuera a París, allí comunicarme con un caballero del Banco, tan bueno como para ser enviado a París para el propósito.

—Yo mismo.

—Como tenía previsto oír, señor.

Ella le hizo una reverencia (las damas jóvenes hacían reverencias en aquellos días) con un agradable deseo de expresarle que ella sentía cuanto mayor y más sabio era él que ella. Él le hizo otra reverencia.

—Contesté al Banco, señor, que como consideraron necesario, aquellos que saben y aquellos que son tan amables de aconsejarme, que yo fuera a Francia, y como yo soy huérfana y no tengo ningún amigo que pudiera ir conmigo, agradecería mucho que me fuera permitido ponerme, durante el viaje, bajo esa protección respetable de caballero. El caballero había abandonado Londres, pero creo que un mensajero fue enviado tras él para pedirle el favor de esperarme a mí aquí.

—Me alegré —dijo el señor Lorry— cuando me confiaron el trabajo. Me alegraré más de realizarlo.

—Señor, se lo agradezco de veras. Se lo agradezco mucho. Me dijeron en el Banco que el caballero me explicaría los detalles del asunto y que tenía que prepararme para hallarlos de una naturaleza sorprendente. He hecho lo posible para prepararme, y naturalmente tengo un fuerte e impaciente interés por saber cuáles son.

—Naturalmente —dijo el señor Lorry—. Sí... yo...

Después de una pausa, añadió ajustándose de nuevo la peluca blonda crespa en las orejas.

—Es muy difícil empezar.

No empezaba, pero, en su indecisión, se encontró con la mirada de ella. La frente joven levantada en esa expresión singular (pero era bonita y característica, además de ser singular) y ella levantó la mano, como si con un acto involuntario cogiera, o sostuviera, alguna sombra que pasaba.

—¿Es usted realmente un extraño para mí, señor?

—¿No lo soy? —el señor Lorry abrió las manos y las extendió hacia delante con una sonrisa sujeta a controversia.

Entre las cejas y justo por encima de la pequeña nariz femenina, cuya línea era tan delicada y fina como era posible que fuera, la expresión se hizo más grave cuando tomó asiento pensativamente en la silla al lado de la cual se había mantenido en pie hasta entonces. Él la observó mientras ella reflexionaba y en el momento en el que ella levantó los ojos, continuó:

—En su país de adopción, supongo, ¿no puedo hacer nada mejor que dirigirme a usted como una dama inglesa joven, señorita Manette?

—Si lo desea, señor...

—Señorita Manette, soy un hombre de negocios. Tengo un cargo que desempeñar en un asunto. Cuando lo reciba, no me preste más atención que si yo fuera una máquina hablante... en realidad no soy mucho más. Yo le contaré, con su permiso, señorita, la historia de uno de nuestros clientes.

—¡Historia!

Él pareció equivocarse deliberadamente en la palabra que ella repitió, cuando añadió deprisa:

—Sí, clientes; en el negocio de la banca normalmente llamamos a nuestras relaciones nuestros clientes. Era un caballero francés; un caballero científico, un hombre de grandes conocimientos... un doctor.

—¿No era de Beauvais?

—Sí, de Beauvais. Como el señor Manette, su padre, el caballero de Beauvais. Como el señor Manette, su padre, el caballero era persona de renombre en París. Tuve el honor de conocerle allí. Nuestras relaciones eran relaciones comerciales, pero confidenciales. En esa época yo estaba en nuestra casa de Francia, y había estado... ¡Oh!, veinte años.

—En esa época... ¿Puedo preguntar en qué época, señor?

—Hablo, señorita, de hace veinte años. El se casó con una dama inglesa y era uno de los fideicomisarios. Sus asuntos, como los asuntos de otros muchos caballeros franceses y familias francesas, estaban enteramente en manos de Tellson. De igual manera yo soy, o he sido, fideicomisario de una clase y otra para cuentas de nuestros clientes. Estas eran meras relaciones comerciales, señorita; no hay amistad en ellas, no hay un interés particular, nada que se parezca al sentimiento. Yo he pasado de uno a otro, en el curso de mi vida de negocios, igual que paso de uno de nuestros clientes a otro en el curso de mi día de trabajo; resumiendo, no tengo sentimientos. Soy una mera máquina. Para continuar...

—Pero esta es la historia de mi padre, señor, y empiezo a pensar... —la frente arrugada curiosamente estaba muy concentrada en él— que cuando me quedé huérfana ya que mi madre sobrevivió a mi padre solo dos años, fue usted el que me trajo a Inglaterra. Estoy casi segura de que fue usted.

El señor Lorry cogió la pequeña mano indecisa que avanzó confiadamente para coger la de él y la puso con alguna ceremonia en sus labios. Él entonces condujo en seguida a la joven dama a su silla de nuevo y, sosteniendo el respaldo de la silla con la mano izquierda, y usando la derecha alternativamente para frotarse la barbilla, tirar de su peluca en las orejas o recalcar lo que decía, permanecía mirando hacia abajo a su cara mientras ella sentada le miraba a él.

—Señorita Manette, era yo. Y verá que hablo en serio de mí mismo ahora cuando digo que no tenía sentimientos y que todas la relaciones que mantenía con mis criaturas compañeras eran meras relaciones comerciales cuando usted reflexione en que nunca la he visto a usted desde entonces. No, usted ha tenido la protección de la casa de Tellson desde entonces y yo he estado ocupado en los demás negocios de la casa de Tellson desde entonces. ¡Sentimientos! No tengo tiempo para ellos, no tengo ocasión de ellos. Paso toda mi vida, señorita, entregado en un inmenso rodillo pecuniario.

Después de esta extraña descripción de su rutina de trabajo diaria, el señor Lorry aplastó su peluca blonda sobre su cabeza con ambas manos (que era de lo más innecesario porque nada podía estar más plano de lo que estaba su brillante superficie antes) y recobró su postura anterior.

—Hasta aquí, señorita (como usted ha indicado), es la historia de su apenado padre. Ahora viene la diferencia. Si su padre no hubiera muerto cuando lo hizo... ¡No se asuste! ¡Cómo se sobresalta!

Ella, de hecho, se sobresaltó. Y cogió la muñeca de él con las dos manos.

—Por favor —dijo el señor Lorry con un tono tranquilizador, trayendo su mano izquierda desde el respaldo de la silla para colocarla sobre los dedos suplicantes que le agarraban con un temblor tan intenso—, por favor, controle su inquietud... una cuestión de negocios. Como estaba diciendo...

La mirada de ella le turbó tanto que se detuvo, paseó y empezó de nuevo:

—Como estaba diciendo, si el señor Manette no hubiera muerto; si él hubiera desaparecido de repente y en silencio; si le hubieran hecho desaparecer; si no hubiera sido difícil adivinar a qué espantoso lugar, aunque ningún arte pudo localizarle; si él tuviera un enemigo en algún compatriota que pudiera hacer uso de un privilegio que yo en mi propia época he conocido a la gente más atrevida temerosa de hablar en un suspiro, allí cruzando el agua; por ejemplo, el privilegio de rellenar impresos en blanco para el envío de otro al olvido de una prisión durante mucho tiempo; si su esposa hubiera implorado al rey, a la reina, a la corte, al clero, noticias de él, y todo completamente en vano... entonces la historia de su padre hubiera sido la historia de este desventurado caballero, el doctor de Beauvais.

—Le suplico que me cuente más, señor.

—Lo haré. Voy a hacerlo, ¿puede soportarlo?

—Puedo soportar cualquier cosa menos la incertidumbre en la que me deja en este momento.

—Habla serenamente, y usted... está serena. ¡Eso es bueno! —aunque su actitud era menos satisfactoria que sus palabras—. Una cuestión de negocio. Considérelo como una cuestión de negocio... el negocio que se tiene que hacer. Ahora bien, si la esposa de este doctor, aunque dama de gran valor y espíritu, hubiera sufrido tan intensamente por esta causa antes de que naciera su bebé...

—¿El bebé era una hija, señor?

—Una hija. Una... una... cuestión de negocios no debe afligir. Señorita, si la pobre dama hubiera sufrido tan intensamente antes de que naciera su bebé, que llegara a la determinación de ahorrarle a la pobre niña la herencia de cualquier parte de la agonía de la que ella había conocido los dolores criándola en la creencia de que su padre estaba muerto... ¡No, no se arrodille! ¡En nombre del Cielo, ¿por qué se arrodillaría ante mí?

—Por la verdad. ¡Oh, cielos, tenga compasión, señor, por la verdad!

—Una... una cuestión de negocios. Usted me desconcierta, y ¿cómo puedo negociar si estoy desconcertado? Seamos lúcidos. Si usted pudiera amablemente enumerar ahora, por ejemplo, lo que son nueve veces nueve peniques, o cuántos chelines son veinte guineas, sería muy alentador. Yo estaría mucho más aliviado sobre su estado mental.

Sin contestar directamente a esta petición, ella se sentó con tanta tranquilidad cuando él la levantó con tanto cuidado, y sus manos, que no habían dejado de agarrarle las muñecas, eran mucho más firmes de lo que habían sido, que ella comunicó alguna tranquilidad al señor Jarvis Lorry.

—Eso es, eso es. ¡Valor! ¡Negocios! Usted tiene negocio ante usted, negocio útil. Señorita Manette, su madre hizo este camino con usted. Y cuando ella murió —creo que con el corazón destrozado— no habiendo disminuido nunca la búsqueda infructuosa de su padre. Ella dejó que usted, a los dos años de edad, creciera para ser radiante, hermosa y feliz, sin la nube oscura sobre usted de vivir en la incertidumbre de si su padre pronto saldría de prisión o se consumiría allí sobreviviendo muchos años.

Según decía las palabras miraba hacia abajo, con una pena de admiración, al pelo dorado, largo y suelto; como si se imaginara que podía haber estado teñido ya de gris.

—Usted sabe que sus padres no tenían grandes posesiones y que lo que ellos tenían estaba asegurado para su madre y para usted. No ha habido ningún descubrimiento nuevo de dinero o de cualquier otra propiedad, pero...

Él sintió más apretada su muñeca y se detuvo. La expresión de la frente, que tanto le había llamado la atención especialmente y que ahora no se movía, se intensificó en una de dolor y horror.

—Pero ha sido... ha sido encontrado. Está vivo. Muy cambiado, es muy probable; casi una ruina, es posible; aunque esperaremos lo mejor. Vivo todavía. Su padre ha sido llevado a una casa de un antiguo criado de París y nosotros vamos allí: Yo para identificarle si puedo, usted para devolverle vida, amor, deber, descanso y consuelo.

Un escalofrío le recorrió el cuerpo y desde él al suyo. Ella dijo en voz baja, clara y temerosa, como si lo estuviera diciendo en un sueño.

—¡Voy a ver su Fantasma! ¡Será su Fantasma... no él!

El señor Lorry rozó con tranquilidad las manos que le sujetaban el brazo.

—¡Ya, ya, ya! ¡Veamos ahora, veamos ahora! Usted sabe lo mejor y lo peor ahora. Usted va camino del pobre caballero perdido, y, con un hermoso viaje por mar y un hermoso viaje por tierra, pronto estará a su lado.

Ella repitió en el mismo tono, sumido en un susurro.

—¡Yo he sido libre, yo he sido feliz, sin embargo su Fantasma nunca me ha perseguido!

—Sólo una cosa más —dijo el señor Lorry poniendo énfasis en ello como un medio sano de reforzar su atención—: le han encontrado con otro nombre; el suyo, olvidado hace tiempo u oculto hace tiempo. Sería peor que inútil ahora preguntar cuál, peor que inútil querer saber si se le ha ignorado durante años o siempre se le mantuvo prisionero a propósito. Sería peor que inútil ahora hacer cualquier pregunta porque sería peligroso. Mejor no mencionar el tema, en cualquier lugar o en cualquier camino, y sacarle —durante algún tiempo de todos modos— de Francia. Incluso yo, seguro como inglés, e incluso de Tellson, importantes como son en opinión francesa, evito cualquier mención del tema. No llevo conmigo ningún trozo de papel escrito que se refiera abiertamente a ello. Este es un servicio secreto totalmente. Mis credenciales, entradas y memoranda están todos comprendidos en una línea: «Devuelto a la vida», que puede significar algo. Pero, ¿qué pasa? ¡Ella no presta atención! ¡Señorita Manette!

Completamente tranquila y en silencio y tan ni siquiera haberse dejado caer en el respaldo de su silla, ella se sentó bajo su mano, completamente insensible; con los ojos abiertos y fijos en él y con esa última expresión mirando como si estuvieran esculpidos o marcados en su frente. Tan apretado tenía su brazo que él temía quitársela a menos que la dañara; por tanto llamó pidiendo ayuda con voz alta sin moverse.

Una mujer de aspecto enfurecido, a quien incluso en su inquietud, el señor Lorry observó que era toda de color rojo y que tenía el pelo rojo e iba vestida con alguna moda extraordinariamente ceñida, y que tenía en la cabeza el sombrero más maravilloso de cantidad de lana granadera, y de buen tamaño también, o un gran queso azul, entró corriendo en la habitación anticipándose a los sirvientes de la posada, y pronto solucionaron el asunto de su desprendimiento de la pobre dama joven colocando una mano musculosa sobre el pecho de él y enviándole hacia atrás contra la pared más próxima.

(«¡Realmente creo que esto ha de ser un hombre!», fue la reflexión entrecortada del señor Lorry a la vez que llegaba contra la pared).

—¡Por qué, mírense! —gritó esta figura dirigiéndose a los criados—. ¿Por qué no vais a traer cosas en vez de quedaros ahí mirándome? Os haré saber que si no traéis sales, agua fría y vinagre, rápido, yo lo haré.

Hubo una dispersión inmediata a por estos reconstituyentes y ella puso a la paciente suavemente en el sofá y la atendió con habilidad y dulzura, llamándola «¡preciosa mía!» y «¡mi niña!» y extendiendo su pelo dorado a un lado sobre los hombros con gran orgullo y cuidado.

—¡Y usted, el de marrón! —dijo ella, volviéndose con indignación al señor Lorry—: ¿No podía decirle lo que tenía que decir sin asustarla hasta la muerte? Mírela, con su hermoso rostro pálido y sus manos frías. ¿Llama a eso ser un banquero?

El señor Lorry se quedó tan extremadamente desconcertado por una pregunta tan difícil de contestar que sólo pudo mirar, a cierta distancia, con mucha lástima y humildad poco convincentes, mientras que la fuerte mujer, habiendo desterrado a los criados de la posada bajo el misterioso castigo de «hacerles saber» algo no mencionado si se quedaban allí, mirando, recobró su cargo mediante una serie normal de matices y la convenció para que colocara su cabeza caída sobre el hombro.

—Espero que esté bien ahora —dijo el señor Lorry.

—No, gracias a usted de marrón, si lo está. ¡Mi preciosa!

—Espero —dijo el señor Lorry después de otra pausa de lástima y humildad poco convincente— que usted acompañe a la señorita Manette a Francia.

—Algo probable, también —contestó la mujer fuerte—. Si se hubiera pensado alguna vez que cruzaría el agua salada, ¿supone usted que la Providencia hubiera lanzado mi suerte en esta isla?

Siendo ésta otra pregunta difícil de contestar, el señor Jarvis Lorry se retiró para considerarla.

CAPÍTULO V

La tienda de vino

Un barril de vino grande se había caído y se había roto en la calle. El accidente había ocurrido al sacarlo del carro; el barril rodó hacia fuera, los aros se habían reventado y se quedó sobre las piedras justo en el exterior de la puerta de la tienda de vino, hecho pedazos como la cáscara de una nuez.

Toda la gente que estaba al alcance había suspendido su trabajo, o su ociosidad, para correr al lugar y beberse el vino. Las piedras desiguales, irregulares, de la calle, apuntando a cada camino, y diseñadas expresamente, podría pensar uno, para dejar cojo a toda criatura viviente que se las acercaban, lo habían represado en pequeñas charcas; éstas fueron rodeadas, cada una por su propio grupo o muchedumbre que empujaba, según su tamaño. Algunos hombres se arrodillaban, hacían cucharas juntando las manos y sorbían, o intentaban ayudar a las mujeres, quienes se inclinabaan sobre sus hombros para sorber antes de que el vino se hubiera escapado de entre sus dedos. Otros, hombres y mujeres, se agachaban en charcos con tacitas de barro mutiladas o incluso con pañuelos de las cabezas de las mujeres, los cuales exprimían en las bocas de los niños; otros hacían pequeños terraplenes de barro para contener el vino que corría; otros, dirigidos por espectadores de arriba en ventanas altas, corrían aquí y allí para cortar pequeñas corrientes de vino que empezaban por nuevas direcciones; otros se dedicaban a trozos empapados y posos del barril, lamiendo e incluso masticando los fragmentos más húmedos podridos por el vino con un gusto ávido. No había drenaje que se llevara el vino, y no solamente era absorbido todo, sino que tanto barro se absorbía con él, que podía haber estado un animal carroñero en la calle, si alguien familiarizado con él pudiera haber creído en una presencia tan milagrosa.

Un sonido estridente de risas y de voces divertidas —voces de hombres, mujeres y niños— resonaban en la calle mientras duró este juego del vino. Había poca brusquedad en la diversión y mucho juego. Había un compañerismo especial en él, una inclinación apreciable por parte de cada uno a unirse a algún otro, que llevaba, especialmente entre los más afortunados o alegres, a abrazos juguetones, bebiendo a la salud, agitando las manos e incluso uniendo las manos para bailar una docena juntos. Cuando el vino se terminó y los lugares donde había sido más abundante estaban rastrillados con un dibujo de peine hecho con los dedos, estas demostraciones cesaron tan de repente como habían estallado. El hombre que había dejado su sierra clavada en la leña que estaba cortando, se puso en movimiento de nuevo; la mujer que había dejado en el umbral un pequeño cacharro con cenizas calientes, en el cual había estado tratando de mitigar el dolor de sus hambrientos dedos de la manos y de los pies, o de los de su niño, regresó a él; los hombres con brazos desnudos, greñas enmarañadas y rostros cadavéricos, quienes habían salido a la luz del invierno desde sótanos, se alejaron para descender de nuevo, y una penumbra reunida en la escena que parecía más natural que el sol brillante.

El vino era vino tinto y había manchado el suelo de la estrecha calle del barrio de Saint Antoine, en París, donde se derramó. Había manchado muchas manos, también, y muchos rostros y muchos pies descalzos y muchos zapatos de madera. Las manos de los hombres que serraban la madera dejaron marcas rojas en los leños. Y la frente de la mujer que cuidaba a su bebé estaba manchada con la mancha del viejo trapo que enrolló en su cabeza de nuevo. Aquellos que habían tenido ansias del barril, habían adquirido una mancha atigrada alrededor de la boca, y un bromista alto tan manchado, su cabeza más fuera que dentro de una miserable bolsa larga de un gorro, hacía garabatos sobre una pared con el dedo metido en posos de vino embarrados: SANGRE.

Iba a llegar la hora en la que ese vino también se derramaría en las piedras de la calle y en el que su mancha sería roja sobre muchos de allí.

Y ahora que la nube se posaba sobre Saint Antoine, la cual había dado un reflejo momentáneo de su sagrado semblante, su oscuridad era profunda: frío, suciedad, enfermedad, ignorancia y deseo eran los señores que atendían a la santa presencia, nobles de gran poder todos ellos; pero más especialmente los últimos. Muestras de una gente que había sufrido un terrible agotamiento en el molino, y ciertamente no en el fabuloso molino que molía gente vieja joven, tiritaba en cada esquina, entraba y salía de cada entrada, miraba desde cada ventana, se agitaba en cada vestigio de prenda de ropa que el viento sacudía... El molino que les había bajado poco a poco era el molino que muele gente joven vieja; los niños tenían rostros ancianos y voces graves; y sobre ellos, y sobre los rostros maduros y enterrados en cada surco de la edad y brotando otra vez, estaba la señal: Hambre. Prevalecía por todas partes. El Hambre se echaba de las casas altas, con las miserables ropas que cuelgan de postes y cuerdas. El Hambre se remendaba con paja y harapos y madera y papel. El Hambre se repetía en cada trozo de la mínima leña que el hombre serraba. El Hambre miraba fijamente hacia abajo desde las chimeneas sin humo y miraba fijamente hacia arriba desde la calle mugrienta que no tenía despojos, entre sus desperdicios, de nada que comer. El Hambre era la inscripción de las estanterías del panadero, escrita en cada pequeña barra de pan de sus escasas existencias de pan malo; en la tienda de salchichas, en la preparación de cada perro muerto que se ofrecía a la venta. El Hambre hacía sonar sus huesos secos entre las castañas que se asaban en el rodillo giratorio. El Hambre se cortaba en tiras en cada escudilla de cuarto de penique de patatas cortadas con piel, fritas con algunas gotas rancias de aceite.

Su lugar constante estaba en todas las cosas hechas a su medida. Una calle sinuosa estrecha, llena de escándalo y hedor, con otras calles sinuosas estrechas que divergen, todas habitadas por harapos y gorras, y todas oliendo a harapos y gorras, y todas las cosas visibles con una inquieta mirada sobre ellas que parecían enfermos. En el aire atormentado de la gente había sin embargo algún pensamiento animal de la posibilidad de alejarse en la bahía. Aunque estaban deprimidos y eran sigilosos, ojos de fuego no estaban ausentes de entre ellos; ni labios comprimidos, blancos de lo que los reprimían; ni frentes fruncidas en la semejanza de la cuerda de la horca sobre la que ellos reflexionaban soportándola o imponiéndola. Los signos comerciales (y eran casi tantos como las tiendas) eran, todos, ilustraciones desalentadoras de Necesidad. El carnicero y el chacinero pintados arriba, solamente los pescuezos magros de carne; el panadero, las barras precarias más bastas. La gente pintada rudimentariamente bebiendo en las tiendas de vino, hablando con voz ronca sobre sus escasas cantidades de vino claro y cerveza, y juntos eran de manera ceñuda de confianza. Nada se representaba en condiciones prósperas, salvo herramientas y armas; pero, los cuchillos y hachas del cuchillero eran afiladas y brillantes, los martillos del herrero eran pesados y las existencias del fabricante de pistolas eran mortíferas. Las piedras lisiadas del pavimento, con sus muchas pequeñas reservas de barro y agua, no tenían aceras, sino que se interrumpían abruptamente en las puertas. La cloaca abierta corría por el centro de la calle (cuando corría, que era solamente después de lluvias fuertes, y entonces corría, por muchos sitios excéntricos, dentro de las casas). Cruzando las calles, en amplios intervalos, un farol tosco estaba colgado de una cuerda y una polea; por la noche, cuando el farolero dejaba que bajaran y los encendía, y los alzaba de nuevo, un débil bosquecillo de mechas poco iluminadas oscilaba de una manera enfermiza sobre la cabeza, como si estuvieran en el mar. De hecho estaban en el mar y el barco y la tripulación estaban en peligro de tempestad.

Porque iba a llegar la hora en la que los descarnados espantapájaros de esa región observarían al farolero, con su inactividad y hambre, durante tanto tiempo como para concebir la idea de mejorar su método y tirar de hombres por medio de esas cuerdas y poleas, para recrudecer la oscuridad de su condición. Pero no había llegado la hora todavía, y cada viento que soplaba sobre Francia agitaba los harapos y los espantapájaros en vano, porque los pájaros, de magnífico canto y plumaje, no lo advertían.

La tienda de vino era una tienda de esquina, mejor que la mayoría de las otras tanto en aspecto como en categoría, y el dueño de la tienda de vino se había quedado fuera de ella, con un chaleco amarillo y pantalones verdes, mirando la lucha por el vino perdido. «No es asunto mío» —dijo él encogiendo los hombros—. La gente del mercado lo hizo. Traigámosles otro.»

Allí, sus ojos intentando alcanzar al bromista alto que escribía su broma, él le llamó cruzando el camino:

—Dime, entonces, Gaspard, ¿qué haces ahí?

El tipo apuntó su broma con inmenso significado, como ocurre a menudo con su tribu. No hizo mella y fracasó por completo, como ocurre a menudo con su tribu también.

411

—¿Qué pasa? ¿Eres sujeto para un hospital de locos? —dijo el dueño de la tienda de vino, cruzando la calle y borrando la broma con un puñado de barro cogido para ese propósito y cubriéndola con él—. ¿Por qué escribes en las calles públicas? ¿No hay... dime... no hay otro lugar en el que escribir esas palabras?

En su protesta dejó caer su mano más limpia (quizás accidentalmente, o quizás no) sobre el corazón del bromista. El bromista dio un golpe con la suya, dio un salto ágil hacia arriba y bajó en una postura de baile fantástica, con uno de sus zapatos manchados en la mano quitado de un tirón y ofreciéndoselo. Un bromista de un carácter práctico extremado, sin decir hambriento, parecía bajo aquellas circunstancias.

—Ponlo, ponlo —dijo el otro—. Llama al vino vino y termina allí.

Con ese consejo se limpió la mano sucia en el traje del bromista, tal como estaba (completamente adrede, como si se hubiera ensuciado la mano por cuenta propia), y luego volvió a cruzar la calle y entró en la tienda de vino.

Este dueño de tienda de vino era un hombre de treinta años, de cuello corto y ancho, de aspecto marcial, y habría sido de un temperamento caliente, porque, aunque era un día glacial, no llevaba puesto abrigo sino que llevaba uno colgado del hombro. Las mangas de su camisa estaban remangadas, también, y sus brazos morenos iban desnudos hasta los codos. No llevaba puesto nada más sobre su cabeza que su propio pelo oscuro corto encrespado. Era un hombre oscuro en general, con buenos ojos y cierta anchura entre ellos. De buen carácter parecía en general, pero de mirada implacable también; sin duda un hombre de una fuerte determinación y propósito; un hombre al que no se deseaba encontrar bajando corriendo por un paso estrecho con separación a cada lado, porque nada haría volverse al hombre.

La señora Defarge, su esposa, estaba sentada en la tienda detrás del mostrador cuando él entró. La señora Defarge era una mujer robusta de aproximadamente la misma edad, con un ojo vigilante que cada vez parecía mirar algo, una gran mano con muchos anillos, un rostro firme, facciones pronunciadas y una gran serenidad en los modales. Había una personalidad en la señora Defarge de la cual uno podría haber afirmado que ella no cometía errores con frecuencia contra ella misma en ninguno de los cálculos de los que era responsable. Siendo la señora Defarge sensible al frío, iba envuelta en piel y tenía una cantidad de mantón brillante alrededor de la cabeza, aunque no hasta ocultar sus pendientes largos. Su tejido estaba delante de ella, pero lo había dejado a un lado para hurgarse los dientes con un palillo. Ocupada así, con el codo derecho sujetado por la mano izquierda, la señora Defarge no dijo nada cuando entró su señor, sino que sólo tosió. Esto, junto con la elevación de sus cejas oscuramente definidas sobre su palillo por la anchura de una arruga, sugirió a su marido que haría bien en mirar alrededor de la tienda entre los clientes, por algún cliente nuevo que se había dejado caer mientras él se daba una vuelta.

Por tanto, el dueño de la tienda de vino echó un vistazo alrededor hasta que se detuvo en un caballero mayor y una dama joven, quienes estaban sentados en un rincón. Otra compañía había: dos jugadores de cartas, dos jugando al dominó, tres en pie en el mostrador alargando un corto suministro de vino. Al pasar detrás del mostrador, él se dio cuenta de que el caballero mayor dijo mirando a la dama joven: «Este es nuestro hombre.»

«¿Qué demonios haces tú en esa galera de allí? —se dijo para sus adentros el señor Defarge—. No le conozco.»

Pero él fingió no darse cuenta de los dos extranjeros y se metió en conversación con el triunvirato de clientes que estaban bebiendo en el mostrador.

—¿Cómo va eso, Jacques? —dijo uno de estos tres al señor Defarge—. ¿Se han tragado todo el vino caído?

—Cada gota, Jacques —contestó el señor Defarge.

Cuando se efectuó este intercambio de nombre de pila, la señora Defarge, hurgándose los dientes con su palillo, tosió otra vez y levantó las cejas por la anchura de otra arruga.

—No es frecuente —dijo el segundo de los tres dirigiéndose al señor Defarge— que muchos de estos animales miserables conozcan el sabor del vino o de algo que no sea el pan negro y la muerte. ¿No es así, Jacques?

—Así es, Jacques —correspondió el señor Defarge.

En este segundo intercambio de nombre de pila, la señora Defarge usando todavía su palillo con profunda serenidad, tosió otra vez y levantó las cejas por la anchura de otra arruga.

El último de los tres dijo ahora, cuando bajaba su recipiente de beber vacío y se relamía:

—¡Ah, mucho peor! Un sabor amargo es el que tiene ese pobre ganado siempre en sus bocas, y vidas duras las que ellos viven, Jacques. ¿Tengo razón, Jacques?

—Tienes razón, Jacques —fue la respuesta del señor Defarge.

Este tercer intercambio de nombre de pila se terminó en el momento en el que la señora Defarge se quitaba el palillo, mantenía sus cejas arriba y crujía ligeramente en su asiento.

—¡Espera! ¡Cierto! —refunfuñó entre dientes su marido—. ¡Caballeros... mi esposa!

Los tres clientes se quitaron sus sombreros ante la señora Defarge con tres ademanes. Ella reconoció su homenaje inclinando la cabeza y echándoles una rápida mirada. Entonces ella echó un vistazo rápido alrededor de la tienda de vino, cogió su punto con gran calma aparente y descanso de espíritu, y llegó a absorberse en él.

—Caballeros —dijo su marido que había mantenido su mirada viva en ella de una manera observadora—, buen día. La habitación, amueblada al estilo soltero que ustedes deseaban ver y por la que me estaban preguntando cuando salí, está en el quinto piso. La entrada de las escaleras da al pequeño patio cercano a la izquierda de aquí —señalando con la mano—, cerca de la ventana de mi establecimiento. Pero, ahora que recuerdo, uno de ustedes ya ha estado allí y puede mostrar el camino. Caballeros, *¡adieu!*

Ellos pagaron el vino y abandonaron el lugar. Los ojos del señor Defarge estaban estudiando a su esposa con su punto cuando el caballero mayor avanzó desde su rincón y rogó el favor de unas palabras.

—Con gusto, señor —dijo el señor Defarge, y caminó tranquilamente con él hacia la puerta.

Su entrevista fue muy corta, pero muy decidida. Casi a la primera palabra, el señor Defarge empezó a estar muy atento. No se había perdido un minuto cuando él asintió y salió. El caballero entonces hizo señas a la dama joven, y ellos salieron también. La señora Defarge hacía punto con dedos hábiles y cejas firmes y no vio nada.

El señor Jarvis Lorry y la señorita Manette, saliendo así de la tienda de vino, se reunieron con el señor Defarge en la entrada a la cual él había dirigido a su otra compañía justo antes. Se abría a un hediondo patio oscuro pequeño y era la entrada pública general a un gran montón de casas, habitadas por una gran cantidad de personas. En la entrada sombría pavimentada con baldosa que daba a la escalera sombría también pavimentada con baldosa, el señor Defarge flexionó una rodilla hacia la niña de su antiguo amo y puso la mano de ella en sus labios. Era un acto dulce, pero no hecho con toda la dulzura; una transformación muy notable se había producido en él en unos cuantos segundos. Él no tenía buen carácter en su rostro, ni era de aspecto abierto, sino que se había convertido en un hombre secreto, enojado, peligroso.

—Está muy alto; es un poco difícil. Mejor empezar despacio.

Así habló el señor Defarge, con voz severa, al señor Lorry al empezar a subir las escaleras.

—¿Está solo? —susurró el último.

—¡Solo!

—Dios le ayude. ¿Quién estaría con él? —dijo el otro con la misma voz baja.

—¿Siempre está solo, entonces?

—Sí.

—¿Por propio deseo?

—Por propia necesidad. Tal como era cuando le vi por primera vez después de que ellos me buscaran y quisieran saber si yo le cogería, y, por mi cuenta y riesgo ser discreto... tal como era entonces, así es él ahora.

—¿Está muy cambiado?

—¡Cambiado!

El dueño de la tienda de vino se detuvo para golpear la pared con la mano y refunfuñar entre dientes una tremenda maldición. Ninguna contestación directa podía haber sido la mitad de contundente. El ánimo del señor Lorry estaba cada vez más apesadumbrado a medida que él y sus dos compañeros subían cada vez más alto.

Este tipo de escalera, con sus complementos, en las partes más antiguas y más llenas de gente de París, serían lo bastante malas ahora, pero en esa época era verdaderamente vil no acostumbrar o endurecer los sentidos. Cada habitación pequeña dentro del gran nido nauseabundo de un edifico alto (es decir, la habitación o habitaciones dentro de cada puerta que se abría a la escalera general) dejaba su propio montón de desperdicios en su propio rellano, además de lanzar otros deperdicios desde las propias ventanas. La incontrolable y desesperada cantidad de descomposición que se engendraba así hubiera contaminado el aire, aunque la pobreza y penuria no lo hubiera cargado con sus impurezas intangibles. Los dos focos malos juntos lo hacían casi insoportable. A través de esta atmósfera, por un empinado hueco oscuro de suciedad y veneno, iba el camino. Flexible con su propia inquietud de pensamiento y con la agitación de su joven compañera, que se hacía más grande a cada instante, el señor Jarvis Lorry se detuvo a descansar dos veces. Cada una de estas paradas se hacía en una rejilla lúgubre por la cual cualquier aire bueno languideciendo que fuera dejado incorrupto, parecía escapar, y todos los vapores estropeados y asquerosos parecían arrastrarse dentro. A través de barras oxidadas, sabores, más que visiones, se captaban del vecindario revuelto, y nada dentro del límite, más cerca o más bajo que las cimas de las dos grandes torres de Notre-Dame, tenían alguna promesa de vida saludable o aspiraciones sanas.

Al final se alcanzó la parte superior de la escalera, y se detuvieron por tercera vez. Había todavía una escalera superior para subir de una inclinación más empinada y de dimensiones contraídas, antes de que se alcanzara el piso de la buhardilla. El dueño de la tienda de vino, siempre yendo un poco por delante y siempre yendo por el lado que tomaba el señor Lorry, como si temiera que la joven dama le hiciera alguna pregunta, se volvió aquí, y palpando cuidadosamente los bolsillos del abrigo que llevaba sobre su hombro, sacó una llave.

—¿La puerta está cerrada entonces, amigo mío? —dijo el señor Lorry sorprendido.

—¡Ah, sí! —fue la respuesta deprimente del señor Defarge.

—¿Cree que es necesario mantener a este desafortunado caballero tan retirado?

—Creo necesario echar la llave —susurró el señor Defarge más cerca de su oreja y con el ceño muy fruncido.

—¿Por qué?

—¡Por qué! Porque él ha vivido tanto tiempo cerrado bajo llave que se asustaría... deliraría... se haría pedazos... moriría... llegaría a no se qué daño... si su puerta se dejara abierta.

—¿Es posible? —exclamó el señor Lorry.

—¿Es posible? —repitió Defarge con amargura—. Sí. Y un hermoso mundo en el que vivimos, cuando es posible, y cuando tantas otras cosas son posibles, y no sólo posibles, sino que se hacen... se hacen. ¡Vea...!, bajo ese cielo de ahí, cada día. Viva el Demonio. Vamos.

Este dialogo se había mantenido en un susurro tan bajo que ninguna palabra había llegado a los oídos de la joven dama. Pero en este momento ella temblaba con una emoción tan fuerte y su rostro expresaba una ansiedad tan profunda, y sobre todo, tal horror y terror, que el señor Lorry sintió que le correspondía decir una palabra o dos tranquilizadoras.

—¡Valor, querida señorita! ¡Valor! ¡Negocio! Lo peor se pasará en un momento; con pasar la puerta de la habitación, lo peor se ha pasado. Entonces todo lo bueno que le trae a él, todo el alivio, toda la felicidad que le trae, comienza. Deje que nuestro amigo de aquí le ayude en ese lado. Está bien, amigo Defarge. Vamos, ahora. ¡Negocios, Negocios!

Ellos subieron lentamente y sin hacer ruido. La escalera era corta y pronto estuvieron en la parte superior. Allí, como tenía un giro brusco en ella, todos quedaron a la vez a la vista de tres hombres, cuyas cabezas estaban inclinadas juntas al lado de una puerta, y quienes estaban mirando atentamente dentro de la habitación a la cual pertenecía la puerta, a través de algunas grietas o agujeros en la pared. Al oír pasos, los tres se volvieron y se levantaron, y se vio que eran los tres hombres que habían estado bebiendo en la tienda de vino.

—Les olvidé a ellos por la sorpresa de su visita —explicó el señor Defarge—. Dejadnos, buenos muchachos; tenemos un asunto aquí.

Los tres se movieron y bajaron en silencio.

Pareciendo no haber otra puerta en ese piso, y yendo el dueño de la tienda de vino directo a ésta cuando les dejaron solos, el señor Lorry le preguntó susurrando, un poco enojado:

—¿Hace usted un espectáculo con el señor Manette?

—Le muestro, de la forma que ha visto, a unos cuantos elegidos.

—¿Está eso bien?

—Yo creo que está bien.

—¿Quiénes son unos cuantos? ¿Cómo los elige?

—Los elijo como hombres auténticos, de mi nombre —Jacques es mi nombre— a aquellos a los que es probable que la visión les haga bien. Basta; usted es inglés, eso es otra cosa. Quédense aquí, por favor, sólo un momento.

Con un gesto reprobatorio para mantenerles atrás, él se encorvó y miró dentro a través de la grieta de la pared. Levantando pronto la cabeza de nuevo, él golpeó dos o tres veces la puerta —evidentemente sin otro objetivo que el de hacer ruido allí—. Con la misma intención tiró de la llave tres o cuatro veces antes de colocarla torpemente en la cerradura, y girarla con tanta fuerza como pudo.

La puerta se abrió lentamente hacia el interior bajo su mano, y miró dentro de la habitación y dijo algo. Una voz apenas perceptible contestó algo. Poco más que una única sílaba se podía haber dicho por cada parte.

Él miró atrás sobre su hombro y les hizo señas para que entraran. El señor Lorry aseguró su brazo alrededor de la cintura de la hija y la sostuvo; porque él sentía que ella estaba decayendo.

—¡Un... un... un... negocio, negocio! —instó, con una humedad que no era de negocio brillando en su mejilla—. ¡Entremos, entremos!

—Tengo miedo de ello —contestó ella estremeciéndose.

—¿De ello? ¿De qué?

—Quiero decir de él. De mi padre.

Rendido de una manera desesperada por el estado de ella y por las señas de su guía, él estiró sobre su cuello el brazo que sacudía su hombro, levantándola un poco y apresurándola dentro de la habitación. Él la detuvo justo en la puerta, y la sostuvo, aferrándola a él.

Defarge sacó la llave, cerró la puerta, la cerró con llave por dentro, sacó la llave de nuevo y se quedó con ella en la mano. Todo esto hizo, de una manera metódica, y con un acompañamiento de ruido tan elevado y fuerte como podía hacerlo. Finalmente, cruzó andando la habitación con un paso comedido hasta donde estaba la ventana. Se detuvo allí y miró alrededor.

La buhardilla, construida como depósito de leña y similares, era oscura y sombría: porque la ventana abuhardillada era en realidad una puerta en el tejado, con una pequeña grúa sobre ella para subir las provisiones desde la calle; sin cristales y cerrándose en el centro en dos piezas, como cualquier otra puerta de construcción francesa. Para evitar el frío, una mitad de esta puerta estaba cerrada de manera fija y la otra se abría, pero sólo un poco. Una cantidad tan escasa de luz se admitía a través de este medio, que era difícil, al entrar por primera vez, ver algo; y vivir mucho tiempo sólo podía haber formado lentamente en cualquiera la habilidad de hacer cualquier trabajo que requiriera detalles en tal oscuridad. No obstante, trabajo de esa clase se estaba haciendo en la buhardilla; porque, con la espalda hacia la puerta y la cara hacia la ventana donde se quedó el dueño de la tienda de vino mirándole, un hombre de pelo cano estaba sentado en un banco bajo, inclinado hacia delante y muy ocupado, haciendo zapatos.

CAPÍTULO VI

El zapatero

—¡Buen día! —dijo el señor Defarge, mirando hacia abajo a la cabeza blanca que se inclinaba sobre los zapatos.

Se levantó durante un momento y una voz muy débil respondió al saludo, como si estuviera a distancia:

—¡Buen día!

—Está trabajando duro, veo.

Después de un largo silencio, la cabeza se alzó durante otro momento y la voz contestó: «Sí... estoy trabajando.» Esta vez un par de ojos extraviados habían mirado al interrogador antes de haber dejado caer la cara de nuevo.

La debilidad de la voz era lamentable y espantosa. No era la debilidad física, aunque el confinamiento y comida dura sin duda habían tomado parte en ello. Su peculiaridad deplorable era la debilidad de la soledad y el desuso. Era como el último eco débil de un sonido hecho hace mucho, mucho tiempo. De una manera tan completa había perdido la vida y resonancia de la voz humana, que afectaba a sus sentidos como se decolora en una pobre mancha débil lo que una vez fue un color hermoso. Tan hundida y reprimida estaba que era como una voz subterránea. Tan expresiva era, de una criatura sin esperanza y perdida, que un viajero famélico, cansado de vagar en solitario en un páramo, habría recordado su hogar y a sus amigos en ese tono antes de tenderse para morir.

Habían pasado algunos minutos de trabajo en silencio, y los ojos extraviados habían mirado hacia arriba de nuevo, no con algún interés o curiosidad, sino con una percepción mecánica desanimada de antemano de que el lugar en el que era consciente que había permanecido el único visitante, no estaba vacío sin embargo.

—Quiero —dijo Defarge, que no había quitado la vista del zapatero—, que entre un poco más de luz aquí. ¿Puede soportar un poco más?

El zapatero dejó su trabajo; miró al suelo por uno de los lados con un aire ausente al escuchar, luego igualmente al suelo del otro lado, luego hacia arriba al que hablaba.

—¿Qué decía?

—¿Puede soportar un poco más de luz?

—Tengo que soportarla si deja que entre —colocando la sombra más pálida de énfasis en la segunda palabra.

La puerta medio abierta se abrió un poco más y se aseguró en ese ángulo por el momento. Un ancho rayo de luz cayó en la buhardilla y mostró al trabajador con un zapato sin terminar sobre su regazo, haciendo una pausa en su labor. Sus pocas herramientas comunes y varios trocitos de cuero estaban a sus pies y sobre su banco. Tenía barba blanca, cortada de forma desgreñada pero no muy larga, con rostro hundido y ojos extremadamente brillantes. Lo hundido y delgado de su rostro habían causado que parecieran más grandes, debajo de sus cejas oscuras todavía y su pelo blanco confuso, aunque habían sido realmente distintos; pero eran grandes por naturaleza y miraban de manera poco natural también. Sus harapos de camisa amarilla estaban abiertos en la garganta y mostraban su cuerpo marchito y desgastado. Él, y su vieja bata de lona, y sus medias flojas, y todos sus pobres jirones de ropa, en una larga reclusión de la luz directa y del aire, se habían descolorido hasta tal uniformidad apagada de amarillo pergamino que habría sido difícil decir cual era cual.

Él había puesto una mano entre sus ojos y la luz y los mismos huesos parecían transparentes. Así sentado, con una mirada ausente y fija, hizo la pausa en su trabajo. Él nunca miraba a la figura que había delante de él sin primero mirar hacia abajo a su lado, y luego sobre ése, como si hubiera perdido la costumbre de asociar lugar con sonido; nunca hablaba sin divagar primero de esta manera, y olvidando hablar.

—¿Va a terminar ese par de zapatos hoy? —preguntó Defarge, haciendo señas al señor Lorry para que se acercara.

—¿Qué decía?

—¿Piensa terminar ese par de zapatos hoy?

—No puedo decir que tenga la intención. Supongo que sí. No sé.

Pero la pregunta le recordó su trabajo y se inclinó de nuevo sobre él. Más el señor Lorry se acercó en silencio, dejando a la hija en la puerta. Cuando se había quedado, durante un minuto o dos, al lado de Defarge, el zapatero miró hacia arriba. No demostró sorpresa al ver otra figura, pero los dedos temblorosos de una de sus manos se perdieron hacia sus labios cuando la miró (sus labios y sus uñas eran del mismo color plomizo pálido) y luego dejó caer la mano a su trabajo y una vez más se inclinó sobre él. La mirada y la acción habían ocupado sólo un instante.

—Tiene una visita, como ve —dijo el señor Defarge.

—¿Qué decía?

—Aquí hay una visita.

El zapatero miró hacia arriba como antes, pero sin apartar la mano de su trabajo.

—¡Vamos! —dijo Defarge—. Aquí hay un señor que sabe lo que es un zapato bien hecho cuando lo ve. Muéstrele ese zapato en el que está trabajando. Cójalo, señor.

El señor Lorry lo cogió en la mano.

—Diga al señor qué clase de zapato es y el nombre de quien lo hace.

Hubo una pausa más larga de la normal, antes de que contestara el zapatero:

—Olvidé lo que me preguntaba. ¿Qué decía?

—Dije, ¿no podría describir la clase de zapato para información del señor?

—Es un zapato de señora. Es un zapato de paseo de señora joven. Es de la moda actual. Nunca vi la moda. Yo he tenido un dibujo en la mano.

Él echó un vistazo al zapato con un rápido toque pequeño de orgullo.

—¿Y el nombre de quien lo hace? —dijo Defarge.

Ahora que no tenía trabajo que retener, puso los nudillos de la mano derecha en el hueco de la izquierda y luego los nudillos de la mano izquierda en el hueco de la derecha, y luego pasó una mano por su barbilla barbada, y así siguió en cambios regulares, sin un momento de interrupción. La tarea de hacerle volver de la ausencia en la que se hundía siempre cuando se le hablaba era como hacer volver a una persona muy débil de un desvanecimiento, o esforzarse en que, con la esperanza de alguna revelación, se quede el espíritu de un hombre que agoniza.

—¿Me preguntó mi nombre?

—Con seguridad.

—Ciento cinco, Torre Norte.

—¿Eso es todo?

—Ciento cinco, Torre Norte.

Con un sonido cansado que no fue un suspiro, ni un lamento, se inclinó para trabajar de nuevo hasta que de nuevo se rompió el silencio.

—¿No es zapatero de profesión? —dijo el señor Lorry, mirándole fijamente.

Sus ojos extraviados se volvieron hacia Defarge como si le hubiera transferido la pregunta; pero como no vino ninguna ayuda por esa parte, regresaron al interrogador cuando hubieron buscado el suelo.

—¿No soy zapatero de profesión? No, no soy zapatero de profesión. Yo... yo lo aprendí aquí. Me enseñé a mí mismo. Pedí dejar...

Se quedó en silencio, incluso durante minutos, introduciendo esas variaciones comedidas en sus manos todo el tiempo. Sus ojos regresaron lentamente, al fin, al rostro desde el cual habían vagado; cuando se posaron, él empezó, y continuó, como uno que duerme en ese momento despierto, volviendo a un tema de la noche pasada.

—Pedí que me dejaran enseñarme a mí mismo y lo conseguí con mucha dificultad después de mucho tiempo, y he hecho zapatos desde entonces.

Según tendía su mano al zapato que le había cogido, el señor Lorry dijo, mirando todavía fijamente a su cara:

—Señor Manette, ¿no recuerda nada de mí?

El zapato se cayó al suelo y él se sentó mirando fijamente al interrogador.

—Señor Manette —dijo el señor Lorry poniendo la mano sobre el brazo de Defarge—: ¿No recuerda nada de este hombre? Mírele. Míreme. ¿No hay ningún banquero antiguo, ningún negocio antiguo, ningún criado antiguo, ningún tiempo antiguo, que surja de su mente, señor Manette?

Según estaba sentado el cautivo de muchos años mirando fijamente, por turnos, al señor Lorry y al señor Defarge, algunas marcas borradas hacía tiempo de una inteligencia resuelta y activa en el centro de la frente, poco a poco se esforzaron a través de la neblina negra que había caído sobre él. Ellos se había nublado otra vez, ellos se habían desvanecido, ellos se habían ido; pero habían estado allí. Y así precisamente era la expresión constante del hermoso rostro joven de ella quien había entrado sigilosamente a lo largo de la pared hasta un punto donde podía verle y donde ella ahora se quedó mirándole, con manos que al principio sólo las había levantado con una compasión asustada, hasta incluso se mantuvo a distancia y fuera de la vista de él, pero que ahora se estaban extendiendo hacia él, temblando con entusiasmo para poner el rostro espectral sobre su cálido pecho joven y querer que regresara a la vida y a la esperanza (así precisamente era la expresión constante —aunque con un carácter más fuerte— del hermoso rostro joven que miraba como si hubiera pasado como una luz que se mueve desde él hacia ella).

La oscuridad había caído sobre él en su sitio. Él miraba a los dos, cada vez con menos atención, y con sus ojos en una abstracción lúgubre buscaba el suelo y miraba alrededor de él como antes. Finalmente, con un suspiro profundo, levantó el zapato y reanudó su trabajo.

—¿Le ha reconocido, señor? —preguntó Defarge susurrando.

—Sí, por un momento. Al principio pensé que era imposible, pero he visto sin lugar a dudas, durante un solo momento, el rostro que una vez conocía tan bien. ¡Silencio! Retirémonos más. ¡Silencio!

Ella se había movido desde la pared de la buhardilla, muy cerca del banco en el que él estaba sentado. Había algo horrible en la inconsciencia de él de la figura que podía haber alargado su mano para tocarle cuando él se inclinó sobre su trabajo.

No se habló una palabra, no se hizo ningún ruido. Ella permaneció, como un espíritu, al lado de él, y él se inclinó sobre su trabajo.

Sucedió, por fin, que él tuvo ocasión de cambiar la herramienta de su mano por su cuchillo de zapatero. Estaba en el lado que no era el lado en el que ella estaba. Él lo había cogido e iba a inclinarse a su trabajo de nuevo, cuando sus ojos captaron la falda de su vestido. Los levantó y vio el rostro de ella. Los dos espectadores avanzaron, pero ella les detuvo con un movimiento de su mano. Ella no tenía miedo de que le golpeara con el cuchillo, aunque ellos sí.

Él la miró con mirada temerosa y después de un rato sus labios empezaron a formar algunas palabras, aunque ningún sonido procedía de ellos.

Paulatinamente, en las pausas de su respiración rápida y fatigosa, se oyó que decía:

—¿Qué es esto?

Con las lágrimas corriendo por su rostro, ella se puso las manos en los labios y las besó para él; luego las estrechó en su pecho, como si pusiera allí la cabeza perdida de él.

—¿No es la hija del carcelero?

Ella suspiró

—No.

—¿Quién es usted?

Sin esperar todavía los tonos de voz de ella, ella se sentó en el banco a su lado. Él retrocedió, pero ella le puso la mano sobre su brazo. Tuvo un extraño estremecimiento cuando ella lo hizo, y visiblemente se trasmitió a su cuerpo; él dejó el cuchillo suavemente y se sentó mirándola fijamente.

Su pelo dorado, que ella llevaba con largos rizos, había sido apartado apresuradamente y había caído sobre su cuello. Avanzando la mano de él poco a poco, la levantó y la miró. En medio del acto él se perdió, y, con otro suspiro profundo, se dio al trabajo de hacer zapatos.

Pero no durante mucho tiempo. Soltando su brazo, ella puso la mano sobre su hombro. Después de mirarlo con recelo, dos o tres veces, como si estuviera seguro de que estaba allí realmente, él dejó a un lado su trabajo, puso la mano en el cuello y se quitó un hilo ennegrecido con un trocito de trapo plegado unido a él. Abrió éste, con cuidado, sobre su rodilla, y contenía una cantidad muy pequeña de pelo: no más de uno o dos pelos largos dorados, que él, en algún día lejano, había desenrollado de su dedo.

Él cogió su pelo con la mano de nuevo y lo miró detenidamente. «Es el mismo, ¡cómo puede ser! ¡Cuándo fue! ¡Cómo fue!»

A medida que la expresión de concentración volvía a su frente, parecía ser consciente de que era de ella también. Él la giró hacia la luz y la miró.

«Ella había puesto su cabeza sobre mi hombro, aquella noche en la que me mandaron llamar... ella tenía miedo de que me fuera, aunque yo no tenía ninguno... y cuando me llevaron a la Torre Norte ellos encontraron esto sobre mi manga. "¿Me los dejarán? Puede que ellos nunca me ayuden a escapar en cuerpo, aunque pueden hacerlo en espíritu." Aquellas fueron las palabras que dije. Las recuerdo muy bien.»

Él formó en sus labios muchas veces esta conversación antes de poder pronunciarla. Pero cuando encontró palabras habladas para ello, llegaron a él de manera coherente, aunque lenta. «¿Cómo fue...? ¿Eras tú?»

Una vez más los dos espectadores se sobresaltaron cuando él se volvió hacia ella con brusquedad aterradora. Pero ella se sentó completamente en calma a su alcance, y solamente dijo, en voz baja:

—Les suplico, buenos caballeros, que no se acerquen a nosotros, que no hablen, que no se muevan.

—¡Escuche! —exclamó—. ¿De quién es esa voz?

Sus manos la soltaron al pronunciar este grito, y las levantó hacia su pelo blanco, del cual se tiraba frenético. Se apagó, como se apagaba todo a excepción de sus zapatos y volvió a plegar su pequeño paquete e intentó asegu-

421

rarlo en su pecho; pero todavía la miraba y sacudió su cabeza con melancolía.

—No, no, no; eres demasiado joven, demasiado radiante. No puede ser. Mira lo que es el prisionero. Estas no son las manos que ella conoció, esta no es la cara que ella conoció, esta no es la voz que ella oyó siempre. No, no. Ella estaba —y yo estaba— así hace muchos años, antes de los lentos años de la Torre Norte. ¿Cuál es su nombre, mi dulce angel?

Acogiendo su tono y actitud suavizados, su hija cayó sobre sus rodillas ante él, con sus manos suplicantes sobre el pecho de él.

—¡Oh, señor!, en otro momento sabréis mi nombre y quién fue mi madre, y quién mi padre, y cómo nunca supe de su historia dura, dura. Pero no puedo decírselo en este momento, no puedo decírselo aquí. Todo lo que puedo decir, aquí y ahora, es que le ruego que me toque y me bendiga. ¡Béseme, béseme! ¡Oh, querido, querido!

Su fría cabeza blanca se mezcló con el pelo radiante de ella, que le dio calor y luz como si la luz de la Libertad estuviera brillando sobre él.

«Si oyera en mi voz —no sé si es así, pero espero que sí—, si oyera en mi voz cualquier parecido a la voz que una vez fue música dulce en sus oídos, ¡llore por ello, llore por ello! Si al tocar mi pelo, toca algo que le recuerde a una cabeza amada que yacía sobre su pecho cuando era joven y libre, ¡Llore por ello, llore por ello! Si, cuando aluda a un Hogar que haya delante de nosotros, donde yo sea real para usted con todo mi deber con todo mi servicio fiel, os traeré al recuerdo un Hogar desolado durante mucho tiempo, mientras su pobre corazón sufría lejos, ¡llore por ello, llore por ello!»

Ella le cogió más fuerte por el cuello y le meció en su pecho como a un niño.

«Si, cuando le diga, querido, que su agonía ha terminado y que yo he venido aquí para sacarle de ella y que vamos a Inglaterra para estar en paz y en reposo, le haré pensar en su vida útil desperdiciada y en nuestra Francia nativa tan malvada para usted, ¡llore por ello, llore por ello! Y si, cuando le diga mi nombre y el de mi padre que está vivo, y el de mi madre que está muerta y le pido perdón por no haber luchado nunca por su causa todo el día y permanecer despierta y llorando toda la noche, porque el amor de mi pobre madre me ocultó su tortura, ¡llore por ello, llore por ello! Llore por ella, entonces, y por mí. Buenos caballeros, ¡gracias a Dios! Siento sus lágrimas sagradas sobre mi cara y sus sollozos golpear mi corazón. ¡Oh, gracias a Dios, gracias a Dios!»

Él se había hundido en los brazos de ella y su rostro se dejó caer en su pecho: una visión tan conmovedora, sin embargo tan terrible por la tremenda injusticia y el sufrimiento que procedía de ello, que los dos espectadores se cubrieron los rostros.

Cuando la calma de la buhardilla había estado tranquila durante mucho tiempo y el pecho de él que suspiraba y la agitación habían cedido hacía tiempo a la calma que tiene que seguir a todas las tormentas —emblema de la humanidad, del descanso y silencio en el que la tormenta llamada Vida tiene que callar al final— ellos avanzaron para levantar al padre y a la hija del suelo. Él se había dejado caer al suelo poco a poco, y se quedó allí en un letargo, agotado. Ella se había acurrucado con él para que la cabeza de él pudiera descansar sobre su brazo. Y cayendo su pelo sobre él le sirvió de cortina para la luz.

—Si, sin molestarle —dijo ella, levantando su mano hacia el señor Lorry cuando se inclinó hacia ellos, después de sonarse la nariz repetidamente—, todos pudiéramos disponernos a dejar París en seguida, así, desde la misma puerta, él podía ser llevado...

—Pero, considere. ¿Está en condiciones para el viaje? —preguntó el señor Lorry.

—En mejores condiciones, creo, que para permanecer en esta ciudad tan espantosa para él.

—Es cierto —dijo Defarge, quien estaba arrodillado para mirar y escuchar—. Mejor que eso. El señor Manette está mejor fuera de Francia por todas las razones. Veamos, ¿alquilaré un carruaje y caballos?

—Ese es el asunto —dijo el señor Lorry, reasumiendo en un momento sus modales metódicos—, y si ha de hacerse, sería mejor que lo hiciera.

—Entonces sea tan amable —instó la señorita Manette, —de dejarnos aquí. Vea lo sereno que se ha quedado y no puede temer dejarme con él ahora. ¿Por qué habría de temer? Si cerrara la puerta con llave para asegurarnos de una interrupción, no dudo de que le encontrará, cuando regrese, tan tranquilo como le dejó. En cualquier caso, yo cuidaré de él hasta su regreso y entonces le sacaremos directamente.

Tanto el señor Lorry como Defarge no se sentían muy inclinados ante esta circunstancia y quedarse en favor de uno de ellos. Pero no sólo había que ver carruaje y caballos, sino papeles de viaje, y como el tiempo apremiaba, porque el día estaba llegando a su fin, al final llegaron a dividir a toda prisa lo que era necesario hacer y se fueron apresuradamente a hacerlo.

Luego, cuando se cerró la oscuridad, la hija colocó su cabeza en el duro suelo cerca del lado de su padre, y le observó. La oscuridad se hacía más profunda, más profunda, y ambos se quedaron quietos hasta que una luz brilló a través de las grietas de la pared.

El señor Lorry y el señor Defarge lo habían preparado todo para el viaje y habían traído con ellos, además de mantos y sobrecubiertas de viaje, pan y carne, vino y café caliente. El señor Defarge puso esta comida y la lámpara que llevaba en el banco del zapatero (no había nada más en la buhardilla que un camastro) y él y el señor Lorry levantaron al cautivo y le ayudaron a mantenerse en pie.

Ninguna inteligencia humana podría haber leído los misterios de su mente en el asombro asustado y perplejo de su rostro. Si él sabía lo que había pasado, si él recordaba lo que le habían dicho, si él sabía que era libre, eran preguntas que ninguna sagacidad podía haber resuelto. Intentaron hablarle, pero él estaba tan confundido y contestaba tan lentamente, que ellos temían su desconcierto y acordaron por el momento no alterarle más. Él tenía una forma alocada, perdida, de sujetar de cuando en cuando su cabeza con las manos, que no se había visto en él antes; sin embargo, sentía algún placer con el mero sonido de la voz de su hija y de manera invariable se volvía hacia ella cuando hablaba.

De la forma dócil de uno acostumbrado durante tanto tiempo a obedecer por la fuerza, él comió y bebió lo que le dieron para comer y para beber y se puso el manto y las otras sobrecubiertas que le dieron para que llevara puestas. El respondió inmediatamente cuando su hija le cogió del brazo y cogió —y mantuvo— su mano entre las suyas.

Empezaron a descender, yendo el señor Defarge el primero con la lámpara, cerrando el señor Lorry la pequeña procesión. No habían recorrido muchos pasos de la larga escalera principal cuando se detuvieron y miraron al techo y alrededor de las paredes.

—¿Recuerdas el lugar, padre mío? ¿Recuerdas haber subido aquí?

—¿Qué decía?

Pero antes de que ella pudiera repetir la pregunta, él murmuró una contestación como si la hubiera repetido.

—¿Recordar? No, no recuerdo. Hace tanto tiempo...

Que él no tenía ningún recuerdo de haber sido llevado de la prisión a esa casa, resultó aparente para ellos. Le oyeron murmurar: «Ciento Cinco, Torre Norte» y cuando miraba alrededor de él, sin duda era por las fuertes paredes de fortaleza que tanto tiempo le habían acompañado. A su llegada al patio instintivamente alteró el paso, como a la espera de un puente levadizo; y cuando no hubo puente levadizo y vio el carruaje esperando en la calle abierta, soltó la mano de su hija y se agarró la cabeza de nuevo.

Ninguna multitud había alrededor de la puerta; ninguna persona se percibía en ninguna de las muchas ventanas, ni siquiera un transeúnte casual había en la calle. Un silencio poco normal y deserción reinaba allí. Solamente un alma iban a ver, y era la de la señora Defarge (quien apoyada contra la jamba de la puerta, haciendo punto, no vio nada).

El prisionero había entrado en un carruaje, y su hija le había seguido, cuando los pies del señor Lorry se detuvieron en el escalón por una pregunta de él, con abatimiento, sobre sus herramientas de hacer zapatos y los zapatos sin terminar. La señora Defarge dijo inmediatamente a su marido que ella los traería, y se fue, haciendo punto, sin la luz de una lámpara, cruzando el patio. Ella los bajó rápidamente y se las entregó (e inmediatamente después se apoyó contra la jamba, haciendo punto, y no vio nada).

Defarge se subió a la cabina y pronunció la frase: «¡A la frontera!» El postillón chascó el látigo y ellos se alejaron traqueteando bajo las débiles lámparas que se balanceaban encima —balanceándose más brillantes siempre en las mejores calles, y siempre más débiles en las peores— y por las tiendas iluminadas, multitudes alegres, cafés iluminados y puertas de teatro, a una de las verjas de la ciudad. Soldados con faroles en el cuartel de allí. «¡Sus papeles, viajeros!» «Véalos aquí entonces, señor oficial —dijo Defarge, bajándose y llevándole aparte con gravedad— estos son los papeles del señor de dentro con el pelo blanco. Me fueron encomendados a mí, con él, en el...» Bajó la voz, hubo un revuelo entre los faroles militares y siendo ayudado uno de ellos a entrar en el carruaje por un brazo de uniforme, los ojos relacionados con el brazo miraron, no con mirada de todos los días o de todas las noches, al señor de la cabeza blanca. «Está bien. ¡Adelante!», desde el uniforme. «¡*Adieu!*», desde Defarge. Y así, bajo un bosquecillo escaso de lámparas balanceándose encima más y más débiles, salieron bajo el gran bosquecillo de estrellas.

Debajo del arco de luces que no se mueven y son eternas, algunas, tan remotas desde esta pequeña tierra que el sabio nos cuenta, es dudoso que sus rayos los hayan descubiertos todavía, como un punto en el espacio donde todo se sufre o se hace: las sombras de la noche eran anchas y negras. Todo a través del frío y el intervalo de tiempo inquieto, hasta el amanecer, ellos una vez más susurraron en los oídos del señor Jarvis Lorry —sentado enfrente del hombre enterrado que había sido sacado y preguntándose que fuerza sutil se había perdido en él para siempre y cuál sería capaz de restablecer— la vieja pregunta:

«Espero que desee ser devuelto a la vida.»

Y la vieja respuesta:

«No puedo decir.»

FIN DEL LIBRO PRIMERO

LIBRO SEGUNDO

El hilo dorado

CAPÍTULO I

Cinco años después

El Banco de Tellson en Temple Bar era un sitio anticuado, incluso en el año de mil setecientos ochenta. Era muy pequeño, muy oscuro, muy feo, muy incómodo. Era un sitio anticuado, además, por el atributo moral de que los socios de la Casa estaban orgullosos de su pequeñez, orgullosos de su oscuridad, orgullosos de su fealdad, orgullosos de su incomodidad. Incluso se jactaban de su prestigio en estas cosas en particular y estaban infundidos de una convicción expresa de que si fuera menos censurable, sería menos respetable. Esta no era una creencia pasiva, sino un arma activa que mostraban en los lugares de negocio más convenientes. Tellson —decían— no quería espacio, Tellson no quería luz, Tellson no quería adornos, puede que Noakes y Co., o puede que Snooks Brothers, pero Tellson, ¡Gracias al Cielo!

Cada uno de estos socios habría desheredado a su hijo por la cuestión de la reconstrucción de Tellson. En este aspecto la Casa estaba al mismo nivel del Pueblo; que con mucha frecuencia desheredaba a sus hijos por sugerir mejoras en las leyes y costumbres que habían sido muy censurables durante mucho tiempo, pero eran solamente las más respetables.

Así vino a pasar que Tellson era la perfección triunfante de la incomodidad. Después de abrir de golpe una puerta de obstinación idiota con un débil ruido en su garganta, te hundías en Tellson bajando dos peldaños y te daba la sensación de una miserable tienda pequeña, con dos mostradores pequeños, donde el más anciano de los hombres hacía sacudir tu cheque como si el viento lo hiciera crujir, mientras examinaba la firma por la más deprimente de las ventanas, que estaban siempre debajo de una ducha de barro de la calle Fleet, y que las hacía deprimentes sus propias barras de hierro auténticas y la pesada sombra de Temple Bar. Si por tu negocio era necesario ver «la Casa», te ponían en una especie de Prisión de Condenados en la parte de atrás, donde tú meditabas sobre una vida desperdiciada, hasta que la Casa venía con sus manos y sus bolsillos y tú apenas podías parpadear en la penumbra sombría. Tu dinero salía, o entraba, en cajones de madera viejos y carcomidos, cuyas partículas volaban hasta tu nariz y bajaban hasta la garganta cuando los abrían y cerraban. Tus billetes tenían un olor a moho, como si se fueran a descomponer rápidamente en trapos viejos otra vez. Tu plata se guardaba entre los sumideros vecinos y las hediondas comunicaciones corrompían su buen pulido en un día o dos. Tus escrituras entraban en cámaras fuertes improvisadas hechas de cocinas y habitaciones anexas a ellas y consumida toda la grasa de los pergaminos en el aire de la casa-banco. Tus cajas más ligeras de papeles de familia iban al piso de arriba a una habitación fantástica que siempre tenía una gran mesa de comedor en ella y nunca tenía una cena, y donde, incluso en el año de mil setecientos ochenta, las primeras cartas escritas a ti por tu antiguo amor, o por tus niños pequeños, estaban recién liberadas del horror de ser comidas con los ojos a través de las ventanas, por las cabezas expuestas en Temple Bar con una brutalidad desmedida y ferocidad dignas de Abisinia a Ashantee.

Pero de hecho, en esa época, dar muerte era una receta muy de moda en todos los comercios y profesiones, y sobre todo en la de Tellson. La muerte es un remedio de la Naturaleza para todas las cosas y, ¿por qué no de Legislación? Por tanto, al falsificador se le daba Muerte, al que ponía en circulación un billete falso se le daba Muerte, al que abría ilegalmente una carta se le daba Muerte, al que hurtaba cuarenta chelines y seis peniques se le daba Muerte, al poseedor de un caballo en la puerta de Tellson, quien se largaba con él, se le daba Muerte, al falsificador de un chelín falso se le daba Muerte, a los receptores de las tres cuartas partes de los billetes en toda la gama del Delito, se les daba Muerte. No es que fuera bueno al menos en el camino de la prevención —casi podría haber valido destacar que el hecho era exactamente el contrario— sino que liquidaba (respecto a este mundo) el problema de cada caso en particular y no dejaba nada más relacionado con él para ser vigilado. Así, Tellson, en su día, como los lugares más grandes de negocios, sus contemporáneos, se había llevado tantas vidas que si las cabezas postradas ante él se hubieran alineado en Temple Bar en vez de deshacerse de ellas en privado, probablemente habrían excluido la luz pequeña que tenía el suelo, de una manera bastante significativa.

Apretado en toda clase de armarios oscuros y cuchitriles de Tellson, el más anciano de los hombres llevaba a cabo el trabajo con gravedad. Cuando cogían a un hombre joven en la casa Tellson de Londres, le escondían en algún lugar hasta que era anciano. Le mantenían en un lugar oscuro, como un queso, hasta que tenía todo el sabor Tellson y el moho azul sobre él. Sólo entonces se permitía que se le viera, estudiando minuciosa y espectacularmente grandes libros y echando sus pantalones y polainas al peso general del establecimiento.

Fuera de Tellson —nunca en cualquier caso dentro de él, a menos que entraras— había un hombre para pequeños trabajos, un portero esporádico y mensajero, quien servía como signo vivo de la casa. Nunca estaba ausente durante las horas de trabajo, a menos que fuera a un recado, y entonces estaba representado por su hijo: un golfillo horroroso de doce años, que era su viva imagen. La gente entendía que Tellson, de una manera majestuosa, toleraba al hombre para pequeños trabajos. La casa había tolerado siempre a alguna persona de esa calidad, y el tiempo y la corriente habían empujado a esta persona al poste. Su apellido era Cruncher, y en la ocasión de juventud de su renuncia por poderes a los trabajos de oscuridad, en la iglesia parroquial de Houndsditch al este, había recibido el apodo añadido de Jerry.

La escena fue en el alojamiento privado del señor Cruncher en Hanging-sword-alley, Whitefriars; la hora: las siete y media en punto de un día ventoso de marzo. *Anno domini* mil setecientos ochenta. (El mismo señor Cruncher hablaba siempre del año de nuestro Señor como *Anna Dominoes*: parece ser con la impresión de que la era cristiana databa desde la invención de un juego popular por parte de una dama que le había dado su nombre.)

Las estancias del señor Cruncher no estaban en un vecindario limpio, y sólo eran dos de número, incluso si un armario con un único panel de espejo se contara como uno. Pero se mantenían muy decentemente. Temprano como era, en la mañana ventosa de marzo, la habitación en la que estaba acostado en la cama estaba ya fregada entera, y entre las tazas y platos dispuestos para el desayuno y la mesa de pino aserrada, estaba extendido un mantel blanco muy limpio.

El señor Cruncher descansaba sobre un cubrecama de retales, como un Arlequín en casa. Al principio dormía profundamente, pero, poco a poco, empezaba a dar vueltas y a encresparse en la cama hasta que subía a la superficie, con el pelo de punta que parecía que iba que rasgar las sábanas en jirones. En este momento exclamó con una voz de exasperación extrema:

—¡Que reviente si ella no está en ello otra vez!

Una mujer de aspecto ordenado y diligente se levantó de un rincón donde estaba de rodillas, con suficiente prisa y temor para mostrar que ella era la persona a la que se refería.

—¡Qué! —dijo el señor Cruncher, buscando fuera de la cama una bota—. ¡Estás en ello de nuevo, ¿verdad?!

Después de saludar a la mañana con este segundo saludo, arrojó una bota a la mujer como tercero. Era una bota muy embarrada, y se podría introducir la extraña circunstancia relacionada con la economía doméstica del señor Cruncher: mientras que él a menudo llegaba a casa después de sus horas de banco con las botas limpias, a menudo se levantaba a la mañana siguiente para encontrar las mismas botas cubiertas de arcilla.

—¿Qué? —dijo el señor Cruncher variando su apóstrofo después de perder su marca—, ¿para qué estás arriba, Aggerawayter?

—Sólo estaba diciendo mis oraciones.

—¡Diciendo tus oraciones! ¡Eres una buena mujer! ¿Qué significa que te desplomes y reces contra mí?

—No estoy rezando contra ti, estoy rezando por ti.

—No lo haces. Y si lo haces yo no te permitiré la libertad de hacerlo. ¡Oye!, tu madre es una buena mujer, joven Jerry, que va a rezar contra la prosperidad de tu padre. Tienes una madre consciente de sus deberes, la tienes, hijo mío. Tienes una madre religiosa, la tienes, muchacho mío: yendo a desplomarse y a rogar que ¡el pan y la mantequilla se pueda arrebatar de la boca de su único hijo!

El señor Cruncher (que estaba en camisa) se tomó esto muy a mal, y, volviéndose a su madre, reprobó con fuerza cualquier oración que saliera para su persona.

—¿Y cuál supones, presuntuosa mujer? —dijo el señor Cruncher con falta de coherencia inconsciente—, ¿qué podría ser el valor de tus oraciones? ¡Di el precio que pones a tus oraciones!

—Sólo proceden del corazón, Jerry. No valen más que eso.

—No valen más que eso —repitió el señor Cruncher—. No valen mucho entonces. Tanto si es sí como si no, te digo que no me rezaras de nuevo. No puedo permitirlo. No voy a hacerme un desgraciado por tus secretos. Si tienes que ir a desplomarte, desplómate en favor de tu marido y de tu hijo, no contra ellos. Si yo no hubiera tenido una esposa poco natural y este pobre muchacho no hubiera tenido una madre poco natural, podría haber hecho algún dinero la semana pasada en vez de ser rezado y frustrado y embaucado religiosamente en la peor de las suertes. ¡Que reviente! —prosiguió el señor Cruncher, que en todo este tiempo se había estado poniendo sus ropas—, ¡si yo, que con devoción y una cosa y otra que se escapa, no he sido estafado esta semana pasada con tan mala suerte como la que nunca se ha encontrado un pobre demonio de comerciante honrado! Joven Jerry, vístete, muchacho, y mientras limpio mis botas vigila a tu madre ahora y luego, y si ves cualquier signo de más desplome, avísame. Porque te digo —y aquí se dirigió a su esposa una vez más—, no seguiré de esta manera. Estoy tan destartalado como un carruaje de alquiler, estoy tan adormilado como un láudano, mis arrugas están estiradas hasta tal punto que no sabría si es por el dolor que hay en ellas, cual mío y cual de alguien más, no soy el mejor para el bolsillo, y es mi sospecha que tú has estado en ello desde la mañana a la noche para evitar que fuera el mejor para el bolsillo; yo no lo aguantaré, Aggerawayter, y qué dices ahora.

Gruñendo además frases tales como: «¡Ah, sí! Eres religiosa también. Tú no te pondrías en contra de los intereses de tu marido y de tu hijo, ¿verdad? ¡Tú no!», y echando otras chispas sarcásticas de la rueda de molino dando vueltas de su indignación, el señor Cruncher se entregó a su limpiado de botas y a su preparación general para el trabajo. Mientras tanto, su hijo, cuya cabeza estaba adornada de púas más frágiles, y cuyos ojos jóvenes estaban cerca el uno del otro, como los de su padre, mantuvo la vigilancia exigida sobre su madre. Él molestaba mucho a esa pobre mujer a intervalos, saliendo como una flecha de su armario de dormir, donde se aseaba, con un grito de sorpresa de: «Vas a desplomarte, madre. ¡Hola, padre!», y después de levantar esta alarma ficticia, entraba como una flecha de nuevo con una sonrisa inconsciente de su deber.

El genio del señor Cruncher no había mejorado del todo cuando fue a desayunar. Le ofendió la bendición de mesa de la señora Cruncher con especial animadversión.

—¡Bueno, Aggerawayter! ¿De qué eres capaz? ¿En ello otra vez?

Su esposa le explicó que ella simplemente había «pedido una bendición».

—¡No lo hagas! —dijo el señor Cruncher, mirando alrededor, como si realmente esperara ver que el pan desapareciera bajo la eficacia de las peticiones de su esposa—. Yo no voy a ser bendecido fuera de casa y del hogar. Yo no tendré bendecidas mis cosas fuera de mi mesa. ¡Mantente callada!

Con los ojos muy rojos y sombríos, como si hubiera estado toda la noche levantado en una fiesta en la que no hubiera habido nada a excepción de una vuelta amena, Jerry Cruncher acosó su desayuno más que comérselo, gruñendo sobre él como cualquier habitante de cuatro patas de una casa de fieras. Hacia las nueve suavizó su aspecto alterado y, presentando un exterior tan respetable y serio como el que podía revestir su naturaleza misma, salió a la ocupación del día.

Apenas se podía llamar comercio, a pesar de su descripción favorita de él mismo como «comerciante honrado». Sus existencias consistían en un taburete de madera, hecho de una silla con el respaldo roto cortado; el joven Jerry, caminando al lado de su padre, llevaba cada mañana dicho taburete, hasta debajo de la ventana del banco que estaba más cerca de Temple Bar: donde, añadiendo el primer puñado de paja que podía recogerse de cualquier vehículo que pasaba para guardar del frío y de la humedad los pies del hombre para pequeños trabajos, formaba el campamento para el día. En este puesto suyo, el señor Cruncher era tan bien conocido para la calle Fleet y para el Temple, como para el Bar mismo, y casi tan mal visto.

Acampado un cuarto de hora antes de las nueve, a buena hora para coger el sombrero de tres picos al más anciano de los hombres cuando pasaban dentro de Tellson, Jerry tomó posesión de su puesto en esa ventosa mañana de marzo, con el joven Jerry al lado de él, cuando no estaba ocupado en hacer incursiones por el Bar, para causar ofensas corporales y mentales de una descripción aguda a chicos que pasaban, quienes eran lo suficientemente pequeños para su amable propósito. Padre e hijo, tan parecidos el uno al otro, miraban en silencio el tráfico de la mañana en la calle Fleet, con sus dos cabezas tan próximas la una a la otra como lo estaban los dos ojos de cada uno; guardaban un considerable parecido al de un par de monos. El parecido no disminuía por la circunstancia accidental de que el Jerry maduro mordía y escupía paja, mientras que los ojos brillantes del joven Jerry miraban atentamente sin descanso tanto a él como a cualquier cosa de la calle Fleet.

La cabeza de uno de los mensajeros normales del interior unido al establecimiento de Tellson se puso en la puerta y dijo:

—¡Se necesita portero!

—¡Bien, padre! ¡Aquí hay un trabajo temprano para empezar!

Habiendo dado así a su padre una velocidad de Dios, el joven Jerry se sentó en el taburete, entró en su interés de reversión en la paja que su padre había estado masticando y meditó:

«¡Siempre oxidados! ¡Sus dedos están siempre oxidados! —habló entre dientes el joven Jerry—. ¿De dónde saca mi padre todo ese óxido de hierro? Él no saca óxido de hierro de aquí!»

CAPÍTULO II

Una Vista

—¿Tú conoces bien el Old Bailey, sin duda? —dijo uno de los empleados más ancianos a Jerry el mensajero.

—Sí señor —contestó Jerry, de una manera algo obstinada—. Sí que conozco el Bailey.

—Bien entonces. Y usted conoce al señor Lorry.

—Conozco al señor Lorry, señor, mucho mejor de lo que conozco al Bailey. Mucho mejor —dijo Jerry, no como testigo reacio en el establecimiento en cuestión— de lo que yo, como comerciante honrado, deseo conocer al Bailey.

—Muy bien. Encuentre la puerta por la que entran los testigos y muestre al portero esta nota para el señor Lorry. Entonces le dejará entrar.

—¿En el juzgado, señor?

—En el juzgado.

Los ojos del señor Cruncher parecían haberse acercado más el uno al otro e intercambiar la información: «¿Qué piensas de esto?»

—¿Tengo que esperar en el juzgado? —preguntó, como resultado de esa conversación.

—Voy a decírselo. El portero le pasará la nota al señor Lorry y usted hará algún gesto que atraiga la atención del señor Lorry para mostrarle dónde está usted. Luego lo que tiene que hacer es quedarse allí hasta que él le requiera.

—¿Eso es todo, señor?

—Eso es todo. Él desea tener un mensajero a mano. Esto es para decirle que usted está allí.

Como el anciano empleado plegó deliberadamente la nota y puso la dirección, el señor Cruncher, después de inspeccionarle en silencio hasta que llegó a la fase del papel secante, señaló:

—¿Supongo que estarán tratando Falsificaciones esta mañana?

—¡Traición!

—Eso es descuartizamiento —dijo Jerry—. ¡Bárbaro!

—Es la ley —observó el anciano empleado, volviendo sus sorprendidos anteojos sobre él—. Es la ley.

—Es duro en la ley poner una espita a un hombre, creo. Es bastante duro matarle, pero es muy duro ponerle una espita, señor.

—No del todo —contestó el anciano empleado—. Hable bien de la ley. Cuide de su pecho y de su voz, mi buen amigo, y deje que la ley cuide de sí misma. Le doy ese consejo.

—Es la humedad, señor, la que se instala en mi pecho y en mi voz —dijo Jerry—. Dejo que juzgue qué manera más húmeda de ganarme la vida tengo.

—Bien, bien —dijo el anciano empleado—. Todos tenemos varias formas de conseguir un medio de vida. Algunos de nosotros tenemos maneras húmedas y otros tenemos maneras secas. Aquí está la carta. Vaya.

Jerry cogió la carta y, comentado para sus adentros con menos deferencia interna de la que había mostrado exteriormente: «Usted es un enjuto viejo, también», hizo su reverencia, informó a su hijo de su destino al pasar y se fue.

Ellos colgaban en Tyburn en aquellos días; por tanto, la calle de fuera de Newgate no había obtenido una notoriedad infausta como la que se unía a ella entonces. Pero la cárcel era un lugar vil en el que se practicaba toda clase de libertinaje y villanía y donde se engendraban enfermedades graves, que entraban en el juzgado con los prisioneros y algunas veces entraban deprisa directamente del banquillo del mismo Presidente del Tribunal Supremo y le quitaba del banco. Había ocurrido más de una vez que el Juez de birrete negro pronunciaba su propia condena de manera tan segura como la del prisionero, e incluso moría antes que él. Para el resto, el Old Bailey era famoso como una especie de patio de posada mortífero, desde el cual viajeros pálidos se ponían en camino continuamente, en carros y carruajes, en una travesía violenta al otro mundo: atravesando unas dos millas y media de calle pública y carretera y apenando a unos cuantos buenos ciudadanos, si había alguno. Tan poderoso es el uso, y tan deseado que se hiciera buen uso al principio. Era famoso, también, por la picota, una acertada institución antigua que imponía castigo del cual nadie podía prever el alcance. También por el poste de azotar, otra querida institución antigua, muy humanista y moderada para contemplarla en acción. También por transacciones importantes en dinero sucio, otro fragmento de sabiduría ancestral, sistemáticamente destacada para los crímenes mercenarios más horrorosos que se podían cometer bajo el Cielo. En general, Old Bailey, en esa fecha, era una ilustración selecta del precepto: «Sea lo que sea, está bien», un aforismo que fuera tan último como perezoso, no incluía la consecuencia problemática de que nada de lo que existía siempre, era malo.

Abriéndose paso a través de la multitud corrompida, dispersada arriba y abajo de esta espantosa escena de acción, con la habilidad de un hombre acostumbrado a abrirse paso en silencio, el mensajero encontró la puerta que buscaba y pasó su carta a través de una trampilla que había en ella. Porque la gente entonces pagaba para ver la obra del Old Bailey igual que pagaban para ver la obra del Bedlam (pero el primer espectáculo era con mucho el más caro). Por tanto, todas las puertas del Old Bailey estaban bien guardadas (de hecho, excepto las puertas sociales por las que entraban allí los criminales y aquellas se dejaban siempre bien abiertas).

Después de algún retraso o reparo, la puerta giró un poco sobre sus bisagras de mala gana y permitió que el señor Jerry Cruncher se metiera en el juzgado.

—¿En cuál están? —preguntó, con un susurro, al hombre que se encontró a su lado.

—En ninguno todavía.

—¿Cuál viene ahora?

—El caso de Traición.

—El del descuartizamiento, ¿eh?

—¡Ah! —replicó el hombre con entusiasmo—. Le traerán sobre una valla para casi colgarle y luego le bajarán y cortarán en trozos delante de su propia cara, y luego le sacarán la parte de dentro y la quemarán mientras él mira, y luego le cortarán la cabeza y le cortarán en pedazos. Esa es la sentencia.

—Si es hallado Culpable, quiere decir —añadió Jerry a modo de condición.

—¡Oh! ¡Le encontrarán culpable! —dijo el otro—. No tema por eso.

La atención del señor Cruncher se desvió aquí hacia el portero a quien vio dirigiéndose al señor Lorry con la nota en la mano. El señor Lorry estaba sentado en una mesa, entre los caballeros de pelucas: no muy lejos de un caballero con peluca, el abogado del prisionero, que tenía un gran montón de papeles delante de él, y casi enfrente otro caballero con peluca con las manos en los bolsillos, cuya toda atención, cuando el señor Cruncher le miró entonces o poco después, parecía estar concentrada en el techo del juzgado. Después de alguna tos áspera y de frotarse su barbilla y de hacer señas con la mano, Jerry atrajo la atención del señor Lorry, quien se había quedado en pie para buscarle, y quien asintió con tranquilidad y se sentó de nuevo.

—¿Qué tiene que ver él con el caso? —preguntó el hombre con el que había hablado.

—Maldito sea si lo sé —dijo Jerry.

—¿Qué tiene que ver usted con él, entonces, si puede preguntar una persona?

—Maldito sea si se eso también —dijo Jerry.

La entrada del Juez y un consecuente gran movimiento y calma en el juzgado, paró el diálogo. En este momento el banquillo se convirtió en el punto central de interés. Dos carceleros, que habían permanecido allí, salieron, y el prisionero fue metido dentro y puesto en la barra.

Todos los presentes, a excepción del caballero de peluca que miraba al techo, le miraron. Todo el aliento humano del lugar le envolvió, como un mar o un viento, o un fuego. Rostros impacientes se esforzaban alrededor de pilares y rincones para conseguir una vista de él. Los espectadores de las filas de atrás permanecían en pie para no perderse un pelo; la gente sobre el suelo del juzgado apoyaban sus manos en los hombros de las personas que había delante de ellos, para permitirse ellos mismos, a costa de cualquiera, una vista de él (en pie, en puntillas, sobre repisas, para ver cada pulgada de él). Notorio entre estos últimos, como un trozo animado de la pared con pinchos de Newgate, estaba en pie Jerry: apuntando al prisionero el aliento a cerveza de un aperitivo que se había tomado mientras iba y descargándolo para que se mezclara con las oleadas de otra cerveza, y ginebra, y té, y café, y por qué no, lo que circulaba en él, y lo que ya debilitaba las grandes ventanas de detrás de él en una neblina impura y lluvia.

El objeto de todas estas miradas fijas y voces atronadoras, era un hombre joven de unos veinticinco años, hecho y derecho y de buen aspecto, de mejilla morena y ojo oscuro. Su condición era la de un joven caballero. Iba vestido de negro con sencillez, o de un gris muy oscuro, y su pelo, que era largo y oscuro, iba atado con una cinta por detrás del cuello, más para estar fuera de su estilo que por adorno. Como emoción del espíritu expresada a través de alguna cobertura del cuerpo, la palidez que engendraba su situación atravesaba el moreno de su mejilla, mostrando que el alma era más fuerte que el sol. Por lo demás era bastante dueño de sí mismo, se inclinó hacia el Juez y se quedó quieto.

La clase de interés con la que miraban y echaban el aliento a este hombre no era de una clase de humanidad elevada. Si hubiera estado en peligro de una sentencia menos horrible —si hubiera habido una oportunidad de que alguien le ahorrara sus salvajes detalles— habría perdido con mucho su fascinación. La forma en la que iba a ser condenado a ser destrozado tan vergonzosamente, era la vista. La criatura inmortal con la que se iba a hacer una carnicería y hacerse pedazos en dos partes, producía la sensación. Cualquier brillo que los espectadores varios pusieran en el interés, según sus varias artes y poderes de engaño de uno mismo, el interés estaba, en la raíz de ello, Monstruoso.

¡Silencio en la sala!, Charles Darnay se había declarado el día anterior No Culpable ante la acusación que le denunciaba (con infinito tintineo y ruido) de falso traidor a nuestro sereno, ilustre, excelente y así sucesivamente, príncipe, nuestro Señor el Rey, por razón de haber ayudado, en diversas ocasiones y por diversos medios y maneras, a Luis, el Rey francés, en sus guerras contra nuestro mencionado sereno, ilustre, excelente y así sucesivamente; es decir, yendo y viniendo, entre los dominios de nuestro mencionado sereno, ilustre, excelente y así sucesivamente, y los del mencionado Luis francés y de forma malvada, falsa y traidora, y aparte de eso con maldad, revelar al mencionado Luis francés las fuerzas que estaba preparando nuestro mencionado sereno, ilustre, excelente y así sucesivamente, para enviar a Canadá y a Norteamérica. Jerry, con su cabeza cada vez más en punta a medida que los términos legales la erizaban, acababa de entender con enorme satisfacción, y así llegó de una manera tortuosa a comprender que el mencionado anteriormente, y una y otra vez mencionado, Charles Darnay, estaba allí ante él en su juicio; que el jurado estaba tomando juramento y que el Fiscal General se estaba preparando para hablar.

El acusado, quien (y quién sabía quién era él) mentalmente estaba siendo colgado, decapitado y descuartizado por todo el mundo de allí, ni se resistía a la situación ni asumía ningún aire teatral. Él estaba quieto y atento, observando el proceso abierto con un grave interés. Y permanecía con las manos descansando sobre la tabla de madera que había delante de él, tan serenamente, que no habían desplazado ni una hoja de las hierbas con las cuales estaba esparcida. En toda la sala había hierbas esparcidas y se había rociado de vinagre, como precaución contra el aire y la fiebre de la cárcel.

Sobre la cabeza del prisionero había un espejo para que arrojara luz sobre él. Multitud de malvados y desgraciados se habían reflejado en él, y habían pasado de su superficie y de esta tierra juntos. Embrujado de una manera espantosa ese abominable lugar habría sido, si el cristal pudiera haber devuelto alguna vez sus reflejos, lo que sería el océano un día que cediera a sus muertos. Algunos de paso pensaban en la infamia y en la desgracia para la cual se había reservado, podría haber golpeado la mente del prisionero. Sea como fuere, un cambio en su posición le hizo consciente de una franja de luz en su cara, miró hacia arriba, y cuando vio el espejo su cara se enrojeció y su mano derecha apartó las hierbas.

Sucedió que el movimiento hizo girar su rostro hacia ese lado de la sala que estaba a su izquierda. Aproximadamente al mismo nivel de sus ojos, allí sentados, en ese rincón de la mesa del Juez, dos personas sobre las que posó su mirada inmediatamente; tan inmediatamente, y mucho más por el cambio de su aspecto, todos los ojos que se habían dirigido a él, se dirigieron a ellos.

Los espectadores vieron a las dos figuras: una dama joven de poco más de veinte años y un caballero que sin duda era su padre; un hombre de un aspecto muy sorprendente en relación a la absoluta blancura de su pelo, y una cierta intensidad indescriptible en el rostro: no de una clase activa sino de reflexión y recogimiento. Cuando esta expresión estaba en él, miraba como si fuera anciano, pero cuando la movía y desaparecía —como era ahora, en un momento, al hablar a su hija— él se convertía en un hombre apuesto, sin haber pasado la flor de la vida.

Su hija tenía una de las manos cogiéndole del brazo, según estaba sentada a su lado, y la otra la presionaba. Ella se había acercado a él, por su temor a la escena y por su pena por el prisionero. Su frente había expresado de una manera tan sorprendente el terror fascinante y la compasión que no veía nada salvo el peligro del acusado. Esto se había mostrado de una manera tan notable, tan poderosa y natural, que los espectadores que no habían sentido ninguna pena por él se vieron afectados por ella, y el murmullo de alrededor era: «¿Quiénes son?»

Jerry, el mensajero, quien había hecho sus propias observaciones, a su propia manera, y quien había estado absorto chupando el óxido de sus dedos, estiró el cuello para escuchar quiénes eran. La multitud alrededor de él había pasado la pregunta al guarda más próximo, y desde él había sido pasada de regreso más lentamente; al final llegó a Jerry.

—Testigos.

—¿Por qué parte?

—En contra.

—¿En contra de qué parte?

—De la del prisionero.

El Juez, cuyos ojos se habían dirigido a la dirección general, los retiró, apoyó la espalda en su asiento y miró fijamente al hombre cuya vida estaba en sus manos, cuando el Fiscal General se levantó para hacer girar la cuerda, afilar el hacha y clavar los clavos en el andamio con un martillo.

CAPÍTULO III

Una decepción

El señor Fiscal General tenía que informar al jurado de que el prisionero que había delante de ellos, aunque joven en años, era viejo en las prácticas traidoras que reclamaban perder el derecho a la vida. Que esta correspondencia con el enemigo público no era una correspondencia de hoy, o de ayer, o incluso del pasado año. Que era cierto que el prisionero, durante mucho más tiempo, había tenido costumbre de pasar y volver a pasar entre Francia e Inglaterra, en un asunto secreto del cual él no podía dar razón honesta. Que, si fuera a prosperar la naturaleza de caminos traidores (lo que felizmente nunca ocurre) la maldad y culpabilidad de su asunto habría permanecido sin descubrir. Que la Providencia, sin embargo, había puesto en el corazón de una persona que estaba más allá del miedo y era irreprochable, descubrir la naturaleza de los planes del prisionero, y, horrorizado, revelarlos a su Secretario de Estado Jefe de Su Majestad y al más honorable Comité Asesor. Que este patriota sería presentado ante ellos. Que su posición y actitud eran, en general, sublimes. Que él había sido amigo del prisionero, pero una vez que en una hora auspiciosa y malvada detectó su infamia, había resuelto inmolar al traidor al que ya no podía respetar durante más tiempo en su pecho, en el sagrado altar de su país. Que si se decretaran estatuas en Gran Bretaña, como en las antiguas Grecia y Roma, a benefactores públicos, este brillante ciudadano hubiera tenido una con seguridad. Que, como no se decretaban, él probablemente no tendría una. Que la Virtud, como la han observado los poetas (en muchos pasajes que él sabía que el jurado tendría, palabra a palabra, en la punta de la lengua; ante lo cual los semblantes del jurado mostraron una conciencia culpable de que no sabían nada sobre los pasajes), era en cierta manera contagiosa; más especialmente la virtud brillante conocida como patriotismo, o amor al país. Que el ejemplo noble de este inmaculado e intachable testigo de la Corona, respecto para quien, sin embargo, era un honor sin valor, lo había comunicado al sirviente del prisionero y había engendrado en él una determinación sagrada de examinar los cajones de la mesa y los bolsillos de su señor y ocultar sus papeles. Que él (el señor Fiscal General) se preparara para oír algún intento de menospreciar a este admirable criado; pero que, de una forma general, él le prefirió a él a sus hermanos y hermanas (del Fiscal General), y honrarle más que a su padre y a su madre (del Fiscal General). Que él fue llamado confidencialmente en el jurado para venir y actuar de la misma manera. Que el testimonio de estos dos testigos, asociados con los documentos de su descubrimiento que serían presentados, mostrarían que al prisionero le habían proporcionado listas de las fuerzas de su Majestad y de su disposición y preparación, tanto por mar como por tierra, y no dejaría lugar a dudas de que él habitualmente transmitía esta información al poder hostil. Que no se podría demostrar que estas listas estuvieran escritas por la mano del prisionero, pero que era lo mismo. Que, en realidad, fue bastante mejor para su persecución al demostrar que el prisionero fue astuto en sus precauciones. Que la prueba se remontaba a cinco años atrás y demostraría que el prisionero ya estaba metido en estas misiones perniciosas unas pocas semanas antes de la fecha de la primera acción de lucha entre las tropas británicas y las americanas. Que, por estas razones, el jurado, siendo un jurado fiel (como él sabía que lo era), y siendo un jurado responsable (como ellos sabían que lo eran), tenía que encontrar al prisionero verdaderamente Culpable, y hacer que se acabara con él, tanto si les gustaba como si no. Que ellos no podrían apoyar sus cabezas sobre sus almohadas. Que nunca podrían soportar la idea de que sus esposas apoyaran sus cabezas sobre sus almohadas. Que nunca podrían soportar la idea de que sus hijos apoyaran sus cabezas sobre sus almohadas; en resumen, que ya nunca podrían, ellos o los suyos, apoyar la cabeza en la almohada a menos que fuera cortada la cabeza del prisionero. Esa cabeza que el Fiscal General acabó pidiéndoles, en nombre de todo lo que él podía pensar como un cambio, y con la fe de su solemne aseveración de que él ya consideraba al prisionero tanto muerto como desaparecido.

Cuando el Fiscal General se detuvo, un zumbido se levantó en el juzgado como si una nube de grandes moscas azules estuvieran revoloteando alrededor del prisionero, anticipando lo que pronto le iba a llegar. Cuando bajó el tono de nuevo, el patriota intachable apareció en la barra de los testigos.

Entonces el Procurador de la Corona, siguiendo el ejemplo de su jefe, examinó al patriota: John Barsad de nombre, caballero. La historia de su alma pura era exactamente lo que el Fiscal General había descrito que era (quizá, si tuviera una falta, sería así casi exactamente). Habiendo liberado a su noble pecho de su carga, él se habría retirado modestamente, pero el caballero de la peluca con los papeles delante de él, sentándose no muy lejos del señor Lorry, rogó hacerle algunas preguntas. El caballero de peluca sentado enfrente todavía estaba mirando al techo del juzgado.

¿Había sido un espía alguna vez? No, él desdeñó la innoble insinuación. ¿Dónde vivía? En su propiedad. ¿Dónde estaba su propiedad? Él no recordaba exactamente dónde estaba. ¿Qué era? No era asunto de nadie. ¿La había heredado? Sí ¿De quién? De un pariente lejano. ¿Muy lejano? Bastante. ¿Siempre estuvo en prisión? Casi seguro que no. ¿Nunca en una prisión de deudores? No veía lo que tenía que ver con eso. ¿Nunca en una prisión de deudores...? Vamos, una vez más, ¿nunca? Sí. ¿Cuántas veces? Dos o tres veces. ¿No cinco o seis? Quizá. ¿Qué profesión? Caballero. ¿Nunca tratado a patadas? Puede que sí. ¿Con frecuencia? No. ¿Siempre tratado a patadas escaleras abajo? Decididamente no; una vez recibió un patada en la parte más alta de una escalera y cayó escaleras abajo por impulso propio. ¿Le trataron a patadas en esa ocasión por hacer trampas en los dados? Algo dijo sobre eso el mentiroso borracho que cometió el asalto, pero no era cierto. ¿Jura que no era verdad? Positivamente. ¿Siempre hace trampas en el juego? Nunca. ¿Siempre juega? No más que otros caballeros. ¿Siempre tomaba prestado dinero del prisionero? Sí. ¿Siempre le pagaba? No. Esta intimidad con el prisionero, en realidad muy poco firme, ¿no obligó al prisionero a carruajes, posadas y paquebotes? No. ¿Seguro que vio al prisionero con estas listas? Cierto. ¿No sabía nada más sobre las listas? No. ¿No se las había procurado él mismo? No. ¿No en pago y empleo regular del gobierno, para tenderle una trampa? ¡Oh, no! ¿O para hacer algo? ¡Oh, no! ¿Lo jura? Una y otra vez. ¿No otro motivo que los motivos de patriotismo puro? Ningún otro.

El virtuoso criado, Roger Cly, juró para el caso a gran velocidad. Él había entrado al servicio del prisionero, con buena fe y sencillez, hacía cuatro años. Él había preguntado al prisionero, a bordo del paquebote, si quería un compañero cerca, y el prisionero le había contratado. Él no había pedido al prisionero que cogiera a un compañero cercano como un acto de caridad —nunca pensó tal cosa—. Él empezó a sospechar del prisionero y a vigilarle poco después. Al colocar sus ropas, mientras el viaje, él había visto listas parecidas a éstas de los bolsillos del prisionero, una y otra vez. Él había cogido estas listas del cajón del escritorio del prisionero. Él no las había puesto allí primero. Él había visto al prisionero mostrar listas idénticas a éstas a caballeros franceses en Calais y listas parecidas a caballeros franceses, tanto en Calais como en Boloña. Él amaba a su país y no podía soportarlo, y había dado información. Nunca se había sospechado de él de que robara una tetera de plata; le habían calumniado respecto a un bote de mostaza, pero resultó ser plateado. Él había conocido al anterior testigo hacía siete u ocho años y era una mera coincidencia. Él no la llamaba una coincidencia curiosa en especial, la mayoría de las coincidencias son curiosas. Tampoco llamaba curiosa coincidencia que el verdadero patriotismo era su único motivo también. Él era un ciudadano británico auténtico y esperaba que hubiera allí muchos como él.

Las moscas azules revolotearon de nuevo y el Fiscal General llamó al señor Jarvis Lorry.

—Señor Jarvis Lorry, ¿es usted empleado del banco de Tellson?

—Lo soy.

—Cierto viernes por la noche de noviembre de mil setecientos setenta y cinco, ¿le hizo un motivo de negocios viajar entre Londres y Dover con el correo?

—Sí.

—¿Había algún otro pasajero en el correo?

—Dos.

—¿Se apearon en el camino en el curso de la noche?

—Lo hicieron.

—Señor Lorry, mire al prisionero. ¿Era uno de esos dos pasajeros?

—No puedo decir con seguridad que lo fuera.

—¿Se parece a alguno de esos dos pasajeros?

—Los dos iban arropados hasta arriba y la noche era tan oscura y todos nosotros fuimos tan reservados, que no puedo decir con seguridad ni siquiera eso.

—Señor Lorry, mire de nuevo al prisionero. Suponga que él va arropado hasta arriba como iban esos dos pasajeros. ¿Hay algo en su corpulencia y estatura que resulte improbable que fuera uno de ellos?

—No.

—¿No jurará, señor Lorry, que no era uno de ellos?

—No.

—¿Por tanto, al menos dice que podía haber sido uno de ellos?

—Sí. Excepto que recuerdo que los dos habían estado temerosos —igual que yo— a los salteadores de camino, y el prisionero no tiene aire temeroso.

—¿Ha visto alguna vez timidez fingida, señor Lorry?

—Ciertamente la he visto.

—Señor Lorry, mire una vez al prisionero. ¿Le ha visto, que usted sepa, antes?

—Sí.

—¿Cuándo?

—Fue regresando de Francia unos días después, y en Calais el prisionero subió a bordo del paquebote en el que yo regresaba e hizo el viaje conmigo.

—¿A qué hora subió él a bordo?

—Un poco después de medianoche.

—A altas horas de la noche. ¿Fue el único pasajero que subió a bordo en esa hora inoportuna?

—Dio la casualidad de que fue el único.

—No importa que sea «por casualidad», señor Lorry. ¿Él fue el único pasajero que subió a bordo a altas horas de la noche?

—Lo fue.

—¿Estaba viajando usted solo, señor Lorry, o con algún acompañante?

—Con dos acompañantes. Un caballero y una dama. Ellos están aquí.

—¿Había tenido alguna conversación con el prisionero?

—Apenas alguna. El tiempo era tormentoso y la travesía larga y dura, y yo me tumbé en el sofá casi de costa a costa.

—¡Señorita Manette!

La joven dama, a quien todos los ojos se habían dirigido antes, y ahora regresaron de nuevo, se puso en pie donde estaba sentada. Su padre se levantó con ella y mantuvo su mano cogida de su brazo.

—Señorita Manette, mire al prisionero.

Enfrentarse a tal pena y a tan seria juventud y belleza, era mucho más duro para el acusado que enfrentarse a toda la multitud. Estando, como estaba, separado de ella al borde de su tumba, no toda la curiosidad de la mirada fija que miraba, pudo durante ese momento, armarse de valor para mantenerse en calma todavía. Su rápida mano derecha repartió las hierbas de delante de él en lechos imaginarios de flores en un jardín, y sus esfuerzos para controlar y calmar su respiración golpearon los labios de los cuales el color corrió a su corazón. El zumbido de las moscas grandes se elevó de nuevo.

—Señorita Mannete, ¿ha visto al prisionero antes?

—Sí, señor.

—¿Dónde?

—A bordo del paquebote que se acaba de mencionar, señor, y en la misma ocasión.

—¿Usted es la dama joven que se acaba de mencionar?

—¡Oh!, por desgracia, soy yo.

El tono lastimero de su compasión se fundió en la voz menos musical del Juez, cuando dijo algo con dureza: «Conteste a las preguntas que le hacen y no haga ningún comentario sobre ellas.»

—Señorita Manette, ¿tuvo alguna conversación con el prisionero en esa travesía por el Canal?

—Sí, señor.

—Recuérdela.

En medio de una profunda tranquilidad, ella comenzó de una manera temerosa:

—Cuando el caballero subió a bordo...

—¿Quiere decir el prisionero? —preguntó el Juez, frunciendo el ceño.

—Sí, señor mío.

—Entonces diga el prisionero.

—Cuando el prisionero subió a bordo, se dio cuenta de que mi padre —volviendo sus ojos cariñosamente hacia él, quien permanecía a su lado— estaba muy fatigado y en un estado de salud muy débil. Mi padre estaba tan delgado que temía quitarle del aire y había hecho una cama para él en la cubierta, cerca de los escalones del camarote en su lado para cuidar de él. No había otros pasajeros esa noche, a excepción de nosotros cuatro. El prisionero fue tan bueno que pidió permiso para aconsejarme de cómo podía yo proteger a mi padre del viento y del tiempo mejor de lo que lo había hecho. Yo no había sabido cómo hacerlo bien, ni había comprendido cómo sería el viento cuando saliéramos del puerto. Él lo hizo por mí. Expresó gran dulzura y amabilidad por el estado de mi padre, y yo estoy segura de que lo sentía. Esa fue la manera en la que empezamos a hablar.

—Déjeme interrumpirla un momento. ¿Había subido a bordo solo?

—No.

—¿Cuántos estaban con él?

—Dos caballeros franceses.

—¿Habían consultado algo juntos?

—Ellos habían consultado juntos hasta un momento antes, cuando fue necesario para los cabelleros franceses llegar a tierra en su bote.

—¿Habían manejado algunos papeles entre ellos, parecidos a estas listas?

—Habían manejado algunos papeles entre ellos, pero no sé que papeles.

—¿Como éstos de forma y tamaño?

—Posiblemente, pero en realidad no lo sé, aunque ellos estuvieron susurrando muy cerca de mí: porque estaban en pie en la parte de arriba de los escalones del camarote para tener la luz de la lámpara que colgaba allí; era una lámpara débil y hablaban muy bajo y yo no oí lo que decían y solamente vi que ellos miraban papeles.

—Ahora, a la conversación del prisionero, señorita Manette.

—El prisionero fue de una confianza tan abierta conmigo —lo cual solucionó mi situación de impotencia— como fue amable, y bueno, y útil a mi padre. Espero —rompiendo a llorar— que no pueda pagarle haciéndole daño hoy.

[Zumbido de las moscas azules.]

—Señorita Manette, si el prisionero no entiende perfectamente que usted da el testimonio que es su deber dar —el cual tiene que dar— y el cual no puede evitar dar —con gran disposición, él es la única persona presente en esa condición—. Por favor, continúe.

—Él me dijo que estaba viajando por un asunto de naturaleza delicada y difícil, que podría meter a gente en problemas, y que él por tanto estaba viajando con otro nombre. Dijo que este asunto, dentro de unos días, le había llevado a Francia, y podía, en intervalos de tiempo, llevarle de ida y vuelta entre Francia e Inglaterra durante mucho tiempo por llegar.

—¿Dijo él algo sobre América, señorita Manette? Con detalle.

—Él intentó explicarme cómo había surgido esa discrepancia y dijo que, hasta donde podía juzgar él, era un error y una locura por parte de Inglaterra. Añadió, bromeando, que quizás George Washington podría conseguir casi un nombre tan grande en la historia como Jorge III. Pero no había daño en su forma de decir esto: lo dijo riendo y para pasar el tiempo de forma agradable.

Cualquier expresión de rostro marcada con fuerza por parte de un actor principal en una escena de gran interés a quien muchos ojos están dirigidos, será imitada inconscientemente por los espectadores. La frente de ella estaba inquieta y abstraída por el dolor según daba su testimonio y, en las pausas cuando se detenía para que el Juez lo anotara, observaba su efecto sobre el abogado a favor y en contra. Entre los espectadores había la misma expresión en todas las partes del juzgado; hasta tal punto que todas las frentes de allí podrían haber sido espejos que reflejaban al testigo, cuando el Juez levantó la vista de sus notas para fulminar con la mirada aquella tremenda herejía sobre George Washington.

El Fiscal General expresó ahora a mi Señor, que él consideraba necesario, como un asunto de precaución y forma, llamar al padre de la dama joven, el doctor Manette. Quien fue llamado en consecuencia.

—Doctor Manette, mire al prisionero. ¿Le ha visto usted antes?

—Una vez. Cuando él visitó mi alojamiento en Londres. Hace unos tres años o tres años y medio.

—¿Puede identificarle como su pasajero compañero a bordo del paquebote o hablar de la conversación de él con su hija?

—Señor, no puedo hacer ninguna de las dos cosas.

—¿Hay alguna razón en particular o especial por la que sea incapaz de hacer alguna de las dos cosas?

—Él contestó en voz baja: «La hay.»

—¿Ha sido su desgracia de sufrir un largo encarcelamiento sin juicio, o incluso acusación, en su país natal, doctor Manette?

Él contestó, en un tono que llegó a todos los corazones: «Un largo encarcelamiento.»

—¿Acababa de ser liberado en la ocasión en cuestión?

—Ellos me dijeron eso.

—¿No tiene ningún recuerdo de la ocasión?

—Ninguno. Mi mente está en blanco, desde algún momento —no puedo ni siquiera decir cuándo— mientras estaba empleado, en mi cautividad, en hacer zapatos, hasta el momento en el que me encontré viviendo en Londres con mi querida hija de aquí. Ella me había llegado a ser familiar cuando un Dios de gracia restableció mis facultades; pero soy bastante incapaz incluso de decir cómo ella había llegado a ser familiar. No tengo ningún recuerdo del proceso.

El Fiscal General se sentó, y el padre y la hija se sentaron juntos.

Entonces surgió una circunstancia singular en el caso. Siendo el objetivo que estaba entre manos demostrar que el prisionero bajó, con algún compañero conspirador no encontrado, del correo de Dover esa noche del viernes de noviembre hacía cinco años, y salió del correo por la noche, como un ciego, en un lugar donde no se quedó, pero desde el cual viajó de regreso una docena de millas o más, a una guarnición y astillero, y allí recoger información, un testigo fue llamado para identificarle como que había estado en el tiempo preciso requerido, en un café de un hotel en esa ciudad guarnición y astillero, esperando a otra persona. El abogado del prisionero estuvo interrogando a este testigo sin resultado, excepto que él no había visto nunca al prisionero en ninguna otra ocasión, cuando el caballero de la peluca que había estado todo este tiempo mirando al techo del juzgado, escribió una palabra o dos en un pequeño trozo de papel, lo había estrujado y se lo había tirado. Abriendo este trozo de papel en la siguiente pausa, el abogado miró con gran atención y curiosidad al prisionero.

—¿Dice de nuevo que está completamente seguro de que era el prisionero?

El testigo estaba completamente seguro.

—¿Ha visto alguna vez a alguien muy parecido al prisionero?

—No tan parecido —dijo el testigo— como para que él pudiera equivocarse.

—Mire bien a ese caballero, mi docto amigo de allí —señalando al que había tirado el papel— y luego mire bien al prisionero. ¿Qué dice? ¿Se parecen mucho el uno al otro?

—Teniendo en cuenta que el aspecto de mi docto amigo era descuidado y dejado, si no pervertido, se parecían lo suficiente el uno al otro para sorpresa, no sólo del testigo sino de todos los presentes, cuando se llevaron a comparación. Rogando a mi Señor que pidiera a mi docto amigo que dejara a un lado su peluca, y dando un consentimiento no muy cortés, el parecido llegó a ser mucho más notable. Mi Señor preguntó al señor Stryver (nombre del abogado del prisionero) si ellos iban a juzgar después al señor Carton (nombre de mi docto amigo) por traición. Pero el señor Stryver contestó a mi Señor, no; pero él pediría al testigo que le dijera si lo que ocurrió una vez podría ocurrir dos veces; si él habría estado tan confiado si hubiera visto este ejemplo de su precipitación antes, si él hubiera estado tan confiado habiéndolo visto, y más. Cuyo resultado final fue destrozar a este testigo como a una vasija de loza y hacer añicos su parte del caso como trastos viejos inútiles.

El señor Cruncher por entonces se había tomado un almuerzo de óxido de sus dedos siguiendo el testimonio. Ahora tenía que atender mientras el señor Stryver ajustaba el caso en el jurado, como un traje apretado; demostrándoles cómo el patriota, Barsad, era un espía contratado y un traidor, un traficante de sangre descarado y uno de los sinvergüenzas más grandes sobre la tierra desde el detestable Judas (lo cual él hizo que pareciera así con seguridad); cómo el criado virtuoso, Cly, era su amigo y compañero y era digno de serlo; cómo los ojos vigilantes de aquellos falsificadores y que juran en falso se habían posado en el prisionero como víctima, porque algunos asuntos familiares en Francia, siendo él de extracción francesa, necesitaban que hiciera estas travesías por el Canal, aunque lo que eran aquellos asuntos, una consideración para otros que estaban cerca de él y eran queridos por él, le prohibieron revelar, incluso por su vida; cómo el testimonio que había sido deformado y arrebatado de la joven dama, de cuya angustia al darlo habían sido testigos, no llegó a nada, suponiendo las meras pequeñas galanterías y cortesías que pasan probablemente entre cualquier caballero joven y dama joven que les toca ir juntos; con la excepción a George Washington, que fue totalmente demasiado extravagante e imposible de tener en consideración bajo otra luz que no sea la de un chiste monstruoso; cómo sería un fallo en el gobierno acabar con este intento de juzgar por popularidad en las antipatías y miedos nacionales más bajos, y por tanto el señor Fiscal General hubiera hecho la mayor parte; cómo, sin embargo, se siente descansado sobre nada, salvo ese vil e infame carácter de testimonio que desfigura con demasiada frecuencia tales casos, y de los cuales los Juicios de Estado de este país están llenos. Pero he ahí que mi Señor se interpuso (con una gravedad en el rostro como si no hubiera sido verdad), evitando que no pudiera sentarse sobre ese Banco y sufrir esas alusiones.

El señor Stryver llamó entonces a sus pocos testigos y el señor Cruncher tenía que atender ahora mientras el señor Fiscal General cambiaba todo el traje que el señor Stryver había ajustado en el jurado, al derecho y al revés; demostrando como Barsad y Cly eran incluso cien veces mejor de lo que él había pensado, y el prisionero cien veces peor. Finalmente, vino mi Señor mismo a cambiar el traje, ahora del derecho, ahora del revés, pero en general recortando y dándole forma decididamente de mortaja para el prisionero.

Y ahora, el jurado se volvió para pensar y las moscas grandes revolotearon de nuevo.

El señor Carton, quien había estado tanto tiempo sentado mirando al techo del juzgado, no cambió ni su postura ni su actitud, incluso en este alboroto. Mientras tanto su docto amigo, el señor Stryver, concentrando sus papeles ante él susurró con aquellos que se sentaban cerca, y de cuando en cuando miraban inquietos al jurado; mientras tanto todos los espectadores se movían más o menos y se agrupaban de nuevo; mientras tanto incluso mi Señor mismo se levantó de su asiento y subía y bajaba de su plataforma lentamente, no desatendido por una sospecha en las mentes del público de que su estado era de tener fiebre; este hombre se sentó apoyando la espalda, con su toga rota y la mitad por fuera, su descuidada peluca puesta igual que si hubiera tenido que alumbrar su cabeza después de quitársela, las manos en los bolsillos y los ojos en el techo como habían estado todo el día. Algo especialmente imprudente en su comportamiento, no sólo le daba un aspecto de dudosa reputación, sino que disminuía el fuerte parecido que sin duda mantenía con el prisionero (que su seriedad momentánea, cuando fueron comparados, había fortalecido), que muchos de los espectadores, observándole él ahora, se decían unos a otros que apenas habrían pensado en que los dos fueran tan parecidos. El señor Cruncher hizo la observación a su vecino próximo y añadió: «Apostaría media guinea a que él no tiene ningún trabajo de leyes que hacer. No parece ser de esa clase que tiene alguno, ¿verdad?»

Sin embargo, el señor Carton recogió más detalles de la escena de los que parecía haber recogido; porque ahora, cuando la cabeza de la señorita Manette se dejó caer sobre el pecho de su padre, él fue el primero en verlo y en decir de forma audible: «Oficial, veo a esa joven dama. Ayude al caballero a sacarla. ¿No ve que se caerá?»

Hubo mucha conmiseración por ella cuando la movieron, y mucha compasión hacia su padre. Sin duda había sido una gran angustia para él haber recordado los días de su encarcelamiento. Él había mostrado una fuerte agitación interna cuando le preguntaron, y esa mirada reflexiva o inquieta que le hacía parecer viejo, había estado sobre él, como una nube pesada, desde entonces. Cuando salió, el jurado, que se había dado la vuelta y detenido un momento, habló a través de su presidente.

Ellos no estaban de acuerdo y deseaban retirarse. Mi Señor (quizá con George Washington en mente) mostró alguna sorpresa porque ellos no estaban de acuerdo, pero significaba su placer porque ellos se retirarían bajo vigilancia y guarda y él mismo se retiraría. El juicio había durado todo el día y las lámparas del juzgado se estaban encendiendo ahora. Empezó a rumorearse que el jurado estaría fuera mucho rato. Los espectadores se dormían para refrescarse y al prisionero le llevaron a la parte posterior del banquillo y se sentó.

El señor Lorry, que había salido cuando la dama joven y su padre salieron, reapareció ahora e hizo señas a Jerry, quien, con la disminución de interés, pudo acercarse a él fácilmente.

—Jerry, si deseas algo para comer, puedes. Pero mantente a mano. Seguro que oirás al jurado cuando entre. No estés ni un momento detrás de ellos porque yo quiero que lleves el veredicto al banco. Tú eres el mensajero más rápido que conozco y llegarás a Temple Bar mucho antes de lo que yo pueda.

Jerry había tenido ya suficiente frente para golpear con los nudillos, y él la golpeaba por el reconocimiento de esta comunicación y un chelín. El señor Carton se levantó un momento y tocó al señor Lorry en el brazo.

—¿Cómo está la dama joven?

—Está muy afligida, pero su padre la está consolando y se siente mejor al haber salido del juzgado.

—Así se lo diré al prisionero. Para un caballero de banco respetable como usted, no sería bueno que le vieran hablando con él públicamente, ya sabe.

El señor Lorry enrojeció como si fuera consciente de haber debatido el punto en su mente y el señor Carton se dirigió al exterior de la barra. El camino de salida del juzgado estaba en esa dirección, y Jerry le siguió, todo ojos, oídos y puntas.

—¡Señor Darnay!

El prisionero se adelantó directamente.

—Naturalmente estará deseoso de saber algo de la testigo, la señorita Manette. Estará bien. Ha visto lo peor de su agitación.

—Siento profundamente haber sido la causa de ello. ¿Podría decírselo por mí, con mi ferviente reconocimiento?

—Sí, podría. Lo haré si lo pide.

Las formas del señor Carton eran tan poco cuidadosas que eran casi insolentes. Él estaba en pie, medio vuelto al prisionero, apoyando el codo en la barra.

—Sí que lo pido. Acepte mis gracias cordiales.

—¿Qué espera, señor Darnay? —dijo Carton, todavía medio vuelto hacia él.

—Lo peor.

—Es lo más sabio de esperar, y lo más probable. Pero creo que su retirada está a su favor.

No estándole permitido merodear en el camino de salida del juzgado, Jerry no oyó nada más, pero les dejó —mostrándose de esa manera el uno al otro, tan diferentes en los modales— uno al lado del otro, ambos reflejados en el espejo de encima de ellos.

Una hora y media avanzó pesadamente en los pasillos de abajo atestados de ladrones y granujas, incluso sin la ayuda de pastel de carne y cerveza. El mensajero ronco, sentado incómodamente en un banco después de tomar ese refrigerio, había caído en un sueño, cuando un murmullo alto y una rápida oleada de gente subiendo las escaleras que se dirigían al juzgado, le llevó con ellos.

—¡Jerry, Jerry! —el señor Lorry estaba llamándole ya en la puerta cuando llegó allí.

—¡Aquí, señor! Es una lucha regresar otra vez. ¡Aquí estoy, señor!

El señor Lorry le alcanzó un papel a través de la muchedumbre.

—¡Rápido! ¿Lo tienes?

—¡Sí, señor!

Escrito con prisas en el papel estaba la palabra «ABSUELTO».

—Si usted hubiera enviado el mensaje «Devuelto a la vida» otra vez —murmuró Jerry según se daba la vuelta— hubiera sabido lo que significa esta vez.

Él no tuvo oportunidad de decir, o pensar, nada más hasta que se libró de Old Bailey, porque la multitud salió en avalancha con una intensidad que casi le amputó las piernas y un revoloteo alto barrió la calle como si las moscas azules perplejas estuvieran dispersándose en busca de otra carroña.

CAPÍTULO IV

Felicitación

Desde los pasillos del juzgado alumbrados débilmente, el último sedimento del guiso humano que se había estado cociendo allí todo el día, estaba escurriéndose, cuando el doctor Manette, Lucie Manette, su hija, el señor Lorry, el abogado de asuntos legales de la defensa y su abogado, el señor Stryver, estaban reunidos con el señor Charles Darnay —recién liberado— felicitándole por escapar de la muerte.

Hubiera sido difícil con una luz mucho más brillante, reconocer en el doctor Manette, con rostro intelectual y porte erguido, al zapatero de la buhardilla de París. Sin embargo, nadie podía haberle mirado dos veces sin mirarle de nuevo: incluso aunque la oportunidad de observación no se hubiera extendido a la cadencia de profunda tristeza de su voz grave y a la abstracción que le nublaba de manera irregular, sin ninguna razón aparente. Aunque una causa externa, y que una referencia a su larga y prolongada agonía siempre evocaría —como en el juicio— este estado de las profundidades de su alma, también estaba en su naturaleza surgir de sí misma y arrojar sobre él una penumbra, tan incomprensible para aquellos que desconocían su historia como si ellos hubieran visto la sombra de la Bastilla misma lanzada sobre él por un sol de verano, cuando la sustancia estaba a trescientas millas de distancia.

Solamente su hija tenía el poder de hacer desaparecer por encanto esta inquietud negra de su mente. Ella era el hilo dorado que le unía a un Pasado más allá de su miseria y a un Presente más allá de su miseria, y el sonido de la voz de ella, la luz de su rostro, tocar su mano, tenía una fuerte influencia beneficiosa en él casi siempre. No siempre de manera absoluta, porque ella podía recordar algunas ocasiones en las que su poder había fracasado, pero fueron pocas y ligeras y ella las creía superadas.

El señor Darnay había besado su mano con fervor y gratitud y se había vuelto hacia el señor Stryver, a quien le dio las gracias afectuosamente. El señor Stryver, un hombre de poco más de treinta años pero que parecía veinte años mayor de lo que era, robusto, enérgico, rojo, campechano y libre de cualquier inconveniente de delicadeza, tenía una forma insistente de meterse con el hombro (moral y físicamente) en compañías y conversaciones que decía mucho de su manera de subir en la vida metiendo el hombro.

Todavía tenía puestas su peluca y su toga, y dijo, cuadrándose ante su último cliente hasta tal punto que desplazó al inocente señor Lorry del grupo completamente.

—Me alegro de haberle rescatado con honor, señor Darnay. Fue un proceso infame, terriblemente infame, pero no menos probable salir bien por esa razón.

—Me ha puesto en obligación para con usted de por vida, en dos sentidos —dijo su último cliente cogiéndole la mano.

—He hecho lo mejor posible por usted, señor Darnay, y lo mejor mío es tan bueno como lo de otro hombre, creo.

Siendo incumbencia de alguien decir claramente: «Mucho mejor», el señor Lorry lo dijo; quiza no con total desinterés, sino con el objetivo interesado de desplazarse de nuevo a donde estaba.

—¿Cree eso? —dijo el señor Stryver—. ¡Bien! Usted ha estado presente todo el día y debería saberlo. Usted es un hombre de negocios también.

—Y como tal —dijo el señor Lorry, a quien el abogado sabio en leyes le había introducido ahora en el grupo con el hombro, igual que si le hubiera sacado de él con el hombro anteriormente—, como tal pediré al doctor Manette que acabe esta reunión y nos ordene a todos irnos a nuestras casas.

La señorita Lucie parece enferma, el señor Darnay ha tenido un día terrible, estamos agotados.

—Hable por usted, señor Lorry —dijo Stryver—, yo tengo trabajo nocturno que hacer todavía. Hable por usted.

—Hablo por mí —contestó el señor Lorry— y por el señor Darnay, y por la señorita Lucie y, señorita Lucie, ¿no cree que puedo hablar por todos nosotros?

Él le hizo la pregunta con indirecta y con una mirada a su padre.

El rostro de él se había paralizado, como si estuviera mirando de una manera muy curiosa a Darnay: una mirada penetrante intensificándose en un ceño fruncido de aversión y recelo, incluso no sin mezclar con temor. Con esta extraña expresión en él sus pensamientos se habían alejado.

—Padre mío —dijo Lucie, poniendo suavemente su mano sobre la de él.

Él se sacudió la sombra lentamente y se volvió hacia ella.

—¿Nos vamos a casa, padre mío?

Con una respiración larga, contestó: «Sí.»

Los amigos del prisionero absuelto se habían dispersado con la impresión (que él mismo había originado) de que no le pondrían en libertad aquella noche. Las luces casi se habían apagado del todo en los pasillos, las verjas de hierro se estaban cerrando con chirridos y ruidos, y el lugar sombrío estaría desierto hasta mañana por la mañana cuando el interés en horcas, picotas, postes de azotar y hierro de marcar, lo repoblarían. Caminando entre su padre y el señor Darnay, Lucie Manette salió al aire libre. Se llamó a un coche de alquiler, y el padre y la hija partieron en él.

El señor Stryver les había dejado en los pasillos, para abrirse paso de regreso a la habitación de las togas. Otra persona, que no se había unido al grupo ni había intercambiado una palabra con alguno de ellos, sino que había estado apoyado contra la pared donde su sombra era más oscura, se había acercado en silencio detrás del resto y había mirado hasta que el coche se fue. Ahora subió donde el señor Lorry y el señor Darnay estaban en pie en el pavimento.

—¡Bien, señor Lorry! ¿Los hombres de negocios pueden hablar con el señor Darnay ahora?

Nadie había hecho ningún reconocimiento de la parte del señor Carton en el proceso del día; nadie lo había conocido. Estaba sin toga y no por ello tenía un mejor aspecto.

—Si usted supiera el conflicto que hay en la mente de negocios cuando la mente de negocios está dividida entre impulso bueno y apariencias de negocio, se divertiría, señor Darnay.

El señor Lorry enrojeció y dijo afectuosamente:

—Usted ha mencionado eso antes, señor. Nosotros hombres de negocios, que servimos a una Casa, no somos nuestros propios dueños. Tenemos que pensar en la Casa más que en nosotros mismos.

—Lo sé, lo sé —replicó el señor Carton de manera despreocupada—. No se irrite, señor Lorry. Usted es tan bueno como cualquiera, no tengo duda; mejor, me atrevería a decir.

—Y en realidad, señor —continuó el señor Lorry, sin hacerle caso—, realmente no sé lo que tiene que ver con el asunto. Si me disculpara, como a sus mayores por decir esto, realmente no sé cual es su oficio.

—¡Oficio! Que Dios le bendiga, yo no tengo oficio —dijo el señor Carton.

—Es una pena que no lo tenga, señor.

—Yo también pienso así.

—Si lo tuviera —continuó el señor Lorry— quizá se ocuparía de él.

—¡Señor, no!, no lo haría —dijo el señor Carton.

—¡Bueno, señor! —gritó el señor Lorry, acalorado a conciencia por la indiferencia de él—, el oficio es una cosa muy buena y una cosa muy respetable. Y, señor, si el oficio impone sus restricciones y sus silencios e impedimentos, el señor Darnay, como caballero joven de generosidad, sabe cómo tener en cuenta esa circunstancia. Señor Darnay, buenas noches, ¡Dios le bendiga! Espero que se haya preservado este día para una vida próspera y feliz. ¡Silla allí!

Quizá un poco enfadado con él mismo, así como con el abogado, el señor Lorry se apresuró a la silla y le llevaron a Tellson. Carton, que olía a vino de Oporto y no parecía estar completamente sobrio, se rió entonces y se volvió a Darnay:

—Esta es una extraña casualidad que nos ha unido a usted y a mí. Esta debe ser una noche extraña para usted, quedándose solo aquí con su colega en esas piedras de la calle.

—Apenas me parece todavía —contestó Charles Darnay— que pertenezca a este mundo de nuevo.

—No me sorprendo por ello, no hace tanto tiempo desde que usted estuvo muy avanzado en su camino hacia el otro. Habla débilmente.

—Empiezo a pensar que soy débil.

—Entonces, ¿por qué demonios no cena? Yo cené mientras aquellos zoquetes estaban deliberando a qué mundo debería pertenecer usted, a éste o a algún otro. Déjeme mostrarle la taberna más cercana en la que se cena bien.

Cogiéndole del brazo, le bajó por Ludgate-hill hasta la calle Fleet, y así, por un camino cubierto, a la taberna. Aquí les hicieron pasar a una habitación pequeña donde Charles Darnay pronto estaba recuperando sus fuerzas con una buena cena sencilla y buen vino, mientras el señor Carton sentado enfrente de él en la misma mesa, con su botella de oporto aparte delante de él y su completa actitud medio insolente con él.

—¿Siente ya que pertenece nuevamente a este orden terrestre, señor Darnay?

—Estoy tremendamente confuso sobre el tiempo y el lugar, pero estoy demasiado curado como para sentir eso.

—¡Debe ser una inmensa satisfacción!

Él lo dijo con amargura y llenó de nuevo su vaso, que era uno grande.

—Respecto a mí, el deseo más grande que tengo es olvidar que pertenezco a él. No hay nada bueno en él para mí —excepto vino como éste— ni en mí para él. Por tanto, no somos muy diferentes en ese aspecto. En realidad empiezo a pensar que no somos muy diferentes en ningún aspecto, usted y yo.

Confundido por la emoción del día y sintiendo que estar allí con este Doble de conducta ordinaria, era como un sueño, Charles Darnay no supo reaccionar para contestar; finalmente no contestó.

—Ahora que ha cenado —dijo Carton enseguida— ¿por qué no brinda, señor Darnay, por qué no echa un brindis?

—¿Brindar? ¿Qué brindis?

—El porqué está en la punta de su lengua. Debería estar, tiene que estar, juraría que estaba allí.

—¡La señorita Manette, entonces!

Mirando a su compañero a la cara mientras se bebía el brindis, Carton lanzó su vaso por encima del hombro contra la pared, donde se hizo pedazos; luego tocó la campana y pidió que trajeran otro.

—¡Es una dama joven y bella para ayudarla a subir a un coche en la oscuridad, señor Darnay! —dijo, llenando su copa ahora.

Un ligero fruncido de ceño y un «Sí» lacónico fueron la contestación.

—¡Es una dama joven y bella que siente compasión y llora por ello! ¿Qué impresión? ¿Merece la pena probar en la vida de uno ser el objeto de tal lástima y compasión, señor Darnay?

De nuevo Darnay no contestó una palabra.

—A ella le agradó extremadamente tener su mensaje cuando se lo di. No es que ella demostrara que le agradaba, pero supongo que sí.

La alusión le sirvió a Darnay de recuerdo oportuno de que esa desagradable compañía le había ayudado, por propia y libre voluntad, en el aprieto del día. Él volvió el diálogo a ese punto y le dio las gracias por ello.

—Yo no quiero ni las gracias ni mérito alguno —fue la respuesta irreflexiva—. No había nada que hacer, en primer lugar, y yo no sé por qué lo hice, en segundo lugar. Señor Darnay, permítame hacerle una pregunta.

—Con gusto, y una pequeña recompensa por sus buenos oficios.

—¿Cree usted que le gusto particularmente?

—Realmente, señor Carton —contestó el otro, desconcertado de manera extraña—, yo no me he hecho la pregunta.

—Pero hágase la pregunta ahora.

—Usted ha actuado como si fuera un sí, pero no creo que lo piense.

—Yo no creo que sí —dijo Carton— empiezo a tener una opinión muy buena de su comprensión.

—No obstante —siguió Darnay levantándose para tocar la campana—, no hay nada en eso, espero, que evite que pida la cuenta y que nos separemos sin mal genio por alguna de las dos partes.

—¡Nada en vida! —replicó Carton.

Darnay llamó.

—¿Pedirá la cuenta entera? —dijo Carton.

A su respuesta afirmativa:

—Entonces tráeme otra pinta de ese mismo vino, camarero, y ven a despertarme a las diez.

Después de pagar la cuenta, Charles Darnay se levantó y le deseó buenas noches. Sin devolverle el deseo, Carton se levantó también, con algo de amenaza de desafío en sus modales, y dijo:

—Una última palabra, señor Darnay: ¿Cree que estoy bebido?

—Creo que ha estado bebiendo, señor Carton.

—¿Cree? Usted sabe que he estado bebiendo.

—Ya que tengo que decir eso, lo sé.

—Entonces usted sabrá del mismo modo por qué. Yo soy un esclavo decepcionado, señor. Yo no cuido de ningún hombre en la tierra y ningún hombre de la tierra cuida de mí.

—Lo siento mucho. Debería haber empleado mejor su talento.

—Puede que sí, señor Darnay; puede que no. No deje que su rostro sobrio le regocije, sin embargo; usted no sabe lo que puede venir. ¡Buenas noches!

Cuando le dejó solo, este extraño ser cogió una vela, fue a un espejo que colgaba de la pared y se contempló a sí mismo con detalle.

—¿Le gusta el hombre particularmente? —murmuró, ante su propia imagen—. ¿Por qué te gustaría un hombre que se parece a ti? No hay nada en ti que guste, lo sabes. ¡Ah, maldita sea! ¡Qué cambio has hecho en ti mismo! Una buena razón para tener simpatía a un hombre que te muestra lo que has abandonado y lo que podría haber sido! Cambiar de sitio con él, y ¿me habrían mirado esos ojos azules que él tenía y compadecido ese rostro inquieto que él tenía? ¡Vamos a decir las cosas con palabras claras! Odias al tipo.

El recurrió a su pinta de vino para consolarse, se la bebió toda en unos minutos y se quedó dormido sobre sus brazos, con el pelo disperso sobre la mesa y un sudario largo en la vela goteando sobre él.

CAPÍTULO V

El chacal

Aquellos eran días de beber, y la mayoría de los hombres bebían mucho. Tan grandísimo es el progreso que el Tiempo ha traído sobre tales hábitos, que una declaración moderada de la cantidad de vino y ponche que un hombre se tragaría en el curso de una noche, sin ningún detrimento de su reputación como perfecto caballero, parecería, en aquellos días, una ridícula exageración. La profesión liberal de las leyes no estaba desde luego detrás de cualquier otra profesión liberal en sus propensiones báquicas, ni el señor Stryver, ya abriéndose camino rápido hacia una práctica grande y lucrativa, estaba detrás de sus iguales a este respecto, algo más que en las partes más secas de la estirpe legal.

Favorito en el Old Bailey y añadido en las Sesiones, el señor Stryver había empezado a acortar cautelosamente los peldaños más bajos de la escalera por la cual subía. Sesiones y Old Bailey tenían ahora que citar a su favorito, especialmente a sus brazos ansiosos, y empujarse con el hombro hacia el semblante del Jefe de Justicia en el Tribunal de la Corte del Rey; la expresión viva del señor Stryver se podía ver a diario saliendo del macizo de pelucas, como un gran girasol haciendo su camino al sol de entre una fila de compañeros de jardín resplandecientes.

Alguna vez se había notado en el Bar que aunque el señor Stryver era un hombre de mucha labia, y escrupuloso, y agudo, y valiente, él no tenía esa facultad de extraer la esencia de un montón de declaraciones, que está entre los talentos más notables y necesarios del abogado. Pero una mejora destacable se encontraba en él respecto a esto. Cuanto más trabajo tenía, mayor parecía su poder de crecimiento para conseguir su meollo y médula; y aunque tarde por la noche se quedara de jarana con Sydney Carton, siempre tenía sus puntos en las puntas de sus dedos por la mañana.

Sydney Carton, el más perezoso y más poco prometedor de los hombres, era el gran aliado de Stryver. En lo que los dos bebían juntos, entre Hilary Term y Michaelmas, podía haber flotado un barco del rey. Stryver nunca tenía un caso entre manos, en ningún sitio, pero Carton estaba allí, con las manos en los bolsillos, mirando al techo del juzgado; ellos iban al mismo Circuito e incluso allí prolongaban sus orgías usuales hasta tarde por la noche y se rumoreaba que se había visto a Carton en pleno día yendo a casa sigilosamente y con paso inseguro hacia sus habitaciones, como un gato disoluto. Al final, se empezó a difundir entre los que estaban interesados en el asunto, que aunque Sydney Carton nunca sería un león, él era un buen chacal asombroso y que prestaba servicio a Stryver en esa humilde capacidad.

—Las diez en punto, señor —dijo el hombre de la taberna, a quien había encargado que le despertara—, las diez en punto, señor.

—¿Qué pasa?

—Las diez en punto, señor.

—¿Qué quiere decir? ¿Las diez de la noche?

—Sí, señor. Su señoría me dijo que le llamara.

—¡Oh, recuerdo! Muy bien, muy bien.

Después de unos cuantos esfuerzos torpes por quedarse dormido de nuevo, que el hombre combatía con destreza atizando el fuego continuamente cada cinco minutos, se levantó, se echó el sombrero y salió caminando. Se metió en el Temple, y habiéndose reanimado por dos veces midiendo los pasos en el pavimento de King's Bench-walk y Paper-buildings, se metió en las habitaciones de Stryver.

El Stryver actuario, que nunca asistía a estas conversaciones, se había ido a casa y el Stryver jefe abrió la puerta. Tenía sus zapatillas puestas y un gorro de dormir desatado y su garganta estaba desnuda para mayor comodidad. Tenía esa marca bastante extraña, tensa, endurecida, alrededor de los ojos que se podía observar en todos los juerguistas libres de su clase, desde el retrato de Jeffries hacia abajo, y al que se puede seguir la pista bajo varios disfraces de Arte, a través de los retratos de cada Era de la Bebida.

—Llegas un poco tarde, Memoria —dijo Stryver.

—Sobre la hora habitual, puede que sea un cuarto de hora más tarde.

Entraron en una habitación sucia forrada de libros y cubierta de papeles, donde había un fuego ardiendo. Un hervidor humeaba sobre la repisa y en medio de los restos de papeles una mesa brillante llena de vino, y brandy, y ron, y azúcar, y limones.

—Te has tomado tu botella, percibo, Sydney.

—Dos esta noche, creo. He estado cenando con el cliente del día, o viendo como cenaba... es lo mismo.

—Ese fue un punto raro, Sydney, que buscaras dar la identificación. ¿Cómo llegaste a ello? ¿Cuándo te alcanzó?

—Pensé que era un tipo bastante apuesto y pensé que yo hubiera sido una clase de tipo muy parecido, si hubiera tenido suerte.

El señor Stryver se rió hasta que tembló su barriga precoz.

—¡Tú y tu suerte, Sydney! Ponte a trabajar, ponte a trabajar.

Bastante malhumorado, el chacal se aflojó la ropa, entró en la habitación adyacente y regresó con una jarra grande de agua fría, una palangana y una toalla o dos. Empapando las toallas de agua y retorciéndolas afuera parcialmente, las plegó sobre su cabeza de una manera repugnante de ver, se sentó en la mesa y dijo:

—Ahora estoy preparado.

—No hay mucho que reducir esta noche, Memoria —dijo el señor Stryver, alegremente, a medida que miraba entre sus papeles.

—¿Cuánto?

—Solamente dos juegos de ellos.

—Déme el peor primero.

—Allí están, Sydney. ¡Proceda!

Entonces el león calmó su espalda sobre un sofá a un lado de la mesa de las bebidas, mientras que el chacal se sentó en su propia mesa cubierta de papeles, al otro lado de ella, con las botellas y los vasos preparados a mano. Los dos frecuentaban la mesa de las bebidas sin limitación, pero cada una de una manera diferente; el león en su mayor parte apoyando las manos en su cinturón, mirando al fuego, o de cuando en cuando agitando algún documento más ligero; el chacal, con el ceño fruncido y rostro atento, tan absorto en su tarea, que sus ojos ni siquiera seguían la mano que extendía a su vaso (que con frecuencia buscaba a tientas, durante un minuto o más, antes de encontrar el vaso para sus labios). Dos o tres veces el asunto entre manos llegó a ser tan espinoso que el chacal encontraba imprescindible estudiarlo y empapaba sus toallas de nuevo. De estos peregrinajes a la jarra y a la palangana él volvía con tales excentricidades de tocado húmedo como no pueden describir las palabras, que se hacían más ridículas por su ansiosa gravedad.

Finalmente el chacal había reunido un ágape compacto para el león y procedió a ofrecérselo. El león lo tomó con cuidado y cautela, haciendo sus selecciones y sus comentarios sobre él y el chacal ayudó en ambas. Cuando se debatió por completo el ágape, el león se puso las manos en el cinturón de nuevo y se tumbó a meditar. El chacal entonces se tonificó con un vaso lleno hasta el borde para su gaznate y una aplicación fresca para su cabeza y se dedicó a la recopilación de una segunda comida; ésta fue administrada al león de la misma manera y no se dispuso de ella hasta que los relojes tocaron las tres de la mañana.

—Y ahora que lo hemos hecho, Sydney, llena un vaso de ponche hasta el borde —dijo Stryver.

El chacal se quitó las toallas de la cabeza que había estado humeando de nuevo, se sacudió, bostezó, se estremeció y accedió.

—Fuiste muy competente, Sydney, en el asunto de esos testigos. Se dijo cada pregunta.

—Yo siempre soy competente, ¿no?

—No lo niego. ¿Qué ha puesto áspero tu carácter? Ponte un poco de ponche y suavizarlo de nuevo.

Con un gruñido reprobatorio el chacal accedió de nuevo.

—El viejo Sydney Carton de la vieja Escuela Shrewsbury —dijo Stryver, inclinando la cabeza sobre él como si le revisara en el presente y el pasado—, el viejo balancín de Sydney. ¡Arriba un minuto y abajo al siguiente; ahora espíritu y ahora en desaliento!

—¡Ah! —contestó el otro suspirando—: ¡Sí!, el mismo Sydney, con la misma suerte. Incluso entonces hacía ejercicios para otros chicos, y rara vez hacía los míos propios.

—¿Y por qué no?

—Dios sabe. Era mi estilo, supongo.

Se sentó, con las manos en los bolsillos y las piernas estiradas delante de él, mirando al fuego.

—Carton —dijo su amigo, poniéndose derecho ante él con aire de intimidación, como si la chimenea hubiera sido el horno en que se forja el esfuerzo continuo, y la única cosa delicada por hacer por el viejo Sydney Carton de la vieja Escuela Shrewsbury era empujarle con el hombro dentro de él—, tu estilo es, y siempre fue, un estilo cojo. No reúne ni energía ni propósito. Mírame a mí.

—¡Oh, caray! —contestó Sydney, con una risa más suave y de mejor humor—. ¡No seas moral!

—¿Cómo he hecho lo que he hecho? —dijo Stryver—. ¿Cómo he hecho lo que he hecho?

—En parte pagándome a mí por ayudarte, supongo. Pero no merece la pena que me apostrofices o el aire de alrededor; lo que tú quieres, lo haces. Estabas siempre en la primera fila y yo siempre detrás.

—Yo tuve que conseguir la primera fila. No nací allí, ¿verdad?

—No estuve presente en la ceremonia, pero mi opinión es que sí estabas —dijo Carton. Ante esto él se rió de nuevo y los dos se rieron.

—Antes de Shrewsbury, y en Shrewsbury, y siempre desde Shrewsbury —continuó Carton—, has entrado en tu fila y yo he entrado en la mía. Incluso cuando eramos estudiantes amigos en el Student-Quarter de París, mejorando el francés, y la ley francesa y otras migas francesas de las que no obtuvimos mucho bueno, tú siempre estabas en alguna parte, y yo siempre estaba... en ninguna parte.

—¿Y de quién fue la culpa de eso?

—Por mi alma que no estoy seguro de que no fuera tuya. Siempre estabas manejando y hendiendo y empujando con el hombro y presionando, hasta ese punto inquieto que yo no tuve oportunidad para mi vida salvo en la herrumbre y el reposo. Sin embargo es deprimente hablar sobre el pasado de uno mismo al terminar el día. Llévame en alguna otra dirección antes de irme.

—¡Bien, entonces! Brindemos por la bonita testigo —dijo Stryver, sosteniendo su vaso—. ¿Te llevo en una dirección agradable?

Al parecer no, porque él se quedó deprimido de nuevo.

—Testigo bonita —murmuró mirando dentro del vaso—. He tenido suficientes testigos hoy y esta noche. ¿Quién es su testigo bonita?

—La pintoresca hija del doctor, la señorita Manette.

—¿Ella bonita?

—¿No lo es?

—No.

—¿Por qué?, ¡hombre!, fue la admiración de todo el Juzgado.

—¡Que se pudra la admiración de todo el Juzgado! ¿Quién hizo al Old Bailey un juzgado de belleza? ¡Ella era una muñeca de pelo dorado!

—¿Sabes, Sydney? —dijo Stryver mirándole con ojos vivos y poniendo una mano lentamente en su rostro enrojecido—: ¿Sabes que pensé en ese momento, que te compadeciste de la muñeca de pelo dorado y que te apresuraste a ver lo que le sucedía?

—¡Me apresuré a ver lo que sucedía! Si una chica, muñeca o no muñeca, se desmaya a una yarda o dos de la nariz de un hombre, él puede verlo sin un cristal de perspectiva. Yo brindo, pero niego su belleza. Y ahora no beberé más, me iré a la cama.

Cuando su anfitrión le siguió por la escalera con una vela, para alumbrarle al bajar las escaleras, el día estaba mirando fríamente a través de las ventanas sucias. Cuando salió de la casa, el aire era frío y triste, el cielo apagado y nublado, el río oscuro y borroso, la escena entera como un desierto sin vida. Y espirales de polvo daban vueltas y vueltas antes de romper la mañana, como si la arena del desierto se hubiera levantado y se alejara y la primera rociada de ella en su avance hubiera empezado a inundar la ciudad.

Con las fuerzas agotadas en su interior y un desierto todo alrededor, este hombre estaba todavía cruzando una silenciosa terraza, y por un momento vio, echado en el páramo delante de él, un espejismo de ambición honrosa, abnegación y perseverancia. En la bella ciudad de esta visión había galerías aireadas desde las cuales los amores y gracias le miraban, jardines en los que los frutos de vida colgaban maduros, aguas de Esperanza que brillaban a su vista. Un momento y desapareció. Subiendo a una habitación alta en un patio de casas, se tiró con la ropa sobre una cama descuidada y su almohada estaba húmeda de lágrimas desperdiciadas.

Tristemente, tristemente, salió el sol. Salió sobre una vista no tan triste como la del hombre de buenas habilidades y buenas emociones, incapaz del ejercicio directo de ellas, incapaz de ayudarse a sí mismo y de su propia felicidad, consciente de la plaga que hay sobre él y resignándose a permitir que le coma.

CAPÍTULO VI

Cientos de personas

El tranquilo alojamiento del doctor Manette estaba en una tranquila esquina de una calle no lejos de la plaza Soho. En la tarde de un cierto domingo hermoso cuando las olas de cuatro meses habían derribado el juicio por traición, y se lo habían llevado, igual que el interés público y la memoria se alejó en el mar, el señor Jarvis Lorry caminaba por las calles soleadas desde Clerkenwell, donde vivía, camino de cenar con el doctor. Después de varias recaídas de ensimismamiento, el señor Lorry había llegado a ser amigo del doctor, y la tranquila esquina de la calle era la parte soleada de su vida.

En este cierto domingo hermoso el señor Lorry caminaba hacia Soho, por la tarde temprano, por tres razones de hábito. Primero, porque los domingos hermosos, a menudo, salía a caminar, antes de cenar, con el doctor y Lucie; segundo, porque los domingos desfavorables solía estar con ellos como amigo de la familia, hablando, leyendo, mirando por la ventana y generalmente pasando el día; tercero, porque sucedió que él tenía sus propias dudas astutas que resolver, y sabía cómo los caminos de la casa del doctor apuntaban a ese momento como un tiempo probable para solucionarlos.

Una esquina más pintoresca que la esquina donde vivía el doctor no se encontraba en Londres. No había ningún camino que la atravesara y las ventanas de delante de las habitaciones del doctor contaban con una grata pequeña vista de la calle que tenía un aire agradable en ella. Había pocos edificios entonces, al norte de la carretera de Oxford y bosques de árboles crecían y flores silvestres crecían y el espino florecía, en los campos desaparecidos ahora. Por consiguiente, los aires del campo circulaban en Soho con libertad enérgica, en vez de languidecer en el distrito como pobres sin un asentamiento; y había un muro bueno al Sur, no muy lejos, en el cual los melocotones maduraban en su estación.

La luz del verano daba en la esquina intensamente en la primera parte del día, pero, cuando las calles se calentaban, la esquina estaba a la sombra, aunque no en una sombra tan remota que se pudiera ver más allá de ella en un resplandor. Era un lugar frío, sobrio pero alegre, un lugar maravilloso para ecos y puerto mismo de las calles enloquecedoras.

Debería haber habido una barca serena en tal fondeadero, y la había. El doctor ocupaba dos pisos de una casa grande tranquila, donde se pretendía ejercer varias profesiones por el día, pero de las que poco se oía cualquier día, y las cuales eran evitadas por todos ellos por la noche. En un edificio de atrás, que se alcanzaba por medio de un patio donde un plátano de sombra agitaba sus hojas verdes, se afirmaba que se hacían órganos de iglesia y se grababa plata y de igual manera oro para ser batido por algún misterioso gigante que tenía un brazo de oro que salía de la pared del vestíbulo de delante (como si él se hubiera batido a sí mismo en precioso y amenazaba con una conversión similar a los visitantes). Muy pocos de estos comercios, o de un inquilino solitario que se rumoreaba que vivía arriba, o de un vago fabricante de accesorios de carruajes del que se afirmaba que tenía una oficina abajo, se oyeron o vieron alguna vez. De cuando en cuando un trabajador aislado poniéndose el abrigo, atravesaba el vestíbulo, o un extraño miraba por allí, o un tintineo distante se oía por el patio, o un golpazo del gigante de oro. Estas, sin embargo, eran solamente las excepciones requeridas para demostrar la regla de que los gorriones del plátano de sombra de detrás de la casa y los ecos en la esquina de delante de ella, seguían su propio camino desde la mañana del domingo hasta el sábado por la noche.

El doctor Manette recibía tantos pacientes aquí como le traían su antigua reputación y su renacimiento en las murmuraciones circulares de su historia. Su conocimiento científico y su vigilancia y habilidad realizando experimentos ingeniosos, le llevaron además a una moderada solicitud, y ganaba tanto como quería.

Estas cosas estaban dentro del conocimiento, pensamientos y atención del señor Jarvis Lorry cuando sonó la campana de la puerta de la casa serena de la esquina, una hermosa tarde de domingo.

—¿Está el doctor Manette en casa?

—Se supone que está en casa.

—¿Está la señorita Lucie en casa?

—Se supone que está en casa.

—¿Está la señorita Pross en casa?

—Posiblemente esté en casa, —pero de una seguridad imposible para la criada anticipar las intenciones de la señorita Pross, como para admitir o negar el hecho.

—Como yo estoy en casa —dijo el señor Lorry—, subiré al piso de arriba.

Aunque la hija del doctor no había conocido nada de su país natal, parecía provenirle de una forma innata esa habilidad para hacer mucho con pocos medios, que es una de sus características más útiles y más agradables. Sencillo como era el mobiliario, estaba embellecido con tantos adornos pequeños, sin valor excepto por su gusto e imaginación, que su efecto era delicioso. La disposición de todo en las habitaciones, desde el objeto más grande al más pequeño; la combinación de colores, la elegante variedad y contraste obtenidos por la economía en nimiedades, por manos delicadas, ojos profundos y buen sentido, eran tan agradables por ellos mismos al mismo tiempo, y tan expresivos de su autor, que, cuando el señor Lorry se quedó mirando a su alrededor, las mismas sillas y mesas parecían preguntarle, con algo de esa peculiar expresión que él conocía tan bien por esta época, si le parecía bien.

Había dos habitaciones en el piso y las puertas por las cuales se comunicaban se dejaban abiertas para que el aire pudiera pasar libremente por todas ellas; el señor Lorry, observador sonriente de ese parecido imaginativo que detectaba todo a su alrededor, caminaba de una a otra. La primera era la mejor habitación y en ella había pájaros de Lucie, y flores, y libros, y escritorio, y mesa de trabajo y una caja de acuarelas; la segunda era el consultorio del doctor, usado también como comedor; la tercera, moteada de manera cambiante por el susurro del plátano de sombra del patio, estaba el dormitorio del doctor, y allí, en un rincón, estaba el banco de zapatero y la bandeja de herramientas en desuso, como había estado en el quinto piso de la casa deprimente de la tienda de vino, en el barrio de Saint Antoine de París.

—Me sorprende —dijo el señor Lorry deteniendo su mirada— que mantenga ese recuerdo de su sufrimiento a su alrededor.

—¿Y por qué se sorprende de eso? —fue la pregunta repentina que le hizo sobresaltarse.

Procedía de la señorita Pross, la frenética mujer roja, de mano fuerte, cuya primera relación con ella había sido en el Hotel Royal George en Dover, y había mejorado desde entonces.

—Habría pensado... —empezó el señor Lorry.

—¡Bah!, ¡habría pensado! —dijo la señorita Pross; y el señor Lorry se detuvo.

—¿Cómo está? —preguntó entonces la dama, de una manera cortante y sin embargo expresando que no llevaba malicia.

—Estoy muy bien, gracias —contestó el señor Lorry, con docilidad—. ¿Cómo está usted?

—Sin nada de qué vanagloriarme —dijo la señorita Pross.

—¿En serio?

—¡Ah, en serio! —dijo la señorita Pross—. Estoy muy desconcertada con mi Pajarillo.

—¿En serio?

—Por misericordia, diga algo más además de «en serio» o me pondrá nerviosa hasta la muerte —dijo la señorita Pross, cuyo caracter (disociado de su estatura) era de baja estatura.

—¿Realmente, entonces? —dijo el señor Lorry como corrigiendo.

—Realmente es bastante malo —contestó la señorita Pross—, pero mejor. Sí, estoy desconcertada.

—¿Puedo preguntar la causa?

—No quiero que docenas de personas que no son dignas en absoluto del Pajarillo vengan aquí a buscarla —dijo la señorita Pross.

—¿Docenas vienen con ese propósito?

—Cientos —dijo la señorita Pross.

Era característico de esta dama (como de algunas otras personas de antes de su época y desde entonces) que siempre que su proposición original era cuestionada, ella la exageraba.

—¡Dios mío! —dijo el señor Lorry, como el comentario más seguro que pudo pensar.

—He vivido con la niña, o la niña ha vivido conmigo, desde que tenía diez años, y me pagaban por ello; lo que ella desde luego no habría hecho, usted podría tomar declaración, si yo pudiera haberme permitido mantenerme a mí o a ella por nada. Y es realmente muy duro —dijo la señorita Pross.

Sin ver con exactitud lo que era muy duro, el señor Lorry negó con la cabeza, usando esa parte importante de sí mismo como una especie de capa de hada que se ajustara a todo.

—Toda clase de gente que en lo más mínimo es digna de mi cielo están presentándose siempre —dijo la señorita Pross—. Cuando usted lo empezó...

—¿Yo lo empecé, señorita Pross?

—¿No lo hizo? ¿Quién trajo su padre a la vida?

—¡Oh! Si eso fue empezarlo... —dijo el señor Lorry.

—¿No fue terminarlo, supongo? Digo que cuando usted lo empezó, fue bastante duro. No es que yo tenga que descubrir alguna falta en el doctor Manette, excepto que no es digno de tal hija, lo cual no es una imputación sobre él, porque no se esperaría que nadie lo fuera bajo ninguna circunstancia. Pero realmente es difícil doble y triplemente tener montones y multitudes de gente presentándose a él (yo podía haberle perdonado) para alejar de mí el afecto de Pajarillo.

El señor Lorry sabía que la señorita Pross era muy celosa, pero también sabía que en este momento era, debajo de la superficie de excentridad, una de esas criaturas generosas —encontradas solamente entre mujeres— que, por puro amor y admiración, se ataban ellas mismas como esclavos serviciales a la juventud cuando ellas la han perdido, a la belleza que nunca tuvieron, a logros que nunca tuvieron suerte suficiente de conseguir, a esperanzas brillantes que nunca brillaron en sus vidas oscuras. Él sabía lo suficiente del mundo para saber que no hay nada mejor en él que el servicio fiel del corazón; tan rendido y tan libre de cualquier mancha mercenaria, sentía un respeto tan exaltado por ello, que en los arreglos justicieros hechos en su propia mente —todos tenemos tales arreglos, más o menos— situaba a la señorita Pross mucho más cerca de los ángeles más bajos que a muchas damas infinitamente mejor acicaladas por la Naturaleza y el Arte, que tenían cuentas en el Tellson.

—No hubo, ni habrá, un hombre más digno del Pajarillo —dijo la señorita Pross— que mi hermano Solomon, si no hubiera cometido un error en la vida.

Aquí de nuevo las investigaciones del señor Lorry sobre la historia personal de la señorita Pross habían demostrado el hecho de que su hermano Solomon era un sinvergüenza sin corazón que le había quitado todo lo que poseía, como apuesta con la que especular y la había abandonado en la pobreza para siempre, sin ningún reparo. La fidelidad de la señorita Pross de creer en Solomon (deduciendo una mera nimiedad por este ligero error) era un asunto bastante serio para el señor Lorry, y tenía su peso en su buena opinión de ella.

—Como sucede que estamos solos por el momento, y que ambos somos gente de oficio —dijo él cuando hubieron vuelto al salón y se habían sentado allí en relación amistosa—, permítame preguntarle: el doctor, cuando habla con Lucie, ¿nunca hace referencia a su época de hacer zapatos todavía?

—Nunca.

—¿Y sin embargo guarda ese banco y aquellas herramientas a su lado?

—¡Sh! —contestó la señorita Pross, negando con la cabeza—. Pero yo no digo que él no se refiera a ello en su interior.

—¿Cree que piensa mucho en ello?

—Sí —dijo la señorita Pross.

—¿Imagina...? —había empezado el señor Lorry cuando la señorita Pross le interrumpió con:

—Nunca imagino nada. ¡No tengo ninguna imaginación!

—Corregido. ¿Supone... o iría tan lejos como para suponer, algunas veces?

—De cuando en cuando —dijo la señorita Pross.

—¿Supone —continuó el señor Lorry, con un brillo risueño en su mirada, como si la mirara amablemente— que el doctor Manette tiene alguna teoría propia, conservada a través de todos estos años, relativa a la causa de estar tan oprimido, quizá incluso respecto al nombre de su opresor?

—No supongo nada sobre ello salvo lo que me cuenta mi Pajarillo.

—¿Y es...?

—Que ella piensa que la tiene.

—Ahora no se enfade por hacerle todas estas preguntas, porque soy un mero hombre de oficio aburrido y usted es una mujer de oficio.

—¿Aburrido? —preguntó la señorita Pross plácidamente.

Casi deseando alejar su modesto adjetivo, el señor Lorry dijo:

—No, no, no. Seguramente no. Volviendo al asunto: ¿No es sorprendente que el doctor Manette, inocente sin lugar a dudas de algún crimen como todos estamos bien seguros de que lo es, nunca tocaría esa cuestión? Yo no diré conmigo, aunque él tenía relaciones comerciales conmigo hace muchos años y ahora somos íntimos. Diré con la hermosa hija a quien él está unido con tanta devoción, y quien está unida a él con tanta devoción. Créame, señorita Pross, no abordaría el tópico con usted, fuera de la curiosidad, sino fuera de un interés ferviente.

—¡Bueno! Para mi mejor entendimiento, y el mejor del malo, usted me dirá —dijo la señorita Pross, suavizada por el tono de la apología— que él tiene miedo de todo el asunto.

—¿Miedo?

—Es bastante sencillo, pensaría, porque él podría tenerlo. Es un recuerdo espantoso. Además de eso su pérdida de sí mismo nace de ello. Sin saber como se perdió a sí mismo, o como se recuperó a sí mismo, él nunca podría sentirse seguro de no perderse a sí mismo otra vez. Que él solo no haría al asunto agradable, pensaría yo.

Era un comentario más profundo de lo que el señor Lorry había esperado.

—Cierto —dijo él, y temeroso de reflexionar sobre ello—. Sin embargo, una duda ronda en mi mente, señorita Pross, y es si es bueno para el doctor Manette tener esa represión siempre encerrada dentro de él, en realidad es esta duda y la intranquilidad que me produce algunas veces la que me ha llevado a nuestra confianza presente.

—No se puede ayudar —dijo la señorita Pross, negando con la cabeza—. Toque esa cuerda y él al instante cambiará para lo peor. Mejor dejarle solo. En resumen, hay que dejarle solo, guste o no guste. Algunas veces se levanta en la oscuridad de la noche, y le oímos los que estamos encima, allí, yendo de acá para allá, yendo de acá para allá en su habitación. Mi Pajarillo ha aprendido a saber entonces que su mente está yendo de acá para allá, yendo de acá para allá, en su vieja prisión. Ella se apresura hacia él y van juntos, yendo de acá para allá, yendo de acá para allá, hasta que él se calma. Pero él nunca le dice una palabra de la verdadera razón de su inquietud y ella descubre que es mejor no hacerle ninguna insinuación. En silencio ellos van de acá para allá juntos, de acá para allá juntos, hasta que el amor de ella y su compañía le devuelve a sí mismo.

A pesar de negar la señorita Pross su propia imaginación, había una percepción del dolor de estar atrapada monótonamente por una idea triste, en su repetición de la frase, yendo de acá para allá, que daba testimonio de que tenía tal cosa.

La esquina se ha mencionado como una esquina maravillosa para los ecos; había empezado a hacer eco de tan resonantes pies que pisan y vienen, que parecía como si la mera mención de ese cansado caminar de aquí para allá la tuvieran dentro.

—¡Aquí están! —dijo la señorita Pross, levantándose para acabar la conversación—, ¡y ahora tendremos a cientos de personas muy pronto!

Era una esquina tan curiosa respecto a sus propiedades acústicas, una Oreja tan peculiar de un lugar, que cuando el señor Lorry estaba en la ventana abierta, buscando al padre y a la hija cuyos pasos oía, se imaginaba que nunca se acercarían. No solamente los ecos se desvanecían, como si los pasos se hubieran ido, sino que ecos de otros pasos que nunca llegaban se oían en su lugar y se desvanecían cuando parecían estar al alcance. Sin embargo padre e hija aparecieron al final y la señorita Pross estaba preparada en la puerta de la calle para recibirles.

La señorita Pross era una vista agradable, si bien es cierto que frenética, y roja, y adusta, quitando el sombrero a su niña cuando subía al piso de arriba y retocándolo con los extremos de su pañuelo, y soplando el polvo de él, y doblando su manto preparándolo para dejarlo a un lado, y alisando su rico pelo con tanto orgullo como ella posiblemente pudiera haber tenido de su propio pelo si hubiera sido la más vanidosa y apuesta de las mujeres. Su niña era una vista agradable también, abrazándola y dándole las gracias y protestando por preocuparse tanto de ella —lo que al final sólo se atrevía a decir en broma, o la señorita Pross, herida profundamente, se habría retirado a su propia habitación a llorar—. El doctor era una agradable vista también, mirándolas a ellas y diciendo a la señorita Pross como malcriaba a Lucie, con acento y unos ojos que tenían tanto de malcrianza en ellos como los de la señorita Pross, y habría tenido más si fuera posible. El señor Lorry tenía una vista agradable también, sonriendo a todo esto en su pequeña peluca, y agradeciendo a sus estrellas de soltero por haberle iluminado en sus años de declive hacia un Hogar. Pero cientos de personas venían a ver las vistas y el señor Lorry esperaba en vano el cumplimiento de la predicción de la señorita Pross.

Hora de la cena y todavía no había Cientos de personas. En el orden de la pequeña casa la señorita Pross se hacía cargo de las regiones más bajas y siempre se desenvolvía maravillosamente. Sus cenas, de una calidad muy modesta, estaban tan bien cocinadas y tan bien servidas y tan cuidadas en sus inventos, mitad inglesas y mitad francesas, que nada podía ser mejor. Siendo la amistad de la señorita Pross de una clase completamente práctica, ella había arrasado Soho y terrenos adyacentes en busca de franceses empobrecidos que, tentados por chelines y medias coronas, le transmitían misterios culinarios. De estos hijos e hijas decaídos de Galia ella había adquirido tales artes maravillosas que la mujer y la chica que formaban la plantilla de personal doméstico la consideraban como una hechicera, o la madrina de Cenicienta, quien enviaría salir a por un ave, un conejo, una verdura o dos del jardín y transformarlos en algo que le complaciera a ella.

Los domingos la señorita Pross cenaba en la mesa del doctor, pero otros días insistía en tomar sus comidas a horas desconocidas, o en las regiones más bajas o en su propia habitación del segundo piso (una habitación azul, a la cual nadie, a excepción de su Pajarillo había conseguido admisión alguna vez). En esta ocasión la señorita Pross, respondiendo al rostro agradable del Pajarillo y a los esfuerzos agradables por agradarla, se relajó extremadamente; así que la cena fue muy agradable también.

Era un día sofocante y, después de cenar, Lucie propuso que se sacara el vino debajo del plátano de sombra y ellos se sentarían allí al aire. Como todo se volvía en torno a ella y giraba alrededor de ella, salieron debajo del plátano de sombra y ella bajó el vino por homenaje especial del señor Lorry. Ella se había colocado a sí misma, algún tiempo antes, como copera del señor Lorry, y mientras estaban sentados debajo del plátano de sombra, hablando, ella mantenía su vaso lleno. Misteriosas partes traseras y extremos de casas les espiaban cuando hablaban, y el plátano de sombra les susurraba a su manera sobre sus cabezas.

Todavía no se presentaban los Cientos de personas. El señor Darnay se presentó mientras estaban sentándose debajo del plátano de sombra, pero era sólo Uno.

El doctor Manette le recibió amablemente, y también Lucie. Pero la señorita Pross de repente se vio aquejada de una sacudida en la cabeza y en el cuerpo y se retiró dentro de casa. Ella no era con poca frecuencia víctima de esta afección, y ella la llamaba, en conversación familiar, «un ataque de espasmos».

El doctor estaba en su mejor condición, y parecía especialmente joven. El parecido entre él y Lucie era muy grande en esos momentos, y cuando se sentaban uno al lado del otro, ella apoyándose sobre su hombro y él descansando su brazo sobre el respaldo de la silla, era muy agradable analizar el parecido.

Él había estado hablando todo el día, sobre muchos temas y con una vivacidad inusual.

—Por favor, doctor Manette —dijo el señor Darnay cuando estaban sentados debajo del plátano de sombra, y lo dijo con la persecución natural del tópico entre manos, que resultaban ser los edificios antiguos de Londres—, ¿ha visto mucho de la Torre?

—Lucie y yo hemos estado allí, pero sólo casualmente. Hemos visto lo suficiente de ella para saber que está llena de interés: poco más.

—Yo he estado allí, como recuerdan —dijo el señor Darnay con una sonrisa, aunque enrojecido con algo de enfado—, en otro papel y no en un papel que da facilidades para ver mucho de ella. Ellos me contaron algo curioso cuando estuve allí.

—¿Qué fue? —preguntó Lucie.

—Al hacer algunas modificaciones, los trabajadores descubrieron una mazmorra que se había construido y había estado olvidada durante muchos años. Cada piedra de su pared interior estaba cubierta de inscripciones que habían grabado prisioneros: fechas, nombres, quejas y oraciones. En una piedra de una esquina en un ángulo de la pared, un prisionero, que parecía que había ido a ejecución había labrado su último trabajo, tres letras. Estaban hechas con algún instrumento muy pobre y apresuradamente, con mano temblorosa. Al principio se leyeron como DIC, pero, al examinarse con más cuidado se descubrió que la última letra era G. No hay ningún registro o leyenda de algún prisionero con esas iniciales, y se hicieron muchas suposiciones infructuosas para saber qué podía ser el nombre. Finalmente se sugirió que las letras no eran iniciales, sino la palabra completa, DIG (cavar). Se examinó el suelo con mucho cuidado debajo de la inscripción, y, en la tierra de debajo de una piedra, o baldosa, o algún fragmento de pavimento, se encontraron cenizas de un papel mezclado con las cenizas de una pequeña maleta o bolsa de cuero. Lo que el prisionero desconocido había escrito nunca se leerá, pero él había escrito algo y lo había ocultado para ocultárselo al carcelero.

—Padre mío —exclamó Lucie—, ¡está enfermo!

De repente se había levantado de golpe con una mano en la cabeza. Su actitud y mirada les asustó a todos mucho.

—No, querida, no estoy enfermo. Están cayendo grandes gotas de lluvia y me han hecho levantarme. Sería mejor que entráramos.

Se recuperó casi al instante. Realmente la lluvia estaba cayendo en grandes gotas, y él mostró la palma de la mano con las gotas de lluvia en ella. Pero no dijo una sola palabra en relación al descubrimiento del que se había hablado, y, cuando entraron en la casa, el ojo astuto del señor Lorry detectó, o imaginó que detectaba en el rostro de él, según se volvió hacia Charles Darnay, la misma mirada singular que había visto en él cuando se volvió hacia él en los pasillos del Juzgado.

Se recuperó tan rápidamente, sin embargo, que el señor Lorry tenía dudas de su ojo astuto. El brazo del gigante de oro del vestíbulo no estaba más tranquilo de lo que él estaba cuando se detuvo debajo de él para comentarles que no estaba todavía a prueba de sorpresas pequeñas (si alguna vez lo había estado) y que la lluvia le había sobresaltado.

La hora del té, y la señorita Pross haciendo té, con otro ataque de espasmos sobre ella, y todavía sin Cientos de personas. El señor Carton había venido ganduleando, pero con él eran Dos.

La noche era tan bochornosa, que aunque se sentaran con puertas y ventanas abiertas, estaban agobiados por el calor. Cuando estuvo preparada la mesa de té, todos se trasladaron a una de las ventanas y miraron el triste crepúsculo. Lucie sentada con su padre; el señor Darnay sentado al lado de ella; Carton apoyado contra una ventana. Las cortinas eran largas y blancas y algunas de las rachas que daban vueltas en la esquina las enredaban hacia el techo y las ondeaban como alas espectrales.

—Las gotas de lluvia están cayendo todavía, grandes, pesadas y pocas —dijo el doctor Manette—. Viene lentamente.

—Viene, sin duda —dijo Carton.

Ellos hablaban bajo, como la gente que observa y espera hace en su mayoría; como la gente en una habitación oscura, observando y esperando el Rayo, hace siempre.

Había una gran prisa en las calles de gente alejándose veloz a buscar refugio antes de que estallara la tormenta; la esquina maravillosa para los ecos resonaba con los ecos de los pasos yendo y viniendo, sin embargo ningún paso estaba allí.

—¡Multitud de gente y sin embargo soledad! —dijo Darnay cuando hubieron escuchado durante un momento.

—¿No es impresionante, señor Darnay? —preguntó Lucie—. Algunas veces me he sentado aquí por la tarde, hasta he tenido imaginaciones; pero incluso la sombra de una imaginación tonta me hace estremecerme esta noche cuando todo es tan negro y tan solemne.

—Estremezcámonos también. Podemos saber qué es.

—No le parecerá nada. Tales caprichos son sólo impresionantes según los originamos, creo. Ellos no se van a comunicar. Algunas veces yo me he sentado sola aquí por la tarde, escuchando, hasta que he hecho que los ecos de fuera sean los ecos de todos los pasos que vienen y van en nuestras vidas.

—Hay una gran multitud que entra un día en nuestras vidas, si eso es así —intervino Sydney Carton, con su humor cambiante.

Los pasos eran incesantes y la prisa de ellos se hizo cada vez más rápida. La esquina hacía eco una y otra vez de pasos de pies. Algunos, parecía, debajo de las ventanas; algunos, parecía, en la habitación; algunos viniendo, algunos yendo, algunos parándose, algunos deteniéndose totalmente; todos en las calles distantes y ninguno a la vista.

—¿Están destinados todos estos pasos a llegar a todos nosotros, señorita Manette, o tenemos que dividirlos entre nosotros?

—No lo sé, señor Darnay; le decía que era una imaginación tonta, pero usted pregunta por ello. Cuando me he entregado a ello, he estado sola y entonces he imaginado los pasos de la gente que va a entrar en mi vida y en la de mi padre.

—¡Los he metido en la mía! —dijo Carton—. Yo no hago preguntas y no hago estipulaciones. Hay una gran multitud que se acerca a nosotros, señorita Manette, los veo por el Rayo —añadió las últimas palabras después de un destello intenso que le había mostrado apoyado en la ventana.

—¡Y los oigo! —añadió de nuevo, después de un trueno—. ¡Aquí vienen, rápidos, fieros y furiosos!

Era la prisa y estruendo de la lluvia lo que él tipificaba, porque ninguna voz se podía oír en ello. Una tormenta memorable de truenos y rayos estalló con ese barrido de agua y no hubo un intervalo de un momento en el estrépito, y en el fuego, y en la lluvia, hasta después de salir la luna a medianoche.

La gran campana de San Pablo estaba dando la Una en el aire despejado cuando el señor Lorry, escoltado por Jerry, con botas altas y llevando un farol, se puso en camino de regreso a Clerkenwell. Había trozos solitarios de carretera en el camino entre Soho y Clerkenwell, y el señor Lorry, consciente de los asaltantes de caminos, siempre retenía a Jerry a su servicio: aunque normalmente se realizaba dos horas antes.

—¡Qué noche ha habido! Casi una noche, Jerry —dijo el señor Lorry—, para sacar a los muertos de sus tumbas.

—Nunca vi mi noche, señor, ni siquiera imagino lo que sería —contestó Jerry.

—Buenas noches, señor Carton —dijo el hombre de negocios—. Buenas noches, señor Darnay. ¡Veremos alguna vez una noche como esta otra vez, juntos!

Quizá. Quizá, ver la gran multitud de gente con sus prisas y bramidos, acercándose a ellos, también.

CAPÍTULO VII

Monseñor en la ciudad

Monseñor, uno de los grandes señores de poder en la Corte, celebraba su recepción quincenal en su gran hotel de París. Monseñor estaba en su habitación interior, santuario de santuarios, el más Sagrado de los más Sagrados para la multitud de adoradores de los acompañantes de habitaciones de fuera. Monseñor estaba a punto de tomar su chocolate. Monseñor podía tragar muchísimas cosas con facilidad y unas cuantas mentes hurañas suponían que era lo bastante rápido para tragarse Francia; pero, su chocolate de la mañana no podía tanto entrar en la garganta de Monseñor, sin la ayuda de cuatro hombres fuertes además del Cocinero.

Sí. Se necesitaban cuatro hombres, los cuatro resplandecientes con adornos magníficos y el Jefe de ellos incapaz de existir con menos de dos relojes de oro en su bolsillo, emulador de la moda noble y sobria impuesta por Monseñor para conducir el feliz chocolate a los labios de Monseñor. Un lacayo llevaba la chocolatera a la sagrada presencia; un segundo daba vueltas y hacía espuma en el chocolate con el pequeño instrumento que llevaba para la función; un tercero presentaba la servilleta favorita, un cuarto (el de los dos relojes de oro), echaba el chocolate. Era imposible para Monseñor prescindir de uno de estos ayudantes en el chocolate y mantenía su lugar elevado bajo los Cielos admirativos. Profunda hubiera sido la mancha en su honor si hubiera esperado innoblemente su chocolate por sólo tres hombres; él se tenía que haber muerto con dos.

Monseñor había salido a una pequeña cena la noche anterior, donde la Comedia y la Gran Ópera se representaban de un modo encantador. Monseñor salía a una pequeña cena la mayoría de las noches, con compañía fasciante. Tan cortés y tan impresionante era Monseñor, que la Comedia y la

Gran Opera tenían mucha más influencia en él en los artículos tediosos de asuntos y secretos de Estado, que las necesidades de toda Francia. Una circunstancia feliz para Francia, ¡como es igual siempre para todos los países favorecidos de manera similar!; siempre lo era para Inglaterra (sirva de ejemplo), en los días lamentables del alegre Stuart que la vendió.

Monseñor tenía una idea verdaderanente noble del tema público general, que era dejar que todo siguiera su propio camino; del tema público particular, Monseñor tenía la otra idea verdaderamente noble de que todo tenía que seguir su camino (con tendencia a su propio poder y bolsillo). De sus placeres, generales y particulares, Monseñor tenía la otra idea verdaderamente noble de que el mundo estaba hecho para ellos. El texto de su orden (alterado del original solamente en un pronombre, que no es mucho) decía: «La tierra y la riqueza de la misma son mías, dice Monseñor.»

No obstante, Monseñor había descubierto lentamente que situaciones embarazosas vulgares entraban en sus asuntos, tanto privados como públicos, y él, respecto a las dos clases de asuntos, se había aliado forzosamente con un Granjero-General. Respecto a las finanzas públicas, porque Monseñor no podía hacer algo en todas ellas, y por consiguiente tenía que dejarlas a alguien de fuera que pudiera; respecto a las finanzas privadas, porque los Granjeros-Generales eran ricos y Monseñor, después de generaciones de gran lujo y gasto, estaba empobreciéndose. De ahí que Monseñor hubiera sacado a su hermana de un convento, mientras todavía había tiempo de rechazar el velo siguiente, el adorno más barato que podía llevar puesto ella, y la había otorgado como premio a un Granjero-General muy rico, pobre de familia. Dicho Granjero-General, llevando un bastón apropiado con una manzana dorada en la parte superior, estaba entre la compañía de las habitaciones exteriores, muy postrado por la humanidad (siempre exceptuando la humanidad superior de la sangre de Monseñor, quien, su propia esposa incluída, le miraba hacia abajo con el desprecio más altivo).

Un hombre suntuoso era el Granjero-General. Treinta caballos estaban en sus establos, veinticuatro empleados domésticos varones se presentaban en sus salas, seis cuerpos de mujer esperaban a su esposa. Como uno que aparenta no hacer nada sino saquear y hurgar donde podía, el Granjero-General —comoquiera que sus relaciones matrimoniales conducían a la moralidad social— era por lo menos la realidad más grande entre los personajes que atendían en el hotel de Monseñor aquel día.

Porque las habitaciones, aunque una escena hermosa para mirar y adornadas con todos los recursos de decoración que el gusto y la habilidad de la época podían lograr, no eran, en realidad, un asunto sonado: consideradas con alguna referencia a los espantapájaros de harapos y gorros de dormir de otros lugares (y no tan alejados, sino que las torres vigilantes de Notre Dame, casi equidistantes desde los dos extremos, podían verlas ambas), ellas habrían sido un asunto extremadamente incómodo si eso pudiera haber sido asunto de alguien, en la casa de Monseñor. Oficiales militares carecían de conocimientos militares, oficiales navales sin tener idea de un barco, oficiales civiles sin noción de asuntos; eclesiásticos descarados, de lo peor del mundo material, con ojos sensuales, lenguas sueltas y vidas más sueltas, y

totalmente incapacitados para sus visitas varias, todos mintiendo horriblemente para fingir que les pertenecen, pero todos casi o remotamente a la
orden de Monseñor y por tanto encajando en todos los empleos públicos
desde los cuales algo se iba a conseguir; a éstos los iban a designar el tanteo
y la calificación. La gente no conectaba inmediatamente con Monseñor o
con el Estado, no obstante estaban igualmente desconectados de cualquier
cosa que fuera real o con las vidas que se pasan viajando por algún camino
recto hacia cualquier fin terrenal auténtico, no eran menos abundantes. Doctores que hacían grandes fortunas sacadas de remedios refinados para afec-
ciones imaginarias que nunca existieron, sonreían a sus distinguidos pacientes en las antecámaras de Monseñor. Proyectistas que habían descubierto
cualquier clase de remedio para los pequeños males de los cuales estaba afectado el Estado, excepto el remedio de ponerse a trabajar en serio para erradicar un pecado sencillo, verter sus murmullos que distraen en cualquier
oreja que pudieran tener cerca, en la recepción de Monseñor. Filósofos
incrédulos que estaban remodelando el mundo con palabras y haciendo
torres de Babel con naipes con las que escalar a los cielos, hablaban con quí-
micos incrédulos que tenían un ojo en la transmutación de metales, en esta
maravillosa concurrencia reunida por Monseñor. Exquisitos caballeros de la
más fina clase, que en esta época sorprendente —y desde entonces— se
conocían por sus frutos de indiferencia hacia todo tema natural de interés
humano, estaban en el estado de agotamiento más ejemplar, en el hotel de
Monseñor. Tales hogares habían dejado atrás estos personajes importantes
varios en el magnífico mundo de París, que los espías entre los devotos reunidos de Monseñor —formando una considerable mitad de la compañía cortés— hubieran encontrado difícil descubrir entre los ángeles de esa esfera
una esposa solitaria, quien, por sus modales y aspecto, admitía ser una
Madre. De hecho, excepto por el mero hecho de traer una criatura molesta
a este mundo —que no contribuye mucho a la comprensión del nombre de
madre— no había tal cosa conocida para la moda. Las campesinas mantenían
cerca a sus bebés fuera de moda y los acercaban, y encantadoras abuelitas de
sesenta vestían y cenaban como las de veinte.

La lepra de la irrealidad desfiguraba a cada criatura humana que se presentaba ante Monseñor. En la habitación exterior había media docena de
gente excepcional que había tenido, durante unos cuantos años, algún vago
recelo de que las cosas en general iban a ir bastante mal. Como una forma
prometedora de rectificarlas, la mitad de esa media docena se habían convertido en miembros de una fantástica secta de Convulsionistas, e incluso
entonces estaban considerando en su interior si echarían espuma, se enfure-
cerían, bramarían y se volverían catalépticos en el lugar (estableciendo de ese
modo un poste indicador muy inteligible hacia el Futuro, para orientación
de Monseñor). Además de estos Derviches estaban los otros tres que se
habían precipitado en otro grupo que arreglaba asuntos con una jerga sobre
«el Centro de la Verdad» manteniendo que el Hombre había salido del Centro de la Verdad —lo que no necesitaba mucha demostración—, pero que no
había salido de la Circunferencia y que se le iba a impedir salir volando de la
Circunferencia e incluso se le iba a empujar de regreso al Centro, por medio

del ayuno y de la visión de espíritus. Entre éstos, por consiguiente, había mucha conversación con espíritus (y creaba un mundo de bondad que nunca llegaba a manifestarse).

Pero el consuelo era que todo el acompañamiento del gran hotel de Monseñor vestía perfectamente. Si al Día del Juicio se le hubiera determinado como un día de vestir, todo el mundo de allí hubiera sido eternamente correcto. Tales rizos y polvos y erizados de pelo, tales complexiones delicadas conservadas y arregladas de manera artificial, tales espadas gallardas para mirar y tal delicado honor para el sentido del olfato, seguramente mantendría a todo en marcha para siempre. Los exquisitos caballeros de la más fina clase llevaban puestos pequeños colgantes de bisutería que tintineaban cuando se movían lánguidamente; estos grillos dorados sonaban como preciosas campanillas, y con ese repique y con crujido de la seda y brocado y lino fino, había un revoloteo en el aire que alejaba abanicando a Saint Antoine y a su hambre devoradora.

El traje era el talismán y encanto constantes usados para mantener todas las cosas en su sitio. Todo el mundo iba vestido para un Baile Imaginario que nunca acababa. Desde el Palacio de las Tulleries, a través de Monseñor y de toda la Corte, a través de las Habitaciones, los Tribunales de Justicia y toda la sociedad (excepto los espantapájaros) el Baile Imaginario descendía al Verdujo común, quien, en cumplimiento del encanto, era requerido para oficiar «rizado, empolvado, con un abrigo de cordones dorados, zapatos de salón y medias de seda blancas». En las horcas y en la rueda —el hacha era rara— el señor París, como era la moda episcopal entre sus Profesores hermanos de las provincias, el señor Orleáns y el resto, para visitarle, presidían con este traje delicado. Y quien entre los acompañantes de la recepción de Monseñor en ese año de nuestro Señor mil setecientos ochenta, podía dudar posiblemente de un sistema enraizado en un verdugo de pelo rizado, empolvado, de cordones dorados, con zapatos de salón y medias de seda blanca, ¡vería a las mismas estrellas salir!

Habiendo aligerado de sus cargas Monseñor a sus cuatro hombres y habiendo tomado su chocolate, hizo que las puertas de lo más Sagrado de lo Sagrado se abrieran y salió. Entonces, ¡qué sumisión, qué arrastramiento y adulación, qué servilismo, qué lamentable humillación! Al hacer reverencias en cuerpo y espíritu, nada se dejaba para el Cielo (que podía haber sido una entre otras razones por las que los adoradores de Monseñor nunca se preocupaban).

Otorgando una palabra de promesa aquí y una sonrisa allí, un cuchicheo sobre un esclavo feliz y un saludo con la mano en otro, Monseñor pasaba afablemente por sus habitaciones hasta la región remota de la Circunferencia de la Verdad. Allí Monseñor se daba la vuelta y regresaba de nuevo, y así a su debido tiempo le encerraban en su santuario los duendecillos del chocolate y no se le veía más.

Habiendo terminado el espectáculo, el revoloteo en el aire se hacía un poco más fuerte y las preciosas campanillas empezaban a repicar escaleras abajo. Pronto no quedaría más que una persona de toda la multitud; él, con su sombrero debajo del brazo y su caja de rapé en la mano, pasaría lentamente entre los espejos camino de su salida.

—Me dedico —dijo esta persona, deteniéndose en la última puerta de su camino y dándose la vuelta en la dirección del santuario—, ¡al Demonio!

Con eso él sacudió el rapé de sus dedos como si hubiera sacudido el polvo de sus pies y bajó las escaleras tranquilamente.

Era un hombre de unos sesenta años, vestido magníficamente, de actitud altanera y con un rostro como el de una fina máscara. Un rostro de una palidez transparente; cada rasgo en él se definía claramente, una expresión fija en él. La nariz, bellamente formada por lo demás, estaba ligeramente pellizcada en la parte superior de cada ventana. En esas dos compresiones, o abolladuras, residía el único cambio pequeño que mostraba el rostro siempre. Continuaban cambiando de color algunas veces, y alguna vez se dilatarían o contraerían por medio de algo parecido a un latido apenas visible; luego daban un aspecto de traición y crueldad a todo el semblante. Examinada con atención, su capacidad de controlar tal aspecto se iba a descubrir en la línea de la boca, y las líneas de las órbitas de los ojos, siendo demasiado horizontales y finas; aún así, en el efecto que producía el rostro, era un rostro apuesto y sorprendente.

Su dueño bajó las escaleras y entró en el patio, entró en su carruaje y se marchó. No mucha gente había hablado con él en la recepción. Él había permanecido en un espacio pequeño apartado y Monseñor podría haber sido más cálido en sus modales. Parecía, en esas circunstancias, bastante agradable para él ver a la gente corriente dispersarse delante de sus caballos, y con frecuencia casi escapando de ser atropellados. Su hombre conducía como si estuviera cargando contra un enemigo y la furiosa temeridad del hombre no llevaba a ningún control al rostro, o a los labios, de su señor. La queja se había hecho audible algunas veces, incluso en esa ciudad sorda y esa edad muda, que, en las calles estrechas sin aceras, la costumbre patricia violenta de conducir con dureza ponía en peligro y lisiaba al simple vulgar de una manera bárbara. Pero pocos cuidaban de eso lo suficiente para pensar en ello una segunda vez y, en este asunto, como en todos los demás, a los infelices corrientes se les dejaba que salieran de sus dificultades como podían.

Con un ruido y traqueteo salvajes, y un abandono inhumano de consideración no fácil de ser comprendido en estos días, el carruaje corría por las calles y barría alrededor de las esquinas, con mujeres gritando delante de él y hombres agarrándose unos a otros y agarrando a los niños para apartarlos de su camino. Finalmente, descendiendo por la esquina de una calle por una fuente, una de sus ruedas dio una pequeña sacudida y hubo un grito procedente de un número de voces, y los caballos se empinaron y cayeron.

Pero por este último inconveniente el carruaje probablemente no se hubiera detenido. Con frecuencia se sabe conducir carruajes y dejar sus heridos atrás, y ¿por qué no? Pero el mozo asustado había bajado a toda prisa y había veinte manos en las bridas de los caballos.

—¿Qué ha ido mal? —dijo el señor, mirando afuera con calma.

Un hombre alto con gorro había cogido un fardo de entre las patas de los caballos y lo había colocado en la base de la fuente, y estaba abajo en el barro y la humedad, dando alaridos como un animal salvaje.

—¡Perdón, Señor Marqués! —dijo un hombre andrajoso y sumiso—, es un niño.

—¿Por qué hace ese abominable ruido? ¿Es su hijo?

—Perdóneme, Señor Marqués; es una pena, sí.

La fuente estaba un poco trasladada porque la calle se abría, donde estaba, a un espacio de diez o doce yardas cuadradas. Cuando el hombre alto se levantó del suelo de repente y vino corriendo al carruaje, el Señor Marqués dio una palmada durante un instante sobre la empuñadura de su espada.

—¡Acabado! —gritó el hombre con desesperación salvaje, extendiendo los dos brazos en toda su longitud sobre su cabeza y mirándole fijamente—. ¡Muerto!

La gente se acercó alrededor y miró al Señor Marqués. Nada se reveló en los muchos ojos que le miraban, salvo vigilancia y entusiasmo; no había amenaza visible o enojo. Ni la gente dijo nada, después del primer grito se habían quedado en silencio y así permanecían. La voz del hombre sumiso que había hablado era monótona y dócil en su sumisión extrema. El Señor Marqués echó un vistazo a todos ellos como si hubieran sido simples ratas salidas de sus agujeros.

Sacó el monedero.

—Me parece extraordinario —dijo— que no podáis cuidaros de vosotros mismos ni de vuestros hijos. Uno u otro de vosotros está siempre en el camino. ¿Cómo sé yo que daño has hecho a mis caballos? ¡Veamos! Dale eso.

Él tiró una moneda de oro para que la recogiera el mozo y todas las cabezas se estiraban hacia arriba para que los ojos pudieran mirar hacia abajo mientras caía. El hombre alto gritó de nuevo con un grito más sobrenatural: «¡Muerto!»

Se detuvo por la llegada rápida de otro hombre, para quien el resto abrieron camino. Al verle, la criatura abatida cayó sobre su hombro, sollozando y gritando y señalando a la fuente, donde algunas mujeres estaban encorvadas sobre el fardo inmóvil y moviéndose con cuidado a su alrededor. Ellas estaban, sin embargo, tan silenciosas como los hombres.

—Lo sé todo, lo sé todo —dijo el recién llegado—. ¡Sé un hombre valiente, mi Gaspard! Es mejor para el pobre pequeño juguete morir así que vivir. Él ha muerto en un momento sin dolor. ¿Podía haber vivido una hora tan alegre?

—Eres un filósofo, el de allí —dijo el Marqués sonriendo—. ¿Cómo te llaman?

—Me llaman Defarge.

—¿De qué oficio?

—Señor Marqués, vendedor de vino.

—Recoge eso, filósofo y vendedor de vino —dijo el Marqués, tirándole otra moneda de oro—, y gástalo como quieras. Los caballos de allí, ¿están bien?

Sin dignarse a mirar a la reunión una segunda vez, el Señor Marqués apoyó la espalda en su asiento y estaba a punto de irse con el aire de un caballero que hubiera roto accidentalmente alguna cosa corriente y hubiera pagado por ella, y podía permitirse el lujo de pagar por ella, cuando su reposo se vio interrumpido de repente por una moneda que voló a su carruaje y estaba sonando en el suelo.

—¡Sujeta! —dijo el Señor Marqués—. ¡Sujeta los caballos! ¿Quién ha tirado eso?

Él miró al lugar donde se había quedado Defarge, el vendedor de vino, un momento antes; pero el padre desdichado estaba postrando su rostro en el pavimento en ese lugar y la figura que permanecía a su lado era la figura de una mujer robusta y morena, haciendo punto.

—¡Vosotros, perros! —dijo el Marqués, aunque con suavidad y con una frente sin cambios, excepto por los puntos de su nariz—. Yo cabalgaría sobre cualquiera de vosotros de muy buen gusto y os exterminaría de la tierra. Si supiera qué granuja tiró eso al carruaje y si ese forajido estuviera lo suficientemente cerca, sería aplastado bajo las ruedas.

Tan intimidatoria era la condición de ellos, y tan larga y dura su experiencia de lo que un hombre como aquel podía hacerles, dentro de la ley y más allá de ella, que ninguna voz, ni mano, ni siquiera un ojo se levantó. Entre los hombres, ninguno. Pero la mujer que estaba haciendo punto miró hacia arriba sin apartar la vista y miró al Marqués a la cara. No era para su dignidad darse cuenta de ello; sus ojos despectivos pasaron por ella y por todas las demás ratas y apoyó su espalda en el asiento de nuevo y dio la orden: «¡Vamos!»

Él siguió su camino, y otros carruajes llegaron dando vueltas en rápida sucesión; el Ministro, el Proyectista de Estado, el Granjero-General, el Doctor, el Abogado, el Eclesiástico, la Gran Ópera, la Comedia, todo el Baile Imaginario en una brillante corriente continua, vinieron dando vueltas. Las ratas habían trepado de sus agujeros para mirar y se quedaron mirando durante horas; soldados y policía pasaban a menudo entre ellos y el espectáculo y hacían una barrera detrás de donde ellos estaban sigilosamente y a través de la cual espiaban. El padre había levantado hacía tiempo a su mozo y se había escondido con él, cuando las mujeres que habían atendido al mozo mientras yacía en la base de la fuente, estaban sentadas allí mirando el correr del agua y el rodar del Baile Imaginario (cuando la única mujer que había llamado la atención, haciendo punto, todavía hacía punto con la firmeza del Destino). El agua de la fuente corría, el río rápido corría, el día corría hacia la tarde, tanta vida en la ciudad corría hacia la muerte según la norma, el tiempo y la marea que ningún hombre esperaba, las ratas estaban durmiendo juntas en sus agujeros oscuros de nuevo, el Baile Imaginario estaba iluminado en la cena, todas las cosas seguían su curso.

CAPÍTULO VIII

Monseñor en el campo

Un hermoso paisaje, con el trigo brillante en él, pero no abundante. Parcelas de centeno pobre donde hubiera habido trigo, parcelas de guisantes y judías pobres, parcelas de los vegetales más bastos sustitutos del trigo. En la naturaleza inanimada, como en la de los hombres y mujeres que la cultivaban, una tendencia corriente hacia un aspecto de mala gana vegetando (una disposición abatida para abandonar y fulminar).

El Señor Marqués en su viaje en carruaje (el cual podría haber sido más ligero), conducido por cuatro caballos de posta y dos postillones, se fatigaba subiendo una cuesta empinada. Un rubor en el semblante del Señor Marqués no era una acusación de su alta cuna; no era de dentro; era ocasionada por una circunstancia externa más allá de su control: la puesta del sol.

El crepúsculo golpeaba con tanto brillo en el carruaje de viaje cuando llegó a la cima de la cuesta, que su ocupante se remojó en carmesí.

—Desaparecerá —dijo el Señor Marqués mirándose las manos— inmediatamente.

En efecto, el sol estaba tan bajo que se metió al momento. Cuando la pesada resistencia al avance se había ajustado a la rueda, el carruaje se deslizó cuesta abajo, con un olor a carbonilla, en una nube de polvo, el brillo rojo partió rápidamente; el sol y el Marqués bajando juntos, no se dejó ningún brillo cuando la resistencia al avance desapareció.

Pero allí continuaba un campo accidentado, enérgico y abierto, un pueblecito al pie de la colina, una curva ancha y una subida más allá de él, una torre de iglesia, un molino de viento, un bosque para cazar y un risco con una fortaleza sobre ella usada como prisión. Alrededor de todos estos objetos oscureciéndose a medida que la noche avanzaba, el Marqués miró, con el aire de uno que se estaba acercando a casa.

El pueblo tenía su propia calle pobre, con su cervecería pobre, tenería pobre, taberna pobre, patio de establo pobre para relevar a los caballos de posta, fuente pobre, todos los puestos pobres normales. Tenía su gente pobre también. Toda su gente era pobre y muchos de ellos estaban sentándose en sus puertas, cortando en tiras cebollas sobrias y similares para la cena, mientras que muchos estaban en la fuente, lavando hojas, hierbas y cualquier producto pequeño de la tierra que se pudiera comer. Signos expresivos de lo que les hacía pobres no faltaban. El impuesto para el Estado, el impuesto para la Iglesia, el impuesto para el señor, el impuesto local y el impuesto general, tenían que pagarse aquí y pagarse allí, según la solemne inscripción en el pueblecito, hasta que el asombro era que había algún pueblo abandonado sin tragar.

Pocos niños se iban a ver, y ningún perro. Respecto a los hombres y a las mujeres, su oportunidad en la tierra se planteaba en la perspectiva: La vida en las condiciones más bajas que podían sostenerla, abajo en el pueblecito debajo del molino, o cautividad y Muerte en la prisión dominante del risco.

Anunciado por un mensajero adelantado y por el craqueo de los látigos de sus postillones que hermanaban con serpientes sobre sus cabezas en el aire de la tarde, como si viniera atendido por las Furias, el Señor Marqués se paró en su carruaje de viaje en la verja de la casa de postas. Era difícil por la fuente, y los campesinos suspendieron sus trabajos para mirarle. Él los miró, y vio en ellos, sin saberlo, la lenta seguridad con la que se llenaban rostro y figura de miseria, que iba a hacer de la flaqueza de los franceses una superstición inglesa que sobreviviría a la verdad en la mayor parte de cien años.

El Señor Marqués miró a todos los rostros sumisos que se inclinaban ante él, igual que él mismo se había inclinado ante Monseñor en la Corte —la diferencia estaba únicamente en que estos rostros se inclinaban sencillamente para sufrir y no para propiciar— cuando un reparador de caminos entrecano se unió al grupo.

—¡Traedme aquí a ese sujeto! —dijo el Marqués al mensajero.

Trajeron al sujeto, gorra en mano, y los otros sujetos se acercaron alrededor para mirar y escuchar, de la misma manera que la gente en la fuente de París.

—¿Te adelanté en el camino?

—Monseñor, es cierto.

—¿Qué mirabas tan fijamente?

—Monseñor, miraba al hombre.

Él se paró un poco y con su gorra azul destrozada apuntó debajo del carruaje. Y sus compañeros se encorvaron para mirar debajo del carruaje.

—¿Qué hombre, cerdo? ¿Y por qué miras allí?

—Perdón, Monseñor; él se balanceaba por la cadena del calzo... la resistencia.

—¿Quién? —preguntó el viajero.

—Monseñor, el hombre.

—¡Puede el Demonio llevarse a estos idiotas! ¿Cómo llamáis al hombre? Tú conoces a todos los hombres de esta parte del país. ¿Quién era él?

—¡Clemencia, Monseñor! Él no era de esta parte del país. De todos los días de mi vida, nunca le vi.

—¿Balanceándose por la cadena? ¿Para asfixiarse?

—Con su permiso, que eso era lo asombroso, Monseñor. Su cabeza colgaba... ¡Así!

Él se dio la vuelta de lado al carruaje y se echó hacia atrás con la cara hacia el cielo, y su cabeza colgando hacia abajo; luego se recobró, intentó ponerse su gorra con torpeza e hizo una reverencia.

—¿Cómo era?

—Monseñor, era más blanco que el molinero. Todo cubierto de polvo, blanco como un espectro, ¡alto como un espectro!

El retrato produjo una sensación enorme en la pequeña multitud; pero todos los ojos, sin comparar comentarios con otros ojos, miraron al Señor Marqués. Quizá, para observar si él tenía algún espectro sobre su consciencia.

—Realmente, hiciste bien —dijo el Marqués consciente de manera acertada de que aquellos indeseables no iban a contradecirle—, ver a un ladrón acompañando a mi carruaje y no abrir esa gran boca tuya. ¡Bah! Ponedle a un lado, ¡Señor Gabelle!

El Señor Gabelle era el administrador de caballos de postas y se unieron algunos otros funcionarios de impuestos; él había salido con gran servilismo para asistir a este examen y había cogido al examinado por el ropaje de su brazo de manera oficial.

—¡Bah! ¡Apártate! —dijo el señor Gabelle.

—Eche mano en este extraño si busca alojamiento en su pueblo esta noche, y asegúrese de que su oficio es honrado, Gabelle.

—Monseñor, me halaga dedicarme a sus órdenes.

—¿Se escapó él, amigo...? ¿Dónde está ese maldito?

El maldito estaba ya debajo del carruaje con una media docena de amigos particulares, apuntando a la cadena con su gorra azul. Otra media docena de otros amigos particulares tiraron de él inmediatamente y le presentaron sin respiración al Señor Marqués.

—¿Se escapó el hombre, imbécil, cuando nos detuvimos para poner la resistencia?

—Monseñor, él se precipitó a un lado de la colina, la cabeza primero, como un persona que se sumerge en un río.

—Vaya a verlo, Gabelle. ¡Vamos!

La media docena que estaban mirando detenidamente a la cadena estaban todavía entre las ruedas, como ovejas; las ruedas giraron tan repentinamente que tuvieron suerte de salvar su piel y sus huesos; tenían muy poco que salvar además, o no hubieran sido tan afortunados.

El estallido con el cual el carruaje salió del pueblo y subió la cuesta más allá, se frenó pronto por lo empinado de la colina. Poco a poco disminuyó hasta un paso de pie, balanceándose y avanzando pesadamente hacia arriba entre los muchos perfumes dulces de una noche de verano. Los postillones, con mil mosquitos como telarañas circulando alrededor de ellos en vez de las Furias, corrigieron tranquilamente los puntos con los azotes de sus látigos; el mozo caminaba con los caballos; el mensajero se oía trotando delante a una distancia vaga.

En el punto más empinado de la cuesta había un pequeño cementerio con una Cruz y una figura grande nueva de Nuestro Salvador sobre ella; era un figura pobre de madera, hecha por algún tallista rústico sin experiencia, pero él había estudiado la figura desde la vida —su propia vida, quizá— porque estaba enjuta y delgada.

Ante este emblema lleno de aflicción de una gran consternación que había ido empeorando, y no estaba en lo peor, estaba arrodillada una mujer, que volvió la cabeza cuando el carruaje subió hasta ella, se levantó rápidamente y se presentó en la puerta del carruaje.

—¡Es usted, Monseñor! Monseñor, una petición.

Con una exclamación de impaciencia, pero sin cambiar la cara, Monseñor miró hacia fuera.

—¡Cómo, entonces!, ¿qué es? ¡Siempre peticiones!

—Monseñor. ¡Por el amor del gran Dios! Mi marido, el guardabosques...

—¿Qué pasa con tu marido, el guardabosques? Siempre lo mismo con vosotros. ¿No puede pagar algo?

—He pagado todo, Monseñor. Él está muerto.

—¡Bueno! Él está tranquilo. ¿Puedo devolvértelo?

—¡Oh, no, Monseñor! Pero él yace allá, debajo de ese pequeño montón de hierba pobre.

—¿Y?

—Monseñor, hay tantos montones pequeños de hierba pobre...

—De nuevo, ¿y?

Ella parecía una anciana, pero era joven. Su aspecto era de dolor mortal; a ratos daba palmas con sus manos venosas y nudosas con gran energía, y puso una de ellas en la puerta del carruaje (tiernamente, acariciadoramente, como si hubiera sido un pecho humano y pudiera esperarse que sintiera el toque suplicante).

—Monseñor, ¡escúcheme! Monseñor, ¡escuche mi petición! Mi marido murió de necesidad; muchos mueren de necesidad; muchos morirán de necesidad.

—De nuevo, ¿bien? ¿Puedo alimentarlos?

—Monseñor, el buen Dios lo sabe, pero yo no lo pido. Mi petición es que un pedazo de piedra o de madera, con el nombre de mi marido, se pueda colocar sobre él para mostrar dónde yace. De otra manera, el lugar se olvidará rápidamente, nunca se encontrará cuando yo haya muerto del mismo mal, y yaceré debajo de algún otro montón de hierba pobre. Monseñor, hay tantos, ellos crecen tan deprisa, hay tanta necesidad. ¡Monseñor! ¡Monseñor!

El mozo la había alejado de la puerta, el carruaje se había puesto a un trote brioso, los postillones habían acelerado el paso, a ella la dejaron muy atrás, y Monseñor, de nuevo escoltado por las Furias, había disminuido rápidamente la legua o dos de distancia que quedaban entre él y su castillo.

Los dulces perfumes de la noche de verano se elevaron a su alrededor, y se elevaron, como cae la lluvia, imparcialmente, sobre el grupo cubierto de polvo, harapiento y de trabajo duro de la fuente no muy lejos de allí; a quienes el reparador de caminos, con la ayuda de la gorra azul sin la cual no era nada, todavía se extendía sobre su hombre como un espectro, tanto tiempo como podían soportarlo. Paulatinamente, cuando no podían soportar nada más, se dejaban caer uno a uno, y las luces titilaban en pequeños marcos; cuyas luces, a medida que los marcos se oscurecían y salían mas estrellas, parecían haberse disparado hacia el cielo en vez de haberse apagado.

La sombra de una gran casa de tejado alto y de muchos árboles que sobresalían, estaba sobre el Señor Marqués en ese momento, y la sombra se cambió por la luz de una antorcha cuando se detuvo su carruaje y la gran puerta de su castillo se abrió para él.

—El señor Charles, a quien espero, ¿ha llegado de Inglaterra?

—Monseñor, todavía no.

CAPÍTULO IX

La cabeza de Gorgon

Era una masa pesada de edificio, ese castillo del Señor Marqués, con un gran patio de piedra delante de él y dos curvas de escaleras que se encontraban en una terraza de piedra delante de la puerta principal. Una empresa de piedra totalmente, con fuertes balaustradas de piedra, y urnas de piedra, y flores de piedra, y rostros de hombres de piedra, y cabezas de leones de piedra, en todas direcciones. Como si la cabeza de Gorgon lo hubiera inspeccionado, cuando se terminó, hacía dos siglos.

Arriba de la trayectoria ancha de escalones bajos, el Señor Marqués, precedido de la antorcha, salió de su carruaje, la oscuridad era lo suficientemente inquietante para provocar un reproche alto procedente de un búho en el tejado del gran pilar del edificio del establo alejado entre los árboles. Todo lo demás estaba tan tranquilo, que la antorcha se llevó escaleras arriba y la otra antorcha se sujetaba en la gran puerta, quemada como si estuvieran en una habitación cerrada en vez de estar al aire libre de la noche. No había otro sonido que la voz del búho, salvo la caída de una fuente en su pilón de piedra, porque era una de esas noches oscuras que mantiene su respiración por horas, y luego da un gran suspiro y mantiene la respiración de nuevo.

La gran puerta sonó detrás de él y el Señor Marqués cruzó un vestíbulo sombrío con ciertas lanzas de jabalí antiguas, espadas y cuchillos de caza; más sombrío con ciertas varas pesadas para montar y látigos para montar, de los cuales muchos campesinos, llevados a su Muerte benefactora, habían sentido el peso cuando su señor estaba enfadado.

Evitando las habitaciones más grandes, que eran oscuras y fijadas para la noche, el Señor Marqués, con su portador de antorcha yendo delante, subió la escalera hacia una puerta de un pasillo. Abierta ésta, le dejaba entrar en su propio apartamento privado de tres habitaciones: su dormitorio y otras dos. Altas habitaciones abovedadas con suelos fríos sin alfombras, grandes morillos sobre las chimeneas para quemar madera en tiempo de invierno, y todos los lujos apropiados al estado de un marqués en una época y un país lujosos. La moda del último Luis pero uno, de la línea que nunca se iba a romper —Luis XIV— se manifestaba en su rico mobiliario; pero, estaba diversificada por muchos objetos que eran ilustraciones de viejas páginas de la historia de Francia.

Una mesa de cenar estaba puesta para dos, en la tercera de las habitaciones; una habitación redonda, en una de las cuatro torres coronadas de apagadores del castillo. Una pequeña habitación de techos altos, con su amplia ventana abierta y las celosías de madera cerradas, para que la noche oscura solamente se mostrara en líneas horizontales ligeras de negro, alternando con sus líneas anchas de color de piedra.

—Mi sobrino —dijo el Marqués, mirando la preparación de la cena—, dijeron que no había llegado.

—Y no lo ha hecho, pero se le esperaba con Monseñor.

—¡Ah! Es probable que llegue esta noche; no obstante deja la mesa como está. Estaré listo en un cuarto de hora.

En un cuarto de hora Monseñor estaba listo y se sentó solo ante su suntuosa y selecta cena. Su silla estaba enfrente de la ventana, y él había tomado su sopa y estaba levantando su vaso de Burdeos hacia sus labios, cuando lo bajó.

—¿Qué es eso? —preguntó con calma, mirando con atención a las líneas horizontales de negro y color de piedra.

—Monseñor, ¿qué?

—Fuera de las celosías. Abre las celosías.

Se hizo.

—¿Bien?

—Monseñor, no hay nada. Los árboles y la noche es todo lo que hay aquí.

El criado que hablaba había tirado de las celosías amplias, había mirado fuera a la oscuridad vacía, y se quedó, con ese espacio en blanco detrás de él, mirando alrededor esperando instrucciones.

—Bueno —dijo el imperturbable señor—. Ciérralas de nuevo.

Eso se hizo también y el Marqués continuó con su cena. Estaba a medio camino cuando de nuevo se detuvo con su vaso en la mano, oyendo el sonido de ruedas. Venía con brío y subió a la parte delantera del castillo.

—Pregunta quién ha llegado.

Era el sobrino de Monseñor, que había ido unas cuantas leguas por detrás de Monseñor por la tarde temprano. Él había disminuido la distancia rápidamente, pero no tanto como para alcanzar a Monseñor en el camino, y había oído hablar de Monseñor, en las casas de postas, al ir delante de él.

Le iban a decir (dijo Monseñor) que la cena le esperaba entonces allí y que le suplicaba que viniera a ella. En un momento vino él. Se le conocía en Inglaterra como Charles Darnay.

Monseñor le recibió de una manera cortés, pero no se estrecharon las manos.

—¿Abandonó París ayer, señor? —dijo a Monseñor, según tomaba asiento en la mesa.

—Ayer. ¿Y tú?

—Vengo directo.

—¿De Londres?

—Sí.

—Has estado mucho tiempo viniendo —dijo el Marqués con una sonrisa.

—Al contrario. Vengo directamente.

—¡Perdóname! No quiero decir mucho tiempo de viaje; mucho tiempo intentando el viaje.

—Me han detenido... —el sobrino se detuvo un momento en su contestación— varios asuntos.

—Sin duda —dijo el refinado tío.

Durante tanto tiempo como estuvo presente el criado, no se intercambiaron otras palabras entre ellos. Cuando se había servido el café y estuvieron solos juntos, el sobrino, mirando al tío y encontrando los ojos del rostro que era como una fina máscara, abrió una conversación.

—He regresado, señor, como anticipaba usted, persiguiendo el objetivo que me alejó. Me llevó un peligro grande e inesperado; pero es un objetivo sagrado y si me hubiera llevado a la muerte espero que me hubiera apoyado.

—No a la muerte —dijo el tío—, no es necesario decir a la muerte.

—Dudo, señor —contestó el sobrino—, que si me hubiera llevado al borde mismo de la muerte, usted se habría preocupado de detenerme allí.

Las marcas profundas de la nariz y el alargamiento de las finas líneas rectas en el rostro cruel, parecían no presagiar nada bueno respecto a eso; el tío hizo un gesto de protesta digno, lo cual era claramente una forma remota de buena crianza que no era tranquilizadora.

—De hecho, señor —continuó el sobrino—, por todo lo que sé usted podría haber trabajado expresamente para dar un aspecto más sospechoso a las circunstancias sospechosas que me rodeaban.

—No, no, no —dijo el tío en tono agradable.

—Pero, sin embargo podía ser —continuó el sobrino, mirándole con profunda desconfianza— que yo supiera que su diplomacia me detendría por cualquier medio y no conocería escrúpulos respecto a los medios.

—Amigo mío, te lo digo así —dijo el tío con un fino latido en las dos marcas—. Hazme el favor de recordar que te lo dije así, hace tiempo.

—Lo recuerdo.

—Gracias —dijo el Marqués, muy dulcemente por cierto.

Su tono persistió en el aire, casi como el tono de un instrumento musical.

—En efecto, señor —continuó el sobrino—. Creo que fue al mismo tiempo su mala suerte y mi buena suerte la que me ha mantenido fuera de prisión aquí en Francia.

—No entiendo del todo —contestó el tío, sorbiendo su café—. ¿Puedo pedir que lo expliques?

—Creo que si no estuviera desacreditado en la Corte y no hubiera estado ensombrecido por esa nube durante los años pasados, una carta de cachet me habría enviado a alguna fortaleza indefinidamente.

—Es posible —dijo el tío, con gran calma—. Por el honor de la familia yo podría incluso decidir incomodarte hasta ese extremo. ¡Ruego que me excuses!

—Percibo, con alegría para mí, que la Recepción de antes de ayer fue, como es normal, fría —observó el sobrino.

—Yo no diría alegre, amigo mío —contestó el tío con una refinada cortesía—. Yo no estaría seguro de eso. Una buena oportunidad para considerar, rodeada por las ventajas de la soledad, podría influir en tu destino hacia una ventaja mucho mayor de lo que tú influyes en él para ti mismo. Pero es inútil hablar de la cuestión. Yo estoy, como dices, en desventaja. Estos pequeños instrumentos de corrección, estas ayudas moderadas al poder y honor de familias, estos leves favores que tanto podrían incomodarte, ahora solamente se van a conseguir por interés e importunidad. Tantos los buscan, ¡y a tan pocos (relativamente) se les concede! No solía ser así, pero Francia en tales cosas ha cambiado a peor. Nuestros antepasados no muy remotos tenían el derecho de vida y muerte sobre el vulgo de alrededor. Desde esta habitación se han sacado a muchos de esos perros para ser colgados; en la habitación siguiente (mi dormitorio), un sujeto, que sepamos nosotros, fue apuñalado en el lugar por expresar alguna delicadeza insolente respecto a su hija... ¿su hija? Hemos perdido muchos privilegios; una nueva filosofía se ha puesto de moda, y la afirmación de nuestra clase social, en estos días, podría (no voy tan lejos como para decir se haría, pero podría) causarnos verdaderos inconvenientes. Todo muy mal, ¡muy mal!

El Marqués cogió una pizca de rapé y sacudió la cabeza; tan elegantemente abatido como si él pudiera ser apropiadamente de un país que todavía se contiene a sí mismo, con grandes medios de regeneración.

—Hemos afirmado tanto nuestra clase social, tanto en el tiempo pasado como en el moderno también —dijo el sobrino tristemente—, que creo que nuestro nombre sea más aborrecido que cualquier otro nombre de Francia.

—Esperemos eso —dijo el tío—. El aborrecimiento de lo elevado es el homenaje involuntario de lo bajo.

—No hay un rostro —continuó el sobrino con su tono anterior— al que pueda mirar, en todo este país que nos rodea, que me mire con alguna deferencia sobre ello salvo la oscura deferencia del miedo y la esclavitud.

—Cumplido —dijo el Marqués— hacia la grandiosidad de la familia, digna por la manera en la que ha mantenido su grandiosidad. ¡Ah! —cogió otra pizca de rapé y cruzó las piernas suavemente.

Pero, cuando su sobrino, apoyando un codo en la mesa, se cubrió los ojos pensativa y desanimadamente con la mano, la fina máscara le miró de reojo con una concentración más fuerte de intensidad, proximidad y disgusto, que concordaba con la suposición de indiferencia del portador.

—Represión es la única filosofía eterna. La oscura deferencia del miedo y la esclavitud, amigo mío —observó el Marqués—, mantendrá a los perros obedientes a la fusta, tanto tiempo como este tejado —mirando hacia arriba— nos tapa el cielo.

Eso no podría ser durante tanto tiempo como el Marqués suponía. Si se hubiera tenido una imagen del castillo dentro de muy pocos años, y de cincuenta como él también dentro de muy pocos años, y se le hubiera podido mostrar aquella noche, él no podría haber reaccionado para reclamar lo suyo de las ruinas espantosas, carbonizadas por el fuego, destrozadas por saqueos. Respecto al tejado del que se jactaba, habría descubierto que tapaba el cielo de una forma nueva (es decir, para siempre, de los ojos de los cuerpos dentro de los cuales se disparó su plomo, salidos de los cañones de cien mil mosquetes).

—Mientras tanto —dijo el Marqués—, conservaré el honor y reposo de la familia, si tú no lo haces. Pero tienes que estar fatigado. ¿Terminamos nuestra conversación por esta noche?

—Un momento más.

—Una hora, si lo deseas.

—Señor —dijo el sobrino—, hemos hecho mal y estamos cosechando los frutos de nuestro mal.

—Nosotros hemos hecho mal —repitió el Marqués, con una sonrisa inquisitiva, y señalando delicadamente primero a su sobrino y luego a sí mismo.

—Nuestra familia, nuestra honorable familia, cuyo honor cuenta tanto para nosotros, de formas diferentes. Incluso en tiempos de mi padre hicimos un mundo de mal, hiriendo a cada criatura humana que se interponía entre nosotros y nuestro placer, cualquiera que fuera. ¿Por qué necesitamos hablar de la época de mi padre, cuando es igual en la nuestra? ¿Puedo separar al gemelo de mi padre, al heredero conjunto y siguiente sucesor, de sí mismo?

—¡La muerte ha hecho eso! —dijo el Marqués.

—Y me ha dejado a mí —contestó el sobrino— atado a un sistema que es espantoso para mí, responsable de ello, pero sin poder en él; buscando cumplir la última petición de los labios de mi querida madre y obedecer la última mirada de sus ojos, que me imploraban tener clemencia y enmendar; y torturado por buscar ayuda y poder en vano.

—Búscalas en mí, sobrino mío —dijo el Marqués tocándole en el pecho con su dedo índice (ellos estaban ahora de pie en la chimenea)— siempre las buscarás en vano, estáte seguro.

Cada fina línea recta de la blancura clara de su rostro estaba comprimida cruel, astuta y estrechamente, mientras permanecía mirando tranquilamente a su sobrino, con la caja de rapé en la mano.

De nuevo una vez más le tocó en el pecho, como si su dedo fuera la fina punta de una pequeña espada, con la cual, con delicado refinamiento, le atravesara el cuerpo, y dijo:

—Amigo mío, moriré perpetuando el sistema bajo el que he vivido.

Cuando lo hubo dicho, cogió una pizca culminante de rapé y puso la caja en su bolsillo.

—Mejor ser una criatura racional —añadió entonces después de tocar una campanilla que había sobre la mesa— y aceptar tu destino natural. Pero tú has perdido, señor Charles, veo.

—Esta propiedad y Francia están perdidas para mí —dijo el sobrino, tristemente—. Renuncio a ellas.

—¿Son ambas tuyas para que renuncies? Francia podía ser, pero, ¿la propiedad? Apenas merece la pena mencionarlo, pero, ¿lo es ya?

—No tenía intención, con las palabras que he empleado, de reclamarla todavía. Si me pasara a mí de usted, mañana...

—De lo cual tengo el orgullo de esperar que no sea probable.

—... o dentro de veinte años...

—Me haces mucho honor —dijo el Marqués—; sin embargo, prefiero esa suposición.

—... la abandonaría y viviría de otra manera y en otro lugar. Es pequeña para renunciar. ¿Qué es sino un páramo de miseria y ruina?

—¡Ah! —dijo el Marqués mirando alrededor de la lujosa habitación.

—Para el ojo es lo suficientemente hermoso, aquí, pero visto en su integridad, bajo el cielo y a la luz del día, es una torre de derroche que se desmorona, mala administración, extorsión, endeudamiento, hipoteca, opresión, hambre, desnudez y sufrimiento.

—¡Ah! —dijo el Marqués de nuevo de una manera llena de satisfación.

—Si alguna vez llegara a ser mío, lo pondría en algunas manos mejor cualificadas para librarlo lentamente (si tal cosa es posible) del peso que la arrastra, para que la gente miserable que no pueda dejarlo y quien ha estado tiempo estrujado hasta el último punto de su aguante, pueda, en otra generación, sufrir menos; pero no es para mí. Hay una maldición en ello, y en toda esta tierra.

—¿Y tú? —dijo el tío—. Perdona mi curiosidad, ¿pretendes vivir con elegancia bajo tu nueva filosofía?

—Tengo que hacer, para vivir, lo que otros compatriotas míos, incluso con nobleza a sus espaldas, quizá tengan que hacer algún día... trabajar.

—¿En Inglaterra, por ejemplo?

—Sí. El honor de la familia, señor, no corre peligro en este país. El nombre de la familia no puede sufrir de mí en otro, porque yo no lo soporto en ningún otro.

El sonido de la campana había ocasionado que la cámara adjunta se encendiera. Ahora brillaba intensamente a través de la puerta de comunicación. El Marqués miró en esa dirección y escuchó los pasos de su ayuda de cámara retirándose.

—Inglaterra es muy atractiva para ti, viendo con qué indiferencia has prosperado allí —observó entonces, volviendo su rostro tranquilo hacia su sobrino con una sonrisa.

—Ya he dicho que por mi prosperidad allí soy consciente de que debo estar en deuda con usted, señor. Por el resto, es mi Refugio.

—Dicen esos jactanciosos ingleses que es el Refugio de muchos. ¿Tú conoces a un compatriota que ha encontrado Refugio allí? ¿Un Doctor?

—Sí.

—¿Con una hija?

—Sí.

—Sí —dijo el Marqués—. Estás fatigado. ¡Buenas noches!

Según inclinaba su cabeza de la manera más cortés, había un secreto en su rostro sonriente y transmitió un aire de misterio a estas palabras que golpearon los ojos y oídos de su sobrino convincentemente. Al mismo tiempo, las delgadas líneas rectas del entorno de sus ojos y los delgados labios rectos y las marcas de la nariz, se curvaron con un sarcasmo que parecía magníficamente diabólico.

—Sí —repitió el Marqués—. Un Doctor con una hija. Sí. ¡Así comienza la nueva filosofía! Estás fatigado. ¡Buenas noches!

Hubiera sido tan inútil interrogar a cualquier rostro de piedra fuera del castillo como interrogar a ese rostro suyo. El sobrino le miró en vano al pasar hacia la puerta.

—¡Buenas noches! —dijo el tío—. Será un placer verte de nuevo por la mañana. ¡Buen descanso! ¡Ilumine a mi señor sobrino a su habitación de allí! Y quema a mi señor sobrino en su cama, si quieres —añadió para sí mismo antes de que tocara su campanilla de nuevo y llamara a su ayuda de cámara a su propio dormitorio.

El ayuda de cámara iba y venía, y el Señor Marqués caminaba de allá para acá en su amplio vestidor, para prepararse cuidadosamente para dormir esa noche todavía caliente. El susurro por la habitación, sus pies con suaves zapatillas que no hacían ruido en el suelo, él se movía como un tigre refinado: parecía algún marqués encantado de la clase malvada impenitente, en historia, cuyo cambio periódico en forma de tigre estaba a punto de marcharse, o acababa de llegar.

Él se movía de un extremo a otro de su voluptuoso dormitorio, mirando de nuevo a los trozos del viaje del día que llegaban a su mente espontáneamente. El lento avance cuesta arriba a la puesta del sol, el crepúsculo, el descenso, el molino, la prisión del risco, el pueblecito de la hondonada, los campesinos en la fuente y el reparador de caminos con su gorra azul apuntando a la cadena de debajo del carruaje. Esa fuente le sugirió la fuente de París, el pequeño fardo yaciendo en el paso, las mujeres inclinándose sobre él y el hombre alto con los brazos en alto gritando: «¡Muerto!».

—Tengo frío ahora —dijo el Señor Marqués—, y debo irme a la cama.

Así que, dejando solamente una luz ardiendo en la gran chimenea, dejó caer sus finas cortinas de gasa alrededor de él y oyó a la noche romper su silencio con un largo suspiro según se preparaba para dormir.

Los rostros de piedra de los muros exteriores miraron ciegamente en la noche oscura durante tres pesadas horas; durante tres pesadas horas los caballos de los establos hacían ruido en sus pesebres, los perros ladraban y el búho hacía su ruido muy poco parecido al del ruido asignado convencionalmente al búho por algunos hombres poetas. Pero es la costumbre obstinada de decir apenas lo que está establecido para tales criaturas.

Durante tres pesadas horas, los rostros de piedra del castillo, de león y humanas, miraban ciegamente en la noche. Oscuridad de muerte yacía sobre todo el paisaje, oscuridad de muerte añadía su propio silencio al polvo silencioso de todos los caminos. El cementerio se pasaba con sus pequeños montones de hierba pobre que no se distinguían unos de otros; la figura de la Cruz podría haber bajado, porque nada se podía ver de ella. En el pueblo, los que cobraban impuestos y los que los pagaban estaban profundamente dormidos. Soñando, quizá, con banquetes, como hacen normalmente los muertos de hambre, y con tranquilidad y descanso, como harían el esclavo conducido y el buey en su yugo, sus habitantes enjutos dormían sonoramente y estaban alimentados y eran libres.

La fuente del pueblo fluía sin ser vista ni oída, y la fuente del castillo goteaba sin ser vista ni oída —desvaneciéndose ambas como los minutos que están cayendo del resorte del Tiempo—. Durante tres oscuras horas. Luego el agua gris de ambas empezó a ser fantasmal a la luz, y los ojos de los rostros de piedra del castillo estaban abiertos.

Más y más luminoso hasta que al fin el sol tocó las copas de los árboles en calma y vertía su resplandor sobre la colina. Con el brillo, el agua de la fuente del castillo parecía volverse sangre y los rostros de piedra se teñían de rojo. El canto de los pájaros era alto y elevado y, sobre el alféizar azotado por el viento de la gran ventana del dormitorio del Señor Marqués, un pajarillo cantaba su más dulce canción con todas sus fuerzas. Ante esto, el rostro de piedra más cercano parecía mirarle fijamente con asombro y, con la boca abierta y la mandíbula inferior caída, miraba atemorizado.

Ahora el sol estaba arriba y el movimiento empezaba en el pueblo. Hojas de ventana se abrían, puertas desvencijadas se desatrancaban y la gente salía tiritando (gélidos, aún, por el nuevo aire dulce). Entonces empezaba el trabajo del día rara vez aliviado entre la población del pueblo. Algunos a la fuente, algunos a los campos, hombres y mujeres aquí para cavar y escarbar; hombres y mujeres allí, para ver las pobres reservas vivas y sacar a las huesudas vacas, a tanto pasto como se pudiera encontrar al lado del camino. En la iglesia y en la Cruz, una figura arrodillada o dos; guardando a estos oradores, la vaca guiada, intentando desayunar entre los hierbajos a sus pies.

El castillo se despertaba tarde, como se convirtió en su cualidad, pero se despertaba poco a poco y con seguridad. Primero, las solitarias lanzas de jabalí y los cuchillos de caza se habían enrojecido como antaño; luego habían relucido mordazmente con el sol de la mañana; ahora puertas y ventanas estaban abiertas, los caballos en sus establos miraban alrededor por encima de sus hombros a la luz y frescor que se vertían por las entradas, hojas que destellaban y susurraban en las ventanas de verjas de hierro, perros tirando fuerte de sus cadenas y empinándose impacientes para que les soltaran.

Todos estos incidentes triviales pertenecían a la rutina de la vida y el retorno de la mañana. Seguramente no así el repique de la gran campana del castillo, ni correr escaleras arriba y abajo, ni las figuras apresuradas sobre la terraza, ni las patadas y el recorrido aquí y allí y en todas partes, ni el rápido ensillado de caballos y alejarse cabalgando.

¿Qué vientos transmitieron esta prisa al reparador de caminos entrecano, ya en el trabajo en la cima de la colina más allá del pueblo, con su comida del día (no mucho para llevar) metida en un paquete que no era digno de un cuervo para que lo picoteara, sobre un montón de piedras? ¿Habían transportado los pájaros algunos granos a cierta distancia y los habían dejado caer sobre él como si sembraran semillas al azar? Tanto si sí como si no, el reparador de caminos corrió, en la mañana bochornosa, como si le fuera la vida en ello, colina abajo, con polvo hasta las rodillas y no se detuvo nunca hasta que llegó a la fuente.

Toda la gente del pueblo estaba en la fuente, en pie alrededor en su actitud abatida, y cuchicheando bajo, pero no mostrando otras emociones que curiosidad sombría y sorpresa. Las vacas guiadas se llevaron a toda prisa y se ataron a algo que las sujetara, estaban mirando estúpidamente o estaban tumbadas rumiando nada que compensara sus preocupaciones, especialmente, lo que ellas habían recogido en su paseo interrumpido. Alguna gente del castillo y algunos de la casa de postas, y todas las autoridades de impuestos, estaban más o menos armados y estaban en multitud al otro lado de la pequeña calle de un modo sin sentido, que estaba muy lleno de nada. También el reparador de caminos había penetrado, se había metido en medio del grupo de cincuenta amigos particulares y estaba golpeándose en el pecho con su gorra azul. ¿Qué presagiaba todo esto, y qué presagiaba que el señor Gabelle se aupara veloz detrás de un criado a lomos de un caballo y el transporte del mencionado Gabelle (aunque con doble carga el caballo), a galope, como una nueva versión del romance alemán de Leonora?

Presagiaba que había un rostro de piedra de más, arriba en el castillo. El Gorgon había inspeccionado de nuevo por la noche y había añadido el rostro de piedra ausente. El rostro de piedra al cual había esperado durante doscientos años.

Yacía en la almohada del Señor Marqués. Era como una fina máscara, asustada de repente, enfurecida y petrificada. Hincado en el corazón de la figura de piedra unida a ella, había un cuchillo. Alrededor de su empuñadura había un adorno de papel en el que se había garabateado:

«Conducidlo rápido a su tumba. Esto, de JACQUES»

CAPÍTULO X

Dos promesas

Más meses, hasta la cantidad de doce, habían venido y se habían ido y el señor Charles Darnay se había establecido en Inglaterra como profesor superior de lengua francesa, que era versado en literatura francesa. En esta época, él habría sido un Profesor, en esa época era un Tutor. El leía con hombres jóvenes que podían encontrar cualquier tiempo libre e interés por el estudio de una lengua viva que se hablaba en todo el mundo, y cultivaba un gusto por sus reservas de conocimiento e imaginación. Podía escribir con ellos además, con sonido inglés y traducirlo al sonido inglés. Tales maestros no se encontraban fácilmente en esa época; Príncipes que habían sido, y Reyes que iban a ser, no eran todavía de la clase Profesor, y ninguna nobleza arruinada había desaparecido de los libros de contabilidad de Tellson para convertirse en cocineros y carpinteros. Como tutor, cuyos logros hacían el camino del estudiante excepcionalmente agradable y provechoso y como traductor elegante que llevaba algo a su trabajo aparte de mero conocimiento de diccionario, el joven señor Darnay pronto llegó a ser conocido y animado. Él estaba bien al tanto, además, de las circunstancias de su país y aquéllas eran de interés siempre creciente. Así, con gran perseverancia e laboriosidad infatigable, prosperó.

En Londres él no había esperado caminar sobre pavimento de oro, ni yacer en lechos de rosas: si él hubiera tenido tales expectativas exaltadas, no habría prosperado. Había esperado trabajo, y lo encontró, y lo hizo, y lo hizo lo mejor que pudo. En esto consistía su prosperidad.

Una cierta cantidad de su tiempo la pasaba en Cambridge, donde leía con estudiantes universitarios como una especie de contrabandista tolerado que conducía un comercio de contrabando en lenguas europeas en vez de transmitir latín y griego por la aduana. El resto de su tiempo lo pasaba en Londres.

Ahora bien, desde los días en los que era siempre verano en el Edén, a esos días en los que es invierno en su mayor parte en latitudes bajas, el mundo de un hombre ha seguido un camino invariablemente —el camino de Charles Darnay— el camino del amor de una mujer.

Él había amado a Lucie Manette desde el momento de su peligro. Nunca había oído un sonido tan dulce y adorable como el sonido de su voz compasiva; él nunca había visto un rostro tan tiernamente hermoso como el suyo cuando se enfrentó con el suyo propio en el borde de la tumba que habían cavado para él. Pero todavía no le había hablado a ella del asunto; el asesinato en el castillo desierto tan lejano más allá del agua agitado y los largos, largos, caminos polvorientos —el castillo de piedra maciza que se había convertido en mera neblina de un sueño— había hecho un año, y él nunca le había revelado todavía, ni una sola palabra hablada, el estado de su corazón.

Que él tenía razones para esto, lo sabía muy bien. Era de nuevo un día de verano cuando, después de llegar tarde a Londres desde su ocupación en el colegio, él giró por la tranquila esquina de Soho, concentrándose en buscar una oportunidad de abrir su mente al doctor Manette. Era el final del día de verano y sabía que Lucie estaba fuera con la señorita Pross.

Encontró al doctor leyendo en su sillón en la ventana. La energía que una vez le había mantenido bajo sus antiguos sufrimientos y había agravado su intensidad, se había restablecido en él poco a poco. Ahora era un hombre muy enérgico de hecho, con gran firmeza de propósito, de fuerte resolución, y energía de acción. En su energía recuperada algunas veces era un poco irregular y brusco, como había sido el principio del ejercicio de sus otras facultades recuperadas, pero esto nunca se había observado con frecuencia y se había ido haciendo cada vez más raro.

Estudiaba mucho, dormía poco, acumulaba una gran fatiga con facilidad y era alegre con serenidad. A él entró ahora Charles Darnay, ante cuya vista dejó a un lado su libro y le alargó la mano.

—¡Charles Darnay! Me alegro de verle. Hemos estado esperando su regreso estos tres o cuatro días pasados. El señor Stryver y Sydney Carton estuvieron aquí los dos ayer y los dos le consideraban fuera más de lo debido.

—Les agradezco mucho su interés por el asunto —contestó, un poco friamente hacia ellos, aunque muy cálidamente respecto al doctor—. La señorita Manette...

—Está bien —dijo el doctor, según se detuvo un poco—, y su regreso nos llena de alegría a todos. Ella ha salido para algunas cuestiones del hogar, pero regresará pronto.

—Doctor Manette, sabía que ella no estaba en casa. Aproveché la oportunidad de que no estuviera en casa para pedir hablar con usted.

Hubo un silencio vacío.

—¿Sí? —dijo el doctor con represión evidente—. Traiga su silla aquí y hablemos.

Él siguió sus instrucciones sobre la silla, pero parecía hallar menos fácil empezar a hablar.

—He tenido la dicha, doctor Manette, de ser tan íntimo aquí —así empezó finalmente— durante un año y medio que espero que el tópico que estoy a punto de tocar no pueda...

Él se detuvo al extender el doctor la mano para detenerle. Cuando la había mantenido así un momento, dijo, echándola hacia atrás:

—¿Es Lucie el tópico?

—Lo es.

—Es difícil para mí hablar de ella en cualquier momento. Es muy difícil para mí oírle hablar de ella en ese tono suyo, Charles Darnay.

—¡Es el tono de la ferviente admiración, homenaje verdadero y profundo amor, doctor Manette! —dijo con deferencia.

Hubo otro silencio vacío antes de que se reincorporara su padre:

—Lo creo. Le hago justicia. Lo creo.

Su represión era tan manifiesta, y era tan manifiesto también, que originara un no deseo de acercarse al tema, que Charles Darnay titubeó:

—¿Puedo continuar, señor?

Otro vacío.

—Sí, continúe.

—Usted se anticipa a lo que diría yo, aunque usted no puede saber con qué seriedad lo digo, con qué seriedad lo siento, sin conocer mi corazón secreto y las esperanzas y miedos y ansiedades de las cuales ha estado cargado mucho tiempo. Querido doctor Manette, amo a su hija inocentemente, de verdad, desinteresadamente, devotamente. Si alguna vez hubo amor en el mundo, yo la amo. Usted ha amado, ¡deje que su antiguo amor hable por mí!

El doctor se sentó con el rostro vuelto y sus ojos concentrados en el suelo. Ante las últimas palabras, él estiró la mano de nuevo, apresuradamente, y gritó:

—¡No es eso, señor! ¡Deje eso en paz! ¡Le imploro que no recuerde eso!

Su grito fue un grito de dolor real que sonó en los oídos de Charles Darnay mucho después de haber cesado. Él hizo una señal con la mano que había extendido y parecía ser un ruego de que hiciera una pausa Darnay. Este último así la recibió y permaneció en silencio.

—Le pido perdón —dijo el doctor, en un tono contenido después de unos momentos—. No dudo de su amor a Lucie; debería estar satisfecho por ello.

Se giró hacia él en su silla, pero no le miró ni levantó los ojos. Su barbilla cayó sobre su mano y su pelo blanco ensombreció su cara:

—¿Ha hablado con Lucie?

—No.

—¿Ni la ha escrito?

—Nunca.

—Sería mezquino fingir no saber que su abnegación va a hacer referencia a su consideración por el padre de ella. Y el padre de ella os lo agradece.

Él le ofreció la mano, pero sus ojos no iban con ella.

—Sé —dijo Darnay con respeto— cómo puedo dejar de saber, doctor Manette, yo que les he visto juntos día a día, que entre usted y la señorita Manette hay un afecto tan poco corriente, tan conmovedor, tan perteneciente a las circunstancias en las cuales se ha cultivado, que puede tener pocos paralelismos, incluso en la ternura entre un padre y un hijo. Sé, doctor Manette —cómo podría dejar de saberlo— que mezclado con el afecto y el deber de una hija que se ha convertido en una mujer, en su corazón hay hacia usted todo el amor y confianza de la primera infancia misma. Sé que, como en su niñez no tuvo padres, ahora es devota a usted con toda la constancia y el fervor de sus años presentes y carácter, unido a la confianza y cariño de los primeros días en los cuales usted la había perdido. Sé perfectamente bien que si ella le ha recuperado del mundo más allá de esta vida, usted apenas podría ser investido, ante sus ojos, con un carácter que ese en el cual usted está siempre con ella. Sé que cuando ella está aferrada a usted, las manos del bebé, de la muchacha y de la mujer, todas en una, rodean su cuello. Sé que al amarle a usted ella ve y ama a su madre en su propia edad, le ve y le ama a usted en mi edad, ama a su madre con el corazón destrozado, le ama a través de su espantoso juicio y en su bendito restablecimiento. He sabido esto, noche y día, desde que le he conocido en su hogar.

Su padre se sentó en silencio con el rostro inclinado. Su respiración era un poco más rápida, pero reprimía todos los demás signos de agitación.

—Querido doctor Manette, siempre sabiendo esto, siempre viéndola a ella y a usted con esta luz sagrada a su alrededor, yo me he abstenido, me he abstenido durante tanto tiempo como la naturaleza del hombre puede hacerlo. Yo he sentido, e incluso siento ahora, que traer mi amor —incluso mío— entre ustedes es tocar su historia con algo no tan bueno como él mismo. Pero la amo, ¡el Cielo es mi testigo de que la amo!

—Lo creo —contestó su padre con voz lastimera—. Yo he pensado tanto antes de ahora. Lo creo.

—Pero no crea —dijo Darnay, en cuyos oídos la voz lastimera golpeó con un sonido de reproche— que si mi destino fuera ser un día tan feliz de hacerla mi esposa, en cualquier momento tengo que poner alguna separación entre ella y usted, yo podría musitar o musitaría una palabra de lo que ahora digo. Además de que yo sabría que sería imposible, sabría que sería una vileza. Si yo tuviera una posibilidad tal, incluso en una distancia remota de años, albergada en mis pensamientos y oculta en mi corazón —si alguna vez hubiera estado allí, si alguna vez pudiera estar allí—, yo no podría tocar ahora esta mano honrada.

Él puso la suya propia encima mientras hablaba.

—No, querido doctor Manette. Como usted, un exiliado voluntario de Francia; como usted, empujado desde ella por sus distracciones, opresiones y miserias; como usted, luchando por vivir lejos de ella por mis propios esfuerzos y confiando en un futuro más feliz, busco solamente compartir sus destinos, compartir su vida y su hogar y serles fiel hasta la muerte. No repartir con Lucie su privilegio como hija suya, compañera y amiga; sino venir en ayuda de ello y unirla más a usted, si tal cosa puede ser.

Su tacto todavía persistía en la mano del padre de ella. Contestando al tacto por un momento, pero no fríamente, su padre descansó las manos sobre los brazos de su silla y miró hacia arriba por primera vez desde el comienzo de la conversación. Una lucha estaba clara en su rostro, una lucha con ese aspecto ocasional que tenía tendencia a la duda oscura y al terror.

—Usted habla con tanto sentimiento y con tanta valentía, Charles Darnay, que se lo agradezco con todo mi corazón y le abriré todo mi corazón... o casi todo. ¿Tiene algún motivo para creer que Lucie le ama?

—Ninguno, hasta ahora ninguno.

¿Es el objetivo inmediato de esta confianza, que usted pueda determinar eso de una vez, con mi conocimiento?

—Ni siquiera así. Yo no he podido tener el optimismo para hacerlo durante semanas; yo podré tener ese optimismo (confundido o no confundido) mañana.

—¿Busca alguna orientación mía?

—No pido ninguna, señor. Pero he pensado si es posible que usted pudiera tenerla en su poder, si lo considerara correcto, darme alguna.

—¿Busca alguna promesa de mí?

—Busco eso.

—¿Qué es?

—Entiendo bien que, sin usted, no podría tener esperanza. Entiendo bien que, incluso si la señorita Manette me tiene en este momento en su inocente corazón —no crea que tengo la osadía de asumir tanto— podría no conservar ningún lugar en él contra su amor por su padre.

—Si eso fuera así, ¿ve lo que implica por otro lado?

—Entiendo igualmente bien que una palabra de su padre en favor de cualquier pretendiente, pesaría más en ella misma y en todo el mundo, por cuya razón, doctor Manette —dijo Darnay, modesta pero firmemente—, yo no pediría esa palabra para salvar mi vida.

—Estoy seguro de ello. Charles Darnay, misterios surgen del amor cercano, así como de una división grande; en el primer caso ellos son sutiles y delicados y difíciles de penetrar. Mi hija Lucie es, a este respecto, un misterio así para mí, no puedo adivinar el estado de su corazón.

—Puedo preguntar, señor, si piensa que ella... —según titubeaba, el padre de ella proporcionó el resto.

—¿Es buscada por algún otro pretendiente?

—Eso es lo que quería decir.

Su padre pensó un poco antes de contestar:

—Usted mismo ha visto aquí al señor Carton. El señor Stryver está aquí también de cuando en cuando. Si eso fuera todo, solamente pueden ser uno de esos dos.

—O ambos —dijo Darnay.

—Yo no había pensado en ambos. No pensaría en ninguno, probablemente. Usted quiere una promesa de mí. Cuénteme que es.

—Es que si la señorita Manette viniera en cualquier momento, de parte suya, con tal confianza como la que yo me he atrevido a poner ante usted, usted dará testimonio de lo que he dicho, y de que usted cree en ello. Espero que usted pueda pensar tan bien de mí como para no instar ninguna influencia contra mí. Yo no digo nada más de mi riesgo en esto, es lo que pido. La condición sobre la cual lo pido y la cual usted tiene un derecho indudable a requerir, yo la respetaré inmediatamente.

—Le hago la promesa —dijo el doctor— sin ninguna condición. Yo creo que su objetivo es, pura y verdaderamente, como lo ha expuesto. Creo que su intención es perpetuar, y no debilitar, los lazos entre yo y mi otro y más querido yo. Si ella me contara alguna vez que usted es esencial para su perfecta felicidad, se la daré a usted. Si hubiera... Charles Darnay, si hubiera...

El joven le había cogido la mano con gratitud; sus manos estaban unidas cuando habló el doctor:

—... cualquier fantasía, cualquier razón, cualquier aprensión, cualquier cosa, nueva o vieja, contra el hombre que ella amara realmente —no estando la responsabilidad directa de la misma en su cabeza— todos ellos serían destruidos por el bien de ella. Ella lo es todo para mí, es más para mí que el sufrimiento, más para mí que el mal, más para mí... ¡Bueno! Esto es hablar en vano!

Tan extraña fue la forma en la que se apagó en el silencio y tan extraña su mirada fija cuando había dejado de hablar, que Darnay sintió que su propia mano se volvía fría en la mano que lentamente soltó y dejó caer.

—Usted me decía algo —dijo el doctor Manette, forzando una sonrisa. ¿Qué iba a decirme?

No sabía qué contestar hasta que recordó haber hablado de una condición. Calmado porque su mente volvió a ello, contestó:

—Su confianza en mí debería ser correspondida con confianza plena, por mi parte. Mi nombre actual, aunque ligeramente cambiado a partir del de mi madre, no es, como recordará, el mío. Deseo decirle cuál es y por qué estoy en Inglaterra.

—¡Alto! —dijo el doctor de Beauvais.

—Lo deseo, para poder merecer mejor su confianza, y no tener secretos.

—¡Alto!

Por un instante el doctor incluso tuvo las dos manos en sus oídos; por otro instante, incluso había puesto las dos manos en los labios de Darnay.

—Dígamelo cuando se lo pregunte, no ahora. Si su petición de mano prosperara, si Lucie le amara, me lo dirá la mañana de su boda. ¿Lo promete?

—Con gusto.

—Déme su mano. Ella vendrá a casa directamente y es mejor que no nos vea juntos esta noche. ¡Váyase! ¡Dios le bendiga!

Era oscuro cuando Charles Darnay le dejó, y era una hora más tarde y más oscuro cuando Lucie vino a casa; ella se apresuró a entrar en la habitación sola —porque la señorita Pross había subido las escaleras directamente— y se sorprendió al ver su silla de leer vacía.

—¡Padre mío! —le llamó—. ¡Querido padre!

Nada se dijo en contestación, pero ella oyó un sonido bajo de martilleo en su habitación. Cruzando suavemente la habitación intermedia miró desde la puerta y regresó corriendo asustada, y gritando para sí misma, con la sangre helada en las venas: «¡Qué haré! ¡Qué haré!»

Su incertidumbre duró sólo un momento; regresó deprisa y dio un golpecito en su puerta y le llamó suavemente. El ruido cesó con el sonido de su voz y él salió hacia ella en seguida, y caminaron de acá para allá juntos durante mucho tiempo.

Ella bajó de la cama para verle dormir aquella noche. Él dormía profundamente y su bandeja de herramientas de zapatero, y su antiguo trabajo sin terminar, estaban como siempre.

CAPÍTULO XI

Imagen compañera

—Sidney —dijo el señor Stryver, esa misma noche, o por la mañana, a su chacal—, mezcla otro cuenco de ponche; tengo algo que decirte.

Sydney había estado trabajando el doble aquella noche, y la noche anterior, y la noche anterior a esa y un buen número de noches sucesivas, haciendo una magnífica compensación entre los papeles del señor Stryver antes de empezar el largo período de inactividad. La compensación se efectuó al final; los atrasos de Stryver se detuvieron espléndidamente; todo se iba a librar hasta que llegara noviembre con sus nieblas atmosféricas y nieblas legales y trajera molienda al molino de nuevo.

Sydney no era el más vivo ni el más sobrio para tanta aplicación. Se había cogido una cantidad extra de toallas húmedas para sacarle durante la noche; en la misma medida una cantidad extra de vino había precedido a las toallas, y estaba en unas condiciones muy perjudiciales cuando ahora se quitaba su turbante y lo tiraba a la palangana en la cual la había remojado a intervalos de tiempo durante las últimas seis horas.

—¿Estás mezclando ese otro cuenco de ponche? —dijo Stryver el corpulento, con las manos en su cinturilla, mirando alrededor desde el sofá donde estaba echado de espalda.

—Sí.

—Ahora, ¡mira aquí! Voy a contarte algo que te sorprenderá bastante y que quizá te haga pensar que no soy tan astuto como piensas normalmente de mí. Pretendo casarme.

—¿Tú?

—Sí. Y no por dinero. ¿Qué dices ahora?

—No me siento dispuesto a decir mucho. ¿Quién es ella?

—Adivina.

—¿La conozco?

—Adivina.

—No voy a adivinarlo, a las cinco de la mañana, con mi cerebro friéndose y chisporroteando en mi cabeza. Si quieres que lo adivine, tenías que pedírmelo en la cena.

—Bien, entonces, te lo diré —dijo Stryver, llegando lentamente a la postura de sentado—. Sydney, me desespero bastante en hacerlo inteligible para ti porque eres un perro tan insensible...

—Y tú —contestó Sidney, ocupado en preparar el ponche— eres un espíritu tan sensible y poético...

—¡Vamos! —se reincorporó Stryver riéndose fanfarronamente—, aunque no prefiero ninguna afirmación de ser el alma de un romance (porque espero conocer mejor), todavía soy una clase de tipo más delicado que tú.

—Tú tienes más suerte, si quieres decir eso.

—No quiero decir eso. Quiero decir un hombre de más... más...

—Di gallardía, que lo tienes a mano —sugirió Carton.

—¡Bueno!, diré gallardía. Lo que quiero decir es que yo soy un hombre —dijo Stryver, inflándose ante su amigo según hacía el ponche— que se preocupa de ser agradable, que se esmera más para ser agradable, que sabe mejor cómo ser agradable, en compañía de una mujer que tú.

—Continúa —dijo Sydney Carton.

—No; pero antes de continuar —dijo Stryver, sacudiendo su cabeza en su modo de acoso— yo pondré esto claro contigo. Tú has estado en casa del doctor Manette tanto como yo, o más que yo. ¡Anda que no me ha avergonzado tu malhumor allí. Tus modales han sido de esa clase silenciosa y hosca y avergonzada, que, por mi vida y mi alma, yo me he avergonzado de ti, Sydney!

—Sería muy beneficioso para un hombre con tu práctica en la abogacía, no avergonzarse de nada —contestó Sydney—. Tú deberías estarme muy agradecido.

—No te escaparás por ese camino —replicó Stryver, cargando su réplica hacia él—; no, Sydney, es mi deber decírtelo, y te lo digo a la cara para hacerte bien— que tú eres un tipo diabólico, desabrido, en esa clase de sociedad. Tú eres un tipo desagradable.

Sydney bebió un vaso lleno hasta el borde del ponche que había hecho, y se rió.

—¡Mírame! —dijo Stryver, enfrentándose—. Tengo menos necesidad de hacerme a mí mismo agradable que tú, siendo más independiente en las circunstancias. ¿Por qué lo hago?

—No te he visto hacerlo nunca todavía —murmuró Carton.

—Lo hago porque es diplomacia, lo hago por principio. ¡Y mírame! Yo continúo.

—Tú no sigues con tu explicación de tus intenciones matrimoniales —contestó Carton con aire despreocupado—. Desearía que te mantuvieras en eso. Respecto a mí... ¿Nunca entenderás que soy incorregible?

Él hizo la pregunta con cierto aspecto de desdén.

—No tienes razones para ser incorregible —fue la respuesta de su amigo, dada en un tono no muy tranquilizador.

—No tengo razones para serlo, del todo, que yo sepa —dijo Sydney Carton—. ¿Quién es la dama?

—Ahora, no permitas que mi anuncio del nombre haga que te moleste, Sydney —dijo el señor Stryver, preparándole con ostentosa simpatía por la revelación que estaba a punto de hacer—, porque sé que tú no piensas la mitad de lo que dices, y si tú lo pensaras todo, no sería de importancia. Hago este pequeño prefacio porque me mencionaste a la joven dama una vez en términos despectivos.

—¿Lo hice?

—Ciertamente, y en estas habitaciones.

Sydney Carton miró a su ponche y miró a su amigo satisfecho de sí mismo; se bebió su ponche y miró a su amigo satisfecho de sí mismo.

—Me hiciste mención de la dama como una muñeca de pelo dorado. La joven dama es la señorita Manette. Si tú hubieras sido un tipo de alguna sensibilidad o delicadeza de sentimientos en esa clase de temas, Sydney, yo podría haber estado un poco resentido por tu empleo de tal designación; pero no lo eres. Tú quieres esa sensación en general; por tanto yo no me irrito más cuando pienso en la expresión de lo que me irritaría por la opinión de un hombre sobre uno de mis cuadros, que no tuviera ojo para los cuadros, o una pieza de mi música, que no tuviera oído para la música.

Sydney Carton se bebió el ponche a una gran velocidad; se lo bebió en vasos llenos hasta el borde, mirando a su amigo.

—Ahora lo sabes todo sobre ello, Syd —dijo el señor Stryver—. No me preocupa el destino, ella es un criatura encantadora y he decidido complacerme a mí mismo, en general creo que puedo permitirme el lujo de complacerme a mí mismo. Ella tendrá en mí a un hombre que ya está bastante bien, y un hombre que sube rápidamente, y un hombre de cierta distinción: es un trozo de buena suerte para ella, pero ella merece buena suerte. ¿Estás asombrado?

Carton, bebiéndose todavía el ponche, replicó:

—¿Por qué me asombraría?

—¿Lo apruebas?

Carton, bebiéndose todavía el ponche, replicó:

—¿Por qué no lo aprobaría?

—¡Bueno! —dijo su amigo Stryver—, te lo has tomado con más facilidad de lo que me imaginaba que lo harías y es menos mercenario por mi parte de lo que pensé que lo harías; aunque, a decir verdad, sabes bastante bien ahora que tu viejo compinche es un hombre de una voluntad muy fuerte. Sí, Sydney, yo he tenido bastante de este estilo de vida, sin ningún otro cambio. Siento que es algo agradable para un hombre tener un hogar cuando se sienta inclinado a ir a él (cuando no lo esté, puede permanecer fuera), y yo siento que la señorita Manette hablará bien en cualquier condición social y siempre dará crédito de mí. Por tanto yo me he decidido. Y ahora, Sydney, viejo muchacho, quiero decirte unas palabras sobre tus perspectivas. Estás en mal camino, sabes. Realmente estás en mal camino. No conoces el valor del dinero, vives fuerte, tú te despertarás uno de estos días y estarás enfermo y serás pobre. Deberías pensar en serio en una enfermera.

La próspera influencia con la que lo dijo, le hizo parecer dos veces más grande de lo que era, y cuatro veces más ofensivo.

—Ahora, déjame recomendarte —continuó Stryver— que lo mires de frente. Yo lo he mirado de frente, a mi manera diferente; míralo de frente tú, a tu manera diferente. Cásate. Provéete de alguien que cuide de ti. No importa que no disfrutes de la compañía de las mujeres, ni entiendas de ello, ni tengas tacto para ello. Encuentra a alguien. Encuentra a alguna mujer respetable con una pequeña propiedad —alguien del estilo de una dueña, o del estilo de casa de alojamiento— y cásate con ella, contra un día lluvioso. Ahora piensa en ello, Sydney.

—Pensaré en ello —dijo Sydney.

CAPÍTULO XII

El amigo de la delicadeza

Habiéndose decidido el señor Stryver a esa magnánima concesión de buena suerte a la hija del doctor, resolvió hacerle conocer a ella su dicha antes de marcharse de la ciudad para el Largo Período de Inactividad. Después de discutir mentalmente sobre el punto, llegó a la conclusión de que estaría bien tener hechos todos los preliminares, y ellos podrían entonces disponer en su tiempo libre si ella le daría su mano una semana o dos antes de Michaelmas Term o en las pequeñas vacaciones de Navidad, entre ella y Hilary.

Respecto al punto fuerte de su caso, él no tenía ninguna duda sobre ello, sino que veía claramente su camino hacia el veredicto. Discutidos con el jurado los aspectos materiales sustanciales —los únicos aspectos siempre válidos que se tienen en cuenta— era un caso sencillo y no había ningún punto débil en él. Se llamó a sí mismo por el demandante, no habiendo pasado por alto su testimonio, el abogado del demandado lanzó su defensa y el jurado ni siquiera empezó a considerarlo. Después de intentarlo, Stryver, C.J., estaba satisfecho porque no podía ser un caso más sencillo.

Por consiguiente, el señor Stryver inauguró su Largo Período de Inactividad, con una propuesta formal de llevar a la señorita Manette a los Jardines Vauxhall; al fracasar esto, a Ranelagh; al fracasar también incomprensiblemente, le correspondía presentarse en persona en Soho y allí manifestar su noble espíritu.

Hacia Soho, por tanto, se abría paso desde el Temple, mientras la flor de la primera infancia del Largo Período de Inatividad estaba todavía en él. Todos los que le habían visto proyectándose en Soho mientras estaba todavía en el lado de Saint Dunstan de Temple Bar, irrumpiendo con todas las de la ley por el pavimento, a los empujones de toda la gente más débil, podrían haber visto lo seguro y fuerte que era.

Su camino le hizo pasar por Tellson, y tanto por tener cuenta en Tellson como por conocer al señor Lorry como amigo íntimo de los Manette, pasó por la mente del señor Stryver entrar en el banco y revelar al señor Lorry el brillo del horizonte de Soho. Así, empujó la puerta para que se abriera con el débil ruido en su garganta, tropezó en los dos escalones, pasó a los dos cajeros ancianos y se abrió paso al gabinete trasero con olor a humedad donde el señor Lorry estaba sentado ante grandes libros dominados por figuras, con barras de hierro perpendiculares en su ventana como si ésta estuviera dominada por figuras también y todo debajo de las nubes fuera una cuenta.

—¡Hola! —dijo el señor Stryver—. ¿Cómo está? ¡Espero que esté bien!

Era gran peculiaridad de Stryver que siempre pareciera demasiado grande para cualquier sitio, o espacio. Era tan grande para el Tellson que los empleados viejos de rincones distantes miraban hacia arriba con miradas de reproche, como si él les apretara contra la pared. La Casa misma, interpretando magníficamente el papel en una perspectiva bastante remota, bajó contrariada, como si la cabeza de Stryver hubiera estado metida en su chaleco de responsabilidad.

El discreto señor Lorry dijo, en una muestra de tono de voz que recomendaría bajo las circunstancias «¿Cómo está, señor Stryver? ¿Cómo está señor?», y estrechar las manos. Había una peculiaridad en su forma de estrechar las manos, siempre a la vista de cualquier empleado del Tellson que estrechaba las manos con un cliente cuando la Casa invadía el aire. Él la estrechó de una forma abnegada, como uno que la estrecha para Tellson y Co.

—¿Puedo hacer algo por usted, señor Stryver? —preguntó el señor Lorry con su carácter de oficio.

—¿Por qué? No, gracias. Esta es una visita privada a usted, señor Lorry. He venido para tener unas palabras en privado.

—¡Oh, por supuesto! —dijo el señor Lorry, torciendo su oreja, mientras su mirada pasaba distraída por la Casa a lo lejos.

—Voy —dijo el señor Stryver, apoyando sus brazos con confianza sobre el escritorio, el cual, aunque era el doble de largo, parecía no ser escritorio suficiente para él—. Voy a ofrecerme en matrimonio a nuestra agradable pequeña amiga, la señorita Manette, señor Lorry.

—¡Oh, Dios mío! —exclamó el señor Lorry, frotándose la barbilla y mirando a su visitante con recelo.

—¿Oh, Dios mío, señor? —repitió Stryver, echándose atrás—. ¿Oh, Dios mío, señor? ¿Qué quiere decir con eso, señor Lorry?

—Mi significado —contestó el hombre de negocios— es, por supuesto, amistoso y apreciativo, y que le da a usted el mayor de los méritos, y en resumen, mi significado es todo lo que usted pueda desear. Pero... realmente, sabe, señor Stryver... —el señor Lorry hizo una pausa y movió la cabeza de la manera más extraña, como si se viera obligado contra su voluntad a añadir, internamente—: ¡Sabe realmente que tanto es demasiado de usted!

—¡Bien! —dijo Stryver, dando palmadas en el escritorio con su mano peleona, abriendo sus ojos completamente y tomando aliento—, si le comprendo, señor Lorry, me colgarán.

El señor Lorry se ajustó su pequeña peluca en las dos orejas como recurso hacia ese fin, y mordió la pluma de una pluma.

—¡Señor! —dijo Stryver, mirándole fijamente—, ¿no reúno los requisitos?

—¡Dios mío, sí! ¡Oh, sí, usted reúne los requisitos! —dijo el señor Lorry—. Si dice de reunir los requisitos, usted reúne los requisitos.

—¿Y no soy propicio? —preguntó Stryver.

—¡Oh!, si es por ser propicio, usted es propicio —dijo el señor Lorry.

—¿Y he progresado?

—Si es por haber progresado, sabe —dijo el señor Lorry, deleitado por ser capaz de hacer otra entrada—, nadie puede dudarlo.

—Entonces, ¿qué demonios quiere decir, señor Lorry? —preguntó Stryver, alicaído perceptiblemente.

—¡Bueno! Yo... ¿Iba allí ahora? —preguntó el señor Lorry.

—¡Directamente! —dijo Stryver, con un ruido sordo de su puño sobre el escritorio.

—Entonces pienso que yo no lo haría, si fuera usted.

—¿Por qué? —dijo Stryver—. Ahora, le pondré en un apuro —moviendo un dedo hacia él con elocuencia—. Usted es un hombre de negocios y está obligado a tener una razón. Exponga su razón. ¿Por qué no habría de ir?

—Porque —dijo el señor Lorry— yo no continuaría con un asunto como ese sin tener alguna causa para creer que tendría éxito.

—¡No me diga! —exclamó Stryver—, pero esto lo supera todo.

El señor Lorry dirigió la mirada hacia la distante Casa, y la dirigió al enojado Stryver.

—Aquí tiene a un hombre de negocios... un hombre de años... un hombre de experiencia... en un banco —dijo Stryver—, y habiendo resumido tres razones destacadas para un éxito completo, ¡dice que no hay razón alguna! ¡Lo dice con la cabeza bien puesta! —el señor Stryver comentó la peculiaridad como si hubiera sido infinitamente menos sorprendente si él lo hubiera dicho sin cabeza.

—Cuando hablo de éxito, hablo de éxito con la joven dama, y cuando hablo de causas y razones para hacer probable el éxito, hablo de causas y razones que hablarán como tales a la joven dama. La joven dama, mi buen señor —dijo el señor Lorry, dando un golpecito suave al brazo de Stryver—, la joven dama. La joven dama va por delante de todo.

—Entonces quiere decirme, señor Lorry —dijo Stryver igualando sus codos—, que es su opinión deliberada que la joven dama en cuestión ahora ¿es una tonta remilgada?

—No es eso exactamente. Quiero decirle, señor Stryver —dijo el señor Lorry, ruborizándose—, que no escucharé ninguna palabra irrespetuosa sobre esa dama joven de ningún labio; y que si yo conociera a algún hombre —que espero que no— cuyo gusto fuera tan ordinario y cuyo temperamento fuera tan autoritario, que no pudiera contenerse de hablar irrespetuosamente de esa joven dama en este escritorio, ni siquiera Tellson evitaría que le dijera cuatro verdades.

La inevitabilidad de estar enojado en un tono reprimido había puesto a las venas del señor Stryver en un peligroso estado cuando le llegó el turno de enojarse; las venas del señor Lorry, metódicos como podían ser sus recorridos normalmente, no estaban en mejores condiciones ahora que era su turno.

—Eso es lo que quiero decirle, señor —dijo el señor Lorry—. Por favor, no permita que se cometa un error sobre ello.

El señor Stryver chupó el extremo de una regla durante un momento, y entonces se quedó golpeando una melodía con sus dientes con ella, lo que probablemente le produjo dolor de dientes. Él rompió el silencio incómodo diciendo:

—Esto es algo nuevo para mí, señor Lorry. ¿Deliberadamente me aconseja que no suba a Soho y me ofrezca... a mí mismo, Stryver, de la abogacía del Tribunal del Rey?

—¿Me pide consejo, señor Stryver?

—Sí.

—Muy bien. Entonces se lo doy y usted lo ha repetido correctamente.

—Y todo lo que puedo decir de eso es —se rió Stryver con una risa irritada— que esto... ¡ja, ja...! marca todo el pasado, el presente, y lo que vendrá.

—Ahora entiéndame —continuó el señor Lorry—. Como hombre de negocios no tengo justificación para hablar sobre este asunto, porque, como hombre de negocios, no sé nada de eso. Pero he hablado como viejo amigo, que ha llevado en brazos a la señorita Manette, que es el amigo de confianza de la señorita Manette y de su padre también, y quien tiene un gran afecto por los dos. La confianza no es lo que busco, recuerde. Ahora, ¿piensa que no debo tener razón?

—¡No yo! —dijo Stryver silbando—. No puedo asumir encontrar terceras partes con sentido común. Yo solamente lo encuentro para mí mismo. Supongo sentido en ciertas cuartas partes; usted supone tontería juvenil remilgada. Es nuevo para mí, pero tiene razón, me atrevo a decir.

—Lo que yo supongo, señor Stryver, afirmo describirlo para mí mismo. Y entiéndame, señor —dijo el señor Lorry, enrojeciendo rápidamente de nuevo—. A mí, ni siquiera en Tellson, ningún aliento de caballero me lo ha descrito.

—¡Vaya! ¡Ruego que me perdone! —dijo Stryver.

—De acuerdo. Gracias. Bien, señor Stryver, estaba a punto de decir que sería doloroso para usted descubrir que se ha equivocado, sería doloroso para el doctor Manette tener la tarea de ser explícito con usted, sería muy doloroso para la señorita Manette tener la tarea de ser explícita con usted. Usted conoce los términos sobre los cuales tengo el honor y la dicha de estar con la familia. Si lo desea, sin comprometerle de ninguna manera, sin representarle de ninguna manera, yo me comprometeré a corregir mi consejo por el ejercicio de una pequeña observación nueva y criterio llevado expresamente para influir en ello. Si usted entonces no estuviera satisfecho con ello, usted puede evaluar la solidez por usted mismo. Si, por otro lado, estuviera satisfecho con ello, y sería lo que es ahora, podían evitarse por todos los lados lo que es mejor evitar. ¿Qué dice?

—¿Cuánto tiempo me mantendría en la ciudad?

—¡Oh!, es sólo cuestión de unas cuantas horas. Podría ir a Soho por la tarde e ir a su bufete después.

—Entonces digo que sí —dijo Stryver—. No subiré allí ahora, no le doy tanta importancia a lo que pasa. Digo que sí y esperaré verle esta noche. Buenos días!

Entonces el señor Stryver se dio la vuelta y salió del Banco, causando tal sacudida de aire a su paso que resistirse a él inclinándose detrás de dos mostradores, requirió la mayor fuerza que les quedaba a los dos ancianos empleados.

A aquellas personas venerables y débiles siempre las estaba viendo el público en el acto de inclinarse, y se creía de una manera popular, cuando se habían inclinado ante un cliente que salía, que todavía se mantenían inclinados en la oficina vacía hasta que se inclinaban ante otro cliente que entraba.

El abogado fue lo bastante entusiasta como para adivinar que el banquero no habría ido tan lejos en la expresión de su opinión sobre cualquier motivo menos sólido que la seguridad moral. Sin preparar como estaba para la gran píldora que tenía que tragarse, se la tragó.

—Y ahora —dijo el señor Stryver, moviendo su dedo con elocuencia en el Temple en general, cuando acabó—, mi forma de salir de esto es haceros quedar mal.

Era un poco del arte de una estratagema de Old Bailey, en la cual él encontraba gran alivio.

—No me hará quedar mal, joven dama —dijo el señor Stryver—. Yo lo haré por usted.

Por consiguiente, cuando el señor Lorry visitó aquella noche, ya tarde a las diez, al señor Stryver, entre una cantidad de libros y papeles desparramados para el propósito, parecía no tener en su mente nada del tema de la mañana. Incluso mostró sorpresa cuando vio al señor Lorry y estaba en un estado ausente y preocupado totalmente.

—¡Bien! —dijo ese buen emisario, después de media hora entera de intentos inútiles de llevarle a la cuestión—. He ido a Soho.

—¿A Soho? —repitió el señor Stryver fríamente—. ¡Oh, seguro! ¡En qué estoy pensando!

—Y no tengo duda —dijo el señor Lorry— de que yo tenía razón en la conversación que tuvimos. Mi opinión está confirmada y reitero mi consejo.

—Le aseguro —contestó el señor Stryver, de la manera más amistosa— que lo siento por usted y lo siento por el pobre padre. Sé que esto tiene que ser siempre un tema doloroso con la familia. No hablemos más de ello.

—No le comprendo —dijo el señor Lorry.

—No —replicó Stryver, asintiendo con la cabeza de una manera suave y definitiva—, no importa, no importa.

—Pero sí que importa —instó el señor Lorry.

—No, le aseguro que no. Habiendo supuesto que había sentido donde no hay sentido, y una ambición loable donde no hay una ambición loable, he salido bien de mi error y no se ha hecho daño. Las mujeres jóvenes con frecuencia han cometido locuras parecidas antes y se han arrepentido de ellas con frecuencia en la pobreza y la oscuridad antes. En un aspecto generoso, siento que el asunto se haya caído porque hubiera sido malo para mí desde un punto de vista material (casi no es necesario decir que no podría haber ganado nada con ello). No se ha hecho daño después de todo. Yo no le he propuesto matrimonio a la joven dama, y entre nosotros, yo estoy seguro por supuesto, pensándolo bien, que yo me habría comprometido hasta ese punto eternamente. Señor Lorry, no se pueden controlar las vanidades remilgadas y atolondramientos de las chicas de cabeza hueca; no tiene que esperar hacerlo o siempre se decepcionará. Ahora, le ruego que no se hable más sobre ello. Le digo que me arrepiento por otros, pero estoy satisfecho por mí. Y le estoy muy agradecido realmente por permitirme sondearle y por darme su consejo; usted conoce a la joven dama mejor que yo; usted tenía razón, nunca se habría hecho.

El señor Lorry se quedó tan estupefacto que miraba de una forma bastante estúpida cuando el señor Stryver le empujaba con el hombro hacia la puerta, con una impresión de regar generosidad, tolerancia y buena voluntad, sobre su cabeza equivocada.

—Confórmese, mi querido señor —dijo Stryver—, no diga nada más sobre ello; gracias de nuevo por permitir sondearle. ¡Buenas noches!

El señor Lorry estaba fuera en la noche antes de saber dónde estaba. El señor Stryver se estaba tumbando en su sofá, guiñando el ojo a su techo.

CAPÍTULO XIII

El amigo de la no delicadeza

Si Sidney Carton siempre destacaba en cualquier sitio, ciertamente nunca destacaba en la casa del doctor Manette. Él había ido allí con frecuencia durante un año entero, y siempre había sido el mismo malhumorado y taciturno haragán. Cuando estaba dispuesto a hablar, hablaba bien; pero la nube de no preocuparse por nada, que le ensombrecía con tal oscuridad fatídica, rara vez la atravesaba la luz de su interior.

Y sin embargo sentía cariño por algo de las calles que rodeaban esa casa y por las piedras sin sentido que hacían sus pavimentos. Más de una noche él vagaba distraídamente y con tristeza por allí, cuando el vino no le había traído alegría transitoria; más de un amanecer gris revelaba su figura solitaria detenida allí, y detenida allí todavía cuando los primeros rayos de sol se ponían en relieve, sacaba las bellezas de arquitectura en chapiteles de iglesias y edificios majestuosos, como quizá el tiempo tranquilo traía algún sentido de cosas mejores, más olvidadas e inalcanzables, a su mente. Últimamente la cama descuidada del Temple Court le había conocido más escasamente que nunca, y con frecuencia cuando se había tirado a ella no más de unos pocos minutos, se había levantado de nuevo y había rondado ese vecindario.

Un día de agosto, cuando el señor Stryver (después de notificar a su chacal que «había pensado mejor el asunto del matrimonio») hubo llevado su delicadeza a Devonshire, y cuando la vista y el perfume de flores en las calles de la Ciudad tenían algunos niños abandonados de bondad en ellos para lo peor, de salud para lo más enfermizo, y de juventud para lo más viejo, los pies de Sydney todavía pisaban esas piedras. De ser irresolutos y sin sentido, sus pies llegaron a animarse con una intención y, encontrando esa intención, le llevaron a la puerta del doctor.

Le mostraron el piso de arriba y encontró a Lucie en su trabajo, sola. Ella nunca se había sentido relajada con él y le recibió con cierto bochorno cuando se sentó cerca de su mesa. Pero, al mirar a su cara en el intercambio de las primeras cosas corrientes, observó un cambió en ella:

—¡Me temo que no está bien, señor Carton!

—No. Pero la vida que llevo, señorita Manette, no conduce a la salud. ¿Qué se va a esperar de tal vida disoluta?

—¿No es...?, perdóneme. He empezado la pregunta en mis labios... ¿una pena no vivir una vida mejor?

—¡Dios sabe que es vergüenza!

—Entonces, ¿por qué no la cambia?

Mirándole dulcemente de nuevo, ella estaba sorprendida y entristecida de ver que había lágrimas en sus ojos. Había lágrimas en su voz también, cuando contestó:

—Es demasiado tarde para eso. Nunca seré mejor de lo que soy. Yo me hundiré más y seré peor.

Apoyó un codo sobre la mesa de ella y se cubrió los ojos con la mano. La mesa tembló en el silencio que siguió.

Ella nunca le había visto ablandado y estaba muy afligida. Él sabía que ella era así; sin mirarla, dijo:

—Por favor, perdóneme, señorita Manette. Me he derrumbado antes de hacer saber lo que quiero decirle. ¿Me escuchará?

—Si eso le hará algún bien, señor Carton, si eso le haría más feliz, yo me alegraría mucho.

—¡Dios le bendiga por su dulce compasión!

Él se descubrió el rostro después de un rato y habló ininterrumpidamente.

—No tenga miedo al escucharme. No se asuste por nada de lo que diga. Soy como alguien que muere joven. Toda mi vida podría haber sido.

—No, señor Carton. Estoy segura de que la mejor parte podría estar todavía. Estoy segura de que usted podría ser mucho, mucho más respetable para sí mismo.

—Diga de usted, señorita Manette, y aunque lo sé mejor, aunque en el misterio de mi propio corazón desdichado lo sé mejor, ¡yo nunca lo olvidaré!

Ella estaba pálida y temblando. Él vino en su auxilio con una desesperación fija de él mismo que hizo a la entrevista diferente a cualquier otra que pudiera haberse mantenido.

—Si hubiera sido posible, señorita Manette, que usted pudiera haber correspondido al amor del hombre que ve delante de usted: tirado, desperdiciado, bebido, pobre criatura de despilfarro como usted sabe que es, él habría sido consciente en este día y a esta hora, a pesar de su felicidad, de que le traería miseria, le traería pesar y arrepentimiento, la arruinaría, la haría desgraciada, la empujaría hacia abajo con él. Yo sé muy bien que usted no puede tener cariño por mí. No pido ninguno, incluso estoy agradecido de que no pueda ser.

—Sin ello, ¿no puedo salvarle, señor Carton? ¿No puedo hacerle volver..., ¡perdóneme de nuevo!, a un rumbo mejor? ¿No puedo de ninguna manera devolverle su confianza? Sé que esto es una confidencia —dijo ella modestamente, después de vacilar un poco y con lágrimas serias—, sé que no diría esto a nadie más. ¿No puedo dirigirlo a algo bueno para usted, señor Carton?

El movió la cabeza.

—A nadie. No, señorita Manette, a nadie. Si usted me escuchara un poquito más, todo lo que puede hacer por mí está hecho. Deseo que sepa que usted ha sido el último sueño de mi alma. En mi degradación yo no me he degradado tanto viéndola a usted y a su padre, y a esta casa hecha un hogar por usted; ha movido las viejas sombras que yo pensé que habían desaparecido en mí. Desde que la conozco, he estado inquieto por un remordimiento que pensé que nunca me reprocharía de nuevo y he oído murmullos de antiguas voces impeliéndome hacia arriba que pensé que se habían silenciado para siempre. He tenido ideas sin forma de esforzarme de nuevo, de empezar otra vez, sacudiendo la pereza y la sensualidad y luchando hasta el final en la lucha abandonada. Un sueño, todo un sueño, que termina en nada y deja al durmiente donde yace, pero deseo que sepa que usted lo inspiró.

—¿No quedará nada de ello? ¡Oh, señor Carton, vuélvalo a pensar! ¡Inténtelo de nuevo!

—No, señorita Manette, de todo ello yo he sabido por mí mismo que no tiene ningún mérito. Y sin embargo he tenido la debilidad, todavía he tenido la debilidad de desear que usted supiera con qué maestría ha prendido fuego en el montón de cenizas que soy; un fuego, sin embargo, inseparable en su naturaleza de mí mismo, no estimulando nada, no alumbrando nada, no prestando ningún servicio, quemándose despreocupadamente».

—Ya que es mi desgracia, señor Carton, haberle hecho a usted más desgraciado de lo que era antes de conocerme...

—No diga eso, señorita Manette, porque usted me habría rescatado, si se pudiera. No será la causa de que llegue a ser peor.

—Ya que el estado de su mente que usted describe es, a todos los efectos, atribuible a alguna influencia mía (eso es lo que quiero decir, si puedo hacerlo más sencillo...), ¿no puedo usar esa influencia para servirle? ¿No tengo poder para lo bueno con usted?

—De lo más bueno que soy capaz ahora, señorita Manette, he venido aquí a hacerlo realidad. Déjeme llevar a cabo el resto de mi vida mal empleada con el recuerdo de que le abrí mi corazón a usted, lo último del mundo, y que hubo algo que quedó en mí en ese momento en el que usted pudo lamentar y compadecer.

—Lo que le suplico que crea, una y otra vez, fervientemente, con todo mi corazón, es que ¡usted es capaz de cosas mejores, señor Carton!

—No me suplique más que lo crea, señorita Manette. Me he probado y me conozco mejor. Yo la aflijo, terminaré rápido. ¿Me permitirá creer, cuando recuerde yo este día, que la última confidencia de mi vida reposaba en su puro e inocente pecho y que está allí solo y que nadie lo compartirá?

—Si eso será un consuelo para usted, sí.

—¿Ni siquiera con la persona más querida que haya conocido nunca?

—Señor Carton —contestó ella, después de una pausa nerviosa—, el secreto es suyo, no mío, y le prometo respetarlo.

—Gracias. Y de nuevo, ¡Dios la bendiga!

Él se llevó la mano de ella a sus labios y se dirigió hacia la puerta.

—No sienta temor, señorita Manette, de que alguna vez reanude esta conversación como algo más que una palabra de pasada. Nunca me referiré a ella. Si estuviera muerto no podría ser más seguro de lo que será a partir de ahora. En la hora de mi muerte, yo guardaré como sagrado el buen recuerdo (y le daré las gracias y la bendeciré por ello) que mi última confesión de mí mismo se haga a usted, y que mi nombre, y faltas, y miserias sean llevadas en su corazón con dulzura. ¡Quizá sea luz y felicidad de otro modo!

Él estaba tan distinto como nunca se había mostrado alguna vez, y estaba tan triste para pensar cuánto había perdido y cuánto había oprimido y pervertido cada día, que Lucie Manette lloró abrumada por el dolor por él y él se quedó mirándola hacia atrás.

—¡Consuélese! —dijo él—. No merezco tal sentimiento, señorita Manette. Dentro de una hora o dos, y los compañeros bajos y los hábitos que yo desprecio pero a los que cedo, me rendirán lágrimas como éstas de menos valor que cualquier desgraciado que va y viene por las calles. ¡Consuélese! Pero, dentro de mí mismo, yo siempre seré, para usted, lo que soy ahora, aunque exteriormente será lo que usted ha visto en mí hasta ahora. La última súplica que le hago es que crea esto de mí.

—Lo haré, señor Carton.

—Mi última súplica de todas es ésta; y con ella yo la liberaré de un visitante con quien yo sé bien que no tiene nada en común y entre él y usted hay un espacio infranqueable. Es inútil decirlo, lo sé, pero surge de mi alma. Porque por usted, y por cualquiera que amara usted, yo haría todo. Si mi carrera fuera de esa clase mejor que tuviera alguna oportunidad o capacidad de sacrificio en ella, yo abrazaría cualquier sacrificio por usted y por aquellos a los que ama. Intente tenerme en su pensamiento, en tiempos tranquilos, tan ardiente y sincero en esto. Llegará el momento, que no tardará en llegar, cuando nuevos lazos se formarán a su alrededor; lazos que la atarán todavía con más ternura y fuerza al hogar que usted adorna así, los lazos más queridos que siempre la adornarán y la llenarán de alegría. ¡Oh, señorita Manette, cuando el pequeño retrato de un rostro de padre feliz se ve en usted, cuando ve su propia belleza brillante que brota de nuevo a sus pies, piense que ahora y entonces hay un hombre que daría su vida por mantener una vida que usted ama a su lado!

Él dijo «¡Adiós!», dijo un último «¡Dios la bendiga!» y la dejó.

CAPÍTULO XIV

El comerciante honrado

Ante los ojos del señor Jeremiah Cruncher, sentado en su taburete de la calle Fleet con su golfillo espeluznante a su lado, una enorme cantidad y variedad de objetos en movimiento se presentaba todos los días. Quien pudiera sentarse sobre algo en la calle Fleet durante las horas ocupadas del día, y no aturdirse ni ensordecerse por dos inmensas procesiones, y tendiendo uno siempre hacia el Oeste con el sol, el otro tendiendo siempre hacia el Este desde el sol, ambas tendiendo siempre hacia las llanuras de más allá de la gama de rojo y púrpura donde se pone el sol.

Con su paja en la boca, el señor Cruncher estaba sentado mirando las dos corrientes, como el pagano rústico que durante varios siglos ha estado en la obligación de observar una corriente (salvo que Jerry no esperaba que ellas se secaran alguna vez). Tampoco se podría tener una esperanza de una clase esperanzadora, ya que la mayor parte de sus ingresos procedían de guiar a señoras tímidas (en su mayoría de hábito completo y pasado el término medio de vida) desde el lado de las mareas de Tellson a la costa de enfrente. Breve como era la compañía en cada caso por separado, el señor Cruncher nunca llegó a interesarse por la dama como para expresar un fuerte deseo de tener el honor de brindar por su buena salud. Y era de los regalos que le otorgaban a él por la ejecución de este propósito de benevolencia de donde recogía sus finanzas, como se observará ahora.

Era la época en la que un poeta se sentaba sobre un taburete en un lugar público y reflexionaba ante la vista de los hombres. El señor Cruncher, sentado en un taburete en un lugar público, pero sin ser poeta, reflexionaba tan poco como era posible, y miraba a su alrededor.

Resultó que él estaba dedicado a eso en una estación en la que las multitudes eran pocas, y las mujeres tardías pocas, y cuando sus asuntos en general eran tan poco prósperos como para despertar una fuerte sospecha en su pecho de que la señora Cruncher había estado «dejándose caer» de alguna manera mordaz, cuando una concurrencia poco corriente que bajaba en tropel por la calle Street hacia el Oeste, llamó su atención. Mirando en esa dirección, el señor Cruncher creyó que alguna especie de funeral estaba viniendo y que había objeción popular a este funeral, lo que engendraba alboroto.

—Joven Jerry —dijo el señor Cruncher, volviéndose hacia su vástago—, es un entierro.

—¡Hurra, padre! —exclamó el joven Jerry.

—El joven caballero pronunció este sonido de júbilo con significado misterioso. El caballero más mayor se tomó tan mal el grito, que vio su oportunidad de dar un golpe al joven caballero en la oreja.

—¿Qué quieres decir? ¿A qué estás diciendo hurra? ¿Qué quieres llevar a tu padre, joven bribón? Este chico es demasiado para mí —dijo el señor Cruncher, contemplándole—. Él y sus hurras. No dejes que te oiga más o sentirás algo más de mí, ¿me oyes?

—No estaba haciendo daño —protestó el joven Jerry, ruborizándose su mejilla.

—No lo uses entonces —dijo el señor Cruncher—. No quiero tener ninguno de tus daños. Súbete a ese asiento y mira a la multitud.

Su hijo obedeció y la multitud se aproximó; ellos desgañitándose y abucheando alrededor de un deslucido coche fúnebre y de un coche de duelo deslucido, en el que había solamente un doliente, vestido con los símbolos deslucidos que eran considerados esenciales para la dignidad de la situación, no parecía agradarle de ninguna manera, sin embargo, con una creciente muchedumbre alrededor del coche, burlándose de él, haciéndole muecas y refunfuñando sin cesar y gritando: «¡Ja, ja! ¡Espías! ¡Tst! ¡Ja, ja!» con muchos halagos muy numerosos y contundentes para repetir.

Los funerales tuvieron en todas las épocas una atracción importante para el señor Cruncher; siempre agudizaba sus sentidos y llegaba a entusiasmarse cuando un funeral pasaba por Tellson. Naturalmente, por tanto, un funeral con esta asistencia tan poco corriente le entusiasmó enormemente y preguntó al primer hombre que corría en contra suya:

—¿Qué es, hermano? ¿De qué se trata?

—Yo no lo sé —dijo el hombre—. ¡Espías! ¡Ja, ja! ¡Tst! ¡Espías!

Preguntó a otro hombre:

—¿Quién es?

—No lo sé —contestó el hombre, dando palmadas a su boca sin embargo y vociferando con un acaloramiento sorprendente y con el ardor más grande—: ¡Espías! ¡Ja, ja! ¡Tst! ¡Espías!

Finalmente, una persona mejor informada sobre los méritos del caso, se giró hacia él, y de esta persona aprendió que el funeral era el de un tal Roger Cly.

—¿Era él un espía? —preguntó el señor Cruncher.

—Espía de Old Bailey —contestó su informador—. ¡Ja, ja! ¡Tst! ¡Ja! ¡Espí-í-í-as de Old Bailey!

—¡Anda, está seguro! —exclamó Jerry recordando el Juicio al que había asistido—. Yo le he visto. ¿Muerto, él?

—Muerto como un cordero —respondió el otro—, y no puede estar más muerto. ¡Fuera espías! ¡Retírenlos! ¡Espías!

La idea era tan aceptable en la ausencia frecuente de una idea, que la multitud la cogió con entusiasmo y repetían en alto la sugerencia de fuera y de que los retiraran, acosaron a los dos vehículos tan de cerca que tuvieron que parar. Al abrir la multitud las puertas del carruaje, el único doliente se enfrentó fuera de sí y estuvo en manos de ellos por un momento. Pero él estuvo tan alerta e hizo tan buen uso de su tiempo, que en otro momento él estaba recorriendo por una calle lateral después de quitarse su capa, sombrero, cinta del sombrero larga, pañuelo de bolsillo blanco y otras lágrimas simbólicas.

A éstos la gente los rasgó en trozos y los esparció por todas partes con gran regocijo, mientras que los comerciantes se apresuraron a cerrar sus tiendas porque una multitud en aquellos tiempos no se detenía ante nada, y era un monstruo muy temido. Ellos finalmente habían abierto el coche fúnebre para sacar el ataúd, cuando algún genio más brillante propuso en vez de esto, llevarlo escoltado a su destino en medio de un júbilo general. Siendo de mucha necesidad sugerencias prácticas, esta sugerencia, también, se recibió con aclamación y el coche se llenó inmediatamente con ocho dentro y una docena fuera, mientras que mucha gente subió al techo del coche fúnebre como podían pegarse a él por medio de algún ejercicio de ingenio. Entre los primeros de estos voluntarios estaba el mismo Jerry Cruncher, quien modestamente escondió su cabeza de pinchos de la vigilancia de Tellson, en la esquina más alejada del coche de duelo.

Los empleados de la funeraria oficiantes hicieron algunas protestas contra estos cambios en la ceremonia, pero estando el río alarmantemente cerca, y comentando varias voces la eficacia de una inmersión fría para llevar a razones a los miembros obstinados de la profesión, la protesta fue apenas perceptible y breve. La procesión reorganizada comenzó, con un deshollinador conduciendo el coche fúnebre —aconsejado por el conductor habitual, que estaba sentado a su lado, inspeccionando de cerca para el propósito— y con un pastelero, también ayudado por su secretario, conduciendo el coche doliente. Un guía de osos, personaje popular de la calle en esa época, se quedó impresionado como un adorno adicional, antes de que la cabalgata se hubiera alejado por el Strand; y su oso, que era negro y muy sarnoso, dio un aire bastante fúnebre a esa parte de la procesión en la cual caminaba.

Así, bebiendo cerveza, fumando en pipa, cantando a gritos y caricaturizando infinito la aflicción, la procesión desordenada siguió su camino, reclutando a cada paso y cerrando todas las tiendas delante de ella. Su destino era la antigua iglesia de Saint Pancras, allá lejos en los campos. Al llegar allí con el tiempo, se insistía en echarlo en el cementerio; finalmente se llevó a cabo el sepelio del difunto Roger Cly a su parecer y muy a su propia satisfacción.

Deshaciéndose del hombre muerto y estando la multitud en la necesidad de proporcionarse algún otro entretenimiento, otro genio más brillante (o quizá el mismo) concibió la gracia de impugnar a transeúntes ocasionales, como espías de Old Bailey, y sembrar venganza en ellos. Se dio caza a algunas personas inofensivas que nunca habían estado cerca de Old Bailey en su vida, en la realización de esta fantasía y fueron empujados de manera brusca y maltratados. La transición a la diversión de romper ventanas, y de ahí a saquear tabernas, fue fácil y natural. Finalmente, después de varias horas, cuando se habían tirado diversos cenadores y se habían arrancado verjas, para armar a los espíritus más agresivos, llegó el rumor de que los guardias venían. Ante este rumor, la multitud desapareció poco a poco, y quizás vinieron los guardias, y quizá nunca vinieron, y esta era la evolución normal de una muchedumbre.

El señor Cruncher no asistió a las diversiones de última hora, sino que se había quedado atrás en el camposanto para consultar y expresar condolencias a los de las pompas fúnebres. El lugar tenía una influencia relajante sobre él. Se procuró una pipa en una taberna vecina y se la fumó, mirando a las verjas y considerando con madurez la diversión.

—Jerry —dijo el señor Cruncher, apostrofándose a sí mismo en su forma habitual—, ves a ese Cly ese día, y ves con tus propios ojos que él era un tipo joven y un tipo recto.

Habiéndose fumado la pipa, y habiéndola rumiado un poco más, se dio media vuelta para poder estar, antes de la hora de cerrar, en su puesto de Tellson. Si sus meditaciones sobre moralidad habían tocado su hígado, o si su salud general había estado bien anteriormente, o si él deseaba demostrar una pequeña atención a un hombre ilustre, no es mucho para el propósito, así que hizo una visita corta a su consejero médico —un cirujano distinguido— en su camino de regreso.

El joven Jerry calmó a su padre con interés consciente e informó que no hubo trabajo en su ausencia. El banco cerró, los ancianos empleados salieron, se puso un centinela y el señor Cruncher y su hijo se fueron a casa al té.

—Ahora, te diré donde está —dijo el señor Cruncher a su esposa al entrar—. Si, como comerciante honrado, mi aventura va mal esta noche, yo aseguraré que has estado rezándome de nuevo y te haré trabajar por ello igual que si te hubiera visto hacerlo.

La abatida señora Cruncher movió la cabeza.

—¡Vaya, estás en ello delante de mis narices! —dijo el señor Cruncher con signos de enojada aprensión.

—No estoy diciendo nada.

—Bien, entonces. No medites nada. Igual podrías tú desplomarte que meditar. Igual puedes ir en contra mía por un camino que por otro. Abandónalo totalmente.

—Sí, Jerry.

—Sí, Jerry —repitió el señor Cruncher, sentándose para tomar el té—. ¡Ah!, es sí, Jerry. Eso es. Puedes decir sí, Jerry.

Para el señor Cruncher no tenían un significado especial estas corroboraciones malhumoradas, pero hacía uso de ellas, como con no poca frecuencia hace la gente, para expresar descontento irónico general.

—Tú y tu sí, Jerry —dijo el señor Cruncher, dando un mordisco a su pan con mantequilla y pareciendo ayudarlo a bajar con una gran ostra invisible fuera de su plato—. ¡Ah!, creo que sí. Te creo.

—¿Vas a salir esta noche? —preguntó su decente esposa cuando él dio otro mordisco.

—Sí.

—¿Puedo ir contigo, padre? —preguntó su hijo, con brío.

—No, no puedes. Voy, como tu madre sabe, a pescar. Ahí es donde voy. Voy a pescar.

—Tu caña de pescar está bastante oxidada, ¿no, padre?

—No importa.

—¿Traerás algún pez a casa, padre?

—Si no lo hago, tú tendrás escasos víveres mañana —contestó el caballero, moviendo la cabeza—; esa es cuestión suficiente para ti. Yo no me iré hasta que no lleves mucho tiempo en la cama.

Él se dedicó durante el resto de la tarde a mantener la más estrecha vigilancia sobre la señora Cruncher, y manteniéndola en conversación hoscamente para evitar que ella meditara alguna petición que le perjudicara. Con esta idea, él ordenaba a su hijo que la mantuviera conversando también y llevar a la desgraciada mujer a una vida dura por pensar demasiado en cualquier causa de queja que él pudiera traer contra ella, todo menos dejarla por un momento a sus propias reflexiones. La persona más devota no podría haber prestado un mayor homenaje a la eficacia de un orador honrado de lo que él hacía en este recelo con su esposa. Era como si un no creyente en fantasmas profeso se asustara por una historia de fantasmas.

—¡Y cuidado! —dijo el el señor Cruncher—. ¡Ningún juego mañana! Si yo, como comerciante honrado, tengo éxito en proporcionar un trozo de carne o dos, ninguno de vosotros lo tocará y se limitará al pan. Si yo, como honrado comerciante, soy capaz de proporcionar un poco de cerveza, ninguno de vosotros declarará agua. Cuando se va a Roma, se hace lo que en Roma. Roma será un tipo feo para ti, si no lo haces. Yo soy tu Roma, ya sabes.

Entonces empezó a quejarse de nuevo:

—¡En tu cara sueltas tu propia estupidez y absorción! No sé apenas cómo no haces las estupideces y la absorción aquí, por tus trucos desplomándote y tu conducta poco compasiva. Mira a tu hijo: es tuyo ¿no? Está tan delgado como un fideo. ¿Te llamas a ti misma madre y no sabes que el primer deber de una madre es hinchar a su hijo?

Estó afectaba al joven Jerry en un lugar tierno, quien adjuraba a su madre para que realizara su primer deber, y cualquier cosa que ella hiciera o dejara de hacer, sobre todas las cosas para hacer hincapié en el cumplimiento de esa función maternal que de una forma tan conmovedora y delicada indicaba su otro padre.

Así pasó la tarde lentamente la familia Cruncher, hasta que se mandó al joven Jerry a la cama, y su madre, bajo órdenes similares, les obedeció. El señor Cruncher entretuvo las primeras guardias de la noche con pipas solitarias y no empezó su excursión hasta casi la una. Hacia esa hora pequeña y fantasmal, se levantó de su silla, sacó una llave de su bolsillo, abrió un armario cerrado con llave y extrajo un saco, una palanca de tamaño conveniente, una cuerda y cadena y otros aparejos de pesca de esa naturaleza. Disponiendo estos objetos a su alrededor de una manera habilidosa, le confirió una despedida de desafío a la señora Cruncher, apagó la luz y salió.

El joven Jerry, que sólo había hecho el amago de desvestirse cuando se fue a la cama, estaba detrás de su padre no mucho tiempo después. Debajo de la cubierta de la oscuridad le siguió saliendo de la habitación, le siguió bajando las escaleras, le siguió abajo en el patio, le siguió en las calles. No tenía ninguna desazón respecto a entrar en casa de nuevo, porque estaba llena de inquilinos y la puerta permanecía entreabierta toda la noche.

Impelido por una ambición loable de estudiar el arte y misterio de lo que su padre llamaba honrado, el joven Jerry, manteniéndose tan cerca de las fachadas de las casas, paredes y entradas, como sus ojos estaban cerca el uno del otro, mantenía a la vista a su honrado padre. Dirigiéndose el honrado padre hacia el Norte, no había ido lejos cuando se unió a otro discípulo de Izaak Walton y los dos caminaron con dificultad juntos.

En media hora desde el primer inicio, ellos estaban más allá de las luces titilantes y más aún de los vigilantes titilantes, y salieron a un camino solitario. Recogieron a otro pescador aquí (y eso tan silenciosamente, que si el joven Jerry hubiera sido supersticioso, podría haber supuesto que el segundo seguidor del delicado oficio, de repente, se hubiera partido en dos.

Los tres continuaron y el joven Jerry continuó hasta que los tres se detuvieron bajo un montículo que sobresalía del camino. Sobre la cima del montículo había un muro bajo de ladrillo, coronado por una verja de hierro. En la sombra del montículo y la pared los tres salieron del camino y subieron por un sendero de poca visibilidad, del cual el muro —allí elevado a unos ocho o diez pies de altura— formaba un lado. Agachados en un rincón, espiando el sendero, el siguiente objeto que vio el joven Jerry fue la forma de su honrado padre, muy bien definida contra una luna acuosa y con nubes, escalando ágilmente una verja de hierro. El primero había terminado, y entonces el segundo pescador pasó por encima y luego el tercero. Todos cayeron suavemente en el terreno del interior de la verja y se quedaron allí un poco, escuchando quizá. Luego se movieron alejándose con las manos y las rodillas.

Fue ahora cuando el joven Jerry giró para acercarse a la verja: lo que hizo conteniendo el aliento. Agachándose de nuevo allí en el rincón y mirando dentro, distinguió a los tres pescadores cruzando la hierba y todas las lápidas del cementerio —era un gran cementerio donde ellos entraron— pareciendo fantasmas de blanco, mientras la torre misma de la iglesia parecía el fantasma de un monstruoso gigante. Ellos no avanzaron más antes de detenerse y ponerse en vertical. Y entonces empezaron a pescar.

Ellos pescaron con una pala al principio. En este momento el honrado padre parecía estar ajustando algún instrumento como un gran sacacorchos. Cualquier herramienta con la que trabajaban, ellos trabajaban duro, hasta que el horrible toque del reloj de la iglesia aterrorizó tanto al joven Jerry que le hizo salir corriendo con el pelo tan tieso como el de su padre.

Pero su deseo preciado durante tanto tiempo de saber más sobre estos asuntos, no sólo le detuvo en su huida, sino que le atrajo de regreso otra vez. Todavía estaban pescando perseverantemente cuando él espiaba en la verja por segunda vez; pero ahora ellos parecían haber picado. Hubo un sonido de fastidio y queja abajo, y sus figuras curvadas estaban tensas, como si fuera por el peso. Lentamente el peso separó la tierra de encima de él y vino a la superficie. El joven Jerry sabía muy bien lo que sería; pero, cuando lo vio y observó a su honrado padre a punto de abrirlo de un tirón, estaba tan asustado, estando ahora a la vista, que le hizo salir corriendo de nuevo y no paró hasta que había corrido una milla o más.

Él no se hubiera parado entonces por algo menos necesario que el respirar, siendo una clase de carrera espectral la que él corría, y un gran deseo de llegar al fin. Tenía la idea firme de que el ataúd que había visto estaba corriendo detrás de él, y se lo imaginaba saltando detrás de él, echando a correr en vertical, sobre su extremo estrecho, siempre a punto de adelantarle y saltar a su lado —quizá cogiéndole del brazo— era un perseguidor a evitar. Era un demonio inconsecuente y omnipresente también, porque, mientras iba asustándole toda la noche detrás de él, entró como una flecha en la calzada para evitar callejones oscuros, temeroso de que salieran saltando de ellos como una cometa de niño sin cola ni alas. Eso se ocultaba también en las entradas, restregándose sus horribles hombros contra las puertas y subiéndolos hacia las orejas, como si estuvieran riéndose. Entraba en las sombras de la carretera y se ponía astutamente a su espalda para hacerle tropezar. Todo este tiempo eso estaba saltando sin cesar detrás de él y acortando la distancia, así que cuando el chico llegó a su propia puerta él tenía razón para estar medio muerto. E incluso entonces no le dejaría, sino que le seguiría escaleras arriba con un golpe en cada escalón, se metería con él en la cama y le golpearía, muerto y pesado, en su pecho cuando se quedara dormido.

De su sueño agobiante, el joven Jerry se despertó en su armario después de romper el día y antes de salir el sol, por la presencia de su padre en la habitación de la familia. Algo le había ido mal. Eso dedujo el joven Jerry finalmente por la circunstancia de coger a la señora Cruncher por las orejas y golpear la parte de atrás de su cabeza contra el cabecero de la cama.

—Te dije que lo haría —dijo el señor Cruncher—, y lo hice.

—¡Jerry, Jerry, Jerry! —imploraba su esposa.

—Tu te opones al beneficio del negocio —dijo Jerry—, y yo y mis compañeros sufrimos. Tú tenías que cumplir y obedecer; ¿por qué demonios no?

—Intento ser una buena esposa, Jerry —protestó la pobre mujer con lágrimas.

—¿Es ser una buena esposa oponerse al negocio de su marido? ¿Es honrar a tu marido deshonrar su negocio? ¿Es obedecer a tu marido desobedecerle en el asunto vital de su negocio?

—Tú no te hubieras aficionado al negocio horrible entonces, Jerry.

—Es suficiente para ti —replicó el señor Cruncher— ser la esposa de un honrado comerciante y no ocupar tu mente femenina con cálculos de cuándo él se ocupa de su comercio y cuándo no. Una esposa que honra y obedece dejaría al comercio de él solo totalmente. ¿Y te llamas mujer religiosa? Si eres una mujer religiosa, ¡dame una irreligiosa! No tienes más sentido natural del deber que el lecho de este río Támesis tiene de pilar, y de igual manera tiene que chocar contra ti.

El altercado se llevó a cabo en un tono de voz bajo y terminó quitando el barro de las botas del honrado comerciante y tumbándose en el suelo en toda su longitud. Después de echarle un tímido vistazo tumbándose de espalda, con sus manos oxidadas debajo de la cabeza como almohada, su hijo se tumbó también y se quedó dormido de nuevo.

No hubo pescado para desayunar, y no mucho de algo más. El señor Cruncher no tenía ánimo, ni humor, y tenía con él una tapa de cacerola como proyectil de corrección de la señora Cruncher, en caso de que observara cualquier síntoma de que ella diera gracias. Él estaba cepillado y lavado a la hora normal y se puso en camino con su hijo para dedicarse a su profesión aparente.

El joven Jerry, caminando con el taburete debajo del brazo al lado de su padre a lo largo de la soleada y abarrotada calle Fleet, era un joven Jerry muy diferente al de la noche anterior, corriendo a casa atravesando la oscuridad y soledad de su perseguidor macabro. Su astucia se había refrescado con el día y sus reparos se habían ido con la noche, en cuyos detalles no es improbable que él tuviera iguales en la calle Fleet y en la ciudad de Londres aquella magnífica mañana.

—Padre —dijo el joven Jerry, mientras caminaban, teniendo cuidado de mantener la longitud del brazo y de tener el taburete bien entre ellos—: ¿Qué es un Hombre-Resurrección?

El señor Cruncher se detuvo en el pavimento antes de contestar:

—¿Cómo lo sabría yo?

—Pensé que tú lo sabías todo, padre —dijo el chico sin malicia.

—¡Ejem! Bueno —contestó el señor Cruncher, continuando de nuevo y levantándose el sombrero para dejar libres a sus púas—, es un comerciante.

—¿Cuáles son sus mercancías, padre? —preguntó el enérgico joven Jerry.

—Sus mercancías —dijo el señor Cruncher después de darle vueltas a la cabeza—, es una rama de mercancías científicas.

—Los cuerpos de las personas, ¿no, padre? —preguntó el chico animado.

—Creo que es algo de ese tipo —dijo el señor Cruncher.

—¡Oh, padre! ¡Me gustaría tanto ser un Hombre Resurrección cuando fuera lo bastante mayor!

El señor Cruncher estaba tranquilo, pero movió la cabeza de una forma sospechosa y moral.

—Depende de cómo desarrolles tu talento. Cuida de desarrollar tu talento y nunca decir más que no puedes ayudar a nadie, y no hay nada revelador en este momento para lo que tú no pudieras llegar a ser apropiado.

Como el joven Jerry, animado así, iba unas cuantas yardas por delante para plantar el taburete a la sombra del Bar, el señor Cruncher añadió para sus adentros: «Jerry, honrado comerciante, ¡hay esperanzas de que ese chico todavía te bendiga y te recompense por su madre!»

CAPÍTULO XV

Haciendo punto

Se había estado bebiendo más temprano de lo normal en la tienda de vino del señor Defarge. Tan temprano como las seis de la mañana, rostros cetrinos echando un vistazo a través de sus ventanas con barrotes habían divisado otros rostros dentro, inclinados sobre cantidades de vino. El señor Defarge vendía un vino muy claro en la mejor de las ocasiones, pero parecía ser un vino excepcionalmente claro en esta ocasión. Un vino agrio, además, o un vinagre, por la influencia en el humor de aquellos que lo bebían que iba a hacerles pesimistas. Ninguna llama bacanal vivaz saltaba de la uva prensada del señor Defarge, sino un fuego ardiendo que quemaba en los posos oscuros, ocultos, de él.

Esta había sido la tercera mañana en sucesión en la cual se había estado bebiendo temprano en la tienda de vino del señor Defarge. Había empezado el lunes, y aquí llegaba el miércoles. Había habido más inquietud temprana que bebida, porque muchos hombres habían oído y rumoreado y rondado sigilosamente por allí desde la hora de abrir la puerta, quienes no podían haber puesto una moneda en el mostrador para salvar sus almas. Estos estaban tan llenos de interés en el lugar, sin embargo, como si pudieran haber pedido barriles enteros de vino, y ellos se deslizaban de asiento en asiento, y de esquina en esquina, tragando conversación en vez de vino, con miradas ávidas.

A pesar de una subida de compañía poco corriente, el dueño de la tienda no estaba a la vista. No se le echaba de menos, porque nadie que cruzara el umbral le buscaba, nadie preguntaba por él, nadie se asombraba de ver solamente a la señora Defarge en su asiento, presidiendo la distribución del vino con un cuenco de pequeñas monedas abolladas delante de ella, tan desfiguradas de su impresión original y golpeadas como las pequeñas monedas de la humanidad de cuyos bolsillos harapientos procedían.

Un interés suspendido y una falta de consciencia prevalente era lo que observaban quizá los espías que miraban dentro de la tienda de vino, como miraban dentro de cada lugar, por arriba y por abajo, desde el palacio del rey a la cárcel del criminal. Los juegos de cartas languidecían, los jugadores de dominó construían torres con ellas pensativamente, los bebedores dibujaban figuras en las mesas con gotas de vino derramadas, la misma señora Defarge subrayaba el dibujo de su manga con su palillo de dientes y veía y escuchaba algo inaudible e invisible a mucha distancia de allí.

Así, en esta vinosa característica, estuvo Saint Antoine hasta mediodía. Era pasado mediodía cuando dos hombres polvorientos pasaron por sus calles y debajo de sus lámparas oscilantes, de los cuales uno era el señor Defarge y el otro un reparador de caminos con una gorra azul. Su llegada había encendido una especie de fuego en el pecho de Saint Antoine, extendiéndose rápida según avanzaban ellos, que se agitó y parpadeó en llamas de rostros en la mayoría de puertas y ventanas. Sin embargo, ninguno les había seguido y ningún hombre habló cuando entraron en la tienda de vino, aunque los ojos de cada uno de los hombres se volvieron hacia ellos.

—¡Buen día, caballeros! —dijo el señor Defarge.

Podía haber sido una señal para soltar la lengua general. Ello provocó una contestación a coro de «¡Buen día!»

—Hace mal tiempo, caballeros —dijo Defarge moviendo la cabeza.

Ante esto, cada hombre miró a su vecino y luego todos bajaron los ojos y se sentaron en silencio. Excepto un hombre, que se levantó y salió.

—Esposa mía —dijo en alto Defarge dirigiéndose a la señora Defarge—. He viajado varias leguas con este buen reparador de caminos, llamado Jacques. Lo encontré —por accidente— a un día y medio de viaje fuera de París. Es un buen chico, este reparador de caminos, llamado Jacques. ¡Dale de beber, esposa mía!

Un segundo hombre se levantó y salió. La señora Defarge puso vino delante del reparador de caminos llamado Jacques, quien se quitó su gorra azul hacia la compañía y bebió. En el pecho de su blusa llevaba algo de pan oscuro basto; comió de éste a ratos y se sentó masticando y bebiendo cerca del mostrador de la señora Defarge. Un tercer hombre se levantó y salió.

Defarge se refrescó con un trago de vino —pero tomó menos del que se le había dado al extraño, siendo él mismo un hombre para quien eso no era algo fuera de lo común— y se quedó esperando a que el campesino hubiera desayunado. Él no miró a ninguno de los presentes, ni nadie le miraba ahora, ni siquiera la señora Defarge, que había cogido su punto y estaba en su labor.

—¿Has terminado tu ágape, amigo? —preguntó a su debido tiempo.

—Sí, gracias.

—¡Vamos, entonces! Veremos el apartamento que te dije que podías ocupar. ¡Te irá de maravilla!

Fuera de la tienda de vino en la calle, fuera de la calle en un patio, fuera del patio arriba de una escalera empinada, fuera de la escalera en una buhardilla (anteriormente la buhardilla donde un hombre de pelo blanco se sentaba en un banco bajo, encorvado hacia delante y muy ocupado haciendo zapatos), ningún hombre de pelo blanco había allí ahora, pero estaban allí los tres hombres que habían salido de la tienda de vino por separado. Y entre ellos y el hombre de pelo blanco ya lejos, estaba el único pequeño vínculo, que ellos le habían mirado una vez a través de las grietas de la pared.

Defarge cerró la puerta con cuidado y habló con voz apagada:

—¡Jacques Uno, Jacques Dos, Jacques Tres! Este es el testigo encontrado por una cita, por mí, Jacques Cuatro. Él les contará todo. ¡Habla, Jacques Cinco!

El reparador de caminos, con la gorra azul en la mano, se limpió su frente morena con ella y dijo:

—¿Por dónde comienzo, señor?

—Comienza —fue la contestación no poco razonable del señor Defarge— por el principio.

—Le vi entonces, señores —empezó el reparador de caminos—, hace un año este verano, debajo del carruaje del Marqués, colgado de una cadena. Miren de qué manera. Yo, dejando mi trabajo en el camino, el sol yéndose a la cama, el carruaje del Marqués ascendiendo lentamente la cuesta, él colgando de la cadena... Así.

De nuevo el reparador de caminos llevó a cabo toda la representación, en la cual él debería haber estado perfecto esa vez, viendo que había sido el recurso infalible y la atracción indispensable de su pueblo durante todo el año.

Jacques Uno intervino y preguntó si había visto al hombre antes.

—Nunca —contestó el reparador de caminos, recuperando su perpendicularidad.

Jacques Tres preguntó cómo le había reconocido después entonces.

—Por su figura alta —dijo el reparador de caminos, suavemente y con el dedo en la nariz—. Cuando el Señor Marqués preguntó aquella tarde: «Dime, ¿cómo es él?», yo respondí: «Alto como un espectro.»

—Podrías haber dicho, bajo como un enano —respondió Jacques Dos.

—Pero, ¿qué sabía yo? La hazaña no se iba a llevar a cabo entonces ni él confiaba en mí. ¡Observen! Bajo aquellas circunstancias incluso, yo no ofrezco mi testimonio. El Señor Marqués me señala con el dedo, cuando estaba cerca de nuestra pequeña fuente y dice: «¡A mí! ¡Traedme a ese granuja!» Palabra, señores, de que yo no ofrezco nada.

—Tiene razón ahí, Jacques —murmuró Defarge al que le había interrumpido—. ¡Continúa!

—¡Bueno! —dijo el reparador de caminos con aire de misterio—. El hombre alto está perdido y le buscan... ¿Hace cuántos meses? ¿Nueve, diez, once?

—No importa el número —dijo Defarge—. Él está bien escondido, pero al final le encuentran desgraciadamente. ¡Continúa!

—Yo estoy trabajando de nuevo en la cuesta, y de nuevo el sol está a punto de irse a la cama. Yo estoy recogiendo mis herramientas para descender a mi casa en el pueblo de abajo, donde ya está oscuro, cuando levanto mis ojos y veo venir por la cuesta a seis soldados. En medio de ellos hay un hombre alto con los brazos atados a sus lados, como esto.

Con la ayuda de su imprescindible gorra, representó al hombre con sus codos atados fuertemente a sus caderas, con cuerdas que estaban anudadas por delante de él.

—Yo me quedé a un lado, señores, en mi montón de piedras, para ver pasar a los soldados y a su prisionero (porque es un camino solitario, donde merece la pena ver cualquier espectáculo), y al principio, según se aproximaban, no veo más que a los seis soldados con un hombre alto atado, y que ellos eran casi negros ante mi vista, excepto por el lado en el que el sol se estaba yendo a la cama, donde ellos tenían un borde rojo, señores. También veo que sus sombras largas están en el borde de la hondonada del lado contrario del camino y están sobre la colina de encima, y son como sombras de gigantes. También veo que están cubiertos de polvo y que el polvo se mueve con ellos cuando llegan ¡pateando, pateando! Pero cuando avanzan lo bastante cerca de mí, reconozco al hombre alto y él me reconoce a mí. ¡Ah, pero él estaría bien contento de precipitarse sobre el lado de la cuesta otra vez como por la tarde cuando él y yo nos encontramos por primera vez, cerca del mismo sitio!

Lo describía como si estuviera allí, y era evidente que él lo vio vívidamente; quizá él no había visto mucho en su vida.

—Yo no demuestro a los soldados que reconozco al hombre alto, él no demuestra a los soldados que me reconoce a mí; nosotros lo hacemos y nos conocemos con los ojos. «¡Vamos! —dijo el jefe de esa compañía, apuntando al pueblo—, ¡llevadle rápido a su tumba!», y lo llevan más rápido. Yo sigo. Sus brazos están hinchados por ir atados tan apretados, sus zapatos de madera son grandes y toscos y él es cojo. Porque él es cojo, y por consiguiente lento; ellos le llevan con sus fusiles... ¡Así!

Él imitó la acción de un hombre al que se le empuja hacia delante con las culatas de los mosquetes.

—Cuando descienden la cuesta como locos corriendo una carrera, él se cae. Ellos se ríen y le recogen de nuevo. Su rostro está sangrando y cubierto de polvo, pero él no puede tocarlo; acto seguido ellos se ríen de nuevo. Ellos le llevan al pueblo, todo el pueblo corre a mirar; ellos le llevan pasado el molino y le suben a la prisión; todo el pueblo ve la verja de la prisión abierta en la oscuridad de la noche, y se lo traga... Así.

Él abrió la boca tanto como pudo y la cerró con un sonido de chasquido con los dientes. Observador del hecho de que estropease el efecto abriéndola de nuevo, Defarge dijo:

—¡Continúa, Jacques!

—Todo el pueblo —continúa el reparador de caminos, de puntillas y en voz baja— se retira; todo el pueblo murmura en la fuente, todo el pueblo duerme, todo el pueblo sueña con ese desgraciado, por dentro de cerraduras y barrotes de la prisión del risco, y que nunca saldrá de ella, excepto para morir. Por la mañana, con mis herramientas al hombro, comiendo mi bocado de pan negro mientras voy, di la vuelta por la prisión de camino a mi trabajo. Allí le vi, arriba, detrás de los barrotes de una jaula de hierro majestuosa, ensangrentado y polvoriento como la noche anterior, mirando a través de ellos. No tenía ninguna mano libre para saludarme; yo no me atreví a llamarle, él me consideraba hombre muerto.

Defarge y los tres hombres se miraron misteriosamente el uno al otro. Las miradas de todos ellos eran oscuras, reprimidas y vengativas cuando escuchaban la historia del campesino; la actitud de todos ellos, aunque era secreta, era autoritaria también. Tenían el aire de un tribunal severo; Jacques Uno y Dos sentados en el viejo camastro, cada uno con su barbilla descansando sobre la mano y sus ojos concentrados en el reparador de caminos; Jacques Tres, concentrado igualmente, sobre una rodilla detrás de ellos, con su mano nerviosa siempre deslizándose sobre la red de finos nervios de su boca y nariz; Defarge, en pie entre ellos y el narrador, a quién había colocado a la luz de la ventana, a turnos mirando de él a ellos y de ellos a él.

—Continúa, Jacques —dijo Defarge.

—Él se queda allí arriba en su jaula de hierro algunos días. El pueblo le mira furtivamente porque tiene miedo. Pero siempre mira hacia arriba, a distancia, a la prisión del risco; y por la tarde, cuando el trabajo del día se ha realizado y se reúnen a chismorrear en la fuente, todas las caras se volvían hacia la prisión. Antes se volvían hacia la casa de postas; ahora se volvían hacia la prisión. Ellos murmuraban en la fuente que aunque condenado a muerte él no será ejecutado; ellos dicen que se han presentado demandas en París, demostrando que él estaba enfurecido y se volvió loco por la muerte de su niño; ellos dicen que se ha presentado una demanda al mismo rey. ¿Qué sé yo? Es posible. Quizá sí, quizá no.

—Escucha entonces, Jacques —el número Uno de ese nombre interrumpió severamente—. Que sepas que una demanda se ha presentado al rey y a la reina. Todos aquí, excepto tú mismo, vio al rey cogerla, en su carruaje en la calle, sentado al lado de la reina. Fue Defarge a quien tú ves aquí, quien, con riesgo de su vida, salió como una flecha delante de los caballos con la demanda en la mano.

—Y una vez más escucha de nuevo, Jacques! —dijo el arrodillado número Tres: sus dedos siempre pasando una y otra vez por esos finos nervios, con aire sorprendentemente ávido, como si estuviera sediento de algo, que no era ni comida ni bebida—: la guardia, a caballo y a pie, rodearon al demandante y le dieron golpes. ¿Oyes?

—Oigo, señores.

—Continúa entonces —dijo Defarge.

—De nuevo, por otro lado, ellos murmuran en la fuente —reanudó el campesino— que le bajarían a nuestro pueblo para ser ejecutado en el lugar y que él sería ejecutado con toda seguridad. Ellos incluso murmuran eso porque ha matado a Monseñor y porque Monseñor era el padre de sus arrendatarios, siervos, lo que ustedes quieran, y él será ejecutado como parricida. Un anciano dice en la fuente que su mano derecha, armada con el cuchillo, será quemada delante de su cara; que, en las heridas que se harán en sus brazos, su pecho y sus piernas, se verterá aceite hirviendo, plomo fundido, resina caliente, cera y azufre. Finalmente, que será hecho trozos miembro a miembro por cuatro caballos fuertes. Ese anciano dice que todo esto se hará al prisionero realmente quien atentó contra la vida del anterior rey, Luis XV. Pero, ¿cómo sé si miente él? No soy un erudito.

—¡Escucha una vez más entonces, Jacques! —dijo el hombre con la mano inquieta y aire ansioso—. El nombre de ese prisionero era Damiens y todo se hizo a pleno día, en las calles abiertas de esta ciudad de París, y nada fue más notorio en la vasta concurrencia que lo vio hacer, que la multitud de damas de calidad y moda, que estaban llenas de atención impaciente por el final... el final, Jacques, prolongado hasta la caída de la noche, cuando él había perdido dos piernas y un brazo y ¡todavía respiraba! Y se hizo... porque, ¿cuántos años tienes tú?

—Treinta y cinco —dijo el reparador de caminos, que parecía que tenía sesenta.

—Se hizo cuando tú no tenías más de diez años, tú podías haberlo visto.

—¡Suficiente! —dijo Defarge, con impaciencia desalentadora—. Larga vida al Demonio! Continúa.

—¡Bien! Algunos murmuran esto, algunos murmuran aquello; no hablan de nada más, incluso la fuente parece correr con esa melodía. Finalmente, el domingo por la noche cuando todo el pueblo estaba dormido, vienen soldados, que bajan desde la prisión y sus fusiles suenan en las piedras de la pequeña calle. Los trabajadores cavan, los trabajadores martillean, los soldados se ríen y cantan; por la mañana, en la fuente, se ha levantado una horca de cuarenta pies de altura, envenenando el agua.

El reparador de caminos miró atravesando el techo bajo más que mirar en él y señaló como si viera la horca en algún lugar del cielo.

—Todo el trabajo se detiene, todos se reúnen allí, nadie saca a las vacas, las vacas están allí con el resto. A mediodía, el redoble de tambores. Los soldados han marchado hacia la prisión por la noche, y él está en medio de muchos soldados. Está atado como antes y en su boca hay atada una mordaza para que, con una cuerda tirante, le haga parecer casi como si se riera —lo sugiere arrugando su cara con los pulgares, desde las esquinas de su boca hacia las orejas—. En la parte superior de la horca se fija el cuchillo, con la hoja hacia arriba, con la punta en el aire. Está colgado allí a cuarenta pies de altura... y se le deja colgando, envenenando el agua.

Ellos se miraron unos a otros cuando él empleó su gorra azul para limpiarse la cara, en la cual el sudor había empezado a salir mientras recordaba el espectáculo.

—Es horroroso, señores. ¡Cómo pueden sacar agua las mujeres y los niños! ¡Quién puede chismorrear una tarde, debajo de esa sombra! ¿Debajo de ella he dicho? Cuando dejé el pueblo, el lunes por la tarde cuando el sol se iba a la cama, y miré atrás desde la cuesta, la sombra cruzaba la iglesia, cruzaba el molino, cruzaba la prisión... parecía cruzar la tierra, señores, a donde el cielo descansa sobre ella!

El hombre ávido se roía uno de sus dedos cuando miraba a los otros tres, y su dedo temblaba por el ansia que había en él.

—Eso es todo, señores. Yo me fui al anochecer (como me habían advertido que hiciera), y caminé, esa noche y la mitad del día siguiente, hasta que me encontré (como me habían advertido que sería) con este camarada. Con él seguí, ahora cabalgando, ahora caminando, durante el resto de ayer y el resto de la pasada noche. ¡Y aquí me ven!

Después de un silencio lúgubre, el primer Jacques dijo:

—¡Bueno! Has actuado y narrado fielmente. ¿Nos esperarás un poco, afuera en la puerta?

—Con mucho gusto —dijo el reparador de caminos, a quien Defarge escoltó hasta la parte superior de las escaleras y, dejándole sentado allí, regresó.

Los tres se habían levantado y sus cabezas estaban juntas cuando él regresó a la buhardilla.

—¿Cómo dices, Jacques —preguntó el número Uno—, ¿ser registrado?

—Ser registrado, como condenado a la destrucción —contestó Defarge.

—¡Magnífico! —dijo con voz ronca el hombre del ansia.

—¿El castillo y toda la estirpe? —preguntó el primero.

—El castillo y toda la estirpe —contestó Defarge—. Exterminio.

El hombre ávido repitió, con voz ronca extasiada:

—¡Magnífico! —y empezó a roer otro dedo.

—¿Estás seguro —preguntó Jacques Dos— de que no puede surgir ninguna dificultad de nuestra manera de llevar a cabo el registro? Sin duda es seguro, porque nadie más que nosotros mismos puede descifrarlo, pero, ¿siempre seremos capaces de descifrarlo... o, debería decir, ella?

—Jacques —contestó Defarge, acercándose—, si la señora mi esposa se compromete a guardar el registro sólo en su memoria, no se le escaparía ni una palabra de ello... ni una sílaba de ello. Tejido, con sus propias puntadas y sus propios símbolos, siempre estará tan claro para ella como el sol. Confíen en la señora Defarge. Sería más fácil para el cobarde más débil que vive borrarse a sí mismo de la existencia que borrar una letra de su nombre o delito del registro tejido de la señora Defarge.

Hubo un murmullo de confianza y aprobación, y luego el hombre que tenía avidez, preguntó:

—¿Se va a enviar de regreso pronto a este pueblerino? Espero que sí. Él es muy sencillo, ¿no es un poco peligroso?

—Él no sabe nada —dijo Defarge—; al menos nada más que le elevara fácilmente a una horca de la misma altura. Me lo encomendarán, déjenle conmigo, yo cuidaré de él y le pondré en su camino. Él desea ver el mundo magnífico: el Rey, la Reina y la Corte, déjenle que los vea el domingo.

—¿Qué? —exclamó el hombre ávido, mirando fijamente—. ¿Es buena señal que él desee ver a la Realeza y la Nobleza?

—Jacques —dijo Defarge —enseña leche a un gato diplomáticamente si deseas que tenga sed de ella, enseña diplomáticamente a un perro su presa natural si deseas que la baje un día.

No se dijo nada más, y al reparador de caminos, siendo encontrado ya adormilado en lo más alto de la escalera, se le aconsejó que se tumbara en el camastro y se tomara algún descanso. Él no necesitó persuasión y pronto se quedó dormido.

Peores dependencias que la tienda de vino de Defarge se podían haber encontrado fácilmente en París para un esclavo provincial de esa categoría.

A salvo por un misterioso terror a la señora por la cual era constantemente rondado, su vida era ahora nueva y agradable. Pero la señora sentada todo el día en su mostrador, tan expresamente inconsciente de él y tan decidida especialmente a no percibir que su estancia allí tenía alguna conexión con algo debajo de la superficie, que él se sacudía sus zapatos de madera cada vez que su ojo daba con ella. Porque él competía consigo mismo que era imposible prever lo que aquella señora podría pretender después; y él se sentía seguro de que si a ella se le metía en su cabeza brillantemente adornada pretender que le había visto cometer un asesinato y después despellejar a la víctima, ella infaliblemente lo llevaría a cabo hasta que la representación se hubiera acabado.

Por tanto, cuando llegó el domingo, el reparador de caminos no estaba encantado (aunque dijo que lo estaba) al descubrir que la señora iba a acompañarles al señor y a él mismo a Versalles. Era desconcertante además que la señora fuera haciendo punto todo el camino hasta allí, en un transporte público. Era desconcertante además ver a la señora entre la multitud por la tarde, todavía con su punto en las manos cuando la multitud esperaba ver el carrauje de la Reina y del Rey.

—Trabaja duro, señora —dijo un hombre que había cerca de ella.

—Sí —contestó la señora Defarge—, tengo mucho que hacer.

—¿Qué hace, señora?

—Muchas cosas.

—Por ejemplo...

—Por ejemplo —contestó la señora Defarge serenamente—, mortajas.

El hombre se alejó un poco, tan pronto como pudo, y el reparador de caminos se abanicaba con su gorra azul, sintiéndola muy cercana y agobiante. Si necesitaba que un Rey y una Reina le recuperaran, tuvo la suerte de tener su remedio a mano; porque pronto el rey de cara grande y la reina de cara bonita llegaron en su carruaje dorado, asistidos por la brillante Diana de su Corte, una multitud fastuosa de damas sonrientes y señores finos; y en joyas y sedas y polvos y esplendor y figuras de ambos sexos que rechazan elegantemente y rostros que desdeñan magníficamente, el reparador de caminos se bañó tanto en su embriaguez temporal, que gritaba Larga vida al Rey, Larga vida a la Reina, Larga vida a todo el mundo y a todas las cosas como si él nunca hubiera oído hablar del omnipresente Jacques en su época. Luego hubo jardines, patios, terrazas, fuentes, orillas verdes, más Rey y Reina, más Diana, más señores y damas, más Larga vida a todos ellos hasta que él lloró con absoluto sentimiento. Durante toda esta escena, que duró unas tres horas, él había gritado mucho y llorado mucho y acompañado sentimentalmente, y desde principio a fin Defarge le tuvo por el cuello, como para contenerle de volar a los objetos de su breve devoción y romperlos en pedazos.

—¡Bravo! —dijo Defarge, dándole palmadas en la espalda cuando se terminó, como un mecenas—, ¡eres un buen chico!

El reparador de caminos estaba volviendo ahora en sí y estaba desconfiando de haber cometido un error en sus últimas demostraciones, pero no.

—Tú eres el tipo que queremos —le dijo Defarge al oído—, tú haces que estos locos crean que durará para siempre. Entonces ellos son los más insolentes y está más cerca su fin.

—¡Eh! —exclamó el reparador de caminos pensativamente—. Es cierto.

—Estos locos no saben nada. Mientras ellos desprecian tu aliento y lo detendrían para siempre, en ti o en un ciento como tú más que en uno de sus propios caballos y perros, ellos solo saben lo que tu aliento les dice. Dejemos que se engañen, entonces, un poco más. No se les puede engañar demasiado.

La señora Defarge miró con altanería al cliente y asintió con la cabeza como confirmación.

—Respecto a ti —dijo ella—, tú gritarías y derramarías lágrimas por algo, si se hiciera un espectáculo y un ruido. ¡Di! ¿No sería así?

—Cierto, señora. Creo que sí. Durante un momento.

—Si te enseñaran un gran montón de muñecas y te colocaran sobre ellas para que las hicieras trozos y las despojaras para beneficio tuyo, tú elegirías la más rica y más alegre. ¡Di! ¿Lo harías?

—Cierto que sí, señora.

—Sí. Y si te enseñarán una bandada de pájaros, incapaces de volar, y te pusieran sobre ellos para que les quitaras las plumas en beneficio tuyo, te pondrías sobre los pájaros de plumas más bellas, ¿no?

—Es cierto, señora.

—Tú has visto tanto muñecas como pájaros hoy —dijo la señora Defarge, con un movimiento de su mano hacia el lugar donde se les había visto por última vez—; ahora, vamos a casa.

CAPÍTULO XVI

Haciendo punto todavía

La señora y el señor Defarge su marido regresaron cordialmente al seno de Saint Antoine, mientras una mota con una gorra azul avanzaba en la oscuridad, a través del polvo, y bajaba las millas cansadas de la avenida por el borde, tendiendo lentamente hacia ese punto de la brújula donde el castillo del Señor Marqués, ahora en su tumba, escuchaba a los árboles susurrantes. Tanto tiempo libre tenían las caras de piedra, ahora, para escuchar a los árboles y a la fuente, que los pocos espantapájaros del pueblo quienes, en busca de hierbas para comer y trozos de palos para quemar, se desviaban a la vista del gran patio de piedra y de la terraza de la escalera, se habían percatado en su imaginación hambrienta de que la expresión de las caras había cambiado. Un rumor así vivía en el pueblo —tenía una existencia vaga y desnuda allí, como la tenía su gente— que cuando el cuchillo golpeó la casa, las caras cambiaron de caras de orgullo a caras de ira y dolor; también que cuando esa figura colgada fue izada a cuarenta pies por encima de la fuente, ellas cambiaron de nuevo y cargaron con una mirada cruel de ser vengadas, que ellas soportarían a partir de entonces para siempre. En la cara de piedra sobre la gran ventana del dormitorio donde se cometió el asesinato, dos abolladuras pequeñas se advertían en la nariz esculpida, que todo el mundo reconocía y que nadie había visto antaño. Y en las escasas ocasiones en las que dos o tres campesinos harapientos salían de la multitud para echar un rápido vistazo al Señor Marqués petrificado, un dedo flacucho no lo hubiera señalado durante un minuto antes de hacerles salir a todos entre el musgo y las hojas, como las liebres más felices que podían encontrar una vida allí.

Castillo y cabaña, cara de piedra y figura colgada, la mancha roja en el suelo de piedra y el agua pura en el pozo del pueblo (miles de acres de tierra —una provincia entera de Francia— toda Francia misma) yacía debajo del cielo de noche, concentrados en una línea apenas más visible que un pelo. Así un mundo entero, con toda su grandeza y pequeñez, se queda acostado en una estrella titilante. Y como mero conocimiento humano puede partir un rayo de luz y analizar su composición, para que así, inteligencias más sublimes puedan leer en el débil brillo de esta tierra nuestra, cada pensamiento y cada acto, cada vicio y cada virtud, de cada criatura responsable que hay sobre ella.

Los Defarge, marido y mujer, vinieron avanzando pesadamente bajo la luz de las estrellas, en su vehículo público, a la verja de París adonde tendía su viaje lógicamente. Hubo la parada normal en la barrera de los guardias y los faroles normales vinieron para echar una ojeada para la inspección e investigación normales. El señor Defarge descendió, conociendo a uno o dos de los soldados de allí y a uno de los policías. Del último era íntimo y se abrazaron cariñosamente.

Cuando Saint Antoine había envuelto de nuevo a los Defarge en sus alas oscuras y ellos habían descendido finalmente cerca de los límites de Saint, cuando estaban tomando su camino a pie a través del lodo y la basura de sus calles, la señora Defarge habló a su marido:

—Dime entonces, amigo mío. ¿Qué te dijo Jacques de la policía?

—Muy poco esta noche, pero todo lo que sabe. Hay otro espía encargado de nuestro cuartel. Puede haber muchos más por todo lo que puede decir él, pero él conoce a uno.

—¡Eh, bien! —dijo la señora Defarge, levantando las cejas con un aire frío en el asunto—. Es necesario registrarle. ¿Cómo llamaremos a ese hombre?

—Él es inglés.

—Tanto mejor. ¿Su nombre?

—Barsad —dijo Defarge, haciéndolo francés con la pronunciación. Pero él había sido tan cuidadoso para decirlo fielmente que entonces lo deletreó con exactitud perfecta.

—Barsad —repitió la señora—. Bueno. ¿Nombre de pila?

—John.

—John Basard —repitió la señora después de murmurarlo una vez más para sus adentros—. Bueno, ¿se conoce su aspecto?

—Edad, unos cuarenta años; altura, unos cinco pies con nueve; pelo negro, tez oscura; generalmente semblante bastante apuesto, ojos oscuros, cara delgada, larga y cetrina; nariz aguileña, pero no recta, teniendo una peculiar inclinación hacia la mejilla izquierda; expresión, por tanto, siniestra.

—¡Eh, por mi fe, eso es un retrato! —dijo la señora riéndose—. Será registrado mañana.

Se metieron en la tienda de vino, la cual estaba cerrada (porque era medianoche) y donde la señora Defarge inmediatamente ocupó su puesto en su escritorio, contó las pequeñas monedas que se habían cogido durante su ausencia, examinó las existencias, fue a las entradas en el libro, hizo otras entradas propias, revisó al hombre que le servía de todas las formas posibles y finalmente le despidió para que se fuera a la cama. Entonces volvió al contenido del cuenco del dinero por segunda vez y empezó a anudarlo en su pañuelo, en una cadena de nudos separados, para mantenerlo seguro durante la noche. Mientras tanto, Defarge, con su pipa en la boca, iba de acá para allá, admirando con suficiencia, pero nunca interfiriendo. En realidad en estas condiciones, respecto a su negocio y sus asuntos domésticos, iba de acá para allá en la vida.

La noche era caliente, y la tienda, cerrada y rodeada por un vecindario tan hediondo, olía mal. El sentido del olfato del señor Defarge no era de ningún modo delicado, pero la reserva de vino olía mucho más fuerte de lo que nunca había sabido, y lo mismo sucedía con la reserva de ron, brandy y anís. Él echó fuera al compuesto de olores cuando dejó su pipa fumada.

—Estás fatigado —dijo la señora, levantando la vista cuando anudaba el dinero—. Hay solamente los olores normales.

—Estoy un poco cansado —reconoció su marido.

—Estás un poco deprimido, también —dijo la señora, cuyos rápidos ojos nunca habían estado tan concentrados en las cuentas, pero habían tenido un rayo o dos para él—. ¡Oh, los hombres, los hombres!

—¡Pero querida! —empezó Defarge.

—¡Pero querida! —repitió la señora, asintiendo con la cabeza con firmeza—, ¡pero querido! ¡Estás débil de corazón esta noche, querido!

—Bueno, entonces —dijo Defarge, como si un pensamiento se sacara de su pecho—, hace mucho tiempo.

—Hace mucho tiempo —repitió su esposa—, y ¿cuándo no hace mucho tiempo? La venganza y castigo requieren mucho tiempo, es la norma.

—No lleva mucho tiempo que un rayo golpee a un hombre —dijo Defarge.

—¿Cuánto tiempo —preguntó la señora serenamente— lleva hacer un rayo y almacenarlo? Dime.

Defarge levantó la cabeza pensativamente, como si hubiera algo en eso también.

—No lleva mucho tiempo —dijo la señora— que un terremoto se trague a una ciudad. ¡Eh, bien! Dime, ¿cuánto tiempo lleva preparar el terremoto?

—Mucho tiempo, supongo —dijo Defarge.

—Pero cuando está preparado, tiene lugar, y muele todo lo que hay delante de él. Mientras tanto, está siempre preparándose, aunque no se vea ni se oiga. Ese es tu consuelo. Manténlo.

Ella ató un nudo con ojos destellantes como si estrangulara a un enemigo.

—Te digo —dijo la señora, extendiendo la mano derecha para dar énfasis— que aunque lleva mucho tiempo en el camino, está en el camino y viene. Te digo que nunca retrocede y nunca se para. Te digo que está siempre avanzando. Mira alrededor y contempla la vida de todo el mundo que conocemos, contempla las caras de todo el mundo que conocemos, contempla la furia y descontento a los cuales se dirige Jacquerie cada vez con más seguridad cada hora. ¿Pueden durar tales cosas? ¡Bah! ¡Me burlo de ti!

—Mi valiente esposa —contestó Defarge, en pie delante de ella con la cabeza un poco inclinada y sus manos dando palmadas a su espalda, como un alumno dócil y atento ante su catequista—, yo no cuestiono todo esto. Pero ha durado mucho tiempo y es posible (tú lo sabes bien, esposa mía, que es posible) que no pueda venir durante nuestras vidas.

—¡Eh, bueno! ¿Cómo entonces? —preguntó la señora, atando otro nudo como si hubiera estrangulado a otro enemigo.

—¡Bueno! —dijo Defarge, encogiendo los hombros medio quejándose y medio disculpándose—. No veremos el triunfo.

—Nosotros habremos ayudado —contestó la señora con la mano extendida como acto de fuerza—. Nada de lo que hacemos se hace en vano. Creo, con toda mi alma, que veremos el triunfo. Pero si no, incluso si sabemos con seguridad que no, enséñame el cuello de un aristócrata y tirano y todavía podría...

Entonces la señora, con los dientes apretados, ató un nudo muy terrible.

—¡Sujeta! —gritó Defarge, ruborizándose un poco como si se sintiera cargado de cobardía—. Yo tampoco, querida, me detendré ante nada.

—¡Sí!, pero es debilidad tuya que algunas veces necesites ver a tu víctima y a tu oportunidad para mantenerte. Mantente a ti mismo sin eso. Cuando llegue el momento, suelta al tigre y al demonio, pero espera que llegue el momento con el tigre y el demonio encadenados, no a la vista, siempre preparados.

La señora reforzó la conclusión de este consejo golpeando su pequeño mostrador con su cadena de dinero como si estuviera sacándole sus sesos a golpes, y luego recogió el pesado pañuelo debajo del brazo de una forma serena observando que era hora de irse a la cama.

A la mañana siguiente se veía a la admirable señora en su lugar habitual de la tienda de vino, haciendo punto diligentemente. Una rosa estaba colocada a su lado, y si ella echaba un vistazo de cuando en cuando a la flor, era sin infringir su aire normal de ensimismamiento. Había pocos clientes, bebiendo o no bebiendo, en pie o sentados, extendidos por allí. El día era muy caliente y montones de moscas, que estaban extendiendo sus propinas curiosas y aventureras en todos los vasitos pegajosos cercanos a la señora, caían muertas en el fondo. Su fallecimiento no impresionaba a las otras moscas dando vueltas fuera, que las miraban de la manera más fría (como si ellas mismas fueran elefantes, o algo tan lejano), hasta que se encontraban con el mismo destino. ¡Curioso es considerar lo inconscientes que son las moscas! Quizá pensaban en la Corte aquel día de verano soleado.

Una figura entrando por la puerta tendió una sombra sobre la señora Defarge que sintió que era nueva. Ella dejó abajo su punto y empezó a sujetar con un alfiler la rosa en su tocado, antes de mirar a la figura.

Fue curioso. En el momento en que la señora Defarge levantó la rosa, los clientes dejaron de hablar y empezaron a salir poco a poco de la tienda de vino.

—¡Buen día, señora! —dijo el recién llegado.

—¡Buen día, señor!

Ello lo dijo en alto, pero añadió para sus adentros cuando reanudó su punto: «¡Ah! Buen día, de unos cuarenta años, de altura de unos cinco pies con nueve, pelo negro, en general un semblante bastante apuesto, tez oscura, ojos oscuros, cara delgada larga y cetrina, nariz aguileña pero no recta, teniendo una inclinación particular hacia la mejilla izquierda que daba una impresión siniestra: ¡Buen día a todos!»

—¿Tiene la amabilidad de darme un vasito de coñac viejo y un trago de agua fresca fría, señora?

La señora accedió con aire cortés.

—¡Maravilloso coñac éste, señora!

Era la primera vez que había sido felicitado y la señora Defarge sabía bastante de sus antecedentes para saber mejor. Sin embargo ella dijo que el coñac era halagado y cogió su punto. El visitante observó los dedos de ella por un momento, y tuvo oportunidad de observar el lugar en general.

—Usted hace punto con gran habilidad, señora.

—Estoy acostumbrada a ello.

—¡Un bonito dibujo también.

—¿Cree usted eso? —dijo la señora mirándole con una sonrisa.

—Decididamente. ¿Puedo preguntar para qué es?

—Pasatiempo —dijo la señora, mirándole todavía con un sonrisa, mientras sus dedos se movían ágilmente.

—¿No para uso?

—Eso depende. Puedo encontrar un uso para ello un día. Si lo hago... bien —dijo la señora respirando y asintiendo con la cabeza con un especie de coquetería adusta—. ¡Lo usaré!

Era sorprendente, pero el gusto de Saint Antoine parecía estar decididamente en contra de una rosa en el tocado de la señora Defarge. Dos hombres habían entrado por separado y habían estado a punto de pedir bebida, cuando, echando un vistazo a la novedad, titubearon, fingieron mirar alrededor como si buscaran a un amigo que no estaba allí, y salieron. Tampoco de aquellos que habían estado allí cuando este visitante entró quedaba ninguno. Todos habían salido. El espía había mantenido sus ojos abiertos, pero había sido incapaz de detectar alguna señal. Ellos habían salido holgazaneando de una manera accidental, menesterosa, sin propósito, bastante natural e irreprochable.

—John —pensó la señora, marcando su trabajo según sus dedos hacían punto, y sus ojos miraban al extraño—. Quédese lo suficiente y tejeré «BARSAD» antes de que se vaya.

—¿Tiene marido, señora?

—Tengo.

—¿Niños?

—Niños no.

—¿El negocio parece malo?

—El negocio está muy mal, la gente es tan pobre.

—¡Ah, la desgraciada y miserable gente! Tan oprimida, también... como usted dice.

—Como usted dice —replicó la señora, corrigiéndole y tejiendo con destreza algo extra dentro de su nombre que no presagiaba nada bueno para él.

—Perdóneme; ciertamente en realidad fui yo el que lo dijo, pero usted naturalmente piensa así, por supuesto.

—¿Yo creo? —contestó la señora en voz alta—. Yo y mi marido tenemos bastante que hacer para mantener abierta esta tienda de vino, sin pensar. Todo lo que pensamos aquí, es cómo vivir. Ese es el tema en el que pensamos nosotros y nos da, de la mañana a la noche, lo suficiente para pensar sin molestar nuestras cabezas con otras cosas. ¿Yo pienso por otros? No, no.

El espía, que estaba allí para recoger cualquier miga que pudiera encontrar o hacer, no permitió que su estado perplejo se expresara en su rostro siniestro, sino que con un aire de galantería chismosa, apoyaba el codo sobre el pequeño mostrador de la señora Defarge y de cuando en cuando sorbía su coñac.

—Un mal asunto éste, señora, el de la ejecución de Gaspard. ¡Ah, el pobre Gaspard! —con un suspiro de gran compasión.

—¡Cielos! —contestó la señora, fría y suavemente—, si la gente usa cuchillos para tales propósitos, tiene que pagar por ello. Él sabía de antemano cuál era el precio de su lujo; él ha pagado el precio.

—Creo —dijo el espía bajando su suave voz a un tono que invitaba a la confianza, y expresando una susceptibilidad revolucionaria herida en cada músculo de su malvado rostro—: Creo que hay mucha compasión y enojo en este vecindario, que afecta al pobre amigo. Entre nosotros.

—¿Lo hay? —preguntó la señora con expresión ausente.

—¿No lo hay?

—... Aquí está mi marido! —dijo la señora Defarge.

Cuando el dueño de la tienda de vino entró por la puerta, el espía le saludó tocándose el sombrero y diciendo con una sonrisa encantadora: «¡Buen día, Jacques!» Defarge se detuvo en seco y le miró fijamente.

—¡Buen día, Jacques! —repitió el espía; con tanta confianza, o con una sonrisa fácil debajo de su mirada.

—Usted se engaña, señor —contestó el dueño de la tienda de vino—. Me confunde con otro. Ese no es mi nombre. Yo soy Ernest Defarge.

—Es lo mismo —dijo el espía, airadamente, pero desconcertado también—. ¡Buen día!

—¡Buen día! —contestó Defarge secamente.

—Le estaba diciendo a la señora, con quien tenía el placer de charlar cuando ha entrado usted, que me dicen que hay (¡y no sorprende!) mucha lástima y enojo en Saint Antoine, mencionando el desgraciado destino del pobre Gaspard.

—Nadie me ha dicho eso —dijo Defarge, moviendo la cabeza—. No sé nada de ello.

Habiéndo dicho esto, pasó detrás del pequeño mostrador y se quedó con la mano sobre el respaldo de la silla de su esposa, mirando sobre esa barrera a la persona a quien tenían enfrente, y a quien cualquiera de ellos habría disparado con la mayor satisfacción.

El espía, bien acostumbrado a su oficio, no cambió su actitud inocente, sino que vació su vasito de coñac, dio un sorbo de agua fresca y pidió otro vaso de coñac. La señora Defarge se lo echó, cogió su punto de nuevo y tarareó un cancioncilla sobre él.

—Parece conocer bien este barrio; es decir, mejor que yo —observó Defarge.

—No del todo, pero espero conocerlo mejor. Estoy profundamente interesado en sus habitantes miserables.

—¡Ah! —masculló Defarge.

—El placer de conversar con usted, señor Defarge, me recuerda —continuó el espía— que tengo el honor de apreciar algunas asociaciones interesantes con su nombre.

—¡En serio! —dijo Defarge con mucha indiferencia.

—Sí, en serio. Cuando el doctor Manette fue puesto en libertad, sé que usted, su antiguo sirviente, se hizo cargo de él. Se lo entregaron a usted. ¿Ve que estoy informado de las circunstancias?

—Ese es el hecho, ciertamente —dijo Defarge.

Un toque accidental del codo de su esposa mientras hacía punto y cantaba le había expresado que sería mejor contestar, pero siempre con brevedad.

—Fue a usted —dijo el espía— a quien vino su hija y fue por su cuidado por el que su hija le cogió, acompañada por un señor arreglado de marrón. ¿Cómo se llamaba...? Con una pequeña peluca... Lorry... del banco de Tellson y Company... en Inglaterra.

—Ese es el hecho —repitió Defarge.

—¡Muy interesantes recuerdos! —dijo el espía—. He conocido al doctor Manette y a su hija, en Inglaterra.

—¿Sí? —dijo Defarge.

—¿Usted no sabe mucho de ellos ahora? —dijo el espía.

—No —dijo Defarge.

—En efecto —intervino la señora, levantando la mirada de su trabajo y su cancioncilla—. Nunca sabemos nada de ellos. Recibimos las noticias de su llegada segura, y quizá otra carta, o quizá dos; pero, desde entonces, ellos han tomado su camino en la vida poco a poco (nosotros, la nuestra) y no mantenemos correspondencia.

—Perfectamente, señora —replicó el espía—. Ella se va a casar.

—¿Se va? —hizo eco la señora—. Ella era lo bastante bonita como para haberse casado hace tiempo. Ustedes los ingleses son fríos, me parece a mí.

—¡Oh!, sabe que soy inglés.

—Percibo que lo es su lengua —contestó la señora—, y lo que es la lengua, supongo que es el hombre.

Él no tomó la identificación como un cumplido, pero hizo lo que pudo y acabó con una risa. Después de sorber su coñac hasta el final, añadió:

—Sí, la señorita Manette se va a casar, pero no con un inglés; con uno que, como ella, es francés de nacimiento. Y hablando de Gaspard (¡Ah, pobre Gaspard! Fue cruel, ¡cruel!), es algo curioso que ella se vaya a casar con el sobrino del Señor Marqués, por quien Gaspard fue elevado a esa altura de tantos pies; en otras palabras, el marqués actual; pero él vive de incógnito en Inglaterra, él no es marqués allí; él es el señor Charles Darnay. D'Aulnais es el nombre de la familia de su madre.

La señora Defarge hacía punto a un ritmo constante, pero la información tuvo un efecto palpable en su marido. Hacer algo detrás del pequeño mostrador, como encender una luz y el encendido de su pipa, él estaba inquieto y su mano no era digna de confianza. El espía no hubiera sido espía si hubiera dejado de verlo o de grabarlo en su mente.

Habiendo hecho, al fin, que éste se afectara, cualquier cosa que se pudiera probar valdría la pena, y no entrando ningún cliente a ayudarle, el señor Barsad pagó por lo que había bebido y se marchó: teniendo ocasión de decir, de una manera elegante, antes de partir, que él esperaba tener el placer de ver de nuevo al señor y a la señora Defarge. Durante algunos minutos después de que él hubiera salido a la presencia exterior de Saint Antoine, marido y esposa se quedaron exactamente como él les había dejado, por si acaso regresaba.

—Puede que sea cierto —dijo Defarge, en voz baja, mirando hacia abajo a su esposa mientras estaba fumando con la mano sobre el respaldo de la silla de ella—: ¿Qué ha dicho de la señorita Manette?

—Tal como él lo ha dicho —contestó la señora, levantando un poco las cejas—, es falso probablemente. Pero podría ser verdad.

—Si es... —Defarge empezó y se detuvo.

—¿Si es? —repitió la esposa.

—... Y si eso llega, mientras vivimos para verlo triunfar... espero, por el bien de ella, que el Destino mantenga a su marido fuera de Francia.

—El destino de su marido —dijo la señora Defarge, con su serenidad normal— le llevará donde él vaya a ir y le guiará al final que es el final de él. Eso es todo lo que sé.

—Pero es muy extraño... ahora, al menos, ¿no es muy extraño? —dijo Defarge, casi suplicando con su esposa para inducirla a admitirlo—, que, después de toda nuestra compasión por el señor su padre, y por ella misma, el nombre de su marido estuviera proscrito bajo tu mano en este momento, al lado de ese perro del infierno que nos acaba de dejar?

—Cosas más extrañas que ésa ocurrirán cuando llegue —contestó la señora—. Los tenemos a los dos aquí, con certeza; y ellos dos están aquí por sus méritos, eso es suficiente.

Ella enrolló su punto cuando había dicho estas palabras y en ese momento quitó la rosa del pañuelo que estaba enrollado alrededor de su cabeza. O Saint Antoine tenía un sentido instintivo de que el adorno desagradable se había ido o Saint Antoine estaba vigilando su desaparición; el

Saint tuvo valor para entrar holgazaneando muy poco tiempo después y la tienda de vino recuperó su aspecto habitual.

Por la tarde, en esa estación entre las demás en la que Saint Antoine gira y lo de dentro sale, y se sienta en los umbrales y en los alféizares y llega a las esquinas de repugnantes calles y patios, para tomar el aire, la señora Defarge con su trabajo en la mano estaba acostumbrada a pasar de un lugar a otro y de un grupo a otro: una Misionera —había muchos como ella— tal como el mundo nunca criará de nuevo. Todas las mujeres hacían punto. Ellas tejían cosas sin valor, pero el trabajo mecánico era un sustituto mecánico del comer y el beber; las manos se movían por las mandíbulas y el aparato digestivo: si los dedos huesudos hubieran estado quietos, los estómagos hubieran estado más apretados por el hambre.

Pero, como iban los dedos, iban los ojos e iban los pensamientos. Y como la señora Defarge se movía de un grupo a otro, los tres iban cada vez más rápidos y más feroces entre cada puñado pequeño de mujeres con los que ella hablaba y dejaba atrás.

Su marido fumaba en la puerta, vigilándola con admiración.

—Una gran mujer —decía él—, una mujer fuerte, una mujer magnífica, y ¡una mujer tremendamente magnífica!

La oscuridad se cerró alrededor, y luego vino el sonido de las campanas de la iglesia y el distante redoble de los tambores militares del patio de Palacio, cuando las mujeres estaban sentadas haciendo punto. La oscuridad las rodeaba. Otra oscuridad se cerraba alrededor cuando seguramente, cuando las campanas de la iglesia, entonces sonando con tono agradable en muchos campanarios aireados sobre Francia, se mezclarían con cañones tronadores; cuando los tambores militares redoblarían para ahogar una voz desdichada, esa noche todopoderosa como la voz del Poder y la Abundancia, de la Libertad y de la Vida. Tanto se estaba cerrando alrededor de las mujeres que estaban sentadas haciendo punto, que ellas mismas estaban encerrándose alrededor de una estructura todavía sin construir, donde ellas iba a sentarse a hacer punto, contando cabezas caídas.

CAPÍTULO XVII

Una noche

Nunca se había puesto el sol con una gloria más brillante en la tranquila esquina de Soho que una tarde memorable cuando el doctor y su hija estaban sentados debajo del plátano de sombra juntos. Nunca salió la luna con un resplandor más suave sobre el gran Londres, que en aquella noche en la que se les encontraba tranquilos sentados debajo del plátano de sombra, y brillaba sobre sus caras a través de sus hojas.

Lucie iba a casarse mañana. Ella había reservado esta última tarde para su padre y ellos estaban sentados solos debajo del plátano de sombra.

—¿Eres feliz, querido padre?

—Totalmente, mi niña.

Ellos habían dicho poco, aunque habían estado allí mucho tiempo. Cuando todavía había luz suficiente para trabajar y leer, ni ella se había dedicado a su trabajo normal, ni le había leído a él. Ella se había empleado en ambas cosas, a su lado debajo del plátano de sombra, muchas, muchas veces, pero esta vez no era exactamente como cualquier otra y nada podía hacerla así.

—Y yo soy muy feliz esta noche, querido padre. Soy inmensamente feliz con el amor con el que el Cielo me ha bendecido... mi amor por Charles y el amor de Charles por mí. Pero, si mi vida no estuviera todavía consagrada a ti, o si mi matrimonio se dispusiera de tal manera que nos separara, incluso por la longitud de unas cuantas de estas calles, yo sería más infeliz y estaría llena de reproches ahora más de lo que puedo decirte. Incluso en cuanto sea...

Incluso en cuanto fuera, ella no pudo controlar su voz.

A la luz triste de la luna, ella le agarró por el cuello y apoyó el rostro sobre el pecho de él. A la luz de la luna que es siempre triste, como la luz del sol lo es en sí misma —como lo es la luz llamada vida humana— en su ida y venida.

—¡Querido mío! ¿Puedes decirme, esta última vez, que te sientes seguro, completamente seguro, de que ningún cariño mío nuevo ni ningún deber nuevo mío, se interpondrá alguna vez alguna entre nosotros? Yo lo sé bien, pero, ¿lo sabes tú? En tu propio corazón, ¿te sientes completamente seguro?

Su padre contestó, con una alegre firmeza de convicción que apenas podía haber supuesto:

—¡Completamente seguro, querida mía! Más que eso —añadió él cuando la besó con ternura:—: mi futuro es mucho más brillante, Lucie, visto a través de tu matrimonio de lo que podría haber sido (no, de lo que siempre fue) sin él.

—¡Si yo pudiera esperar eso, padre...!

—¡Créelo, amor! De verdad es así. Considera lo natural y sencillo que es, querida mía, que fuera así. Tú, leal y joven, no puedes apreciar del todo la ansiedad que he sentido porque tu vida no se desperdiciara...

Ella movió su mano hacia los labios de él, pero él la cogió en la suya y repitió la palabra:

—... desperdiciara, niña mía... no se desperdiciara, echada a un lado del orden natural de las cosas... por mi causa. Tu generosidad no puede abarcar por completo cuánto ha estado esto en mi pensamiento, pero solamente pregúntate a ti misma, ¿cómo podría ser perfecta mi felicidad, mientras la tuya era incompleta?

—Si nunca hubiera visto a Charles, hubiera sido completamente feliz contigo.

Él sonrió por su reconocimiento inconsciente de que ella hubiera sido desgraciada sin Charles, habiéndole visto, y respondió:

—Mi niña, tú le viste y es Charles. Si no hubiera sido Charles, habría sido otro. O, si no hubiera sido otro, yo habría sido la causa y entonces la parte oscura de mi vida hubiera proyectado su sombra más allá de mí mismo y hubiera caído sobre ti.

Era la primera vez, a excepción del juicio, que ella le oía alguna vez referirse al período de su sufrimiento. Esto le dio a ella una sensación extraña y nueva mientras sus palabras estaban en sus oídos, y ella lo recordó mucho tiempo después.

—¡Veamos! —dijo el doctor de Beauvais, levantando la mano hacia la luna—. La he mirado desde la ventana de mi prisión, cuando no podía soportar su luz. La he mirado cuando era una tortura para mí pensar que brillaba sobre lo que había perdido, yo he golpeado mi cabeza contra los muros de la prisión. La he mirado, en un estado tan apagado y aletargado que no he pensado en nada salvo en el número de líneas horizontales que podría dibujar cruzándola cuando estaba llena, y el número de líneas perpendiculares con las cuales yo podía intersectarlas.

Él añadió en su interior y de una forma reflexiva, según miraba a la luna: «Había veinte en cada camino, recuerdo, y la veinte era difícil de meter.»

La extraña emoción con la que ella le oía regresar a esa época, se profundizó cuando él pensó en ello demasiado, pero no hubo nada que la impresionara en la manera en la que él lo refería. Él solamente parecía contrastar su alegría y felicidad actuales con la fortaleza extrema de lo que había terminado.

—La he mirado, haciendo conjeturas miles de veces sobre el niño sin nacer de quien yo había sido arrancado. Si estaba vivo. Si había nacido vivo o el golpe de la pobre madre le había matado. Si era un hijo que algún día vengaría a su padre. (Hubo un tiempo en mi encarcelamiento en el que mi deseo de venganza era insoportable.) Si era un hijo que nunca conocería la historia de su padre; quien podría vivir incluso para sopesar la posibilidad de que su padre hubiera desaparecido por propia voluntad y acto. Si era una hija que crecería para convertirse en mujer.

Ella se acercó a él y le besó en la mejilla y en la mano.

—Me he imaginado a mi hija, para mis adentros, olvidándose perfectamente de mí (bastante, totalmente ignorante de mí e inconsciente de mí). Yo he sumado los años de su edad, año tras año. La he visto casada con un hombre que no sabía nada de mi destino. Yo he muerto totalmente del recuerdo de la vida y en la siguiente generación mi lugar estaba en blanco.

—¡Padre mío! Incluso oír que tú habías tenido tales pensamientos de una hija que nunca existió, golpea mi corazón como si yo hubiera sido esa niña.

—¿Tú, Lucie? Es del consuelo y del restablecimiento que tú me has traído de donde surgen estos recuerdos, y pasan entre nosotros y la luna en esta última noche... ¿Qué acabo de decir ahora?

—Ella no sabía nada de ti. Ella no tenía ningún cariño por ti.

—¡Así! Pero en otras noches de luna, cuando la tristeza y el silencio me han afectado de una manera diferente (me han afectado con algo parecido a un sentimiento afligido de paz, como podría cualquier emoción que tuviera sus cimientos en el dolor) yo la he imaginado venir a mí en mi celda y guiarme fuera a la libertad más allá de la fortaleza. He visto su imagen en la luz de la luna con frecuencia, como ahora te veo a ti; excepto que nunca la tuve en mis brazos; estaba entre la pequeña ventana de rejilla y la puerta. Pero, ¿entiendes que ésa no era la niña de la que estoy hablando?

—La figura no era; la... la... imagen, ¿la imaginación?

—No. Era otra cosa. Estaba delante de mi trastornado sentido de la vista, pero nunca se movía. El fantasma que mi mente perseguía era otra niña y más real. De su aspecto exterior no sé más que ella era como su madre. La otra tenía ese parecido también (como tú tienes) pero no era la misma. ¿Puedes seguirme, Lucie? Difícilmente, creo. No creo que tengas que haber sido un prisionero solitario para entender estas distinciones perplejas.

Su actitud serena y calmada no pudo evitar que la sangre de ella corriera fría, según él intentaba analizar detenidamente así su antigua situación.

—En ese estado más pacífico, la he imaginado, a la luz de la luna, venir hacia mí y sacarme para enseñarme que el hogar de su vida de casada estaba lleno de su recuerdo amoroso de su padre perdido. Mi imaginación estaba en su habitación y yo estaba en sus oraciones. Su vida era activa, alegre, útil; pero mi pobre historia lo dominaba todo.

—Era aquella niña, padre mío. Yo no era ni la mitad de buena, pero en mi amor lo soy.

—Y ella me mostraba a sus niños —dijo el doctor de Beauvais—, y ellos habían oído hablar de mí y les habían enseñado a tener compasión de mí. Cuando ellos pasaban por una prisión del Estado, ellos se mantenían alejados de sus muros mal vistos y miraban arriba a los barrotes y hablaban en susurros. Ella nunca podía librarme. Imaginaba que ella siempre me llevaba de regreso después de enseñarme esas cosas. Pero entonces, bendecido por el alivio de las lágrimas, caía sobre mis rodillas y la bendecía.

—Yo soy esa niña, espero, padre mío. ¡Oh, querido, querido!, ¿me bendecirás con tanto fervor mañana?

—Lucie, recuerdo estas viejas inquietudes en la razón que tengo esta noche por amarte más de lo que las palabras pueden decir y agradeciendo a Dios mi gran felicidad. Mis pensamientos, cuando eran de lo más desordenado, nunca subían cerca de la felicidad que yo he conocido contigo y que tenemos delante de nosotros.

Él la abrazó, solemnemente encomendándola al Cielo y humildemente agradeciendo al Cielo por habérsela otorgado. Poco a poco entraron en la casa.

No había ningún invitado a la boda salvo el señor Lorry; no iba a haber ni siquiera dama de honor salvo la delgada señorita Pross. El matrimonio no iba a hacer ningún cambio en su lugar de residencia; ellos habían sido capaces de ampliarlo, cogiendo para ellos las habitaciones superiores que anteriormente pertenecían al inquilino invisible apócrifo, y ellos no deseaban nada más.

El doctor Manette estaba muy alegre en la pequeña cena. Sólo había tres a la mesa y la señorita Pross era la tercera. Él lamentaba que Charles no estuviera allí; estaba más que medio dispuesto a oponerse a la pequeña conspiración cariñosa que le mantenía alejado, y bebió por él con afecto.

Así llegó la hora para él de dar las buenas noches a Lucie y se separaron. Pero, en la tranquilidad de la tercera hora de la mañana, Lucie vino al piso de abajo de nuevo y entró a hurtadillas en su habitación, no libre de temores sin forma de antemano.

Sin embargo todas las cosas estaban en su sitio; todo estaba tranquilo y él tumbado dormía, su pelo blanco típico sobre la almohada tranquila y sus manos apoyadas sobre el cobertor. Ella puso su vela innecesaria en la sombra a cierta distancia, trepó a su cama y puso sus labios en los de él; entonces se inclinó sobre él y le miró.

En su apuesto rostro, las aguas amargas de la cautividad lo habían desgastado, pero él encubría sus huellas con una determinación tan fuerte, que mantenía el dominio sobre ellas incluso durmiendo. Un rostro más sorprendente en su lucha tranquila, resuelta y comedida con un agresor oculto, no se iba a contemplar en todos los amplios dominios de su sueño, aquella noche.

Ella apoyó tímidamente su mano sobre el querido pecho de él, y dijo una oración que nunca podía haber sido tan sincera hacia él como su amor aspiraba a ser, y como los pesares de él merecían. Luego ella retiró la mano y le besó en los labios una vez más y se marchó. Así, llegó el amanecer y las sombras de las hojas del plátano de sombra se trasladaron sobre su rostro, con tanta suavidad como los labios de ella se habían movido rezando por él.

CAPÍTULO XVIII

Nueve días

En el día de la boda el sol brillaba y ellos estaban preparados fuera de la puerta cerrada de la habitación del doctor, donde él estaba hablando con Charles Darnay. Estaban preparados para ir a la iglesia, la hermosa novia, el señor Lorry y la señorita Pross (para quien el acontecimiento, por medio de un proceso gradual de reconciliación hacia lo inevitable, hubiera sido de absoluta bendición, salvo por la consideración todavía persistente de que su hermano Solomon hubiera sido el novio).

—Y así —dijo el señor Lorry, quien no podía admirar lo suficiente a la novia y quien se había estado moviendo alrededor de ella para fijarse en cada punto de su vestido bastante bonito—, y así fue por esto, mi dulce Lucie, por lo que yo os crucé el Canal, ¡como un bebé! ¡El Señor me bendiga! ¡Qué poco pensé lo que estaba haciendo! ¡Con qué ligereza valoré la obligación que estaba confiriendo a mi amigo el señor Charles!

—Usted no pensaba eso —observó la realista señorita Pross—, y por tanto ¿cómo podía saberlo? ¡Tonterías!

—¿Realmente?, bueno; pero no llore —dijo el dulce señor Lorry.

—No estoy llorando —dijo la señorita Pross—, usted sí.

—¿Yo, señorita Pross? —en este momento el señor Lorry se atrevía a ser agradable con ella por la ocasión.

—Usted lo estaba, justo ahora. Yo le vi hacerlo y no me sorprendo por ello. Tal regalo de plata como usted les ha hecho es suficiente para traer las lágrimas a los ojos de todo el mundo. No hay un tenedor o una cuchara en la colección —dijo la señorita Pross— sobre el que no haya llorado, anoche cuando llegó la caja, hasta que no podía verlo.

—Estoy muy complacido —dijo el señor Lorry—, aunque, por mi honor, que no tenía intención de que estos artículos insignificantes resultaran de recuerdo invisible para alguien. ¡Cielos! Esta es una ocasión que hace que un hombre haga conjeturas sobre todo lo que ha perdido. ¡Cielos, cielos, cielos! ¡Pensar que podría haber habido una señora Lorry, en algún momento en estos cincuenta años!

—¡No del todo! —dijo la señorita Pross.

—¿Piensa que nunca podría haber habido una señora Lorry? —preguntó el caballero de ese nombre.

—¡Bah! —replicó la señorita Pross—, usted era un soltero en la cuna.

—¡Bueno! —comentó el señor Lorry, ajustando su pequeña peluca radiantemente—, parece probable, también.

—Y a usted le recortaron para soltero —continuó la señorita Pross—, antes de que le pusieran en su cuna.

—Entonces, pienso —dijo el señor Lorry— que me trataron muy mezquinamente y que debería haber tenido voz en la selección de mi molde. ¡Suficiente! Ahora, mi querida Lucie —poniendo su brazo con dulzura alrededor de su cintura—. Les he oído moverse en la habitación de al lado y la señorita Pross y yo, como dos padres de oficio formales, estamos ansiosos de no perder la última oportunidad de decirte algo que deseas oír. Tú dejas a tu buen padre, querida, en manos tan fervientes y cariñosas como las tuyas. Él tendrá todo cuidado imaginable, durante la próxima quincena, mientras vosotros estais en Warwickshire y alrededores, incluso Tellson quebrará (hablando comparativamente) ante él. Y cuando termine la quincena y él vaya a reunirse contigo y tu amado marido, para tu otro viaje de quince días a Gales, tú dirás que te lo hemos enviado con la mejor salud y el cuerpo más feliz. Ahora oigo pasos de Alguien que viene hacia la puerta. Déjame besarte, querida niña, con una bendición de soltero pasado de moda, antes de que Alguien venga a reclamar lo suyo».

Por un momento él sujetó el rostro hermoso para mirar la expresión que bien recordaba de su frente, y luego puso su pelo dorado brillante contra su pequeña peluca marrón, con auténtica ternura y delicadeza que, si tales cosas estuvieran pasadas de moda, serían tan viejas como Adán.

La puerta de la habitación del doctor se abrió y salió con Charles Darnay. Él tenía tal palidez mortal —que no había sido el caso cuando entraron juntos— que no se veía vestigio de color en su rostro. Pero la serenidad de su actitud no estaba alterada, excepto para la mirada sagaz del señor Lorry que revelaba algún indicio vago de que el antiguo aire de evasión y miedo había pasado recientemente por él, como un viento frío.

Él dio el brazo a su hija y la llevó al piso de abajo al carruaje de cuatro caballos que el señor Lorry había alquilado en honor al día. El resto siguió en otro carruaje, y pronto, en una iglesia vecina, donde ningunos ojos extraños miraban, Charles Darnay y Lucie Manette se casaron felizmente.

Además de las lágrimas que brillaban entre las sonrisas del pequeño grupo cuando se hizo, algunos diamantes, muy brillantes y centelleantes, lucían en la mano de la novia, que estaban recién sacados de la oscura oscuridad de uno de los bolsillos del señor Lorry. Ellos regresaron a casa para desayunar, y todo fue bien, y a su debido tiempo el pelo dorado que se había mezclado con los rizos blancos del pobre zapatero en la buhardilla de París, estaban mezclados de nuevo en el sol de la mañana, en el umbral de la puerta al partir.

Fue una partida difícil, aunque no fue larga. Pero su padre la animó y dijo al fin, soltándola con cuidado de sus brazos que le envolvían:

—¡Cuida de ella, Charles! ¡Es tuya!

Y su mano nerviosa dijo adiós desde una ventana del tílburi y se fue.

Estando la esquina fuera del camino de holgazanes y curiosos, y habiendo sido los preparativos muy sencillos y pocos, el doctor, el señor Lorry y la señorita Pross se quedaron completamente solos. Fue cuando ellos se metieron en la grata sombra del frío vestíbulo antiguo, cuando el señor Lorry observó que un gran cambio se había producido en el doctor; como si el brazo dorado, levantado de allí, le hubiera dado un golpe envenenado.

Naturalmente él se había reprimido mucho, y se podría haber esperado alguna reacción en él cuando la ocasión de represión se hubiera ido. Pero era la antigua mirada perdida asustada la que preocupaba al señor Lorry; y por su forma ausente de sujetarse la cabeza y de vagar sombríamente a su propia habitación cuando ellos fueron al piso de arriba, al señor Lorry le vino a la memoria Defarge el dueño de la tienda de vino y la luz de las estrellas al marchar.

—Creo —susurró a la señorita Pross, después de considerarlo con preocupación—, creo que sería mejor que no le hablemos en este momento ni le molestemos. Yo tengo que hacer una visita rápida al Tellson, así que iré allí en seguida y regresaré en un momento. Luego le llevaremos al campo y cenaremos allí, y todo irá bien.

Era más fácil para el señor Lorry mirar dentro de Tellson que mirar fuera de Tellson. Se entretuvo dos horas. Cuando regresó, subió la vieja escalera solo, no habiendo preguntado al sirviente; yendo así a las habitaciones del doctor, se detuvo por un sonido bajo de golpes.

—¡Buen Dios! —dijo él sobresaltado—. ¿Qué es eso?

La señorita Pross, con rostro aterrorizado, estaba en su oído.

—¡Oh, oh! ¡Todo está perdido! —gritó ella, retorciéndose las manos—. ¿Qué se le va a decir a mi Pajarillo? Él no me conoce y está haciendo zapatos.

El señor Lorry dijo lo que pudo para calmarla y entró él mismo a la habitación del doctor. El banco estaba vuelto hacia la luz, como si hubiera sido cuando él había visto al zapatero en su trabajo antes, y su cabeza estaba inclinada hacia abajo, y estaba muy ocupado.

—Doctor Manette. Mi querido amigo, ¡doctor Manette!

El doctor le miró por un momento —medio inquisitivamente, medio como si estuviera enfadado porque le hablaran— y se concentró en su trabajo de nuevo.

Había dejado a un lado su abrigo y chaleco; su camisa estaba abierta en la garganta, como solía estarlo cuando hacía ese trabajo; e incluso la antigua superficie de la cara demacradas apagada había regresado a él. Trabajaba duro —impacientemente— como si en algún sentido se le hubiera interrumpido.

El señor Lorry echó un vistazo al trabajo que tenía entre manos y observó que era un zapato del tamaño y forma antiguos. Cogió otro que tenía a su lado y preguntó que era.

—Un zapato de caminar de un joven dama —murmuró él, sin mirar arriba—. Debería haber estado terminado hace tiempo. Déjelo.

—Pero doctor Manette. ¡Míreme!

Él obedeció, de aquella antigua manera sumisa, sin dejar su trabajo.

—¿Me conoce usted, querido amigo? Piense de nuevo. Esta no es su verdadera ocupación. ¡Piense, querido amigo!

Nada le indujo a hablar más. Él miró hacia arriba, durante un instante, cuando le pidió que lo hiciera, pero ninguna persuasión extraería una palabra de él. El trabajaba, y trabajaba, y trabajaba, en silencio, y las palabras caían sobre él como hubieran caído en un muro sin eco, o en el aire. El único rayo de esperanza que el señor Lorry podía descubrir era que algunas veces miraba hacia arriba furtivamente sin que se lo pidieran. En eso parecía una expresión apenas visible de curiosidad y perplejidad (como si estuviera intentando hacer cuadrar algunas dudas de su mente).

Dos cosas impresionaron en seguida al señor Lorry, como importantes sobre todas las demás; la primera, que esto tenía que mantenerse en secreto para Lucie; la segunda que tendría que mantenerse en secreto para todos aquellos que le conocían. Junto con la señorita Pross, él dio los pasos inmediatos hacia la última precaución divulgando que el doctor no se encontraba bien y necesitaba unos días de completo descanso. En ayuda del engaño amable que se iba a practicar sobre su hija, la señorita Pross iba a escribir, describiendo que había sido llamada de manera profesional y haciendo referencia a una carta imaginaria de dos o tres líneas apresuradas de su propia mano, presentada como si hubiera sido dirigida a ella por el mismo empleo.

Estas medidas, convenientes para tomar en cualquier caso, las tomó el señor Lorry con la esperanza de que volviera en sí. Si eso sucediera pronto, él guardaba otra opción en reserva, que era tener una opinión segura de que pensaba lo mejor para el caso del doctor.

Con la esperanza de su recuperación, y de recurso para que esta tercera opción fuera así hecha practicable, el señor Lorry decidió vigilarle con atención, con tan poco aspecto de hacerlo como fuera posible. Por tanto hizo arreglos para ausentarse de Tellson por primera vez en su vida y tomó su puesto en la ventana de la misma habitación.

No tardó mucho en descubrir que era peor que inútil hablarle, ya que, al ser presionado, llegaba a preocuparse. Abandonó ese intento el primer día y resolvió simplemente quedarse siempre delante de él, como una protesta silenciosa contra la idea delirante en la cual había caído, o estaba cayendo. El se quedó, por tanto, en su asiento cerca de la ventana, leyendo y escribiendo, y expresándose de muchas formas agradables y naturales en las que podía pensar, que era un lugar libre.

El doctor Manette tomaba lo que le daban para comer y para beber, y trabajó, aquel primer día, hasta que era demasiado oscuro para ver —siguió trabajando media hora más de lo que el señor Lorry no podía haber visto, durante su vida, para leer o escribir—. Cuando dejó sus herramientas a un lado como inútiles, hasta la mañana, el señor Lorry se levantó y le dijo:

—¿Saldremos afuera?

Él miró al suelo por el lado donde estaba él a la manera antigua, miró arriba a la manera antigua y repitió con la voz baja antigua:

—¿Afuera?

—Sí, a dar un paseo conmigo. ¿Por qué no?

Él no se esforzó por decir por qué no y no dijo ninguna palabra más. Pero el señor Lorry creyó ver, según se inclinaba hacia delante en su banco al anochecer, con sus codos sobre las rodillas y su cabeza entre las manos, que estaba en algún camino algo neblinoso de preguntarse para sus adentros, «¿por qué no?» La sagacidad del hombre de negocios percibió una ventaja aquí y decidió tomarla.

La señorita Pross y él dividieron la noche en dos vigilias y le observaban a intervalos de tiempo desde la habitación de al lado. Él caminó arriba y abajo durante mucho tiempo antes de tumbarse, pero, cuando finalmente se tumbó, se quedó dormido. Por la mañana, se levantó temprano y fue directo a su banco y a su trabajo.

En este segundo día, el señor Lorry le saludó alegremente por su nombre y le habló sobre temas que le habían sido familiares últimamente. Él no daba ninguna respuesta, pero era evidente que oía lo que se le decía y que pensaba sobre ello, aunque de una manera confusa. Esto animó al señor Lorry a tener dentro a la señorita Pross con su trabajo, varias veces al día; en esos momentos ellos hablaban tranquilamente de Lucie y de su padre entonces presente, con sumo cuidado de la forma usual, como si no hubiera ningún problema. Esto se hacía sin ningún acompañamiento efusivo, ni lo bastante largo ni lo bastante a menudo que le acosara, y se encendía en el corazón amigo del señor Lorry creer que él miraba hacia arriba con más frecuencia y que parecía que se movía en él alguna percepción de falta de coherencia alrededor de él.

Cuando cayó la oscuridad de nuevo, el señor Lorry le preguntó como antes:

—Querido doctor, ¿saldremos afuera?

Como antes, repitió él:

—¿Afuera?

—Sí, a dar un paseo conmigo. ¿Por qué no?

Esta vez el señor Lorry fingió salir cuando no pudo extraer ninguna respuesta de él, y, después de permanecer ausente durante una hora, regresó. Mientras tanto el doctor se había movido al asiento de la ventana y se había sentado allí mirando al plátano de sombra; pero, al regreso del señor Lorry, se pasó a su banco.

El tiempo pasaba muy lentamente y la esperanza del señor Lorry se ensombrecía y su corazón crecía en más tristeza de nuevo, y crecía todavía en más tristeza, en más tristeza cada día. Llegó y se fue el tercer día, el cuarto, el quinto. Cinco días, seis días, siete días, ocho días, nueve días.

Con la esperanza siempre ensombreciéndose y con un corazón en el que iba creciendo más y más tristeza, el señor Lorry pasó este tiempo de inquie-tud. El secreto estaba bien guardado, y Lucie era inconsciente y feliz; pero él no podía dejar de observar que el zapatero, cuya mano había funcionado poco al principio, estaba aumentando en habilidad enormemente, y que él nunca había estado tan decidido en su trabajo y que sus manos nunca habían sido tan ágiles y expertas como en el anochecer de la novena tarde.

CAPÍTULO XIX

Una opinión

Rendido por la inquieta vigilancia, el señor Lorry se quedó dormido en su puesto. En la décima mañana de su suspense, él se sobresaltó por el brillo del sol dentro de la habitación donde un profundo sueño le había superado cuando era de noche.

Se frotó los ojos y se levantó; pero dudaba, cuando había hecho esto, de si no estaba dormido todavía. Porque, yendo hacia la puerta de la habitación del doctor y mirando dentro, percibió que el banco y las herramientas del zapatero estaban a un lado de nuevo, y que el mismo doctor estaba sentado leyendo en la ventana. Llevaba el traje normal de las mañanas y su cara (la cual el señor Lorry podía ver perfectamente), aunque todavía muy pálida, estaba estudiosa y atenta con calma.

Incluso cuando se convenció de que estaba despierto, el señor Lorry se sintió inseguro vertiginosamente durante unos momentos sobre si el hacer zapatos últimamente no hubiera sido un sueño inquieto de él; porque sus ojos no le mostraban a su amigo delante de él con su ropa y aspecto acostumbrado y empleado como era habitual, y había algún signo dentro de su campo de que el cambio que le había impresionado con tanta fuerza había sucedido realmente.

Pero fue la información de su primera confusión y asombro la respuesta que era obvia. Si la impresión no se producía por una causa real correspondiente y suficiente, ¿cómo llegó él, Jarvis Lorry, allí? ¿Cómo llegó a quedarse dormido, con sus ropas, sobre el sofá en el consultorio del doctor Manette, y estar debatiendo estos puntos fuera de la puerta del dormitorio del doctor por la mañana temprano?

En unos minutos la señorita Pross estaba susurrando a su lado. Si él hubiera tenido alguna pizca de duda, lo que habló ella le hubiera resuelto por necesidad; pero en ese momento él estaba lúcido y no tenía ninguna. Él aconsejó que dejarían pasar el tiempo hasta la hora normal del desayuno y entonces se encontrarían con el doctor como si nada inusual hubiera ocurrido. Si parecía estar en su estado de mente habitual, el señor Lorry procedería entonces con cautela a buscar dirección y guía de la opinión sobre la que había estado, en su inquietud, tan inquieto por conseguir.

Rindiéndose la señorita Pross al juicio de él, se elaboró un plan con cuidado. Habiendo tiempo en abundancia para su aseo metódico normal, el señor Lorry se presentó a la hora del desayuno con su ropa blanca de hilo normal y con su pernera cuidada. Al doctor se le llamó de la forma normal y fue a desayunar.

Hasta donde fue posible comprenderle sin sobrepasar aquellos logros delicados y graduales que al señor Lorry le parecían que eran el único avance seguro, al principio suponía que la boda de su hija había tenido lugar ayer. Una alusión casual, lanzada a propósito, al día de la semana, y al día del mes, le dejó pensando y contando y evidentemente le hizo preocuparse. En todos los demás aspectos, sin embargo, él estaba tan sereno consigo mismo, que el señor Lorry decidió tener la ayuda que él buscaba. Y esa ayuda era él mismo.

Por tanto, cuando se hubo terminado y despejado el desayuno, y a él y al doctor les dejaron juntos, el señor Lorry dijo, con profunda emoción:

—Mi querido Manette, estoy inquieto por tener su opinión, en confianza, sobre un caso muy curioso en el cual estoy profundamente interesado; es decir, es muy curioso para mí; quizá, para su mejor información puede ser menos.

Mirándose las manos, que estaban amarillentas por su último trabajo, el doctor miró preocupado y escuchó con atención. Él ya se había mirado a las manos más de una vez.

—Doctor Manette —dijo el señor Lorry, tocándole con cariño en el brazo—, el caso es el de un amigo mío querido en especial. Por favor, déme su opinión y aconséjeme bien por el bien de él, y sobre todo por el de su hija... el de su hija, mi querido Manette.

—Sí comprendo —dijo el doctor en un tono apagado—, ¿algún *shock* mental...?

—¡Sí!

—Sea explícito —dijo el doctor—. No ahorre detalles.

El señor Lorry vio que ellos se entendían el uno al otro y procedió.

—Mi querido Manette, es el caso de un *shock* antiguo y prolongado, de gran agudeza y severidad hacia los afectos, los sentimientos, la... la... como usted la expresa... la mente. La mente. Es el caso de un *shock* bajo el cual el sufridor está aplastado y uno no puede decir durante cuánto tiempo, porque creo que él no puede calcular el tiempo por sí mismo y no hay otros medios de conseguirlo. Es el caso de un *shock* del cual el sufridor se recuperó, por un proceso al que él no puede seguir la pista (como yo le oí una vez contar públicamente de una forma asombrosa). Es el caso de un *shock* del cual él se ha recuperado, tan completamente, como si fuera un hombre muy inteligente, capaz de una aplicación directa de mente y de un gran esfuerzo de cuerpo, y de hacer constantemente adiciones nuevas a su reserva de conocimiento, que ya era muy grande. Pero, por desgracia, ha habido —hizo una pausa para respirar profundamente— una ligera recaída.

El doctor, en voz baja, preguntó:

—¿De cuánta duración?

—Nueve días y noches.

—¿Cómo se mostró? Yo insinúo —mirándose a las manos de nuevo—, ¿en la reanudación de alguna antigua actividad relacionada con el *shock*?

—Ese es el hecho.

—Ahora, ¿le vio alguna vez —preguntó el doctor, con claridad y serenidad, aunque con la misma voz baja—, dedicado a esa actividad al principio?

—Una vez.

—Y cuando la recaída cayó sobre él, en la mayoría de los sentidos (o en todos los sentidos), ¿era él como era entonces?

—Creo que en todos los sentidos.

—Usted habló de su hija. ¿Sabe su hija lo de la recaída?

—No. Se le ha ocultado, y espero que siempre se le oculte. Lo sé yo únicamente y otra persona más que puede ser de confianza.

El doctor le apretó la mano y murmuró:

—Eso fue muy amable. ¡Eso fue muy considerado!

El señor Lorry le apretó la mano como respuesta y ninguno de los dos habló durante un rato.

—Ahora, mi querido Manette —dijo el señor Lorry, finalmente, de la manera más considerada y más cariñosa, —yo soy un simple hombre de negocios e incapaz de sobrellevar tales asuntos complicados y difíciles. Yo no poseo la clase de información necesaria. Yo no poseo la clase de inteligencia, yo quiero orientar. No hay hombre en este mundo en el cual yo pudiera confiar para una orientación correcta como en usted. Dígame, ¿cómo sucede esa recaída? ¿Hay peligro de otra? ¿Se podría evitar una repetición? ¿Cómo se trataría una repetición? ¿Cómo sucede? ¿Qué puedo hacer por mi amigo? Ningún hombre puede haber estado alguna vez más deseoso en su corazón de servir a un amigo de lo que yo estoy de servir al mío, si yo supiera cómo. Pero no se cómo empezar en tal caso. Si su sagacidad, conocimiento y experiencia pudiera ponerme en la pista correcta, yo podría ser capaz de hacer tanto...; sin preparación e indirectamente yo puedo hacer tan poco... Le ruego que hable de ello conmigo, le ruego que me permita verlo un poco más claro y enseñarme cómo ser un poco más útil.

El doctor Manette se sentó meditando después de que se hablaran estas palabras serias, y el señor Lorry no le presionó.

—Pienso que es probable —dijo el doctor, rompiendo el silencio con un esfuerzo— que la recaída que ha descrito, mi querido amigo, no sea totalmente imprevista por su tema.

—¿La temía él? —se aventuró a preguntar el señor Lorry.

—Muchísimo —lo dijo con un estremecimiento involuntario.

—No tiene idea de qué aprensión pesa sobre la mente del sufridor, y qué difícil (casi imposible) es para él forzarse a sí mismo a pronunciar una palabra sobre el tema que le oprime.

—¿Se aliviaría de forma sensible —preguntó el señor Lorry— si él pudiera imponerse y comunicar esa inquietud secreta a alguien cuando está sobre él?

—Creo que sí. Pero, como le he dicho, está cerca de lo imposible. Incluso creo que, en algunos casos, sea totalmente imposible.

—Ahora —dijo el señor Lorry, apoyando su mano cuidadosamente sobre el brazo del doctor otra vez, después de un corto silencio por ambas partes—, ¿a qué remitiría usted este ataque?

—Creo —contestó el doctor Manette— que habría sido un renacimiento fuerte y extraordinario de la serie de pensamientos y recuerdos que fue la primera causa del mal. Algunas asociaciones intensas de una naturaleza más afligida se recuerdan vívidamente, pienso. Es probable que hubiera habido durante tiempo un acecho temeroso en su mente de que esas asociaciones serían recordadas, bajo ciertas circunstancias, digamos en una ocasión en particular. Él intentó prepararse en vano y quizá el esfuerzo de prepararse le hizo menos capaz de soportarlo.

—Recordaría él lo que tuvo lugar en la recaída —preguntó el señor Lorry con vacilación natural.

El doctor miró con desolación alrededor de la habitación, movió su cabeza y contestó con voz baja:

—No del todo.

—Ahora, respecto al futuro... —insinuó el señor Lorry.

—Respecto al futuro —dijo el doctor recobrando firmeza—, yo tendría grandes esperanzas. Si el Cielo en su misericordia le recuperara pronto, yo tendría grandes esperanzas. Él, flexible bajo la presión de un algo complicado, temido durante tiempo y previsto vagamente durante tiempo y enfrentándose en contra, y recobrándose después de que la nube hubiera reventado y pasado, yo esperaría que lo peor hubiera terminado.

—¡Bien, bien! Eso es un consuelo. ¡Estoy agradecido! —dijo el señor Lorry.

—¡Estoy agradecido! —repitió el doctor, inclinando su cabeza con reverencia.

—Hay otros dos puntos —dijo el señor Lorry— sobre los cuales estoy deseoso de ser instruido. ¿Puedo continuar?

—Usted no puede hacer a su amigo un servicio mejor —el doctor le dio la mano.

—Al primero, entonces. Él es de hábito estudioso y excepcionalmente enérgico, se aplica con gran ardor a la adquisición de conocimiento profesional, a la realización de experimentos, a muchas cosas. Ahora, ¿hace él demasiado?

—Creo que no. Puede que sea el carácter de su mente estar siempre en la rara necesidad de ocupación. Puede que sea natural en parte, y en parte el resultado de la aflicción. Cuanto menos estuviera ocupado con cosas saludables, más estaría en peligro de volverse en dirección malsana. Él puede haberse observado a sí mismo y haber hecho el descubrimiento.

—¿Está seguro de que él no está bajo un tensión demasiado grande?

—Creo que estoy completamente seguro de ello.

—Mi querido Manette, si él estuviera trabajando demasiado ahora...

—Mi querido Lorry, dudo mucho que eso pudiera ser. Ha habido una tensión violenta en una dirección y necesita un contrapeso.

—Perdóneme, como hombre de negocios insistente. Asumiendo por un momento que él estuviera trabajando demasiado, ¿se demostraría en alguna renovación de este desorden?

—Creo que no. Yo no creo —dijo el doctor Manette con la firmeza de propia convicción— que algo a excepción de una serie de asociaciones lo renovara. Creo que, en lo sucesivo, nada a excepción de algo discordante, extraordinario, de esa cuerda podría renovarlo. Después de lo que ha sucedido, y después de su recuperación, encuentro difícil imaginar cualquier sonido violento de esa cuerda de nuevo. Yo confío, y casi creo, que las circunstancias que probablemente lo renovaron están agotadas.

Él hablaba con el retraimiento de un hombre que sabía con qué ligereza una cosa alteraría la delicada organización de la mente, y sin embargo con la confianza de un hombre que lentamente había ganado su seguridad en sí mismo fuera de la entereza y angustia personales. No iba a ser su amigo el que disminuyera esa confianza. Él manifestaba para sí mismo más alivio y valor del que realmente tenía, y se aproximó a su segundo y último punto. Él sentía que era el más difícil de todos, pero recordando su antigua conversación del domingo por la mañana con la señorita Pross, y recordando lo que él había visto en los últimos nueve días, sabía que tenía que enfrentarse a ello.

—La ocupación reasumida bajo la influencia de esta aflicción pasajera de la que está recuperado felizmente —dijo el señor Lorry, aclarándose la garganta— la llamaremos... obra de Herrero. Diremos, para poner un caso y a modo de ilustración, que él hubiera estado acostumbrado, en su mala época, a trabajar en una pequeña fragua. Digamos que él se encontrara inesperadamente en su fragua de nuevo. ¿No es una pena que él la guardara con él?

El doctor se protegió la frente con la mano y golpeó con su pie en el suelo de forma nerviosa.

—Siempre la ha guardado con él —dijo el señor Lorry, con una mirada inquieta a su amigo—. Ahora bien, ¿no sería mejor que él la dejara?

El doctor, todavía con la frente protegida, golpeó con su pie en el suelo de forma nerviosa.

—¿No encuentra fácil aconsejarme? —dijo el señor Lorry—. Entiendo perfectamente que es una buena pregunta. Y todavía pienso... —y ahí movió la cabeza y se detuvo.

—Verá —dijo el doctor Manette, volviéndose hacia él después de una pausa incómoda—, es muy difícil de explicar, coherentemente, el funcionamiento mas íntimo de la mente de este pobre hombre. Él una vez añoraba esa ocupación tan terriblemente, y así le daba la bienvenida cuando llegaba; sin duda aliviaba muchísimo su dolor sustituyendo la perplejidad de los dedos por la perplejidad del cerebro y sustituyendo, a medida que se hacía más experto, el ingenio de las manos por el ingenio de la tortura mental; que él nunca ha sido capaz de soportar el pensamiento de ponerlo bastante alejado de su alcance. Incluso ahora, cuando creo que él tiene más esperanzas sobre sí mismo de las que nunca ha tenido, e incluso habla de sí mismo con una especie de confianza, la idea de que pudiera necesitar aquel antiguo empleo, y no encontrarlo, le da una repentina sensación de terror, como la que uno se puede imaginar que golpea al corazón de un niño perdido.

Él parecía su ejemplo y levantó los ojos hacia el rostro del señor Lorry.

—Pero no podría... ¡vaya! Yo pido información, como un hombre de negocios lento y pesado que sólo trata con objetos materiales tales como guineas, chelines y billetes... ¿No podría la conservación del objeto suponer la conservación de la idea? Si el objeto se fuera, mi querido Manette, ¿no se iría el temor con él? Resumiendo, ¿no es una concesión a la aprensión guardar la fragua?

Hubo otro silencio.

—Ver —dijo el doctor, trémulamente—, también es un compañero tan viejo...

—Yo no lo guardaría —dijo el señor Lorry, moviendo la cabeza, porque él ganaba firmeza cuando veía al doctor inquieto—. Yo le recomendaría sacrificarlo. Yo solamente quiero su autorización. Estoy seguro de que no le hace bien. ¡Vamos! Déme su autorización, como un querido buen hombre. ¡Por el bien de su hija, mi querido Manette!

¡Muy extraño ver qué lucha había en su interior!

—En el nombre de ella, permita que se haga. Yo lo apruebo. Pero yo no lo quitaría mientras él estuviera presente. Se quitaría cuando él no estuviera allí; permítale perder a su viejo compañero después de una ausencia.

El señor Lorry se comprometió a ello inmediatamente y la conversación se acabó. Pasaron el día en el campo y el doctor estaba totalmente recuperado. En los tres días siguientes continuó perfectamente bien y al catorceavo día se fue para reunirse con Lucie y su marido. La precaución que se había tomado referente a su silencio, el señor Lorry se la había explicado previamente, y él había escrito a Lucie de acuerdo con eso y ella no tenía sospechas.

En la noche del día en el cual él dejó la casa, el señor Lorry entró en su habitación con un hacha pequeña, sierra, formón y martillo, ayudado por la señorita Pross que llevaba una luz. Allí, con las puertas cerradas, y de una forma misteriosa y culpable, el señor Lorry cortó a hachazos el banco de zapatero hasta hacerlo trozos, mientras que la señorita Pross sujetaba la vela como si fuera a ayudar en el asesinato (para lo cual, en realidad, con su severidad, no era una figura poco apropiada). El quemar el cuerpo (previamente reducido a trozos apropiados para el fin) se empezó sin demora en el fuego de la cocina; y las herramientas, zapatos y cuero fueron enterrados en el jardín. Tan malvada y secreta parecía ser la destrucción para las mentes honradas que el señor Lorry y la señorita Pross, mientras se dedicaban al cometido de su acto y a la supresión de sus huellas, casi se sentían, y casi parecían, cómplices en un horrible crimen.

CAPÍTULO XX

Una petición

Cuando la pareja de recién casados llegó a casa, la primera persona que apareció a dar su felicitación fue Sydney Carton. Ellos no llevaban muchas horas en casa cuando él se presentó. No había mejorado en sus hábitos, o en su aspecto o en su actitud; pero había un cierto aire tosco de fidelidad alrededor de él que era nuevo para la observación de Charles Darnay.

Él vio su oportunidad de llevarse a Darnay junto a la ventana y de hablarle cuando nadie oía.

—Señor Darnay —dijo Carton—, deseo que pudiéramos ser amigos.

—Ya somos amigos, espero.

—Usted es bastante bueno por decir eso, como forma de hablar, pero yo no quiero que signifique una forma de hablar. De hecho, cuando digo que deseo que pudiéramos ser amigos, apenas quiero decir eso exactamente tampoco.

Charles Darnay —como era natural— le preguntó, con toda alegría y amistad, qué quería decir.

—Por mi vida —dijo Carton sonriendo—, yo encuentro más fácil comprenderlo en mi mente que transmitírselo a usted. Sin embargo, déjeme intentarlo. ¿Usted recuerda una cierta ocasión famosa cuando yo estaba más bebido de... de lo normal?

—Recuerdo una cierta ocasión famosa cuando usted me obligó a confesar que usted había estado bebiendo.

—Lo recuerdo también. La maldición de esas ocasiones pesa sobre mí porque siempre las recuerdo. ¡Espero que se puedan tener en cuenta un día, cuando todos los días hayan terminado para mí! No se alarme, no voy a predicar.

—No estoy del todo alarmado. La sinceridad en usted es algo que me alarma.

—¡Ah! —dijo Carton, con un gesto de su mano despreocupado, como si dijera adiós a eso—. En la ocasión de la borrachera en cuestión (una de una gran cantidad, como sabe), yo estaba pesado por gustarle o no gustarle. Deseo que lo olvide.

—Lo olvidé hace mucho tiempo.

—¡De nuevo una forma de hablar! Pero, señor Darnay, el olvido no es tan fácil para mí como usted representa que lo es para usted. Yo no lo he olvidado de ninguna manera y una respuesta desenfadada no me ayuda a olvidarlo.

—Si fuera una respuesta desenfadada —contestó Darnay—, ruego que me perdone por ello. Yo no tenía otro propósito que eludir una cosa liviana, que, para sorpresa mía, parece preocuparle demasiado, además. Yo declaro por la fe de un caballero que hace mucho tiempo que lo deseché de mi mente. ¡Santo Cielo, lo que había que desechar! ¿No he tenido nada más importante que recordar en el gran servicio que me prestó ese día?

—Respecto al gran servicio —dijo Carton—, estoy obligado a confesarle, cuando usted habla de ello de esa forma, que eran meras paparruchas profesionales. Yo no sé si me preocupaba lo que sería de usted cuando se lo presté. ¡Vaya!, digo cuando se lo presté, estoy hablando del pasado.

—Usted hace desenfadada la obligación —contestó Darnay—, pero yo no discutiré su respuesta desenfadada.

—Auténtica verdad, señor Darnay, confíe en mí. Me he desviado de mi propósito. Estaba hablando de ser amigos. Ahora bien, usted me conoce, sabe que soy incapaz de todos los vuelos más altos y mejores de los hombres. Si lo duda, pregunte a Stryver, y él se lo dirá.

—Prefiero formar mi propia opinión, sin ayuda de él.

—¡Bueno! En cualquier caso me conoce como un perro disoluto que nunca ha hecho nada bueno y nunca lo hará.

—Yo no sé si «nunca lo hará».

—Pero yo sí, y tiene que tomar mi palabra. ¡Bueno! Si usted pudiera soportar tener un amigo tan despreciable y un amigo de reputación tan regular, yendo y viniendo a horas extrañas, yo pediría que se me pudiera permitir venir e ir aquí como una persona privilegiada; que yo pudiera ser considerado como una pieza de mobiliario inútil (y añadiría si no fuera por el parecido que detecto entre usted y yo), un adorno, tolerado por su antiguo servicio y sin prestarle atención. Dudo si abusaría del permiso. Apuesto a que me aprovecharía de ello cuatro veces al año. Me satisfaría, me atrevo a decir, saber que lo tendría.

—¿Probará?

—Hay otra forma de decir que estoy colocado en la posición que he indicado. Se lo agradezco, Darnay. ¿Podría tener esa libertad con su reputación?

—Creo que sí, Carton, por esta vez.

Ellos se estrecharon las manos y Sydney se despidió. Unos cuantos minutos después, él estaba, en todo su aspecto exterior, tan insustancial como siempre.

Cuando se hubo ido, y en el curso de una tarde que pasaron la señorita Pross, el doctor y el señor Lorry, Charles Darnay hizo alguna mención de esta conversación en términos generales y habló de Sydney Carton como un problema de falta de atención y temeridad. Habló de él, resumiendo, no con amargura o queriendo decir que pesaba mucho sobre él, sino como alguien que podía verle como se mostraba a sí mismo. No tenía idea de que esto podía vivir en los pensamientos de su bella y joven esposa; pero cuando se reunió con ella después en sus propias habitaciones, la encontró esperándole con la antigua elevación bonita de la frente marcada fuertemente.

—¡Nosotros estamos pensativos esta noche! —dijo Darnay, acercando su brazo alrededor de ella.

—Sí, querido Charles —con sus manos sobre su pecho y la expresión inquisitiva y atenta fija sobre él—, estamos bastante pensativos esta noche, porque tenemos algo en nuestra mente esta noche.

—¿Qué es, mi Lucie?

—¿Prometerás no apresurar una pregunta sobre mí si te ruego que no la formules?

—¿Prometeré? ¿Qué no prometeré a mi Amor? con su mano retirando el pelo dorado de la mejilla y su otra mano contra el corazón que latía por él.

—Creo, Charles, que el pobre señor Carton merece más consideración y respeto del que expresaste por él esta noche.

—¿En serio, yo? ¿Por qué?

—¡Eso es lo que no ibas a preguntarme! Pero creo... sé... que lo merece.

—Si tú lo sabes, es suficiente. ¿Qué quisieras que hiciera, Vida mía?

—Yo te pediría, querido, que fueras muy generoso con él siempre, y muy indulgente con sus faltas cuando él no está. Te pediría que creyeras que tiene un corazón que muy, muy rara vez revela y que hay heridas profundas en él. Querido, yo le he visto sangrar.

—Es una reflexión dolorosa para mí —dijo Charles Darnay, bastante atónito— que yo le hubiera hecho algún mal. Nunca pensé esto de él.

—Marido mío, es así. Yo me temo que él no se va a recuperar; hay escasas esperanzas de que algo en su carácter o destino sea reparable ahora. Pero estoy segura de que es capaz de cosas buenas, cosas tiernas, incluso cosas magnánimas.

Ella parecía tan hermosa en la pureza de su fe en este hombre perdido, que su marido podía haberla mirado tal como estaba ella durante horas.

—Y, ¡oh, mi querido amor! —instó ella, aferrándose a él más cerca, apoyando la cabeza en su pecho y levantando sus ojos hacia él—, recuerda ¡que fuertes somos en nuestra felicidad y qué débil es él en su sufrimiento!

La súplica le afectó.

—Yo siempre lo recordaré, ¡querido corazón! Lo recordaré tanto tiempo como viva.

Él se inclinó sobre la cabeza dorada y llevó los labios sonrosados a los suyos, y la dobló en sus brazos. Si un vagabundo triste que paseara entonces por las oscuras calles, pudiera haber oído su inocente revelación y pudiera haber visto las gotas de piedad que besaba su marido de los dulces ojos azules tan amados de ese marido, él podría haber gritado a la noche, y las palabras no hubieran salido de sus labios por primera vez:

—¡Dios la bendiga por su dulce compasión!

CAPÍTULO XXI

Ecos de pasos

Una esquina maravillosa para los ecos, se ha comentado, esa esquina donde vivía el doctor. Siempre devanando afanosamente el hilo dorado que ataba a su marido, y a su padre, y a ella misma, y a su vieja directora y compañera, en una vida de dicha completa, Lucie estaba sentada en la tranquila casa de la esquina que resonaba tranquilamente, escuchando el eco de pasos de años.

Al principio, había veces, aunque ella era una esposa joven totalmente feliz, que su trabajo se le caía de las manos y sus ojos se empañaban. Porque había algo que venía en los ecos, algo ligero, lejano y apenas aún audible, que agitaba demasiado su corazón. Esperanzas y dudas revoloteando —esperanzas, de un amor que todavía era desconocido para ella; dudas, de su permanencia sobre la tierra para disfrutar esa nueva delicia— dividían su corazón. Entre los ecos entonces, surgía el sonido de pasos en su propia tumba temprana; y pensamientos de un marido que se quedaría tan desolado y quien lloraría tanto por ella, con ojos hinchados y rotos como olas.

Ese tiempo pasaba, y su pequeña Lucie echada en su seno. Entonces, entre los ecos que avanzaban, estaba el paso de sus diminutos pies y el sonido de sus palabras balbuceantes. Dejad que los ecos más grandes resuenen como resuenen; la joven madre al lado de la cuna podía oír siempre a aquellos que venían. Ellos venían y la casa sombreada se soleaba con la risa de un niño, y el amigo Divino de los niños, a quien en su preocupación había confiado a la suya, parecía coger a su niña en sus brazos, como cogía al niño de mayor y le daba una alegría sagrada a ella.

Siempre devanando afanosamente el hilo dorado que les ataba a todos juntos, tejiendo el servicio de su feliz influencia a través del tisú de todas sus vidas, y no haciéndolo predominar en ningún sitio, Lucie no oía nada en los ecos de años salvo sonidos agradables y tranquilizadores. El paso de su marido era fuerte y próspero entre ellos; el firme e igual de su padre. Ahí, la señorita Pross, ¡enjaezada de cuerda, despertando los ecos, como un caballo de batalla difícil de controlar, corregido con látigo, resoplando y tocando con la pata la tierra debajo del plátano de sombra del jardín!

Incluso cuando había sonidos de pesar entre el resto, no eran ni crudos ni crueles. Incluso cuando el pelo dorado, como el suyo propio, echado en un halo sobre una almohada alrededor del rostro consumido de un niño pequeño, y él dijo, con una sonrisa radiante: «Queridos papá y mamá, siento mucho dejaros a los dos y dejar a mi bonita hermana; pero me llaman y tengo que ir», aquellas no eran lágrimas todas de agonía que humedecían las mejillas de su joven madre, cuando el espíritu partió de su abrazo que había sido confiado a él. «Sufridlas y no las olvidéis. Ellas ven la cara de mi Padre. ¡Oh, Padre, palabras benditas!»

Así, el susurro de las alas de un Angel se mezclaba con los demás ecos y éstos no eran totalmente de la tierra, sino que tenían en ellos ese aliento del Cielo. Suspiros de los vientos que soplaban sobre una pequeña tumba de jardín se mezclaban con ellos también, y a los dos oía Lucie, en un murmullo bajo como la respiración de un mar en verano dormido sobre una costa arenosa, cuando la pequeña Lucie, aplicada cómicamente a la tarea de la mañana, vistiendo a una muñeca en la banqueta de los pies de su madre, charlando en las lenguas de las Dos Ciudades que estaban mezcladas en su vida.

Los ecos rara vez contestaban a los verdaderos pasos de Sydney Carton. Una media docena de veces al año, a lo sumo, él reclamaba su privilegio de venir sin ser invitado y de sentarse entre ellos por la tarde, como había hecho con frecuencia alguna vez. Nunca llegaba allí acalorado por el vino. Y otra cosa sobre él susurraban los ecos, la cual ha sido susurrada por todos los ecos verdaderos durante siglos y siglos.

Ningún hombre amó realmente alguna vez a una mujer, la perdió y la conoció inocente aunque con una mente igual, cuando ella era esposa y madre, pero sus niños tenían una extraña simpatía por él —una delicadeza instintiva de piedad por él—. Qué excelentes sensibilidades ocultas están afectadas en tal caso, los ecos no lo dicen; pero es así y era así aquí. Carton fue el primer extraño al que la pequeña Lucie tendió sus brazos regordetes y él mantuvo su lugar con ella según crecía. El pequeño niño había hablado de él, casi al final. «¡Pobre Carton! ¡Bésale por mí!»

El señor Stryver empujaba con el hombro para abrirse camino en las leyes, como algún gran motor forzándose a sí mismo a través del agua turbia y arrastrando a su útil amigo en su despertar, como un barco remolcado a popa. Como el barco tan favorecido está normalmente en una agitada situación difícil, y en su mayoría debajo del agua, así Sydney tenía una vida anegada de ella. Pero, costumbre fácil y fuerte, lamentablemente mucho más fácil y más fuerte en él que cualquier sentido estimulante de desierto o vergüenza, le hizo la vida que él iba a llevar. Y él no pensó más en emerger de su estado de chacal de león que cualquier chacal real se podía haber supuesto pensar en subir para ser un león. Stryver era rico, se había casado con una viuda rubicunda con propiedad y tres chicos, quienes no tenían nada especialmente que destacara en ellos salvo el pelo lacio de sus gorditas cabezas.

Estos tres caballeros jóvenes, el señor Stryver emanando de cada poro influencia de la calidad más ofensiva, habían caminado delante de él como tres ovejas hacia la tranquila esquina de Soho, y los había ofrecido como alumnos al marido de Lucie, diciendo delicadamente: «¡Hola! ¡Aquí hay tres pedazos de pan y queso hacia su picnic matrimonial, Darnay!» El rechazo cortés de los tres pedazos de pan y queso había hinchado bastante de indignación al señor Stryver, de lo que él posteriormente sacó provecho en la instrucción de los jóvenes caballeros ordenándoles que se cuidaran del orgullo de los Mendigos, como ese tutor amigo. También tenía costumbre de discursear a la señora Stryver, sobre su vino con cuerpo, sobre las artes que una vez la señora Darnay había puesto en práctica para «atraparle» y en las artes de duelo de titanes en él mismo, señora, que se había traducido en «no ser atrapado». Algunos de sus conocidos en el Tribunal del Rey, que eran de cuando en cuando partidarios del vino con cuerpo y de la mentira, le excusaban por lo último diciendo que él lo había dicho tan a menudo que se lo creía él mismo, lo que seguramente es un empeoramiento incorregible de una ofensa mala originalmente, como para justificar que cualquier infractor fuera llevado a algún lugar retirado apropiadamente y allí vivir fuera del camino.

Éstos estaban entre los ecos los cuales Lucie, algunas veces pensativa, otras veces divertida y riéndose, escuchaba en la esquina de los ecos, hasta que su hijita tuvo seis años. Qué cerca de su corazón llegaban los ecos de los pasos de su niña, y aquellos de su querido padre, siempre activo y dueño de sí, y de aquellos de su querido marido, no es necesario hablar. Tampoco de cómo el eco más ligero de su hogar unido, dirigido por ella misma con tal economía sabia y elegante que era más abundante que cualquier derroche, era música para ella. Tampoco de cómo había ecos en todo a su alrededor, dulces en sus oídos, de las muchas veces que su padre le decía él la encontraba más dedicada a él casada (si eso podía ser) que soltera, y de las muchas veces que su marido le había dicho que ningún cuidado ni deber parecía dividir el amor de ella por él o su ayuda a él, y le preguntaba: «¿Cuál es el secreto mágico, querida, de ser todo para todos nosotros como si fuéramos solamente uno, y sin embargo nunca parecer que tienes prisa o que tienes demasiado que hacer?»

Pero había otros ecos, a distancia, que hacían un ruido sordo mecánicamente en la esquina durante todo este espacio de tiempo. Y era ahora, en el sexto cumpleaños de la pequeña Lucie, cuando ellos empezaron a tener un sonido horrible, como de una gran tormenta en Francia con un espantoso mar que se levanta.

Una noche de mediados de julio de mil setecientos ochenta y nueve, el señor Lorry vino tarde, desde Tellson, y se sentó al lado de Lucie y su marido en la oscura ventana. Era una noche cálida, descontrolada, y los tres estaban recordando la vieja noche de domingo cuando habían mirado al rayo desde el mismo lugar.

—Empezaba a pensar —dijo el señor Lorry, empujando hacia atrás su peluca marrón— que tendría que pasar toda la noche en Tellson. Hemos estado tan llenos de trabajo todo el día que no he sabido qué hacer primero o qué camino tomar. Hay tal malestar en París que tenemos en realidad una huida de confianza sobre nosotros. Nuestros clientes de allí parecen no ser capaces de confiarnos su propiedad con la suficiente seguridad. Verdaderamente hay obsesión entre algunos de ellos por enviarla a Inglaterra.

—Eso tiene mal aspecto —dijo Darnay.

—¿Mal aspecto, dice, mi querido Darnay? Sí, pero no sabemos qué razón hay en ello. ¡La gente es tan irrazonable! Algunos de nosotros en Tellson nos hacemos viejos y realmente no podemos inquietarnos fuera del curso normal sin que lo merezca la ocasión.

—De todos modos —dijo Darnay—, sabe lo negro y amenazante que está el cielo.

—Sé eso seguro —asintió el señor Lorry intentando convencerse a sí mismo de que su temperamento dulce estaba avinagrado, y refunfuñó—, pero estoy decidido a estar malhumorado después de mi largo día de preocupaciones ¿Dónde está Manette?

—Aquí está —dijo el doctor entrando en la oscura habitación en ese momento.

—Estoy muy contento de que esté en casa porque estas prisas y presentimientos de los que he estado rodeado todo el largo día, me han puesto nervioso sin razón. ¿Usted no va a salir, espero?

—No. Voy a jugar al backgammon con usted, si le gusta —dijo el doctor.

—No creo que me guste, si digo lo que pienso. No estoy capacitado para enfrentarme a usted esta noche. ¿Está la bandeja del té allí todavía, Lucie? No puedo ver.

—Por supuesto, se ha guardado para usted.

—Gracias, querida. La preciosa niña está a salvo en la cama.

—Y durmiendo profundamente.

—Eso está bien; ¡todo a salvo y bien! No sé por qué algo debería estar de otra manera que seguro y bien aquí, gracias a Dios; pero he estado tan irritado todo el día, ¡y no soy tan joven como era! ¡Mi té, querida mía! Gracias. Ahora venga a ocupar su sitio en el círculo, sentémonos tranquilos y escuchemos los ecos sobre los que tiene su teoría.

—No una teoría, era una fantasía.

—Una fantasía, entonces, mi cielo sabio —dijo el señor Lorry, dando palmaditas en la mano de ella. Aunque son muy numerosos y muy altos, ¿no? ¡Solamente escúchelos!

Pasos precipitados, locos y peligrosos para meterse a la fuerza en la vida de alguien, pasos que no se limpian fácilmente de nuevo si una vez se mancharon de rojo, los pasos enfurecidos en el lejano Saint Antoine, como el pequeño círculo sentado en la ventana oscura de Londres.

Saint Antoine había sido, aquella mañana, una concentración oscura de espantapájaros empujándose de un lado a otro, con frecuentes reflejos de luz sobre las cabezas hinchadas, donde hojas de acero y bayonetas brillaban al sol. Un tremendo rugido salió de la garganta de Saint Antoine, y un bosque de brazos desnudos luchó en el aire como ramas de árboles secas en un invierno ventoso: todos los dedos agarraban convulsivamente cada arma o apariencia de arma que se levantaba desde las profundidades, no importa a cuánta distancia.

Quién las distribuyó, de dónde vinieron, dónde empezaron, a través de qué agencia vibraron y se sacudieron tortuosamente, logradas a tiempo, sobre las cabezas de la multitud, como una especie de rayo, ningún ojo de la muchedumbre podría haberlo dicho; pero los mosquetes se habían distribuido, igual que los cartuchos, pólvora y balas, barras de hierro y madera, cuchillos, hachas, picas, cada arma que el ingenio entretenido podía descubrir o idear. La gente que no podía agarrar nada más, con las manos ensangrentadas se ponían a arrancar piedras y ladrillos de su sitio en las paredes. Cada pulso y corazón en Saint Antoine en una tensión de fiebre alta y en un acaloramiento de fiebre alta. Cada criatura viviente de allí no tenía en cuenta la vida y estaba enloquecida con buena disposición apasionada a sacrificarla.

Como un remolino de aguas hirviendo tiene un punto central, así, toda esta furia rodeaba la tienda de vino de Defarge, y cada gota humana en el caldero tendía a ser succionada hacia el vórtice donde el mismo Defarge, ya ensuciado de pólvora y sudor, daba órdenes, daba armas, empujaba a este hombre hacia atrás, arrastraba a este hombre hacia adelante, desarmaba a uno para armar a otro, trabajaba y se esforzaba en lo más espeso del tumulto.

—Manténte cerca de mí, Jacques Tres —gritaba Defarge—, y vosotros, Jacques Uno y Dos, separaos y poneos a la cabeza de tantos de esos patriotas como podáis. ¿Dónde está mi esposa?

—¡Eh, bien! ¡Aquí me ves! —dijo la señora, serena como siempre, pero sin hacer punto hoy. La resuelta mano derecha de la señora estaba ocupada con un hacha en lugar de los instrumentos normales más débiles, y en su cinturón había una pistola y un cuchillo cruel.

—¿Dónde vas, esposa mía?

—Voy contigo ahora —dijo la señora—. Me verás a la cabeza de las mujeres más tarde.

—¡Vamos, entonces! —gritó Defarge con voz resonante—. ¡Patriotas y amigos, estamos preparados! ¡A la Bastilla!

Con un clamor que sonó como si a todo el aliento de Francia se le hubiera dado forma en la palabra odiada, el mar vivo se levantó, ola sobre ola, profundidad sobre profundidad, e inundó la ciudad hasta ese punto. Las campanas de alarma sonaron, los tambores redoblaron, el mar bramó y tronó en su nueva playa, y el ataque comenzó.

Zanjas profundas, puentes levadizos dobles, muros de piedra macizos, ocho grandes torres, cañón, mosquetes, fuego y humo. A través del fuego y a través del humo —en el fuego y en el humo, porque el mar le vomitó contra un cañón, y en un instante se convirtió en cañonero— Defarge el de la tienda de vino trabajó como un soldado valiente, Dos horas feroces.

Zanja profunda, puente levadizo sencillo, muros de piedra macizos, ocho grandes torres, cañón, mosquetes, fuego y humo. ¡Un puente levadizo cayó! «Trabajad, Jacques Uno, Jacques Dos, Jacques Mil, Jacques Dos Mil, Jacques Veinticinco Mil. ¡En el nombre de todos los Ángeles o Demonios, lo que prefiráis, trabajad!» Así hablaba Defarge el de la tienda de vino, todavía con su arma, que se había calentado.

—¡A mí, las mujeres! —gritó la señora, su esposa—. ¡Qué! Podemos matar tan bien como los hombres cuando se tome el lugar!

Y a ella, con un grito sediento agudo, desfilaron mujeres armadas de varias formas, pero todas armadas parecidas de hambre y venganza.

Cañón, mosquetes, fuego y humo; pero todavía la zanja profunda, el puente levadizo sencillo, los muros de piedra macizos y las ocho torres grandes. Desplazamientos leves del mar rugiente hechos por la caída de heridos. Armas destelleantes, antorchas en llamas, humeantes carros cargados de paja húmeda, duro trabajo en barricadas vecinas en todas direcciones, gritos, descargas, execraciones, valentía sin escatimar, estruendo, estrépito y ruido, y el sonido furioso del mar vivo; pero todavía la zanja profunda y el puente levadizo sencillo y los muros de piedra macizos y las ocho grandes torres, y todavía Defarge el de la tienda de vino en su arma, acalorándose el doble por el servicio de cuatro horas feroces.

Una bandera blanca desde el interior de la fortaleza y una negociación —esto débilmente perceptible a través de la tormenta rugiendo, nada audible en ello— de repente el mar creció inmensurablemente más ancho y más alto y barrió a Defarge el de la tienda de vino sobre el puente levadizo bajado, pasó los muros exteriores de piedra maciza, ¡entre las ocho grandes torres rendidas!

Tan incontenible era la fuerza del océano que le transportaba, que incluso respirar o volver la cabeza eran tan imposible como si hubiera estado luchando en el oleaje de los Mares del Sur, hasta que cayó en el patio exterior de la Bastilla. Allí, contra un ángulo de la pared él luchó por ver alrededor de él. Jacques Tres estaba casi a su lado; la señora Defarge, todavía a la cabeza de algunas mujeres, era visible en la distancia interior y su cuchillo estaba en su mano. Por todas partes había tumulto, júbilo, desconcierto ensordecedor y maniaco, ruido increíble, sin embargo espectáculo mudo furioso.

—¡Los prisioneros!

—¡Los documentos!

—¡Las celdas secretas!

—¡Los instrumentos de tortura!

—¡Los prisioneros!

De todos estos gritos y diez mil incoherencias, «¡los prisioneros!» era el grito que más daba el mar que se precipitaba, como si hubiera una eternidad de gente, tanto así como de tiempo y de espacio. Cuando la mayoría de las olas pasaron rodando, llevando a los oficiales de prisión con ellos y amenazándoles a todos de muerte instantánea si algún rincón secreto se quedaba sin revelar, Defarge puso su fuerte mano sobre el pecho de uno de estos hombres —un hombre con cabeza gris, que tenía una antorcha encendida en la mano— que le separó del resto y le puso entre él y la pared.

—¡Enséñame la Torre Norte! —dijo Defarge—. ¡Rápido!

—Lo haré fielmente —replicó el hombre—, si usted viene conmigo. Pero no hay nadie allí.

—¿Qué significa Ciento Cinco, Torre Norte? —preguntó Defarge—. ¡Rápido!

—¿El significado, señor?

—¿Significa un cautivo o un lugar de cautiverio? ¿O quieres que te gólpee hasta que mueras?

—Señor, es una celda.

—¡Enséñamela!

—Pase por este camino, entonces.

Jacques Tres, con su ansia normal en él, y sin duda decepcionado por el dialogo mantenido que no parecía prometer derramamiento de sangre, cogido por el brazo de Defarge como él iba cogido por el del carcelero. Sus tres cabezas habían estado juntas durante esta breve conversación, y había sido todo cuanto habían podido oírse uno a otro: tan tremendo era el ruido del océano viviente en su irrupción a la Fortaleza y su inundación de patios y pasillos y escaleras. En el exterior todo alrededor, también, golpeaba los muros con un rugido profundo, ronco, del cual, de cuando en cuando, algunos gritos débiles de tumulto rompían y salían al aire como una rociada.

A través de sótanos lúgubres donde la luz del sol nunca había brillado, pasaron puertas horribles de antros oscuros y jaulas, bajaron tramos de escaleras grandes y tenebrosos y de nuevo subían empinadas cuestas escabrosas de piedra y ladrillo, más parecidas a cascadas secas que a escaleras. Defarge, el carcelero y Jacques Tres, unidos mano y brazo, fueron a toda la velocidad que podían. Aquí y allí, especialmente al principio, la inundación empezaba sobre ellos y pasaba barriendo; pero cuando habían hecho el descenso y estaban subiendo y escalando hacia una torre, ellos estaban solos. Rodeados aquí por los muros y arcos macizos y gruesos, la tormenta del interior de la fortaleza y de fuera sólo era audible para ellos de una forma débil, tenue, como si el ruido exterior del cual ellos habían venido hubiera destruido casi su sentido del oído.

El carcelero se detuvo en una puerta baja, metió una llave en una cerradura con ruido metálico, abrió la puerta lentamente y dijo, cuando todos ellos inclinaron sus cabezas y pasaron:

—¡Ciento cinco, Torre Norte!

Hay una ventana alta pequeña, con pesadas rejas, sin cristales, arriba en la pared con una cortina de piedra delante de ella, de tal manera que el cielo solamente se podía ver agachándose y mirando hacia arriba. Había una pequeña chimenea, con barrotes pesados que la cruzaban a unos pies en el interior. Había un montón viejo de cenizas de leña muy ligeras sobre el hogar. Había un taburete, y mesa, y una cama de paja. Había cuatro paredes ennegrecidas y una anilla de hierro oxidado en una de ellas.

—Pasa esa antorcha lentamente a lo largo de estas paredes para que yo pueda verlas —dijo Defarge al carcelero.

El hombre obedeció y Defarge siguió la luz de cerca con sus ojos.

—¡Alto...! ¡Mira aquí, Jacques!

—¡A.M.! —dijo con voz ronca Jacques Tres cuando leyó ávidamente.

—Alexandre Manette —dijo Defarge a su oído, siguiendo las letras con su índice moreno, muy teñido de pólvora—. Y aquí escribió «un pobre médico». Y fue él, sin duda, el que arañó un calendario sobre esta piedra. ¿Qué es eso que tienes en la mano? ¿Una palanca? ¡Dámela!

Él tenía todavía el botafuego de su arma en la mano. Hizo un cambio rápido de los dos instrumentos y volviéndose al taburete y la mesa comidos por los gusanos, los hizo trozos con unos cuantos golpes.

—¡Mantén la luz más alta! —dijo al carcelero lleno de ira—. Mira entre esos fragmentos con cuidado, Jacques. ¡Y mira! Aquí está mi cuchillo —tirándoselo a él—: rasga esa cama y busca la paja. ¡Mantén la luz más alta, tú!

Con una mirada amenazadora al carcelero avanzó lentamente por encima del hogar y, mirando arriba a la chimenea, golpeó y arrancó por sus lados con la palanca y trabajó en la rejilla de hierro que la atravesaba. En pocos minutos, algo de argamasa y polvo cayeron, ante lo que él apartó la cara para evitarlo; y en él y en las viejas cenizas de leña y en una grieta de la chimenea en la cual su arma había resbalado o hundido, él tentó con toques cautelosos.

—¿Nada en la leña y nada en la paja, Jacques?

—Nada.

—Juntémoslas en el centro de la celda. ¡Eh! ¡Ilumínalas, tú!

El carcelero encendió el pequeño montón, el cual ardió alto y caliente. Agachándose de nuevo para salir por la puerta de arco baja, las dejaron ardiendo y volvieron sobre sus pasos hacia el patio, pareciendo recobrar su sentido del oído según bajaban, hasta que estuvieron en la torrente rugiente una vez más.

Ellos lo encontraron levantándose y agitándose, en busca del mismo Defarge. Saint Antoine apremiaba tener al dueño de la tienda de vino el primero en la guardia sobre el gobernador, quien había defendido la Bastilla y disparado a la gente. Aparte de eso, al gobernador no se le habría hecho marchar hacia el Hotel de Ville para juzgarlo. Aparte de eso, el gobernador escaparía y la sangre de la gente (de repente de algún valor después de muchos años de falta de valor) estaría sin vengar.

En el universo furioso de pasión y controversia que parecía abarcar a este viejo oficial adusto que llamaba la atención con su abrigo gris y adornos rojos, sólo había una figura fija, y era la de una mujer. «¡Mirad, ahí está mi marido! —gritó ella, apuntándole—. ¡Mirad a Defarge!» Ella permaneció impasible cerca del viejo oficial adusto y se quedó impasible cerca de él; se quedó impasible cerca de él a través de las calles, cuando Defarge y el resto se lo llevaron; se quedó impasible cerca de él cuando él estaba cerca de su destino y empezó a ser golpeado desde atrás; se quedó impasible cerca de él cuando la creciente lluvia de puñaladas y golpes caían con fuerza; estaba tan cerca de él cuando cayó muerto debajo de ella, que, animada de repente, le puso el pie sobre el cuello y con su cuchillo cruel —preparado hacía tiempo— le cortó la cabeza.

Había llegado la hora en la que Saint Antoine iba a llevar a cabo su horrible idea de izar hombres por farolas para demostrar lo que podía ser y hacer. La sangre de Saint Antoine estaba arriba y la sangre de la tiranía y la dominación por la mano de hierro estaba abajo —abajo en los peldaños del Hotel de Ville donde yacía el cuerpo del gobernador—, abajo en la suela del zapato de la señora Defarge donde ella había pisado sobre el cuerpo para sujetarlo para mutilarlo. «¡Bajad la farola de allá!», gritaba Saint Antoine, después de mirar airadamente alrededor para un nuevo medio de muerte; «¡Aquí hay uno de sus soldados que han dejado de guardia!» Fijaron al centinela balanceándose, y el mar pasó deprisa por encima.

El mar de aguas negras y amenazadoras y de levantamiento destructivo de ola contra ola, cuyas profundidades eran todavía ignotas y cuyas fuerzas eran todavía desconocidas. El mar despiadado de formas oscilantes turbulentas, voces de venganza y rostros templados en los hornos del sufrimiento hasta que el toque de piedad no podía hacer una marca sobre ellos.

Pero, en el océano de rostros donde cada expresión feroz y furiosa vivía intensamente, había dos grupos de rostros cada uno de siete (que contrastaban fijamente con el resto, que nunca el mar que envuelve llevó con él restos de naufragio más memorables). Siete rostros de prisioneros, de repente liberados por la tormenta que se había desatado en su tumba, fueron llevados por encima: todos asustados, todos perdidos, todos asombrados y atónitos, como si hubiera llegado el Ultimo Día y aquellos que se alegraban a su alrededor fueran espíritus perdidos. Otros siete rostros allí, llevados más altos, eran siete rostros muertos, cuyos párpados caídos y ojos medio abiertos esperaban el Ultimo Día. Rostros impasibles, todavía con una expresión interrumpida —no suprimida— en ellas. Rostros, sí, en una pausa aterradora, como si todavía tuvieran que levantar los párpados caídos de sus ojos y atestiguar con los labios sin sangre: «TÚ LO HICISTE».

Siete prisioneros liberados, siete cabezas ensangrentadas en picas, las llaves de la fortaleza maldita de las ocho torres fuertes, algunas cartas y otros memoriales descubiertos de prisioneros de los viejos tiempos, muertos hacía tiempo con los corazones destrozados; estas cosas y otras por el estilo, los pasos con ecos altos de Saint Antoine acompañaban las calles de París a mediados de julio de mil setecientos ochenta y nueve. Ahora, el Cielo vence la imaginación de Lucie Darnay ¡y mantiene esos pies muy alejados de su vida! Porque son precipitados, locos y peligrosos, y en los años posteriores después de la ruptura del barril en la puerta de la tienda de vino de Defarge, no se purifican fácilmente cuando una vez se mancharon de rojo.

CAPÍTULO XXII

El mar todavía sube

El demacrado Saint Antoine solamente había tenido una semana exultante, en la cual ablandaba su mínimo de pan duro y amargo hasta donde podía, con el gusto de abrazos y felicitaciones fraternales, cuando la señora Defarge estaba sentada en su mostrador, como siempre presidiendo a los clientes. La señora Defarge no llevaba ninguna rosa en la cabeza, porque la gran hermandad de Espías habían llegado a ser, incluso en una corta semana, reacios en extremo a confiarse a las bendiciones del santo. Los faroles de sus calles tenían un balanceo elástico profético con ellos.

La señora Defarge, con los brazos cruzados, sentada a la luz y el calor de la mañana, contemplaba la tienda de vino y la calle. En ambos había varios puñados de haraganes, escuálidos y miserables, pero ahora con un sentido de poder manifiesto que coronaba su angustia. El gorro de dormir más harapiento, torcido sobre la desgraciada cabeza, tenía este significado torcido en ella: «Sé lo duro que ha sido para mí, el portador de esto, soportar la vida en mí mismo; pero, ¿sabes lo fácil que ha sido para mí, el portador de esto, destruir tu vida?» Cada brazo desnudo apoyado, que había estado sin trabajo antes, tenía este trabajo siempre preparado para él ahora, que podía golpear. Los dedos de la mujer que hacía punto eran despiadados, con la experiencia de que podían arrancar. Había un cambio en el aspecto de Saint Antoine; la imagen había sido martillada en esto durante cientos de años, y los últimos golpes acabados habían hablado con todas sus fuerzas sobre la expresión.

La señora Defarge estaba sentada observándolo, con tal aprobación contenida como se iba a desear en la líder de las mujeres de Saint Antoine. Una de su asociación de mujeres hacía punto a su lado. La esposa baja, bastante rellenita, de un tendero muerto de hambre y madre de dos niños además, este teniente se había ganado ya el nombre complementario de El Vengador.

—¡Escuchad! —dijo el Vengador—. ¡Escuchad, entonces! ¿Quién viene?

Como si un tren de pólvora puesto desde los límites más exteriores del Cuartel de Saint Antoine a la puerta de la tienda de vino, se hubiera incendiado de repente, un murmullo que se extendió con rapidez venía a toda prisa.

—Es Defarge —dijo la señora—. Silencio, patriotas.

Defarge llegó sin aliento, se quitó una gorra roja que llevaba puesta y miró a su alrededor.

—¡Escuchad por todas partes! —dijo la señora de nuevo—. ¡Escuchadle!

Defarge se quedó, jadeando, ante un fondo de ojos impacientes y bocas abiertas, formado fuera de la puerta; todos los que estaban dentro de la tienda de vino había dado un salto.

—Di entonces, marido mío. ¿Qué es?

—¡Noticias desde el otro mundo!

—¿Cómo? —gritó la señora, con desdén—. ¿El otro mundo?

—¿Recordáis los que estáis aquí al viejo Foulon, quien decía de la gente hambrienta que podía comer hierba, y quien murió y fue al Infierno?

—¡Todo el mundo! —de todas las gargantas.

—Las noticias son de él. ¡Está entre nosotros!

—¡Entre nosotros! —de la garganta general de nuevo—. ¿Y muerto?

—¡No muerto! Él nos teme tanto, y con razón, que hizo que le representaran como muerto y tuvo un gran funeral simulado. Pero le han encontrado vivo, oculto en el campo, y lo han traído. Yo le he visto, pero ahora camino del Hotel de Ville, como prisionero. He dicho que él tenía razón para temernos. ¡Decid todos!: ¿Tenía él razón?

Viejo pecador desgraciado de más de sesenta años más diez, si él nunca lo hubiera conocido todavía, él lo habría conocido en su corazón de corazones si pudiera haber oído el grito de respuesta.

Siguió un momento de profundo silencio. Defarge y su esposa se miraron fijamente el uno al otro. El Vengador se agachó y se oyó la sacudida de un tambor cuando ella lo movió a sus pies detrás del mostrador.

—¡Patriotas! —dijo Defarge, con voz determinante—. ¿Estamos preparados?

Al instante el cuchillo de la señora Defarge estuvo en su cinturón; el tambor estaba redoblando en las calles, como si él y un tambor hubieran volado juntos por magia; y el Vengador, pronunciando gritos aterradores y echando los brazos a la cabeza como las cuarenta Furias a la vez, iba a toda velocidad de casa en casa, provocando a las mujeres.

Los hombres eran terribles, con ira malintencionada con la que miraban desde las ventanas, cogieron las armas que tenían y bajaron en avalancha a las calles; pero las mujeres eran una visión para enfriar al más atrevido. De ocupaciones domésticas tales como le proporcionaba su pobreza desnuda, de sus niños, de sus agachamientos por la edad y por la enfermedad sobre el suelo pelado famélicas y desnudas, salieron corriendo con el pelo ondeando, instándose unas a otras, y a ellas mismas a la locura con los gritos y acciones más frenéticos. ¡El villano Foulon cogido, hermana mía! ¡El viejo Foulon cogido, madre! ¡El bellaco Foulon cogido, hija mía! Luego otra veintena corrió en medio de ellos, golpeando sus pechos, arrancándoles el pelo y chillando ¡Foulon vivo! ¡Foulon que dijo que la gente muerta de hambre podía comer hierba! ¡Foulon que dijo a mi viejo padre que podía comer hierba cuando yo no tenía pan para darle! Foulon que dijo que mi bebé podía chupar hierba, cuando estos pechos estaban secos por la necesidad! ¡Oh, madre de Dios, este Foulon! ¡Oh, Cielos, nuestro sufrimiento! Oídme, mi bebé muerto y mi padre marchito: ¡Juro sobre mis rodillas, sobre estas piedras, que os vengaré de Foulon! ¡Maridos, y hermanos, y jóvenes, dadnos la sangre de Foulon, dadnos la cabeza de Foulon, dadnos el corazón de Foulon, dadnos el cuerpo y el alma de Foulon, desgarrar a Foulon a trozos y cavar para él en el suelo para que la hierba pueda crecer de él! Con estos gritos, una gran cantidad de mujeres, agarradas con un frenesí ciego, daban vueltas alrededor, golpeando a sus propios amigos hasta que caían en un desvanecimiento mortal y sólo las salvaban los hombres que pertenecían a ellas de ser pisoteadas bajo sus pies.

No obstante, ni un momento se perdió. ¡Ni un momento! Este Foulon estaba en el Hotel de Ville y podía ser puesto en libertad. ¡Nunca, si Saint Antoine conocía sus propios sufrimientos, insultos e injusticias! Hombres y mujeres armados salieron en gran número del Cuartel tan deprisa e incluso sacaron estos últimos posos después de ellos con tal fuerza de succión, que en un cuarto de hora no había criatura humana en el seno de Saint Antoine a excepción de unas cuantas viejas brujas y niños gimiendo.

No. Todos estaban en ese momento obstruyendo la Sala de Interrogatorios donde estaba este anciano, feo y malvado, e inundaron el espacio abierto adyacente y las calles. Los Defarge, marido y mujer, el Vengador y Jacques Tres estaban en el primer agolpamiento y a no gran distancia de él en la Sala.

—¡Veamos! —gritó la señora, apuntando con su cuchillo—. Veamos al viejo villano atado con cuerdas. Eso estuvo bien hecho, atar un manojo de hierbas a su espalda. ¡Ja, ja! Eso estuvo bien hecho. ¡Dejemos que se lo coma ahora! —la señora puso su cuchillo debajo del brazo y aplaudió como en una representación.

La gente inmediatamente detrás de la señora Defarge, explicando la causa de la satisfacción de ella a aquellos que tenían detrás y aquellos de nuevo se lo explicaban a otros, y aquellos a otros, las calles vecinas resonaron con los aplausos. De igual manera, durante dos o tres horas de reyerta y el discernimiento de muchos montones de palabras, las frecuentes expresiones de impaciencia de la señora Defarge se seguían, con maravillosa rapidez, a cierta distancia; el más dispuesto, porque ciertos hombres quienes por medio de algún maravilloso ejercicio de habilidad habían escalado por la arquitectura externa para mirar adentro desde las ventanas, conocían bien a la señora Defarge, y actuaban como telégrafo entre ella y la multitud del exterior del edificio.

Por fin subió el sol tan alto que dirigió un rayo bondadoso como de esperanza o de protección, directamente sobre la cabeza del viejo prisionero. El obsequio fue demasiado para soportarlo; en un instante la barrera de polvo y paja que había permanecido sorprendentemente larga, se fue a los vientos y ¡Saint Antoine le había cogido!

Se supo inmediatamente, hasta los confines más alejados de la multitud. Defarge había saltado sobre una reja y una mesa y dobló al infeliz miserable en un abrazo mortal —la señora Defarge le había seguido y metió la mano en una de las cuerdas con las cuales estaba atado—. El Vengador y Jacques Tres no estaban todavía arriba con ellos y los hombres de las ventanas no habían descendido a la Sala todavía, como pájaros de presa desde sus altas perchas, cuando el grito pareció levantarse en toda la ciudad: «¡Sacadle! ¡Sacadle a la luz!»

Abajo y arriba y cabeza en primer lugar sobre los escalones del edificio; ahora sobre sus rodillas; ahora sobre sus pies; ahora sobre su espalda; arrastrado y golpeado y ahogado por los manojos de hierba y paja que le empujaban a la cara cientos de manos; arañado, magullado, jadeando, sangrando, sin embargo siempre rogando y suplicando misericordia; ahora lleno de intensa desesperación, con un pequeño espacio libre alrededor de él cuando la gente se echaba hacia atrás unos a otros para poder ver; ahora un leño de madera muerta se tiró a través de un bosque de leños; él transportado a la esquina de la calle más cercana donde uno de los faroles mortales se balanceaba, y allí la señora Defarge le dejó ir —como un gato podría haber hecho con un ratón— y mirándole silenciosa y serenamente mientras ellos hacían los preparativos, y mientras él suplicaba; las mujeres le chillaban apasionadamente todo el tiempo y los hombres reclamando con insistencia severamente que tenían que matarle con hierba en la boca. Una vez le elevaron, y la cuerda se rompió, y ellos le cogieron chillando; dos veces le elevaron, y la cuerda se rompió, y ellos le cogieron chillando; entonces la cuerda fue compasiva y le sostuvo, y su cabeza estuvo pronto sobre una pica, con hierba suficiente en la boca para que todo Saint Antoine bailara ante su vista.

Tampoco fue este el final del mal trabajo del día, porque Saint Antoine tanto hacía gritar y saltar su sangre enojada, que hirvió de nuevo al oír cuando se acababa el día que el yerno del despachado, otro de los enemigos e insultadores del pueblo, estaba llegando a París con una guardia de quinientos fuertes, a caballo solo. Saint Antoine escribió su crimen en hojas de papel brillante, le agarraron —le hubieran arrancado del seno de un ejército para que acompañara a Foulon— y colocaron su cabeza y corazón sobre picas y llevaron los tres botines del día, en procesión de lobo, a través de las calles.

No fue antes de la noche oscura cuando los hombres y mujeres regresaron a los niños, gimiendo y sin pan. Entonces, las deprimentes panaderías fueron acosadas por largas filas de ellos, esperando pacientemente para comprar pan malo; y mientras esperaban con los estómagos débiles y vacíos, ellos pasaban el tiempo agradablemente abrazándose unos a otros por los triunfos del día y lográndolos de nuevo en chismorreos. Poco a poco estos cordones de gente harapienta se acortaron y deshilacharon; y luego luces pobres empezaron a brillar en las ventanas altas y fuegos escasos se hicieron en las calles, en los cuales los vecinos cocinaban en común, cenando después en sus puertas.

Cenas escasas e insuficientes aquéllas, y desprovistas de carne, como de otras muchas salsas para el espantoso pan. Sin embargo, la fraternidad humana infundía algún alimento en las duras viandas y salían algunas chispas de alegría de ellas. Padres y madres que habían tomado su parte en lo peor del día, jugaban dulcemente con sus flacos niños; y los amantes, con ese mundo alrededor de ellos y delante de ellos, amaban y esperaban.

Era casi por la mañana cuando la tienda de vino de Defarge se deshizo de su último grupo de clientes y el señor Defarge dijo a la señora su esposa, con tono ronco, mientras cerraba la puerta:

—¡Al fin ha llegado, querida!

—¡Eh, bueno! —contestó la señora—, casi.

Saint Antoine dormía, los Defarge dormían, incluso el Vengador dormía con su tendera hambrienta, y el tambor descansaba. La del tambor era la única voz de Saint Antoine que la sangre y la prisa no había cambiado. El Vengador, como custodio del tambor, no podía haberle despertado y tenido el mismo habla de antes de caer la Bastilla, o de coger al viejo Foulon; no así los tonos roncos de los hombres y mujeres del seno de Saint Antoine.

CAPÍTULO XXIII

El fuego sube

Hubo un cambio en el pueblo donde caía la fuente y donde el reparador de caminos salía a diario a extender con el martillo las piedras de la carretera tantos bocados de pan como podían servir de remiendos para mantener unidos su pobre alma ignorante y su pobre cuerpo reducido. La prisión sobre el risco no era tan dominante como antaño; había soldados que la guardaban, pero no muchos; había oficiales para guardar a los soldados, pero ninguno de ellos sabía lo que harían sus hombres... más allá de esto: que probablemente no sería lo que le ordenaban.

Por todas partes yacía un campo arruinado, no produciendo nada salvo desolación.

Cada hoja verde, cada brizna de hierba y cada brizna de grano estaba tan seca y pobre como la gente mísera. Todo estaba sometido, desalentado, oprimido y roto. Moradas, cercas, animales domésticos, hombres, mujeres, niños y el suelo que les soportaba... todo agotado.

Monseñor (con frecuencia un caballero particular de mucho valor) era una bendición nacional, daba un tono cortés a las cosas, era un ejemplo educado de vida lujosa y brillante y una gran cantidad más para igual fin; no obstante, Monseñor como clase había llevado, de una manera u otra, las cosas a esto. ¡Extraño que la Creación, diseñada expresamente para Monseñor, se escurriera y apretara tan pronto hasta secarse! Tiene que haber algo corto de vista en las disposiciones eternas, ¡seguro! Así fue, sin embargo; y habiéndose extraído la última gota de sangre de las piedras y habiendo girado el último tornillo del estante con tanta frecuencia que su adquisición se desmoronaba, y ahora giraba y giraba sin nada que agarrar, Monseñor empezó a huir de un fenómeno tan bajo e incomprensible.

Pero este no era el cambio en el pueblo y en muchos pueblos como él. Durante muchos años Monseñor lo había apretado y escurrido, y rara vez lo honraba con su presencia excepto por los placeres de la caza, ahora encontrada en cazar a la gente; ahora encontrada en cazar a las bestias, para cuya conservación Monseñor hizo espacios edificantes de páramos bastos y áridos. No. El cambio consistía en la aparición de rostros extraños de casta baja, más que en la desaparición de la casta alta, cincelada, y distintos de esos rasgos beatificados y beatificantes de Monseñor.

Porque, en estos tiempos, cuando el reparador de caminos trabajaba en solitario, en el polvo, no con frecuencia se inquietaba al reflexionar que polvo era y al polvo tenía que regresar, estando la mayor parte del tiempo demasiado ocupado en pensar lo poco que tenía para cenar y cuánto más comería si hubiera tenido —en estos tiempos, cuando levantaba sus ojos de su solitaria labor y veía el panorama, vería alguna figura ruda acercándose a él a pie, lo cual era raro una vez en aquella parte pero ahora era una presencia frecuente—. A medida que avanzaba, el reparador de caminos percibiría sin sorpresa que era un hombre de pelo enmarañado, de aspecto casi bárbaro, alto, con zapatos de madera que eran toscos incluso ante los ojos de un reparador de caminos, adusto, rudo, moreno, empapado de barro y polvo de muchos caminos, frío y húmedo por la humedad pantanosa de muchos terrenos bajos, rociado con las espinas y hojas y musgo de muchos caminos que atraviesan bosques.

Tal hombre se acercó a él, como un fantasma, a mediodía en el tiempo de julio, cuando estaba sentado sobre su montón de piedras debajo de un terraplén, recibiendo tanto refugio como podía conseguir de un chaparrón de pedrisco.

El hombre le miró, miró al pueblo de la hondonada, al molino y a la prisión del risco. Cuando él había identificado estos objetos en la mente sorprendida que tenía, dijo, en un dialecto apenas inteligible.

—¿Cómo va eso, Jacques?

—Todo bien, Jacques.

—¡Choca entonces!

Juntaron las manos y el hombre se sentó en el montón de piedras.

—¿No hay cena?

—Nada salvo una cena ligera ahora —dijo el reparador de caminos, con cara de hambre.

—Está de moda —masculló el hombre—. No encuentro cena en ninguna parte.

Sacó una pipa ennegrecida, la llenó, la encendió con piedra y acero, le dio chupadas hasta que brilló; entonces, de repente la sostuvo y dejó caer algo dentro de ella entre su dedo y el pulgar que ardió y se fue en una bocanada de humo.

—Choca entonces.

Era el turno del reparador de caminos de decirlo esta vez, después de observar estas operaciones. De nuevo juntaron las manos.

—¿Esta noche? —dijo el reparador de caminos.

—Esta noche —dijo el hombre poniéndose la pipa en la boca.

—¿Dónde?

—Aquí.

Él y el reparador de caminos se sentaron en el montón de piedras mirándose en silencio el uno al otro, con el pedrisco entre ellos como una carga enana de bayonetas, hasta que el cielo empezó a clarear sobre el pueblo.

—¡Enséñame! —dijo el viajero entonces, trasladándose a la cima de la colina.

—¡Mira! —contestó el reparador de caminos, con el dedo extendido—. Bajas aquí y atraviesas recto la calle, y pasada la fuente...

—¡Al Diablo con todo! —interrumpió el otro, dando una vuelta con la mirada por el paisaje—. Yo no atravieso calles ni paso fuentes. ¿Bien?

—¡Bien! A unas dos leguas más allá de la cima de esa colina sobre el pueblo.

—Bueno. ¿Cuándo dejas de trabajar?

—Al anochecer.

—¿Me despertarás antes de marcharte? He caminado dos noches sin descansar. Déjame terminar la pipa y dormiré como un niño. ¿Me despertarás?

—Seguro.

El caminante terminó de fumar su pipa, la puso en su pecho, se quitó sus grandes zapatos de madera y se tumbó de espaldas en el montón de piedras. Se quedó dormido inmediatamente.

Cuando el reparador de caminos ejerció su polvorienta labor y las nubes del pedrisco, alejándose, revelaron barras y rayos de cielo que eran respondidos por destellos plateados sobre el paisaje, el hombre pequeño (que llevaba una gorra roja ahora, en lugar de la azul) parecía fascinado por la figura del montón de piedras. Sus ojos se volvían con tanta frecuencia hacia él, que utilizaba sus herramientas de forma mecánica, y uno hubiera dicho, para muy poco provecho. La cara bronceada, el pelo y la barba negros enmarañados, la gorra roja de lana basta, el traje de una combinación basta de relleno artesano y pieles de animales peludos, el cuerpo fuerte atenuado por la vida sobria y la compresión hosca y desesperada de los labios al dormir, inspiraban al reparador de caminos sobrecogimiento. El viajero había viajado lejos y tenía los pies doloridos y los tobillos rozados y sangrantes; sus grandes zapatos, llenos de hojas y hierba, habían sido pesados para arrastrarlos tantas largas leguas y sus ropas estaban llenas de agujeros, como él mismo lo estaba de dolores. Agachándose a su lado, el reparador de caminos intentó echar un vistazo a las armas secretas de su pecho o donde no; pero en vano, porque él dormía con los brazos cruzados y estaban colocados tan resueltamente como sus labios. Las ciudades fortificadas con sus empalizadas, cuarteles, verjas, zanjas y puentes levadizos le parecían al reparador de caminos que eran más aire que esta figura. Y cuando levantó los ojos de ella hacia el horizonte y miró alrededor, vio en sus pequeñas figuras parecidas imaginarias, sin ser detenidas por ningún obstáculo, tenderse a centros por toda Francia.

El hombre seguía dormido, indiferente a los chaparrones de pedrisco y a los intervalos de claridad, al sol sobre su rostro y sombra, a los trozos de hielo mate golpeando sobre su cuerpo y los diamantes en los cuales los cambiaba el sol, hasta que el sol estuvo bajo en el Oeste y el cielo estaba brillante. Entonces, el reparador de caminos habiendo reunido sus herramientas y teniendo todas las cosas preparadas para bajar al pueblo, le despertó.

—¡Bueno! —dijo el durmiente, levantándose sobre su codo—. ¿Dos leguas más allá de la cima de la colina?

—Más o menos.

—Más o menos, ¡bueno!

El reparador de caminos se fue a casa, yendo el polvo delante de él según la dirección del viento, y pronto estuvo en la fuente, apretándose entre las vacas flacas llevadas allí para beber y pareciendo incluso susurrarles a ellas en su susurro a todo el pueblo. Cuando el pueblo se había tomado su cena pobre, no se fue a dormir con sigilo, como hacía normalmente, sino que salió de nuevo a las puertas y se quedó allí. Un curioso contagio de susurros estaba sobre él y también, cuando se reunieron en la fuente en la oscuridad, otro contagio curioso mirando expectantes al cielo en una dirección solamente. El señor Gabelle, funcionario principal del lugar, llegó a inquietarse; salió solo en la parte superior de su casa y miró en aquella dirección también; echó un vistazo abajo desde detrás de sus chimeneas a los rostros oscurecidos de la fuente de abajo y envió unas palabras al sacristán que guardaba las llaves de la iglesia sobre que podía ser necesario tocar la señal de alarma más tarde.

La noche se hizo más profunda. Los árboles de los alrededores del viejo castillo, manteniendo su estado solitario aparte, se movían con el viento levantado, como si amenazaran a la mole de edificio macizo y oscuro en la penumbra. Encima de los tramos de escaleras de la terraza la lluvia corría con furia y golpeaba la gran puerta, como un mensajero veloz que despertara a los del interior; ráfagas de viento inquietas iban por la entrada, entre las viejas lanzas y cuchillos, y pasó lamentándose escaleras arriba y agitó las cortinas de la cama donde había dormido el último Marqués. Este, Oeste, Norte y Sur, a través de los bosques, cuatro figuras pisando con fuerza, desarregladas, aplastaron la hierba alta y troncharon las ramas, avanzando a zancadas cuidadosamente para reunirse en el patio. Cuatro luces se encendieron allí y se alejaron en direcciones diferentes y todo fue negro de nuevo.

Pero no por mucho tiempo. En ese momento, el castillo empezó a hacerse visible de manera extraña por alguna luz propia, como si se estuviera iluminando. Luego una veta parpadeante jugaba detrás de la arquitectura de la fachada, destacando lugares transparentes y mostrando dónde estaban las balaustradas, arcos y ventanas. Luego se elevó más y se hizo más ancha y más brillante. Pronto, desde una veintena de grandes ventanas, se precipitaron las llamas y los rostros de piedra se despertaron, mirando fijamente fuera del fuego.

Un murmullo débil se levantó alrededor de la casa procedente de la poca gente que se había dejado allí y se ensilló un caballo y hubo una huida a caballo. Hubo espoleo y salpicones a través de la oscuridad y se tiró de brida en el espacio por la fuente del pueblo y el caballo echando espuma se quedó en la puerta del señor Gabelle. «¡Ayuda, Gabelle! ¡Ayuda a todo el mundo!» El toque de alarma sonó con impaciencia, pero otra ayuda (si ésa era alguna) no hubo. El reparador de caminos y doscientos cincuenta amigos particulares estaban con los brazos cruzados en la fuente, mirando la columna de fuego en el cielo. «Tiene que tener cuarenta pies de alto», dijeron ellos con gravedad, y nunca se movieron.

El jinete procedente del castillo y el caballo echando espuma sonaron con estrépito a través del pueblo y galopó hacia arriba la cuesta empedrada hacia la prisión del risco. En la verja un grupo de oficiales estaban mirando al fuego; retirados de ellos, un grupo de soldados. «¡Ayuda, caballeros oficiales! El castillo está ardiendo; ¡los objetos de valor se pueden salvar de las llamas con ayuda a tiempo! ¡Ayuda, ayuda!» Los oficiales miraron hacia los soldados que miraban al fuego; no dieron órdenes, y contestaron, encogiéndose de hombros y mordiéndose los labios. «Tiene que arder.»

Cuando el jinete bajó haciendo ruido la colina de nuevo y atravesó la calle, el pueblo estaba iluminándose. El reparador de caminos y los doscientos cincuenta amigos particulares, inspirados como un hombre y una mujer por la idea de iluminar, habían entrado como flechas a sus casas y estaban poniendo velas en cada pequeño cristal sin brillo. La escasez general de todo ocasionó que las velas se tomaran prestadas de una forma bastante perentoria del señor Gabelle; y en un momento de renuencia y vacilación de esa parte de funcionario, el reparador de caminos, una vez tan sumiso ante la autoridad, había comentado que los carruajes eran buenos para hacer hogueras con ellos y que los caballos de posta se asarían.

El castillo se abandonó a las llamas y las quemaduras. En el rugido y furia de la conflagración, un viento caliente rojo, dirigido directamente desde las regiones infernales, parecía echar al edificio soplando. Con la subida y caída del fuego, los rostros de piedra se mostraban como si estuvieran en un tormento. Cuando grandes masas de piedra y madera cayeron, el rostro con las dos abolladuras en la nariz se oscureció; sin tardar luchó fuera del humo de nuevo, como si fuera el rostro del cruel Marqués, ardiendo en la hoguera y compitiendo con el fuego.

El castillo ardió; los árboles más cercanos, que se mantuvieron sujetos con el fuego, se chamuscaron y resecaron; árboles a cierta distancia, incendiados por las cuatro figuras feroces, rodearon el edificio en llamas con un nuevo bosque de humo. Plomo y hierro fundidos hervían en la pila de mármol de la fuente; el agua corría seca; los extinguidores de las partes superiores de las torres desaparecieron como el hielo ante el calor y bajaba en hilitos en cuatro pozos desiguales de llamas. Grandes rasgaduras y descosidos se bifurcaban en los muros macizos, como cristalización; pájaros estupefactos revoloteaban alrededor y se dejaban caer en el horno; cuatro figuras feroces se fueron caminado con dificultad, Este, Oeste, Norte y Sur, a lo largo de los caminos envueltos en la noche, guiados por el faro que habían enderezado, hacia su siguiente destino. El pueblo iluminado había mantenido el toque de alarma y, suprimiendo al legítimo, sonó de alegría.

No solamente eso, sino que el pueblo, aturdido por la hambruna, el fuego y el sonido de la campana, y acordándose de que el señor Gabelle tenía que ver con la recogida de renta e impuestos —aunque no era más que una pequeña cuota de impuestos, y no del todo una renta, lo que Gabelle había tenido en esos últimos días— llegaron a impacientarse por tener una entrevista con él, y rodeando su casa, le llamaron para que apareciera para una conversación privada. Con lo cual, el señor Gabelle atrancó pesadamente su puerta y se retiró a celebrar consejo consigo mismo. El resultado de la conversación fue que Gabelle de nuevo se retiró a la parte superior de su casa detrás de su montón de chimeneas; esta vez decidió, si rompían su puerta (era un pequeño hombre del Sur de temperamento vengativo), se tiraría con la cabeza primero sobre el parapeto y aplastaría a un hombre o dos abajo.

Probablemente el señor Gabelle pasó una larga noche allí arriba, con el castillo distante por fuego y vela, y los golpes en su puerta, combinados con el toque de júbilo, por música; sin mencionar que tenía un farol de malos augurios tirado cruzando el camino delante de la verja de su casa de postas, que el pueblo mostraba una inclinación animada a desplazar en su favor. Un duro suspense, pasar una noche entera de verano en el borde del negro océano, preparado para darse ese chapuzón en él sobre lo cual el señor Gabelle había decidido. Pero apareciendo al final el amanecer agradable y apagándose las luces parpadeantes de las velas rápidas del pueblo, la gente se dispersó felizmente y el señor Gabelle bajó trayendo su vida con él por el momento.

En unas cien millas, y a la luz de otros fuegos, había otros funcionarios menos afortunados, esa noche y otras noches, a quienes el sol naciente había encontrado colgando en las calles que fueron pacíficas una vez, donde les habían dado a luz y les habían alimentado. También había otros aldeanos y gente de ciudades menos afortunados que el reparador de caminos y sus amigos, sobre los cuales los funcionarios y los soldados volvieron con éxito, y a quienes pusieron la cuerda en su turno. Pero las figuras feroces iban velozmente camino del Este, Oeste, Norte y Sur; y fuera quien fuera el colgado, el fuego ardía. La altura de las horcas que se dirigirían al agua y lo apagarían, ningún funcionario, por ningún esfuerzo matemático, era capaz de calcularla con éxito.

CAPÍTULO XXIV

Atraído por la roca de imán

En tantas subidas de fuego y subidas de mar —la tierra firme sacudida por los ataques de un mar enojado que ahora no tenía reflujo, sino que estaba siempre en flujo, cada vez más alto, para terror y asombro de los espectadores de la costa— se habían consumido tres años de tempestad. Tres cumpleaños más de la pequeña Lucie habían sido tejidos por el hilo dorado en el tisú pacífico de la vida de su hogar.

Más de una noche y muchos días habían escuchado sus habitantes los ecos de la esquina, con corazones que les fallaban cuando oían los pies de la muchedumbre. Porque los pasos habían llegado a sus mentes como los pasos de un pueblo, tumultuoso bajo una bandera roja y con su país declarado en peligro, cambiado a bestias salvajes por el terrible encantamiento que persistía dentro durante tiempo.

Monseñor, como clase, se había desvinculado del fenómeno de no ser apreciado: ser tan poco querido en Francia como para correr considerable peligro de recibir su rechazo de ella y esta vida juntos. Como el pueblerino de la fábula que provocaba infinitos dolores al Diablo y estaba tan aterrado a la vista de él que no podía hacer al Enemigo ninguna pregunta, sino que huía inmediatamente, así, Monseñor, después de leer con audacia la Oración del Señor atrasada una gran cantidad de años, y realizando otros muchos hechizos poderosos para obligar al Diablo, en cuanto le contempló en sus terrores puso sus nobles pies en polvorosa.

La brillante Diana del Juzgado había desaparecido, o hubiera sido la marca para un huracán de balas nacionales. Nunca había sido un buen ojo para ver con él —había tenido durante tiempo la mota en él del orgullo de Lucifer, el lujo de Sardanápalo y la ceguera de un topo— pero se la había dejado caer y había desaparecido. El Juzgado, desde ese exclusivo círculo interior hacia su anillo podrido exterior de intriga, corrupción y disimulo, había desaparecido todo junto. La Realeza se había ido; había sido sitiada en su Palacio y «expulsada», cuando llegaron las últimas noticias.

El agosto del año de mil setecientos noventa y dos había llegado y Monseñor estaba en esta época aislado lejos.

Como era natural el cuartel general y gran lugar de reunión de Monseñor, en Londres, era el Banco Tellson. Se supone que los espíritus rondan por los lugares donde sus cuerpos acudieron más, y Monseñor sin una guinea rondaba el lugar donde sus guineas solían estar. Además, era el lugar al cual tal información francesa como se iba a confiar más, venía con más rapidez. De nuevo Tellson era una casa munificente y extendía una gran liberalidad hacia clientes antiguos que habían caído de su alto estado. De nuevo aquellos nobles que habían visto la llegada de la tormenta a tiempo, y anticipándose al saqueo y confiscación, habían hecho envíos previsores a Tellson, iban a tener noticias siempre allí de sus hermanos necesitados. A lo cual se tiene que añadir que cada recién llegado de Francia se presentaba él mismo y sus noticias en Tellson, casi como una cosa normal. Por tal variedad de razones, Tellson era en esa época, respecto a la información francesa, una especie de Alto Intercambio. Y esto lo sabía tan bien el público, y las preguntas que se hacían allí eran tan numerosas en consecuencia, que algunas veces Tellson escribía las últimas noticias en una línea o así y las anunciaba en las ventanas del Banco, para que todo el que pasara por Temple Bar las leyera.

Una tarde neblinosa, húmeda, el señor Lorry estaba sentado en su escritorio y Charles Darnay estaba apoyado sobre ella, hablando con él en voz baja. El cuchitril penitencial que una vez se reservara para entrevistas con la Casa, era ahora el Intercambio de noticias y estaba lleno a rebosar. Era una media hora o así antes de la hora de cerrar.

—Pero, aunque usted sea el hombre más joven que viviera nunca —dijo Charles Darnay, bastante titubeante—, tengo que sugerirle todavía...

—Entiendo. ¿Que soy demasiado viejo? —dijo el señor Lorry.

—Tiempo inestable, un largo viaje, medios de viajar inciertos, un país desorganizado, una ciudad que ni siquiera podría ser segura para usted.

—Mi querido Charles —dijo el señor Lorry con alegre confianza—, usted toca algunas de las razones para mi ida, no para mi estancia lejos. Es lo suficiente seguro para mí; nadie se preocupará de estorbar a un tipo viejo de ochenta años pronunciados cuando hay tanta gente allí que vale mucho más para estorbar. Respecto a lo de ser una ciudad desorganizada, si no fuera una ciudad desorganizada no habría ocasión para enviar a alguien de nuestra Casa de aquí a nuestra Casa de allí, que conozca la ciudad y el oficio desde antaño y en quien confíe Tellson. Respecto al viaje incierto, el largo viaje, el tiempo de invierno, si yo no estuviera preparado para someterme a unos cuantos inconvenientes por causa de Tellson, después de todos estos años, ¿quién debería estarlo?

—Desearía ir yo mismo —dijo Charles Darnay, algo inquieto, y como alguien que pensara en alto.

—¡Cierto! ¡Es usted muy amigo por oponerse y aconsejar! —exclamó el señor Lorry—. ¿Desearía ir usted mismo? ¿Y usted es francés de nacimiento? Usted es un consejero prudente.

—Mi querido señor Lorry, es porque soy francés de nacimiento por lo que el pensamiento (que no me importa pronunciar aquí, sin embargo) ha pasado por mi mente a menudo. Uno no puede evitar el pensar, habiendo tenido alguna compasión por la gente desgraciada, y habiéndoles abandonado algo —él habló aquí con su actitud amable anterior—, que uno podría ser escuchado y podría tener el poder de persuadir hasta cierto límite. Solamente la pasada noche, después de que usted nos dejara, cuando estaba hablando con Lucie...

—Cuando estaba hablando con Lucie —repitió el señor Lorry—. Sí. ¡Me preguntó si usted no se avergüenza de mencionar el nombre de Lucie! ¡Deseando usted ir a Francia en esta época!

—Sin embargo, no voy a ir —dijo Charles Darnay con una sonrisa—. Es más para la intención que usted dice que tiene.

—Y la tengo, es la pura realidad. La verdad es, mi querido Charles —echó un vistazo a la distante Casa y bajó la voz—, que usted puede no tener idea de la dificultad con la que se negocia en nuestro oficio y del peligro en el que están envueltos nuestros libros y papeles de allá. El Señor de arriba sabe lo que las consecuencias comprometedoras serían para una gran cantidad de personas, si algunos de nuestros documentos fueran cogidos o destruidos, y podrían serlo, en cualquier momento, sabe, porque ¡quien puede decir que París no está envuelto en llamas hoy o sea saqueada mañana! Ahora, una selección acertada de aquellos con el menor retraso posible y el esconderlos o de otro modo sacarlos sin daño, no está apenas en poder (sin pérdida del precioso tiempo) de otro que no sea yo mismo, si hay alguien. Y, ¿me quedaré atrás cuando Tellson sepa esto y diga esto (Tellson, cuyo pan he comido estos sesenta años) porque yo estoy un poco duro en las articulaciones? Porque, ¡soy un muchacho, señor, respecto a la media docena de viejetes de aquí!

—¡Cómo admiro la gallardía de su espíritu joven, señor Lorry!

—¡Vamos! ¡Tonterías, señor! Y, mi querido Charles —dijo el señor Lorry, echando un vistazo de nuevo a la Casa—, ha de recordar que sacar cosas de París en este tiempo actual, no importa qué cosas, está cerca de lo imposible. Papeles y sustancias preciosas son traídos este mismo día a nosotros aquí (hablo en estricta confianza, no es serio cuchichearlo, ni siquiera a usted), por los portadores más extraños que se pueda imaginar, cada uno de los cuales tenía su cabeza colgada de un pelo cuando pasaba las Fronteras. En otra época, nuestros paquetes vendrían e irían con tanta facilidad como en la seria Vieja Inglaterra; pero ahora, todo está parado.

—¿Y realmente se va esta noche?

—Realmente me voy esta noche, porque el caso ha llegado a ser demasiado urgente para admitir demoras.

—¿Y no llevará a nadie con usted?

—Toda clase de gente me han propuesto, pero no tendré nada que decir a ninguno de ellos. Intento llevar a Jerry. Él ha sido mi guardaespaldas los domingos por la noche durante mucho tiempo y estoy acostumbrado a él. Nadie sospechará de Jerry de ser otra cosa que no sea un bulldog inglés o de tener cualquier propósito en su cabeza que no sea lanzarse sobre cualquiera que toque a su señor.

—Tengo que decir de nuevo que admiro de corazón su gallardía y juventud.

—¡Tengo que decir de nuevo tonterías, tonterías! Cuando haya realizado este pequeño encargo, yo, quizá, aceptaré la propuesta de Tellson de retirarme a vivir con tranquilidad. Tiempo suficiente, entonces, para pensar en hacerme viejo.

Este diálogo había tenido lugar en el escritorio normal del señor Lorry, con Monseñor revoloteando a una yarda o dos de él, jactancioso de lo que haría para vengarse de los granujas antes de mucho tiempo. Era con mucho el estilo de Monseñor bajo sus reveses como refugiado y era con mucho el estilo de la ortodoxia británica nativa hablar de esta terrible Revolución como si fuera la única cosecha conocida alguna vez bajo los cielos que no se hubiera cosechado —como si nada se hubiera hecho nunca o se hubiera dejado de hacer, que hubiera llevado a ello— como si espectadores de los millones desgraciados de Francia y de los recursos mal utilizados y pervertidos que los habrían hecho prósperos, no lo hubieran visto venir inevitablemente años antes y no se hubiera hecho constar en palabras sencillas lo que ellos vieron. Tal fanfarrón, combinado con las extravagantes conspiraciones de Monseñor por la restauración de un estado de cosas que se había agotado completamente y agotados Cielo y tierra igual, era difícil ser soportado sin algún reproche por parte de cualquier hombre cuerdo que conociera la verdad. Y era tal fanfarrón en todo lo que rodeaba a sus oídos, como una confusión molesta de sangre en su propia cabeza, añadido a una inquietud latente en su mente, que ya había hecho que se inquietara Charles Darnay y que todavía le mantenía así.

Entre los habladores estaba Stryver, del Tribunal del Rey, alejado de su estilo de plantear un ascenso y, por tanto, enérgico sobre el tema: mencionando a Monseñor sus estratagemas para apagar a la gente y exterminarlos de la faz de la tierra, y haciéndolo sin ellos: y para llevar a cabo muchos fines similares afines en su naturaleza a la abolición de águilas rociando sal en las colas de la especie. A él, Darnay oyó con un sentimiento particular de objeción, y Darnay se quedó dividido entre irse para no poder oír nada más y quedarse para intervenir con sus palabras, cuando lo que iba a continuar se amoldaba fuera.

La Casa se acercó al señor Lorry, y colocando una carta sucia y sin abrir delante de él, preguntó si había descubierto ya algún rastro de la persona a la que iba dirigida. La Casa dejó la carta tan cerca de Darnay que vio la dirección —lo más rápido porque era su propio nombre verdadero—. La dirección, traducida al inglés, decía:

«Muy urgente. Al Señor hasta ahora Marqués St. Evrémonde de Francia. Confiada a los cuidados de los señores de Tellson y Co., Banqueros, Londres, Inglaterra.»

En la mañana de la boda, Charles Darnay le había hecho al doctor Manette su única petición insistente y expresa, que el secreto de este nombre se mantendría, —a menos que él, el doctor, rescindiera el compromiso—, inviolado entre ellos. Nadie más sabía que ese era su nombre; su propia esposa no tenía ninguna sospecha del hecho; el señor Lorry no podía tener ninguna.

—No —dijo el señor Lorry, en respuesta a la Casa—: La he remitido, creo, a todos los de aquí ahora, y nadie puede decirme dónde se encuentra este caballero.

Las manillas del reloj rayaron sobre la hora de cerrar el Banco y hubo una tendencia general de la corriente de conversadores que pasó por el escritorio del señor Lorry. Él mantuvo fuera la carta de forma inquisitiva, y Monseñor la miró, en la persona de este refugiado conspirador e indignante; y Este, Ese y el Otro, todos tenían algo desdeñoso que decir, en francés o en inglés, sobre el Marqués que no se encontraba.

—Sobrino, creo, pero en cualquier caso sucesor degenerado, del Marqués refinado que fue asesinado —decía uno—. Me alegro de decir que nunca le conocí.

—Un cobarde que abandonó su puesto —decía otro (este Monseñor había sido sacado de París, piernas hacia arriba y medio sofocado, en una carga de heno...)— hace algunos años.

—Infectado de las nuevas doctrinas —dijo un tercero, observando la dirección a través de su lente al pasar—, le pusieron en contra del último Marqués, abandonó los estados cuando los heredó y los dejó al tropel rufián. Ellos le recompensarán ahora, espero, como se merece.

—¿Eh? —gritó el descarado Stryver—. ¿Pensaba él? ¿Es esa clase de tipo? Veamos su nombre infame.

Darnay, incapaz de contenerse por más tiempo, tocó al señor Stryver en el hombro y dijo:

—Yo conozco al tipo.

—¿De verdad, por Júpiter? —dijo Stryver—. Lo siento por ello.

—¿Por qué?

—¿Por qué, señor Darnay? ¿No ha oído lo que hizo? No pregunte por qué en estos tiempos.

—Pero pregunto por qué.

—Entonces le diré de nuevo, señor Darnay, que lo siento por ello. Siento oírle hacer preguntas tan extraordinarias. Aquí hay un tipo que, infectado por el código de brujería más pestilente y blasfemo que nunca se ha conocido, abandonó su propiedad a la escoria más vil de la tierra que nunca asesinara de manera sistemática, ¿y me pregunta por qué siento que un hombre que instruye a la juventud le conozca? Bueno, pues le contestaré. Lo siento porque creo que hay contaminación en tal sinvergüenza. Ese es el por qué.

Consciente del secreto, Darnay se examinó con gran dificultad y dijo:

—Puede que no entienda al caballero.

—Yo entiendo cómo ponerle a usted en una esquina, señor Darnay —dijo Bully Stryver—, y lo haré. Si este tipo es un caballero, yo no le entiendo. Usted puede decirle eso, con mis saludos. Usted puede decirle también, de mi parte, que después de abandonar sus bienes terrenales y posición a esta turba sanguinaria, me pregunto si no está a la cabeza de ellos. Pero no, caballeros —continuó Stryver, mirando alrededor y chascando sus dedos—, yo sé algo de la naturaleza humana y le digo que usted nunca encontrará a un tipo como éste, confiándose a las clemencias de tales protegidos valiosísimos. No, caballeros; él siempre les mostrará un par de talones limpios muy pronto en la refriega y se irá a hurtadillas.

Con estas palabras y un chasquido final de sus dedos, el señor Stryver se abrió paso con el hombro en la calle Fleet, en medio de la aprobación general de sus oyentes. El señor Lorry y Charles Darnay se quedaron solos en el escritorio a la hora de la salida general del Banco.

—¿Se hará cargo de la carta? —dijo el señor Lorry—. ¿Sabe dónde entregarla?

—Sí.

—¿Se comprometerá a explicar que suponíamos que se había dirigido aquí con la posibilidad de que nosotros supiéramos dónde mandarla y que ha estado aquí algún tiempo?

—Lo haré así. ¿Parte a París desde aquí?

—Desde aquí, a las ocho.

—Regresaré para verle marchar.

Muy enfermo de inquietud consigo mismo y con Stryver y la mayoría de los demás hombres, Darnay hizo su camino lo mejor que pudo en la tranquilidad del Temple, abrió la carta y la leyó. Este era su contenido:

Prisión de la Abbaye, París.
21 de junio de 1792.

«SEÑOR HASTA AHORA MARQUÉS:

Después de haber estado en peligro de mi vida en manos del pueblo, he sido detenido, con gran violencia y humillación y llevado en un largo viaje a pie a París. En el camino he sufrido mucho. No es eso todo; mi casa ha sido destruida... arrasada.

El delito por el que estoy encerrado, señor hasta ahora Marqués, y por el que me citarán ante el tribunal y perderé mi vida (sin su generosa ayuda) es, me dicen ellos, traición contra la majestad del pueblo, que yo he actuado contra ellos por un emigrante. Es inútil presentar que yo he actuado por ellos, y no en contra, según sus órdenes. Es inútil que presente que, antes del secuestro de la propiedad emigrante yo había enviado los impuestos que ellos habían dejado de pagar; que yo no había recogido renta, que yo había tenido recurso para no procesar. La única respuesta es que yo he actuado por un emigrante, ¿y dónde está ese emigrante?

¡Ah!, más gentil señor hasta ahora Marqués, ¿dónde está el emigrante? ¡Yo grito en mi sueño dónde está! Pido al cielo, ¿no vendrá él a librarme? No hay contestación. ¡Ah!, señor hasta ahora Marqués, envío mi grito de desesperación cruzando el mar, esperando que quizá llegue a sus oídos a través del gran banco de Tilson conocido en París.

Por el amor del Cielo, de justicia, de generosidad, del honor de su noble nombre, le suplico, señor hasta ahora Marqués, que me socorra y me libere. Mi falta es que le he sido fiel a usted. ¡Oh, señor hasta ahora Marqués, le ruego que sea fiel a mí!

Desde aquí, esta prisión de horror, donde yo cada hora estoy cada vez más cerca de la perdición, le envío, señor hasta ahora Marqués, la seguridad de mi doloroso e infeliz servicio.

Suyo afligido.— GABELLE.»

La inquietud latente en la mente de Darnay despertó a una enérgica vida por esta carta. El peligro de su antiguo y buen sirviente, cuyo único delito fue la fidelidad a él mismo y a su familia, le miraba con un tono de tanto reproche a la cara que, cuando caminaba de acá para allá en el Temple pensando qué hacer, casi ocultaba su cara de los transeúntes.

Él conocía muy bien que en su horror de la acción que había culminado las malas acciones y la mala reputación de la antigua casa familiar, en su recelo resentido de su tío y en la aversión con la cual su conciencia juzgó la estructura que se desmoronaba que se suponía que él tenía que mantener, había actuado de manera imperfecta. Él sabía muy bien que en su amor por Lucie, su renuncia a su posición social, aunque de ninguna manera era nuevo en su propio pensamiento, se había precipitado y había sido incompleto. Él sabía que debería haberlo trabajado, supervisado sistemáticamente y que había tenido la intención de hacerlo y que nunca se había hecho.

La felicidad de su propio hogar inglés elegido, la necesidad de estar siempre empleado activamente, los cambios rápidos y preocupaciones del tiempo que se habían seguido unos a otros tan deprisa, que los sucesos de esta semana aniquilaban los planes inmaduros de la semana pasada y los sucesos de la semana siguiente hacía todo nuevo otra vez; él sabía muy bien que había cedido ante la fuerza de estas circunstancias, no sin desasosiego, pero todavía sin una resistencia continua y acumuladora. Que él había observado los momentos para un momento de acción y que ellos habían cambiado y luchado hasta que el momento había pasado y la nobleza estaba desfilando desde Francia por cada carretera y camino y su propiedad estaba en curso de confiscación y destrucción, y sus mismos nombres estaban borrándose, era tan bien conocido para él mismo como lo podía ser para cualquier nueva autoridad de Francia que pudiera impugnarle por ello.

Pero él no había oprimido a ningún hombre, él no había encarcelado a ningún hombre; él estaba tan lejos de haber exigido severamente el pago de sus rentas, que había renunciado a ellas por voluntad propia, se arrojó él mismo a un mundo sin ningún favoritismo en él, se ganó su propio lugar privado allí y se ganó su propio pan. El señor Gabelle había mantenido la propiedad empobrecida complicada con instrucciones escritas, perdonar a la gente, darles lo poco que había que dar —tal acicate como los acreedores fuertes les dejaran tener en el invierno y tal producción como pudieran salvar del mismo control en el verano— y sin duda él había puesto el hecho en ruegos y pruebas, por su propia seguridad; así que no podía sino aparecer ahora.

Esto favoreció la grave decisión que Charles Darnay había empezado a tomar, que iría a París.

Sí. Como el marinero de la vieja historia, los vientos y corrientes le habían metido en la influencia de la Roca Imán y era arrastrado hacia ella y tenía que ir. Todo lo que se presentaba ante su mente le empujaba, cada vez más rápido, más y más continuamente, hacia la atracción terrible. Su latente desasosiego había sido que se habían elaborado malos propósitos en su propia tierra desgraciada por medio de malos instrumentos y que era él quien no podía dejar de saber que era mejor que ellos, no estaba allí, intentado hacer algo para aplacar el derramamiento de sangre y hacer valer los derechos de misericordia y humanidad. Con este desasosiego medio sofocado y medio reprochándose, había llegado a la comparación mordaz de él mismo con el valiente caballero anciano en el cual el deber era tan fuerte; sobre esa comparación (perjudicial para sí mismo) había seguido instantáneamente los comentarios despectivos de Monseñor, que le habían escocido tremendamente, y los de Stryver, que sobre todo eran groseros y mortificantes, por viejas razones. Sobre éstos había seguido la carta de Gabelle: la súplica de un prisionero inocente, en peligro de muerte, por su justicia, honor y buen nombre.

Hizo su propósito. Tenía que ir a París.

Sí. La Roca Imán le estaba arrastrando y tenía que seguir navegando, hasta que chocara. Él no sabía de ninguna roca; apenas veía el peligro. La intención con la cual había hecho lo que había hecho, incluso aunque lo hubiera dejado incompleto, se presentaba ante él con un aspecto que se reconocería con gratitud en Francia al presentarse él mismo para confirmarlo. Luego, esa visión gloriosa de hacer bien, que con tanta frecuencia el espejismo optimista de tantas mentes buenas surgió ante él e incluso se vio a sí mismo en la ilusión con alguna influencia para guiar este Revolución incontenible que estaba pasando con un salvajismo tan terrible.

Él iba de acá para allá con su propósito hecho; consideraba que ni Lucie ni su padre tenían que saber de ello hasta que se hubiera ido. Lucie se ahorraría el dolor de la separación, y su padre, siempre reacio a llevar sus pensamientos hacia el terreno peligroso de antaño, llegaría al conocimiento del paso, como un paso tomado, y no en el equilibrio de suspense y duda. Cuánto de lo incompleto de su situación era atribuible a su padre, a través de la preocupación dolorosa de evitar revivir en su mente viejas asociaciones de Francia, él no lo debatiría consigo mismo. Pero esa circunstancia también había tenido su influencia en el curso de él.

Él iba de acá para allá con pensamientos muy ocupados, hasta que llegó la hora de regresar a Tellson y despedirse del señor Lorry. Tan pronto como llegara a París se presentaría ante este viejo amigo, pero él no tenía que decir nada de su intención ahora.

Un carruaje con caballos de postas estaba preparado en la puerta del Banco y Jerry estaba en la calle y equipado.

—He entregado esa carta —dijo Charles Darnay al señor Lorry—. No consentiría que cargara con una respuesta escrita, pero ¿quizás llevará una oral?

—Lo haré, inmediatamente —dijo el señor Lorry—, si no es peligroso.

—No del todo. Aunque es a un prisionero de Abbaye.

—¿Cómo se llama? —dijo el señor Lorry, con su cuaderno abierto en la mano.

—Gabelle.

—Gabelle. ¿Y cuál es el mensaje para el desafortunado Gabelle en prisión?

—Simplemente, que él ha recibido la carta y vendrá.

—¿Algún tiempo mencionado?

—Empezará su viaje mañana por la noche.

—Alguna persona mencionada.

—No.

Ayudó al señor Lorry a arroparse con varios abrigos y capas y salió con él de la atmósfera templada del viejo Banco al aire neblinoso de la calle Fleet.

—Mi amor a Lucie y a la pequeña Lucie —dijo el señor Lorry al partir—, y cuide de ellas hasta que regrese.

Charles Darnay movió la cabeza y sonrió con reserva cuando el carruaje se alejó rodando.

Esa noche —era el catorce agosto— se sentó hasta tarde y escribió dos cartas fervientes; una era para Lucie, explicándole la fuerte obligación que tenía para ir a París y mostrándole, al final, las razones que tenía para sentir confianza de que él no podía llegar a involucrarse en un peligro personal allí; la otra era para el doctor, confiando a Lucie y su querida niña a su cuidado y alargando los mismos temas con la convicción más fuerte. A ambos escribió que él mandaría cartas en prueba de su seguridad inmediatamente después de su llegada.

Fue un día duro, ese día de estar entre ellos con la primera reserva de sus vidas juntos en su mente. Era un asunto difícil para mantener el engaño inocente en aquellos que no tenían ninguna sospecha en profundidad. Pero una mirada de afecto a su esposa, tan feliz y ocupada, le hizo decidir no contarle lo que era inminente (él había estado medio inclinado a hacerlo, tan extraño era para él actuar en algo sin su ayuda serena) y el día pasó rápidamente. Por la tarde temprano él la abrazó y a su tocaya ni mucho menos menos querida, fingiendo que regresaría en seguida (un compromiso imaginario le hacía salir y él tenía una maleta de mano con ropas preparadas en secreto), y así salió a la niebla pesada de las calles pesadas con un corazón más pesado.

La fuerza invisible le estaba arrastrando veloz, ahora, y todas las mareas y vientos estaban colocándose directa y fuertemente hacia ella. Dejó sus dos cartas a un portero de confianza para que fueran entregadas media hora antes de la medianoche, y no antes; cogió caballo para Dover y empezó su viaje. «¡Por el amor del Cielo, de justicia, de generosidad, del honor de su noble nombre!», era el grito del pobre prisionero con el que fortalecía su corazón hundido, ya que dejaba detras de él todo lo que era querido en la tierra y se alejó flotando por la Roca Imán.

FIN DEL LIBRO SEGUNDO

LIBRO TERCERO

La huella de una tormenta

CAPÍTULO I

En secreto

El viajero que viajaba lentamente en su camino, lo hacía a París desde Inglaterra en otoño del año mil setecientos noventa y dos. Más que suficientes caminos malos, carruajes malos y caballos malos hubiera encontrado para retrasarle, aunque el Rey de Francia caído y desafortunado hubiera estado en su trono en toda su gloria; pero los tiempos de cambio estaban cargados de otros obstáculos además de éstos. Cada verja de ciudad y casa de impuestos de pueblo tenía su grupo de ciudadanos patriotas, con sus mosquetes nacionales y un estado de agilidad de lo más explosivo, quienes detenían a todos los que iban y venían, cruzando preguntas con ellos, inspeccionando sus papeles, buscando sus nombres en listas propias, haciéndoles volver o continuar, o pararles y retenerles, según su caprichoso juicio o imaginación juzgaba que era mejor para el nacimiento de la República Una e Indivisible, de Libertad, Igualdad, Fraternidad o Muerte.

Muy pocas leguas francesas de su viaje se habían llevado a cabo cuando Charles Darnay empezó a percibir que para él a lo largo de estos caminos del país no había esperanza de regreso hasta que hubiera sido declarado un buen ciudadano en París. Cualquier cosa que pudiera sucederle ahora, tenía que seguir hasta el final de su viaje. Ningún pueblo humilde se cerró a él, ni ninguna barrera normal cayó cruzando el camino detrás de él, pero sabía que habría otra puerta de hierro en la serie que bloqueaba entre él e Inglaterra. La vigilancia general le rodeaba tanto que si él hubiera sido cogido en una red o estuviera siendo llevado a su destino en una jaula, no podría haber sentido que su libertad se había ido completamente.

Esta vigilancia general no solamente le detuvo en el camino veinte veces en una etapa, sino que retrasó su avance veinte veces en un día, cabalgando detrás de él y llevándole atrás, cabalgando delante de él y deteniéndole por anticipación, cabalgando con él y teniéndole a cargo. Había estado días solo en su viaje en Francia, cuando se fue a la cama agotado, en una pequeña ciudad de la carretera principal, todavía a larga distancia de París.

Nada a excepción de la presentación de la carta afligida de Gabelle desde su prisión en el Abbaye le habría llevado tan lejos. Su dificultad en el cuartel de este pequeño lugar había sido tal que sintió que su viaje había entrado en crisis. Y él estaba, por tanto, tan poco sorprendido como un hombre pudiera estarlo, al encontrar que le despertaban en la pequeña posada a la cual había sido enviado hasta la mañana, en medio de la noche.

Despertado por un funcionario local tímido y tres patriotas armados con gorras rojas ásperas y con pipas en la boca, que se sentaron sobre la cama.

—Emigrante —dijo el funcionario—. Le voy a enviar a París con una escolta.

—Ciudadano, no deseo nada más que llegar a París, aunque podría prescindir de la escolta.

—¡Silencio! —gruñó el de la gorra roja, golpeando en el cobertor con la culata del mosquete—. ¡Paz, aristócrata!

—Es como el buen patriota dice —observó el funcionario tímido—. Usted es un aristócrata y tiene que tener escolta... y tiene que pagar por ella.

—No tengo elección —dijo Charles Darnay.

—¡Elección! ¡Escuchadle! —gritó el mismo de la gorra roja con ceño fruncido—. ¡Como si no fuera un favor ser protegido del hierro del farol!

—Es siempre como dice el buen patriota —observó el funcionario—. Levántese y vístase, emigrante.

Darnay accedió y fue devuelto al cuartel donde otros patriotas con rojas gorras ásperas estaban fumando, bebiendo y durmiendo en un fuego de guardia. Aquí pagó un alto precio por su escolta y por consiguiente empezó con ella en las húmedas carreteras a las tres de la mañana.

La escolta eran dos patriotas montados con gorras rojas y escarapelas tricolor, armados con mosquetes nacionales y sables, quienes cabalgaban uno a cada lado de él. El escoltado gobernaba su propio caballo, pero se ató a su brida una cuerda floja, cuyo extremo uno de los patriotas mantenía ceñido alrededor de su muñeca. En estas condiciones se pusieron en camino con la fuerte lluvia clavándose en sus caras: haciendo ruido a un trote dragón pesado sobre el pavimento desigual de la ciudad y fuera sobre los caminos enfangados. En estas condiciones atravesaron sin cambios, excepto de caballo y paso, todas las leguas enfangadas que había entre ellos y la capital.

Viajaban por la noche, deteniéndose una hora o dos antes de romper el día y descansando hasta la caída del crepúsculo. La escolta iba vestida tan pésimamente que se enroscaban paja alrededor de sus piernas desnudas y con tejado de paja en sus hombros harapientos para mantener alejada la humedad. Aparte de la molestia personal de ser atendido así y aparte de situaciones de peligro actuales tales como la que surgió de uno de los patriotas borracho crónico, y que llevaba su mosquete de modo muy temerario, Charles Darnay no reconocía la limitación que le habían puesto para despertar cualquier temor serio en su pecho; porque, él razonó consigo mismo que no podía hacer referencia a los méritos de un caso individual que todavía no estaba planteado, y de protestas formales, que podía confirmar el prisionero del Abbaye, que no estaban hechas todavía.

Pero cuando llegaron a la ciudad de Beauvais —lo cual hicieron con el manto de la noche, cuando las calles estaban llenas de gente— no pudo ocultarse a sí mismo que el aspecto del asunto era muy alarmante. Una multitud silenciosa se reunió para verle desmontar en el patio de postas y muchas voces gritaron el alto «¡Abajo con el emigrante!»

Él se detuvo en el acto de girarse en su silla, se volvió a sentar en su sitio más seguro y dijo:

—¡Emigrante, amigos míos! ¿No me veis aquí, en Francia, por propia voluntad mía?

—Tú eres un maldito emigrante —gritó un herrero, haciéndolo de una manera furiosa a través del agolpamiento, martillo en mano—, ¡y tú eres un maldito aristócrata!

El jefe de postas se interpuso entre este hombre y la brida del jinete —a la cual se estaba dirigiendo evidentemente— y dijo con voz tranquilizadora:

—¡Dejémosle, dejémosle! Será juzgado en París.

—¡Juzgado! —repitió el herrero, balanceando su martillo—. ¡Ay!, y condenado como traidor.

Ante esto la multitud manifestó su aprobación.

Examinando al jefe de postas, que estaba girando la cabeza de su caballo hacia el patio el patriota borracho estaba sentado serenamente en su silla mirando, con la cuerda alrededor de su muñeca, Darnay dijo, tan pronto como pudo hacer oír su voz:

—Amigos, os engañáis o estáis engañados. No soy un traidor.

—¡Miente! —gritó el herrero—. Él es un traidor desde el decreto. Su vida está confiscada al pueblo. ¡Su maldita vida no es suya!

En el instante en el que Darnay vio prisa en los ojos de la multitud, que en otro instante habría sido conducida a él, el jefe de postas dirigió su caballo al patio, la escolta cabalgó cerca de las ijadas de su caballo y el jefe de postas cerró y atrancó las verjas dobles. El herrero dio un golpe sobre ellas con su martillo y la multitud refunfuñó, pero no se hizo nada más.

—¿Cuál es este decreto del que hablaba el herrero? —preguntó Darnay al jefe de postas, cuando le hubo dado las gracias y estaba a su lado en el patio.

—Francamente, un decreto para vender la propiedad de emigrantes.

—¿Cuándo pasó?

—El catorce.

—¡El día que dejé Inglaterra!

—Todo el mundo dice que sólo es uno de varios y que habrá otros (si no los hay ya) que destierran a todos los emigrantes y condenan a muerte a todos los que regresan. Eso es lo que quería decir cuando dijo que su vida ya no era suya.

—¿Pero no hay tales decretos aún?

—¡Quién sabe! —dijo el jefe de postas, encogiéndose de hombros—; puede que los haya o que los habrá. Es lo mismo. ¿Qué tendría usted?

Descansaron sobre algo de paja en un desván hasta la mitad de la noche y entonces cabalgaron de nuevo cuando toda la ciudad estaba durmiendo. Entre los muchos cambios frenéticos que se observaban en cosas familiares que hacían a esta marcha frenética irreal, no menos estaba la aparente rareza de dormir. Después de espolear largo tiempo y en solitario por caminos aburridos, llegarían a un grupo de casas pobres, no marcadas en la oscuridad, pero todas emitiendo destellos de luces, y se encontraría gente, de una manera fantasmagórica en la oscuridad de la noche, en círculo de la mano alrededor de un árbol de Libertad seco, o todos juntos cerca cantando una canción de Libertad. Felizmente, sin embargo, había sueño en Beauvais aquella noche para echarles una mano, y ellos pasaron una vez más en soledad: tintineando a través del frío y humedad prematuros, entre campos empobrecidos que no habían producido frutos de la tierra ese año, diversificados por los restos ennegrecidos de casas quemadas y por la repentina aparición de emboscadas y frenándoles de repente en su camino patrullas patriotas de vigilancia en todos los caminos.

Finalmente la luz del día les halló ante la muralla de París. La barrera estaba cerrada y fuertemente guardada cuando cabalgaban hacia ella.

—¿Dónde están los papeles de este prisionero? —exigió un hombre de autoridad de mirada resuelta, que fue llamado por la guardia.

Naturalmente golpeado por la desagradable palabra, Charles Darnay pidió al que hablaba que se diera cuenta de que él era un viajero libre y ciudadano francés a cargo de una escolta que la situación agitada del país le había impuesto, y que había pagado por ello.

—¿Dónde están? —repitió el mismo personaje, sin tener en cuenta nada— los papeles del prisionero.

El patriota borracho los tenía en su gorra y los entregó. Echando una ojeada a la carta de Gabelle, el mismo personaje con autoridad mostró algún desorden y sorpresa y miró a Darnay con mucha atención.

Sin embargo, dejó a la escolta y al escoltado sin decir una palabra y entró en el cuarto de guardia. Mientras tanto, ellos se sentaron sobre sus caballos fuera de la verja. Mirando a su alrededor mientras estaba en esta situación de suspense, Charles Darnay observó que la verja estaba guardada por una mezcla de soldados de guardia y patriotas, superando con mucho el número de los últimos a los primeros; y mientras que el acceso a la ciudad para carros de campesinos que llevaban provisiones y para tráfico y traficantes similares era bastante fácil, la salida, incluso para la gente casera, era muy difícil. Una mezcla numerosa de hombres y mujeres, sin mencionar animales y vehículos de varias clases, estaba esperando salir. Pero la identificación previa era tan estricta, que se filtraban por la barrera muy lentamente. Algunas de estas personas sabían que su turno para el examen estaba tan lejos, que se tumbaban en el suelo o dormir o a fumar, mientras otros hablaban o andaban merodeando por allí. La gorra roja y la escarapela tricolor eran generales, tanto entre los hombres como entre las mujeres.

Cuando llevaba sentado en su silla una media hora, tomando nota de estas cosas, Darnay se encontró frente al mismo hombre de autoridad, quien se dirigió al guardia para que abrieran la barrera. Entonces entregó a la escolta, bebida y sobria, un recibo para el escoltado y le pidieron que desmontara. Él así lo hizo, y los dos patriotas guiaron a su caballo cansado, se dieron la vuelta y se alejaron cabalgando sin entrar a la ciudad.

Él acompañó a su cobrador al cuarto de guardia, que olía a vino corriente y tabaco, donde ciertos soldados y patriotas, dormidos y despiertos, borrachos y sobrios, y en varios estados neutrales entre dormidos y despiertos, embriaguez y sobriedad, estaban en pie y tumbados. La luz del cuarto de guardia, medio derivada de las lámparas de aceite tenues de la noche, y medio del día nublado, estaba en un estado incierto en consecuencia. Algunos registros estaban abiertos sobre un escritorio y un oficial de aspecto ordinario y oscuro los presidía.

—Ciudadano Defarge —dijo él al cobrador de Darnay cuando cogió un papelito para escribir—. ¿Es este el emigrante Evrémonde?

—Este es el hombre.

—Su edad, Evrémonde.

—Treinta y siete.

—¿Casado, Evrémonde?

—Sí.

—¿Dónde está casado?

—En Inglaterra.

—Sin duda. ¿Dónde está su esposa, Evrémonde?

—En Inglaterra.

—Sin duda. Usted está consignado, Evrémonde, a la prisión de La Force.

—¡Santo Cielo! —exclamó Darnay—. ¿Bajo qué ley y por qué ofensa? El oficial miró hacia arriba desde su trocito de papel por un momento.

—Tenemos nuevas leyes, Evrémonde, y nuevas ofensas desde que usted estuvo aquí —lo dijo con un sonrisa dura y siguió escribiendo.

—Le ruego que considere que he venido aquí voluntariamente, en respuesta a ese llamamiento escrito de un amigo compatriota que está ante usted. No pido más que la oportunidad de hacerlo sin demora. ¿No es ese mi derecho?

—Los emigrantes no tienen derechos, Evrémonde —fue la respuesta impasible.

El oficial escribió hasta que hubo terminado, leyó para sus adentros lo que había escrito, lo secó con arena y se lo pasó a Defarge con las palabras «En secreto».

Defarge hizo una señal con el papel al prisionero que tenía que acompañarle. El prisionero obedeció y una guardia de dos patriotas armados les atendieron.

—¿Es usted? —dijo Defarge, en voz baja, cuando bajaban los escalones de la casa de guardia y se volvían hacia París—. ¿El que se casó con la hija del doctor Manette, que fue una vez prisionero en la Bastilla y ya no lo es?

—Sí —contestó Darnay mirándole con sorpresa.

—Mi nombre es Defarge y tengo una tienda de vino en el barrio de Saint Antoine. Posiblemente haya oído hablar de mí.

—¿Mi esposa vino a su casa a reclamar a su padre? ¡Sí!

La palabra «esposa» pareció servirle como recuerdo sombrío a Defarge para decir con repentina impaciencia:

—En nombre de esa recién nacida afilada y llamada Guillotina, ¿por qué vino a Francia?

—Usted me oyó decir por qué hace un minuto. ¿No cree que es verdad?

—Una mala verdad para usted —dijo Defarge hablando con el ceño fruncido y mirando directo delante de él.

—De verdad que estoy perdido aquí. Todo es tan inaudito, está tan cambiado, tan repentino e injusto, que estoy absolutamente perdido. ¿Me prestará alguna ayuda?

—Ninguna —habló Defarge siempre mirando recto delante de él.

—¿Me contestará a una pregunta sencilla?

—Quizá. Según sea su naturaleza. Puede decir lo que sea.

—Esta prisión a la que voy tan injustamente, ¿tendrá alguna comunicación libre con el mundo exterior?

—Ya lo verá.

—¿Yo no voy a ser encerrado allí, prejuzgado y sin ningún medio de presentar mi caso?

—Ya lo verá. Pero, ¿qué entonces? Otras personas han sido encerradas de igual manera en peores prisiones antes de ahora.

—Pero nunca por mí, ciudadano Defarge.

Defarge miró misteriosamente como contestación y siguió caminando en un silencio continuo. Cuanto más se hundía en este silencio, menos veía si había esperanza —o así pensaba Darnay— de que se ablandara un poco. Por tanto él se apresuró a decir:

—Es de la mayor importancia para mí (sabe, ciudadano, incluso más que yo, de cuánta importancia) que yo fuera capaz de comunicar al señor Lorry del Banco de Tellson, un caballero inglés que está ahora en París, el hecho sencillo, sin comentario, de que me han metido en la prisión de La Force. ¿Hará que se haga eso por mí?

—No haré —replicó obstinadamente— nada por usted. Mi deber es para mi país y mi Pueblo. Soy sirviente acérrimo de ambos, contra usted. No haré nada por usted.

Charles Darnay se sintió desesperado para suplicarle más y su orgullo estaba afectado además. Según caminaban en silencio, él no podía evitar ver qué acostumbrada estaba la gente al espectáculo de prisioneros pasando por las calles. Los mismos niños apenas se dieron cuenta. Unos cuantos transeúntes volvían la cabeza y unos cuantos sacudían los dedos a él como aristócrata; aparte de eso, que un hombre con buenas ropas fuera a ir a prisión, no era más importante que un trabajador con ropas de trabajo que fuera a trabajar. En una calle estrecha, oscura y sucia por la que pasaron, un orador entusiasmado, subido sobre un taburete, se estaba dirigiendo al entusiasmado público sobre los delitos contra el pueblo por parte del rey y de la familia real. Las pocas palabras que captó de los labios de este hombre, le hicieron saber primero a Charles Darnay que el rey estaba en prisión y que los embajadores extranjeros habían abondonado París. En el camino (excepto en Beauvais) él no había oído absolutamente nada. La escolta y la vigilancia general le tuvieron totalmente aislado.

Que él había caído en peligros mucho mayores que aquellos que se habían desarrollado cuando abandonó Inglaterra, lo sabía ahora, por supuesto. Que los peligros habían engordado a su alrededor deprisa y podrían engordar más y más deprisa todavía, lo sabía ahora, por supuesto.

No podía sino admitir que no debería haber hecho este viaje si pudiera haber previsto los acontecimientos de unos cuantos días. Y todavía sus recelos no eran tan oscuros como parecerían, imaginados a la luz de esta última etapa. Preocupado por cómo sería el futuro, era el futuro desconocido y en su oscuridad había esperanza ignorante. La horrible masacre, largos días y noches que, en pocas vueltas del reloj, iba a poner una gran mancha de sangre sobre la bienaventurada época de cosecha recogida, estaba tan lejos de su conocimiento como si hubiera estado a cien mil años de distancia. «La recién nacida afilada, y llamada Guillotina», apenas era conocida para él o para la mayoría de la gente, por el nombre. Los actos aterradores que iban a hacerse pronto, eran probablemente inimaginables en esa época en los cerebros de los emprendedores. ¿Cómo podían tener lugar en las ideas vagas de una mente moderada?

Del tratamiento injusto en la detención y dificultades y en la cruel separación de su esposa y de su hija, él prefiguraba la posibilidad, o la certeza, pero más allá de esto, él no temía a nada con claridad. Con esto en su mente, que era suficiente para llevar al patio de una prisión deprimente, llegó a la prisión de La Force.

Un hombre con cara hinchada abrió la fuerte portezuela, a quien Defarge presentó al «emigrante Evrémonde».

—¡Qué demonios! ¡Cuántos más de ellos! —exclamó el hombre con la cara hinchada.

Defarge cogió su recibo sin advertir la exclamación y se retiró con sus dos patriotas amigos.

—¡Qué demonios, digo de nuevo! —exclamó el carcelero, dejado con su esposa. ¿Cuántos más?

La esposa del carcelero, sin estar provista de una respuesta a la pregunta, contestó simplemente:

—¡Uno tiene que tener paciencia, querido!

Tres carceleros que entraron en respuesta a una campana que ella tocó, hicieron eco del sentimiento y uno añadió:

—Por el amor a la Libertad —que sonó en ese lugar como un conclusión inapropiada.

La prisión de La Force era un prisión sombría, oscura y mugrienta, y con un olor horrible de dormir nauseabundo. ¡Extraordinario lo pronto que el sabor fétido de los prisioneros dormidos llega a manifestarse en tales lugares que están mal atendidos!

—En secreto, también —refunfuñó el carcelero, mirando al papel escrito—. ¡Como si yo no estuviera ya lleno hasta los topes!

Él puso el papel en un archivador, con mal humor, y Charles Darnay esperó su placer posterior durante media hora: algunas veces paseando de acá para allá en la fuerte habitación en forma de arco; algunas descansando sobre un asiento de piedra; en cualquier caso detenido para quedar grabado en la memoria del jefe y de sus subordinados.

—¡Vamos! —dijo el jefe, finalmente cogiendo sus llaves—, venga conmigo, emigrante.

Atravesando la prisión en penumbra, su nuevo encargado le acompañó por pasillo y escalera, muchas puertas que sonaban a metálico y se cerraban tras ellos hasta que llegaron a una habitación abovedada, grande, baja, abarrotada de prisioneros de ambos sexos. Las mujeres estaban sentadas en una mesa larga, leyendo y escribiendo, haciendo punto, cosiendo y bordando; los hombres estaban en su mayor parte detrás de sus sillas, entreteniéndose arriba y abajo de la habitación.

En asociación instintiva de prisioneros con delito vergonzoso y vergüenza, el recién llegado rehuyó su compañía. Pero la irrealidad suprema de su largo viaje a caballo irreal fue que todos se levantaron en seguida a recibirle, con el modo refinado conocido en la época y con todas las elegancias y cortesías encantadoras de la vida.

Tan extrañamente nublados estaban estos refinamientos por los modales y penumbra de la prisión, tan espectrales llegaban a ser en la miseria inapropiada y sufrimiento en la que se les veía, que Charles Darnay parecía estar en compañía de los muertos. ¡Todos fantasmas! El fantasma de la belleza, el fantasma de la majestuosidad, el fantasma de la elegancia, el fantasma del orgullo, el fantasma de la frivolidad, el fantasma del ingenio, el fantasma de la juventud, el fantasma de la edad, todos esperando su rechazo de la costa desolada, todos volvieron hacia él los ojos que la muerte había cambiado y habían muerto al llegar allí.

Esto le dejó inmóvil. Permaneciendo el carcelero a su lado y los otros carceleros moviéndose alrededor, quienes habrían estado lo suficientemente bien como para aparecer en el ejercicio normal de sus funciones, miraban de una forma tan exageradamente ordinaria en contraste con las apesadumbradas madres y las radiantes hijas que estaban allí —apariciones de la coqueta, la belleza joven y la mujer madura educada con delicadeza— que la inversión de toda experiencia y probabilidad que la escena de sombras presentaba fue realzada a lo sumo. Seguramente todos fantasmas. Seguramente algún desarrollo de enfermedad del largo viaje irreal a caballo le había llevado a estas sombras fúnebres.

—En nombre de los compañeros reunidos en la desgracia —dijo un caballero de aspecto distinguido y galante, avanzando—, tengo el honor de darle la bienvenida a La Force y de expresarle mis condolencias por la calamidad que le ha traído entre nosotros. ¡Quizá termine pronto felizmente! ¿Sería una impertinencia en cualquier sitio, pero no es así aquí, preguntarle su nombre y condición?

Charles Darnay se animó y dio la información requerida en palabras tan adecuadas como pudo encontrar.

—Mas espero —dijo el caballero, siguiendo al carcelero jefe con los ojos, que se movía por la habitación— que usted no esté en secreto.

—No entiendo el significado del término, pero les he oído decir eso.

—¡Ah, qué pena! ¡Lo lamentamos mucho! Pero tenga valor; varios miembros de nuestra sociedad han estado en secreto al principio y eso ha durado muy poco tiempo —entonces añadió, elevando la voz—: Me da pena informar de la sociedad... en secreto.

Hubo un murmullo de conmiseración cuando Charles Darnay cruzó la habitación hacia una puerta enrejada donde el carcelero le esperaba y muchas voces —entre las cuales llamaban la atención las voces dulces y compasivas de las mujeres— le dieron buenos deseos y valor. Él se volvió hacia la puerta enrejada dando las gracias de corazón. Se cerró bajo la mano del carcelero y las apariciones desaparecieron de su vista para siempre.

La portezuela se abría a una escalera de piedra que conducía arriba. Cuando habían ascendido cuarenta escalones (el prisionero de media hora ya los contó), el carcelero abrió una puerta negra baja y pasaron dentro a una celda solitaria. Chocaba el frío y la humedad, pero no era oscura.

—Suyo —dijo el carcelero.

—¿Por qué estoy confinado solo?

—¡Yo qué sé!

—¿Puedo comprar pluma, tinta y papel?

—Esas no son mis órdenes. Le visitarán y entonces podrá pedir. Por el momento puede comprar su comida y nada más.

Había en la celda una silla, una mesa y un colchón de paja. Cuando el carcelero hizo una inspección general de estos objetos y de las cuatro paredes, antes de salir, una fantasía sin rumbo vagó por la mente del prisionero apoyándose contra la pared de enfrente de él, que este carcelero estaba abotagado de una forma tan poco saludable, tanto de cara como de persona que parecía un hombre que se había ahogado y llenado de agua. Cuando el carcelero se había ido, pensó de la misma manera vaga: «Ahora me abandonan, como si estuviera muerto.» Deteniéndose entonces, miró hacia abajo al colchón, se dio la vuelta con náuseas y pensó: «Y aquí en estos espeluznantes materiales está la primera condición del cuerpo después de la muerte.»

«Cinco pasos por cuatro y medio, cinco pasos por cuatro y medio, cinco pasos por cuatro y medio.» El prisionero caminaba de acá para allá en su celda, contando su medida, y el estruendo de la ciudad subía como tambores enfundados con una oleada salvaje de voces añadida a ellos. «El hacía zapatos, él hacía zapatos, él hacía zapatos.» El prisionero contó la medida de nuevo y paseó más rápido para atraer su mente de esta última repetición. «Los fantasmas que se desvanecieron cuando se cerró la portezuela. Había uno entre ellos, la aparición de una dama vestida de negro que estaba apoyada en la jamba de una ventana y tenía una luz que brillaba sobre su pelo dorado, y ella se parecía... ¡Sigamos cabalgando de nuevo, por Dios, a través de los pueblos iluminados con toda la gente despierta...! Él hacía zapatos, él hacía zapatos, él hacía zapatos... Cinco pasos por cuatro y medio.» Con tal pelea sacudiendo y apareciendo desde las profundidades de su mente, el prisionero caminaba cada vez más deprisa, contando y contando obstinadamente; y el estruendo de la ciudad cambiaba a este alcance, que todavía redoblaban como tambores enfundados, pero con el lamento de voces que él conocía, en el oleaje que se levantó sobre ellos.

CAPÍTULO II

La piedra de afilar

El Banco de Tellson, establecido en el barrio Saint Germain de París, estaba en un ala de una gran casa a la que se accedía por un patio y aislada de la calle por un muro alto y una verja fuerte. La casa perteneció a un gran noble que vivió en ella hasta que huyó de los problemas, con la ropa de su propio cocinero y cruzó las fronteras. Un simple animal de caza huyendo de cazadores, él era todavía en su metempsicosis no otro que el mismo Monseñor, la preparación de cuyo chocolate para cuyos labios había ocupado una vez a tres hombres fuertes al lado del cocinero en cuestión.

Monseñor se fue y los tres hombres fuertes absueltos del pecado de haber cobrado sus elevados salarios estando más que dispuestos y deseando cortar su garganta sobre el altar en los albores de la República Una e Indivisible de Libertad, Igualdad, Fraternidad o Muerte, la casa de Monseñor había sido secuestrada primero y luego confiscada. Porque todas las cosas se movían tan rápidas y un decreto seguía a otro decreto con esa precipitación violenta que ahora en la tercera noche del mes otoñal de septiembre, los emisarios patriotas de la ley estaban en posesión de la casa de Monseñor y la habían marcado con el tricolor y estaban bebiendo brandy en sus aposentos.

Un lugar de negocios en Londres como el lugar de negocios de Tellson en París pronto habría hecho salir a la Casa de su mentalidad y meterla en la Gazette. Porque, ¿qué hubiera dicho la responsabilidad y respetabilidad británica a naranjos en cajas en el patio de un Banco e incluso a un Cupido sobre el mostrador? Sin embargo había tales cosas. Tellson tenía encalado al Cupido, pero él se iba a ver todavía en el techo, en el lino más fresco, apuntando (como hace con frecuencia) al dinero desde la mañana a la noche. La bancarrota tenía que haber llegado inevitablemente de este joven Pagano de la calle Lombard de Londres, y también de un hueco con cortinas en la parte posterior del niño inmortal y también de un espejo en la pared y también de los empleados no viejos del todo, que bailaban en público a la más ligera provocación. Sin embargo, un Tellson francés podía continuar con estas cosas sumamente bien y, durante tanto tiempo como se mantuviera unido, ningún hombre tendría miedo de ellos ni sacaría su dinero.

Qué dinero se sacaría de Tellson en lo sucesivo y que quedaría allí, perdido y olvidado; qué plata y joyas se pondrían negras en los lugares ocultos de Tellson mientras los depositarios se entumecían en prisiones y cuando ellos hubieran perecido de forma violenta; cuántas cuentas con Tellson que nunca se cuadrarían en este mundo habría que llevarlas al siguiente, ningún hombre podía decir aquella noche nada más de lo que podía el señor Jarvis Lorry, aunque él pensaba profundamente en estas cuestiones. Él se sentó al lado de un fuego de leña recién encendido (el año malogrado y estéril era frío prematuramente) y en su rostro honrado y valiente había una sombra más profunda de la que podía dar la lámpara colgante o cualquier objeto de la habitación que reflejaba de forma distorsionada... una sombra de horror.

Él ocupaba habitaciones en el Banco por su fidelidad a la Casa de la cual se había convertido en parte, como una fuerte raíz de hiedra. Sucedió que ellos proporcionaron una especie de seguridad de la ocupación patriótica del edificio principal, pero el anciano caballero de corazón sincero nunca calculó eso. Todas aquellas circunstancias le eran indiferentes, así él cumplió con su deber. Al otro lado del patio, debajo de una columnata, había una posición extensa para carruajes (donde estaban, de hecho, algunos carruajes de Monseñor todavía). Contra dos de los pilares estaban atados dos grandes antorchas llameantes, y a la luz de éstas, sobresaliendo al aire abierto, había una gran piedra de amolar: una cosa montada toscamente que parecía haber sido traída con prisas desde alguna herrería próxima u otro taller. Levantándose y mirando por la ventana a estos objetos inofensivos, el señor Lorry temblaba y retiró su asiento al lado del fuego. Había abierto no sólo la ventana de cristal, sino la celosía ciega del exterior y había cerrado las dos de nuevo y temblaba todo su cuerpo.

Desde las calles de más allá del muro alto y la verja fuerte llegaba el zumbido normal de la ciudad, con un sonido indescriptible en él de cuando en cuando, extraño y sobrenatural, como si algunos sonidos insólitos de una naturaleza terrible estuvieran elevándose hacia el Cielo.

—Gracias a Dios —dijo el señor Lorry apretándose las manos— que nadie cercano a mí o querido por mí está en esta espantosa ciudad esta noche. ¡Podía tener Él piedad de todos los que están en peligro!

Poco después sonó la campana de la gran verja y pensó «¡Han regresado!», y se sentó a escuchar. Pero no hubo ninguna irrupción en el patio como él esperaba y oyó chocar la verja de nuevo y todo se quedó tranquilo.

El nerviosismo y temor que había en él le inspiraron esa vaga inquietud sobre el Banco, lo cual despertaría un gran cambio de manera natural con tales sentimientos provocados. Estaba bien guardado y él se levantó para ir a la gente fiel que le estaba vigilando, cuando su puerta se abrió de repente y dos figuras entraron deprisa, a la vista de lo cual cayó hacia atrás asombrado.

¡Lucie y su padre! Lucie con los brazos extendidos hacia él y esa antigua mirada de gravedad tan concentrada e intensificada que parecía como si hubiera sido grabada en su cara expresamente para darle fuerza y poder en este pasaje único de su vida.

—¿Qué es esto? —gritó el señor Lorry, sin aliento y confundido—. ¿Qué pasa? ¡Lucie! ¡Manette! ¿Qué ha ocurrido? ¿Qué les ha traído aquí? ¿Qué es?

Con la mirada fija en él en su palidez y furia, ella dijo jadeando en sus brazos, en tono de súplica:

—¡Oh, mi querido amigo! ¡Mi marido!

—¡Su marido, Lucie!

—Charles.

—¿Qué pasa con Charles?

—Aquí.

—¿Aquí, en París?

—Ha estado aquí algunos días, tres o cuatro, no sé cuántos, no puedo pensar. Una misión de generosidad que nosotros desconocemos le trajo aquí, fue detenido en la frontera y enviado a prisión.

El anciano profirió un grito incontenible. Casi en el mismo momento, la campana de la gran verja sonó de nuevo y un ruido de pies y voces entraron de manera torrencial en el patio.

—¿Qué es ese ruido? —dijo el doctor, girándose hacia la ventana.

—¡No mire! —gritó el señor Lorry—. ¡No mire fuera! Manette, por su vida, ¡no toque la persiana! El doctor se dio la vuelta, con su mano sobre el cierre de la ventana, y dijo, con una sonrisa atrevida y fría:

—Mi querido amigo, tengo una vida encantadora en esta ciudad. He sido prisionero de la Bastilla. No hay patriota en París... ¿En París? En Francia... que, sabiendo que he sido prisionero de la Bastilla me tocara, excepto para abrumarme de abrazos o llevarme triunfante. Mi antiguo dolor me ha dado un poder que nos ha traído atravesando la frontera y nos ha dado noticias de Charles allí y nos ha traído aquí. Yo sabía que sería así; yo sabía que podía ayudar a Charles a salir de todo peligro; así se lo dije a Lucie... ¿Qué es ese ruido? —su mano estaba de nuevo sobre la ventana.

—¡No mire! —gritó el señor Lorry, absolutamente desesperado—. ¡No, Lucie, querida mía, usted no! —él puso el brazo alrededor del suyo y la sostuvo—. No sea tan aterradora, mi amor. Le juro solemnemente que no sabía que le sucedía algún daño a Charles; que no sospechaba ni siquiera que él estaba en este fatídico lugar. ¿En qué prisión está?

—¡La Force!

—¡La Force! Lucie, mi niña, si alguna vez ha sido valiente y servicial en su vida (y usted ha sido las dos cosas) se serenará ahora para hacer exactamente lo que yo le pida; porque más depende de ello de lo que usted pueda pensar o yo pueda decir. No hay ayuda para usted en ningún acto por su parte esta noche; posiblemente usted no pueda moverse. Digo esto porque lo que tengo que pedirle que haga por el bien de Charles es la cosa más dura de todas. Tiene que ser obediente, tranquila y sosegada al instante. Tiene que dejarme que la coloque en una habitación en la parte de atrás de aquí. Tiene que dejarnos a su padre y a mí solos dos minutos y como hay Vida y Muerte en el mundo usted no tiene que demorarse.

—Seré sumisa a usted. Veo en su cara que usted sabe que no puedo hacer nada más que esto. Sé que tiene razón.

El anciano la besó y la llevó deprisa a su habitación y giró la llave; entonces, regresó deprisa al doctor y abrió la ventana y parte de la persiana y puso su mano sobre el brazo del doctor y miró hacia fuera al patio con él.

Vieron a una muchedumbre de hombres y mujeres: no suficientes o casi suficientes en número para llenar el patio; no más de cuarenta o cincuenta en total. La gente en posesión de la casa les había permitido estar en la verja y ellos se habían apresurado a trabajar en la piedra de amolar; ella había sido colocada allí para su propósito evidentemente, como en un lugar conveniente y retirado.

Pero, ¡esos trabajadores espantosos y ese trabajo espantoso!

La piedra de amolar tenía un brazo doble, y girándolo como locos estaban dos hombres cuyos rostros, como su pelo largo agitándose hacia atrás cuando los vaivenes de la piedra de amolar levantaban sus caras, eran más horribles y crueles que los semblantes de los salvajes más salvajes en su disfraz más bárbaro. Cejas falsas y bigotes falsos estaban pegados sobre ellas y sus rostros horribles estaban todos sangrientos y sudados y todos torcidos gritando y todos mirando fija y fulminantemente con entusiamo bestial y falta de sueño. Cuando estos rufianes daban vueltas y vueltas, sus rizos enmarañados ahora se echaban hacia delante sobre sus ojos, ahora se echaban hacia atrás sobre sus cuellos, algunas mujeres ponían vino en sus bocas para que pudieran beber; y con la sangre que caía y el vino que caía y con las chispas que salían de la piedra, toda su atmósfera perversa parecía sangre y fuego. El ojo no podía detectar a una criatura del grupo libre de manchas de sangre. Hombro con hombro para aproximarse a la piedra de afilar, había hombres desnudos hasta la cintura con la mancha en todos sus miembros y cuerpos; hombres con toda clase de harapos, con la mancha sobre esos harapos; hombres adornados endemoniadamente con botines de encajes y seda y cintas de mujeres, con la mancha tiñendo estas nimiedades hasta la médula. Hachas, cuchillos, bayonetas, espadas, todo se traía para afilar, todo estaba rojo. Algunas de las espadas empleadas iban atadas a las muñecas de aquellos que las llevaban con cintas de hilo y fragmentos de traje: ligaduras de varias clases, pero todas de ese color intenso. Y cuando blandían frenéticamente estas armas las agarraban de las chispas que salían y se alejaban emprendiéndola a golpes en las calles; el mismo tono de rojo estaba en el rojo de sus ojos frenéticos, ojos que cualquier espectador sensible hubiera dado veinte años de vida por aterrorizar con un arma bien dirigida.

Todo esto se vio en un momento, como la visión de un hombre que se ahoga o de cualquier criatura humana en cualquier paso muy grande podría ver un mundo si estuviera allí. Ellos se retiraron de la ventana y el doctor buscó explicación en la cara cenicienta de su amigo.

—Están —el señor Lorry susurró las palabras, mirando fijamente con temor alrededor de la puerta cerrada— asesinando a los prisioneros. Si usted está seguro de lo que dice; si realmente tiene el poder que cree tener, como creo que lo tiene, hágaselo saber bien a estos demonios y que le lleven a La Force. Podría ser demasiado tarde, no sé, pero ¡no perdamos un minuto!

El doctor Manette apretó su mano, se apresuró con la cabeza descubierta a salir de la habitación y estaba en el patio cuando el señor Lorry llegó a la persiana.

Su pelo blanco ondeante, su rostro sorprendente y la confianza impetuosa en su actitud, cuando puso las armas a un lado como agua, le llevó en un instante al corazón de la concurrencia al lado de la piedra. Por unos momentos hubo una pausa, y una prisa, y un murmullo y el sonido ininteligible de su voz. Y cuando el señor Lorry le vio, rodeado por todos en medio de una línea de veinte hombres de larga, todos unidos hombro con hombro y la mano al hombro, se apresuró a salir con gritos de «¡Vida para el prisionero de la Bastilla! ¡Ayuda para el familiar del prisionero de la Bastilla en La Force! ¡Habitación para el prisionero de la Bastilla allí enfrente! ¡Salvad al prisionero Evrémonde de La Force!», y mil gritos de contestación.

Cerró la celosía de nuevo con el corazón palpitándole, cerró la ventana y la cortina, fue deprisa hacia Lucie y le dijo que a su padre le ayudaba el pueblo y que se había ido en busca de su marido. Encontró a su niña y a la señorita Pross con ella, pero no sucedió que se asombrara por su aparición hasta mucho tiempo después, cuando se sentó observándoles con tal tranquilidad como la noche sabía. Lucie, en ese momento, había caído en un estupor sobre el suelo a sus pies, agarrada a su mano. La señorita Pross había dejado acostada a la niña sobre la cama de él y su cabeza había caído poco a poco sobre la almohada de al lado de su bonita carga. ¡Oh, la larga, larga noche, con los gemidos de la pobre esposa! ¡Y, oh, la larga, larga noche, sin la vuelta de su padre ni de noticias!

Dos veces más sonó en la oscuridad la campana de la gran verja, y la irrupción se repitió y la piedra de amolar giraba y chisporroteaba.

—¿Qué es eso? —gritaba Lucie, asustada.

—¡Silencio! Las espadas de los soldados se afilan allí —dijo el señor Lorry—. El sitio es propiedad nacional ahora y lo usan como una especie de arsenal, mi amor.

Dos veces más en total; pero el último período de trabajo fue flojo e irregular. Poco después el día empezó a amanecer y él se soltó suavemente de la mano que le agarraba y con cuidado miró fuera de nuevo. Un hombre, tan embadurnado que podía haber sido un soldado herido de gravedad regresando a la consciencia sobre un campo de caídos, se estaba levantando del pavimento por el lado de la piedra de amolar y miró a su alrededor con aire ausente. Poco después este asesino agotado divisó con la luz débil uno de los carruajes de Monseñor y, tambaleándose hacia ese vehículo magnífico, trepó por la puerta y se encerró para descansar sobre sus delicados cojines.

La gran piedra de amolar, Tierra, había girado cuando el señor Lorry miró de nuevo y el sol era rojo sobre el patio. Pero la piedra de amolar menor estaba sola allí en la calma del aire de la mañana, con un rojo sobre ella que el sol nunca le había dado y nunca se llevaría.

CAPÍTULO III

La sombra

Una de las primeras consideraciones que surgió en la mente negociante del señor Lorry cuando se acercaban las horas de negocio era ésta: que no tenía derecho a poner en peligro a Tellson por refugiar bajo el techo del Banco a la esposa de un emigrante prisionero. Sus propias posesiones, seguridad, vida, él lo habría arriesgado por Lucie y su hija, sin un momento de demora; pero la gran confianza que él tenía no era suya propia y respecto al cargo de la profesión era un estricto hombre de negocios.

Al principio su mente volvió a Defarge y pensó en buscar de nuevo la tienda de vino y asesorarse con su dueño sobre el lugar más seguro para vivir de la ciudad en el enloquecido estado de la ciudad. Pero la misma consideración que le sugirió eso, la rechazó; él vivía en el barrio más violento y sin duda era influyente allí y profundos sus trabajos peligrosos.

Llegó el mediodía y al no regresar el doctor y tendiendo cada minuto de demora a comprometer a Tellson, el señor Lorry habló con Lucie. Ella dijo que su padre había hablado de alquilar una habitación por un período corto en ese Barrio, cerca del Banco. Como no había ninguna objeción de profesión a esto y como él preveía que incluso si todo fuera bien con Charles, e iba a ser liberado, él no podía esperar abandonar la ciudad. El señor Lorry salió en busca de tal habitación y encontró una apropiada, alta, en una calle secundaria distante donde las celosías cerradas en todas las demás ventanas de un patio de edificios melancólico y alto marcaba hogares desiertos.

A esta habitación trasladó en seguida a Lucie y a su niña y a la señorita Pross, dándoles la comodidad que pudo, y mucho más de lo que él tenía para sí mismo. Dejó a Jerry con ellas, como figura para llenar la entrada que soportaría golpes considerables en la cabeza, y regresó a sus propias ocupaciones. Una mente trastornada y triste llevaba él para soportarlas y lenta y pesadamente el día quedó atrás con él.

Era agotador y se agotó con ello hasta que el Banco cerró. Estaba de nuevo solo en su habitación de la noche anterior considerando lo siguiente a hacer cuando oyó un pie sobre la escalera. En pocos momentos un hombre estaba ante su presencia quien, con una mirada observadora, se dirigió a él por su nombre.

—Su sirviente —dijo el señor Lorry—. ¿Me conoce?

Era un hombre muy fuerte con el pelo rizado oscuro, de cuarenta y cinco o cincuenta años. Por respuesta él repitió las palabras sin ningún cambio de énfasis:

—¿Me conoce?

—Le he visto en alguna parte.

—¿Quizá en mi tienda de vino?

Muy interesado e inquieto, el señor Lorry dijo:

—¿Viene de parte del doctor Manette?

—Sí, vengo de parte del doctor Manette.

—¿Y qué dice? ¿Qué me envía?

Defarge le dio en su ansiosa mano un trocito de papel. Llevaba las palabras en letra del doctor:

—Charles está a salvo, pero no puedo dejar este lugar todavía con seguridad. He conseguido el favor de que el portador tenga una nota breve de Charles para su esposa. Deje al portador que vea a su esposa.

Estaba fechada en La Force, dentro de esa hora.

—¿Me acompañará —dijo el señor Lorry alegremente y aliviado después de leer esta nota en alto— donde reside su esposa?

—Sí —contestó Defarge.

Sin darse cuenta todavía apenas de qué forma tan curiosamente reservada y mecánica hablaba Defarge, el señor Lorry se puso su sombrero y bajaron al patio. Allí encontraron a dos mujeres; una haciendo punto.

—¡La señora Defarge, seguro! —dijo el señor Lorry, quien la había dejado en la misma actitud exactamente hacía unos diecisiete años.

—Es ella —observó su marido.

—¿Viene la señora con nosotros? —inquirió el señor Lorry viendo que ella se movía como se movían ellos.

—Sí. Ella puede ser capaz de reconocer las caras y conocer a las personas. Es por su seguridad.

Empezando a chocarle la actitud de Defarge, el señor Lorry le miró con recelo y siguieron el camino. Las dos mujeres siguieron; la segunda mujer era la Vengadora.

Pasaron por las calles intermedias tan rápido como pudieron, subiendo la escalera del nuevo domicilio, fueron admitidos por Jerry y encontró a Lucie llorando, sola. Ella se puso fuera de sí con las noticias que el señor Lorry le dio de su marido y agarró la mano que le entregó su nota, pensando poco lo que hubiera estado haciendo cerca de él por la noche y poder, pero sólo por casualidad, haberle hecho a él.

«QUERIDA: Ten valor. Estoy bien y tu padre tiene influencia a mi alrededor. No puedes contestar a esto. Besa a nuestra niña por mí.»

Eso era todo lo escrito. Era tanto para ella, sin embargo, que lo recibía, que se volvió de Defarge a su esposa y besó una de las manos que hacía punto. Fue una acción apasionada, cariñosa, agradecida, femenina, pero la mano no respondió, cayó fría y pesada y volvió a su punto de nuevo.

Hubo algo en su tacto que frenó a Lucie. Ella se detuvo en el acto de poner la nota en su pecho y, con las manos todavía en su cuello, miró con temor a la señora Defarge. Ésta encontró las cejas levantadas y la frente con una mirada fría, impasible.

—Querida mía —dijo el señor Lorry, interviniendo para explicar—, hay frecuentes levantamientos en las calles, y, aunque probablemente nunca le causarán problemas, la señora Defarge desea ver a aquellos a los que ella tiene el poder de proteger en esas ocasiones con el fin de que pueda conocerlos, que ella pueda identificarles. Creo que... —continuó el señor Lorry, bastante titubeante en sus palabras tranquilizadoras según se recalcaba la actitud fría de los tres hacia él cada vez más— ¿expongo el caso, ciudadano Defarge?

Defarge miró tristemente a su esposa y no dio otra respuesta que un sonido áspero de consentimiento.

—Sería mejor, Lucie —dijo el señor Lorry haciendo todo lo que podía para propiciar mediante tono y actitud—, tener a la querida niña aquí y a nuestra buena Pross. Nuestra buena Pross, Defarge, es una dama inglesa y no sabe francés.

La dama en cuestión, cuya convicción arraigada de que era más que un juego para cualquier extranjero, no iba a temblar por la angustia y el peligro, apareció con los brazos cruzados y observó en inglés a la Vengadora, a quien primero encontraron sus ojos. «Bueno, estoy segura, ¡valientes! ¡Espero que estén bien!» Ella también ofreció una tos británica sobre la señora Defarge; pero ninguna de las dos le prestó atención a ella.

—¿Es esa la hija de él? —dijo la señora Defarge, deteniendo su trabajo por primera vez y apuntando con la aguja de hacer punto a la pequeña Lucie como si fuera el dedo del Destino.

—Sí, señora —contestó el señor Lorry—, esta es la querida hija de nuestro pobre prisionero, e hija única.

La sombra presente sobre la señora Defarge y su grupo pareció caer tan amenazadora y oscura sobre la niña, que su madre de forma instintiva se arrodilló en el suelo a su lado y la cogió hacia su pecho. La sombra presente sobre la señora Defarge y su grupo pareció caer entonces, amenazadora y oscura, sobre ambas, la madre y la hija.

—Es suficiente, marido mío —dijo la señora Defarge—. Las he visto. Podemos irnos.

Pero la forma contenida tenía amenaza suficiente en ella —no visible ni presente, sino poco definida, no revelada— para alarmar a Lucie y decir, cuando ella apoyó su mano suplicante sobre el vestido de la señora Defarge:

—Usted será buena con mi pobre marido. No le hará ningún daño. ¿Me ayudará a verle si puede?

—Su marido no es asunto mío aquí —contestó la señora Defarge, mirándola con total serenidad—. Es la hija de su padre la que es asunto mío aquí.

—Por mi bien, entonces, tenga misericordia de mi marido. ¡Por el bien de mi niña! Ella juntará las manos y le rogará que tenga misericordia. Nosotros la tememos más a usted que a esos otros.

La señora Defarge lo recibió como un cumplido y miró a su marido. Defarge, que había estado mordiéndose la uña de su dedo gordo inquieto y mirándola, encogió su cara en una expresión más severa.

—¿Qué es lo que dice su marido en esa carta? —preguntó la señora Defarge con un sonrisa baja—. Influencia... ¿Él dice algo respecto a la influencia?

—Que mi padre —dijo Lucie, cogiendo deprisa el papel de su pecho, pero con sus ojos alarmados sobre la interrogadora y no sobre él— tiene mucha influencia a su alrededor.

—¡Seguramente será liberado! —dijo la señora Defarge—. Lo haremos así.

—Como esposa y madre —gritó Lucie, con más seriedad—, le imploro que tenga piedad de mí y no ejercite ningún poder que posea contra mi pobre marido, sino que lo use en su favor. ¡Oh, mujer hermana, piense en mí, como esposa y madre!

La señora Defarge miró, fría como siempre, a la suplicante y dijo, dirigiéndose a su amiga la Vengadora:

—¿Las esposas y madres que hemos estado acostumbradas a ver, desde que éramos tan pequeñas como esta niña, y mucho menos, no han sido enormemente consideradas? ¿Hemos conocido a sus maridos y padres en prisión apartados de ellas con suficiente frecuencia? ¿En toda nuestra vida hemos visto a nuestras mujeres hermanas sufrir, en ellas y en sus hijos, la pobreza, la desnudez, el hambre, la sed, la enfermedad, la miseria, la opresión y abandono de todas clases?

—No hemos visto nada más —contestó la Vengadora.

—Hemos soportado esto mucho tiempo —dijo la señora Defarge, dirigiendo sus ojos de nuevo a Lucie—. ¡Juzgue usted! ¿Es probable que la preocupación de una esposa y madre sería mucho para nosotros ahora?

Ella volvió a hacer punto y salió. La Vengadora la siguió. Defarge se fue el último y cerró la puerta.

—Valor, mi querida Lucie —dijo el señor Lorry mientras la levantaba—. ¡Valor, valor! Todo irá bien para nosotros... mucho, mucho mejor de lo que ha ido últimamente para muchas pobres almas. ¡Anímese y tenga un corazón agradecido!

—No soy desagradecida, espero, pero esa horrible mujer parece arrojar una sombra sobre mí y sobre todas mis esperanzas.

—¡Vamos, vamos! —dijo el señor Lorry—. ¿Qué es este abatimiento en el pequeño y valiente pecho? ¡Una sombra, sí! Sin sustancia en ella, Lucie.

Pero la sombra de la actitud de estos Defarge era oscura sobre él mismo; por todo eso, y en su pensamiento secreto, le preocupaba enormemente.

CAPÍTULO IV

Calma en la tormenta

El doctor Manette no regresó hasta la mañana del cuarto día de su ausencia. Mucho de lo que había sucedido en ese horrible tiempo como se pudo reservar del conocimiento de Lucie estuvo tan bien oculto para ella, que no fue hasta mucho tiempo después, cuando Francia y ella estaban muy lejos, cuando ella supo que once cientos de prisioneros sin defensa de ambos sexos y todas las edades habían sido matados por el pueblo; que cuatro días y noches habían estado oscurecidos por este acto de horror, y que el aire de su alrededor había estado contaminado por los caídos. Ella solamente sabía que había habido un ataque en las prisiones, que todos los prisioneros políticos habían estado en peligro y que algunos habían sido arrastrados fuera por la multitud y habían sido asesinados.

Al señor Lorry, el doctor Manette le comunicó con orden de secreto en la cual él no tenía necesidad de pensar, que la multitud le había llevado en una escena de carnicería a la prisión de La Force. Que en la prisión se había encontrado un Tribunal autoproclamado ante el cual llevaban a los prisioneros uno a uno y por el cual eran ordenados rápidamente a ser propuestos para ser masacrados, o ser liberados, o —en pocos casos— ser enviados de regreso a sus celdas. Que, presentado por estos guías a este Tribunal, él se había anunciado por nombre y profesión como que había sido durante dieciocho años un prisionero secreto y sin acusación en la Bastilla. Que uno del grupo que estaba sentado en el juicio se había levantado y le había identificado y que este hombre era Defarge. Que, en ese momento, él había averiguado, a través de los registros de la mesa, que su yerno estaba entre los prisioneros vivos y había defendido duramente ante el Tribunal —del cual algunos miembros estaban dormidos y otros despiertos, algunos ensuciados de asesinatos y otros limpios, algunos sobrios y otros no— su vida y su libertad. Que, en los primeros saludos frenéticos prodigados sobre él como sufridor considerable bajo el sistema derrocado, le habían concedido llevar a Charles Darnay ante el Juzgado anárquico y había sido examinado. Que él parecía estar a punto de ser liberado en seguida cuando la marea a su favor se encontró con algún freno inexplicable —no inteligible para el doctor—, que llevó a unas pocas palabras de conversación secreta. Que el hombre sentado como Presidente había informado entonces al señor Manette que el prisionero tenía que quedarse en custodia, pero, por su causa, sería mantenida inviolada su custodia segura. Que, inmediatamente, por una señal, el prisionero fue trasladado al interior de la prisión de nuevo; pero, que él, el doctor, había suplicado entonces con tanta fuerza el permiso de quedarse para asegurarse de que su yerno, aunque no con mala intención o infortunio, fuera entregado a la concurrencia cuyos gritos asesinos fuera de la verja habían ahogado los procesos, que había obtenido el permiso y se había quedado en esa Sala de Sangre hasta que hubo pasado el peligro.

Lo que había visto allí, con pequeños fragmentos de comida y durmiendo a ratos, se quedará sin contar. La loca alegría de los prisioneros que se salvaban le habían dejado apenas menos atónito que la loca ferocidad contra aquellos que eran cortados en trozos. Hubo un prisionero, dijo, que había sido puesto en libertad en la calle libre, pero a quien un salvaje equivocado había clavado una pica cuando pasaba. Siendo buscado para que fuera a él y le vendara la herida, el doctor había salido en la misma verja y le había encontrado en brazos de una compañía de samaritanos quienes estaban sentados sobre los cuerpos de sus víctimas. Con una falta de coherencia tan monstruosa como todo en esta horrible pesadilla, ellos habían ayudado al curandero y habían cuidado al hombre herido con la solicitud más delicada —habían hecho una camilla para él y le habían escoltado con cuidado fuera del lugar—, habían cogido luego sus armas y se habían sumergido de nuevo en una matanza tan espantosa que el doctor se había cubierto los ojos con las manos y se desvaneció en medio de ello.

Cuando el señor Lorry recibió estas confidencias, y cuando miraba a la cara de su amigo que ahora tenía sesenta y dos años, una duda surgió en su interior de que tales experiencias espantosas revivieran el antiguo peligro. Pero él nunca había visto a su amigo con su aspecto actual; él nunca le había conocido con su carácter actual. Por primera vez el doctor sentía, ahora, que su sufrimiento fue fortaleza y poder. Por primera vez sentía que con ese fuego intenso él había forjado lentamente el hierro con el cual podía romper la puerta de la prisión del marido de su hija y librarle. «Todo tendía hacia un buen final, amigo mío; no era más que mero desperdicio y ruina. Igual que mi amada niña me ayudó a recuperarme, yo seré de ayuda ahora al recuperar la parte más querida para ella; ¡con la ayuda del Cielo lo haré!» Así habló el doctor Manette. Y cuando Jarvis Lorry vio los ojos encendidos, el rostro resuelto, la mirada y porte fuerte tranquilo del hombre cuya vida siempre le parecía que se había detenido, como un reloj, durante tantos años, y se ponía entonces en marcha de nuevo con una energía que había permanecido dormida durante el cese de su utilidad, creía él.

Cosas más grandes por las que tenía que competir el doctor en ese momento, habrían cedido ante su propósito perseverante. Mientras permaneció en su lugar, como médico, cuyo oficio con todas las categorías de humanidad, cautivos y libres, ricos y pobres, malos y buenos, él empleaba su influencia personal con tal sabiduría que pronto fue el médico que revisaba a tres prisioneros y entre ellos de La Force. Ahora podía asegurar a Lucie que su marido ya no iba a estar confinado solo, sino que estaba mezclado con el grupo general de prisioneros; él veía al marido de ella todas las semanas y le llevaba mensajes dulces a ella, directamente de los labios de él; algunas veces su mismo marido le enviaba a ella una carta (aunque nunca de mano del doctor), pero a ella no le permitía escribirle; porque, entre las muchas sospechas absurdas de conspiraciones en las prisiones, la más absurda de todas apuntaba hacia los emigrantes que se sabía que tenían amigos o conexiones permanentes en el extranjero.

Esta nueva vida del doctor era una vida de ansiedad, no de duda; no obstante, el sagaz señor Lorry vio que había un nuevo orgullo vigorizante en ello. Nada impropio teñía el orgullo; era natural y valioso; pero él lo observaba como curiosidad. El doctor sabía que hasta ese momento su encarcelamiento había estado relacionado en las mentes de su hija y de su amigo con su aflicción personal, privación y debilidad. Ahora que esto estaba cambiado y que él sabía que a través de aquel viejo proceso estaba investido de fuerzas a las cuales ambos miraban por la seguridad y liberación final de Charles, llegó a estar tan exaltado por el cambio que cogió la guía y dirección y les pidió como débil que confiaran en él como fuerte. Las posiciones relativas anteriores de él mismo y de Lucie estaban invertidas, sin embargo solamente como la gratitud y afecto más animados podían invertirlos, porque él podía no haber tenido orgullo salvo para prestarle a ella algún servicio a quien le había prestado tanto a él. «Todo curioso de ver —pensó el señor Lorry, a su estilo amablemente sagaz— pero todo natural y correcto; por tanto, tome la guía, mi querido amigo y guárdela; no podía estar en mejores manos.»

Pero, aunque el doctor intentaba duramente y nunca dejaba de intentar poner a Charles Darnay en libertad, o al menos llevarle a un juicio, la corriente pública de entonces era demasiado fuerte y rápida para él. La nueva era empezaba; el rey fue juzgado, condenado y decapitado; la República de Libertad, Igualdad, Fraternidad o Muerte, se declaró por victoria o muerte contra el mundo en armas; la bandera negra ondeaba noche y día desde las grandes torres de Notre Dame; trescientos mil hombres, llamados a levantarse contra los tiranos de la tierra, se levantaron de los suelos varios de Francia como si los dientes del dragón hubieran sido sembrados a voleo y hubieran dado fruto igualmente sobre la colina y sobre el llano, sobre roca, en grava y lodo aluvial, debajo del cielo brillante del Sur y debajo de las nubes del Norte, en páramos altos y bosques, en los viñedos y tierras de olivo y entre la paja cosechada y el rastrojo del maíz, a lo largo de las orillas fructíferas de los anchos ríos y en la arena de la costa del mar. ¡Qué soledad reservada podría levantarse contra el diluvio del Año Uno de la Libertad! (El diluvio que surgiendo desde abajo, no cae desde arriba y con las ventanas del Cielo cerradas, no abiertas.)

No había pausa, ni pena, ni paz, ni intervalo de descanso que amainara, ni medida de tiempo. Aunque los días y las noches circulaban con la regularidad de cuando el tiempo era joven, y la tarde y la mañana eran el primer día, otro recuento de tiempo no había. El control sobre él se perdió en la fiebre enloquecedora de una nación, como se pierde en la fiebre de un paciente. Ahora, rompiendo el silencio forzado de una ciudad entera, el ejecutor mostraba al pueblo la cabeza del rey (y ahora aparecía casi en el mismo soplo, la cabeza de su blanca esposa que había tenido ocho meses tediosos de viudedaz y sufrimiento encarcelada para que se volviera gris).

Y sin embargo, observando la extraña ley de la contradicción que se obtiene en todos los casos como éstos, el tiempo era largo mientras se encendía tan rápido. Un tribunal revolucionario en la capital y cuarenta o cincuenta mil comités revolucionarios por toda la tierra; una ley de lo Sospechoso que atacaba toda seguridad por la libertad o la vida y entregaba a una persona buena e inocente a una mala y culpable; las prisiones se llenaban de gente que no había cometido ningún delito y no podía conseguir que la oyeran; estas cosas se convirtieron en el orden establecido y naturaleza de las cosas fijadas y parecía ser una práctica antigua antes de tener muchas semanas de edad. Sobre todo una figura horrible se hizo tan familiar como si hubiera existido antes de la contemplación general desde los pilares del mundo: la figura de la fémina afilada llamada Guillotina.

Era el tema popular de las bromas; era la mejor cura para los dolores de cabeza, prevenía de forma infalible que el pelo se volviera gris, impartía una delicadeza peculiar al cutis, era la Navaja Nacional que afeitaba apurado; quien besaba a la Guillotina, miraba a través de la ventanilla y estornudaba dentro del saco. Era el signo de la regeneración de la raza humana. Sustituía a la Cruz. Sus modelos se llevaban sobre los pechos de los cuales se había descartado la Cruz y se inclinaban hacia ella y se creía en ella donde la Cruz se negaba.

Cortó tantas cabezas que ella y el suelo más contaminado eran de un rojo corrompido. Se le hacía pedazos, como un puzzle de juguete para un demonio joven, y se juntaba de nuevo cuando la ocasión lo requería. Hacía callar al elocuente, derribaba al poderoso, abolía lo hermoso y bueno. A veintidós amigos de modelo público elevado, veintiuno vivos y uno muerto, había cortado la cabeza, en una mañana, en unos cuantos minutos. El nombre del hombre fuerte de la Antigua Escritura había descendido al funcionario jefe que la manejaba; pero, armado así, él era más fuerte que su tocayo y más ciego y rompía las verjas del propio Templo de Dios cada día.

Entre estos terrores y la prole que pertenecía a ellos, el doctor caminaba con la cabeza fija: confiado en su poder, perseverante de forma cauta en su fin, sin dudar nunca de que salvaría al marido de Lucie al final. Sin embargo la corriente del tiempo barría, tan fuerte y profunda, y se llevaba el tiempo de una forma tan fiera, que Charles se había encontrado un año y tres meses en prisión cuando el doctor estaba así de fijo y confiado. De una forma tan malvada y trastornada había crecido la Revolución en ese mes de diciembre, que los ríos del Sur estaban obstruidos con los cuerpos de los ahogados de forma violenta durante la noche y disparaban a los prisioneros en líneas y plazas bajo el sol invernal del Sur. Todavía el doctor caminaba entre los terrores con la cabeza fija. Ningún hombre era más conocido que él en París ese día; ningún hombre estaba en una situación más extraña. Silencioso, humanitario, indispensable en hospital y prisión, usando su arte igualmente entre asesinos y víctimas, él era un hombre aparte. En el ejercicio de su habilidad, la aparición y la historia del Cautivo de la Bastilla le excluía de los demás hombres. Él no era sospechoso ni se llevaba a cuestión, algo más que si hubiera sido devuelto a la vida en realidad unos dieciocho años antes, o fuera un Espíritu moviéndose entre los mortales.

CAPÍTULO V

El aserrador

Un año y tres meses. Durante todo este tiempo Lucie no estaba nunca segura, de hora en hora, sino de que la Guillotina cortaría la cabeza de su marido al día siguiente. Cada día, a través de las calles empedradas, las carretas traqueteaban ahora pesadamente, llenas de condenados. Muchachas adorables, mujeres brillantes, de pelo marrón, de pelo negro y gris; jóvenes, hombres fornidos y ancianos; bien nacidos y nacidos campesinos; todos vino rojo para la Guillotina, todos se llevaban diariamente a la luz desde los sótanos oscuros de las odiosas prisiones y se llevaban hacia ella por la calle para saciar su sed devoradora. Libertad, igualdad, fraternidad, o muerte... lo último mucho más fácil de otorgar, ¡oh, guillotina!

Si lo imprevisto de su calma y las ruedas del tiempo girando hubieran dejado sin sentido a la hija del doctor en la espera del resultado en vana desesperación, habría estado con ella como estaba con muchos. Pero, desde la hora en que ella había llevado la blanca cabeza hacia su pecho joven fresco en la buhardilla de Saint Antoine, había sido fiel a sus deberes. Ella fue lo más fiel a ellos en la época del juicio, como sería siempre toda la lealtad y bondad tranquila.

Tan pronto como se establecieron en su nueva residencia y su padre había entrado en la rutina de sus ocupaciones, ella dispuso la pequeña casa exactamente igual que si su marido hubiera estado allí. Todo tenía su sitio señalado y su hora señalada. A la pequeña Lucie le enseñaba, como hacía regularmente, como si ellos hubieran estado todos juntos en su casa inglesa. Las estratagemas ligeras con las que ella se engañaba para demostrar que creía que pronto se reunirían —los pequeños preparativos para su rápido regreso, dejar a un lado la silla y libros de él— éstos y la solemne oración de la noche por un prisionero especialmente querido, entre las muchas almas infelices en prisión y la sombra de la muerte, eran prácticamente los únicos alivios directos de su apesadumbrada mente.

Ella no cambió mucho de aspecto. Los vestidos oscuros sencillos, parecidos a los vestidos de luto, que ella y su hija llevaban, eran tan pulcros y estaban tan bien cuidados como las ropas más brillantes de los días felices. Ella perdió el color y la expresión antigua y concentrada era algo constante, no ocasional; por otro lado ella seguía muy bella y bonita. Algunas veces, al besar a su padre por la noche, explotaba la pena que había reprimido todo el día y diría que su única confianza, bajo el Cielo, estaba en él. Él siempre respondía con decisión: «Nada puede ocurrirle sin mi conocimiento y sé que puedo salvarle, Lucie.»

Ellos no habían dado vueltas a su vida cambiada muchas semanas, cuando su padre le dijo al llegar a casa una tarde:

—Querida mía, hay una ventana superior en la prisión a la que Charles puede acceder algunas veces a las tres de la tarde. Cuando puede llegar a ella (lo que depende de muchas incertidumbres e incidentes) él podría verte en la calle, cree, si tú estuvieras en cierto lugar que yo puedo enseñarte. Pero no podrás verle, mi pobre niña, e incluso si pudieras, sería inseguro para ti hacer una señal de reconocimiento.

—¡Oh, enséñame el lugar, padre mío, e iré allí todos los días!

Desde ese momento, en todo tiempo atmosférico, ella esperaba allí dos horas. Cuando el reloj daba las dos, ella estaba allí, y a las cuatro se volvía resignadamente. Cuando el tiempo no era demasiado húmedo e inclemente para que su niña estuviera con ella, iban juntas; otras veces estaba sola, pero nunca perdió ni un solo día.

Era la esquina oscura y sucia de una pequeña calle en curva. La casucha de un cortador de leña para quemar era la única casa en ese extremo; todo lo demás era pared. Al tercer día de estar allí, él se dio cuenta de ella.

—Buen día, ciudadana.

—Buen día, ciudadano.

Esta manera de dirigirse ahora estaba prescrita por decreto. Se había establecido voluntariamente hacía algún tiempo, entre los patriotas más perfectos; pero ahora era ley para todo el mundo.

—¿Caminando aquí de nuevo, ciudadana?

—¡Ya me ve, ciudadano!

El aserrador, que era un hombre pequeño con redundancia de gestos (había sido una vez reparador de caminos), echó un vistazo a la prisión, la señaló y poniendo sus diez dedos delante de su cara para representar barrotes, espió a través de ellos de manera jocosa.

—Pero no es asunto mío —dijo él y continuó serrando su madera.

Al día siguiente estuvo mirándola y la abordó en el momento en el que apareció.

—¿Qué? ¿Caminando aquí de nuevo, ciudadana?

—Sí, ciudadano.

—¡Ah! ¡Una niña también! Tu madre, ¿no?, mi pequeña ciudadana.

—¿Tengo que decir que sí, mamá? —susurró la pequeña Lucie, acercándose a ella.

—Sí, querida.

—Sí, ciudadano.

—¡Ah!, pero no es asunto mío. Mi trabajo es asunto mío. ¡Vea mi sierra! La llamo mi pequeña guillotina. ¡La, la, la! ¡La, la, la! ¡Y aquí viene su cabeza!

El leño cayó mientras hablaba y lo tiró dentro de una cesta.

—Me llamo a mí mismo el Sansón de la guillotina de leña. ¡Vea aquí de nuevo! ¡Loo, loo, loo! ¡Loo, loo, loo! ¡Y aquí viene su cabeza! Ahora, un niño. ¡Pica, pica! ¡Diablillo, diablillo! Y aquí viene su cabeza. ¡Toda la familia!

Lucie se estremeció cuando tiró dos leños más a su cesta, pero era imposible estar allí mientras el aserrador estaba en el trabajo y no estar a su vista. A partir de entonces, para asegurar la buena voluntad de él, ella siempre le hablaba primero y con frecuencia le daba dinero para beber, lo que él estaba dispuesto a recibir.

Era un tipo inquisitvo y algunas veces cuando ella casi le olvidaba mirando al tejado y rejillas de la prisión, y elevaba su corazón hacia su marido, ella volvería en sí para encontrarle mirándola, con la rodilla en su banco y su sierra detenida en su trabajo. «¡Pero no es asunto mío!», diría generalmente en esas ocasiones y caería con brío de nuevo en su aserramiento.

En todos los tiempos, con la nieve y el hielo del invierno, con los vientos penetrantes de la primavera, con el sol caliente del verano, con las lluvias en otoño y de nuevo con la nieve y el hielo del invierno, Lucie pasaba dos horas de cada día en este lugar; y cada día al dejarlo, besaba la pared de la prisión. Su marido la veía (así lo aprendió de su padre) puede que una vez de cinco o seis veces, puede que dos o tres veces seguidas, puede que no durante una semana o una quincena juntas. Era suficiente que él pudiera verla y lo hiciera cuando tenía oportunidad y con esa posibilidad ella habría esperado fuera el día, los siete días de la semana.

Estas ocupaciones la llevaron al mes de diciembre, en el que su padre caminaba entre los terrores con la cabeza fija. Una tarde que nevaba suavemente ella llegó a su esquina usual. Era un día de alguna celebración desenfrenada y un festival. Ella había visto las casas, según pasaba, decoradas con pequeñas picas y con gorras rojas pequeñas clavadas a ellas; también con cintas tricolor; también con la inscripción estándar (las letras tricolor eran favoritas): ¡República Una e Indivisible, Libertad, Igualdad, Fraternidad o Muerte!

La triste tienda del aserrador era tan pequeña que toda su superficie proporcionaba espacio muy insignificante para esta leyenda. Sin embargo, él había cogido a alguien para que garabateara por él arriba, quien había destacado Muerte con la dificultad más inapropiada. En la parte superior de su casa él expuso una pica y una gorra, como tenía que hacer un buen ciudadano, y en una ventana había colocado su sierra con la inscripción: «Pequeña Santa Guillotina» (porque la gran hembra afilada fue canonizada en esa época de forma popular). Su tienda estaba cerrada y él no estaba allí, lo que fue un alivio para Lucie y la dejó completamente sola.

Pero no había ido muy lejos, porque en ese momento ella oyó un movimiento agitado y un grito que venía que la llenó de temor. Un momento después, y una multitud de gente vino de forma torrencial por la esquina de la pared de la prisión, en medio de la cual estaba la mano del aserrador de la mano con el Vengador. No podía haber menos de quinientas personas, y estaban bailando como cinco mil demonios. No había más música que la de su propio canto. Ellos bailaban al son de la canción popular de la Revolución, pasando un tiempo feroz que era como un rechinar de dientes al unísono. Hombres y mujeres bailaban juntos, mujeres bailaban juntas, hombres bailaban juntos, como si el peligro les hubiera unido. Al principio ellos eran una mera tormenta de gorras rojas bastas y harapos de lana bastos; pero, según llenaban el lugar y se detenían a bailar alrededor de Lucie, alguna aparición espectral de una figura bailando subía loca de atar entre ellos. Ellos avanzaban, retrocedían, se golpeaban las manos unos a otros, se agarraban las cabezas unos a otros, giraban en solitario, se cogían unos a otros y giraban en pareja, hasta que muchos de ellos caían. Mientras éstos estaban abajo, el resto se unían mano con mano y todos giraban juntos; luego el anillo se rompía y en anillos separados de dos y cuatro daban vueltas y vueltas hasta que todos se detenían a la vez, empezaban de nuevo, se golpeaban, se agarraban y se dividían y luego invertían la vuelta y todos giraban alrededor en el otro sentido. De repente se detenían de nuevo, hacían una pausa, daban de nuevo un golpe a la vez, formaban líneas en la anchura de la vía pública y, con las cabezas agachadas y las manos en alto, descendían en picado chillando. Ninguna lucha hubiera sido la mitad de terrible que este baile. Era un deporte de caerse tan enérgico —algo, una vez inocente, entregado a toda diablura—, un pasatiempo saludable transformado en un medio de alterar la sangre, desconcertar los sentidos y robar el corazón. Tal gracia como se veía en ello, lo hacía más feo, mostrando lo retorcidas y pervertidas que pueden llegar a ser todas las cosas buenas por naturaleza. El pecho virginal desnudo ante esto, la cabeza hermosa de casi un niño entretenida así, el delicado pie menudo en este cenagal de sangre y suciedad, eran ejemplos de la época incoherente.

Esto era la Carmañola. Al pasar, dejando asustada y desconcertada a Lucie en la entrada de la casa del aserrador, la nieve muy ligera caía con calma y se depositaba tan blanca y suave como nunca lo había hecho.

—¡Oh, padre mío! —porque él estaba delante de ella cuando levantó los ojos que por un momento había oscurecido con su mano—, qué visión tan cruel y mala.

—Lo sé, querida, lo sé. La he visto muchas veces. ¡No te asustes! Ninguno de ellos te dañaría.

—No me asusto por mí, padre mío. Pero cuando pienso en mi marido y las clemencias de esa gente...

—Le colocaremos sobre sus clemencias muy pronto. Le dejé trepando a la ventana y vine a decírtelo. No hay nadie aquí para ver. Tú puedes bajar tu mano hacia ese tejado de tablas más alto.

—Lo haré, padre, y le envío mi Alma con él.

—¿No puedes verle, mi pobre querida?

—No, padre —dijo Lucie, ansiando y llorando cuando se besaba la mano—, no.

Un paso en la nieve. La señora Defarge. «Le saludo, ciudadana», del doctor. «Le saludo, ciudadano.» Esto al pasar. Nada más. La señora Defarge se fue, como una sombra sobre la carretera blanca.

—Dame el brazo, amor. Pasa desde aquí con aire de alegría y valor, por su bien. Eso está bien hecho. Ellos han dejado el lugar. No será en vano. Charles será llamado mañana.

—¡Mañana!

—No hay tiempo que perder. Estoy bien preparado, pero hay precauciones que no se podrían tomar hasta que fuera llamado realmente ante el Tribunal. Él no ha recibido la noticia todavía, pero sé que será llamado en seguida para mañana y trasladado a la Conciergerie; tengo información oportuna. ¿No tienes miedo?

Ella apenas pudo contestar: «Confío en ti.»

—Hazlo así, incondicionalmente. Tu suspense está a punto de terminar, querida mía; le recuperarás en unas cuantas horas; yo le he rodeado de protección. Tenemos que ver a Lorry.

Él se detuvo. Se oía un avance pesado de ruedas. Ambos sabían muy bien lo que significaba. Uno. Dos. Tres. Tres carretas alejándose con sus aterradas cargas sobre la nieve silenciosa.

—Tengo que ver a Lorry —repitió el doctor, llevándola a otro camino.

El anciano caballero acérrimo estaba todavía en su puesto; nunca lo había dejado. Él y sus libros eran requisados con frecuencia como propiedad confiscada y eran hechos nacionales. Lo que podía salvar para los propietarios lo salvaba. Ningún hombre mejor vivía para mantener lo que Tellson tenía guardado y mantenerlo en paz.

Un cielo nublado rojo y amarillo y una niebla que subía del Sena denotaban la proximidad de la oscuridad. Era casi oscuro cuando llegaron al Banco. La residencia majestuosa de Monseñor estaba totalmente asolada y desierta. Sobre un montón de polvo y cenizas en el patio, estaban las palabras: Propiedad Nacional. ¡República Una e Indivisible, Libertad, Igualdad, Fraternidad o Muerte!

¿Quién pudo estar con el señor Lorry —el propietario de la chaqueta de montar— que no tenía que ser visto? ¿Por qué recién llegado, salió él, agitado y sorprendido, a coger a su favorito en brazos? ¿A quién pareció repetir sus palabras titubeantes, cuando, levantando la voz y volviendo la cabeza hacia la puerta de la habitación de la cual él había salido, dijo: «¿Trasladado a la Conciergerie y llamado mañana?»

CAPÍTULO VI

Triunfo

El aterrador Tribunal de cinco Jueces, Fiscal Público y Jurado decidido, se sentaban cada día. Sus listas salían cada tarde y las leían afuera los carceleros de las prisiones varias a sus prisioneros. El chiste del carcelero normal era: «Sal a escuchar el Periódico de la Tarde, tú que estás dentro!»

—¡Charles Evrémonde, llamado Darnay!

Así que al final empezó el Periódico de la Tarde en La Force.

Cuando se llamaba por el nombre, se apartaba a su dueño a un lugar reservado para aquellos a los que se anunciaba que estaban registrados de forma tan mortal. Charles Evrémonde, llamado Darnay, tenía razón para saber su utilización; él había visto cientos pasar así.

Su carcelero hinchado, que llevaba lentes para leer, les echó un vistazo para asegurarse de que él había ocupado su lugar y fue a la lista, haciendo una pausa corta parecida en cada nombre. Había veintitrés nombres, pero solamente veinte respondieron; porque uno de los prisioneros llamados había muerto en la cárcel y había sido olvidado y dos ya habían sido guillotinados y olvidados. Se leyó la lista, en la cámara abovedada donde Darnay había visto a los prisioneros colegas en la noche. Cada uno de éstos había perecido en la masacre; cada criatura humana por la que desde entonces había sentido cariño y de la que se había separado había muerto en el patíbulo.

Había palabras apresuradas de despedida y amabilidad, pero la despedida se acababa pronto. Era el incidente de cada día y la sociedad de La Force estaba dedicada a la preparación de algunos juegos de prendas y un pequeño concierto para aquella tarde. Ellos se aglomeraban en los enrejados y derramaban lágrimas allí; pero veinte lugares en las atracciones previstas tenían que ser rellenados, y el tiempo era corto, a lo más, para la hora del encierro, cuando las habitaciones y pasillos comunes serían entregados a los grandes perros que los vigilarían allí durante la noche. Los prisioneros estaban lejos de lo insensible o poco compasivo; sus caminos surgían de la condición del tiempo. De igual forma, aunque con una sutil diferencia, una especie de fervor o éxtasis conocida, sin duda, por haber llevado a algunas personas a enfrentarse con la guillotina innecesariamente, y a morir por ella, no era mera jactancia, sino una infección frenética de la mente pública agitada de forma frenética. En temporadas de pestilencia, algunos de nosotros tendremos una atracción secreta hacia la enfermedad —una inclinación terrible a desaparecer por morir de ella—. Y todos nosotros los hemos ocultado en nuestros pechos como prodigios, necesitando solamente circunstancias para evocarlos.

El pasaje de la Conciergerie fue breve y oscuro, la noche en sus celdas de alimañas cazadas fue larga y fría. Al día siguiente quince prisioneros fueron puestos en el banquillo antes de que se nombrara a Charles Darnay. Los quince fueron condenados y los juicios de todos ocuparon una hora y media.

«Charles Evrémonde, llamado Darnay», compareció ante el tribunal finalmente.

Sus jueces se sentaron sobre el Tribunal con sombreros de plumas; pero la gorra roja basta y la escarapela tricolor era el tocado distinto que prevalecía. Mirando al Jurado y al turbulento público, él podría haber pensado que el orden normal de las cosas fuera invertido y que los criminales estuvieran probando a los hombres honrados. El pueblo más bajo, más cruel y peor de una ciudad, nunca sin su cantidad de bajeza, crueldad y maldad, eran los espíritus que dirigían la escena: comentando ruidosamente, aplaudiendo, desaprobando, anticipándose y precipitando el resultado, sin verificación. De los hombres la mayor parte estaban armados de varias formas; de las mujeres, algunas llevaban cuchillos, algunas dagas, algunas comían y bebían según miraban, muchas hacían punto. Entre estas últimas, había una, con un trozo de más de su punto debajo del brazo según trabajaba. Ella estaba en una fila delantera, al lado de un hombre a quien nunca había visto desde su llegada a la Frontera, pero a quien recordaba directamente como Defarge. Él se dio cuenta de que ella susurró a su oído una o dos veces y que ella parecía ser su esposa; pero, de lo que más se dio cuenta en las dos figuras era, que aunque ellos estaban situados tan cerca de él como podían estarlo, nunca miraban hacia él. Parecían estar esperando algo con una determinación obstinada y miraban hacia el Jurado, pero a nada más. Debajo del Presidente se sentaba el doctor Manette, con su traje normal. Tanto como el prisionero podía ver, él y el señor Lorry eran los únicos hombres allí, no relacionados con el Tribunal, que llevaban puestas sus ropas normales y no había adoptado el atuendo basto de la Carmañola.

Charles Evrémonde, llamado Darnay, fue acusado por el fiscal público de emigrante, cuya vida era derecho de la República bajo el decreto que desterraba a todos los emigrantes con pena de Muerte. No significada nada que el decreto se admitiera en fecha desde su regreso a Francia. Allí estaba él, y allí estaba el decreto; él había sido cogido en Francia y se exigía su cabeza.

—¡Cortadle la cabeza! —gritaba el público—. ¡Un enemigo de la República!

El presidente tocó su campana para callar aquellos gritos y preguntó al prisionero si no era cierto que él había vivido muchos años en Inglaterra.

Sin duda lo era.

¿No es un emigrante entonces? ¿Cómo se llamaría usted?

No un emigrante, esperaba, en el sentido y espíritu de la ley. ¿Por qué no?, deseaba saber el Presidente.

Porque él había renunciado voluntariamente a un título y una condición social que era desagradable para él, y había dejado su país —él se sometió ante la palabra emigrante en la aceptación actual por el Tribunal en acción— para vivir de su propia industria en Inglaterra mejor que en la industria del pueblo agobiado de Francia.

—¿Qué prueba tenía de eso?

El presentó los nombres de dos testigos: Théophile Gabelle y Alexandre Manette.

—¿Pero él se había casado en Inglaterra? —le recordó el Presidente.

—Cierto, pero no con una mujer inglesa.

—¿Una ciudadana de Francia?

—Sí. Por nacimiento.

—¿Su nombre y familia?

—Lucie Manette, la única hija del doctor Manette, el buen médico que se sienta allí.

Su respuesta tuvo un efecto feliz sobre el público. Gritos en exaltación del buen médico tan conocido desgarraron la sala. Tan caprichosamente se conmovió la gente que inmediatamente rodaron lágrimas en varios rostros feroces que habían estado fulminado con la mirada al prisionero un momento antes, como si con impaciencia le sacaran a tirones a las calles y le mataran.

En estos pocos pasos de su peligrosa guerra, Charles Darnay había pisado según las reiteradas instrucciones del doctor Manette. El mismo consejo cauto dirigía cada paso que daba delante de él y había preparado cada pulgada de su camino.

El Presidente preguntó por qué había regresado a Francia cuando lo hizo y no antes.

Él no había regresado antes, contestó, simplemente porque no tenía medios de vida en Francia, salvo aquellos a los que había renunciado; en tanto que en Inglaterra vivía instruyendo en lengua francesa y literatura. Él había regresado cuando lo hizo por la presión y súplica escrita de un ciudadano francés, quien presentaban que su vida estaba en peligro por ausencia suya. Él había vuelto para salvar la vida del ciudadano y dar su testimonio, ante cualquier peligro personal, de la verdad. ¿Era eso un delito a los ojos de la República?

El pueblo gritó con entusiasmo «¡No!» y el Presidente tocó de nuevo la campana para tranquilizarlo. Lo que no hicieron porque continuaron gritando «¡No!» hasta que lo dejaron por voluntad propia.

El Presidente preguntó el nombre de ese ciudadano. El acusado explicó que el ciudadano era su primer testigo. También se refirió con confianza a la carta del ciudadano que le habían cogido en la Frontera, pero que no dudaba que se encontraría entre los papeles que tenía delante el Presidente.

El doctor se había preocupado de que estuviera allí —le había asegurado que estaría allí— y en esta etapa del proceso fue presentada y leída. El ciudadano Gabelle fue llamado para confirmarla y así lo hizo. El ciudadano Gabelle dio a entender, con infinita delicadeza y cortesía, que en la presión del asunto impuesta sobre el Tribunal por la multitud de enemigos de la República de los cuales se tenía que ocupar, él había sido pasado por alto ligeramente en su prisión de la Abbaye —en realidad había pasado bastante del recuerdo patriótico del Tribunal— hasta hacía tres días, cuando él había sido llamado ante él y le habían dejado en libertad al declararse satisfecho el Jurado de que la acusación contra él fue contestada, respecto a él mismo, por la renuncia del cuidado Evrémonde, llamado Darnay.

El doctor Manette fue preguntado el siguiente. Su gran popularidad personal y la claridad de sus contestaciones, causó gran impresión; pero, a medida que avanzaba, demostró que el Acusado fue su primer amigo en su liberación de su largo encarcelamiento; que el acusado había permanecido en Inglaterra, siempre fiel y devoto a su hija y a él mismo en sus exilios; que, muy lejos de estar a favor del gobierno aristocrático allí, él realmente había sido juzgado por su vida por ello como enemigo de Inglaterra y amigo de Estados Unidos —según trajo estas circunstancias a la vista, con la discreción más grande y con la fuerza sencilla de la verdad y la seriedad, el Jurado y el pueblo se hicieron uno—. Al final, cuando él llamó por el nombre al señor Lorry, un caballero inglés entonces y allí presente, quien, como él mismo, había sido testigo en el juicio inglés y podía corroborar su relato, el Jurado declaró que había escuchado suficiente y que estaban preparados con sus votos si el Presidente deseaba recibirlos.

A cada voto (los hombres del Jurado votaban en voz alta y de forma individual), el pueblo lanzaba un grito de aplauso. Todas la voces estaban a favor del prisionero y el Presidente le declaró libre.

Luego empezó una de esas extraordianrias escenas con las que el pueblo satisfacía su volubilidad algunas veces, o sus mejores impulsos hacia la generosidad y la clemencia o lo que ellos consideraban como algún contrapeso contra su versión hinchada de cólera cruel. Ningún hombre puede decidir ahora a cuál de estos motivos se referían tales escenas extraordinarias; es probable que a una mezcla de las tres, predominando la segunda: No antes de cuando se pronunció la absolución, las lágrimas se derramaban tan libremente como la sangre en otro momento y tales abrazos fraternales otorgaban al prisionero tantos de ambos sexos como podían abalanzarse sobre él, que después de su largo y malsano confinamiemto él estuvo en peligro de desmayarse de agotamiento; no menos porque él sabía muy bien que la misma gente, llevada por otra corriente, se habría precipitado sobre él con la misma intensidad para hacerle trozos y esparcirle por las calles.

Su traslado, para abrir paso a otras personas acusadas que iban a ser juzgadas, le rescató de estas caricias por el momento. Cinco iban a ser juzgados juntos, los siguientes, como enemigos de la República, ya que ellos no la habían ayudado ni de palabra ni de hecho. Tan rápido fue el Tribunal en resarcirse a sí misma y a la nación por una oportunidad perdida, que estos cinco bajaron hacia él antes de que abandonara el lugar, condenados a morir en veinticuatro horas. El primero de ellos le dijo así, con el signo de la Muerte habitual en prisión —un dedo levantado— y todos ellos añadieron con palabras «¡Larga vida a la República!»

Los cinco, es cierto, no habían tenido público para alargar su proceso, porque cuando él y el doctor Manette salieron por la verja, había una gran multitud alrededor, en la cual parecía estar cada cara que había visto en el Juzgado —excepto dos, las cuales buscó en vaño—. A su salida, la concurrencia atacó de nuevo, llorando, abrazando y gritando, todo por turnos y todos juntos, hasta que la misma corriente del río sobre la orilla del cual se había interpretado la loca escena, pareció volverse loca como la gente de la orilla.

Le pusieron en una gran silla que tenían entre ellos y que habían sacado o del mismo Juzgado o de una de sus habitaciones o pasillos. Sobre la silla habían tirado una bandera roja y en el respaldo habían atado una pica con una gorra roja en la parte superior. En este carro de triunfo, ni siquiera las súplicas del doctor pudieron evitar que fuera llevado a su casa a hombros de hombres, con un mar confuso de gorras rojas levantándose a su alrededor y levantando la mirada para ver desde la profundidad tormentosa tales destrozos de caras, que él más de una vez dudó que su mente estaba confundida y que estaba en la carreta camino de la Guillotina.

En frenética procesión de ensueño, abrazando a quienes se encontraban y señalándole a él, ellos le llevaron. Enrojeciendo las calles nevadas con el color republicano predominante, enrollándose y avanzando pesadamente a través de ellos, le llevaron así al patio del edificio donde vivía. Su padre se había adelantado para prepararla y cuando su marido estuvo en pie, ella cayó inconsciente en sus brazos.

Según la sostenía él en su corazón y giraba su hermosa cabeza entre la cabeza de él y la multitud peleadora, para que las lágrimas de él y los labios de ella no pudieran verse juntos, unas cuantas personas se pusieron a bailar. Al instante todo el resto se puso a bailar y el patio se desbordó con la Carmañola. Entonces subieron a la silla vacía a una mujer joven de la multitud para llevarla como Diosa de la Libertad, y luego aumentando y desbordando las calles adyacentes, y a lo largo de la orilla del río y sobre el puente, la Carmañola les absorbió a cada uno de ellos y se los llevó en un remolino.

Después de apretar la mano del doctor, cuando él se quedó victorioso y orgulloso delante de él; después de apretar la mano del señor Lorry, que vino jadeando sin aliento de su lucha contra la tromba de la Carmañola; después de besar a la pequeña Lucie, a quien levantó para que sujetara sus brazos alrededor de su cuello, y después de abrazar a la siempre celosa y fiel Pross a quien levantó, cogió a su esposa en brazos y la llevó arriba a sus habitaciones.

—¡Lucie! ¡Mi amor! Estoy a salvo.

—¡Oh, querido Charles, déjame que le dé gracias a Dios por esto de rodillas como yo le he rezado a Él.

Todos inclinaron sus cabezas y corazones con reverencia. Cuando ella estuvo de nuevo en sus brazos, él le dijo:

—Y ahora habla a tu padre, querida. Ningún otro hombre en toda esta Francia podía haber hecho lo que él ha hecho por mí.

Ella apoyó la cabeza en el pecho de su padre, como ella había apoyado su podre cabeza sobre su propio pecho hace mucho, mucho tiempo. Él era feliz por el retorno que había hecho por ella, estaba recompensado por su sufrimiento, estaba orgulloso de su fortaleza.

—No tienes que ser débil, querida —protestó—, no tiembles así. Yo le he salvado.

CAPÍTULO VII

Una llamada a la puerta

«Yo le he salvado.» No era otro de los sueños en los cuales él había regresado con frecuencia; realmente estaba allí. Y sin embargo su esposa temblaba y un temor vago pero pesado estaba sobre ella.

Todo el aire de alrededor era pesado y oscuro, la gente era tan apasionadamente vengativa e irregular, el inocente era llevado a la muerte constantemente por una vaga sospecha y oscura maldad, era tan imposible olvidar que muchos tan inocentes como su marido y tan queridos para otros como él lo era para ella, cada día compartían el destino del cual habían sido asidos, que el corazón de ella no podía aligerar su peso como ella sentía que debería ser. Las sombras de la tarde invernal estaban empezando a caer, e incluso ahora los carros terribles estaban rodando por las calles. Su pensamiento les perseguía, buscándolo entre los condenados, y luego ella se aferraba más a la presencia real de él y temblaba más.

Su padre, animándola, mostraba una superioridad compasiva hacia la debilidad de esta mujer, ¡ahora no había Ciento Cinco, Torre Norte! Él había cumplido con el deber que se había impuesto, su promesa estaba cumplida, él había salvado a Charles. Dejemos que todos se apoyen en él.

Su gobierno de la casa era de una clase muy frugal: no solamente porque esa era la forma de vida más segura, que suponía la mínima ofensa hacia el pueblo, sino porque no eran ricos y Charles, en todo su encarcelamiento, había tenido que pagar mucho por su mala comida y por su guardia y para que vivieran los prisioneros más pobres. En parte por este motivo y en parte para evitar un espionaje doméstico ellos no mantenían sirviente; el ciudadano y ciudadana que actuaban de porteros en la verja del patio, les prestaban servicio alguna vez, y Jerry (casi totalmente transferido a ellos por el señor Lorry) se había convertido en su criado y tenía su cama allí cada noche.

Era ordenanza de la República Una e Indivisible de Libertad, Igualdad, Fraternidad o Muerte, que en la puerta o jamba de cada asa tenía que estar inscrito de forma legible el nombre de cada interno en letras de un cierto tamaño, a una cierta altura convenida desde el suelo. El nombre de Jerry Cruncher, por tanto, adornaba debidamente la parte inferior de la jamba; y, cuando las sombras de la tarde profundizaban, el dueño de ese nombre apareció después de inspeccionar a un pintor a quien el doctor Manette había empleado para añadir a la lista el nombre de Charles Evrémonde, llamado Darnay.

En el miedo y desconfianza general que oscurecía la época, todas las formas de vida normales inofensivas estaban cambiadas. En la pequeña casa del doctor, como en muchas otras, los artículos de consumo diario que se necesitaban se adquirían cada tarde, en pequeñas cantidades y en varias tiendas pequeñas. Evitar atraer la atención y dar tan poca ocasión como fuera posible para que hablaran y envidiaran, era el deseo general.

Durante los últimos meses, la señorita Pross y el señor Cruncher habían desempeñado el oficio de abastecedores; la primera llevando el dinero; el segundo la cesta. Cada tarde aproximadamente a la hora que los faroles públicos estaban encendidos, ellos iban camino de su deber y hacían y traían a casa las compras que eran necesarias. Aunque la señorita Pross, por su larga relación con una familia francesa, podría haber sabido tanto de su idioma como del suyo propio, si se hubiera empeñado, ella no se había decidido en esa dirección; en consecuencia ella no sabía más de esa «tontería» (como le encantaba llamarlo) que el señor Cruncher. Por tanto su forma de hacer la compra era dejar caer un sustantivo en la cabeza de un tendero sin ninguna introducción en la naturaleza del artículo y, si sucedía que no era el nombre de la cosa que quería, buscaba alrededor esa cosa, la cogía y la mantenía hasta que hubo concluido el trato. Ella siempre hacía un trato para ello, manteniendo en alto, como una declaración de su precio justo, un dedo menos de los que el mercader mantenía en alto, cualquiera que pudiera ser su número.

—Ahora, señor Cruncher —dijo la señorita Pross, cuyos ojos estaban rojos de felicidad—. Si está preparado, yo lo estoy.

Con voz ronca Jerry se manifestaba al servicio de la señorita Pross. Él se había quitado todo su óxido hacía tiempo, pero nada limaría su cabeza erizada.

—Se necesitan toda clase de cosas —dijo la señorita Pross—; tendremos un precioso tiempo para ello. Queremos vino, entre el resto. Estos pelirrojos estarán bebiendo hermosos brindis, donquequiera que lo compremos.

—Dará lo mismo para su conocimiento, señorita, pensaría yo —replicó Jerry—, si ellos beben a su saluda a la del Viejo.

—¿Quién es él? —dijo la señorita Pross.

El señor Cruncher, con alguna deficiencia, le explicó que significaba «el Viejo Nick».

—¡Ah! —dijo la señorita Pross—, no es necesario que un intérprete me explique el significado de estas criaturas. Tienen uno solo y es Asesinato de Medianoche y Daño.

—¡Silencio, querida! ¡Por favor, por favor, tenga cuidado!—; gritó Lucie.

—Sí, sí, sí. Tendré cuidado —dijo la señorita Pross—; pero puedo decir entre nosotros que espero que no haya ahogos de cebolla y tabaco en la forma de abrazarse alrededor yendo por las calles. Ahora, Pajarillo, ¡no se mueva de ese fuego hasta que yo regrese! ¡Cuide del querido marido que ha recuperado y no quite su hermosa cabeza del hombro de él como la tiene ahora hasta que me vea de nuevo! ¿Puedo hacer una pregunta, doctor Manette, antes de irme?

—Creo que se puede tomar esa libertad —contestó el doctor sonriendo.

—Por el amor de Dios, no hablen de Libertad; tenemos bastante de ella —dijo la señorita Pross.

—¡Silencio, querida! ¿Otra vez? —protestó Lucie.

—¡Bien, cariño —dijo la señorita Pross, asintiendo con la cabeza de forma enfática—, en resumidas cuentas, que yo soy súbdito de su más Graciosa Majestad el rey Jorge III —la señorita Pross hizo una reverencia ante el nombre—, y como tal, mi máxima es Confundir sus astucias, Frustar sus trucos bellacos. En él fijamos nuestras esperanzas, ¡Dios salve al Rey!

El señor Cruncher, en un acceso de lealtad, repitió gruñendo las palabras después de la señorita Pross, como alguien en la iglesia.

—Me alegro que tenga tanto de inglés en usted, aunque ojalá nunca hubiera cogido ese frío en su voz —dijo la señorita Pross, con aprobación—. Pero la pregunta, doctor Manette, ¿hay... —era la forma de la buena criatura de fingir quitar importancia a algo que era una gran inquietud en todos ellos y llegar a ello de esta manera casual— ¿hay alguna posibilidad ya de salir de este lugar?

—Me temo que no todavía. Aún sería peligroso para Charles.

—¡En fin! —dijo la señorita Pross, reprimiendo alegremente un suspiro mientras miraba al pelo dorado de su cariño a la luz del fuego—, entonces tenemos que tener paciencia y esperar: eso es todo. Tenemos que mantener nuestras cabezas y lucha bajas, como solía decir mi hermano Solomon. Ahora, ¡señor Cruncher...! ¡No se mueva, Pajarillo!

Ellos salieron dejando a Lucie, a su marido, a su padre y a la niña al lado del fuego brillante. Se esperaba que regresara el señor Lorry del Banco en ese momento. La señorita Pross había encendido una lámpara, pero la había puesto a un lado en un rincón para que ellos pudieran disfrutar de la luz del fuego tranquilos. La pequeña Lucie estaba sentada junto a su abuelo con las manos agarradas a su brazo: y él, en un tono no más elevado de un susurro, empezó a contarle una historia de un Hada grande y poderosa que había abierto una pared de una prisión y sacado a un cautivo que una vez le había hecho un servicio al Hada. Todo estaba apagado y tranquilo y Lucie estaba más calmada de lo que había estado.

—¿Qué es eso? —gritó ella de repente.

—¡Querida mía! —dijo su padre, deteniendo su historia y apoyando su mano sobre ella—. Contrólate. ¡En qué estado trastornado estás... ¡Lo más mínimo —nada— te sobresalta! ¡Tú, hija de tu padre!

—Padre mío, creí —dijo Lucie excusándose con la cara pálida y voz titubeante—, que había oído pasos extraños subir las escaleras.

—Amor mío, la escalera está tan tranquila como la Muerte.

Cuando dijo la palabra, un golpe sonó en la puerta.

—¡Oh, padre! ¡Qué puede ser! Esconde a Charles. ¡Sálvale!

—Niña mía —dijo el doctor, levantándose y apoyando la mano sobre el hombro de ella—. Le he salvado. ¡Qué debilidad es esa, querida! Déjame ir a la puerta.

Cogió la lámpara en la mano, cruzó las dos habitaciones exteriores intermedias y la abrió. Un ruido rudo de pies sobre el suelo y cuatro hombres duros con gorras rojas, armados con sables y pistolas, entraron en la habitación.

—El ciudadano Evrémonde, llamado Darnay —dijo el primero.

—¿Quién le busca? —contestó Darnay.

—Le busco yo. Le buscamos nosotros. Le conocemos, Evrémonde; le vimos ante el Tribunal hoy. Es de nuevo prisionero de la República.

Los cuatro le rodearon donde estaba con su esposa e hija aferradas a él.

—Díganme cómo y por qué soy de nuevo prisionero.

—Es suficiente que usted regrese directamente a la Conciergerie y lo sabrá mañana. Será llamado mañana.

El doctor Manette, a quien esta visita había convertido en una piedra, se quedó con la lámpara en la mano como si fuera una estatua hecha para sostenerla, se movió después de haberse hablado estas palabras y se enfrentó al que hablaba, y cogiéndole, no de forma impropia, por el delantero holgado de su camisa de lana roja, dijo:

—Le conoce, ha dicho. ¿Me conoce a mí?

—Sí, le conozco, ciudadano Doctor.

—Todos nos conocemos, ciudadano Doctor —dijeron los otros tres.

Él miró abstraídamente de uno a otro y dijo, con voz baja, después de una pausa:

—¿Contestarán a su pregunta a mí entonces? ¿Cómo ocurre esto?

—Ciudadano doctor —dijo el primero de mala gana—, él ha sido denunciado a la Sección de Saint Antoine. Este ciudadano —apuntando al segundo que había entrado—, es de Saint Antoine.

El ciudadano aquí indicado asintió con la cabeza y añadió:

—Está acusado por Saint Antoine.

—¿De qué? —preguntó el doctor.

—Ciudadano doctor —dijo el primero, con su mala gana de antes—, no pregunte más. Si la República le pide sacrificios a usted, sin duda usted como buen patriota será feliz de hacerlos. La República está delante de todo. El Pueblo es supremo. Evrémonde, nosotros estamos presionados.

—Una palabra —suplicó el doctor—. ¿Me dirán quién le denunció?

—Va contra la regla —contestó el primero—, pero puede preguntarle al de Saint Antoine.

El doctor dirigió sus ojos al hombre, quien se movió inquieto sobre sus pies, se frotó un poco la barba y al final dijo:

—¡Bueno! Realmente va contra la regla. Pero él ha sido denunciado, y gravemente, por el ciudadano y la ciudadana Defarge. Y por otro.

—¿Qué otro?

—¿Pregunta usted, ciudadano Doctor?

—Sí.

—Entonces —dijo el de Saint Antoine, con una mirada extraña—, le contestarán mañana. Ahora yo soy mudo.

CAPÍTULO VIII

Una mano de cartas

Felizmente inconsciente de la nueva calamidad de casa, la señorita Pross se abría paso por las estrechas calles y cruzaba el río por el puente de Pont-Neuf, calculando en su mente la cantidad de compras indispensables que tenía que hacer. El señor Cruncher, con la cesta, caminaba a su lado. Ambos miraban a derecha e izquierda dentro de la mayoría de las tiendas por las que pasaban, miraban cautelosamente a todas las reuniones de gente gregarias y volvían a su camino para evitar cualquier grupo de habladores muy excitados. Era una tarde fría y húmeda y el río neblinoso, borroso a la vista con luces brillantes y al oído con ruidos discordantes, mostraban dónde estaban estacionadas las barcazas en las cuales trabajaban los herreros haciendo pistolas para el ejército de la República. ¡Pobre del hombre que gastara bromas con ese ejército o ascendiera inmerecidamente en él! Mejor para él que su barba nunca hubiera crecido porque la Navaja Nacional afeitaba muy apurado.

Habiendo comprado unos cuantos artículos pequeños de tienda de comestibles y una medida de aceite para la lámpara, la señorita Pross se acordó del vino que querían. Después de echar un vistazo a varias tiendas de vino, se detuvo ante el letrero de «El Buen Republicano Brutus de la Antigüedad» no lejos del Palacio Nacional, que fue una vez (o dos) el de las Tullerías, donde el aspecto de las cosas se le antojó bastante a ella. Parecía más tranquilo que cualquier otro lugar de la misma descripción por los que habían pasado y, aunque rojo por las gorras patrióticas, no era tan rojo como los demás. Tanteando al señor Cruncher y encontrándole de su opinión, la señorita Pross acudió a «El Buen Republicano Brutus de la Antigüedad» asistido por su caballero.

Apenas observando las luces humeantes, la gente con la pipa en la boca, jugando con cartas mustias y dominós amarillos, el trabajador de pecho desnudo, brazos desnudos, sucio de hollín leyendo el periódico en voz alta y otros escuchándole, dos o tres clientes cayéndose hacia delante dormidos, quienes con la popular chaqueta negra peluda alta de hombros parecían, en esa actitud, osos o perros con sueño; los dos clientes extraños se acercaron al mostrador y enseñaron lo que querían.

Como su vino se iba a medir fuera, un hombre se separó de otro en un rincón y se levantó para salir. Al irse tuvo que mirar hacia la señorita Pross. Tan pronto como él la miró, la señorita Pross lanzó un grito y dio una palmada. En un momento toda la compañía estaba a sus pies. Que alguien fuera asesinado por justificar una diferencia de opinión era la incidencia más probable. Todo el mundo miró para ver caer a alguien, pero solamente vieron a un hombre y a una mujer en pie mirándose el uno al otro; el hombre con todo el aspecto exterior de un francés y perfecto republicano; la mujer, evidentemente inglesa.

Lo que dijeron en este anticlímax decepcionante los discípulos de «El Buen Republicano Brutus de la Antigüedad» excepto que era algo muy locuaz y enérgico hubiera sido tanto hebreo o caldeo para la señorita Pross y su protector, aunque ellos habían sido todo oídos. Pero no tenían oídos para nada en su sorpresa. Porque se tiene que apuntar que no solamente la señorita Pross quedó sumida en el asombro y la agitación, sino que el señor Cruncher —aunque parecía apartado y particular— estaba en el mayor estado de asombro.

—¿Qué pasa? —dijo el hombre que había causado el grito de la señorita Pross, hablando con voz enojada y cortante (aunque en tono bajo) y en inglés.

—¡Oh, Solomon, querido Solomon! —gritó la señorita Pross, dando una palmada de nuevo—. ¡Después de no ponerte la vista encima ni de oírte durante tanto tiempo, te encuentro aquí!

—No me llame Solomon. ¿Quiere la muerte para mí? —preguntó el hombre de una forma furtiva, asustada.

—¡Hermano, hermano! —gritó la señorita Pross, rompiendo a llorar—. ¿He sido alguna vez tan dura contigo para que hagas esa pregunta tan cruel?

—Entonces sujete su lengua indiscreta —dijo Solomon—, y salga, si quiere hablar conmigo. Pague su vino y salga. ¿Quién es este hombre?

La señorita Pross, moviendo su cabeza cariñosa y abatida que de ninguna manera afectó a su hermano, dijo a través de sus lágrimas: «El señor Cruncher.»

—Que salga también —dijo Solomon—. ¿Cree él que soy un fantasma?

Al parecer lo creía el señor Cruncher a juzgar por sus miradas. Sin embargo él no dijo una palabra, y la señorita Pross, explorando las profundidades de su pequeña bolsa con gran dificultad a través de las lágrimas, pagó el vino. Cuando lo hizo, Solomon se volvió hacia los seguidores de «El Buen Republicano Brutus de la Antigüedad» y dio unas cuantas palabras de explicación en lengua francesa, que hizo que todos se volvieran a sus lugares y actividades anteriores.

—Ahora —dijo Solomon parándose en la esquina de la calle oscura—, ¿qué quieres?

—¡Qué crueldad horrorosa en un hermano que nunca ha devuelto nada de mi amor! —gritó la señorita Pross—, darme un saludo tal y no mostrarme ningún afecto.

—¡Vaya! ¡Maldita sea! ¡Vaya! —dijo Solomon, dando un toquecito en los labios de la señorita Pross con los suyos—. ¿Ahora estás contenta?

La señorita Pross sólo movió la cabeza y lloró en silencio.

—¡Si esperas que me sorprenda! —dijo su hermano Solomon—, no me sorprendo. Sabía que estabas aquí. Conozco a la mayoría de la gente que está aquí. Si realmente no quieres poner en peligro mi existencia (lo que creo a medias que harás) seguid vuestros caminos tan pronto como sea posible y dejad que yo haga el mío. Estoy ocupado. Soy oficial.

—Mi hermano inglés Solomon —se lamentó la señorita Pross, levantando los ojos cargados de lágrimas—, que tenía cualidades en él de uno de los mejores y más grandes hombres de su país natal, un oficial entre extranjeros, ¡y qué extranjeros! Casi habría visto antes al querido niño yacer en su...

—¡Yo lo dije! —gritó su hermano, interrumpiendo—. Lo sabía. Quieres ser la muerte para mí. Seré presentado como sospechoso por mi propia hermana. ¡Justo cuando lo estoy consiguiendo!

—¡Los Cielos misericordiosos y clementes lo impidan! —gritó la señorita Pross—. Mucho más hubiera preferido no verte de nuevo, Solomon, aunque siempre te he querido de verdad y siempre lo haré. Dime sólo una palabra de afecto y dime que no hay ningún enfado ni distanciamiento entre nosotros y no te detendré más tiempo.

¡La buena señorita Pross! ¡Como si el distanciamiento entre ellos hubiera sido culpa de ella. Como si el señor Lorry no lo hubiera conocido por un hecho, hace años, en la tranquila esquina de Soho, que este precioso hermano se había gastado el dinero de ella y la había abandonado!

Él estaba diciendo la palabra afectuosa, sin embargo, con una condescendencia y mecenazgo mucho más mezquinos de lo que él podría haber mostrado si sus méritos y posiciones familiares hubieran estado invertidos (lo que es el caso invariablemente en todo el mundo), cuando el señor Cruncher, tocándole en el hombro, interrumpió con voz ronca e inesperadamente con la siguiente pregunta singular:

—¡Digo! ¿Podría pedirle un favor? Es respecto a si su nombre es John Solomon o Solomon John.

El oficial se volvió hacia él con recelo repentino. Él no había pronunciado una palabra antes.

—¡Vamos! —dijo el señor Cruncher—. Hable claro, ya sabe —lo que, por cierto, era más de lo que podía hacer él mismo—. John Solomon o Solomon John. Ella le llama Solomon y ella tiene que saber siendo su hermana. Y yo sé que es John, ya sabe. ¿Cuál de los dos va primero? Y respecto a ese nombre de Pross, también. Ese no era su nombre sobre el agua.

—¿Qué quiere decir?

—Bueno, no sé todo lo que quiero decir, porque no puedo recordar cuál era su nombre sobre el agua.

—¿No?

—No. Pero juraría que era un nombre de dos sílabas.

—¿De veras?

—Sí. El otro era de una sílaba. Lo sé. Usted era testigo espía en Bailey. ¿Cómo, en nombre del Padre de las Mentiras, o en el de su padre, se llamaba en esa época?

—Barsad —dijo otra voz interviniendo.

—¡Ese es el nombre, por mil libras! —gritó Jerry.

El hablante que intervino era Sydney Carton. Tenía las manos delante debajo de los faldones de su abrigo de montar, y se quedó al lado del codo del señor Cruncher de una forma tan despreocupada como pudiera haberse quedado en el mismo Old Bailey.

—No se alarme, mi querida señorita Pross. Llegué a casa de Lorry, para sorpresa suya, ayer por la tarde; acordamos que no me presentaría en otro sitio hasta que todo estuviera bien, o al menos que pudiera ser útil. Me presento aquí para pedir una pequeña charla con su hermano. Ojalá tuviera un hermano mejor empleado que el señor Barsad. Ojalá que por su bien el señor Barsad no fuera una Oveja de las Prisiones.

Oveja era una palabra de jerga de la época para espía, entre los carceleros. El espía, que estaba pálido, palideció más todavía y le preguntó cómo se atrevía...

—Se lo diré —dijo Sidney—. Tropecé con usted, señor Barsad, al salir de la prisión de la Conciergerie mientras estaba contemplando los muros hace una hora o más. Tiene una cara para recordar y yo recuerdo bien las caras. Me pareció curioso verle a ese respecto, y teniendo una razón, a la cual usted no es extraño, para relacionarle con las desgracias de un amigo ahora muy desgraciado, yo caminé en su dirección. Entré en la tienda de vino de aquí, y me senté cerca de usted. No tuve ninguna dificultad en deducir de su conversación abierta y del rumor que hubo abiertamente entre sus admiradores, la naturaleza de su visita. Y poco a poco lo que yo había hecho al azar, parecía tomar forma en un propósito, señor Barsad.

—¿Qué propósito? —preguntó el espía.

—Sería molesto, y podría ser peligroso, explicarlo en la calle. ¿Podría hacerme el favor, en confianza, de estar unos pocos minutos en su compañía... en la oficina del Banco Tellson, por ejemplo?

—¿Bajo amenaza?

—¡Oh!, ¿dije eso?

—¿Entonces por qué iría yo allí?

—Realmente, señor Barsad, no puedo decir, si usted no puede.

—¿Quiere decir que usted no dirá, señor? —preguntó el espía de manera indecisa.

—Usted me comprende muy claramente, señor Barsad, no diré.

La imprudencia de actitud despreocupada de Carton vino de forma poderosa en ayuda de su rapidez y habilidad en un asunto como el que tenía en secreto en su pensamiento, y con un hombre como aquel con el que tenía que ver. Su ojo práctico lo vio y sacó el mayor provecho.

—Ahora, le hablaré así —dijo el espía, echando una mirada de reproche a su hermana—, si viene algún problema de esto, es por ti.

—¡Vamos, vamos, señor Barsad! —exclamó Sydney—. No sea ingrato. Pero por mi gran respeto a su hermana, yo no podría haber llegado de una forma tan agradable a una pequeña proposición que deseo hacer para satisfacción mutua. ¿Va conmigo al Banco?

—Oiré lo tenga que decir. Sí, iré con usted.

—Propongo que primero llevemos a su hermana con seguridad a la esquina de su calle. Déjeme llevarla del brazo, señorita Pross. Esta no es una buena ciudad, en este momento, para que usted esté fuera sin protección, y como su acompañante conoce al señor Barsad, invitaré al señor Lorry a estar con nosotros. ¿Estamos preparados? ¡Vamos entonces!

La señorita Pross recordaba poco después, y al final de su vida recordó, que según apretaban sus manos el brazo de Sydney y le miraba a la cara, suplicándole que no hiciera daño a Solomon, había un propósito preparado en el brazo y una especie de inspiración en los ojos que no solamente contradecía su actitud ligera, sino que cambiaba y elevaba al hombre. Ella estaba demasiado ocupada entonces con los temores por el hermano que tan poco merecía su afecto, y con palabras tranquilizadoras amistosas de Sydney, para prestar una atención adecuada a lo que ella observaba.

La dejaron en la esquina de la calle y Carton se dirigió camino de casa de Lorry, que estaba a pocos minutos andando. John Basard, o Solomon Pross, caminaba a su lado.

El señor Lorry acababa de terminar su cena y estaba sentado delante de uno o dos alegres troncos pequeños en el fuego, quizá mirando en su resplandor el retrato de ese caballero mayor de edad más joven de Tellson, quien había mirado a las ascuas en el Royal George de Dover, ahora hacía un buen número de años. Él volvió la cabeza cuando entraron ellos y mostró su sorpresa cuando vio al extraño.

—El hermano de la señorita Pross, señor —dijo Sydney—, el señor Barsad.

—¿Barsad? —repitió el anciano caballero—. ¿Barsad? Tengo un recuerdo del nombre... y de la cara.

—Le dije que tenía una cara notable, señor Barsad —observó Carton fríamente—. Por favor, siéntese.

Cuando cogió una silla él proporcionó el eslabón que quería el señor Lorry diciéndole con el ceño fruncido «Testigo en ese juicio.» El señor Lorry recordó inmediatamente y miró a su nuevo visitante con mirada de odio franco.

—El señor Barsad ha sido reconocido por la señorita Pross como el hermano afectuoso del que ha oído hablar —dijo Sydney—, y ha reconocido la relación. Paso a noticias peores. Darnay ha sido detenido de nuevo.

Golpeado con consternación, el anciano caballero exclamó: «¡Qué me dice! Le dejé seguro y libre en estas dos horas y estoy a punto de volver a él!»

—Detenido por todo eso. ¿Cuándo se hizo, señor Barsad?

—Justo ahora, si hay algo.

—El señor Barsad es la mejor autoridad posible, señor —dijo Sydney—, y yo la tengo por la comunicación del señor Barsad a una Oveja amiga y hermana con una botella de vino que la detención ha tenido lugar. Él dejó a los mensajeros en la verja y les vio admitirlos el portero. No hay duda terrenal de que él ha sido cogido de nuevo.

El ojo profesional del señor Lorry leyó en el rostro del hablante que era una pérdida de tiempo extenderse en el punto. Confundido pero sensible a algo que pudiera depender de su presencia de mente, se controló y se mantuvo atento en silencio.

—Ahora, confío —le dijo Sydney— que el nombre e influencia del doctor Manette pueda ser tan útil mañana. ¿Dijo usted que estaría delante del Tribunal mañana de nuevo, señor Barsad?

—Sí, creo que sí.

—... Tan útil mañana como hoy. Pero puede no ser así. Reconozco que estoy desconcertado, señor Lorry, porque el doctor Manette no haya tenido poder para evitar esta detención.

—Puede que no la haya sabido de antemano —dijo el señor Lorry.

—Pero esa misma circunstancia sería alarmante cuando recordamos lo identificado que está con su yerno.

—Eso es cierto —reconoció el señor Lorry con su mano preocupada en la barbilla y sus ojos preocupados sobre Carton.

—Resumiendo —dijo Sydney—. Este es un tiempo desesperado, cuando se juegan juegos desesperados por apuestas desesperadas. Dejemos que el doctor juegue el juego del ganador; yo jugaré el del perdedor. Ninguna vida de hombre aquí merece la pena comprar. Cualquiera llevado a casa por el pueblo hoy, puede ser condenado mañana. Ahora bien, la apuesta por la que tengo que resolver jugar, en el peor de los casos, es un amigo de la Conciergerie. Y el amigo al que me propongo ganar es al señor Barsad.

—Necesita tener buenas cartas, señor —dijo el espía.

—Las cogeré. Veré lo que tengo. Señor Lorry, usted sabe lo bruto que soy. Desearía que me diera un poco de brandy.

Se puso delante de él y se bebió un vaso entero —se bebió otro vaso lleno— y empujó la botella pensativamente.

—Señor Barsad —continuó en el tono de alguien que realmente estuviera mirando una mano de cartas—, Oveja de los prisioneros, emisario de comités republicanos, ahora carcelero, ahora prisionero, siempre espía e informador secreto, con mucho el más valioso aquí por ser inglés, porque un inglés está menos sujeto a sospecha de subordinación que un francés, se presenta a sus empleadores bajo un nombre falso. Esa es una carta muy buena. El señor Barsad, ahora en el empleo del gobierno francés republicano, estaba anteriormente en el empleo del gobierno inglés aristocrático, el enemigo de Francia y la libertad. Esa es una carta excelente. La deducción clara como el día en esta zona de sospecha, que el señor Barsad, todavía pagado por el gobierno inglés aristocrático, es el espía de Pitt, el enemigo traicionero de la República agachado en su seno, el traidor y agente inglés de toda maldad de la que tanto se habla y tan difícil de encontrar. Esa es una carta que no se va a ganar. ¿Ha seguido mi mano, señor Barsad?

—No para entender su juego —contestó el espía, algo inquieto.

—Juego mi As, Denuncia del señor Barsad al Comité de Sección más próximo. Mire su mano, señor Barsad, para ver lo que tiene. No tenga prisa.

Él se acercó la botella, vertió otro vaso lleno de brandy, se lo bebió y vio que el espía estaba temeroso de que él bebiera hasta un estado apropiado para su inmediata denuncia. Viéndolo, vertió y se bebió otro vaso lleno.

—Mire su mano con cuidado, señor Barsad. Tome su tiempo.

Era una mano más pobre de lo que él sospechaba. El señor Barsad vio cartas vencidas en ella de las que Sydney no sabía nada. Echado de su honroso empleo en Inglaterra, por demasiados juramentos difíciles sin éxito allí —no porque no fuera querido allí: nuestras razones inglesas para jactarse de nuestra superioridad respecto a secretos y espías son de una época muy moderna—, él sabía que había cruzado el Canal y aceptado el servicio en Francia; primero, como tentador e indiscreto entre sus propios compatriotas allí; poco a poco como tentador e indiscreto entre los nativos. Él sabía que bajo el gobierno derrocado había sido espía en Saint Antoine y la tienda de vino de Defarge, había recibido de la policía vigilante tales puntos de información concernientes al encarcelamiento del doctor Manette, liberación e historia como le servirían para una introducción a la conversación familiar con los Defarge, y los probó en la señora Defarge y había acabado con ellos rotundamente. Siempre recordaba con temor y temblando que esa horrible mujer había estado haciendo punto cuando hablaba con ella, y le había mirado en silencio según se movían sus dedos. Él la había visto desde entonces en la Sección de Saint Antoine, una y otra vez, hacer sus registros haciendo punto y denunciar a gente cuyas vidas se tragaría la guillotina entonces con seguridad. Sabía, como todo el que estaba empleado como él, que no estaba nunca seguro; que la huida era imposible, que estaba bien atado bajo la sombra del hacha y que a pesar de su mayor cambio de idea y traición en apoyo del terror reinante, una palabra podría derribarle. Una vez denunciado, y sobre tal terreno grave como ahora acababa de suponer su mente, preveía que la mujer horrible de cuyo carácter implacable había visto tantas pruebas, produciría contra él ese registro mortal y ahogaría su última oportunidad de vivir. Además de que todos los hombres secretos son hombres que se asustan pronto, aquí había seguramente suficientes cartas de un palo negro para justificar al que las llevaba en llegar a estar bastante lívido según les daba la vuelta.

—No parece ni mucho menos que le guste su mano —dijo Sydney con la mayor serenidad—. ¿Juega?

—Creo, señor —dijo el espía, de la forma más humilde, según se dirigió al señor Lorry—, que puedo pedir a un caballero de sus años y benevolencia que la ponga a este otro caballero, tan subalterno suyo, si él puede bajo cualquier circunstancia conciliarla a su posición para jugar ese As del que ha hablado. Admito que soy espía y que se considera una posición que desprestigia, aunque alguien tiene que llenarla; pero este caballero no es espía y, ¿por qué se degradaría tanto como para hacerse uno?

—Juego mi As, señor Barsad —dijo Carton, haciendo suya la respuesta y mirando a su reloj—, sin escrúpulos en muy pocos minutos.

—Hubiera esperado de ambos caballeros —dijo el espía siempre esforzándose por enganchar al señor Lorry en la discusión— que su respeto por mi hermana...

—No podría testificar mejor mi respeto por su hermana que aliviándola finalmente de su hermano —dijo Sydney Carton.

—¿Cree que no, señor?

—Yo ya me he decidido sobre ello totalmente.

El estilo refinado del espía, curiosamente en discordancia con su traje ostentosamente basto, y probablemente con su comportamiento normal, recibió tal revisión de la inescrutabilidad de Carton —que era un misterio para hombres más sabios y honrados que él— que titubeó aquí y le falló. Mientras estaba perdido, Carton dijo, reasumiendo su anterior aire de considerar las cartas:

—Y de hecho, ahora creo otra vez que tengo una fuerte impresión de que tengo otra carta buena aquí, todavía no enumerada. Ese amigo y Oveja compañera que hablaba de sí mismo como que pastaba en las prisiones del país, ¿quién era?

—Francés. No le conoce —dijo el espía rápidamente.

—Francés, ¡eh! —repitió Carton, reflexionando y aparentando no darse cuenta del todo, aunque hizo eco de su palabra—. Bien, puede ser.

—Lo es, se lo aseguro, —dijo el espía— aunque no es importante.

—Aunque no es importante —repitió Carton de la misma forma mecánica—, aunque no es importante... No, no es importante. No. No obstante conozco la cara.

—Creo que no. Estoy seguro de que no. No puede ser —dijo el espía.

—No... puede... ser —murmuró Sydney Carton, retrospectivamente y llenando su vaso otra vez, que afortunadamente era pequeño—. «No... puede... ser. Hablaba buen francés. No obstante, como un extranjero», pensé.

—Provincial —dijo el espía.

—¡No, extranjero! —gritó Carton, golpeando con la mano abierta sobre la mesa, mientras una luz rayaba claramente en su mente—. ¡Cly! Disfrazado, pero el mismo hombre. Tuvimos a ese hombre delante de nosotros en el Old Bailey.

—Ahora, ahí se ha precipitado usted, señor —dijo Barsad, con una sonrisa que dio a su nariz angulosa una inclinación adicional hacia una lado—; ahí me da realmente una ventaja sobre usted. Cly (a quien admitiré sin reservas, en esta distancia de tiempo, que era compañero mío) ha muerto hace varios años. Yo le atendí en su última enfermedad. Fue enterrado en Londres, en la iglesia de Saint Pancras-in-the-Fields. Su impopularidad con la multitud villana en el momento evitó que siguiera sus restos, pero ayudé a tumbarle en su ataúd.

Aquí el señor Lorry se dio cuenta, desde donde estaba sentado, de una sombra duende muy marcada sobre la pared. Siguiéndola hasta su fuente, descubrió que fue causada por un elevamiento y atiesamiento extraordinario, repentino, de todo el pelo levantado y tieso de la cabeza del señor Cruncher.

—Seamos razonables —dijo el espía— y seamos honrados. Para mostrar lo equivocado que está y lo infundado de su suposición, pondré delante de usted un certificado del entierro de Cly, que sucede que he llevado en mi cartera —con una mano rápida él la presentó y la abrió— desde entonces. Ahí está. ¡Oh, mírela, mírela! Puede cogerla en la mano; no es falsa.

Aquí el señor Lorry percibió que el reflejo de la pared se alargaba y el señor Cruncher se levantaba y daba pasos hacia delante. Su pelo no podía haber sido más violento en el extremo, si en ese momento hubiera sido arreglado por la Vaca con el cuerno aplastado en la casa que Jack construyó.

Sin ser visto por el espía, el señor Cruncher se quedó en pie a su lado y le tocó en el hombro como un mayordomo fantasmal.

—Ese de allí era Roger Cly, señor —dijo el señor Cruncher, con semblante taciturno y férreo—. ¿Así que usted le puso en su ataúd?

—Sí.

—¿Quién lo sacó de él? —Barsad se apoyó en su silla y tartamudeó—. ¿Qué quiere decir?

—Quiero decir —dijo el señor Cruncher— que él nunca estuvo en él ¡No! ¡No él! Me cortarán la cabeza si él estuvo alguna vez en él.

El espía miró alrededor a los dos caballeros; ambos miraban con un asombro indecible a Jerry.

—Le digo —dijo Jerry— que ustedes enterraron piedras del pavimento y tierra en ese ataúd de allí. No vaya a decirme que enterraron a Cly. Fue una presa. Yo y dos más lo sabemos.

—¿Cómo lo sabe?

—¿Qué es eso para usted? ¡Caramba! —gruñó el señor Cruncher—, es con usted con el que he tenido una rencilla otra vez, lo es, ¡con sus abusos vergonzosos sobre los comerciantes! Le agarraría por la garganta y le estrangularía por media guinea.

Sydney Carton, quien, con el señor Lorry, se habían perdido en el asombro ante este giro del asunto, pidieron aquí al señor Cruncher que se moderara y se explicara.

—En otro momento, señor —contestó evasivamente—, el momento presente no es conveniente para explicaciones. Lo que se mantiene es que él sabe bien que Cly nunca estuvo en ese ataúd de allí. Déjemosle que hable con palabras sencillas y le cogeré de la garganta y le estrangularé por media guinea —el señor Cruncher acentuó esto como una oferta muy generosa—, o saldré y le anunciaré.

—¡Hombre! Veo una cosa —dijo Carton—. Tengo otra carta, señor Barsad. Imposible para usted, aquí en el furor de París, con la Sospecha que llena el aire, sobrevivir a la denuncia cuando usted está en comunicación con otro espía aristocrático de sus mismos antecedentes, quien, además, tiene el misterio a su alrededor de haber fingido la muerte y volver a la vida de nuevo. Una conspiración en las prisiones del extranjero contra la República. Una carta fuerte... ¡una verdadera carta de Guillotina! ¿Juega?

—¡No! —respondió el espía—. Renuncio. Confieso que éramos tan impopulares con la muchedumbre escandalosa que yo solamente me fui de Inglaterra con el riesgo de eludir la muerte y que a Cly le registraban de arriba abajo, que él nunca se hubiera ido del todo si no era por ese engaño. Aunque cómo este hombre sabe que fue un engaño, es una maravilla de maravillas para mí.

—Que nunca se inquiete su cabeza por este hombre —replicó el peleón señor Cruncher—; usted tendrá problemas suficientes por prestarle atención a ese caballero. ¡Y mire aquí! ¡Una vez más! —el señor Cruncher no podía impedir hacer un alarde tan ostentoso de su liberalidad—. Le cogería de la garganta y le estrangularía por media guinea.

La Oveja de las prisiones se volvió de él a Sydney Carton y dijo, con más decisión:

—Se ha llegado a un punto. Me voy a mi deber pronto y no puedo quedarme más tiempo. Me dijo que tenía una propuesta. ¿Qué es? Ahora bien, no es muy útil pedirme demasiado. Pídame que haga algo en mi puesto, poniendo mi cabeza en gran peligro y sería mejor que confiara mi vida a la oportunidad de un rechazo que a la oportunidad de un consentimiento. En resumen, yo haría esa elección. Habla de desesperación. Todos estamos desesperados aquí. ¡Recuerde! Puedo denunciarle si lo creo apropiado y puedo declarar a través de muros de piedra, y así pueden otros. Ahora, ¿qué quiere de mí?

—No mucho. ¿Es carcelero en la Conciergerie?

—Se lo digo de una vez por todas, no hay nada que haga posible una fuga —dijo el espía firmemente.

—¿Por qué es necesario que me diga lo que no he preguntado? ¿Usted es carcelero en la Conciergerie?

—Lo soy algunas veces.

—¿Puede estar cuando lo decida?

—Puedo entrar y salir cuando decida.

Sydney Carton llenó otro vaso de brandy, lo vertió lentamente sobre el hogar y lo observó mientras caía. Gastándose todo, dijo levantándose:

—Hasta ahora hemos hablado delante de estos dos, porque era bueno que los méritos de las cartas no descansaran solamente entre usted y yo. Entre en la habitación oscura de aquí y tengamos una última palabra solos.

CAPÍTULO IX

El juego hecho

Mientras el señor Carton y la Oveja de las prisiones estaban en la habitación oscura adjunta, hablando tan bajo que no se oía ningún sonido, el señor Lorry miraba a Jerry con una considerable duda y desconfianza. Esa actitud de comerciante honrado de recibir la mirada no le inspiraba confianza; cambió la pierna sobre la que descansaba con tanta frecuencia como si tuviera cincuenta de aquellos miembros y estuviera probándolos todos; examinó las uñas de sus dedos con minuciosa atención muy cuestionable, y siempre que el ojo del señor Lorry le captaba, a él le daba esa peculiar clase de tos breve que requería una mano delante, lo que se conoce rara vez, si lo es alguna, como una secuela de achaque de perfecta franqueza de carácter.

—Jerry —dijo el señor Lorry—. Venga aquí.

El señor Cruncher avanzó de lado, con uno de sus hombros por delante.

—¿Qué ha sido usted, además de mensajero?

Después de alguna reflexión, acompañada de una mirada profunda a su patrón, el señor Cruncher concibió la brillante idea de contestar:

—De carácter agrícola.

—Mi mente me hace dudar mucho —dijo el señor Lorry, moviendo el dedo índice hacia él con enfado— de que usted ha empleado la respetable y gran casa de Tellson como un ciego y que ha tenido una ocupación ilegal de descripción infame. Si la tiene, no espere que le ayude cuando regrese a Inglaterra. Si la tiene, no espere que guarde su secreto. Tellson no será engañado.

—Espero, señor —rogó el avergonzado señor Cruncher—, que un caballero como usted para el que he tenido el honor de hacer pequeños trabajos hasta volverme gris pensaría dos veces hacerme daño, incluso si fuera así; no digo que lo sea, pero por si lo fuera. Y que si se va a tener en cuenta que fuera, sería, incluso entonces, todo por parte de uno. Habría dos partes para ello. Podría haber doctores en medicina en la hora presente, una recogida de sus guineas donde un comerciante honrado no recoge sus cargas... ¡cargas!, no, ni siquiera sus medias cargas... ¡medias cargas!, no, ni siquiera un cuarto; una banca que se va como el humo en Tellson, y levantando sus ojos médicos a ese comerciante a hurtadillas, un entrar y salir de sus propios carruajes. ¡Ah! Igual que humo, si no más que eso. Bien, eso sería engaño, también, en Tellson. Porque usted no puede quedarse con la oca y no con el ganso. Y aquí está la señora Cruncher, o por lo menos lo era en tiempos de la Antigua Inglaterra, y estaría mañana, si se diera causa, desplomándose en el oficio hasta ese grado como es la perdición, ¡absoluta perdición! Mientras tanto las esposas de los doctores en medicina no se desploman, ¡las cogen en ello! O, si ellas se desploman, sus caídas van en favor de más pacientes y, ¿cómo puede usted tener a una sin la otra exactamente? Entonces, lo que con los empresarios, y lo que con los empleados de la parroquia, y lo que con los sacristanes, y lo que con los vigilantes privados (todos avariciosos y todos en ello), un hombre no puede conseguir mucho por ello, incluso si fuera así. Y lo poco que consiga un hombre, nunca prosperaría con él, señor Lorry. El nunca tendría ningún bien de ello; él querría estar fuera de la línea constantemente, si pudiera ver su camino de salida, estando dentro una vez... incluso si así fuera.

—¡Uf! —exclamó el señor Lorry, bastante ablandado, no obstante—. Estoy impresionado por su visión.

—Ahora, lo que humildemente le ofrecería, señor —continuó el señor Cruncher—, incluso si así fuera, que no digo que lo sea...

—No se ande con rodeos —dijo el señor Lorry.

—No, no lo haré —contestó el señor Cruncher, como si nada fuera más allá de sus pensamientos o práctica—, lo que no digo que sea... lo que humildemente le ofrecería, señor, sería esto. Sobre ese taburete de allí, en ese bar de allí, está ese muchacho mío, educado y crecido para ser un hombre, que le hará recados, mensajes, trabajos levess en general, hasta que sus talones estén donde está su cabeza, si tales fueran sus deseos. Si fuera así, lo que yo todavía no digo que sea (porque no me andaré con rodeos con usted, señor), deje que el muchacho de allí ocupe el lugar de su padre y cuide de su madre; no se salga de sus casillas con el padre del muchacho —no lo haga, señor— y deje que su padre entre en el ramo de la cava regular y compense lo que él habría cavado —si así fuera— cavando con voluntad y con convicciones respecto a mantener seguro el futuro de ellos. Que, señor Lorry —continuó el señor Cruncher, limpiándose la frente con el brazo, como anuncio de que había llegado a la perorata de su discurso—, es lo que yo le ofrecería respetuosamente a usted, señor. Un hombre no ve todo esto de aquí que sigue siendo horrible a su alrededor, en la forma de Súbditos sin cabeza, ¡Dios mío!, piel abundante suficiente para bajar el precio al transporte y apenas eso, sin tener serios pensamientos de las cosas. Y éstos de aquí serían míos, si fuera así, suplicándole tenga en mente lo que acabo de decir; yo me levanto y hablo en la buena causa cuando podría haberlo ocultado.

—Eso al menos es cierto —dijo el señor Lorry—. No diga más ahora. Puede ser que siga siendo su amigo todavía, si se lo merece y se arrepiente de acto, no de palabra. No quiero más palabras.

El señor Cruncher se golpeaba con los nudillos la frente, cuando Sydney Carton y el espía regresaban de la habitación oscura.

—*Adieu*, señor Barsad —dijo el primero—; nuestra disposición está hecha así, no tiene nada que temer de mí.

Él se sentó en una silla en el hogar, al lado del señor Lorry. Cuando estuvieron solos, el señor Lorry le preguntó lo que había hecho.

—No mucho. Si fuera mal con el prisionero, tengo asegurado el acceso a él, una vez.

El semblante del señor Lorry decayó.

—Es todo lo que pude hacer —dijo Carton—. Proponerse demasiado sería poner la cabeza de este hombre debajo del hacha y, como él mismo dijo, nada peor podía ocurrirle si fuera denunciado. Era obviamente el punto flaco de la situación. No hay ayuda para ello.

—Pero el acceso a él —dijo el señor Lorry—, si fuera mal ante el Tribunal, no le salvará.

—Nunca dije que lo haría.

Los ojos del señor Lorry buscaron el fuego poco a poco; su compasión por la persona querida y la fuerte desilusión de esta segunda detención, poco a poco los debilitaba; él era un anciano ahora, oprimido por la ansiedad de los últimos tiempos y sus lágrimas cayeron.

—Usted es un buen hombre y un verdadero amigo —dijo Carton, con voz cambiada—. Perdóneme si noto que está afectado. No podía ver a mi padre llorar, y me sentaba a su lado, despreocupado. Y no podía respetar su pena más, si fuera mi padre. Usted está libre de esa desgracia, sin embargo.

Aunque dijo las últimas palabras con una caída en su forma normal, hubo un verdadero sentimiento y respeto tanto en su tono como en su tacto, y el señor Lorry, que nunca había visto el mejor lado de él, estaba totalmente desprevenido para ello. Le dio la mano y Carton la apretó suavemente.

—Volviendo al pobre Darnay —dijo Carton—, no le hable a ella de esta entrevista, o de este arreglo. No sería posible para ella ir a verle. Podría pensar que estaba ideado, en caso de lo peor, para transmitirle los medios de anticipar la sentencia.

El señor Lorry no había pensado en eso y miró rápidamente a Carton para ver si estaba en su mente. Parecía estarlo; él devolvió la mirada y sin duda la entendió.

—Ella podría pensar mil cosas —dijo Carton—, y cualquiera de ellas solamente aumentaría su preocupación. No le hable de mí. Como le dije cuando vine antes, preferiría no verla. Puedo tender la mano para hacer cualquier obra de pequeña ayuda por ella que mi mano pueda encontrar, sin eso. Va a ir a su casa, espero. Tiene que estar muy desconsolada esta noche.

—Voy ahora, directamente.

—Me alegro de eso. Ella le tiene un fuerte cariño a usted y confía en usted. ¿Qué aspecto tiene?

—Inquieta e infeliz, pero muy hermosa.

—¡Ah!

Hubo un sonido largo, doloroso, como un suspiro —casi como un sollozo—. Atrajo los ojos del señor Lorry al rostro de Carton, que estaba girado hacia el fuego. Una luz, o una sombra (el anciano caballero no podía haber dicho que), salió de él tan rápidamente como un cambio se extendería sobre una ladera en un día brillante y levantó el pie para poner atrás uno de los pequeños leños encendidos que estaba cayéndose hacia delante. Él llevaba puesto abrigo de montar y botas altas, entonces de moda, y la luz del fuego al tocar sus superficies le hizo parecer muy pálido, con su pelo largo marrón, todo sin cuidar, colgando suelto alrededor de él. Su indiferencia al fuego era lo suficientemente importante para provocar una palabra de protesta del señor Lorry; su bota estaba todavía sobre las ascuas calientes del leño encendido, cuando se había roto bajo el peso de su bota.

—Lo olvidé —dijo.

Los ojos del señor Lorry de nuevo fueron atraídos hacia su rostro. Dándose cuenta del aire de borracho que nublaba los rasgos atractivos naturales, y teniendo la expresión de las caras de los prisioneros frescas en su mente, recordó con fuerza esa expresión.

—¿Y sus deberes aquí han llegado a su fin, señor? —dijo Carton, volviéndose hacia él.

—Sí. Como le estaba contando la pasada noche cuando Lucie entró inesperadamente, por fin he hecho todo lo que puedo hacer aquí. Esperaba haberlos dejado perfectamente seguros y entonces haber abandonado París. He dejado Pasar mi Marcha. Estoy preparado para irme.

Ambos quedaron en silencio.

—La suya es una vida para mirar atrás, señor —dijo Carton, con nostalgia.

—Estoy en mi año setenta y ocho.

—¿Usted ha sido útil toda su vida; ocupado con firmeza y constancia; de confianza, respetado y con la mirada alta?

—He sido un hombre de negocios, siempre desde que he sido un hombre. De hecho puedo decir que era un hombre de negocios cuando era niño.

—Vea qué lugar ocupa a los setenta y ocho. ¡Cuánta gente le echará de menos cuando lo deje vacío!

—Un soltero viejo solitario —contestó el señor Lorry, moviendo la cabeza—. No hay nadie que llore por mí.

—¿Cómo puede decir eso? ¿No lloraría ella por usted? ¿No lo haría su niña?

—Sí, sí, gracias a Dios. No quise decir lo que dije.

—Es algo que agradecer a Dios, ¿no?

—Seguro, seguro.

—Si usted pudiera decir, con sinceridad, a su corazón solitario esta noche: «No me he asegurado el amor y el cariño, la gratitud o el respeto de ninguna criatura humana; no me he ganado un lugar cariñoso en ninguna estima, no he hecho nada bueno ni servicial para ser recordado», sus setenta y ocho años serían setenta y ocho pesadas maldiciones, ¿o no?

—Habla sinceramente, señor Carton. Creo que lo serían.

Sydney volvió los ojos de nuevo al fuego y, después de un silencio de unos momentos, dijo.

—Me gustaría preguntarle: ¿Le parece muy lejana su niñez? ¿Los días en los que se sentaba sobre la rodilla de su madre, parecen días de hace mucho tiempo?

Respondiendo a su estilo suavizado, el señor Lorry contestó:

—Veinte años atrás, sí. En este momento de mi vida, no. Porque, según me acerco más y más al final, viajo en círculo, cada vez más cerca del principio. Parece ser una especie de allanación y preparación del camino. Mi corazón está afectado ahora por muchos recuerdos que habían estado dormidos mucho tiempo, de mi joven y bonita madre (¡y yo tan viejo!), y por muchas asociaciones de los días cuando lo que llamamos Mundo no era tan real para mí y mis defectos no se confirmaban en mí.

—¡Comprendo el sentimiento! —exclamó Carton, con un rubor brillante—. ¿Y usted ha mejorado?

—Espero que sí.

Carton terminó aquí la conversación levantándose para ayudarle con su abrigo externo.

—Pero usted —dijo el señor Lorry, volviendo al tema—, usted es joven.

—Sí —dijo el señor Carton—. No soy viejo, pero mi camino joven nunca fue el camino hacia la edad. Suficiente de mí.

—Y de mí, estoy seguro —dijo el señor Lorry—. ¿Va a salir?

—Caminaré con usted hacia su verja. Usted conoce mis hábitos vagabundos e inquietos. Si rondara por las calles mucho tiempo, no se inquiete; reapareceré por la mañana. ¡Usted irá mañana al Juicio!

—Sí, por desgracia.

—Estaré allí, pero sólo como uno más de la multitud. Mi Espía encontrará un lugar para mí. Tome mi brazo, señor.

El señor Lorry así lo hizo y bajaron las escaleras y salieron a las calles. En unos pocos minutos llegaron al destino del señor Lorry. Carton le dejó allí; pero se quedó a corta distancia y se dio la vuelta de regreso a la verja de nuevo cuando se cerró y la tocó. Él había oído que ella iba a la prisión todos los días.

—Ella salía aquí —dijo, mirando a su alrededor—, por este camino, tenía que haber pisado estas piedras a menudo. Permitidme seguir sus pasos.

Eran las diez de la noche cuando él estaba delante de la prisión de La Force, donde ella había estado cientos de veces. Un pequeño aserrador, habiendo cerrado su tienda, estaba fumándose una pipa en la puerta en la tienda.

—Buenas noches, ciudadano —dijo Sydney Carton, deteniéndose porque el hombre le miraba de forma inquisitiva.

—Buenas noches, ciudadano.

—¿Cómo va la República?

—Usted quiere decir la Guillotina. No muy mal. Sesenta y tres hoy. Subiremos a cien pronto. Samson y sus hombres se quejan algunas veces de estar exhaustos. ¡Ja, ja, ja! Es tan extraño, ese Samson. ¡Qué barbero!

—¿Va a verle con frecuencia...?

—¿A afeitarme? Siempre. Todos los días. ¡Qué barbero! ¿Le ha visto trabajar?

—Nunca.

—Vaya a verle cuando tenga un buen montón. Figúrese esto, ciudadano; él afeitó a los sesenta y tres hoy, ¡en menos de dos pipas! Menos de dos pipas. ¡Palabra de honor!

Según sonreía burlonamente el hombrecillo tendía la pipa que estaba fumando, para explicar cómo tomaba el tiempo al ejecutor. Carton era tan consciente del deseo que aumentaba de borrar la vida de él, que se dio la vuelta para irse.

—Pero usted no es inglés —dijo el aserrador—, aunque lleva traje inglés.

—Sí —dijo Carton, haciendo una pausa de nuevo y contestando sobre su hombro.

—Habla como un francés.

—Soy un viejo estudiante de aquí.

—¡Ah, un perfecto francés! Buenas noches, inglés.

—Buenas noches, ciudadano.

—Pero vaya a ver a ese perro curioso insistió el hombrecillo, llamándole—. ¡Y lleve una pipa con usted!

Sydney no se había alejado mucho de la vista cuando se detuvo en medio de la calle debajo de un farol de luz débil y escribió con su lapicero sobre un trozo de papel. Luego, atravesando con el paso decidido del que recuerda bien el camino, varias calles oscuras y sucias —mucho más sucias de lo normal, porque las mejores vías públicas seguían sin limpiar en esos tiempos de terror— se detuvo en una farmacia, cuyo propietario estaba cerrando con sus propias manos. Una tienda pequeña, poco iluminada, torcida, mantenida en una vía tortuosa, cuesta arriba, por un hombre pequeño, poco iluminado, torcido.

Dando a este ciudadano, también, las buenas noches, según estaba enfrente de él en su mostrador, le puso el trozo de papel delante.

—¡Uf! —hizo el farmacéutico suavemente cuando lo leyó—. ¡Oye! ¡Oye! ¡Oye!

Sydney Carton hizo caso omiso y dijo el farmacéutico:

—¿Para usted, ciudadano?

—Para mí.

—¿Tendrá cuidado de mantenerlos separados, ciudadano? ¿Sabe las consecuencias de mezclarlo?

—Perfectamente.

Hizo ciertos paquetes pequeños y se los dio. Él los puso uno por uno en la delantera de su abrigo interior, contó el dinero para ellos y dejó la tienda pausadamente.

—No hay nada más que hacer —dijo mirando hacia arriba a la luna— hasta mañana. No puedo dormir.

No fue de una forma imprudente la forma en la que él dijo estas palabras en alto debajo de las nubes que pasaban veloces, no expresaban más negligencia que desafío. Era la forma estable de un hombre cansado que había vagado y luchado y se había perdido, pero quien al final había dado con su camino y veía su fin.

Hacía tiempo, cuando él había sido famoso entre sus primeros competidores como un joven de grandes promesas, había seguido a su padre a la tumba. Su madre había muerto años antes. Estas palabras solemnes, que se habían leído en la tumba de su padre, surgieron en su mente cuando bajaba por las calles oscuras, entre las sombras pesadas, con la luna y las nubes pasando en las alturas sobre él. «Soy la resurrección y la vida, dijo el Señor: el que cree en mí, aunque haya muerto vivirá; y aquel que viva y crea en mí, no morirá para siempre.»

En una ciudad dominada por el hacha, solo en la noche, con la pena natural creciendo en él por los sesenta y tres que habían sido llevados a la muerte aquel día y por las víctimas de mañana que entonces estaban esperando su condena en las prisiones, y todavía de las de mañana y de las de mañana, la cadena de asociación de la que se daba perfecta cuenta, como un ancla oxidada de un viejo barco desde la profundidad, se podía haber encontrado fácilmente. Él no las buscaba, pero las repetía y continuaba.

Con un interés solemne en las ventanas iluminadas donde la gente se estaba yendo a descansar, olvidados en esas pocas horas de calma de los horrores que les rodeaban; en las torres de las iglesias donde no se decían oraciones porque la repugnancia popular había incluso recorrido esa distancia de autodestrucción de años de impostores sacerdotales, saqueos y despilfarros; en los distantes cementerios, reservados, como ellos escribieron sobre las verjas, para el Sueño Eterno; en las abundantes cárceles, y en las calles a lo largo de las cuales los sesenta rodaron hacia la muerte que se había convertido en algo tan común y material, que ninguna historia triste de un Espíritu evocador surgiría nunca entre la gente fuera de todo el trabajo de la Guillotina; con un interés solemne en la vida y muerte enteras de la ciudad calmándose en su breve pausa nocturna de su furia, Sydney Carton cruzó el Sena de nuevo por las calles más iluminadas.

Pocos coches había fuera, porque los conductores de los coches eran propensos a ser sospechosos y elegantemente ocultaban su cabeza en gorros de dormir rojos y se ponían pesados zapatos y caminaban con dificultad. Pero los teatros estaban todos bien llenos y la gente salía poco a poco alegremente cuando él pasaba, y se iban a casa charlando. En una de las puertas del teatro había una niña con una madre, buscando un camino que cruzara la calle a través del barro. Él llevó a la niña encima y antes de que el tímido brazo se soltara de su cuello le pidió a ella un beso.

«Yo soy la resurrección y la vida, dijo el Señor: el que crea en mí, aunque haya muerto vivirá; y aquel que viva y crea en mí, no morirá para siempre.»

Ahora que las calles estaban tranquilas, y la noche pasaba, las palabras estaban en los ecos de sus pies y estaban en el aire. Totalmente en calma y firme, algunas veces las repetía en su interior según caminaba; pero las oía siempre.

La noche se agotó y, según estaba en el puente escuchando el agua cuando salpicaba los muros del río de la Isla de París, donde la confusión pintoresca de casas y catedral brillaban a la luz de la luna, llegó el día fríamente, pareciendo un rostro muerto que salía del cielo. Entonces, la noche, con la luna y las estrellas, se volvieron pálidas y desaparecieron, y durante un rato pareció como si la Creación estuviera ganando al dominio de la Muerte.

Pero el sol glorioso, elevándose, parecía golpear estas palabras, ese peso de la noche, directas y cálidas en su corazón con sus largos rayos brillantes. Y mirándolos, con ojos protegidos con reverencia, un puente de luz apareció para abarcar el aire entre él y el sol, mientras el río brillaba debajo.

La fuerte corriente, tan rápida, tan profunda y segura, era como un amigo agradable en la tranquilidad de la mañana. Él caminaba al lado de la corriente, lejos de las casas, y a la luz y calor del sol se quedó dormido en la orilla. Cuando se despertó y estuvo en pie de nuevo, se quedó allí todavía un poco más, observando un remolino que daba vueltas y vueltas sin un fin, hasta que la corriente lo absorbió y se lo llevó al mar.... «¡Como a mí!»

Un barco comercial, con una vela del color suave de una hoja seca, luego se deslizó a su vista, flotó a su lado y desapareció. Cuando su rastro silencioso desapareció en el agua, la oración que había salido de su corazón por una consideración misericordiosa de toda su pobre ceguera y errores, terminó con las palabras: «yo soy la resurrección y la vida».

El señor Lorry estaba ya fuera cuando regresó y fue fácil suponer donde había ido el buen anciano. Sydney Carton no bebió nada a excepción de un poco de café, comió algo de pan y, habiéndose lavado y cambiado para refrescarse, salió hacia el lugar del juicio.

El tribunal estaba todo bullendo, cuando las ovejas negras —a quien muchos abandonaban temerosos— le apretaron en un oscuro rincón entre la multitud. El señor Lorry estaba allí y el doctor Manette estaba allí. Ella estaba allí, sentada al lado de su padre.

Cuando metieron a su marido, ella le dirigió una mirada, tan reconfortante, tan esperanzadora, tan llena de amor admirativo y ternura de lástima, sin embargo tan valerosa por el bien de él, que llamó a su sangre saludable a la cara, brilló su mirada y animó su corazón. Si hubiera habido algún ojo que advirtiera la influencia de la mirada de ella sobre Sydney Carton, se hubiera visto que era de la misma influencia exactamente.

Ante ese Tribunal injusto, había poco o ningún orden de procedimiento, no asegurando a ninguna persona acusada una atención razonable. No podría haber sido tal Revolución si no se hubiera abusado primero de una forma tan monstruosa de todas las leyes, formas y ceremonias, que la venganza suicida de la Revolución iba a sembrar a todos los vientos.

Cada ojo se dirigió al jurado. Los mismos patriotas y buenos republicanos decididos de ayer y de anteayer, y de mañana y de pasado mañana. Impaciente y destacado entre ellos, un hombre con rostro ansioso y sus dedos rondando sus labios permanentemente, cuyo aspecto ocasionaba gran expectación entre los espectadores. Un miembro del jurado de vida sedienta, de mirada caníbal, empecinado, el Jacques Tres de Saint Antoine. Todo el jurado, como un jurado de perros formados para probar el venado.

Luego cada ojo se dirigió a los cinco jueces y al fiscal acusador público. Ninguna inclinación favorable en ese grupo hoy. Un asunto cruel, intransigente, asesino, allí. Cada ojo entonces buscaba a algún otro ojo en la multitud y brillaba con aprobación, y asentían con las cabezas unos a otros antes de concentrarse delante con una atención tensa.

Charles Evrémonde, llamado Darnay. Liberado ayer. Vuelto a acusar y a detener ayer. Acusación entregada a él anoche. Enemigo Sospechoso y Denunciado de la República, Aristócrata, de una familia de tiranos, de una raza proscrita, porque ellos habían empleado sus privilegios abolidos para la opresión infame del pueblo. Charles Evrémonde, llamado Darnay, en el derecho de tal proscripción, absolutamente Muerto en la Ley.

A este efecto, con pocas o menos palabras, el Fiscal Acusador Público. El Presidente preguntó si el Acusado había sido denunciado abiertamente o en secreto.

—Abiertamente, Presidente.

—¿Por quién?

—Tres voces. Ernest Defarge, vendedor de vino de Saint Antoine.

—Bien.

—Thérèse Defarge, su esposa.

—Bien.

—Alexandre Manette, médico.

Un gran clamor tuvo lugar en el tribunal, y en medio de él, se vio al doctor Manette, pálido y temblando, en pie donde había estado sentado.

—Presidente, protesto con indignación a usted porque esto es una falsificación y un fraude. Sabe que el acusado es el marido de mi hija. Mi hija, y aquellos que son queridos para ella son mucho más queridos para mí que mi vida. ¿Quién y dónde está el falso conspirador que dice que denunció al marido de mi niña?

—Ciudadano Manette, tranquilícese. Perder la sumisión a la autoridad del Tribunal le pondría a usted mismo fuera de la Ley. Respecto a lo que es más querido para usted que la vida, nada puede ser tan querido para un buen ciudadano como la República.

Aclamaciones en alto aclamaron esta reprimenda. El presidente tocó su campana y continuó con afecto.

—Si la República le pidiera a usted el sacrificio de su hija misma, usted tendría el deber de sacrificarla. Escuche lo que va a seguir. Mientras tanto, ¡Silencio!

Aclamaciones frenéticas se levantaron de nuevo. El doctor Manette se sentó, con los ojos mirando alrededor, y sus labios temblando; su hija se acercó más a él. El hombre ansioso del jurado se frotaba las manos y devolvió la mano normal a su boca.

Defarge se presentó cuando el tribunal estaba lo bastante tranquilo como para permitir que fuera oído, y rápidamente expuso la historia del encarcelamiento y de que había sido un mero muchacho al servicio del doctor y de la liberación y del estado del prisionero cuando fue liberado y entregado a él. Siguió este breve examen, porque el tribunal tenía prisa en su trabajo.

—¿Hizo buen servicio en la toma de la Bastilla, ciudadano?

—Creo que sí.

Aquí una mujer entusiasmada gritó desde la multitud:

—Usted fue uno de los mejores patriotas allí. ¿Por qué no decirlo? Usted fue cañonero aquel día allí y usted estaba entre los primeros que entró a la fortaleza maldita cuando cayó. Patriotas, ¡digo la verdad!

Era la Vengadora la que, entre los elogios cálidos del público, ayudaba así al proceso. El Presidente tocó su campana. Pero, la Vengadora, calentándose con ánimo, gritó:

—¡Desafío a esa campana! —en lo cual ella fue muy elogiada de la misma manera.

—Informe al Tribunal de lo que hizo usted ese día dentro de la Bastilla, ciudadano.

—Sabía —dijo Defarge, mirando a su esposa que se encontraba al pie de las escaleras sobre las que estaba subido él, mirándole constantemente—, sabía que este prisionero del que hablo había estado confinado en una celda conocida como Ciento Cinco, Torre Norte. Lo sabía por él mismo. Él no se conocía por otro nombre que el de ciento Cinco, Torre Norte, cuando hacía zapatos bajo mi cuidado. Cuando yo atiendo mi arma ese día, decido, cuando se llene el lugar, examinar esa celda. Cae. Subo a la celda con un ciudadano amigo que es uno de los miembros del Jurado, dirigidos por un carcelero. La examino muy detenidamente. En un agujero de la chimenea, donde se había quitado una piedra y se había sustituido, encuentro un papel escrito. Este es ese papel escrito. Me he ocupado de examinar algunas muestras de la letra del doctor Manette. Esta es la letra del doctor Manette. Yo confío este papel, con la letra del doctor Manette, a las manos del Presidente.

—Que sea leído.

En un silencio y tranquilidad de muerte, el prisionero bajo juicio, mirando con amor a su esposa, su esposa dejándole de mirar sólo para mirar con preocupación a su padre, el doctor Manette manteniendo sus ojos fijos en el lector, la señora Defarge sin quitar los suyos nunca del prisionero, Defarge sin quitar los suyos de su esposa deleitada y todos los demás ojos allí con viva atención sobre el doctor, quien no veía a ninguno de ellos, el papel se leyó como sigue.

CAPÍTULO X

La sustancia de la sombra

«Yo, Alexandre Manette, médico desventurado, natural de Beauvais y después residente en París, escribo este melancólico papel en mi celda lúgubre de la Bastilla, durante el último mes del año 1767. Lo escribo a intervalos robados, con dificultad. Planeo guardarlo en secreto en la pared de la chimenea, donde de forma lenta y laboriosa he hecho un lugar para esconderlo. Alguna mano misericordiosa podría encontrarlo allí cuando yo y mis penas seamos polvo».

Estas palabras están formadas con la punta de hierro oxidada con la que he escrito con dificultad en raspaduras de hollín y carbón de la chimenea, mezclada con sangre, el último mes del décimo año de mi cautiverio. La esperanza se ha ido completamente de mi pecho. Sé de terribles advertencias que he notado en mí mismo que mi razón no se mantendrá perfecta más tiempo, pero declaro solemnemente que estoy en este momento en posesión de una mente buena —que mi memoria es exacta y detallada— y que escribo la verdad como responderé por estas mis últimas palabras registradas tanto si alguna vez fueran leídas por hombres como si no, en el Juicio Eterno.

Una noche de luz de luna nublada, en la tercera semana de diciembre (creo que el veintidós del mes) del año 1757, yo estaba caminando por una parte retirada del muelle del Sena para refrescarme con el aire helado, a distancia de una hora de mi lugar de residencia en la calle de la Escuela de Medicina, cuando un carruaje vino detrás de mí, conducido con mucha rapidez. Según me hice a un lado para dejar pasar al carruaje, temiendo que me atropellaría de otra manera, una cabeza se asomó por la ventana y una voz dijo al conductor que se detuviera.

El carruaje se detuvo tan pronto como el conductor pudo sujetar las riendas de sus caballos, y la misma voz me llamó por mi nombre. Yo contesté. El carruaje entonces iba tan por delante de mí que dos caballeros tuvieron tiempo de abrir la puerta y apearse antes de que yo le alcanzara. Observé que los dos iban envueltos en capas y parecían ocultarse. Cuando estuvieron juntos cerca de la puerta del carruaje, también observé que se parecían mucho, en estatura, forma, voz y (hasta donde pude ver) en la cara también.

—¿Usted es el doctor Manette? —dijo uno.

—Lo soy.

—Doctor Manette, anteriormente de Beauvais —dijo el otro—, ¿el joven médico, en un principio cirujano experto, quien en el último año o dos ha conseguido una reputación creciente en París?

—Caballeros —contesté—. Soy el doctor Manette de quien hablan ustedes con tanta amabilidad.

—Hemos estado en su residencia —dijo el primero—, y no teniendo tanta suerte de encontrarle a usted allí y siendo informados de que probablemente pasearía en esta dirección, nosotros seguimos, con la esperanza de alcanzarle. ¿Tendría la bondad de entrar en el carruaje?

—La actitud de los dos era imperiosa, y los dos se movieron, cuando se hablaron estas palabras, para colocarme entre ellos y la puerta del carruaje. Ellos estaban armados. Yo no.

—Caballeros —dije yo—, perdónenme, pero normalmente pregunto quién me hace el honor de buscar mi ayuda y cuál es la naturaleza del caso para el que soy mandado llamar.

La respuesta a esto la dio el que habló en segundo lugar.

—Doctor, sus pacientes son gente de posición. Respecto a la naturaleza del caso, nuestra confianza en su habilidad nos asegura que acertará usted mismo mejor de lo que nosotros podamos describirlo. ¿Tendrá la bondad de subir al carruaje?

No pude hacer otra cosa sino acceder y entré en silencio. Los dos entraron detrás de mí (el último saltando dentro, después de subir los escalones). El carruaje dio la vuelta y fue a su velocidad anterior.

Yo repito esta conversación exactamente como ocurrió. No tengo duda de que es, palabra por palabra, la misma. Lo describo todo exactamente como tuvo lugar, obligando a mi mente a que no se saliera de la tarea. Donde he hecho las marcas rotas que siguen aquí, yo acabo por el momento y pongo mi papel en su lugar oculto. * * * *

El carruaje dejó las calles atrás, pasó la Barrera Norte y apareció camino del campo. A dos terceras partes de una legua de la Barrera —no estimé la distancia en ese momento, pero sí posteriormente cuando la atravesé— se salió del paseo principal y se detuvo en seguida en una casa solitaria. Nos apeamos los tres y caminamos por un sendero blando húmedo de un jardín donde una fuente abandonada se había desbordado hacia la puerta de la casa. No se abrió inmediatamente, en contestación al sonido de la campana, y uno de mis dos guías golpeó al hombre que la abrió con su pesado guante de montar en la cara.

No hubo nada en este acto que atrajera mi atención de manera especial, porque yo había visto a gente corriente golpear de forma más vulgar que perros. Pero el otro de los dos, enfadándose de igual manera, golpeó al hombre de la misma manera con su brazo; el aspecto y comportamiento de los hermanos fueron entonces tan parecidos exactamente que entonces me di cuenta por primera vez de que eran gemelos.

Desde el momento de apearnos en la verja exterior (que encontramos cerrada y que uno de los hermanos había abierto para admitirnos, y había vuelto a cerrar), yo había oído gritos procedentes de una habitación de arriba. Fui conducido a esta habitación directamente, los gritos se hacían más fuertes a medida que subíamos las escaleras y encontré a una paciente con fiebre alta en el cerebro, tumbada en una cama.

La paciente era una mujer de gran belleza y joven; seguramente de no más de veinte años. Su pelo estaba arrancado y desgreñado y sus brazos estaban atados a los lados con fajines y pañuelos. Me di cuenta de que estos lazos eran todos partes de un traje de caballero. Sobre uno de ellos, que era una bufanda con flecos para un traje de gala, vi el escudo de armas de un Noble y la letra E.

Vi esto, en el primer minuto de mi contemplación de la paciente; porque, en sus esfuerzos inquietos ella había vuelto la cara en el borde de la cama, se había metido el extremo de la bufanda en la boca y estaba en peligro de asfixiarse. Mi primera acción fue alargar la mano para liberar su respiración, y al mover la bufanda a un lado, el bordado de la esquina quedó a mi vista.

Le di la vuelta a ella con cuidado, mis manos colocadas sobre su pecho para calmarla y mantenerla bajada, y miré a su cara. Sus ojos estaban dilatados y frenéticos y ella pronunciaba constantemente chillidos desgarradores y repetía las palabras: "Mi marido, mi padre y mi hermano" y luego contaba hasta doce y decía: ¡Silencio! Por un momento, y nada más, ella se detenía a escuchar y luego los chillidos desgarradores empezarían de nuevo y repetiría el grito: "Mi marido, mi padre y mi hermano" y contaría hasta doce y diría: "¡Silencio!" No había variación en el orden, o en el modo. No cesaba, salvo la pausa del momento regular, la pronunciación de estos sonidos.

—¿Cuánto tiempo —pregunté— ha durado esto?

Para distinguir a los hermanos, les llamaré el mayor y el menor; por el mayor quiero decir el que ejercía más autoridad. Fue el mayor el que contestó: "Desde más o menos esta hora anoche."

—¿Tiene un marido, un padre y un hermano?

—Un hermano.

—¿No me dirijo a su hermano?

El contestó con gran desprecio: "No."

—¿Ha tenido alguna relación reciente con el número doce?

El hermano menor replicó con impaciencia: "Con las doce en punto."

—Vean, caballeros —dije yo, manteniendo mis manos sobre su pecho todavía—, ¡lo inútil que soy como me han traído! Si hubiera sabido lo que venía a ver, podía haber venido provisto. Ahora se tiene que perder tiempo. No hay medicinas que se puedan conseguir en este solitario lugar.

El hermano mayor miró al menor, quien dijo con altivez:

—Hay una maleta de medicinas aquí —y la sacó de un armario y la puso en la mesa.* * * *

Abrí algunos de los frascos, los olí y puse los tapones en mis labios. Si hubiera querido usar algo que no fueran medicinas narcóticas y fueran veneno puro, no habría administrado ninguna de ellas.

—¿Duda de ellas? —dijo el hermano menor.

—Vea, señor, voy a usarlas —contesté y no dijo más.

Hice que la paciente tragara, con gran dificultad y después de muchos esfuerzos, la dosis que deseaba dar. Como pretendía repetirla después de un rato y como era necesario observar su efecto, entonces me senté al lado de la cama. Había una mujer tímida y reprimida presente (esposa del hombre del piso de abajo) quien se había retirado a un rincón. La casa era húmeda y estaba deteriorada, amueblada de manera insignificante (sin duda ocupada recientemente y de uso temporal). Algunos tapices viejos gruesos se habían clavado delante de las ventanas para amortiguar el sonido de los chillidos. Continuaron pronunciándose en su sucesión regular con el grito: "Mi marido, mi padre y mi hermano", contar hasta doce y "¡Silencio!" El frenesí era tan fuerte que yo no había desatado las vendas que refrenaban sus brazos, pero los había mirado para ver que no eran dolorosos. La única chispa de ánimo en el caso fue que mi mano sobre el pecho de la sufridora tuvo esta influencia tan tranquilizadora, que durante unos minutos ello calmaba a la figura. No tenía efecto sobre los gritos: ningún péndulo podía ser tan regular.

Por la razón de que mi mano tenía este efecto (supongo), yo me estuve sentado al lado de la cama durante media hora, con los dos hermanos mirando, antes de que el mayor dijera:

—Hay otro paciente.

Yo me sobresalté y pregunté: "¿Es un caso urgente?"

—Sería mejor que lo viera —contestó de manera despreocupada, y levantó una luz». * * * *

El otro paciente estaba colocado en una habitación trasera cruzando una segunda escalera, que era una especie de buhardilla sobre un establo. Había un techo bajo enlucido en una parte de ella; el resto estaba abierto al caballete del tejado de teja y había vigas que lo cruzaban. Heno y paja estaban almacenados en esa parte del lugar, haces de leña para el fuego y un montón de manzanas en arena. Tuve que atravesar esa parte para llegar a la otra. Mi memoria es detallada y firme. Lo demuestro con estos detalles y los veo todos, en esta mi celda de la Bastilla, cerca del fin del décimo año de mi cautividad, tal como los vi toda aquella noche.

Sobre un poco de heno en el suelo, con un almohadón tirado debajo de su cabeza, yacía un apuesto chico campesino —un chico de no más de diecisiete años a lo sumo—. Yacía de espaldas, tenía dentera, su mano derecha apretada sobre el pecho y sus ojos brillantes mirando recto hacia arriba. No podía ver dónde estaba su herida cuando me arrodillé sobre él; pero pude ver que estaba muriendo de una herida de punta afilada.

—Soy doctor, mi pobre amigo —dije yo—. Déjame examinarla.

—No quiero que sea examinada —contestó él—. Déjela.

Estaba debajo de su mano y le calmé para que me permitiera quitarle la mano. La herida era de espada, recibida veinte o veinticuatro horas antes, pero ninguna técnica podría haberle salvado si hubiera sido vista sin demora. Se estaba muriendo rápidamente. Cuando volví mis ojos hacia el hermano mayor, le vi mirando a este apuesto muchacho cuya vida se estaba consumiendo, como si fuera un pájaro herido, o una liebre, o un conejo; no exactamente como si fuera una criatura amiga.

—¿Cómo se ha hecho esto, señor? —dije.

—¡Un perro vulgar, joven, loco! ¡Un siervo! Forzó a mi hermano a acercarse a él y ha caído por la espada de mi hermano... como un caballero.

No había ningún detalle de piedad, ni de pena, ni de humanidad familiar, en esta respuesta. El que hablaba parecía reconocer que era un inconveniente tener a ese orden diferente de criatura muriéndose allí y que hubiera sido mejor que hubiera muerto en la rutina oscura normal de su clase indeseable.

Él era totalmente incapaz de cualquier sentimiento de compasión por el muchacho o por su destino.

Los ojos del muchacho se movieron lentamente hacia él según había hablado y ellos ahora se movían lentamente hacia mí.

—Doctor, ellos son muy orgullosos, estos Nobles; pero nosotros los perros vulgares somos orgullosos también, algunas veces. Ellos nos roban, nos ultrajan, nos golpean, nos matan; pero tenemos un poco de orgullo, algunas veces. Ella... ¿la ha visto a ella, doctor?

Los chillidos y gritos se oían allí aunque atenuados por la distancia. Él se refería a ellos entonces como si ella estuviera en nuestra presencia.

Dije: "La he visto."

—Ella es mi hermana, doctor. Ellos han tenido sus derechos vergonzosos, estos Nobles, en la modestia y virtud de nuestras hermanas, muchos años, pero hemos tenido buenas chicas entre nosotros. Lo sé y he oído a mi padre decirlo. Ella era una buena chica. Ella fue prometida a un buen hombre joven, también: un arrendatario de él. Todos eramos arrendatarios de él, —de ese hombre que está allí. El otro es su hermano, de la peor mala raza.

Era con la mayor dificultad con la que el muchacho reunía fuerzas en el cuerpo para hablar, pero su espíritu hablaba con un énfasis terrible.

—Fuimos tan robados por ese hombre que está allí como lo somos todos los perros vulgares por estos Seres superiores... puestos a prueba por él sin piedad, obligados a trabajar para él sin pagar, obligados a moler nuestro grano en su molino, obligados a alimentar una veintena de sus pájaros domesticados sobre nuestras cosechas míseras y prohibidos de por vida a mantener un solo pájaro doméstico en propiedad nuestra, saqueados y robados hasta ese punto en el que cuando tenemos oportunidad de tener un trozo de carne, lo comemos con miedo, con la puerta atrancada y contraventanas cerradas, para que su gente no la vea y nos la quite... digo que fuimos tan robados, tan cazados y nos han hecho tan pobres, que nuestro padre nos dijo ser algo espantoso traer a un niño al mundo y que por lo que más deberíamos rezar era porque ¡nuestras mujeres fueran estériles y nuestra miserable raza desapareciera!

Nunca había visto antes la sensación de estar oprimido, estallando como un fuego. Yo había supuesto que tenía que ser latente en la gente de algún lugar, pero nunca la había visto estallar hasta que vi a ese muchacho muriéndose.

—No obstante, doctor, mi hermana se casó. Él estaba enfermo en esa época, pobre amigo, y ella se casó con su amor para que ella pudiera cuidarle y consolarle en nuestra casita... nuestra caseta de perro, como la llamaría ese hombre. Ella no llevaba casada muchas semanas cuando el hermano de ese hombre la vio y la admiró y le pidió a ese hombre que se la confiriera a él ¡para qué hay maridos entre nosotros! Él estaba bastante dispuesto, pero mi hermana era buena y virtuosa y odiaba a su hermano con un odio tan fuerte como el mío. ¿Qué hicieron entonces los dos para persuadir a su marido para que empleara su influencia con ella y hacer que ella estuviera dispuesta?

Los ojos del muchacho, que se habían fijado en mí, se volvieron lentamente hacia el que miraba y vi en los dos rostros que todo lo que él decía era verdad. Las dos clases de orgullo opuesto enfrentadas la una a la otra, puedo ver, incluso en esta Bastilla; toda la indiferencia negligente del caballero; la del campesino, todo sentimiento pisoteado y venganza mortal.

—Sabe, doctor, que está entre los Derechos de estos Nobles enjaezarnos como a perros vulgares a las carretas y conducirnos. Ellos le enjaezaron y le condujeron así. Sabe que está entre sus Derechos mantenernos en sus tierras toda la noche, callar a las ranas con el fin de que su noble sueño no puede ser perturbado. ¡No! Sacado del arnés un día al mediodía, para alimentarse, si podía encontrar alimento, él sollozó doce veces, una por cada golpe de la campana y murió sobre el pecho de ella.

Nada humano podía haber mantenido la vida en el muchacho salvo su decisión de contar toda su injusticia. Él echaba atrás las sombras de la muerte que crecían, como forzaba su mano derecha apretada para que siguiera apretada y cubrir su herida.

—Luego, con el permiso de ese hombre e incluso con su ayuda, su hermano se la llevó; a pesar de lo que yo sé ella tiene que haber contado a su hermano (y lo que es eso, no lo desconocerá usted por mucho tiempo, doctor, si es ahora) su hermano se la llevó para su placer y diversión durante un rato. Yo la vi pasarme en el camino. Cuando llevé las noticias a casa, a nuestro padre le estalló el corazón; él nunca pronunció una de las palabras que lo llenaban. Llevé a mi hermana pequeña (porque tengo otra) a un lugar más allá del alcance de este hombre, y donde, al fin, ella nunca será su vasalla. Luego seguí el rastro del hermano hasta aquí y anoche entré escalando (un perro vulgar, pero espada en mano). ¿Dónde está la ventana de la buhardilla? ¿Estaba en algún lugar aquí? La habitación se estaba oscureciendo a su vista; el mundo se estrechaba a su alrededor. Miré a mi alrededor y vi que el heno y la paja estaban pisoteados sobre el suelo, como si hubiera habido una lucha. Ella me oyó y entré corriendo. Yo le dije que no se acercara a nosotros hasta que él estuviera muerto. El entró y primero me lanzó algunas monedas; luego me pegó con un látigo. Pero yo, aunque un perro vulgar, tanto le pegué que le hice desenvainar. Dejadle que ponga tantas monedas como quiera, la espada que manchó con mi sangre vulgar. Él desenvainó para defenderse y me dio una estocada con toda su destreza por su vida.

Mi mirada había caído, sólo unos minutos antes, sobre los fragmentos de una espada rota que estaba entre el heno. Ese arma era de un caballero. En otro lugar había un espada vieja que parecía haber sido de un soldado.

—Ahora, levánteme, doctor; levánteme. ¿Dónde está él?

—No está aquí —dijo, sosteniendo al muchacho y pensando que se refería al hermano.

—¡Él! Orgullosos como son estos nobles, él teme verme. ¿Dónde está el hombre que estaba aquí? Vuelva mi cara hacia él.

Lo hice, levantando la cabeza del muchacho sobre mi rodilla. Pero, investido en ese momento de un poder extraordinario, se levantó por completo obligándome a levantarme también o no podría haberle sostenido ya.

—Marqués —dijo el muchacho, vuelto hacia él con los ojos completamente abiertos y la mano derecha levantada—, en los días en los que se ha de responder por todas estas cosas, yo lograré que tú y los tuyos, hasta el último de tu mala raza, responda por ellas. Marco esta cruz de sangre sobre ti, como signo de que lo haré. En los días en los que se ha de responder por todas estas cosas, yo lograré que tu hermano, lo peor de la mala raza, conteste por ellas de forma separada. Marco esta cruz de sangre sobre él, como señal de que lo haré.

—Dos veces puso la mano en la herida de su pecho y con el dedo índice dibujó una cruz en el aire. Él se quedó durante un instante con el dedo levantado así y, cuando cayó, él cayó con él y le bajé muerto. * * * *

Cuando regresé al dormitorio de la joven, la encontré desvariando con el mismo orden y continuidad precisos. Sabía que esto podría durar muchas horas y que probablemente terminaría en el silencio de la tumba.

Repetí las medicinas que le había dado y me senté al lado de su cama hasta que la noche estuvo muy avanzada. Ella nunca disminuía el timbre penetrante de sus chillidos, nunca se equivocaba en la claridad o el orden de sus palabras. Siempre eran: "¡Mi marido, mi padre y mi hermano! Uno, dos, tres, cuatro, cinco, seis, siete, ocho, nueve, diez, once, doce. ¡Silencio!"

Esto duró veintiséis horas desde el momento en que la vi por primera vez. Yo había venido e ido dos veces y estaba de nuevo sentado a su lado cuando ella empezó a balbucear. Hice lo poco que se podía hacer para ayudar en esa ocasión y poco a poco se hundió en un letargo y yació como muerta.

Era como si el viento y la lluvia se hubieran calmado al final, después de una tormenta larga y espantosa. Yo dejé libres sus brazos y llamé a la mujer para que me ayudara a componer su figura y el vestido que había rasgado. Fue entonces cuando supe que su estado era el de alguien en quien las primeras esperanzas de ser madre han surgido, y fue entonces cuando perdí la poca esperanza que había tenido por ella.

—¿Está muerta? —preguntó el Marqués, a quien yo todavía describiré como el hermano mayor, entrando en la habitación dando patadas desde su caballo.

—No muerta —dije yo—, pero probablemente morirá.

—¡Qué fortaleza hay en estos cuerpos vulgares! —dijo mirándola con alguna curiosidad.

—Hay una fortaleza prodigiosa —le contesté— en la pena y la desesperación.

Él se rió primero ante mis palabras y luego frunció el ceño ante ellas. Trasladó una silla con el pie cerca de mí, ordenó que se fuera la mujer y dijo con voz apagada:

—Doctor, encontrándose mi hermano en esta dificultad con estos gañanes, yo le recomendé que pidiera su ayuda. Su reputación es buena y, como joven con fortuna por hacer, probablemente sea consciente de su interés. Las cosas que ve aquí son cosas que se ven y de las que no se habla.

Yo escuchaba la respiración de la paciente y evitaba contestar.

—¿Me podría honrar con su atención, doctor?

—Señor —dije yo—, en mi profesión las comunicaciones de los pacientes siempre se reciben en confianza.

Controlé mi contestación porque mi mente estaba inquieta con lo que había oído y visto.

Su respiración era tan difícil de localizar que probé el pulso y el corazón cuidadosamente. Había vida y nada más. Mirando alrededor según me volvía a sentar, encontré a los dos hermanos concentrados en mí. * * * *

Escribo con tanta dificultad, el frío es tan severo, tengo tanto miedo de ser descubierto y encomendado a una celda bajo tierra y oscuridad total que tengo que abreviar esta narración. No hay confusión ni fallo en mi memoria; se puede recordar, y podría detallar, cada palabra que se habló siempre entre yo y esos hermanos.

Ella sobrevivió una semana. Hacia el final, yo pude entender algunas pocas sílabas de lo que ella me decía, colocando mi oído cerca de sus labios. Ella me preguntaba dónde estaba, y yo se lo decía; quién era yo, y yo se lo decía. Era en vano que le preguntara el nombre de su familia. Ella agitaba ligeramente su cabeza sobre la almohada y mantenía su secreto, como había hecho el muchacho.

No tuve oportunidad de hacerle ninguna pregunta hasta que les había dicho a los hermanos que ella se estaba apagando rápidamente y no podría vivir otro día. Hasta entonces, aunque nadie estaba presente siempre a su conocimiento salvo la mujer y yo mismo, uno u otro de ellos había estado siempre sentado celosamente detrás de la cortina en el cabecero de la cama mientras yo estaba allí. Pero cuando llegaba a eso, ellos parecían despreocupados sobre la comunicación que yo podía mantener con ella, como si (el pensamiento pasaba por mi mente) yo estuviera muriendo también.

Siempre observé que el orgullo de los dos estaba tremendamente ofendido por el cruce de espadas del hermano menor (como le llamo) con un campesino, siendo ese campesino un muchacho. La única consideración que parecía afectar a la mente de cualquiera de ellos era la consideración de que esto era muy degradante para la familia, y era ridículo. Tan a menudo como captaba los ojos del hermano menor, su expresión me recordaba que yo le desagradaba profundamente por saber lo que sabía por parte del muchacho. Él era más suave y más cortés que el mayor; pero yo veía esto. Siempre veía que yo era un inconveniente en la mente del mayor, también.

Mi paciente murió, dos horas antes de la medianoche —a la hora, por mi reloj, que respondía casi al minuto cuando la había visto por primera vez—. Yo estaba solo con ella cuando su joven cabeza triste cayó suavemente sobre un lado y todas sus injusticias y penas terrenales terminaron.

Los hermanos estaban esperando en una habitación del piso de abajo, impacientes por irse a caballo. Yo les había oído, solo en la cabecera, golpear sus botas con sus látigos de montar y merodeando de acá para allá.

—¿Al fin ha muerto? —dijo el mayor cuando entré.

—Ella ha muerto —dije.

—Te felicito, hermano —fueron sus palabras al volverse.

Él antes me había ofrecido dinero, que yo había aplazado recibir. Él ahora me dio un cartucho de oro. Yo lo cogí de su mano, pero lo dejé sobre la mesa. Había considerado la cuestión y había decidido no aceptar nada.

—Ruego que me perdonen —dije—. En estas circunstancias, no.

Ellos intercambiaron miradas, pero inclinaron la cabeza ante mí cuando yo incliné la mía ante ellos y partimos sin ninguna otra palabra por ninguna de las partes. * * * *

Estoy cansado, cansado, cansado, agotado por el sufrimiento. No puedo leer lo que he escrito con esta mano descarnada.

Por la mañana temprano, el cartucho de oro fue dejado en mi puerta en una cajita, con mi nombre en el exterior. Desde el principio yo me había planteado con preocupación lo que debería hacer. Yo decidí, aquel día, escribir de forma privada al Ministro, exponiendo la naturaleza de los dos casos para los cuales me habían llamado y el lugar al que había ido: de hecho, exponiendo todas las circustancias sabía lo que era la influencia del Tribunal, y lo que eran las inmunidades de los Nobles, y esperaba que nunca se oyera hablar del asunto; pero yo deseaba liberar mi mente. Había mantenido el asunto en profundo secreto, incluso para mi esposa; y esto, también, decidí exponerlo en mi carta. Yo no tenía ningún temor sobre mi verdadero peligro; pero era consciente de que podría ser más peligroso para otros, si otros se comprometían por poseer el conocimiento que yo tenía.

Yo estuve muy dedicado aquel día y no pude completar mi carta aquella noche. Me levanté mucho tiempo antes de mi hora normal a la mañana siguiente para terminarla. Era el último día del año. La carta estaba delante de mí recién terminada cuando me dijeron que una dama esperaba y deseaba verme. * * * *

Me estoy sintiendo cada vez más incapaz de la tarea que me he impuesto. Hace tanto frío, está tan oscuro, mis sentidos están tan entumecidos y la penumbra que hay sobre mí es tan temerosa...

La dama era joven, atractiva y apuesta, pero no marcada para una vida larga. Ella estaba muy inquieta. Se presentó a mí como la esposa del Marqués de St. Evrémonde. Yo relacioné el título por el cual el muchacho se había dirigido al hermano mayor, con la letra inicial bordada en la bufanda, y no tuve dificultad de llegar a la conclusión de que había visto ese nombre muy recientemente.

Mi memoria es fiel todavía, pero no puedo escribir las palabras de nuestra conversación. Sospecho que soy vigilado más de cerca de lo que era y no sé a qué horas puedo ser vigilado. Ella había sospechado en parte, y había descubierto en parte, los hechos principales de la cruel historia, de la parte de su marido en ello y de recurrir a mí. Ella no sabía que la muchacha había muerto. Su esperanza hubiera sido, dijo ella con gran angustia, demostrarle, en secreto, compasión de mujer. Su esperanza había sido apartar la ira del cielo de una Casa que había sido odiosa mucho tiempo para muchos sufridores.

Ella tenía razones para creer que había una hermana joven viva y su deseo más grande era ayudar a esa hermana,. Yo no pude decirle nada salvo que existía tal hermana; más allá de eso, yo no sabía nada. Su aliciente para venir a mí, basándose en mi confianza, había sido la esperanza de que pudiera decirle el nombre y el lugar de residencia. En tanto que, en esta hora desdichada yo ignoraba ambos. * * * *

Estos trozos de papel me pierden. Uno de ellos me lo cogieron, con una advertencia, ayer. Tengo que terminar mi documento hoy.

Ella era una dama buena, compasiva, y no era feliz en su matrimonio. ¡Cómo podría serlo! El hermano desconfiaba de ella y no le gustaba y la influencia de él estaba totalmente en contra de ella; ella tenía miedo de él y tenía miedo de su marido también. Cuando la ayudé a bajar a la puerta, había un niño, un hermoso niño de unos dos o tres años, en su carruaje.

—Por su bien, doctor —dijo ella, dirigiéndose a él con lágrimas—. Haría todo lo que pudiera por corregir lo que pueda. Él nunca prosperará en su herencia de otra manera. Tengo el presentimiento de que si ninguna otra expiación inocente se hace por esto, un día se le pedirá a él. Lo que yo he dejado por mi parte (es poco más que el valor de unas pocas joyas) lo haré el primer honorario que le otorgue en su vida, con la compasión y lamento de su madre muerta, a esta familia ofendida, si se puede descubrir a la hermana.

Ella besó al muchacho y dijo acariciándole: "Es por tu propio bien. ¿Serás fiel, pequeño Charles?" El niño contestó con valor: "Sí." Besé su mano y ella le cogió en sus brazos y se alejó acariciándole. Nunca más la vi.

Cuando había mencionado el nombre de su esposo creyendo que yo lo sabía, yo no añadí ninguna mención de él a mi carta. Sellé mi carta y, no confiándola a otras manos que no fueran las mías, la entregué yo mismo aquel día.

Esa noche, la última noche del año, hacia las nueve, un hombre vestido de negro llamó a mi verja, pidiendo verme, y siguió de forma indulgente a mi criado, Ernest Defarge, un joven, al piso de arriba. Cuando mi criado entró en la habitación donde yo estaba sentado con mi esposa —¡Oh, mi esposa, amada de mi corazón! ¡Mi hermosa esposa inglesa joven!— vimos al hombre, que se suponía que estaba en la verja, que estaba en silencio detrás de él.

—Un caso urgente en la Rue St Honoré —dijo. No podía detenerme. Tenía un carruaje esperando.

Me trajo aquí, me trajo a mi tumba. Cuando estuve fuera de la casa, me apretaron una bufanda negra en la boca desde atrás y me inmovilizaron los brazos. Los dos hermanos cruzaron la carretera desde una esquina oscura y me identificaron con un simple gesto. El Marqués sacó de su bolsillo la carta que yo había escrito, me la enseñó, la quemó a la luz de un farol que sostenía y apagó las cenizas con el pie. Ninguna palabra se habló. Me trajeron aquí, me trajeron a mi tumba en vida.

Si hubiera agradado a Dios exponer al duro corazón de cualquiera de los hermanos, en todos estos años horrendos, otorgarme alguna noticia de mi querida esposa —tanto como hacerme saber con un palabra si está viva o muerta— yo podría haber pensado que Él no les había abandonado completamente. Pero ahora creo que la marca de la cruz roja es mortal para ellos y que ellos no tendrán parte en Su clemencia. Y a ellos y sus descendientes, hasta el último de su raza, yo, Alexandre Manette, prisionero desgraciado, denuncio, en esta última noche del año de 1767, en mi agonía insoportable, a los tiempos en los que se habrá de responder por todas estas cosas. Los denuncio al Cielo y a la tierra.»

***

Un terrible sonido surgió cuando se hizo la lectura de este documento. Un sonido de ansia y entusiasmo que no había nada que expresar en él sino sangre. La narración levantó las pasiones más vengativas del momento y no hubo una cabeza en la nación salvo la que tenía que caer ante ella.

Poco necesitaron, en presencia de ese tribunal y de ese auditorio, mostrar cómo los Defarge no habían hecho público el papel, con los recuerdos de la Bastilla capturados llevados en procesión, y lo habían guardado, esperando el momento oportuno. Poco necesitaron mostrar que este nombre de familia aborrecido había resultado odioso durante mucho tiempo en Saint Antoine y fue llevado al registro mortal. Nunca un hombre pisó tierra cuyas virtudes y servicios le habrían mantenido en aquel lugar aquel día, contra tal denuncia.

Y todo lo peor para el hombre condenado, que el denunciante era un ciudadano bien conocido, su propio amigo unido, el padre de su esposa. Una de las aspiraciones frenéticas del pueblo fue la de imitar las virtudes de antigüedad públicas cuestionables y la de sacrificios e inmolaciones sobre el altar del pueblo. Por tanto, cuando el Presidente dijo (también tenía su propia cabeza temblando sobre sus hombros) que el buen médico de la República sería más digno todavía de la República por erradicar a una familia detestable de aristócratas, y sin duda sentiría un orgullo y alegría sagrados al hacer de su hija una viuda y de la niña de ella una huérfana, hubo una excitación frenética, fervor patriótico, ni un detalle de compasión humana.

—Mucha influencia a su alrededor tiene ese doctor —murmuró la señora Defarge sonriendo a la Vengadora—. Sálvele ahora, doctor mío, ¡sálvele!

A cada voto del jurado, había un bramido. Otro y otro. Bramido y bramido.

Se votó unánimemente. De corazón y por descender de aristócrata, un enemigo de la República, un opresor notorio del Pueblo. ¡Regrese a la Conciergerie y muerte en veinticuatro horas!

CAPÍTULO XI

Anochecer

La desdichada esposa del hombre inocente condenado así a morir, cayó bajo la sentencia, como si la hubieran golpeado mortalmente. Pero no pronunció ningún sonido, y tan fuerte fue la voz de su interior, presentándole que ella era de todo el mundo la que tenía que apoyarle en su desgracia y no aumentarla, que rápidamente la levantó incluso de ese golpe. Teniendo que tomar parte los jueces en una manifestación pública fuera, el tribunal se suspendió. El rápido ruido y movimiento de quedarse vacío el tribunal mismo por muchos pasillos no había cesado, cuando Lucie estaba extendiendo los brazos hacia su marido, con nada en su rostro salvo amor y consuelo.

—¡Si yo pudiera tocarle! ¡Si yo pudiera abrazarle! ¡Oh, buenos ciudadanos. Si tuvieran tanta compasión por nosotros...!

Sólo quedaba un carcelero, acompañado de dos de los cuatro hombres que le habían cogido la pasada noche, y Barsad. Toda la gente había salido en tropel al espectáculo en las calles. Barsad propuso al resto: «Déjemosla que le abrace; es sólo un momento.» Se consintió en silencio y ellos la pasaron sobre los asientos de la sala hacia un lugar elevado, donde él, inclinándose sobre el banquillo, pudo estrecharla en sus brazos.

—Adiós, querida de mi alma. Mi bendición de despedida a mi amor. Nos encontraremos de nuevo. ¡Donde el cansado tiene descanso!

Estas fueron las palabras de su marido cuando la tenía en su pecho.

—Puedo soportarlo, Charles. Me sostienen desde arriba: no sufras por mí. Una bendición de despedida para nuestra niña.

—Se la envío por medio de ti. La beso por medio de ti. Le digo adiós por medio de ti.

—Marido mío. ¡No! ¡Un momento! —él se estaba desgarrando por ella. No estaremos separados mucho tiempo. Siento que esto romperá mi corazón más tarde; pero cumpliré con mi deber mientras pueda y cuando la deje, Dios levantará amigos para ella, como Él lo hizo por mí.

Su padre la había seguido y hubiera caído de rodillas ante ambos, pero Darnay alargó la mano y le agarró, gritando:

—¡No, no! ¡Qué ha hecho, qué ha hecho, para que se arrodille ante nosotros! Sabemos ahora qué lucha le envejeció. Sabemos ahora lo que sufrió cuando sospechó mi ascendencia y cuando la supo. Sabemos ahora la natural aversión contra la que luchó, y la conquistó, por el bien de ella. Se lo agradecemos con todo nuestro corazón y todo nuestro amor y deber. ¡El Cielo esté con usted!

La única respuesta de su padre fue echarse las manos a su pelo blanco y retorcerlo con un grito de angustia.

—No pudo ser de otra manera —dijo el prisionero—. Todas las cosas han trabajado juntas según han resultado. Fue el empeño siempre en vano de liberar la confianza de mi pobre madre la que primero llevó mi presencia funesta cerca de usted. Lo bueno nunca podría venir de tal mal, un final más feliz no era natural con un principio tan desgraciado. Consuélese y perdóneme. ¡El Cielo le bendiga!

Mientras se alejaba, su esposa le dejó libre y se quedó mirándole con sus manos una tocando la otra en actitud de orar y con una mirada radiante en su rostro en el cual hubo siempre una sonrisa de consuelo. Cuando salió él por la puerta de los prisioneros, ella se volvió, apoyó la cabeza con amor en el pecho de su padre, intentó hablarle y cayó a sus pies.

Luego, saliendo del oscuro rincón del cual nunca se había movido, Sydney Carton vino y la cogió. Sólo su padre y el señor Lorry estaban con ella. Su brazo tembló al levantarla y sostuvo su cabeza. No obstante había un aire en él que no era totalmente de lástima —que tenía un destello de orgullo.

—¿La llevaré a un carruaje? Nunca sentiré su peso.

Él la llevó suavemente hacia la puerta y la colocó con ternura en el carruaje. Su padre y su viejo amigo entraron y él tomó asiento al lado del conductor.

Cuando llegaron a la verja donde él se había detenido en la oscuridad no muchas horas antes, para imaginarse en cuál de las piedras desiguales de la calle habían pisado sus pies, la levantó de nuevo y subió la escalera hacia sus habitaciones. Allí la colocó sobre un sofá, donde su niña y la señorita Pross lloraron sobre ella.

—No la hagan volver en sí —dijo suavemente a la segunda—; está mejor así. Que no recobre el sentido mientras solo esté desmayada.

—¡Oh, Carton, Carton, querido Carton! —gritó la pequeña Lucie, saltando y arrojando sus brazos apasionadamente alrededor de él, en un estallido de pena—. Ahora que ha venido, ¡creo que hará algo por ayudar a mamá, algo por salvar a papá. ¡Oh, mírela, querido Carton! ¿Puede usted, de todas las personas que la aman, soportar verla así?

Él se inclinó sobre la niña y puso su mejilla radiante sobre su cara. La retiró con ternura y miró a su madre inconsciente.

—Antes de irme —dijo y se detuvo...—. ¿Puedo besarla?

Se recordó después que cuando él se inclinó y tocó la cara de ella con sus labios, murmuró algunas palabras. La niña, que es la que más cerca estaba de él, las dijo después y dijo a sus nietos cuando ella era una apuesta anciana, que ella le oyó decir: «Una vida que amas.»

Cuando él había salido a la habitación vecina, él se volvió de repente sobre el señor Lorry y el padre de ella, quienes estaban siguiendo, y dijo al segundo:

—Usted tuvo gran influencia ayer, doctor Manette; al menos hay que intentarlo. Estos jueces y todos los hombres de poder son muy cordiales con usted y reconocen mucho sus servicios, ¿verdad?

—Nada relacionado con Charles oculté. Yo tenía la seguridad más grande de que le salvaría, y lo hice.

Él respondió con gran preocupación y muy lentamente:

—Pruébelos de nuevo. Las horas entre ésta y mañana por la tarde son pocas y cortas, pero pruebe.

—Intento probar. No descansaré un momento.

—Eso está bien. Yo he sabido antes de ahora que energía como la suya hace grandes cosas, aunque nunca —añadió con una sonrisa y un suspiro juntos— cosas tan grandes como ésta. ¡Pero pruebe! De poco valor es la vida cuando la empleamos mal, merece la pena el esfuerzo. No costaría nada rendirse si no la mereceríá.

—Iré —dijo el doctor Manette— al Fiscal Acusador y al Presidente directamente e iré a otros a los que es mejor no nombrar. Escribiré también y... ¡Pero, un momento! Hay una celebración en las calles y ninguno será accesible hasta la oscuridad.

—Eso es cierto. ¡Bien! Es una esperanza triste como mucho, y no la más triste por ser retrasada hasta la oscuridad. Me gustaría saber cómo le va; aunque, ¡recuerde! ¡No espero nada! ¿Cuándo habrá visto probablemente a estos poderosos aterradores, doctor Manette?

—Inmediatamente después del anochecer, espero. Dentro de una hora o dos.

—Oscurecerá pronto después de las cuatro. Estiremos esa hora o dos. Si voy a casa del señor Lorry a las nueve, ¿oiré lo que ha hecho, o de su amigo o de usted mismo?

—Sí.

—¡Que le vaya bien!

El señor Lorry siguió a Sidney a la puerta exterior y, tocándole en el hombro cuando se estaba alejando, le hizo volverse.

—No tengo esperanza —dijo el señor Lorry, en un susurro bajo y apenado.

—Yo tampoco.

—Si alguno de esos hombres, o todos esos hombres, estuvieran predispuestos a perdonarle, lo que es una gran suposición, por lo que es su vida, o la de cualquier hombre para ellos, dudo si ellos le perdonarían después de la manifestación en el tribunal.

—Así lo dudo yo. Oigo la caída del hacha en ese sonido.

El señor Lorry apoyó el brazo sobre la jamba de la puerta e inclinó su rostro sobre ella.

—¡No se desaliente! —dijo Carton con mucha delicadeza—. No sufra. Yo animé al doctor Manette en esta idea porque sentí que un día podría ser un consuelo para ella. De otra forma ella podría pensar: «Su vida se perdió o malgastó sin ningún miramiento» y eso podría preocuparla.

—Sí, sí, sí —contestó el señor Lorry, secándose los ojos—, tiene razón. Pero perecerá; no hay esperanza real.

—Sí. Perecerá: no hay esperanza real —hizo eco Carton, y caminó con paso estable escaleras abajo.

CAPÍTULO XII

Oscuridad

Sydney Carton se paró en la calle, sin decidir exactamente dónde ir. «En el banco de Tellson a las nueve —dijo con cara de reflexión—. ¿Haré bien, mientras tanto, de mostrarme a mí mismo? Creo que sí. Es mejor que estas personas sepan que hay un hombre como yo aquí; es una buena precaución y puede ser necesaria preparación. Pero, ¡cuidado, cuidado, cuidado! ¡Examinémoslo!»

Corrigiendo sus pasos, que habían empezado a tender hacia un objetivo, dio una vuelta o dos en la ya oscurecida calle y examinó el pensamiento en su mente para sus posibles consecuencias. Su primera impresión se confirmó. «Es mejor —dijo decidido finalmente, —que estas personas sepan que hay un hombre como yo aquí.» Y volvió su rostro hacia Saint Antoine.

Defarge se había descrito, aquel día, como el dueño de una tienda de vino en el barrio de Saint Antoine. No era difícil para alguien que conocía bien la ciudad encontrar su casa sin hacer preguntas. Habiendo determinado su situación, Carton salió de esas calles más cerradas de nuevo y cenó en un lugar de refresco y cayó dormido después de la cena. Por primera vez en muchos años él no había bebido mucho. Desde la pasada noche no había tomado nada a excepción de un poco de vino claro y la pasada noche había tirado el brandy lentamente en la chimenea del señor Lorry como un hombre que se había hecho con ello.

Ya eran las siete cuando se despertó fresco y salió de nuevo a las calles. Mientras pasaba hacia Saint Antoine, se detuvo en la ventana de una tienda donde había un espejo y modificó ligeramente la colocación desordenada de su fular suelto y el cuello de su abrigo y su pelo alborotado. Hecho esto, se dirigió a la casa de Defarge y entró.

Sucedió que no había otro cliente en la tienda salvo Jacques Tres, el de los dedos inquietos y voz ronca. Este hombre, a quien él había visto en el Jurado, estaba bebiendo en el pequeño mostrador, en conversación con los Defarge, marido y mujer. La Vengadora asistía a la conversación, como un miembro regular del establecimiento.

Cuando Carton entró, tomó asiento y pidió (en un francés muy regular) una pequeña cantidad de vino, la señora Defarge le echó una mirada despreocupada y luego más interesada; después avanzó hacia él y le preguntó qué había pedido.

Él repitió lo que ya había dicho.

—¿Inglés? —preguntó la señora Defarge, levantando inquisitivamente sus cejas oscuras.

Después de mirarla, como si el sonido de incluso una sola palabra francesa fuera más lenta para expresarse a él, contestó, con su fuerte acento extranjero anterior: «Sí, señora, sí. ¡Soy inglés!»

La señora Defarge regresó al mostrador a coger el vino y, cuando él levantó el diario jacobino y fingió estudiarlo minuciosamente sin entender su significado, la oyó decir: «Te reniego, como a Evrémonde.»

Defarge le trajo el vino y le dio las buenas tardes.

—¿Cómo?

—Buenas tardes.

—¡Oh!, buenas tardes, ciudadano —llenando su vaso—. ¡Ah!, y buen vino. Bebo por la República.

Defarge regresó al mostrador y dijo: «Ciertamente, un pequeño parecido.» La señora replicó severamente: «Te digo que un gran parecido.» Jacques Tres señaló pacíficamente: «Él está demasiado en su mente, veamos, señora.» La amable Vengadora añadió con risa: «Sí, ¡por mi fe! ¡Y usted esperaba con mucho placer verle una vez más mañana!»

Carton siguió las líneas y palabras de su periódico, con un lento dedo índice, con un rostro estudioso y absorto. Todos tenían los brazos apoyados en el mostrador muy juntos, hablando bajo. Después de un silencio de unos momentos, durante los cuales todos miraron hacia él sin perturbar su atención aparente de la edición jacobina, ellos reanudaron su conversación.

—Es cierto lo que dice la señora —observó Jacques Tres—. ¿Por qué parar? Hay gran fuerza en eso. ¿Por qué parar?

—Bueno, bueno —razonó Defarge—, pero uno tiene que parar en algún sitio. Después de todo la cuestión es todavía dónde.

—En la exterminación —dijo la señora.

—¡Magnífico! —dijo con voz ronca Jacques Tres; la Vengadora también lo aprobó sin reservas.

—La exterminación es una buena doctrina, esposa mía —dijo Defarge, bastante inquieto—. En general no digo nada en contra. Pero este doctor ha sufrido mucho; le habéis visto hoy; habéis observado su cara cuando se leyó el papel.

—¡He observado su cara! —repitió la señora, con desprecio y enojo—. Sí. He observado su cara. He observado que su cara no era la cara de un verdadero amigo de la República. ¡Dejemos de preocuparnos de su cara!

—Y has observado, esposa mía —dijo Defarge de una manera reprobatoria—, la angustia de su hija, que tiene que ser una angustia horrorosa para él.

—He observado a su hija —repitió la señora—, sí, he observado a su hija, más de una vez. La he observado hoy y la de observado otros días. La he observado en el juicio y la he observado en la calle al lado de la prisión. Deja que levante mi dedo...

Ella pareció levantarlo (los ojos del oyente siempre estaban sobre su periódico) y dejarlo caer con un ruido sobre la repisa que tenía delante, como si hubiera caído el hacha.

—¡La ciudadana es soberbia! —dijo con voz ronca el miembro del Jurado.

—¡Ella es un ángel! —dijo la Vengadora, y la abrazó.

—Respecto a ti —continuó la señora, implacablemente, dirigiéndose a su marido—, si dependiera de ti, lo que felizmente no depende, tú rescatarías a ese hombre incluso ahora.

—¡No! —protestó Defarge—. No si levantar este vaso lo hiciera. Pero dejaría el asunto allí. Digo que nos detengamos allí.

—Mira entonces, Jacques —dijo la señora Defarge, llena de ira—, y mira, también, mi pequeña Vengadora; ¡ved los dos! ¡Escuchad! Por otros delitos como tiranos y opresores, tengo a esta estirpe en mi registro desde hace mucho tiempo, condenados a la destrucción y la exterminación. Preguntad a mi marido si eso es así.

—Es así —asintió Defarge, sin que le preguntaran.

—Al principio de los grandes días, cuando cae la Bastilla y él encuentra este papel de hoy, y me lo trae a casa, y en medio de la noche cuando este lugar está despejado y cerrado, nosotros lo leemos, aquí en este lugar, a la luz de esta lámpara. Preguntadle si es así.

—Así es —asintió Defarge.

—Esa noche le digo, cuando se ha leído el papel y la lámpara se ha consumido, y el día está brillando sobre esas contraventanas y entre esos barrotes de hierro, que tengo ahora un secreto que comunicar. Preguntadle si es así.

—Así es —asintió Defarge de nuevo.

—Le comunico ese secreto. Yo golpeo este pecho con estas dos manos como lo golpeo ahora, y le cuento: Defarge, fui llevada a los pescadores de la costa, y esa familia campesina tan ofendida por dos hermanos Evrémonde, como describe ese papel de la Bastilla, es mi familia. Defarge, esa hermana del muchacho herido de muerte en el suelo era mi hermana, ese marido era el marido de mi hermana, ese niño sin nacer era su niño, ese hermano era mi hermano, ese padre era mi padre, aquellos muertos son mis muertos y ese llamamiento para responder por esas cosas desciende a mí. Preguntadle si es así.

—Así es —asintió Defarge una vez más.

—Entonces dile al Viento y al Fuego dónde detenerse —replicó la señora—, pero no me lo digas a mí.

Los dos oyentes captaron el horrible placer de la naturaleza mortífera de su ira —el oyente podía sentir lo blanca que estaba, sin verla— y ambos lo condenaron sin reservas. Defarge, una débil minoría, introdujo unas pocas palabras por la memoria de la esposa compasiva del Marqués, pero solamente provocó en su propia esposa una repetición de su última réplica: «¡Dile al Viento y al Fuego donde detenerse, no a mí!».

Entraron clientes y el grupo se dispersó. El cliente inglés pagó por lo que había tomado, contó perplejo su cambio y preguntó, como un extranjero, cómo dirigirse al Palacio Nacional. La señora Defarge le llevó a la puerta y puso un brazo sobre el suyo, señalando la carretera. El cliente inglés no se quedó sin reflexionar entonces que podría ser una buena hazaña coger ese brazo, levantarlo y golpear debajo de él de forma afilada y profunda.

Pero siguió su camino y pronto se lo tragó la sombra de la pared de la prisión. A la hora señalada, salió de ella para presentarse de nuevo en la habitación del señor Lorry, donde encontró al anciano caballero caminando de acá para allá con inquieta ansiedad. Él dijo que había estado con Lucie hasta ahora y sólo la había dejado hacía unos minutos para venir a la cita. Su padre no había sido visto desde que dejó el banco hacia las cuatro. Ella tenía leves esperanzas de que su mediación pudiera salvar a Charles, pero eran muy leves. Él se había ido hacía más de cinco horas. ¿Dónde podría estar?

El señor Lorry esperó hasta las diez; pero, al no regresar el doctor Manette, y no estando dispuesto a dejar a Lucie más tiempo, se dispuso que regresa a ella y vendría al banco de nuevo a medianoche. Mientras tanto, Carton esperaría solo al doctor al lado del fuego.

Él esperó y esperó, y el reloj dio las doce; pero el doctor Manette no regresó. Volvió el señor Lorry, y no hayó noticias de él y no traía ninguna. ¿Dónde podía estar?

Ellos estaban discutiendo esta cuestión, y casi estaban construyendo alguna estructura débil de esperanza sobre su ausencia prolongada, cuando le oyeron en las escaleras. En el instante en el que entró en la habitación estuvo claro que todo estaba perdido.

Si él realmente había estado con alguno, o si había estado todo ese tiempo atravesando las calles, nunca se supo. Cuando se quedó mirándoles, ellos no hicieron ninguna pregunta porque su cara les decía todo.

—No puedo encontrarlo —dijo él—, y tengo que tenerlo. ¿Dónde está?

Su cabeza y garganta estaban desnudos y, mientras hablaba con una mirada de impotencia apartando todo alrededor, se quitó el abrigo y lo dejó caer al suelo.

—¿Dónde está mi banco? He buscado mi banco por todas partes y no puedo encontrarlo. ¿Qué han hecho con mi trabajo? El tiempo apremia: Tengo que terminar esos zapatos.

Ellos se miraron el uno al otro y sus corazones murieron dentro de ellos.

—¡Vamos, vamos! —dijo él de forma abatida y quejumbrosa—. Déjenme trabajar. Denme mi trabajo.

No recibiendo respuesta, él se agarró el pelo y golpeó el suelo con los pies, como un niño trastornado.

—¡No torturen a un pobre desgraciado triste! —les imploró con un grito espantoso—, sino ¡denme mi trabajo! ¿Qué va a ser de nosotros si no están hechos esos zapatos esta noche?

¡Perdido, completamente perdido!

Estaba tan claramente fuera de toda esperanza razonar con él o intentar recuperarle que —como si lo hubieran acordado— cada uno de ellos puso una mano sobre su hombro y le calmaron para que se sentara delante del fuego, con una promesa de que tendría su trabajo en seguida. Él se hundió en la silla y rumiaba sobre las ascuas y derramaba lágrimas. Como si todo lo que había ocurrido desde la época de la buhardilla fuera una imaginación momentánea, o un sueño, el señor Lorry le vio retroceder a la figura exacta que Defarge había tenido guardada.

Afectado e impresionado por el terror mientras estaban allí, por este espectáculo de ruina, no era momento de ceder a tales emociones. Su única hija, privada de su esperanza y confianza final, les atraía a ambos con demasiada fuerza. De nuevo, como si estuvieran de acuerdo, se miraron el uno al otro con un significado en sus rostros. Carton fue el primero en hablar:

—La última oportunidad se ha ido: no era demasiado. Sí, sería mejor llevárselo a ella. Pero, antes de irnos, ¿podría atenderme sin interrumpir, durante un momento? No me pregunte por qué hago las estipulaciones que voy a hacer y exigir la promesa que voy a exigir. Tengo una razón... una buena.

—No lo dude —contestó el señor Lorry—. Diga.

La figura de la silla que había entre ellos estaba todo el tiempo meciéndose monótonamente de acá para allá y gimiendo. Ellos hablaron en el tono que habrían empleado si ellos hubieran estado vigilando al lado de la cama de un enfermo por la noche.

Carton se agachó para recoger el abrigo, que estaba casi enredado en sus pies. Cuando lo hizo, una pequeña cartera en la que el doctor solía llevar la lista de sus deberes diarios, cayó suavemente al suelo. Carton la cogió y había un papel doblado en ella. «¡Deberíamos ver esto!», dijo él. El señor Lorry asintió con la cabeza para dar su consentimiento. Lo abrió y lo examinó: «¡Gracias a Dios!»

—¿Qué es? —preguntó el señor Lorry, con entusiasmo.

—¡Un momento! Déjeme hablar de ello en su momento. Primero —él metió la mano en su abrigo y cogió otro papel de él—, ese es el certificado que me permite salir de esta ciudad. Mírelo. Ve... Sydney Carton, ¿un inglés?

El señor Lorry lo sostuvo abierto en su mano, mirando a su cara seria.

—Guárdelo por mí hasta mañana. Le veré mañana, recuerde, y sería mejor no llevarlo a prisión.

—¿Por qué no?

—No sé, prefiero no hacerlo así. Ahora, coja ese papel que el doctor Manette ha traído. Es un certificado parecido permitiéndole a él y a su hija y a su niña, en cualquier momento, pasar la barrera y la frontera. ¿Ve?

—¡Sí!

—Quizá lo obtuvo como su última y mayor precaución contra el mal, ayer. ¿Cuándo está fechada? Pero no importa; no se quede a mirar; póngalo cuidadosamente con el mío y con el suyo. Ahora, ¡observe! Nunca dudé hasta esta última hora o dos de que él tenía, o podía tener, tal papel. Es bueno hasta que sea revocado. Pero puede ser revocado pronto y tengo razón para pensar que lo será.

—Ellos no están en peligro.

—Ellos están en gran peligro. Ellos están en peligro de denuncia por parte de la señora Defarge. Lo sé de sus propios labios. He oído decir palabras a ese mujer, esta noche, que han presentado su peligro a mí con colores fuertes. Yo no he perdido el tiempo, desde entonces, he visto al espía. Él lo confirma. Él sabe que un aserrador que vive al lado del muro de la prisión está bajo el control de los Defarge y la señora Defarge le ha preparado para decir haberla visto a ella (él nunca mencionaba el nombre de Lucie) haciendo signos o señales a prisioneros. Es fácil prever que el pretexto será el común, una conspiración de prisión, y de que ella verá envuelta su vida —y quizá la de su niña y la de su padre, porque a ambos se les ha visto con ella en ese lugar. No mire tan horrorizado. Usted les salvará a todos.

—¡El Cielo me conceda que puedo, Carton! Pero, ¿cómo?

—Voy a decirle cómo. Dependerá de usted y no podría depender de un hombre mejor. Esta nueva denuncia ciertamente no tendrá lugar hasta después de mañana; probablemente no hasta dos o tres días después; lo más probable es que una semana después. Usted sabe que es un delito capital llorar o sentir compasión por una víctima de la Guillotina. Ella y su padre serían culpables incuestionablemente de este delito, y esta mujer (la costumbre arraigada de cuya persecución no se puede describir) esperaría añadir esa fuerza a su caso y asegurarse ella misma doblemente. ¿Me sigue?

—Tan atentamente y con tanta confianza en lo que dice que por el momento perdí la visión —tocando el respaldo de la silla del doctor—, incluso de esta angustia.

—Usted tiene dinero y puede comprar los medios de viajar a la costa tan rápidamente como se pueda hacer el viaje. Sus preparativos se habrán terminado en unos días para regresar a Inglaterra. Mañana temprano tiene sus caballos preparados, para que ellos puedan estar en buenas condiciones al partir a las dos de la tarde.

—¡Estará hecho!

Su actitud era tan ferviente e inspiradora, que el señor Lorry cogió el ardor y fue tan rápido como el joven.

—Usted tiene un corazón noble. ¿Dije que no podía depender de un hombre mejor? Dígale a ella, esta noche, lo que usted sabe de su peligro que envuelve a su niña y a su padre. Haga hincapié en eso, porque ella pondría su hermosa cabeza al lado de la de su marido alegremente —él titubeó un momento; luego continuó como antes—: Por el bien de su niña y de su padre, presiónela sobre la necesidad de abandonar París, con ellos y usted, a esa hora. Dígale que era el último plan de su marido. Dígale que más depende de ello que se anime a creer, o a esperar. Cree que su padre, incluso en este triste estado, se someterá a ella, ¿verdad?

—Estoy seguro de ello.

—Así lo pensé yo. En calma e ininterrumpidamente tenga todos estos arreglos hechos en el patio de aquí, incluso al tomar su propio asiento en el carruaje. En el momento en el que yo venga a usted, me coge y nos alejamos.

—¿Entiendo que le espero bajo cualquier circunstancia?

—Usted tiene mi certificado en su mano con el resto, sabe, y reservará mi lugar. No espere nada salvo tener mi sitio ocupado, y entonces, ¡a Inglaterra!

—Por qué, entonces —dijo el señor Lorry, agarrando su mano ansiosa pero tan firme y segura—, no depende todo de un anciano, sino que tendré a un hombre joven y ardiente a mi lado.

—¡Con la ayuda del Cielo la tendrá! ¿Me promete solemnemente que nada le influirá para cambiar el curso de lo que ahora nos hemos prometido el uno al otro?

—Nada, Carton.

—Recuerde estas palabras mañana; cambie el curso, o retráselo, por cualquier razón, y posiblemente ninguna vida se salvará y muchas vidas tienen que ser sacrificadas inevitablemente.

—Las recordaré. Espero hacer mi parte fielmente.

—Y yo espero hacer la mía. Ahora, ¡Adiós!

Aunque lo dijo con una sonrisa grave de sinceridad, y aunque incluso llevó la mano del anciano a sus labios, no se apartó de él entonces. Le ayudó tanto a levantar la figura que se mecía delante de las ascuas que morían como a coger una capa y sombrero y ponérsela y a tentarle a descubrir dónde estaban escondidos el banco y el trabajo que todavía buscaba gimiendo. Caminó al otro lado de él y le protegió hacia el patio de la casa donde el afligido corazón —tan feliz en el tiempo memorable en que él había revelado su propio corazón desolado— vigilaba la fea noche. Entró en el patio y se quedó allí unos minutos solo, mirando arriba a la luz de la ventana de la habitación de ella. Antes de irse, musitó una bendición hacia ella y un adiós.

CAPÍTULO XIII

Cincuenta y dos

En la negra prisión de la Conciergerie, el condenado del día esperaba su muerte. Ellos eran en número como las semanas del año. Cincuenta y dos iban a rodar aquella tarde sobre la marea viva de la ciudad hacia el mar eterno infinito. Antes de que sus celdas fueran abandonadas por ellos, estaban señalados nuevos ocupantes; antes de que su sangre corriera en la sangre caída ayer, la sangre que se iba a mezclar con las suyas mañana estaba ya apartada.

Dos veintenas más doce estaban designados. Desde el general granjero de setenta, cuyas riquezas no pudieron comprar su vida, hasta la costurera de veinte, cuya pobreza y oscuridad no pudo salvarla. Enfermedades físicas, engendradas en los vicios y abandonos de los hombres, agarrarán a víctimas de todas las categorías, y el desorden moral horroroso, nacido de sufrimiento indescriptible, opresión intolerable e indiferencia cruel, golpeaba igualmente sin distinción.

Charles Darnay, solo en una celda, se había mantenido sin ninguna falsa ilusión halagüeña desde que vino a ella desde el Tribunal. En cada línea de la narración que había oído, oyó su condena. Había comprendido totalmente que ninguna influencia personal podría salvarle posiblemente, que era sentenciado por millones prácticamente, y esa unidad no podía servirle de nada a él.

No obstante no era fácil, con el rostro de su amada esposa fresco ante él, poner en orden su mente para lo que tenía que soportar. Su apego a la vida era fuerte, y muy, muy duro aflojarlo; mediante esfuerzos graduales y grados abiertos un poco aquí, apretaba el tensor allí; y cuando tenía fuerza para echar esa mano y lo conseguía, ésta se cerraba de nuevo. Había prisa, también, en todos sus pensamientos, un trabajo turbulento y acalorado de su corazón que competía contra la resignación. Si, por un momento, él se sentía resignado, entonces su esposa y su niña, que tenían que vivir después de él, parecían protestar y hacerlo algo egoísta.

Pero, todo esto fue al principio. Antes de pasar mucho tiempo, la consideración de que no había deshonra en el destino con el que se tenía que encontrar, y que muchos llevaban el mismo camino injustamente, y lo pisaban firmemente cada día, saltó para estimularle. Después siguió el pensamiento de que mucha de la paz mental futura que disfrutarían sus seres queridos, dependía de su fortaleza tranquila. Por tanto, poco a poco se calmó hasta un estado mejor, cuando pudo elevar sus pensamientos mucho más arriba y tener consuelo abajo.

Antes de la oscuridad de la noche de su condena, había viajado lejos en su último camino. Permitiéndole comprar medios para escribir y una lámpara, se sentó a escribir hasta la hora en la que se apagarían las luces de la prisión.

Escribió un carta larga a Lucie, expresando que él no había sabido nada del cautiverio de su padre hasta que se lo había oído a ella, y que él había estado tan ignorante como ella de la responsabilidad de su padre y de su tío en esa desgracia, hasta que se hubo leído el papel. Ya le había explicado a ella que su ocultación del nombre al que él había renunciado, era la única condición —completamente comprensible ahora— que su padre había adjuntado a sus esponsales y era la única promesa que él todavía exigió en la mañana de su boda. Le suplicaba a ella, por el bien de su padre, que nunca buscara saber si su padre había llegado a estar ajeno a la existencia del papel o se lo había recordado (por el momento, o para siempre), la historia de la Torre, aquel viejo domingo bajo el viejo querido plátano de sombra del jardín. Si hubiera conservado cualquier recuerdo seguro de él, no podría haber duda de que lo hubiera supuesto destruido con la Bastilla cuando no encontró mención alguna de él entre las reliquias de prisioneros que el pueblo había descubierto allí, y que habían sido descritas a todo el mundo. Él le suplicó —aunque añadió que sabía que no era necesario— que consolara a su padre, recalcándole por todos los medios delicados que ella pudiera pensar, la verdad de que él no había hecho nada por lo cual pudiera reprocharse con razón, sino que se había olvidado de sí mismo por el bien de ellos juntos. Junto a la conservación de ella del último amor y bendición agradecidos de él y su dominio de la pena, para dedicarse a su querida niña, él le imploraba, como se encontrarían en el Cielo, que consolara a su padre.

A su padre mismo escribió en el mismo tono, pero le dijo que confiaba expresamente a su esposa y niña a su cuidado. Y a él le decía esto, con mucha fuerza, con la esperanza de despertarle de cualquier abatimiento o retrospectiva peligrosa hacia la cual preveía que pudiera tender.

Al señor Lorry le encomendó y explicó todos sus asuntos materiales. Hecho eso, con muchas frases añadidas de amistad agradecida y relación cálida, todo estaba hecho. Nunca pensó en Carton. Su mente estaba tan llena de los demás, que no pensó ni una vez en él.

Tuvo tiempo de terminar estas cartas antes de que apagaran las luces. Cuando estaba tumbado sobre su cama de paja, pensó que había terminado en este mundo.

Pero le hicieron señas de regreso en su sueño y se mostraba en formas brillantes. Libre y feliz, de regreso en la casa vieja de Soho (aunque no había nada en ella de la casa verdadera), liberado incomprensiblemente e iluminado de corazón, estaba con Lucie de nuevo y ella le decía que todo fue un sueño y que él nunca se había ido. Una pausa de mala memoria y entonces él incluso había sufrido, y había regresado a ella, muerto y en paz, y sin embargo no había diferencia en él. Otra pausa de inconsciencia y se despertó en la mañana triste, inconsciente de donde estaba o de lo que había ocurrido, hasta que hubo un destello en su mente: «¡Este es el día de mi muerte!»

Así había pasado las horas hasta el día en el que cincuenta y dos cabezas iban a caer. Y ahora, mientras estaba sereno y esperaba que pudiera encontrar el fin con completo heroísmo, una nueva acción empezó en sus pensamientos despiertos, que era muy difícil de manejar.

Él nunca había visto el instrumento que iba a terminar con su vida. Lo alto que era desde el suelo, cuántos escalones tenía, dónde sería colocado, dónde sería tocado, si las manos que le tocaran estarían manchadas de rojo, hacia qué lado giraría su cara, si sería el primero o sería el último: estas cuestiones y muchas similares, no dirigidas por su voluntad, se imponían una y otra vez, innumerables veces. Ninguna estaba relacionada con el miedo; él no era consciente del miedo. Es más, se originaban en un extraño deseo acuciante de saber qué hacer cuando llegara la hora; un deseo enormemente desproporcionado respecto a los pocos momentos rápidos a lo que se refiere; un asombro que era más como el asombro de algún otro espíritu en su interior, que no era el suyo.

Las horas pasaban mientras él caminaba de acá para allá y los relojes tocaban los números que nunca oiría de nuevo. El nueve se fue para siempre, el diez se fue para siempre, el once se fue para siempre, el doce llegó para pasar. Después de un combate duro con esa acción excéntrica del pensamiento que le había desconcertado al final, él había sacado lo mejor de ello. Caminaba de acá para allá, repitiendo suavemente sus nombres para sus adentros. Lo peor de la lucha había terminado. Podía caminar de acá para allá, libre de imaginaciones distraídas, rogando por él y por ellos.

El doce se fue para siempre.

Le habían informado de que la hora final eran las Tres, y sabía que sería llamado algún tiempo antes, puesto que las carretas traqueteaban pesada y lentamente a través de las calles. Por tanto, decidió mantener en mente las Dos, como la hora, y así fortalecerse en el intervalo para poder ser capaz, después de ese tiempo, de fortalecer a otros.

Caminando regularmente de acá para allá con los brazos cruzados sobre su pecho, un hombre muy diferente del prisionero, que había caminado de acá para allá en La Force, oyó tocar la Una lejos de él, sin sorpresa. La hora se había medido como la mayoría de las otras horas. Agradeció al cielo con fervor por su serenidad recuperada y pensó: «Esto es otro ahora», y volvió a caminar de nuevo.

Pasos en el pasillo de piedra por fuera de la puerta. Él se paró.

La llave se puso en la cerradura y giró. Antes de abrirse la puerta, o mientras se abría, un hombre dijo en voz baja, en inglés: «Él nunca me ha visto aquí. Yo no me he metido en su camino. Vaya solo, yo espero cerca. ¡No pierda tiempo!»

La puerta se abrió y se cerró rápidamente, y allí se quedó delante de él cara a cara, tranquilo, atento a él, con la luz de una sonrisa en sus rasgos y un dedo de precaución sobre su labio, Sydney Carton.

Había algo tan brillante y destacado en su aspecto que, en el primer momento, el prisionero dudó si no era una aparición de su propia imagen. Pero él habló y era su voz; cogió la mano del prisionero y le agarró de verdad.

—De todas las personas sobre la tierra, usted no esperaba lo más mínimo verme —dijo él.

—No podía creer que fuera usted. Apenas puedo creerlo ahora. Usted —el temor vino de repente a su mente—, ¿no es un prisionero?

—No. Por casualidad poseo un poder sobre uno de los guardias de aquí, y en virtud de ello estoy delante de usted. Vengo de parte de ella, su esposa, señor Darnay.

El prisionero le apretó la mano.

—Traigo una petición de ella.

—¿Qué es?

—Una súplica de lo más seria, urgente y enérgica, dirigida a usted en el tono más patético de la voz tan querida para usted, que usted recuerda bien.

El prisionero giró la cara a un lado.

—No tiene tiempo de preguntarme por qué la traje o lo que significa, no tengo tiempo de contárselo. Tiene que acatarlo; quítese esas botas y póngase estas mías.

Había una silla contra la pared de la celda detrás del prisionero. Carton, empujando hacia delante, con la velocidad del rayo se había puesto a ello ya, y estaba en pie por encima de él, con los pies descalzos.

—Póngase estas botas mías. Póngale sus manos; ponga su voluntad. ¡Rápido!

—Carton, no hay forma de escaparse de este lugar, nunca se podrá hacer. Solamente morirá conmigo. Es una locura.

—Sería una locura si yo le pidiera que se escapara; ¿pero lo hago? Cuando le pida que salga por esa puerta, dígame que es una locura y quédese aquí. Cambie ese fular por este mío, ese abrigo por este mío. Mientras lo hace, déjeme coger esta cinta de su pelo y ¡agite su pelo así como el mío!

Con rapidez asombrosa y con una fortaleza tanto de voluntad como de acción que parecía casi sobrenatural, le obligó a todos estos cambios. El prisionero era como un niño en sus manos.

—¡Carton! ¡Querido Carton! Es una locura. No se puede lograr, nunca se podrá hacer, se ha intentado y siempre ha fallado. Le ruego que no añada su muerte a la amargura de la mía.

—¿Le pido, mi querido Darnay, que pase la puerta? Cuando le pida eso, niéguese. Hay pluma y tinta y papel sobre esta mesa. ¿Su mano está lo suficientemente segura para escribir?

—Lo estaba cuando entró usted.

—Asegúrela de nuevo y escriba lo que le dictaré. ¡Rápido, amigo, rápido!

Apretando con su mano la cabeza desconcertada de él, Darnay se sentó a la mesa. Carton, con la mano derecha sobre el pecho, estaba en pie a su lado.

—Escriba exactamente lo que le digo.

—¿A quién va dirigida?

—A nadie —Carton todavía tenía su mano en el pecho.

—¿La fecho?

—No.

El prisionero miraba hacia arriba a cada pregunta. Carton en pie sobre él con su mano en el pecho, miraba hacia abajo.

—Si recuerda usted —dijo Carton, dictando— las palabras que tuvimos, hace tiempo, comprenderá inmediatamente esto cuando lo vea. Usted las recuerda, lo sé. No es propio de usted olvidarlas.

Él se estaba quitando la mano del pecho; el prisionero, aprovechando a mirar hacia arriba en su apresurado asombro mientras escribía, detuvo la mano, cerrando algo.

—¿Ha escrito «olvidarlas»? —preguntó Carton.

—Sí. ¿Es eso de su mano un arma?

—No, no estoy armado.

—¿Qué hay en su mano?

—Lo sabrá ahora mismo. Siga escribiendo, sólo hay unas cuantas palabras más— él dictó de nuevo—: Agradezco que haya llegado la hora en la que yo pueda demostrarlo. Que yo lo haga así no es cuestión de arrepentimiento o pena —cuando dijo estas palabras con sus ojos fijos en el escribiente, su mano bajó lenta y suavemente hacia la cara de éste.

La pluma se cayó de los dedos de Darnay sobre la mesa y el miró a su alrededor con expresión ausente.

—¿Qué es ese vapor? —preguntó.

—¿Vapor?

—¿Algo que me cruzó?

—No soy consciente de nada; no puede haber nada aquí. Coja la pluma y termine. ¡Deprisa, deprisa!

Como si su memoria se empañara, o sus facultades estuvieran perturbadas, el prisionero hizo un esfuerzo por recuperar su atención. Cuando miraba a Carton con los ojos nublados y con una forma de respirar alterada, Carton, con la mano de nuevo en su pecho, le miraba fijamente.

—¡Deprisa, deprisa!

El prisionero se inclinó sobre el papel una vez más.

—Si hubiera sido de otra manera —la mano de Carton estaba de nuevo escabulléndose vigilante y suavemente hacia abajo—, nunca habría empleado la oportunidad más larga. Si hubiera sido de otra manera —la mano estaba en la cara del prisionero—, yo habría tenido mucho por lo que responder. Si hubiera sido de otra manera... —Carton miró la pluma y vio que se estaba apagando en signos ininteligibles.

La mano de Carton no volvió a su pecho más. El prisionero saltó con una mirada de reproche, pero la mano de Carton estaba cerrada y firme en su nariz y su brazo izquierdo le cogió por la cintura. Durante unos segundos él luchó débilmente con el hombre que había venido a ofrecer su vida por él; pero, en un minuto o así, él estaba tendido en el suelo sin conocimiento.

Rápidamente, pero con manos tan firmes para el fin como lo estaba su corazón, Carton se vistió con las ropas que el prisionero había dejado a un lado, se peinó hacia atrás el pelo y se lo ató con la cinta que el prisionero había llevado puesta. Entonces llamó suavemente: «¡Entre, aquí! ¡Entre!», y el Espía se presentó.

—¿Ve? —dijo Carton, mirando hacia arriba mientras estaba apoyado sobre una rodilla al lado de la figura inconsciente, poniendo el papel en el pecho—: ¿Es muy grande su riesgo?

—Señor Carton —contestó el Espía, con un tímido chasquido de sus dedos—, mi riesgo no es ése, en la profundidad del asunto de aquí, si es verdad todo lo de su trato.

—No tema por mí. Será verdad hasta la muerte.

—Tiene que ser, señor Carton, si contar cincuenta y dos va a ser cierto. Si es cierto por llevar usted esa ropa, no tendré miedo.

—¡No tenga miedo! Pronto estaré lejos de hacerle daño, y el resto estará pronto muy lejos de aquí, ¡gracias a Dios! Ahora, pida ayuda y lléveme al carruaje.

—¡A usted! —dijo el Espía nervioso.

—A él, hombre, con quien me he cambiado. ¿Usted sale a la verja por la que me trajo?

—Por supuesto.

—Yo estaba débil y mareado cuando me metió usted y estoy más mareado ahora que me saca. La entrevista de despedida me ha aturdido. Tal cosa ha ocurrido aquí con demasiada frecuencia. Su vida está en sus manos. ¡Rápido! ¡Pida ayuda!

—¿Jura no traicionarme? —dijo el Espía temblando, cuando él hizo una pausa por un momento.

—¡Hombre, hombre! —contestó Carton, dando una patada—. ¿No he jurado ya con voto solemne llevar a cabo esto para que usted pierda los momentos preciosos ahora? Llévele usted mismo al patio que sabe, colóquele en el carruaje, preséntese al señor Lorry, dígale que no le dé ningún reconstituyente salvo aire y que recuerde mis palabras de anoche y su promesa de anoche, y ¡que se vaya!

El Espía se retiró y Carton se sentó a la mesa, descansando la frente sobre sus manos. El Espía regresó inmediatamente, con dos hombres.

—¿Cómo, entonces? —dijo uno de ellos, contemplando la figura caída—. ¿Tan afligido por descubrir que su amigo ha ganado un premio en la lotería de Santa Guillotina?

—Un buen patriota —dijo el otro— apenas podría haber estado más afligido si el aristócrata hubiera ganado un número no premiado.

Levantaron la figura inconsciente, la colocaron en una litera que habían llevado a la puerta y se inclinaron para llevársela.

—El tiempo es corto, Evrémonde —dijo el Espía, con voz de advertencia.

—Lo se bien —contestó Carton—. Cuide a mi amigo, se lo ruego, y déjeme.

—Vamos entonces, chicos —dijo Barsad—. ¡Levantadle y marchémonos!

La puerta se cerró y Carton se quedó solo. Forzando sus poderes de escuchar al máximo, no oyó sonido alguno que pudiera denotar sospecha o alarma. No era nada. Llaves que giraban, puertas que chocaban, pasos que pasaban por pasillos distantes: ningún grito se elevó, ninguna prisa, que pareciera fuera de lo normal. Respirando con más libertad durante un momento, se sentó a la mesa y escuchó de nuevo hasta que el reloj dio las Dos.

Los sonidos a los que no temía, porque él adivinaba su significado, empezaron a ser audibles entonces. Varias puertas se abrieron en sucesión y finalmente la suya. Un carcelero, con una lista en la mano, miró dentro, y simplemente dijo: «¡Sígame, Evrémonde!», y le siguió a una habitación oscura grande, a cierta distancia. Era un oscuro día de invierno y con las sombras del interior y las del exterior, apenas podía distinguir débilmente a los otros que fueron llevados allí para atarles los brazos. Algunos estaban en pie, otros sentados. Algunos estaban lamentándose y en movimiento inquieto; pero éstos eran pocos. La gran mayoría estaban en silencio y tranquilos, mirando fijamente al suelo.

Cuando estaba al lado de la pared en un rincón poco iluminado, mientras algunos de los cincuenta y dos fueron traídos después de él, un hombre se detuvo al pasar para abrazarle, como habiéndole conocido. Él se estremeció con gran temor de ser descubierto; pero el hombre continuó. Muy pocos minutos después, una mujer joven, con forma aniñada, un rostro muy dulce en el que no había vestigio de color y ojos pacientes grandes completamente abiertos, se levantó del asiento donde él había observado que estaba sentada y vino a hablar con él.

—Ciudadano Evrémonde —dijo ella, tocándole con su mano fría—. Soy la pobre costurera pequeña que estuvo con usted en La Force.

Él murmuró como contestación: «Cierto. Olvidé de lo que estaba acusada.»

—Conspiraciones. Aunque el Cielo justo sabe que soy inocente de cualquiera. ¿Es posible? ¿Quién pensaría en conspiración con una pobre criatura débil y pequeña como yo?

La sonrisa triste con la que dijo esto, tanto le afectó a él, que brotaron lágrimas de sus ojos.

—No temo morir, ciudadano Evrémonde, pero yo no he hecho nada. Yo estoy dispuesta a morir si la República que va a hacer tanto bueno por nosotros los pobres, se beneficiara por mi muerte; pero no sé como puede ser, ciudadano Evrémonde. ¡Una pobre criatura pequeña y débil!

Como la última cosa sobre la tierra que su corazón iba a reconfortar y ablandar, él reconfortó y ablandó a esta muchacha lastimosa.

—Oí que le habían dejado libre, ciudadano Evrémonde. ¡Esperaba que fuera cierto!

—Lo era. Pero me cogieron de nuevo y me condenaron.

—Si pudiera montar con usted, ciudadano Evrémonde, ¿me permitirá cogerle la mano? No tengo miedo, pero soy pequeña y débil y eso me dará más valor.

Cuando los pacientes ojos se levantaron hacia el rostro de él, vio una duda repentina en ellos y luego asombro. Él apretó los dedos jóvenes trabajados, hambrientos y tocó sus labios.

—¿Va a morir por él? —susurró ella.

—Y por su esposa e hija. ¡Silencio! Sí.

—¡Oh!, ¿me dejará coger su valiente mano, ¡extraño!?

—¡Silencio! Sí, mi pobre hermana, hasta el final.

* * *

Las mismas sombras que estaban cayendo sobre la prisión, caían, a esa misma hora de la tarde, en la Barrera con la multitud alrededor, cuando un carruaje que salía de París llegó para ser examinado.

—¿Quién va aquí? ¿A quién tenemos dentro? ¡Papeles!

Los papeles fueron alcanzados y leídos.

—Alexandre Manette. Médico. Francés. ¿Quién es?

—Este es —señaló este anciano paseante indefenso, murmurando sin fluidez.

—¿Al parecer el ciudadano-doctor no está en su sano juicio? La fiebre de la Revolución habrá sido mucho para él.

—Enormemente demasiado para él.

—¡Ah! Muchos sufren con ella. Lucie, su hija francesa, ¿quién es?

—Esta es ella.

—Al parecer tenía que ser. Lucie, la esposa de Evrémonde, ¿no?

—Lo es.

—¡Ah! Evrémonde tiene una cita en alguna parte. Lucie, su niña. Inglesa. ¿Esta es ella?

—Ella y no otra.

—¡Bésame, niña de Evrémonde. Ahora has besado a un buen republicano; algo nuevo en tu familia. ¡Recuérdalo! Sydney Carton. Abogado. Inglés. ¿Dónde está?

—Él yace aquí, en este rincón del carruaje. También él fue señalado.

—¿Al parecer el abogado inglés está desvanecido?

—Se esperaba que se recobrara con el aire fresco. Se representa que él no tiene buena salud y se ha separado tristemente de un amigo que está bajo el desagrado de la República.

—¿Eso es todo? No es mucho. Muchos están bajo el desagrado de la República y tienen que mirar por la ventanilla. Jarvis Lorry. Banquero. Inglés. ¿Quién es?

—Yo soy. Necesariamente al ser el último.

Es Jarvis Lorry el que ha contestado a todas las preguntas previas. Es Jarvis Lorry el que se ha apeado y está con la mano sobre la puerta del carruaje contestando al grupo de oficiales. Ellos caminan sin prisa alrededor del carruaje y montan en la cabina sin prisa para mirar lo que lleva el pequeño equipaje sobre el tejado; la gente del campo rondando por allí, se aprietan más hacia las puertas del carruaje y miran dentro fijamente con avaricia; una niña pequeña, llevada por su madre, alarga su brazo para que pueda tocar a la esposa de un aristócrata que ha ido a la Guillotina.

—Tenga sus papeles, Jarvis Lorry, refrendados.

—¿Se puede partir, ciudadano?

—Se puede partir. Adelante, postillones. ¡Buen viaje!

—Les saludo, ciudadanos... ¡Y pasó el primer peligro!

Eran otra vez las palabras de Jarvis Lorry, mientras se agarraba las manos y miraba hacia arriba. Hay terror en el carruaje, hay llanto, hay una respiración profunda del viajero inconsciente.

—¿No estamos yendo demasiado despacio? ¿No se puede provocar que vayan más deprisa? —preguntó Lucie, aferrándose al anciano.

—Parecería una huida, querida mía. No tenemos que alentarles demasiado; se levantarían sospechas.

—¡Mire atrás, mire atrás y vea si nos persiguen!

—La carretera está limpia, querido. Hasta aquí no nos han perseguido.

Casas de dos o tres pasaban a nuestro lado, granjas solitarias, edificios ruinosos, teñidores, curtidores y cosas por el estilo, campo abierto, avenidas de árboles sin hojas. El duro pavimento desigual debajo de nosotros, el barro profundo suave está a cada lado. Algunas veces entramos en el barro de la orilla para evitar las piedras que traquetean y nos sacuden; algunas veces nos clavamos en rodadas y nos libramos allí. La agonía de nuestra impaciencia es entonces tan grande, que en nuestra alarma y prisa frenéticas estábamos escapándonos, corriendo —ocultando— haciendo cualquier caso salvo parar.

Fuera del campo abierto, de nuevo entre edificios ruinosos, granjas solitarias, teñidores, curtidores y cosas por el estilo, casitas de dos y tres, avenidas de árboles sin hoja. ¿Nos han engañado estos hombres y nos han traído de regreso por otro camino? ¿No es el mismo lugar otra vez? Gracias al Cielo, no. Un pueblo. ¡Mire, atrás, mire atrás, y vea si nos persiguen! ¡Silencio! La casa de postas.

Sin prisa, quitan nuestros cuatro caballos; sin prisa el carruaje se queda en una pequeña calle, desprovista de caballos y sin posibilidad en ella de haber movimiento; sin prisa, los caballos nuevos llegan a la existencia visible, uno por uno; sin prisa, los nuevos postillones siguen, arrastrando y trenzando las trallas de sus látigos; sin prisa, los postillones viejos cuentan su dinero, hacen adiciones equivocadas y llegan a resultados insatisfechos. Todo el tiempo nuestros corazones muy tensos estaban latiendo a un ritmo que sobrepasaría con mucho al galope más veloz de los caballos más veloces que nunca se hayan parido.

Finalmente los nuevos postillones están en sus sillas de montar y los viejos se dejan atrás. Atravesamos el pueblo, cuesta arriba y cuesta abajo y sobre los terrenos bajos aguados. De repente nuestros postillones intercambian una conversación con animada gesticulación y los caballos se paran, casi sobre sus grupas. ¿Nos persiguen?

—¡Jo! En el carruaje de allí. ¡Habla entonces!

—¿Qué pasa? —pregunta el señor Lorry, mirando por la ventana.

—¿Cuántos dicen?

—No le entiendo.

—... En el último puesto. ¿Cuántos a la Guillotina hoy?

—Cincuenta y dos.

—¡Ya lo dije yo! ¡Un soberbio número! Mi ciudadano amigo de aquí tenía cuarenta y dos; diez cabezas más dignas de tener. La Guillotina va magníficamente. La amo. Adelante. ¡Hop!

La noche se hace oscura. Él se mueve más, empieza a revivir y habla ininteligiblemente; cree que están juntos todavía; le pregunta, por su nombre, lo que tiene en la mano. ¡Oh, piedad, amable Cielo, y ayúdanos! Mire afuera, mire afuera para ver si nos persiguen.

El viento sopla detrás de nosotros, y las nubes están volando detrás de nosotros, y la luna está sumergiéndose detrás de nosotros, y toda la noche agitada está en nuestra persecución, más allá de eso no somos perseguidos por nada más.

CAPÍTULO XIV

El punto hecho

En ese mismo momento en el que los cincuenta y dos esperaban su muerte, la señora Defarge mantenía un consejo de oscuros presagios con la Vengadora y Jacques Tres del Jurado Revolucionario. No consultó con estos ministros en la tienda de vino, sino en la cabaña del aserrador, antes reparador de caminos. El aserrador mismo no participaba en el congreso, sino que permanecía a poca distancia, como un satélite externo que no iba a hablar hasta que se le pidiera o a ofrecer una opinión hasta que se le invitara.

—Pero nuestro Defarge —dijo Jacques Tres— es sin duda un buen republicano, ¿eh?

—No lo hay mejor —protestó la Vengadora locuaz en su comentario estridente— en Francia.

—Paz, pequeña Vengadora —dijo la señora Defarge, poniendo la mano con el ceño ligeramente fruncido sobre los labios de su lugarteniente—, escuchad lo que digo. Mi marido, ciudadano amigo, es un buen republicano y un hombre audaz; él es buen merecedor de la República y posee su confianza. Pero mi marido tiene su debilidad y es tan débil como para transigir ante ese doctor.

—Es una gran pena —dijo con voz ronca Jacques Tres, moviendo su cabeza con recelo, con sus dedos crueles en su boca hambrienta—; no es un buen ciudadano completamente; es algo que lamentar.

—Mirad —dijo la señora—. No me preocupará nada este doctor, a mí. Él puede llevar su cabeza o perderla, por el interés que tengo por él, todo está hecho. Pero los Evrémonde han de ser exterminados y la esposa y la niña tienen que seguir al marido y padre.

—Ella tiene una bonita cabeza para ello —dijo con voz ronca Jacques Tres—. He visto ojos azules y pelo dorado allí y ellos parecerían encantadores cuando Samson les levantara —ogro como era, habló como un epicúreo.

La señora Defarge bajó la mirada y reflexionó un poco.

—La niña también —observó Jacques Tres, con un placer meditativo en sus palabras—, tiene el pelo dorado y los ojos azules. Y nosotros rara vez tenemos a una niña allí. ¡Es una buena vista!

—En una palabra —dijo la señora Defarge, saliendo de su breve abstracción—, no puedo confiar a mi marido este asunto. No solamente siento yo, desde anoche, que no me atrevo a confiarle los detalles de mis proyectos, sino que también siento que si me demoro, hay peligro de que él dé aviso y entonces puedan escapar.

—Eso nunca puede ser —dijo con voz ronca Jacques Tres—; nadie tiene que escapar. Nosotros no tenemos ni la mitad suficiente. Deberíamos tener seis veintenas más por día.

—En una palabra —continuó la señora Defarge—, mi marido no tiene mi motivo para perseguir a esta familia hasta la aniquilación y yo no tengo su motivo para considerar a este doctor con alguna sensibilidad. Tengo que actuar por mí misma, por tanto. Ven aquí, pequeño ciudadano.

El aserrador, que le tenía respeto y ella le tenía sumiso, con miedo mortal, avanzó con la mano en su gorra roja.

—En lo tocante a esas señales, pequeño ciudadano —dijo la señora Defarge, serenamente—, que ella hacía a los prisioneros, ¿estás dispuesto a ser testigo de ellas este mismo día?

—¡Ay, ay, por qué no! —gritó el aserrador—. Cada día, en todo tiempo, desde las dos hasta las cuatro, siempre haciendo señales, algunas veces con la pequeña, otras veces sin ella. Yo sé lo que sé. Lo han visto mis ojos.

Él hizo toda clase de gestos mientras hablaba, como si imitara por casualidad unas cuantas señales de la gran diversidad que había visto.

—Conspiradores claramente —dijo Jacques Tres—, transparentemente.

—¿No hay duda del Jurado? —preguntó la señora Defarge, permitiendo que sus ojos se volvieran a él con una sonrisa negativa.

—Confiad en el Jurado patriótico, queridos ciudadanos. Respondo por los miembros del Jurado amigos míos.

—Ahora, dejadme ver —dijo la señora Defarge, cavilando de nuevo—. ¡Sin embargo, una vez más! ¿Puedo dejar a este Doctor a mi marido? No tengo la impresión de otra manera. ¿Puedo dejárselo?

—Contaría como una cabeza —observó Jacques Tres, en voz baja—. Realmente no tenemos cabezas suficientes; sería una pena, creo.

—Él estaba haciendo señas con ella cuando yo la vi —expuso la señora Defarge—; no puedo hablar de uno sin el otro y no tengo que callarme y confiar el caso completamente a él, este pequeño ciudadano de aquí. Porque yo no soy un mal testigo.

La Vengadora y Jacques Tres se disputaban uno a otro las fervientes declaraciones de que ella era la más admirable y maravillosa de los testigos. El pequeño ciudadano, sin ser superado, declaraba que ella era una testigo celestial.

—Él tiene que tentar la suerte —dijo la señora Defarge—. No. ¡No puedo dejárselo! Se te requiere a las tres, tú vas a ver la hornada ejecutada de hoy. ¿Tú?

La pregunta iba dirigida al aserrador, quien contestó rápidamente afirmándolo: aprovechando la ocasión para añadir que él era el más ardiente de los republicanos, y que sería en efecto el más desconsolado de los republicanos si algo le evitara disfrutar del placer de fumarse su pipa de la tarde contemplando al curioso barbero nacional. Fue tan efusivo aquí, que podría haber sido sospechoso (quizá lo era, a los ojos oscuros de la señora Defarge que le miraban con desprecio) de tener sus pequeños temores individuales por su propia seguridad personal, cada hora del día.

—Yo —dijo la señora— estaré ocupada en el mismo lugar. Después de terminar, digamos a las ocho esta noche, vienes a mí, a Saint Antoine, y te daremos información contra esta gente en mi Sección.

El aserrador dijo que estaría orgulloso y halagado de atender a la ciudadana. Con ella, mirándole, él llegó a avergonzarse, y evitó su mirada como hubiera hecho un perrillo, retirándose entre su madera y ocultando su confusión en el mango de su sierra.

La señora Defarge hizo señas al miembro del Jurado y a la Vengadora para que se acercaran a la puerta y allí les expuso sus demás opiniones así:

—Ella estará ahora en casa, esperando el momento de la muerte de él. Ella estará llorando y sufriendo. Ella estará en unas condiciones mentales que tachará la justicia de la República. Ella estará en total acuerdo con sus enemigos. Iré a verla.

—¡Qué admirable mujer. Qué adorable mujer! —exclamó Jacques Tres, efusivamente—. ¡Ah, mi preciada! —gritó la Vengadora, y la abrazó.

—Toma mi punto —dijo la señora Defarge, colocándolo en manos de su lugarteniente—; tenlo preparado para mí en su sitio de costumbre. Guarda mi silla de costumbre. Ve allí, directamente, porque allí probablemente habrá una concurrencia más grande de lo normal, hoy.

—Obedezco de buen grado las órdenes de mi Jefe —dijo la Vengadora con presteza, y la besó en la mejilla—. ¿No harás tarde?

—Estaré allí antes del comienzo.

—Y antes de que lleguen las carretas, asegúrate de estar allí, mi alma —dijo la Vengadora, llamándola, porque ella ya se había dado la vuelta y estaba en la calle—, ¡antes de que lleguen las carretas!

La señora Defarge saludó con la mano ligeramente, para dar a entender que había oído y de que podía confiar en que llegaría a tiempo, y así atravesó el barro y volvió la esquina del muro de la prisión. La Vengadora y el miembro del Jurado, vigilando según se alejaba, admiraron mucho su excelente figura y sus magníficas dotes morales.

Había muchas mujeres en esa época sobre las cuales el tiempo ponía una mano que las afeaba terriblemente; pero no había ninguna entre ellas para temer más que esta mujer despiadada que ahora iba de camino por las calles. De un carácter fuerte e intrépido, de sentido común astuto y ágil, de gran determinación, de esa clase de belleza que no sólo parece impartir a su poseedor firmeza y animosidad, sino meter en otros un reconocimiento instintivo de estas cualidades; los tiempos difíciles la hubieran levantado bajo cualquier circunstancia. Pero, imbuida desde su niñez en un perturbado sentido de justicia y un odio inveterado de una clase, la oportunidad la había convertido en una tigresa. Ella no tenía absolutamente ninguna piedad. Si ella hubiera tenido alguna vez virtud de ella, la hubiera echado de ella totalmente.

No era nada para ella que un hombre inocente fuera a morir por los pecados de sus antepasados; ella no le veía a él, sino a ellos. No era nada para ella que su esposa fuera a quedarse viuda y su hija huérfana; era castigo insuficiente, porque ellos eran sus enemigos naturales y su presa, y como tales no tenían derecho a vivir. Recurrir a ella, se hacía sin esperanza por no tener sentimiento de piedad, ni siquiera para ella misma. Si la hubieran postrado en las calles, en cualquiera de los muchos encuentros en los que ella se había comprometido, no hubiera tenido piedad de ella misma; ni siquiera, si la hubieran mandado al hacha mañana, hubiera ido a ella sin ningún sentimiento más suave que el de un deseo fiero de cambiarles el sitio a los hombres que la enviaban allí.

Tal corazón llevaba la señora Defarge debajo de su áspero traje. Llevado de manera despreocupada, era un traje bastante apropiado, en cierto sentido raro, y su pelo oscuro parecía rico debajo de su gorra roja gruesa. Oculta en su pecho iba una pistola cargada. Oculta en su cintura, iba una daga afilada. Así ataviada, y caminando con el paso confiado de tal carácter y con la ágil libertad de una mujer que había caminado habitualmente en su niñez, con los pies descalzos y las piernas desnudas, sobre la arena del mar marrón, la señora Defarge siguió su camino por las calles.

Ahora bien, cuando el viaje del carruaje, que en ese mismo momento estaba esperando que terminaran de cargarlo, se había planeado la noche anterior, la dificultad de llevar a la señorita Pross en él había comprometido mucho la atención del señor Lorry. No era deseable simplemente evitar sobrecargar el carruaje, sino que era de la mayor importancia que el tiempo empleado en examinarlo a él y a sus pasajeros, se redujera al máximo; ya que su huida podría depender del ahorro de unos cuantos segundos aquí y allí. Finalmente él había propuesto, después de un examen lleno de inquietud, que la señorita Pross y Jerry, que eran libres de abandonar la ciudad, la abandonarían a las tres en el medio de transporte de rueda más ligera conocido en ese período. Sin las trabas del equipaje, ellos pronto adelantarían al carruaje, y, pasándolo y precediéndolo en la carretera, mandaría a sus caballos por delante y facilitaría enormemente su progreso durante las preciosas horas de la noche, cuando la demora era lo más temido.

Viendo en este arreglo la esperanza de rendir un verdadero servicio en esa emergencia urgente, la señorita Pross la acogió con alegría. Ella y Jerry habían contemplado al carruaje ponerse en marcha, habían sabido quién era el que Solomon había traído, habían pasado unos diez minutos en torturas de suspense y ahora estaban terminando sus preparativos para seguir al carruaje, incluso cuando la señora Defarge, de camino a través de las calles, ahora cada vez más cerca de ese alojamiento más desierto ahora en el que ellos mantenían su consulta.

—Ahora, ¿qué piensa, señor Cruncher? —dijo la señorita Pross, cuya inquietud era tan grande que apenas podía hablar, o quedarse quieta, o moverse, o vivir—: ¿Qué piensa de no ponernos en marcha desde este patio? Habiéndose ido otro carruaje de aquí hoy, podría levantar sospechas.

—Mi opinión, señorita —contestó el señor Cruncher—, es que tiene razón. Lo mismo digo que me quedaré con usted, sea correcto o incorrecto.

—Estoy tan trastornada por el miedo y la esperanza de nuestras preciosas criaturas —dijo la señorita Pross, llorando desconsoladamente—, que soy incapaz de preparar algún plan. ¿Es usted capaz de preparar algún plan, mi querido y buen señor Cruncher?

—Respecto a un futuro de vida, señorita —contestó el señor Cruncher—, espero que sí. Respecto a cualquier uso actual de este cabeza mía vieja bendita de aquí, creo que no. ¿Me haría el favor, señorita, de prestar atención a dos promesas o votos que es mi deseo que consten en esta crisis?

—¡Oh, por el amor de Dios! —gritó la señorita Pross, todavía gritando frenéticamente—, haga constarlas en seguida, y quítelas del camino, como un hombre excelente.

—Primero —dijo el señor Cruncher, que estaba temblando todo él y quien habló con un semblante ceniciento y solemne—, por ellos me he librado de pobres cosas, nunca más lo haré, ¡nunca más!

—Estoy completamente segura, señor Cruncher —contestó la señorita Pross—, de que nunca lo hará de nuevo, cualquier cosa que sea, y le ruego que no piense que es necesario mencionar con más detalle lo que es.

—No, señorita —contestó Jerry—, no se lo nombraré a usted. Segundo: por ellos me he librado de pobres cosas y nunca más interrumpiré a la señora Cruncher cuando se desplome, ¡nunca más!

—Cualquier arreglo del gobierno de la casa que pueda ser —dijo la señorita Pross, esforzándose por secar sus ojos y serenarse— no dudo de que es mejor que la señora Cruncher lo tuviera enteramente bajo su propia supervisión. ¡Oh, mis pobres queridos!

—Voy más lejos hasta decir, señorita, además —continuó el señor Cruncher, con una tendencia de lo más alarmante a perorar como desde un púlpito—, y permita que mis palabras sean apuntadas y llevadas a la señora Cruncher a través de usted, que mis opiniones respecto a desplomarse han sufrido un cambio y que solamente espero con todo mi corazón que la señora Cruncher pueda estar desplomándose en el momento presente.

—¡Vaya, vaya, vaya! Espero que lo esté, mi querido hombre —gritó la trastornada señorita Pross—, y espero que ella lo encuentre contestando a sus expectativas.

—Impídalo —procedió el señor Cruncher, con solemnidad adicional, lentitud adicional y tendencia adicional a perorar y resistir—, aunque algo que yo he dicho y he hecho siempre sería castigado por mis deseos serios por ellos, pobres criaturas ahora. Impídalo aunque todos nosotros no nos desplomaríamos (si fuera conveniente de todas formas) para sacarlos de este riesgo funesto. ¡Impídalo, señorita! Lo que yo digo, ¡impídalo!

Esta fue la conclusión del señor Cruncher después de un esfuerzo prolongado, pero en vano por encontrar uno mejor.

Y todavía la señora Defarge, continuando su camino por las calles, se acercaba cada vez más.

—Si alguna vez regresamos a nuestra tierra natal —dijo la señorita Pross—, puede confiar en que le diré a la señora Cruncher tanto como sea de capaz de recordar y entender de lo que usted ha dicho tan admirablemente; y a todos los efectos puede estar seguro de que daría testimonio de que usted ha sido perfecto en serio en este tiempo espantoso. Ahora, ¡ruego que pensemos! Mi estimado señor Cruncher, ¡pensemos!

Todavía la señora Defarge, continuando su camino por las calles, se acercaba cada vez más.

—Si usted se fuera antes —dijo la señorita Pross—, y parase el vehículo y caballos antes de llegar aquí y fuera a esperarme en algún lugar, ¿no sería mejor?

El señor Cruncher pensó que podría ser lo mejor.

—¿Dónde podría esperarme? —preguntó la señorita Pross.

El señor Cruncher estaba tan desconcertado que no podía pensar en ningún sitio que no fuera Temple Bar. ¡Ay! Temple Bar estaba a cientos de millas de distancia y la señora Defarge estaba ya muy cerca realmente.

—Por la puerta de la catedral —dijo la señorita Pross—. ¿Estaría muy fuera del camino para cogerme, cerca de la gran puerta de la catedral entre las dos torres?

—No, señorita —contestó el señor Cruncher.

—Entonces, como los mejores hombres —dijo la señorita Pross—, iremos a la casa de postas directamente y haremos ese cambio.

—Estoy dudoso —dijo el señor Cruncher, vacilando y moviendo la cabeza— sobre abandonarla a usted, mire. No sabemos lo que puede ocurrir».

—El cielo sabe que nosotros no —contestó la señorita Pross—, pero no tenga miedo por mí. Cójame en la catedral, a las tres en punto, o tan cerca como pueda, y estoy segura de que será mejor que nuestra marcha desde aquí. Me siento segura de ello. ¡Vaya! ¡Que Dios le bendiga, señor Cruncher! ¡No piense... en mí sino en las vidas que pueden depender de nosotros dos!

Este exordio y las dos manos de la señorita Pross agarrando las suyas en una súplica bastante desesperada, decidió al señor Cruncher. Con uno o dos saludos alentadores con la cabeza, salió inmediatamente para modificar los planes y la dejó para seguir como ella había propuesto.

El haber originado una precaución que estaba ya en proceso de ejecución, fue un gran alivio para la señorita Pross. La necesidad de componer su aspecto para que no atrajera una atención especial por las calles, fue otro alivio. Miró su reloj y eran las dos y veinte. No tenía tiempo que perder, sino que tenía que prepararse en seguida.

Temerosa, en su perturbación extrema, de la soledad de las habitaciones desiertas, y de los rostros medio imaginados espiando desde detrás de cada puerta abierta, la señorita Pross cogió una palangana de agua fría y empezó a lavarse los ojos, que estaban hinchados y rojos. Obsesionada por su aprensión febril, no podía soportar tener su vista oscurecida durante un minuto por el agua que goteaba, sino que constantemente hacía una pausa y miraba alrededor para ver que no había nadie vigilándola. En una de esas pausas retrocedió y gritó, porque vio una figura que estaba en la habitación.

La palangana cayó al suelo y se rompió y el agua fluyó hasta los pies de la señora Defarge. Por caminos extraños adustos y a través de mucha sangre que mancha, aquellos pies habían venido para encontrarse con ese agua.

La señora Defarge la miró fríamente y dijo:

—La esposa de Evrémonde, ¿dónde está?

Se le ocurrió de repente a la señorita Pross que las puertas estaban todas abiertas y supondría una huida. Su primer acto fue cerrarlas. Había cuatro en la habitación y ella las cerró todas. Luego se puso ella misma delante de la puerta de la habitación que Lucie había ocupado.

Los ojos oscuros de la señora Defarge la siguieron en este rápido movimiento y descansaron sobre ella cuando hubo terminado. La señorita Pross no tenía nada bonito en ella; los años no habían domado lo salvaje o suavizado la severidad de su aspecto; pero ella también era una mujer decidida a su manera diferente y ella midió a la señora Defarge con sus ojos, cada pulgada.

—Usted debe ser, por su aspecto, la esposa de Lucifer —dijo la señorita Pross jadeando—. No obstante, usted no me engañará. Soy inglesa.

La señora Defarge la miró con desdén, pero todavía con parte de la propia percepción de la señorita Pross de que las dos estaban acorraladas. Ella vio a una mujer ceñuda, dura, enjuta y fuerte delante de ella, como había visto el señor Lorry en la misma figura de una mujer con una mano fuerte, en los años pasados. Ella sabía muy bien que la señorita Pross era la amiga devota de la familia; la señorita Pross sabía muy bien que la señora Defarge era la enemiga malévola de la familia.

—En mi camino hacia allá —dijo la señora Defarge, con un ligero movimiento de su mano hacia el punto de fatídicas consecuencias—, donde me reservan una silla y mi punto, he venido a saludarla al pasar. Deseo verla.

—Sé que sus intenciones son malas —dijo la señorita Pross—, y usted puede depender de ello, me defenderé contra ellas.

Cada una hablaba en su propio lenguaje; ninguna entendía las palabras de la otra; ambas eran muy vigilantes e intentaban deducir de la mirada y actitud lo que significaban las palabras ininteligibles.

—No le hará ningún bien mantenerla escondida de mí en este momento —dijo la señora Defarge—. Los buenos patriotas sabrán lo que significa. Déjeme verla. Vaya a decirle que deseo verla. ¿Oye?

—Si esos ojos suyos fueran manivelas de cama —contestó la señorita Pross—, y yo fuera cama de cuatro columnas, ellos no sacarían ni una astilla de mí. No, mujer extraña y malvada; yo soy la horma de su zapato.

Era probable que la señora Defarge no siguiera estos comentarios idiomáticos con detalle; pero los entendió hasta tal punto que percibió que estaba situada en la nada.

—¡Mujer imbécil y cerda! —dijo la señora Defarge, frunciendo el ceño—. No recibiré más respuestas de usted. Exigo verla. O le dice que exijo verla o ¡se quita del camino y me deja ir a ella! —esto, con un movimiento explicativo enojado de su brazo derecho.

—Pensé poco —dijo la señorita Pross— en que yo querría entender siempre su lenguaje absurdo, pero yo le daría todo, excepto las ropas que llevo, por saber si usted sospecha la verdad o parte de ella.

Ninguna de las dos se quitaban la vista de encima ni un momento. La señora Defarge no se había movido del lugar donde se quedó cuando la señorita Pross llegó a darse cuenta de ella por primera vez, pero ahora avanzó un paso.

—Soy ciudadana británica —dijo la señorita Pross—. Estoy desesperada. No ofrezco dos peniques ingleses por mí. Sé que cuanto más tiempo la mantenga aquí mayor esperanza hay para mi Pajarillo. ¡No dejaré un puñado de ese pelo oscuro sobre su cabeza si me pone un dedo encima!

Así la señorita Pross manifestó su decisión, con un movimiento de cabeza y un destello de sus ojos, y entre cada frase un profundo suspiro. Así habló la señorita Pross, quien nunca había pegado un golpe en su vida.

Pero su valor era de esa naturaleza emocional que trajo las incontenibles lágrimas a sus ojos. Esto era valor que la señora Defarge comprendía tan poco como para confundirlo con debilidad. «¡Ja, ja! —se rió—. ¡Pobre infeliz! Me dirigiré a ese doctor yo misma.» Entonces levantó la voz y le llamó: «¡Ciudadano Doctor! ¡Esposa de Evrémonde! ¡Niña de Evrémonde! Cualquier persona que no sea esta loca desgraciada, conteste a la ciudadana Defarge!»

Quizá el silencio que siguió, quizá alguna revelación latente en la expresión del rostro de la señorita Pross, quizá una duda repentina además de otra insinuación, susurró a la señora Defarge que ellos se habían ido. Abrió tres de las puertas con rapidez y miró dentro.

—Estas habitaciones están todas desordenadas, ha habido un embalaje apresurado, hay cosas sueltas y restos sobre el suelo. ¡No hay nadie en esa habitación de detrás de usted! Déjeme ver.

—¡Nunca! —dijo la señorita Pross, quien entendía la pregunta tan perfectamente como la señora Defarge entendió la respuesta.

«Si no están en esa habitación, se han ido y pueden ser perseguidos y traídos de regreso», se dijo la señora Defarge para sus adentros.

«Durante tanto tiempo como no sepa si están en esa habitación o no, no estás segura de lo que hacer —se dijo la señorita Pross para sus adentros—. Y no lo sabrás si yo puedo evitar que lo sepas; y tanto si lo sabes como si no, no te irás de aquí mientras yo pueda retenerte.»

—He estado en las calles desde el principio, nada me ha detenido, te haré pedazos, pero te quitaré de esa puerta —dijo la señora Defarge.

—Estamos solas en la parte superior de una casa alta en un patio solitario, probablemente no nos van a oír y pido fortaleza corporal para retenerla aquí, mientras que cada minuto que usted está aquí vale cien mil guineas para mis queridos —dijo la señorita Pross.

La señora Defarge atacó a la puerta. La señorita Pross, con el instinto del momento, la cogió de la cintura con los dos brazos y la mantuvo apretada. Fue en vano para la señora Defarge luchar o golpear; la señorita Pross, con la vigorosa tenacidad del amor, siempre mucho más fuerte que la del odio, la sujetaba bien apretada e incluso la levantó del suelo en la lucha que tuvieron. Las dos manos de la señora Defarge zarandeaban y golpeaban su cara; pero la señorita Pross, con la cabeza bajada, la sujetaba de la cintura y se aferraba a ella con más fuerza que si sostuviera a una mujer ahogándose.

Pronto las manos de la señora Defarge dejaron de golpear y tocó su cintura ceñida. «Está debajo de mi brazo —dijo la señorita Pross, con tono reprimido—, no la cogerá. Soy más fuerte que usted, bendigo al Cielo por ello. ¡La sujetaré hasta que una u otra de nosotras se desmaye o muera!»

Las manos de la señora Defarge estaban en su pecho. La señorita Pross miró hacia arriba, vio lo que era, le dio un golpe, salió un fogonazo y un ruido, y se quedó sola... cegada por el humo.

Todo esto fue en un segundo. Cuando se aclaró el humo dejando una calma horrible, se esfumó en el aire, como el alma de la mujer furiosa cuyo cuerpo yacía sin vida en el suelo.

En el primer susto y horror de su situación, la señorita Pross apartó el cuerpo tanto como pudo, corrió escaleras abajo para pedir ayuda inútil. Felizmente ella pensó en las consecuencias de lo que hizo a tiempo para examinarse a sí misma y regresar. Era espantoso entrar por la puerta de nuevo; pero entró e incluso pasó cerca para coger el sombrero y otras cosas que tenía que llevar. Se los puso, afuera en la escalera, cerrando primero la puerta con llave y llevándose ésta. Entonces se sentó en las escaleras durante unos momentos para respirar y llorar y luego se levantó y se alejó deprisa.

Por buena suerte ella tenía un velo en su sombrero, o apenas hubiera podido ir por las calles sin ser detenida. Por buena suerte, también, ella tenía un aspecto tan peculiar por naturaleza que no mostraba afeamiento como cualquier otra mujer. Ella necesitaba las dos ventajas porque las marcas de los dedos que la agarraron eran profundas en su rostro y su pelo estaba arrancado, y su vestido (puesto en orden apresuradamente con manos poco firmes) tenía agarrones y le arrastraba de cien maneras.

Al cruzar el puente, dejó caer la llave al río. Llegando a la catedral unos cuantos minutos antes que su escolta, y esperando allí, pensó en si la llave la habrían cogido ya en una red, en si la habrían identificado, en si abrían la puerta y descubrían los restos, en si ella era detenida en la verja, enviada a prisión y ¡acusada de asesinato! En medio de estos pensamientos agitados, apareció el escolta, la cogió y se alejó.

—¿Hay algún ruido en las calles? —le preguntó.

—Los ruidos normales —contestó el señor Cruncher, y miró sorprendido por la pregunta y por el aspecto de ella.

—No le oigo —dijo la señorita Pross—. ¿Qué dice?

Fue en vano para el señor Cruncher repetir lo que dijo; la señorita Pross no podía oírle. «Así que asentiré con la cabeza —pensó el señor Cruncher, asombrado—; a todos los efectos ella verá eso.» Y ella lo vio.

—¿Hay algún ruido en las calles ahora? —preguntó la señorita Pross de nuevo, al momento.

De nuevo el señor Cruncher asintió con la cabeza.

—No lo oigo.

—¿Se ha quedado sorda en una hora? —dijo el señor Cruncher, cavilando con su mente muy trastornada—. ¿Quién ha venido a ella?

—Siento —dijo la señorita Pross— como si hubiera sido un fogonazo y un ruido y ese ruido fue lo último que yo oiría en esta vida.

—¡Bendito si ella no está en un estado raro! —dijo el señor Cruncher cada vez más trastornado—. ¿Qué puede haberle pasado para mantener alto su valor? ¡Mire! ¡Cómo ruedan esas espantosas carretas! ¿Puede oír eso, señorita?

—No puedo oír nada —dijo la señorita Pross, viendo que él le hablaba—. ¡Oh, mi buen hombre, primero hubo un gran ruido y luego una gran calma y esa calma parece estar fija y estacionaria, para no romperse nunca más tanto tiempo como dure mi vida.

—Si ella no oye rodar esas carretas espantosas, ahora muy cerca del final de su viaje —dijo el señor Cruncher, mirando sobre su hombro—, es mi opinión que de verdad ella no oirá nunca nada más en este mundo.

Y de hecho nunca lo hizo.

CAPÍTULO XV

Los pasos se extinguen para siempre

A lo largo de las calles de París, los carros de la muerte hacen un ruido sordo, hueco, discordante. Seis carretas llevan el vino del día a la Guillotina.

Todos los Monstruos devoradores insaciables imaginados desde que puede recordar la imaginación, se funden en la única realización, Guillotina. Y sin embargo no hay en Francia, con su rica variedad de suelo y clima, un limbo, una hoja, una raíz, un ramito, un grano de pimienta que crezca hasta madurar bajo condiciones más seguras que esas que ha producido este horror. La humanidad aplastada fuera de su forma una vez más, bajo similares martillos y se retorcerá en las mismas formas tortuosas. Sembrad la misma semilla de libertinaje avaricioso y opresión de nuevo y se recogerá con seguridad el mismo fruto según su clase.

Seis carretas rodaban por las calles. Cambia a éstas de nuevo a lo que eran, tu poderoso encantador, Tiempo, y se verá que son los carruajes de monarcas absolutos, los equipajes de nobles feudales, los servicios de brillantes Jezabeles, las iglesias que no son la casa de mi padre sino guaridas de ladrones, ¡las cabañas de millones de campesinos muertos de hambre! No; el gran mago que trabaja majestuosamente fuera del orden señalado por el Creador, nunca invierte sus transformaciones. «Si tú fueras cambiado a esa forma por voluntad de Dios —dicen los profetas a los encantados en las sabias historias árabes—, entonces ¡que siga así! Pero si tú llevas esta forma por mero conjuro pasajero, entonces ¡recupera tu aspecto anterior!» Sin cambio y sin esperanza, las carretas ruedan.

Mientras las ruedas tristes de los seis carros ruedan, parecen arar un gran surco torcido entre la gente de las calles. Caballones de rostros se tiran hacia este lado y hacia el otro y los surcos siguen hacia delante a ritmo constante. Tan acostumbrados están al espectáculo los habitantes asiduos de las casas, que en muchas ventanas no hay gente y en algunas la ocupación de las manos no se suspende, mientras que los ojos inspeccionan los rostros de las carretas. Aquí y allí el preso tiene visitantes para ver la visión; luego él apunta con el dedo, con algo de la satisfacción de un conservador o defensor autorizado, a este carro y a ése y parece decir quién se sentó aquí ayer y quién allí el día anterior.

De los pasajeros de las carretas, algunos observan estas cosas y todas las cosas en su último borde del camino, con una mirada impasible; otros, con un interés persistente en las formas de vida de los hombres. Algunos, sentados con las cabezas gachas, están hundidos en una desesperación silenciosa; de nuevo hay algunos con miradas tan atentas que echan a la multitud tales miradas como han visto en teatros y en cuadros. Algunos cierran los ojos y piensan o intentan reunir sus pensamientos alejados. Solamente uno, y él criatura desgraciada, de aspecto enloquecido, está tan destrozado y ebrio de horror que canta e intenta bailar. Ninguno de todo el número atrae, mediante miradas o gestos, la piedad de la gente.

Hay una guardia de varios jinetes que va al paso de las carretas, y hay rostros que con frecuencia se levantan hacia alguno de ellos y les hacen alguna pregunta. Parecería ser siempre la misma pregunta porque, siempre va seguida de un agolpamiento de gente hacia el tercer carro. Los jinetes al paso de ese carro, con frecuencia apuntan con sus espadas a un hombre que va dentro. La curiosidad que impera es saber quién es él; él está en la parte de atrás de la carreta con la cabeza inclinada, para conversar con una simple chica que se sienta en ese lado del carro y le coge la mano. No tiene curiosidad ni se preocupa por la escena de su alrededor y siempre habla con la chica. Aquí y allí en la larga calle de St. Honoré, se elevaban gritos contra él. Si ellos le mueven a algo, es sólo a una sonrisa tranquila, mientras él agita su pelo un poco más suelto sobre su rostro. Él no puede tocar su cara fácilmente al estar atados sus brazos.

En los escalones de una iglesia, esperando la llegada de las carretas, está el Espía y oveja de prisión. Mira al primero de ellos: allí no. Mira en el segundo: allí no. Él ya se pregunta: «¿Me ha sacrificado?», cuando su cara se ilumina al mirar en el tercero.

—¿Cuál es Evrémonde? —dice un hombre detrás de él.

—Ese. En la parte de atrás, allí.

—¿Con la mano en la de la chica?

—Sí.

El hombre grita: «¡Abajo, Evrémonde! ¡A la Guillotina todos los aristócratas! ¡Abajo, Evrémonde!»

—¡Silencio, silencio! —le suplica el Espía, tímidamente.

—¿Y por qué no, ciudadano?

—Él va a pagar la multa: la pagará en cinco minutos más. Déjele en paz.

Pero al continuar el hombre exclamando «¡Abajo, Evrémonde!», el rostro de Evrémonde se vuelve por un momento hacia él. Evrémonde ve entonces al Espía y le mira con atención y sigue su camino.

Los relojes tocan las tres y el surco arado entre la gente se abre para llegar al lugar de ejecución y fin. Los caballones hechos a este lado y a ése se desmoronan ahora detrás del último surco cuando pasa, porque todos están siguiendo a la Guillotina. En frente de ella, sentadas en sillas, como en un jardín de diversión público, hay un número de mujeres haciendo punto afanosamente. En una de las primeras sillas está la Vengadora, buscando a su amiga.

—¡Thérèse! —grita en su tono agudo—. ¿Quién la ha visto? ¡Thérèse Defarge!

—Ella nunca faltó antes —dice una mujer de la hermandad haciendo punto.

—No, no faltará ahora —grita la Vengadora, enfurruñada—. ¡Thérèse!

—Más fuerte —recomienda la mujer.

¡Ay! Más fuerte, Vengadora, mucho más fuerte y aún así ella no te oirá ni mucho menos. Más fuerte todavía, Vengadora, con un pequeño juramento o algo así añadido, y todavía no la traerá nadie. Envía a otras mujeres de arriba abajo a buscarla, quedándose en algún sitio; y todavía, aunque las mensajeras han hecho hazañas aterradoras, es cuestionable si por propia voluntad irán lo suficientemente lejos para encontrarla.

—¡Mala suerte! —grita la Vengadora, pateando en la silla—, ¡y aquí están las carretas! Y Evrémonde será despachado en un guiño, ¡y ella no está aquí! Ved su punto en mi mano y su silla vacía preparada para ella. ¡Grito con irritación y decepción!

Cuando la Vengadora desciende de su altura para hacerlo, las carretas empiezan a descargar sus cargas. Los ministros de Santa Guillotina están vestidos y preparados. ¡Estrépito...! Se sujetó una cabeza, y las mujeres haciendo punto que apenas levantaron los ojos hacia ella un momento cuando podía pensar y hablar, cuentan Uno.

La segunda carreta se vacía y avanza; la tercera llega. ¡Estrépito...! Y las mujeres haciendo punto, sin desfallecer ni parar nunca su trabajo, cuentan Dos.

El supuesto Evrémonde desciende y la costurera se levanta la siguiente después de él. Él no ha cedido a soltar la mano paciente de ella, sino que todavía la mantiene como prometió. Él la coloca a ella suavemente de espaldas a la impresionante máquina que constantemente zumba arriba y cae y ella le mira a la cara y le da las gracias.

—Si no fuera por usted, querido extraño, no estaría tan serena porque yo por naturaleza soy algo pobre y pequeño, débil de corazón; ni hubiera sido capaz de elevar mis pensamientos hacia Él, que fue llevado a la muerte para que nosotros pudiéramos tener esperanza y consuelo hoy aquí. Creo que le han enviado a mí desde el Cielo.

—O usted a mí —dice Sydney Carton—. Mantenga los ojos en mí, querida niña, y no haga caso de otra cosa.

—No hago caso de nada mientras sostengo su mano. No haré caso de nada cuando la deje, si son rápidos.

—Serán rápidos. ¡No tema!

Los dos están en la multitud de víctimas que disminuye rápidamente, pero hablan como si estuvieran solos. Ojo a ojo, voz a voz, mano a mano, corazón a corazón, estos dos hijos de la Madre Universal, aunque tan separados y diferentes, han llegado a juntarse en el camino oscuro, para reparar el hogar juntos y descansar en su pecho.

—Valiente y generoso amigo, ¿me permitirá hacerle una última pregunta? Soy muy ignorante y me preocupa... solo un poco.

—Dígame qué es.

—Tengo una prima, pariente única y huérfana, como yo, a quien quiero mucho. Ella es cinco años más joven que yo y vive en una casa de granja al sur del país. La pobreza nos separó y ella no sabe nada de mi muerte, porque no sé escribir, y si supiera, ¡cómo se lo diría! Es mejor así.

—Sí, sí, mejor así.

—Lo que he estado pensando mientras veníamos y lo que todavía estoy pensando ahora, cuando miro su rostro fuerte y amable que me da tanto apoyo, es esto: si la República realmente hace el bien a los pobres y ellos van a tener menos hambre y a sufrir menos de todas maneras, ella puede vivir mucho tiempo: ella puede vivir incluso hasta ser vieja.

—¿Qué entonces, mi dulce hermana?

—¿Cree —los ojos resignados en los cuales hay tanta entereza, llenos de lágrimas, y los labios separados un poco más y temblando— que se me hará largo mientras la espero en la tierra mejor donde confío que usted y yo estaremos protegidos felizmente?

—No puede ser, mi niña; no hay Tiempo allí, ni preocupación allí.

—¡Usted me consuela tanto! Soy tan ignorante. ¿Voy a besarle ahora? ¿Ha llegado el momento?

—Sí.

Ella besó sus labios; él besó los suyos; ellos se bendijeron solemnemente el uno al otro. La mano enjuta no tiembla cuando él la libera; nada peor que una fidelidad dulce, brillante, hay en el rostro paciente. Ella es la siguiente delante de él... se va; las mujeres haciendo punto cuentan Veintidós.

«Yo soy la Resurrección y la Vida, dice el Señor: el que cree en mí aunque haya muerto, vivirá; y aquel que viva y crea en mí no morirá para siempre.»

El murmullo de muchas voces, el levantamiento de muchos rostros, el apremio de muchos pasos en los alrededores de la multitud para hincharse en una masa, como un gran movimiento de agua, todo despedido. Veintitrés.

* * *

Ellos dijeron de él, en la ciudad aquella noche, que era el rostro de hombre más lleno de paz que nunca se contempló allí. Muchos añadieron que parecía sublime y profético.

Uno de los sufridores más destacados del mismo hacha —una mujer— había pedido a los pies del mismo patíbulo, no mucho antes, que le permitieran anotar los pensamientos que estaban inspirándola. Si él los hubiera manifestado y fueran proféticos, hubieran sido éstos:

«Veo a Barsad, y a Cly, Defarge, la Vengadora, el miembro del Jurado, el Juez, largas filas de nuevos opresores que han surgido sobre la destrucción de lo antiguo, pereciendo en este instrumento punitivo, antes de poner fin a su uso actual. Veo una hermosa ciudad y a una gente brillante surgiendo de este abismo y, en sus luchas por ser verdaderamente libres, en sus triunfos y derrotas, a través de muchos, muchos años que vendrán, veo el mal de este tiempo y del tiempo previo del cual este es el nacimiento natural, haciendo expiación poco a poco por él mismo y agotándose.

»Veo las vidas por las cuales sacrifico mi vida, pacíficas, útiles, prósperas y felices, en esa Inglaterra que no veré más. La veo a ella con un niño en su pecho que lleva mi nombre. Veo a su padre, anciano e inclinado, pero recuperado por lo demás y fiel a todos los hombres de su oficio de curar, y en paz. Veo al buen anciano, durante tanto tiempo su amigo, en el tiempo de diez años enriqueciéndose con todo lo que tiene y pasando tranquilamente a su retiro.

»Veo que tengo un santuario en sus corazones, y en los corazones de sus descendientes, dentro de unas generaciones. La veo a ella, una mujer anciana, llorando por mí en el aniversario de este día. La veo a ella y a su marido, hecho su recorrido, yaciendo uno al lado del otro en su último lecho terrenal y sé que cada uno no era más honrado y más sagrado en el alma del otro de lo que era yo en las almas de ambos.

»Veo a ese niño que yace sobre su pecho y que lleva mi nombre, un hombre consiguiendo su camino en ese sendero de la vida que una vez fue mío. Le veo conseguirlo tan bien que mi nombre se hace ilustre allí por la luminosidad de él. Veo desvaídos los borrones que eché. Le veo, destacado entre los jueces justos y hombres honrados, trayendo un niño con mi nombre, con una frente que conozco y pelo dorado, a este lugar —entonces hermoso de ver, sin ninguna huella de esta desfiguración de hoy— y le oigo contar al niño mi historia, con voz tierna y titubeante.

»Es con mucho la mejor cosa que hago, que he hecho nunca; es con mucho el mejor descanso al que voy de los que nunca he conocido.»

ÍNDICE

obra**S**electas

FRANZ KAFKA
- La metamorfosis
- Informe para una academia
- El proceso
- América
- Carta al padre
- Meditaciones y otras obras

ARTHUR CONAN DOYLE
- Estudio en escarlata
- El signo de los cuatro
- Las aventuras de Sherlock Holmes
- El perro de los Baskerville

SÓFOCLES
- Áyax
- Electra
- Edipo rey
- Edipo en Colono
- Antígona
- Las traquinias
- Filoctetes

LEONARDO DA VINCI
- Cuaderno de notas
- El tratado de la pintura

LEÓN TOLSTOI
- Anna Karenina
- Los cosacos

CHARLES DICKENS
- Almacén de antigüedades
- Canción de Navidad y otros cuentos
- Historia de dos ciudades

CHARLES BAUDELAIRE
- Las flores del mal
- Pequeños poemas en prosa
- Los paraísos artificiales
- El vino y el hachís
- La Fanfarlo

JULIO VERNE
- La vuelta al mundo en ochenta días
- De la Tierra a la Luna
- Miguel Strogoff

JANE AUSTEN
- Orgullo y prejuicio
- Sentido y sensibilidad

LEWIS CARROLL
- Alicia en el País de las Maravillas
- A través del espejo y lo que Alicia encontró allí
- La caza del *snark*. Agonía en ocho espasmos
- Silvia y Bruno